중·고생 필독서

한국 단편소설 33

쿨~하게 끝내기

김동리_역마, 무녀도, 화랑의 후예
김동인_감자, 배따라기, 광화사
김유정_동백꽃, 만무방, 봄봄
김정한_사하촌, 모래톱 이야기
나도향_물레방아
오상원_유예
염상섭_표본실의 청개구리, 두파산
유진오_김 강사와 T 교수
윤흥길_장마
이 상_날개
이청준_눈길
이효석_메밀꽃 필 무렵, 산
전광용_꺼삐딴 리
최서해_탈출기, 홍염
채만식_논 이야기, 치숙(痴叔), 미스터 방
하근찬_수난 이대
현진건_운수 좋은 날, 고향
황순원_학, 별, 목넘이 마을의 개

중 · 고생 필독서

33 한국 단편소설

쿨~하게 끝내기

김동리_역마, 무녀도, 화랑의 후예

김동인_감자, 배따라기, 광화사

김유정_동백꽃, 만무방, 봄봄

김정한_사하촌, 모래톱 이야기

나도향_물레방아

오상원_유예

염상섭_표본실의 청개구리, 두파산

유진오_김 강사와 T 교수

윤흥길_장마

이 상_날개

이청준_눈길

이효석_메밀꽃 필 무렵, 산

전광용_꺼삐딴 리

최서해_탈출기, 홍염

채만식_논 이야기, 치숙(痴叔), 미스터 방

하근찬_수난 이대

현진건_운수 좋은 날, 고향

황순원_학, 별, 목넘이 마을의 개

중 · 고생 필독서

한국 단편소설

쿨~하게 끝내기

예스북

중 · 고생 필독서

한국 단편소설

쿨~하게 끝내기

머리말

재미있는 일도, 해야 할 일도, 또 하고 싶은 일도 참 많은 요즘이에요. 그래서 하루하루가 정신없이 바쁘기도 하고, 어떤 때는 지쳐서 손 하나 까딱하기도 싫지요. 그런데 바로 이런 때에 '꼭 읽어야 할 한국 단편소설들' 까지 있다고 하면 기분이 어떻겠어요? 그야말로 쥐약에, 고문에, 스트레스 최고치일 거예요. 원래 반드시 해야 하는 일들은 흥미 반감, 부담 백배로 다가오는 법이니까요.

그런데요, 생각을 좀 달리해서 '꼭 읽어야 할 한국단편소설들' 을 '함께하면 즐거운 이야기' 정도로 여기면 어떨까요? 그리고 사실 《한국단편소설 쿨~하게 끝내기》에 수록된 33편의 한국대표단편소설들은 작가들의 유명세 만큼이나 그 내용이 다양하고, 표현이나 주제 의식도 끝내 주거든요. 처음에는 감당이 안 될 만큼 어려워 보여서 그렇지, 한 번 딱 정을 붙이면 절대 헤어날 수 없는 '꽃미남·꽃미녀' 같은 존재가 바로 《한국단편소설 쿨~하게 끝내기》의 33편 단편소설들이랍니다.

물론 33편의 단편소설들만 꿋꿋하게 읽어 내려가야 한다면 그것도 고문일 거예요. 즉 뭔가, 어딘가에 도움이 된다면 좋을 텐데 말이죠.

그래서 《한국단편소설 쿨~하게 끝내기》에서는요, 아름다운 우리의 문학작품을 참고서적 방식으로 접근하는 기존의 책들과 조금 다른 방법을 선택했어요. 즉, 여러분들의 사고력과 논술실력을 키울 수 있도록 '감상 포인트'라는 것을 각 작품의 뒷부분에 야심차게(?) 실어 놓았지요. 아, 물론 '감상 포인트'만 있는 것은 아니에요. 그 작품을 이해하는 데 반드시 필요한 '상징' '기법' '구성 방식' 등도 함께 실었는데 아, 골치 아프다고요? 당연하겠지요. 다 시험에 나오는 용어들이니…….

하지만 이런 용어들에 겁을 내거나 무시해서는 안 된다는 생각에 그대로 직설적으로 책에 싣는 대신, 그 안에 담긴 내용들은 여러분이 어떤 주관식 문제나 논술, 또는 감상문을 쓸 때에라도 반드시 도움이 될 수 있도록 쉽게 풀어 썼어요.

여러분도 다 아실 거예요, 아는 것을 글로 옮기지 못하는 그 답답함! 그래서 각 작품들을 감상한 뒤 끝에 첨부되어 있는 '감상 포인트'와 기타 설명들을 꼭 읽고 넘어가라고 권하고 싶어요.

그렇다고 외우라는 뜻은 아니에요. 33편의 단편소설을 즐거운 이야기로 받아들이고, 각 작품에 첨부된 '감상 포인트'를 편하게 읽다 보면 어느 정도 글쓰기에 대한 길이 보이거든요. 그 길이 보이면 여러분이 직접 감상문을 쓰거나 논술시험을 봐야 할 때 무척 큰 도움이 될 거예요. 논술이나 감상문을 작성할 때는 어느 정도 아는지도 중요하지만, 아는 것을 얼마만큼 잘 표현하는지도 무척 중요하거든요.

어떤 사람은 그럴 거예요, "또 시험이란 말인가?"

물론 시험 때문에 문학작품을 읽는 것은 슬픈 일이에요. 하지만 달리 생각하면 시험 때문에 이런 문학작품을 읽을 시간과 기회가 생기는 것은 아닐까요? 제 경험에 의하면요, 중·고등학생 때 읽었던 문학작품들을 성인이 된 뒤에 다시 읽을 기회는 거의 찾아오지 않아요. 처음에 말씀 드렸지만, 이 세상에는 해야 할 일, 하고 싶은 일이 너무 많거든요. 그런데 참 신기한 일은 중·고등학생 때 읽었던 문학작품이 평생의 감성과 지성, 그리고 책 읽는 습관을 좌우한다는 거예요. 그래서 시험이라는 것을 봐서라도 억지로 읽히는 것이 아닐까 싶더라고요(물론 저도 중 · 고등학생 때는 이런 생각을 못했지만요.)

그러니까 더 늦기 전에 '꼭 읽어야 할 한국단편소설들'을 '함께하면 즐거운 이야기'로 여기면서 한 번 신나게 읽어 보세요. 그리고 《한국단편소설 쿨~하게 끝내기》에서 얻게 될 '글쓰기의 길'을 절대 놓치지 말고 유감없이 활용해 보세요. 그럼 글쓰기 실력만큼이나 인생의 키도 훌쩍 자라 있는 자신을 발견할 수 있을 거예요. 그런 여러분의 모습은 당연히 숨길 수 없는 또 다른 매력이 될 테니, 한 번 믿고 해 보세요.

여러분에게 《한국단편소설 쿨~하게 끝내기》가 또 하나의 에너지가 되었으면 하는 바람을 남기고 물러갈게요.

2009년 더불어국어사랑교사모임

CONTENTS

김동리_역마, 무녀도, 화랑의 후예

김동인_감자, 배따라기, 광화사

김유정_동백꽃, 만무방, 봄봄

김정한_사하촌, 모래톱 이야기

나도향_물레방아

오상원_유예

염상섭_표본실의 청개구리, 두파산

유진오_김 강사와 T 교수

윤흥길_장마

이 상_날개

이청준_눈길

이효석_메밀꽃 필 무렵, 산

전광용_꺼삐딴 리

최서해_탈출기, 홍염

채만식_논 이야기, 치숙(痴叔), 미스터 방

하근찬_수난 이대

현진건_운수 좋은 날, 고향

황순원_학, 별, 목넘이 마을의 개

김동리
1913~1995년

소설가이자 시인으로, 인간성 옹호에 바탕을 둔 순수 문학을 지향했으며 신인간주의 문학사상으로 일관했다. 8·15해방 직후 민족주의 문학 진영에 가담, 좌익문단에 맞서 논쟁을 벌이는 등 우익 민족문학론을 옹호한 대표적인 인물이다. 주로 고유의 토속성과 외래사상의 대립을 통해 인간성의 문제를 그렸고, 6·25전쟁 이후에는 인간과 이념의 갈등에 주안을 두었다.

대표작으로는 《화랑의 후예》, 《무녀도》, 《역마》, 《황토기》, 《등신불》 등이 있으며, 평론집으로 《문학과 인간》, 《문학개론》, 《문학이란 무엇인가》 등을 펴냈다.

1 역마

'화개장터'의 냇물은 길과 함께 흘러서 세 갈래로 나 있었다. 한 줄기는 전라도 구례求禮 쪽에서 오고 한 줄기는 경상도 쪽 화개협花開峽에서 흘러 내려 여기서 합쳐서, 푸른 산과 검은 고목 그림자를 거꾸로 비치인 채 호수같이 조용히 돌아, 경상 전라 양도의 경계를 그어 주며, 다시 남으로 남으로 흘러내리는 것이 섬진강蟾津江 본류本流였다.

하동河東, 구례, 쌍계사雙磎寺의 세 갈래 길목이라 오고가는 나그네로 하여, '화개장터'엔 장날이 아니라도 언제나 흥성거리는 날이 많았다. 지리산智異山 들어가는 길이 고래로 허다하지만, 쌍계사 세이암洗耳岩의 화개협 시오 리를 끼고 앉은 '화개장터'의 이름이 높았다. 경상 전라 양도의 접경이 한두 군데일 리 없지만, 또한 이 '화개장터'를 두고 일렀다. 장날이면 지리산 화전민火田民들의 더덕, 도라지, 두릅, 고사리들이 화갯골에서 내려오고, 전라도 황아장수들의 실, 바늘, 면경, 가위, 허리끈, 주머니끈, 족집게, 골백분들이 또한 구렛길에서 넘어오고, 하동길에서는 섬진강 하류의 해물장수들이 김, 미역, 청각, 명태, 자반조기, 자반고등어들이 올라오곤 하여 산협山峽치고는 꽤 성한 장이 서는 것이기도 했으나, 그러나 '화개장터'의 이름은 장으로 하여서만 있는 것이 아니었다.

장이 서지 않는 날일지라도 인근隣近 고을 사람들에게 그곳이 그렇게 언제나 그리운 것은, 장터 위에서 화갯골로 뻗쳐 앉은 주막마다 유달리 맑고 시원한 막걸리와 펄펄 살아 뛰는 물고기의 회를 먹을 수 있기 때문인지도 몰랐다. 주막 앞에 늘어선 능수버들 가지 사이사이로 사철 흘러나오는 그 한恨 많고 멋들어진 춘향가 판소리 육자배기들이 있기 때문인지도 몰랐다. 게다가 가끔 전라도 지방에서 꾸며 나오는 남사당 여사당 협률協律 창극 광대들이 마지막 연습 겸 첫 공연으로 여기서 으레 재주와 신명을 떨고서야 경상도로 넘어간다는 한갓 관습과 전례傳例가 '화개장터' 의 이름을 더욱 높이고 그립게 하는 것인지도 몰랐다.

가운데도 옥화玉花네 주막은 술맛이 유달리 좋고 값이 싸고 안주인—즉 옥화—의 인심이 후하다 하여 화개장터에서는 가장 이름이 난 주막이었다, 얼마 전에 그 어머니가 죽고 총각 아들 하나와 단 두 식구만으로 안주인 옥화가 돌아올 길 망연한 남편을 기다리며 살아간다는 것이라 하여 그들은 더욱 호의와 동정을 기울이는 것인지도 몰랐다. 혹 노자가 딸린다거나 행장이 불비할 때 그들은 으레 옥화네 주막을 찾았다.

"나 이번에 경상도서 돌아올 때 함께 회계하지라오."

그들은 예사로 이렇게들 말하곤 하였다.

늘어진 버드가지가 강물에 씻기고, 저녁놀에 은어가 번득이고 하는 여름철 석양 무렵이었다.

나이 예순도 훨씬 더 넘어 뵈는 늙은 체장수 하나가, 쳇바퀴와 바닥 감들을 어깨에 걸머진 채 손에는 지팡이와 부채를 들고 옥화네 주막을 찾아왔다. 바로 그 뒤에는 나이 열대여섯 살쯤 나 뵈는 몸매가 호리호리한 소녀 하나가 조그만 보따리를 옆에 끼고 서 있었다. 그들은 무척 피곤해 보였다.

"저 큰 애기까지 두 분입니까?"

옥화는 노인보다 '큰 애기' 의 얼굴을 바라보며 이렇게 물었다. 노인은 조용히 고개를 끄덕였다.

그날 밤 저녁상을 물린 뒤 노인은 옥화에게 인사를 청했다. 살기는 구례에 사는데 이번엔 경상도 쪽으로 벌이를 떠나온 길이라 하였다. 본시 여수麗水가 고향인데 젊어서 친구를 따라 한때 구례에 와서도 살다가, 그 뒤 목포로 광주로 전전하였고, 나중 진도珍島로 건너가 거기서 열일여덟 해 사는 동안 그만 머리털까지 세어져서는, 그래 몇 해 전부터 도로 구례에 돌아와 사는 것이라 하였다. 그렇지만 저런 큰 애기를 데리고 어떻게 다니느냐고 옥화가 묻는 말에 그렇잖아도 이번에는 죽을 때까지 아무데도 떠나지 않으려고 했던 것인데 떠나지 않고는 두 식구가 가만히 굶을 판이라 할 수 없었던 것이라 하겠다.

"그럼, 저 큰 애기는 하라부지 딸입니까?"

옥화는 '남포불' 그림자가 반쯤 비낀 바람벽 구석에 붙어 앉아 가끔 그 환한 두 눈으로 이쪽을 바라보곤 하는 소녀의 동그스름한 어깨를 바라보며 이렇게 물었다.

노인은 또 고개를 끄덕였다. 그리 평생 객지로만 돌아다니고 나니 이제 고향 삼아 돌아온 곳(求禮)이래야 또한 객지라, 그들 아비 딸이 어디다 힘을 입고 살아가야 할는지 아무데도 의탁할 곳이 없다고 그들의 외로운 신세를 한탄도 했다.

"나도 젊었을 때는 노는 것을 좋아했지라오. 동무들과 광대도 꾸며 갖고 댕겨봤는듸, 젊어서 한 번 바람 들어놓게 평생 못 가기 마련이랑게……. 그것이 스물네 살 때 정초닝게 꼭 서른여섯 해 전일 것이여. 바로 이 장터에서도 하룻밤 논 일이 있었지라오."

노인은 조용히 추억의 실마리를 더듬는 듯 방 안을 두리번거리며 살펴보곤 하는 것이었다.

"어이유! 참 오래전일세!"

옥화는 자못 놀라운 시늉이었다.

이튿날은 비가 왔다.

화개장날만 책전을 펴는 성기[性騏]는 내일 장 볼 준비도 할 겸 하루를 앞두고 절에서 마을로 내려오고 있었다.

쌍계사에서 화개장터까지는 시오 리가 좋은 길이라 해도, 굽이굽이 벌어진 물과 돌과 산협의 장려한 풍경이 언제보다 그에게 길덜미를 내지 않게 하였다.

처음엔 글을 배우러 간다고 할머니에게 손목을 끌리다시피 하여 간 곳이 절이었고, 그 다음엔 손위 동무들의 사랑에 끌려 다니다시피쯤 하여 왔지만 이즈음 와서는 매일같이 듣는 북소리, 목탁 소리, 그리고 그 경을 치게 회맑은 은행나무, 염주나무(菩提樹) 이런 것까지 모두 싫증이 났다.

당초부터 어디로 훨훨 가보거나 싶던 것이 소망이었지만, 그러나 어디로 간다는 건 말만 들어도 당장에 두 눈이 시뻘개져서 역정을 내는 어머니였다.

"서방이 있나, 일가친척이 있나. 너 하나만 믿고 사는 이년의 팔자에 너조차 밤낮 어디로 간다고만 하니 난 누굴 믿고 사냐?"

어머니의 넋두리는 인제 귀에 못이 박일 정도였다.

이러한 어머니보다도 차라리, 열 살 때부터 절에 보내어 중질을 시켰으니, 인제 역마살[驛馬煞]도 거진 다 풀려 갈 것이라고 은근히 마음을 느꾸시는 편이던 할머니는 성기가 세 살 났을 때 보인 그의 사주에 시천역[時天驛]이 들었다 하여 한때는 얼마나 낙담을 했던 것인지 모른다. 하동 산다는 그 키가 나지막한 명주 치마저고리를 입은 할머니가 혹시 갑자을축을 잘못 짚지나 않았나 하여, 큰 절[쌍계사를 가리킴]에 있는 어느 노장에게도 가 물어보고 지리산 속에서 도를 닦아 나온다던 어떤 키 큰 영감에게도 다시 뵈어 봤지만 시천역엔 조금도 요동이 없었다.

"천성 제 애비 팔자를 따라 갈려는 게지."

할머니가 어머니를 좀 비꼬아 하는 말이었으나 거기 깊은 원망이 든 것도 아니었다. 그러나 이런 말엔 각별나게 신경을 쓰는 옥화는,

"부모 안 닮는 자식 없단다. 근본은 다 엄마 탓이지."

도리어 어머니에게 오금을 박고 들었다.

"이년아 에미한테 너무 오금 박지 마라. 남사당을 붙었음, 너를 버리고 내가 그 놈을 찾아갔냐, 너더러 찾아 달라 성화를 댔냐?"

그러나 서른여섯 해 전에 꼭 하룻밤 놀다 갔다는 젊은 남사당의 진양조 가락에 반하여 옥화를 배게 된 할머니나, 구름같이 떠돌아다니는 중과 인연을 맺어 성기를 가지게 된 옥화나 다같이 '화개장터' 주막에 태어났던 그녀들로서는 별로 누구를 원망할 턱도 없는 어미 딸이었다. 성기에게 역마살이 든 것은 어머니가 중 서방을 정한 탓이요, 어머니가 중 서방을 정한 것은 할머니가 당사당에게 반했던 때문이라면 성기의 역마운도 결국은 할머니가 장본이라, 이에 할머니는 성기에게 중질을 시켜서 살을 때우려고도 서둘러 보았던 것이고, 중질에서 못다 푼 살을, 이번에는 옥화가 그에게 책장사라도 시켜서 풀어 보려는 속셈인 것이었다.

성기로서도 불경佛經보다는 암만 해도 이야기책에 끌리는 눈치요, 중질보다는 차라리 장사라도 해보고 싶다는 소청이기도 하여, 그러나 옥화는 꼭 화개장만 보기로 다짐까지 받은 뒤 그에게 책전을 내어 주기로 했던 것이었다.

성기가 마루 앞 축대 위에 올라서는 것을 보자 옥화는 놀란 듯이 자리에서 일어나 앉으며,

"더운데 왜 인저사 내려오냐?"

곁에 있던 수건과 부채를 집어 그에게 주었다.

지금까지 옥화에게 이야기책을 읽어 들려주고 있은 듯한 낯선 계집애는 책 읽던 것을 멈추고 얼굴을 들어 성기를 바라보았다. 갸름한 얼굴에 흰자위 검은자위가 꽃같이 선연한 두 눈이었다. 순간, 성기는 가슴이 찌르르 하며 갑자기 생기 띠어 진 눈으로 집 앞에 늘어선 버들가지를 바라보았다.

얼마 뒤 계집애는 안으로 들어가고, 옥화는 성기의 점심상을 차려 들고 나와서,

"체장수 딸이다."

하였다. 어머니도 즐거운 얼굴이었다.

"체장수라니?"

성기는 밥상을 받은 채, 그러나 얼른 숟가락을 들지도 않고, 그의 어머니의 얼굴을 쳐다보았다.

"구례 산다더라. 이번에 어쩌면 하동으로 해서 진주 쪽으로 나가 볼 참이라는데 어제 저녁에 화갯골로 들어갔다."

그리고 저 딸아이는 그 체장수의 무남독녀인데, 영감이 화갯골 쪽으로 들어갔다 나와서 하동 쪽으로 나갈 때 데리고 가겠다고 하도 간청을 하기에 그동안 좀 맡아 있어 주기로 했다면서, 옥화는 성기의 눈치를 살피듯 그의 얼굴을 물끄러미 바라보았다.

"화갯골에서는 며칠이나 있겠다던고?"

"들어가 보고 재미나면 지리산 쪽으로 깊이 들어가 볼 눈치더라."

그러고 나서 옥화는 또,

"그래도 그런 사람의 딸같이는 안 뵈지?"

하였다. 계연契姸이란 이름이었다.

성기는 잠자코 밥숟가락을 들었다. 그러나 밥은 반도 먹지 않고, 상을 물려 버렸다.

이튿날 성기가 책전에 있으려니까, 그 체장수 딸이 그의 점심을 이고 왔다. 집에서 장터까지래야 소리 지르면 들릴 만한 거리였지만, 그래도 전날 늘 이고 다니던 '상돌엄마'가 있을 터인데 이렇게 벌써 처녀티가 나는 남의 큰 애기더러 이런 사환을 시켜 미안하단 생각이 들었다. 그러나 정작 그녀 쪽에서는 그러한 빛도 없이, 그 꽃송이같이 화안한 두 눈에 웃음까지 담은 채, 그의 앞에 밥함지를 공손스레 놓고는 떡과 엿과 참외들을 팔고 있는 음식전 쪽으로 곧장 눈을 팔고 있었다.

"상돌엄만 어디 갔는듸?"

성기는 계연의 그 아리따운 두 눈에서 흥건한 즐거움을 가슴으로 깨달으며, 그러나 고개는 엉뚱한 방향으로 돌린 채 차라리 거친 음성으로 이렇게 물었다.

"손님이 마루에 가뜩 찼는듸, 상돌엄마가 혼자사 바뻐 서두닝께 어머니가 지더러 갖고 가라 했어요."

그동안 거의 입을 열어 말하는 일이 없었던 계연은 성기가 묻는 말에 의외로 생경한 전라도 쪽 토음土音으로 이렇게 말했다. 그 가냘프고 갸름한 어깨와 목하며, 어디서 그렇게 힘차고 괄괄한 음성이 울려 나오는 것인지 알 수가 없었다. 한줌이나 될 듯한 가느다란 허리와 호리호리한 몸매에 비하여 발달된 팔다리와 토실토실한 두 손등과 조그맣게 도톰한 입술을 가진 탓인지도 몰랐다.

"계연아, 오빠 세숫물 놔 드려라."

이튿날 아침에도 옥화는 상돌엄마를 부엌에 둔 채 역시 계연에게 성기의 시중을 들게 하였다. 세숫물을 놓는 일뿐 아니라 숭늉 그릇을 들고 다니는 것이나 밥상을 차려 오는 것이나 수건을 찾아 주는 것이나 성기에 따른 시중은 모조리 그녀로 하여금 들게 하였다. 그리고는,

"아이가 맘이 컴컴치 않고, 인정이 있고, 얄미운 데가 없어."

옥화는 자랑삼아 이런 말도 하였다.

"저의 아버지는 웬일인지 반 억지 비슷하게 거저 곧장 나만 믿겠다고, 아주 양딸처럼 나한테다 맡기고 싶은 눈치더라만……."

"옥화는 잠깐 말을 끊어서 성기의 낯빛을 살피고 나서 다시,

"그래 너한테도 말을 들어 봐야겠고 해서 거저 대강 들을 만하고 있었잖냐……. 언제 한번 데리고 가서 칠불七佛 구경이나 시켜 줘라."

하는 것이, 흡사 성기의 동의를 구하는 모양 같기도 하였다.

그러고 나서 옥화는 계연의 말을 옮겨, 구례 있는 저의 집이래야 구례읍에서 외따로 떨어진 무슨 산기슭 밑에 이웃도 없이 있는 오막살인가 보더라고도 하였다.

"그럼 살림은 어쩌고 나왔을까?"

"살림이래야 그까진 거 뭐, 방문에 자물쇠 채워 두었으면 그만 아냐. 허지만 그보다도 나그넷길에 데리고 나선 계연이가 걱정이지."

이러한 옥화의 말투로 보아서는 체장수 영감이 화갯골에서 나오는 대로 계연을 아주 양딸로 정해 둘 생각인 듯이도 보였다. 다만 성기가 꺼릴까 봐 이것만을 저어하는 눈치 같았다. 지금까지 몇 번이나 옥화는 성기더러 장가를 들라고 권했으나 그는 응치 않았고, 집에 술 파는 색시를 몇 차례나 두어도 보았지만 색시 쪽에서 간혹 성기에게 말썽을 내인 적은 있어도 성기가 색시에게 그러한 마음을 두는 일은 한 번도 있은 적이 없어, 이러한 일들로 해서, 이번에도 옥화는 그녀로 하여금 성기의 미움이나 받지 않게 할 양으로 그녀의 좋은 점만 이야기하는 듯한 눈치 같기도 하였다.

아랫집 실과 가게에서 성기가 짚신 한 켤레를 사들고 오려니까 옥화는 비죽이 웃는 얼굴로 막걸리 한 사발을 그에게 떠 주며,

"오늘 날씨가 너무 덥잖냐?"

고 하였다. 술 거를 때 누구에게나 맛 뵈기 떠 주기를 잘 하는 옥화였다. 계연이는 방에서 옷을 갈아입고 있었다.

"계연아, 너도 빨리 나와. 목마를 텐데 미리 좀 마시고 가거라."

옥화는 방을 향해서도 이렇게 소리를 질렀다.

항라 적삼에 가는 삼베 치마를 갈아입고 나오는 계연은 그 선연한 두 눈의 흰자위 검은자위로 인하여 물에 어리인 한 송이 연꽃이 떠오는 듯하였다.

"꼭 스무 해 전에 내가 입었던 거다."

옥화는 유감有感한 듯이 계연의 옷맵시를 살펴 주며 말했다.

"어제 꺼내서 품을 좀 줄여 놨더니만 청승스리 맞는고나. 보기보단 품을 여간 많이 입잖는다, 이 앤……. 자, 얼른 마셔라, 오빠 있음 무슨 내외할 사이냐?"

그러자 계연은 웃는 얼굴로 술잔을 받아 들고 방으로 들어가 마시고 나오는 모양이었다.

성기는 먼저 수양 버드나무 밑에 와서 새 신발에 물을 축이었다. 계연이도 곧 뒤를 따라 나섰다. 어저께 성기가 칠불암七佛庵까지 책값 수금 관계로 좀 다녀올 일이 있다고 했더니, 옥화가 그러면 계연이도 며칠 전부터 산나물을 캐러 간다고 벼르는 중이고, 또 칠불암 구경은 어차피 한 번 시켜 주어야 할게고 하니, 이왕이면 좀 데리고 가잖겠느냐고 하였다.

성기는 가슴도 좀 뛰고, 그래서 나물을 내가 어떻게 아느냐고, 싫다고 했더니 너더러 누가 나물까지 캐라느냐고, 앞에서 길만 끌어 주면 되잖느냐고 우기어, 기승한 어머니에게 성기는 더 항변을 못하고 말았던 것이다.

성기는 처음부터 큰길을 버리고 사람이 잘 다니지 않는, 수풀 속 산길을 돌아가기로 하였다. 원체가 지리산 밑이요, 또 나뭇길도 본디부터 똑똑히 나 있지 않는 곳이라, 어려서부터 자라난 고장이라곤 하지만 울울한 수풀 속에서 성기는 몇 번이나 길을 잃은 채 헤매곤 하였다.

쳐다보면 위로는 하늘을 찌를 듯한 높은 산봉우리요, 내려다보면 발아래는 바다같이 뿌우연 수풀뿐, 그 위에 흰 햇살만 물줄기처럼 내리 퍼붓고 있었다. 머루, 다래, 으름은 이제 겨우 파랗게 메아리 쳐 있고, 가지마다 새빨간 복분자, 오디는 오히려 철이 겨운 듯한 머리에 까맣게 먹물이 돌았다.

성기는 제 손으로 다듬은 퍼런 아가위나무 가지로 앞에서 칡덩굴을 헤쳐 가며 가고 있는데, 계연은 뒤에서 두릅을 꺾는다, 딸기를 딴다 하며 자꾸 혼자 처지곤 하였다.

"빨리 오잖고 뭘 하나?"

성기가 걸음을 멈추고 서서 나무라면 계연은 딸기를 따다 말고, 두릅을 꺾다 말고 그 조그맣고 도톰한 입술을 꼭 다물고는 뛰어오는 것인데, 한참만 가다 보면 또 뒤에 떨어지곤 하였다.

"아이고머니 어쩔 꺼나!"

갑자기 뒤에서 계연이가 소리를 질렀다. 돌아다보니 떡갈나무 위에서 가지에 치맛자락이 걸려 있다. 하필 떡갈나무에는 뭐 하러 올라갔을까고, 곁에 가 쳐다보니 계연의 손이 닿을 만한 위치에 그 아래쪽 딸기나무 가지가 넘어와 있다. 딸기나무에는 가시가 있고 또 비탈에서 있어 올라갈 수 없으니까, 그 딸기나무와 가지가 서로 얽힌 떡갈나무 쪽으로 올라간 모양이었다. 몸을 구부려 손으로 치맛자락을 벗기려면 간신히 잡고 서 있는 윗가지에서 손을 놓아야 하겠고, 손을 놓았다가는 당장 나무에서 떨어질 형편이다. 나무 아래서 쳐다보니 활짝 걷어 올려진 베치마 속에, 정강마루까지를 채 가리지 못한 짤막한 베고의가 훤한 햇살을 받아 그 안의 뽀오얀 것을 그대로 보여 주고 있었다.

성기는 짚고 있던 생나무 지팡이로 치맛자락을 벗겨 주려 하였으나, 지팡이가 짧아서 그렇겠지만 제 자신도 모르게 지팡이 끝은 계연의 그 발가스레 하고 매초롬한 종아리만을 자꾸 건드리고 있었다.

"아이 싫어! 나무에서 떨어진당게!"

계연은 소리를 질렀다. 게다가 마침 다람쥐란 놈까지 한 마리 다래 넌출 위로 타고 와서, 지금 막 계연이가 잡고 서 있는 떡갈나무 가지 위로 건너뛰려 하고 있다.

"아 곧 떨어진당게! 그 막대로 저 다램이나 때려 줬음 쓰겠는듸."

계연은 배 아래를 거진 햇살에 훤히 드러낸 채 있으면서도 다래 넌출 위에서 이쪽을 건너다보고 그 요망스러운 턱주가리를 쫑긋거리고 있는 다람쥐가 더 안타까운 모양으로 또 이렇게 소리를 질렀다.

"요놈의 다램이가……."

성기는 같은 나무 밑둥치에까지 올라가서야 겨우 계연의 치맛자락을 벗겨 주고, 그러고는 막대로 다시 조금 전에 다람쥐가 앉아 있던 다래 넌출도 한 번 툭 쳤다. 이 소리에 놀랐는지 산비둘기 몇 마리가 '푸드득' 하고 아래쪽 머루 넌출 위로 날아갔다.

"샘물이 있어야 쓰겄는듸."

계연은 치맛자락을 걷어 올려 이마의 땀을 씻으며 이렇게 말했다.

모롱이를 돌아 새로운 산줄기를 탈 때마다 연방 더 우악스러운 멧부리요, 어두운 수풀을 지나 환하게 열린 하늘을 내다볼 때마다 바다같이 질펀한 골짜기에 차 있느니 머루, 다래 넌출이오, 딸기, 칡의 햇덩굴이다. 산속으로 들어갈수록 여기저기서 난장판으로 뻐꾸기들은 울고, 이따금씩 낄낄거리고 골을 건너 날아가는 꿩 울음소리마저 야지의 가을벌레 소리 듣는 듯 신산을 더했다.

해는 거진 하늘 한가운데를 돌아 바야흐로 머리에 불을 끼얹고, 어두운 숲 그늘 속에는 해삼 같은 시꺼먼 달팽이들이 허연 진물을 토한 채 땅에 붙어 늘어졌다.

햇살이 따갑고, 땀이 흐르고, 목이 마를수록 성기들은 자꾸 넌출 속으로만 들짐승들처럼 파묻히었다. 나무딸기, 덤불 딸기, 산 복숭아, 아가위, 오디를 손에 닿는 대로 따서 연방 입에 가져가지만 입에 넣으면 눈 녹듯 녹아질 뿐, 떨적지근한 침을 삼키면 그만이었다. 간혹 이에 걸린다는 것이 아직 익지 않은 산 복숭아, 아가위 따위인데, 딸기 녹은 침물로는 그 쓰고 떫은 것마저 사양 없이 씹어 넘겨졌다. 처음엔 입술이 먼저 거멓게 열매 물이 들었고, 나중엔 온 볼에까지 묻었다. 먹을수록 목이 마른 딸기를 계연은 그 새파란 산복숭아서껀, 둥그런 칡잎으로 하나 가득 따서 성기에게 주었다. 성기는 두 손바닥 위에다 그것을 받아서는 고개를 수그려 물을 먹듯 입을 대어 먹었다. 먹고 난 칡잎은 아무렇게나 넌출 위로 던져 버린 채 칡 넌출이 담뿍 감겨 있는 다래 덩굴 위에 비스듬히 등을 대이고 누웠다.

계연은 두 번째 또 칡잎의 것을 성기에게 주었다. 성기는 성가신 듯이 그냥 비스듬히 누운 채 그것을 그대로 입에 들이부어 한입 가득 물고는 나머지를 그냥 넌출 위로 던졌다. 그리고 그는 곧 코를 골기 시작하였다.

세 번째 칡잎에다 딸기알, 머루 알을 골라 놓은 계연은 그러나 성기가 어느덧 잠이 들어 있음을 보자 아까 성기가 하듯 하여 이번엔 제가 먹어 치웠다.

"참 잘도 잔당게."

계연은 혼잣말로 중얼거리며 자기도 다래 덩굴에 등을 대이고 비스듬히 드러누워 보았으나 곧 재채기가 났다. 목이 몹시 말랐다. 배도 고팠다.

갑자기 뻐꾸기 소리가 무서웠다.

"덩굴 속에는 샘물이 없는가?"

계연은 덩굴을 헤치고 한참 들어가다 문득 모과나무 가지에 이리저리 얽히고 주렁주렁 열린 으름 덩굴을 발견하였다.

"이것이 익어 있음 쓰겄는듸."

계연은 이렇게 중얼거리며 아직도 파아란 오이를 만지듯 딴딴하고 우들우들한 으름을 제일 큰 놈으로만 세 개를 골라 따 쥐었다. 그리하여 한나절 동안 무슨 열매든지 손에 닿는 대로 마구 따 입에 넣곤 하던 버릇으로 부지중 입에 가져가 한 번 덥석 물어 떼었더니 이내 비릿하고 떫직스레한 풀 같은 것이 입에 하나 가득 끼었다.

"아, 풋내 나!"

계연은 입 안의 것을 뱉고 나서 성기 곁으로 갔다. 해는 벌써 점심때도 겨운 듯 갈증과 함께 시장기도 들었다.

"일어나 샘물 찾아가장게."

계연은 성기의 어깨를 흔들었다.

성기는 눈을 떴다.

계연은 당황하여, 쥐고 있던 새파란 으름 두 개를 성기의 코끝에 내어 밀었다. 성기는 몸을 일으켜 그녀의 둥그스름한 어깨와 목덜미를 껴안았다. 그러고는 입술이 포개졌다.

그녀의 조그맣고 도톰한 입술에서는 한나절 먹은 딸기, 오디, 산복숭아, 으름들의 달짝지근한 풋내와 함께 황토 흙을 찌는 듯한 향긋하고 고수한 고기肉 냄새가 느껴졌다.

까악까악 하고 난데없는 까마귀 한 마리가 그들의 머리 위로 울며 날아갔다.

"칠불은 아직 멀지라?"

계연은 다래 덩굴에 걸어 두었던 점심을 벗겨 들었다.

화갯골로 들어간 체장수 영감은 보름이 넘도록 돌아오지 않았다. 떠날 때 한 말도 있고 하니 지리산 속으로 아주 들어간 모양이라고, 옥화와 계연은 생각하고 있었다.

"산중에서 아주 여름을 내시는갑네."

옥화는 가끔 이런 말도 하였다. 그리고 그들은 끈기 있게 이야기책을 들고 앉곤 하였다. 계연의 약간 구성진 전라도 지방 토음은 날이 갈수록 점점 더 맑고 처량한 노래 조를 띠어 왔다.

그동안 옥화와 계연의 사이에 생긴 새로운 사실이 있다면, 옥화가 계연의 왼쪽 귓바퀴 위에 있는 조그만 사마귀 한 개를 발견한 것쯤이었다.

어느 날 아침, 그녀의 머리를 빗어 땋아 주고 있던 옥화는 갑자기 정신을 잃은 사람처럼 참빗 쥔 손을 부들부들 떨고 있었다.

"어머니 왜 그리여?"

계연이 놀라 물었으나 옥화는 그녀의 두 눈만 멀거니 바라보고 있을 따름 말이 없었다.

"어머니 왜 그러시여."

계연이 또 한 번 물었을 때, 옥화는 겨우 정신이 돌아오는 듯 긴 한숨을 내쉬며,

"아무것도 아니다."

하고, 다시 빗질을 시작하는 것이었다.

계연은 속으로 이상한 생각이 들었으나 아무것도 아니라는 옥화에게 다시 더 캐어물을 도리도 없었다.

이튿날 옥화는 악양岳陽에 볼일이 좀 있어 다녀 오겠노라면서 아침 일찍이 머리를 빗고 떠났다. 성기는 큰방에서 낮잠을 자고 있었다. 소나기가 왔다. 계연이가 밖에서 빨래를 걷어 안고 들어오면서,

"어쩔 거나, 어머니 비 만나시겄는듸!"

하였다. 그녀의 치맛자락은 바깥의 신선한 비바람을 묻혀다 성기의 자는 낯을 스쳐 주었다. 성기는 눈을 뜨는 결로 손을 뻗쳐 그녀의 치맛자락을 거머잡았다. 그녀는 빨래를 안은 채 고개를 홱 돌이켜 성기의 얼굴을 가만히 바라보았다. 그녀의 두 볼에 바야흐로 조그만 보조개가 패려 할 때 밖에서 인기척이 났다.

"어머니 옷 다 젖겄는듸!"

또 한 번 이렇게 말하며, 계연은 마루로 나갔다. 성기는 어느덧 또 코를 골기 시작하였다.

성기가 다시 잠이 깨었을 때는 손님들이 마루에서 막걸리를 마시고 있었다. 계연은 그들의 치다꺼리를 해 주고 있는 모양으로 부엌에서,

"명태랑 풋고추밖엔 안주가 없는듸!"

하고 소리가 났다.

나중 손님들이 돌아간 뒤 성기는 그녀더러,

"어머니 없을 땐 손님 받지 말라고."

약간 볼멘소리로 이런 말을 하였다.

"허지만 오늘 해 넘김, 이 술은 시어질 것인듸. 그냥 두면 어머니 오셔서 화내시지 않을 것이오?"

계연은 성기에게 타이르듯이 이렇게 말했다. 조금 뒤 그녀는 다시 웃는 낯으로

성기 곁에 다가서며,

"오빠, 나 면경 하나만 사 주시오. 똥그란 놈이 꼭 한 개만 있었음 쓰겄는듸."

주로 얼굴을 비추는 작은 거울

하였다. 이튿날이 마침 장날이라 성기는 점심을 가지고 온 그녀에게 미리 사 두었던 조그만 면경 하나와 찰떡을 꺼내 주었다.

"아이고머니!"

면경과 찰떡을 보자 계연은 놀란 듯이 소리를 질렀다. 그녀는 그 꽃 같은 두 눈에 웃음을 담뿍 담은 채 몇 번이나 면경을 들여다보곤 하더니, 그것을 품속에 넣고는 성기가 점심을 먹고 있는 곁에 돌아앉아 어느덧 짝짝 소리까지 내며 찰떡을 먹고 있었다.

성기는 남이 보지 않게 전 앞에 사람 그림자가 얼씬할 때마다 자기의 몸을 이리저리 움직여서 그것을 가려 주었다. 딴은 떡뿐 아니라 참외고 복숭아고 엿이고 유과고 일체 군것을 유달리 좋아하는 그녀의 성미인 듯하였다. 집 앞으로 혹 참외 장수나 엿장수가 지나가는 것을 보면 계연은 골무를 깁거나 바늘겨레를 붙이다 말고 튀어 일어나, 그것들이 시야에서 사라질 때까지 멀거니 바라보며 서 있곤 하였다.

한 번은 성기가 절에서 내려오려니까, 어머니는 어디 갔는지 눈에 띄지 않고, 그녀만이 마루 끝에 걸터앉은 채 이웃 주막의 놈팡이 하나와 더불어 참외를 먹고 있었다. 성기를 보자 좀 무안스러운 듯이 얼굴을 약간 붉히며 곧 일어나 반가운 표정을 지어 보였다.

"아, 오빠!"

"……."

그러나 성기는 그러한 그녀를 거들떠도 보지 않고 그대로 자기의 방으로만 들어가 버렸다. 계연은 먹던 참외도 마루 끝에 놓은 채 두 눈이 휘둥그레서 성기의 뒤를 따라왔다.

"오빠 왜?"

"……."

"응 왜 그리여?"

"……."

그러나 성기는 아무런 대꾸도 없었다. 그녀가 두 팔을 성기의 어깨 위에 얹어 그의 목을 껴안으려 했을 때, 성기는 맹렬히 몸을 뒤틀어 그녀의 팔을 뿌리치고는 돌연히 미친 것처럼 뛰어들어 따귀를 때리기 시작하였다.

처음 그녀는,

"오빠, 오빠!"

하고 찡그린 얼굴로 성기를 쳐다보며 두 손을 내어 밀어 그의 매질을 막으려 하였으나, 두 차례 세 차례 철썩철썩 하고 그의 손이 그녀의 얼굴에 와 닿자, 방구석에 가 얼굴을 쿡 처박은 채 얼마든지 그의 매질에 몸을 맡기듯이 하고 있었다.

이튿날 장에 점심을 가지고 온 계연은 그 작고 도톰한 입술을 꼭 다문 채 말이 없었으나, 그의 꽃같이 선연한 두 눈엔 어저께의 일에 깊은 적의도 원한도 품어 있지 않는 듯하였다.

그날 밤 그녀가 혼자 강가에 나와 있는 것을 보고, 성기는 그녀의 뒤를 쫓아 나갔다. 하늘엔 별이 파랗게 빛나고 있었으나 나무 그늘은 강가를 칠야같이 뒤덮어 있었다.

"오빠."

계연은 성기가 바로 그녀의 곁에까지 왔을 때 일어나 성기의 턱 앞으로 바싹 다가들어 서며 낮은 목소리로 이렇게 불렀다.

"오빠, 요즘은 어쩌자고 만날 절에만 노 있는 것이여?"

그 몹시도 굴곡이 강렬한 전라도 지방 토움이 이렇게 속삭이었다.

그즈음 성기는 장을 보러 오는 날 이외에는 절에서 일체 내려오지를 않았다. 옥화가 악양명도에게 갔다 소나기에 젖어 돌아온 뒤부터는 어쩐지 그와 그녀의 사이를 전과 달리 경계하는 듯한 눈치라, 본래 심장이 약하고 남의 미움 받기를 유달리 싫어하는 그는, 그러한 어머니에 대한 노여움도 있고 하여 기어코 절에서 배겨 내려 했던 것이었다.

이날 밤만 해도 계연의 물음에 성기가 무어라고 대답도 채 하기 전에 "계연아, 계연아!" 하는 옥화의 목소리가 또 어느덧 들려오고 있었다. 성기는 콧잔등을 찌푸리며 말을 하려다 말고 입을 다물어 버렸다.

"아, 어머니도 어쩌면 저다지 야속할까?"

성기는 갑자기 목이 뿌듯해졌다.

반딧불이 지나갔다. 계연은 돌 위에 걸터앉아 손으로 여뀌풀을 움켜잡으며, 혼잣말같이 또 무어라 속삭이는 것이었으나 냇물 소리에 가리어 잘 들리지 않았다.

이튿날 아침 일찍이 성기가 방 안으로, 부엌으로 누구를 찾으려는 듯 기웃기웃하다가 좀 실망한 듯한 낯으로 그냥 절로 올라가고 말았을 때, 그녀는 역시 이 여뀌풀 있는 냇물 가에서 걸레를 빨고 있었던 것이다.

사흘 뒤에 성기가 다시 절에서 내려오니까, 체장수 영감은 마루 위에서 막걸리를 마시고 있고, 계연은 고개를 떨어버린 채 마루 끝에 걸터앉아 있었다. 머리를 감아 빗고 새 옷—새 옷이래야 전날의 그 항라 적삼을 다시 빨아 다린 것—을 갈아입고, 조그만 보따리 하나를 곁에 두고, 슬픔에 잠겨 있던 계연은 성기를 보자 그 꽃같이 선연한 두 눈에 갑자기 기쁨을 띠며 허리를 일으켰다. 그러나 바로 그 다음 순간, 그 노기를 띤 듯한 도톰한 입술은 분명히 그들 사이에 일어난 어떤 절박하고 불행한 사실을 전하고 있었다.

막걸리 사발을 들어 영감에게 권하고 있던 옥화는 성기를 보자,

"계연이가 시방 떠난단다."

대번에 이렇게 말했다.

옥화의 말을 들으면, 영감은 그날 성기가 절로 올라가던 날 저녁때에 돌아왔더라는 것이었다. 그 이튿날이니까, 즉 어저께 영감은 그녀를 데리고 떠나려고 하는 것을 하루 더 쉬어 가라고 만류를 해서, 그래 오늘 아침엔 일찍이 떠난다고 이렇게 막 행장을 차려서 나서는 길이라 하였다.

그러나 이것은 실상 모두 나중 다시 들어서 알게 된 것이었고, 처음은 그저 쇠뭉치로 돌연히 머리를 얻어맞은 것같이 골치가 띵하며, 전신의 피가 어느 한 곳으로 쫙 모이는 듯한, 양쪽 귀가 머리 위로 쫑긋이 당기어 올라가는 듯한, 혀가 목구멍 속으로 말려 들어가는 듯한, 눈언저리에 퍼런 불이 번쩍번쩍 일어나는 듯한, 어지러움과 노여움과 조마로움이 한데 뭉치어 발끝에서 머리끝까지의 그의 전신을 어디로 휩쓸어 가는 듯만 하였다. 그는 지금껏 이렇게까지 그녀에게 마음이 가 있어 떨어질 수 없게 되었으리라고는 너무도 뜻밖이었다. 그것이 이제 영원히 헤어지려는 이 순간에 와서야 갑자기 심지에 불을 켜듯 확 타오를 마련이던가, 하는 것이 자꾸만 꿈과 같았다. 자칫하면 체면도 염치도 다 놓고 엉엉 울음이 터질 것만 같이 목이 징징 우는 것을, 그러는 중에서도 이 얼굴을 어머니에게 보여서는 아니된다는 의식에서 떨리는 입술을 깨물며, 마루 끝에 궁둥이를 찧듯 털썩 앉아 버렸다.

"아들이 참 잘생겼소."

영감은 분명히 성기를 두고 하는 말인 모양이었다. 그러나 성기는 그쪽으로 고개를 돌려 보지 않은 채, 그들에게 무슨 적의나 품은 듯이 앉아 있었다.

옥화는 그동안 또 성기에게 역시 그 체장수 영감의 이야기를 전해 들려주고 있는 모양이었다. 지리산 속에서 우연히 옛날 고향 친구의 아들이 된다는 낯선 젊은이 하나를 만났다. 그는 영감의 고향인 여수에서 큰 공장을 경영하는 실업가로, 지리산 유람을 들어왔다가 이야기 끝에 우연히 서로 알게 되었다. 그는 영감에게 함께 고향으로 돌아가 살자고 했다. 영감은 문득 고향 생각도 날 겸 그 청년의 도움으로 어떻게 형편이 좀 펼 것같이도 생각되어 그를 따라 여수로 돌아가기로 결정을 하고 나오는 길이라……, 옥화가 무어라고 한참 하는 이야기는 대개 이러한 의미인 듯하였으나, 조마롭고 어지럽고 노여움으로 이미 두 귀가 멍멍하여진 그에게는 다만 벌떼처럼 무엇이 왕왕 거릴 뿐 아무것도 분명히 들리지 않았다.

"막걸리 맛이 어찌나 좋은지 배가 부르당게."

그동안 마지막 술잔을 들이키고 난 영감은 부채와 지팡이를 집어 들며 이렇게 말했다.

"여수 쪽으로 가시게 되면 영영 못 보게 되겠구만요."

옥화도 영감을 따라 일어서며 이렇게 말했다.

"사람 일을 누가 알간듸, 인연 있음 또 볼 터이지."

영감은 커다란 미투리에 발을 끼며 말했다.

"아가, 잘 가거라."

옥화는 계연의 조그만 보따리에다 돈이 든 꽃주머니 하나를 정표로 넣어 주며 하직을 하였다.

계연은 애걸하듯 호소하듯 붉은 두 눈으로 한참 동안 옥화의 얼굴을 쳐다보고만 있었다.

"또 오너라."

옥화는 계연의 머리를 쓸어 주며 다만 이렇게 말하였고, 그러자 계연은 옥화의 가슴에다 얼굴을 묻으며 엉엉 소리를 내어 울기 시작하였다.

옥화가 그녀의 그 물결같이 흔들리는 둥그스름한 어깨를 쓸어 주며,

"그만 울어, 아버지가 저기 기다리고 계신다."

하는 음성도 이젠 아주 풀이 죽어 있었다.

"그럼 편히 계시요."

영감은 옥화에게 하직을 하였다.

"하라부지, 거기 가 보시고 살기 여의찮거든 여기 와서 우리하고 같이 삽시다."

옥화는 또 한 번 이렇게 당부하는 것이었다.

"오빠, 편히 사시오."

계연은 이미 시뻘겋게 된 두 눈으로 성기의 마지막 시선을 찾으며 하직 인사를 했다.

성기는 계연의 이 말에 꿈을 깬 듯 마루에서 벌떡 일어나, 계연의 앞으로 당황히 몇 걸음 어뜩 어뜩 걸어오다간, 돌연히 다시 정신이 나는 듯 그 자리에 화석처럼 발이 굳어 버린 채, 한참 동안 장승같이 계연의 얼굴만 멍하게 바라보고 있었다.

"오빠, 편히 사시오."

이렇게 두 번째 하직을 하는 순간까지도 계연의 그 시뻘건 두 눈은 역시 성기의 얼굴에서 그 어떤 기적과도 같은 구원만을 기다리는 것이었고, 그러나 성기는 그 자리에 그냥 주저앉아 버릴 뻔하던 것을 겨우 버드나무 가지를 움켜잡을 수 있었을 뿐이었다.

계연의 시뻘겋게 상기된 얼굴은 옥화와 그녀의 아버지가 그녀들을 지켜보고 있다는 것도 잊은 듯이 성기의 얼굴만 뚫어지게 바라보고 있었으나, 버드나무에 몸을 기대인 성기의 두 눈엔 다만 불꽃이 활활 타오를 뿐 아무런 새로운 명령도 기적도 나타나지 않았다.

"오빠, 편히 사시오."

하고, 거의 울음이 다 된 마지막 목소리를 남기고 돌아선 계연의 저만치 가고 있는 항라 적삼을, 고운 햇빛과 늘어진 버들가지와 산울림처럼 울려 오는 뻐꾸기 울음 속에 성기는 우두커니 지켜보고 있을 뿐이었다.

성기가 다시 자리에서 일어나게 된 것은 이듬해 우수雨水 경칩驚蟄도 다 지나, 청명淸明 무렵의 비가 질금거릴 즈음이었다. 주막 앞에 늘어선 버들가지는 다시 실같이 푸르러지고 살구, 복숭아, 진달래들이 골목 사이로 산기슭으로 울긋불긋 피고 지고 하는 날이었다.

아들의 미음상을 차려 들고 들어온 옥화는 성기가 미음 그릇을 비우는 것을 보자, 이렇게 물었다.

"아직도 너, 강원도 쪽으로 가 보고 싶냐?"

"……."

성기는 조용히 고개를 돌렸다.

"여기서 장가들이 나랑 같이 살겠냐?"

"……."

성기는 역시 고개를 돌렸다.

……그해 아직 봄이 오기 전, 보는 사람마다 성기의 회춘을 거의 다 단념하곤 하였을 때, 옥화는 이왕 죽고 말 것이라면 어미의 맘속이나 알고 가라고 그래, 그 체장수 영감은 서른엿서 해 전 남사당을 꾸며 와 이 '화개장터' 에 하룻밤을 놀고 갔다는 자기의 아버지임에 틀림이 없었다는 것과, 계연은 그 왼쪽 귓바퀴 위의 사마귀로 보아 자기의 동생임이 분명하더라는 것을 통정하노라면서, 자기의 왼쪽 귓바퀴 위의 같은 검정 사마귀까지를 그에게 보여 주었다.

"나도 처음부터 영감이 '서른여섯 해 전' 이라고 했을 때 가슴이 섬짓하긴 했다. 그렇지만 설마 했지, 그렇게 남의 간을 뒤집어 놓을 줄이야 알았나. 하도 아슬해서 이튿날 악양으로가 명도까지 불러 봤더니 요것도 남의 속을 빤히 드려다나 보는 듯이 재줄대는구나, 차라리 망신을 했지."

옥화는 잠깐 말을 그쳤다. 성기는 두 눈에 불을 켜 듯한 형형한 광채를 띠고, 그 어머니의 얼굴을 쳐다보고 있었다.

"차라리 몰랐으면 또 모르지만 한 번 알고 나서야 인륜이 있는듸 어찌겠냐."

그리고 부디 에미 야속타고나 생각지 말라고 옥화는 아들의 뼈만 남은 손을 눈물로 씻었다. 옥화의 이 마지막 하직같이 하는 통정 이야기에 의외로 성기는 도로 힘을 얻은 모양이었다. 그 불타는 듯한 형형한 두 눈으로 천장을 한참 바라보고 있던 성기는 무슨 새로운 결심이나 하듯 입술을 지그시 깨물고 있었다.

아버지를 찾아 강원도 쪽으로 가 볼 생각도 없다. 집에서 장가들어 살림을 할 생각도 없다, 하는 아들에게, 그러나 옥화는 이제 전과 같이 고지식한 미련을 두는 것도 아니었다.

"그럼 어쩔랴냐? 너 좋을 대로 해라."

"……."

성기는 아무런 말도 없이 도로 자리에 드러누워 버렸다.

그러고 나서 한 달포나 넘어 지난 뒤였다.

성기가 좋아하는 여러 가지 산나물이 화갯골에서 연달아 자꾸 내려오는 이른 여름의 어느 장날 아침이었다. 두릅회에 막걸리 한 사발을 쭉 들이켜고 난 성기는 옥화더러,

"어머니 나 엿판 하나만 맞춰 주."

하였다.

"……."

옥화는 갑자기 무엇으로 머리를 얻어맞은 듯이 성기의 얼굴을 멍하니 바라보고 있었다.

그런지도 다시 한 보름이나 지나 뻐꾸기는 또다시 산울림처럼 건드러지게 울고, 늘어진 버들가지엔 햇빛이 젖어 흐르는 아침이었다. 새벽녘에 잠깐 가는 비가 지나가고, 날은 다시 유달리 맑게 갠 '화개장터' 삼거리 위에서, 성기는 그 어머니와 하직을 하고 있었다. 갈아입은 옥양목 고의적삼에, 명주 수건까지 머리에 질끈 동여매고 난 성기는, 새로 맞춘 새하얀 나무 엿판을 걸빵해서 느직하게 엉덩이 즈음에다 걸었다. 윗목 판에는 새하얀 가락엿이 반 넘어 들어 있었고, 아래 목판에는 팔다 남은 이야기책 몇 권과 간단한 방물이 좀 들어 있었다.

그의 발 앞에는 물과 함께 갈리어 길도 세 갈래로 나 있었으나, 화갯골 쪽엔 처음부터 등을 지고 있었고, 동남으로 난 길은 하동, 서남으로 난 길이 구례, 작년 이맘때도 지나 그려가 울음 섞인 하직을 남기고 체장수 영감과 함께 넘어간 산모퉁이 고갯길은 퍼붓는 햇빛 속에 지금도 하동 장터 위를 굽이 돌아 구례 쪽을 향했으나, 성기는 한참 뒤 몸을 돌렸다. 그리하여 그의 발은 구례 쪽을 등지고 하동 쪽을 향해 천천히 옮겨졌다.

한 걸음 한 걸음, 이 발을 옮겨 놓을수록 그의 마음은 한결 가벼워져, 멀리 버드나무 사이에서 그의 뒷모양을 바라보고 서 있을 어머니의 주막이 그의 시야에서 완전히 사라져 갈 무렵 하여서는, 육자배기 가락으로 제법 콧노래까지 흥얼거리며 가고 있는 것이었다.

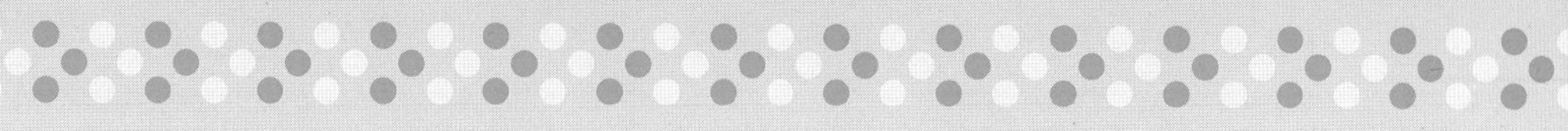

줄거리

화개장터에서 주막을 하는 옥화는 하나밖에 없는 아들의 역마살을 없애기 위해 쌍계사에 보내 생활하게 하고, 장날에만 집에 와 있으면서 장터에서 책을 팔도록 했다. 어느 날 체장수 영감이 딸 계연을 데리고 와 주막에 맡기고 장삿길을 떠났다. 옥화는 성기와 계연을 결혼시켜 역마살을 막아 보려는 생각으로 성기와 계연이 가깝게 지낼 수 있도록 의도적으로 자리를 많이 만들었다.

그러던 어느 날 옥화는 우연히 계연의 귓바퀴에 난 사마귀를 보고 깜짝 놀랐다. 자신과 똑같은 위치에 사마귀가 있었기 때문이다. 옥화는 불길한 예감에 사로잡혔고, 그 불길한 예감은 체장수 영감이 주막에 돌아온 뒤 사실로 드러났다. 즉, 자신의 아버지인 남사당패 우두머리가 바로 체장수 영감이고, 옥화와 계연은 이복 자매였던 것이다. 36년 전 체장수 영감은 남사당패의 우두머리로 화개장터에 들어와 주막집 홀어미와 하룻밤의 인연을 맺었는데, 그 인연으로 옥화가 태어났던 것이다.

성기와 계연은 서로 맺어질 수 없는 사이이기에 체장수 영감은 계연을 데리고 고향으로 떠났다. 이 일이 있은 후 성기는 중병을 앓게 되고, 병이 낫자 역마살에 따라 엿판을 꾸려 집을 나선다. 계연이 돌아간 구례 쪽과 반대 방향인 하동 쪽으로…….

감상 포인트

이 작품은 역마살로 표상되는 동양적, 한국적 운명관을 형상화했다. 하루 저녁 놀다간 남사당패에게서 옥화를 낳은 할머니, 떠돌이 중에게서 성기를 낳은 어머니 옥화, 그리고 마침내 엿판을 메고 유랑의 길에 오르는 아들 성기 등은 인연의 묘리와 비극적 운명의 사슬에 얽매인 한국인의 토착적 의식세계를 잘 보여 준다.

특히 이 작품 속 등장인물들의 삶은 대부분 자신의 의지나 선택에 의해 결정되는 것이 아닌, 운명적으로 주어진 역마살에 둘러싸여 있으며 소설의 배경인 화개장터 역시 역마살이 낀 장돌뱅이와 남사당패의 집결지라고 할 수 있다.

옥화는 아들 성기의 역마살을 없애기 위해 결혼을 통해 한 곳에 정착시키려 했지만, 성기가 사랑하던 계연이 옥화의 이복동생이라는 사실이 밝혀지면서 두 사람의 결혼은 불가능해진다. 이를 계기로 성기는 역마살을 자신의 운명으로 받아들이고 유랑 길에 오른다.

결론적으로 이 작품은 운명을 거스르지 않음으로써 구원에 이르게 된다고 믿는 한국적 운명론을 드러내고 있다. 즉, 삶의 한 형식으로 운명에의 순응을 제시하고 있는 것이다.

등장인물

- **성기 :** 역마살을 타고난 운명적 인물. 계연과의 사랑이 좌절되자 역마살을 극복하지 못한 채 운명에 따라 고향을 떠난다.
- **옥화 :** 주막을 하는 성기의 어머니. 아들의 역마살을 없애기 위해 힘쓰지만 결국 실패하고 운명으로 받아들이게 된다.
- **계연 :** 성기를 사랑하게 되지만 옥화의 이복동생인 것이 밝혀지면서 아버지를 따라 고향으로 떠난다.
- **체장수 :** 역마살이 낀 인물로, 36년 전 주막집 홀어미와 관계해 옥화를 낳았다.

배경과 소재의 상징적 의미

배경과 소재	상징적 의미
쌍계사	옥화가 성기의 역마살을 없애기 위해 중을 시키려고 성기를 데려다 놓은 곳이다.
화개장터	다양한 인간들이 오고가는 곳으로, 전통 사회에서 떠돌이 삶을 상징하는 공간이다. 성기가 쌍계사보다 장터에서 책장사하는 것을 좋아한다는 사실은 성기에게 역마살이 있음을 뜻한다.
성기의 엿판	성기가 엿판을 맞춰 달라고 한 것은 떠돌이의 인생을 살겠다는 의미다.

배경과 주제와의 관계

이 작품의 주된 배경은 화개장터이다. 장터는 역마살이 낀 장돌뱅이와 남사당패의 집결지로, 그들이 삶을 영위해 나가는 장소이기도 하다. 이 장터에서 주막을 운영하며 장돌뱅이들의 근거지를 제공하는 옥화는 그의 아들 성기의 역마살과 깊은 관련을 맺고 있다. 그리고 화개장터 북쪽에는 쌍계사가 있는데, 옥화는 성기를 그곳에 보내 역마살을 풀려고 애쓴다. 이처럼 적절한 공간을 등장시켜 주제의식을 더욱 선명하게 드러낸다

핵심정리

- **갈래 :** 단편 소설, 낭만주의 소설
- **시점 :** 전지적 작가 시점
- **배경 :** 전라도와 경상도의 경계 지역인 화개장터(주된 계절적 배경은 봄)
- **성격 :** 무속적, 운명적
- **상징 :** 제목 '역마'는 한 곳에 뿌리내리지 못하고 떠돌 수밖에 없는 인간의 운명을 상징
- **주제 :** 운명(역마살)에의 순응과 그에 따른 인간의 구원

2 무녀도

1

뒤에 물러 누운 어둑어둑한 산, 앞으로 폭이 넓게 흐르는 검은 강물, 산마루로 들판으로 검은 강물 위로 모두 쏟아져 내릴 듯한 파아란 별들, 바야흐로 숨이 고비에 찬, 이슥한 밤중이다. 강가 모랫벌에 큰 차일을 치고, 차일 속엔 마을 여인들이 자욱이 앉아 무당의 시나위 가락에 취해 있다. 그녀들의 얼굴들은 분명히 슬픈 흥분과 새벽이 가까워 온 듯한 피곤에 젖어 있다. 무당은 바야흐로 청승에 가지러져 뼈도 살도 없는 혼령으로 화한 듯 가벼이 쾌잔자락을 날리며 돌아간다…….

이 그림이 그려진 것은 아버지가 장가를 들던 해라 하니, 나는 아직 세상에 태어나기도 이전의 일이다. 우리 집은 옛날의 소위 유서 있는 가문으로, 재산과 문벌로도 떨쳤지만, 글 하는 선비란 것도 우글거렸고, 특히 진귀한 서화와 골동품으로서는 나라 안에서 손꼽힐 만큼 높이 일컬어졌었다. 그리고 이 서화와 골동품을 즐기는 취미는 아버지에서 다시 손자로 대대 가산과 함께 물려져 내려오는 가풍이기도 했다.

우리 집 살림이 탁방난 것은 아버지 때였으나, 그 즈음만 해도 아직 옛날과 다름없이 할아버지께서는 사랑에서 나그네를 겪으셨고, 그러자니 시인 묵객詩人墨客

들이 끊일 새 없이 찾아들곤 하였다. 그 무렵이라 한다. 온종일 흙바람이 불어 뜰 앞엔 살구꽃이 터져 나오는 어느 봄날 어스름 때였다. 색다른 나그네가 대문 앞에 닿았다. 동저고리 바람에 패랭이를 쓰고 그 위에 명주 수건을 잘라 맨, 나이 한 쉰 가까이 되어 뵈는, 체수도 조그만 사내가 나귀 고삐를 잡고서고, 나귀에는 열예닐곱쯤 나 뵈는, 낯빛이 몹시 파리한 소녀 하나가 안장 위에 앉아 있었다. 남자 항인과 그 상전의 따님 같아도 보였다.

그러나 이튿날 그 사내는,

"이 여아는 소인의 여식이옵는데, 그림 솜씨가 놀랍다 하기에 대감의 문전을 찾았삽내다."

소녀는 흰 옷을 입었었고, 옷 빛보다 더 새하얀 그녀의 얼굴엔 깊이 모를 슬픔이 서리어 있었다.

"아기의 이름은?"

"……."

"나이는?"

"……."

주인이 소녀에게 말을 건네 보았었으나, 소녀는 굵은 두 눈으로 한 번 그를 바라보았을 뿐 입을 떼려고 하지는 않았다.

아비가 대신 입을 열어,

"여식의 이름은 낭이, 나이는 열일곱 살이옵고……."

하더니, 목소리를 더 낮추며,

"여식은 가는귀가 좀 먹었습니다."

했다.

주인도 이번에는 고개를 끄덕였다. 그러고는 사내를 보고, 며칠이든지 묵으며 소녀의 그림 솜씨를 보여 달라고 했다.

그들 아비 딸은 달포(한 달이 조금 넘는 기간) 동안이나 머물러 있으며, 그림도 그리고 자기네의 지난 이야기도 자세히 하소연했다고 한다.

할아버지께서는 그들이 떠나는 날에, 이 불행한 아비 딸을 위하여 값진 비단과 충분한 노자를 아끼지 않았으나, 나귀 위에 앉은 가련한 소녀의 얼굴에는 올 때나 조금도 다름없는 처절한 슬픔이 서려 있었을 뿐이라고 한다.

……소녀가 남기고 간 그림—이것을 할아버지께서는 '무녀도'라 불렀지만—과 함께 내가 할아버지로부터 전해 들은 이야기는 다음과 같다.

2

경주읍에서 성 밖으로 오 리쯤 나가서 조그만 마을이 있었다. 여민촌 혹은 집성촌이라 불리는 마을이었다.

이 마을 한 구석에 모화毛火라는 무당이 살고 있었다. 모화서 들어온 사람이라 하여 모화라 부르는 것이었다. 그것은 한 머리 찌그러져 가는 묵은 기와집으로, 지붕 위에는 기와버섯이 퍼렇게 벋어 올라 역한 흙냄새를 풍기고, 집 주위는 앙상한 돌담이 군데군데 헐리인 채 옛 성처럼 꼬불꼬불 에워싸고 있었다. 이 돌담이 에워싼 안의 공지같이 넓은 마당에는 수채가 막힌 채, 빗물이 괴는 대로 일 년 내 시퍼런 물이끼가 뒤덮여 늘쟁이, 명아주, 강아지풀, 그리고 이름 모를 여러 가지 잡풀들이 사람의 키도 묻힐 만큼 거멓게 엉키어 있었다. 그 아래로 뱀같이 길게 늘어진 지렁이와 두꺼비같이 늙은 개구리들이 구물거리며 움칠거리며, 항시 밤이 들기만 기다릴 뿐으로, 이미 수십 년 혹은 수백 년 전에 벌써 사람의 자취와는 인연이 끊어진 도깨비굴 같기만 했다.

이 도깨비굴같이 낡고 헐리인 집 속에 무녀 모화와 그 딸 낭이는 살고 있었다. 낭이의 아버지 되는 사람은 경주읍에서 칠십 리가량 떨어져 있는 동해변 어느 길목에서 해물 가게를 보고 있는데, 풍문에 의하면 그는 낭이를 세상에 없이 끔찍이 생각하는 터이므로, 봄가을이면 분 잘 핀 다시마와 조촐한 꼭지미역 같은 것을 가지고 다녀 가곤 한다는 것이었다. 나중 욱이昱伊가 돌연히 나타나지 않았다면, 이 도깨비굴 속에 그녀들을 찾는 사람이라야 모화에게 굿을 청하러 오는 사람들과 봄가을에 한 번씩 낭이를 찾아주는 그녀의 아버지 정도로, 세상 사람들과는 별로 왕래도 없이 살아가는 쓸쓸한 어미, 딸이었을 것이다.

간혹 원근 동네에서 모화에게 굿을 청하러 오는 사람이 있어도 아주 방문 앞까지 들어서며,

"여보게, 모화네 있는가?"

"여보게, 모화네."

하고, 두세 번 부르도록 대답이 없다가, 아주 사람이 없는 모양이라고 툇마루에 손을 짚고 방문을 열려고 하면 그때서야 안에서 방문을 먼저 열고 말없이 내다보는 계집애 하나—그녀의 이름이 낭이었다. 그럴 때마다 낭이는 대개 혼자서 그림을 그리고 있다가 놀라 붓을 던지며 얼굴이 파랗게 질린 채 와들와들 떨곤 하는 것이었다.

이와 같이, 모화는 어느 하루를 집구석에서 살림이라고 살고 있는 날이 없었다. 날이 새기가 무섭게 성 안으로 들어가면 언제나 해가 서쪽 산마루에 걸릴 무렵에야 돌아오곤 했다. 술이 얼근해서 수건엔 복숭아를 싸들고 춤을 추며,

"따님아, 따님아, 김씨 따님아,

수국 꽃님 낭이 따님아,

용궁이라 들어가니,

열두 대문이 다 잠겼다.

문 열으소, 문 열으소,

열두 대문 열어 주소."

청승 가락을 뽑으며 동구로 들어오는 것이었다.

"모화네, 오늘도 한 잔 했구나."

마을 사람들이 인사를 하면 모화는 수줍은 듯이 어깨를 비틀며,

"예에, 장에 갔다가요."

하고, 공손스레 절을 하곤 하였다.

모화는 굿을 할 때 이외에는 대개 주막에 가 있었다.

그만큼 모화는 술을 즐기었고 낭이는 또한 복숭아를 좋아하며 어미가 술이 취해 돌아올 때마다 여름 한철은 언제나 그녀의 손에 복숭아가 들려 있었다.

"따님 따님, 우리 따님."

모화는 집 안에 들어서면서도 이렇게 가락을 붙여 낭이를 불렀다.

낭이는 어릴 때 나들이에서 돌아오는 어미의 품에 뛰어들어 젖을 빨듯, 어미의 수건에 싸인 복숭아를 받아먹는 것이었다.

모화의 말을 들으면 낭이는 수국 꽃님의 화신化神으로, 그녀가 꿈에 용신龍神님을 만나 복숭아 하나를 얻어먹고 꿈꾼 지 이레 만에 낭이를 낳은 것이라 했다. 그녀의 말에 의하면 수국 용신님은 따님이 열두 형제였다. 첫째는 달님이요, 둘째는 물님이요, 셋째는 구름님이요……, 이렇게 열두째는 꽃님이었는데, 산신님의 열두 아드님과 혼인을 시키게 되어 달님은 해님에게, 물님은 나무님에게, 구름님은 바람님에게, 각각 차례대로 배혼을 정해 나가려니까 막내따님인 꽃님은 본시 연애를 좋아하시는 성미라 자기 차례가 돌아오기를 미처 기다릴 수 없어, 열한째 형인 열매님의 낭군님이 되실 새님을 가로채어 버렸더니 배필을 잃은 열매님과 나비님은 슬피 울며, 제각기 용신님과 산신님께 호소한 결과 용신님이 먼저 크게 노하고 벌을 내려 꽃님의 귀를 먹게 하시고, 수국을 추방하시니 꽃님에서 그만 복사꽃이 되어 봄마다 강가로 산기슭으로 붉게 피지만, 새님이 가지에 와 아무리 재잘거려도 지금까지 귀가 먹은 채 말 없는 벙어리가 되어 있는 것이라 한다.

모화는 주막에서 술을 먹다 말고, 화랑이들과 어울려서 춤을 추다 말고, 별안

화랑이: 광대와 비슷한 놀이꾼 패로, 대부분 무당의 남편이었으며 박수라고도 함

간 미친 것처럼 일어나 달아나곤 했다. 물으면 집에서 따님이 자기를 부르노라고 했다.

그녀는 수국 용신님께서 낭이 따님을 잠깐 자기에게 맡겼으므로 자기는 그동안 맡아 있는 것뿐이라 했다.

그러므로 자기가 만약 이 따님을 정성껏 섬기지 않으면 큰 어머님 되시는 용신님의 노염을 살까 두렵노라 하였다.

낭이뿐 아니라, 모화는 보는 사람마다 너는 나무귀신의 화신이다. 너는 돌귀신의 화신이다 하여, 걸핏하면 칠성에 가 빌라는 둥 용왕에 가 빌라는 둥 했다.

모화는 사람을 볼 때마다 늘 수줍은 듯, 어깨를 비틀며 절을 했다. 그것은 사람뿐 아니라 돼지, 고양이, 개구리, 지렁이, 고기, 나비, 감나무, 살구나무, 부지깽이, 항아리, 섬돌, 짚신, 대추 나뭇가지, 제비, 구름, 바람, 불, 밥, 연, 바가지, 다래끼, 솥, 숟가락, 호롱불…… 이러한 모든 것이 그녀와 서로 보고, 부르고, 말하고, 미워하고, 시기하고, 성내고 할 수 있는 이웃 사람같이 보이곤 했다. 그리하여 그 모든 것을 '님' 이라 불렀다.

3

욱이가 돌아온 뒤부터 이 도깨비굴 속에는 조금씩 사람 냄새가 나기 시작했다. 부엌에 들어서기를 그렇게 싫어하던 낭이도 욱이를 위해서는 가끔 밥을 짓는 것이었다. 그리고 밤이면 오직 컴컴한 어둠과 별빛만이 차 있던 이 허물어져 가는 기와집 처마 끝에도 희부연 종이 등불이 고요히 걸려지곤 했다.

욱이는 모화가 아직 모화 마을에 살 때, 귀신이 지피기 전 어떤 남자와의 사이에서 생긴 사생아였다. 그는 어릴 적부터 무척 총명하여 신동이란 소문까지 났으나, 근본이 워낙 미천하여 마을에서는 순조롭게 공부를 시킬 수가 없어, 그가 아홉 살 되었을 때 아는 사람의 주선으로 어느 절간에 보낸 뒤, 그동안 한 십 년간

까맣게 소식조차 묘연하다가 얼마 전 표연히 이 집에 나타난 것이었다. 낭이와는 말하자면 어미를 같이하는 오누이뻘이었다. 낭이가 대여섯 살 되었을 때 그때만 해도 아직 병으로 귀가 멀기 전이라 '욱이' '욱이' 하고 몹시 그를 따르곤 했었다. 그러던 것이 욱이가 절간으로 떠난 지 얼마 되지 않아 낭이는 자리에 눕게 되어 꼭 삼 년 동안을 시름시름 앓고 나더니, 그 길로 귀가 멀어 버렸던 것이다. 그러나 귀가 어느 정도로 먹은지는 아무도 아는 사람이 없었다. 한두 번 그의 어미를 향해 어눌하나마,

"우, 욱이 어디 가아서?"

이렇게 물은 적이 있었다.

"절에 공부하러 갔다."

"어어디, 절에?"

"지림사, 큰 절에……."

그러나 이것은 거짓말이었다. 모화 자신도 사실인즉 욱이가 어느 절에 가 있는지 통 모르고 있었고, 다만 모른다고 하기가 싫어서 이렇게 머리에 떠오르는 대로 대답했을 뿐이었다.

모화는 장에서 돌아와 처음 욱이를 보았을 때, 그 푸른 얼굴에 난데없는 공포의 빛이 서리며 곧 어디로 달아날 것같이 한참 동안 어깨를 뒤틀고 허둥거리다가 말고, 별안간 그 후리후리한 키에 긴 두 팔을 벌려 흡사 무슨 큰 새가 저희 새끼를 품듯 들려들어 욱이를 안았다.

"이게 누고, 이게 누고? 아이고…… 내 아들아, 내 아들아!"

모화는 갑자기 목을 놓고 울었다.

"내 아들아, 내 아들아! 늬가 왔나, 늬가 왔나?"

모화는 앞뒤도 살피지 않고 온 얼굴을 눈물로 씻었다.

"오마니, 오마니."

욱이도 어미의 한쪽 어깨에 볼을 대고 오래도록 울었다. 어미를 닮아 허리가 날씬하고 목이 가는 이 열아홉 살 난 청년은 그동안 절간으로 어디로 외롭게 유랑해 다닌 사람 같지도 않게 품위가 있고 아름다운 얼굴이었다.

낭이도 그때에야 이 청년이 욱이인 것을 진정으로 깨닫는 모양이었다. 처음 혼자 방에 있는데, 어떤 낯선 청년이 와서 방문을 열기에 너무도 놀라고 간이 뛰어 말과 표정으로 한마디도 못하고 방구석에 서서 오들오들 떨고만 있었던 것이다. 이제 낭이는 그 어머니가 욱이를 얼싸안고 내 아들아, 내 아들아 하며 우는 것을 보고 어쩌면 저도 눈물이 날 것 같았다.

낭이는 그 어머니에게도 이렇게 인정이 있다는 것을 보자 형언할 수 없는 즐거움을 깨달았다.

그러나 욱이는 며칠을 가지 않아 모화와 낭이에게 알 수 없는 이상한 수수께끼와 같은 것이 되었다.

그는 음식을 받아 놓고나, 밤에 잠을 자려고 할 때나, 또 아침에 자리에서 일어났을 때 반드시 한참 동안씩 주문呪文 같은 것을 외는 것이었다. 그러고는 틈틈이 품속에서 조그만 책 한 권을 꺼내어 읽곤 하는 것이었다. 낭이가 그것을 수상스레 보고 있으려니까 욱이는 그 아름다운 얼굴에 미소를 지으며,

"너도 이 책을 읽어라."

하고 그 조그만 책을 낭이 앞에 펴 보이곤 했다. 낭이는 지금까지 《심청전》이란 책을 여러 차례 두고 읽어서 국문쯤은 간신히 읽을 수 있었으므로, 욱이가 내놓은 그 조그만 책을 들여다보니 맨 처음 껍데기에 큰 글자로 《신약전서》란 넉자가 똑똑히 씌어져 있었다. 《신약전서》란 생전 처음 보는 이름이다.

낭이가 알 수 없다는 듯이 욱이를 바라보자, 욱이는 또 만면에 미소를 띠며,

"너 사람을 누가 만들어낸지 아니?"

하였다. 그러나 낭이에게는 이 말이 들리지도 않았을뿐더러, 욱이의 손짓과 얼

굴 표정을 통해 대강 짐작할 수 있었다 하더라도 이건 지금까지 생각도 해보지 못한 어려운 말이었다.

"그럼 너 사람이 죽어서 어떻게 되는 줄은 아니?"

"……."

"이 책에는 그런 것들이 모두 씌어져 있다."

그러고는 손으로 몇 번이나 하늘을 가리켰다. 그리하여 낭이가 알아들은 말이라고는 겨우 한마디 '하나님' 이었다.

"우리 사람을 만든 것은 하나님이다. 하나님은 우리 사람뿐 아니라 천지 만물을 다 만들어내셨다. 우리가 죽어서 돌아가는 곳도 하나님 전이다."

이러한 욱이의 '하나님' 은 며칠 지나지 않아 곧 모화의 의혹과 반발을 불러일으켰다. 욱이가 온 지 사흘째 되던 날, 아침밥을 받아 놓고 그가 기도를 그리려니까, 모화는

"너 불도에도 그런 법이 있나?"

이렇게 물었다. 모화는 욱이가 그동안 절간에 가 있다 온 줄만 믿고 있었으므로, 그가 하는 짓은 모두 불도에 고나한 일인 줄로만 생각하는 모양이었다.

"아니요, 오마니. 난 불도가 아닙네다."

"불도가 아니고, 그럼 무슨 도가 있어?"

"오마니, 절간에서 불도가 보기 싫어 달아났댔쇠다."

"불도가 보기 싫다니, 불도야 큰 도지……. 그럼 넌 뭐 신선도야?"

"아니요, 오마니. 난 예수도올시다."

"예수도?"

"북선 지방에서는 예수교라고 합데다. 새로 난 교지요."

"그럼, 너 동학당이로군!"

"아니요, 오마니. 나는 동학당이 아닙네다. 나는 예수도올시다."

"그래. 예수도온가 하는 데서는 밥 먹을 때마다 눈을 감고 주문을 외이나?"

"오마니, 그건 주문이 아니외다. 하나님 앞에 기도드리는 것이외다."

"하나님 앞에?"

모화는 눈을 둥그렇게 떴다.

"네, 하나님께서 우리 사람을 내셨으니깐요."

"야아, 너 잡귀가 들렸구나!"

모화의 얼굴빛은 순간 퍼렇게 질리었다. 그러고는 더 묻지 않았다.

다음 날, 모화가 그 마을에 객귀 들린 사람이 있어 '물밥'을 내주고 돌아오려니까 욱이가,

"오마니, 어디 갔다 오시나요?"

하고 물었다.

"저 박급창 댁에 객귀를 물려 주고 온다."

욱이는 한참 동안 무엇을 생각하는 모양이더니,

"그럼 오마니가 물리면 귀신이 물러나갑데까?"

한다.

"물러나갔기 사람이 살아났지."

모화는 별소리를 다 듣는다는 듯이 대답했다. 그는 지금까지 이 경주 고을 일원을 중심으로 수백 번의 푸닥거리와 굿을 하고 수백 수천 명의 병을 고쳐 왔지만, 아직 한 번도 자기가 하는 굿이나 푸닥거리에 신령님의 감응을 의심한다든가 걱정해 본 적은 없었다. 더구나 누구의 객귀에 물밥을 내 주는 것쯤은 목마른 사람에게 물 한 그릇을 떠 주는 것만큼이나 당연하고 손쉬운 일로만 여겨왔다. 모화 자신만이 그렇게 생각할 뿐 아니라 굿을 청하는 사람, 객귀가 들린 사람 쪽에서도 그와 같이 믿고 있는 편이기도 했다. 그들은 무슨 병이 나면 먼저 의원에게 보이려는 생각보다 으레 모화에게 찾아갈 것으로 생각하는 것이었다. 그들의 생각에

는 모화의 푸닥거리나 푸념이 손쉬웠던 것이다. ……한참 동안 고개를 수그리고 무엇을 생각하고 있던 욱이는 고개를 들어 그 어머니의 얼굴을 똑바로 바라보며,

"오마니, 이것 보시오. 마태복음 제 구장 삼십오절이올시다. 저희가 나갈 때에 사귀 들려 벙어리 된 자를 예수께 데려오매, 사귀가 쫓겨나니 벙어리가 말하거들……."

그러나 이때 벌써 모화는 자리에서 일어나 방구석에 언제나 차려 놓은 '신주상' 앞에 가서,

"신령님네, 신령님네, 동서남북 상하 천지,
날것은 날아가고, 길것은 기어가고
머리 검하 초로인생 실낱 같안 이 목숨이,
신령님네 품이길래 품속에 품았길래,
대로같이 가옵네다, 대로같이 가옵네다.
부정한 손 물리치고, 조촐한 손 받으실세,
터주님이 터 주시고 조왕님이 요 주시고,
삼신님이 명 주시고 칠성님이 들르시고,
미륵님이 돌보셔서 실낱 같안 이 목숨이,
대로같이 가옵네다. 탄탄대로같이 가옵네다."

모화의 두 눈은 보석같이 빛나고, 강렬한 발작과도 같이 등허리를 떨며 두 손을 비벼댔다. 푸념이 끝나자 신주상 위의 냉수 그릇을 들어 물어 머금더니 욱이의 낯과 온몸에 확 뿜으며,

"엇쇠 귀신아, 물러서라,
여기는 영주 비루봉 상상봉에,
깎아지른 들 베랑에, 쉰 길 청수에,
너희 올 곳이 아아니다.

바른손에 칼을 들고 왼손에 불을 들고,

엇쇠 잡귀신아, 썩 물러서라. 툇툇!"

이렇게 외쳤다.

욱이는 처음 어리둥절해서 모화의 푸념하는 양을 바라보고 있다가, 이윽고 고개를 수그려 잠깐 기도를 올리고 나서 일어나 잠자코 밖으로 나가 버렸다.

모화는 욱이가 나간 뒤에도 한참 동안 푸념을 계속하며 방구석마다 물을 뿜고 주문을 외었다.

4

욱이는 그 길로 이 지방의 예수교인들을 찾아보기로 했다. 그날 곧 돌아올 줄 알았던 욱이는 해가 지고 밤이 깊어도 돌아오지 않았다. 모화와 낭이, 어미 딸은 방구석에 음울하게 웅크리고 앉아 욱이가 돌아오기만 기다리는 것이었다.

"예수 귀신 책 거 없나?"

모화는 얼마 뒤에 낭이더러 이렇게 물었다. 낭이는 고개를 저었다. 그러자 갑자기 낭이도 욱이의 그 《신약전서》란 책을 제가 맡아 두지 않았음을 후회했다. 모화는 분명히 욱이가 무슨 몹쓸 잡귀에 들린 것으로만 간주하는 모양이었다. 그것은 마치 욱이가 모화와 낭이를 으레 사귀 들린 사람들로 생각하는 것과도 같았다. 그는 모화뿐만 아니라 낭이까지도 어미의 사귀가 들어가서 벙어리가 된 것이라고 믿는 것이었다.

'예수 당시에도 사귀 들려 벙어리 된 자를 예수께서 몇 번이나 고쳐 주시지 않았나.'

욱이는 이렇게 생각하는 것이었다. 그리고 그는 자기의 힘으로 자기가 하나님께 열심히 기도를 드림으로써 그 어미와 누이동생의 병을 고쳐야 한다고 마음속으로 굳게 결심하는 것이었다.

'예수께서 무리들이 달려와서 모이는 것을 보시고 그 더러운 귀신을 꾸짖어 가라사대 벙어리와 귀머거리 귀신아, 내가 네게 명하노니 그 아이에게서 나오고 다시 들어가지 마라 하시니, 사귀가 소리 지르며 아이를 심히 오그라뜨리고 나가니, 그 아이가 죽은 것같이 되매 여러 사람이 말하기를 죽었다 하거늘, 오직 예수 그 손을 잡아 일으키시니 드디어 일어서더라. 집에 들어가시매 제자들이 조용히 묻자와 가로되, 우리는 어찌하여 능히 그 귀신을 쫓아내지 못하였나이까. 예수 가라사대, 기도 아니하여서는 이런 유를 나가게 할 수 없나니라.' (마가복음 9장 25~29절)

그리하여 욱이는 자기도 하나님께 기도만 간절히 드리면 그 어미와 누이동생에게 들어 있는 사귀도 내어 쫓을 수 있으리라 믿었다. 일방, 그는 그가 지금까지 배우고 있던 평양 현 목사와 이 장로에게도 편지를 띄웠다.

'목사님, 저는 하나님의 은혜로 무사히 오마니를 찾아왔습네다. 그러하오나 이 지방에는 오직 우리 주님의 복음이 전파되지 않아서 사귀 들린 자와 우상 섬기는 자가 매우 많은 것을 볼 때, 하루 바삐 주심의 복음을 이 지방에 전파하도록 교회를 지어야 하겠삽네다. 목사님께 말씀드리기는 매우 부끄러운 일이나 저희 오마니는 무당 사귀가 들려 있고, 저희 누이동생은 귀머거리와 벙어리귀신이 들려 있습네다. 저는 마가복음 제 구장 제 이십구절에 있는 우리 주님 예수 그리스도의 말씀대로 이 사귀들을 내어 쫓기 위하여 열심히 기도를 드립니다마는 교회가 없으므로 기도 드릴 장소가 매우 힘드옵네다. 하루 바삐 이 지방에 교회되기를 하나님께 기도 올려 주소서.'

현 목사는 미국 선교사로서, 욱이가 지금까지 먹고 입고 공부를 하게 된 것이 모두 그의 도움이었다. 욱이가 열다섯 살까지 절간에서 중의 상좌 노릇을 하고 있다가, 그해 여름에 혼자서 서울 구경을 간다고 나선 것이 이리저리 유랑하여 열여섯 되던 해 가을엔 평양까지 가게 되었고, 거기서 그해 겨울 이 장로의 소개로 현 목사의 도움을 받게 되었던 것이었다.

이번엔 욱이가 평양서 어머니를 보러 간다고 하니까, 현 목사는 욱이를 불러 놓고 이렇게 말했다.

"지금부터 삼 년 동안 이 사람 고국 갈 것이오. 그때 만일 욱이가 함께 가기 원하면 이 사람 같이 미국 가게 될 것이오."

"목사님, 고맙습니다. 저는 목사님을 따라 미국 가기가 원입니다."

"그러면 속히 모친 만나보고 오시오."

그러나 욱이가 어머니의 집이라고 찾아온 곳은 지금까지 그가 살고 있는 현 목사나 이 장로의 집보다 너무나 딴 세상이었다. 그 명랑한 찬송가 소리와 풍금소리와 성경 읽는 소리와 모여 앉아 기도를 올리고 맛난 음식을 향해 즐겁게 웃음 웃는 얼굴들 대신, 군데군데 헐어져 가는 돌담과 기와버섯이 퍼렇게 뻗어 오른 묵은 기와집과 엉킨 잡초 속에 꾸물거리는 개구리, 지렁이들과 그 속에 무당귀신과 귀머거리귀신이 각각 들린 어미와 딸 두 여인을 보았을 때, 그는 흡사 자기 자신이 무서운 도깨비굴에 홀려든 것이 아닌가 하고 새삼 의심이 들 지경이었다.

욱이가 이 지방 예수교인들을 두루 만나보고 집으로 돌아온 뒤부터 야릇하게 변해진 것은 낭이의 태도였다. 그 호리호리한 몸매와 종잇장같이 희고 매끄러운 얼굴에 빛나는 굵은 두 눈으로 온종일 말 한마디, 웃음 한 번 웃는 일 없이 방구석에 틀어박혀 앉은 채 욱이의 하는 양만 바라보고 있다가, 밤이 되어 처마 끝에 희부연 종이 등불이 걸리고 하면 피에 주린 싸늘한 손과 입술로 욱이의 목덜미나 가슴팍으로 뛰어들곤 했다. 욱이는 문득문득 목덜미로 가슴팍으로 낭이의 차디찬 손과 입술을 느낄 적마다 깜짝깜짝 놀라곤 하였으나, 그녀가 까무러칠 듯이 사지를 떨며 다시 뛰어들 때면 그도 당황히 낭이의 손을 쥐어 주며, 그 희부연 종이 등불이 걸려 있는 처마 밑으로 이끌곤 했다.

낭이의 태도가 미묘해진 뒤부터 욱이의 얼굴빛은 날로 창백해 갔다. 그렇게 한 보름 지난 뒤 그는 또 한 번 표연히 집을 나가고 말았다.

모화는 욱이가 집을 나간 지 이틀째 되던 날 밤, 문득 자리에서 일어나 앉으며 긴 한숨을 내쉬었다. 그러고는 곁에 누워 있는 낭이를 흔들어 깨우더니 듣기에도 음울한 목소리로,

"욱이가 언제 온다더누?"

물었다. 낭이가 잠자코 있으려니까.

"왜 욱이 저녁 밥상은 보아 두라고 했는데 없노."

하고 낭이더러 화를 내었다. 모화는 날이 갈수록 점점 더 초조한 빛으로 밤중마다 부엌에다 들기름 불을 켜고 부뚜막 위에 욱이의 밥상을 차려 놓고는 기도를 드리는 것이었다.

"성주는 우리 성주, 칠성은 우리 칠성, 조왕은 우리 조왕,
비나이다 비나이다 신주님께 비나이다.
하늘에는 별, 바다에는 진주,
금은 같안 이내 장손, 관옥 같안 이내 방성,
산신에 명을 빌하 삼신에 수를 빌하,
칠성에 복을 빌하 삼신에 덕을 빌하,
조왕님전 요오를 타고 터주님전 재주 타니
하늘에는 별, 바다에는 진주,
삼신 조왕 마다하고 아니 오지 못하리라.
예수 귀산하, 서역 십만 리 굶주리던 불귀신하,
탄다, 훨훨 불이 탄다. 불귀신이 훨훨 탄다.
타고 나니 아내 방성 금은같이 앉았다가,
삼신 찾아오는구나, 조왕 찾아오는구나."

모화는 혼자서 손을 비비고 절을 하고 일어나 춤을 추고, 갖은 교태를 다 부리

며 완연히 미친 것같이 날뛰었다. 낭이는 방에서 부엌으로 난 봉창 구멍에 눈을 대고 숨소리를 죽여 오랫동안 어미의 날뛰는 양을 지켜보고 있다가, 별안간 몸에 한기가 들며 아래턱이 달달달 떨리기 시작하였다. 그는 미친 것처럼 뛰어 일어나며 저고리를 벗었다. 치마를 벗었다. 그리하여 어미는 부엌에서, 딸은 방 안에서 한 장단 한 가락에 놀듯 어우러져 춤을 추고 했다. 그러한 어느 새벽, 낭이는 정신을 차리고 보니 발가벗은 알몸뚱이로 방바닥에 쓰러져 있는 그녀 자신을 발견한 일도 있었다.

두 번째 집을 나갔던 욱이는 다시 얼굴에 미소를 띠며 그녀들, 어미 딸 앞에 나타났다.

모화는 그때 마침 굿 나갈 때 신을 새 신발을 신어 보고 있었는데 욱이가 오는 것을 보자, 후리후리한 허리에 긴 팔을 벌려 새가 알을 품듯, 그의 상반신을 얼싸안고 울기 시작했다.

이번엔 아무런 푸념도 없이 오랫동안 욱이의 목을 안은 채 잠자코 울기만 하는 것이었다. 언제나 퍼런 그 얼굴에도 이때만은 붉은 기운이 돌며, 그 천연스런 몸짓은 조금도 귀신 들린 사람 같지 않았다.

"오마니, 나 방에 들어가 좀 쉬겠쇠다."

욱이는 어미의 포옹을 끄르고 일어나 방에 들어가 누웠다.

모화는 웬일인지 욱이가 방에 들어간 뒤에도 혼자 툇마루에 앉아 고개를 수그린 채 몹시 쓸쓸한 얼굴이었다. 그러더니 무슨 생각엔지 일어나 방에 들어가 낭이의 그림을 이것저것 뒤져 보는 것이었다.

그날 밤이었다.

밤중이나 되어 욱이가 잠결에 그의 품속에 언제나 품고 있는 성경책을 더듬어 보았을 때 품속에 허전함을 느꼈다. 그와 동시에 웅얼웅얼하며 주문呪文을 외는 소리도 들려왔다. 자리에서 일어나 보았으나 품속에서 성경을 찾을 수는 없었다. 그리고 낭이와 욱이 사이에 누워 있을 그의 어머니는 보이지 않았다. 그는 어떤 불길하고 무서운 예감에 몸에 부르르 떨었다. 바로 그때였다. 그의 귀에는 땅속에서 귀신이 우는 듯한, 웅얼웅얼하는 주문을 외는 듯한 소리가 좀 더 또렷이 들려왔다. 다음 순간, 그는 거의 무의식적으로 방에서 부엌으로 난 봉창 구멍에 눈을 갖다 대었다.

"서역 십만 리 굶주린 불귀신하,
한쪽 손에 불을 들고 한쪽 손에 칼을 들고,
이리 가니 산신님이 예 기신다.
저리 사기 용신님이 예 기신다.
칠성이라 돌아가니 칠성님이 예 기신다.
구름 속에 쌔어 간다, 바람 속에 묻혀 간다.
구름님이 예 기신다, 바람님이 제 기신다.
용궁이라 당도하니 열두 대문 잠겨 있다.
첫째 대문 두드리니 사천왕이 뛰어나와
종발 눈 부릅뜨고, 주석 철퇴 높이 든다.
둘째 대문 두드리니 불개 두 쌍 뛰어나와
꽃불은 수놈이 낼룽, 불씨는 암놈이 낼룽,
셋째 대문 두드리니 물개 두 쌍 뛰어나와
수놈이 공공 꽃불이 죽고 암놈이 공공 불씨가 죽고……."

모화는 소복단장에 쾌자까지 두르고 온갖 몸짓, 갖은 교태를 다 부려 가며 손을 비비다, 절을 하다, 덩싯거리며 춤을 추다 하고 있다. 부뚜막 위에는 깨끗한 접시불(들기름의)이 켜져 있고, 접시불 아래 놓은 소반 위에는 냉수 한 그릇과 흰 소금 한 접시가 놓여 있을 따름이다. 그리고 그 곁에는 지금 막 그 마지막 불꽃이 나불거리고 난 새빨간 불에서, 파란 연기 한 오리가 오르는《신약전서》의 두꺼운 표지는 한 머리 이미 파리한 재가 되어 가고 있었다.

모화는 무엇에 도전이나 하는 것처럼 입가에 야릇한 냉소까지 띠며, 소반에 얹힌 접시의 소금을 집어 연기마저 사라진 새까만 재 위에 뿌렸다.

"서역 십만 리 예수귀신이 돌아간다.
당산에 가 노자 얻고, 관묘에 가 신발 신고,
두 귀에 방울 달고 방울소리 발맞추어
재 넘고 개 건너 잘도 간다.
인제 가면 언제 볼꼬, 발이 아파 못 오겠다.
춘삼월에 다시 오랴, 배가 고파 못 오겠다……."

모화의 음성은 마주魔酒 같은 향기를 풍기며 온 피부에 스며들었다. 그 보석 같은 두 눈의 교태와 쾌잣자락과 함께 나부끼는 손짓은 이제 차마 더 엿볼 수 없게 욱이의 심장을 쥐어짜는 것이었다. 욱이는 가위눌린 사람처럼 간신히 긴 숨을 내쉬며 뛰어 일어났다. 다음 순간, 자기 자신도 모르게 방문을 뛰어나온 그는 부엌문을 박차고 들어가 소반 위에 차려 놓은 냉수 그릇을 집어 들려 하였다. 그러나 그가 냉수 그릇을 집어 들기 전에 모화의 손에는 식칼이 번득이고 있었고, 모화는 욱이와 물그릇 사이에 식칼을 두르며 조용히 춤을 추고 있는 것이었다.

"엇쇠 귀신아, 물러서라.
너 이제 보아 하니 서역 십만 리 굶주리던 잡귀신아,
여기는 영주 비루봉 상상봉에
깎아지른 돌벼랑에, 쉰 길 청수에, 엄나무 발에
너희 올 곳이 아니다.
바른손에 칼을 들고 왼손에 불을 들고,
엇쇠 서역 잡귀신아, 썩 물러서라."

이때 모화는 분명히 식칼로 욱이의 면상을 겨누어 치려 하였다. 순간, 욱이는 모화의 칼날을 왼쪽 귓전에 느끼며 그의 겨드랑이 밑을 돌아 소반 위에 차려 놓은 냉수 그릇을 들어서 모화의 낯에다 그릇째 끼얹었다. 이 서슬에 불이 기울어져 봉창에 붙었다. 욱이는 봉창에서 방 안으로 붙어 들어가는 불길을 잡으려고 부뚜막 위로 뛰어올랐다. 그러자 물그릇을 뒤집어쓰고 분노에 타는 모화는 욱이의 뒤를 쫓아 칼을 두르며 부뚜막으로 뛰어올랐다. 봉창에서 방 안으로 붙어 들어가는 불길을 덮쳐 끄는 순간, 뒷등허리가 찌르르 하여 획 몸을 돌이키려 할 때 이미 피투성이가 된 그의 몸은 허옇게 이를 악물고 웃음 웃는 모화의 품속에 안겨져 있었다.

5

욱이의 몸은 머리와 목덜미와 등허리에 세 군데 상처를 입었다.

그러나 욱이의 병은 이 세 군데 칼로 맞은 상처만이 아니었다. 그는 날이 갈수록 갈비뼈가 앙상하게 드러나고 두 눈자위가 패어 들기 시작했다.

모화는 욱이의 병간호에 남은 힘을 다하여 그가 원하는 것이 있으면 낮과 밤을 헤아리지 않고 뛰어갔다. 가끔 욱이를 일으켜 앉히어서 자기의 품에 안아도 주었다. 물론 약도 쓰고 굿도 하고 주문도 외웠다. 그러나 욱이의 병은 낫지 않았다.

모화는 욱이의 병간호에 열중한 뒤부터 굿에는 그만큼 신명이 풀린 듯하였다. 누가 굿을 청하러 와도 아들의 병을 핑계로 대개 거절을 했다. 그러자 모화의 굿이나 푸념의 반응이 이전과 같이 신령하지 않다고들 하는 사람이 하나둘씩 생기기도 했다.

이러할 즈음, 이 고을에도 조그만 교회당이 서고 선교사가 들어왔다. 그리하여 그것은 바람에 불처럼 온 고을에 뻗쳤다. 읍내의 교회에서는 마을마다 전도대를 내보냈다. 그리하여 이 모화의 마을에까지 '복음' 이 전파되었다.

"여러 부모 형제자매, 우리 서로 보게 된 것 하나님 앞에 감사드릴 것이오. 하나님이 우리 만들었소. 매우 사랑했소. 우리 모두 죄인이올시다. 우리 마음속 매우 흉악한 것뿐이오. 그러나 예수 우리 위해 십자가에 못 박혔소. 그러므로 예수 그리스도 믿음으로 우리 구원받을 것이오. 우리 매우 반가운 뜻으로 찬송할 것이오. 하나님 앞에 기도드릴 것이오."

두 눈이 파랗고 콧대가 칼날 같은 미국 선교사를 보는 것은 원숭이 구경보다도 재미나다고들 하였다.

"돈은 한 푼도 안 받는다, 가자."

마을 사람들은 떼를 지어 모여들었다.

이 마을 방 영감네 이종사촌 손자사위요, 선교사와 함께 온 양조사[楊助事] 부인은 집집마다 심방하여 가로되,

"무당과 판수(점치는 일을 업으로 삼는 장님)를 믿는 것은 거룩거룩하시고 절대적 하나밖에 없는 우리 하나님 아버지께 죄가 됩니다. 무당이 무슨 능력이 있습니까. 보십시오, 무당은 썩어 빠진 고목나무나, 듣도 보도 못하는 돌미륵한테도 빌고 절을 하지 않습니까. 판수가 무슨 능력이 있습니까. 보십시오, 제 앞도 못 보아 지팡이로 더듬거리는 그가 어떻게 눈 밝은 사람을 구원할 수 있겠습니까. 우리 인생을 만든 것은 절대적 하나밖에 없는 하나님 아버지올시다. 그러므로 아버지께서는 말씀하셨습니다. 내 앞에 다른 신을 두지 말라……."

이리하여 하나님 아버지의 아들 예수 그리스도가 온갖 사귀 들린 사람, 문둥병 든 사람, 앉은뱅이, 벙어리, 귀머거리 고친 이야기가 한정 없이 쏟아진다.

모화는 픽 웃곤 했다.

"그까짓 잡귀신들."

그러나 그들의 비방과 저주는 뼛골에 사무치는 듯 그녀는 징을 울리고 꽹과리를 치며 외쳤다.

"엇쇠 귀신아, 물러서라.

당대 고축년에 얻어먹던 잡귀신아,

뉘 어이 모화를 모르나냐.
아니 가고 봐 하면 쉰 길 청수에 엄나무발에,
무쇠 가마에, 백말 가죽에
뉘 자자손손을 가두어 못 얻어 먹게 하고
다시는 세상 밖에 내주지 아니하여
햇빛도 못 보게 할란다.
엇쇠 귀신아, 썩 물러가거라.
서역 십만 리로 꽁무니에 불을 달고,
두 귀에 방울 달고 왈강달강 왈강달강
벼락같이 떠나거나."

그러나 '예수귀신' 들은 결코 물러나지 않았을 뿐 아니라, 점점 늘어만 갔다. 게다가 옛날 모화에게 굿과 푸념을 빌러 다니던 사람들까지 하나둘씩 모두 예수귀신이 들기 시작하였다.

이러는 동안 서울서 또 부흥 목사가 내려왔다. 그는 기도를 드려서 병을 고치는 능력이 있다 하여 온 고을 사람들이 모여들기 시작하였다. 그가 병자의 머리 위에 손을 얹고,

"이 죄인은 저의 죄로 말미암아 심히 괴로워하고 있사옵니다."

하고 기도를 올리면, 여자들이 월수병 대하증쯤은 대개 '죄 씻음' 을 받을 수 있었다. 그 밖에도 소경이 눈을 뜨고, 앉은뱅이가 걷고, 귀머거리가 듣고, 벙어리가 말하고, 반신불수와 지랄병까지 저희 믿음 여하에 따라 모두 죄 씻음을 받을 수 있다는 것이었다. 여자들의 은가락지 금반지가 나날이 수를 다투어 강단 위에 내걸리게 된다. 기부금이 쏟아진다, 이리 되면 모화의 굿 구경에 견줄 나위가 아니라고들 하였다.

"양굴놈들이 요술단을 꾸며 왔어."

모화는 픽 웃고 이렇게 말했다. 굿과 푸념으로 사람 속에 든 사귀 잡귀신을 쫓는 것은 지금까지 신령님께서 자기에게만 허락하신 자기의 특수한 권능이었다. 그리고 그의 신령님은 오늘날 예수꾼들이 그렇게도 미워하고 시기하는 고목이기도 했고, 미륵돌이기도 했고, 산이기도 했고, 물이기도 했다.

"무당과 판수를 믿는 것은 절대적 한 분밖에 안 계시는 거룩거룩하신 하나님 아버지께 죄가 됩니다."

예수귀신들이 나발을 불고 북을 치며 비방을 하면, 모화는 혼자서 징을 울리고 꽹과리를 치며,

"꽁무니에 불을 달고, 두 귀에 방울 달고, 왈강달강 왈강달강, 서역 십만 리로 물러서라, 잡귀신아."

이렇게 응수하곤 했다.

6

욱이의 병은 그해 가을 지나 겨울철에 들면서부터 표 나게 악화되어 갔다. 모화가 가끔 간장이 녹듯 떨리는 음성으로,

"이것아 이것아, 늬가 이게 웬일이고? 머나먼 길에 에미라고 찾아와서 늬가 이게 무슨 꼴고?"

손을 잡고 눈물 흘리면,

"오마니, 너무 걱정하지 마시오. 나는 죽어서 우리 아버지께로 갈 것이오."

욱이는 조용히 이렇게 말했다. 그리고 무어 생각나는 게 없느냐고 물으면 그는 조용히 고개를 돌렸다. 그러나 어미가 밖에 나가고 낭이가 혼자 있을 때엔 이따금 낭이의 손을 잡고,

"나 성경 한 권 가졌으면……."

하는 것이었다.

이듬해 봄, 그가 세상을 떠나기 사흘 전에 그가 그렇게도 그리워하고 기다리던 현 목사가 평양에서 찾아왔다. 현 목사는 박 영감네 이종사촌 손자사위인 양조사의 인도로 뜰 안에 들어서자, 그 황폐한 관경과 역한 흙냄새에 미간을 찌푸리며,

"이런 가운데서 욱이가 살고 있소?"

양조사에게 이렇게 물었다.

욱이는 양조사가 들어오는 것을 보자 두 눈에 광채를 띠며,

"목사님, 목사님."

이렇게 두 번 불렀다.

현 목사는 잠자코 욱이의 여윈 손을 쥐었다. 별안간 그의 온 얼굴은 물든 것처럼 붉어지며 무수한 주름살이 미간과 눈초리에 잡혔다. 그는 솟아오르는 감정을 누르려는 듯이 한참 동안 눈을 감고 있었다.

양조사는 긴장된 침묵을 깨뜨리려는 듯이 입을 열었다.

"경주에 교회가 이렇게 속히 서게 된 것은 이분의 공로올시다."

그리하여 그의 말을 들으면, 욱이는 평양 현 목사에게 진정을 했고, 현 목사께서는 욱이의 편지에 의하여 대구 노회에 간청을 했고, 일방, 경주 교인들은 욱이의 힘으로 서로 합심하여 대구 노회와 연락한 결과 의외로 속히 교회 공사가 진척되었던 것이라 하였다.

현 목사가 의사와 함께 다시 오기를 약속하고 일어나려 할 때 욱이는,

"목사님, 나 성경 한 권만 사 주시오."

했다.

"그럼 그동안 이것을 가지시오."

현 목사는 손가방 속에서 자기의 성경책을 내 주었다. 성경책을 받아 쥔 욱이는 그것을 가슴에 안고 눈을 감았다. 그의 감은 눈에서는 이슬방울이 맺히었다.

7

모화 집 마당에는 예년과 다름없이 잡풀이 엉기고 늙은 개구리와 지렁이들이 그 속에 웅크리고 있었다. 그녀는 그동안 거의 굿을 나가지 않고, 매일 그 찌그러져 가는 묵은 기와집, 잡초 속에서 혼자서 징, 꽹과리만 울리고 있었다. 사람들은 모화가 인제 아주 미친 것이라 하였다. 모화는 부엌에다 오색 헝겊을 걸고, 낭이의 그림으로 기를 만들어 달고는, 사뭇 먹기조차 잊어버린 채 입술은 먹같이 검어지고 두 눈엔 날로 이상한 광채가 짙어 갔다.

"서역 십만 리 예수 귀신 돌아간다.

꽁무니에 불을 달고, 두 귀에 방울 달고 왈강달강 왈강달강,

엇쇠 귀신아, 썩 물러가거라.

늬 아니 가고봐 하면, 쉰 길 청수에, 엄나무 바알에, 무쇠 가마에, 흰말 가죽에, 너이 자자손손을 다 가두어 죽일란다.

엇쇠! 귀신아!"

그녀는 날마다 같은 푸념으로 징, 꽹과리를 울렸다. 혹 술잔이나 가지고 이웃사람이 찾아가,

"모화네, 아들 죽고 섭섭해서 어쩌나?"

하면 그녀는 다만,

"우리 아들은 예수귀신이 잡아갔소."

하고 한숨을 내쉬곤 했다.

"아까운 모화 굿을 언제 또 볼꼬?"

사람들은 모화를 아주 실신한 사람으로 치고 이렇게 아까워하곤 했다. 이러할 즈음에 모화의 마지막 굿이 열린다는 소문이 났다. 읍내 어느 부잣집 며느리가 '예기소'에 몸을 던진 것이었다. 그래 모화는 비단 옷 두 벌을 받고 특별히 굿을 응낙했다는 말도 났다. 그리고 이와 동시에 모화가 이번 굿에서 딸 낭이의 입을

열게 할 계획이라는 소문이 났다.

"흥, 예수귀신이 진짠가 신령님이 진짠가 두고 보지."

이렇게 장담했다는 것이다. 사람들은 기대와 호기심에 들끓었다. 그들은 놀랍고 아쉬운 마음으로 산을 넘고 물을 건너 모여 들었다.

굿이 열린 백사장 서북쪽으로는 검푸른 소물이 깊은 비밀과 원한을 품은 채 조용히 굽이돌아 흘러내리고 있었다(명주구리 하나 들어간다는 이 깊은 소에는 해마다 사람이 하나씩 빠져 죽기 마련이라는 전설이 있다).

백사장 위에는 수많은 엿장수, 떡장수, 술가게, 밥 가게들이 포장을 치고, 혹은 거적을 두르고 득실거렸고, 그 한복판 큰 차일 속에서 굿은 벌어져 있었다. 청사, 홍사, 녹사, 백사, 황사의 오색사 초롱이 꽃송이같이 여기저기 차일 아래 달리고 그 초롱불 밑에서 떡시루, 탁주 동이, 돼지 통새미 드리, 온 시루, 온 동이, 온 마리째 놓인 대감상, 무더니 쌀과 타래실과 곶감 꼬치, 두보를 놓은 제석상과 삼색 실과에 백설기와 소채 소탕에 자반, 유과들을 차려 놓은 미륵상과 열두 가지 산채로 된 산신상과, 열두 가지 해물을 차린 용신상과 음식이란 음식마다 한 접시씩 놓은 골목상과 냉수 한 그릇만 놓은 모화상과 이 밖에도 여러 가지 크고 작은 전물상들이 쭉 늘어놓아져 있었다.

이날 밤 모화의 얼굴에는 평소에 볼 수 없던 정숙하고 침착한 빛이 서려 있었다. 어제같이 아들을 잃고도 새로 들어온 예수교도들로부터 가지각색 비방과 구박을 받아 오던 그녀로서는 의아스러우리만큼 새침하게 가라앉아 있어, 전날 달밤으로 산에 기도를 다닐 적의 얼굴을 연상케 했다. 그녀는 전날과 같이 여러 사람 앞에서 아양을 부리거나 수선을 떨지도 않았다. 그러나 그녀는 그 호화스러운 전물상들을 둘러보고도 만족한 빛 한 번 띠지 않고, 도리어 비웃듯이 입을 비쭉거렸다.

"더러운 년들, 전물상만 차리면 그만인가."

입 밖에 내어 놓고 빈정거리기까지 하였다. 그러자 자리에서는 모화가 오늘밤 새로운 귀신이 지핀다고들 수군거리기 시작했다. 그 가운데 한 여자가 돌연히,

"아 죽은 김씨 혼신이 덮였군."

하자 다른 여자들도,

"바로 그 김씨가 들렸다. 저 청승맞도록 정숙하고 새침한 얼굴 좀 봐라. 그리고 모화네가 본디 어디 저렇게 이뻤나, 아주 김씨를 덮어 썼구먼."

이렇게들 수군댔다. 이와 동시, 한쪽에서는 오늘 밤 굿으로 어쩌면 정말 낭이가 말을 하게 될 게라는 얘기도 퍼졌고, 또 한쪽에서는 낭이가 누구 아이인지는 모르지만 배가 불러 있다는 풍설도 돌았다.

……하여간 이 여러 가지 소문들이 오늘 밤 굿으로 해결이 날 것이라고 막연히 그녀들은 믿고 있는 것이었다.

모화는 김씨 부인이 처음 태어났을 때부터 물에 빠져 죽을 때까지의 사연을 한참씩 넋두리하다가는 전악들의 젓대, 피리, 해금에 맞추어 춤을 덩실거렸다. 그녀의 음성은 언제보다도 더 구슬펐고 몸뚱이는 뼈도 살도 없는 율동律動으로 화한 듯 너울거렸고…… 취한 양, 얼이 바진 양 구경하는 여인들의 숨결은 모화의 쾌잣자락만 따라 오르내렸다. 모화의 쾌잣자락은 모화의 숨결을 따라 나부끼는 듯했고, 모화의 숨결은 한 많은 김씨 부인의 혼령을 받아 청승에 자지러진 채, 비밀을 품고 조용히 굽이돌아 흐르는 강물예기소의과 함께 자리를 옮겨 가는 하늘의 별들을 삼킨 듯했다.

밤중이나 되어서였다.

혼백이 건져지지 않는다는 것이었다. 화랑이들과 작은 무당들이 몇 번이나 초망자招亡者 줄에 밥그릇을 달아 물속에 던져도 밥그릇 속에 죽은 사람의 머리카락이 들어오지 않는 것으로 보아 김씨가 초혼에 응하질 않는 모양이라 하였다.

작은 무당 하나가 초조한 낯빛으로 모화의 귀에 입을 바짝 대며,

"여태 혼백을 못 건져서 어떡해?"

하였다.

모화는 조금도 서둘지 않고 오히려 당연하다는 듯이 손수 넋대를 잡고 물가로 들어섰다.

초망자 둘을 잡은 화랑이는 넋대가 가리키는 방향으로 이리저리 초혼 그릇을 물속에 굴렸다.

"일어나소 일어나소,

서른세 살 월성 김씨 대주부인,

방성으로 태어날 때 칠성에 복을 빌어."

모화는 넋대로 물을 휘저으며 진정 목이 멘 소리로 혼백을 불렀다.

"꽃같이 피난 몸이 옥같이 자란 몸이,

양친 부모도 생존이요, 어린 자식 뉘어 두고,

검은 물에 뛰어들 제 용신님도 외면이라.

치마폭이 봉긋 떠서 연화대를 타단 말가,

삼단머리 흐트러져 물귀신이 되단 말가."

모화는 넋대를 따라 점점 깊은 물속으로 들어갔다. 옷이 물에 젖어 한 자락 몸에 휘감기고, 한 자락 물어 떠서 나부꼈다. 검은 물은 그녀의 허리를 잠그고, 가슴을 잠그고, 점점 부풀어 오른다.

그녀는 차츰 목소리가 멀어지며 넋두리도 허황해지기 시작했다.

"가자시라 가자시라, 이수중분 백로수로,

불러 주소 불러 주소, 우리 성님 불러 주소,

봄철이라 이 강변에 복숭아꽃이 피그덜랑,

소복단장 낭이 따님 이내 소식 물어 주소.

첫 가지에 안부 묻고, 둘째 가……."

할 즈음, 모화의 몸은 그 넋두리와 함께 물속에 아주 잠겨 버렸다 처음엔 쾌잣자락이 보이더니 그것마저 잠겨 버리고, 넋대만 물 위에 빙빙 돌다가 흘러내렸다.

열흘쯤 지난 뒤다.

동해변 어느 길목에서 해물 가게를 보고 있다던 체수 조그만 사내가 나귀 한 마리를 몰고 왔을 때, 그때까지 아직 몸이 완쾌하지 못한 낭이가 퀭한 눈으로 자리에 누워 있었다.

사내는 낭이에게 흰죽을 먹이기 시작했다.

"아버으이."

낭이는 그 아버지를 보자 이렇게 소리를 내어 불렀다. 모화의 마지막 굿이(떠돌던 예언대로) 영검을 나타냈는지 그녀의 말소리는 전에 없이 알아들을 만도 했다.

다시 열흘이 지났다.

"여기 타라."

사내는 손으로 나귀를 가리켰다.

"……."

낭이는 잠자코 그 아버지가 시키는 대로 나귀 위에 올라앉았다.

그네들이 떠난 뒤엔 아무도 그 집을 찾아오는 사람이 없었고, 밤이면 그 무성한 잡풀 속에서 모기들만이 떼를 지어 울었다.

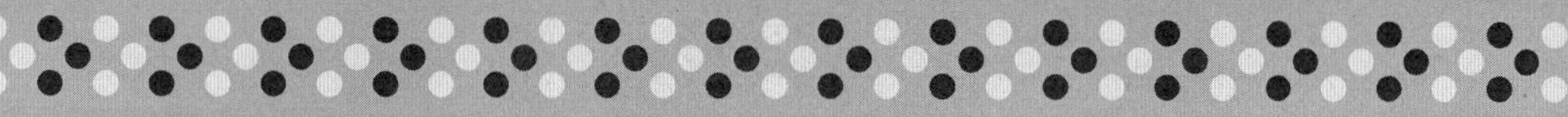

줄거리

서화와 골동품을 좋아하던 '나'의 할아버지가 살아 계실 때 '나'의 집에 나그네로 들렀던 벙어리 소녀와 그녀의 아버지가 남기고 간 '무녀도'라는 그림에 담긴 내력은 다음과 같다.

모든 것에 귀신이 들어 있다고 믿으며 귀신만을 섬기는 무당인 모화는 그림을 그리는 딸 낭이와 함께 경주 집성촌의 퇴락한 집에서 살고 있다. 그런데 어려서 집을 나갔던 아들 욱이가 이 집에 돌아오면서 모화의 삶은 흔들리기 시작한다. 욱이가 신봉하는 기독교와 모화가 받드는 무속신앙 사이에 갈등이 빚어진 것이다. 그들은 모자간의 사랑에도 서로 다른 신관과 가치관 때문에 서로를 용납하지 못하며, 각각 기도와 주문으로 대결하다가 마침내 모화가 성경을 불태우고, 이를 저지하려던 욱이가 칼에 찔림으로써 죽음에 이르게 된다.

그 뒤 마을에는 예배당이 서고, 힘을 잃게 된 모화는 예기소에서 죽은 여인의 넋을 건지는 마지막 굿판을 벌인다. 모화는 드디어 무념의 상태에서 춤을 추다가 물속에 잠기고, 낭이는 그를 데리러 온 아버지를 따라 어디론가 떠난다.

감상 포인트

완벽한 구성과 절제된 언어의 구사, 애잔하고 비극적인 분위기, 그리고 향토색 짙은 배경과 이에 걸맞은 주제 의식이 탁월하다. 특히 전통적인 무속신앙과 외래 종교인 기독교의 대립으로 모자간의 혈육관계가 파탄에 이르게 되는 과정을 액자식 구성으로 보여 줌으로써 보편적인 전통문화와 외래문화의 갈등을 효과적으로 드러내고 있다.

또한 이 작품은 무속적인 상상력을 바탕으로 한국인의 숙명적 세계관을 형상화하고자 하는 작가의 작품 세계를 대변하고 있다. 특히 신비한 무속의 세계를 공간적으로 묘사해 내고 있는 문체의 힘이 문학성을 높여 주고 있다.

등장인물

- **모화**(毛火) : 무당으로, 무속신앙을 추종하는 평면적, 전형적 인물이다.
- **욱이**(昱伊) : 모화의 아들로, 사생아이자 기독교 신자인 반동적 인물이다.
- **낭이**(琅伊) : 모화의 딸이자 욱이의 이복동생이다. 벙어리로 그림에 소질이 있으며, 나중에 무녀도를 그리게 된다.

액자식 구성

액자식 구성이란 소설의 주된 이야기가 다른 이야기에 의해 소개되는 방식을 뜻한다. 기본적으로 도입 액자 – 내화內話 – 종결 액자의 세 부분으로 이뤄지며, 대체로 액자 부분과 내화의 서술자, 시점 등이 다르다.

이 구성은 소설의 주된 이야기가 현실과 거리가 먼 경우에 주로 이용된다. 즉, 신비로운 내용이거나 현실적으로 개연성이 약해 근대 소설적 면모를 갖추기 어려운 내용을 담아야 할 때 이용되는 것이다(고전소설 중 몽유록계 소설의 구성 방식과 유사). 이런 점에서 본다면, 액자식 구성의 수된 기능이 소설 내용(서사)의 신뢰성 확보하는 사실을 알 수 있다.

이 작품에서는 외부 이야기가 1인칭 관찰자 시점, 내부 이야기가 전지적 작가 시점을 취하고 있다. 그런데 결말이 후일담으로 처리되어 외부 액자와 내부 액자 사이의 긴장감이 떨어진다는 지적이 있다. 하지만 다른 측면에서 본다면 '무녀도'라는 그림을 전반에 부각시킴으로써 단일한 인상과 통일성을 부여하고 있기도 하다.

핵심정리

- **갈래** : 단편 소설, 액자 소설
- **시점** : 무속적, 신비적
- **배경** : 개화기, 경주 부근의 마을
- **시점** : 1인칭 관찰자 시점(외부 이야기), 전지적 작가 시점(내부 이야기)
- **제재** : 무녀도
- **주제** : 토속문화와 외래문화의 갈등이 빚은 혈육 간의 비극적 종말

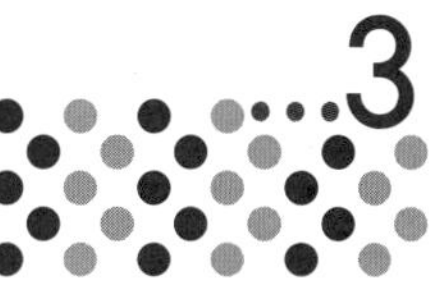

3 화랑의 후예

1

황 진사黃 進士를 처음 알게 된 것은 지난해 가을이었다.

아침을 먹고 등산을 할 양으로 신발을 신노라니 윗방에서 숙부님이 부르셨다.

"오늘 네, 날 따라가 볼래?"

숙부님은 방문을 열고 툇마루로 나오시며 이렇게 물었다.

"어디요?"

"저 지리산에서 도인이 나와 사주와 관상을 보는데 아주 재미나단다."

"싫어요. 숙부님께서나 가슈."

나는 단번에 거절하였다.

"왜, 싫긴?"

"난 등산할 참인데……."

"것도 좋긴 하지만……. 오늘은 특별히 한 번 따라와 봐……. 무슨 사주 관상 뵈는 게 재미나단 말이 아니라, 그런 데서도 배울 게 있느니……. 더구나 거기 모여드는 인물들이란 그대로 조선의 심벌들이야."

"조선의 심벌요?"

나는 반쯤 웃는 얼굴로 이렇게 물은즉, 숙부님도 따라 웃으며,

"그렇지, 심벌이지."

하였다.

이리하여 '조선의 심벌' 이란 말에 마음이 솔깃해진 나는 등산하려던 신발을 끄르기 시작하였다.

파고다 공원에서 뒷문으로 빠지면 서울 중앙 지점치고는 의외로 번거롭지도 않은 넓은 거리가 두 갈래로 갈라져 있고, 바로 그 두 갈래로 갈라지는 길목에 '중앙 여관' 이란 간판을 걸고 동남쪽으로 대문이 난 여관이 있고, 이 여관에 소란한 차마車馬 소리와, 사람의 아우성과, 입김과 먼지와, 기계의 비명이 주야로 쉬지 않는 도시의 심장 속에 접신接神, 통령通靈의 간판을 내걸고 손님을 기다리고 있는 '도인' 이 있다.

방 안에는 많은 사람이 있었다. 술이 묻고 때가 전 옷을 입고, 눈에 핏발을 세우고, 볼에 살이 빠져 광대뼈들이 불거진 불우한 정객, 불평 지사들이며 문학가, 철학가, 실업가, 저널리스트, 은행원, 회사원들이 무수히 출입하고 금광쟁이, 기마꾼들이 방구석에 뒹굴고 있었다.

나는 무슨 아편굴 속에나 들어온 것처럼 기분이 불쾌했다. 내가 얼굴을 붉히며 숙부님을 향해 얼른 다녀 나가자는 눈짓을 했을 때, 그러나 숙부님은 나의 눈짓에 응한다기보다는 분명히 묵살을 하고 나를 좌중에 소개를 시키셨다. 바로 그때,

"아, 이분이 김 선생 조카 되시는 분이구랴."

하고, 거무추레한 두루마기에 얼굴이 누르퉁퉁한, 나이 한 육십가량 된 영감 하나가 방구석에서 육효를 뽑다 말고 얼굴을 돌리며 어눌한 음성으로 이렇게 물었다. 그는 하도 살아갈 지모智謀가 나지 않아 육효를 뽑아 보았노라 하면서, 반가운 듯이 삼촌 곁으로 다가앉았다. 그의 까닭 없이 벗겨진 이마 밑의 두 눈엔 불그스름한 핏물 같은 것이 돌고 있었다. 내가 자리를 고치고 머리를 굽히려니까,

"괘, 괜찮우. 거, 거 자리에 앉으우."

하고 손을 내저으며,

"나 황일재黃逸齋우. 이 와, 완장 선생과는 참 마, 막역지간이우."

하는 것이었다.

좌중의 시선이 모두 나에게 집중된 듯하였다. 바로 그때였다. 나와 바로 마주 앉은 접신, 통령의 도인은 그 손톱자국과도 같이 생긴 조그마한 새빨간 눈으로 몇 번 나의 얼굴을 흘낏흘낏 보고 나더니,

"부모와는 일찍이 이별할 상이야."

불쑥 이렇게 외쳤다.

"형제도 많지 않고, 초년은 퍽 고독해야."

하고, 또 인당이 명료하고 미목이 수려하니 학문에 이름이 있으리라 하고, 준두와 관골이 방정해서 중정에 왕운이 있으리라 하고, 끝으로 비록 부모가 없더라도 부모에 못지않은 삼촌이 계셔서 나의 입신출세에 큰 도움이 되리라 하였다.

나는 어쩐지 쑥스럽고 거북하여져서 얼굴을 붉히며 그만 자리를 일어나 버렸다. 내 뒤를 이어 숙부님이 일어나시고, 숙부님을 따라 황일재 황 진사가 밖으로 나왔다. 파고다 공원 뒤에서 황 진사는 때 묻은 헝겊 조각 같은 모자를 벗어 쥐고 그저 몇 번이나 절을 하고 나서 공원으로 들어가 버렸다.

"어디루 가우?"

숙부님이 물으신즉,

"나, 여기 공원에서 친구 좀 만나구……."

했다.

해는 오정이 가까웠다. 구름 한 점 없이 갠 하늘엔 북한산이 멀리 솟아 있었다. 안타까움에 내 몸은 봄날같이 피곤하였다.

2

나뭇잎이 다 지고 그해 가을도 깊어졌을 때다. 삼촌은 금광에 분주하시느라고

외처에 계시고 없는 어느 날 아침, 막 아침 밥상을 받고 있으려니까 문 밖에서 '에헴' '에헴' 연달아 헛기침 소리가 나더니,

"일 오너라……."

하고 부르는 소리가 났다. 밥숟가락을 놓고 문 밖으로 나가 보니, 어느 날 관상소에서 육효를 뽑고 있던 그 황 진사였다. 이날은 처음부터 그 '조선의 심벌' 이란 생각을 머릿속에 가지지 않은 탓인지, 처음 보았을 때처럼 그렇게 불쾌하거나 우울하지도 않고, 그보다도 다시 보게 된 것이 나는 오히려 반갑기도 하였다.

"웬일로 이 치운 아침에 이렇게……."

인사를 한즉,

"괘, 괜찮우. 거 완장 어른 안 계슈?"

하는 소리는 전날보다도 더 어눌하였다. 그 푸르죽죽하고 거무스레한 고약 때 오른 당목 두루마기 깃 밖으로 누런 털실이 내다뵈는 것으로 보면, 전날보다 재킷 한 벌은 더 입은 모양인데도 그렇게 몹시 추운 기색이었다.

"네, 숙부님 마침 출타하셨어요."

한즉,

"어디 출타하신 곳 모루? 예서 얼마나 머, 멀리 나가셨슈?"

"네."

"언제쯤 도, 돌아오실 예, 예정……."

"글쎄올시다, 아마 수일 후라야……."

한즉, 갑자기 그는 실망한 듯이,

"아아, 이."

하는 소리가 저 목구멍 속에서 육중한 신음과도 같이 들려왔다.

"어쩐 일로 오셨다가……. 추운데 잠깐 들오시죠."

한즉, 그는 두루마기 속에 찌르고 있던 손을 빼어 모자를 쥐려다 말고 한참 동

안 무엇을 망설이며 내 눈치를 보곤 하더니, 모자를 잡으려던 손으로 콧물을 닦으며 왼편 손은 사뭇 두루마기 속에서 무엇을 더듬어 찾고 있었다.

"이거 대, 대, 댁에 잘 간수해 두."

하며 종잇조각에 싼 것을 주는데, 받아서 보니 이건 흙에다 겻가루를 심은 것 같이 보였다.

"……?"

내가 잠자코 의아한 낯빛으로 그를 쳐다보려니까, 그는 어느덧 오연傲然한 태도를 가지며 위엄 있는 음성으로,

"거 쇠똥 위에 개똥 눈 겐데 아주 며, 며, 명약이유."

한다. 나는 그의 말뜻을 바로 이해할 수 없어 어리둥절해 있으려니까,

"허어, 어떻게 귀중한 약인데 그랴!"

하며, 그 물이 도는 두 눈에 독기를 띠고 나를 노려보았다. 내가 민망해서,

"대개 어떤 병에 쓰는 게죠?"

하고 물은즉,

"아, 거야 만병에 좋은 걸, 뭐."

하며, 나를 흘겨보고 나서,

"거 어떻게 소중한 약이라구……. 필요한 때는 대, 대갓집에서두 못 구해서들 절절 매는 겐데, 괘니……."

그는 목을 내두르며 무척 억울한 듯한 시늉을 하였다. 나는 왜 그가 이렇게 공연히 분개하고 억울해하는지를 알 수 없어, 한순간 나 자신을 좀 반성해 보고 있으려니까, 그도 실쭉해서 잠자코 있더니, 갑자기

"괘애니 모르고들 그랴."

또 한 번 고함을 질렀다.

내가 막 아침 밥상을 받았다 두고 나간 것을 언짢게 생각하고, 몇 번이나 힐끔

힐끔 밖을 내다보시고는 하던 숙모님이 기다리다 못해,

"얘, 무얼 밖에서 그러니?"

하고, 어지간하거든 손님을 모시고 안으로 들어오라는 듯이 '밖에서'란 말에 힘을 주어 주의를 시킨다. 바로 그때였다.

"거, 아침밥 자시고 남았거든 좀……."

하며, 입가에 비굴한 웃음을 띠고 고개질을 하는 양은 조금 전에 흙가루를 내놓고 호령할 때와는 딴판이었다.

나는 그를 방에 안내한 뒤 나의 점심밥을 차려 내오게 하였더니, 그는 밥상을 받으며 진정 만족한 얼굴로,

"이거 미안하게 됐소구랴."

하였다.

그는 밥을 한입에 삼킬 듯이 부리나케 퍼먹고 찌개 그릇을 긁고 하더니, 숟가락을 놓기가 바쁘게 곧 모자를 쥐며 자리에서 일어났다. 몇 번이나 절을 하곤 했으나, 아까 하던 약 말은 아주 잊어버린 듯이 다시는 아무런 말도 없었다.

그 후, 사흘째 되던 날 아침에 또 황 진사가 찾아왔다. 이번에는 그의 친구라면서, 그보다 키는 더 크고 흰 두루마기는 입었으되 그에 지지 않게 눈과 코와 입이 실룩거리는 위인이었다. 이 흰 두루마기 친구는 어깨에 먼지투성이가 된 자그마한 책상 하나를 메고 왔다.

황 진사는,

"이거, 댁에 사 두."

하고 거의 명령하듯이 말했다.

"글쎄올시다. 별루……."

"아아이, 값이 아주 염하니 염려 말구 사 두."

"그래두 별루 소용이 없는 걸……."

"아아이, 값이 아주 염하대두 그래."

"……."

"자, 오십 전 인 주."

황 진사는 그 누르퉁퉁하고 때가 묻은 손바닥을 내 앞에 펴 보였다.

"글쎄, 온, 소용이……."

"그럼 제에길, 이십 전만 내구 맡아 두."

"……."

"것두 싫우?"

"……."

"그럼 꼭 십 전만 빌려 주."

황 진사는 어느덧 콧구멍을 벌름거리며 애걸을 하였다.

"나 그날, 댁에서 그렇게 포식한 이래 여태 굶었수다. 여북 시장해서 이 친구를 찾아갔겠수? 아 그랬더니, 이 친구도 사정이 딱했던지 사무 보는 이 책상을 내주는구랴."

그는 손으로 콧물을 닦아 가며 한참 신이 나서 떠들어 대었다. 그의 친구란 사람은 연방 입을 실룩거리며 외면을 하고 서 있었다.

한 오 분 뒤, 내가 안에 들어가 돈 이십 전을 주선해 나와 그들에게 주었을 때, 그들 두 사람은 무수히 절을 하고 나서 책상을 도로 메고 가 버렸다.

3

길바닥이 얼어붙고 먼 산에 눈이 치고 그해는 이른 겨울부터 몹시 추웠다. 그동안 숙부님은 몇 번이나 집에 다녀가시고 관상소 출입도 더러 있는 듯하였다. 그러나 황 진사의 얼굴은 그 뒤로 보이지 않았다. 다만, 삼촌을 통해서 그의 시골이 충청도 어디란 것과, 그의 문벌이 놀라운 양반이란 것과, 그의 조상에는 정승 판서

따위가 많이 났다는 것과, 그 자신도 현재 진사 구실을 한다는 것과, 그의 머릿속은 자기 가벌에 대한 자존심으로 가득 차 있다는 것들이었다.

그런데 그 가운데 한 가지 우스운 것은 그가 곧잘 진사 노릇을 한다는 것이다. 그것도 처음 관상소에서 어느 장난꾼이 농담 삼아 그에게 서전과 춘추를 외게 하여 급제를 주고 진사라 부르기 시작한 것인데, 그 후로 만나는 사람마다 반조롱으로 '황 진사', '황 진사' 부르게 되니, 그러나 '황 진사' 자신은 조금도 어색해하지 않고 오히려 그럴싸하게 여겨, 이즘 와서는 아주 뽐내고 진사 행세를 한다는 것이다.

어느 몹시 추운 날이었다. 아궁에 불을 넣고 방구석에 숯불을 피우고 나는 온종일 책상에서 일을 하고 있었다. 낮이 짐짓했을 때다. 밖에서,

"일 오너라……."

하는 소리가 마치 '사람 살리우' 하는 소리같이 바람결에 싸여 들어왔다. 나가 보니 황 진사가 연방 손으로 콧물을 닦고 서 있는 것이다. 나는 대체 얼어 죽지나 않았나 하고 궁금해하던 차라, 이렇게 다시 보게 된 것이 진정 반가웠다.

나는 곧 그를 나의 방에 안내한 뒤,

"그런데 그동안 어떻게 지냈어요?"

한즉,

"거야 친구 집에서 지냈지요, 뭐. 흐흐……."

하며, 재미난 듯이 웃었다.

"아 참, 완장 선생은 여태 안 왔시우?"

"수차 다녀가셨지요."

"아, 그렁 거루 난 여태 한 번두 못 뵈었으니 이거 죄송해서, 흐흐……."

그는 숯불을 안고 앉아 또 히히거리고 웃었다.

흰떡을 사다 숯불에 구워서 그에게 대접을 하고, 나는 아까 하다 둔 일을 마저

해치울 양으로 잠깐 책상에 앉아 있으려니까 그는 언 것, 구운 것도 가리지 않고 한참 부지런히 집어먹더니 그동안 흥이 났는지 아주 목청을 뽑아서,

"관관저구關關雎鳩는 재하지주在河之洲로다. 요조숙녀窈窕淑女는 군자호구君子好逑로다."

하는 대문을 외곤 하였다.

나는 그동안 책상에 앉아 있느라고 모른 체하고 있으니까,

"아, 성인께서도 실수가 있단 말야!"

그는 나를 바라보며 이렇게 소리를 질렀다.

"아, 공자님께서 시전에 음군을 두셨거던!"

그는 무슨 큰 문제나 발견한 듯이 나 있는 쪽을 옆 눈으로 흘겨보며 마구 기를 뽑아 이렇게 외쳤다.

그래도 내가 모른 체하고 있으려니까 그는 화로 곁에서 일어서더니, 두루마기 자락을 뒤로 젖히고 저고리 섶을 위로 쳐들고 손을 넣어 무엇을 꺼내는 시늉을 하였다. 나는 속으로, 옷의 이를 잡아내어 숯불에 넣으려는 겐가 하고 있는데, 그는 또 한 번 나 있는 쪽을 흘겨보고 나서 배에 두르고 있던 때 묻은 전대 하나를 꺼내었다. 전대 속에서는 네 귀가 다 이지러지고 종이 빛까지 우중충하게 묵은 모필 사책 한 권과, 백지로 싸서 노끈으로 친친 감아 맨 솔잎 한 줌과 휴지 조각 몇 장이 나왔다.

"거, 무슨 책이유?"

내가 이렇게 물은즉,

"아, 주역책이지 그랴."

하고 된소리를 질렀다.

과연 그 이지러진 네 귀마다 넓적넓적한 괘가 그려져 있는 것으로 보아 주역책임에 틀림은 없는 모양이었다. 그런데 주역책은 왜 하필 전대에 넣어서 두르고 다니느냐고 물은즉,

"아, 공자님께서도 역은 삼천독을 하셨다는데 그랴."

하고, 된소리를 질러 놓고 나서 다시 조용히 음성을 낮추어,

"아, 여북해 지략의 조종이오? 조화의 근본 아니오?"

하였다. 나는 처음 관상소에서 그를 보았을 때부터 "하도 지모가 나지 않아 육효를 뽑아 보았노라." 한 것을 들은 일이 있어서, 그가 평소 얼마나 이 '지략' 과 '조화' 를 부려 보고 싶어 하는 위인인가를 짐작은 할 수 있었지만, 이와 같이 언제나 몸에 지닌 솔잎 한 줌과 네 귀 모지라진 주역 속에서 우러난 음양오행의 지모 조화가 겨우 '쇠똥 위에 개똥 눈' 흙가루 약과, 친구에게 책상을 들리고 다니는 것쯤인가 하고 생각할 때 나 자신도 모르게 한숨이 새어 나왔다.

저녁때가 되어 그는 전대를 다시 배에 두르고 돌아갔다. 종종 오라고 한즉, 매양 신세를 끼쳐서 미안하다고 하며 절을 몇 번이나 하였다.

그해 겨울, 그는 내가 성이 가시도록 자주 나를, 아니 내 삼촌을 찾아왔다. 그는 언제나 나를 볼 때마다 오랫동안 삼촌께 못 뵈어 죄송하다고 하였다.

그는 나에게 한시를 지어 달라면서 사오 차나 운자를 가지고 왔다. 어디 쓰느냐고 물으면 친구의 환갑잔치에 대노라고 한다. 친구가 누구냐고 물으면 이 참봉, 윤 승지, 무슨 참판, 어디 남작하고 모조리 서울서도 유수한 대가와 부자들의 이름만 꼽지만, 거리에서 그가 어울려 다니는 것을 보나 가끔 친구라고 데리고 오는 것을 보면, 그의 말과는 딴판으로 황 진사 자신보다 별로 유여한 축들도 아니었다.

좋은 규수가 있으니 장가를 들지 않겠느냐고 그는 여러 차례 나를 졸랐다. '좋은 규수' 가 어딨느냐고 물으면, 단번에 친구의 딸이라 하고, 어떤 친구냐고 하면 무슨 승지, 무슨 자작 하는 예의 대갓집 따위를 꼽았다. 색시 얼굴이 어떻게 생겼더냐고 하면 매양 자기의 누르퉁퉁하게 부은 얼굴을 가리키며 이렇게 아주 유복스럽게 생겼다고 한다. 내가 웃으며, 색시가 일재 선생 같아서야 좀 재미 적다고 하면,

"아, 일등 규수라는데 그랴."

하고 화를 내었다.

"그렇지만 너무 육중해서야."

하면,

"아, 거기 식록이 들었는 걸 그랴. 아, 여북해 일등 규수라는데 그래도 못 믿어서 그랴."

하고 기를 쓰곤 하였다.

4

눈에 괸 물이 눈물이라면 황 진사의 두 눈에는 언제나 눈물이 있었다. 그는 가끔 나에게 그가 혈육 없는 것을 한탄하였다. '친구' 집 회갑 잔치 같은 데서 떡국 그릇이나 배불리 얻어먹고 술기라도 얼근해서 돌아오는 날은,

"아, 명가 종손으로 혈육 한 점이 없다니, 천도가 무심하지 그랴."

대개 이런 말을 했다.

"혼담은 시방 있지만, 어디 천량이 있어야지."

이런 말도 하였다.

언젠가 숙모님이 그의 맘에 제일 드는 규수의 나이와 이름을 물었더니, 하나는 열아홉 살이고 하나는 갓 스물인데, 열아홉짜리는 성이 오씨고, 갓 스물짜리는 윤씨라 하였다.

"열아홉 살?"

듣던 사람이 놀라니,

"아, 자식을 봐야지유."

하였다.

숙모님이

"좀 나이 짐짓해두 넉넉할 걸 뭐."

하니,

"그야 그렇지유. 허지만, 암만하면 젊은 규수를 당할라고."

하는 것이, 아무래도 그 열아홉 살인가 갓 스물인가 난 규수에게 마음이 가는 모양이었다.

이런 일이 있은 지 며칠 뒤, 숙모님이 황 진사의 중매를 들게 되었다. 그 즈음 황 진사는 거의 날마다 우리 집에 들르게 되어 그의 딱한 형편을 은근히 걱정하고 있던 숙모님은, 그때 마침 집에 돌아와 계시던 숙부님과 의논하고, 그를 건넛집 젊은 과부에게 장가를 들게 해 주자고 하였다. 나는 물론 그리 되기를 원했다. 숙부님도 웃는 얼굴로,

"몰라, 허기야 저도 과부지만 그렇게 늙은 사람과 잘 살라고 할는지."

하셨다. 그러나 숙모님이,

"젊고 예쁜 홀아비가 어딨어요? 딸린 자식 없구 한 것만 해두……."

하고 자신 있게 말하는 것을 듣고 나도 적이 안심이 되었다.

그날 저녁때 황 진사가 온 것을 보고, 숙부님이

"일재, 여기 젊고 돈 있는 색시가 있는데 장가 안 들라우?"

하고 물어본즉,

"아, 들면야 좋지만 선생도 아시다시피 천량이 있어야지."

하는 그의 얼굴에는 완연히 희색이 넘쳤다.

그의 얼굴에 희색이 넘침을 보신 숙모님은 돈이 없어도 장가를 들 수 있다는 것과 장가만 들게 되면 깨끗한 의복에 좋은 음식도 먹을 수 있으리라 하는 것을 일러 주신즉,

"아, 그럼야 여북 좋갔수? 규수 나이 몇 살이고……? 집안도 이름 있구……?"

그는 연방 입이 벌어져 침을 흘리며 두 눈에 난데없는 광채를 띠고 숙모님께로 대드는 판이었다.

"과부래야 이름이 아깝지. 뭐, 이제 나이 삼십도 다 못 된 걸……."

숙모님도 신명이 나는 모양으로 이렇게 자랑삼아 말한즉, 황 진사는 갑자기 낯빛이 확 변하며,

"아 규, 규수가, 시방 말씀한 그 규수가, 과, 과, 과부란 말씀유?"

이렇게 물었다.

"왜그류?"

한순간, 침묵이 흘렀다. 황 진사의 닫힌 입 가장자리에 미미한 경련이 일어나며, 힘없이 두 무르팍 위에 놓인 그의 두 손은 불불불 떨리고 있었다. 벽에 걸린 시계 소리가 '뚝딱뚝딱' 하고 들리었다.

그는 조용히 고개질부터 좌우로 돌렸다.

"당찮은 말씀유……. 흥, 과, 과부라니 당치 않은 말씀을……."

그는 곧 호령이라도 내릴 듯이 누렇게 부은 두 볼이 꿈적꿈적하며 노기 띤 눈을 부라리곤 하더니 엄숙한 목소리로,

"황후암黃厚庵 육대 종손이유."

하고 다시,

"황후암 육대손이 그래 남의 가문에 출가했던 여자한테 장갈 들다니 당하기나 한 소리요……? 선생도 너무나 과도한 말씀이유."

그는 분함을 누르느라고 목소리에 강한 굴곡이 울리었고, 낯에는 비통한 오뇌의 경련이 일어나 있었다.

"내일이래두 그럼 어린 규수 골라 혼인하시지요, 뭐……."

하고, 숙모님도 무안해서 일어났다.

숙부님도 딱했던지,

"일재, 일재, 염려 말우, 농담했수. 그럼 일재 되구야 한 번 타문에 출가했던 사람과 혼인을 하다니 될 말이유? 내가 어디 황후암을 모루, 황익당을 모루?"

한즉, 그때야 그도

"아, 아무렴 그랴 그렇지, 거 어디라구, 함부루 어림없이들……. 황후암이 누구며 황익당이 누군데 그랴?"

얼굴을 펴고 이렇게 높은 소리로 외쳤다.

5

해가 바뀌고 새해가 되었다.

숙부님은 사뭇 금광에 계시느라고 새해맞이까지도 숙모님과 나와 단둘이서 쓸쓸히 하게 되었다.

섣달 중순 즈음에서 한 보름 동안은 일금 얼굴을 뵈지 않던 황 진사가 정월 초하룻날 아침에 대문 밖에서,

"일 오너라."

하고, 언제보다도 호기 있게 불렀다.

그 고약 때가 찌든 두루마기를 빨아 입은 위에 어이한 색안경까지 시커먼 걸로 하나 쓰고는 숙부님께 새해 인사를 드리러 왔노라고 하였다. 숙부님이 안 계신다고 하니, 그러면 숙모님이나 뵙고 가겠다고 하였다. 숙모님은 마침 있는 음식에 반갑게 구시며, 떡과 술상을 차려 내주셨다. 그는 몇 번이나 완장 선생을 못 뵈어 죄송스럽다고 유감의 뜻을 표하고는 술을 몇 잔 들이켜고 나더니,

"일배 일배 부일배로 우리 군자 사람끼리 설 쇰을 이렇게 해야지."

흥취에 못 배기겠다는 듯이 손으로 무르팍을 치곤 하였다.

숙모님이,

"새해에는 장……."

하다가 말끝을 움츠러들여 버리자 그는 그 말끝을 잡아서,

"금년 신운은 청룡이 농주랬지만, 아 천량이 생겨야 장갈 들지."

하였다.

이튿날도 찾아왔다. 사흘째도 왔다. 그리하여 정월 한 달 동안을 거의 매일같이 숙부님께 새해 인사를 드려야 할 것이라면서 찾아왔다. 그러나 그는 결국 숙부님께 새해 인사를 드리지 못하고 말았다.

그 뒤 한철 동안을 그는 아주 우리 집에 발길을 끊고 나타나지 않았다. 검은 둥치에 새움이 트고 버들가지에 물기가 흐르는 봄 한철을 나는 궁금한 가운데 보내었다.

봄도 지나 여름이 되었다. 새는 녹음 속에 늙고, 물은 산골을 울리며 흘렀다.

그때 돌연히 숙부님이 어떤 사건으로 피검被檢이 되자, 나는 시골 어느 절간에 가 지내려던 피서 계획을 포기하고, 괴로운 여름 한철을 서울서 나게 되었다. 물론, 숙부님의 사건이란 건 당시 나도 잘 몰랐는데, 세상에서 들리는 말로는 만주에서 발단된 '대종교 사건'의 연루라는 것으로 숙부님 검거, 금광 채굴 중지, 가택 수색, 이 세 가지를 한꺼번에 당하게 되었던 것이었다.

어느 날은 서대문 밖에 숙부님을 면회하고 돌아오는 길에 광화문통을 지나오려니까,

"아, 이건 노상 해후로구랴!"

하는 소리가 났다. 고개를 들어 보니, 연녹색 인조견 조끼에 검은 유리 안경을 쓴 황 진사가 빨아 말린 두루마기를 왼쪽 팔에 걸고, 해 묵힌 누렁 맥고모는 뒤통수에 잦혀 쓰고, 그 벗겨진 알이마를 햇살에 번쩍거리며 총독부 쪽에서 걸어오고 있는 것이다.

"네, 일재 선생 오래간만이올시다."

하고 내가 인사를 한즉,

"댁에서들 모두 태평하시구, 완장 선생께도 소식 자주 듣고……. 아, 이건 참 노상 해후로구랴!"

또 한 번 감탄하고 나더니,

"이리 잠깐 오. 날 좀 보."

하고, 그는 나를 한쪽 구석에 불러 놓고 지극히 중대한 사실을 발견했노라고 한다. 나는 사정이 전과 다른 형편에 있던 터이라, 혹시나 이런 데서 무슨 자세한 내용이나 알게 되나 하여 두근거리는 가슴을 누르며 긴장한 낯으로 그를 쳐다보고 있는 것인데, 그는

"아, 내 조상께서는 모르고 지낸 윗대 조상을 근일에 와서 상고했구랴."

이런 엉뚱한 소리를 하였다.

나는 너무 어이없어 어리둥절해 있노라니,

"왜 그루? 어디 편찮우?"

한다. 괜찮으니 얼른 마저 이야기하라고 하니,

"아, 이럴 수가……. 온, 내 조상이 대체 신라적 화랑이구랴!"

하고 혼자 감개해서 못 견디는 모양이었다. 그건 또 어떻게 알아냈느냐고 한즉, 근일에 여러 가지 서적을 상고하던 중 우연히 발견하게 된 것이라 하였다.

황 진사를 광화문통에서 만난 뒤 두 달이 지난 어느 날, 나는 숙모님을 모시고 병원에 갔다가 총독부 앞에서 전차를 내려 필운동으로 들어가노라니 '모루히네' 환자 치료소 옆에서 조금 하면 못 보고 지나칠 뻔하다가 그를 보게 되었다.

머리가 더부룩한 거지 아이 몇 놈과 아편 중독자 몇과 그 밖에 중풍쟁이, 앉은뱅이, 수족 병신들이 몇 둘러싼 가운데에 한 두어 뼘 길이쯤 되는 무슨 과자 상자를 거꾸로 엎어 놓고, 그 위에 삐쩍 마른 두꺼비 한 마리와 그 옆의 똥그란 양철통에 흙빛 연고약을 넣어 두고 약 쓰는 법을 설명하는 위인이 있다.

"두꺼비기름, 두꺼비기름, 에헴, 두꺼비기름이올시다. 옻 오른 데도 쓰고, 옴 오른 데도 쓰고, 등창, 둔창, 화상, 동상, 충치, 풍치, 이 앓는 데도 쓰고, 어린애 귀젓 앓는 데, 머리가 자꾸 헐어 '하개 아다마' 되랴는 데, 남녀노소, 어른 애, 계집 사내 할 것 없이, 서울내기 시굴띠기 물을 것 없이, 거저 누구든지 헌 데는 독물을

빼고, 벌레가 먹는 데는 벌레를 내고, 고름이 생기는 데는 고름 뿌리를 빼고, 살이 썩는 데는 거구 생신을 하고, 자, 깊이깊이 감춰 두면 반드시 한 번씩은 찾게 되는 약, 첩첩이 싸서 깊이깊이 넣어 두면 언제든지 한 번은 보배가 되는 약! 자아, 두꺼비기름이올시다. 두꺼비 코에서 짠 두꺼비기름, 자, 그러면 이 두꺼비가 얼마나 무서운 신효가 있는가를 여러분의 두 눈 앞에 보여 드릴 터이니까 단단히 보시오."

그는 약물에다 흙빛 고약을 찍어 넣어서 저으며,

"자아, 단단히 보시오. 우리 몸에 있는 썩은 피가 두꺼비 코끝만 들어가면 그만 이렇게 홍로일점설, 봄철의 눈과 같이 흔적도 없이 사라져 버립니다!"

하고, 약물 접시를 들어 여러 사람 앞에 한 번 내두르고 나서 기침을 한 번 새로 하더니,

"여러분, 여기 계시는 이분은 우리 조선에서 유명한 선생이올시다. 그런데 선생께서는 두 달 전부터 충치를 앓으셔서 병석에 누워 계시다가 이 약으로 말미암아 어저께 벌레를 내고 오늘부터 이렇게 이곳까지 나와 주시게 되었습니다."

하고, 궐자가 손으로 가리키는 바로 그 곁에는 전날에 보던 그 검정색 안경을 쓴 우리 황 진사가 점잖게 먼 산을 바라보고 앉아 있었다. 궐자는 다시 말을 이어,

"선생께서는 또 이 방면에 대한 연구가 대단히 깊으실 뿐 아니라 곰의 쓸개, 오리의 혀, 지렁이 오줌, 쥐의 똥, 고양이 간 같은 걸로 훌륭한 약을 지어서 일만 가지 병마를 퇴치시킬 수도 있는, 말하자면 이인과 같은 능력을 가지신 어른이올시다!"

할 즈음에 순사가 왔다. 에워싸고 있던 거지, 아편쟁이, 수족 병신들은 각기 제 구석을 찾아 헤어졌다.

이 꼴을 보신 숙모님은 나에게 눈짓을 하시며 앞서 가셨다. 나도 숙모님 뒤를 좇아 한참 오다 돌아본즉, 아까 연설을 하던 작자는 빈 과자 상자에 마른 두꺼비와 고약통을 담아 가슴에 안고, 황 진사는 점잖게 두 손을 두루마기 옆구리에 찌른 채 순사를 따라 건너편 파출소를 향해 걸어가고 있었다.

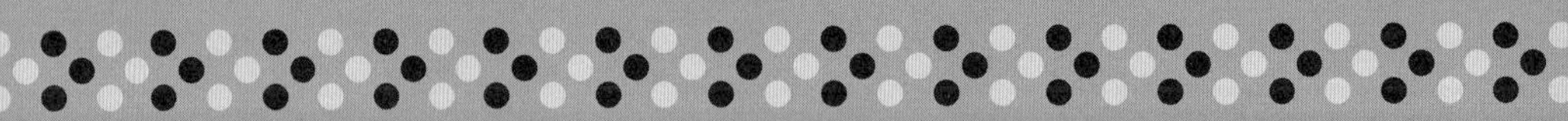

줄거리

어느 날 나에게 숙부가 '조선의 심벌'들이 모이는 점집에 가자고 했고, 그곳에서 황 진사라고 불리는 황일재를 인사시켜 주었다. 거무스름한 두루마기에 얼굴이 누르퉁퉁한 황 진사는 육십 살가량 되는 노인이었다.

가을이 깊어갈 즈음, 집으로 숙부를 찾아온 황 진사는 '쇠똥 위에 개똥 눈 흙가루'를 약이라고 우기면서 비굴하게 끼니를 해결하고 돌아갔다. 그리고 사흘 뒤 친구와 함께 다시 찾아와 책상을 팔아달라고 조르던 그는 밥값이 해결되자 책상을 다시 짊어지고 돌아갔다.

이렇게 궁핍하게 살아가는 황일재였지만, 그는 몰락한 양반의 자손이라는 자부심으로 오히려 진사 행세를 하고 돌아다녔다. 끼니를 때우기조차 힘들 만큼 가난했음에도 솔잎 한 줌과 낡은 주역책을 때 묻은 전대 속에 차고 다니면서 지략과 조화를 부리고자 했던 것이다.

그의 눈에 늘 눈물이 괴어 있어 혈육이 없음을 안타까워하던 숙모와 나는 그에게 중매를 서려 했지만, 황 진사는 그 상대가 젊은 과부라는 말을 듣고 오히려 화를 냈다. 황후암 6대 직손이 어떻게 남의 가문에 출가했던 여자에게 장가를 드느냐는 것이었다.

해가 바뀌고 새해가 되어 완장 어른께 인사를 드리러 왔다는 황 진사는 빨아 입은 두루마기에 시커먼 안경을 끼고 있었다. 그러고는 한 철 소식이 없다가 숙부님이 '대종교 사건'에 연루되어 피검되었을 때, 우연히 거리에서 그를 만났다. 황 진사는 초조하고 경황이 없는 나를 붙들고 지극히 중대한 사실을 알아냈다고 말했다. 그 '지극히 중대한 사실'이란 최근 어느 서적을 뒤지다가 그의 윗대 조상이 신라시대의 화랑이었음을 알게 되었다는 것이었다.

두 달 뒤 나는 숙모와 함께 거리를 걷다가 곰 쓸개, 오리 혀, 지렁이 오줌, 두꺼비기름 등으로 만든 약을 온갖 불구자와 병신들에게 팔다가 순사에게 잡혀 가면서도 여전히 점잔을 빼는 황 진사를 우연히 보게 된다.

감상 포인트

《화랑의 후예》는 제목 그대로 신라 화랑의 후손임을 자랑스러워하는 황 진사라는 인물을 묘사하는 데 초점이 맞춰져 있다. 1인칭으로 등장하는 화자의 입을 통해 황 진사의 자존심이 강하고 허세가 심한 우스꽝스러운 희극성과 풍자적인 모습을 표현하고 있는 것이다.

한마디로, 이 작품은 일제강점기라는 시대의 변화에도 현실을 직시하지 못하고 낡은 관념에 사로잡힌 채 방황하는 몰락한 양반층의 한 기형적 인간을 통해 당시 한국 사회의 한 단면을 보여 주고 있다. 단편 소설이 지니는 단일한 주제, 구성, 통일된 효과 등의 특성이 잘 드러난 작품이기도 하다.

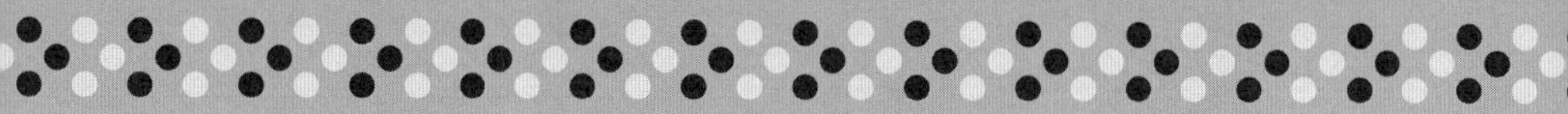

등장인물

• **황 진사** : 문벌을 중시하고 나름의 전통 가치를 주장하는 홀아비로, 경제적으로는 무능력하다. 그의 집안 내력과 궁핍한 처지가 복합적으로 작용해 쉽게 종잡을 수 없는 희극적 성격이 만들어졌다.

• **나** : 이 소설의 서술자로, 일찍 부모를 여의고 숙부 집에서 살고 있다. 상당한 한학적 소양 위에 근대적, 합리적 사고방식을 지니고 조선의 현실을 걱정하는 총명한 지식층. 황 진사의 한심스러운 언행을 연민의 눈길로 바라보는 선량한 품성은 물론, 냉철한 눈도 갖추고 있다.

• **숙부** : 금광을 경영하면서, 조선의 현실을 걱정하고 그것을 개선하기 위해 노력하다 옥고를 치르는 지식층이다. 역사의 흐름을 어느 정도 꿰뚫어 보는 눈이 있다.

• **숙모** : 황 진사의 몰염치한 행동에도 그에게 도움을 주려는 후덕한 인물.

표현상의 특징

① 장면 전개식 구성(유사한 사건의 중첩적 구조)을 통해 인물의 성격을 구현하고, 삶의 단면을 제시했다.

② 대화와 외부 묘사를 통해 인물의 심리를 나타내고 있다.

③ 과거의 사건을 회상해서 서술하는 시점을 취하고 있다.

④ 희극적 소재와 행동으로 대상을 희화화했다.

⑤ 인물에 대한 주관적 반응과 판단을 직접적으로 토로하고 있다.

⑥ 단일한 구성을 통해 인물의 성격을 제시했다.

⑦ 기이한 언행을 통해 인간의 속성을 드러내고 있다.

⑧ 대화와 외부 묘사 등의 간접 제시를 통해 독자 스스로 판단하도록 했다.

⑨ 유사한 사건이 중첩적으로 제시되고 있다.

핵심정리

• 갈래 : 단편 소설, 풍자 소설

• 시점 : 1인칭 관찰자 시점

• 배경 : 시간 – 일제강점기의 1930년대, 공간 – 서울의 관상소, 집, 거리

• 성격 : 일화적, 풍자적, 회상적, 삽화적

• 주제 : ① 표면적 – 몰락한 양반의 시대착오적 허세
　　　② 이면적 – 전통적 인간의 몰락에 대한 연민과 비애

33

김동리_역마, 무녀도, 화랑의 후예

김동인_감자, 배따라기, 광화사

김유정_동백꽃, 만무방, 봄봄

김정한_사하촌, 모래톱 이야기

나도향_물레방아

오상원_유예

염상섭_표본실의 청개구리, 두파산

유진오_김 강사와 T 교수

윤흥길_장마

이 상_날개

이청준_눈길

이효석_메밀꽃 필 무렵, 산

전광용_꺼삐딴 리

최서해_탈출기, 홍염

채만식_논 이야기, 치숙(痴叔), 미스터 방

하근찬_수난 이대

현진건_운수 좋은 날, 고향

황순원_학, 별, 목넘이 마을의 개

김동인

1900~1951년

간결한 현대적 문체로 문장혁신에 공헌한 소설가이다. 즉, 초기 근대문학의 확립 과정에서 문단을 주도하던 이광수류의 계몽적 교훈주의에서 벗어나, 문학의 예술성과 독자성을 바탕으로 한 본격적인 근대문학의 확립에 이바지했다. 사실주의적 수법을 사용했으며, 예술지상주의를 표방하고 순수문학 운동을 벌였다.

1919년 2월 주요한, 전영택 등과 함께 우리나라 최초의 문학동인지 〈창조〉를 창간하고, 처녀작 《약한 자의 슬픔》을 발표했다. 특히 그의 단편 소설들은 《감자》, 《김연실전》, 《발가락이 닮았다》 등 자연주의적 경향을 보이는 작품과 《배따라기》, 《광염 소나타》, 《광화사》 등 탐미주의적 경향을 보이는 작품으로 나눠 볼 수 있다. 하지만 자연주의든, 탐미주의든 그것은 문학을 공리적인 것으로 보는 유교적 문학관이나 계몽주의, 프로문학과 대척점에 놓인 당대 김동인 문학만의 특징이다.

또한 김동인은 단편 소설의 확립과 서사적 과거시제에 대한 남다른 관심, 액자 소설을 많이 이용한 점 등 문학사적 업적도 뛰어나다. 그러나 일제강점기 민족현실에 대한 비판적 인식이 부족한 점은 그의 문학이 갖고 있는 예술적 가치 추구의 맹목성과 함께 부정적인 평가를 받고 있다.

1 감자

싸움, 간통, 살인, 도둑, 징역, 이 세상의 모든 비극과 활극의 근원지인 칠성문 밖 빈민굴로 오기 전까지는 복녀의 부처는 (사농공상의 제 이위에 드는) 농민이었다.

복녀는 원래 가난은 하나마 정직한 농가에서 규칙 있게 자라난 처녀였었다. 예전 선비의 엄한 규율은 농민으로 떨어지자부터 없어졌다. 허나, 어딘지는 모르지만 딴 농민보다는 좀 똑똑하고 엄한 가율이 그의 집에 그냥 남아 있었다. 그 가운데서 자라난 복녀는 물론 다른 집 처녀들같이 여름에는 벌거벗고 개울에서 멱 감고, 바지바람으로 동네를 돌아다니는 것을 예사로 알기는 알았지만, 그러나 그의 마음속에는 막연하나마 도덕이라는 것에 대한 저품을 가지고 있었다.

그는 열다섯 살 나는 해에 동네 홀아비에게 팔십 원에 팔려서 시집이라는 것을 갔다. 그의 새서방(영감이라는 편이 적당할까)이라는 사람은 그보다 이십 년이나 위로, 원래 아버지의 시대에는 상당한 농민으로 밭도 몇 마지기가 있었으나 그의 대로 내려오면서는 하나둘 줄기 시작하여서 마지막에 복녀를 판 팔십 원이 그의 마지막 재산이었다. 그는 극도로 게으른 사람이었다. 동네 노인의 주선으로 소작 밭께나 얻어 주면 종자만 뿌려 둔 뒤에는 후치질도 안 하고 김도 안 매고 그냥 버려두었다가는 가을에 가서는 되는 대로 거둬서 '금년에 흉년입네' 하고 전줏집에는 가져도 안 가고 혼자 먹어 버리곤 하였다. 그러니까 그는 한 밭을 이태를 연하여 부쳐 본 일이 없었다. 이리하여 몇 해를 지내는 동안 그는 그 동네에서는 밥을 못 얻으리만큼 인심과 신용을 잃고 말았다.

복녀가 시집을 온 지 한 삼사 년은 장인의 덕으로 이렁저렁 지내 갔으나 예전 선비의 꼬리인 장인도 차마 사위를 밉게 보기 시작하였다. 그들은 처가에까지 신용을 잃게 되었다. 그들 부처는 여러 가지로 의논하다가 하릴없이 평양 성안으로 막벌이로 들어왔다. 그러나 게으른 그에게는 막벌이나마 역시 되지 않았다. 하루 종일 기제를 지고 연광정에 가서 대동강만 내려다보고 있으니, 어찌 막벌이인들 될까. 한 서너 달 막벌이를 하다가 그들은 요행 어떤 집 막간[행랑]살이로 들어가게 되었다.

그러나 그 집에서도 얼마 안 되어 쫓겨 나왔다. 복녀는 부지런히 주인집 일을 보았지만 남편의 게으름은 어찌할 수가 없었다. 만날 복녀는 눈에 칼을 세워 가지고 남편을 채근하였지만 그의 게으른 버릇은 개를 줄 수는 없었다.

"뱃섬 좀 치워 달라우요."

"남 졸음 오는데, 님자 치우시관."

"내가 치우나요."

"이십 년이나 밥을 처먹고 그걸 못 치워!"

"에이구, 칵 죽구나 말디."

"이년 뭘!"

이러한 싸움이 그치지 않다가 마침내 그 집에서도 쫓겨 나왔다.

이젠 어디로 가나? 그들은 하릴없이 칠성문 밖 빈민굴로 밀리어 나오게 되었다. 칠성문 밖을 한 부락으로 삼고 그곳에 모여 있는 모든 사람들의 정업은 거지요, 부업으로는 도둑질과 (자기끼리의) 매음, 그 밖에 이 세상의 모든 무섭고 더러운 죄악이 있었다. 복녀도 그 정업으로 나섰다.

그러나 열아홉 살의 한창 좋은 나이의 여편네에게는 누가 밥인들 잘 줄까.

"젊은 거이 거랑질은 왜."

그런 소리를 들을 때마다 그는 여러 가지 말로 남편이 병으로 죽어 가거니 어쩌니 핑계는 대었지만, 그런 핑계에는 단련된 평양 시민의 동정은 역시 살 수가 없었다. 그들은 이 칠성문 밖에서도 가장 가난한 사람 가운데 드는 편이었다. 그 가운데서 잘 수입되는 사람은 하루에 오 리짜리 돈푼으로 일 원 칠팔십 전의 현금을 쥐고 돌아오는 사람까지 있었다. 극단으로 나가서는 밤에 돈벌이를 나갔던 사람은 그날 밤 사십 원을 벌어 가지고 그 근처에서 담배장사를 하기 시작한 사람까지 있었다.

복녀는 열아홉 살이었다. 얼굴도 그만하면 빤빤하였다. 그 동네 여인들이 보통 하는 일을 본받아서, 그도 돈벌이 좀 잘 하는 사람의 집에라도 간간 찾아가면 매일 오륙십 전은 벌 수가 있었지만 선비의 집안에서 자라난 그는 그런 일은 할 수가 없었다.

그들 부처는 역시 가난하게 지냈다. 굶는 일도 흔히 있었다.

기자묘 솔밭에 송충이가 끓었다. 그때 평양부에서는 그 송충이를 잡는 데 (은혜를 베푸는 뜻으로) 칠성문 밖 빈민굴의 여인들을 인부로 쓰게 되었다.

빈민굴 여인들은 모두가 자원을 하였다. 그러나 뽑힌 것은 겨우 오십 명쯤이었다. 복녀도 그 뽑힌 사람 가운데 한 사람이었다.

복녀는 열심으로 송충이를 잡았다. 소나무에 사다리를 놓고 올라가서는 송충이를 집게로 집어서 약물에 잡아넣고 또 그렇게 하고 그의 통은 잠깐 사이에 차곤 하였다. 하루에 삼십이 전씩의 품삯이 그의 손에 들어왔다.

그러나 대엿새 하는 동안에 그는 이상한 현상을 하나 발견하였다. 그것은 다른 것이 아니라 젊은 여인부 한 여남은 사람은 언제든 송충이는 안 잡고 아래서 지절거리며 웃고 날뛰기만 하고 있는 것이었다. 뿐만 아니라, 그 놀고 있는 인부의 품삯은 일하는 사람의 삯전보다 팔 전이나 더 많이 내어 주는 것이다. 감독은 한 사람뿐이었는데, 감독도 가들이 놀고 있는 것을 묵인할 뿐 아니라 때때로 자기까지 섞여서 놀고 있었다. 어떤 날 송충이를 잡다가 점심때가 되어서 나무에서 내려와서 점심을 먹고 다시 올라가려 할 때에 감독이 그를 찾았다.

"복네! 얘, 복네!"

"왜 그릅네까?"

"좀 오나라."

그는 말없이 감독 앞에 갔다.

"내, 너 음…… 데 뒤 좀 가 보자."

"뭘 하레요?"

"글쎄 가야……."

"가디요, 형님!"

그는 돌아서면서 부인들 모여 있는 대로 고함쳤다.

"형님두 갑세다가레."

"싫다 얘, 둘이서 재미나게 가는데 내가 무슨 맛에 가갔니?"

복녀는 얼굴이 새빨갛게 되면서 감독에게로 돌아섰다.

"가 보자."

감독은 저편으로 갔다. 복녀는 머리를 숙이고 따라갔다.

"복네 도섮구나."

뒤에서 이런 소리가 들렸다. 복녀의 숙인 얼굴은 더욱 빨갛게 되었다.

그날부터 복녀도 '일 안 하고 품삯 많이 받는 인부'의 한 사람으로 되었다.

복녀의 도덕관 내지 인생관은 그때부터 변하였다.

그는 여태껏 딴 사내와 관계를 한다는 것을 생각하여 본 일도 없었다. 그것은 사람의 일이 아니요, 짐승의 하는 것쯤으로만 알고 있었다. 혹은 그런 일은 하면

탁 죽어지는지도 모를 일로 알았다.

그러나 이런 이상한 일이 다시 있을까. 사람인 자기도 그런 일을 한 것을 보면 그것은 결코 사람으로 못할 일도 아니었다. 게다가 일 안 하고도 돈 더 받고, 신장된 유쾌가 있고 빌어먹는 것보다 점잖고……, 일본말로 하자면 '삼박자拍子' 같은 좋은 일이 이것뿐이었다. 이것이야말로 삶의 비결이 아닐까. 뿐만이 아니라 이 일이 있은 뒤부터 그는 처음으로 한 개 사람으로 된 것 같은 자신까지 얻었다.

그 뒤부터는 그의 얼굴에 조금씩 분도 발리게 되었다.

일 년이 지났다.

그의 처세의 비결은 더욱 더 순탄히 진척되었다. 그의 부처는 인제는 그리 궁하게 지내지는 않게 되었다. 그의 남편은 이것이 결국 좋은 일이라는 듯이 아랫목에 누워서 얼씬얼씬 웃고 있었다.

복녀의 얼굴은 더욱 예뻐졌다.

"여보 아즈바니, 오늘은 얼마나 벌었소?"

복녀는 돈 좀 많이 벌은 듯한 거러지를 보면 이렇게 찾는다.

"오늘은 많이 못 벌었쉐다."

"얼마?"

"도무지 열서너 냥."

"많이 벌었쉐다가레. 한 댓 냥 꽤주소고래."

"오늘은 내가……."

어쩌고 어쩌고 하면 복녀는 곧 뛰어가서 그의 팔에 늘어진다.

"나한테 들킨 댐에는 꿔구야 말아요."

"난, 원 이 아즈마니 만나믄 야단이디라. 자 꽤주디, 그 대신 응? 알아 있디?"

"난 몰라요, 해해해해."

"모르믄, 안 줄 테야."

"글쎄 알았대두 그른다."

그의 성격은 이만큼 진보되었다.

가을이 되었다.

칠성문 밖 빈민굴의 여인들은 가을이 되면 칠성문 밖에 있는 중국인의 채마밭에 감자(고구마)며 배추를 도둑질하러 밤에 바구니를 가지고 간다. 복녀도 감자깨나 도둑질하여 왔다.

어떤 날 밤 그는 고구마를 한 바구니 잘 도둑하여 가지고 이젠 돌아가려고 일어설 때에 그의 뒤에 시커먼 그림자가 서서 그를 꽉 붙들었다. 보니 그것은 그 밭의 주인인 중국인 왕서방이었다. 복녀는 말도 못하고 멀찐멀찐 발아래만 보고 있었다.

"우리 집에 가!"

왕서방은 이렇게 말하였다.

"가재문 다기, 원 것도 못 갈까."

복녀는 엉덩이를 한 번 휙 두른 뒤에 머리를 젖히고 바구니를 저으면서 왕서방을 따라갔다.

한 시간쯤 뒤에 그는 왕서방의 집에서 나왔다. 그가 밭고랑에서 길로 들어서려할 때에 문득 뒤에서 누가 그를 찾았다.

"복녀 아니야?"

복녀는 획 돌아서 보았다. 거기는 곁집 여편네가 바구니를 끼고 어두운 밭고랑을 더듬더듬 나오고 있었다.

"형님이댔쉐까……. 형님도 들어갔댔쉐까?"

"님자두 들어갔댔나?"

"형님은 뉘 집에?"

"나? 눅陸서방네 집에. 님자는?"

"난 왕서방네……. 형님 얼마 받았소?"

"눅서방 그 깍쟁이놈, 배추 세 패기……."

"난 삼 원 받았다."

복녀는 자랑스러운 듯이 대답하였다.

십 분쯤 뒤에 그는 자기 남편과 그 앞에 돈 삼 원을 내놓은 뒤에 아까 그 왕서방의 이야기를 하면서 웃고 있었다.

그 뒤부터 왕서방은 무시로 복녀를 찾아왔다.

한참 왕서방이 눈만 멀찐멀찐 앉아 있으면 복녀의 남편은 눈치를 채고 밖으로 나간다. 왕서방이 돌아간 뒤에는 그들 부처는 일 원 혹은 이 원을 가운데 놓고 기뻐하곤 하였다. 복녀는 차차 동네 거러지들한테 애교를 파는 것을 중지하였다. 왕서방이 분주하여 못 올 때가 있으면 복녀는 스스로 왕서방의 집까지 찾아갈 때도 있었다.

복녀의 부처는 이젠 이 빈민굴의 한 부자였다.

그 겨울도 가고 봄이 이르렀다.

그때 왕서방은 돈 백 원으로 처녀를 하나 마누라도 사오게 되었다.

"흥."

복녀는 다만 코웃음만 쳤다.

"복녀 강짜하갔구만."

동네 여편네들이 이런 말을 하면 복녀는 '흥' 하고 코웃음을 웃곤 하였다.

내가 강짜를 해? 그는 늘 힘 있게 부인하고 하였다. 그러나 그의 마음에 생기는 검은 그림자는 어찌할 수가 없었다.

"이놈 왕서방, 네 두고 보자."

왕서방이 색시를 데려 오는 날이 가까워 왔다. 왕서방은 여태껏 자랑하던 기다란 머리를 깎았다. 동시에 그것은 새색시의 의견이라는 소문이 퍼졌다.

"흥."

복녀는 역시 코웃음만 쳤다.

마침내 새색시가 오는 날이 이르렀다. 칠보단장에 사인교를 탄 색시가 칠성문 밖 채마밭 가운데 있는 왕서방의 집에 이르렀다. 밤이 깊도록 왕서방의 집에는 지나인중국인 들이 모여서 별난 악기를 뜯으며 별난 곡조로 노래하며 야단이었다. 복녀는 집 모퉁이에 숨어 서서 눈에 살기를 띠고, 방 안의 동정을 듣고 있었다.

다른 지나인들은 새벽 두 시쯤 하여 돌아갔다. 그 돌아가는 것을 보면서 복녀는 왕서방의 집 안에 들어갔다. 복녀의 얼굴에는 분이 하얗게 발리어 있었다. 신랑 신부는 놀라서 그를 쳐다보았다. 그것을 무서운 눈으로 흘겨보면서 그는 왕서방에게 가서 팔을 잡고 늘어졌다. 그의 입에서는 이상한 웃음이 흘렀다.

"자, 우리 집으로 가요."

왕서방은 아무 말도 못하였다. 눈만 정처 없이 두룩두룩하였다. 복녀는 다시 한 번 왕서방을 흔들었다.

"자, 어서."

"우리, 오늘은 일이 있어 못 가."

"일은 밤중에 무슨 일."

"그래두 우리 일이……."

복녀의 입에 여태껏 떠돌던 이상한 웃음은 문득 없어졌다.

"이까짓 것!"

그는 발을 들어서 치장한 신부의 머리를 찼다.

"자, 가자우, 가자우."

왕서방은 와들와들 떨었다. 왕서방은 복녀의 손을 뿌리쳤다.

복녀는 쓰러졌다. 그러나 곧 일어섰다. 그가 다시 일어설 때는 그의 손에 얼른얼른하는 낫이 한 자루 들리어 있었다.

"이 되놈 죽어라. 이놈, 나 때렸니! 이놈아, 아이구 사람 죽이누나."

그는 목을 놓고 처 울면서 낫을 휘둘렀다. 칠성문 밖 외따른 밭 가운데 홀로 서 있는 왕서방의 집에서는 일장의 활극이 일어났다. 그러나 그 활극도 곧 잠잠하게 되었다. 복녀의 손에 들리어 있던 낫은 어느덧 왕서방의 손으로 넘어가고 복녀는 목으로 피를 쏟으며 그 자리에 고꾸라져 있었다.

복녀의 송장은 사흘이 지나도록 무덤으로 못 갔다. 왕서방은 몇 번을 복녀의 남편을 찾아갔다. 복녀의 남편도 때때로 왕서방을 찾아갔다. 둘의 사이에는 무슨 교섭하는 일이 있었다.

사흘이 지났다.

밤중 복녀의 시체는 왕서방의 집에서 남편의 집으로 옮겨졌다.

그리고 시체에는 세 사람이 둘러앉았다. 한 사람은 복녀의 남편, 한 사람은 왕서방, 또 한 사람은 어떤 한방의사. 왕서방은 말없이 돈주머니를 꺼내어 십 원짜리 지폐 석 장을 복녀의 남편에게 주었다. 한방의사의 손에도 십 원짜리 두 장이 갔다.

이튿날 복녀는 뇌일혈로 죽었다는 한방의의 진단으로 공동묘지로 실려 갔다.

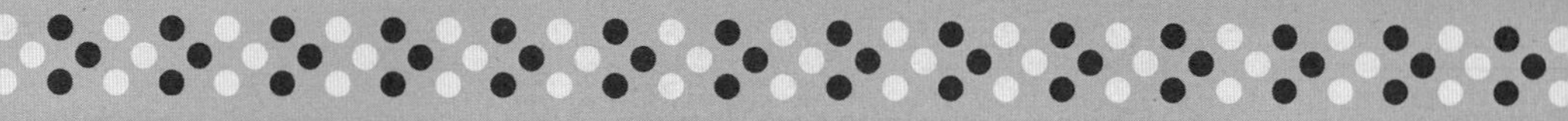

줄거리

이 세상의 온갖 비극과 활극의 근원지인 칠성문 밖 빈민굴로 오기 전까지 복녀는 사농공상의 2위에 드는 농민의 딸이었다. 복녀는 가난하지만 정직한 농가에서 잘 자란 처녀였다. 그래서 그녀의 마음속에는 막연하나마 도덕이라는 것에 대한 기품이 녹아들어 있었다.

그런데 복녀는 열다섯 살 되던 해에 동네 홀아비에게 80원에 팔려 시집을 가게 됐다. 20년 연상의 이 홀아비는 농군 아버지에게 상당한 재산을 물려받았지만 무척 게으른 탓에 재산을 다 까먹고 마지막 남은 돈으로 복녀를 샀던 것이다. 농사일을 거의 안 해 소작도 떼이고, 3~4년은 장인의 도움으로 그럭저럭 지내다가 평양 성안으로 막벌이를 떠났다. 그러나 이것도 제대로 되지 않아 남의 집 행랑살이를 하게 됐고, 여기에서도 쫓겨나자 칠성문 밖으로 나오게 된 것이다. 마침 그때 솔밭에 송충이가 들끓어 평양부에서는 송충이 퇴치에 나섰고, 복녀도 인부의 한 사람으로 뽑혀 열심히 송충이를 잡았다.

그런데 어느 날 복녀는 몇몇 아낙네가 현장 감독과 웃고 놀며 소일하면서도 품삯은 자기보다 더 많이 받는다는 사실을 알게 됐다. 그리고 어느 날 현장 감독이 복녀를 불렀고, 그 이후 복녀도 일하지 않고 삯을 받았으며, 정조 따위는 대수롭지 않게 여기게 되었다.

가을이 되어 복녀는 빈민굴 아낙네들처럼 감자를 훔치기 위해 중국인의 감자밭에 몰래 드나들기 시작했다. 어느 날 밤 복녀는 감자를 훔치다가 주인 왕서방에게 들켜 집으로 끌려갔고, 그 길로 돈 3원을 받아들고 집에 돌아와 남편에게 자랑스럽게 내놓았다. 이후 왕서방은 수시로 복녀를 찾아왔고, 복녀 부부는 칠성문 밖에서 부자가 되었다.

이듬해 봄, 왕서방은 100원을 주고 어린 처녀를 아내로 맞이하게 되었다. 복녀는 타오르는 질투를 참지 못해 왕서방을 찾아가 자기 집으로 가자고 청하면서 낫으로 그를 협박했다. 하지만 오히려 왕서방에게 낫으로 찔려서 죽고 만다.

복녀의 장례는 사흘이 지나도록 치러지지 않았다. 그리고 복녀의 시체 주변에는 왕서방, 복녀의 남편, 한방의사가 둘러앉았고 왕서방은 복녀의 남편과 의사에게 각각 30원과 20원씩을 주었다. 이튿날 복녀는 뇌일혈로 죽었다는 한방의사의 진단을 받고 공동묘지로 실려 갔다.

감상 포인트

이 작품은 3인칭 관찰자 시점을 사용해 복녀의 도덕적 타락과 비정한 인심을 냉철한 문체로 그렸다. 간결하면서도 잘 짜인 구성과 장면 묘사, 그리고 사투리와 구어체를 적절히 사용함으로써 근대 단편 소설의 전형으로 평가받고 있다.

또한 이 작품은 환경적 요인이 인간 내면의 도덕적 본질을 타락시킬 수 있다는 자연주의적 색채를 담고 있다. 즉, 자연주의가 말하는 이른바 '환경결정론(인간은 환경에 따라 변화한다

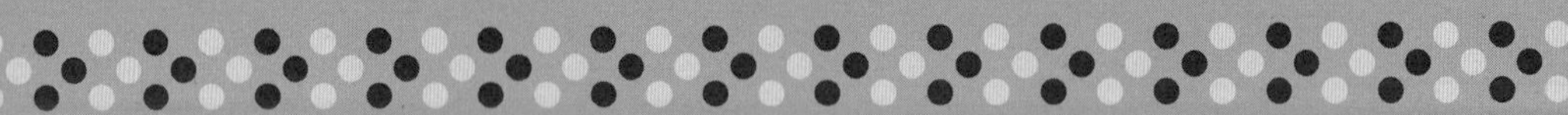

는 이론)' 이라는 세계관을 바탕으로, 환경에 지배되는 인간의 삶을 자연 과학적 관찰과 분석을 통해 냉철히 제시하고 있는 것이다.

환경 변화에 순응하던 복녀는 결국 비극적인 죽음을 맞게 되고, 이 죽음마저 세 남자의 음모에 의해 왜곡된다. 도덕의 통제가 없는 환경에서 인간은 도덕적 타락은 물론, 자기 자신까지도 파멸시킬 수 있다는 사실을 보여 주고 있는 것이다. 이러한 점이 《감자》를 김동인의 자연주의적 리얼리즘의 전형이라는 평가를 받게 만들었다.

등장인물

- **복녀 :** 원래 도덕적 관념을 지닌 정숙한 여인이었으나, 자신을 둘러싼 현실에 의해 타락하고 파멸해 가는 입체적 인물이다.
- **남편 :** 게으르고 무기력하며 가난한 사람이자, 아내를 하나의 상품으로 인식하는 비인간적인 인물의 전형이다.
- **왕서방 :** 중국인 소작인으로 복녀와 정을 통하다가 결국 복녀를 죽이고 그 사실을 숨기는 비정한 인물이다. 가진 자의 횡포를 집약적으로 보여 준다.

작품의 의의

① 환경 변화로 한 인간이 어떻게 타락하고 파멸해 가는지를 보여 주고 있다.
② 평안도 사투리와 하층 사회의 비속어가 담겨 있다.
③ 장면 중심으로 사건을 전개해 집약적 효과를 거두고 있다.

표현상의 특징

《감자》는 김동인 특유의 직선적이고 고압적인 문체를 통해 성격과 장면을 구체적으로 창조하고 있다. 즉, 이 작품에서 김동인은 과감한 생략과 비약적 전개를 구사하면서도 간결하고 박력 있는 문장을 통해 자신의 문체적 특징을 유감없이 발휘하고 있는 것이다. 또한 평안도 사투리와 하층 사회의 비속어를 구사함으로써 작품의 현실감을 높였다.

핵심정리

- **갈래 :** 단편 소설, 자연주의 소설
- **시점 :** 작가 관찰자 시점
- **배경 :** 1920년대, 평양 칠성문 밖 빈민굴
- **경향 :** 사실주의적, 자연주의적
- **주제 :** 불우한 환경 때문에 도덕적으로 타락해 가는 인간의 모습

2 배따라기

좋은 일기이다.

좋은 일기라도 하늘에 구름 한 점 없는—우리 '사람'으로서는 감히 접근치 못할 위엄을 가지고 높이서 우리 조그만 사람을 비웃는 듯이 내려다보는 그런 교만한 하늘은 아니고, 가장 우리 사람의 이해자인 듯이, 낮게 뭉글뭉글 엉키는 분홍빛 구름으로서, 우리와 서로 손목을 잡자는 그런 하늘이다. 사랑의 하늘이다. 나는 잠시도 멎지 않고 푸른 물을 황해로 부어 내리는 대동강을 향한 모란봉 기슭, 새파랗게 돋아나는 풀 위에 뒹굴고 있었다.

이날은 삼월 삼질강남 갔던 제비가 돌아온다는 날, 대동강에 첫 뱃놀이하는 날이다. 까아맣게 내려다보이는 물위에는, 결결이 반짝이는 물결을 푸른 놀잇배들이 타고 넘으며, 거기서는 봄 향기에 취한 형형색색의 선율이 우단보다도 보드라운 봄공기를 흔들면서 내려온다. 그리고 거기서는 기생들의 노래와 함께 날아오는 조선 아악雅樂은 느리게, 길게, 유창하게, 부드럽게, 그리고 또 애처롭게…… 모든 봄의 정다움과 끝까지 조화하지 않고는 안 두겠다는 듯이 대동강에 흐르는 시커먼 봄 물, 청류벽에 돋아나는 푸르른 풀어음, 심지어 사람의 가슴속에 봄에 뛰노는 불붙는 핏줄기까지라도, 습기 많은 봄공기를 다리 놓고 떨리지 않고는 두지 않는다.

봄이다. 봄이 왔다.

부드럽게 부는 조그만 바람이 시커먼 조선 솔을 꿰며, 또는 돋아나는 풀을 스치고 지나갈 때의 그 음악은 다른 데서는 듣지 못할 아름다운 음악이다.

아아, 사람을 취케 하는 푸른 봄의 아름다움이여! 열다섯 살부터의 동경 생활에 마음껏 이런 봄을 보지 못하였던 나는, 늘 이것을 보는 사람보다 곱 이상의 감명을 여기서 받지 않을 수 없다.

평양 성내에는 겨우 툭툭 터진 땅을 헤치며 파릇파릇 돋아나는 나무 새기와 돋아나려는 버들의 어음으로 봄이 온 줄 알 뿐, 아직 완전히 봄이 안 이르렀지만, 이 모란봉 일대와 대동강을 넘어 보이는 가나안 옥토를 연상시키는 장림長林에는 마음껏 봄의 정다움이 이르렀다.

그리고 또 꽤 자란 밀, 보리들로 새파랗게 장식한 장림의 그 푸른빛, 만족한 웃음을 띠고 그 벌에 서서 내다보는 농부의 모양은 보지 않아도 생각할 수가 있다.

구름은 자꾸 하늘을 날아다니는 모양이다. 그 밀 위에 비치었던 구름의 그림자는 그 구름과 함께 저편으로 몰려가며, 거기는 세계를 아까 만들어 놓은 것 같은 새로운 녹빛이 퍼져 나간다. 바람이나 조금 부는 때는, 그 잘 자란 밀들은 물결과 같이 누웠다 일어났다, 일록일청一綠一靑으로 춤을 춘다. 그리고 봄의 한가함을 찬송하는 솔개들은 높은 하늘에서 둥그러미를 그리며 더욱 더 아름다운 봄의 향그러움을 더한다.

다스한 봄정에
솟아나리다.
다스한 봄정에
솟아나리다.

나는 두어 번 소리 나게 읊은 뒤에 담배를 붙여 물었다. 담뱃내는 무럭무럭 하늘로 올라간다.

하늘에도 봄이 왔다.

하늘은 낮았다. 모란봉 꼭대기에 올라가면, 넉넉히 만질 수가 있으리만큼 낮다. 그리고 그 낮은 하늘보다는 오히려 더 높이 있는 듯한 분홍빛 구름은 뭉글뭉글 엮히면서 이리저리 날아다닌다.

나는 이러한 아름다운 봄경치에, 이렇게 마음껏 봄의 속삭임을 들을 때는 언제든 유토피아를 생각지 않을 수 없다. 우리가 시시각각으로 애를 쓰며 수고하는 것은 그 목적이 무엇인가? 역시 유토피아 건설에 있지 않을까.

유토피아를 생각할 때는 언제든 그 '위대한 인격의 소유자'며 '사람의 위대함을 끝까지 즐긴' 진나라 시황을 생각지 않을 수 없다.

우리가 어찌하면 죽지를 아니할까 하여 동남(소년) 삼백을 배를 태워 불사약을 얻으러 떠나보내며, 예술의 사치를 다하여 아방궁을 지으며, 매일 신하 몇천 명과 잔치로써 즐기며, 이리하여 여기 한 유토피아를 세우려던 시황은 몇만의 역사가가 어떻다고 욕을 하든 그는 참말로 참말의 향락자며, 역사 이후의 제일 큰 위인이라고 할 수가 있다. 그만한 순전한 용기 있는 사람이 있고야 우리 인류의 역사는 끝이 날지라도 하나의 사람을 가졌었다고 할 수 있다.

"큰 사람이댔다."

하면서 나는 머리를 들었다.

이때에 기자묘 근처에서 이상한 슬픈 소리가 들리면서 봄공기를 진동시키며 날아오는 것을 들었다. 나는 무심중 귀를 기울였다.

영유 배따라기다. 그것도 웬만한 광대나 기생은 발꿈치에도 미치지 못하리만큼, 그만큼 그 배따라기의 주인은 잘 부르는 사람이었다.

비나이다 비나이다
산천후토 일월성신
하나님전 비나이다
실낱 같은 우리 목숨
살려 달라 비나이다
에에야 어그여지여.

여기까지 이르렀을 때에 저편 아래 물에서 장구 소리와 함께 기생의 노래가 울리어 오며 배따라기는 그만 안 들리게 되었다.

나는 이 년 전 한여름을 영유서 지내 본 일이 있다. 배따라기의 본고장인 영유를 몇 달 있어 본 사람은 그 배따라기에 대하여 언제든 한 속절없는 애처로움을 깨달을 터이다.

영유, 이름은 모르지만, ×산에 올라가서 내다보면 앞은 망망한 황해이니, 거기 저녁때의 경치를 한 번 본 사람은 영구히 잊을 수가 없으리라. 불덩어리 같은 커다란 시뻘건 해가 남실남실 넘치는 바다에 도로 빠질 듯, 도로 솟아오를 듯 춤을 추며, 때때로 보이지 않는 배에서 배따라기만 슬프게 날아오는 것을 들을 때면 눈물 많은 나는 때때로 눈물을 흘렸다. 이로 보아서 어떤 원의 아내가 자기의 모든 영화를 낡은 신과 같이 내어 던지고, 뱃사람과 정처 없는 물길을 떠났다 함도 믿지 못할 말이랄 수가 없다.

영유서 돌아온 뒤에도 그 배따라기는 내 마음에 깊이 새겨져서, 잊으려야 잊을 수가 없었고, 언제 한 번 다시 영유를 가서 그 노래를 한 번 더 들어보고, 그 경치를 다시 한 번 보고 싶은 생각이 늘 떠나지를 않았다.

장구 소리와 기생의 노래는 멎고, 배따라기만 슬프게 날아온다. 결멸이 부는 바람으로 말미암아 때때로는 들을 수가 없으되, 나의 기억과 곡조를 부합하여 들은 배따라기는 여기이다.

강변에 나왔다가
나를 보더니만,
혼비백산하여
꿈인지 생시인지,
생신지 꿈인지,
와륵 달려들어
섬섬옥수로 붙여잡고
호천망극 하는 말이,
"하늘로서 떨어지며
땅으로서 솟아났다
바람결에 묻어 오고
구름길에 쌔여 왔다."
이리저리 붙들고 울음 울 제,
인리제인이며
일가친척이 모두 모여…….

여기까지 들은 나는 마침내 참지 못하고 벌떡 일어서서 소나무 가지에 걸었던 모자를 내려 쓰고 그곳을 찾으려 모란봉 꼭대기에 올라섰다. 꼭대기는 좀 더 노랫소리가 잘 들린다. 그는 배따라기의 맨 마지막, 여기를 부른다.

밥을 빌어서
죽을 쑬지라도

제발 덕분에
뱃놈 노릇은 하지 마라.
에에야 어그여 지여…….

그의 소리로써 방향을 찾으려던 나는 그만 그 자리에 섰다.

"어딘가? 기자묘, 혹은 을밀대?"

그러나 나는 오래 서 있을 수가 없었다. 어떻든 찾아보자 하고 현무문으로 가서 문밖에 썩 나섰다.

기자묘의 깊은 솔밭은 눈앞에 쫙 퍼진다.

"어딘가?"

나는 또 물어보았다.

이때에 그는 또다시 배따라기를 첫 번부터 부른다. 그 소리는 왼편에서 온다.

왼편이구나 하면서 소리 나는 곳을 더듬어 소나무 틈으로 한참 돌다가, 겨우 기자묘 대고는 그중 하늘이 넓고 밝은 곳에 혼자서 뒹굴고 있는 그를 찾아내었다. 나의 생각한 바와 같은 얼굴이다. 얼굴, 코, 입, 눈, 몸집이 모두 네모나고…… 그의 이마의 굵은 주름살과 시커먼 눈썹은 고생 많이 함과 순진한 성격을 나타낸다.

그는 어떤 신사가 자기를 들여다보는 것을 보고, 노래를 그치고 일어나 앉는다.

"왜? 그냥 하지요."

하면서, 나는 그의 곁에 가 앉았다.

"머……."

할 뿐, 그는 눈을 들어서 터진 하늘을 쳐다본다.

좋은 눈이었다. 바다의 넓고 큼이 유감없이 그의 눈에 나타나 있다. 그는 뱃사람이다. 나는 짐작하였다.

"고향이 영유요?"

"예, 머 영유서 나기는 했디만 한 이십년 영유를 가 보지두 않아시요."

"왜, 이십년씩 고향엔 안 가요?"

"사람의 일이라니 마음대로 됩데까?"

그는 왜 그러는지 한숨을 짓는다.

"그저 운명이 제일 힘셉디다."

운명의 힘이 제일 세다는 그의 소리엔 삭이지 못할 원한과 뉘우침이 섞여 있다.

"그래요?"

나는 다만 그를 쳐다볼 뿐이었다.

한참 잠잠하니 있다가 나는 다시 말하였다.

"자, 노형의 경험담이나 한 번 들어봅시다. 감출 일이 아니면 한 번 이야기해 보소."

"머 감출 일은……."

"그럼 어디 한 번 들어봅시다, 그려."

그는 다시 하늘을 쳐다보았다. 그러나 좀 있다가,

"하디요."

하면서 내가 담배를 붙이는 것을 보고, 자기도 담배를 붙여 물고 이야기를 꺼낸다.

"십구 년 전 팔월 열하루 날 일인데요……."

하면서 그가 이야기한 바는 대략 이와 같은 것이다.

그가 살던 마을은 영유 고을서 한 이십 리 떠나 있는 바다를 향한 조그만 동리이다. 그의 살던 그 조그만 마을(서른 집쯤 되는)에서 그는 꽤 유명한 사람이었다.

그의 부모는 모두 열댓 세 났을 때 없었고, 남은 친척이라고는 곁집에 딴살림하는 그의 아우 부처와 자기 부처뿐이었다. 그들 형제가 그 마을에서 제일 부자이고, 또 제일 고기잡이를 잘하였고, 그중 글이 있었고, 배따라기도 그 마을에선 빼나게 그 형제가 잘하였다. 말하자면 그 형제가 그 동리의 대표적 사람이었다.

팔월 보름은 추석 명절이다. 팔월 열하루 날, 그는 명절에 쓸 장도 볼 겸 그의 아내가 늘 부러워하는 거울도 하나 사올 겸 장으로 향하였다.

"당손네 집에 있는 것보다 큰 것이요, 닞디 말구요."

그의 아내는 길까지 따라 나오면서 잊지 않도록 부탁하였다.

"안 닞어."

하면서 그는 떠오르는 새빨간 햇빛을 앞으로 받으면서 자기 마을을 나섰다.

그는 아내를 "이렇게 말하기는 우습지만 고마워했다." 그의 아내는 "촌에는 드물게 연연하고도 예쁘게 생겼었다." 그는 나에게 이렇게 말하였다.

"성내평양 덴줏골을 가두 그만한 거 쉽진 않가시요."

그러니까 촌에서는, 그리고 그 당시에는 남에게 우습게 보이도록 그 부처의 사이는 좋았다. 늙은이들은 계집에게 혹하지 말라고 흔히 그에게 권고하였다.

부처의 사이는 좋았지만, 아니 오히려 좋으므로 그는 아내에게 시기를 많이 하였다. 품행이 나쁘다는 것이 아니라, 그의 아내는 대단히 쾌활한 성질로서 아무에게나 말 잘 하고 애교를 잘 부렸다.

그 동리에서는 무슨 명절이나 되면, 집이 그중 깨끗함을 핑계 삼아, 젊은이들은 모두 그의 집에 모이곤 하였다.

그 젊은이들은 모두 그의 아내에게 '아즈머니'라 부르고, 그의 아내는 아내대로 '아즈바니, 아즈바니' 하며 그들과 지껄이고 즐기며, 그 웃기 잘 하는 입에는 늘 웃음을 흘리고 있었다. 그럴 때마다 그는 한편 구석에서 눈만 흘근거리며 있다가, 젊은이들이 돌아간 뒤에는 불문곡직하고 아내에게 덤벼들어, 발길로 차고 때리며 이전에 사다 주었던 것을 모두 거두어 올린다. 싸움을 할 때에는 언제든 곁집 있는 아우 부처가 말리러 오며, 그렇게 되면 언제든 그는 아우 부처까지 때려

주었다.

그가 아우에게 그렇게 구는 데는 이유가 있었다.

그의 아우는 촌사람에게는 다시없도록 늠름한 위엄이 있었고, 만날 바닷바람을 쐬었지만 얼굴이 희었다. 이것뿐으로도 시기가 된다 하면 되지만, 특별히 아내가 그의 아우에게 친절히 하는 데는 그는 속상하여 못 견디었다.

그가 영유를 떠나기 반년 전쯤—다시 말하자면 그가 거울을 사러 장에 갈 때부터 반년 전쯤, 그의 생일날이었다. 그의 집에서는 음식을 차려서 잘 먹었는데 그에게는 한 버릇이 있어서, 맛있는 음식은 남겨 두었다가 좀 있다 먹곤 하는 것을 예사로 하였다. 그의 아내도 그 버릇은 잘 알 터인데, 그의 아우가 점심때쯤 오니까 아까 그가 아껴서 남겨 두었던 그 음식을 아우에게 주려 하였다. 그는 눈을 부릅뜨고 '못 주리라' 고 암호를 하였지만, 아내는 그것을 보았는지 못 보았는지, 그의 아우에게 주어 버렸다. 그는 마음속이 자못 편치 못하였다. 트집만 있으면 이 년을…… 그는 마음먹었다. 그의 아내는 시아우에게 상을 준 뒤에 물러오다가 그만 그의 발을 조금 밟았다.

"이년!"

그는 힘껏 발을 들어서 아내를 냅다 찼다. 그의 아내는 상 위에 거꾸러졌다가 일어난다.

"이년! 사나이 발을 짓밟는 년이 어디 있어!"

"거 좀 밟아서 발이 부러뎃쉐까?"

아내는 낯이 새빨개져서 울음 섞인 소리로 고함친다.

"이년! 말대답이……."

그는 일어서서 아내의 머리채를 휘어잡았다.

"형님! 왜 이러십니까?"

아우가 일어서면서 그를 붙여 잡았다.

"가만 있거라. 이놈의 자식!"

하며 그는 아우를 밀친 뒤에 아내를 되는 대로 내려 찧었다.

"죽일 이년! 나가거라!"

"죽여라, 죽여라! 난 죽어도 이 집에선 못 나가"

"못 나가?"

"못 나가디 않구, 뉘 집이게……."

이때다. 그의 마음에는 그 못 나가겠다는 아내의 말이 푹 들이 박혔다. 그 이상 때리기가 싫었다. 우두커니 눈만 흘기고 있던 그는,

"망할 년, 그럼 내가 갈라."

하고 그만 문 밖으로 뛰어나가서,

"형님 어디 갑니까?"

하는 아우의 말에는 대답도 아니 하고 곁동리 탁줏집으로 뒤도 안 돌아보고 가서, 거기 있는 술파는 계집과 술상 앞에 마주앉았다.

그날 저녁 얼근히 취한 그는 아내를 위하여 떡을 한 돈어치 사가지고 집으로 돌아왔다.

이리하여 또 서너 달은 평화가 이르렀다. 그러나 이 평화가 언제까지든 연속할 수는 없었다. 그의 아우로 말미암아 또 평화가 짜개져 나갔다.

오월 초승부터 영유 고을 출입이 잦던 그의 아우는 오월 그믐께부터는 고을서 며칠씩 묵어 오는 일이 많았다. 함께, 고을에 첩을 얻어 두었다는 소문이 퍼졌다. 이 소문이 있은 뒤로 아내는 아우가 고을 들어가는 것을 벌레보다도 싫어하고, 며칠 묵어 나오는 때면 곧 아우의 집으로 가서 그와 담판을 하며, 심지어 동서되는 아우의 처에게까지 못 가게 하지 않는다고 싸우는 일이 있었다. 칠월 초승께, 그의 아우는 고을에 들어가서 열흘쯤 묵어 온 일이 있었다. 이때도 전과 같이 그의 아내는 그의 아우와 제수와 싸우다 못하여, 마침내 그에게까지 와서 아우가 그런

못된 데를 다니는 것을 그냥 둔다고 해보자 한다. 그 꼴을 곱게 보지 않았던 그는 첫마디로 고함을 쳤다.

"네게 상관이 무에가? 듣기 싫다."

"못난둥이, 아우가 그런 델 댕기는 걸 말리지두 못 하구!"

분김에 이렇게 그의 아내는 고함쳤다.

"이년, 무얼?"

그는 벌떡 일어섰다.

"못난둥이!"

그 말이 채 끝나기 전에 그의 아내는 악 소리와 함께 그 자리에 거꾸러졌다.

"이년! 사나이에게 그따웃 말버릇 어디서 배완!"

"에미네 때리는 건 어디서 배왔노! 못난둥이!"

그의 아내는 울음소리로 부르짖었다.

"상년, 그냥? 나갈! 우리 집에 있디 말구 나갈!"

그는 내리찧으면서 부르짖었다. 그리고 아내를 문을 열고 밀쳤다.

"나가지 않으리!"

하고 그의 아내는 울면서 뛰어나갔다.

"망할 년!"

토하는 듯이 중얼거리고 그는 그 자리에 주저앉았다.

그의 아내는 해가 지고 어두워져도 돌아오지 않았다. 일단 내쫓기는 하였지만 그는 아내의 돌아옴을 기다리고 있었다. 어두워져서도 그는 불도 안 켜고 성이 나서 우들우들 떨면서, 아내가 돌아오기를 기다렸다. 그러나 그의 아내의 참 기쁜 듯이 웃는 소리가 그의 아우의 집에서 밤새도록 울리었다. 그는 움찍도 않고 고 자리에 앉아서 밤을 새운 뒤에, 새벽 동터 올 때 아내와 아우를 죽이려고 부엌에 들어가 식칼을 가지고 들어와서 문을 벌컥 열었다.

그의 아내로서 만약 근심스러운 얼굴을 하고 그 문밖에 우두커니 서서 문을 들여다보고 있지 않았더라면 그는 아내와 아우를 죽이고야 말았으리라.

그는 아내를 보는 순간, 마음에 가득 차는 사랑을 깨달으면서 칼을 내어 던지고 뛰어나가서 아내의 머리채를 휘어잡고, 이년! 하면서 들어오더니 뺨을 물어뜯으면서 함께 이리저리 자빠져서 뒹굴었다…….

그런 이야기를 하려면 끝이 없으되, 다만 '그', '그의 아내', '그의 아우' 세 사람의 삼각관계는 대략 이와 같았다.

각설…….

거울은 마침 장에 마음에 맞는 것이 있었다. 지금 것과 대보면 어떤 때는 코도 크게 보이고 입이 작게도 보이는 것이지만, 그 당시에는, 그리고 그런 촌에서는 둘도 없는 귀물이었다. 거울을 사 가지고 장을 본 뒤에 그는 이 거울을 아내에게 주면 그 기뻐할 모양을 생각하면서 새빨간 저녁 햇빛을 받은, 넘치는 듯한 바다를 안고 자기 집으로, 늘 들르던 탁줏집에도 안 들르고 돌아왔다.

그러나 그가 그의 집 안방에 들어설 때에는 뜻도 안 하였던 광경이 그의 눈앞에 벌어져 있었다.

방 가운데는 떡상이 있고, 그의 아우는 수건이 벗어져서 목뒤로 늘어지고 저고리 고름이 모두 풀어져 가지고 한편 모퉁이에 서 있고, 아내도 머리채가 모두 뒤로 늘어지고 치마가 배꼽 아래 늘어지도록 되어 있으며, 그의 아내와 아우는 그를 보고 어찌할 줄을 모르는 듯이, 움찍도 않고 서 있었다.

세 사람은 한참 동안 어이없이 서 있었다. 그러나 좀 있다가 마침내 그의 아우가 겨우 말했다.

"그놈의 쥐 어디 갔니?"

"흥! 쥐? 훌륭한 쥐 잡댔다."

그는 말을 끝내지 않고 짐을 벗어버리고 뛰어가서 아우의 멱살을 그러쥐었다.

"형님 정말 쥐가!"

"쥐? 이놈! 형수와 그런 쥐 잡는 놈 어디 있니?"

그는 아우의 따귀를 몇 번 때린 뒤에 등을 밀어서 문밖에 집어 던졌다. 그런 뒤에 이제 자기에게 이를 매를 생각하고 우들우들 떨면서 아랫목에 서 있는 아내에게 달려들었다.

"이년! 시아우와 그런 쥐 잡는 년이 어디 있어?"

그는 아내를 거꾸러뜨리고 함부로 내리찧었다.

"정말 쥐가……, 아이 죽갔다!"

"이년! 너두 쥐? 죽어라."

그의 팔다리는 함부로 아내의 몸 위에 오르내렸다.

"아이 죽갔다. 정말 아까 적은 이가 왔게 떡 먹으라구 내놓았더니……."

"듣기 싫다. 시아우 붙은 년이 무슨 잔소리!"

"아이, 아이, 정말이야요. 쥐가 한 마리 나……."

"그냥 쥐?"

"쥐 잡을래다가……."

"상년! 죽얼! 물이래두 빠데 죽얼……."

그는 실컷 때린 뒤에 아내도 아우와 같이 등을 밀어내어 쏘았다. 그 뒤에 그의 등에로,

"고기 배때기에 장사해라!"

고 토하였다.

분풀이는 실컷 하였지만, 그래도 마음속이 자못 편치 못하였다. 그는 아랫목으로 가서 바람벽을 의지하고 실신한 사람같이 우두커니 서서 떡상만 들여다보고 있었다.

서편으로 바다를 향한 마을이라 다른 곳보다는 늦게 어둡지만, 그래도 술시쯤

되어서는 깜깜하니 어두웠다. 그는 불을 켜려고 바람벽에서 떠나 성냥을 찾으려고 돌아갔다. 성냥은 늘 있던 자리에 있지 않았다. 그래서 여기저기 뒤적이노라니까 어떤 낡은 옷뭉치를 들칠 때에 쥐 소리가 나면서 무엇이 후덕덕 뛰어나온다. 그리하여 저편으로 기어서 도망한다.

"역시 쥐댔다!"

그는 조그만 소리로 부르짖었다. 그리고 그만 그 자리에 맥없이 털썩 주저앉았다.

아까 그가 보지 못한 때의 광경이 활동사진과 같이 그의 머리에 지나갔다.

아우가 집에를 왔다. 아우에게 친절한 아내는 떡을 먹으라고 아우에게 떡상을 내어놓는다. 그때에 어디선가 쥐가 한 마리 뛰어나온다. 둘이서는 쥐를 잡느라고 돌아간다. 한참 성화시키던 쥐는 어느 구석에 숨어 버린다. 그들은 쥐를 찾느라고 두리번거린다. 그때에 그가 들어선 것이다.

"상년, 좀 있으믄 안 들어오리……."

그는 억지로 마음먹고 그 자리에 드러누웠다.

그러나 그의 아내는 밤이 가고 밝기는커녕 해가 중천에 올라도 돌아오지를 않았다. 그는 차차 걱정이 나서 찾아보러 나섰다.

아우의 집에도 없었다. 동리를 모두 찾아보아도 본 사람도 없다 한다.

그리하여 낮쯤, 한 삼십 리 내려간 바닷가에서 겨우 아내를 찾기는 찾았지만, 그 아내는 이전과 같은 생기로 찬 산 아내가 아니요, 몸은 물에 불어서 곱이나 크게 되고, 이전에 늘 웃음을 흘리던 예쁜 입에는 거품을 잔뜩 물은 죽은 아내였다.

그는 아내를 업고 집에 오기까지에 정신이 없었다.

이튿날 간단하게 장사를 하였다. 뒤에 따라오는 아우의 얼굴에는,

'형님 이게 웬일이오니까?'

하는 듯한 원망이 있었다.

장사를 지낸 이튿날부터 아우는 그 조그만 마을에서 없어졌다. 하루 이틀은 심

상히 지냈지만, 닷새 엿새가 지나도 아우는 돌아오지 않았다. 그래서 알아보니까 꼭 그의 아우와 같이 생긴 사람이 오륙일 전에 멧산자 봇짐을 하여 진 뒤에 새빨간 저녁 해를 등으로 받고 더벅더벅 동편으로 가더라 한다. 그리하여 열흘이 지나고 스무날이 지났지만 한 번 떠난 그의 아우는 돌아올 길이 없고, 혼자 남은 아우의 아내는 만날 한숨으로 세월을 보내게 되었다.

그도 이것을 잠자코 보고 있을 수가 없었다. 그 불행의 모든 죄는 그에게 있었다.

그도 마침내 뱃사람이 되어 적으나마 아내를 삼킨 바다와 늘 접근하며, 가는 곳마다 아우의 소식을 알아보려고, 어떤 배를 얻어 타고 물길을 나섰다.

그는 가는 곳마다 아우의 이름과 모양을 물었으되, 아우의 소식은 알 수가 없었다.

이리하여 꿈결같이 십년을 지나서, 구년 전 가을 탁탁이 낀 안개를 깨며 연안바다를 지나가던 그의 배는 몹시 부는 바람으로 말미암아 파선을 하여 벗 몇 사람은 죽고, 그는 정신을 잃고 물위에 떠돌고 있었다.

그가 겨우 정신을 차린 때는 밤이었다. 그리고 어느덧 그는 뭍 위에 올라와 있었고, 그를 말리느라고 새빨갛게 피워 놓은 불빛으로 자기를 간호하는 아우를 보았다.

그는 이상하게 놀라지도 않고 천천히 물었다.

"너! 어떻게 여기 완!"

아우는 잠자코 한참 있다가 겨우 대답하였다.

"형님, 그저 다 운명이외다."

따뜻한 불기운에 잠이 들려 하던 그는 화닥닥 깨면서 또 말하였다.

"십 년 동안에 되게 파리했구나."

"형님, 나두 변했거니와, 형님두 되게 변하셋쉐다!"

이 말을 꿈결같이 들으면서 그는 또 혼곤히 잠이 들었다. 그리하여 두어 시간, 꿀보다도 단잠을 잔 뒤에 깨어 보니 아까같이 새빨간 불은 피워 있지마는, 아우는 어디로 갔는지 없어졌다. 겨우 사람에게 물어보니까, 아까 아우는 그의 얼굴을 물끄러미 한참 들여다보고 있다가 새빨간 불빛을 등으로 받으면서 터벅터벅 아무 말 없이 어두움 가운데로 스러졌다 한다. 이튿날 아무리 알아봐야 그의 아우는 종적이 없어지고, 알 수 없으므로, 그는 할 수 없이 다른 배를 얻어 타고 또 물길을 나섰다. 그리하여 그의 배가 해주에 이르렀을 때, 그는 해주장에 들어가서 무엇을 사려다가, 저편 가게에 걸핏 그의 아우와 같은 사람이 있으므로 뛰어가서 보니 그는 벌써 없어졌다. 배가 해주에는 오래 머무르지 않으므로, 그는 마음을 해주에 남겨 두고 또다시 바닷길을 떠났다.

그 뒤에 삼 년을 이리저리 돌아다녀서도 아우는 다시 볼 수가 없었다.

그리하여 삼 년을 지나서 지금부터 육 년 전에, 그의 탄 배가 강화도를 지날 때에 바다로 행한 가파로운 메 곁에서 바다로 향하여 날라 오는 배따라기를 들었다. 그것도 어떤 구절과 곡조는 그의 아우 특색으로 변경된, 그의 아우가 아니면 부를 사람이 없는 그 배따라기였다.

배가 강화도에 머무르지 않아서 그저 지나갔으나 인천서 열흘쯤 머무르게 되었으므로, 그는 곧 내려서 강화도로 건너갔다. 거기서 여기저기 찾아다니다가 어떤 조그만 객주 집에서 물어보니, 이름도 그의 아우요, 생긴 모양도 그의 아우인 사람이 묵어 있기는 하였으나, 사나흘 전에 도로 인천으로 갔다 한다. 그는 곧 돌아서서 인천으로 건너가서 찾아보았지만, 그 조그만 인천서도 그의 아우는 찾을 바가 없었다.

그 위에 눈 오고 비 오며 육 년이 지났지만, 그는 다시 아우를 만나 보지 못하고 아우의 생사까지 알 수 없었다.

말을 끝낸 그의 눈에는 저녁 해에 반사하여 몇 방울의 눈물이 번뜩인다.

나는 한참 있다가 겨우 물었다.

"노형의 제수는?"

"모르디오. 이십 년을 영유는 안 가 봤으니깐요."

"노형은 이제 어디루 갈 테요?

"것두 모르디요. 정처가 있나요. 바람 부는 대루 몰려 댕기지오."

그는 다시 한 번 나를 위하여 배따라기를 불렀다. 아아! 그 속에 잠겨 있는 삭이지 못할 뉘우침! 바다에 대한 애처로운 그리움!

노래를 끝낸 다음에 그는 일어서서 시뻘건 저녁 해를 잔뜩 등으로 받고, 을밀대로 향하여 더벅더벅 걸어갔다. 나는 그를 말릴 힘이 없어서 눈이 멀거니 그의 등만 바라보고 앉아 있었다.

그날 밤, 집에 돌아와서도 그 배따라기와 그의 숙명적 경험담이 귀에 쟁쟁히 울리어 한 잠도 못 이루고, 이튿날 아침 깨어서 조반도 안 먹고 기자묘로 뛰어가서 또다시 그를 찾아보았다. 그가 어제 깔고 앉았던 풀은, 모두 한편으로 누워서 그가 다녀감을 기념하되, 그는 그 근처에 보이지 않았다.

그러나…… 그러나 배따라기는 어디선가 쟁쟁히 울리어서 모든 소나무들을 떨리지 않고는 안 두겠다는 듯이 날아온다.

"모란봉이다. 모란봉에 있다!"

하고, 나는 한숨에 모란봉으로 뛰어갔다. 모란봉에는 사람이 하나도 없다. 부벽루에도 없다.

"을밀대다!"

하고 나는 다시 을밀대로 갔다. 을밀대에서 부벽루로 연한, 지옥까지 연한 듯한 구렁텅이에 물 한 방울도 안 새리라고 빽빽이 난 소나무의 그 모든 잎잎은 떨리는 배따라기를 부르고 있지만, 그는 여기에도 있지 않다. 기자묘의 하늘을 향하여 펴져 나간 그 모든 소나무의 천만의 잎잎도, 그 아래쪽 퍼진 천만의 풀들도, 모두 그 배따라기를 슬프게 부르고 있지만, 그는 이 조그만 모란봉 일대에선 찾을 수가 없었다.

강가에 나가서 알아보니, 그의 배는 오늘 새벽에 떠났다 한다.

그 위에, 여름과 가을이 가고 일 년이 지나서 다시 봄이 이르렀으되, 잠깐 평양을 다녀간 그는 그 숙명적 경험과 슬픈 배따라기를 남겨 둘 뿐, 다시 조그만 모란봉엔 나타나지 않는다.

모란봉과 기자묘에 다시 봄이 이르러서, 작년에 그가 깔고 앉아서 부러졌던 풀들도 다시 곱게 대가 나서 자줏빛 꽃이 피려 하지만, 끝없는 뉘우침을 다만 한낱 배따라기로 하소연하는 그는 이 조그만 모란봉과 기자묘에서 다시 볼 수가 없었다. 다만 그가 남기고 간 배따라기만 추억하는 듯이, 기념하는 듯이 모든 잎잎이 속삭이고 있을 따름이다.

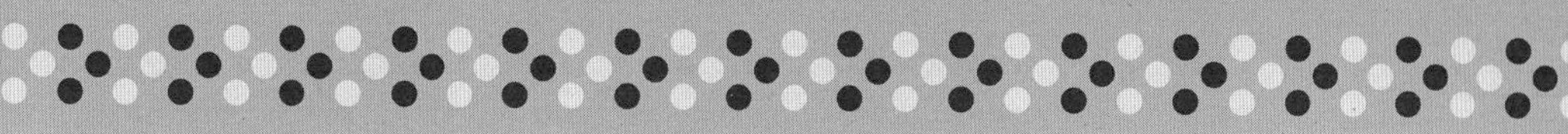

줄거리

어느 화창한 봄날, '나'는 대동강으로 봄 경치를 구경 갔다가 영유 배따라기를 부르는 '그'를 만나 그의 사연을 듣게 된다.

작은 어촌에 부자이면서 배따라기 노래를 잘 부르는 두 형제가 산다. 형제는 모두 장가를 들었고 부부 사이 못지않게 형제간 우애도 좋았다. 영유 사람인 '그'는 형으로, 아름다운 아내와 늠름한 동생을 두었다. 그런데 성품이 쾌활하고 친절한 젊은 아내가 미남인 동생에게 다정한 것에 형은 질투를 느껴서 아내에게 자주 폭력을 행사했다. 그 후에도 아내와 동생 사이의 관계가 유난히 원만해 보이자 형은 둘 사이를 의심했고 기회만 있으면 꼬투리를 잡아 혼내 주려고 벼르고 있었다. 그런 참에 동생이 영유에 자주 출입하면서 첩을 얻었다는 소식을 들은 아내가 형에게 동생을 단속하라고 보채자 의심은 더욱 깊어졌다.

어느 날 아내에게 줄 거울을 장에서 사가지고 집에 돌아온 그는 아내와 동생이 방에서 옷매무새가 흐트러진 채 씩씩대는 모습을 보게 됐다. 두 사람은 쥐를 잡느라 그랬다고 말했지만, 형은 둘의 관계를 오해해 모두 내쫓아 버렸다. 저녁 때 방에 들어와 성냥을 찾던 형은 낡은 옷 뭉치에서 튀어 나온 쥐를 보고 자신의 경솔함을 후회했다. 하지만 다음 날 아내는 시체가 되어 바다 위에 떠오르고, 동생은 집을 나가 행방이 묘연해졌다.

형은 그 후 20년간 배따라기 노래를 부르며 뱃사람으로 여기저기를 떠돈다는 동생을 찾아다니고 있었다. 방랑생활을 시작하고 10년이 지난 어느 날, 형은 바닷가에서 동생을 만났다. 그러나 동생은 "형님, 그저 다 운명이웨다!"라는 한마디만을 남긴 채 환상처럼 떠나 버리고 말았다. 그 이후 다시는 동생을 만나지 못했다.

그날 밤 '나'는 그의 숙명적 경험담에 잠을 이루지 못했다. 그래서 다음 날 아침 대동강에 나갔지만 그의 모습은 보이지 않았다.

감상 포인트

액자식 구성을 취하고 있는 이 작품은 '배따라기'(①우리나라 서도 잡가西道雜歌 가운데 하나. ②'배떠나기'의 와전訛傳된 방언으로, '선이船離' 또는 '선유船遊'의 뜻)라는 노래로 표상되는 예술의 아름다움이 삶의 희생 위에서 얻어진다는 김동인 특유의 예술지상주의적 시각을 담고 있다.

이 작품은 3중의 액자를 가지는데, 형이 방랑하게 된 계기를 서술한 부분, 형의 방랑 과정이 담긴 부분, 그리고 작중 화자의 서술 부분이 그것이다. 이 가운데 가장 비중이 큰 부분은 방랑의 계기를 서술한 부분이다.

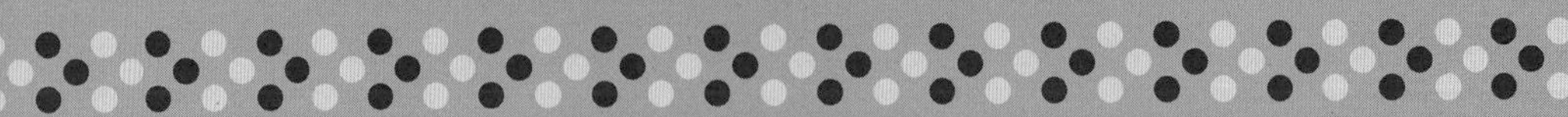

이 작품의 주제 의식은 운명과 마주쳐 생기는 한恨의 정서이다. 의처증과 오해가 증오로 표출되면서 평범하게 살아가던 사람들의 관계가 와해된다. 그리고 운명 앞에 선 인간의 무력한 모습, 끝없는 자책과 회한悔恨의 정서가 '바다'의 이미지와 어울려 매우 서정적인 심미감을 더한다.

등장인물

- **형** : 아내를 사랑하지만 질투심이 많은 인물이다.
- **아내** : 성격이 밝고 친절할 뿐 아니라 미모도 갖추고 있어 모든 사람들과 정겹게 지낸다. 하지만 이런 성격 때문에 남편의 오해를 자주 받고 결국 자살한다.
- **동생** : 외모가 준수하고 늠름한 데다 '배따라기' 노래를 잘 부른다. 형이 형수와 자신의 관계를 오해해 형수가 자살을 하자 그 충격으로 일생 동안 방랑생활을 한다.
- **나** : 이야기의 서술자이다.

김동인의 작품 세계

① 표현상의 특징 : 크게 세 가지로 나누면 첫째, 군더더기 같은 수사나 화려한 문체가 보이지 않을 정도로 문장이 간략하다. 둘째, 단편 소설에서 그 장점이 빛날 정도로 구성이 평면적이다. 셋째, 당대의 참신하고 독창적이라는 평가를 들을 만큼 충격적인 수사의 내용이 많다. 어떤 사람들은 김동인을 직선적인 작가라고 평가하는데, 이는 김동인의 정신적, 문학적 기질과 결부된 것이다. 표현상의 조건만 놓고 따진다면 문장의 간략성과 구성의 평면성을 의미한다고 볼 수 있을 것이다.

② 경향상의 다양성 : 1920~30년대 김동인의 작품들을 보면, 아주 상반되는 경향들이 발견된다. 《감자》《명문》에서는 자연주의, 《배따라기》《광화사》《광염소나타》에서는 탐미주의, 《붉은 산》에서는 민족주의적인 경향을 볼 수 있다. 이 밖에도 그의 작품에는 낭만주의, 인도주의 등의 경향도 나타난다. 이러한 각종 경향은 일반적으로 작품에 따라 엄격히 구분되지만, 한 작품 안에 상반되거나 이질적인 경향이 공존하기도 한다. 예를 들어 《광화사》《광염소나타》는 탐미주의 경향의 작품이면서도 자연주의적 인생관이 깃들어 있으며, 《발가락이 닮았다》는 인도주의적 경향의 작품이면서도 자연주의적 요소가 강하게 풍긴다.

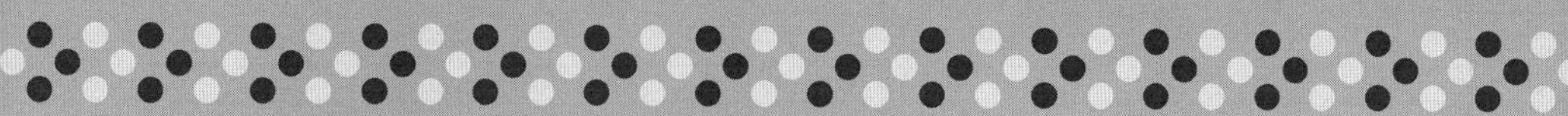

-자연주의 : 《약한 자의 슬픔》, 《감자》, 《명문》
-낭만주의 : 《배따라기》
-예술지상주의(유미주의) : 《광화사》, 《광염 소나타》
-인도주의 : 《발가락이 닮았다》
-역사주의 : 《젊은 그들》, 《운현궁의 봄》, 《붉은 산》
-평론 : 《춘원 연구》

③ 형식의 특이성 : 액자식 구성을 많이 사용한다. 그것도 단순 액자로, 외부 이야기와 내부 이야기의 단일 구조로 된 것들이 대부분이다.

핵심정리

- **갈래** : 단편 소설, 액자 소설
- **시점** : 1인칭 관찰자 시점(외부 이야기), 전지적 작가 시점(내부 이야기)
- **경향** : 낭만주의, 유미주의(예술지향주의)
- **문체** : 하층민의 생활상을 있는 그대로 드러내는 방언, 비속어 사용
- **주제** : ① 운명의 힘을 거역하지 못하는 인간의 비애
  ② 오해가 빚은 형제간의 운명론적 비극

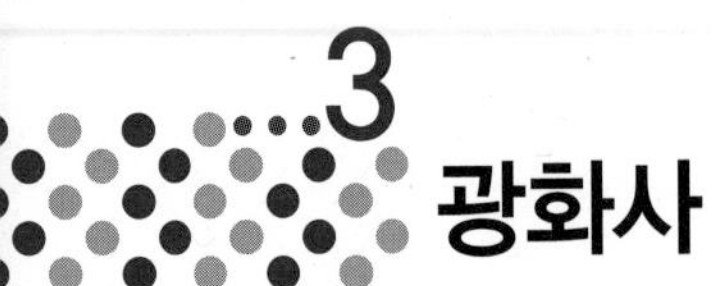

3 광화사

인왕仁王.

바위 위에 잔솔이 서고 잔솔 아래는 이끼가 빛을 자랑한다.

굽어보니 바위 아래는 몇 포기 난초가 노란 꽃을 벌리고 있다. 바위에 부딪치는 잔바람에 너울거리는 난초잎.

여余는 허리를 굽히고 스틱으로 아래를 휘저어 보았다. 그러나 아직 난초에는 4, 5축의 거리가 있다. 눈을 옮기면 계곡.

전면이 소나무의 잎으로 덮인 계곡이다. 틈틈이는 철색鐵色의 바위로 보이기는 하나, 나무 밑의 땅은 볼 길이 없다. 만약 여로서 그 자리에 한 번 넘어지면 소나무의 잎 위로 굴러서 저편 어디인지 모를 골짜기까지 떨어질 듯하다.

여의 등 뒤에도 2, 3장丈이 넘는 바위다. 그 바위에 올라서면 무학舞鶴재로 통한 커다란 골짜기가 나타날 것이다. 여의 발아래도 장여丈餘의 바위다. 아래는 몇 포기 난초, 또 그 아래는 두세 그루의 잔솔, 바위 아래로부터는 가파른 계곡이다.

그 계곡이 끝나는 곳에는 소나무 위로 비로소 경성시가의 한편 모퉁이가 보인다. 길에는 자동차의 왕래도 가맣게 보이기는 한다. 여전한 분요紛擾와 소란의 세계는 그곳에 역시 전개되어 있기는 할 것이다.

그러나 여기 지금 서 있는 곳은 심산이다. 심산이 가져야 할 온갖 조건을 구비하였다.

바람이 있고, 암굴이 있고, 산초 산화가 있고, 계곡이 있고, 생물이 있고, 절벽이 있고, 난송亂松이 있고—말하자면 심산이 가져야 할 유수미幽邃味를 다 구비하였다.

본시 이 도회는 심산 중의 한 계곡이었다. 그것을 5백 년간을 닦고, 갈고, 지어서 오늘날의 경성부를 이룬 것이다.

이러한 협곡에 국도國都를 창건한 이태조의 본의가 어디에 있었는지를 알 길이 없다. 그러나 오늘날의 한 산보객의 자리에서 보자면 서울은 세계에 유례가 없는 미도美都일 것이다.

도회에 거주하며 식후의 산보로서 푸대님 채로 이러한 유수幽邃한 심산에 들어갈 수 있다 하는 점으로 보아서 서울에 비길 도회가 세계에 어디 다시 있으랴.

회흑색灰黑色의 지붕 아래 고요히 누워 있는 5백 년의 도시를 눈 아래 굽어보는 여의 사위에는 온갖 고산식물이 난성亂盛하고 계곡에 흐르는 물소리와 눈 아래 날아드는 기조奇鳥들은 완전히 여로 하여금 등산객의 정취를 느끼게 한다.

여는 스틱을 바위틈에 꽂아 놓았다. 그리고 굴러 떨어지기를 면키 위하여 잔솔의 새에 자리 잡고 비스듬히 앉았다. 담배를 피우고 싶었으나 잠시의 산보로 여기고 담배도 안 가지고 나온 발이 더듬더듬 여기까지 미쳤으므로 담배도 없다.

시야의 한편에는 2, 3장의 바위, 다른 한편에는 푸르른 하늘, 그 끝으로는 솔잎이 서너 개 어렴풋이 보인다. 그윽이 코로 몰려 들어오는 송진 냄새. 소나무에 불리는 바람소리 유수키 짝이 없다. 여가 지금 앉아 있는 자리는 개벽 이래로 과연 몇 사람이나 밟아 보았을까.

이 바위 생긴 이래로 혹은 여가 맨 처음 발 대어 본 것이 아닐까. 아까 바위를 기어서 이곳까지 올라오느라고 애쓰던 그런 맹랑한 노력을 하여 본 바보가 여 이외에 몇 사람이나 있었을까. 그런 모험을 맛보기 위하여 심산을 찾아온 용사는 많을 것이로되 결사적 인왕 등산을 한 사람은 그리 많으리라고 생각되지 않는다.

등 뒤 바위에는 암굴이 있다. 뱀이라도 있을까 무서워서 들어가 보지는 않았지만 스틱으로 휘저어 본 결과로도, 세 사람은 넉넉히 들어가 앉아 있음직하다.

이 암굴을 무엇에 이용할 수가 없을까.

음모의 도시. 한양은 그새 5백 년간 별별 음흉한 사건이 연출되었다. 시가 끝에서 반시간 미만에 넉넉히 올 수 있는 이런 가까운 거리에 뚫린 암굴은, 있는 줄 알기만 하였으면 혹은 음모에 이용되지 않았을까.

공상!

유수한 맛에 젖어 있던 여는 이 암굴 때문에 차차 불쾌한 공상에 빠지기 시작하려 한다. 온갖 음모, 그 뒤를 잇는 살육 · 모함 · 방축, 이조 5백 년간의 추악한 모양이 여로 하여금 불쾌한 공상에 빠지게 하려 한다. 여는 황망히 이런 불쾌한 공상에서 벗어나려고 주머니에 담배를 뒤적이었다. 그러나 담배는 여전히 있을 까닭이 없었다.

다시 눈을 들어서 안하를 굽어보면 일면에 깔린 송초[松梢]! 반짝!

보매 한줄기의 샘이다. 소나무 틈으로 보이는 그 샘은 아마 바위틈을 흐르는 샘물인 듯. 똘똘 똘똘 들리는 것은 아마 바람소리겠지. 저렇듯 멀리 아래 있는 샘의 소리가 이곳까지 들릴 리가 없다.

샘물!

저 샘물을 두고 한 개 이야기를 꾸며 볼 수가 없을까. 흐르는 모양도 아름답거니와 흐르는 소리도 아름답고, 그 맛도 아름다운 샘물을 두고 한 개 재미있는 이야기가 여의 머리에 생겨나지 않을까. 암굴을 두고 생겨나려던 음모 · 살육의 불쾌한 공상보다 좀 더 아름다운 다른 이야기가 꾸며나지 않을까.

여는 바위틈에 꽂았던 스틱을 도로 뽑았다. 그 스틱으로써 여의 발아래 바위를 가볍게 두드리면서 한 개 이야기를 꾸며 보았다.

한 화공이 있다.

화공의 이름은?

지어내기가 귀찮으니 신라 때의 화성畵聖의 이름을 차용하여 솔거率居라 하여 두자.

시대는?

시대는 이 안하에 보이는 도시가 가장 활기 있고 아름답던 시절인 세종 성주의 때쯤으로 하여 둘까.

백악이 흘러내리다가 맺힌 곳. 거기는 한양의 정기를 한 몸에 지닌 경복궁 대궐이 있다. 이 대궐의 북문인 신무문神武門 밖 우거진 뽕밭 새에 중로中老의 사나이가 오뇌懊惱스러운 얼굴을 하고 있다.

화공 솔거였다.

무르익은 여름, 뜨거운 볕은 뽕잎이 가리워 준다. 하나, 훈훈한 기운은 머리 위 뽕잎과 땅에서 우러나서 꽤 무더운 이 뽕밭 속에 숨어 있는 화공, 자그마한 보따리에는 점심까지 싸가지고 온 것으로 보아 저녁까지 이곳에 있을 셈인 모양이다.

그러나 무얼 하는지, 단지 땀을 펑펑 흘리며 오뇌스러운 얼굴로 앉아 있을 뿐이다.

왕후 친잠王后親蠶에 쓰이는 이 뽕밭은 잡인들이 다니지 못할 곳이다. 하루 종일을 사람의 그림자 하나 얼씬하지 않는다.

때때로 바람이 우수수하니 뽕나무 위로 불기는 하나 솔거가 숨어 있는 곳에는 한 점의 바람도 들어오지 않는다. 이 무더운 속에 솔거는 바람이 불 적마다 몸을 흠칫흠칫 놀라며, 그러면서도 무엇을 기다리듯이 뽕나무 그루 아래로 저편 앞을 주시하고 있다.

이윽고 석양이 무악을 넘고 이 도시에도 황혼이 들었다.

날이 어둡기를 기다려서 이 화공은 몸을 숨겨 가지고 거기서 나왔다.

"오늘은 헛길, 내일이나 다시 볼까."

한숨 쉬면서 제 오막살이를 찾아 돌아가는 화공. 날이 벌써 꽤 어두웠지만 그래도 아직 저녁 빛이 약간 남은 곳에 내어놓은 이 화공은 세상에 보기 드문 추악한 얼굴의 주인이었다. 코가 질병자루 같다, 눈이 퉁방울 같다, 귀가 박죽 같다, 입이 나발통 같다, 얼굴이 두꺼비 같다—소위 추한 얼굴을 형용하는 온갖 형용사를 한 얼굴에 지닌 흉한 얼굴의 주인으로서 그 얼굴이 또한 굉장히도 커서 멀리서 볼지라도 그 존재가 완연하리만 하다.

이 얼굴을 가지고는 백주에는 나다니기가 스스로 부끄러울 것이다.

아닌 게 아니라 솔거는 철이 들은 이래 여태껏 백주에 사람 틈에 나다닌 일이 없었다.

일찍이 열여섯 살에 스승의 중매로서 어떤 양가 처녀와 결혼을 하였지만 그 처녀는 솔거의 얼굴을 보고 기절을 하고, 기절에서 깨어나서는 그냥 집으로 도망쳐 버리고—그 다음 또 한 번 장가를 들어 보았지만 그 색시 역시 첫날밤만 정신 모르고 치른 뒤에는 이튿날은 무서워서 죽어도 같이 못 살겠노라고 부모에게 떼를 써서 두 번째의 비극을 겪고—이러한 두 가지의 사변을 겪고 난 뒤에 솔거는 차차 여인이라는 것을 보기를 피하여 오다가 그 괴벽이 점점 자라서 나중에는 일체로 사람이란 것의 얼굴을 대하기가 싫어졌다.

사람을 피하기 위하여—그리고 또한 일방으로는 화도畵道에 정진하기 위하여, 인가를 떠나서 백악의 숲속에 조그마한 오막살이를 하나 틀고 거기 숨은 지 근 삼십 년. 생활에 필요한 물건 혹은 그림에 필요한 물건을 구하기 위하여 부득이 거리에 나가야 할 필요가 있을 때는 반드시 밤을 택하였다. 피할 수 없어 낮에 나갈 때는 방립을 쓰고 그 위에 얼굴을 베로 가리었다.

화도에 발을 들여놓은 지 근 사십 년, 부득이한 은둔생활을 경영한 지 삼십 년,

여인에게로 소모되지 못한 정력은 머리로 모이고, 머리로 모인 정력은 손끝으로 뻗어서 종이에, 비단에 갈겨 던진 그림이 벌써 수천 점. 처음에는 그 그림에 대하여 아무 불만도 느껴 보지 않았다.

하늘에서 타고난 천분과 스승에게서 얻은 훈련과 저축된 정력의 소산인 한 장의 그림이 생겨 날 때마다 그것을 보면서 스스로 만족히 여기고 스스로 자랑스러이 여기던 그였다.

그러나 그런 과정을 밟기 이십 년에 차차 그의 마음에 움 돋은 불만, 그것은 어떻게 보자면 화도에는 이단적인 생각일는지도 모를 것이다.

좀 다른 것은 그릴 수가 없는가.

산이다, 바다다, 나무다, 시내다, 지팡 짚은 노인이다, 다리다, 혹은 돛단배다, 꽃이다, 과즉 달이다, 소다, 목동이다.

이 밖에 그가 아직 그려 본 것이 무엇이었던가.

유원幽遠한 맛, 단 한 가지밖에 없는 전통적 그림보다 좀 더 다른 것을 그려 보고 싶다.

여태껏 스승에게 배운 바의 백발백염白髮白髥의 노옹이나 피리 부는 목동 이외에 좀 더 얼굴에 움직임이 있는 사람을 그려 보고 싶다. 표정이 있는 얼굴을 그려 보고 싶다.

이리하여 재래의 수법을 아낌없이 내어 던진 솔거는 그로부터 십 년간을 사람의 표정을 그리느라고 세월을 보냈다.

그러나 사람의 세상을 멀리 떠나서 따로이 사는 이 화공에게는 사람의 표정이 기억에 가맣다.

상인들의 간특한 얼굴, 행인들의 덜난 무표정한 얼굴, 나무꾼들의 싱거운 얼굴, 그새 보고 지금도 대할 수 있는 얼굴은 이런 따위뿐이다. 좀 더 색채 다른 표정은 없느냐.

색채 다른 표정!

색채 다른 표정!

이 욕망이 화공의 마음에 익고 커 가는 동안 화공의 머리에 솟아오르는 몽롱한 기억이 있다.

지금은 거의 기억에서 사라졌지만 어린 시절에 자기를 품에 안고 눈물 글썽글썽한 눈으로 굽어보던 어머니의 표정이 가끔 한 순간씩 그의 기억의 표면까지 뛰쳐 올랐다.

그의 어머니는 희세의 미녀였다. 대대로, 이후의 자손의 미美까지 모두 미리 빼앗았던지 세상에 드문 미인이었다.

화공은 이 미녀의 유복자였다.

아비 없는 자식을 가슴에 붙안고 눈물 머금은 눈으로 굽어보던 표정.

철이 들은 이래로 자기를 보는 얼굴에서는 모두 경악과 공포밖에는 발견하지 못한 화공에게는 사십여 년 전의 어머니의 사랑의 아름다운 얼굴이 때때로 몸서리치도록 그리웠다.

그것을 그려 보고 싶었다.

커다란 눈에 그득히 담긴 눈물, 그러면서도 동경과 애무로서 빛나던 눈, 입가에 떠오르던 미소. 번개와 같이 순간적으로 심안心眼에 나타났다가는 사라지는 이 환영을 화공은 그려 보고 싶었다.

세상을 피하고 숨어살기 때문에 차차 삐뚤어진 이 화공의 괴벽한 마음에는 세상을 그리는 정열이 또한 그만치 컸다. 그리고 그것이 크면 크니만치 마음속에는 늘 울분과 불만이 차 있었다.

지금도 세상에서는 한창 계집 사내들이 서로 부둥켜안고 좋다고 야단할 것을 생각하고는 음울한 얼굴로 화필을 뿌리는 화공.

이러한 가운데서 나날이 괴벽하여 가는 이 화공은 한 개 미녀상美女像을 그려 보고자 노심하였다.

처음에는 단지 아름다운 표정을 가진 미녀를 그려 보고자 하였다.

그러나 미녀를 가까이 본 일이 없는 이 화공이 마음대로 되지 않는 붓끝에 역정을 내며 있는 동안 차차 어느덧 미녀상에 대한 관념이 달라졌다.

자기의 아내로서의 미녀상을 그려 보고 싶어졌다.

세상은 자기에게 아내를 주지 않는다.

보면 한 마리의 곤충, 한 마리의 날짐승도 각기 짝을 찾아 즐기고, 짝을 찾아 좋아하거늘 만물의 영장인 사람이 짝 없이 오십 년을 보냈다 하는 데 대한 불만이 일어났다.

세상놈들은 자기에게 한 짝을 주지 않고 세상 계집들은 자기에게 오려는 자가 없이 홀몸으로 일생을 보내다가 언제 죽는지도 모르게 이 산골에서 죽어 버릴 생각을 하면 한심하기보다는 도리어 이렇듯 박정한 사람의 세상이 미웠다.

세상이 주지 않는 아내를 자기는 자기의 붓끝으로 만들어서 세상을 비웃어 주리라.

이 세상에 존재한 가장 아름다운 계집보다 더 아름다운 계집을 자기의 붓끝으로 그려서 못나고도 아름다운 체하는 세상 계집들을 웃어 주리라.

덜난 계집을 아내로 맞아 가지고 천하의 절색이라 믿고 있는 사내놈들도 깔보아 주리라.

4, 5명의 처첩을 거느리고 좋다꾸나고 춤추는 헌 놈들도 굽어보아 주리라.

미녀! 미녀!

—눈을 감고 생각하고 눈을 뜨고 생각하고 머리를 움켜쥐고 생각해 보나 미녀의 얼굴이 어떤 것인지 알 수가 없었다.

무론물론 얼굴에 철요凸凹가 없고 이목구비가 제대로 놓였으면 세상 보통의 미인이라 한다. 그런 얼굴에 연지나 그리고, 논에 미소나 그려 넣으면 더 아름다워지기는 할 것이다. 이만 것은 상상의 눈으로도 볼 수가 있는 자면 붓끝으로 그릴 수도 없는 바가 아니다.

그러나 가만 어린 시절의 어머니의 얼굴을 순영적瞬影的으로나마 기억하는 이 화공으로서는 그런 미녀로는 만족할 수가 없었다.

오뇌의 불만 중에서 흐르는 세월은 1년 또 1년, 무위히 흘러간다.

미녀의 아랫동이는 그려진 지 벌써 수년. 그 아랫동이 위에 올려 놓일 얼굴을 어떻게 하여얄지 짐작도 가지 않았다.

화공의 오막살이 방 안에 들어서면 맞은편에 걸려 있는 한 폭 그림은 언제든 어서 목과 얼굴을 그려 주기를 기다리듯이 화공을 힐책한다.

화공은 이것을 보기가 거북하였다.

특별한 일이라도 있기 전에는 낮에 거리에 다니지를 않던 이 화공이 흔히 얼굴을 싸매고 장안을 돌아다녔다.

행여나 길에서라도 미녀를 만날까 하는 요행심으로였다. 길에서 순간적으로 마음에 드는 미녀를 볼 수만 있으면 머리에 똑똑히 캐치하여 그 기억으로써 화상을 그릴까 하는 요행심으로…….

그러나 내외법이 심한 이 도회에서 대낮에 양가의 부녀가 얼굴을 내놓고 길을 다니지는 않았다. 계집이라는 것은 하인배나 하류배뿐이었다.

하인배 · 하류배에도 때때로 미녀라 일컬을 자가 있기는 있었다. 그러나 아무리 산뜻한 미를 갖기는 했다 하나 얼굴에 흐르는 표정이 더럽고 비열하여 캐치할 만한 자가 없었다.

얼굴을 싸매고 거리로 방황하며 혹은 계집들이 많이 모이는 우물가며 저자를 비슬비슬 방황하며 어찌어찌하여 약간 예쁜 듯한 계집이라도 보이면 따라가면서 얼굴을 연구해 보곤 했으나 마음에 드는 미녀를 지금껏 얻어내지를 못하였다.

혹은 심규深閨에는 마음에 드는 계집이라도 있을까. 심규! 심규! 한 번 심규의 계집들을 모조리 눈앞에 벌여 세우고 얼굴 검사를 하여 보았으면…….

초조하고 성가신 가운데서 날을 보내고 날을 맞으면서 미녀를 구하던 화공은 마지막 수단으로 친잠상원親蠶桑園에 들어가서 채상採桑하는 궁녀의 얼굴을 얻어 보려 하였다. 그러나 불행히도 화공의 모험도 헛길로 돌아가고, 그날은 채상을 하러 오지도 않았다.

그러나 때 바야흐로 누에 시절이라 견딜성 있게 기다리노라면 궁녀의 오는 날도 있을 것이다. 미녀—아내의 얼굴을 그리려는 욕망에 열이 오르고 독이 난 이 화공은 그 이튿날 또 뽕밭에 들어가 숨었다. 숨어 기다리지 않을 수 없었다.

그로부터 한 달, 화공은 나날이 점심을 싸가지고 상원桑園으로 갔다. 그러나 저녁 때 제 오막살이로 돌아올 때는 언제든지 그의 입에서는 기다란 탄식성이 나왔다.

궁녀를 못 본 바가 아니었다.

마치 여기 숨어 있는 화공에게 선보이려는 듯이 나날이 궁녀들은 번갈아 왔다. 한떼씩 밀려와서는 옷소매 치맛자락을 펄럭이며 뽕을 따갔다. 한 달 동안에 합계 사오십 명의 궁녀를 보았다. 모두 일률로 미녀들이었다. 그리고 길가 우물가에서 허투루 볼 수 있는 미녀들보다 고아한 얼굴임에는 틀림이 없었다.

그러나 그 눈—화공이 보는 바는 그 눈이었다.

그 눈에 나타난 애무와 동경이었다. 철철 넘어 흐르는 사랑이었다. 그것이 궁녀에게는 없었다.

말하자면 세상 보통의 미녀였다.

자기에게 계집을 주지 않는 고약한 세상에게 보복하는 의미로 절세의 미녀를 차지하고자 하는 이 화공의 커다란 야심으로서는 그만 따위의 미녀로 만족할 수가 없었다.

오막살이로 돌아올 때마다 그의 입에서 나오는 기다란 한숨, 이런 한숨을 쉬기 한 달—그는 다시 상원에 가지 않았다.

가을 하늘 맑고 푸르른 어떤 날이었다.

마음속에 불만과 동경을 가득히 담은 히 화공은 저녁쌀을 씻으려 소쿠리를 옆에 끼고 시내로 더듬어 갔다.

가다가 문득 발을 멈추었다.

우거진 소나무 틈으로 보이는 시냇가 바위 위에 웬 처녀가 앉아 있다. 솔가지 틈으로 내리비치는 얼룩지는 석양을 받고 망연히 앉아서 흐르는 시냇물을 내려다보았다.

웬 처녀일까?

인가에서 꽤 떨어진 이곳, 사람의 동리보다 꽤 높은 이곳, 길도 없는 이곳—아직껏 삼십 년간을 때때로 초부나 목동의 방문은 받아 본 일이 있지만 다른 사람의 자취를 받아 보지 못한 이곳에 웬 처녀일까?

화공도 망연히 서서 바라보았다. 바라볼 동안 가슴에 차차 무거운 긴장을 느꼈다.

한 걸음 두 걸음 화공은 발소리를 감추고 나아갔다. 차차 그 상거가 가까워 감을 따라서 분명하여 가는 처녀의 얼굴.

화공의 얼굴에는 피가 떠올랐다.

세상에 드문 미녀였다. 나이는 열일여덟, 그 얼굴 생김이 아름답다기보다 얼굴 전면에 나타난 표정이 놀랄 만큼 아름다왔다.

흐르는 시내에 눈을 부었는지, 귀를 기울였는지 하여간 처녀의 온 주의력은 시내에 모여 있다.

커다랗게 뜨인 눈은 깜박일 줄도 잊은 듯한 황홀한 눈으로 시내를 굽어보고 있다.

남벽藍碧의 시냇물에는 용궁이 보이는가? 소나무 그루에 부딪쳐서 튀어나는 바람에 앞머리를 약간 날리면서 처녀가 굽어보고 있는 것은 무엇인가?

처녀의 온 공상과 정열과 환희가 한꺼번에 모인 절묘한 미소를 눈과 입에 띠고 일심불란一心不亂히 처녀가 굽어보는 것은 무엇인가.

아아.

화공은 드디어 발견하였다. 그새 십 년간을 여항閭巷의 길거리에서 혹은 우물가에서 내지는 친잠 상원에서 발견하여 보려고 애쓰다가 종내 달하지 못한 놀랄 만한 아름다운 표정을 화공은 뜻 안 한 여기서 발견하였다.

화공은 걸음을 빨리 하였다. 자기의 얼굴이 얼마나 더럽게 생겼는지, 이 처녀가 자기를 쳐다보면 얼마나 놀랄지, 이 점을 온전히 잊고 걸음을 빨리하여 처녀의 쪽으로 갔다.

처녀는 화공의 발소리에 머리를 번쩍 들었다. 화공을 바라보았다. 그 무한히 먼 곳을 바라보는 듯한 기묘한 눈을 들어서…….

"아아……."

가슴이 무둑하여 무슨 말을 하여야 할지 망설이며 화공이 반벙어리 같은 소리를 할 때에 처녀가 먼저 입을 열었다.

"여기가 어디오니까?"

여기가 어디?

"여기가 인왕산록 이름도 없는 산이지만 너는 웬 색시냐?"

"네……."

문득 떠오르는 적적한 표정.

"더듬더듬 시내를 따라왔습니다."

화공은 머리를 기울였다. 몸을 움직여 보았다. 무한히 먼 곳을 바라보는 듯한 처녀의 눈은 그냥 움직임 없이 커다랗게 뜨여 있기는 하지만 어디를 보는지 무엇을 보는지 알 수가 없다.

드디어 화공은 부르짖었다!

"너 앞이 보이느냐?

"소경이올시다."

소경이었다. 눈물 머금은 소리로 하는 대답을 듣고 화공은 좀 더 가까이 갔다.

"앞도 못 보면서 어떻게 무엇 하러 예까지 왔느냐?"

처녀는 머리를 푹 수그렸다. 무슨 대답을 하는 듯하였으나 화공은 알아듣지 못하였다. 그러나 화공으로 하여금 저으기 호기심을 잃게 한 것은 처녀의 얼굴이 아까와 같은 놀라운 매력 있는 표정이 없어진 것이었다.

그만하면 보기 드문 미인임에는 틀림이 없다. 그러나 아까 화공이 그렇듯 놀란 것은 단지 미인인 탓이 아니었다. 그 얼굴에 나타난 놀라운 매력에 끌린 것이었다.

"불쌍도 하지. 저녁도 가까워 오는데 어둡기 전에 집으로 나려가거라."

이만큼 하여 화공은 처녀를 포기하려 하였다. 이 말에 처녀가 응하였다.

"어두운 것은 탓하지 않습니다마는 황혼은 매우 아름답지요?"

"그럼 아름답구말구."

"어떻게 아름답습니까?"

"황금빛이 서산에서 줄기줄기 비치는구나. 거기 새빨갛게 물들은 천하 — 푸르른 소나무도, 남빛 바위도, 검붉은 나무그루도, 모두 황금빛에 잠겨서……."

"황금빛은 어떤 것이고 새빨간 빛과 붉은 빛은 모두 어떤 빛이오니까? 밝은 세상이라지만 밝은 빛과 붉은 빛이 어떻게 다릅니까? 이 산 경치가 아름답다는 소문을 듣고 더듬어 왔습니다 마는 바람 소리, 돌물 소리, 귀로 들리는 소리밖에는 어디가 아름다운지 알 수가 없습니다."

차차 다시 나타나는 미묘한 표정, 커다랗게 뜨인 눈에 비치는 동경의 물결, 일단 사라졌던 아름다운 표정은 다시 생기가 비롯하였다.

화공은 드디어 처녀의 맞은편에 가 앉았다.

"이 샘줄기를 따라 내려가면 바다가 있구, 바다 속에는 용궁이 있구나. 칠색 비단을 감은 기둥과 비취를 아로새긴 댓돌이며 황금으로 만든 풍경風磬, 진주로 꾸민 문설주……."

마주 앉아서 엮어 내리는 이 화공의 이야기에 각일각 더욱 황홀하여 가는 처녀의 눈이었다. 화공은 드디어 이 처녀를 자기의 오막살이로 데리고 돌아갈 궁리를 하였다.

"내 용궁의 이야기를 들려주마. 너의 집에서 걱정만 안 하실 것 같으면……."

화공이 이렇게 꾈 때에 처녀는 그의 커다란 눈을 들어서 유원幽園히 하늘을 우러러보면서 자기네 부모는 병신 딸 따위는 없어져도 근심을 안 한다고 쾌히 화공의 뒤를 따랐다.

일사천리로 여기까지 밀려오던 여余의 공상은 문득 중단되었다.

이야기를 어떻게 진전시키나?

잡념이 일어난다. 동시에 여의 귀에 들리어오는 한 절의 유행가.

여는 머리를 들었다. 저편 뒤 어디 잡인들이 온 모양이다. 그 분요紛擾가 무의식 중에 귀로 들어와서 여의 집중되었던 머리를 헤쳐 놓는다.

귀찮은 가사歌師들이여, 저주받을 가사들이여.

이 저주받을 가사들 때문에 중단된 이야기는 좀처럼 다시 모이지 않았다.

그러나 결말 없는 이야기가 어디 있으랴. 어찌되었든 결말은 지어야 할 것이 아닌가. 그러면 그 화공은 처녀를 데리고 제 오막살이로 돌아와서 용궁 이야기를 들려주면서 그동안에 처녀의 얼굴을 그대로 그려서 십 년 래의 숙망을 성취하였다는 결말로 맺어 버릴까?

그러나 이런 싱거운 결말이 어디 있으랴. 결말이 되기는 되었지만 이따위 결말을 짓기 위하여 그런 서두序頭는 무의미한 거다.

그러면?

그럼 다르게 결말을 맺어 볼까?

화공은 처녀를 제 오막살이로 데리고 돌아왔다. 그리고 처녀에게 용궁 이야기를 들려주었다.

그러나 아까 용궁 이야기를 초벌 들은 처녀는 이번은 그렇듯 큰 감흥도 느끼지 않는 모양으로 그다지 신통한 표정도 보이지 않았다. 화공의 계획은 수포로 돌아갔다. 화공은 그 그림을 영 미완품인 채로 남기지 않을 수 없었다.

역시 마음에 들지 않는 결말이었다.

그럼 또다시…….

화공은 처녀를 데리고 돌아왔다. 돌아와서 처녀를 보면 볼수록 탐스러워서 그림은 집어치우고 처녀를 아내로 삼아 버렸다. 앞을 못 보는 처녀는 추하게 생긴 화공에게도 아무 불만이 없이 일생을 즐겁게 보냈다. 그림으로나 아내를 얻으려던 화공은 절세의 미녀를 아내로 얻게 되었다…….

역시 불만이다.

귀찮고 성가시다. 저주받을 유행가사流行歌師여!

여는 일어났다. 감흥을 잃은 이 자리에 그냥 앉아 있기는 싫었다. 그냥 들리는 유행가……. 그것이 안 들리는 곳으로 자리를 옮기자.

굽어보매 저 멀리 소나무 틈으로 한 줄기 번득이는 것은 아까의 샘물이다.

그 샘물로, 가장 이 이야기의 원천이 된 그 샘으로 내려가자.

벼랑을 내려가기는 올라가기보다 더 힘들었다. 올라가는 것은 올라가다가 실수하여 떨어지면 과즉 제자리에 내린다. 그러나 내려가다가 발을 실수하면 어디까지 굴러갈지 예측할 길이 없다.

잘못하다가는 청운동 어귀까지 굴러갈는지도 모를 일이다. 게다가 올라갈 때에는 도움이 되던 스틱조차 내려갈 때에는 귀찮기 짝이 없다.

반각이나 걸려서 여는 드디어 그 샘가에 도달하였다.

샘가에는 과연 한 개의 바위가, 사람 하나 앉기 좋을 만한 자리가 있다. 이 바위가 화공 쌀 씻던 바위일까. 처녀가 앉아서 공상하던 바위일까? 그 아래를 깊은 남벽藍碧으로 알았더니 겨우 한 뼘 미만의 얕은 물로서 바위를 기운 없이 똘똘 흐르고 있다.

그러나 이 골짜기는 고요하기 짝이 없었다. 바람 소리도 멀리 위에서만 들린다. 그리고 소나무와 바위에 둘러싸여서 꽤 음침한 이 골짜기는 옛날 세상을 피한 화공이 줄겨하였음직 하다.

자, 그러면 이 골짜기에서 아까 그 이야기의 꼬리를 마저 지을까.

화공은 처녀를 데리고 오막살이로 돌아왔다.

그의 마음은 너무도 긴장되고 또한 기뻐서 저녁도 짓기 싫었다. 들어와 보매 벌써 여러 해를 머리 달리기를 기다리는 족자簇子의 여인이 몸집조차 흔연히 화공을 맞는 듯하였다.

"자, 거기 앉아라."

수년간 화공을 힐책하던 머리 없는 그림이 화공의 앞에 펴졌다. 단청도 준비되었다.

터질 듯 울렁거리는 마음으로 폭 앞에 자리를 잡은 화공은 빛이 비치도록 남향하여 처녀를 앉히고 손으로 붓을 적시며 이야기를 꺼냈다.

벌써 황혼, 인제 얼마 남지 않은 오늘 해로써 숙망을 달하려 하는 것이었다. 십년간을 벼르기만 하면서 착수를 못했기 때문에 저축되었던 화공의 힘은 손으로 모였다.

"그러구……. 알겠지?"

눈으로는 처녀의 얼굴을 보며, 입으로는 용굴 이야기를 하며 손은 번개같이 붓을 들었다.

"용궁에는 여의주라는 구슬이 있구나. 이 여의주라는 구슬은 마음에 있는 바에 도달할 수 있는 보물로서 구슬을 네 눈 위에 한 번 굴리면 너도 광명한 일월을 보게 된다."

"네? 구슬이 있습니까?"

"있구 말구, 네가 내 말을 잘 듣고 있기만 하면 수일 내로 어를 데리고 용궁에 가서 여의주를 빌어서 네 눈도 고쳐 주마."

"그러면 저도 광명한 일월을 볼 수가 있겠습니까?"

"그럼, 광명한 일월, 무지개라는 칠색이 영롱한 기묘한 것, 아름다운 수풀, 유수한 골짜기, 무엇인들 못 보랴."

"아이구, 어서 그 여의주를 구해서……."

아아, 놀라운 아름다운 표정이었다. 화공은 처녀의 얼굴에 나타나 넘치는 이 놀라운 표정을 하나도 잃지 않고 화폭 위에 옮겼다.

황혼은 어느덧 밤으로 변하였다. 이때는 여인에게는 단지 눈동자가 그려지지 않았을 뿐 그 밖의 것은 죄 완성이 되었다.

동자까지 그리고 싶었다. 그러나 이 그림의 생명을 좌우할 눈동자를 그리기에는 날은 너무도 어두웠다.

눈동자 하나쯤이야 밝는 날로 남겨 둔들 어떠랴. 하여간 십 년 숙망을 겨우 달한 화공의 심사는 무엇에 비기지 못하도록 기뻤다.

"아—아!"

이 탄성은 오래 벼르던 일이 끝난 때에 나는 기쁨의 소리였다.

이 일단의 안심과 함께 화공의 마음에는 또 다른 긴장과 정열이 솟아올랐다.

꽤 어두운 가운데서 처녀의 얼굴을 유심히 보기 위하여 화공이 잡은 자리는 처녀의 무릎과 서로 닿을 만큼 가까웠다. 그림에 대한 일단의 안심과 함께 화공의 코로 몰려 들어오는 강렬한 처녀의 체취와 전신으로 느끼는 처녀의 접근 때문에 화공의 신경은 거의 마비될 듯싶었다. 차차 각일 각 몸까지 떨리기 시작하였다. 어두움 가운데서 황홀스러이 빛나는 커다란 눈과 정열로 들먹거리는 입술은 화공의 정신까지 혼미하게 하였다.

밝는 날 화공과 소경 처녀의 두 사람은 벌써 남이 아니었다.

'오늘은 동자를 완성시키리라.'

삼십 년의 독신생활을 벗어 버린 화공은 삼십 년간을 혼자 먹던 조반을 소경 처녀와 같이 먹고 다시 그림폭 앞에 앉았다.

"용궁은?"

기쁨으로 빛나는 처녀의 눈!

그러나 화공의 심미안에 비친 그 눈은 어제의 눈이 아니었다.

아름답기는 다시없는 아름다운 눈이었다. 그러나 그 눈은 사내의 사랑을 구하는 '여인의 눈' 이었다. 병신이라 수모 받던 전생을 벗어 버리고 어젯밤 처음으로 인생이 봄을 맛본 처녀는 인제는 한 개의 지어미의 눈이요, 한 개의 애욕의 눈이었다.

"용궁은?"

"용궁에 어서 가서 여의주를 얻어서 제 눈을 띠어 주세요. 밝은 천지도 천지려니와 당신이 어서 눈 뜨고 보고 싶어!"

어젯밤 잠자리에서 자기는 스물네 살 난 풍신 좋은 사내라고 자랑한 화공의 말을 그대로 믿는 소경이었다.

"응, 얻어 주지. 그 칠색이 영롱한!"

"그 칠색도 보고 싶어요."

"그래 그래, 좌우간 지금 머리로 생각해 보란 말이야."

"네, 참 어서 보고 싶어서."

굽어보면 무릎 앞의 그림은 어서 한 점 동자를 찍어 주기를 기다리고 있다.

그러나 소경의 눈에 나타난 것은 아름답기는 아름다우나 그것은 애욕의 표정에 지나지 못하였다. 그런 눈을 그리려고 십 년을 고심한 것이 아니었다.

"자, 용궁을 생각해 봐!"

"생각이나 하면 뭘 합니까? 어서 이 눈으로 보아야지."

"생각이라도 해보란 말이야."

"짐작이 가야 생각도 하지요."

"어제 생각하던 대로 생각을 해봐!"

"네……."

화공은 드디어 역정을 내었다.

"자, 용궁! 용궁!"

"네……."

"용궁을 생각해 봐! 그래 용궁이 어때?"

"칠색이 영롱하구요……."

"그래, 또……."

"또, 황금기둥, 아니 비단으로 싼 기둥이 있구요, 또 푸른 진주가……."

"푸른 진주가 아냐! 푸른 비취지."

"비취 추녀던가, 문이던가?"

"에익! 바보!"

화공은 커다란 양손으로 칵 소경의 어깨를 잡았다. 잡고 흔들었다.

"자, 다시 곰곰이, 용궁은."

"용궁은 바다 속에……."

겁에 띠어서 어릿거리는 소경의 양에 화공은 소경의 따귀를 갈기지 않을 수 없었다.

"바보!"

이런 바보가 어디 있으랴. 보매 그 병신 눈은 깜박일 줄도 모르고 허공을 바라보고 있다. 그 천치 같은 눈을 보매 화공의 노염은 더욱 커졌다. 화공은 양손으로 소경의 멱을 잡았다.

"에이 바보야, 천치야, 병신아!"

생각나는 저주의 말을 연하여 퍼부으면서 소경의 멱을 잡고 흔들었다. 그리고 병신다이 멀겋게 뜨인 눈자위에 원망의 빛이 나타나는 것을 보고 더욱 힘 있게 흔들었다.

흔들다가 화공은 탁 그 손을 놓았다. 소경의 몸이 너무도 무거워졌으므로, 화공의 손에서 놓인 소경의 몸은 눈을 뒤솟은 채 번뜻 나가 넘어졌다. 넘어지는 서슬에 벼루가 전복되었다. 뒤집혀진 벼루에서 튀어난 먹물방울이 소경 얼굴에 덮였다.

깜짝 놀라서 흔들어 보매 소경은 벌써 이 세상의 사람이 아니었다.

소경은 어찌할 줄을 몰랐다. 망지소조芒知所措하여 허둥거리던 화공은 눈을 뜻 없이 자기의 그림 위에 던지다가 악 소리를 내며 자빠졌다.

그 그림의 얼굴에는 어느덧 동자가 찍히었다. 자빠졌던 화공이 좀 정신을 가다듬어 가지고 몸을 일으켜서 다시 그림을 보매 두 눈에는 완연히 동자가 그려진 것이다.

그 동자의 모양이 또한 화공으로 하여금 다시 털썩 엉덩이를 붙이게 하였다. 아까 소경 처녀가 화공에게 멱을 잡혔을 때에 그의 얼굴에 나타났던 원망의 눈—그림의 동자는 완연히 그것이었다.

소경이 넘어지는 서슬에 벼루를 엎는다는 것은 기이할 것도 없고 벼루가 엎어질 때에 먹 방울이 튄다는 것도 기이하달 수 없지만, 그 먹 방울이 어떻게 홍채에 이르기까지 어찌도 그렇듯 기묘하게 되었을까?

한편에는 송장, 한편에는 송장의 화상을 놓고 망연히 앉아 있는 화공의 몸은 스스로 멈출 수 없이 와들와들 떨렸다.

수일 후부터 한양 성내에는 괴상한 화상을 들고 음울한 얼굴로 돌아다니는 늙은 광인狂人 하나가 생겼다.

그의 내력을 아는 사람이 없었고 그의 근본을 아는 사람이 없었다. 그 괴상한 화상을 너무도 소중히 여기므로 사람들이 보고자 하면 그는 기를 써서 보이지 않고 도망하여 버리곤 한다.

이렇게 수년간을 방황하다가 어떤 눈보라치는 날 돌베개를 베고 그의 일생을 마감하였다. 죽을 때도 그는 족자를 깊이 품에 품고 죽었다.

늙은 화공이여! 그대의 쓸쓸한 일생을 여余는 조상弔喪하노라.

여는 지팡이로써 물을 두어 번 저어 보고 그즈너기 몸을 일으켰다.

우러러보매 여름의 석양은 벌써 백악 위에서 춤추고 이 천고의 계곡을 산새가 남북으로 건넌다.

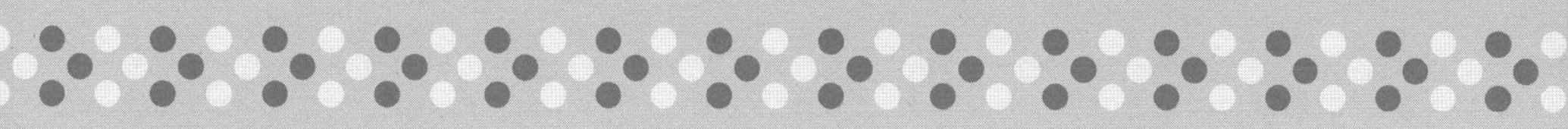

줄거리

인왕산에 산보를 나온 '여余'가 공상에 잠겨 이야기를 만들어낸다.

솔거라는 한 화공이 있었다. 열여섯 살에 처음 장가를 들었지만, 결혼 첫날 솔거의 얼굴을 보고 놀라서 달아났고, 두 번째 결혼에서도 마찬가지였다. 그래서 그는 결국 혼자 살았으며, 수천 점의 그림을 완성했다. 그러나 생동하는 얼굴을 그리고 싶었던 솔거는 희대의 미녀였던 어머니를 그리고자 했다.

어느 가을 날, 물가에 앉은 처녀를 우연히 보게 된 솔거는 온갖 공상과 정열과 환희가 한꺼번에 모인 듯한 처녀의 절묘한 미소에서 어머니의 모습을 발견했다. 그런데 알고 보니 처녀는 앞이 보이지 않는 소경이었다. 솔거는 처녀를 자기 집으로 데리고 와서 용궁이야기를 들려주고 손으로는 그림을 그리기 시작했다. 그림은 이제 눈동자만 남고 거의 완성된 단계였다.

그렇게 밤을 맞은 솔거는 처녀와 사랑을 나눈다. 다음 날 눈동자를 그려 넣어 그림을 완성하고자 했지만 이미 애욕에 들뜬 처녀의 눈동자에서는 순수한 빛이 사라진 상태였다. 이에 분노한 솔거가 처녀의 멱살을 잡고 흔들었다. 잠시 뒤 처녀의 몸이 무거워져 손을 놓으니 처녀는 죽은 채 스르르 넘어졌다. 그때 벼루가 뒤집히면서 먹물방울이 튀고, 그 먹물 방울로 그림에는 원망스러운 눈빛의 눈동자가 찍혔다.

이후 한양 성내에는 미인도를 든 채 음울한 얼굴로 돌아다니는 광인이 한 명 생겼다. 솔거는 이렇게 몇 년 방황하다가 돌베개를 벤 채 죽고 만다.

여름의 저녁 해가 백악 위에 걸려 있다. 기나긴 공상에서 벗어난 '여'는 자리에서 일어난다.

감상 포인트

이 작품은 《광염 소나타》와 함께 김동인의 탐미주의적 경향을 대표하는 작품으로 평가받는다. 즉, 김동인의 예술지상주의적 취향이 작중 인물 '솔거'를 통해 표출되고 있는 것이다. 솔거의 예술에 대한 열정도 그렇지만 대상을 향한 심미안, 사랑을 나눈 뒤 소경 처녀의 눈빛에 일어난 변화, 그에 대한 안타깝고 절망적인 솔거의 분노는 예술지상주의적 경향을 극명하게 보여 주고 있다. 특히 소경 처녀가 죽으면서 엎은 벼루의 먹물방울이 튀어 그림의 눈동자를 완성하고, 그 눈동자가 죽은 처녀의 원망의 눈빛으로 나타나면서 결국 솔거가 미치게 되는 마지막 부분은 악마적 분위기마저 느끼게 한다.

한마디로 《광화사》는 모든 것의 희생 위에서 희귀한 작품이 완성되며 예술적 완성은 모든 가치에 우선시된다는 작가의 성향을 잘 드러내고 있다.

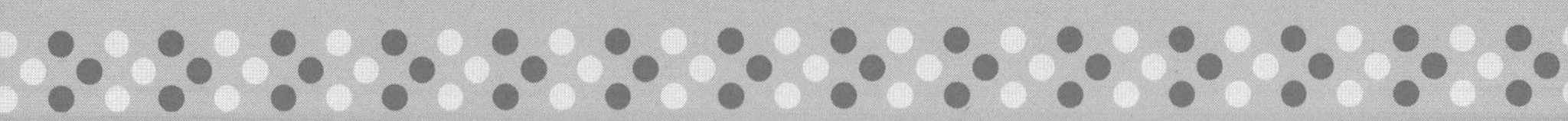

하지만 독특한 인물 설정과 특이한 주제를 노골적으로 드러내고 있다는 점에서 보편적 가치론에 수용되기는 어렵다. 솔거가 소경 처녀와 정을 통한 뒤 순수성이 없다는 이유 하나만으로 그녀를 죽이는 장면은 더욱 그러하다.

등장인물

- **여**(余) : 서술자.
- **솔거** : 추한 모습 때문에 두 번이나 결혼에 실패한 광적인 화공. 어머니를 닮은 천하절색의 미녀도를 그리기 위해 돌아다니다가 소경 처녀를 만난다. 하지만 자신의 역작을 완성하는 데 있어서 큰 희생을 치르게 된다.
- **소경 처녀** : 보기 드문 미인으로 순박한 여성이었으나, 솔거의 집에서 이야기를 주고받던 중 동침을 하게 된다. 그 다음 날 순수한 눈빛이 사라지고 애욕에 휩싸였다는 이유로 솔거에 의해 죽임을 당한다.

작품의 특징

① 탐미주의적 경향의 작품이면서도 자연주의적 인생관이 깃들어 있다.

② 한 선량한 소녀와 성실한 화공을 희생시키고 거기서 탄생한 예술을 예찬한다. 이는 곧 작가가 가진 예술지상주의를 표현한 것이다.

핵심정리

- **갈래** : 단편 소설, 액자 소설, 유미주의 소설
- **시점** : 1인칭 주인공 시점(외부 이야기), 전지적 작가 시점(내부 이야기)
- **배경** : 조선 세종 때, 한양의 백악(인왕산)
- **경향** : 탐미주의적, 예술지상주의적
- **구성** : 액자식 구성
- **주제** : 인생의 파멸을 통해 얻어지는 예술가의 삶

김유정
1908~1937년

강원도 춘천에서 태어나 1935년 소설 《소낙비》가 〈조선일보〉 신춘문예에 《노다지》가 〈중외일보〉에 각각 당선됨으로써 문단에 데뷔했다. 주로 자신의 생활이나 주변 인물을 소재로 한 단편 소설을 발표했으며, 강원도 지방의 토속어와 비속어를 많이 사용했다. 폐결핵에 시달리면서 29세에 요절하기까지 불과 2년 동안의 작가생활에 30편 가까운 작품을 남겼을 만큼 그의 문학적 정열은 남달랐다. 주요 작품으로는 《봄봄》, 《금 따는 콩밭》, 《동백꽃》, 《따라지》 등이 있다.

그의 작품은 대부분 농촌을 무대로 하고 있다. 《금 따는 콩밭》은 노다지를 찾으려고 콩밭을 파헤치는 인간의 어리석은 욕망을 그렸고, 《봄봄》은 머슴인 데릴사위와 장인 사이의 희극적인 갈등을 소박하면서도 유머러스한 필치로 그린 대표적인 농촌소설이다. 이렇듯 그의 소설에서 볼 수 있는 질펀한 웃음에는 땅에 얽매여 처절하게 살아가는 농민들의 애끓는 울음이 깔려 있다.

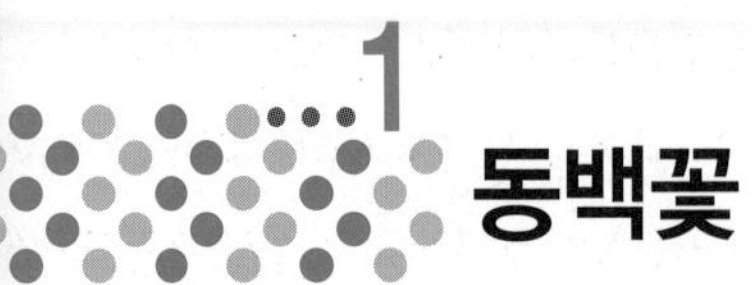

동백꽃

오늘도 또 우리 수탉이 막 쫓기었다. 내가 점심을 먹고 나무를 하러 갈 양으로 나올 때이었다. 산으로 올라서려니까 등 뒤에서 푸드득푸드득하고 닭의 횃소리가 야단이다. 깜짝 놀라서 고개를 돌려 보니 아니나 다르랴 두 놈이 또 얼리었다.

점순네 수탉(대강이가 크고 똑 오소리같이 실팍하게 생긴 놈)이 덩저리 작은 우리 수탉을 함부로 해내는 것이다. 그것도 그냥 해내는 것이 아니라 푸드득하고 면두를 쪼고 물러섰다가 좀 사이를 두고 푸드득하고 모가지를 쪼았다. 이렇게 멋을 부려 가며 여지없이 닦아 놓는다. 그러면 이 못생긴 것은 쪼일 적마다 주둥이로 땅을 받으며 그 비명이 킥, 킥, 할 뿐이다. 물론 미처 아물지도 않은 면두를 또 쪼이며 붉은 선혈은 뚝뚝 떨어진다. 이걸 가만히 내려다보자니 내 대강이가 터져서 피가 흐르는 것같이 두 눈에서 불이 번쩍 난다. 대뜸 지게막대기를 메고 달려들어 점순네 닭을 후려칠까 하다가 생각을 고쳐먹고 헛매질로 떼어만 놓았다.

이번에도 점순이가 쌈을 붙여 놨을 것이다. 바짝바짝 내 기를 올리느라고 그랬음에 틀림없을 것이다. 고놈의 계집애가 요새로 들어서 왜 나를 못 먹겠다고 고렇게 아르릉거리는지 모른다.

나흘 전 감자건만 하더라도 나는 저에게 조금도 잘못한 것은 없다. 계집애가 나물을 캐러 가면 갔지 남 울타리 엮는 데 쌩이질을 하는 것은 다 뭐냐. 그것도 발소리를 죽여 가지고 등 뒤로 살며시 와서,

"얘! 너 혼자만 일하니?"

하고 긴치 않는 수작을 하는 것이다.

어제까지도 저와 나는 이야기도 잘 않고 서로 만나도 본 체 만 척하고 이렇게 점잖게 지내던 터이련만 오늘로 갑작스레 대견해졌음은 웬일인가. 항차 망아지만 한 계집애가 남 일하는 놈 보구…….

"그럼 혼자 하지 떼루 하듸?"

내가 이렇게 내배앝는 소리를 하니까,

"너 일하기 좋니?"

또는,

"한여름이나 되거든 하지 벌써 울타리를 하니?"

잔소리를 두루 늘어놓다가 남이 들을까 봐 손으로 입을 틀어막고는 그 속에서 깔깔댄다. 별로 우스울 것도 없는데 날씨가 풀리더니 이놈의 계집애가 미쳤나 하고 의심하였다. 게다가 조금 뒤에는 제 집께를 할금할금 돌아보더니 행주치마의 속으로 꼈던 바른손을 뽑아서 나의 턱밑으로 불쑥 내미는 것이다. 언제 구웠는지 더운 김이 확 끼치는 굵은 감자 세 개가 손에 뿌듯이 쥐였다.

"느 집엔 이거 없지?"

하고 생색 있는 큰 소리를 하고는 제가 준 것을 남이 알면은 큰일 날 테니 여기서 얼른 먹어 버리란다. 그리고 또 하는 소리가,

"너 봄 감자가 맛있단다."

"난 감자 안 먹는다. 너나 먹어라."

나는 고개도 돌리지 않고 일하던 손으로 그 감자를 도로 어깨 너머로 쑥 밀어 버렸다. 그랬더니 그래도 가는 기색이 없고, 뿐만 아니라 쌔근쌔근하고 심상치 않게 숨소리가 점점 거칠어진다. 이건 또 뭐야 싶어서 그때에야 비로소 돌아다보니 나는 참으로 놀랐다. 우리가 이 동네에 들어온 것은 근 삼 년째 되어 오지만 여태

껏 가무잡잡한 점순이의 얼굴이 이렇게까지 홍당무처럼 새빨개진 법이 없었다. 게다가 눈에 독을 올리고 한참 나를 요렇게 쏘아보더니 나중에는 눈물까지 어리는 것이 아니냐. 그리고 바구니를 다시 집어 들더니 이를 꼭 악물고는 엎어질 듯 자빠질 듯 논둑으로 횡 하게 달아나는 것이다.

어쩌다 동리 어른이,

"너 얼른 시집을 가야지?"

하고 웃으면,

"염려 마서유. 갈 때 되면 어련히 갈라구!"

이렇게 천연덕스레 받는 점순이었다. 본시 부끄럼을 타는 계집애도 아니거니와 또한 분하다고 눈에 눈물을 보일 얼병이도 아니다. 분하면 차라리 나의 등어리를 바구니로 한 번 모질게 후려 쌔리고 달아날지언정.

그런데 고약한 그 꼴을 하고 가더니 그 뒤로는 나를 보면 잡아먹으려 기를 복복 쓰는 것이다.

설혹 주는 감자를 안 받아먹는 것이 실례라 하면, 주면 그냥 주었지 '느 집엔 이거 없지'는 다 뭐냐. 그렇잖아도 저희는 마름이고 우리는 그 손에서 배재를 얻어 땅을 부치므로 일상 굽실거린다. 우리가 이 마을에 처음 들어와 집이 없어서 곤란으로 지낼 제 집터를 빌리고 그 위에 집을 또 짓도록 마련해 준 것도 점순네의 호의였다. 그리고 우리 어머니 아버지도 농사 때 양식이 딸리면 점순네한테 가서 부지런히 꾸어다 먹으면서 인품 그런 집은 다시없으리라고 침이 마르도록 칭찬하곤 하는 것이다. 그러면서도 열일곱씩이나 된 것들이 수군수군하고 붙어 다니면 동네의 소문이 사납다고 주의를 시켜 준 것도 또 어머니였다. 왜냐하면 내가 점순이 하고 일을 저질렀다가는 점순네가 노할 것이고, 그러면 우리는 땅도 떨어지고 집도 내쫓기고 하지 않으면 안 되는 까닭이었다.

그런데 이놈의 계집애가 까닭 없이 기를 복복 쓰며 나를 말려 죽이려고 드는 것이다.

눈물을 흘리고 간 담날 저녁나절이었다. 나무를 한 짐 잔뜩 지고 산을 내려오려니까 어디서 닭이 죽는 소리를 친다. 이거 뉘 집에서 닭을 잡나, 하고 점순네 울 뒤로 돌아오다가 나는 고만 두 눈이 똥그랬다. 점순이가 저희 집 봉당에 홀로 걸터앉았는데 이게 치마 앞에다 우리 씨암탉을 꼭 붙들어 놓고는,

"이놈의 씨닭! 죽어라 죽어라."

요렇게 암팡스레 패 주는 것이 아닌가. 그것도 대가리나 치면 모른다마는 아주 알도 못 낳으라고 그 볼기짝께를 주먹으로 콕콕 쥐어박는 것이다.

나는 눈에 쌍심지가 오르고 사지가 부르르 떨렸으나 사방을 한 번 휘둘러보고야 그제서야 점순이 집에 아무도 없음을 알았다. 잡은 참 지게막대기를 들어 울타리의 중턱을 후려치며,

"이놈의 계집애! 남의 닭 알 못 낳으라구 그러니?"

하고 소리를 빽 질렀다.

그러나 점순이는 조금도 놀라는 기색이 없고 그대로 의젓이 앉아서 제 닭 가지고 하듯이 또 죽어라, 죽어라 하고 패는 것이다. 이걸 보면 내가 산에서 내려올 때를 겨냥해 가지고 미리부터 닭을 잡아 가지고 있다가 네 보라는 듯이 내 앞에서 줴지르고 있음이 확실하다.

그러나 나는 그렇다고 남의 집에 뛰어 들어가 계집애하고 싸울 수도 없는 노릇이고 형편이 썩 불리함을 알았다. 그래 닭이 맞을 적마다 지게막대기로 울타리를 후려칠 수밖에 별 도리가 없다. 왜냐하면 울타리를 치면 칠수록 울섶이 물러앉으며 뼈대만 남기 때문이다. 허나 아무리 생각하여도 나만 밑지는 노릇이다.

"아, 이년아! 남의 닭 아주 죽일 터이야?"

내가 도끼눈을 뜨고 다시 꽥 호령을 하니까 그제서야 울타리께로 쪼르르 오더니 울 밖에 섰는 나의 머리를 겨누고 닭을 내팽개친다.

"에이 더럽다! 더럽다!"

"더러운 걸 널더러 입때 끼고 있으랬니? 망할 계집애년 같으니."

하고 나도 더럽단 듯이 울타리께를 횡 허케 돌아내리며 약이 오를 대로 다 올랐다, 라고 하는 것은 암탉이 풍기는 서슬에 나의 이마빼기에다 물지똥을 찍 갈겼는데 그걸 본다면 알집만 터졌을 뿐 아니라 골병은 단단히 든 듯싶다. 그리고 나의 등 뒤를 향하여 나에게만 들릴 듯 말 듯한 음성으로,

"이 바보 녀석아!"

"얘! 너 배냇병신이지?"

그만도 좋으련만,

"얘! 너느 아버지가 고자라지?"

"뭐 울 아버지가 그래 고자야?"

할 양으로 열벙거지가 나서 고개를 홱 돌리어 바라봤더니 그때까지 울타리 위로 나와 있어야 할 점순이의 대가리가 어디 갔는지 보이지를 않는다. 그러다 돌아서서 오자면 아까에 한 욕을 울 밖으로 또 퍼붓는 것이다. 욕을 이토록 먹어 가면서도 대거리 한 마디 못하는 걸 생각하니 돌부리에 채이어 발톱 밑이 터지는 것도 모를 만큼 분하고 급기야는 두 눈에 눈물까지 불끈 내솟는다.

그러나 점순이의 침해는 이것뿐이 아니다.

사람들이 없으면 틈틈이 제 집 수탉을 몰고 와서 우리 수탉과 쌈을 붙여 놓는다. 제 집 수탉은 썩 험상궂게 생기고 쌈이라면 홰를 치는 고로 으레 이길 것을 알기 때문이다. 그래서 툭하면 우리 수탉이 면두며 눈깔이 피로 흐드르하게 되도록 해 놓는다. 어떤 때에는 우리 수탉이 나오지를 않으니까 요놈의 계집애가 모이를 쥐고 와서 꾀어내다가 쌈을 붙인다.

이렇게 되면 나도 다른 배차를 차리지 않을 수 없었다. 하루는 우리 수탉을 붙들어 가지고 넌지시 장독께로 갔다. 쌈닭에게 고추장을 먹이면 병든 황소가 살모사를 먹고 용을 쓰는 것처럼 기운이 뻗친다 한다. 장독에서 고추장 한 접시를 떠

서 닭 주둥아리께로 들여 밀고 먹여 보았다. 닭도 고추장에 맛을 들였는지 거스르지 않고 거진 반 접시 턱이나 곧잘 먹는다. 그리고 먹고 금시는 용을 못쓸 터이므로 얼마쯤 기운이 돌도록 홰속에다 가두어 두었다.

밭에 두엄을 두어 짐 져 내고 나서 쉴 참에 그 닭을 안고 밖으로 나왔다. 마침 밖에는 아무도 없고 점순이만 저희 울 안에서 헌옷을 뜯는지 혹은 솜을 터는지 웅크리고 앉아서 일을 할 뿐이다.

나는 점순네 수탉이 노는 밭으로 가서 닭을 내려놓고 가만히 맥을 보았다. 두 닭은 여전히 얼리어 쌈을 하는데 처음에는 아무 보람이 없었다. 멋지게 쪼는 바람에 우리 닭은 또 피를 흘리고 그러면서도 날갯죽지만 푸드득푸드득하고 올라 뛰고 뛰고 할 뿐으로 제법 한 번 쪼아 보지도 못한다.

그러나 한 번엔 어쩐 일인지 용을 쓰고 펄쩍 뛰더니 발톱으로 눈을 하비고 내려오며 면두를 쪼았다. 큰 닭도 여기에는 놀랐는지 뒤로 멈씰하며 물러난다. 이 기회를 타서 작은 우리 수탉이 또 날쌔게 덤벼들어 다시 면두를 쪼니 그제서는 감때 사나운 그 대강이에서도 피가 흐르지 않을 수 없다.

옳다 알았다, 고추장만 먹이며는 되는구나 하고 나는 속으로 아주 쟁그러워 죽겠다. 그때에는 뜻밖에 내가 닭쌈을 붙여 놓는 데 놀라서 울 밖으로 내다보고 섰던 점순이도 입맛이 쓴지 눈살을 찌푸렸다.

나는 두 손으로 볼기짝을 두드리며 연방,

"잘한다! 잘한다!"

하고, 신이 머리끝까지 뻐치었다.

그러나 얼마 되지 않아서 나는 넋이 풀리어 기둥같이 묵묵히 서 있게 되었다. 왜냐하면 큰 닭이 한 번 쪼인 앙갚음으로 호들갑스레 연거푸 쪼는 서슬에 우리 수탉은 찔끔 못하고 막 곯는다. 이걸 보고서 이번에는 점순이가 깔깔거리고 되도록 이쪽에서 많이 들으라고 웃는 것이다.

나는 보다 못하여 덤벼들어서 우리 수탉을 붙들어 가지고 도로 집으로 들어왔다. 고추장을 좀 더 먹였더라면 좋았을 걸, 너무 급하게 쌈을 붙인 것이 퍽 후회가 난다. 장독께로 돌아와서 다시 턱밑에 고추장을 들이댔다. 흥분으로 말미암아 그런지 당최 먹질 않는다.

나는 하릴없이 닭을 반듯이 눕히고 그 입에다 궐련 물부리를 물리었다. 그리고 고추장물을 타서 그 구멍으로 조금씩 들여 부었다. 닭은 좀 괴로운지 킥킥하고 재채기를 하는 모양이나 그러나 당장의 괴로움은 매일 같이 피를 흘리는 데 댈 게 아니라 생각하였다.

그러나 한 두어 종지가량 고추장물 먹이고 나서는 나는 고만 풀이 죽었다. 싱싱하던 닭이 왜 그런지 고개를 살며시 뒤틀고는 손아귀에서 빼드러지는 것이 아닌가. 아버지가 볼까 봐서 얼른 홰에다 감추어 두었더니 오늘 아침에서야 겨우 정신이 든 모양 같다.

그랬던 걸 이렇게 오다 보니까 또 쌈을 붙여 놓으니 이 망한 계집애가 필연 우리 집에 아무도 없는 틈을 타서 제가 들어와 홰에서 꺼내 가지고 나간 것이 분명하다.

나는 다시 닭을 잡아다 가두고 염려는 스러우나 그렇다고 산으로 나무를 하러 가지 않을 수도 없는 형편이었다.

소나무 삭정이를 따며 가만히 생각해 보니 암만해도 고년의 목쟁이를 돌려놓고 싶다. 이번에 내려가면 망할 년 등줄기를 한 번 되게 후려치겠다 하고 싱둥겅둥 나무를 지고는 부리나케 내려왔다.

거지반 집에 다 내려와서 나는 호드기 소리를 듣고 발이 딱 멈추었다. 산기슭에 널려 있는 굵은 바윗돌 틈에 노란 동백꽃이 소보록하니 깔리었다. 그 틈에 끼어 앉아서 점순이가 청승맞게시리 호드기를 불고 있는 것이다. 그보다도 더 놀란 것은 고 앞에서 또 푸드득, 푸드득, 하고 들리는 닭의 횃소리다. 필연코 요년이 나의 약을 올리느라고 또 닭을 집어내다가 내가 내려올 길목에다 쌈을 시켜 놓고 저는 그 앞에 앉아서 천연스레 호드기를 불고 있음에 틀림없으리라.

나는 약이 오를 대로 올라서 두 눈에서 불과 함께 눈물이 픽 쏟아졌다. 나뭇지게도 벗어 놀 새 없이 그대로 내동댕이치고는 지게막대기를 뻗치고 허둥허둥 달려들었다.

가까이 와 보니 과연 나의 짐작대로 우리 수탉이 피를 흘리고 거의 빈사지경에 이르렀다. 닭도 닭이려니와 그러함에도 불구하고 눈 하나 깜짝 없이 고대로 앉아서 호드기만 부는 그 꼴에 더욱 치가 떨린다. 동네에서도 소문이 났거니와 나도 한때는 걱실걱실히 일 잘하고 얼굴 예쁜 계집애인 줄 알았더니 시방 보니까 그 눈깔이 꼭 여우새끼 같다.

나는 대뜸 달려들어서 나도 모르는 사이에 큰 수탉을 단매로 때려 엎었다. 닭은 푹 엎어진 채 다리 하나 꼼짝 못 하고 그대로 죽어 버렸다. 그리고 나는 멍하니 섰다가 점순이가 매섭게 눈을 홉뜨고 닥치는 바람에 뒤로 벌렁 나자빠졌다.

"이놈아! 너 왜 남의 닭을 때려죽이니?"

"그럼 어때?"

하고 일어나다가,

"뭐 이 자식아! 누 집 닭인데?"

하고 복장을 떼미는 바람에 다시 벌렁 자빠졌다. 그리고 나서 가만히 생각을 하니 분하기도 하고 무안도스럽고, 또 한편 일을 저질렀으니 인젠 땅이 떨어지고 집도 내쫓기고 해야 될는지 모른다.

나는 비슬비슬 일어나며 소맷자락으로 눈을 가리고는, 얼김에 엉 하고 울음을 놓았다. 그러나 점순이가 앞으로 다가와서,

"그럼 너 이담부텀 안 그럴 테냐?"

하고 물을 때에야 비로소 살길을 찾은 듯싶었다. 나는 눈물을 우선 씻고 뭘 안 그러는지 명색도 모르건만,

"그래!"

하고 무턱대고 대답하였다.

"요담부터 또 그래 봐라, 내 자꾸 못살게 굴 테니."

"그래 그래, 이젠 안 그럴 테야!"

"닭 죽은 건 염려 마라, 내 안 이를 테니."

그리고 뭣에 떠다 밀렸는지 나의 어깨를 짚은 채 그대로 퍽 쓰러진다. 그 바람에 나의 몸뚱이도 겹쳐서 쓰러지며, 한창 피어 퍼드러진 노란 동백꽃 속으로 폭 파묻혀 버렸다.

알싸한, 그리고 향긋한 그 냄새에 나는 땅이 꺼지는 듯이 온 정신이 고만 아찔하였다.

"너 말 마라!"

"그래!"

조금 있더니 요 아래서,

"점순아! 점순아! 이년이 바느질을 하다 말구 어딜 갔어?"

하고 어딜 갔다 온 듯싶은 그 어머니가 역정이 대단히 났다.

점순이가 겁을 잔뜩 집어먹고 꽃 밑을 살금살금 기어서 산 알로 내려간 다음 나는 바위를 끼고 엉금엉금 기어서 산 위로 치빼지 않을 수 없었다.

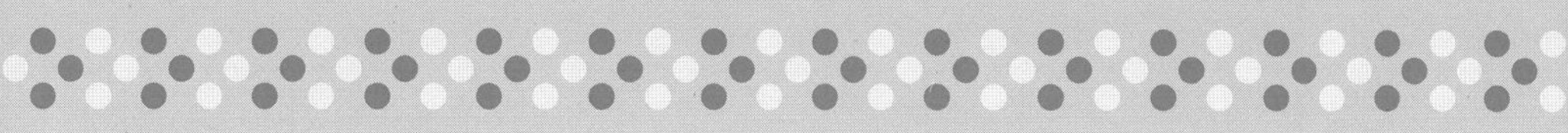

줄거리

'나'는 순박하다 못해 어수룩한 소년이다. 이에 비해 점순은 활달한 말괄량이 소녀로, 나의 아버지가 소작을 든 마름의 딸이다. 나에게 관심을 둔 점순은 구운 감자를 주면서 접근하지만, 뜻을 알아차리지 못한 나는 그것을 거절한다. 이에 무안함을 느낀 점순은 자기 집 수탉과 나의 집 수탉을 싸움 붙이면서 여러 차례 약을 올린다. 점순네 닭이 힘이 세어 나의 집 닭이 늘 지자 화가 났고, 닭에게 고추장까지 먹이면서 싸움에 열의를 보이지만 효과를 보지 못했다.

어느 날 점순이는 내가 산에서 내려오기를 기다렸다가 또 닭싸움을 붙였다. 이에 화가 난 나는 지게작대기로 점순네 닭을 때려죽였다. 하지만 이내 마름집 위세와 부모님의 꾸지람이 생각나 울음을 터뜨리고 말았다. 이때 옆에 있던 점순이는 나에게 자기 말을 들으면 일러바치지 않겠다고 약속했고, 둘은 부둥켜안은 채 한창 흐드러지게 핀 동백꽃 속으로 폭 파묻힌다. 잠시 후 점순 어머니의 부르는 소리에 점순이는 산을 내려가고 나는 산 위로 도망친다.

감상 포인트

1936년에 발표된 단편 소설로, 인생의 봄을 맞아 조금씩 성장해 가는 사춘기 소년과 소녀의 애정을 해학적 어법 및 문체로 표현한 김유정 문학의 대표작이다. 여러 번의 닭싸움을 통해 소년과 소녀의 점진적인 화해 관계 및 심리적 대립 과정을 서정적으로 그려 나가고 있다는 점에서 다른 김유정의 작품에 비해 비극적 요소를 내재하지 않고 있다.

또한 강원도 지역의 사투리로 작품 전체에서 토속적, 향토성 짙은 분위기를 자아내고 있다. 그뿐 아니라 현실의 어렵고 힘든 상황을 해학적으로 표현하면서도 우회적 풍자의 방법으로 식민지 농촌 사회의 피해상을 드러내고 있다.

이러한 골계미는 우리 문학의 전통적 맥락에서 볼 때 중세와 근세로 이어지는 평민문학의 미적 특질과 연결된다. 그러면서도 삶의 실제적 문제를 객관화해서 다루었다는 점에서 사실주의 문학의 한 위치를 차지한다.

작품의 해학성과 향토성

이 작품에서 우리에게 이야기를 들려주는 화자 '나'는 독자들이 이미 다 알고 있는 점순이의 마음을 정작 자신만 모르고 있어 웃음을 유발한다. 즉, 남녀의 역할이 전도된 듯한 나의 순박함과 점순이의 영악함이 대조를 이루면서 독자들은 아이러니와 해학성을 느끼게 된다. 또한 인물들이 사용하는 비속어, 방언, 육담 등의 구어체는 대상을 왜곡 또는 과장함으로써 웃

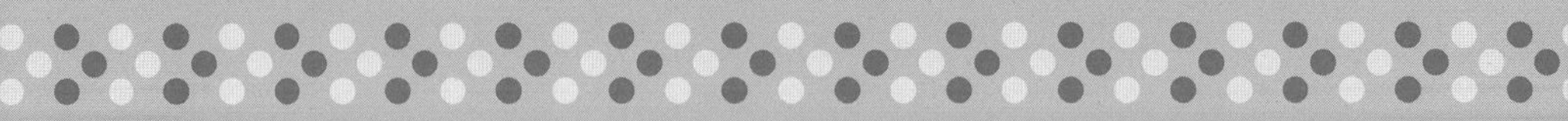

음을 유발한다.

《동백꽃》은 강원도 농촌 모습을 사실적으로 그리고 있다. 즉, 소재 자체가 향토적일 뿐 아니라 농촌이 가지는 독특한 풍속이나 향토적 배경 등이 해학적 어조와 더불어 이 작품의 토속성을 강조하고 있다.

이 작품의 특징

① 적절한 사투리의 사용으로 토속적인 분위기를 자아내고 있다.

② 인물들의 행동을 해학적으로 표현했다.

③ 현재와 과거가 교차하는 표현을 구사했다.

④ 간결한 대화로 이루어졌다.

⑤ 해학과 골계를 통해 판소리 미학을 현대적으로 계승했다.

서술자에 따른 효과

이야기의 시점은 작품의 내용과 밀접한 관련을 갖는다. 1인칭 주인공 시점을 사용하고 있는 이 작품에서 우리에게 이야기를 들려주고 있는 순진한 소년 '나'는 독자가 아는 사실들을 전혀 알아채지 못하고 있어 웃음을 선사한다.

그런데 같은 주제의 이야기를 순박한 '나'가 아닌 영악한 점순이가 말한다면 해학성을 드러내기 힘들었을 것이다. 왜냐하면 이야기를 하는 화자의 성격에 따라 작품에서 형성되는 갈등의 양상이 달라지고, 갈등 양상이 달라지면 주제 또한 달라지기 때문이다.

핵심정리

- **갈래** : 단편 소설, 토속 소설
- **시점** : 1인칭 주인공 시점
- **배경** : 1930년대 봄, 강원도 산골의 마을
- **성격** : 향토적, 해학적
- **문체** : 간결체, 사투리를 사용한 토속적 문체
- **어조** : 해학적
- **제재** : 사춘기 남녀의 사랑
- **주제** : 소년, 소녀의 목가적이고 순박한 사랑

2 만무방

《만무방》은 저자의 원 표기 대로 실었습니다.

산골에, 가을은 무르녹았다.

아람드리 로송은 빽빽이 느러 박엿다. 무거운 송낙을 머리에 쓰고 건들건들. 새새이 끼인 도토리, 뻣, 돌배, 갈입들은 울긋불긋. 잔듸를 적시며 맑은 샘이 쫄쫄거린다. 산토끼 두 놈은 한가로히 마주 안자 그물을 할짝거리고. 잇다금 정신이 나는 듯 가랑입은 부수수, 하고 떨린다. 산산한 산들바람. 구여운 들국화는 그 품에 새뜩새뜩 넘논다. 흙내와 함께 향깃한 땅김이 코를 찌린다. 요놈은 싸리버섯, 요놈은 입 썩은 내 또 요놈은 송이…… 아니, 아니 가시넝쿨 속에 숨은 박하풀 냄새로군.

응칠이는 뒷짐을 딱 지고 어정어정 노닌다. 유유히 다리를 옴겨 노흐며 이 나무 저 나무 사이로 호아든다. 코는 공중에서 버렷다 오므렷다, 연실 이러며 훅, 훅 굽웃한 한 송목 미테 이르자 그는 발을 멈춘다. 이번에는 지면에 코를 야티 갓다 대이고 한 바쿠 비잉, 나물키고 돌앗다.

'아, 하, 요놈이로군!'

썩은 솔입에 덥히어 흙이 봉곳이 도다 올랏다.

그는 손가락을 꾸지즈며 정성스리 살살 헤처 본다. 과연 구여운 송이. 망할 녀석, 조꿈만 더 나오지. 그걸 뚝 따들곤 뒷짐을 지고 다시 어실렁 어실렁. 가끔 선

하품을 터진다. 그럴 적마다 두 팔을 떡 벌기곤 먼 하늘을 바라보고 느러지게도 기지개를 느린다.

때는 한참 바쁠 추수 때이다. 농군치고 송이파적 나올 놈은 생겨나도 안 엇스리라. 허나 그는 꼭 해야 만 할 일이 업섯다. 십프면 하고 말면 말고 그저 그뿐. 그러함에는 먹을 것이 더럭 잇느냐면 잇기커녕 부처 먹을 농토조차 업는 게집도 업고 집도 업고 자식 업고. 방은 잇대야 남의 겻방이요 잠은 새우잡이요. 허지만 오늘 아침만 해도 한 친구가 차자 와서 벼를 털 텐데 일즘 와 해 달라는 걸 마다하엿다. 몇 푼 바람에 그까진 걸 누가 하느냐. 보다는 송이가 조앗다. 왜냐면 이 땅 삼천리강산에 늘려 노힌 곡식이 말정 누거럼. 먼저 먹는 놈어 임자 아니야. 먹다 걸릴 만치 그토록 양식을 싸아 두고 일이다 무슨 난장 마즐 일이람. 걸리지 안토록 먹을 궁리나 할게지. 하기는 그도 한 세 번이나 걸려서 구메밥으로 사관을 틀엇다. 마는 결국 제 밥상 우에 올라안즌 제목도 자칫하면 먹다 걸리긴 매일반…….

올라갈스록 덤불은 우것다. 머루며 다래, 칡, 게다 이름 모를 잡초. 이것들이 우아래로 이리저리 서리어 좀체 길을 내지 안는다. 그는 잔듸길로만 돌앗다. 넙쩍다리가 벌죽이는 찌저진 고잇자락을 아끼며 조심조심 사려 딋는다. 손에는 칡으로 역겨들은 일곱 개 송이. 늙은 소나무마다 가선 두리번거린다. 사냥개 모양으로 코로 킁, 킁, 내를 한다. 이것도 송이 갓고 저것도 송이. 어떤 게 알짜송인지 분간을 모른다. 토끼똥이 소보록한데 갈입히 한입 뚝 떨어젓다. 그 입흔 살몃이 들어보니 송이 대구리가 불쑥 올라왓다. 매우 큰 송인듯. 그는 반색하야 그 압헤 무릅을 털석 꿀었다. 그리고 그 우에 두손을 내들며 열 손가락을 다 펴 들엇다. 가만가만히 살살 흙을 헤처 본다. 주먹만한 송이가 나타난다. 얘 이놈 크구나. 손바닥 우에 따올려 노코 한참 드려다 보며 싱글벙글한다. 오중중한 구석으로 바위는 벽가티 깍아 질렸다. 그 중툭을 얽어 나간 칡입헤서는 물이 쪼록쪼록, 흘러나린다. 인삼이 썩어나리는 약수라 한다. 그는 돌 우에 걸타안지며 또 한 번 하품을 하엿다. 간밤

쓸 데 업는 노름에 밤을 팬 것이 몹씨 나른하엿다. 다사로운 햇발이 숩풀 새여 든다. 다람쥐가 솔방울을 떨어치며. 어여쁜 할미새는 압헤서 알씬거리고. 동리에서는 타작을 하노라고 와글거린다. 흥겨워 외치는 목성, 그걸 업누르고 공중에 웅, 웅 진동하는 버터는 기계 소리. 마즌 쪽 산 속에서 어린 목동들의 노래는 처량히 울려온다. 산속에 뭇친 마을의 전경을 멀리 바라보다가 그는 눈을 찌긋하며 다시 한 번 하품을 뽑는다. 이 웬놈의 하품일까. 생각해 보니 어제 저녁부터 여짓것 창주가 곱림든 것이다. 불현듯 송이 꾸럼에서 그중 크고 먹음직한 놈을 하나 뽑아 들엇다.

응칠이는 그 송이를 물에 써억 써억 부벼서는 떡 버러진 대구리부터 걸삼스리 덥석 물어 떼엇다. 그리고 넓죽한 입이 움질움질 씹는다. 혁 녹을 듯이 만질만질하고 향기로운 그 맛. 이럿케 훌륭한 놈을 입맛만 다시고 못 먹다니. 문득 추억이 혀끗테 뱅뱅 돈다. 이놈을 맛보는 것도 참 근자의 일이다. 감물생심이지 어디 냄새나 똑똑이 맛타 보리. 산속으로 쏘다니다 백판 못 따기도 하려니와 더러 딴다는 놈은 항여 상할가 바 손도 못 대게 하고 집에 나려다 모고 모고 하는 것이다. 그러나 오행이 한 꾸럼이 차면 금시로 장에 가저다 판다. 이틀 사흘식 공 때린 거로되 잘 하면 사십 전 못 밧으면 이십오 전. 저녁거리를 기다리는 안해를 생각하며 좁쌀 서너 되를 손에 사들고 어두운 고개치를 터덜터덜 올라오는 건 조흐나 이 신세를 멋에 쓰나, 하고 보면 을프냥 굿기가 짝이 업겟고……. 이까진 걸 못 먹어 그래 홧김에 또 한 놈을 뽑아 들고 이번엔 물에 흙도 씻을 새 업시 그대로 텁석 어린다. 그러나 다른 놈들도 별 수 업스렷다. 이 산골이 송이의 번고향이로되 아마 일 년에 한 개조차 먹는 놈이 드므리라.

'흥, 썩어진 두상들!'

그는 폭넓은 얼골을 이그리며 남이나 드르란듯디 이러케 비웃는다. 썩엇다, 함은 데생겻다 모멸하는 그의 언투이엇다. 먹다 남아지 송이 꽁댕이를 바루 자랑스

김유정 만무방

러히 입에다 치트리곤 트림을 석거 가며 우물거린다.

송이가 두 개가 들어가니 인제는 더 먹을 재미가 업다. 뭔가 좀 든든한 걸 먹엇스면 조켓는데. 떡, 국수, 말고기, 개고기, 돼지고기, 그러치 안흐면 쇠고기냐. 아따 궁한 판이니 아무거나 잇스면 송중으로 여러 가질 먹으며 시름 업시 안젓다. 그는 눈골이 슬그머니 돌아간다. 웬놈의 닭인지 암닭 한 마리가 조 아래 무덤 압에서 빵빵 맨다. 골골거리며 감도는 걸 보매 아마 알자리를 보는 맥이라. 그는 돌에서 궁뎅이를 들엇다. 나즌 하늘로 외면하야 못 본 척하고 닭을 향하야 저 켠으로 넓직이 돌아나린다. 그러나 무덤까지 왓슬 때 몸을 돌리며

"후, 후, 후, 이 자식이 어델가 후!"

두 팔을 버리고 쪼차간다. 산꼭대기로 치모니 닭은 하둥지둥 갈 길을 모른다. 요리 매낀 조리 매낀, 꼬꼬댁 어리며 속만 태울 뿐. 그러나 바위틈에 끼어 왁살스러운 그 주먹에 목아지가 둘로 나기에는 불과 몃 붙 못 걸렸다.

그는 으식한 숩속으로 찻아들엇다. 닭의 껍질을 홀랑 까고서 두 다리를 들고 찌즈니 배창이 엽구리로 꾀진다. 그놈을 긁어 뽑아서 껍찔과 한데 뭉치어 흙에 뭇어버린다.

고기가 생기고 보니 연하야 나느니 막걸리 생각이걸 부글부글 끌여 놋고 한 사발 떡 겻으면 똑 조을 텐데 제—기. 응칠이의 고기는 어듸 떨어젓는지 술집까지 못 가는 고기엇다. 아무려나 고기 먹구 술 먹구 거꾸룬 못 먹느냐. 그는 닭의 가슴패기를 입에 뒤려대고 죽 쪽 뺐어 가며 먹기 시작한다. 쫄깃쫄깃한 놈이 제법 맛이 들엇다. 가슴을 먹고 넓적다리 볼기짝을 먹고 거반 반쪽을 다 해내고 나니 어쩐지 맛이 좀 적엇다. 결국 음식이란 양념을 해야 하는군.

수풀 속으로 그냥 내던지고 그는 설렁설렁 나려온다. 솔숩을 빠저 화전께로 나릴랴 할 제 별안간 등 뒤에서

"여보게 거 응칠이 아닌가!"

고개를 돌려보니 대정깐 하는 성팔이가 잣달막한 체수에 들갑작거리며 고개를 넘어온다. 그런데 무슨 긴한 일이나 잇는지 부리나케 달겨들드니

"자네 응고개 논의 벼 업서진 거 아나?"

응칠이는 고만 가슴이 덜컥 내려안젓다. 이 바쁜 때 농군의 몸으로 응고개까지 앨써 갈 놈도 업스려니와 또한 하필 절 보고 벼의 업서짐을 말하는 것이 여간 심상치 안흔 일이엇다.

잡단제하고 응칠이는

"자넨 어째서 응고개까지 갓든가?" 하고 대담스리도 그 눈을 쏘아보앗다. 그러나 성팔이는 조곰도 겁먹는 기색업시 "아 어쩌다 지냇지 뭘 그래" 하며 도리어 얼레발을 치고 덤비는 수작이다. 고현 놈, 응칠이는 입때 다녀야 동무를 팔아 배를 채우는 그런 비열한 짓은 안 한다. 낫을 붉히자 눈에 물이 보이며

"어쩌다 지냇다?"

응칠이가 이 동리에 들어온 것은 어느듯 달이 넘엇다. 인제는 물릴 때도 되엇고 좀 떠보고자 생각은 간절하나 아우의 일로 말미아마 망설거리는 중이엇다.

그는 오라는 데도 업서도 갈 데는 만엇다. 산으로 들로 해변으로 발뿌리 노히는 곳이 즉 가는 곳이엇다.

그러나 저물며는 그대로 쓰러진다. 남의 방아간이고 헷간이고 혹은 강가, 시새장. 물론 수가 조흐면 괴때기 우에서 밤을 편히 잘 적도 잇엇다. 이렇케 하야 강원도 어수룩한 산골로 이리 넘고 저리 넘고 못 간 데 별로 업시 유람 겸 편답하엿다.

그는 한 구석에 머물러 잇슴은 가슴이 답답할 만치 되우 괴로뚤다.

그렇타고 응칠이가 번시라여마 직성이냐 하면 그런 것도 아니다. 그도 오년 전에는 사랑하는 안해가 잇섯고 아들이 잇섯고 집도 잇섯고 그때야 어될 하로라고 집을 떠러저 보앗스랴 밤마다 안해와 마주 안즈면 어찌하면 이 살림이 좀 늘어 볼가 불어 볼가, 애간장을 태이며 가튼 궁리를 되하고 되하엿다. 마는 별 뾰죽한 수

는 업섯다. 농사는 열심으로 하는 것 가튼데 알고 보면 남는 건 겨우 남의 빗뿐. 이러다가는 결말엔 봉변을 면치 못할 것이다. 하루는 밤이 기퍼서 코를 골며 자는 안해를 깨뚤다. 박게 나아가 우리의 세간이 몃 개나 되는지 세여 보라 하엿다. 그리고 저는 벼루에 먹을 갈아 붓에 찍어 들엇다. 벽을 발른 신문지는 누러케 꺼럿다. 그 우에다 안해가 불러 주는 물목 대로 일일히 나려 적엇다. 독이 세 개 , 호미가 둘, 낫이 하나로부터 밥사발, 젓가락 집이 석 단까지 그담에는 제가 빗을 엇어온데, 그 사람들의 이름을 쭉 적어 노앗다. 금액은 제각기 그 알에다 달아 노코. 그 엽으론 조금 사이를 떼어 역시 조선 문으로 나의 소유는 이것박게 업노라, 나는 오십사 원을 갑흘 길이 업스매 죄진 몸이라 도망하니 그대들은 아예 싸울 게 아니겟고 서루 의론하야 어굴치 안토록 분배하야 가기 바라노라 하는 의미의 성명서를 벽에 남기자 안으로 문들을 걸어 닷고 울타리 밋구멍으로 세 식구 빠저나왓다.

이것이 응칠이가 팔자를 고치든 첫날이엇다.

그들 부부는 돌아다니며 밥을 빌엇다. 안해가 빌어다 남편에게, 남편이 빌어다 안해에게. 그러자 어느 날 밤 안해의 얼골이 썩 슬픈 빗이엇다. 눈보래는 살을 여윗다. 다 쓰러저 가는 물방아간 한구석에서 섬을 두르고 언내에게 젓을 먹이며 떨고 잇드니 여보게유, 하고 고개를 돌린다. 왜, 하니까 그 말이 이러다간 우리도 고생일뿐더러 첫때 언내를 잡겟수, 그러니 서루 갈립시다 하는 것이다. 하긴 그럴 법한 말이다. 쥐뿔도 업는 것들이 붙어 단긴대짜 별 수는 업다. 그보담은 서루 갈리어 제 맘대로 빌어먹는 것이 오히려 가뜬하리라. 그는 선뜻 응낙하엿다. 안해의 말 대로 개가를 해 가서 젓먹이나 잘 키우고 몸성히 잇스면 혹 연분이 다아 다시 만날지도 모르니깐 마즈막으로 안해와 가티 땅바닥에 나란히 누어 하루밤을 떨고 나서 날이 훤해지자 그는 툭툭 털고 일어섯다.

매팔짜란 응칠이의 팔짜이겟다.

그는 버젓이 게트림으로 길을 거러야 걸릴 것은 하나도 업다. 논 맬 걱정도, 호포 밧칠 걱정도, 빗 갑흘 걱정, 안해 걱정, 또는 굶을 걱정도. 호동 가란히 털고 나스니 팔짜 중에는 아주 상팔짜다. 먹구만 십으면 도야지구, 닭이구, 개구, 언제나 열흘 떠날 새 업겟지 그리고 돈, 돈두…….

그러나 주재소는 그를 노려보앗다. 툭하면 오라, 가라, 하는데 학질이엇다. 어느 동리고 가 잇다가 불행히 일만 나면 누구보다도 그부터 붓들려 간다. 왜냐면 그는 전과사범이엇다. 처음에는 도박으로 다음엔 절도로 또 고담에도 절도로, 절도로…….

그러나 이번 멀리 아우를 방문함은 생활이 궁하야 근대러 왓다거나 혹은 일을 해 보러 온 것은 결코 아니엇다. 혈족이라곤 단 하나의 동생이요 또한 오래 못 본지라 때 업시 그리웟다. 그래 머처럼 차자 온 것이 뜻박게 덜컥 일을 만낫다.

지금까지 논의 벼가 서 잇사면 그것은 성한 사람의 즛이라 안 할 것이다.

응오는 응고개 논의 벼를 여태 비지 안헛다. 물론 응오가 비여야 할 것이나 누가 듯든 지그 형 응칠이를 먼저 의심하리라. 그럼 여기에 따르는 모든 책임을 응칠이가 혼자 지지 안흐면 안 될 것이다.

응오는 진실한 농군이엇다. 나히 설흔 하나로 무던히 철낫다 하고 동리에서 처주는 모범 청년이엇다. 그런데 벼를 비지 안는다. 남은 다들 거더드렷고 털기까지 하련만 그는 빌 생각조차 안는 것이다.

지주라든 혹은 그에게 장리를 노흔 김 참판이든 뻔찔 차자와 벼를 비라 독촉하엿다.

"얼른 털어서 낼 건 내야지." 하면 그 대답은

"게집이 죽제는데 벼는 다 뭐지유."

하고 한갈가티 내뱃는 소리뿐이엇다.

하기는 응오의 안해가 지금 기지 사정이매 틈은 업섯다 하드라도 돈이 놀아서 약을 못 쓰는 이판이니 진시 벼라도 털어야 할 것이다.

그러면 왜 안 털엇든가…….

그것은 작년 응오와 가치 지주 문전에서 타작을 하든 친구라면 뭇지는 안호리라. 한해 동안 애를 조리며 홋자식 모양으로 알뜰이 가꾸든 그 벼를 거더 드림은 기쁨에 틀림업섯다. 꼭뚜 새벽부터 엣, 엣, 하며 괴로움을 모른다. 그러나 캄캄하도록 털고나서 지주에게 도지를 제하고, 장리쌀을 제하고 색초를 제하고 보니 남는 것은 등줄기를 흐르는 식은땀이 잇슬따름. 그것은 슬프다 하니보다 끗업시 부끄러뚤다. 가치 털어 주든 동무들이 뻔히 보고 섯는데 빈 지게로 덜렁거리며 집으로 돌아오는 건 진정 열쩍기 짝이 업는 노릇이엇다. 참다 참다 응오는 눈에 눈물이 흘럿든 것이다.

가뜩한데 업치고 덥치더라고 올에는 고나마 흉작이엇다. 샛바람과 비에 벼는 깨깨 배틀렷다. 이놈을 가을하다간 먹을게 남지 안흠은 물론이요 빗도 다 못 가릴 모양. 에라 빌러 먹을 거. 너들끼리 캐다 먹던 마던 멋대로 하여라, 하고 내던저 두지 안흘 수 업다. 벼를 거덧다고 말만 나면 빗쟁이들은 우…… 몰려들 거닌깐…….

응칠이의 죄목은 여기에서도 또렷이 드러난다. 구구루 가만만 잇섯드면 조흔 걸 이 사품에 뛰어들어 지주의 뺨을 제법 갈긴 것이 응칠이엇다.

처음에야 그럴 작정이 아니엇다. 그는 여러 곳 물을 마신이만치 어지간히 속이 틘 건달이엇다. 지주를 만나 까놋코 썩 조흔 소리로 의론하엿다. 울 농사는 반실이니 도지도 좀 감해 주는 게 어떠냐고. 그러나 지주는 암말 업시 고개를 모로 흔들엇다. 정 이러면 하여튼 일 년 품은 빼야 할 테니 나는 그 논에다 불을 질르겟수, 하여도 잠잣고 응치 안는다. 지주로 보면 자기로도 그 벼는 넉넉히 거더 드릴 수는 잇다. 마는 한 번 버릇을 잘못해 노흐면 어느 작인까지 행실을 버릴가 염여하야 것흐로 독촉만 하고 잇는 터이엇다. 실상이야 고까진 벼쯤 잇서도 고만 업서도 고만……. 그 심보를 눈치 채고 응칠이는 화를 벌컥 낸 것마는 조흐나 저도 모르고 대뜸 주먹뺨이 들어갔든 것이다.

이러케 문제 중에 잇는 벼인데 귀신의 노름 가튼 변괴가 생겻다. 다시 말하면 벼가 업서젓다. 그것두 병들어 쓰러진 쭉쟁이는 제처 노코 무얼루 그랫는지 알장이삭만 따갓다. 그 면적으로 어림하면 아마 못 돼도 한 댓말가량은 될는지…….

응칠이가 아츰 일즉이 그 논께로 노닐자 이걸 발견하고 기가 막혓다. 누굴 성가시게 굴랴구 그러는지. 산속에 파뭇친 논이라 아즉은 본 사람이 업는 모양 갓다. 허나 동리에 이 소문이 퍼지기만 하면 저는 어느 모로던 혐의를 바더페는 조히 입어야 될 것이다.

응칠이는 송이도 송이려니와 실상은 궁리에 바뻣다. 속 중으로 지목 갈 만한 놈을 여럿 들어 보앗으나 이렇다 찝을 만한 증거가 업다. 어쩌면 재성이나 성팔이 이 둘 중의 즛이리라, 하고 결국 이렇게 생각든 것도 응칠이가 아니면 안 될 것이다.

원수는 외나무다리에서 만낫다.

응칠이는 저의 짐작이 들어 마즘을 알고 당장에 일을 낼 듯이 성팔이의 눈을 드리 노렷다.

성팔이는 신이 나서 떠돌다가 그 눈종에 어이가 질리어 고만 벙벙하엿다. 그리고 얼골이 해쓱 하야 마주 대고 쳐다보드니

"그래 자네 왜 그케 노하나. 지내다 보니깐 그러킬래 일 테면 자네 보구 얘기지 뭐……."

하고 뒷갈망을 못하야 우물주물한다.

"노하긴 누가 노해……."

응칠이는 뻐 겻든 몸에 좀 더 힘을 올리며

"놀러갓다 오는 길인데 우연히……."

"놀러갓다, 거기가 노는 덴가?"

"글세, 그러케까지 무를 게 뭔가, 난 응고개 아니라 서울은 못 갈 사람인가?"

하다가 성팔이는 속이 타느지 코로 흐응, 하고 날숨을 길게 뽑는다.

이러케 나오는 데는 더 무를 필요가 업섯다. 성팔이란 놈도 여간내기가 아니요, 구장네 솟친가 뭔가 떼다 먹고 한 번 다녀온 놈이엇다. 만이 사괴지는 못햇스나 동리 평판이 그 놈과 가티 다니다는 엉뚱한 일 만난다 한다. 이번에 응칠이 저녁 그섭 수에 걸렷슴을 알고

"그야 응고개라구 못 갈리 업슬 테……."

하고 한 번 엇먹다, 그러나 자네두 아다십히 거 어디야, 거기 바루 길이 잇다는지 사람 사는 동리라면 혹 모른다 하지마는 성한 사람이야 응고개엘 뭘 먹으러 가나, 그러치 자네야 심심하니까, 하고 압흘 꽉 눌러 등을 떠본다.

여긔에는 대답 업고 성팔이는 덤덤히 처다만 본다. 무엇을 생각햇는가 한참 잇드니 호주머니에서 단풍갑을 끄낸다. 우선 제가 한 개를 물고 또 하나를 뽑아 내대며

"권연하나 피게."

매우 듣직한 낫슬 해 보인다.

이놈이 이에 밝기가 몹시 밝은 성팔이다. 턱 업시 권연 하나라도 선심을 쓸 궐자가 아니리라, 생각은 하엿스나 그럿타고 예까지 부르대는 건 도리어 저의 처지가 불리하다. 그것은 짜정 그 손에 넘는 즛이니

"아 웬 권연은 이래……."

하고 슬적 눙지며

"성냥 잇겟나?"

일부러 불까지 거대게 하엿다.

응칠이에게 액을 떠넘기어 이용할랴는 고 야심을 생각하면 곳 달겨들어 다리를 꺽거 놔야 올흘 것이다. 그러나 이 마당에 떠들어 대고 보면 저는 두러 누어 침 뱃기. 결국 도적은 뒤로 잡지 압해서 얼르는 법이 아니다. 동리에 소문이 퍼질 것만 두려워하며,

"여보게 자네가 햇 건 내가 햇 건 간."

하고 괴연 정다히그 등을 툭 치고 나서

"우리 둘만 알고 동리에 말은 내지 말게."

하다가 성팔이가 이 말에 되우 놀라며 눈을 말뚱말뚱 뜨니

"그까진 벼쯤 먹으면 어떤가……."

하고 껄껄 우서 버린다.

성팔이는 한 굽 접히어 말문이 메엿는지 얼뚤하야 입맛만 다신다.

"아예 말은 내지 말게, 응 알지……."

하고 다시 다질 때에야 겨우 주저주저 입을 열어

"내야 무슨 말을 내겟나."

하고 조곰 사이를 떼어 또,

"내야 무슨 말을……. 그건 염여 말게."

하드니 비실비실 몸을 돌리어 저 갈 길을 내겻느다. 그러나 저 압 고개까지 가는 동안에 두 번이나 돌아다보며 이쪽을 살피고 살피고 한 것마는 사실이엇다.

응칠이는 그 꼴을 이윽히 바라보고 입 안으로 죽일 놈, 하였다. 아무리 도적이라도 가튼 동요에게 제 죄를 넘겨 씔랴 함은 도저히 의리가 아니다.

그건 그러타 치고 응오가 더 딱하지 안흔가. 기껀 힘드려 지어 노핫다 남 존 일한 것을 안다면 눈이 뒤집힐 일이겟다.

이래서야 어듸 이웃을 밋어 보겟는가…….

확적히 증거만 잇서 이놈을 잡으면 대번에 요절을 내리라 결심하고 응칠이는 침을 탁 뱃타 던지고 산을 나려온다.

그런데 그놈의 행티로 가늠 보면 응칠이 저만치는 때가 못 버슨 도적이다. 어느 미친 놈이 논뚜랑에까지 가새를 들고 오는가. 격식도 모르는 푸뚱이가. 그럴랴면 바루 조나 까리나 수수나 까리 말이지. 그 속에 들어 안저 가새로 속닥거려야 들

킬 리도 업고 일도 편하고. 두포 대고 세포 대고 마음것 딸 수도 잇다. 그러나 틈 보고 집으로 나르면 고만이지만 누가 논의 벼를 다, 그리케도 벼에 걸신이 들엇다면 바루 남의 집 머슴으로 들어가 한 달포 동안 주인 아페 얼렁거리는 건 이어니와, 신용을 엇어다가 주는 옷이나 어더 입고 다들 잠들거든 벼섬이나 두둑히 질머메고 덜렁거리면 그뿐이다. 이건 맥도 모르는 게 남도 못 살게 굴랴구. 에이 망할 자식두. 그는 분노에 살이다 부들부들 떨리는 듯 십헛다. 그러나 이런 좀도적이란 뽕이 나기 전에는 바짝 물고 덤비는 법이엇다. 오늘 밤에는 요놈을 지켯다 꼭 붓들어 가지고 정갱이를 분질러 노리라, 밥을 먹고는 태연히 막걸리 한 사발을 껄떡껄떡 들여키자.

"커! 가을이 되니깐 맛이 행결 낫군!"

그는 주먹으로 입가를 쓱쓱 훔친 다음 송이꾸림에서 세 개를 뽑는다. 그리고 그걸 갈퀴 가티 마른 주막 할머니 손에 내어 주며,

"엣수, 송이나 잡숫게유!"

하고 술갑을 치럿스나

"아이 송이두 고놈 참."

간사를 피는 것이 거트로는 반기는 척 하면서도 좀 시쁜 모양이다. 제따는 한 개에 삼 전식 치드라도 구 전박게 안 되니깐…….

응칠이는 슬몃이 화가 나서 그 얼골을 유심히 드러다 보앗다. 옴폭 들어간 볼때기에 저건 또 왜 저리 멋 업시 불거젓는지 톡 나온 광대뼈 하구 치마 알로 남실거리는 발가락은 자칫 잘못 보면 황새 발목이니 이건 언제 잡아 갈라구 남겨 두는 거야……. 보면 볼사록 하나 이쁜 데가 업다. 한두 번 먹은 것두 아니요, 언젠간 울타리께 풀을 비여 주고 술사발이나 엇더먹은 적도 잇섯다. 고러케 야멸치게 따질 건 먼가. 그는 눈살을 흘낏 맛치고는 하나를 더 끄내어

"엣수 또 하나 잡숫게유……."

내던저 주곤 댓돌에 가래침을 탁 배타다.

그제야 식성이 좀 풀리는지 그 가죽으로 웃으며

"아이그 이거 자꾸 줌 어떠개."

"어떠거긴, 자꾸 살찌게유."

하고 한마디 툭 쏘고 일어스다가 무엇을 생각함인지 다시 툇마루에 주저안젓다.

"그런데 참 요즘 성팔이 보섯수?"

"아…… 니, 당최 볼 수가 업더구면."

"술두 안 먹으러 와유?"

"안 와……."

하고는 입 속으로 뭐라구 종잘거리며 의아한 낫을 들드니

"왜, 또 뭐 일이……?"

"아니유, 본지가 하 오래닌깐……."

응칠이는 말 끄틀 얼버무리고 고개를 돌리어 한데를 바라본다. 벌서 점심때가 되엇는지 닭들이 요란히 울어댄다. 논뚝의 미루나무는 부하고 또 부, 하고 입히 날리며 팔랑팔랑 하눌로 올라간다.

"성팔이가 이 말에서 얼마나 살잇지유?"

"글세……, 재작년 가을이지 아마."

하고 장죽을 빽빽 빨드니

"근대 또 떠난대든 걸, 홍천인가 어디 즈 성님안터로 간대."

하고 그게 올치 여기서 뭘 하느냐. 대정간이라구 일이나 만흐면 모르거니와 밤낫 파리만 날리는 걸. 그보다는 즈 형이 크게 농사를 짓는대니 그 뒤나 자들어 주고 구구루 어더먹는 게 신상에 편하겟지. 그래 불일간 처작식을 데리고 아마 떠나리라고 하고,

"농군은 그저 농사를 지야 돼."

"낼 죽 먹으러 또 오지유……."

간단히 인사만 하고 응칠이는 다시 일어낫다.

주막을 나스니 옷깃을 스치는 개운한 바람이다. 밧 둔덕의 대추는 척척 느러진다. 머지안허 겨울은 또 오렷다. 그는 응오의 집을 바라보며 그간 죽엇는지 궁금하엿다.

응오는 봉당에 걸타안젓다. 그 압 화로에는 약이 바글바글 끌는다. 그는 정신업시 드려다 보고 안젓다.

우중중한 방에서는 안해의 가쁜 숨소리가 들린다. 색, 색 하다가 아이구, 하고는 까우러지게 콜룩거린다. 가래가 치밀어 몹씨 괴로운 모양…… 뽑아 줄 사이가 업시 풀들은 뜰에 엉겻다. 흙이 드러난 집웅에서 망초가 휘어청 휘어청. 바람은 가끔 차저와 싸리문을 흔든다. 그럴 적마다 문은 을쓰년스럽게 삐-꺽 삐-꺽. 이웃의 발발이는 벽에서 한참 바쁘게 달그락 어린다. 마는 아츰에 안해에게 먹이고 남은 조죽밧게야. 아니, 그것도 참 남편마자 굶엇스니 사발에 붓튼 찌꺼기뿐이리리…….

"거, 다 졸앗나 부다."

응칠이는 약이란 너머 졸면 못 쓰니 고만 짜 먹이라, 하엿다. 약이라야 어젯저녁 울 뒤에서 올가드린 구렁이지만…….

그러나 응오는 듯고도 흐렷는지 혹은 못 드럿는지 잠잣고 고개도 안 든다.

"옛다 송이 맛이나 봐라."

하고 형이 손을 내밀제야 겨우 시선을 들엇스나 술이 건아한 그 얼골을 거북상스리 흘터본다. 그리고 송이를 고맙지 안케 바더 방으로 치트리고는

"이거나 먹어."

하다가

"뭐?"

소리를 크게 질럿다. 그래도 잘 들리지 안흠으로

"뭐야 뭐야, 좀 똑똑이 하라니깐?"

하고 골피를 찌프린다.

그러나 안해는 손즛만으로 무슨 소린지 알 수가 업다. 음성으로 치느니보다 조히 부비는 소리랄지, 그걸 듯기에는 지척도 멀엇다.

가만히 보다 응칠이는 제가 다 불안하야

"뒤 보케다는 게 아니냐……."

"그럼 그러타 말이 잇서야지."

남편은 이내 짜증을 내이며 몸을 이르킨다. 병약한 안해의 음성이 날로 변하야 감을 시방 안 것도 아니련만…….

그는 방바닥에 느러저 꼬치꼬치 마른 반송장을 조심히 일으키어 등에 업엇다.

울박 밧머리에 잿간은 노엿다. 머리가 눌릴 만치 납짝한 갑갑한 굴속이다. 게다 거미줄은 예제 업시 엉키엇다. 부추돌 우에 나려노흐니 안해는 벽을 의지하야 웅크리고 안는다. 그리고 남편은 눈을 멀뚱멀뚱 뜨고 지키고 섯는 것이다.

이 꼴들을 멀거니 바라보다 응칠이는 마뜩지 안겟 코를 횅, 풀며 입맛을 다시엇다. 옹오의 즛이 어리석고 울화가 터저서이다. 요즘 응오가 형에게 잘 말두 안코웨 어뜩비뜩 하는지 그 속은 응칠이도 모르는 배 아닐 것이다.

응오가 이 안해를 차저올 때 꼭 삼 년간을 머슴을 살엇다. 그처럼 먹고 십든 술 한 잔 못 먹엇고 그처럼 침을 삼키든 그 개고기 한 메 물론 못 삿다. 그리고 사경을 밧는 대로 꼭꼭 장리를 노핫스니 후일 선 채로 냙든 것이다. 이러케까지 근사를 모아 어든 게집이련만 단 두 해가 못 가서 이 꼴이 되고 말엇다.

그러나 이 병이 무슨 병인지 도시 모른다. 의원에게 한 번이라도 변변히 뵈 본 적이 업다. 혹 안다는 사람의 말인즉 뇌점이니 어렵다 하였다. 돈만 잇다면이야 뇌점이고 염병이고 알 바가 못 될 거로되 사날 전 거리로 쫏차 나오며,

"성님……."

하고 팔을 챌 적에는 응오도 어지간히 급한 모양이엇다.

"왜?"

응칠이가 몸을 돌리니 허둥지둥 그 말이 인제는 별 도리가 업다. 잇다면 꼭 한 가지가 남엇스나 그것은 어끄적게 산신을 부리는 노인이 이 마을에 오지 안 헛는가. 그 도인이 응오를 특히 동정하야 십오 원만 드리어 산치성을 올리면 씨슨 듯이 낫게 해 주리라는데,

"성님은 언제나 돈 만들 수 잇지유?"

"거 안 된다, 치성 드려 날 병이 그냥 안 낫겟니."

하야 여전히 딱 떼이고, 그러케 내 뭐래던 대견에 게집 다 내버리고 날따라 니스랫지, 하고

"그래 농군의 살림이란 제 몸매기라지!"

그러나 아우가 암 말 업시 몸을 홱 돌리어 집으로 들어갈 제 응칠이는 속으로 또 괜은 소리를 햇구나, 하였다.

응오는 도루 안해를 업어다 방에 누엿다. 약은 다 졸앗다. 물이 삭기 전 짜야 할 것이다. 식기를 기다려 약 사발을 입에 대어 주니 안해는 군말 업시 그 구렁이 물을 껄덕껄덕 드러마신다.

응칠이는 마당에 우두커니 안젓다. 사람의 목숨이란 과연 중하군, 하였다. 그러나 게집이라는 저 물건이 그러케 떼기 어렵도록 중할가, 하니 암만 해도 알 수 업고

"너 참 요 건너 성팔이 알지?"

"……."

"너허구 친하냐?"

"……."

"성이 뭐래는데 거 대답 좀 하렴."

하고 소리를 빽 질러도 아우는 대답은 말고 고개두 안 든다.

그러나 응칠이는 하늘을 처다보고 트림만 끄윽, 하고 말앗다. 술기가 코를 콱콱 찔러야 할 터인데 이건 풋김치 냄새만 코 밋에서 뱅뱅 돈다. 공짜 김치만 퍼 먹을 게 아니라 한 잔 더 햇드면 조앗슬 걸. 그는 일어서서 대를 허리에 꼿고 궁뎅이의 흙을 털엇다. 벼 도적 맛즌 이야기를 할가, 하다가 아서라 가뜩이나 울상이 속이 쓰릴 것이다. 그보다는 이놈을 잡아 노코 낭종 히짜를 뽑는 것이 점잔하겟지…….

그는 문 밧으로 나와 버렷다.

답답한 아우의 살림을 보니 역 답답하든 제 살림이 연상되고 가슴이 두 목 답답하엿다.

이런 때에는 무가 십상이다. 사실 하누님이 무를 마련해 낸 것은 참으로 은헤로운 일이다. 맥맥할 때 한 개를 씹구 보면 꿀꺽 하고 쿡 치는 그 멋이 조코 남의 무 밧헤 들어가 하나를 쑥 뽑으니 가락무. 이-키, 이거 오늘 운수 대통이로군. 내던지고 그 담 놈을 뽑아 들고 개울로 나려온다. 물에 쓱쓱으 닥꺼서는 꽁지는 이로 비여 던지고 어썩 께물어 부친다.

개울 둔덕에 포푸리는 호젓하게도 매출이 컷다. 재긱돌은 고 밋테 옹기종기 모엿다. 가생이로 잔듸가 소보록하다. 응칠이는 나가 자빠저 마을을 건너다 보며 눈을 멀뚱멀뚱 굴리고 누엇다. 산에 빵빵 둘리어 숨이 콕 막힐 듯한 그 마음…….

아리랑 아리랑 아리라요
아리랑 띄여라 노다 가세
증긔차는 가자고 왼 고동 트는데
정든 님 품 안고 낙누낙누
아리랑 아리랑 아라리요

아리랑 띄여라 노다 가세
내 갈지 모래 갈지 내 모르는데
옥씨기 강냉이는 심어 뭐 하리
아리랑 아리랑 아라리요
아리랑 띄여라…….

그는 놋노래를 이러케 흥얼거리다 갑작스리 강능이 그리뚭다. 펄펄 뛰는 생선이 조코 이츰 햇발에 비끼어 힘차게 출렁거리는 그 물결이 조코. 이까진 둠 구석에서 쪼들리는 데 대다니. 그래도 즈이 따는 무어 농사 좀 지엇답시고 악을 복복 쓰며 잘두 떠들어 대인다. 허지만 그런 중에도 어듸인가 형언치 못할 씁쓸함이 떠돌지 아는 것도 아니다. 삼십여 년 전 술을 빗어 노코 쇠를 올리고 흥에 질리어 어깨춤을 덩실거리고 이러든 가을과는 저 딴 쪽이다. 가을이 오면 기쁨에 넘처야 될 시골이 점점 살기만 떠오옴은 웬일일고. 이럿게 보면 재작년 가을 어느 밤 산중에서 낫으로 사람을 찍어 죽인 강도가 문득 머리에 떠오른다. 장을 보고 오는 농군을 농군이 죽엿다. 그것두 만이나 되엇으면 모르되 빼앗은 것이 한끗 동전 네 닙에 수수 일곱 되. 게다 흔적이 탈로날가 하야 낫으로 그 얼골의 껍찔을 벅기고 조깃대강이 이기듯 끔찍하게 남기고 조긴 망난이다. 흉악한 자식. 그 잘량한 돈 사전에 나 가트면 가여워 덧돈을 주고라도 왓스리라. 이번 놈은 그따위 깍따귀나 아닐는지 할 때 참 김과 아울러 치미는 소름에 머리 끄치다 쭈볏하엿다. 그간 아우의 농사를 대신 돌봐 주기에 이럭저럭 날이 느젓다 오늘 밤에는 이놈을 다리를 꺽거노코.

밤이 나리니 만물은 고요히 잠이 든다. 검프른 하늘에 산봉우리는 울퉁불퉁 물결을 치고 흐릿한 눈으로 별은 떳다. 그러다 구름 떼가 몰려 닥치면 캄캄한 절벽이 된다. 또한 마을 한복판에는 거츠른 바람이 오락가락 쓸쓸이 궁굴고 잇다금 코를 찌름은 후련한 산사 내음새. 북쪽 산밋 미루나무에 싸여 주막이 잇는데 유달리 불이 반짝인다. 노세, 노세, 젊어서 노라, 노랫소리는 나직 나즉 한산히 흘러온다. 아마 벼를 뒷심 대고 외상이리라…….

응칠이는 잠잣고 벌떡 일어나 밧갓으로 나섯다. 그리고 다 나와서야 그 집 친구에게 눈치를 안 채이도록

"내 잠간 다녀옴세……."

"어 가나?"

친구는 웬 영문을 몰라서 뻔히 치어다보다 밤이 이러케 느젓스니 나갈 생각 말고 어여 이리 들어와 자라 하였다. 기껀 둘이 안저서 개코쥐코 떠들다가 급작이 일어스니깐 꽤 이상한 모양이엇다.

"건너 말 가 담배 한 봉 사오라구."

"담배 여깃는데 또 사 뭐 하나?"

친구는 호주머니에서 구지히 연봉을 끄내어 손에 들어 보이드니.

내일쯤은 봐서 설넝설넝 뜨는 것이 올흔 일이겟다. 이 산을 넘을가 저 산을 넘을가 주저거리며 속으로 점을 치다가 슬그머니 코를 골아 올린다.

"이리 들어와 섬이나 좀 처주게."

"아 참 깜빡……."

하고 응칠이는 미안스러운 낫츠로 뒤통수를 긁죽긁죽한다. 하기는 섬을 좀 처 달라구 며칠째 당부하는 걸 노름에 몸이 팔리어 고만 잇고 잇고 햇든 것이다. 먹자고 이러케 신세를 지면서이건 썩 안됏다, 생각은 햇지마는,

"내 곳 다녀올 걸 뭐……."

어정쩡하게 한 마듸 남기곤 그 집을 뒤에 남긴다.

그러나 이 친구는,

"그럼 곳 다녀오게……."

하고 때를 재치는 법은 업섯다. 언제나 여일가티,

"그럼 잘 다녀오게……."

이러케 그 신상만 편하기를 비는 것이다.

응칠이는 모든 사람이 저에게 그 어떤 경의를 갓고 대하는 것을 가끔 느끼고 어깨가 으쓱 어린다. 백판 모르든 사람도 데리고 안저서 몃 번 말만 좀 하면 대번 구부러진다. 그러케 장한 것인지 그 일을 하다가, 그 일이라야 도적질이지만, 들어가 욕보던 이야기를 하면 그들은 눈을 커다라케 뜨고,

"아이구, 그걸 어떠케 당하섯수!"

하고 저윽이 놀라면서도,

"그래 그 돈은 어떠켓수?"

"또 그랠 생각이 납띄까유?"

"참 우리 가튼 농군에 대면 호강사리유!"

하고들 한편 썩 부러운 모양이엇다. 저들도 그와 가티 진탕 먹고살고는 십흐나 주변 업시 못하는 그 울분에서 그런, 이야기만 들어도 다소 위안이 되는 것이다. 응칠이는 이걸 잘 알고 그 누구를 논에다 꺼꾸루 박아 노코 다라나다가 붓들리어 경치든 이야기를 부지런히 하며,

"자네들은 안적 멀엇네 멀엇서……."

하고 흰소리를 치면 그들은, 올타는 뜻이겟지, 묵묵히 고개만 꺼떡꺼떡 하며 속업시 술을 사주고 담배를 사주고 하는 것이다.

그런데 이번 벼를 훔처 간 놈은 응칠이를 막우 넘보는 모양 갓다.

이러케 생각하면 응칠이는 더욱—심하엿다. 그는 물푸레 몽둥이를 벗삼아 논둑길을 질러서 산으로 올라간다.

이슥한 그믐은 칠야…….

길은 어둡고 흐릿한 은저리만 눈 압헤 아물거린다.

그 논까지 칠마 장은 느긋하리라. 이 마을을 벗어나는 어구에 고개 하나를 넘는다. 또 하나를 넘는다. 그러면 그 담 고개와 고개 사이에 수목이 울창한 산 중툭을 비겨 대고 몇 마지기의 논이 노혓다. 응오의 논은 그중의 하나이엇다. 길에서 썩 들어 안즌 곳이라 잘 뵈도 안는다. 동리에 그런 소문이 안 낫을 때에는 천행으로 본 놈이 업슬 것이니 반듯이 성팔이의 성행임에는…….

응칠이는 공동묘지의 첫 고개를 넘엇다. 그리고 다음 고개의 마루턱을 올라섯슬 때 다리가 주춤하엿다. 저 왼편 놉흔 산 고랑에서 불이 반짝하다 꺼진다. 즘생 불로는 너머 흐리고……. 아—하, 이놈들이 또 왓군. 그는 가든 길을 엽흐로 새엿다. 더듬더듬 나무가지를 집프며 큰 산으로 올라탄다. 바위는 미끌리어 나리며 발등을 뭇는다. 딸기까시에 종아리는 따겁고 엉금엉금 기어서 바위를 끼고 감돈다.

산, 거반 꼭대기에 바위와 바위가 어깨를 겻고 움쑥 들어간 굴이 잇다. 풀들은 뻣치어 굴문을 막는다.

그 속에 돌라안저서 다섯 놈이 머리들을 맛대고 수군거린다. 불빗치 샐가 염여다. 람포불을 야치 달아 노코 몸들을 바싹바싹 여미어 가리운다.

"어서 후딱후딱 처, 갑갑해서 온……."

"이번엔 누가 빠지나?"

"이 사람이지 멀 그래."

"다시 석거, 어서 이따위 수작이야."

하고 한 놈이 골을 내이고 화토를 빼앗서 제 손으로 석다가 깜짝 놀란다. 그리고 버썩 대드는 응칠이를 벙벙히 치어다보며 얼뚤한다.

그들은 응칠이가 오는 것을 완고적히 설허하는 눈치이엇다. 이런 애송이 노름판인데 응칠이를 드렷다는 맥을 못 쓸 것이다. 속으로는 되우 끄렷다마는 그럿타고 응칠이의 비위를 건드림은 더욱 조치 못하므로,

"아, 응칠인가 어서 들어오게."

하고 선웃음을 치는 놈에

"난 올 듯하게, 자넬 기다렷지."

하며 어수대는 놈,

"하여튼 한케 떠보세."

이놈들은 손을 잡아 드리며 썩들 환영이엇다.

응칠이는 그 속으로 들어서며 무서운 눈으로 좌중을 한 번 훌터보앗다.

그런데 재성이도 그 틈에 끼어 잇는 것이 아닌가. 사날 전만 해도 유칠이 더러 먹을 량식이 업스니 돈 좀 취하라든 놈이. 의심이 부썩 일엇다. 도적이란 흔히 이런 노름판에서 씨가 퍼진다. 고 엽흐로 기호도 안젓다. 이놈은 몃칠 전 제게 집을 팔앗다. 그 돈으로 영동 가서 장사를 하겟다든 놈이 노름을 왓다. 제깐 주제에 딸 듯 십흔가. 하나는 용구. 농사엔 힘 안 쓰고 노름에 몸이 달앗다. 시키는 부역도 안 나온다고 동리에서 손두를 마즌 놈이다. 그리고 남의 집 머슴녀석. 뽐을 내이고 멋 업시 점잔을 피우는 중늙으니 상투쟁이. 이 물건은 어서 날라왓는지 보도 못 하든 놈이다. 체 이것들이 뭘 한다구…….

응칠이는 기호의 등을 꾹 찍어 가지고 박그로 나왓다.

외딴곳으로 데리고 와서

"자네 돈 좀 업겟나?"

하고 돌아스다가,

"웬걸 돈이 어디……."

눈치만 남고 어름어름하니,

"안해와 갈렷다지, 그 돈 다 뭐햇나?"

"아, 이 사람아 빗 갑핫지……."

기호는 눈을 나려 깔며 매우 거북한 모양이다.

오른편 엄지로 한 코를 막고 홍하고 내뽑드니,

"이번 빗에 졸리여 죽을 번햇네."

하고 뭇지 안흔 발뺌까지 언저서 절대로 등어리를 긁죽긁죽한다.

그러나 응칠이는 속으로 이놈 하였다.

응칠이는 실눈을 뜨고 기호를 유심히 쏘아주엇드니

"꼭 사 원 남엇네."

하고 선뜻 알리고,

"빗 갑고 뭣 하고 흐지부지 녹앗서……."

어색하게도 혼잣말로 우물쭈물 우서 버린다.

응칠이는 퉁명스러히

"나 이 원만 최게."

하고 손을 내대다 그러두 잘 듯지 안흐메

"따서 둘이 노늘 테야, 누가 떼먹나……."

하고 소리가 한 번 빽 아니 나올 수 업다.

이 말에야 기호도 비로소 안심한 듯, 저고리 섭을 처들고 흠처거리다 주뺏주뺏 끄내 놋는다. 따는 응칠이의 솜씨이면 낙짜는 업슬 것이다. 설혹 재간이 모잘라 일는다면 우격이라도 도루 몰아갈 게니깐…….

"나도 한케 떠보세."

응칠이는 우좌스리 굴로 기어든다. 그 콧등에는 자신 잇는, 그리고 흡족한 미소가 떠오른다. 사실이지 노름만치 그를 행복하게 하는 건 다시 업엇다. 슬프다가도 화토나 투전장을 손에 들면 공연스리 어깨가 으쓱 어리고 아무리 일이 바뻐도 노름판은 엽에 못 두고 지난다. 그는 이놈 저놈의 눈치를 스을쩍 한 번 훑고

"두 패루 너느지?"

응칠이는 재성이와 용구를 데리고 한 엽으로 비켜 안젓다. 그리고 신바람이 나서 화토를 석다가 손을 따악 집프며,

“튀전이래지 이깐 화투는 하튼 뭘 할 텐가 녹 빼낀가, 켤 텐가?”

“약단이나 그저 보자.”

사방은 매섭게 조용하엿다. 바위 우에서 혹 바람에 모래 구르는 소리뿐이다.

어쩌다,

“엣다 봐라.”

하고 화토짝이 쩔꺽, 한다. 그리고 다시 쥐죽은 듯 잠잠하다.

그들은 이욕에 몸이 달아서 이야기구 뭐구 할 여지가 업다. 항여 속지나 안는가, 하얀 눈들이 빨개서 서루 독을 올린다. 어떤 놈이 뜻는 놈이고 어떤 놈이 뜻기는 놈인지 영문 모른다.

응칠이가 한 장을 내 던지고 명월 공산을 보기 조케 떡 제처노니

“이거 왜 수짜질이야…….”

용구가 골을 벌컥 내이며 치어다본다.

“뭐가?”

“뭐라니, 아 이 공산 자네 밋테서 빼내지 안 헛나?”

“봣스면 고만이지 그럿케 노할 건 또 뭔가…….”

응칠이는 어설피 입맛을 쩍쩍 다시다

“그럼 이번엔 파토지?”

하고 손의 화토를 땅에 내던지며 껄껄 우서 버린다.

이때 한 엽헤서 별안간

“이 자식 죽인다.”

악을 쓰는 것이니 모두들 놀라며 시선을 몬다. 머슴이 마주 안즌 상투의 뺨을 갈겻다. 말인즉 매주 다섯 끗을 업허첫다, 고…… 허나 정말은 돈을 일흔 것이 분한 것이다. 이 돈이 무슨 돈이냐 하면 일 년 품을 팔은 피 무든 사경이다. 이런 돈을 송두리 먹다니…….

"이 자식 너는 야마시꾼이지 돈 내라."

멱살을 훔켜잡고 다시 두 번을 때린다.

"허, 이눔이 왜 이래누, 어른을 몰라 보구."

상투는 책상다리를 잡숫고 허리를 쓰윽 펴드니 점잔히 호령한다. 자식벌 되는 놈에게 뺨을 맛는 건 말이 좀 덜 된다. 약이 올라서 곳 일을 칠 듯이 응뎅이를 번쩍 들엇스나, 그러나 그대루 주저안고 말앗다. 악에 바짝 바친 놈을 근드렷다는 결국 이쪽이 손해다. 더럽다는 듯이 허허, 웃고,

"버릇업는 놈 다 봣고!"

하고 꾸즈진 것은 잘 됏으나 그 여히 어이쿠, 하고 그 자리에 푹 업프러진다. 이마가 터저서 피는 흘럿다. 어느 틈엔가 돌맹이가 나라와 이마의 가죽을 터친 것이다.

응칠이는 싱 글러 기며 굴을 나섯다. 공연스리 쑥스럽게 일이나 버러지면 성가신 노릇이다. 그리고 돈 백이나 될 줄 알앗더니 다 봐야 한 사십 원 될가 말가. 그걸 바라고 어느 놈이 안젓는가…….

그가 딴 것은 본밋을 알라, 구 원하구 팔십 전이다. 기호에게 오 원을 내주고,

"자, 반이 넘네, 자네 게집 일코 돈 일코 호강이겟네."

농담으로 비우서 던지고는 숩으로 설렁설렁 나려온다.

"여보게 자네에게 청이 잇네."

재성이 목이 말라서 바득바득 따라온다. 그 청이란 뭇지 안허도 알 수 잇서다. 저에게 돈을 다 빼앗기곤 구문이겟지. 시치미를 딱 떼고 나 갈 길만 것는다.

"여보게 응칠이, 아 내 말을 들어……."

그제서는 팔을 잡아 낙그며 살려 달라 한다. 돈을 좀 느릴까, 하고 벼 열 말을 팔아 해 보앗다드니 다 일엇다고. 당장 먹을 게 업서 죽을 지경이니 노름 미천이나 하게 몃 푼 달라는 것이다. 그러나 벼를 털엇으면 거저먹을 게지 어쭙지 안케 노름은…….

"그런 걸 왜 너 보고 하랏서?"

하고 돌아스며 소리를 빽 지르다가 가만이 보니 눈에 눈물이 글성하다. 잠 잣고 돈 이 원을 끄내 주엇다.

응칠이는 돌에 안저서 팔장을 끼고 덜덜 떨고 잇다.

사방은 뺑…… 돌리어 나무에 둘러싸엿다. 거무투툭한 그 형상이 헐 업시 무슨 독깨비 갓다. 바람이 불 적마다 쏴……, 하고 쏴…… 하고 음충맛게 건들거린다. 어느 때에는 짹, 짹, 하고 목을 따는지 비명도 올린다.

그는 가끔 뒤를 돌아보앗다. 별일은 업슬 줄 아나 호욕 뭐가 덤벼들지도 모른다. 소낭당은 바루 등 뒤다. 쪽제빈지 뭔지, 요동통에 돌이 문허지며 바시락, 바시락, 한다. 그 소리가 묘—하게도 등줄기를 쪼옥 근는다. 어두운 꿈속이다. 하늘에서 이슬은 나리어 옷깃을 추긴다. 공포도 공포려니와 냉기로 하야 좀체로 견딜 수가 업섯다.

산골은 산신까지도 주럿스렷다. 아들 나 달라구 떡 갓다 밧칠이 업슬 테니까. 이놈의 영감님 홧김에 덥석 달겨들면. 압뒤를 다시 한 번 휘돌아 본 다음 설대를 뽑는다. 그리고 오곰팽이로 불을 가리고는 한 대 뻑뻑 피어 물엇다. 논은 열아문 칸 떨어저 고 알에 누엇다. 일심정기를 다하야 나무 틈으로 뚤허 보고 안젓다. 그러나 땅에 대를 털랴니깐 풀숩히 이상스러히 흔들린다. 뱀, 뱀이 아닌가. 구시월 뱀이라니 물리면 고만이다. 자리를 옴겨 안즈며 손으로 입을 마고 하품을 터친다.

아마 두어 시간은 더 넘엇스리라. 이놈이 필연코 올 텐데 안 오니 이 또 무슨 조활가. 이즛이란 소문이 나기 전에 한 번 더 와 보는 것이 원측이다. 잠을 못 자서 눈이 뻑뻑한 것이 제물에 슬금슬금 감긴다. 이를 악물고 눈을 뒵쓰면 이번에는 허리가 노글거린다. 속은 쓰리고 골치는 때리고. 불꽃 가튼 노기가 불끈 일어서 몸을 옥죄인다. 이놈의 다리를 못 꺽꺼 놔도 애비 업는 홀의 자식이겟다.

닭들이 세홰를 운다. 멀—리 산을 넘어오는 그 음향이 퍽은 서글프다. 큰비를 몰아드는지 검은 구름이 잔뜩 끼인다. 하긴 지금도 빗방울이 뚝, 뚝 떨어진다.

그때 논둑에서 흐끄무레한 해깨비 가튼 것이, 얼씬거린다. 정신을 빤짝 채렷다. 영낙 업시 성팔이, 재성이, 그 둘 중의 한 놈이리라. 이 고생을 시키는 그놈! 이가 북북 갈리고 어깨가 다 식식 어린다. 몸둥이를 잔뜩 우려 쥐엇다. 그리고 벌떡 일어나서 나무줄기를 끼고 조심조심 돌아 나린다. 허나 도랑쯤 나려오다가 그는 멈씰하야 몸을 뒤로 물렷다. 넉대 두 놈이 짝을 짓고 이편 산에서 저편 산으로 설렁설렁 건너가는 길이엇다. 비럴멋을 넉대, 이것까지 말성이람. 이마의 식은땀을 씨스며 도루 제자리로 돌아온다. 어쩌면 이번 이놈도 재작년 강도 짝이나 안 될는지. 급시로 불길한 예감이 뒤통수를 탁 치고 지나간다.

그는 옷깃을 여미며 한 대를 더 부칫다. 돌연히 풍세는 심하야진다. 산골작이로 몰아드는 억센 놈이 가끔 발광이다. 다시금 더르르 몸을 떨엇다. 가을은 왜 이 지경인지. 여기에서 밤 새울 생각을 하니 기가 찻다.

얼마나 되엇는지 몸을 좀 녹이고자 일어나서 서성할 때이엇다. 논으로 다가오는 흐미한 그림자를 분명히 두 눈으로 보앗다. 그리고 보니 피로구, 한고이구 다 딴소리다. 고개를 내대고 딱 버틔고 서서 눈에 쌍심지를 올린다.

힌 그림자는 어느 틈엔가 어둠 속에 사라저 보이지 안는다. 그리고 다시 나올 줄을 모른다. 바람소리만 왱, 왱, 칠 뿐이다. 다시 암흑 속이 된다. 확실히 벼를 훔치러 논 속으로 들어갓슬 것이다. 역갱이 가튼 놈이 구즌 날새를 기화 삼아 맘껏 하겟지 의리 업는 썩은 자식, 격장에서 가치 굶는 터이에……. 오냐 대거리만 잇서라 이를 한 번 부윽 갈아 붓치고 차츰차츰 논께로 나리온다.

응칠이는 논께로 바특이 나려서서 소나무에 몸을 착 붓쳣다. 서뿔리 서둘라 간 낫의 횡액을 입을지도 모른다. 다 훔처 가지고 나올 때만 기다린다. 몸둥이는 잔뜩 힘을 올린다.

한 식경쯤 지낫을까, 도적은 다시 나타난다. 논뚝에 머리만 내노코 사면을 두리번거리 드니 그제서 기여 나온다. 얼골에는 눈만 내노코 수건인지 뭔지 흔겁이 가리엇다. 봇짐을 등에 질머 메고는 허리를 구붓이 뺑 손을 놋는다. 그러자 응칠이가 날쌔게 달겨들며,

“이 자식, 남우 벼를 훔처 가니…….”

하고 대포처럼 고함을 지르니 논둑이로 고대로 데굴데굴 굴러서 떨어진다. 얼결에 호되히 놀란 모양이엇다.

응칠이는 덤벼들어 우선 허리께를 나려 조겻다. 어이쿠쿠, 쿠……, 하고 처참한 비명이다. 이 소리에 귀가 뻔쩍 띄이어 그 고개를 들고 팔부터 벗겨 보앗다. 그러나 너머나 어이가 업엇음인지 시선을 치거드며 그 자리에 우두망철한다.

그것은 무서운 침묵이엇다. 살뚱마즌 바람만 공중에서 북새를 논다.

한참을 신음하다 도적은 일어나드니,

“성님까지 이러케 못살게 굴기유?”

제법 눈을 부라리며 몸을 홱 돌린다. 그리고 늣기며 울음이 복바친다. 봇짐도 내버린 채,

“내 것 내가 먹는데 누가 뭐래?”

하고 데퉁스러히 내뱃고는 비틀비틀 논 저쪽으로 업서진다.

형은 너머 꿈속 가태서 멍 허니 섯을 뿐이다.

그러다 얼마 지나서 한 손으로 그 봇짐을 들어본다. 가쁜하니 끽 밀 가웃이나 될는지. 이까진 걸 요러케까지 해 갈라는 그 심정은 실로 알 수 업다. 벼를 논에다 도루 털어 버렷다. 그리고 안해의 치마이겟지, 검은 보자기를 척척 개서 들엇다. 내 걸 내가 먹는다……. 그야 이를 말이랴, 허나 내 걸 내가 훔처야 할 그 운명도 얄궂거니와 형을 배반하고 이즛을 버린 아우도 아우이렷다. 에 - 이 고현 놈, 할 제 보를 적시는 것은 눈물이다. 그는 주먹으로 눈을 쓱 부비고 머리에 번쩍 떠오르는 것이 잇스니 두레두레한 황소의 눈깔. 시오리를 남쪽 산속으로 들어가면 어

느 집 벽갓 뜰에 밤마다 늘 매여 잇는 투실투실한 그 황소. 아무러케 따지던 칠십 원은 갈 데 업스리라. 그는 부리나케 아우의 뒤를 밟앗다.

공동묘지까지 거반 왓슬 때에야 가까스루 만낫다. 아우의 등을 탁치며,

"얘, 존 수 잇다, 네 원대로 돈을 해줄게 나구 잠간 다녀오지."

씩씩한 어조로 기쁘도록 달랫다. 그러나 아우는 입 하나 열라지 안코 그대루 실쭉하엿다. 뿐만 아니라 어깨 우에 올려 노은 형의 손을 부질업단 듯이 몸으로 털어 버린다. 그리고 삐익 다라난다. 이걸 보니 화 엄청이 나고 기가 콱 막히엿다.

"이눔아!"

하고 악에 밧치어

"명색이 성이라며?"

대뜸 몽둥이는 들어가 그 볼기짝을 후려 갈겻다. 아우는 모루 몸을 꺽드니 시납으로 그러진다. 매미처 압 정갱이를 때렷다. 등을 팻다. 일지 못할 만치 매는 나리엇다. 체면을 불구하고 땅에 업드리어 엉엉 울도록 매는 나리엇다.

홧김에 하긴 햇으되 그 팔을 보니 또한 마음이 편할 수 업다. 침을 퇴, 배타 던지곤 팔짜 드신 놈이 그저 그러지 별 수 잇냐. 쓰러진 아우를 일으키어 등에 업고 일어섯다. 언제나 철이 날는지 딱한 일이엇다. 속 썩는 한숨을 후—하고 내뿜는다. 그리고 어청어청 고개를 묵묵히 나려온다.

줄거리

응칠은 빚을 갚지 못해 파산을 선언하고 가족이 한밤중에 도망을 나왔지만, 먹고 살기 힘들어 가족과도 헤어졌다. 그리고 도박과 절도 등으로 전과 4범이 된 그는 유일한 혈족인 동생 응오가 사는 동네로 와서 무위도식無爲徒食하며 지냈다. 반면, 응오는 동네에서 알아주는 모범 청년이자 진실한 농군으로, 열심히 남의 땅을 부치면서 살고 있었다. 하지만 가혹한 지주의 착취에 맞서 추수를 미루고 있었다.

그러던 중 누군가가 응오의 논에서 벼를 도둑질해 가는 일이 벌어졌다. 응칠은 전과자인 자신이 범인으로 오해받을 수 있다고 생각해 직접 도둑 잡기에 나선다. 논 근처에 숨어 밤을 지새우던 응칠은 결국 도둑을 잡는데, 놀랍게도 그 도둑은 응오였다. 응칠은 응오에게 황소를 훔치자고 제안하지만, 응오는 부질없는 짓이라며 형의 손을 뿌리치고 달아난다. 응칠은 대뜸 응오에게 주먹질을 해댔고, 쓰러진 응오를 업은 채 고개를 내려왔다.

등장인물

- **응칠** : 원래는 가족이 있는 평범한 농민이었지만 빚으로 인한 가난 때문에 만무방으로 전락, 일확천금을 꿈꾸며 닥치는 대로 생활하는 인물. 동생 응오에 비해 현실 대응 방식이 매우 적극적이며 성미 또한 급한 편이다.
- **응오** : 남의 말을 잘 믿는 진실하고 모범적인 농민이지만, 좀처럼 빚에서 벗어날 수 있는 가난하고 비참한 인물. 노력한 만큼의 대가가 돌아오지 않는다는 사실을 잘 알면서도 자기가 가꾼 벼를 자기가 도둑질하는 정도의 소극적인 대응만 할 뿐이다.
- **성팔, 기호, 용구, 머슴, 상투쟁이 등 기타 인물** :
  도박으로 일확천금을 꿈꾸며, 농촌을 떠나려는 소작농들.

감상 포인트

'만무방'은 염치없이 막돼먹은 사람, 또는 파렴치한 사람을 가리키는 말이다. 이 작품에서는 전과 4범의 건달이면서 절도에 능한 노름꾼이자 사회적 윤리 기준에도 위배되는 형 응칠의 삶이 바로 만부방적 삶이다.

반면, 동생 응오는 모범적인 농민임에도 벼를 수확해 봤자 남는 것은 빚뿐이라는 절망감에 벼 수확을 포기한다. 그러던 중 응오 논의 벼가 도둑을 맞는데 범인을 잡고 보니 놀랍게도 응오라는 아이러니, 일년 농사를 짓고 남는 것은 등줄기를 흐르는 식은땀뿐이라는 인식은 당시 소작농들의 상황을 작가가 정확히 파악하고 있다는 뜻이다.

응오가 자신의 벼를 도둑질해야 하는 눈물겨운 상황에 놓인 데 반해, 형 응칠은 반사회적

인물이자 행동형 인간으로 그려지고 있다. 작가 김유정은 농촌 사회의 제도적 모순에서 기인한 농민들의 비참한 생활을 응칠의 시각을 빌려서 표현하고 있다. '농사는 열심히 하는 것 같은데 알고 보면 남는 건 겨우 빚뿐'이라고 말하고 있는 것이다.

이 작품은 동시대의 많은 작품들이 지니고 있던 계급 투쟁적인 저항을 드러내는 대신, 반사회적 인물을 반어적으로 처리함으로써 식민지하 농촌의 궁핍한 현실을 풍자적, 해학적으로 그려냈다. 즉, 절망적 현실 속에서 낙담하기보다 웃음을 유발하는 응칠을 내세워 토착적 유머를 형상화한 것이다. 이런 유머는 고전소설에서 흔히 볼 수 있는 특징으로, 절망적 상황에서도 웃음을 잃지 않는 민중 특유의 건강성을 반영하고 있다.

결국 김유정은 일제에 의해 감행된 식민지 농업정책으로 신분 전락을 경험하고 있는 농민들의 실상을 반어적으로 표현함으로써 1930년대의 뛰어난 사실주의자로서의 면모를 보여 주고 있다. 이는 김유정 자신에게 있어 현실 구조를 인식하고 왜곡된 사회 현실의 모순에 정면으로 대응하는 하나의 방식이었다. 하지만 당시 소작인들의 궁핍상을 반어적으로 제시함으로써 그는 소설 미학 측면에서도 뛰어난 성과를 이루었다.

작품의 특징

① 토속적 어휘를 구사해 농촌 현실을 생생하게 그렸다.
② 소작인들의 궁핍상을 반어적 수법으로 표현했다.
③ 응칠이 도둑을 잡고 보니 동생임을 알고 어이없어 하는 절정 부분에서 예상치 못한 사건의 전개로 문제의 심각성을 절실하게 느끼도록 구성했다.

김유정 문학에 나타난 농촌의 모습

김유정은 짙은 토속성을 지닌 작품들을 많이 발표했는데, 특히 강원도의 깊은 산골이 배경인 경우가 많다. 이곳 주인공들은 땅을 가꾸고 주막에서 술을 마시는 일 이외에는 할 줄 아는 것이 없다. 그만큼 이 공간적 배경은 문명의 빛이 들어가지도 않았고, 또 들어가지도 못한 원시 세계라 할 수 있다. 이런 공간적 배경 속에서 김유정은 따뜻한 인간애와 사회를 바라보는 날카로운 통찰력을 반어적 표현으로 보여 주고 있다.

핵심정리

- **갈래** : 단편 소설
- **시점** : 작가 관찰자 시점
- **배경** : 1930년대 가을, 강원도 산골 마을
- **구성** : 반어적, 평면적
- **주제** : 식민지 농촌 사회에 가해지는 상황의 가혹함과 그 피해

3 봄봄

"장인님! 인제 저……."

내가 이렇게 뒤통수를 긁고, 나이가 찼으니 성례를 시켜 줘야 하지 않겠느냐고 하면 대답이 늘,

"이 자식아! 성례구 뭐구 미처 자라야지!"

하고 만다.

이 자라야 한다는 것은 내가 아니라 내 아내가 될 점순이의 키 말이다.

내가 여기에 와서 돈 한 푼 안 받고 일하기를 삼 년 하고 꼬바기 일곱 달 동안을 했다. 그런데도 미처 못 자랐다니까 이 키는 언제야 자라는 겐지 짜장 영문 모른다. 일을 좀 더 잘해야 한다든지, 혹은 밥을 많이 먹는다고 노상 걱정이니까 좀 덜 먹어야 한다든지 하면 나도 얼마든지 할 말이 많다. 허지만 점순이가 아직 어리니까 더 자라야 한다는 얘기에는 어째 볼 수 없이 고만 빙빙하고 만다.

이래서 나는 애최 계약이 잘못된 걸 알았다. 이태면 이태, 삼년이면 삼년, 기한을 딱 작정하고 일을 해야 원할 것이다. 덮어 놓고 딸이 자라는 대로 성례를 시켜 주마, 했으니 누가 늘 지키고 섰는 것도 아니고, 그 키가 언제 자라는지 알 수 있는가. 그리고 난 사람의 키가 무럭무럭 자라는 줄만 알았지 붙배기 키에 모로만 벌어지는 몸도 있는 것을 누가 알았으랴. 때가 되면 장인님이 어련 하랴 싶어서

군소리 없이 꾸벅 꾸벅 일만 해왔다. 그럼 말이다. 장인님이 제가 다 알아채서,

"어참, 너 일 많이 했다. 고만 장가들어라."

하고 살림도 내주고 해야 나도 좋을 것이 아니냐. 시치미를 딱 떼고 도리어 그런 소리가 나올까 봐서 지레 펄펄 뛰고 이 야단이다. 명색이 좋아 데릴사위지 일하기에 싱겁기도 할뿐더러 이건 참 아무것도 아니다.

숙맥이 그걸 모르고 점순이의 키 자라기만 까맣게 기다리지 않았나.

언젠가는 하도 갑갑해서 자를 가지고 덤벼들어서 그 키를 한 번 재볼까 했다. 마는 우리는 장인님이 내외를 해야 한다고 해서 마주 서 이야기도 한 마디 하는 법 없다.

우물길에서 언제나 마주칠 적이면 겨우 눈어림으로 재보고 하는 것인데 그럴 적마다 나는 저 만침 가서 '제에미 키두!' 하고 논둑에다 침을 퉤, 뱉는다. 아무리 잘 봐야 내 겨드랑(다른 사람보다 좀 크긴 하지만) 밑에서 넘을락 말락 밤낮 요 모양이다.

개돼지는 푹푹 크는데 왜 이리도 사람은 안 크는지, 한동안 머리가 아프도록 궁리도 해보았다. 아하, 물동이를 자꾸 이니까 뼈다귀가 움츠라드나 보다, 하고 내가 넌즛넌즈시 그 물을 대신 길어도 주었다. 뿐만 아니라 나무를 하러 가면 서낭당에 돌을 올려놓고 '점순이의 키 좀 크게 해줍소사. 그러면 담엔 떡 갖다 놓고 고사드립죠니까.' 하고 치성도 한두 번 드린 것이 아니다. 어떻게 되먹은 킨지 이래도 막무가내니…….

그래 내 어저께 싸운 것이지 결코 장인님이 밉다든가 해서가 아니다.

모를 붓다가 가만히 생각을 해보니까 또 싱겁다. 이 벼가 자라서 점순이가 먹고 좀 큰다면 모르지만 그렇지도 못한 걸 내 심어서 뭘 하는 거냐. 해마다 앞으로 축 불거지는 장인님의 아랫배(가 너무 먹는 걸 모르고 냇병이라나, 그 배)를 불리기 위하여 심곤 조금도 싶지 않다.

"아이구 배야!"

난 몰 붓다 말고 배를 쓰다듬으면서도 그대루 논둑으로 기어올랐다. 그리고 겨드랑에 꼈던 벼 담긴 키를 그냥 땅바닥에 털썩 떨어치며 나도 털썩 주저앉았다. 일이 암만 바빠도 나 배 아프면 고만이니까. 아픈 사람이 누가 일을 하느냐. 파릇파릇 돋아 오른 풀 한 숲을 뜯어 들고 다리의 거머리를 쑥쑥 문대며 장인님의 얼굴을 쳐다보았다.

논 가운데서 장인님도 이상한 눈을 해 가지고 한참 날 노려보더니,

"넌 이 자식, 왜 또 이래 응?"

"배가 좀 아파서유!"

하고 풀 위에 슬며시 쓰러지니까 장인님은 약이 올랐다. 저도 논에서 철벙철벙 둑으로 올라오더니 잡은 참 내 멱살을 움켜잡고 뺨을 치는 것이 아닌가…….

"이 자식아. 일 허다 말면 누굴 망해 놀 속셈이냐. 이 대가릴 까놀 자식!"

우리 장인님은 약이 오르면 이렇게 손버릇이 아주 못됐다. 또 사위에게 이 자식 저 자식 하는 이놈의 장인님은 어디 있느냐. 오죽해야 우리 동리에서 누굴 물론하고 그에게 욕을 안 먹는 사람은 명이 짧다 한다. 조그만 아이들까지도 그를 돌아세놓고 욕필이(본 이름이 봉필이니까) 욕필이, 하고 손가락질을 할 만치 두루 인심을 잃었다. 허나 인심을 정말 잃었다면 욕보다 읍의 배참봉댁 마름으로 더 잃었다. 번히 마름이란 욕 잘하고, 사람 잘 치고, 그리고 생김 생기길 호박개 같애야 쓰는 거지만 장인님은 외양이 똑 됐다. 장인에게 닭마리나 좀 보내지 않는다든가 애벌논 때 품을 좀 안 준다든가 하면 그해 가을에는 영락없이 땅이 뚝뚝 떨어진다. 그러면 미리부터 돈도 먹고 술도 먹이고 안달재신으로 돌아치던 놈이 그 땅을 슬쩍 돌라 안는다. 이 바람에 장인님 집 외양간에는 눈깔 커다란 황소 한 놈이 절로 엉금엉금 기어들고, 동리 사람들은 그 욕을 다 먹어 가면서도 그래도 굽실굽실 하는 게 아닌가…….

그러나 내겐 장인님이 감히 큰소리할 계제가 못 된다.

뒷생각은 못하고 뺨 한 개를 딱 때려 놓고는 장인님은 무색해서 덤덤히 쓴 침만 삼킨다. 난 그 속을 퍽 잘 안다.

조금 있으면 갈도 꺾어야 하고 모도 내야 하고, 한참 바쁜 때인데 나 일 안 하고 우리 집으로 그냥 가면 고만이니까.

작년 이맘때도 트집을 좀 하니까 늦잠 잔다구 돌멩이를 집어던져서 자는 놈의 발목을 삐게 해 놨다. 사나흘씩이나 건성 끙끙 앓았더니 종당에는 거반 울상이 되지 않았는가…….

"예, 그만 일어나 일 좀 해라. 그래야 올 갈에 벼 잘 되면 너 장가들지 않니."

그래 귀가 번쩍 뜨여서 그날로 일어나서 남이 이틀 품 들일 논을 혼자 삶아 놓으니까 장인님도 눈깔이 커다랗게 놀랐다. 그럼 정말로 가을에 와서 혼인을 시켜 줘야 원 경우가 옳지 않겠나, 볏섬을 척척 들여 쌓아도 다른 소리는 없고 물동이를 이고 들어오는 점순이를 담배통으로 가리키며,

"이 자식아, 미처 커야지. 조걸 무슨 혼인을 한다구 그러니 원!"

하고 남 낯짝만 붉혀 주고 고만이다.

골김에 그저 이놈의 장인님, 하고 댓돌에다 메다꽂고 우리 고향으로 내뺄까 하다가 꾹꾹 참고 말았다.

참말이지 난 이 꼴 하고는 집으로 차마 못 간다. 장가를 들러 갔다가 오죽 못났어야 그대로 쫓겨 왔느냐고 손가락질을 받을 테니까…….

논둑에서 벌떡 일어나 한풀 죽은 장인님 앞으로 다가서며,

"난 갈 테야유. 그동안 사경 쳐내슈."

"너 사위로 왔지 어디 머슴 살러 왔니?"

"그러면 얼찐 성례를 해 줘야 안 하지유. 밤낮 부려만 먹구 해 준다, 해 준다……."

"글쎄, 내가 안 하는 거냐, 그년이 안 크니까."

하고 어름어름 담배만 담으면서 늘 하는 소리를 또 늘어놓는다.

이렇게 따져 나가면 언제든지 늘 나만 밑지고 만다. 이번엔 안 된다, 하고 대뜸 구장님한테로 판단 가자고 소맷자락을 내끌었다.

"아, 이 자식이 왜 이래 어른을."

안 간다구 뻗디구 이렇게 호령은 제 맘대로 하지만 장인님 제가 내 기운은 못 당한다. 막 부려 먹고 딸은 안 주고, 게다 땅땅 치는 건 다 뭐야…….

그러나 내 사실 참 장인님이 미워서 그런 것은 아니다. 그 전날, 왜 내가 새고개 맞은 봉우리 화전밭을 혼자 갈고 있지 않았느냐. 밭 가생이로 돌 적마다 야릇한 꽃내가 물컥물컥 코를 찌르고 머리 위에서 벌들은 가끔 붕, 붕, 소리를 친다. 바위틈에서 샘물 소리밖에 안 들리는 산골짜기니까 맑은 하늘의 봄볕은 이불 속 같이 따스하고 꼭 꿈꾸는 것 같다. 나는 몸이 나른하고 몸살(병을 아직 모르지만)이 날려구 그러는지 가슴이 울렁울렁하고 이랬다.

"어러이! 말이! 맘 마 마……."

이렇게 노래를 하며 소를 부리면 여느 때 같으면 어깨가 으쓱으쓱 한다. 웬일인지 밭을 반도 갈지 않아서 온몸이 맥이 풀리고 자꾸 짜증만 난다. 공연히 소만 들입다 두들기며,

"안야! 안야! 이 망할 자식의 소(장인님의 소니까) 대리를 꺾어 들라."

그러나 내 속은 정말 안야 때문이 아니라 점심을 이고 온 점순이의 키를 보고 울화가 났던 것이다.

점순이는 뭐 그리 썩 예쁜 계집애는 못 된다. 그렇다구 또 개떡이냐 하면 그런 것도 아니고, 꼭 내 아내가 돼야 할 만치 그저 툽툽하게 생긴 얼굴이다. 나보다 십 년이 아래니까 올해 열여섯인데 몸은 남보다 두 살이나 덜 자랐다. 남은 잘도 훤칠히들 크건만 이건 위아래가 뭉툭한 것이 내 눈에는 헐 없이 감참외 같다. 참외

중에는 감참외가 제일 맛좋고 예쁘니까 말이다. 둥글고 커다란 눈은 서글서글하니 좋고 좀 지쳐 찢어졌지만 입은 밥술이나 톡톡히 먹음직하니 좋다. 아따, 밥만 많이 먹게 되면 팔자는 고만 아니냐. 헌데 한 가지 과가 있다면 가끔 가다 몸이(장인님이 이걸 채신 없이 까분다고 하지만) 너무 빨리빨리 논다. 그래서 밥을 나르다가 때 없이 풀밭에서 깨빡을 쳐서 흙투성이 밥을 곧잘 먹인다. 안 먹으면 무안해할까 봐서 이걸 씹고 앉았느라면 으적으적 소리만 나고 돌을 먹는 겐지 밥을 먹는 겐지…….

그러나 이날은 웬일인지 성한 밥채루 밭머리에 곱게 내려놓았다. 그리고 또 내외를 해야 하니까 저만큼 떨어져 이쪽으로 등을 향하고 웅크리고 앉아서 그릇 나기를 기다린다.

내가 다 먹고 물러섰을 때, 그릇을 챙기는데 난 깜짝 놀라지 않았느냐. 고개를 푹 숙이고 밥함지에 그릇을 포개면서 날더러 들으라는지, 혹은 제 소린지,

"밤낮 일만 하다 말 텐가!"

하고 혼자서 쫑알거린다. 고대 잘 내외하다가 이게 무슨 소린가, 하고 난 정신이 얼떨떨했다. 그러면서도 한편 무슨 좋은 수가 있나 없는가 싶어서 나도 공중을 대고 혼잣말로,

"그럼 어떡해?"

하니까,

"성례시켜 달라지 뭘 어떡해."

하고 되알지게 쏘아붙이고 얼굴이 빨개져서 산으로 그저 도망친다.

나는 잠시 동안 어떻게 되는 심판인지 맥을 몰라서 그 뒷모양만 덤덤히 바라보았다.

봄이 되면 온갖 초목이 물이 오르고 싹이 트고 한다. 사람도 아마 그런가 보다, 하고 며칠 내에 부쩍(속으로) 자란 듯싶은 점순이가 여간 반가운 것이 아니다. 이

런 걸 멀쩡하게 아직 어리다구 하니까…….

우리가 구장님을 찾아갔을 때 그는 싸리문 밖에 있는 돼지우리에서 죽을 퍼주고 있었다. 서울엘 좀 갔다 오더니 사람은 점잖아야 한다구 웃쉼이(얼른 보면 지붕 위에 앉은 제비꼬랑지 같다) 양쪽으로 뾰죽히 뻐치고 그걸 애헴, 하고 늘 쓰담는 손버릇이 있다.

우리를 멀뚱히 쳐다보고 미리 알아챘는지,

"왜 일들 허다 말구 그래?"

하더니 손을 올려서 그 애헴을 한 번 후딱 했다.

"구장님! 우리 장인님과 츰에 계약하기를……."

먼저 덤비는 장인님을 뒤로 떠다밀고 내가 허둥지둥 달려들다가 가만히 생각하고, '아니 우리 빙장님과 츰에.' 하고 첫 번부터 다시 말을 고쳤다. 장인님은 빙장님, 해야 좋아하고 밖에 나와서 장인님, 하면 괜스리 골을 내려고 든다. 뱀두 뱀이래야 좋으냐구 창피스러우니 남 듣는 데는 제발 빙장님, 빙모님, 하라구 일상 당조심을 받아 오면서 난 그것두 자꾸 잊는다.

당장두 장인님, 하나 옆에서 내 발등을 꾹 밟고 곁눈질을 흘기는 바람에야 겨우 알았지만…….

구장님도 내 이야기를 자세히 듣더니 퍽 딱한 모양이었다. 하기야 구장님뿐만 아니라 누구든지 다 그럴 게다.

길게 길러둔 새끼손톱으로 코를 후벼서 저리 탁 튀기며,

"그럼 봉필 씨! 얼른 성례를 시켜 주구려, 그렇게까지 제가 하구 싶다는 걸……."

하고 내 짐작대로 말했다. 그러나 이 말에 장인님이 삿대질로 눈을 부라리고,

"아, 성례구 뭐구 계집애년이 미처 자라야 할 게 아닌가?"

하니까 고만 멀쑤룩해져서 입맛만 쩍쩍 다실 뿐이 아닌가.

"그것두 그래!"

"그래, 거진 사년 동안에도 안 자랐더니 그 킨 은제 자라지유. 다 그만두구 사경 내슈……."

"글쎄, 이 자식아! 내가 크질 말라구 그랬니. 왜 날 보구 떼냐?"

"빙모님은 참새만한 것이 그럼 어떻게 앨 낳지유?"(사실 빙모님은 점순이보다도 귓 배기가 작다.)

장인님은 이 말을 듣고 껄껄 웃더니(그러나 암만 해두 돌 씹은 상이다) 코를 푸는 척하고 날 은근히 곯리려고 팔꿈치로 옆 갈비께를 퍽 치는 것이다.

더럽다. 나두 종아리의 파리를 쫓는 척하고 허리를 구부리며 그 궁둥이를 콱 떼밀었다. 장인님은 앞으로 우찔근 하고 싸리문께로 쓰러질 듯하다 몸을 바로 고치더니 눈총을 몹시 쏘았다. 이런 쌍년의 자식, 하곤 싶으나 남의 앞이라니 차마 못하고 섰는 그 꼴이 보기에 퍽 쟁그러웠다.

그러나 이밖에는 별반 신통한 귀정을 얻지 못하고 도로 논으로 돌아와서 모를 부었다. 왜냐하면 장인님이 뭐라구 귓속말로 수군수군 하고 간 뒤다. 구장님이 날 위해서 조용히 데리고 아래와 같이 일러 주었기 때문이다(뭉태의 말은 구장님이 장인님에게 땅 두 마지기 얻어 부치니까 그래 꾀엿다고 하지만 난 그렇게 생각지 않는다).

"자네 말두 하기야 옳지, 암 나이 찼으니 아들이 급하다는 게 잘못된 말은 아니야. 허지만 농사가 한층 바쁜 때 일을 안 한다든가 집으로 달아난다든가 하면 손해죄루 그것두 징역을 가거든!(여기에 그만 정신이 번쩍 났다.) 왜 요전에 삼포말서 산에 불 좀 놓았다구 징역 간 거 못 봤나. 제 산에 불을 놓아도 징역을 가는 이땐데 남의 농사를 버려 두니 죄가 얼마나 더 중한가. 그리고 자넨 정장을(사경 받으러 정장 가겠다 했다)간대지만, 그러면 괜스리 죄를 들쓰고 들어가는 걸세. 또 결혼두 그렇지. 법률에 성년이란 게 있는데 스물하나가 돼야지 비로소 결혼을 할 수가 있는 걸세. 자넨 물론 아들이 늦을 걸 염려하지만 점순이루 말하면 이제 겨우 열여섯이 아닌가. 그렇지만 아까 빙장님의 말씀이 올 갈에는 열일을 제치고라두 성례를 시켜 주겠다 하시니 좀 고마울 겐가. 빨리 가서 모 붓든 거나 마저 붓게, 군소리 말구 어서 가."

그래서 오늘 아침까지 끽 소리 없이 왔다.

장인님과 내가 싸운 것은 지금 생각하면 전혀 뜻밖의 일이라 안 할 수 없다.

장인님으로 말하면 요즈막 작인들에게 행세를 좀 하고 싶다고 해서,

"돈 있으면 양반이지 별 게 있느냐!"

하고 일부러 아랫배를 쑥 내밀고 걸음도 뒤틀리게 걷고 하는 이판이다. 이까진 나쯤 두들기다 남의 땅을 가지고 모처럼 닦아 놓았던 가문을 망친다든가 할 어른이 아니다. 또 나로 논지면 아무쪼록 잘 봬서 점순이에게 얼른 장가를 들어야 하지 않느냐…… 이렇게 말하자면 결국 어젯밤 뭉태네 집에 마슬 간 것이 썩 나빴다. 낮에 구장님 앞에서 장인님과 내가 싸운 것을 어떻게 알았는지 대구 빈정거리는 것이 아닌가.

"그래 맞구두 그걸 가만 둬?"

"그럼 어떡허니?"

"임마, 봉필일 모판에다 거꾸로 박아 놓지 뭘 어떡해?"

하고 괜히 내 대신 화를 내 가지고 주먹질을 하다 등잔까지 쳤다. 놈이 번히 괄괄은 하지만 그래 놓고 날더러 석유값을 물라구 막 찌다우를 붙는다. 난 어안이 벙벙해서 잠자코 앉았으니까 저만 연신 지껄이는 소리가,

"밤낮 일만 해주구 있을 테냐?"

"영득이는 일 년을 살구두 장갈 들었는데 넌 사 년이나 살구두 더 살아야 해?"

"네가 세 번째 사윈 줄이나 아니? 세 번째 사위."

"남의 일이라두 분하다. 이 자식아, 우물에 가 빠져 죽어."

나중에는 겨우 손톱으로 목을 따라고까지 하고, 제 아들같이 함부로 훅닥이었다.

별의별 소리를 다해서 그대로 옮길 수는 없으나 그 줄거리는 이렇다…….

우리 장인님 딸이 셋이 있는데 맏딸은 재작년 가을에 시집을 갔다. 정말은 시집을 간 것이 아니라 그 딸도 데릴사위를 해 가지고 있다가 내보냈다. 그런데 딸이 열 살 때부터 열아홉, 즉 십 년 동안에 데릴사위를 갈아 들이기를, 동리에선 사위 부자라고 이름이 났지마는 열네 놈이란 참 너무 많다. 장인님이 아들은 없고 딸만 있는 고로 그 담 딸을 데릴사위를 해올 때까지는 부려먹지 않으면 안 된다. 물론 머슴을 두면 좋지만 그건 돈이 드니까, 일 잘하는 놈을 고르느라고 연방 바꿔 들였다. 또 한편 놈들이 욕만 줄창 퍼붓고 심히도 부려먹으니까 밸이 상해서 달아나기도 했겠지, 점순이는 둘째 딸인데 내가 일테면 그 세 번째 데릴사위로 들어온 셈이다. 내 담으로 네 번째 놈이 들어올 것을 내가 일도 잘 하고 그리고 사람이 좀 어수룩하니까 장인님이 잔뜩 붙들고 놓질 않는다. 세째 딸이 인제 여섯 살, 적어두 열 살은 돼야 데릴사위를 할 테므로 그동안은 죽도록 부려먹어야 된다. 그러니 인제는 속 좀 채리고 장가를 들여 달라구 떼를 쓰고 나자빠져라, 이것이다.

나는 겉으로 엉, 엉, 하며 귓등으로 들었다. 뭉태는 땅을 얻어 부치다가 떨어진 뒤로는 장인님만 보면 공연히 못 먹어서 으릉거린다. 그것도 장인님이 저 달라고 할 적에 제 집에서 위한다는 그 감투(예전에 원님이 쓰던 것이라나, 옆구리에 뽕뽕 좀 먹은 걸레)를 선뜻 주었더면 그럴 리도 없었던 걸…….

그러나 나는 뭉태란 놈의 말을 전수히 곧이듣지 않았다. 꼭 곧이들었다면 간밤에 와서 장인님과 싸웠지 무사히 있었을 리가 없지 않은가. 그러면 딸에게까지 인심을 잃은 장인님이 혼자 나빴다.

실토이지 나는 점순이가 아침상을 가지고 나올 때까지는 오늘은 또 얼마나 밥을 담았나, 하고 이것만 생각했다. 상에는 된장찌개하고 간장 한 종지, 조밥 한 그릇, 그리고 밥보다 더 수부룩하게 담은 산나물이 한 대접, 이렇다. 나물은 점순이가 튼튼이 해오니까 두 대접이고 네 대접이고 멋대로 먹어도 좋으나 밥은 장인님이 한 사발 외엔 더 주지 말라고 해서 안 된다. 그런데 점순이가 그 상을 내 앞에 내려놓으며 제 말로 지껄이는 소리가,

“구장님한테 갔다 그냥 온담 그래!”

하고 엊그제 산에서와 같이 되우 쫑알거린다.

딴은 내가 더 단단히 덤비지 않고 만 것이 좀 어리석었다, 속으로 그랬다.

나도 저쪽 벽을 향하여 외면하면서 내 말로,

“안 된다는 걸 그럼 어떡헌담!”

하니까,

“쇰을 잡아채지 그냥 둬, 이 바보야!”

하고 또 얼굴이 빨개지면서 성을 내며 안으로 샐죽 하니 튀들어 가지 않느냐, 이때 아무도 본 사람이 없었게 망정이지 보았다면 내 얼굴이 에미 잃은 황새새끼처럼 가여웁다 했을 것이다.

사실 이때만치 슬펐던 일이 또 있었는지 모른다. 다른 사람은 암만 못생겼다 해두 괜찮지만, 내 아내 될 점순이가 병신으로 본다면 참 신세는 따분하다. 밥을 먹은 뒤 지게를 지고 일터로 가려 하다 도로 벗어 던지고 바깥마당 공석 위에 드러누워서 나는 차라리 죽느니만 같지 못하다 생각했다.

내가 일 안 하면 장인님 저는 나이가 먹어 못하고 결국 농사 못 짓고 만다. 뒷짐으로 트림을 꿀꺽하고 대문 밖으로 나오다 날 보고서,

“이 자식아, 왜 또 이러니.”

“관격이 났어유, 아이구 배야!”

“기껀 밥 처먹구 무슨 관격이야. 남의 농사 버려 주면 이 자식아 징역 간다, 봐라!”

“가두 좋아유, 아이구 배야!”

참말 난 일 안 해서 징역 가도 좋다 생각했다. 일후 아들을 낳아도 그 앞에서 바보, 바보, 이렇게 별명을 들을 테니까 오늘은 열 쪽이 난데도 결정을 내고 싶었다. 장인님이 일어나라고 해도 내가 안 일어나니까 눈에 독이 올라서 저편으로 힁 하게 가더니 지게막대기를 들고 왔다. 그리고 그걸로 내 허리를 마치 돌 떠넘기듯이 쿡 찍어서 넘기고 넘기고 했다. 밥을 잔뜩 먹어 딱딱한 배가 그럴 적마다 퉁겨지면서 밸창이 꼿꼿한 것이 여간 켕기지 않았다. 그래도 안 일어나니까 이번에는 배를 지게막대기로 위에서 쿡쿡 찌르고 발길로 옆구리를 차고 했다. 장인님은 원체 심청이 궂어서 그러지만, 나도 저만 못하지 않게 배를 채었다. 아픈 것을 눈을 꽉 감고 넌 해라 난 재밌단 듯이 있었으나 볼기짝을 후려갈길 적에는 나도 모르는 결에 벌떡 일어나서 그 수염을 잡아챘다. 마는 내 골이 난 것이 아니라 정말은 아까부터 벽 뒤 울타리 구멍으로 점순이가 우리들의 꼴을 몰래 엿보고 있었기 때문이다.

가뜩이나 말 한 마디 톡톡히 못한다고 바라보는데 매까지 잠자코 맞는 걸 보면 짜장 바보로 알 게 아닌가. 또 점순이도 미워하는 이까짓 놈의 장인님하곤 아무것도 안 되니까 막 때려도 좋지만 사정 보아서 수염만 채고(제 원대로 했으니까 이때 점순이는 퍽 기뻤겠지) 저기까지 잘 들리도록 '이걸 까셀라부다!' 하고 소리를 쳤다.

장인님은 더 약이 바짝 올라서 잡은 참 지게막대기로 내 어깨를 그냥 내려 갈겼다. 정신이 다 아찔하다. 다시 고개를 들었을 때 그때엔 나도 온몸에 약이 올랐다. 이 녀석의 장인님을, 하고 눈에서 불이 퍽 나서 그 아래 밭 있는 넝알로 그대로 떠밀어 굴려 버렸다.

"부려만 먹구 왜 성례 안 해지유!"

나는 이렇게 호령했다. 허지만 장인님이 선뜻 오냐 낼이라두 성례시켜 주마, 했으면 나도 성가신 걸 그만 두었을지 모른다. 나야 이러면 때린 건 아니니까 나중에 장인 쳤다는 누명도 안 들을 터이고 얼마든지 해도 좋다.

한 번은 장인님이 헐떡헐떡 기어서 올라오더니 내 바짓가랭이를 요렇게 노리고서 단박 움켜잡고 매달렸다. 악, 소리를 치고 나는 그만 세상이 다 팽그르 도는 것이,

"빙장님! 빙장님! 빙장님!"

"이 자식! 잡아먹어라, 잡아먹어!"

"아! 아! 할아버지! 살려 줍쇼, 할아버지!"

하고 두 팔을 허둥지둥 내절 적에는 이마에 진땀이 쭉 내솟고 인젠 참으로 죽나보다 했다. 그래두 장인님은 놓질 않더니 내가 기어이 땅바닥에 쓰러져서 거진 까무러치게 되니까 놓는다. 더럽다, 더럽다. 이게 장인님인가? 나는 한참을 못 일어나고 쩔쩔맸다. 그러나 얼굴을 드니(눈엔 참 아무것도 보이지 않았다) 사지가 부르르 떨리면서 나도 엉금엉금 기어가 장인님의 바짓가랭이를 꽉 움키고 잡아 나꿨다.

내가 머리가 터지도록 매를 얻어맞은 것이 이 때문이다. 그러나 여기가 또한 우리 장인님이 유달리 착한 곳이다.

여느 사람이면 사경을 주어서라도 당장 내어쫓았지, 터진 머리를 볼솜으로 손수 지져 주고, 호주머니에 희연 한 봉을 넣어 주고 그리고,

"올 갈엔 꼭 성례를 시켜 주마. 암만 말구 가서 뒷골의 콩밭이나 얼른 갈아라."

하고 등을 뚜덕여 줄 사람이 누구냐. 나는 장인님이 너무나 고마워서 어느덧 눈물까지 났다.

점순이를 남기고 인젠 내쫓기려니 하다 뜻밖의 말을 듣고,

"빙장님! 인제 다시는 안 그러겠어유!"

이렇게 맹세를 하며 부랴부랴 지게를 지고 일터로 갔다. 그러나 이때는 그걸 모르고 장인님을 원수로만 여겨서 잔뜩 잡아당겼다.

"아! 아! 이놈아! 놔라, 놔."

장인님은 헛손질을 하며 솔개미에 챈 닭의 소리를 연해 질렀다. 놓긴 왜, 이왕이면 호되게 혼을 내주리라 생각하고 짓궂이 더 댕겼다. 마는 장인님이 땅에 쓰러져서 눈에 눈물이 피잉 도는 것을 알고 좀 겁도 났다.

"할아버지! 놔라, 놔, 놔, 놔, 놔라."

그래도 안 되니까,

"애 점순아! 점순아!"

이 악장에 안에 있었던 장모님과 점순이가 헐레벌떡하고 단숨에 뛰어나왔다. 나의 생각에 장모님은 제 남편이니까 역성을 할는지도 모른다. 그러나 점순이는 내 편을 들어서 속으로 고수해하겠지……. 대체 이게 웬 속인지(지금까지도 난 영문을 모른다) 아버질 혼내 주기는 제가 내래 놓고 이제 와서는 달겨들며,

"에그머니! 이 망할 게 아버지 죽이네!"

하고, 귀를 뒤로 잡아댕기며 마냥 우는 것이 아니냐. 그만 여기에 기운이 탁 꺾이어 나는 얼빠진 등신이 되고 말았다. 장모님도 덤벼들어 한쪽 귀마저 뒤로 잡아채면서 또 우는 것이다. 이렇게 꼼짝도 못하게 해놓고 장인님은 지게막대기를 들어서 사뭇 내려조겼다. 그러나 나는 구태여 피하려지도 않고 암만 해도 그 속 알 수 없는 점순이의 얼굴만 멀거니 들여다보았다.

"이 자식! 장인 입에서 할아버지 소리가 나오도록 해?"

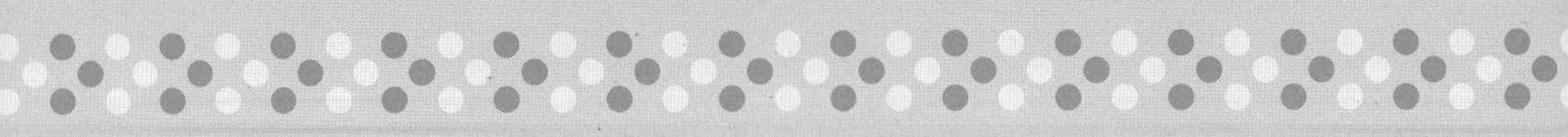

줄거리

어느 한적한 시골 마을, '나'는 점순과의 혼례 날만 기다리며 3년 7개월째 점순네 집에서 머슴 노릇을 하고 있다. 그런데 심술 사납고 깐깐한 장인어른은 점순이 아직 다 자라지 않았다며 혼례 날짜를 차일피일 미루기만 한다. 점순 아버지는 자기 딸과의 혼례를 조건으로 힘 좋은 사내들을 오랫동안 머슴살이시키기로 유명한 동네의 난봉꾼으로, 욕을 하도 잘 해서 '욕필이'로도 불린다.

장인어른의 심보와 횡포를 더 이상 참을 수 없었던 '나'는 배가 아프다며 꾀병을 부리기도 하고, 점순과 혼례를 시켜주지 않으면 일한 값을 처달라며 협박도 해본다. 하지만 장인어른은 꿈쩍도 하지 않았다.

그러던 어느 날, 일하고 있는 '나'에게 새참을 건네주러 온 점순이가 왜 혼례를 성사시켜 달라고 말하지 않느냐며 '나'를 충동질했다. '나'는 이 충동질에 못 이겨 장인어른과 한 판 승부를 시작하고, 급기야 몸싸움으로까지 번졌다. 그런데 그때 점순이가 울며불며 장인어른의 편을 드는 모습을 보면서 '나'는 그녀의 알 수 없는 태도에 넋을 잃고 만다.

감상 포인트

《봄 봄》 속 화자는 순박하면서도 우직한 머슴인 '나'로, 그의 익살스러운 말씨가 작품 전체에 경쾌한 해학적 분위기를 심고 있다. 즉, 김유정의 다른 소설과 마찬가지로 희극적 인물상과 과장되고 우스꽝스러운 갈등 양상이 돋보이는 작품이다. 천진난만한 주인공, 희극적으로 과장된 이야기 속 상황들, 토속적 언어 등을 적절히 활용한 이 작품은 인간에 대한 근원적 애정을 바탕으로 주인공과 그 주변 인물들의 긍정적 화해를 이끌고 있는 것이다.

딸의 키를 핑계로 혼례를 미루고 일만 시키는 장인의 잔꾀, 아버지의 행동에 반발해 '나'를 충동질하는 점순의 당돌함, 장인의 잔꾀에 대항하지만 번번이 당하기만 하는 '나'의 우직함이 한데 어우러지면서 희극적 상황은 확장된다.

이러한 해학적 분위기와 개성적 인물은 김유정의 독특한 문체에서 기인한다고 볼 수 있다. 김유정은 토착성 짙은 속어, 다듬어지지 않은 듯한 거친 말투 등을 적절히 사용하는 데 뛰어난 작가다. 이 작품에서도 '나'의 어수룩한 말투는 작품 전체의 해학적 분위기를 이끌어 가고, 이는 독자로 하여금 엉뚱하고 과장된 희극적 갈등 양상을 더없이 자연스러운 일로 받아들이도록 만든다.

이 작품에서는 사건이 부분적으로 시간적 순서를 따르지 않고 뒤바뀌어 있다. 즉, '장인님'과 '나' 사이의 갈등을 긴장감 있게 고조시켰다가 갑작스러운 역전 구조로 화해의 결말을 유도하고 있는 것이다. 이 점에서 《봄 봄》은 작품 전체의 사건 전개가 유기적으로 잘 짜인, 단편 소설의 구성 측면에서 뛰어난 본보기라고 할 수 있다.

등장인물

- **나 :** 소설 속 화자이자 주인공으로 순박하고, 무던하며, 우직하다. 점순과 혼례를 시켜 준다는 말만 믿고 3년 7개월 동안 돈 한 푼도 받지 않으면서 머슴살이를 할 만큼 어수룩하기도 하다.
- **장인어른**(봉필) **:** 주인공 '나'의 장인이 될 인물로 마름의 지위에 있다. 딸 점순과의 혼인을 핑계로 나에게 일만 시키는 욕심 많고, 의뭉하며, 교활한 성격이다.
- **점순 :** 주인공 '나'의 배필이 될 여성. 나이는 16세이지만, 키가 매우 작고 옆으로만 자라서 '나'가 늘 걱정이다. 야무지고 당돌한 성격으로, 아버지에게 혼례시켜 달라고 말하라며 '나'를 충동질하지만, 나와 아버지가 싸우자 정작 아버지 편을 드는 양면성을 지녔다.

해학과 풍자

옛날이야기와 고대 소설을 거쳐 근대 소설로 이어지는 우리 문학의 미적 전통 가운데 하나로 골계미를 들 수 있다. 이러한 골계미를 바탕으로 한 풍자와 해학은 우리에게 웃음과 지혜를 주는 동시에, 반어적으로 현실을 비판하는 수법으로 사용된다.

이러한 수법을 사용한 소설은 주로 조선 영 · 정조 시대에 많이 나타났는데, 박지원의 한문 단편 소설 《양반전》, 《허생전》, 《호질》과 《배비장전》, 《옹고집전》, 《이춘풍전》 등이 대표적이다. 판소리계 소설인 《춘향전》, 《심청전》 등에서도 풍자와 해학을 확인할 수 있다.

물론 해학은 웃음을 수반하면서 부드럽고 포용력이 있는 반면, 풍자는 대상의 잘못을 비판하는 차갑고 냉소적이며 경색된 분위기를 드러낸다는 차이점이 있다. 그래도 해학과 풍자는 낙천적인 세계관에 의해 만들어진 문예상의 특질로 우리 문학의 한 전통이 되었으며, 1930년대 작가 가운데 김유정이 이를 가장 잘 계승했다.

특히 《봄 봄》에서 우리는 주인공의 우직하고 바보스러운 해학적 모습을 통해 연민의 감정을 느끼고 과장된 희극적 갈등 양성을 자연스러운 것으로 받아들이게 된다.

표현상의 특징

① **토착어의 사용** : 강원도 출신인 작가 김유정은 농촌 생활을 자신의 체취가 물씬 풍기는 언어로 표현하고 있다. 즉, 강원도 지방의 독특한 사투리가 이야기에 생생함을 더한다.

② **비속어의 사용** : 비속어를 거침없이 사용되고 있으면서도 저속한 느낌은커녕 오히려 글에서 생생함과 활기가 느껴진다.

③ **고백체의 서술** : 1인칭 주인공 시점에 독백 형식의 서술로, 각박한 현실을 따뜻한 웃음과 해학으로 표현했다.

④ **해학적 표현** : 대상에 대한 호감과 연민이 느껴지는 익살스러운 표현이 가득하다. 이는 구비문학 특유의 해학성을 계승한 것으로 볼 수 있다.

1930년대 소설의 특징

1930년대에는 여러 갈래의 소설이 많이 등장하며, 이를 정리하면 역사 소설, 농촌 소설, 가족사 소설, 모더니즘 소설 등으로 나눠볼 수 있다.

- **역사 소설** : 김동인 《운현궁의 봄》, 현진건의 《무영탑》
- **농촌 소설** : 김유정 《만무방》《동백꽃》, 심훈의 《상록수》, 이기영의 《고향》
- **가족사 소설** : 염상섭의 《삼대》, 채만식 《태평천하》
- **모더니즘 소설** : 이상의 《날개》, 박태원의 《소설가 구보씨의 일일》

핵심정리

- **갈래** : 단편 소설, 농촌 소설
- **배경** : 1930년대 강원도 어느 산골 마을
- **성격** : 해학적, 토속적
- **시점** : 1인칭 주인공 시점
- **문체** : 토착어를 사용한 간결한 문체
- **어조** : 해학적 어조
- **주제** : 혼례 문제로 인한 교활한 장인과 우직하고 순박한 사위 사이의 해학적 갈등

김정한

1908~1996년

일제강점기의 궁핍한 농촌 현실과 친일파 승려들의 잔혹함을 그린 《사하촌》이 1936년 〈조선일보〉에 당선됐다. 이후 김정한은 일관되게 사회의 소회 계층에 주목하면서 그들을 억압하는 사회 현실에 저항하고 행동하는 문학을 추구했다.

그는 실제 생활에서도 일제강점기에는 반일운동, 해방 이후에는 통일과 반독재운동에 앞장서는 모습을 일관되게 보여준, 행동하는 작가였다. 한마디로 그는 시대의 중심에 서서 시대를 파악하고 분석하며 잘못된 점을 비판한 작가였다.

1941년 이후 25년간 절필했다가 59세인 1966년 《모래톱 이야기》로 문단에 복귀했으며, 이후 20여 년간 수십 편의 작품을 발표했다. 대표작으로는 《항진기》, 《기로》, 《낙일홍》, 《인간단지》, 《삼별초》 등이 있다.

1 사하촌 寺下村

1

타작마당 돌가루 바닥같이 딱딱하게 말라붙은 뜰 한가운데, 어디서 기어들었는지 난데없는 지렁이가 한 마리 만신에 흙고물 칠을 해 가지고 바동바동 굴고 있다. 새까만 개미 떼가 물어 뗄 때마다 지렁이는 한층 더 모질게 발버둥질을 한다. 또 어디선지 죽다 남은 듯한 쥐 한 마리가 튀어나오더니 종종걸음으로 마당 복판을 질러서 돌담 구멍으로 쏙 들어가 버린다.

군데군데 좀 구멍이 나서 썩어 가는 기둥이 비뚤어지고, 중풍 든 사람의 입처럼 문조차 돌아가서—북쪽으로 사정없이 넘어가는 오막살이 앞에는, 다행히 키는 낮아도 해묵은 감나무가 한 주 서 있다. 그러나 그게라야, 모를 낸 후 비 같은 비 한 방울 구경 못한 무서운 가문에 시달려 그렇지 않아도 쪼그라졌던 고목 잎에 볼 모양 없이 배배 틀려서 잘못하면 돌배나무로 알려질 판이다. 그래도 그것이 구십 도가 넘게 쪄내리는 팔월의 태양을 가리어, 누더기 같으나마 밑둥치에는 제법 넓은 그늘을 지웠다. 그걸 다행으로 깔아 둔 낡은 삿자리 위에는 발가벗은 어린애가 파리똥 앉은 얼굴에 땟물을 조르르 흘리며 울어댄다. 언제부터 울었는지 벌써 기진맥진해서 울음소리조차 잘 아니 나왔다. 그 곁에 퍼뜨리고 앉은 치삼 노인은, 신경통으로 퉁퉁 부어 오른 두 정강이 사이에 깨어진 뚝배기를 끼우고 중얼거려

댄다.

"요게 왜 이렇게 안 죽을까? 요리조리 매끈거리기만 하고……. 예끼!"

그는 식칼 자루로 뚝배기 밑바닥을 탁 내려 찧었다. 삑! 하고 미꾸라지는 또 가장자리로 튀어 내뺀다. 신경통에 찧어 바르면 좋다고 해서, 딸애 덕아가 아침 일찍부터 나가서 잡아 온 미꾸라지다.

그것이 남의 정성도 모르고!

"요 망할 놈의 짐승!"

치삼 노인은 다시 식칼로 겨누었으나, 갑작스레 새우처럼 몸을 꼽치고는 기침만 연구푸 콩콩한다.

그럴 때마나 부어오른 다리의 관절이 쥐어뜯는 듯이 아프며, 명줄이 한 치씩이나 줄어드는 것 같았다. 그예 그의 허연 수염 사이에서 커다란 핏덩어리가 하나 툭 튀어나왔다.

"에구 가슴이야……. 귀신도 왜 이다지 잡아가지 않을꼬?"

노인은 물 붙은 콩 껍질같이 쪼그라진 눈에 괸 눈물을 뼈다귀 손으로 썩 씻었다. 곁에 누운 손자 놈은 땀국에 쭉 젖어 있다. 노인은 손자 놈의 입이며 콧구멍에 벌 떼처럼 모여드는 파리 떼를 쫓아 버리면서, 말라붙은 고추를 어루만진다.

"응, 그래, 울지 마라, 가장 우리 애기……. 네 에미는 왜 여태 오잖을까? 입 안이 이렇게 바싹 말랐고나. 그놈의 집에서는 무슨 일을 끼니때도 모르고 시킬꼬온! 에헴, 에헴……."

노인은 억지함을 내어 가지고, 어린 걸 움켜 안고는 개다리처럼 엉거주춤 뻗디디고 일어섰다. 그럴 때, 마침 아들이 볕살에 얼굴을 벌겋게 구워 가지고 들어왔다. 들어서면서부터 퉁명스럽게,

"다들 어디 갔어요?"

"일 나갔지."

"무슨 일요?"

"진수네 무명밭 매러 간다고 했지, 아마."

들깨는 잠자코 웃통을 훨쩍 벗어서 감나무 가지에 걸쳐 놓고는 늙은 아버지로부터 어린것을 받아 안았다. 치삼 노인은 뽕나무 잎이 반이나 넘게 섞인 담배를 장죽에 한 대 피워 불면서 아들을 위로하듯이, 그러나 대답은 두려워하며 물었다.

"논은 어떻게 돼 가니?"

"어떻게라니요. 이젠 다 틀렸어요. 풀래야 풀 물도 없고, 병아리 오줌만한 봇물도 중들이 죄다 가로막아 넣고, 제에기……."

"꼭 기사년 모양 나겠군 그래."

"기사년은 그래도 냇물은 조금 안 있었나요."

"그랬지. 지금은 그놈의 수도 바람에……."

"그것도 원래 약속을 할 때는 농사철에는 냇물은 아니 막아 가기로 했다는데, 제에기, 면장 녀석은 색주나 갈보 놀릴 줄이나 알았지, 어디 백성 죽는 건 알아야죠."

들깨는 열을 바짝 더 냈다.

"할 수 없이 이곳엔 인제 사람 못 살 거여."

"참 아니꼽지요. 더군다나 전과 달라 중놈들까지 덤비는 꼴을 보면……."

아들의 불퉁스러운 어조에는, 거칠 대로 거칠어진 농민의 성미가 뚜렷이 엿보였다. 가물은 그들의 신경을 더욱 날카롭게 하였던 것이다.

치삼 노인은 '중놈'이란 바람에 가슴이 섬뜩하였다. 그것은 자기들이 부치고 있는 절논 중에서 제일 물길 좋은 두 마지기가, 자기가 젊었을 때, 자손 대대로 복 많이 받고 또 극락 가리라는 중의 꾐에 속아서 그만 불전에, 아니 보광사寶光寺에 시주한 것이기 때문이다. 멀쩡한 자기 논을 괜히 중에게 주어 놓고 끙끙 소작을 하게 되고 보니 싱겁기도 짝이 없거니와, 딱한 살림에 아들 보기에 여간 미안스러운 일이 아니었다.

"뭘 허구 인제 와? 소 같은 년!"

들깨는 화살을 방금 돌아오는 아내에게로 돌렸다. 그리고 이 꼴 보라는 듯이 물에서 막 건져낸 듯한, 그러나 울어 울어 입 안이 바싹 마른 어린것을 아내의 젖가슴에 쑥 내던지듯 했다. 아내는 잠자코 그것을 받아 안기가 바쁘게 부엌으로 들어가더니, 머리에 쓴 수건을 벗어 물에 축여 가지고 어린것의 얼굴을 닦으면서 일변 젖을 물렸다.

"소 같은 년, 어서 밥 안 가져 와?"

남편의 벼락같은 소리다. 아내는 부지중 눈물이 핑 돌았다. 들깨는 아내의 구통이라도 한 번 올려붙일 듯이 더펄더펄 부엌으로 들어갔으나 한 팔로 애기를 부둥켜안고 허둥대는 아내의 울상에 그만 외면을 하고는 미처 다 차리지도 않은 밥상을 얼른 들고 나왔다. 그러나 다른 때 같으면 곧잘 넘어가는 보리밥도 그날은 첫술부터 목에 탁 걸렸다.

2

우르르르, 쐐…….

이글이글 달아 있는 폭양 아래 난데없는 홍수 소리다. 물벌레, 고기 새끼가 죄다 말라져 죽고, 땅거미가 줄을 치고 개미 떼가 장을 벌였던 봇도랑에, 둔덕이 넘게 벌건 황토 물이 우렁차게 쏟아져 내린다. 빨갛게 타 죽은 곡식이야 인제 와서 물인들 알랴마는, 그래도 타다 남은 벼와 시든 두렁 콩들은 물소리만 들어도 생기를 얻은 듯이 우줄우줄 춤을 추는 것 같다. 한길 양옆을 흘러가는 봇도랑 가에는 흰 옷, 누른 옷, 혹은 검정 치마가 미친 듯이 부산하게 떠들며 오르내린다.

수도 저수지貯水池의 물을 터놓은 것이다. 성동리 농문들이 밤낮없이 떼를 지어 몰려가서 애원에, 탄원에 두 손발이 닳도록 빌기도 하고, 불평도 하고, 나중에는 밤중에 수원지 울안에까지 들어가서 물을 달리 돌려내려고 했기 때문에, T시 수도 출장소에서도 작년처럼 또 폭동이나 일어날까 두려워서, 저수지 소제도 할 겸 제이第二 저수지의 물을 터놓게 된 것이다.

그러나 고까짓 저수지의 물로써 넓은 들을 구한다는 건 되지도 않는 말이고, 물을 보게 된 것이 차라리 없을 때보다 더 한층 시끄럽고, 싸움만 벌어질 판이다.

들깨가 논이 보꼬리에 달렸기 때문에 몇 번이나 저수지 물구멍까지 올라가지 않으면 아니 되었다. 그러나 그렇게 봇머리까지 가서 물을 조금 달아 가지고 오면, 도중에서 이리저리 다 떼이고 자기 논까지는 잘 오지도 않았다.

이렇게 수삼 차 오르내리고 보니, 꾹 눌러 오던 화가 그만 불끈 치밀었다.

"여보, 노장님!"

들깨는 오던 걸음을 되돌려서, 소리를 치며 비탈길을 더우잡았다.

"제에기, 논을 떼었으면 떼였지, 인젠 할 수 없다!"

그는 급기야 이를 악물었다. 어느 앞이라고, 만약 한 번이라도 점잖은 중에게 섣불리 반항을 했다가는 두말없이 절논이라고는 뚝딱 떼이고 마는 것이다.

노승은 들은 체 만 체, 들깨가 가까이 가도 양산을 받은 그대로 물을 가로막고 있었다.

"여보, 이게 무슨 짓이요. 밑에 사람은 굶어 죽어도 좋단 말이요?"

들깨는 커다란 샤벨로써 노승의 장난감 같은 삽가래를 뗏장과 함께 찍어 당겼다.

샤벨: 영어로는 '삽', 흙을 푸는 데 쓰는 농기구

물은 다시 쐐—하고 밑으로 흘러내린다.

"이 사람이 버릇없이 왜 이럴까?"

노승은 짐짓 점잖은 체하고 나무라면서도, 눈에는 시뻐하는 빛과 독기가 얼씬거린다.

시뻐하는: 마음에 들지 않는

"살고 봐야 버릇도 있겠지요."

"아하, 이 사람이 아주 환장을 했군, 아서라 그렇게 하는 법이 아니다."

노승은 다시 물을 막으려고 들었다.

"천만에요! 우리도 살아야겠어요. 물을 좀 가릅세다. 노장니까지 이래서야……."

들깨는 제 손으로 갈랐다. 그리고 몇 걸음 못 가서, 또 어떤 논 귀퉁이에서 조그마한 애새끼 한 놈이 쏙 나오더니 물을 가로막고는 언덕 밑으로 숨어 버린다.

"예끼, 쥐새끼 같은 놈!"

들깨는 골 안이 울리도록 고함을 내리지르며 쫓아가서, 그 놈의 물꼬에다 아름이 넘는 돌을 하나 밀어다 붙이었다.

길 저편에서도 싸움이 벌어졌다.—갈갈이 낡아 미어진 헌옷에, 허리짬만 남은—남방 토인들의 나무 껍데기 치마 같은 몽당치마를 걸친 가동 할멈이 봇도랑 한복판에 펑퍼져 앉아서 목을 놓고 울어댄다.

"에구 날 죽여 놓고 물 다 가져가오."

"이 말할 놈의 늙은이, 남이 일껏 끌고 온 물만 대고 앉았네. 어디 아가리만 벌리고 앉았지 말구, 너도 한 번 물이나 끌고 와 봐!"

경찰관 주재소의 고자쟁이로 알려져 있는 이 시봉이란 젊은 놈의 괭이는 더펄머리를 풀어헤치고 악을 쓰는 늙은 과부 할멈의 허벅살에 시퍼런 멍울을 남겨 놓고 갔다.

들깨는 보릿대 모자를 부채 삼아 내 흔들면서, 쥐꼬리만한 물을 달고 내려가다가, 철한이란 놈하고 봉구란 놈이 아주 논 가운데서, 곰처럼 별로 말도 없이 이미 밀칠락 저리 밀칠락 싸움을 하고 있는 것을 보았으나, 말려 볼 생각도 않고 제 논으로만 갔다. 그의 논으로 뚫린 물꼬는 으레 또 꽉 봉해져 있었다.

"어느 놈이 이렇게 지독허게……."

막힌 물꼬를 냉큼 터 놓고서, 막 논둔덕 위에 올라서자니까, 자기 논 아래로 슬그머니 피해 가는 오촌 아저씨가 보인다. 아저씨도 환장이 되었구나 싶었다. 새벽부터 나돌며 날뛰어도 반 마지기도 채 적시지 못한 것을 돌아보고는 들깨는 그만 낙심이 되어서 논둔덕 위에 털썩 주저앉았으나, 그 쥐꼬리만한 물줄기가 끊어지자 그는 다시금 그곳을 떠났다.

철한이와 봉구란 놈은 아직도 싸우고 있었다.

"이, 이, 이놈의 자식이 사람을 아주 낮보고서."

봉구란 놈이 벋니를 내 물고서 악을 쓴다.

"글쎄, 정말 이걸 못 놓겠니?"

철한이란 놈이 아무리 제비 손을 넣으려고 애를 써도, 워낙 떡심 센 놈이 돼서 봉구는 달싹도 않고, 되레 철한이란 놈의 턱밑을 쥐고 자꾸 밀기만 했다.

그러던 놈들이, 들깨가 한 번 소리를 치자, 서로 잡았던 손을 흐지부지 놓고서 논둔덕 위로 올라왔다.

"예끼 싱거운 녀석들! 물도 없애 놓고 무슨 물싸움들이야! 분풀이할 곳이 그렇게도 없던가 온!"

들깨의 이 말에, 그들은 쥐고리만한 봇물조차 끊어지고 만 빈 도랑만 내려다볼 뿐이었다.

이윽고 세 사람은 봇목을 향해서 나란히 발을 떼어놓았다. 대사봉大師峰 위로 해가 뉘엿뉘엿 기울고, 네 시를 아뢰는 보광사의 큰 종소리가 꽝꽝 울려 왔다. 절에 있는 사람들은 제각기 저녁 밥쌀을 낼 때다. 그러나 그 절 밑 마을—성동리 앞 들판에 나도는 농민들은 해가 기울수록 마음이 더욱 달떴다. 게다가 모처럼 터놓은 저수지의 봇목에 논을 가지고서도, '유아독존' 식으로 날뛰는 절 사람들의 세도에 눌려 흘러오는 물조차 맘대로 못 대인 곰보 고 서방은 마침내 딴은 큰맘을 먹고 자기 논 물꼬를 조금 더 터 놓았다. 그러자 그걸 본 한 양반이 빽 소리를 내지르며 달려왔다. 오더니 다짜고짜로,

"왜 또 손을 대요?"

"인제 물도 다 돼 가고 하니 나두 좀 대야지요."

하다가, 고 서방은 자기 말이 너무 비겁한 것 같아 한 마디 더 보태었다.

"그리고 당신 논에는 물이 철철 넘고 있지 않소."

"뭐? 넘어? 어디 넘어? 이 양반이 눈이 있나 없나?"

하며 그는 곰보 논 물꼬를 봉하려고 들었다.

"안 돼요!"

곰보는 물꼬를 아까보다 더 크게 열면서,

"위에 있는 논은 한 번 적시지도 못하게 하고 아래 논만 두렁이 넘게 물을 실으려는 건 너무 심하잖소?"

"무어……?"

"그렇게 노려보면 어쩔 테요?"

"야, 이 친구가 밥줄이 제법 톡톡한 모양이로군!"

그는 비쭉 냉소를 했다.

"이 친구? 네 집에는 그래 애비도 삼촌도 없니? 누굴 보고 이 친구 저 친구 해?"

"뭐가 어째? 야, 이 녀석이 제법 꼴값을 하는군. 어디 상판대기에 빵구를 좀 내줄까?"

"이놈—개 같은 놈! 아무리 세상이 뒤바뀌어 졌기로서니……."

"야, 이 녀석 좀 봐, 세상이 뒤바뀌어졌다구? 하, 하, 하……."

그는 다른 사람도 다 들으라는 듯이 소리를 높이더니,

"예끼 건방진 녀석!"

그리고 제보다 몸피가 훨씬 큰 곰보의 뺨을 한 대 갈겼다.

"이게 뭘 믿고서……."

곰보가 하도 어처구니가 없어서, 그 자의 멱살을 불끈 졸라 쥐니깐, 그 근방에 있던 같은 패들이 벌 떼처럼 우—몰려왔다. 그러자 아까 가동 늙은이를 상해 놓던 고자쟁이 이 시봉이가 풋보올 차던 형식으로 곰보의 아랫배 짬을 콱 질렀다. 곰보는 악! 하며 그 자리에 쓰러졌다. 쓰러진 놈을 여러 놈들이 밟고 치고…… 그러다가 나중에는 뻗어져 누운 놈을 끌고 주재소에까지 가자고 야단이다. 곰보는 그 말을 무엇보다도 무서워서, 잘못했다고 빌지 않을 수가 없었다.

들깨가 곁에 가도, 곰보는 넋 잃은 사람처럼 논두렁에 멍하니 앉아 있었다. 왼편 눈 밑이 퍼렇게 부어올랐다.

저수지의 물은 그예 끊어졌다. 물 끊어진 수문을 우두커니 들여다보는 농민들은 하도 억울해서 말도 욕도 아니 나오고, 그만 그곳에 주저앉았다. 그와 동시에 온종일 수캐처럼 쫓아다닌 피로까지 엄습해서 일어날 생각이 없었다.

그러나 한편, 물을 흐뭇이 대인 보광리 사람들은 제 논물이 행여 아래 논으로 넘어 흐를세라 돋우어 둔 물꼬와 논두렁 낮은 짬을 한 층 더 단단히 단속하느라고 몹시 바빴다.

고 서방은 분도 분이지만, 그보다 내년 봄엔 영락없이 그 절논 두 마지기가 떨어지고 말 것을 생각하면, 앞으로 살아나갈 일이 꿈같이 암담하였다. 아무런 흠이 없어도 물길 좋은 봇목 논은 살림하는 중들에게 모조리 떼이는 이즈음에, 아무리 독농가로 신임을 받아 오던 고 서방일지라도 오늘 저지른 일로 보아서, 논은 으레 빼앗긴 논이라고 실망하지 않을 수가 없었다.

그는 문득 지난봄의 허 서방이 생각났다. 부쳐 오던 절논을 무고히 떼이고 살길이 막혀서, 동네 뒤 소나무 가지에 목을 매어 시퍼런 혀를 한 자나 빼물고 늘어져 죽은 허 서방이 별안간 눈에 선하였다. 곰보는 몸서리를 으쓱 쳤다. 이왕 못 살 판이면 제에기 처자야 어떻게 되든지 자기도 그만 그렇게 죽어 버릴까……. 자기가 앉은 논두렁이 몇천 길이나 땅속으로 콱 둘러 꺼졌으면 싶었다.

이튿날 아침, 들깨와 철한이는 오랜만에 논에 물을 한 번 실어 놓고는, 허출한 속에 식은 보리밥이나마 맘 놓고 퍼 넣었다. 그때까지도 저수지 밑 봇목 들녘과 내 건너 보광리—최근에 생긴 중마을—에는 빌어서 얻은 계집이라도 잃어버린 듯이, 중들의 아우성 소리가 끊이지 않았다. 그도 그럴 것이 지난 하룻밤 동안에 논두렁을 몇 토막이나 내이고 물 도둑을 맞은 사람이 많았기 때문이다.

고 서방은 중들의 발악 소리를 속 시원하게 들으면서, 군데군데 커다란 콩낱이 박힌 보리밥, 아니 보릿겨 밥을 맛나게 먹었다.

"누가 간 크게 그랬을까요?"

아내는 숭늉을 떠오며 짜장 통쾌한 듯이 물었다.

"그야 알 놈이 있을라구, 사람이 하두 많은데."

고 서방은 궁둥이를 툭툭 털면서 일어나 섰다. 담배 한 대 재어 물 여가도 없이 고동바로 허리춤을 졸라매고 이 주사 댁 논을 매러 막 집을 나서려고 할 즈음에 뜻밖에도 주재소 순사 하나가 게딱지만한 뜰 안에 썩 들어섰다.

"당신이 고 서방이오?"

눈치가 수상하다.

"예, 그렇소."

"잠깐 주재소까지 좀 갑시다."

"무슨 일입니까?"

고 서방은 금방 상이 노래졌다.

"가면 알 테지."

말이 차차 험해진다.

"난 주재소 불려 갈 일이 없습니다. 죄 지은 일이 없습니다."

고 서방이 뒤로 물러서니까,

"이놈이 무슨 잔소리냐? 가자면 암말 말고 가지 그저."

순사는 고서방의 어깻죽지를 한 대 갈기더니, 어느새 포승을 꺼내 가지고 묶는다.

"아이구 이게 무슨 일유? 나리 제발 그러지 마세요. 이분은 죄 지은 일 없습네다. 나구서 개구리 한 마리도 죽인 일 없다는데, 지난밤에는 새두룩 이 마당에서 같이 잤는데……. 아이구, 이게 무슨 일유?"

학질에 시난고난 하면서도, 미친 듯이 매달리는 고 서방네를 몰강스럽게 떠밀어 버리며 순사는 기어이 고 서방을 끌고 갔다.

3

한 포기가 열에 벌여, ……에어여허 상사뒤야.

한 자국에 열 말씩만, ……에이여허 상사뒤야.

앞 노래에 응해 가며 성동리 농군들은 보광리 앞뜰에서 쇠다리 주사 댁 논을 매고 있다.

백도가 넘게 끓는 폭양 밑! 암모니아 거름을 얼마나 많이 넣었는지 사람이 아니 보이게 자란 볏 속! 논바닥에서는 불길 같은 더운 김이 확확 솟아오르고, 게다가 썩어 가는 밑거름 냄새까지 물컥 물컥 치미는 바람에는 두말없이 그저 질색이다. 그래도 숨이 아니 막힌다면 그놈은 항우項羽다.

몽둥이에 맞아 죽다 남은 개새끼처럼 혀를 빼물고 하—하—하는 놈, 벼 잎사귀에 찔려 한쪽 눈을 못 쓰고 꽈악 감은 놈—그들은 마치 기계와 같다. 다른 점이 있다면 앞잡이의 노래에 맞춰서 '에이여허 상사뒤야'를 속이 시원해지는 듯이 가슴이 벌어지게 내뽑는 것쯤일까.

한 놈이 슬쩍 봉구의 머리에다 궁둥이를 돌려 대더니, 아기 낳는 산모 모양으로 힘을 쭉 준다.

"예, 예끼. 추—추한 자식!"

봉구는 그놈의 종아리를 썩 긁어 버린다.

"이따, 이놈아, 약값이나 내와!"

그놈이 되레 봉구를 놀리려고 드니까, 곁에 있던 철한이란 놈이 얼른 그 말을 받는다.

"약값? 야 이놈아, 참 네가 약값을 내놔야겠다. 생 무 먹는 트림 냄새도 분수가 있지 온……."

"아닌 게 아니라, 냄새가 좀 이상한걸. 이 사람, 자네 똥구멍 썩잖았나?"

또 한 놈이 욱대긴다.

"여—연놈의 대발에 마, 말 다리 썩는 냄새도 부, 부, 분수가 있지!"

봉구란 놈이 제법 큰소리를 친다. 그러면서도 자기는 입은 그대로 제 옷에 오줌을 질질 싸고 있다.

하—하—끙—끙……!

"어이구 이놈 죽는다!"

철한이란 놈이 속이 답답해서 앞으로 몇 걸음 쑥 빠져 나간다.

"쉬—ㅅ! 쇠다리 온다."

들깨란 놈이 주위를 시킨다.

쇠다리 주사가 뒤에서 논두렁을 타고 왔다. 한 손에 양산, 한 손으론 부채를 흔들면서. 쇠다리 주사가 뭐냐고? 그렇다. 옳게 부르면 이 주사다. 그러나 속에 똥만 든 그가 돈냥 있던 덕분으로 이조 말년에 그 고을 원임에게 쇠다리 하나 올리고서 얻은 '주사'란 것이 오늘날 와서는 세상이 달라진 만큼 그만 탄로가 나고 말았기 때문에, 모두들 그를 그렇게 불렀다. 물론 안 듣는 데서만이지만.

"모두들 욕보네. 허…… 날이 자꾸 끓이기만 하니 온!"

어느새 쇠다리가 뒤에 와 선다.

"그런데 조금 늦더래도 이 논배미는 마자 매고 참을 먹어야겠군. 자, 바짝…… 팔대에 힘을 넣어서. 저런, 봉구 뒤에는 벼가 더러 부러졌군, 아뿔사!"

쇠다리 주사는 혀를 쯧쯧 차며 부채를 방정맞게 흔들어댔다.

일꾼들은 잠자코 풀 죽은 팔에 억지 힘을 모았다. 거친 볏 줄기에 스친 팔뚝에는 금방 핏방울이 배어 나올 듯했다. 그러나 그들은 눈을 질끈 감고, 대고동을 해낀 갈퀴 같은 손으로, 어지러운 벼 포기 사이를 썩썩 긁어댔다.

"호오, 호오, 끄응, 끄응……!"

얼굴마다 콩낱 같은 땀방울이 뚝뚝 떨어지고, 놀란 메뚜기 떼들이 파드닥 파드닥 줄도망질을 친다. 노래는 간 곳 없고! 나머지 열 자국! —그들은 아주 숨 쉴 새도 없이 서둘렀다.

"요놈의 짐승!"

제일 먼저 철한이란 놈이, 뒤쫓겨 나온 뱀 한 마리를 냉큼 잡아 올려 가지고는 핑핑 서너 번 내두르더니 훌쩍 저편을 날려 버린다.

고대하던 쉴 참이 왔다. 농부들은 어서 목을 좀 축여 보겠다고 포플러나무 그늘에 갖다 둔 막걸리 통 곁으로 모여 갔다.

우선 쇠다리 주사부터 한잔 했다.

"어…… 그 술맛 좋……군!"

쇠다리 주사는 잔을 일꾼들에게 돌려주고, 구레나룻을 휘휘 틀어 올리더니,

"그런데 참 술이 한 잔씩밖에 안 돌아갈는지 모르겠군. 그저 점심때 쌀밥(쌀이 사분지 일 될까?) 먹은 생각하구 좀 참지. 그놈의 건 잘못 먹으면 일 못하기보다 괜히 사람 축나거든. 더군다나 오늘같이 더운 날에는……."

그러나 농부들은 사발 바닥이 마르도록 빨아 먹고는 고추장이 벌겋게 묻은 시래기 덩어리를 넙죽넙죽 집어넣는다. 목도 말랐거니와 배도 허출했다.

그럴 때 마침 뿡……하고, 자동차 한 대가 그들이 쉬는 데까지 먼지를 뒤집어씌

우고 달아나더니 보광리 앞에서 덜컥 머물렀다. 거기서 내린 것은…… 해수욕을 갔다 오는 보광리 젊은 사람들이었다.

일본으로, 서울로 유학을 하고 있는 팔자 좋은 젊은이들이었다. 물론 계집애들도 섞여 있었다. 성동리 농부들은 한참 동안 그들을 바라보았다. 그들 가운데 섞여 있던 고자쟁이 이시봉이 웬일인지 차에서 내리자 바른쪽으로 주재소로 들어갔다.

술을 잘 못하기 때문에 식은 밥만 두어 술 뜨고 난 들깨는 눈이 주재소 문에 가 박혔다. 얼마 뒤에 시봉이가 나왔다.

"고 서방은 어찌 됐을까?"

부지중 중얼거린 들깨. 묵묵히 이마에 석 삼자를 깊게 지우는 철한이…… 우리 때문에 무고한 고 서방이! 그들은 그대로 가만히 있는 자기들이 그지없이 부끄럽고 맘이 괴로웠다,

세상을 모르는 봉구란 놈은 제 발바닥의 상처만 풀어 헤쳐 놓고, 그 속에 들어간 뻘을 꺼내고 있다. 다른 농군들은 행려의 시체처럼, 거무데데한 뱃가죽을 내놓고 길바닥 위로, 잔디 위로 그늘을 찾아서 여기저기 나자빠졌다. 어떤 친구는 어느새 코까지 쿨쿨 골고, 어떤 친구는 불개미한테 거기라도 물렸는지 지렁이처럼 자던 몸을 꿈틀꿈틀한다.

매미란 놈들이, 잎사귀 하나 까딱 아니 하는 높다란 포플러나무에서, 그 밑에 누워 있는 농군들을 비웃는 듯 구성지게 매암매암매…… 한다.

모기 속에서 저녁을 치르고 나면 마을 사람들은 게딱지같은 집을 떠나서 모두 냇가로 나온다.

아무런 가뭄이라도 바위틈에서 새어 나오는 물이 군데군데 제법 웅덩이를 만들었다. 냇가의 달밤은 시원하였다.

먼 동이 트면 곧 죽고 싶은 마음
저녁밥 먹고 나니 천년이나 살고 싶네.

어느새 벌써 달려 나와서 반석 위에 번듯 누워 하늘을 쳐다보며 읊조리는 쇠다리 주사 댁 머슴 강 도령의 노래다.

반달같이 생긴 다리 아래편 백사장에는 애새끼들이 송사리처럼 모여서, 노래로 장난으로 혹은 반딧불 쫓기로 부산하게 떠들고 뛴다. 비를 기다리는 하늘에서는 구름 한 점 없이 달만 밝고, 달빛 속에 묻힌 성동리 집집에서는 구름인 듯 다투어 모기 연기만 피워, 산으로 기어오르고 들로 내려 깔려 연긴가 달빛인가 알 수도 없다.

남자들의 뒤를 이어 여자들도 떼를 지어 다리를 건너왔다.

다리 위편이 남자들의 자리다. 그들은 나오는 대로 멱을 감고는 여기저기 반석을 찾아가기가 바쁘다. 가는 곳이 그들의 그날 밤 잠자리다. 그리도 못 하는 놈은 행인지 불행인지 아직도 제 논에 풀물이 있어서 봇목으로 물 푸러 가는 놈! 그러나 물푸개 석유통을 옆에 둔 채 어느새 지쳐 한잠이 든 봉구는 밤중이 넘어서 공동묘지 입구까지 물 푸러 갈 것인지 코만 쿨쿨 골아 댄다.

풀에서 나오는 퍼런 물

"들깨, 자네 누이동생은 어쩔 텐가?"

"어쩌긴 무얼 어째?"

"키 보니 넉넉히 시집갈 때가 됐던 걸."

"키는 그래도 나인 인제 겨우 열일곱이야. 열일곱에 혼사 못 될 건 없지만 어디 알맞은 자리가 쉬 있어야지."

"아따 이 사람 염려 말라구. 그만한 인물이면야 정승의 집 며느리라도 버젓하겠데. 자리가 왜 없으라구!"

"이 사람이 왜 또……, 괜히 얼굴만 믿고 지나친 데 보냈다가 사흘도 못 돼서 쫓겨 오게! 천한 사람은 그저 천한 사람끼리 맞춰야지…….”

“암 그렇구 말구!”

가만히 듣고만 있던 철한이란 놈이 뜻밖에 한 마디 보태었다.

그럴 때 마침 다리 아랫목에서 멱을 감고 있던 여자들이 킥킥거리며, 또는 욕설을 하면서 남자들이 노는 위편으로 자리를 옮겨 간다. 그걸 본 강 도령,

“위에 가면 안 되오. 왜 밑에서 허잖구……?”

“보광리 새끼들 때문에 밑에선 못 하겠다우.”

아낙네들의 대답이다. 남자들의 시선은 일제히 다리 아래편으로 쏠렸다. 하늘 높게 백양목이 줄지어 선 곳…….

사랑으로 여위었느니 어쨌느니 하는 레코드에 맞춰서 반벙어리 축문 읽는 듯한 노래 소리가 들려 왔다.

“유성기는 또 누구를 홀리려고 가지고 다닐까. 저것들이 곧잘 여자들이 멱 감는 곳만 찾아다닌단 말이야.”

강 도령이 남 먼저 욕지거리를 내놓는다.

“예—끼 더런 자식들! 듣기 싫다. 집어치우고 가거라, 가!”

동네 젊은 녀석들은 모두 바위에서 일어나서 욕을 한 바탕씩 해 주고는 얼른 논두렁으로 올라가서 진흙을 가득가득 움켜 냇물 속에 핑핑 내던졌다.

보광리 만무방들이 돌아간 뒤 농부들은 머리에서 수건을 풀어 제각기 얼굴을 가리기가 바쁘게 너럭바위 위에 휘뚝휘뚝 쓰러졌다. 쓰러지자 곧 쿨쿨.

적막한 농촌의 밤이다. 다만 어디선지 놋그릇을 탕탕 두드리며 ‘남의 집 며느리 낮에는 잠자고 밤에는 일하네’ 하고 학질 주문呪文을 외고 다니는 소리만 그쳤다 이었다 할 뿐. 길쌈하는 아낙네들의 노란 등잔불이 꺼지기가 바쁘다.

4

가뭄은 오래오래 계속되었다. 아침저녁으로 제법 거무스름한 구름장이 모여들다가도, 해만 지면 그만 어디로 사라져 버렸다. 꼭 거짓말같이……. 보광사 절 골을 살며시 넘어다보는 그놈도 알고 보면 얄미운 가뭄 구름. 귓산성 용구렁에 안개가 자욱해도 헛일, 아침놀, 물밑 갈바람은 더군다나 말도 안 되고, 어쨌든 농부들은 수백 년째 전해 오고 믿어 오던 골짜기 천기조차 온통 짐작을 못할 만큼 되었다. 날마다 불볕만 쨍쨍……, 그들의 속을 태웠다. 콧물만한 물이라도 있는 곳에는 아직도 환장한 사람들이 와글거리고, 풀물도 없어진 곳에는 강아지 새끼도 한 마리 안 보였다. 물 놓던 성동들도 삼년 전 소위 수도 수원지水源池가 생기고는 모깃불감이 되고, 마을 앞 정자나무 밑에는 떡심 풀린 농부들의 보람 없는 걱정만이 늘어갈 뿐이었다.

걱정 끝에 하룻밤에는, 작년에도 속은 그놈의 기우제祈雨祭를 또다시 벌였다. 앞산 봉우리에다 장작불을 피워 놓고 성동리 사람들은 목욕재계를 하고 어떤 위인은 낡은 두루마기, 또 어떤 위인은 제법 몽당 도포까지를 걸치고서 쭉 늘어섰다. 구장, 들깨, 갓이 비뚤어진 봉구……. 옛날 훈장 노릇을 하던 노인이 쥐꼬리보다 작은 상투를 숙이고서 제문을 읽자 농부들은 일제히 하늘을 우러러 보고 절을 하며 비를 빌었다.

"만인간을 지켜 주시는 천상의 옥황상제님이시여……!"

그들은 몇 번이나 코가 땅에 닿도록 절을 하였다. 이글이글 타오르는 불길을 따라 그들의 축원도 천상에 통하는 듯하였다.

기우제는 끝났다.

"깽무깽깽 쿵덕쿵덕, 깽무깽깽 쿵덕쿵덕……."

농부들은 풍물을 울리면서 산을 내려왔다.

동네 앞 타작마당에서 그들은 짐짓 태평성대를 맞이한 듯 소고를 내두르며 한

바탕 멋지게 놀았다. 조그만 아이놈들도 호박꽃에 반딧불을 넣어 들고서 어른들을 따라 우쭐거렸다.

"구, 구, 구장 어른, 저, 저, 구름 좀 봐요!"

봉구란 놈이 무슨 엄청난 발견이라도 한 듯이 엉덩춤을 추면서 외쳤다. 아닌 게 아니라 거무스름한 구름장 하나가 달을 향해서 둥실둥실 떠왔다.

"얼씨구 좋다! 쿵덕쿵덕!"

농부들은 마치 벌써 비나 떨어진 듯이 껑충껑충 뛰어댔다. 그러나 그것도 모두 헛일—하루, 이틀, 비는커녕 안개도 내리지 않고 되레 마음만 졸였다. 불안은 각각으로 커져만 갔다.

그러한 하룻날 보광사 농사조합에서 성동리의 유력자—쇠다리 주사와 면서기며 농사조합 평의원인 진수를 청해 갔다. 그래서 그들이 저쪽의 의논에 응하고 가져온 소식—그것은 오는 백중날 보광사에서 기우 불공을 아주 크게 올릴 예정이니까, 성동리에서는 한 집에 한 사람씩 참례를 하는 것이 좋겠다고. 기우 불공이라니 고마운 일이다.

"허지만 우리 같은 것 그리 많이 모아서 뭘 헌담? 불공은 중들이 헐 텐데……."

농민들은 무슨 영문이지 잘 몰랐다. 그러나 안 갔으면 가만히 안 갔지, 보광사의 논을 부쳐 먹고 사는 그들이라 싫더라도 반대는 할 수 없는 처지였다. 이왕이면 괘불掛佛까지 내걸어 달라고 마을 사람 측에서도 한 가지 청했다. 괘불을 내어 달면 아무리 어려운 일이라도 소원 성취된다는 말을 어릴 때부터 종종 들어온 그들이었다.

하지만 절 측에서는 경비가 너무 많이 든다고 첨에는 뚝 잡아떼었다. 고까짓 일에 무슨 경비가 그리 날 겐가? 어디, 과연 영험이 있나 없나 보자!—마을 사람들은 꽤 큰 호기심을 품고서 간곡히 청했다. 구장이 두어 번 헛걸음을 한 뒤, 쇠다리 주사가 나가서 겨우 승낙을 얻어 왔다. 그래서 칠월 백중날! 보광사에서는 새벽부터 큰 종이 꽝꽝 울렸다.

성동리 사람들은—농사 조합 평의원인 진수와 구장과 그 다음 몇 사람 빼놓고는 대개 중년이 넘은 아낙네들과 쓸데없는 아이들 놈뿐이었지만—장꾼같이 떼를 지어 절로 절로 올라갔다.

천여 년의 역사를 가지고 무려 백여 명의 노소승老少僧이 우글거리는 선찰 대본산 보광사에는 벌써 백중 불공차 이곳저곳에서 모여든 여인들이 들끓었다,

오색단청이 찬란한 대웅전을 비롯하여, 풍경 소리 그윽한 명부전, 팔상전, 오백나한전……. 부처 모신 방마다 웬만한 따위는 발도 잘 못 들여놓을 만큼 사람들이 꽉꽉 들어찼다. 그들은 엉덩이 혹은 옆구리를 서로 맞대고 비비대기를 치며, 두 손을 높게 들어 머리 위에서부터 합장을 하고 나붓이 중절을 하였다. 아들 딸 복 많이 달라는 둥, 허리 아픈 것 어서 낫게 해 달라는 둥…… 제각기 소원들을 은근히 빌면서. 잠자리 날개보다 더 엷은 생노방주 옷에 모두 제가 잘난 체 부처님 무릎 앞에 놓인 커다란 희사함喜捨函에 아낌없이 돈들을 척척 넣고 가는 그들! 얼핏 보면 죄다 만석꾼의 부인, 알고 보면 태반은 빚내어 온 이들.

성동리 아낙네들은 명부전 뒤 으슥한 구석에서 잠깐 땀을 거두고서, 대웅전 앞으로 슬슬 나왔다.

자기들 딴에는 기껏 차려 봤겠지만, 앉으려는 겐지 서 있는 겐지 분간을 못할 만큼 풀이 뻣뻣한 삼베 치마 따위로선 그런 자리에 어울릴 리가 만무하였다. 다른 분들과 엄청나게 차가 있는 자기들의 몸차림을 못내 부끄러워하는 듯, 어름어름 차례를 기다리고 섰다.

그러자, 며칠 전부터 와 있던 진수 어머니가 어디서 봤는지 아왔다. 아주 반가운 듯한 얼굴을 하고,

"여태 어디를 처박혀 있었어? 아까부터 아무리 찾아두 온……. 다들 부처님 참배는 했냐?"

자기는 벌써 보살님이나 된 셈 치는 어투였다.

"아직 못 봤수. 웬걸, 돈이 있어야지!"

이 얼마나 천부당만부당한 대답일까?

"그럼, 시줏돈도 없이 절에는 뭘 하러들 왔수?"

진수 어머니는 입을 삐죽하더니,(이것들 곁에 있기는 괜히 큰 망신하겠군!) 할 듯한 표정을 하고는 어디론지 펑 가 버린다.

베치마 패들은 잠깐 주저주저하다가,

"돈 적으면 복 적게 받지 뭐."

하고는, 남편이나 아들들이 끼니를 굶어 가며 나뭇짐이나 팔아서 마련한 돈들을, 빚의 끝돈도 못 갚게 알뜰살뜰히도 부처님 앞에 바치고 나온다. 더러는 내고 보니 꽤 아까운 듯이 돌아다보기도 했다.

법당 뒤 조그마한 칠성각 안에는, 아기 배려고 백일기도한다는 젊은 아낙네. 지루하지도 않은지 밤낮으로 바깥 난리는 본 체 만 체하고, 곁에선 중의 목탁 소리에 맞춰 무릎이 닳도록 절만 하고 갔다. 자기 말만 잘 들으면 틀림없다는 그 중의 말이 영험할진대 하마나 아기도 뱄을 것이다.

꽝! 뗑뗑, 둥둥둥, 똑똑, 쫘르르!

종각의 큰북 소리를 따라 각전 각방의 종, 북, 바라며 목탁들이 한꺼번에 모조리 발광을 하자, 허 주지의 지휘를 쫓아 이 빠진 노화상老和尙의 독경 소리와 함께 엄숙하게 불문이 삑삑삑 열리고, 새빨간 가사의 서른 두 젊은 중의 어깨에 고대하던 괘불이 메여 나와, 대웅전 앞 넓은 뜰 한가운데 의젓이 세워졌다. 삼십여 장의 비단에 그려진 커다란 석가 불상! 장삼 가사를 펄럭이는 중들은 말할 것도 없고, 모여든 구경꾼들까지 상감님 잔치에라도 참례한 듯이 놀라울 만큼 엄숙해졌다.

고양상이 나오자, 주지를 비롯하여 각방 노승들이 참배를 드리고, 다음으로 젊은 중, 강당 학인學人, 그 밖에 애기 중들, 그리고 중 마누라와 보살계에 든 여인들, 맨 나중이 일반 손님들의 차례였다. 중들을 빼놓고는 모두 앞을 다투어 돈들을 내걸고 절을 하며 소원성취를 빌었다.

"어서 물러 나와요. 다른 사람도 좀 보게."

진수 어머니는 다 같은 보살 계원을 밀어내고 들어서더니, 자기는 돈을 얼마나 냈는지 절을 열 번도 더 했다. 주지 부인을 보고, 어머니 어머니하고 섰던 진수도 남 먼저 쫓아 나가서 대가리를 땅에 처박았다.

성동리 아낙네들은 이미 주머니가 빈지라, 부러운 듯이 곁에서 남이 하는 구경만 하고 있었다.

이러한 거추장스런 일이 다 끝난 뒤에야 겨우 기우 불공이 시작되었다. 괘불 앞에는 큰북이 나오고, 바라가 나오고, 목탁이 나오고…… 성동리 구장이 동네서 긁어 온 돈을 내걸자 기도는 비로소 시작되었다.

"딱딱딱딱, 나무아미타……불, 관세음보……살, 꽝, 둥, 촬, 딱 다글!"

목탁 소리와 함께 독경 소리가 높아지고 경문의 구절마다 꽹과리, 북, 바라, 큰 목탁이 언제나 꼭 같은 장단을 짚는다.

성동리 사람들은 중들의 기도를 따라서 자기들도 절을 하였다. 중들의 궁둥이를 향해서. 어떤 중은 이리저리 돌아다니면서 무지막지한 촌뜨기들의 가지각색의 절들을 통일시키기 위하여, 불갓절을 모르는 위인들의 몸에 함부로 손을 대가며 합장 절을 가르쳤다. 이번에는 물론 삼베치마들도 한 몫 들었다. 그러나 그들의 절이란 어울리기는커녕 우습기가 한량없었다.

기도의 한 토막이 끝나려 할 즈음 잦은 고개를 넘는 경문, 신이 나서 어개를 우쭐거리는 장단꾼, 청천백일 아래서 이마를 땅에 대고 제발 덕분에 비 오기를 비는 농부들과 그들의 어머니며 아내들…….

기도가 쉴 참에 성동리 사람들은 어마어마한 강당 안을 버릇없이 들여다보았다. 아마 여든도 훨씬 넘었을 듯한, 수염까지 허연 법사法師가 높다란 법탑 위에 평좌를 하고 앉아서, 옹이가 툭툭 불거진 법장法杖을 울리면서 방 안에 빽빽하게 들어앉은, 한다 한 보살 계원들을 앞에 두고 방금 설법의 삼매경三昧境에 빠진 모양이었다.

"보광산하 십자로, 무설노고 호손귀."

라고, 맑은 목청으로 외더니 가만히 눈을 감는다. 눈썹 하나 까딱 안 하는 모습이 마치 산부처 같았다. 뒷벽에는 '합장의 생활' 이라고 어마어마하게 쓴, 설교 제목이 걸려 있었다. 방 안은 죽은 듯이 조용하다.

"꽝!"

법사는 마침내 법장을 들어 법탑을 야무지게 울리면서 다시 눈을 번쩍 뜨더니, 청중을 한 번 휘둘러보고는 설법을 계속한다.

"……보광산 밑 네 갈래 길에서, 혀 없는 늙은 할머니가 손자를 부르며 돌아간다……는 말씀입니다. 혀 없는 늙은 할머니가 손자를 부르며 돌아간다……는 말씀입니다. 혀 없는 할머니가 어떻게 손자를 부를까요? 얼핏 생각하면 말도 아닌 것 같지만, 여기에 정작 우리 불교의 깊은 진리가 숨어 있거든요. 알고 보면 무궁무진한 뜻이 있지요……." 청중은 무슨 소린지 알 바 없어 그저 장바닥에 갖다 둔 촌닭처럼 눈만 끔벅끔벅할 뿐이었다. 아기야 진수 어머니처럼 몰라도 아는 체하는 여걸이 없는 바는 아니지만, 그러나 그건 보통사람이 못할 짓, 어떤 이는 벌써 방앗공이마냥 끄덕 끄덕 졸고만 있다.

다시 바깥 기도가 시작되었다. 기도 중들은 장삼 가사가 듬뿍 젖도록 땀을 흘려가며 경문을 외고 목탁, 꽹과리를 때려 치며, 북, 바라를 요란스럽게 울려댔다. 괘불과 불경 영험이 있어야 할 테니까. 그래서…… 기도는 꽤 장시간 경문이 늦은 고개, 잦은 고개를 오르내린 다음에 마침내 엄숙한 긴장 속으로 들어갔다. '나무아미타불' 의 느린 합창 소리에 대웅전 앞 넓은 뜰은 모래알까지 소르르 떨리는 듯싶었다.

최후로 믿었던 괘불조차 영험이 없고 가뭄은 끝끝내 계속됐다. 들판에는 반 이상 모가 뽑히고 메밀 등속의 댓곡식이 뿌려졌으나, 끓는 폭양 아래서는 싹도 잘 아니 날뿐더러, 설령 났더라도 말라지기 바쁠 지경이었다.

빨리 쌀밥 맛 좀 보자고 심었던 올벼도 말라져 버리고, 남은 놈이래야 필 염도 안 먹고, 새벽마다 성동리 골목골목에는 보리 능그는 절구질 소리만 힘없이 들렸다. 학교라고 갔던 놈들은 수업료를 못 내서 떼를 지어 쫓겨 왔다.

쫓겨 오지 않고 끌려 오기로서니 없는 돈이 어디서 나오랴! 부모들의 짜증이 무서워서 오다가 되돌아서는 놈은, 만일 탄로만 나고 보면…… 거짓말은 도둑놈 될 장본이라고, 여린 뺨이 터지도록 얻어맞곤 하였다.

"없는 놈의 자식이 먹는 것도 장하지 학교는 무슨 학교야?"

이 집에서도 퇴학, 저 집에서도 퇴학이다. 이런 처지에는 추석도 도리어 원수다. 해마다 보광리 새 장터에서 열리는 소위 면민 대운동회에 출장은커녕, 쇠다리 주사이나 진수네 집 사람, 그 밖에는 간에 바람 든 계집애나 나팔에 미친 불강아지 같은 애새끼들밖에는 성동리에서는 구경도 잘 아니 나갔다. 그러나 그래도 명절이라 해서, 사내들은 낡은 두루마기들을 꺼내 입고서 이 집 저 집 늙은이들을 뵈로 다니면서, 오래간만에 시금텁텁한 밀주密酒잔이나 얻어 마시고는 아무 데나 툭툭 나자빠져 잤다.

쇠다리 주사 댁 안뜰에는 제법 널뛰기까지 벌어졌으나, 아낙네들은 별로 보이지 않고 거의 다 마을의 젊은 처녀들이었다. 들깨의 누이동생 덕아도 저녁에는 한바탕 뛰었다. 그러나 그들도 마치 무슨 의논이나 한 듯이 죄다 곧 흐지부지 흩어졌다. 중추명월이야 옛날과 조금도 다를 바 없고, 네 활개를 활짝 펴고 높이 솟아보는 아찔한 재미야 잊었을 리 만무하되, 원수의 가난한 흉년은 이 동네로부터 청춘의 기쁨과 풍속의 아름다움마저 뺏어 가고 말았다.

싱거운 추석이 지난 뒤, 성동리 사람들은 모두 산으로 올라가기 시작했다. 남자는 지게를 지고, 여자들은 바구니를 들고서.

그러한 어느 날, 성동리 여자들은 보광사의 대사봉 중턱에서 버섯을 따고 있었다. 가동 늙은이를 비롯하여 화젯댁, 곰보네, 들깨 마누라, 덕아…… 그중 제일 익숙한 것은 역시 가동댁이었다. 그는 어릴 적부터 까투리처럼 그 산을 싸다닌 만큼, 어디는 어떻고, 어디는 무슨 버섯이 난다는 것을 환히 알기 때문에 언제든지 남의 앞장을 서 다니면서 값나가는 송이라든가, 참나무 버섯 따위부터 쏙쏙 곧잘 뽑아 담았다. 다른 여자들은 부러운 듯이 그의 뒤를 따라다니며, 한 광주리 가득 채워 이고 이십 리나 넘어 걸어야 겨우 한 이십 전 받을 둥 말 둥한 소케버섯, 싸리버섯 등속을 딸 뿐이었다.

하늘을 가린 소나무와 늙은 잡목 그늘은 음침하고도 축축하였다. 지나간 이백십일 풍에 부러진 느티나무 가지는 위태롭게 머리 위에 달려 있고, 이따금 솔잎에서는 차디찬 물방울이 뚝뚝 떨어졌다. 억새랑 인동덩굴이 우거진 짬은 발 한 잘못 들여 놓다간 고놈의 독사 바람에 또 순남네처럼 억울하게 죽을 판. 하지만 가동 늙은이의 말이 옳지, 가뭄 탓으로 그 해는 버섯조차 귀했다.

덕아와 같은 젊은 계집애들은 악착스럽게 무서운 절벽 끝에 붙어 있었다. 아찔아찔 내둘려서 밑일랑 내려다보지도 못하고, 놀란 참새처럼 가슴만 볼록거렸다. 석양 받은 단풍잎에 비쳐 얼굴은 한 층 더 붉어 오나 밉도록 부지런히 썩어 빠진 버섯만 보살피고 있는 것이었다. 재 너머 나무터에서는 초군들의 긴 노래가 구슬프게 들려 왔다…….

지리 산천 가리 갈가마귀야, 이내 속 그 뉘 알꼬…….!

낫을 들면 으레 나오는 노래다.

그러자 얼마 지나지 않아서, 여자들이 싸대던 비탈 위에서 갑자기 사람 소리가 나고 조그마한 애 새끼 놈들이 까치집만큼씩 한 삭정이를 해서 지고는, 선불 맞은 산돼지 새끼처럼 혼을 잃고 쫓겨 왔다. 맨 처음에 선 놈이 차돌이, 그 다음은 개똥이…… 제일 꽁무니에 처져서 밑 빠진 고무신을 벗어 들고 허둥대는 놈은 그 해 가을에 퇴학당한 상한이란 놈이다.

"예끼 요놈의 새끼들! 가면 몇 발이나 갈 줄 아니?"

악치듯한 소리와 함께 보광사 산지기 수염장이가 뒤따라 나타났다.

"아이구머니!"

여자들도 겁을 먹고 도망질이다. 잡히면 버섯을 빼앗기고 혼이 날판. 그루터기에 걸려서 넘어지는 이, 솔가지에 치마폭을 찢기는 이, 그러나 바구니만은 버리지 않고 내달린다.

화젯댁은 제 도망질보다 쫓겨 가는 아이들의 뒤를 따르느라고, 몇 번이나 바구니를 내던질 뻔하면서 곤두박질을 쳤다.

"아이구 차돌아, 그만 잡히려무나!"

그래도 아이들은 돌아보지도 않고 달아만 난다. 자갈비탈에서 지게를 진 채 자빠지는 놈, 엎어지는 놈, 그러다가 갑자기 옴츠리고 앉은 놈은 응당 날카로운 그루터기에 발바닥을 찔렸을 것이다.

산지기는 그 애의 나뭇짐을 공치듯이 차서 굴리어 버리고는, 다시 벚나무 몽둥이를 내두르며 앞에 놈을 쫓는다. 그러자 의자 대사의 공부터라는 바위 밑으로 쫓겨 가던 아이들은 갑자기 무춤하고 발을 멈췄다. 동무 하나가 헛디디어 헌 누더기 날리듯 낭떠러지 아래로 떨어졌기 때문이다.

아이들이 놀라고 선 영문을 알게 된 산지기는 부릅떴던 눈을 별안간 가늘게 웃기며,

"예끼 이놈들, 왜 있으라니까 듣지 않고 자꾸만 달아나더니 결국 이번 변을 일

으키지 않나?"

마치 그들이 동무를 밀어뜨리기나 한 듯이 나무랐다.

화젯댁이 미친 듯이 날아왔다. 다행히 차돌이가 있는 것을 보고는 다소 마음이 놓이는 모양이었다.

"어머니, 상한이가 떨어졌어요!"

화젯댁은 대답도 않고서, 번개같이 비탈 아래로 미끄러지듯이 내려갔다. 모두 그의 뒤를 따랐다.

상한이는 망태기를 진 양으로 험한 바위틈에 내려 박혀 있었다. 화젯댁은 바구니를 내던지고서, 상한이를 안아 내었다. 숨은…… 벌써 그쳐 있었다. 얼굴은 알아보지 못하게 부서져서 피투성이가 된 위에, 한쪽 광대뼈가 불쑥 튀어나와 있었다. 그리고 그가 죽은 자리에는, 이상하게도 그때까지 지니고 있었던 밑 빠진 고무신이 한 짝 엎어져 있었다.

화젯댁은 한동안 넋을 잃었다. 그러나 우두커니 서 있는 산지기의 얼굴을 노려본 그녀의 눈에는 점점 살기가 떠올랐다.

"당신은 자식이 없소?"

칼로 찌르듯 뻐물었다.

"있든 없든 무슨 상관이야. 흐……! 참! 없다면 하나 낳아 줄 건가?"

산지기는 뻔뻔스럽게, 털에 쌓인 입만 비쭉할 뿐이었다.

"뭐라구요? 액 여보, 절에 있다구 너무 하오. 아무리 산이 중하기로서니 남의 자식의 목숨을 그렇게 안단 말유?"

화젯댁은 그 자의 거만스러운 상판대기에 똥이라도 집어 씌우고 싶었다.

"야, 이 여편네 좀 봐! 아주 누굴 막 살인죄로 몰려구 드는군. 건방진 년 같으니, 천지를 모르고서 괜—히. 왜 이따위 새끼 도둑놈들을 빠뜨렸느냐 말야? 이년이 저부터 요런 도둑질을 함부로 하면서 뻔뻔스럽게……."

산지기는 화젯댁의 버섯 바구니를 힘대로 걷어찼다. 그리고는 어디론지 핑 가 버렸다. 초동들의 죄는, 결코 그 산지기의 핑계 말과 같이 돈 주고 사지 않은 구역에서 땔나무를 한 것이 아니었다.

그들은 그 까치집만큼씩 한 삭정이 한 꾸러미를 목표로, 식은 밥 한 덩어리씩을 싸들고는 어른들을 따라 이십 리도 더 되는, 동네서 사 놓은 나무터까지 정말 갔던 것이다. 구태여 트집을 잡는다면, 돌아오던 길에 철부지한 마음으로 떨어진 밤을 주우려고 길가 자복 숲속에 잠깐 발을 들여 놓은 것뿐이었다.

얼마 뒤에 죽은 아이의 할머니가 파랗게 되어 달려 왔다. 가동 할머니다. 그녀는 곁에 사람은 본 체 만 체, 바보처럼 우두커니 서서 늘어진 손자만을 눈이 빠지도록 노려보더니, 그만 '하하하!' 웃어댔다.

"정말 죽었구나! 네가 정말 죽었구나! 죽인 중놈은 어딜 갔니……."

그녀는 넋두리를 하는 무녀巫女처럼 한바탕 떠들더니 또다시 '하하하!' 한다.

가동 늙은이는 완전히 실신을 하였다. 물 건너로 품팔이 간 아들은 죽었는지 살았는지 십 년이 가깝도록 이렇단 소식이 없고, 며느리조차 달아난 뒤로는 그 손자 하나만을 천금같이 믿고 살아온 것이었다.

이윽고 산지기는 보광사 파출소에서 순사 한 사람을 데리고 왔다.

가동 할멈은 한참 동안 산지기를 노려보더니, "예끼 모진 놈!" 하고 이를 덜덜 갈며 발악을 시작했다.

"고라 고랏! 안 대겠소. 나무 산에 도둣지리 보낸 단신 자리 몬 했소. 이 얀반 사라미 아니 주깃소!"

순사는 눈을 잔뜩 부릅뜨고 노파를 막아섰다.

"여보 나리까지도 그러시우……?"

가동 할멈은 장승같이 눈을 흘기더니 갑자기 또 '하하하!' 미친 웃음을 친다.

"아이구 상한아! 상한아! 귀신도 모르게 죽은 내 새끼야……"

하고 할머니는 마치 노래나 하는 듯이,

"어허야 상사뒤여, 지리산 갈가마귀 그를 따라 너 갔느냐? 잘 죽었다. 내 손자야, 명산 대지에서 너 잘 죽었구나…… 하하하……!"

이렇게 가동 늙은이는 그만 영영 미쳐 버리고 말았다.

6

은하수가 남북으로 돌아져도 성동 들은 가을답지 않았다. 전 같으면 들이차게 익어 가는 누른 곡식에, 농부들이 입에서도 저절로 너털웃음이 흘러나오고, 아낙네들은 가끔 햅쌀 되나 마련해서 장 출입도 더러 할 것이로되, 그 해는 거친 들을 싱겁게 지키는 허수아비처럼 모두들 맥없이 말라 빠졌다.

보광사로부터 산 땔나무 터에도 인제는 더 할 것이 없고, 또 기한이 지나자, 사내들은 별반 할 일이 없었다. 간혹 도둑나무를 하러 다니는 사람이 있지만 붙잡히면 혼이 나곤 했다.

첫여름에 무단히 경찰서로 끌려간 고 서방은 남의 논두렁을 잘랐다는 얼토당토않은 죄에 몰려 괜히 몇 달간 헛고생을 하다가 추석 지난 뒤에 겨우 놓여 나왔으나, 분풀이는커녕 타고난 천성이라 도둑나무도 못 해 오고 꼬박꼬박 사방 공사 품팔이나 다녔다. 길이 워낙 멀고 보니, 그나마 닭 울자 집을 나서야 되고, 삯이라곤 또 온종일 허둥대야 겨우 삼십 전 될락 말락. 그러나 이렇게 다니는 것은 물론 고 서방만이 아니었다.

아낙네들은 버섯 철이 지나자 이젠 멧도라지나 캐고, 그렇지 않으면 콩잎 따기가 일이었다. 그것도 자기 산 없고, 자기 밭 적은 그들은 욕 얻어먹기가 일쑤였다.

마침내 군청에서 주사 나리까지 출장을 나와서, 소위 가뭄으로 인한 피해 상태의 실지 조사를 하고 가더니, 달포가 지나도록 아무런 소식이 없고, 동네 안에는 다만 주림과 불안만이 떠돌 뿐이었다.

그래서 보광사에서는 갑자기 간평看坪을 나왔다. 고자쟁이 이시봉과 본사 법무원法務院에서 셋—도합 네 사람이 나왔다.

간평! 소작료! 농민들에게는 이 말이 무엇보다도 무섭고 또 분했다. 그러나 그날 절논 소작인으로서는 물론 하나도 출타를 않고 기다렸다. 농사조합의 평의원이 되어 있는 진수도 그날은 면소 일을 제쳐 놓고 중들을 맞이하였다.

그래서 진수의 집 사랑에서는 일찍부터 술상이 벌어졌다. 미리 마련해 두었던 밀주와 술안주가 이내 모자랐든지, 머슴 놈이 보광리 상점으로 종종걸음을 치고 쇠고기 굽는 냄새가 흐뭇이 새어 나오는 통에, 대문 밖에 죄인처럼 쭈그러뜨리고 앉은 소작인들은 괜히 헛침만 꿀떡꿀떡 삼키었다.

작인들은 간평원들의 미움이나 받을까 저어했음인지 차례로 안으로 들어가서는, 오시느라고 수고했다고 공손히 수인사를 하고 나왔다. 고 서방은 지난여름 당한 일을 생각하면 이가 절로 갈렸지만 그래도 시봉의 앞에 무릎을 꿇지 않을 수가 없었다.

"에헴, 에헴, 에……헴!"

치삼 노인도, 듣는 사람의 가슴까지 걸릴 기침 소리를 연거푸 뽑으면서 기다란 지팡이를 끌고 대문 앞으로 들어갔다. 그리고 자식 같은 사람들 앞에 절을 하고서는, 그러지 말라던 아들의 말을 듣지 않고서 그예 자기 집 농사 사정을 여쭈어 보려고 했다.

"여보 노인, 그런 소리는 할 필요 없소. 메밀을 갈았으면 메밀을 간 세만 내면 되지 않겠소?"

이시봉은 거만스런 반말로써 사정없이 쏘았다. 치삼 노인은 다시 말해 볼 여지가 없었다.

"여보, 그런 말은 이런 데서 하는 법이 아니오. 괜히 남 술맛 떨어지게!"

곁에 앉은 중 하나가 뒤를 따라 핀잔을 하는 바람에 화가 더 치밀었으나 진수의 권하는 말에 치삼 노인은 다행히(!) 무사하게 밖으로 나왔다. 그러나 '허 참, 복받겠다고 멀짱한 자기 논 시주해 놓고 저런 설움을 받다니 온!' 하는 젊은 사람들의 말도 들은 체 만 체, 뼈만 왈왈 떨리는 다리를 끌고 자기 집으로 돌아갔다.

다른 사람들은 그래도 진수네 집 대문 밖에, 노 우거지상을 하고 앉아서 어서 술이 끝나기를 기다렸다. 그러다가 더러는 투덜거리며 돌아가고, 잡담이나 하고 고누나 두던 늙은 친구들도 나중에는 역시 불평이 나왔다.

"제에기, 간평을 나온 겐가, 술을 먹으러 나온 겐가? 아무 작정을 모르겠군."

머리끝이 희끔희끔한 친구가 이렇게 불퉁하니깐, 곁에 있던 까만 딱지가,

"글쎄 말이야, 이것들이 또 논을랑 둘러보지도 낳고 앉아서만 소작료를 정할 것 아닌가?"

"제에기, 우, 우리 논에는 또 안…… 가겠군. 자…… 작년에도 앉아서 세만 자…… 자 잔뜩 매더니……."

봉구란 놈도 한 마디 보태었다.

"설마 자기들도 사람인 이상 금년만은 무슨 생각이 있을 테지!"

한 시절 보천교普天敎에 미쳐서 정감록이 어떠니 하고 다니던 최 서방의 말이다. 삼십을 겨우 지난 놈이 아직도 상투를 달고, 거짓말 싱거운 소리라면 '소진장의蘇秦張儀' 라도 못 따를 것이고, 한동안 보천교에 반했을 때는 '육조판서' 가 곧 된다고 허풍을 치던 위인이다.

"이 사람 판서, 설마가 사람 죽이는 걸세. 생각은 무슨 생각! 자네 판서나 마찬가지지 뭐."

톡 쏘는 놈은 일본서 탄광 밥 먹다 온 까만 딱지 또쭐이었다.

이윽고 술이 끝났다. 모가지 짬까지 벌겋도록 취해서 나서는 간평원들! 금테 안경을 쓴 진수 아내가 사립 밖까지 나와서 배웅을 하자, 그들은 인도하는 진수의 뒤를 따라서 단장과 함께 비틀거렸다. 그러한 그들의 뒤에는, 얼굴이 노랗고 여윈

소작인들이 마치 유형수流刑囚처럼 묵묵히 따랐다.

술 취한 양반들에게 옳은 간평이 될 리 없었다. 그거 작인들의 말은 마이동풍격으로, 논두렁에도 바특이 들어서 보는 법도 없이 다만 진수하고 알아듣지도 못할 왜말을 주절거리면서, 그야말로 처삼촌 산조 벌초하듯이 흐지부지 지나갈 뿐이었다. 그러면서도 짐짓 성실한 듯이 이따금 단장을 쳐들어 여기저기를 가리키기도 하고, 혹은 수첩에 무엇인가를 적어 넣으면서.

그렇게 허수아비처럼 흐느적거리며 들깨의 논 곁을 지날 때였다.

"왜 메밀을 갈았소?"

시봉은 들깨의 수인사 대답으로 이렇게 물었다.

"헐 수 있어야죠. 마른 모포기 기다렸댔자 열음 앓을 게고……."

들깨는 한 손에 콩대, 한 손에는 낫을 든 채 열 적게 대답했다.

"메밀은 잘 됐구먼."

"뭘요. 이것도 늦게 뿌려서……."

들깨는 시봉의 다음 말을 두려워하는 태도였다.

다른 사람들은 슬금슬금 앞 두렁으로 걸어갔다. 거기서는 아기를 등에 업은 들깨의 아내와 누이동생이 바쁘게 두렁 콩을 베고 있었다. 덕아는 열일곱의 처녀로서는 놀랄 만큼 어깻죽지가 벌어지고, 돌아앉은 뒷모습이 한결 탐스러웠다. 자기 뒤에 가까이 낯설은 사내들이 와 선 것을 깨닫자, 푹 눌러 쓴 수건 밑으로 엿보이는 두 볼이 적이 붉어진 듯은 하나, 낫을 든 손은 여전히 쉴 새가 없었다.

"오빠! 왜 암말도 못 했소?"

간평꾼들이 물러가자, 덕아는 시무룩해 가지고 돌아오는 들깨를 안타까운 듯이 쳐다보았다.

"말은 무슨 말을 해?"

"세 좀 매지 말라구……."

"그놈들 제멋대로 매는 걸 어떻게."

"그럼 오빠는 이까짓 메밀 간 세도 바치려네?"

덕아는 자못 서글퍼 하는 말씨였다.

"글쎄, 먹고 남으면 바치지!"

들깨는 픽 웃었다. 그는 최근에 와서 갑자기 무던히 배짱이 커졌다.

덕아는 오빠의 말에 확실히 일종의 미더움을 느꼈다. 그러나 허리에 낫을 여전히 꽂은 채 담배만 빡빡 피우고 앉은 오빠의 마음속은 결코 그리 후련한 것은 아니었다. 그렇다고 해서 메밀밭 위를 바삐 나는 고추잠자리처럼 조급하지도 않았지만.

이튿날 저녁, 동네 사람들은 진수의 집 사랑에 불려 가서, 진수의 입으로부터 제각기 소작료를 들어 알았다. 그리고 그 무서운 결정에 다들 놀랐다.

그러나 가장 현대적 마름인 소위 평의원 앞에서, 버릇없이 덤빽 불평을 늘어놓다가는 어느 수작에 어떻게 될지 모르는 형편이라, 작인들은 내남없이 '허 참! 톡톡 다 털어 봐도 그렇게 될 둥 말 둥한데……?' 따위의 떡심 풀린 걱정 말이나 중얼거릴 뿐 모두 맥없이 돌아갔다.

들깨와 철한이들—이 동네 교풍 회장인 쇠다리 주사의 말을 빌면 동네서 제일 콧등이 세고 어긋한 놈들은, 벌써 버릇이 되어서 미리 의논이라도 한 듯이, 그날 밤에도 진수의 집에서 나오자 슬슬 야학당으로 모여들었다. 어느새 왔는지 곰보 고 서방도 작은 방 한쪽 구석에 다른 때보다 한풀 더 힘없이 쭈그리고 앉아 있었다. 이윽고 불강아지 새끼 같은 야학생들을 죄 돌려보내고는, 까만 딱지 또쭐이가 큰 방으로부터 돌아왔다. 더펄더펄 자란 머리털 위에 분필 가루를 허옇게 쓰고. ……서른세 살로는 엄청나게 늙어 보이는 얼굴이었다.

이렇게 소위 콧등이 센 놈들은 저녁마다 야학당에 모여서, 그날그날의 피로를 잊어 가며 잡담도 하고 농담들도 하다가는, 또쭐이로부터 일본의 탄광 이야기도 듣고, 또 이곳저곳에서 일어나는 소작쟁의 얘기도 들었다. 더구나 소작쟁의에 관한 이야기는 마치 자기들의 일같이 눈을 끔벅거리며, 혹은 입을 다물고 들었다.

그날 밤에도 그들은 이슥토록 거기 모여서 놀았다. 그러다가 마침내, 나올 곳 없는 그 해 소작료를 어떻게 할까 하는 말이 누구의 입에선지 나오게 되었다.

쇠다리 주사 댁 감나무에 알감이 주렁주렁 달리고, 여물어진 박들이 희뜩희뜩 드러난 잿빛 지붕들에 고추가 발갛게 널리자 가을은 깊을 대로 깊었다.

그러나 농민들 생활은 서리 맞은 나뭇잎같이 점점 오그라져서, 밤이면 야학당에 모여드는 친구가 부쩍 늘어갔다. 하룻밤에는 몇 사람이 쇠다리 주사 댁 감을 따왔다.

"빨리들 먹게!"

또쭐이는 뒷일이 떠름했지만, 다른 친구는 오히려 고소한 듯한 표정을 하였다.

"아따, 개똥이 저놈, 나무 재주는 아주 썩 잘해! 그저 이 가지 저 가지 휘뚝휘뚝 타고 다니는 것이 꼭 귀신같데."

철한이는 먹기보다 감 따던 이야기를 더 재미있게 했다.

"먹고 싶어 먹었다. 체하지는 말어라!"

한 놈이 벌써부터 두 가슴을 두드린다. 그러면서도 또 한 개를 골라든다. 사실, 퍼런 콩잎이랑 고춧잎 따위에 물린 그들의 입에 감은 확실히 일종의 별미였다.

"제에기, 또 연설 마디나 있겠지?"

또쭐이가 담배를 피워 물며 두덜대니까 바로 옆에 있던 고 서방이,

"연설 아니라, 무릎을 꿇고 빌어도 하는 수 없지!"

자칫하면 동네 집회소…… 이 야학당에다 사람들을 모아 놓고, 소위 사상 선도의 연설이 있곤 하였다. 그러나 연설만으로써 어떻게 될 리는 만무하였다. 더구나 속이 빤히 들여다보이는 교풍 회장 쇠다리 주사나 진흥회장 진수 따위가 씨부렁

대는 설교에는 인제 속을 사람은 없었다.

지금은 누가 뭐라고 하더라도, 농민들은 결국 자기들대로 하는 수밖에 없었다. 소작료도, 빚도 인젠 전과 같지는 두렵지가 않았다. 그저 제가 지은 곡식이면 모조리 떨어다 먹었다. 뿐만 아니라 가다가는 남의 것에도 손이 갔다. 그러할수록 동네의 소위 유산자有産者인 쇠다리 주사와 진수의 신경은 극도로 날카로워졌다.

이튿날 아침, 철한이는 안골 논에서 콧노래를 흥얼거리면서 바쁘게 낫을 휘둘렀다. 찬물내기가 되어서 거기만은 겨우 가뭄을 덜 타고, 제법 벼이삭이 고개를 숙였다. 그는 잇달아 흥타령을 부르면서, 지난밤 어머니에게서 처음으로 들은 자기의 혼삿말을 문득 생각하였다. 상대자는 성동리에서 제일 얌전하다는 덕아였다. 한동안 치삼 노인이 쇠다리 주사의 꿀떡 같은 말에 꾀였을 때는 쇠다리의 첩으로 가게 되느니 어쩌느니 하는 소문이 퍼져서 울고불고 하던 덕아가 결국 자기에게 오련다는 것이었다. 물론 그 이면에는 오빠 들깨의 숨은 힘이 크리라는 것을 생각하면, 오빠가 한없이도 고마웠다. 철한이의 머릿속에는 자꾸만 덕아가 떠올랐다. 한동네에 살면서도 자기와 마주치면 곧잘 귀밑을 붉히며 지나가던 덕아! 또렷한 콧잔등에 무엇을 노상 생각하는 듯한 두 눈! 그리고…… 그렇다. 지난봄 덕아가 바로 그 논에 모내기를 왔을 때 본 그 희고 건강한 팔다리! ……예까지 생각하다가 철한이는 혼자서 픽 웃으며 머리를 절절 흔들어 공상을 흩어 버리고는, 메어 둔 볏단을 주섬주섬 안아서 지게에 얹었다.

그걸 해 지고, 총총히 자기 집 돌담을 돌아올 때, 그는 갑자기 발을 무춤 멈추었다. 안에서 뜻밖에 아버지의 고함 소리가 새어 나왔기 때문이다.

"미친 소리 말어! 이런 엉세판에 뭐, 자식 장가?"

철한이는 그 말에, 일껏 가졌던 희망이 덜컥 무너지는 것 같았다. 그리고 그 자리에 서 있는 것이 행여 누가 볼까 부끄럽기도 했지만, 잠깐 더 어름댔다.

"자식을 두었으면 으레 장가를 들여야지, 그럼 살기 딱하다고 언제까지나…….”

어머니의 눈물겨운 대꾸가 들렸다.

“그래도 곧 잘했다는 게로군. 앙큼한 년 같으니!”

“어디 종년으로 아시우? 늙어 가며 툭하면 이년 저년 하게.”

“저런 죽일 년 좀 봐!”

“죽이려거든 죽여 줘요. 나도 임자에게 와서 스무 해가 넘도록 종노릇 무던히 해 주고 자식도 장가들 나인데, 인젠 이년 저년 하는 소린 더 듣기 싫어요.”

“저년이 누구 앞에서 곧장 대꾸를 종종거리는 거야! 예끼, 미친년, 죽어라 죽어!”

아버지의 벼락같은 호통과 함께 질그릇 부서지는 소리가 나더니, 이내 어머니의 외마디 소리까지 들렸다.

철한이는 부리나케 집으로 들어갔다. 아버지는 어느새 어머니의 머리채를 움켜쥐고 있었다.

“제발, 이것 좀 놔요. 잘못했소. 내 잘못했소.”

어머니는 머리를 얼싸쥐고 빌었다.

“아버지! 이거 노세요. 아무리 짜증이 나시더라도 이게 무슨 꼴이여요. 이웃 사람 웃으리다.”

아들이 뒤에서 안고 말리니까, 아버지는 못 이기는 듯이 떨어졌다. 허나 분을 못 참고서,

“이 죽일 년아, 나는 여태 누구 종노릇을 해 왔기에? 너희들이 들어서 내 뼈다귀까지 깎아 먹지 않았나? 응, 이 소견머리 없는 년아!”

그러면서 부들부들 떨었다.

싸움 바람에 식겁을 한 막내 아들놈은 아침밥도 얻어먹지 못하고서 눈물만 그렁그렁 해 가지고 학교로 떠났다.

어머니는 한참 동안 넋 잃은 사람처럼 되어 뒤곁 치자나무 앞에 앉아 있었다. 외양간 앞으로 돌아가 혼자 울가망하게 서서 홧담배만 피워 대는 아버지의 손아귀에는, 바칠 기한이 지난 세금 고지서와 함께 농사조합에서 빌려 쓴 비료대금 독촉장이 꾸겨져 들려 있었다. 그는 문득 외양간 안으로 쑥 들어가더니, 순순히 서 있는 쇠등을 슬쩍 쓰다듬어 본다. 그것이 마치 악착한 생활에 함께 부대낀 자기의 아내나 되는 듯이……. 긴 눈썹 사이로 움푹 들어간 그의 눈에는 어느새 웬 눈물까지 고여 있었다.

철한이의 결혼은, 그리고 약 한 달 뒤에 행례行禮가 있었다.

8

"아이고, 어느 도둑놈이 그 벼를 베어 갔을까? 생벼락을 맞아 죽을 놈! 그 벼를 먹고 제가 살 줄 알아……. 창자가 터질 꺼여, 터져!"

하며 봉구 어머니가 몽당치마 바람으로 이 골목 저 골목 외고 다니고, 호세 징수를 나온 면서기가 그녀를 찾아다니던 날, 성동리에서는 구장 이외 고 서방, 들깨, 또쭐이 등 사오 인이 대표가 되어 보광사 농사조합으로 나갔다. 그들의 하소연은, 자기들이 봄에 빌려 쓴 소위 저리자금低利資金의—대부분은 비료 대금이지만—지불 기한을 조금 더 연기해 달라는 것이었다.

보광사 소작인들은 해마다 소작료와 또 소작료 매석에 대해서 너되씩이나 되는 조합비와 비료 대금과 그것에 따른 이자를 바쳐야만 되었다. 그리고 비료 대금은 갚는 기한이 해마다 호세와 같았다.

의젓하게 교의에 기댄 채 인사도 받는 양 마는 양 하는 이사理事님은 빌듯이 늘어놓는 구장의 말일랑 귀 밖으로, 한참 '씨끼시마' 껍데기에 낙서만 하고 있더니, 문득 정색을 하고는,

"그런 귀찮은 논은 부치지 않은 게 어때요?"

해 던졌다.

"……."

"해마다 이게 무슨 짓들이요? 나두 인젠 그런 우는 소리는 듣기만이라도 귀찮소. 호세만 내고 버티겠거든 어디 한 번 버티어들 보시구려!"

"누가 어디 조합 돈은 안 내겠다는 겁니까. 조금만 연기를 해 달라는 거지요."

이번에는 또쭐이가 말을 받았다.

"내든 안 내든 당신들 입맛대로 해 보시오. 난 이 이상 더 당신들과는 이야기 않겠소."

이사님은 살결 좋은 얼굴에 적이 노기를 띠더니, 그들 틈에 끼여 있는 곰보를 힐끗 보고는,

"고 서방 당신은 또 뭘 하러 왔소? 작년 것도 못 다 내고서 또 무슨 낯으로 여기 오우?"

매섭게 꼬집었다. 그리고 그는 다시 장부를 뒤적거리면서, 하던 일을 계속했다. 일행은 허탕을 치고 밖으로 나왔다.

그리고 며칠 뒤, 저수지 밑 고 서방의 논을 비롯하여 여기저기에, 그예 '입도차압立稻差押'의 팻말이 붙기 시작했다.

농민들은 알아보지도 못하는 그 차압 팻말을 몇 번이나 들여다보고, 또 들여다보았다. ……피땀을 흘려 가면서 지은 곡식에 손도 못 대다니? 그들은 억울하고 분하기보다, 꼼짝없이 인젠 목숨을 빼앗긴다는 생각이 앞섰다.

고 서방은 드디어 야간도주를 하고 말았다.

"이렇게 비가 오는데, 그 어린것들을 데리고 어디로 갔을까?"

이튿날 아침, 동네 사람들은 애 터지는 말로써 그들의 뒤를 염려했다.

무심한 가을비는 진종일 서방이 지어 두고 간 벼이삭과 차압 팻말을 휘두들겼다.

무슨 불길한 징조인지 새벽마다 당산 등에서 여우가 울어대고, 외상술도 먹을 곳이 없어진 농민들은 저녁마다 야학당이 터지게 모여들었다.

그리하여 하루아침, 깨어진 징소리와 함께 성동리 농민들은 일제히 야학당 뜰로 모였다. 그들의 손에는 열음 못한 빈 짚단이며 콩대, 메밀대가 잡혀 있었다.

이윽고 그들은 긴 줄을 지어 가지고 차압 취소와 소작료 면제를 탄원해 보려고 묵묵히 마을을 떠났다. 아낙네들은 전장에나 보내는 듯이 돌담 너머로 고개를 내가지고 남정들을 보냈다. 만약 보광사에서 들어주지 않는다면…… 하고 뒷일을 염려했다.

그러나 또쫄이, 들깨, 철한이, 봉기…… 이들 장정을 선두로 빈 짚단을 든 무리들은 어느새 벌써 동네 뒤 산길을 더위잡았다. 철없는 아이들도 행렬의 꽁무니에 붙어서 절 태우러 간다고 부산히 떠들어댔다.

줄거리

타작마당, 말라붙은 뜰 한가운데에서 지렁이 한 마리가 바동거린다. 극심한 가뭄이다. 들깨는 논에 물을 대려고 나갔다가 허탕만 치고 돌아온다. 그 알량한 봇물까지도 보광사 중들이 죄다 자기네 논으로 끌어다 썼기 때문이다.

성동리의 농민들은 대부분 보광사의 절논을 부치고 사는 소작농이다. 치삼 노인은 자손대대로 복 받고 극락에 갈 것이라는 중의 꾐에 넘어가 보광사에 논을 기부한 뒤 찢어지게 가난한 살림에 심한 신경통까지 앓고 있다. 이 때문에 아들 들깨에게 늘 미안한 마음이다.

가뭄이 심해져 성동리 농민들이 밤낮으로 수도 출장소에 몰려가 애원하고, 수원지 안에까지 들어가 물을 빼달라고 소동을 벌인 탓에 마침내 저수지의 문이 열렸다. 하지만 중들의 행패로 가난한 소작인들의 논에는 물을 제대로 댈 수 없었다. 봇목에 논이 있으면서도 절 사람들 때문에 물을 대지 못하던 고 서방은 스스로 물꼬를 텄고, 이것을 본 이시봉 일당에게 두들겨 맞았다.

그날 밤 들깨와 철한이는 남 몰래 보광리 중마을인 보광리의 논둑을 동강내 버린다. 다음날 아침, 밤새 누가 논둑을 갈라 물을 흘렸다며 보광사 중들이 아우성을 쳤고, 어제 일로 고 서방이 혐의를 뒤집어쓴 채 주재소로 끌려갔다. 들깨는 논일을 하다가 물끄러미 보광리 사람들이 자동차에서 내리는 걸 보면서 고 서방이 언제쯤 풀려날까 염려했다.

가뭄은 계속되었다. 보광사에서 기우제도 지내 봤지만 소용없었다. 비는 여전히 내리지 않았고, 학비를 내지 못한 아이들은 집으로 쫓겨 왔다. 추석이 왔지만 먹을 것도, 웃음도 없었다. 보광사 뒤 대사봉 중턱에서 나무를 하던 아이들이 절 산지기에게 쫓겨 달아나다가 상한이가 벼랑에서 떨어져 죽고 말았고, 이 소식을 들은 그의 할머니는 미쳐 버렸다.

고 서방이 풀려나고, 군청에서 가뭄 조사를 왔다 갔지만 아무런 소식도 없이 가을이 되었다. 그리고 절에서 간평을 나왔다. 동네에서 대접하는 술과 음식을 잔뜩 먹은 뒤 술 취한 몸을 이끌면서 논을 대충 훑어본 간평원들은 예전과 다름없이 마을 사람들에게 무거운 소작료를 부과했다.

흉년에도 들깨의 누이 덕아는 철한이와 결혼했다. 그리고 들깨, 고 서방, 또쭐이, 구장 등이 보광사 농사조합에 가서 세를 깎아 주고 연기해 달라고 애원했지만 그들은 도리어 논을 떼려고 한다. 입도 차압을 당한 고 서방은 마침내 야반도주를 했다.

이튿날 야학당에 마을 사람들이 터지도록 모여 들었다. 그리고 그들의 손에는 징, 빈 짚단, 콩대, 메밀대가 들려 있었다. 그들은 차압 취소와 소작료 면세를 탄원해 보려고 행렬을 지어 보광사로 떠났다. 철없는 아이들이 그 꽁무니에 붙어서 절 태우러 간다며 떠들어댔다.

감상 포인트

성동리 농민들은 여름철 가장 두려운 자연재해인 가뭄이 계속되어 생계유지조차 힘들어진 데다, 친일 세력과 보광사 중들로 이루어진 지주 계층에게 시달리는 소작인들이다. 《사하촌》의 서두는 앞으로 펼쳐질 이들 지주 계층과 소작인 간의 사건뿐 아니라 전체적인 작품 분위기도 암시하는 상징적 기능을 발휘한다. 낡고 초라한 오막살이집, 가뭄으로 메마른 흙바닥과 늙은 감나무, 얼굴에 땟물이 흐르는 발가벗은 어린애의 울음 등의 묘사는 모두 참담한 현실과 장차 전개될 사건의 어려움에 대해 말하고 있다. 특히 메마른 뜰 가운데서 바동거리는 지렁이의 모습은 농민들의 고통을 암시하는 짙은 상징성을 띤다.

한마디로, 작가는 이 작품을 통해 가뭄이라는 자연재해와 소작 제도의 모순을 생생하게 보여 주고자 했다. 일제 수탈의 앞잡이인 순사, 군청 주사, 농사조합 평의원, 보광사 중들로 이루어진 지주 계층과 이들의 횡포에 당하기만 하다가 드디어 생존 방식으로 저항을 택한 소작인들의 대립이 그것이다. 극한 상황에 몰린 농민들이 절로 향하는 마지막 모습을 통해 작가는 농촌 문제의 해결 방법 및 전망을 제시하고 있다. 이로써 《사하촌》은 계몽주의적 민족운동의 한계성은 물론 사회주의 계열 문학운동의 지나친 관념성과 목적성을 동시에 벗어던진 농민소설이라고 할 수 있다.

등장인물

- **치삼 노인** : 자손대대로 복 받고 극락에 갈 것이라는 중의 꾐에 넘어가 자신의 논을 보광사에 기부한 농부로, 그 논을 소작하면서 중들과 마찰이 생기자 가슴 아파한다.
- **들깨** : 치삼 노인의 아들로, 가뭄이 들어 물 때문에 싸움이 벌어지자 자기 논에 물을 대기 위해 노승과 싸움을 하고 중들의 횡포에도 분연히 일어서는 동적인 인물이다.
- **고 서방** : 봇목에 논이 있으면서도 물을 댈 엄두조차 못내는 천성이 착한 사람이다. 물꼬를 조금 터놓았다가 봉변을 당한 데다, 중들의 논둑을 잘랐다는 누명까지 쓰고 주재소에 잡혀가 추석 즈음에 풀려난다. 그 뒤 열심히 품팔이를 다녔지만, 논에 입도차압이 붙자 야반도주를 해버린다.
- **이 주사** : 악덕 지주로 쇠다리 주사 댁이라는 별명을 가진 인물이다.

작가 김정한은 농촌 현실의 모순이 몇몇 영웅적 인물에 의해서가 아니라 고통 받는 농민 전체에 의해서 해결될 수 있다고 믿었다. 그래서 특별한 주인공의 삶보다는 보광리와 성동리 사람들 전체의 모습을 보여 주는 데 치중하고 있다.

- **사찰의 논을 소작하면서 고통 받는 성동리 농민들** : 치삼 노인, 들깨, 봉구, 고 서방 등
- **성동리 농민을 학대하며 착취하는 계층** : 보광사 중, 순사, 군청 주사, 농사조합 평의원

작품의 배경과 문체

이 작품의 공간적 배경은 소작농들이 모여 사는 농촌 마을이고, 시간적 배경은 일제강점기의 가뭄이 극심해 모든 것이 타 들어가는 어느 초여름이다.

이러한 시간적, 공간적 배경이 모순된 현실을 선명하게 드러내는 구실을 하고 있으며, 작품 속에서 전개될 갈등의 성격을 규정하고 있다. 즉, 보광사의 절논을 소작하면서 살아가는 성동리 농민들이 극심한 가뭄으로 가난에 시달리는 와중에, 높게 책정된 소작료와 세를 내도록 강요까지 당하는 일제강점기의 모순된 농촌 현실이 갈등의 원천인 것이다.

또한 이 작품의 문체는 매우 진지하고 사실적이며 분위기는 무겁다. 농민들의 절박한 생존 문제와 고통을 다루고 있는 만큼, 적절하면서도 자연스러운 문체라고 할 수 있다.

일제강점기의 농촌 배경 소설

① 농촌 사람들을 교육시키고 계몽시켜 잘살게 해야 한다는 시혜施惠 의식을 바탕으로 한 작품 : 이광수의 《흙》, 심훈의 《상록수》

② 순박한 농촌 사람의 삶을 해학적으로 그린 작품 : 김유정의 《동백꽃》《봄 봄》

③ 일제강점기에서 모순된 농촌 현실을 직시하고 극복하기 위해 투쟁하는 사람들의 모습을 다룬 작품 : 김정한의 《사하촌》

핵심정리

- **갈래** : 단편 소설, 농민(농촌) 소설
- **배경** : 1930년대 어느 여름, 보광사 밑의 성동리라는 농촌(사회적 배경 : 지주와 친일파의 횡포, 극심한 가뭄)
- **시점** : 작가 관찰자 시점
- **제재** : 부조리한 농촌 현실
- **의의** : 농민 다수를 주동 인물로 설정해 농민 문제의 해결책을 암시
- **주제** : 부조리한 농촌 현실과 농민들의 저항 의지

2 모래톱 이야기

이십 년이 넘도록 내처 붓을 꺾어 오던 내가 새삼 이런 글을 끼적거리게 된 건 별안간 무슨 기발한 생각이 떠올라서가 아니다. 오랫동안 교원 노릇을 해 오던 탓으로 우연히 알게 된 한 소년과, 그의 젊은 홀어머니, 할아버지, 그리고 그들이 살아오던 낙동강 하류의 어떤 외진 모래톱—이들에 관한 그 기막힌 사연들조차, 마치 지나가는 남의 땅 이야기나, 아득한 옛날이야기처럼 세상에서 버려져 있는 데 대해서까지는 차마 묵묵할 도리가 없었기 때문이다.

건우란 소년은 내가 직접 담임했던 제자다. 당시 나는 K라는 소위 일류 중학에서 교편을 잡고 있었다. 비가 억수로 내리던 날 첫 시간의 일이었다. 지각생이 많았다. 지각생이 많으면 교사는 짜증이 나게 마련이다. 그럴 때 유독 닦이는 놈은 으레 그런 일이 잦은 놈들이다.

"넌 또 지각이로군? 도대체 어찌 된 일이냐?"

건우의 차례였다. 다른 애와 달리 그는 옷이 비에 흠빽 젖어 있었다. 아래 윗도리 옷깃에서 물이 사뭇 교실 바닥에 뚝뚝 떨어지고 있지 않는가!

"나룻배 통학생임더."

낮고 가는 목소리가 그의 가냘픈 입술 사이에서 새어 나오듯 했다. 그리고 이내 울상이 된 얼굴을 아래로 떨구었다. 차라리 무엇인가를 하소연하는 듯이 느껴졌다.

"나릿배 통학생?"

이쪽으로선 처음 듣는 술어였다.

"맹지면에서 나릿배로 댕기는 아입니더."

지각생 아닌 다른 애가 대신 대답했다. 맹지면鳴旨面이라면 김해 땅이다. 낙동강 하류 강을 건너야만 부산으로 나올 수 있는 곳이다,

"나룻배 통학생이라…… ."

나는 건우의 비에 젖은 옷을 바라보면서 자리에 들어가라고 했다.

이런 일이 있고부터 나는 건우란 소년에게 은근히 동정이 가게 되었다. 더더구나 아버지가 없다는 걸 알고부터는. 동무들끼리 어울려 놀 때 그를 곧잘 '거무' 거미라고 놀려대던 이상한 별명의 유래도 곧 알게 되었다. 그의 고향 친구들의 말에 의하면 거미란 짐승은 물에 날쌘 놈이라 해서 즈 할아버지가 지어 준 아명이었다는 거다. 거미! 강가에 사는 사람들의 자식 아끼는 심정을 가히 짐작할 수가 있었다. 호적에 올릴 때는 부득이 건우로 했으리라. 그것도 아마 누구의 지혜를 빌어서.

두 번째로 내가 건우란 소년에 대해서 관심을 더욱 가지게 된 것은 학기 초 가정 방문을 나가기 전에 그가 써낸 작문을 읽고 부터였다(나는 가정 방문을 나가기 전 가끔 학생들에게 자기 자신에 관한 글을 써 오라고 하였다).

'섬 얘기' 란 제목의 그의 글은 결코 미문은 아니었다. 그러나 내용은 끔찍한 것이라 생각했다. 자기가 사는 고장—복숭아꽃도, 살구꽃도, 아기 진달래도 피지 않는 조마이섬은 몇백 년, 아니 몇천 년 갖은 풍상과 홍수를 겪어 오는 동안에 모래가 밀려서 된 나라 땅인데, 일제 때는 억울하게도 일본 사람의 소유가 되어 있다가 해방 후부터는 어떤 국회의원의 명의로 둔갑이 되었는가 하면, 그 뒤는 또 그 조마이섬 앞강의 매립 허가를 얻은 어떤 다른 유력자의 앞으로 넘어가 있다든가 하는—말하자면 선조 때부터 거기에 발을 붙이고 살아오던 사람들과는 무관하게 소유자가 도깨비처럼 뒤바뀌고 있다는, 섬의 내력을 적은 글이었다. 그저 그런 정도의 얘

기를 솔직히 적었을 따름인데, 어딘지 모르게 무엇인가를 저주하는 듯한, 소년의 날카롭고 냉랭한 심사가 글 밑바닥에 깔려 있었다. 나는 나 자신이 갑자기 무슨 고발이라도 당한 심정으로 그 글발을 따로 제쳐서 책상서랍 속에 넣어 두었다.

가정 방문이 있는 주간은 대개 오전 수업뿐이다. 점심시간이 시작될 무렵 나는 건우를 교무실로 불렀다.

"오늘 명지로 갈까 하는데, 너 외에 몇이나 있지?"

"A반 학생은 저 하나뿐입니더."

건우의 노르께한 얼굴에는 순간적인 그늘이 얼씬 지나가는 것 같았다.

"그래? 그럼 한시 반쯤 해서 현관 앞으로 다시 오게."

명지 같음 어둡기 전에 돌아오기가 힘들는지 모른다. 나는 부랴부랴 점심을 마치고서 교무실을 나섰다.

건우는 벌써 현관께로 와 있었다. 역시 약간 어둔 얼굴을 하고, 아마 미리 어머니에게 알리지 않고서 가는 것이 약간 켕겼던 모양이었다.

"가 볼까!"

내가 앞장을 서듯 했다. 버스 요금도 제 것까지 내가 얼른 내는 걸 보고는 아주 송구스러운 듯한 표정을 지었다. 명지로 가는 하단 나루까지는 사오십 분이면 족했다. 그러나 한 척밖에 없다는 그 나룻배가 좀처럼 나타나지 않았다.

"집이 저쪽 나루터에서 먼가?"

나는 갈대 그림자가 그림처럼 고요히 잠겨 있는 강물을 내려다보며 물었다.

"예, 제북 갑니더."

그는 민망스런 듯이 나를 잠깐 쳐다보더니 눈을 역시 물 위로 떨어뜨렸다.

"얼마나?"

"반시간 좀 더 걸립니더."

"그럼 학교까지 오려면 시간이 꽤 걸리겠는 걸?"

"나룻배만 진작 타지고, 빠른 날은 두어 시간만 하면 됨더."

"그래? 그래서 지각을 자주 하는군."

나는 환경 조사표의 카피를 펴 보았으나, 곁에 사람들이 있기에 더 묻지 않았다. 아니, 설사 곁에 다른 사람들이 없다 하더라도, 아직 열다섯 살밖에 안 되는 소년에게 물어도 좋은 만한 그런 가정 형편이 못 되었다.

아버지는 없고

어머니 33세 농업

할아버지 62세 어업

삼촌 32세 선원

재산 정도 하下.

기우뚱거리는 나룻배 위에서도 건우의 행복하지 못할 가정환경이 자꾸만 내 머리 속에 확대되어 갔다. 나룻배를 내려서자, 갈밭 속을 뚫고 나간 좁고 긴 길이 있었다. 우리는 반시간 남짓 그 길을 걸어가면서도 별반 얘기가 없었다.

"아버진 언제 돌아가셨지?"

해 놓고도 오히려 후회할 정도였으니까.

"육이오 때라 캅디더만……."

건우의 말눈치가 확실치 않았다.

"어쩌다가?"

"군에 나갔다가 그랬다 캅니더."

"언제 어디서 돌아가셨는지도 잘 모른단 말인가?"

"야, 그래도 살아 온 사람들 말이 아마 '워가 라인' 인가 하는 데서 그랬을 끼라 카데요."

생각했던 바와는 달리, 건우의 이야기는 비교적 담담하였다.

"그래, 아버지의 얼굴은 기억하나?"

나는 속으로 그의 나이를 손꼽아 보았던 것이다.

"잘 모릅니더. 저가 두 살 때 군에 나갔다 카니……. 그라곤 통 안 돌아왔거던요."

나를 쳐다보는 동그스름한 얼굴, 더구나 그린 듯이 짙은 양 미간에는 미처 숨기지 못한 을씨년스런 빛이 내비쳤다. 순간 나는 그의 노르께한 얼굴에서 문득 해바라기꽃을 환각했다.

삼사월 긴긴 해라더니, 보릿고개는 오후 세 시가 훨씬 지나도 해가 메 끝과는 멀었다. 길가 수렁과 축축한 둑에는 빈틈없이 갈대가 우거져 있었다. 쑥쑥 보기 좋게 순과 잎을 뽑아 올리는 갈대청은, 그곳을 오가는 사람들과는 판이하게 하늘과 땅과 계절의 혜택을 흐뭇이 받고 있는 듯, 한결 싱싱해 보였다.

"저 갈대들이 다 자라면 지나다니기가 무서울 테지? 사람의 길이를 훨씬 넘을 테니까."

나는 무료에 지쳐 건우를 돌아보았다.

"괜찮심더, 산도 아인데요."

그는 간단히 대답할 뿐이었다. 아직도 짐승보다 인간이 더 무섭다는 것을 미처 모르는 모양이었다.

길바닥까지 몰려 나왔던 갈게들이, 둔탁한 사람들의 발자국 소리에 놀라 이리저리 황급히 구멍을 찾아 흩어지는가 하면, 어느 하늘에선지 종달새가 재잘재잘 쉴 새 없이 재잘거리고 있었다. 잔등에 땀을 느낄 정도로 발을 재게 떼 놓아, 건우가 사는 조마이섬에 닿았을 때는 해가 얼마만큼 기운 뒤였다.

섬의 생김새가 길쭉한 주머니 같다 해서 조마이섬이라고 불려 온다는 건우의 고장에는 보리가 거의 자랄 대로 자라 있었다. 강바람이 불어올 때마다 푸른 물결이 제법 넘실거리곤 했다.

낙동강 하류의 삼각주 일대가 대개 그러하듯이, 이 조마이섬이란 데도 사람들이 부락을 이루고 사는 것이 아니라 그저 한 집 두 집 띄엄띄엄 땅을 물고 있을 따름이었다.

건우내 집은 조마이섬 위쪽에서 그리 멀지 않았다. 역시 외따로 떨어진 집이었다. 마침 뒤꼍 사래 긴 남새밭에 가 있던 어머니가 무슨 낌새를 차렸던지 우리가 당도하기 전에 어느새 사립께로 달려와 있었다.

"인자 오나?"

아들에게부터 먼저 말을 건네고 나서 내게도 수인사修人事를 하였다.

"우리 건우 선생인가배요?"

상냥하게 웃었다. 가정 조사표에 적혀 있는 서른세 살의 나이보다는 훨씬 핼쑥해 보였으나, 외간 남자를 대한 붉은 빛이 연하게 감도는 볼에는 그래도 시골 색시다운 숫기가 내비쳤다.

"수고하십니더."

하고 나는 사립을 들어섰다.

물론 집은 그저 그러했다. 체목體木은 과히 오래되지 않았지만, 바깥 일손이 모자라는 탓인지, 갈대로 엮어 두른 울타리에는 몇 군데 개구멍이 나 있었다.

"좀 들어가입시더, 촌집이 돼서 누추합니더만……."

건우 어머니는 나를 곧 안으로 인도했다. 걸레질을 안 해도 청은 말끔했다. 굳이 방으로 모시겠다는 것을 나는 굳이 사양하고 마루 끝에 걸쳤다.

"어머니 혼자 힘으로 공부시키기가 여간 힘들지 않으실 텐데……."

건우가 잠깐 자리를 비키는 것을 보고 나는 으레 하는 식으로 가정 사정부터 물어보았다. 할아버지와 아저씨와 그리고 재산 따위에 대해서.

—할아버지는 개깃배를 타시고, 재산이랄 끼사 머 있입니꺼. 선조 때부터 물려받은 밭뙈기들은 나라 땅이라 캤다가, 국회의원 땅이라 캤다가……. 우리싸 머 압

니꺼.—이렇게 대략 건우군의 글에서 알았을 정도의 얘기였고, 건우의 삼촌에 대해서는 웬일인지 일체 말이 없었다. 대신 길이 먼 데다 나룻배까지 타야 되기 때문에 건우가 지각이 많아서 죄송스럽다는 얘기와, 아버지가 없으니 그런 점을 생각해서 잘 도와달라는 부탁이 고작이었다.

생활은 어떻게 무사히 꾸려 나가느냐고 했더니, 시아버님이 고깃배를 타기 때문에 가끔 어려운 돈을 기백 원씩 가져온다는 것과, 먹고 입는 것은 보리농사와 채소로써 그럭저럭 치대어 간다는 얘기였다.

"재첩은 더러 안 건지세요?"

강 마을 일이라 이렇게 물었더니,

"그건 남자들이라야 안 됩니꺼. 또 배도 있어야 하고요."

할 뿐, 그러나 이쪽에서 덤덤하니까,

"물 빠질 땐 개발이싸 늘 안 나가는기요. 조개 새끼도 파고 재첩도 줏지만 그런 기사 어데 돈이 댑니꺼."

이렇게 덧붙였다.

잠시 안 보이던 건우가 어디서 다섯 홉짜리 정종을 한 병 들고 왔다. 이마에 땀이 번질번질한 걸 보면 필시 뛰어온 게 틀림없다. 아마 어머니가 시킨 일이려니 싶었다.

나는 미안스런 생각으로 건우 어머니가 따라 주는 술잔을 받았다. 손이 유달리 작아 보였다. 유달리 자그마한 손이 상일에 거칠어 있는 양이 보기에 더욱 안타까울 정도였다.

기어이 저녁까지 대접하겠다고 부엌으로 가 버린 뒤, 나는 건우를 앞에 두고 잔을 들면서 그녀의 칠칠한 인사범절에 새삼 생각되는 바가 있었다.

나는 모든 것을 다시 보았다. 농사 집치고는 유난히도 말끔한 마루청, 먼지를 뒤집어쓰고 있지 않은 장독대, 울타리 너머로 보이는 길찬 장다리꽃들……. 그 어느 것 하나에도 그녀의 손이 안 간 곳이 없으리라 싶었다. 이러한 집 안팎 광경들을 통해서 나는 건우 어머니가 꽤 부지런하고 친절한 여성이라는 것을 고대 짐작할 수가 있었다. 젊음이 한창인 열아홉부터 악지 세게 혼자서 살아왔다는 것과, 어려운 가운데서도 외아들 건우를 나룻배를 태워 가면서까지 먼 일류 중학에 보내고 있다는 사실, 그리고 농촌 아이라고는 믿어지지 않을 만큼 건우의 입성이 항시 깨끗했다는 사실들이 어련히 안 그러리 싶어지기도 했다. 얼핏 보아서는 어리부던한 여인 같기도 하지만 유난히 볼가진 듯한 이마라든가, 역시 건우처럼 짙은 눈썹 같은 데선 그녀의 심상치 않을 의지랄까, 정열 같은 것을 읽을 수가 있었다.

나는 술상을 물리고서, 건우의 공부방을—어머니의 방일 테지만—잠깐 들여다보았다. 사과 궤짝 같은 것에 종이를 발라 쓰는 책상 위에는 몇 권 안 되는 책들이 나란히 꽂혀 있었다. 그 가운데서 '섬 얘기' 라고 잉크로써 굵직하게 등마루에 쓰인 두툼한 책 한 권이 특별히 눈에 띄었다.

"섬 얘기? 저건 무슨 책이지?"

나는 건우를 돌아보고 물었다.

"암 것도 아닙니더."

"소설?"

"아입니더."

"어디 가져와 봐!"

건우는 싫어도 무가내라 뽑아 오면서,

어쩔 수 없음

"일기랑 또 책 같은 거 보고 적은 김더."

부끄러운 내식을 하였다.

"일기는 남의 비밀이니까 읽을 수가 없고, 어디 책 읽은 소감이나 뵈주게."

나는 책을 돌렸다. 건우는 마지못해 여기저길 뒤적거리다가 한 군데를 펴 주었다. 또박또박 깨알같이 박아 쓴 글씨였다.

×××여사는 어머니처럼 혼자 사시는 분이라 그런지 그 분의 글에는 한결 감동되는 바가 있었다. '내가 본 국토' 속의 한 구절…….

'그래도 선거 때가 되면 소속 육지에서 똑딱선을 가지고 섬 백성을 모시러 오는 알뜰한 정당이 있어, 이들은 다만, 그 배로 실려 가서 실상 자기네 실생활과는 무연한 정치를 위하여 지정해 주는 기호 밑에 도장을 찍어 주고 그 배에 실려 돌아온다는 것입니다.

현대 문명의 혜택이라곤 아직 받아 보지 못한 그들의 생활 속에도 현대 문명인 행사하는 선거란 상식이 깃들게 되고, 어느 정당이나 정치의 영향도 알뜰히 받아 보지 못한 그네들에게도 투표하는 임무만은 지워져야 하고 조국의 사랑이라곤 받아 본 일이 없이 헐벗고 배우지 못한 그들의 아들들이 먼저 조국을 수호해야 할 책임을 지고 훈련을 받고 총을 메고 군인이 되어 갔다는 것…….'

우리 아버지도 응당 이러한 군인 중의 한 사람이었으리라. 그래서 언제 어디서 쓰러졌는지도 모르고, 따라서 국군묘지에도 묻히지 못하고, 우리에겐 연금도 없고…….

내 눈이 미처 젖기 전에 건우는 부끄러운 듯이 그 노트를 내게서 뺏아갔다.

"건우야!"

나는 노트 대신 건우의 손을 꽉 쥐었다.

"이 땅이 이곳 사람들의 당이 아니랬지? 멀쩡한 남의 농토까지 함께 매립 허가를 얻은 어떤 유력자의 것이라고 하잖았어? 그러나 두고 봐. 언젠가는 너희들이 이 땅의 주인이 될 거야. 우선은 어떠한 괴로움이 있더라도, 억울하더라도 희망을 잃지 말고 꾹 참고 살아가야 해."

어조가 어떻게 아까 그 노트를 읽을 때와 같은 것을 깨닫고 나는 잠깐 말을 끊었다. 건우는 내처 묵연해 있었다.

"나라 땅, 남의 땅을 함부로 먹다니! 그건 땅을 먹는 게 아니라, 바로 '시한폭탄'을 먹는 거나 다름없다. 제 생전이 아니면 자손 대에 가서라고 터지고 말거든! 그리고 제 아무리 떵떵거려 대도 어른들은 다 가는 거다. 죽고 마는 거야. 어디 땅을 떼 짊어지고 갈 수야 있나. 결국 다음 이 나라 주인인 너희의 거란 말야. 알겠어?"

나는 말이 절로 격해지는 것을 깨달았다. 저녁상이 들어왔다.

부엌에서 바깥 동정을 죄다 엿들었는지 건우 어머니는 저녁상을 물리기가 바쁘게 손을 닦으며 청 끝에 와 걸치더니,

"선생님 이야기는 우리 건우한테서 잘 듣고 있심더. 그라고 이 섬 저웃바지에 사는 윤샌도 선생님 말을 곧잘 하데요. 우리 건우가 존 담임선생님 만났다면서……."

해가 막 떨어진 뒤라 그런지 그녀의 웃음이 적이 붉게 보였다.

"윤샌이라뇨?"

윤 생원이라는 말인 줄은 알았지만, 그가 누군지 미처 생각이 안 났다.

"성은 윤씨고, 이름이 머라 카더라……."

건우를 흘끔 돌아보며,

"수딕이 할배 이름이 멋고?"

"춘삼이 아잉기요."

건우의 말이 떨어지자,

"내 정신 보래. 그래 춘삼 씨다."

그녀는 다시 나를 돌아보며,

"춘삼이란 어른인데 와 선생님을 잘 알데요. 부산에도 가끔 나갑니더. 쬐깐 포도밭도 가주고 있고요……."

"윤춘삼? ……네, 이제 알겠습니다."

비로소 생각이 났다.

"그분하고는 어데서도 같이 지냈담서요?"

건우 어머니는 '세상은 넓고도 좁지요.' 하는 듯한 눈매로 웃어 보였다.

"네."

아닌 게 아니라, 나는 적이 놀랐다. 어디서든 나쁜 짓 하고는 못 배기리라는 생각이 문득 들기까지 했다. 그와 동시에, 지난날 어떤 어두컴컴한 곳에서 그 윤춘삼이란 사람을 처음으로 만났던 일, 그리고 다시 소위 큰집이란 데서 한때 같이 고생을 하던 갖가지 일들이 마치 구름 피어오르듯 기억에 떠올랐다.

'육이오' 때의 일이었다. 나는 어떤 혐의로 몇몇 사람의 당시 대학 교수들과 함께 육군 특무대란 데 갇혀 있었다. 거기서 윤 생원을 처음 만났다. 물론 그땐 그가 이곳 사람인 줄도 몰랐다. 무슨 혐의로 들어왔느냐고 물어도 그는 얼른 대답을 하지 않았다. 곧 나갈 거라고만 했다. 곧 나갈 거라고 장담을 하던 사람이 얼마 뒤 역시 우리의 뒤를 따라 감옥으로 넘어왔다. 감옥에서는 그도 제법 사상범으로 통해 있었다. 누가 붙였는지는 모르되, '송아지 빨갱이' 라는 별명이 붙어 있었다. 그의 말에 의하면 이유는 간단했다. —한창 무슨 청년단인가 하는 패들이 마구 설칠 땐데, 남에게 배내를 주었던 그의 송아지를 그들이 잡아먹은 게 분해서, 배내 먹이던 사람에게 송아지를 물어내라고 화풀이를 한 것이 동기의 하나였다고 한다. 그 바보 같은 사람이 뒤퉁스럽게 그 청년단을 찾아가서 그런 고자질을 한 것이 꼬투리가 되어, "이 새끼 맛 좀 볼 테야?" 하는 식으로 잡혀 왔다는 이야기였다. 그 밖에도 하나 주목받을 이유가 될 만한 것은, 자기 고향인 조마이섬에 문둥이 떼가 이주해 왔을 때—물론 정부의 방침이었지만—그들을 몰아내기 위해 싸우다가 결국 경찰 신세를 졌던 일이라 했다. 그러면서도 그 자신 무슨 영문인지를 확실히 모르고서 옥살이를 했다. 다만 '송아지 빨갱이' 라는 별명으로서.

어쩌다가 세수터에서라도 마주칠 때, "송아지 빨갱이!" 할라치면, 텁수룩한 머리를 끄덕대며 사람 좋게 웃던 윤춘삼 씨의 그때 얼굴이 눈에 선해 왔다.

"좋은 사람이었지요."

"그라문니요! 지금도 우리 집에 가끔 옵니더."

건우 어머니도 맞장구를 쳤다.

이야기꾼들이 곧잘 쓴 '우연성'이란 것을 아주 싫어하는 나지만, 그날 저녁 일만은 사실대로 적지 않을 수가 없다.

어둡기 전에 건우의 집을 나서서 하단 쪽 나루터로 되돌아오던 길목에서 뜻밖에 이제 얘기하던 바로 그 윤춘삼이란 사람과 마주치게 되었으니 말이다.

"야—이거 ×선생 아니요! 이런 섬에 우짠 일로?"

송아지 빨갱이, 아니 윤춘삼 씨는 덥석 내 손을 잡으며 반가워했다.

"아이들 가정 방문을 왔다 가는 길이죠. 참 오랜만이군요."

"가정 방문?"

그는 수인사는 제쳐 놓고,

"그럼 건우 집에도 들렀겠네요?"

"네, 이 섬에는 건우 한 애뿐입니다. 내가 맡아 있는 애로서는……."

"마침 잘 됐다. 허허 참 세상에는 이런 수도 다 있다 카이! 인자 막 선생 이바구를 하고 오던 참인데……."

윤춘삼 씨는 뒤에 따라오던 웬 성큼한 털보 영감을 돌아보며,

"자 인사드리시오. 당신 손자 '거무'란 놈 선생이요."

하며 내처 허허 하고 웃어댔다. 벌써 약간 주기가 있어 보였다. 두 사람이 인사를 채 나누기 전에 윤춘삼 씨는,

"허허, 노상에서 이럴 수가 있나. 나도 여러 해 만이고……."

하며 털보 영감더러 하단으로 되돌아가자는 것이었다. 아니 바로 떠밀듯 했다.

"암 그래야지. 나도 언제 한 분 꼭 찾아볼라 캤는데, 바래다 드릴 겸 마침 잘 됐구만."

멀쩡한 날에 고무장화를 신은 폼이 누가 보나 뱃사람이 완연한 건우 할아버지도 약간 약주가 된 데다 역시 같은 떼거리였다.

윤춘삼 씨는 만나자 덥석 잡았던 내 손을 내처 아플 정도로 쥔 채 놓지 않았고, 건우 할아버지도 나란히 서게 되어 셋은 가뜩이나 좁은 들길을 좁으라 걸어댔다. 땅거미를 받아선지, 건우 할아버지의 갯바람에 그을린 얼굴이 거의 검둥이에 가까울 정도로 검어 보였다.

"갈밭새 영감, 오늘 참 재수 좋네. 내가 술 샀지. 또 이런 훌륭한 선생님 만났지……. 그러나 이분에는 영감이 사야 돼오."

윤춘삼 씨의 말이 떨어지기가 바쁘게,

"암 내가 사야지. 이분에는 정종이다. 고놈의 따끈한!"

아마 '갈밭새'가 별명인 듯한 건우 할아버지는, 그 억세고 구부정한 어깨를 건들거리며 숫제 신을 내듯 했다.

하단 나룻가의 술집은 모두가 그들의 단골인 모양이었다.

"어이 또 왔쇠이!"

건우 할아버지가 구부정한 어깨를 먼저 어느 목로집으로 들이밀었다. 다시 술자리가 벌어졌다. 술자리랬자 술상 대신 쓰이는 네 발 달린 널빤지를 사이에 두고 역시 네 발 달린 널빤지 걸상에 마주 앉은 것이었지만,

"술은 정종! 따끈한 놈으로. 응이, 알겠소? 우리 거무 선생님이란 말이어!"

갈밭새 영감은 자기와 비슷한 예순 고개를 넘어 보이는 주인 할머니더러 일렀다.

그가 소원인 듯 말하던 '따끈한 정동'은 그와 윤춘삼 씨보다 나를 먼저 취하게 했다. 그러나 좀처럼 놓아 줄 눈치들이 아니었다.

"한 잔만 더—."

이번에는 건우 할아버지의 커다란 손이 연신 내 손을 덮쌌다.

"비록 개깃배를 타고 있지만 나도 과히 나쁜 놈이 아임데이. 내, 선생 이바구

다 듣고 있소. 이 송아지 빨갱이(섬에까지 그런 별명이 퍼졌던 모양이다)한테도 여러 분 들었고 우리 손잣놈한테도 듣고 있소. 정말 정말 훌륭한 성생님이라고. 그까진 국회의원이 다 먼교? 돈만 있음 ×라도 다 되는 기고, 되문 나라 땅이나 훑이고 팔아 묵고 그런 놈들이 안 많던기요? 왜, 내 말이 어데 틀릿십니꺼?"

갈밭새 영감은 말이 차츰 엇나가기 시작했다.

자기로선 취중 진담일지 모르나 듣기만 해도 섬뜩한 소리를 함부로 뇌까렸다.

그런 얘길랑 그만두고 술이나 들라 해도 갈밭새 영감은 물론 이번에 윤춘삼 씨까지 되레 가세를 하고 나섰다.

"촌사람이라꼬 바본 줄 알지 마소. 여간 답답해서 그런 소릴 하겠소."

전깃불이 들어왔다. 불빛에 비친 갈밭새 영감의 얼굴은 한층 더 인상적이었다. 우악스럽게 앞으로 굽어진 두 어깨 가운데 짤막한 목 줄기로 박혀 있는 듯한 텁석부리 얼굴! 얼굴 전체는 키를 닮아 길쭉했으나, 무엇에 짓눌려 억지로 우그러뜨려진 듯이 납작해진 이마에는, 껍데기가 안으로 밀려들기나 한 듯한 깊은 주름이 두어 줄 뚜렷하게 그어져 있었다. 게다가 구레나룻에 둘러싸인 얼굴 전면이 검붉은 구릿빛이 아닌가! 통틀어 원시인이라도 연상케 하는 조금 무서운 면상이었다.

"와 빤히 보능기요? 내 안주 술 안 취했음데이. 염려 마이소."

갈밭새 영감은 기름이 절은 수건을 꺼내더니 이마를 한 번 훔치고서,

"인자 딴 말은 안 하지요. 언제 또 만날지 모르이칸에 이왕 만낸 짐에 저 송아지 빨갱이나 이 갈밭새가 사는 조마이섬 이바구나 좀 하시요."

그리곤 정신을 가다듬기나 하듯이 앞에 놓은 술잔을 훌쩍 비웠다.

건우 할아버지와 윤춘삼 씨가 들려준 조마이섬 이야기는 언젠가 건우가 써냈던 '섬 애기' 에 몇 가지 기 막힌 일화가 붙은 것이었다.

"우리 조마이섬 사람들은 지 땅이 없는 사람들이요. 와, 처음부터 없기싸 없었겠소마는 죄다 뺐기고 말았지요. 옛적부터 이 고장 사람들이 젖줄같이 믿어 오던

낙동강 물이 맨들어 준 우리 조마이섬은……."

건우 할아버지는 처음부터 개탄조로 나왔다. 선조로부터 물려받은 땅, 자기들 것이라고 믿어 오던 땅이 자기들이 겨우 철 들락말락할 무렵에 별안간 왜놈의 동척東拓 명의로 둔갑을 했더란 것이었다.

"이완용이란 놈이 '을자 보호 조약' 이란 걸 맨들어 낸 뒤라 카더만!"

윤춘삼 씨의 통방울 같은 눈에도 증오의 빛이 이글거리기 시작했다.

1905년—을사년 겨울, 일본 군대의 포위 속에서 맺어진 '을자 보호 조약' 이란 매국 조약을 계기로, 소위 '조선 토지 사업' 이란 것이 전국적으로 실시되던 일, 그리고 이태 후인 정미년에 가서는 "한국 정부는 시정 개선에 관하여 통감의 지도를 수할 사"란 치욕적인 조목으로 시작된 '한일 신협약' 애 따라, 더욱 그 사업을 강행하고 역둔토驛屯土의 대부분과 삼림 원야森林原野들을 모조리 국유로 편입시키는 등 교묘한 구실과 방법으로써 농민으로부터 빼앗은 뒤, 다시 불하하는 형식으로 동척과 일인 수중에 옮겨 놓던 그 해괴망측한 처사들이 문득 내 머리 속에도 떠올랐다.

"죽일 놈들."

건우 할아버지는 그렇게 해서 다시 국회의원, 다음은 하천 부지의 매립 허가를 얻은 유력자…… 이런 식으로 소유자가 둔갑되어 간 사연들을 죽 들먹거리더니,

"이 꼴이 되고 보니 선조 때부터 둑을 맨들고 물과 싸워 가며 살아온 우리들은 대관절 우찌되는기요?"

그의 꺽꺽한 목소리에는, 건우가 지각을 하고 꾸중을 듣던 날 "나룻배 통학생임더." 하던 때의, 그 무엇인가를 저주하듯 한 감정이 꿈틀거리고 있는 것 같았다. 얼마나 그들의 땅에 대한 원한이 컸던가를 가히 짐작할 수가 있었다.

"섬사람들도 한 번 뻗대 보시지요?"

이렇게 슬쩍 건드려 봤더니, 이번엔 윤춘삼 씨가 얼른 그 말을 받았다.

"선생님은 그런 걸 잘 알면서 그러네요. 우리 겉은 기 멀 알며, 무슨 힘이 있습니꺼, 하도 하는 짓들이 심해서 한 분 해 보기는 해 봤지요. 그 문딩이 떼를 싣고 왔을 때 말임더……."

윤춘삼 씨는 그때의 화가 아직도 사라지지 않는 듯이 남은 술을 꿀꺽 들이켰다.

"쥑일 놈들!"

마치 그들의 입버릇인 듯 되어 있는 이 말을 안주처럼 되씹으며 윤춘삼 씨는 문둥이들과 싸운 얘기를 꺼냈다.

—큰 도둑질은 언제나 정치하는 놈들이 도맡아 놓고 한다는 게 서두였다. 그러면서도 겉으로는 동포애니 우리들의 현 실정이 어떠니를 앞세우겠다! 그때만 해도 불쌍한 문둥이들에게 살 곳과 일거리를 마련해 준다면서 관청에서 뜻밖에 웬 문둥이들을 몇 배 해 싣고 그 조마이섬을 찾아왔더란 거다. 그야말로 섬사람들에게는 아닌 밤중에 홍두깨 내미는 격으로—옳아, 이건 어느 놈의 엉큼 순지는 몰라도 필연 이 섬을 송두리째 집어삼킬 꿍심으로 우릴 몰아내기 위해서 한때 문둥이를 이용하는 거라고……. 누군가의 입에서부터 이런 말이 퍼지기 시작하고, 그래서 그 섬사람들뿐 아니라 이웃 섬사람들까지 한둥치가 되어 그 문둥이 떼를 당장 내쫓기로 했더란 거다.

상대방은 자다가 호박을 주운 격인 병신들인데 오자마자 그 꼴을 당하고 보니 어리중절은 하였지만, 그렇다고 호락호락 떠나갈 배짱들은 아니었다. 결국 나가라니 못 나가겠느니 싸움이 벌어졌다.

"그때 바로 이 갈밭새 부자가 앞장을 안 섰능기요. 어데, 그때 문딩이한테 물린 자리 한 분 봅시더."

윤춘삼 씨는 하던 말을 별안간 멈추고, 건우 할아버지 쪽을 쳐다보았다. 그리고는 골동품 같은 마도로스파이프를 빽빽 빨고만 있는 건우 할아버지의 왼쪽 팔을 억지로 걷어 올렸다. 나이에 관계없이 아직도 우악스러워 보이는 어깻죽지 바로 밑에 커다란 흉터가 하나 남아 있었다.

"한 놈이 영감 여길 어설피 물고 늘어지다가 그만 터졌거든!"

윤춘삼 씨는 자랑삼아 이야기를 이었다.

—그렇게 악을 쓰는 문둥이들에 대해서 몽둥이, 괭이, 쇠스랑 할 것 없이 마구 들이대고 싸웠노라고. 그래서 이쪽에서도 물론 부상자가 났지만, 괜히 문둥이들이 많이 상하고 덕택에 자기와 건우 할아버지를 비롯해서 많은 섬사람들이 그야말로 문둥이 떼처럼 줄줄이 경찰에 붙들려 가고…… 그러나 뒷일이 영 켕겼던지 관청에서는 그 '기막힌 동포애'를 포기하고 그 문둥이들을 도로 싣고 갔다는 얘기였다.

"그 바람에 저 사람은 육이오 때 감옥살이 또 안 했능기요. 머 예비 검거라 카드나……."

건우 할아버지가 이렇게 한 마디 기우니,

"그거는 송아지 때문이라 캐도……."

"누명을 써도 문딩이 빨갱이는 되기 싫은 보양이제? 송아지 빨갱이는 좋고."

건우 할아버지의 이런 농에는 탓하지 않고서,

"그런 짓들 하다가 결국 그것들이 안 망했나."

윤춘삼 씨는 지금도 고소한 듯이 웃었다.

"다른 패들이 나와도 머 벨 수 있더냐?"

건우 할아버지는 내처 같은 표정을 하였다.

"그놈이 그놈이란 말이지? 입으로만 머니머니 해댔지, 밭 맨드라 카니 제우 맨들어 논 강둑이나 파헤치고, 나리[나루] 막는 다 카면서 또 섬이나 둘러마실라카이……."

윤춘삼 씨도 그리 밝은 표정은 아니었다.

"×선생님!"

건우 할아버지가 별안간 그 그로테스크 얼굴을 내게로 돌렸다.

"우리 거무란 놈 말을 들으니 선생님은 글을 잘 씬다 카데요? 우리 섬에 대한 글 한 분 써 보이소. 멋지기! 재밌실 낌데이. 지발 그 썩어 빠진 글을랑 말고……."

"썩어 빠진 글이라뇨?"

가끔 잡문 나부랭이를 써오던 나는 지레 지릿해졌다.

"와, 그 신문 같은 데도 그런 기 수다 난다 카데요. 남은 보릿고개를 못 냉기서 솔가지에 모가지들을 매다는 판인데, 낙동강 물이 파아랗니 푸르니 어쩌니…… 하는 것들 말임더."

갈밭새 영감이 이렇게 열을 내기 시작하자, 곁에 있던 윤춘삼 씨가,

"허허이 우리 선생님이 오늘 잘못 걸렸네요. 이 영감이 보통이 아임데이. 그래도 선배의 씨라꼬……."

핀잔 비슷이 말했지만, 건우 할아버지는 벌인 춤이 되어 버렸다.

"하기싸 시인들이니칸에 훌륭하겠지. 머리도 좋고…… 선생도 시인 아입니꺼. 그런데 와 우리 농사꾼이나 뱃놈들의 이바구는 통 안 씨는기요? 추접다꼬? 글 베린다꼬 그라능기요?"

입이 말을 한다기보다 차라리 수염이 떨어댄다고 느껴질 정도로, 건우 할아버지는 열을 냈다.

"그만하소. 영감이 머 글이나 이르능기요. 밤낮 한다는 기 '곡구롱 우는 소리'지 어데 그기나 한 분 해 보소."

윤춘삼 씨가 또 참견을 했다.

"곡구롱 우는 소리라뇨?"

나도 윤씨의 그 말에 귀가 쏠렸다. 어떤 고시조가 문득 생각났기 때문이다.

"어데, 해 보소. 모처럼 선생님을 모신 자리니."

하는 윤춘삼 씨의 말에, 그는 괜한 소리를 했구나 하는 표정을 지으며, 그 꺽꺽한 목청에 느린 가락을 넣기 시작했다…….

곡구롱 우는 소리에 낮잠 깨어 니러 보니
작은 아들 글 이르고 며늘아기 베 짜는데 어린 손자는 꽃놀이한다.
마초아 지어미 술 거르며 맛보라 하더라.

건우 할아버지는 갑자기 침착해진 채 눈을 지그시 감고 불렀다. 땀에 번지르르한 관자돌이 짬에 가뜩이나 굵은 맥이 한 줄 불쑥 드러나 보이기까지 하였다. 가락은 육자배기에 가까웠으나, 내용은 역시 내가 생각했던 오吳 아무개의 고시조였다.

"이 노래 하나만은 정말 떨어지게 잘 한다 카이!"

윤춘삼 씨는 나 못지않게 감탄을 하면서 그가 그 노래를 즐겨 부르는 사연을 대강 이렇게 말했다. —그러니까 그의 증조부 되는 분이 옛날 서울에서 무슨 벼슬깨나 하다가 그놈의 당파 싸움에 휘말려서 억울하게 이곳 조마이섬으로 귀양인지 피신인지를 해 와 살았는데, 그 분이 살아 계실 때 즐겨 읊은 시조란 것이었다.

사연을 듣고 보니, 새삼 생각되는 바가 있었다. 그 노래를 부를 때의 갈밭새 영감의 표정에, 은근히 누군가를 사모하는 듯한 빛이 엿보였을 뿐 아니라, 그 꺽꺽한 목청에도 무엇인가를 원망하는 듯, 혹은 하소하는 듯한 가락이 확실히 떨리고 있었기 때문이다. 착각이 아니리라! 동시에 나는 아까 본 건우 군의 집 사립 밖에 해묵은 수양버들 몇 그루가 서 있던 광경이 새삼 기억에 떠오르고, 건우 어머니의 수인사 태도나 집을 다스리는 범절이 어딘지 모르게 체통이 있는 선비 가문의 후예같이 짚어졌다.

"아드님은 육이오 때 잃으셨다지요?"

내가 술을 한 잔 더 권하며 위로 삼아 물으니까.

"야……. 큰놈은 그래서 빼도 못 찾기 되고 작은놈은 머 사모아섬이라 카던기요, 그곳 바다 속에 너어 버리지요."

"사모아섬?"

나는 그의 기구한 운명을 생각했다.

"야, 삼치잡이 배를 탔거던요……."

이러고 한숨을 쉬는 건우 할아버지의 뒤를 곁에 이던 윤춘삼 씨가 또 받아 이었다.

"와 언젠가 신문에도 짜라다 안 났던기요. '허리켄' 인가 먼가 하는 폭풍을 만내 시운찮은 우리 삼칫배들이 마구 결단이 난 일 말임더."

나도 건우 할아버지도 더 말이 없는데, 윤춘삼 씨가 혼자 화를 내듯,

"낙동강 잉어가 띠이 정지 바닥에 있던 부지깽이도 띤다 카듯이, 배도 남 씨다가 베린 걸 사 가주고 제북 원양 어업인가 먼가 숭내를 낼라 카다가 배만 카에는 사람들까지 떼죽음을 안 시킷능기요. 거에다가 머 시체도 몬 찾았거이와 회사가 워낙 시원찮아 노오니 위자료란 기나 어디 지데로 나왔능기요. 택도 앙이지, 택도 앙이라!"

"없는 놈이 할 수 있나. 그저 이래 죽고 저래 죽는 기지머!"

갈밭새 영감은 이렇게 내뱉듯이 해 던지고선, 아까부터 손 안에서 만지작거리고 있던 두 알의 가래 열매를 별안간 세차게 달가닥대기 시작했다. 마치 그렇게라도 함으로써 세상의 모든 근심 걱정을 잊어버리기나 하려는 듯이. 어찌 들으면 남의 신경을 곤두서게 하는 그 딱딱한 소리가 실은 어떤 깊은 분노의 분출을 억제하는 그의 마음의 울부짖음 같기도 했다.

그러나 나는 이내, 따그르르 따그르르 하는 그 소리가, 바로 나룻가 갈밭에서 요란스럽게 들려오는 진짜 갈밭새들의 약간 처량스런 울음소리와 흡사하다 느꼈다. 한편 또 조마이섬의 갈밭 속에서 나고 늙어 간다는 데서 지어졌으리라 믿어

왔던 갈밭새란 별명에, 어쩜 그가 즐겨 굴리는 그 가래 소리가 갈밭새의 울음소리와 비슷한 데 연유되지나 않았을까 하는 생각이 들기도 했다.

세 사람은 한참 동안 말이 없었다. 갓 나온 듯한 흰 부나비 두 마리가 갈팡질팡 희미한 전등에 부딪칠 뿐이었다. 파닥거리는 소리도 없이.

그러고 두어 달이 지났다.

낙동강 물이 몇 차례 불었다 줄었다 하는 동안에 그해 여름도 어느덧 막바지에 접어들었다. 갈대도 이젠 길길이 자라서, 가뜩이나 섬사람들의 눈에도 잘 띄지 않는 갈밭새들이, 더욱 깃들기 좋을 만큼 우거진 무렵이었다. 아침저녁 그 속에서 갈밭새들이 한결 신나게 다그르르 다그르르 지저귀어 대면 머잖아 갈목도 빠져나온다 한다. 물론 학교도 방학이 끝날 무렵이다.

건우는 그동안 그 지긋지긋한 지각 걱정을 안 해도 좋았다. 한나절이면 그야말로 물거미처럼 물 위를 동동 떠다녀도 무방했다.

아닌 게 아니라 한여름 동안 얼마나 물과 볕에 그을었는지, 마지막 소집 날에 나타난 건우의 얼굴은 사시장춘四時長春 바다에서 산다는 즈 할아버지 못잖게 검둥이가 되어 있었다.

"어지간히 그을었구나. 할아버지와 어머니도 잘 계시니?"

늦게까지 어름거리는 그를 보고 일부러 물어 봤더니,

"예, 수박 자시러 오시라 갑디더."

어머니의 전갈일 테지. 딴소리까지 했다. 까막딱지가 묻힐 정도로 새까매진 얼굴이라 이빨이 유난히 희게 빛났다.

"집에서 수박을 심었던가?"

"예, 언제쯤 오실랍니까?"

숫제 다그쳐 묻는 것이었다.

"글쎄 언제 한 번 가지."

"꼭 모시고 오라 카던데요?"

"그래, 오늘은 안 되고, 여가 봐서 한 번 갈 테니까."

나는 그의 좁다란 어깨를 툭 쳐 주며 돌려보냈다. 처서가 낼 모레니까 수박도 한물 갈 때리라. 이왕이면 처서께쯤 한 번 가 볼까 싶었다.

그런데 공교히도 그 처서 날에 비가 내리기 시작했다. 처서에 비가 오면 독 안의 곡식도 준다는 하필 그날에 추적추적 비가 내리기 시작했으니, 내가 건우네 집으로 가고 안 가고가 문제가 아니라, 그러한 경험과 속담 속에 살아온 농촌 사람들의 찌푸려질 얼굴들이 먼저 눈에 떠올랐다.

게다가 이건 이른바 칠팔월 긴 장마가 아니라, 하루 이틀, 그러다가 사흘째부터는 바로 억수로 변해 가더니 마침내 광풍까지 겹쳐서 온통 폭풍우로 바뀌고 말았다. 육십년 이래 처음이니 뭐니 하고 떠드는 라디오나 신문들의 신나는 듯한 표현들은 나중에 있은 얘기고, 아무튼 그날 새벽에는 하늘이 내려앉고 땅이 뒤흔들기나 하듯이 우레 번개가 잦고 비바람이 사나웠다.

이렇게 되면 속담 말로 '칠월 더부살이 주인마누라 속곳 걱정' 정도의 장마 경황이 아니다. 더부살이도 우선 제 살 구멍 찾기가 급하다. 반면 제 한 몸이나 제 집구석에 별탈만 없으면 남의 불행쯤은 오히려 구경삼아 보아 넘기는 게 도회지 사람들의 버릇이다.

한창 천지가 진동하던 몇 시간 동안은 움쭉달싹도 않던 사람들이 비가 좀 뜨음하니까 사립 밖으로 개울가쯤 나가면 족하지만, 어른들은 그 정도로서는 한에 차질 않는다.

"낙동강이 넘는다지?"

"구포다리가 우투룹단다!"

가납사니 같은 도시 사람들은 제멋대로 그럴싸한 소문을 퍼뜨리며, 소위 물 구경에 미쳐서 낙동강이 내려다보이는 언덕으로, 산으로 올라들 갔다.

내가 집을 나선 것은 반드시 그런 호기심에서만은 아니었다. 다행히 하단 방면으로 가는 버스가 통한다기 얼른 그것을 집어탔다. 군데군데 시뻘건 뻘물이 개울을 이루고 있는 길을, 차는 철버덕 철버덕 기어가듯 했다. 대티 고개서부터 내 눈은 벌서 김해 들을 더듬었다.

'저런……!'

건우네 집이 있는 조마이섬 일대는 어느덧 벌건 홍수에 잠겨 가고 있지 않은가! 수박이 문제가 아니다. 다시 흩날리기 시작하는 차창 밖의 빗속을 뚫고서, 내 시선은 잘 보이지도 않는 조마이섬 쪽으로 얼어붙었다. 동시에 "나룻배 통학생임더!" 하던 건우 군의 가냘픈 목소리가 갑자기 귀에 쟁쟁 되살아나는 것 같았다.

고개 넘어서부터 차는 더욱 끼우뚱거렸다. 논두렁을 밀고 넘어오는 물살이 숫제 쏴 하는 소리까지 내면서 길을 사뭇 덮었다. 때로는 길과 논밭이 얼른 분간이 안 되어, 가로수를 어림해서 달리기도 했다. 그럴 때마다 차 안의 손님들은 한층 더 떠들어댔다. 대부분이 무슨 사연들이 있어서 가는 사람들이었겠지만, 그러한 사연들보다 우선 눈앞의 사정에 더욱 정신을 파는 것 같았다.

하단 나루께는 이미 발목물이 넘었다. '사라호' 에 데인 경험이 있는 그곳 주민들은 잽싸게 이불이랑 세간 부스러기를 산으로 말끔 옮겨 놓았고, 부랴부랴 끌어올린 목선들이 여기저기 나둥그러져 있는 길 위에는, 볼멘소리를 내지르는 아낙네와 넋 읽은 듯한 사내들이 경황없이 서성거릴 뿐이었다. 물론 나룻배가 있을 리 없었다. 예측 안 한 바는 아니지만, 행여나 싶었던 마음에도 실망은 컸다.

배 없는 나루터를 비롯해서 가까운 강가에는, 경비를 나온 듯한 소방대원 같은 복장의 사람들과 순경 한 사람이 버티고 있었다. 아무리 가까이 오지 마라, 혹은 가지 말라 외쳐도 사람들은 들은 체 만 체했다. 물이 점점 더 붇고 있는 모양이었다.

나는 닭 쫓던 개 지붕 쳐다보듯이 밀려오는 강물만 맥없이 바라보았다. 어느 산이라도 뒤엎었는지 황토로 물든 물굽이가 강이 차게 밀려 내렸다. 웬만한 모래톱이고 갈밭이고 남겨 두지 않았다. 닥치는 대로 뭉개고 삼킬 따름이었다. 그러고도 모자라는 듯 우르르하는 강 울림소리는 더욱 무엇을 노리는 것같이 으르렁댔다.

둑이 넘을 정도로 그악스럽게 밀려 내리는 것은 벌건 물굽이만이 아니었다. 얼마나 많은 들녘들을 휩쓸었는지, 보릿대랑 두엄더미들이 무더기 무더기로 흘러내는가 하면 수박이랑, 외, 호박 따위까지 끼리끼리 줄을 지어 떠 내려왔다. 이상스런 것은 그러한 것들이 마치 서로 약속이라도 한 듯이 모두 강 한가운데로만 줄을 지어 지나가는 것이었다.

"쳇, 용케도 피해 간다!"

저만큼 떨어진 데서 장대 끝에 접낫을 해 단 억척보두들이 둥글둥글 한 수박의 행렬을 향해 군침들을 삼켰다.

"그까진 수박은 껀지서 머할라꼬? 하불실下不失 돼지 새끼라도 아, 담아내야지!"

이런 농지거리도 들렸다. 역시 접낫을 해 든 주제에, 이들은 그저 물구경을 나온 것이 아니라, 그런 가운데서도 엄연히 생활을 계산하고 있는 것이었다.

나는 그들의 대담한 태도와 농담에 잠깐 정신을 팔다가, 다시 조마이섬이 있는 쪽으로 눈을 돌렸다. 부슬비가 계속 광풍에 흩날리고 있었다. 얼핏 홍적기洪積期를 연상케 하는 몽롱한 안개비 속이라, 어디가 어딘지 분별할 도리가 없었다.

'건우네 집은 벌서 홍수에 잠기지나 않았을까?'

불안한, 그리고 불길한 예감이 자꾸 들기 시작했다.

"물이 이 정도로 불어나면 건너편 조마이섬께는 어찌 되지오?"

생면 부지한 접낫패들에게 불쑥 묻기까지 하였다.

"조마이섬?"

돼지 새끼를 안아 내겠다던 키다리가 나를 흘끗 쳐다보더니,

"맹지면에서는 땅이 조금 높은 편이라카지만, 물이 이래 불으면 마찬가지지요.

만약 어제 그런 소동이 안 일어났으문 밤새 무슨 탈이 났을지도 모르끼요."

"어제 무슨 일이라도 있었던가요?"

나는 신경이 별안간 딴 곳으로 쏠렸다.

"있다분이라요? 문딩이 쫓아낼 때보다는 덜 했겠지마 매립埋立인강 먼강 한답시고 밀가리만 잔득 띠이 처먹고 그저 눈가림으로 해 놓은 둘둑을 섬사람들이 우 대들어서 막 페헤쳐 버리거, 본래대로 물길을 티 놨다 카드만요. 글 안 했으문……."

키다리는 혼자서 신을 내가며 떠들었다.

"쓸데없는 소리 말게, 괜히 혼날라꼬."

곁에 있던 약삭빠른 얼굴의 사내가 이렇게 불쑥 쏘아붙이듯 하더니, 마침 저만큼 떠내려 오는 널빤지를 향해 잽싸게 접낫을 던졌다. 그러나 걸리진 않았다. 그렇게 허탕을 친 게 마치 이쪽의 잘못이나 되는 듯,

"조마이섬에 누가 있소?"

내뱉듯한 소리가 짐짓 퉁명스러웠다.

"건우란 학생이 있어서……."

나는 일부러 학생의 이름까지 대보았다. 약삭빠른 눈초리가 다시 물굽이만 쏘아 보고 말이 없으니까 또 키다리가,

"그 아이 아배가 누군교?"

하고 나를 새삼 쳐다보았다.

"아버진 없고, 즈 할아버지 별명이 갈밭새 영감이라더군요."

나는 건우 할아버지의 이름이 얼른 생각나지 않았다.

"아, 그러기요? 조은 노인임더."

키다리는 접낫대를 세워 들더니,

"조마이섬의 인물 아잉기요. 어지 아침 이곳에 지내갔는데, 그 뒤 대강 알아봤

거든……. 가고 난 뒤 얼마 안 되서 그 일이 났단 말이여."

말머리가 어느덧 자기들끼리로 돌아갔다. 나는 굳이 파고 묻지 않았다.

그때 마침 판잣집 용마루 비슷한 기다란 나무가 잠겼다 떴다 하며 떠내려가자, 조금 떨어진 신신 바위짬에서 별안간 쬐깐 쪽배 하나가 쏜살같이 나타나더니, 기어코 그놈에게 달라붙어서 한참 파도와 싸우며 흐르다가 마침내 저 아래쪽 기슭에 용케 밀어다 붙였다. 박수를 치기보다는 모두 숨을 죽이고 바라보기만 했다. 용감하다기보다 차라리 처참한 광경이었다. 나는 거기서 누구에게도 보장을 받아오지 못한 절박한 생활을 읽었다. 한 표의 값어치로서가 아니라, 다만 살기 위해서 스스로 죽을 모험을 무릅쓰는 그러한 행위는, 부질없이 그것을 경계하거나 방해하는 힘을 물리침으로써만 오히려 목숨 그 자체를 이어 갈 수 있다는 산 증거 같기도 했다.

"갈밭새 영감이나 송아지 빨갱이도 그냥 있지는 않았으리라!"

나는 조마이섬의 일이 불현듯 더 궁금해져서 이내 구포 가는 버스를 잡아탔다. 다리만 건너면 조마이섬에 가까이까지 갈 수 있으리라 믿었다.

구포 다릿목에서 차를 내렸으나 물은 이미 위험 수위를 훨씬 돌파해서, 다리는 통금이 돼 있었다. 비상경계의 붉은 깃발이 찢어질 듯 폭풍우에 펄럭이고, 다릿목을 건너지른 인줄 곁에는 한국인 순경과 미군이 버티고 있었다. 무거워 보이는 고무 비옷에 철모를 푹 눌러 쓰고 방망이를 해 든 포움이 여간 엄중해 뵈지 않았다.

그런데도 무슨 핑계들을 꾸며 대고 용케 건너가는 사람들이 있었다. 더러는 다리 위에서 유유히 물구경을 하는 사람들도. 나도 간신히 그들 틈에 끼었다. 우르르르 하는 강 울림은 다리 위에서 듣기가 한결 우람스러웠다.

통행금지의 팻말이 서 있어도, 수해 시찰을 나온 듯한 새까만 관용차만은 사뭇 물을 튀기며 지나갔다. 바람이 휘몰아칠 때는 거기에 날리기나 하듯이 더욱 빨리 지나갔다. 요컨대 일종의 모험이기도 했으리라. 안에 타고 있는 얼굴들은 알 길이 없었지만 어련히 심각한 표정들을 했으랴 싶었다.

내려다봄으로 해서 한결 사나운 물굽이가 숫제 강을 주름잡듯 둘둘 말려 오다간, 거의 같은 지점에서 쏴아 하고 부서졌다. 그럴 때마다 구슬, 아니 퉁방울 같은 물거품이 강 위를 휘덮고 때로는 바람결을 따라서 다리 위까지 사뭇 퉁겼다. 그러한 강 한가운데를 잇달아 줄을 지어 떠내려 오는 수박이랑 두엄더미들이, 하단서 볼 때보다 훨씬 많았다. 말하자면 일종의 장관에 가까웠다.

"아까 그 송아지는 정말 아깝던데……."

이런 뚱딴지같은 소리도 푸득 귓가를 스쳐 갔다.

조마이섬이 있는 먼 명지면 짬은 완전히 물바다로 보였다. 구름을 이고 한가하던 원두막들은 다시 찾아볼 길이 없고, 길찬 포플러나무들도 겨우 대공이만은 남은 듯, 바람에 누웠다 일어났다 했다.

지루하게 긴 다리를 지루하게 건너, 물구경 나온 인파를 헤치고 강둑길을 얼마 못 갔을 때였다. 뜻밖에 거기서 윤춘삼 씨와 마주쳤다. 헐레벌떡 빗속을 뛰어오던 송아지 빨갱이……. 아니 윤춘삼 씨는 머리끝에서 발끝까지 온통 물에서 막 건져 올린 사람처럼 젖어 있었다. 하긴 내 골도 그랬을 테지만.

"우찬 일인기요?"

하고 덥석 내 손을 검잡는 윤춘삼 씨는 그저 반갑다기보다 숫제 고마워하는 기색까지 보였다.

"조마이섬은 어찌 됐소?"

수인사란 게 이랬더니,

"말 마이소. 자, 저리 가서 이야기나 합시더……."

그는 나를 도로 다릿목 쪽으로 끌었다.

"아니, 섬 쪽으로 가 보려 했는데요?"

"가야 아무것도 없소. 모두 피난소로 옮기고, 남은 건 물바다뿐임더. 우짤라꼬 이놈의 하늘까지……!"

별안간 또 한 줄기 쏟아지는 비도 피할 겸 윤춘삼 씨는 나를 다릿목 어떤 가게 집으로 안내했다. 언젠가 하단서 같이 들렀던 집과 거의 비슷한 차림의 주막집이었다.

둘 사이에는 한참 동안 말이 없었다. 너무나 다급하고 또 수다한 말들이 두 사람의 입을 한꺼번에 봉해 버렸다 할까!

"건우네 가족도 무사히 피난했겠지요?"

먼저 내 입에서 아까부터 미뤄 오던 말이 나왔다.

"야……."

해 놓고도 어쩐지 말끝이 석연치 않았다.

"집들은 물론 결단이 났겠지만, 사람은 더러 상하지 않았던가요?"

나는 이런 질문을 해 놓고, 이내 후회했다. 으레 하는 빈 걱정 같아서.

"집이고 농사고 머 있능기요. 다행히 목숨들만은 건졌지만, 그 바람에 갈밭새 영감이 또 안 끌려갔능기요."

윤춘삼 씨는 가슴이 내려앉는 듯한 무거운 한숨을 내쉬었다.

"건우 할아버지가?"

나는 하단서 그 접낫패에게 얼핏 들은 얘기를 상기했다.

"그래서 내가 지금 경찰서꺼정 갔다 오는 길인데, 마침 잘 만냈심더. 그란해도……."

기진맥진한 탓인지, 그는 내가 권하는 술잔도 들지 않고 하던 이야기만 계속했다.

바로 어제 있은 일이었다. 하단서 들은 대로 소위 배짱들이 만들어 둔 엉터리 둑을 허물어 버린 얘기였다.

—비는 연 사흘 억수로 쏟아지지, 실하지도 않은 둑을 그대로 두었다가 물이 더

불었을 때 갑자기 터진다면 영락없이 온 섬이 떼죽음을 했을 텐데, 마침 배에서 돌아온 갈밭새 영감이 선두를 해서 미리 무너뜨렸기 때문에 다행히 인명에는 피해가 없었다는 것이다.

"그런데 와 건우 할아버진 끌고 갔느냐고요?"

윤춘삼 씨는 그제야 소주를 한 잔 훅 들이키고 다음을 계속했다. —섬사람들이 한창 둑을 파헤치고 있을 무렵이었다. 좀 더 똑똑히 말한다면, 조마이섬 서쪽 강둑길에 검정 지프차가 한 대 와 닿은 뒤라 한다. 웬 깡패같이 생긴 청년 두 명이 불쑥 현장에 나타나더니, 둑을 허물어뜨리는 광경을 보자, 이내 노발대발 방해를 하기 시작하더라고. 엉터리 둑을 막아 놓고 섬을 통째로 집어삼키려던 소위 유력자의 앞잡인지 뭔지는 모르되 아무리 타일러도, "여보. 당신들도 보다시피 물이 안팎으로 이렇게 불어나는 데 섬사람들은 어떻게 하란 말이오?" 해 봐도, 들어 주긴커녕 그중 힘깨나 있어 보이는, 눈이 약간 치째진 친구가 되레 갈밭새 영감의 괭이를 와락 뺐더니 물속으로 핑 집어 던졌다는 거다.

그리곤 누굴 믿고 하는 수작일 테지만 후욕패설을 함부로 뇌까리자, 순간 화가 머리끝까지 치밀었을 갈밭새 영감도,

"이 개 같은 놈아, 사람의 목숨이 중하냐, 네 놈들의 욕심이 중하냐?"

말도 채 끝내기 전에 덜렁 그 자를 들어 물속에 태질을 해 버렸다는 것이다. 상대방은 "아이고," 소리도 못해 보고 탁류에 휘말려 가고, 지레 달아난 녀석의 고자질에 의해선지 이내 경찰이 둘이나 달려왔더라고.

"내가 그랬소!"

갈밭새 영감은 서슴지 않고 두 손을 내밀었다는 거다. 다행히도 벌써 그때는 둑이 완전히 뭉개지고, 섬을 치덮던 탁류도 빙 에워 돌려 뭉그적뭉그적 빠져나가고 있었다는 것이다.

"정말 우리 조마이섬을 지키다시피 해 온 영감인데……, 살인죄라니 우짜문 좋

겠능기요?"

게까지 말하고 나를 쳐다보는 윤춘삼 씨의 벌건 눈에서는 어느덧 닭똥 같은 눈물이 뚝뚝 떨어지기 시작했다.

법과 유력자의 배짱과 선량한 다수의 목숨……. 나는 이방인異邦人처럼 윤춘삼 씨의 캉캉한 얼굴을 건너다보았다.

폭풍우는 끝났다. 60년래 처음이고 뭐니 하고 수다를 떨던 라디오와 신문들도 이젠 거기에 대해선 감쪽같이 말이 없었다. 그저 몇몇 일간 신문의 수해 구제의연란에 다소의 금액과 옷가지들이 늘어 갈 뿐이었다.

섬사람들의 애절한 하소연에도 불구하고 육십이 넘는 갈밭새 영감은 결국 기약 없는 감옥살이로 넘어갔다.

그리고 9월 새 학기가 되어도 건우 군은 학교에 나오지 않았다. 끝내 돌아오지 않았다. 그의 일기장에는 어떠한 글이 적힐는지.

황폐한 모래톱—조마이섬을 군대가 정지整地를 하고 있다는 소문이 들렸다.

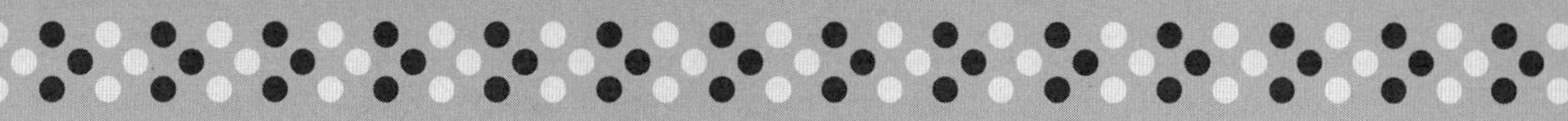

줄거리

이 글은 20년 전의 경험담이다. K중학교 선생님이던 '나'는 나룻배 통학생이라는 건우에게 관심과 동정심을 갖게 된다. 학기 초 가정 방문 전에 건우가 쓴 글에서 지금 살고 있는 섬이 실제 주민과는 무관하게 소유자가 바뀌고 있다는 내용을 본 이후 더 큰 관심을 갖는다. 가정 방문 차 '조마이섬'에 찾아간 날, 깔끔한 집 안 분위기와 예절 바른 건우 어머니의 태도에서 범상한 집안이 아니라는 인상을 받는다. 거기서 '나'는 건우의 일기를 통해 그 섬에 얽힌 역사와 현재에 대해서 알게 된다.

주머니처럼 생긴 조마이섬은 일제강점기에는 동양척식주식회사의 소유였고 광복 후에는 나환자 수용소로 변했다. 그 후 어떤 유력자가 간척 사업을 한답시고 이 섬을 개인 소유로 만들어 버렸다. 논밭은 섬사람들과 무관하게 소유자가 바뀌고 있었던 것이다.

선비 가문의 후손임에도 건우 집안에는 자기 땅이 없었다. 건우의 아버지는 6 · 25전쟁 때 전사했고, 삼촌은 삼치잡이를 나갔다가 죽었다. 어부인 갈밭새 영감의 몇 푼 벌이로 겨우 생계를 유지하고 있었다. '나'는 집으로 돌아오는 길에 우연히 윤춘삼 씨를 만났다. 그는 '송아지 빨갱이'라는 별명을 지닌 인물로 한때 '나'와 함께 옥살이한 인연을 갖고 있었다. 그의 소개로 갈밭새 영감을 만난 나는 조마이섬과 영감의 인생 이야기를 자세히 듣게 된다.

그 해 처서處暑 무렵, 때 아닌 홍수로 낙동강 일대는 물론, 조마이섬까지 위기를 맞게 된다. 섬 소식이 궁금한 나는 섬에 들어갈 수 없자, 초조해졌다. 그때 우연히 길에서 윤춘삼 씨를 만났고, 섬 소식을 들을 수 있었다. 유력자가 섬사람들을 내쫓기 위해 만들어 놓은 둑을 허물지 않으면 섬 전체가 위험해질 수 있자, 갈밭새 영감이 앞장서서 둑을 무너뜨렸다. 그때 둑을 쌓아 섬 전체를 집어삼키려던 유력자의 하수인들이 그를 방해했고, 화가 치민 갈밭새 영감은 그중 한 명을 탁류에 집어던졌다. 결국, 노인은 살인죄로 투옥되고 말았다.

2학기가 되었지만 건우는 학교에 나오지 않는다. 황폐한 모래톱 조마이섬에 군대가 정지整地한다는 소문만 들렸다.

감상 포인트

이 작품은 중학교 선생님인 '나'가 낙동강 하류의 작은 섬인 조마이섬의 역사와 현실에 대해 보고 들은 것을 20년 후에 전달하는 형식을 취한다. 낙동강의 흐름이 만들어낸 조마이섬의 주인은 당연히 섬사람이어야 함에도 소유권은 늘 섬사람들의 것이 아니었다.

섬 소유주가 계속 바뀌고, 국가 권력이 뒤를 받치고 있어 결과는 늘 불을 보듯 뻔했지만 섬사람들은 계속해서 싸워 나갔다. 특히 갈밭새 영감의 어기찬 투쟁 인생에 담긴 '굴강屈强 정

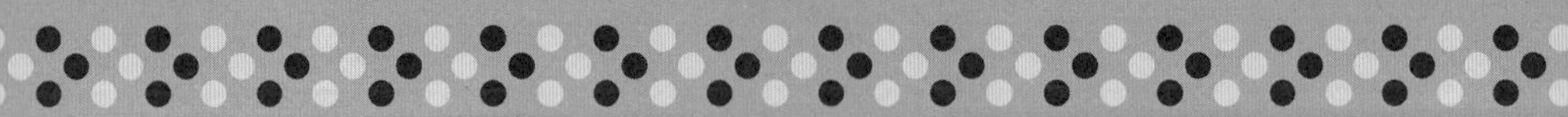

신'은 《모래톱 이야기》의 주제이기도 하다. 또한 이 같은 주제의 안쪽에는 또 다른 주제가 하나 더 있는데, 땅을 일구어 농사를 짓는 농민이 그 땅의 주인이 되어야 한다는 경자유전耕者有田의 정신이다.

이 작품의 화자인 '나'는 관찰자의 입장에서 섬사람들의 삶의 내력을 보고하는, 마치 르포처럼 실제 현실을 사실 그대로 전달하는 태도를 취하고 있다. 이는 독자로 하여금 실제 현실이라고 믿게끔 만들려는 의도라고 볼 수 있으며, 또한 이곳의 현실이 한국 사회 곳곳에서 만날 수 있는 전형적인 유형이라는 점을 강조한 것이기도 하다.

한마디로, 《모래톱 이야기》는 억압받으며 살아온 농민들의 삶을 통해 한국의 모순된 현실을 여실히 보여 주고 있다는 점에서 의의가 크다.

등장인물

- **나** : 건우의 K중학교 담임선생님이자 소설가이다. 사상문제로 곤욕을 치르기도 했던 인물로, 억울한 사람들에 대한 이해와 애정은 물론, 섬사람들의 생존을 위협하는 그릇된 현실에 대한 분노도 지니고 있다.
- **건우** : K중학교 학생. 조마이섬에서 통학한다. 화자인 '나'가 조마이섬의 사연에 관심을 갖게 되는 계기인 동시에, 작품의 주인공인 갈밭새 영감과 '나'를 만나게 해주는 가교 구실을 한다.
- **갈밭새 영감** : 건우의 할아버지. 거칠게 그을린 얼굴과 텁석부리 수염, 그리고 형형히 빛나는 눈빛을 지닌, 외압에 억눌리지 않는 의지가 굳건한 어민이다. 조마이섬에서 소외된 채 살아가는 억울한 인생들의 삶을 대변하는 인물이다.
- **건우 어머니** : 건우의 홀어머니. 정결하면서도 강한 인상을 준다.

김정한의 농민(농촌) 소설

김정한의 소설들은 땅을 일구고 살지만 정작 땅의 주인이 되지 못한 농민들과 그 주인인 지주와의 문제들을 파헤치고 있다. 이러한 그의 농민 소설은 소작인과 지주의 갈등을 다룬 1930년대의 작품들과 달리 소작인의 삶과 아픔에 초점을 맞추고 있다.

일제의 〈동아일보〉 폐간 이후 30여 년간 절필했다가 다시 발표한 《모래톱 이야기》에서부터 시작되는 김정한의 후기 작품들 역시 농민과 농촌에 대한 관심을 담고 있다. 그래서 그의 작품에서는 한결같이, 농사를 천직으로 아는 순박한 농민들에게 온갖 농간弄奸을 부리고 그들의 삶의 터전을 위협하는 협잡배나 다름없는 정치꾼들에 대한 분노가 엿보인다.

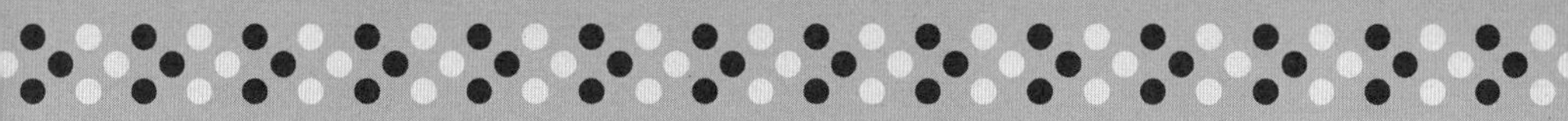

문학사적 의의

① **농민 문학의 전형이다 :** 조마이섬이라는 농촌을 배경으로 비뚤어진 시대상에 항의하고 서민의 고난을 증언하고 있다. 즉, 농촌 현실을 직접 파고 들어가 작가 자신의 것으로 육화肉化하고 고발하는 정신을 발휘한 농민 문학이다.

② **행동 문학의 경향을 지닌다 :** 유력자가 만든 엉터리 둑을 무너뜨리고, 자신을 방해하는 유력자의 하수인을 강에 집어던진 갈밭새 영감은 한마디로 '자기희생을 통한 자유'를 선택했다. 그런 점에서 행동 문학으로서의 경향을 지닌다고 볼 수 있다.

③ **리얼리즘 문학이다 :** 낙동강 유역의 곤궁한 삶, 삶의 터전을 잃고 감옥살이까지 하는 소외인들의 사연을 사실적으로 그리고 있다.

핵심정리

- **갈래 :** 단편 소설, 농민(농촌) 소설
- **배경 :** 일제강점기부터 1960년대, 낙동강 하류의 조마이섬
- **경향 :** 사실주의
- **시점 :** 1인칭 관찰자 시점
- **문체 :** 거칠면서도 부정적인 어휘, 수식이 없는 문체, 강건한 어조, 억센 사투리의 사용 등은 건조하면서도 절박한 느낌을 주는 문체를 형성. 이는 권력의 횡포에 대한 분노를 표현하는 데 적절하다.
- **특징 :** ① 농촌에서 살아가는 사람들의 실상을 사실적으로 묘사함
  ② 부조리한 현실을 고발하려는 작가 정신을 발휘함
- **주제 :** 소외지대에 살고 있는 사람들의 비극적 삶과 부조리한 현실에 대한 저항

33

김동리_역마, 무녀도, 화랑의 후예

김동인_감자, 배따라기, 광화사

김유정_동백꽃, 만무방, 봄봄

김정한_사하촌, 모래톱 이야기

나도향_물레방아

오상원_유예

염상섭_표본실의 청개구리, 두파산

유진오_김 강사와 T 교수

윤흥길_장마

이 상_날개

이청준_눈길

이효석_메밀꽃 필 무렵, 산

전광용_꺼삐딴 리

최서해_탈출기, 홍염

채만식_논 이야기, 치숙(痴叔), 미스터 방

하근찬_수난 이대

현진건_운수 좋은 날, 고향

황순원_학, 별, 목넘이 마을의 개

나도향

1902~1926년

1921년 〈백조白潮〉 동인으로 참가한 것이 문단 진출의 계기가 됐다. 《젊은이의 시절》, 《별을 안거든 울지나 말걸》 장편 《환희幻戱》 등을 발표했는데, 이 초기작들은 모두 애상적이고 감상적이었다. 이후 《물레방아》, 《뽕》, 《벙어리 삼룡이》를 발표하면서 비로소 애상과 감상을 극복하고 객관적인 사실주의 경향을 보여 주었으나 24세의 나이로 요절했다.

그에 대한 평가는 김동인金東仁의 다음과 같은 논평이 잘 말해 준다.

"젊어서 죽은 도향은 가장 촉망되는 소설가였다. 그는 사상도 미성품未成品, 필치도 미성품이었다. 그러면서도 그에게는 열이 있었다. 예각적으로 파악된 인생이 지면 위에 약동하였다. 미숙한 기교 아래는 그래도 인생의 일면을 붙드는 긍지가 있었다. 아직 소년의 영역을 벗어나지 못한 도향이었으며 그의 작품에서 다분의 센티멘털리즘을 발견하는 것은 아까운 가운데도 당연한 일이지만, 그러나 그 센티멘털리즘에 지배되지 않을 만한 침착도 그에게는 있었다."

1 물레방아

1

덜컹덜컹 홈통에 들었다가 다시 쏟아져 흐르는 물이 육중한 물레방아를 번쩍 쳐들었다가 쿵 하고 확 속으로 내던질 제 머슴들의 콧소리는 허연 겻가루가 켜켜 앉은 방앗간 속에서 청승스럽게 들려 나온다.

솰솰솰 구슬이 되었다가 은가루가 되고 댓줄기같이 뻗치었다가 다시 쾅쾅 쏟아져 청룡이 되고 백룡이 되어 용솟음쳐 흐르는 물이 저쪽 산모퉁이를 십 리나 두고 돌고, 다시 이쪽 들 복판을 오 리쯤 꿰뚫은 두에 이방원芳源이가 사는 동네 앞 기슭을 스쳐 지나가는데 그 위에 물레방아 하나가 놓여 있다.

물레방아에서 들여다보면 동북간으로 큼직한 마을이 있으니 이 마을에 가장 부자요, 가장 세력이 있는 사람으로 이름은 신치규申治圭라고 부른다. 이방원이라는 사람은 그 집의 막실幕室살이를 하여 가며 그의 땅을 경작하여 자기 아내와 두 사람이 그날그날을 지내 간다.

어떠한 가을 밤 유난히 밝은 달이 고요한 이 촌을 한적하게 비칠 때 그 물레방앗간 옆에 어떠한 여자 하나와 어떤 남자 하나가 서서 이야기를 하는 소리가 들리었다. 그 여자는 방원의 아내로 지금 나이가 스물두 살, 한참 정열에 타는 가슴으로 가장 행복스러울 나이의 젊은 여자이요, 그 남자는 오십이 반이 넘어 인생으로

서 살아올 길을 다 살고서 거의 거의 쇠멸의 구렁이를 향하여 가는 늙은이다.

그의 말소리는 마치 그 여자를 달래는 것같이,

"얘, 내 말이 조금도 그를 것이 없지? 쉰네 할멈에게도 자세한 말을 들었을 터이지마는 너 생각해 보아라. 네가 허락만 하면 무엇이든지 네가 하고 싶다는 것을 내가 전부 해줄 터이란 말야. 그까짓 방원이 녀석하고 네가 몇백 년을 살아야 언제든지 막실 구석을 면하지 못할 터이니……. 허허, 사람이란 젊어서 호강해 보지 못하면 평생 한 번 하여 보지 못하고 죽을 것이 아니냐. 내가 말하는 것이 조금도 잘못한 것이 없느니라! 대강 너의 말을 쉰네 할멈에게 듣기는 들었으나 그래도 너에게 한 번 바로 대고 듣는 것만 못해서 이리로 만나자고 한 것이다. 너의 마음은 어떠냐? 허허, 내 앞이라고 조금도 어떻게 알지 말고 이야기해 봐, 응?"

이 늙은이는 두말할 것 없이 신치규다. 그는 탐욕스러운 눈으로 방원의 계집을 들여다보며 한 손으로 등을 두드린다.

새침한 얼굴이 파르족족하고 기다란 눈썹과 검푸른 두 눈 가장자리에 예쁜 입, 뾰로통한 빰이며 콧날이 오똑한 데다가 후리후리한 키에 떡 벌어진 엉덩이가 아무리 보더라도 무섭게 이지적理智的인 동시에 또는 창부형娼婦型으로 생긴 것이다.

계집은 아무 말 없이 서서 짐짓 부끄러운 태를 지으며 매혹적인 웃음을 생긋 웃고는 고개를 돌렸다. 그 웃음이 얼마나 짐승 같은 신치규의 만족을 사게 되었으며 또한 마음을 충족시켰는지 희끗희끗한 수염이 거의 계집의 빰에 닿도록 더 가까이 와서,

"응? 왜 대답이 없니? 부끄러워서 그러니? 그렇게 부끄러워할 일은 아닌데."

하고 계집의 손을 잡으며,

"손도 이렇게 예쁜 줄은 이제까지 몰랐구나. 참 분결같다. 이렇게 얌전히 생긴 애가 방원 같은 천한 놈의 계집이 되어 일평생을 그대로 썩는다는 것은 너무 가엽고 아깝지 않느냐? 얘."

계집은 몸을 돌리려고 하지도 않고 영감이 하는 대로 내버려두며 눈으로 땅만 내려다보고 섰다가 가까스로 입을 떼는 듯하더니,

"제 말야 모두 쉰네 할멈이 여쭈었지요. 저에게는 너무 분수에 과한 말씀이니까요."

"온, 천만에 소리를 다 하는구나. 그게 무슨 소리냐. 너도 알다시피 내가 너를 장난삼아 그러는 것도 아니겠고 후사後嗣가 없어 그러는 것이니까, 네가 내 아들이나 하나 나 주렴. 그러면 내 것이 모두 네 것이 되지 않겠니? 자아 그러지 말고 오늘 허락을 하렴. 그러면 내일이라도 방원이란 놈을 내쫓고 너를 불러들일 터이니."

"어떻게 내쫓을 수가 있에요?"

"허어 그것이 그리 어려울 것이 무엇 있니. 내가 나가라는데 제가 나가지 않고 배길 줄 아니?"

"그렇지만 너무 과하지 않을까요?"

"무엇, 저런 생각을 하니까 네가 이 모양으로 이때까지 있었지. 어떻단 말이냐? 그런 것은 조금도 염려하지 말구. 자아, 또 네 서방에게 들킬라, 어서 들어가자."

"먼저 들어가세요."

"왜?"

"남이 보면 수상히 알게요."

"무얼 나하고 가는데 수상히 알게 무어야……. 어서 가자."

계집은 천천히 두어 걸음을 따라가다가,

"영감!"

하고 멈춤 하고 서 있다.

"왜 그러니?"

계집은 다시 말이 없이 서 있다가,

"아니에요."

하고,

"먼저 들어가세요."

하며 돌아선다. 영감이 간이 달아서 계집의 손을 잡으며,

"가자, 집으로 들어가자."

그의 가슴은 두근거리는지 숨소리가 잦아진다. 계집은 손을 빼려고 하며,

"점잖으신 어른이 이게 무슨 짓이에요."

하면서도 그의 몸짓에는 모든 것을 허락한다는 뜻이 보였다. 영감은 계집의 몸을 끌어안더니 방앗간 뒤로 돌아섰다. 계집은 영감 가슴에 안겨서 정욕이 가득 찬 눈으로 그를 보면서,

"영감."

말 한 번 하고 침 한 번 삼키었다.

"영감이 거짓말은 안 하시지요?"

"아니."

그의 말은 떨리었다. 계집은 영감의 팔을 한 손으로 잡고 또 한 손으로는 방앗간 속을 가리켰다.

"저리로 들어가세요."

영감과 계집은 방앗간에서 이삼십 분 후에 다시 나왔다.

2

사흘이 지난 뒤에 신치규는 방원이를 자기 집사랑 마당 앞으로 불렀다.

"예."

방원은 상이라 고개를 숙이고,

"예."

공손하게 대답을 하였다.

"네가 그간 내 집에서 정성스럽게 일한 것은 고마운 일이지마는……."

점잔과 주짜를 빼면서 신치규는 말을 꺼내었다. 방원의 가슴은 이 '마는' 이라는 말 뒤에 이어질 말을 미리 깨달은 듯이 온몸의 피가 가슴으로 모여드는 듯하더니 다시 터럭이라는 터럭은 전부 거꾸로 일어서는 듯하였다.

"오늘부터는 우리 집에 사정이 있어 그러니, 내 집에 있지 말고 다른 곳에 좋은 곳을 찾아가 보아라."

아무 조건이 없다. 또한 이곳에서도 할 말이 없다. 죽으라고 하면 죽는 시늉이라도 해야 하는 것이다. 주인은 돈 가지고 사람을 사고 팔 수도 있는 것이다.

방원은 가슴이 답답하였다. 자기 혼자 몸 같으면 어디 가서 어떻게 빌어먹더라도 살 수 있지마는 사랑하는 아내를 구해 갈 길이 막연하다. 그는 고개를 굽히고, 허리를 굽히고, 나중에는 마음을 굽히어 사정도 하여 보고 애걸도 하여 보았다. 그러나 그것은 헛된 일이다. 주인의 마음은 쇠나 돌보다도 더 굳었다.

그는 하는 수 없이 자기 아내에게 그 이야기를 하였다. 그리고 아내더러 안주인마님께 사정을 좀 하여 얼마간이라도 더 있게 하여 달라고 하여 보라고 하였다. 그러나 아내는 방원의 말을 들을 리가 없었다. 도리어,

"그러면 어떻게 한단 말이요. 이제부터는 나를 어떻게 먹여 살릴 터이요?"

"너는 그렇게 먹고 살 수 없을까 봐 겁이 나니?"

"겁이 나지 않고. 생각을 해 보구려. 인제는 꼼짝할 수 없이 죽지 않았소?"

"죽어?"

"그럼 임자가 나를 데리고 이곳까지 올 때에 무어라고 하였소. 어떻게 해서든지 너 하나야 먹여 살리지 못하겠느냐고 하였지요?"

"그래."

"그래, 얼마나 나를 잘 먹여 살리고 나를 호강시켰소? 이때까지 이태나 되도록 끌고 돌아다닌다는 것이 남의 집 행랑이었지요."

"얘, 그것을 내가 모르고 하는 말이냐? 내가 하려고 하지 않아서 그렇게 된 것이냐? 차차 살아가는 동안에 무슨 일이든지 생기겠지. 설마 요대로 늙어 죽기야 하겠니?"

"듣기 싫소! 뿔 떨어지면 구워 먹지 어느 천 년에."

방원이는 가뜩이나 내쫓기고 화가 나는데 계집까지 그리하니까 속에서 열화가 치밀어 올라왔다.

"이 육시를 하고도 남을 년! 왜 남의 마음을 글컹거리니?"

"왜 사람에게 욕을 해!"

"이년아 욕 좀 하면 어떠냐?"

"왜 욕을 해!"

계집의 얼굴이 노래지며 대든다.

"이년이 발악인가?"

"누가 발악이야. 계집년 하나 건사 못하는 위인이 계집 보고 욕만 하고 한 게 무어야? 그래 은가락지 은비녀나 한 벌 사주어 보았어? 내가 임자 하자고 하는 대로 하지 않은 것은 없지!"

"이년아! 은가락지 은비녀가 그렇게 갖고 싶으냐? 이 더러운 년아."

"무엇이 더러워? 너는 얼마나 정한 놈이냐!"

계집의 입 속에서는 놈 소리가 나오기 시작한다.

"이년 보게! 누구더러 놈이래."

하고 손길이 계집의 낭자를 후려잡더니 그대로 집어 들고 주먹으로 등줄기를 우리었다.

"이 주릿대를 안길 년!"

발길이 엉덩이를 두어 번 지르니까 계집은 그대로 거꾸러졌다가 다시 일어났다. 풀어 헤뜨린 머리가 치렁치렁 끌리고 씰룩한 눈에는 독기가 섞이었다.

"왜 사람은 치니? 이놈! 죽여라 죽여, 어디 죽여 보아라, 이놈 나 죽고 너 죽자!"

하고 달려드는 계집을 후려쳐서 거꾸러뜨리고서

"이년이 죽으려고 기를 쓰나!"

방원이가 계집을 치는 것은 그것이 주먹을 가지고 하는 일종의 농담이다. 그는 주먹이나 발길이 계집의 몸에 닿을 때 거기에 얻어맞는 계집의 살이 아픈 것보다 더 찌르르하게 가슴 한복판을 찌르는 아픔을 방원은 깨닫는 것이다. 홧김에 계집을 치는 것이 실상은 자기의 마음을 자기의 이빨로 물어뜯는 것이나 다름이 없는 것이다. 때리는 그에게는 몹시 애처로움이 있고 불쌍함이 있는 것이다. 그러나 자기의 화풀이를 받아 주는 사람은 아직까지도 계집밖에는 없었다. 제일 만만하다는 것보다도 가장 마음 놓고 화풀이를 할 수 있음이다. 싸움한 뒤, 하루가 못 되어 두 사람이 베개를 나란히 하고 서로 꼭 끼고 잘 때에는 그렇게 고맙고 그렇게 감격이 일어나는 위안이 또다시 없음이다. 계집을 치고 화풀이를 하고 난 뒤에 다시 가슴을 에는 듯한 후회와 더 뜨거운 포옹으로 위로를 받을 그때에는 두 사람 아니라 방원에게는 그만큼 힘 있고 뜨거운 믿음이 또다시 없는 까닭이다.

계집을 일부러 소리를 높여 꺼이꺼이 운다.

온 마을 사람이 거의 귀를 기울였으나,

"응, 또 사랑싸움을 하는군!"

하고 도리어 그 싸움을 부러워하였다. 옆집 젊은것이 와서 싱글싱글 웃으며 들여다보며,

"인제 고만두라구."

하며, 말리는 시늉을 한다. 동네 아이들만 마당 앞에 죽 늘어서서 눈들이 뚱그래서 구경을 한다.

3

그날 저녁에 방원이는 술이 얼근하여 돌아왔다. 아까 계집을 차던 마음은 어느덧 풀어지고 술로 흥분된 마음에 그는 계집의 품이 몹시 그리워져서 자기 아내에게 사과를 할 마음까지 생기었다. 본시 사람이 좋고 마음이 약하고 다정한 그는 무식하게 자라난 까닭에 무지한 짓을 하기는 하나 그것은 결코 그의 성격을 말하는 무지함이 아니다.

그는 비척거리면서 집으로 향하는 길에 거슴츠레하게 풀린 눈을 스르르 내리감고 혼잣소리로,

"빌어먹을 놈! 나가라면 나가지 무서운가? 제 집 아니면 살 곳이 없는 줄 아는 게로군! 흥, 되지 않게 다 무엇이냐? 돈만 있으면 제일이냐? 이놈, 네가 그러다가는 이 주먹맛을 언제든지 볼라. 그대로 곱게 둬질 줄 아니?"

하고, 개천 하나를 건너뛴 후에,

"돈! 돈이 무엇이냐?"

한참 생각하다가,

"에후."

한숨을 쉬고 나서,

"돈이 사람을 죽이는구나! 돈! 돈! 흥, 사람 나고 돈 났지 돈 나고 사람 났니?"

또 징검다리를 비척비척 하고 건넌 뒤에,

"고 배라먹을 년이 왜 고렇게 포탈을 부려서 장부의 마음을 긁어 놓아!"

그의 목소리에는 말할 수 없이 다정한 맛이 있었다. 그는 자기 계집을 생각하면 모든 불평이 스러지는 듯이, 숙였던 고개를 쳐들어 하늘을 보면서,

"허어, 저도 고생은 고생이지."

하고 다시 고개를 숙인 후,

"내가 너무 해. 너무 그럴 게 아닌데."

그는 자기 집에 와서 문고리를 붙잡고 흔들면서,

"얘! 자니! 자?"

그러나 대답이 없고 캄캄하다.

"이년이 어디를 갔어!"

그는 문짝을 깨어져라 하고 닫은 후에 다시 길거리로 나와 그 옆집으로 가서,

"여보 아주머니! 우리 집 색시 어디 갔는지 보았소!"

밥들을 먹는 옆앳집 내외는,

"어디서 또 취했소 그려! 애 어머니가 아까 머리단장을 하더니 저 방아께로 갑디다."

"방아께로?"

"네."

"빌어먹을 년! 방아께로는 무얼 먹으러 갔누!"

다시 혼자 방아를 향하여 가면서 혼자 중얼거린다.

그는 방앗간을 막 뒤로 돌아서자 신치규와 자기 아내가 방앗간에서 나오는 것을 보았다.

"아!"

그는 너무 뜻밖의 일이므로 아무 말도 하지 못하고 그대로 한참이나 멀거니 서서 보기만 하였다.

그의 눈에서 쌍심지가 거꾸로 섰다. 열이 올라와서 마치 주홍을 칠한 듯이 그의 눈은 붉어지고 번개 같은 광채가 번뜩거리었다.

그는 한참이나 사지를 떨었다. 두 이가 서로 맞쳐서 달그락달그락 하여졌다. 그의 주먹은 부서질 것같이 단단히 쥐어졌다.

계집과 신치규는 방원이 와서 선 것을 보고서 처음에는 조금 간담이 서늘하여졌으나 다시 태연하게 내려앉았다. 일이 이렇게 되었으매 할 대로 하라는 뜻이다.

방원은 달려들어서 계집의 팔목을 잡았다. 그리고 이를 악물고 부르르 떨었다.

"나는 네가 이럴 줄은 몰랐다."

계집은,

"무얼 이럴 줄 몰라?"

하며, 파란 눈을 흘겨보더니,

"나중에는 별꼴을 다 보겠네. 으레 그럴 줄을 인제 알았나? 놔요! 왜 남의 팔을 잡고 요 모양야. 오늘부터는 나를 당신이 그리 함부로 하지는 못해요! 더러운 녀석 같으니! 계집이 싫다고 그러면 국으로 물러갈 일이지 이게 무슨 사내답지 못한 일야! 놔요!"

팔을 뿌리쳤으나 분노가 전신에 가득 찬 그는 그렇게 쉽게 손을 놓지 않았다.

"애! 네가 이것이 정말이냐?"

"정말이 아니구 비싼 밥 먹고 거짓말할까?"

"네가 참으로 환장을 하였구나!"

"아니 누구더러 환장을 했대. 온 기가 막혀 죽겠지! 놔요! 놔! 왜 추근추근하게 이 모양야? 놔."

하고서 힘껏 뿌리치는 바람에 계집의 손이 쑥 빠지었다. 계집은 손목을 주무르면서 암상 맞게 돌아섰다.

이때까지 이 꼴을 멀찍이 서서 보고 있던 신치규는 두어 발짝 나서더니 기침 한 번을 서투르게 하고서,

"애! 네가 술이 취하였으면 일찍 들어가 자든지 할 것이지 웬 짓이냐? 네 눈깔에는 아무것도 보이는 것이 없단 말이냐? 너희 년놈이 싸우는 것은 너희 년놈이 어디 가서 할 일이지 여기 누가 있는지 없는지 눈깔에 보이는 것이 없어? 엣, 괘씸한 놈!"

눈깔을 부라리었다. 방원은 한참이나 쳐다보고서 말이 없었다. 생각대로 하면

한 주먹에 때려누일 것이지마는 그래도 그의 머릿속에는 아까까지의 상전이라는 관념이 남아 있었다. 번갯불같이 그 관념이 그의 입과 팔을 얽어 놓았다. 어려서부터 오늘날까지 남을 섬겨 보기만 한 그의 마음은 상전이라면 모두 두려워하는 성질을 깊이깊이 뿌리박아 놓았다. 그러나 오늘부터는 신치규가 자기의 상전이 아니요, 자기가 신치규의 종도 아니다. 다만 똑같은 사람으로 마주섰을 뿐이다. 아니다, 지금부터는 신치규도 방원의 원수였다. 그의 간을 씹어 먹어도 오히려 나머지 한이 있는 원수다.

신치규는 똑바로 쳐다보는 방원을 마주 쳐다보며,

"똑바로 보면 어쩔 터이냐? 온 세상이 망하려니까 별 해괴한 일이 다 많거든. 어째 이놈아!"

"이놈아?"

방원은 한 걸음 들어섰다. 나무같이 힘센 다리가 성큼하고 나설 때 신치규는 머리끝이 으쓱하였다. 쇠몽둥이 같은 두 주먹이 쑥 앞으로 닥칠 때 그의 가슴은 덜컥 내려앉았다.

"네 입에서 이놈이라는 소리가 나오지? 이 사지를 찢어 발겨도 오히려 시원치 못할 놈아! 네가 내 계집을 빼앗으려고 오늘 날더러 나가라고 그랬지?"

"어허 이거 그놈이 눈깔이 뻬었군, 얘, 나는 먼저 들어가겠다. 너는 네 서방하고 나중 들어오너라!"

신치규는 형세가 위험하니까 슬금슬금 꽁무니를 빼려고 돌아서서 들어가려 하니까 방원은 돌아서는 신치규의 멱살을 잔뜩 쥐어 한 팔로 바싹 치켜들고,

"이놈 어디를 가? 네가 이때까지 맛을 몰랐구나?"

하며, 한 번 집어쳐 땅바닥에다 태질을 한 뒤에 그대로 타고 앉아서 목줄기를 누르니까, 마치 뱀이 개구리 잡아먹을 적 모양으로 깩깩 소리가 나며 말 한 마디도 못한다.

"이놈 너 죽고 나 죽으면 고만 아니냐?"

하고 방원은 주먹으로 사정없이 닥치는 대로 들이댄다. 나중에는 주먹이 부족하여 옆에 있는 모루돌멩이를 집어서 죽어라 하고 내리친다. 그의 팔, 그의 몸에 끓어오르는 분노가 극도에 달하자 사람의 가슴속에 본능적으로 숨어 있는 잔인성殘忍性이 조금도 남지 않고 그대로 나타났다. 그의 눈은 마치 펄떡펄떡 뛰는 미끼를 가로차고 앉은 승냥이나 이리와 같이 뜨거운 피를 보고야 만족하다는 듯이 무섭게 번쩍거렸다. 그에게는 초자연超自然의 무서운 힘이 그의 팔과 다리에 올라왔다.

이 꼴을 보는 계집은 무서웠다. 끔찍끔찍한 일이 목전에 생길 것이다. 그의 맥이 풀린 다리는 마음대로 놓여지지 아니하였다.

"아! 사람 살류! 사람 살류!"

적적한 밤중에 쓸쓸한 마을에는 처참한 여자 목소리가 으스스하게 울리었다. 이 소리를 들은 방원은 더욱 힘을 주어서 눈을 딱 감고 죽어라 내리 짓찧었다. 뼈가 돌에 맞는 소리가 살이 으크러지는 소리와 함께 퍽퍽하였다. 피 묻은 돌이 여기저기 흩어지고 갈가리 찢긴 옷에는 살점이 묻었다.

동네편 쪽에는 수군수군하더니 구두 소리가 나며 칼소리가 덜거덕거리었다. 방원의 머리에는 번갯불같이 무엇이 보이었다. 그는 손에 주먹을 쥔 채 잠깐 정신을 차려 그쪽으로 귀를 기울였다.

"순검……."

그는 신치규의 배를 타고 앉아서 순검의 구두 소리를 듣자 비로소 자기가 무슨 짓을 하였는지 깨달았다.

그는 미친 사람처럼 일어났다. 그리고는 옆에 서서 벌벌 떠는 계집에게로 갔다.

"얘! 가자! 도망가자! 너하고 나하고 같이 가자! 자! 어서, 어서!"

계집은 자기에게 또 무슨 일이 있을까 하여 겁을 내어 도망을 하려 한다. 방원은 계집을 따라가며,

"애! 애! 네가 이렇게도 나를 몰라 주니! 내가 너를 어떻게 생각하는지 알지를 못하니? 자! 어서, 도망가자, 어서 어서, 뒤에서 순검이 쫓아온다."

계집은 그대로 서서 종종걸음을 치며,

"싫소! 임자나 가구료, 나는 싫어요, 싫어."

"가자! 응! 가!"

그는 미친 사람처럼 계집의 팔을 붙잡고 끌었다. 그때 누구인지 그의 두 팔을 마치 형틀에 매다는 것같이 꽉 뒤로 끼어 앉는 사람이 있었다.

"이놈아! 어디를 가?"

그는 뒤를 돌아보지 않고도 그가 누구인지 알았다. 그는 온 전신에 맥이 풀리어 그대로 뒤로 자빠지려 할 때 어느덧 널판 같은 주먹이 그의 뺨을 사정없이 갈겼다.

"정신 차려."

"네."

그는 무의식 하게 고개가 숙어지고 말소리가 공손하여졌다.

땅바닥에서는 신치규가 꿈지럭거리며 이리저리 뒹군다. 청승스러운 비명悲鳴이 들린다.

방원은 포승 지인 채, 계집은 그대로 주재소로 끌려가고 신치규는 머슴들이 업어 들였다.

4

석 달이 지났다. 상해죄傷害罪로 감옥에서 복역을 하던 방원은 만기가 되어 출옥을 하였다. 그러나 신치규는 아무 일 없이 자기 집에서 치료하고 방원의 계집을 데려다 산다. 신치규는 온몸이 나은 뒤에 홀로 생각하였다.

—죽는 줄만 알았더니 그래도 이렇게 살아 있으니!

하고, 얼굴에 흠이 진 곳을 만져 보며,

—오히려 그놈이 그렇게 한 것이 나에게는 다행이지, 얼굴이 아프기는 좀 하였으나! 허어.

—어떻게 그놈을 떼어 버릴까 하고 그렇지 않아도 걱정을 하던 차에 잘 되었지. 그놈 한 십년 감옥에서 콩밥을 먹었으면 좋겠다.

방원은 감옥에서 생각하기를 나가기만 하면 연놈을 죽여 버리고 제가 죽든지 요절을 내리라 하였다. 집에서 내어 쫓기고 계집까지 빼앗기고, 그것을 생각하면 이가 갈리고 치가 떨리었다. 그것이 모두 자기의 돈 없는 탓인 것을 생각하며 더욱 분한 생각이 났다.

—에, 더러운 년!

그는 홍바지에 쇠사슬을 차고서 일을 할 때에도 가끔 침을 땅에다 뱉으면서 혼자 중얼거리었다.

—사람이 이러고서야 살아서 무엇 하나. 멀쩡한 놈이 계집 빼앗기고 생으로 콩밥까지 먹으니…….

그가 감옥에서 나올 때에는 감옥소를 다시 한 번 돌아보고, 내가 여기서 마지막으로 목숨을 잃어버리든지, 그렇지 않으면 내가 내 손으로 내 목을 찔러 죽든지 무슨 요절이 날 것을 생각하고, 다시 온몸에 힘을 주고 쓸쓸한 웃음을 웃었다.

그는 이백 리나 되는 길을 걸어서 계집이 사는 촌에를 왔다.

그러나 아무도 그를 아는 체하는 사람이 없었다. 전에 친하게 지내던 사람들도 그를 보고 피해 갔다.

마치 문둥병자나 마찬가지 대우를 하였다. 감옥에서 나온 뒤로부터는 더욱이 세상이 차디차졌다. 자기가 상상하던 것보다도 더 무정하여졌다. 그는 하는 수 없이 밤이 될 때까지 그 근처 산속으로 돌아다녔다. 그래서 깊은 밤에 촌으로 내려왔다. 그는 그 방앗간을 다시 지나갔다. 석 달 전 생각이 났다. 자기가 여기서 잡혀 갔다는 것을 생각할 때 더욱 억울하고 분한 생각이 치밀어 올라왔다. 그는 한참이나 거기 서서 그때 일을 생각하고 몸서리를 친 후에 다시 그 전 집을 찾아갔다.

날이 몹시 추워지고 눈이 쌓였다. 옷을 입은 것이 가을에 입고 감옥에 들었던 그것이므로 살을 에는 듯할 것이로되 그는 분한 생각과 흥분된 마음에 그것도 몰랐다.

—년놈을 모두 처치를 해 버려?

혼자 속으로 궁리를 하다가,

—그렇지, 그까짓 것들은 살려 두어 쓸데없는 인생들이야.

하면서 옆구리에 지른 기름한 단도를 다시 만져 보았다. 그는 감격스런 마음으로 그것을 쓰다듬었다. 그는 신치규의 집 울을 넘어 들어갔다. 그의 발은 전에 다닐 적같이 익숙하였다. 그는 사랑을 엿보고 다시 뒤로 돌아서 건넌방 창 밑에 와 섰었다. 귀를 기울였으나 아무 말도 들리지 않았다. 그는 손에 칼을 빼 들었다. 그리고는 일부러 뒤 창문을 달각달각 흔들었다.

"그 뉘?"

하고 계집의 머리가 쑥 나오며 문이 열리었다. 그는 얼른 비켜섰다. 문은 다시 닫혀지고 계집은 들어갔다.

방원의 마음은 이상하게 동요가 되었다. 예쁜 계집의 목소리가 오래간만에 귀에 들릴 때, 마치 자기가 감옥에서 꿈을 꿀 적 모양으로 요염하고도 황홀하게 그의 마음을 꾀는 것 같았다. 그는 꿈속에서 다시 만난 것 같고 오래간만에 그를 만나 보매 모든 결심은 얼음같이 녹는 듯하였다. 그래도 계집이 설마 나를 영영 잊어버리랴 하고 옛날의 정리를 생각할 때 그것이 거짓말이 아니고 무엇이랴는 생각이 났다.

아무리 자기를 감옥에까지 가게 하였다 하더라도 그는 감히 칼을 들어 죽이려는 용기가 단번에 나지 않아서 주저하기 시작하였다.

—아니다, 다시 한 번만 물어 보자!

그는 들었던 칼을 다시 집고 생각하였다.

—거짓말이다. 거짓말이다! 그럴 리가 없다.

그는 반신반의하였다.

—그렇다. 한 번만 다시 물어 보고 죽이든 살리든 하자!

그는 다시 문을 달각달각하였다. 계집은 이번에 다시 문을 열고 사면을 둘러보더니 헌 짚신 짝을 신고 나왔다.

"뉘요?"

그는 방원이 서 있는 집 모퉁이를 돌아서려 할 제,

"내다!"

하고, 입을 틀어막고 칼을 가슴에 대었다.

"떠들면 죽어!"

방원은 계집의 입을 수건으로 틀어막고 결박을 한 후 들쳐 업고서 번개같이 달음질하였다. 그는 어느 결에 계집을 업어다가 물레방아 앞에 내려놓은 후 결박을 풀었다. 그리고 한숨을 쉬었다.

"나를 모르겠니?"

캄캄한 그믐밤에 얼굴을 바짝 계집의 코앞에 들이대었다. 계집은 얼굴을 자세히 보더니,

"아!"

소리를 지르더니 뒤로 물러섰다.

"조금도 놀랄 것이 없다. 오늘 네가 내 말을 들으면 살려 줄 것이요 그렇지 않으면 이것이야!"

하고, 시퍼런 칼을 들이대었다. 계집은 다시 태연하게,

"말요? 임자의 말을 들으렬 것 같으면 벌써 들었지요, 이때까지 있겠소? 임자

도 남의 마음을 알지요. 임자와 나와 이년 전에 이곳으로 도망해 올 적에도 전 남편이 나를 죽이겠다고 허리를 찔러 그 흠이 있는 것을 날마다 밤에 당신이 어루만지었지요? 내가 그까짓 칼쯤을 무서워서 나하고 싶은 것을 못한단 말이요? 힝, 이게 무슨 비겁한 짓이요. 사내자식이, 자! 찌르려거든 찔러 보아요. 자, 자."

계집은 두 가슴을 벌리고 대들었다. 방원은 너무 계집의 태도가 대담하므로 들었던 칼이 도리어 뒤로 움찔할 만큼 기가 막혔다. 그는 무의식 하게,

"정말이냐?"

하고 한 걸음 더 가까이 나섰다.

"정말이 아니고? 내가 비록 여자지마는 당신같이 겁쟁이는 아니라오! 이것이 도무지 무엇이요?"

계집은 그래도 두려웠던지 방원의 손에 든 칼을 뿌리쳐 땅에 떨어뜨리었다.

이 칼이 땅에 떨어지자 방원은 이때까지 용사와 같이 보이던 계집이 몹시 비겁스럽고 더러워 보이어 다시 칼을 집어 들고 덤비었다.

"에잇! 간사한 년! 어쩔 터이냐? 나하고 당장에 멀리 가지 않을 터이냐? 자아 가자!"

그는 눈물이 어린 눈으로 타일러 보기도 하고 간청도 하여 보았다.

"자아, 어서 옛날과 같이 나하고 멀리멀리 도망을 가자! 나는 참으로 나의 칼로 너를 죽일 수는 없다!"

계집의 눈에는 독이 올라왔다. 광채가 어두운 밤에 번개같이 번쩍거리며,

"싫어요. 나는 죽으면 죽었지 가기는 싫어요. 이제 나는 고만 그렇게 구차하고 천한 생활을 다시 하기는 싫어요. 고만 물렸어요."

"너의 입으로 정말 그런 말이 나오느냐? 너는 나를 우리 고향에 다시 돌아가지도 못하게 만들어 놓고, 나의 모든 것을 다 잃어버리게 한 후에 또 나중에는 세상에서 지옥이라고 하는 감옥소에까지 가게 하였지! 그리고도 나의 멘 마지막 원을

들어주지 않을 터이냐?"

"나는 언제든지 당신 손에 죽을 것까지도 알고 있소! 자! 오늘 죽으나 내일 죽으나 언제든지 죽기는 일반, 이렇게 된 이상 나를 죽이시오."

"정말이냐? 정말이야?"

"정말요!"

계집은 결심한 뜻을 나타내었다. 방원의 손은 떨리었다. 그리고 그는 눈을 꽉 감고,

"에, 여우 같은 년!"

하고 칼끝을 계집의 옆구리를 향하여 힘껏 내밀었다. 계집은 이를 악물고,

"사람 죽인다!"

소리 한 번에 그 자리에 거꾸러졌다. 칼자루를 든 손이 피가 몰리는 바람에 우루루 떨리더니 피가 새어 나왔다. 방원은 그 칼을 빼어 들더니 계집 위에 거꾸러져서 가슴을 찌르고 절명하여 버렸다.

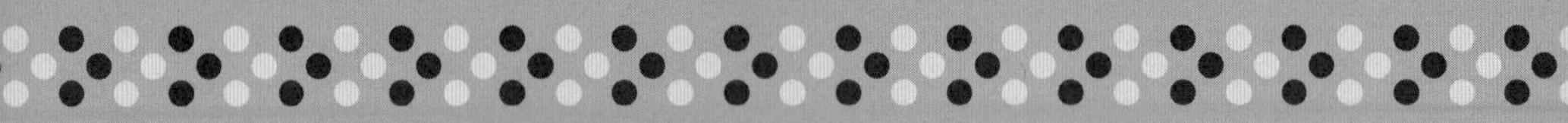

줄거리

마을에서 가장 부자이자, 세력가인 신치규는 자기 집 막실에 사는 이방원의 아내에게 눈독을 들인다. 오십 줄에 들어선 그는 이제 갓 스물을 넘긴 이방원의 아내를 물레방앗간 옆으로 불러낸다. 그리고 자신에게 와서 아들 하나만 낳아 주면 막실 신세를 면하게 해 줄 뿐 아니라 모든 것을 다 가질 수 있도록 해 주겠다며 그녀를 꾄다. 가난에 지친 데다 윤리 의식이 약한 이방원의 아내는 그 말에 넘어가 신치규와 함께 물레방앗간 안으로 들어간다.

신치규는 이방원에게 자기 집에서 나가라고 말한다. 이방원은 아무리 빌어도 소용없자 크게 낙담했다. 게다가 아내까지 무능력한 남자라고 몰아세우자 아내를 몇 대 때리고 동네에서 술을 한 잔했다. 집에 돌아와 아내를 찾으니 보이지 않았고, 옆집에 물어보니 물레방앗간 쪽으로 가는 것을 보았다고 했다.

물레방앗간에서 신치규와 아내가 함께 나오는 모습을 목격한 이방원은 상황이 어떻게 되어 가는지를 짐작할 수 있었고, 자신을 몰아치는 아내 때문에 더 화가 나서 신치규를 때린다. 이방원은 상해죄로 구속되어 석 달간 복역하게 되고, 신치규는 여자를 차지한 것에 대해 만족스러워했다.

출감한 이방원은 그들을 모두 죽일 생각이었지만, 마지막으로 한 번 더 아내의 본심을 확인하기 위해 몰래 아내를 끌고 물레방앗간으로 갔다. 하지만 윤리 의식이 약한 아내는 미안해하지 않을뿐더러 오히려 자신을 죽이라고 소리를 질렀다. 이에 화가 난 이방원은 들고 온 칼로 아내를 죽이고 그 자리에서 자살을 했다.

감상 포인트

이 작품은 인간의 욕망 문제와 경제 문제, 그리고 계층 간 갈등이 뒤엉켜 있다. 즉, 일제강점기의 빈곤, 지배자와 피지배자의 갈등을 주요 내용으로 삼으면서도, 전통적 성윤리를 벗어난 데서 오는 남녀 간 갈등, 그리고 그 갈등이 고조되어 죽음으로 끝나는 과정 등을 함께 보여 주고 있다.

특히 조선의 봉건적 윤리의식이 강하게 남아 있던 1920년대 사회에서 이방원의 아내는 매우 파격적인 행동을 보인다. 전남편을 버리고 이방원을 선택한 그녀가 나중에는 신치규를 선택하면서 주체적인 판단과 의지에 따라서 이방원마저 버린다. 그녀는 기존 성 윤리 의식에 얽매이지 않고, 자기 의지에 따라 행동했다는 점에서 근대성을 확보한 개성적인 인물로 평가될 수 있다.

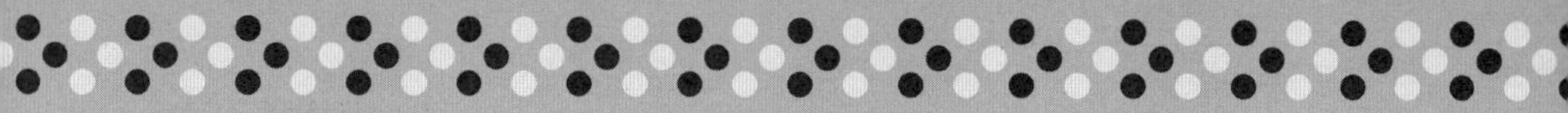

등장인물

• **이방원** : 지주이자 마름인 신치규 집에서 막실살이를 하는 우직하고 순박한 농사꾼으로, 입체적 인물이다.

• **신치규** : 방원의 상전이며 나이 오십 중반이 넘은 탐욕스러운 늙은이.

• **이방원의 아내** : 물질적 탐욕과 신분 상승 욕구가 강한 여성. 이지적이면서도 요부형 인물이다.

작품에서 두 가지 갈등

①**이방원과 신치규의 갈등** : 마름의 횡포로 인한 소작인의 비극

②**이방원과 아내의 갈등** : 물질적 탐욕과 육체적 욕망의 대립으로 인한 인간의 비극(중심 갈등)

물레방아의 상징성

①인생의 덧없음(운명의 수레)

②성적 충동(에로티시즘) : 농경 사회의 구조적 모순 속에서 비정상적인 연애가 이루어지던 애욕의 장소였다. 따라서 은밀하고 병적인 욕망을 암시하는 상징어로서의 구실을 한다.

극적 소설

전반적으로 행동의 강렬성이 나타나 있고, 극적인 개성을 그리는 소설을 일컫는다. 공간 의식이 희박해 사건이 전개되는 무대에는 변화가 없다. 반면, 시간 속에서 플롯의 집중적 전개를 중요시하기 때문에 등장인물의 완결된 인생체험이 제시되며, 시간 소설이라고도 불린다.

나도향의 《물레방아》, 최서해의 《홍염》, 오상원의 《유예》가 여기에 속한다.

핵심정리

• **갈래** : 단편 소설, 사실주의 소설

• **배경** : 일제강점기, 농촌

• **경향** : 사실주의

• **시점** : 전지적 작가 시점

• **주제** : 본능에 따른 육체적 욕망과 물질적 탐욕이 빚어낸 인간성의 타락

33

김동리_역마, 무녀도, 화랑의 후예

김동인_감자, 배따라기, 광화사

김유정_동백꽃, 만무방, 봄봄

김정한_사하촌, 모래톱 이야기

나도향_물레방아

오상원_유예

염상섭_표본실의 청개구리, 두파산

유진오_김 강사와 T 교수

윤흥길_장마

이 상_날개

이청준_눈길

이효석_메밀꽃 필 무렵, 산

전광용_꺼삐딴 리

최서해_탈출기, 홍염

채만식_논 이야기, 치숙(痴叔), 미스터 방

하근찬_수난 이대

현진건_운수 좋은 날, 고향

황순원_학, 별, 목넘이 마을의 개

자연주의 및 사실주의 문학을 최초로 실현한, 일상인의 삶을 통해 시대의 변화와 방향을 정확히 그려내는 데 성공한 작가이다. 특히 1921년 〈개벽開闢〉지에 발표한 그의 처녀작 《표본실의 청개구리》는 한국 최초의 자연주의 소설로 평가받고 있으며, 그 후의 대부분의 소설들은 전형적인 사실주의 계열로 분류된다.

아시아자유문학상, 대한민국 예술원상, 삼일문화상 등을 수상하기도 했다. 주요 작품으로는 《만세전萬歲前》, 《잊을 수 없는 사람들》, 《금반지》, 《고독》과 장편 소설 《삼대三代》 등이 있고 8·15광복 후에도 《두 파산破産》, 《일대의 유업遺業》, 《짖지 않는 개》 등의 단편 소설과 장편 소설 《취우驟雨》가 있다.

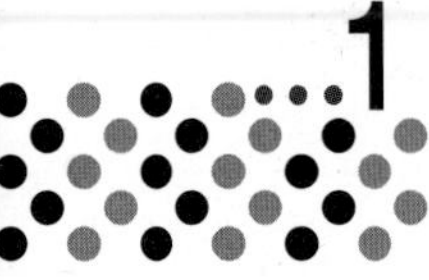

1 표본실의 청개구리

1

무거운 기분의 침체와 한없이 늘어진 생의 권태는 나가지 않는 나의 발길을 남포南浦까지 끌어 왔다.

귀성한 후 칠팔 삭간의 불규칙한 생활은 나의 전신을 해면같이 짓두들겨 놓았을 뿐 아니라 나의 혼백까지 두식하였다. 나의 몸을 어디를 두드리든지 알코올과 니코틴의 독취를 내뿜지 않는 곳이 없을 만큼 피로하였었다. 더구나 육칠월 성하를 지내고 겹옷 입을 때가 되어서는 절기가 급변하여 갈수록 몸을 추스르기가 겨워서 동네 산보에도 식은땀을 줄줄 흘리고 친구와 이야기하려면 두세 마디째부터는 목침을 찾았다.

그러면서도 무섭게 앙분昻奮한 신경만은 잠자리에서도 눈을 뜨고 있었다. 두 홰, 세 홰 울 때까지 엎치락 뒤치락거리다가 동이 번히 트는 것을 보고 겨우 눈을 붙이는 것이 일주일간이나 넘은 뒤에는 불을 끄고 드러눕지를 못하였다.

그중에도 나의 머리에 교착膠着하여 불을 끄고 누웠을 때나 조용히 앉았을 때마다 가혹히 나의 신경을 엄습하여 오는 것은, 해부된 개구리가 사지에 핀을 박고 칠성판 위에 자빠진 형상이다. 내가 중학교 이년 시대에 박물 실험실에서 수염 텁석부리 선생이 청개구리를 해부하여 가지고 더운 김이 모락모락 나는 오장을 차례차례로 끌어내서 자는 아기 누이듯이 주정병酒精瓶에 채운 후에 옹위擁圍하고 서서 있는 생도들을 돌아다보며 대발견이나 한 듯이.

"자 여러분, 이래도 아직 살아 있는 것을 보시오."

하고 뾰죽한 바늘 끝으로 여기저기를 콕콕 찌르는 대로 오장을 빼앗긴 개구리는 진저리를 치며 사지에 못 박힌 채 벌떡벌떡 고민하는 모양이었다.

8년이나 된 그 인상이 요사이 새삼스럽게 생각이 나서 아무리 잊어버리려고 애를 써도 아니 되었다. 새파란 메스, 달기똥만한 오물오물하는 심장과 폐, 바늘끝, 조그만 전율…… 차례차례로 생각날 때마다 머리끝이 쭈뼛쭈뼛하고 전신에 냉수를 끼얹은 것 같았다.

남향한 유리창 밑에서 번쩍 쳐드는 메스의 강렬한 반사광이 안공眼孔을 찌르는 것 같아 컴컴한 방 속에 드러누웠어도 꼭 감은 눈썹 밑이 부시었다. 그러나 그럴 때마다 머리맡에 놓인 책상 서랍 속에 넣어 둔 면도칼이 조심이 되어서 못 견디었다.

내가 남포에 가던 전날 밤에는 그 증이 더욱 심하였다. 간반통밖에 안 되는 방에 높이 매달은 전등불이 부시어서 꺼 버리면 또다시 환영에 괴롭지나 않을까 하는 염려가 없지 않았으나, 심사가 나서 웃통을 벗은 채로 벌떡 일어나서 스위치를 비틀고 누웠다. 그러나 '째응' 하는 소리가 문틈으로 스러져 나가자 또 머리를 엄습하여 오는 것은 수염 텁석부리의 메스, 서랍 속의 면도다. 메스…… 면도, 메스…… 잊으려면 잊으려 할수록 끈적끈적하게도 떨어지지 않고 어느 때까지 꼬리를 물고 머릿속에서 돌아다니었다. 금시로 손이 서랍으로 갈 듯 갈 듯하여 참을 수가 없었다. 괴이한 마력은 억제하려면 할수록 점점 더하여 왔다. 스스로 서랍이 열리는 소리가 나서 소스라쳐 눈을 뜨면 덧문 안 닫은 창이 부옇게 보일 뿐이요, 방 속은 여전히 암흑에 침적하였다. 비상한 공포가 전신에 압도하여 손끝 하나 까딱거릴 수 없으면서도. 이상한 매력과 유혹은 절정에 달하였다.

"내가 미쳤나 ? 아니, 미치려는 징조인가?"

하며 제풀에 겁이 났다.

나는 잠에 취한 놈 모양으로 이불을 와락 차 던지고 일어나서 서랍에 손을 대었다. 그러나(그래도 손을 대었다가……) 하는 생각이 전뢰電雷와 같이 머릿속에 번쩍할 제 깊은 꿈에서 깬 것같이 정신이 반짝 나서 전등을 켜려다가 성냥통을 더듬어 찾았다. 한 개비를 드윽 켜 들고 창틀 위에 얹어 둔 양초를 집어 내려서 붙여 놓은 후 서랍을 열었다. 쓰다가 몇 달 동안이나 꾸려 둔 원고, 편지, 약갑들이 휴지통같이 우굴우굴한 속을 부스럭부스럭하다가 미끈하고 잡히는 자루에 집어넣은 면도를 외면을 하고 꺼내서 창밖으로 뜰에 내던졌다. 그러나 역시 잠은 못 들었다.

맥이 확 풀리고 이마에는 식은땀이 비져 나왔다. 시체 같은 몸을 고민하고 난 병인처럼 사지를 축 늘어뜨려 놓고 누워 생각하였다.

"하여간 이 방을 면하여야 하겠다."

지긋지긋한 듯이 방 안을 휘익 둘러본 뒤에 이렇게 생각하였다. 어디든지 여행을 하려는 생각은 벌써 수삭 전부터 계획이었지만 여름에 한 번 놀러가 본 신흥사新興寺에도 간다는 말뿐이요, 이때껏 실현은 못 되었다.

"어디든지 가야겠다. 세계의 끝까지, 무한無限에 영원히. 발끝 자라는 데까지. 무인도! 시베리아의 황량한 벌판! 몸에서 기름이 부지직 부지직 타는 남양! 아아."

나는 그림엽서에서 본 울창한 산림. 야자수 밑에 앉은 나체裸體의 만인蠻人을 생각하고 통쾌한 듯이 어깨를 으쓱하여 보았다. 단 일 분의 정거도 아니하고 땀을 뻘뻘 흘리며 힘 있는 군센 숨을 헐떡헐떡 쉬는 풀스피드의 기차로 영원히 달리고 싶다……. 만일 타면 현기가 나리라는 염려만 없었으면 비행기! 비행기! 하며 혼자 좋아하였을지도 몰랐다.

2

내가 두어 달 동안이나 집을 못 떠나고 들어앉았는 것은 금전의 구애가 제일 원인이었지마는 사실 대문 밖에 나서려도 좀처럼 하여서는 쉽지 않았다.

그 이튿날 H가 와서 오늘은 꼭 떠날 터이니 동행을 하자고 평양 방문을 권할 때에는 지긋지긋한 경성의 잡답을 등지고 떠나서 다른 기분을 얻으려는 욕구와 장단을 불구하고 하여간 기차를 타게 될 호기심에 끌리어서,

"응, 가지, 가지."

하며 덮어놓고 동의는 하였으나 인제 정말 떠날 때가 되어서는 떠나고 싶은지 그만 두어야 좋을지 자기의 심증을 몰라서, 어떻게 된 셈도 모르고 H에게 끌려 남대문역까지 하여간 나왔다.

열차는 아직 도착하지 않았으나 승객은 입장하고 있는 중이었다.

나는 급히 표를 사가지고 재촉하는 H를 따라갔다. 시간이라는 세력이 호불호好不好, 긍불긍肯不肯을 불문하고 모든 것을 불가항력하에서 독단하여 끌고 가게 된 것을 나는 오히려 다행히 알고 되어 가는 대로 되라고 생각하며 하나씩 풀려 나가는 행렬 뒤에 섰었다. 그러나 검역 증명서檢疫證明書가 없다고 개찰구에서 H와 힐난이 되는 것을 보고 나는 행렬에서 벗어나서 또다시 아니 가겠다고 하였다.

심사가 난 H는 마음대로 하라고 뿌리치며 혼자 출장 주사실로 향하다가 돌쳐 와서 같이 끌고 들어갔다.

백 촉이나 되는 전등 밑에서 히스테리컬한 간호부가 주사침을 들고 덤벼들 제 나는 반쯤 걷어 올렸던 샤쓰를 내리며 돌아서 마주섰다. 그러나 간호부의 핀잔과 재촉에 마지못하여 눈을 딱 감고 한 대 맞은 후 황황히 플랫폼으로 들어가서 차에 올랐다. 차에 올라앉아서도 공연히 후회를 하고 앉았었으나 강렬한 위스키의 힘과 격심한 전신의 동요, 반발, 차바퀴 달리는 소리, 암흑을 돌파하는 속력, 주사 맞은 어깨의 침통…… 모든 관능을 일시에 용약踊躍케 하는 자극의 와중에서 모든

것을 잊고 새벽에는 쿨쿨 자리만큼 마음이 가라앉았다. 덕택으로 오늘밤에는 메스도 번쩍거리지 않고 면도도 뛰어 나오지 않았다. 동이 틀락 말락 하여서 우리는 평양역에 내렸다.

남포행은 아직 이삼십 분이나 있는 고로 우리들은 세면소에서 세수를 하고 대합실로 나왔다. 나는 부석부석 붉은 눈을 내리깔고 소파 끝에 앉았다가 벌떡 일어나서,

"난 예서 좀 돌아다닐 테니……."

내던지듯이 한마디를 불쑥하고 H를 마주 쳐다보다가,

"혼자 가서 Y군을 만나보고. 오늘이라도 같이 이리 오면 만나보고, 그렇지 않으면 혼자 돌아다니다가 밤차로 갈 테야."

하며 H의 대답도 듣지 않고 혼자 돌아서 나왔다.

"응? 뭐야? 그 왜 그래……. 또 미친증이 난 게로군."

하며 H는 벗어 들었던 레인코트를 뒤집어쓰면서 좇아 나와 붙든다.

"……사람이 보기 싫어서……. 사실 X군과 만나기로 별로 이야기할 것도 없고."

하며 애원하듯이 힘없는 어조로 한마디하고,

"영원히 흘러가고 싶다. 끝없는 데로……."

혼잣말처럼 힘을 주어 말을 맺고 훌쩍 나와 버렸다.

H도 하는 수 없이 테이블에 놓았던 트렁크를 들고 따라 나왔다.

우리 양인은 대동강가로 길을 찾아 나와서, 부벽루로 훤히 동이 틀까 말까한 컴컴한 길을 소리 없이 걸었다.

한바탕 휘돌아서 내려오다가 종로에서 조반을 사먹고 또다시 부벽루로 향하였다. 개시開市를 하고 문전에 물을 뿌린 뒤에 신문을 펴들고 앉았는 것은 청량하고 행복스럽게 보였다.

아까 내려올 제는 능라도陵羅島 저편 지평선에서 주홍의 화염을 뿜으며 날름날름 하던 해가 벌써 수원지水源地 연통 위에 올라서 천변 식목川邊植木밑으로 걸어가는 우리의 곁뺨을 눈이 부시게 내리 쬐었다.

칫솔을 물고 바위 위에 섰는 사람, 수건을 물에 담그고 세수하는 사람들도 간혹 눈에 띄었다. 나는 발을 멈추고 무심히 내려다보다가 자기도 산뜻한 물에 손을 담가 보고 싶은 생각이 나서 얕은 곳을 골라서 물가로 뛰어 내려갔다.

H도 좇아 내려와서 같이 손을 담그고 앉았다가,

"X군, 오후 차로 가지?"

"되어 가는 대로……."

다소 머리의 안정을 얻은 나는 뭉겼던 마음이 풀어진 듯하였다. 나는 아침 햇빛에 반짝이며 청량하게 소리 없이 흘러 내려가는 수면을 내다보며 이렇게 대답하고 물은 위대하다라고 속으로 부르짖었다.

이때에 마침 뒤 동둑에서 누군지 이리로 점점 가까이 내려오는 발소리를 듣고 우리는 무심히 힐끗 돌아다보았다. 마른 곳을 골라 디디느라고 이리저리 뛸 때마다 등에까지 철철 내리덮은 장발을 눈이 옴폭 패인 하얀 얼굴 뒤에서 펄럭펄럭 날리면서 앞으로 가까이 오는 형상은 동경 근처에서 보던 미술가가 아닌가 의심하였다. 이 기괴한 머리의 소유자는 너희들의 존재는 나의 의식에 오르지도 않는다는 교만한 마음으로인지, 혹은 일신에 모여드는 모든 시선을 피하려는 무관심한 태도로인지 모르겠으나, 하여간 오른손에 든 짤막한 댓개비를 전후로 흔들면서 발끝만 내려다보며 내 등 뒤를 지나 한 간통쯤 상류로 올라가 자리를 잡고 앉았다.

그도 우리와 같이 손을 물에 성큼 넣고 불쩍불쩍 소리를 내더니 양치를 한 번 하고 벌떡 일어나서 대동문을 향하여 성큼성큼 간다. 모자도 아니 쓴 장발과 돌돌 말린 때 묻은 철겨운 모시박이 두루마기 자락은 오른편 손가락에 끼우고 교묘히 돌리는 댓가지와 장단을 맞춰서 풀풀풀풀 날리었다.

“오늘은 꽤 이른걸.”

“핫하 ! 조반이나 약조하여 둔 데가 있는 게지.”

하여 장발객長髮客을 돌아서 보다가 서로 조소하는 소리를 뒤에 두고 우리는 손을 씻으면서 동쪽으로 올라왔다.

진정한 행복은 저런 생활에 있는 게야, 하며 혼자 생각하였다. 우리는 황달이 들어가는 잡초에 싸인 부벽루 앞 축대 밑까지 다다랐다. 소경회루小慶會樓라 할 만큼 텅 빈 누내舊內에는 뽀얀 가을 햇빛이 가벼운 아침 바람에 안기어 전면에 흘러 들어왔다. 좀 피로한 우리는 누내에 놓인 벤치에 걸터앉으면서 여기저기 매달린 현판을 쳐다보다가,

“사람이란 그럴까, 저것 좀 보아.”

좌편에 달린 현관 곁에 붙인 찰札을 가리키며 나는 입을 열었다.

자기의 존재를 한 사람에게라도 더 알리려는 것이 본능적 욕구라면 그만이지만 저렇게까지라도 하지 않으면 만족할 수 없다는 것을 보면…… 참 정말 불쌍하다고 생각하였다.

“그는 고사하고 지금 지나온 그 절벽에 역력히 새긴 이모 김모란 성명은 대체 누구더러 보라는 것이야……. 이러구서도 밥이 입으로 들어갔으니 좋은 세상이었지.”

나는 금시로 알 수 없는 분노가 치밀어 올라와서 벌떡 일어나와 성벽에 기대어 아래를 내려다보고 섰었다.

“그것이 소위 유방백세遺芳百世라는 것이지.”

H도 일어나며,

“그렇게 내려다보고 섰는 것을 보니…… 입포리〈사(死)의 승리〉의 여주인공가 없는 게 한이로군……”

"내가 쫄지요."

하고 나는 고소하였다.

"적어도 쫄지요의 고통은 있을 테지."

"그야…… 현대인 쳐 놓고 누구나 일반이지."

우리는 입을 다물고 잠시 섰다가 을밀대로 향하였다.

외외히 건너다보이는 대각은 엎드러지면 코 닿을 듯하여도 급한 경사는 그리 쉽지 않았다. 우리는 허위단심 겨우 올라갔다. 그러나 대상의 어떤 오복점 광고의 벤치가 맨 먼저 눈에 띌 때 부벽루에서는 앉기까지 하여도 눈 서투르지 않던 것이 새삼스럽게 불쾌한 생각이 났다. 나는 눈을 찌푸리고 잠시 들여다보다가 발도 들여놓지 않고 돌쳐서서 그늘진 서편 성 밑으로 내려왔다.

높은 성벽에 가리운 일면은 아직 구슬 이슬이 끝만 노릇노릇하게 된 잔딧잎에 매달려서 어디를 밟는지 먼지가 앉은 구두 끝이 까맣게 반짝거렸다. 나는 성에 등을 기대고 앞에 전개된 광야를 맥없이 내려다보고 섰다가 다리가 풀리어서 그대로 털썩 주저앉았다. 엄동에 음산한 냉방에서 끼치는 듯한 쌀쌀한 찬바람이 와 닿을 때 나는 정신이 반짝 들었다.

그러나 다리를 내던지고 벽에 기대어서 두 손으로 이슬방울을 흩뜨리며 앉았는 동안에 사지가 느른하고 졸음이 와서 포켓에 넣어 둔 신문지를 꺼내서 펴고 드러누웠다.

……H에게 두세 번 흔들려서 깬 때는 이렁저렁 30분이나 지났었다.

깜짝 놀라 벌떡 일어나 앉으니까 H는 단장 끝으로 조약돌을 여기저기 딱딱 치며 장난을 하다가 소리를 내어 깔깔 웃으면서,

"아, 예가 어덴 줄 알고 잠을 자아? 그리고 잠꼬댄 무슨 소리야? 왜 얼굴이 저렇게 뒤틀렸어?"

나는 멀거니 H의 주름 많은 얼굴을 쳐다보고 앉았다가 으응…… 하며 무엇이라

고 입을 벌리려다가 하품에 막히어 말을 끊고, 일어나서 두 손을 바지 포켓에 지르고 이리저리 거닐었다. H가 내 꽁무니의 앉았던 자리가 동그랗게 이슬에 젖은 것을 보고 놀라는 데에는 대꾸도 아니하고 나는 좀 선선한 증이 나서 양지로 나서면서 가자고 H를 끌었다.

"왜 그래? 무슨 꿈이야?"

H는 따라오며 물었다.

"……죽은 꿈……. 아주 영영 죽어버렸다면…… 좋았을 걸……."

나는 무엇을 보는 것도 없이 앞을 멀거니 내다보며 꿈의 시종을 차례차례로 생각하여 보다가 이같이 내던지듯이 한마디하고 궐련을 꺼내 물었다.

"자살?"

H는 웃으면서 나를 쳐다보았다.

"……미인의 손에……. 나 같은 놈에게 자살할 용기나 있는 줄 아나? 아아하."

"누구에게? 미인에겔 지경이면 한 두어 번 죽어 보았으면……. 해해해."

"참 정말…… 하여간 아무 고통 없이 공포도 없이 죽는 경험만 해 보고, 그리고도 여전히 살아 있을 수만 있으면 여남은 번이라도 통쾌해. 목을 졸라 매일 때의 쾌감! 그건 어떤 자극으로도 얻을 수 없는 거야."

나는 무엇이라고 형언할 수 없는 썩어 가는 듯한 심사를 이기지 못하여 입을 다물고 올라가던 길로 천천히 내려오다가 H의 묻는 것이 귀찮아서 다점茶店 앞으로 지나오며 꿈 이야기를 들려주었다.

……무슨 일이었던지 분명치는 않으나…… 아마 쌀을 찧어서 떡을 만들었는데 익지를 않았다고 해서 그랬던지…… 하여간 흰 가루가 뒤바른 한 손을 들고 마루 끝에서 어정버정하다가 인제는 죽을 때가 되었다는 것처럼 손에 들었던 수건으로 목을 매고 덧문을 첩첩이 닫은 방 앞 툇마루 위에 반듯이 드러누우니까, 어떤 바짝 말라서 때만 남은 흰 손이 머리맡에서 슬그머니 넘어와서 목에 매인 수건의 두

자락을 좌우로 슬금슬금 졸라대었다. 그때에 나는 이것이 당연히 당할 약조가 있었다는 것처럼 어떠한 만족과 안심을 가지고 눈을 감은 채 조용히 드러누웠다. 그 때에…… 차차 목이 메어 올 때의 이상한 자극은 낙지落地 이후에 처음 경험하는 쾌감이었다. 그러나 무슨 까닭에 이같이 일찍 죽지 않으면 안 되는가. 참 정말 죽었는가 하는 의문이 나서 몸을 뒤틀며 눈을 번쩍 떠보았다…….

"깜짝 놀라 일어날 때에 빙그레 웃고 섰는 군은 악마가 아닌가 생각하였어. H 군의 웃음은 늘 조소하는 듯이 보이지만 아까는 참말 화가 나서……."

실상 아까 깨었을 때에 제일 심사가 나는 것은 꿈자리가 사나운 것보다도 H가 조소하듯이 빙그레하며 웃고 섰는 것이었다.

"……그러나 암만 생각하여도 희한한 것은 처음부터 눈을 감고 누웠는데 어찌하여 그 '손'의 주인이 여성이었다고 생각되는지, 내가 생각하여도 알 수가 없어……."

이야기를 마친 후 나는 말할 수 없는 심화가 공연히 가슴에 치미는 것 같아서 올라올 제 앉았던 강물가로 뛰어 내려가서 세수를 하였다.

3

남포에 도착하였을 때는 벌써 오후 두 시가 훨씬 넘었었다. 출입하였던 Y는 방금 들어와서 옷을 벗어 던지고 A와 마주앉아서 지금 심방尋訪하고 온 사람의 이야기를 하고 있다가 우리들을 보고 놀란 듯이 뛰어나와 맞아들였다. 우리를 맞은 Y는 웬 셈인지 좌불안석의 태도였다.

"P는 잘 있나? 금명간 올라가려고 하였지. 평양서 전화를 하였더면 내가 평양으로 나갈걸. 곤할 테지. 점심은?"

순서 없는 질문을 대답할 새도 없이 연발하였다. 나는 간단 간단히 응대하고 졸리다고 드러누웠다.

Y는 무슨 다른 생각을 하면서도 좌중의 흥을 돋우려고 애를 쓰는 듯이 이 사람 저 사람 쳐다보며 입을 쫑긋쫑긋하다가 나를 건너다보며,

"웬 셈이야? 당대의 원기는 다 어디 갔나? 그 표단瓢簞은? 하하하."

"글쎄……. 그것도 인제 좀 염증이 나서……."

나도 시든 웃음을 띠며,

"여기까지 가지고 오긴 왔지!"

하고 누운 채 벗어 놓은 외투를 잡아당기어 찻간에서 먹다 남은 위스키 병을 주머니 속에서 꺼내어 내미니까 일동은 하하하 웃으며 잠자코 누워 있는 나를 내려다본다.

"그러나 그것 큰일났군. 제행무상諸行無常을 감感하였나……. 무표단이면 무인생無人生이라던 것은 취소인가?"

Y는 다소 과장한 듯이 흘흘 느끼며 웃었다.

"그런데 표단이란 무엇이야?"

영문을 모르는 A는 Y에게 묻고 나에게로 고개를 돌렸다.

"흥흥흥, 한마디로 쉽게 설명하면 우선 X군 자신인 동시에 X군의 인생관을 심벌한 X군의 술병이랄까."

"응? X군의 인생관……인 동시에 X씨의 자신의…… 무엇이야? 어디 나 같은 놈은 알아들을 수가 있나?"

하며 손을 꼽다가 웃고 말았다.

"아니랍니다. 내가 일전에 서울서 어떤 상점에 갔던 길에 표단 모양으로 만든 유리 정종병이 마음에 들기에 사가지고 왔더니 여럿이 놀린답니다."

나도 이같이 설명을 하고 웃어버렸다.

"그러나 이 술을 선생한테나 갖다 주고 강연이나 들을까?"

H는 병을 들어서 레테르에 쓰인 글자를 들여다보며 웃었다.

"남포에도 표단이 있는 게로군……."

H도 웃었다.

"응 ! 그러나 병유리가 좀 흐려…… 닦은 유리(스리가라쓰=모래로 간 것)랄까."

일동은 와하하 하며 웃었다. 나는 눈을 감고 드러누워서 이야기를 듣다가 잠이 올 것 같지 않아 다시 일어나 앉으며,

"A씨도 표단당에 한 몫은 가겠지요."

하고 위스키 병을 들어서 한 잔 따라 권하고 나도 반배를 받았다.

"그래 여기 표단은 어때?"

하며 H는 나를 쳐다보는 모양이었으나 나는 술을 마시느라고 못 보았다.

"……별로 표단을 달고 다니지는 않지만 삼 원 오십 전에 삼층집을 지은 대건축가인데……."

"삼 원 오십 전에? 하하하, 미친 사람인 게로군?"

H가 웃었다.

"글쎄 미쳤다면 미쳤을까……. 그러나 인생의 최고 행복을 독점하였다고 나는 생각해."

Y는 천연덕스럽게 대답하였다. Y와 H가 이야기하는 동안에 나는 A와 잡지계에 관한 이삼 문답을 하다가 자기들 이야기를 들으라고 H가 부르는 바람에 나도 말참례를 하였다.

"술 이야기는 아니나 삼 원 오십 전에 삼층집을 지은 대철인大哲人이 있단 말이야……."

Y는 다시 설명을 하고 어느 틈에 빈 병이 된 것을 보고,

"술이 없군. 위스키를 사올까."

하더니 하인을 불러 명하였다.

"옳은 말이야. 철학자가 땅두더지로 환장을 하였거나 위인이 하늘에서 떨어졌

거나 삼 원 아니라 단 삼 전으로 삼십층을 지었거나 누가 아나……. 표단 이상의 철학서哲學書는 적어도 내 눈에는 보이지를 않으니까.”

나는 냉소를 하면서 또다시 A에게로 향하였다.

“그러나 군은 무슨 까닭에 술을 먹는가.”

“논리는 없지. 다만 취하려고.”

“그러게 말이야……. 군은 아무것에도 붙을 수 없었다. 아무것에도 만족할 수가 없었다. 결국 알코올 이외에 아무것도 없었다. 비통하고 비참은 하나 그중에서 위안을 얻기에 먹는 게 아닌가. 그러나 결코 행복은 아니다. 그는 고사하고 알코올의 힘을 빌리지 않아도 알코올 이상의 효과가…… 다만 위안뿐 아니라 행복을 얻을 만한 것이 있다 하면 군은 무엇을 취할 터이냐는 말이야. 하하하…….”

“알코올 이상의 효과? 광증狂症이냐. 신념이냐, 이 두 가지밖에 없을 것이오. ……그러나 오관五官이 명확한 이상에, 피로, 권태, 실망…… 이외에 아무것도 없는 이상……. 그것도 광인으로 일생을 마칠 숙명이 있다면 하는 수 없겠지만 할 수 없지 않은가.”

주기가 들수록 나는 더욱 더 흥분이 되어 부지불식간에 한마디 한마디씩 힘을 들여 명확한 악센트를 붙여서 말을 맺고,

“하여간 우선 먹고 봅시다. A공, 자…….”

하며 잔을 A에게 전하였다.

“그러나 A군, 톨스토이즘에다가 윌슨이즘을 가미한 선생의 설교를 들을 제 나는 부럽던걸.”

술에 약한 Y는 벌써 빨개진 얼굴을 A에게 향하고 동의를 구하였다.

“오늘은 좀 신기가 불편한데……. 연일 강연에 목이 쉬어서 이야기를 못하겠달 제는 사람이 기가 막혀서……. 하하하.”

A는 Y와 삼층집에 갔을 때의 일을 꺼내었다.

"듣지 않아도 세계 평화론이나 인류애쯤 떠드는 게로군."

하며 나는 윗목으로 나가 드러누웠다.

아랫목에서는 Y를 중심으로 하고 삼층집 주인의 이야기가 어느 때까지 끝이 아니났다. 가다가다 와아 하고 터져 나오는 웃음소리에 나는 소르르 오는 잠이 깨고 깨고 하다가 종내 잠을 잃어서 나도 귀를 기울이게 되었다. Y가 두 발을 쳐들고 엉덩이로 이리저리 맴을 돌면서 삼층집 주인이 자기 집에 문은 없어도 출입이 자유자재라고 자랑하던 흉내를 내는 것을 보고 여럿이 웃는 통에 나도 눈을 떠보고 일어났다.

약간 취기가 오른 나는 찬바람도 쐬고 싶고 또 어차피 오늘밤은 평양에 나가서 묵을 작정인 고로 정거장 가는 길에 삼층집 아래를 가고 싶은 생각이 나서,

"우리 구경 가볼까?"

하고 Y에게 물었다.

"글쎄 좀 늦지 않았을까?"

하며 Y는 시계를 꺼내보더니,

"아직 다섯 시가 못 되었군……. 그러나 강연은 못할 걸! 보시다시피 역사를 벌여 놓고 매일 강연에 목이 쉬어서……."

하며 흉내를 내고 또 웃었다.

네 청년은 두어 시간 동안의 홍소 훤담에 다소 피로를 느낀 듯이 모두 잠자코 석양판에 갑자기 번잡하여 오는 큰길로 느럭느럭 걸어 나왔다.

4

황해에 잠긴 석양은 백운을 뚫고 흘러 멀리 바라보이는 저편 이층집 지붕에 은빛으로 반짝거리었다.

Y의 집에서 나온 우리 일행은 축동 거리를 일 정쯤 북으로 가다가 십자로에서

동으로 꼽쳐 새 거리로 들어섰다. 왕래가 좀 조용하게 되었다. 나는 Y의 말이 과연 사실인가, 실없는 풍자나 조롱을 잘하는 Y의 말이라 혹은 나에게 대한 일종의 우의를 품은 농담이 아닌가 하는 제 버릇의 신경과민적 해석을 하며 따라오다가,

"선생은 원래 무엇을 하던 사람인구?"

하며 Y에게 물었다.

"별로 자세히는 모르지만…… 보통학교 훈도라든가! A군도 아마 배웠다지?"

"응! ……일본 말도 제법 하는데……. 이전에는 그래도 미남자였었는데. 하하하……."

A의 말끝에 Y도 웃으며,

"미남자이었든 추남자이었든 하여간 금년 봄에 한 서너 달 감옥에 들어갔다가 나온 뒤에 이상하여졌다는데……. 자세한 이유는 몰라……."

"처자는 있나?"

"예, 계집은 친정에 가서 있다고도 하고 놀아났다기도 하나 그 역시 자세한 것은 몰라요."

라고 A가 대답하였다.

"Y군, 그 계집이 어느 놈의 유혹으로 팔리어서 돌아다니다가 그 유곽에 굴러들어와 있다면 어떨까?"

나는 잠자코 있다가 말을 걸었다.

"흥……. 그리고 매일 찾아가서 미친 체를 부리면……."

Y는 대꾸를 하였다.

새 거리를 빠져 황엽이 되어 가는 잡초에 싸인 벌판 중턱에 나와서 남북으로 통한 길을 북으로 꼽들어 유정柳町을 바라볼 때는 십여 간 통이나 떨어져 보이는 유곽 이층에서는 벌써 전등 불빛이 반짝거리며 흘러나왔다.

"응 ! 저기 보이는군……."

A가 마주보이는 나직한 산록에 외따로 우뚝 선 참외 원두막 같은 것을 가리켜 주는 대로 희끄무레한 것이 그 위에서 움질움질하는 것을 바라보며 우리는 발길을 재촉하였다.

십여 보쯤 가다가 나는,

"이것이 유곽이야?"

하며 좌편을 가리켰다. 방금 전기가 들어온 헌등軒燈이 일자로 총총 들어박힌 사이로 목욕탕에서 돌아오는 얼굴만 하얀 괴물들이 화장품을 담은 대야를 들고 쓸쓸한 골짜기를 이리저리 돌아다니는 것이 부화浮華하다 함보다 도리어 처량히 보였다.

"선생이 여기 덕도 꽤 보지……. 강연 한 번에 술 한 병씩 주는 곳은 그래도 여기밖에 없어……."

A는 웃으면서 설명하였다.

삼층집 꼭대기에 퍼더버리고 앉아서 희미한 햇발이 점점 멀어가는 산등성이를 일없이 바라보고 있던 주인은 우리들이 우중우중 올라오는 것을 힐끔 돌아보더니 별안간에 돌아앉아서 무엇인지 똑딱똑딱 두드리고 있다. 우리는 싸리로 드문드문 얽어맨 울타리 앞에서 들어갈 곳을 찾느라고 이리저리 주저하다가 그대로 넘어서서 성큼성큼 들어갔다.

앞서 들어간 A는 주인이 돌아앉은 삼층 위에다 손을 걸어 잡고 들여다보며,

"선생님! 또 왔습니다."

라고 인사를 하였다.

"선생님! 안녕하십니까."

A는 소리를 내어 웃으며 잼처 인사를 하였다. 그러나 그는 여전히 농장籠藏 문짝에 못을 박고 있었다. A와 Y는 동시에 H와 나를 돌보고 눈짓을 하며 소리 없이 웃었다.

"……신기가 그저 불편하신가요? 오늘은 꼭 강연을 들으러 왔는데요."

이번에는 Y가 수작을 건넸다. 그제야 그는 깜짝 놀란 듯이 먼지가 뿌옇게 앉은 더벅머리를 획 돌이키며,

"예? 왔소?"

간단히 대답을 하고 여전히 돌아앉아서 장도리를 들었다. 세 사람은 일시에 깔깔 웃었다. 그러나 귀밑부터 귀얄 같은 수염이 까맣게 덮인 주먹만한 하얀 상을 힐끗 볼 제 나는 앗! 하며 깜짝 놀랐다. 감전된 것 같이 가슴이 선뜻하여 심한 전율이 전신을 압도하였다. 그리고 그 다음 순간에는 다소 안심된 가슴에 이상한 의혹과 맹렬한 호기심이 일시에 물밀듯하였다. 중학교 실험실의 박물 선생이 따라온 줄로만 안 것이었다. 그러나 아무 이유 없이 무의식하게 경건한 혹은 숭엄한 느낌이 머리 뒤를 메미는 것 같아서 나는 무심 중간에 모자를 벗고 인사를 하였다. 여러 사람들이 흉흉하며 웃는 것을 볼 때 나는 미안하기도 하고, 무슨 큰 불경한 일이나 하는 것 같아서 도리어 괘씸한 듯이도 보이고 혹은 이 사람이 심사가 나서 곧 뛰어 내려와 폭행이나 하지 않을까 하는 염려도 생겼다.

"선생님! 정말 신기가 불편하신 모양이외다 그려!"

A는 갑갑증이 나서 또 말을 붙였다.

"서울서 일부러 손님이 오셨는데 강연을 하시구려. 하……."

때 묻은 옷가지며 빨래 보퉁이 같은 것이 꾸역꾸역 나오는 것을 꾹꾹 눌러 떼밀면서 고친 문짝을 열었다 닫았다 하며 앉았던 주인은 서울 손님이란 말에 귀가 뜨였는지 우리를 향하여 돌아앉으며 입을 벌렸다.

"예……. 감기도 좀 들었소이다."

하고 영채 없는 뿌연 눈으로 나를 유심히 똑바로 내려다보다가,

"……보시듯이 이렇게 역사를 벌여 놓고……."

한 번 방을 휘익 둘러다본 후 또다시 나에게로 시선을 주며,

"요사이 같아서는 눈코 뜰 새도 없쇠다……. 더군다나 연일 강연에 목이 꽉 쉬서……."

말을 맺고 H를 돌아다보았다.

그러나 별로 목이 쉰 것 같지는 않았다. Y가 H와 나를 소개하니까,

"예…… 그러신가요? 서울서 멀리 오셨소이다 그래."

반가운 듯이,

"나는 남포 사는 김창억金昌億이외다."

하며 인사하는 그의 얼굴에는 약간 미소까지 나타났다.

"예……. 나는 XXX올시다. "

나는 정중히 답례를 하였다. H도 인사를 마쳤다.

"선생님 ! 그 용하시외다 그래……. 이름도 아니 잊으시고……. 하하하."

H가 놀렸다. 창억은 거기에는 대꾸도 아니하고 나를 향하여,

"좀 올라오시소 그래. 아직 역사가 끝이 안 나서 응접실도 없쇠다마는……."

하며 올라오라고 재삼 권하다가,

"게다가 차차 스토브도 들여 놓고 손님이 오시면 좀 들어앉아서 술잔이나 나누도록 하여야 하겠지마는……."

어긋 매인 선반 같은 소위 이층간을 가리키며 천연덕스럽게 인사치레를 하였다.

세 사람은 깔깔 소리를 내어 웃었다. 그러나 자기의 말에 조금도 부자연한 과장이 없다고 생각한 그는 웃는 것이 도리어 이상하다는 듯이 힘없는 시선으로 물끄러미 웃는 사람을 내려다보다가 힝 하고 코웃음을 치고 외면을 하였다. 나는 이 사람이 미쳤다고 하여야 좋을지, 모든 것을 대오大悟하고 모든 것에서 해탈한 대철인이라고 하여야 좋을지 몰랐다.

"너무 황송하여 올라가진 못하겠습니다마는 어떻게 강연이나 좀 하시구려."

하며 이번에는 H가 놀렸다.

"글쎄. 모처럼 오셨는데 술도 한 잔 없어서 미안하외다."

그는 딴전을 부렸다. 처음 만나는 사람을 보고 술 이야기만 꺼내는 것이 이상하였다.

"여기 온 손님들은 모두 하나님 아들이기 때문에 술은 아니 먹는답니다."

늘 웃으며 대화를 듣고 섰던 Y가 입을 열었다.

"예? 형공兄公도 예수 믿습니까?"

그는 놀란 듯이 나를 마주 건너다보다가 히히히 웃으며,

"예수꾼도 무식한 놈만 모였나 봅디다……. 예수꾼들 기도할 때에 하나님 아버지시여 ! 나의 죄를 구하소서, 아맹……. 하지 않소? ……그러나 아맹이란 무엇이오. 맹자 같은 만고의 웅변가더러 버버리라고 아맹啞孟이라 하니 그런 무식한 말이 어디 있단 말이오? 나를…… 나의 죄를 사하여 달라고 할 지경이면 아면我免이라고 해야 옳지 않습니까."

강연의 서론을 꺼낸 그가 득의만면하여 히히 웃는데 따라서 둘러섰던 사람들도 웃었다. 그러나 나는 그가 비상한 공상가라는 것을 직각한 외에 웃는지 어쩐지 알 수가 없었다. 여럿이 따라서 웃는 것을 보고 더욱 신이 나서 강연을 계속하였다.

"그러나 하나님은 참 지공무사至公無私하시외다. 나를…… 이 삼층집을 단 서른닷 냥으로 꼭 한 달 열사흘 만에 짓게 하신 것이외다……. 하나님의 은택이외다. 서양놈들이 아무리 문명을 했느니 기계가 발달되었느니 하지만 그래 단 서른닷 냥에 삼층집을 지을 놈이 어디 있습니까……. 날마다 하나님이 와보시고 칭찬을 하십니다."

"칭찬을 하시니까 지공무사한 것 같지요."

H가 한마디 새치기를 하였다.

"천만에, 이것이 모두 하나님 분부가 있어서 된 것이외다……. 인제는 불의 심판이 끝나고 세계가 일대 가정을 이룰 시기가 되었으니 동서 친목회를 조직하라

고 하신고로 우선 이 사무소를 짓고 내가 회장이 되었으나 각국의 분쟁을 순찰할 감독관이 없어서 큰일이 났소이다."

일동은 와 웃었다.

"여기 X군이 어떨까요?"

Y는 나의 어깨를 탁 치며 얼른 추천을 하였다.

"글쎄. 해주신다면 고맙지만……."

세 사람은,

"야……. 동서 친목회 감독 각하!"

하며 한층 더 소리를 높여 웃었다.

아닌 게 아니라 첨아에 주레주레 매달은 멍석 조각이며 밀감蜜柑 조각들 사이에 '동서 친목회 본부' 라고 굵직하게 쓰고 그 옆에 '회장 김창억' 이라고 쓴 궐련상자 껍질 같은 마분지 조각이 모로 매달려 있다. 나는 모자를 벗어 들은 채 양수거지를 하고 서서 그 마분지를 쳐다보던 눈을 돌이켜서 동서 친목회 회장에게로 향하여,

"회의 취지는 무엇인가요?"

하고 물었다.

"아까 말씀한 것같이 성경에 가르치신 바 불의 심판이 끝나지 않았습니까. 구주대전의 그 참혹한 포연탄우가 즉, 불의 심판이외다 그래. 그러나 이번 전쟁이 왜 일어났나요. 이 세상은 물질만능. 금전만능의 시대라 인의예지仁義禮知도 없고, 오륜五倫도 없고, 애愛도 없는 것은 이 물질 때문에 사람의 마음이 욕에 더럽혀진 까닭이 아닙니까……. 부자, 형제가 서로 반목질시하고 부부가 불화하며 이웃과 이웃이, 한 마을과 마을이……. 그리하여 한 나라와 나라가 서로 다투는 것은 결국 물욕에 사람의 마음이 가리웠기 때문이 아니오니까. 그리하여 약육강식의 대원칙에 따라 세계 만국이 간과干戈로써 서로 대하게 된 것이 즉, 구주대전이외다 그래.

그러나 인제는 불의 심판도 다아 끝났다, 동서가 친목할 시대가 돌아왔다고 하신 하나님의 말씀대로 나는 신종합니다. 그러기 때문에 하나님의 계시대로 세계 각국으로 돌아다니며 정찰을 하여야 하겠쇠다……. 나도 여기에는 오래 아니 있겠쇠다. 좀 더 연구하여 가지고…… 영미법덕英美法德으로 돌아다니며 천하명승도 구경하고 설교도 해야 하겠쇠다."

말을 맺고 그는 꿇어앉아서 선반 위를 부스럭부스럭하더니 먹다가 꺼둔 궐련 토막을 찾아내서 물고 도로 앉는다.

"선생님 그러면 금강산에는 언제 들어가실 텐가요?"

A가 놀렸다.

"한 번 다아 돌아다닌 후에 들어가야지."

"그러면 나는 어떻게 합니까. 그때까지 어떻게 기다릴 수가 있습니까?"

"응……."

그는 눈을 뚱그렇게 뜨고 A를 바라보았다.

"아, 선생님 망령이 나셨나 보구먼……. 금강산에 들어가시면 군수나 하나 시켜 주신다더니……."

일동은 박장대소를 하였다.

"응! 가기 전에 시켜 주지!"

그의 하는 말에는 조금도 농담이 없었다. 유창하게 연설 구조로 열변을 토할 때는 의심할 여지없는 신념을 가진 것같이 보였다.

"그러나 금강산에 옥좌玉座는 벌써 되었나요?"

Y는 웃으며 물었다.

"예, 이 집이 낙성되던 날 벌써 꾸며 놓았답니다."

하고 여러 사람의 웃음이 끝나기를 기다려서,

"성姓 중에 김씨가 제일 좋은 성이외다. 옥玉은 곤강崑岡에서 나지만도 금은 여수麗水

에서 나지 않습니까. 그러기 때문에 하나님께서 말씀이, 너는 김가니 산고수려山高秀麗한 금강산에 들어가서 옥좌에 올라앉아 세계의 평화를 누리게 하라고 하십니다…….”

하고 잠자코 가만히 섰는 나의 동정을 얻으려는 듯이 미소를 띠고 바라본다.

“대단히 좋소이다……. 그러나 이 삼층집은 무슨 생각으로 지셨나요?”

나는 이같이 물었다.

“연전 여름방학에 서울에 올라가서 중등학교에 일어日語 강습을 하러 다닐 때에 서양 사람의 집을 보니까 위생에도 좋고 사람 사는 것 같기에 우리 조선 사람도 팔자 좋게 못 사는 법이 어디 있겠소? 기왕이면 삼층쯤 높직이 지어 볼까 해서……. 우리가 그놈들만 못할 것이 무엇이오. 나도 교회에 좀 다녀 보았지만 그 놈들처럼 무식하고 아첨 좋아하는 놈은 없습디다……. 헷, 그중에서도 목산지 하는 것들 한참 때에 대원군이나 뫼신 듯이 서양 놈들이 입다 남은 양복 조각들을 떨쳐 입고 그 더러운 놈들 밑에서 굽실굽실하며 돌아다니는 것을 보면 이 주먹으로 대구리를…….”

하며 새까만 거칫한 주먹을 쳐들었다. 그때의 그의 눈에는 이상한 광채가 돌고 얼굴은 경련적으로 부르르 떨리면서 뒤틀리었다. 나는 무심히 쳐다보다가 깜짝 놀랐다.

“그러나 날은 점점 추워오고……. 어떻게 하실 작정인가요?”

나는 화제를 이같이 돌렸다.

“춥긴요, 하나님 품속은 사시 봄이야요……. 그러나 예다가 스토브를 놓지요.”

하고 이층을 가리켰다.

“그래 스토브는 어디 주문하셨소?”

누구인지 곁에서 말참견을 하였다.

“주문은 무슨 주문…….”

대단히 불쾌한 듯이 한 마디하고,

"스토브는 서양 놈들만 만들 줄 알고 나는 못 만든답디까……. 그놈들이 하루에 하는 일이면 나는 한 반나절이면 만들 수 있소이다. 이 집이 며칠이나 걸린 줄 아슈? 단 한 달하고 열사흘! 서양 놈들은 십삼이란 수가 흉하답디다마는 나는 양옥을 지으면서도 꼭 한 달 열사흘에 지었다오."

"동으로 가래도 서로만 갔으면 고만 아니오."

H가 말대꾸를 하였다.

"글쎄 말이오. 세상 놈들이야 말로 동으로 가라면 서로만 달아나는 빙퉁그러진 놈뿐이외다. ……조선이 있고 조선 글이 있어도 한문이나 서양 놈들의 혀 꼬부라진 말을 해야 사람의 구실을 하는 상놈의 세상이 아닙니까."

한 마디 한 마디씩 나의 동의를 얻으려는 것처럼 나를 똑바로 내려다보며 잠깐씩 말을 멈추다가 나중에는 열중한 변사처럼 쉴 새 없이 퍼붓는다…….

"네. 그렇지 않습니까. 네…… 그것도 바로 읽을 줄이나 알았으면 좋겠지만…… 가령 천지현황天地玄黃 하면 하늘 천 이렇게 읽으니 일대一大라 써놓고 왜 '하늘 대' 하지 않습니까. 창공은 우주 간에 유일 최대하기 때문에 창힐이 같은 위인이 일대一大라고 쓴 것이 아니외니까. 또 '흙 야' 할 것을 '따 지' 하는 것도 안 된 것이외다. 따란 무엇이외니까? 흙이 아니오? 그러기에 흙 토변에 언재호야焉哉乎也라는 천자문의 왼쪽 자인 입겻얏자(也)를 쓴 것이외다 그래. 다시 말하면 따는 흙이요, 또 우주 간에 최말위最末位에 처한 고로 흙 토자에 천자문의 최말자 되는 입겻얏자를 쓴 것이외다."

우리들은 신기하게 듣고 섰다가,

"그러면 쇠 금자는 어떻게 되었길래 김가를 하나님께서 그처럼 사랑하시나요?"

하고 Y가 물었다.

"옳은 말씀이외다. 네…… 참 잘 물으셨소이다."

깜빡 했다면 잊었을 것을 일깨워 주어서 고맙고도 반갑다는 듯이 득의만면하여 그 일사천리의 구변으로 강연을 계속한다.

"사람 인人 안에 구슬 옥玉을 하지 않았소. 하므로 쇠금이 아니라 사람 구슬 금…… 이렇게 읽어야 할 것이외다."

일동은 킥킥킥 웃었다.

"아니외다. 웃을 것이 아니외다……. 사람 구실을 하려면 성현이 가르치신 것같이 첫째에 인仁하여야 하지 않쇠니까. 하므로 사람 인 하는 것이외다 그려. 그 다음에는 구슬이 두 개가 있어야 사람이지, 두 다리를 이렇게(人-손가락으로 쓰는 흉내를 내며)벌리고 선 사이에 딱 있어야 할 것이 없으면 도저히 사람값에 가지 못할 것이외다. 고자는 그것이 없어도 사람이라 하실지 모르나 그러기에 사람 구실을 못하지 않습니까. 히히히……. 그는 하여간 그 두 개가 즉, 사람을 사람값에 가게 하는 보배가 아닙니까. 그런고로 보배에 제일가는 구슬 옥玉에 한 점을 더 박은 게 아니외니까……."

한 마디마다 허리가 부러지게 웃던 A는,

"그래서 금강산에 옥좌를 만들었습니다 그려……. 하하하."

하며 또 웃었다.

"그러면 여인네는 김가가 없구만요?"

이번에는 H가 놀렸다. 그는 무엇을 생각하는 것처럼 눈만 멀뚱멀뚱하며 앉았다가 별안간에,

"옳지! 옳지! 그래서 내 댁내宅內는 안安가로군……! 히히히. 여편네가 관冠을 썼어…… 여인네가 관을 썼어……. 히히 히히히."

잠꼬대하는 사람처럼 이 사람 저 사람 쳐다보며 고개를 끄덕거리고 나서는 히히히 웃기를 두세 번이나 뇌었다.

"참 아씨는 어디 가셨나요?"

나는 "내 댁내가 안가라고" 하는 그의 말에 문득 그의 처자의 소식을 물어보려는 호기심이 나서 이같이 물었다.

"예? 못 보셨소? ……여보, 여보, 영희英姬 어머니! 영희 어머니!"

몸을 꼬고 엎드려서 아래를 내려다보며 부르다가,

"또 나갔나!"

혼잣말처럼 하며 바로 앉더니,

"아마 저기 갔나 보외다."

하고 유곽을 가리켰다.

"또 난봉이 난 게로군……. 하하하, 큰일났소이다. 비끄러 매두지 않으면……."

A가 말을 가로채서 놀렸다.

"히히히, 저기가 본대 제 집이라오."

"저긴 유곽이 아니오?"

H도 웃으며 물었다.

"여인네가 관을 썼으니까……. 하하하."

이번에는 Y가 입을 열었다.

그는 무슨 생각이 났던지 고개를 비스듬히 숙이고 앉았다가,

"예, 그 안에 있어요……. 그 안에. 오 년이나 나하고 사는 동안에도 역시 그 안에 있었어요. 히 히히 히히."

"그…… 안에 그 안에!"

나는 아까 그의 처가 도주를 하였다는 소문도 있다고 하던 A의 말을 생각하며 속으로 뇌어 보았다.

"좀 불러 오시구려."

"인제 밤에 와요. 잘 때에……."

"그거 옳은 말이외다……. 잘 때밖에 쓸데없지요. 하하하."

H가 농담을 붙이는 것을 나는 미안히 생각하였다.

"히히히. 그러나 너무 뜨거워서 죽을 지경이랍니다. 어제는 문지기에게 죽도록 단련을 받고 울며 왔기에 불을 피우고 침대에서 재워 보냈습니다……. 히히히."

무슨 환상을 쫓듯이 먼 산을 바라보며 누런 이齒를 내놓고 히히히 웃는 그의 얼굴은 원숭이같이 비열하게 보였다.

산등에서 점점 멀어가던 햇발은 부지중 소리 없이 날아가고 유곽 이층에 마주 보이는 전등 불빛만 따뜻하게 비치었다.

홍소哄笑, 훤담喧談, 조롱 속에서 급격히 피로를 느낀 그는 어슬어슬하여 오는 으슥한 산 밑을 헤매는 쌀쌀한 가을 저녁 바람과 음산하고 적막한 암흑이 검은 이빨을 악물고 휙휙 한숨을 쉬며 덤벼들어 물고 흔드는 삼층 위에 썩은 밤송이 같은 뿌연 머리를 움켜쥐고 곁에 누가 있는 것도 잊은 듯이 기둥에 기대어 앉았다.

"인젠 가볼까."

하는 소리가 누구의 입에선가 힘없이 나왔다.

동서 친목회 회장…… 세계 평화론자. 기이한 운명의 순난자殉柰者…… 몽현夢現의 세계에서 상상과 환영의 감주甘酒에 취한 성신聖神의 총아寵兒…… 오욕육구五慾六求, 칠난팔고七難八苦에서 해탈하고 부세浮世의 제연諸緣을 저버린 불타佛陀의 성도聖徒와, 조소에 더러운 입술로 우리는 작별의 인사를 바꾸고 울타리 밖으로 나왔다.

울타리 밑까지 나왔던 나는 다시 돌쳐서서 그에게로 향하였다. 이층에서 뛰어 내려오는 그와 마주칠 때 그는 내 손에 위스키 병이 있는 곳을 보고 히히 웃었다. 나는 Y의 집에서 남겨 가지고 나온 술병을 그의 손에 쥐어 준 후 빨간 능금 두 개를 포켓에서 꺼내 주었다.

"이것 참 미안하외다."

그는 만족한 듯이 웃으며 받아서 이층 벽에 기대어 가로 세운 병풍 곁에 늘어놓고 따라나와 인사를 하였다.

가련한 동무를 이별하고 나온 나는 무겁고 울적한 기분에 잠기어서 입을 다물고 구두코를 내려다보며 무심히 걸었다. 역시 잠자코 앞서가던 Y는 잠깐 멈칫하고 돌아다보며,

"X군! 어때?"

"글쎄……."

"……그러나 모자를 벗어 들고 공손히 강연을 듣고 섰는 군의 모양은 지금 생각을 해도 요절을 하겠어……. 하하하."

"흐흥……."

나는 힘없이 웃었다.

저녁 가을바람은 산듯산듯 목에 닿는 칼라 속을 핥고 달아났다. 일행이 삼거리에 와서 A와 떨어질 때는 이삼간 떨어진 사람의 얼굴이 얼쑹얼쑹 보였다.

시시각각으로 솔솔 내려앉는 땅거미에 싸인 황야에, 유곽에서 가늘고 길게 흘러나오는 샤미센三味線 소리, 탁하고 넓게 퍼지는 장구 소리는 혹은 급하게, 혹은 느리게 퍼지어서 정거장으로 걸음을 재촉하는 우리의 발뒤꿈치를 어느 때까지 쫓아왔다.

컴컴하고 쓸쓸한 북망 밑 찬바람에 불리우며 사지를 오그리고 드러누운 삼층집 주인공은 저 장구 소리를 천당의 왈츠로 듣는지, 지옥의 아비규환으로 깨닫는지, 나는 정거장 문에 들어설 때까지 흘금흘금 돌아다보아야 오직 유곡幽谷의 요화 같은 유곽의 전등불이 암흑 가운데 반짝거릴 뿐이었다.

5

평양행 열차에 오를 때에는 일단 헤어졌던 A도 다시 일행과 합동되었다. 커다란 트렁크를 무거운 듯이 두 손으로 떠받쳐서 선반에 얹고 나서 목이 막힐 듯한 한숨을 휘이 쉬며 앉는 A를 Y는 웃으며 건너다보고,

"인젠 영원인가?"

"응! 영원히. 하하하."

A는 간단히 말을 끊고 호젓해하는 듯한 미소를 띠었다.

"그러나 평양이 세계의 끝일지도 모르지……. 핫하하."

"하하하."

A도 숙였던 고개를 쳐들며 힘없이 웃었다.

"왜 어디 가시나요?"

A와 마주앉은 나는 물었다.

"글쎄요, 남으로 향할지 북으로 달릴지 모르겠소이다."

A는 말을 맺고 머리를 창에 기대며 눈을 감았다.

"……A군은 오늘 부친께 선언을 하고 영원히 나섰다는 게라오."

Y가 설명을 하였다.

"하하하, 그것 부럽소이다 그려……. 영원히 나섰다는…… 그것이 부럽소이다."

나는 이같이 한 마디 하고 A를 쳐다보았다. 고개를 들고 눈을 뜬 A는 바로 앉으며 빙긋 웃을 뿐이었다.

우리는 엽서를 꺼내들고 서울에다가 편지를 썼다. 나는 P에게 대하여 이렇게 썼다.

"무엇이라고 썼으면 지금 나의 이 심정을 가장 천명闡明히 형에게 전할 수 있을까! 큰 경이驚異가 있은 뒤에는 큰 공포와 큰 침통과 큰 애수가 있다 할 지경이면 지금 나의 조자調子를 잃은 심장의 간헐적 고동은 반드시 그것이 아니면 아닐 것이오……. 인생의 진실된 일면을 추켜 들고 거침없이 육박하여 올 때 전령全靈을 에워싸는 것은 경악의 전율이요. 그리고 한없는 고민이요. 샘솟는 연민憐憫의 눈물이요, 가슴이 저린 애수요……. 그 다음에 남는 것은 미치게 기쁜 통쾌요……. 삼 원 오십 전으로 삼층집을 짓고 유유자적하는 실신자失神者를—아니오. 아니오, 자유민을 이 눈앞에 놓고 볼 제 나는 놀라지 않을 수가 없었소. 현대의 모든 병적 다크 사이드를 기름가마에 몰아 놓고 전축戰縮하여 최후에 가마 밑에 졸아 붙은 오뇌의 환약이 바지직 바지직 타는 것 같기도 하고 우리의 욕구를 홀로 구현한 승리자 같기도 하여 보입디다. ……나는 암만하여도 남의 일같이 생각할 수 없습니다."

나는 엽서 한 장에다가 깨알같이 써서 Y에게 보라고 주고, 다른 엽서 한 장에 다시 계속하였다.

"P군! 지금 아무리 자세히 쓴다 하기로 충분한 설명은 못하겠기로 후일에 맡기지마는 그러나 이것만은 추측하여 주시오. ……지금 나는 얼마나 소리 없는 눈물을 정거한 화차의 연통같이 가다가다 뛰노는 심장 밑으로 흘리며 앉았는가를……. 지금 나는 울고 있소. 심장을 압축할 만한 엄숙하고 경건한 사실에 하도 놀라고 슬퍼서……. 지금 나는 울고 있소. 모든 세포 세포가 환희와 오뇌 사이에서 뛰놀다가 기절할 만큼 기뻐서……."

6

북극의 철인哲人, 남포의 광인狂人 김창억은 아직 남포 해안에 증기선의 검은 구름이 보이지 않던 삼십여 년 전에 당시 굴지하는 객주客主 김건화金健華의 집 안방에서 고고의 첫 소리를 울리었다. 그의 부친은 소시부터 몸에 녹이 슨 주색잡기를 숨넘어갈 때까지 놓지를 못한 서도西道에 소문난 외도객外道客. 남편보다 네 살이나 위인 모친은 그가 십사 세 되던 해에 죽은 누이와 단 남매를 생산한 후에는 남에게 말 못할 수심과 지병持病으로 일생을 마친 박복한 여성이었다. 이러한 속에서 자라난 그는 잔열포류殘劣舊柳의 약질일망정 칠팔 세부터 신동이라 들으리만큼 영리하였다. 영업과 화류 이외에는 가정이라는 것을 모르는 그의 부친도 의외에 자식이 총명한 것은 기뻐할 줄 알았었다 .더구나 자기의 무식함을 한탄하니 만큼 자식의 교육은 투전장 다음쯤으로 생각하였다. 그 덕에 창억이도 남만큼 한학을 마친 후 십육 세

되던 해에 경성에 올라가서 한성 고등 사범학교에 입학하게 되었다.

그러나 삼년급 되던 해 봄에 부친이 장중풍場中風으로 졸사했기 때문에 유학遊學을 단념하고 내려오지 않으면 아니되었다. 그때 숙부의 손으로 재산 정리를 하고 보니까 남은 것이라고는 몇 두락斗落의 전답하고 들어 있는 집 한 채뿐이었다. 유산이 있어도 선고先考의 유업을 계속할 수 없는 창억은 연래의 지병으로 나날이 수척하여 가는 모친과 일 년 열두 달 말 한 마디 건네 보지 않는 가속家屬을 데리고 절망에 싸여 쓸쓸한 큰 집 속에 들엎드렸을 수밖에 없었다. 그러나 모친도 그해 겨울을 넘기지 못하였다. 전 생명의 중심으로 믿고 살아가려던 모친을 잃은 그에게는 아직 어린 생각에도 자살 이외에는 아무 희망도 없었다.

백부의 지휘대로 집을 팔고 줄여 간 뒤로는 조석 이외에 자기 아내와 대면도 않고 종일 서재에 들엎드렸었다. 조석 상식上食에 어린 부부가 대성통곡을 하는 것은 차마 눈으로 볼 수 없었으나 그 설움은 각각 의미가 달랐다. 그것이 창억으로 하여금 더욱 불쾌하고 애통하게 하였다……. 이 세상에는 자기와 같은 설움을 가지고 울어 줄 사람은 없구나! 이런 생각이 날 때마다 오 년 전에 십오 세를 일기로 하고 간 누이 생각이 새삼스럽게 간절한 동시에 자기 처가 상식마다 따라 우는 것이 미워서 혼자 지내겠다고까지 한 일이 있다……. 독서와 애곡……. 이것이 삼년 전의 그의 한결 같은 일과이었다.

그러나 부친의 삼년상을 마치던 해에 소학교가 비로소 설시設施되어 유지자의 강청으로 교편을 들게 된 뒤로부터는 다소 위안도 얻고 기력도 회복되었으며 가속에 대한 정의도 좀 나아졌다. 그러나 동시에 주연酒煙의 맛을 알기 시작하였다. 처음에는 의사의 주의로 반주飯酒를 얼굴을 찌푸려 가며 먹던 사람이 점점 양이 늘어갈 뿐 아니라, 학교 동료와 추축이 잦아 갈수록 자기 부친의 청년 시대를 생각하게 되었다. 그러나 그의 처는 내심으로 도리어 환영하였다.

그 이듬해에 식구가 하나 더 는 뒤부터는 가정다운 기분도 들게 되었다……. 이와 같이 하여 책과 눈물이 인제는 책과 술잔으로 변하였다. 그 동시에 그의 책상 위에는 신구약전서 대신에 동경 어떠한 대학의 정경과 강의록이 놓이게 되었다. 그러나 기이한 운명은 창억의 일신을 용서치는 않았다. 처참한 검은 그림자는 어느 때까지 쫓아다니며 약한 그에게 휴식을 주지 않았다.

자기가 가르치던 이년생이 졸업하려던 해에 그의 아내는 겨우 젖 떨어질 만하게 된 것을 두고 시부모의 뒤를 따라갔다. 부모를 잃었을 때 같지는 않았으나 자기 신세에 대한 비탄은 한층 더하였다. 어미 없는 계집자식을 끼고 어쩔 줄 몰라 방황하였다. 친척들은 재취를 얻어 맡기려고 무수히 권하였으나 종내 듣지 않았다. 오직 술과 방랑만이 자기의 생명이라고 생각한 그는 마침내 서재에서 뛰어나왔다……. 학교의 졸업식을 마친 후 그는 표연히 유랑의 몸이 되었다. 그러나 멀리는 못 갔다. 반년쯤 되어 훌쩍 돌아와서 못 알아 볼 만큼 초췌한 몸을 역시 서재에 던졌다. 그리하여 수 삭쯤 지나 건강이 다시 회복된 후 권하는 대로 다시 가정을 이루었다. 이번에는 나이도 자기보다 어리거니와 금실도 좋았다.

그러나 애처의 강렬한 사랑은 힘에 겨워서 충분한 만족을 줄 수가 없었다. 혈색 좋은 큼직하고 둥근 상에서 더굴더굴 구는 쌍꺼풀 눈썹 밑의 안광은 곱고 귀여우면서도 부시기도 하며 밉기도 하며 무서워서 바로 볼 수가 없었다……. 그는 될 수 있는 대로 피하였다.

이 같은 중에 재미있는 유쾌한 오륙 년간은 무사히 지냈다. 소학교는 제10회 창립 기념식을 거행하고 그는 십 년 근속 축하를 받게 되었다.

그러나 운명은 역시 그의 호운을 시기하였다. 내월이면 명예로운 축하를 받게 되는 이때에 그는 불의의 사건으로 철창에 매달리어 신음치 않으면 아니되게 되었다……. 앞서거니 뒤서거니 하며 그의 일생을 통하여 노려보며 앉았는 비운은 그가 사 개월 만에 무죄 방면되어 사파에 발을 들여 놓을 때까지 하품을 하며 기다리고 있었다.

사 개월간의 옥중 생활은 잔약한 그의 신경을 바늘끝같이 예민하게 하였다. 그는 파리하고 하얗게 센 얼굴을 들고 감옥 지붕의 이슬이 아직 녹지 않은 새벽 아침에 옥문을 나섰다. 차입하던 집으로 찾아오리라고 생각하였던 자기 처는 그림자도 보이지 않고 육십이 가까운 백부만 왔다.

출옥하기 일 삭 전까지는 일이 있어도 하루가 멀다고 매일 면회하러 오던 아내가 근 일 개월 동안이나 발을 끊은 고로 의심이 없지 않았으나 가끔 백부가 올 때마다 영희가 앓아서 몸을 빼쳐나지 못한다기로 염려와 의혹 속에서도 다소 안심하고 있었다. 그러나 출옥하던 전날 면회하러 오던 인편에 갑갑증이 나서 내일은 꼭 맞으러 와달라고 한 것이라서 뜻밖에 보이지 않는 고로 더욱 의심이 날 뿐 아니라 거의 낙심이 되었다. 백부에게 물어볼까 하다가 이것이 자기의 신경과민이 아닌가 하는 생각도 나서 갑갑한 마음을 참고 집으로 발길을 재촉하였다. 도중에서 일부러 길을 돌아 백부의 집으로 가자는 데에도 의심이 나지 않는 것은 아니나 잠자코 따라갔다.

대문에 발을 들여놓자,

"아 아바지!"

하며 영희가 앞선 백부와 바꾸어 뛰어나오는 것을 보고 깜짝 놀랐다.

"너 탈이 났다더니 언제 일어났니?"

영희의 어깨에 손을 걸며 눈이 휘둥글 해서 숨찬 듯이 물었다.

"예? 누가 탈은 무슨 탈이 났댔나요?"

하고 영희는 멈칫하며 둘러보았다.

"어머니는?"

그는 자기가 추측하며 무서워하던 사실이 점점 명백하여 오는 것을 깨달으며 소리를 낮춰서 물었다.

"어머니 어디 갔어……."

그에게 대한 이 한 마디가 억만 진리보다 더 명백하였다. 그 동시에 자기의 귀가 의심쩍었다.

온 식구가 다 뛰어나오며 웃음 속에서 맞으나 그는 얼빠진 사람처럼 인사도 변변히 하지 못하고 맥없이 얼굴이 새파래서 뜰 한가운데에 섰다가,

"인제 가보지요……. 희야!"

하며 그대로 뛰쳐나오려 했다.

뜰 아래서 여기저기 섰던 사람들은 그가 얼빠진 사람처럼 뚱그런 눈만 무섭게 뜨고 이 사람 저 사람을 쳐다보며 주저주저하는 것을 보고 아무도 입을 벌리지 못하고 피차에 물끄러미 눈치만 보다가,

"아, 아침이나 먹고 천천히……."

백모가 끌어당기듯이 만류하였다.

"아니요. 왜 영희 어미는…… 어디 갔어요?"

그는 입이 뻣뻣하여 말을 어우를 수 없는 것처럼 떠듬떠듬 겨우 입을 열었다.

"으응…… 일전에 평양에……. 어쨌든 올라오려무나."

평양이라는 것은 처가를 말하는 것이다. 그러나 백모가 말을 더듬는 것이 우선 이상히 보였다. 더구나 '어쨌든'이란 말은 웬 소리인가. 평시 같으면 귓가로 들을 말도 일일이 유심히 들리었다.

"흐흥…… 평양! 흐흥…… 평양!"

실성한 사람처럼 흐흥흐흥 코웃음을 치며 평양을 뇌고 섰는 그의 눈앞에는 금년 정초에 평양 정거장 문밖 우체통 뒤에서 누구하고인지 수군거리다가 휙 돌쳐서 캄캄한 밤길에 사라져 버리던 양복쟁이의 뒷모양이 환영같이 떠올랐다.

그는 차차 눈이 캄캄하여 오고 귀가 멀어 갔다……. 절망의 깊은 연못은 점점 깊고 가깝게 패어 들어갔다.

그는 빈 집에라도 가서 형편도 보고 혼자 조용히 드러누워서 정신을 가다듬을

까 하였으나 현기가 나서 금시로 졸도할 듯하여 권하는 대로 올라가서 안방으로 들어가 픽 쓰러졌다.

피로, 앙분, 분노, 낙심, 비탄, 미가지未可知의 운명에 대한 공포, 불안……. 인간의 고통이란 고통은 노도와 같이 일시에 치밀어 와서 껍질만 남은 그를 삶아 죽이려는 듯이 덤벼들었다. 옴폭 패인 눈을 감고 벽을 향하여 드러누운 그의 조막만한 얼굴은 납으로 만든 데드마스크와 같았다. 죽은 듯이 숨소리도 들리지 않으나 격렬한 심장의 동기와 가다가다 부르르 떠는 근육의 마비는 위에 덮어 둔 주의 위로도 분명히 보였다.

한 시간쯤 되어 깨었다. 잔 듯 만 듯한 불쾌한 기분으로 일어나 밥상을 받았다. 무엇이 입에 들어가는지 정신을 차릴 수가 없었다. 그 속에 들어앉았을 때에는 나가면 이것도 먹어 보리라 저것도 하여 보리라고 벼르고 별렀으나 이렇게 되고 보니까 차라리 삼사 년 후에 나오는 것이 좋았겠다고 생각하였다.

밥술을 뜨자마자 그는 허둥지둥 뛰어나왔다.

"아버지!"

하며 쫓아 나오는 영희를 험상스러운 눈으로 노려보며 들어가라고 턱 짓을 하고 나섰다. 머리를 비슷이 숙이고 동구까지 기어 나오다가 돌쳐설 때 숙부의 손에 매달려 나오는 딸을 힐끗 보고 별안간 눈물이 앞을 가리며 낳은 어미 없이 길러낸 딸자식이 불쌍히 생각되어 금시로 돌쳐가서 손을 잡고 오고 싶은 생각이 불쑥 나는 것을 억제하고 "야아 야아" 하며 부르는 백부의 소리도 못 들은 체하고 앞서서 왔다.

……범죄자의 누명을 쓰고 처자까지 잃은 이내 신세일망정 십여 년이나 정을 들이고 살던 사 개월 전의 내 집조차 나를 배반하고 고리에 쇠를 비스듬히 차고 있는 것을 볼 때 그는 그대로 매달려 울고 싶었다.

백부는 숨이 찬 듯이 씨근씨근하며 쫓아와서,

"열대가 예가 있다."

하며 자기 손으로 열고 들어갔으나 그는 어느 때까지 우두커니 섰었다.

일 개월 이상이나 손이 가지 않은 마당은 이삿짐을 나른 뒤 모양으로 새끼 부스러기, 종이 조각들이 즐비한 사이에 초하의 잡초가 수채 앞이며 담 밑에 푸릇푸릇하였다. 그의 숙부도 역시 그럴 줄이야 몰랐다는 듯이 깜짝 놀라며 한 번 획 돌아보고 나서 신을 신은 채 툇마루에 올라섰다. 먼지가 뽀얗게 앉은 퇴 위에는 고양이 발자국이 여기저기 산국화 송이같이 박혀 있다. 뒤로 쫓아 들어온 그는 뜰 한가운데에 서서 덧문을 첩첩이 닫은 대청을 멀거니 바라보고 섰다가 자기 서재로 쓰던 아랫방으로 들어가서 먼지 앉은 요 위에 엎드러지듯이 벌떡 드러누웠다.

"할아버지……. 여기…… 농이!"

안방으로 들어온 영희는 깜짝 놀라며 큰 소리를 쳤다.

"옛?"

하며 어름어름하던 조부는 서창 덧문을 열어젖히고 안방을 자세히 살펴보더니 농장이 없어진 것을 보고 혀를 두세 번 차고 나서,

"망할 년의 새끼……. 어느 틈에 집어 갔노……."

하며 밖으로 나왔다.

아닌 게 아니라 창억이가 첫 장가들 때 서울서 사다가 십칠팔 년 동안이나 놓아두었던 화류 농장 두 짝이 없어졌다.

백부가 간 뒤에 일꾼 아이와 계집애년이 와서 대강대강 소제를 한 후 저녁밥은 먹기 싫다는 것을 건네 왔다. 그 이튿날도 꼼짝 아니하고 들어앉았었다.

백부의 주선으로 소년 과부로 오십이나 넘은 고모가 안방을 점령하기까지 오륙일 동안은 한 발짝도 방문 밖에 나오지 않았다. 백부가 보제補劑를 복용하라고 돈푼 든 약첩을 지어다가 조석으로 달여다 놓아도 끝끝내 손도 대지 않았다. 하루 이삼 차씩 백부가 동정을 살피러 와서 유리 구멍으로 들여다보면 앉았다가도 별

안간 돌아누워서 자는 체도 하고 우릿간에 든 곰 모양으로 빈 방 안을 빙빙 돌아다니다가 누가 들여다보는 기척만 있으면 책상을 향하여 앉기도 하였다. 아침에 세수할 때와 간혹 변소 출입 이외에는 더운 줄도 모르는지 창문을 꼭꼭 닫고 큰 기침소리 한 번 없이 들어앉았었다. 그가 속에서 무엇을 하고 있는가는 아무도 몰랐다. 사실 그는 아무것도 하는 것이 없었다. 가다가다 몇 해 동안이나 손도 대어 보지 않던 성경책을 꺼내 놓고 들여다보기도 하였으나 결코 한 페이지를 계속하여 보는 법이 없었다.

이러한 모양으로 일 삭쯤 지내더니 매일 아침에 한 번씩 세수하러 나오던 것도 폐하고 방으로 갖다 주는 조석만 먹으면 자는지 깨어서 누웠는지 하여간 목침을 들어 드러눕기로만 위주하였다. 백부는 병세가 더 위중하여 그렇다고 약을 먹이지 못하여 달래도 보고 꾸짖어도 보았으나 약은 기어코 입에 대지 않았다. 그러나 노인은 하루 삼사 차씩은 궐하지 않고 와서 방문도 열어 보고 위무하듯이 말도 붙여 보나 벙어리처럼 가만히 돌아앉았다가 어서 가달라고 걸인이나 쫓아내듯이 언제든지 창문을 후닥닥 닫았다.

하루는 전과 같이 저녁때쯤 되어 가만가만 들어와서 유리 구멍으로 들여다보려니까 방 한가운데에 눈을 감고 드러누웠다가 무엇에 놀란 듯이 깎아 세운 기둥처럼 눈을 부릅뜨고 벌떡 일어나더니 창에다 대고,

"이놈의 새끼! 내 댁내를 차가고 인제는 나까지 죽이러 왔니?"

주먹을 불끈 쥐고 소리를 버럭 질렀으나 감히 창문을 열지 못하고 얼어붙은 장승같이 섰다.

백부는 기가 막혀서 미닫이를 열며,

"이거 와 이러니!"

하고 소리를 질렀다. 문만 열면 곧 때려죽이겠다는 듯이 딱 버티고 섰던 사람이 금시로 껄껄 웃으며,

"나는…… 누구라고 ! 삼촌 올라오시소 그래."

하고 이번에는 안방에다 대고,

"여보, 영희 오마니! 삼촌이 왔는데 술 좀 받아오시소 그래."

하고 나서 경련적으로 켕기어 네 귀가 나는 입을 벌리고 히히히 웃었다. 그의 백부는 한참 쳐다보다가,

"야…… 어서 자거라, 잠이 아직 깨이지 못한 게로구나……. 술은 이따 먹지, 어서 어서."

"그런데, 여보소 삼촌! 영희 오마니는 지금 어데 갔소? 술 받으러? 히히히……. 아하, 어젯밤에도 왔어! 그 사진을 살라 달라고…… 그…… 어디 있던가?"

하며 고개를 쳐들고 방 안을 휙 둘러보다가 무슨 생각이 났던지 별안간 책상 앞으로 가서 꿇어앉으며 무엇인지 부리나케 찾는다. 노인은 뒷모양을 한참 들여다보다가 방문을 굳게 닫고 안방으로 들어갔다. 그 뒤 방에서는 히히히 웃는 소리가 흘러 나왔다. 그의 손에는 두 조각이 난 사진이 있었다.

그 이튿날 아침에 그는 무슨 생각이 났던지 어느 틈에 방을 뛰어나와서 부엌을 들여다보고 요사이는 왜 세숫물도 아니 주느냐고 볼멘소리를 하며 대야를 내밀고 물을 청하였다. 밥솥에 불을 때고 앉았던 고모가 깜짝 놀라 돌아다보니까 근 반년이나 면도를 아니 한 수염에는 먼지가 뿌옇게 앉았고 솟은 듯한 붉은 눈찌에는 이상한 영채가 돌면서도 무시무시하게 보였다. 고모는 무서움증이 나서 아니 나오는 웃음을 띠고 달래듯이 온유한 목소리로,

"예 예, 잘못하였쇠다. 처음 시집살이라 거행이 늦었쇠다. 히히히……."

웃으며 물을 퍼주었다.

아침상을 차려다 디밀며 차차 좋아지는 듯한 신기를 위로삼아 무엇이든지 먹고 싶은 것이 있으면 말하라고 하니까,

"영희 오마니나 뭐든지 해주시오."

하며 의논할 것이 있으니 들어오라고 간청을 하였다. 고모는 주저주저하다가 오늘은 맑은 정신이 난 듯하여 안심하고 방을 치워줄 겸 걸레를 집어 들고 들어갔다. 책상 위와 방구석을 엎드려서 훔치며,

"무슨 의논이야?"

하며 말을 꺼냈다.

"……어젯밤에 영희 오마니가 왔더랬는데, 오늘 낮에는 아주 짐을 지워 가지고 오겠다고……."

"무어 ? 지금은 어드메 있기에?"

고모는 역시 제정신이 아니 들어서 저러나 보다 하면서도 한편으로는 의아하여 눈이 휘둥그레지며 걸레 잡은 손을 멈추고 고개를 들었다.

"……지금? 히히히, 연옥煉獄에서 매일 단련을 받는데 도망하여 올 터이니 전죄前罪를 용서하고 집에 두어 달라고 합디다."

단테의 《신곡神曲》에서 본 것이 생각나서 연옥이란 말을 썼으나 고모는 물론 무슨 소리인지 몰랐다. 다만 옥이라는 말에 대개 지옥이라는 말인 줄 짐작하고 하도 어이가 없어서,

"냉면이나 한 그릇 받아다 주지……."

하고 나오다가 아침에 세수하던 것을 생각하고 혼자 빙긋 웃었다.

날이 더워갈수록 그의 병세는 나날이 더하여 갔다. 팔월 중순이 지나 심한 더위가 다 가고 뜰에 심은 백일홍이 누릇누릇하여 감을 따라 그에게는 없던 증이 또 생겼다. 축대 밑에 나오려던 풀이 폭열暴熱에 못 이기어서 비틀어져 버리던 육칠월 삼복에는 겨우 동창으로 바람을 들이면서 불같이 끓는 방 속에 문을 봉하고 있던 사람이 무슨 생각이 났던지 매일 아침만 먹으면 의관도 아니하고 뛰어나가기를 시작하였다. 무슨 짓을 하며 어디로 돌아다니는지 아무도 몰랐다. 대개는 어슬어슬하여 돌아오거나 혹은 자정이 넘어서 돌아올 때도 있었다. 그러나 별로 곤한 빛

도 없었다. 안방에서 혹 변소에 가는 길에 들여다보면 그믐 달빛이 건넌방 지붕 끝에서 꼬리를 감추려 할 때에도 빈 방 속에 생불처럼 가만히 앉았었다.

너무 심하여서 삼촌이 며칠을 두고 찾으러 다녀 보아도 종적을 알 수 없었다. 집에서 나갈 때에 누가 뒤를 밟으려고 쫓아나가는 기색만 있어도 도로 들어와서 어떻게 하여서든지 틈을 타서 몰래 빠져 달아나갔다. 그러나 그는 별로 다른 데를 다니는 것은 아니었다. 다만 자기 집에서 동북으로 향하여 일 마장쯤 떨어져 있는 유곽 뒤에 둘러싸인 조그마한 뫼 위에 종일 드러누웠을 뿐이었다. 무슨 까닭에 그 곳이 좋은지는 자기도 몰랐다. 하여간 수풀 위에서 디굴디굴 구는 것이 자기 방 속보다 상쾌하다고 생각하였다. 아침에 햇발이 두텁지 않은 동안에 잠깐 드러누웠다가 오정 전후의 폭양에는 해안가로 방황한 후 다시 돌아와서 석양 판에 가만히 누웠는 것이 얼마나 재미스러웠는지 몰랐다. 그것도 처음에는 동리 아이들이 덤벼들어서 괴로워 못 견디었으나 일주, 이주 지나갈수록 자기의 신경을 침략하는 자도 점점 없어졌다. 그러나 김모가 미쳤다는 소문은 전시에 모르는 사람이 없게 되었다. 그가 매일 어디 가 있다는 것은 삼촌의 귀에 제일 먼저 들어왔다.

그 후부터는 매일 감시를 엄중하게 하여 나가지 못하게 하였다. 그는 하는 수 없이 이삼 일 동안을 근신한 태도로 칩복치 않을 수 없었다. 그러나 사오 일 동안 신용을 보여서 감시가 좀 누그러져 가는 기미를 채인 그는 또다시 방문 밖으로 나섰다. 이번에는 땅으로 커져 들어간 듯이 감쪽같이 종적을 감추었다.

반달 동안을 두고 찾다 못하여 경찰서에 수색원을 제출한 지 사흘 되던 날 밤중에 연통 속으로 기어 나온 것처럼 대가리부터 발끝까지 새까만 탈을 하고 훌쩍 돌아와서 불문곡직하고 자기 방으로 들어가 코를 골며 잤다. 이튿날 아침에는 조반을 걸신들린 사람처럼 그릇마다 핥듯이 하여 먹고 삼촌이 건너오기 전에 뛰어나갔다.

삼사 시간 뒤에 쫓아간 그의 백부는 유정 유곽 산 뒤에서 용이히 그를 발견하였다.

그가 처음 감시의 비상선을 끊고 나올 때는 맑은 정신이 들어서 그리 하였는지 하여간 자기의 고향을 영원히 이별할 작정으로 나섰었다. 우선 시가를 떠나 촌리로 나와서 별장 이전의 상지祥地를 복하려고 이 산 저 산으로 헤매었다. 가가호호로 돌아다니며 연명을 하여 가며 오륙일 만에 평양 부근까지 갔었다. 그러나 평양이 가까워 오는 데에 정신이 난 그는 무슨 생각이 났던지 뒤도 돌아보지 않고 남포로 향하였다. 그중에 다소 마음에 드는 곳이 없지는 않았으나 무엇보다도 불만족한 것은 바다가 보이지 않는 것이었다. 그는 하는 수 없이 자기 서재로 자기를 위하여 영원히 안도하라고 하나님이 택정하신 바 유정 뒷산 밑으로 기어든 것이었다.

인간에게 허락된 이외의 감각을 하나 더 가지고 인간의 침입을 허락지 않는 유수미려한 신비의 세계에 들어갈 초대장을 가진 하나님의 총아 김창억은 침식 이외에는 인간계와 모든 연락을 끊고 매일 같은 꿈을 반복하며 대지 위에 자유롭게 드러누워서 무애무변無涯無邊한 창공을 쳐다보며 대자연의 거룩함과 하나님의 은총 많음을 홀로 찬양하고 있었다.

이러한 상태가 달포나 되어 시월 하순이 가까워 초상初霜이 누른 풀잎 끝에 엷게 맺을 때가 되었다.

하루는 어두워서야 들어오리라고 생각한 그가 의외에 점심때도 채 아니되어서 꼭 닫은 중문을 소리 없이 열고 자취를 감추며 들어와서 자기 방으로 들어갔다. 안방에서 일을 하고 있던 고모는 도둑이나 아닌가 하며 두근거리는 가슴을 억제하고 문틈으로 지키고 앉았으려니까 한 식경이나 무엇인지 부스럭부스럭하더니 금침인 듯한 보따리를 들고 나온다. 가슴이 덜렁하던 고모는 문을 박차며 내다보고,

"그건 어디로 가져가니?"

소리를 버럭 질렀다. 도망꾼처럼 한숨에 뛰어나려던 그는 보따리를 진 채 어색

한 듯이 히히히 웃으면서,

"새집 들레……. 히히히, 영희 어머니를 데려오려고 저기 한 채 지었어……."

또 히히히 웃고 획 돌아서 나갔다. 고모는 삼촌집에 곧 기별을 하려도 마침 아이가 없어서 걱정만 하고 앉았었다. 조금 있다가 또 발소리가 살금살금 난다. 이번에도 안방으로 향하여 어정어정 들어오더니 부엌간으로 들어가서 시렁 위에 얹어 놓은 병풍을 끌어내려다가 아랫방 앞에 놓고 퇴로 올라서서,

"아지먼네, 그 농 좀 갖다놓게 좀 주시소 고래."

하고 성큼 뛰어 들어와서 윗간에 놓았던 붉은 농짝을 번쩍 들고 나갔다. 다행히 영희의 계모가 갈 때에 그의 의복이며 빨래들을 모아서 농장 속에 넣어두었기 때문에 고모는 걱정을 하면서도 안심하였다. 낙지舊地 이래로 이때껏 비 한 번 들어보지 못하던 그가 그 무거운 농짝에다가 병풍을 껴서 새끼로 비끄러매어 가지고 나가는 것을 방문에 기대어 보고 섰던 고모는 입을 딱 벌리고 놀랐다.

기지이전基地移轉에 실패한 그는 유정에 돌아와서 일이 주간이나 언덕에 드러누워 여러 가지로 생각하였다. 답답한 방을 면하려면 우선 여기다가 집을 한 채 지어야 하는데 단층으로는 좁기도 하거니와 제일 바다가 보이지 않을 것이다.

"……그러면 이층? 삼층만 하면 예서도 보이겠지?"

하고 일어나서 발돋움을 하고 남쪽을 바라보았다. 그러나 인가에 가리워서 사오 정이나 상거가 있는 해변이 보일 까닭이 없다.

"삼층이면 그래도 내 키의 삼사 배나 될 터이니까…… 되겠지."

하며 곁에 떨어진 나뭇가지를 들고 차차 햇발이 멀어가는 산비탈에 앉아서 건축의 설계도를 그리기 시작하였다. 누렇게 된 잔디 위에 정처 없이 이리저리 줄을 쓱쓱 그으면서 가다가다 혼자 고개를 끄떡끄떡하며 해가 저물어 가는 것도 모르고 앉았었다.

그날 밤에 돌아와서는 책궤 속에서 학생 시대에 쓰던 때 묻은 양척洋尺과 사기四機

가 물러난《삼각정규》를 꺼내 가지고 동이 트도록 책상머리에 앉았었다.

도안을 얻은 그는 동이 트기도 전에 산으로 달아났다. 우선 기지基地의 검분을 마친 후 그는 그 길로 돌을 주워 들이기 시작하였다. 반나절쯤 걸리어서 두세 삼태기나 모아 놓은 후, 허기진 줄도 모르고 제일 가까운 유곽 속으로 헤매이며 새끼 오라기, 멍석 조각이며 장작개비, 비이르 궤짝, 깨진 사기 그릇 나부랭이…… 손에 걸리는 대로 모아들이기 시작하였다. 돌아다니는 동안에 유곽 속에서 먹다 남은 청요리 부스러기를 좀 얻어먹었으나 해질 무렵쯤 되어서는 맥이 풀려서 하는 수 없이 엉기어 들어와 저녁을 먹고 곧 자빠졌다.

그 이튿날은 건축장에 나가는 길에 헛간에 들어가서 괭이를 몰래 집어 숨겨 가지고 도망하여 나왔다. 오전에 우선 한 간통쯤 터를 닦아서 다져 놓고 산을 내려와 물을 얻어다가 흙을 이겨 놓고 오후부터는 담을 쌓기 시작하였다. 그러나 한 모퉁이에서부터 쌓아 나와 기역자로 구부릴 때에 비로소 기둥이 없는 데에 생각이 나서 일을 중지하고 산등에 올라앉아서 이 궁리 저 궁리하여 보았다……. 자기 집에는 물론 없지마는 삼촌집에 가면 서까래 같은 것이라도 서너 개 있을 터이나 꺼낼 계책이 없었다. 지금의 그로서 무엇보다도 제일 기외忌畏하는 것은 자기의 계획이 완성되기 전에 가족의 눈에 띄거나 탄로되는 것인 동시에 이것을 계획하는 것, 더욱이 이 계획을 절대 비밀리에 완성하는 것이 유일의 재미요 자랑거리이며 또한 생명이었다. 만일 이때에 누가 와서 "너의 계획은 이러저러 하고 너의 포부는 약차약차히 고대高大하나 가엾은 일이지만 그것은 한 꿈에 불과하다"고 설파하는 사람이 있다 하면 그는 경악 실망한 나머지 자살을 하거나 살인을 하였을지도 모를 것이다. ……어떻게 하였으면 아무도 모르게, 아무도 모르는 동안에 하루 바삐 이 신식 삼층 양옥을 지어서 세상 사람들을 놀래 보일까! 침식을 잊고 주소晝宵로 노심초사勞心焦思하는 것이 오직 이것이었다. 그는 삼촌집의 제목을 가져올 궁리를 하였다. 밤에나 새벽에 가서 집어 와? 그것도 아니될 것이다. ……그러면 어느 재목상에나 가서? "응응 옳지 옳지!" 하며 그는 흙 묻은 손을 비벼 털며 뛰어 내려와서 정거장으로 향하여 달아나왔다. 그는 "재목상에나!"라는 생각이 날 제 십여 년 전에 자기가 가르치던 A라는 청년이 재목상을 경영하고 있는 것을 생각하고 뛰어 나온 것이었다. 삼거리로 갈리는 데 와서 잠깐 멈칫하다가 서으로 구부려 뜨려서 또다시 뛰었다. 'Y목재 상회' 라는 기단 간판이 달린 목책木柵으로 둘러막은 문전에 다다라 우뚝 서며 안을 들여다보고 멈칫거리다가 문 안으로 썩 들어섰다. 그는 무엇이나 도둑질하러 온 사람처럼 황황히 사방을 돌아보다가 사무실에서 누가 내다보는 것을 눈치 채고 곧 그리로 향하였다.

"재목 있소?"

발을 들여놓으며 한 마디 부르짖었다.

"그런데 이게 웬일이오……. 재목이야 있지요. 하하하……."

테이블 앞에 앉아서 사무원들과 잡담을 하고 있던 주인은 바로 앉아서 그를 마주 쳐다보며 웃었다.

그는 얼이 빠진 사람처럼 이 사람 저 사람 사무원들을 차례차례로 쳐다보다가 마치 취한이나 광인이 스스러운 사람과 대할 때에 특별한 주의와 긴장을 가지는 거와 같이 뿌연 눈을 똑바로 뜨고 서서 한 마디 한 마디씩 애를 써 분명한 어조로,

"아니 좀 자질구레한 기둥 있거든 몇 개 주시소고래, 지금 집을 짓다가……."

"그건 해 무엇하시랴오? 그러나 돈을 가져오셔야지요……. 하하하."

사소한 대금을 관계하는 것은 아니나 그가 광증이 있다는 소문을 들은 주인은 그대로 내주는 것이 어떨까 하여 물어보았다.

"응응! 옳지! 돈이 있어야지. 응응! 돈이 있어야지……."

돈이란 말에 비로소 깨달은 듯이 연해 고개를 끄덕거리며 멀거니 섰다가 아무 말도 없이 도로 뛰어나갔다. 처음부터 서로 눈짓을 하며 빙긋빙긋 웃고 앉았던 사무원들은 참았던 웃음을 왓하하하하며 웃었다. 그는 눈을 부릅뜨고 유리창을 흘

겨다보며 급히 달아나왔다.

그 길로 자기 집으로 뛰어갔다. 방에 쑥 들어서면서 흙이 말라서 뒤 발을 한 손으로 책상 위에 놓인 물건을 뒤적거리며 한참 찾더니 돈지갑을 들고서 선 채 열어보았다. 속에는 일 원짜리 지폐가 석 장하고 은전 백동전 합하여 구십여 전쯤 들어 있었다. ……옥중에서 차입하여 쓰고 남은 것이었다. 그는 혼자 히이 웃으며 지갑을 단단히 닫아서 바지춤에 다 넣고 다시 뜰로 내려섰다. 대문을 막 나설 때 삼촌과 마주쳤다. 그는 마치 못된 장난을 하다가 어른에게 들킨 어린아이처럼 깜짝 놀라며 꽁무니를 슬슬 빼며 급히 방 안으로 뛰어 들어가서 자는 체하고 드러누워 버렸다. 그날 밤에는 종내 나가지 못하게 되었다.

이튿날 아침에는 우선 재목상을 찾아갔다.

마침 나와 앉았던 주인은 아무 말 없이 들어와서 움칙움칙하다가 삼 원 오십 전을 꺼내놓고 "얼마든지 좀 주시고래" 하고 벙벙히 섰는 그의 태도를 한참 쳐다보다가,

"얼마나 드리리까?"

하며 웃었다.

"기둥 여섯하고……."

"기둥 여섯만 하여도 본전도 안 됩니다."

주인은 하하 웃으며 그의 말을 자르고 사무원을 돌아다보고 무엇이라고 하였다. 그는 사무원을 따라 나가서 서까래만한 기둥 여섯 개와 널빤지 두 개를 얻어서 짊어지고 나섰다. 재목을 얻은 그는 생기가 더 나서 우선 네 귀에 기둥을 세우고 두 편만은 중간에다 마주 대하여 두 개를 세운 뒤에 삼등분하여 새끼로 두 층을 돌라매어 놓고 담을 쌓기 시작하였다. 담 쌓기는 쉬우나 돌멩이 모아들이기에 날짜가 많이 걸렸다. 약 삼주간이나 되어 동편으로 드나들 구멍을 터놓고는 사방으로 삼사 척의 벽을 쌓았다. 우선 하층은 되었는고로 널빤지를 절반하여 한 편에 기대어서 걸쳐 놓고 나머지 길이를 이등분하여 어긋 매어서 삼층을 꾸렸다. 그 다

음에는 이층만 사면에 명석 조각을 둘러막고 삼층은 그대로 두었다. 이것도 물론 그의 설계에 한 조목 든 것이었다. 그의 이상으로 말하면 지붕까지라도 없어야 할 것이지만 우로雨露를 피하기 위하여 부득이 역시 멍석을 이어서 덮었다.

이같이 하여 이렁저렁 일 개월 이상이나 걸린 역사는 대강대강 끝이 나서 우선 손을 떼던 날 석양에 그는 삼층 위에 올라앉아서 저물어 가는 산 경치를 내다보고 혼자 기꺼움을 이기지 못하였다. 인생의 모든 행복이 일시에 모여든 것 같았다. 금시에라도 이사를 하려다가 집에 들어가면 또 잡히어서 나오지 못할 것을 생각하고 어둡기까지 그대로 드러누웠었다. 드러누워서도 여러 가지 생각이 많았다. 우선 세계 평화 유지 사업으로 회를 하나 조직하여야 할 터인데…….

“회명은 무어라고 할까? 국제연맹이란 것은 있으니까 국제평화협회? 세계 평화회? 그것도 아니되었어. 동서양이 제일에 친목하여야 할 것인즉 ‘동서 친목회’라 하지! 옳지! 동서 친목회……. 되었어.”

그 다음에 그는 삼층 양옥을 어떻게 하면 거처에 편리하게 방세를 정할까 생각하였다. 우선 급한 것은 응접실이다. 그 다음에는 사무실, 침 실, 식당, 서재…… 차례차례로 서양사람 집 본새를 생각하여 가며 속으로 정하여 놓고 어슬어슬한 때에 뛰어 내려왔다. 일단 집으로 향하였다가 무슨 생각이 났는지 다시 돌쳐서서 유곽으로 들어갔다. 헌등軒燈 아래로 슬금슬금 기어가듯 하며 이 집 저 집 기웃기웃하다가 어떤 상점 앞에 와서 서더니 저고리 고름 끝에 매인 매듭을 힘을 들여서 풀고 섰다. 한 사람 두 사람 모여드는 것도 모르는 것같이 시치미를 메고 풀더니 은전 네 닢을 꺼내서 던지고 일본주 이홉 병을 받았다. 낙성연을 베풀려는 작정이었다.

공복에 들어간 두 홉 술의 힘은 강렬하였다. 유정의 사람 자취가 그칠 때까지 이 집 저 집 돌아다니며 동서회 친목 회장이 너희들을 감독하려고 내일이면 또 나오신다고 도지개를 틀며 앉았는 여회원들을 웃기며 비틀거리고 돌아다닌 것도 그날 밤이었다.

7

세간을 나르느라고 중문 대문을 훨씬 열어 젖혀 놓은 것을 지치려고 뒤를 쫓아 나간 고모는 이맛살을 찌푸리고 그의 가는 방향을 한참 건너다보다가 긴 한숨을 쉬고 들어와서 큰 집에 갈 영희만 기다리고 앉았으려니까 십오 분쯤 되어 삐이꺽 하는 소리가 나더니 또 들어와서 이번에는 부엌으로 들어가서 한참 동안 홈척홈척하다가 석유통으로 만든 화덕 위의 냄비를 들고 나왔다. 그 속에는 사기그릇이며 수저 나부랭이를 손에 잡히는 대로 듬뿍 넣었다. 그는 안에서 무엇이라고 소리나 칠까 보아서 연상 힐끗힐끗 돌아다보며 뺑소니를 쳐서 나왔다. ……십수 년 동안 기거하던 자기 집을 영원히 이별하였다.

그날 석양에 고모는 영희를 데리고 동리 사람이 가르쳐 주는 대로 그의 신가정을 찾아갔다. 고모에게 대하여는 가장 불행하고 비통한 집 안이었다. 엿과 성냥 대신에 저녁밥을 싸가지고 갔었다. 물론 가자고 하여야 다시 집에 돌아올 그가 아니었다. 영희가 울면서 가자고 하니까 그는 무슨 정신이 났던지 측은하여 하는 듯한 슬픈 안색으로 목소리를 떨며,

"어서 가거라. 어서 가거라……. 아아 춥겠다. 눈이 저렇게 왔는데 어서 가거라."

혼잣말처럼 꼭 한 마디하고 아랫간에 늘어놓은 부엌세간을 정돈하며 있었다.

고모는 하는 수 없이 돌아와서 남았던 시량柴糧과 찬을 그에게로 보내 주고 나서 어둑어둑할 때 문을 잠그고 영희와 같이 큰 집으로 건너갔다. 근 보름이나 앓아누운 그의 백부는 눈물을 흘리며 깊은 한숨만 쉬고 아무 말도 없었다. ……소년 과부로 오십이 넘은 그의 고모는 건넌방에 영희를 끼고 누워서 밤이 이슥하도록 훌쩍거렸다. 영희의 흑흑 느끼는 소리도 간간이 안방에까지 들렸다.

아랫목에 누웠던 영감이,

"여보 마누라, 좀 가 보시구려."

하는 소리에 잠이 들려던 노마님이 건너갔다. 조금 있다가 이 마누라까지 훌쩍

훌쩍하며 안방으로 건너왔다. 미선을 가슴에 대고 반듯이 드러누운 노인의 눈에는 눈물이 글썽글썽하였다.

십 칠야의 교교한 가을 달빛은 앞창 유리 구멍으로 소리 없이 고요히 흘러 들어와서 할머니의 가슴에 안기어 누운 영희의 젖은 베개 밑을 들여다보고 있었다.

8

평양으로 나온 우리 일행은 그 이튿날 아침에 남북으로 뿔뿔이 헤어졌다. 그 후 이 개월쯤 되어 나는 백설이 애애한 북국 어떠한 한촌 진흙 방 속에서 이러한 Y의 편지를 받았다.

"형식에 빠진 모든 것은 우리에게 있어 벌써 아무 의미도 없는 것이 아니오. 어느 때든지 자기의 생활에 새로운 그림자(그것은 보다 더 선한 것이거나 혹은 보다 더 악한 것이거나 하여간)가 비쳐올 때나 혹은 잠든 나의 영[靈]이 뛰놀 만한 무슨 위대한 힘이 강렬히 자극하여 오거나 그렇지 않으면 군에게 무엇이든지 기별하고 싶은 사건이 있기 전에는 같은 공기 속에서 같은 타임 속에서 동면 상태로 겨우 서식하는 지금의 나로는 절[絕]하고 대적[對的]으로 누구에게든지 또는 무엇에든지 붓을 들지 않으려고 결심하였소. 자기의 침체한 처분, 꿈꾸는 감정을 아무리 과장한들 그것이 결국 무엇이오…….

그러나 지금 펜을 들어 이 페이퍼를 더럽히는 것이 현재의 내가 무슨 새로운 의의를 발견하고 혹은 새로운 공기를 호흡하게 된 까닭은 아니오. 다만 내가 오래간만에 집을 방문하였다는 것과 그 외에 군이 어떠한 호기심을 가지고 심방하였던 삼 원 오십 전에 삼층 양옥을 건축한 철인의 철저한 예술적 또한 신비적 최후를 군에게 알리려는 까닭이오."

여기까지 읽은 나는 깜짝 놀랐다. 손에 들었던 편지를 책상 위에 놓고 바로 앉아서 한 자 한 자 세듯이 하여 가며 계속하여 보았다.

"……사실은 지극히 간단하나, 이 소식은 군에게 비상한 만족을 줄 줄로 믿소. 하나님이 천사를 보내시어 꾸며 놓으신 옥좌에 올라앉아서 자기의 이상을 실현치 않으면 아니 될 시기라고 생각한 그는 신의神意로써 만든 삼 원 오십 전짜리 궁전을 이 오탁五濁에 싸인 속계에 두고 가기 어려웠을 것이오. 신의 물物은 신에게 돌리리라. 처치하기 어려운 삼층집을 맡길 곳이 신 이외에 없었을 것도 괴이치 않은 것이겠소. 유곽 뒤에 지어 놓았던 원두막 한 채가 간밤 바람에 실화하여 먼지가 되어 날아간 뒤에 집주인은 종적을 감추었다라고 하면 사실은 지극히 간단할 것이오. 그러나 불은 왜 놓았나?"

나는 이하를 더 읽을 기운이 없다는 것같이 가만히 지면을 내려다보고 앉았었다. 의외의 사실에 대한 큰 경이도 아니려니와 예측한 사실이 실현됨에 대한 만족의 정도 아닌 일종의 형용할 수 없는 감정이 다대한 호기심과 기대에 긴장하였던 마음을 일시에 느즈러지게 한 상태였다. 나는 또다시 읽기 시작하였다.

"추위에 못 견디어서—라고 세상 사람들은 웃고 말 것이오. 그리고 군더러 말하라면 예의 현실 폭로라는 넉 자로 설명할 것이오. 그러나 그가 삼층집에서 내려와 자기 집 서재로 들어가기 전에는 불을 놓았다고도 못할 것이오. 또 현실 폭로의 비애를 감하여 그리하였다 하면 방화까지 할 필요는 없었을 것이오. 신의에 따라서만 살 수 있다는 신념을 확집確執한 그는 인제는 금강산으로 들어갈 때가 되었다고 삼층 위에서 뛰어 내려온 것이오. 그리고 그 건축물은 신에게 돌린 것이오…….

아아, 그 위대한 건물이 홍염의 광란 속에서 구름 탄 선인같이 찬란히 떠오를 제2의 환희는 어떠하였을까. 그의 입에서는 반드시 할렐루야가 연발되었을 것이오, 그리고 일편의 시가 흘러 나왔을 것이오. 마치 네로가 홍염 가운데의 로마 대도를 바라보며 하프에 맞춰서 시를 읊듯이. 아아, 그는 얼마나 위대한 철인이며 얼마나 행복스러운가……. 반열 반온의 자기를 돌아볼 제 진심으로 자기 자신을 매도罵倒치 않을 수 없소."

10

기뻐하리라고 한 Y의 편지는 오직 잿빛의 납덩어리를 내 가슴에 던져 주었을 따름이었다. 나는 여기저기 골라 가며 또 한 번 읽은 뒤에 편지장을 책상 위에 펼쳐 놓은 채 드러누웠었다. 음산한 방 속은 무겁고 울적한 나의 가슴을 더욱 더욱 질식케 하는 것 같았다. 까닭 없이 울고 싶은 증이 나서 가만히 누웠을 수가 없었다. ……나는 뛰어 일어나서 방 밖으로 나섰다.

아침부터 햇발을 조금도 보이지 않던 하늘에 뽀얀 구름이 건너다보이는 앞산 위까지 처져서 방금 눈이 퍼부을 것 같았다. 나는 얼어붙은 눈 위를 짚신발로 바삭바삭 소리를 내며 R동 고개로 나서서 항상 소요하던 절벽 위로 향하였다.

사람 하나가 간신히 통행할 만한 길 오른편 언덕에 거무스름하게 썩어서 문정문정하는 짚으로 에워싼 한 칸 집이 있고, 그 아래에는 비스듬하게 짓다가 둔 헛간 같은 것이 있다. 나는 늘 보았건만 그것의 본체가 무엇인지 아직껏 물어도 보지 않았다. 그러나 삼층 양옥의 실화 사건의 통지를 받고는 새삼스럽게 눈여겨보았다, 나는 두세 걸음 지나가다가 다시 돌쳐서서 언덕으로 내려와서 사면팔방을 멍석으로 꼭 틀어막은 괴물 앞에 섰다.

나는 무슨 무서운 물건이나 만지듯이 입구에 드리운 멍석 조각을 가만히 쳐들고 컴컴한 속을 들여다보았다. 광선 한 줄기 들어오지 않는 속에서는 쌀쌀한 바람이 획 끼칠 뿐이요, 아무것도 보이지 않았다. 공연히 마음이 선뜻하여 손에 쥐었던 거적문을 놓으려다가 다시 자세자세히 검사를 하여 보았다. 그러나 무엇인지는 알 수가 없었다. ……기둥 두 개를 나란히 늘어놓은 위에 나무관 같은 것을 놓고 그 위에는 언젠지 대동강변에서 본 봉황선 대가리 같은 단청한 목판짝이 얹혀 있었다. 나는 보지 못할 것을 본 것같이 꺼림하여 마른침을 탁 뱉고 돌아서 동둑 위로 올라왔다. 나는 눈에 묻힌 절벽 위에 와서 고총古塚 앞에 놓인 석대에 걸터앉으려다 곁에 새로 붉은 흙을 수북이 모아 논 것을 보고 외면을 하며 일어 나왔다.

이것은 일전에 절골寺洞에선가 귀신이 씌어서 죽었다는, 무녀巫女가 온 식전 굿을 하던, 떼도 안 입힌 새 무덤이다.

저녁 밥상을 받고 앉아서 주인더러 등 너머의 일간두옥一間斗屋은 무엇이냐고 물으니까,

"그것이 이 촌에서 천당에 올라가는 정거장이라우."

하고 웃으며 동리에서 조직한 상계喪契의 소유라고 설명하였다. 이 촌에서 난 사람은 누구나 조만간 그곳을 거쳐야만 한다는 묵계默契가 있다는 그의 말에는 무슨 엄숙한 의미가 있는 것같이 들리었다. 나는 밥을 씹으며 저를 손에 든 채로 그 내력을 설명하는 젊은 주인의 생기 있는 얼굴을 물끄러미 쳐다보고 앉았었다. 그 순간에 나는 인생의 전 국면을 평면적으로 부감한 것 같은 생각이 머리에 떠오르는 동시에 무거운 공포가 머리를 누르는 것 같았다.

그날 밤에 나는 아무것도 할 용기가 없어서 몇몇 청년이 몰려와서 떠드는 속에 가만히 드러누웠었다. 어쩐지 공연히 울고 싶었다. 별로 김창억을 측은히 생각하여 그의 운명을 추측하여 보거나 삼층집 소화燥火한 후의 행동을 알려는 호기심은 없었으나 지금쯤은 어디로 돌아다니나 하는 생각이 나는 동시에 작년 가을에 대동강가에서 잠깐 본 장발객長髮客의 하얀 신경질적 얼굴이 머리에 떠올랐다.

과연 그가 그 후에 어디로 간 것은 아무도 몰랐다. 더구나 뱀보다도 더 두려워하고 꺼리는 평양에 나와 있으리라고는 아무도 몽상 외었다. 그러나 그는 결국 평양에 왔다. 평양은 그의 후취의 본가가 있는 곳이다.

……일 년 열두 달 열어 보는 일이 없이 꼭 닫은 보통문 밖에 보금자리 같은 짚더미 속에서 우물우물하기도 하고 혹은 그 앞 보통 강가로 돌아다니는 걸인은 오직 대동강가의 장발객과 형제거나 다만 걸인으로 알 뿐이요 동리에서도 누구인지는 아무도 몰랐다.

줄거리

불규칙하고 권태로운 생활에 지친 '나(X)'는 우울함 속에서 갈등의 시간을 보내고 있는 데다, 신경과민에 불면증까지 겹쳐 죽음의 유혹까지 느꼈다. 최근에는 중학교 시절 개구리의 사지가 핀에 꽂혀 자빠져 있던 실험실의 모습이 자꾸만 떠올라 더 큰 고통을 겪고 있었다. 이런 와중에 H가 평양 근처의 남포에 함께 가자고 권유해 와 밀실에서 벗어나고 싶다는 마음으로 동행을 결정한다.

나와 일행은 남포에서 친구 Y의 소개로 김창억이라는 인텔리를 만났다. 그는 철학자연하고 유유자적하는 자유인처럼 보여 마치 우리 모두의 욕구를 채워 줄 수 있는 사람처럼 느껴졌다. 특히 그는 3원 50전으로 삼층집을 짓고 살면서, 영감에 사로잡혀 하나님의 명령에 따라 세계평화를 위한 모임을 조직한다는 정신이상자였다.

남포를 다녀온 지 두 달쯤 되는 어느 날 Y에게서 편지 한 통을 받았는데, 김창억이 집에 불을 지르고 어디론가 사라졌다는 내용이었다. 나는 갑자기 더 우울해져 하숙집을 나와 늘 거닐던 절벽 길을 걸었다. 그날 밤 김창억에 대한 생각과 남포에 갔을 때 대동강가에서 본 장발객의 신경질적인 얼굴이 동시에 떠올랐다.

그 후 김창억의 행방을 아는 사람은 아무도 없었으며, 자기를 버리고 간 후처의 친정이 있는 평양에는 절대로 가지 않았으리라고 생각했다. 하지만 그는 평양의 보통문 밖 짚더미 속에서 걸식을 하며 살고 있었다. 그가 김창억이라는 사실을 아무도 알지 못했다.

감상 포인트

우리나라 최초의 자연주의 소설로 평가받는 작품이다. 1인칭으로 쓰인 이 작품에서 '나'는 원인 불명의 우울감과 정신분열 증상에 시달리고 있다. 이러한 작품 속 화자의 형언할 수 없는 번민은 3·1운동을 전후해 시대적으로 가장 암울했던 당시 현실에서 지식인이 겪게 되는 고뇌를 반영한 것이다.

《표본실의 청개구리》는 작가 염상섭의 특징인 뛰어난 묘사와 사실성이 잘 드러난 작품이기도 하다. 또한 의식이나 심리, 관념의 세계를 감각적 표현으로 바꾸어 형상화하는 수법을 구사함으로써 그의 후기 작품에서 나타나는 완만하면서도 정공법적이며 평면적인 문체와 달리 생기와 멋이 깃들어 있다.

등장인물

- 나(X) : 시대적 우울증에 빠져 있다가 광인狂人 김창억을 만나 그의 돌발적인 행위와 이념을 오히려 동경하고 선망하게 된다. 그러나 김창억이 직접 지은 삼층집이 불타 없어지자 다시 절망에 빠지는 관념의 지식인으로, 정적인 인물이다.
- 김창억 : 부유한 집안에서 태어나 어려서는 신동 소리를 들었지만, 아버지가 재산을 탕진하고 죽자 학업을 중단한 뒤 보통학교 훈도訓導가 된다. 어머니와 아내마저 죽고 백부의 권유로 후처를 들여 겨우 자리를 잡을 무렵 누명을 쓰고 감옥에 가게 된다. 그런데 석 달 뒤 감옥에서 나와 보니 후처는 가출해 창녀가 되어 있었다. 이에 정신이상자가 된 불행하면서도 동적인 인물이다.

제목의 의미

제목 《표본실의 청개구리》에서 '표본실'은 식민지 현실 세계를, '청개구리'는 식민지 지식인을 상징한다. 즉, 작품 속 '나'와 '김창억'이 '청개구리'인 것이다.

한마디로, 작가는 식민지 현실을 살아가는 조선 지식인의 내면세계를 마치 실험실에서 청개구리를 해부하듯이 엄밀하게 밝혀 보이겠다는 의도로 이런 제목을 붙였다고 볼 수 있다.

사실주의 소설과 자연주의 소설

사실주의와 자연주의는 현실을 충실히 묘사한다는 점에서는 같다. 하지만 사실주의가 주관을 배제하고 중립적인 태도로 현실을 있는 그대로 재현하는 것이라면, 자연주의는 좀 더 과학적인 태도(환경결정론, 유물론, 진화론, 유전학, 심리학, 생리학 등)로 현실을 인식하고 그것을 묘사한다는 점에서 차이가 있다.

예를 들어 김동인의 작품 《감자》의 경우, 주인공 복녀가 환경에 의해 도덕적으로 타락해 가는 과정을 보여 준다는 점에서 '환경결정의 법칙'이 적용된 자연주의 작품이라고 할 수 있다. 또한 인생의 어두운 면을 폭로했다는 점에서도 자연주의 작품의 특질을 잘 반영하고 있다. 그리고 염상섭의 《표본실의 청개구리》는 표본실에서 개구리를 해부하는 부분이라든지, 3 · 1운동 직후의 패배주의적 경향과 우울함에 침체되어 있는 지식인의 어두운 고뇌를 그린 부분이 자연주의적 성향을 띠고 있어 자연주의 소설로 분류된다.

염상섭 문학의 특징

① 극적인 사건이나 매력 있는 인물을 찾아보기 어렵다. 평범한 소시민인 등장인물들이 평범하고 속된 생활에서 겪게 되는 일들을 주로 다룬다.

② 인생의 어느 한 시기, 어느 한 단면만 제시되어 있다.

③ 작품 속 현실은 늘 진행 과정에 있다는 느낌을 준다.

④ 서울 중류 사회의 모습을 묘사하고, 그 계층의 가치관을 표현하는 데 탁월하다.

⑤ 끈끈하게 딱 달라붙는 점착적인 느낌에, 비교적 긴 문장을 쓴다.

핵심정리

- **갈래** : 단편 소설, 신경향파 소설
- **배경** : 1920년대 전반기 서울, 평양, 남포 등지
- **경향** : 사실주의적 자연주의
- **시점** : 부조리한 현실에 시달리는 '나'를 주인공으로 하는 맨 앞부분과 마지막 부분은 1인칭 주인공 시점(1~5정, 9~10장), 김창억의 일생을 다룬 내부 이야기는 전지적 작가 시점(6~8장)
- **주제** : 3 · 1운동 직후 패배주의적 경향과 우울 속에서 침체되어 있는 지식인의 고뇌

2 두 파산

1

"어머니, 교장 또 오는군요."

학교가 파한 뒤라 갑자기 조용해진 상점 앞길을, 열어 놓은 유리창 밖으로 내다보고 등상에 앉았던 정례가 눈살을 찌푸리며 돌아다본다. 그렇지 않아도 돈 걱정에 팔려서 테이블 앞에 멀거니 앉았던 정례 모친도 저절로 양미간이 짜붓하여졌다. 점방 안에서 학교를 파해 가는 길에 공짜 만화를 보느라고 아이들이 저편 구석 진열대에 옹기종기 몰려섰다가, 교장이라는 말에 귀 번쩍하였는지 조그만 얼굴들을 쳐든다. 그러나, 모시 두루마기 자락을 펄럭이며 우둥퉁한 중늙은이가 단장을 짚고 쑥 들어오는 것을 보고, 학생들이 저희끼리 눈짓을 하고 킥킥 웃어버린다. 저희 학교 교장이 나온다는 줄 알았던 모양이다.

"어째 이렇게 쓸쓸하우?"

영감은 언제나 오면 하는 버릇으로 상점 안을 휘휘 둘러보며 말을 건다.

"어서 오십쇼. 아침 한때와 점심 한나절이 한참 붐비죠. 지금쯤이야 다 파해 가지 않았어요."

안주인은 일어나지도 않고 앉은 채 무관히 대꾸를 하였다. 교장은 정례가 앉았던 등상을 내어 주니까 대신 걸터앉으며,

"딴은 그렇겠군요. 그래도 팔리는 거는 여전하겠죠?"

하고, 눈이 저절로 테이블 위의 손금고로 갔다. 이 역시 올 때마다 늘 캐묻는 말이지마는, 또 무슨 딴 까닭이 있어 붙이는 수작 같아서 정례 모친은,

"그야 다소 들쭉날쭉야 있죠마는, 원 요새 같아서는……."

하고, 시들히 대답을 하여 준다.

"어쨌든 좌처가 좋으니까…… 하루에 두어 번쯤 바쁘고 편히 앉아서 네다섯 식구가 뜯어 먹구 살면야 아낙네 소일루 그만 장사가 어디 있을까마는, 그래 그리구두 빚에 쫄리다니 알 수 없는 일이로군……."

왜 그런지 이 영감이 싫고, 멸시하는 정례는 '누가 해달라는 걱정인감!' 하는 생각에 입이 삐죽하여졌다.

"날마다 쓸쓸히 나가기야 하지만, 원체 물건이 자細니까 남는 게 변변해야죠?"

여주인은 또 마지못해 늘 하는 수작을 뇌었다. 그러나 오늘은 이 영감이 더 유난히 물건 쌓인 것이며, 진열장에 늘어 놓인 것을 눈여겨보는 것이었다. 정례 모녀는 그 뜻을 짐작하겠느니만큼 더욱 불쾌하였다.

여기는 여자 중학교와 국민학교가 길 건너로 마주 붙은 네거리에서 조금 외진 골목 안이기는 하나, 두 학교를 상대로 하고 벌인 학용품 상점으로는 그야말로 좌처가 좋은 셈이다. 원래는 선술집이었다던가 하는 방 한 칸 달린 이 점방을 작년 봄에 팔천 원 월세로 얻어 가지고, 이것을 벌이고 앉을 제 국민학교 앞에는 벌써 매점이 있어서 어떨까도 하였으나, 여학교만은 시작하기 전부터 아는 선생을 세워 놓고, 선전도 하고 특약하다시피 하였던 관계인지 이때껏 재미를 보는 편이지, 이 장삿속으로만은 꿀리는 셈속은 아니다.

"이번에 두 달 셈을 한꺼번에 드리잤더니 또 역시 꿀립니다그려. 우선 밀린 거 한 달치만 받아 가시죠."

정례 어머니는 테이블 위에 놓인 손금고를 땡그렁 열고서 백 원짜리를 척척

센다.

"이번에는 본전까지 될 줄 알았는데 이자나마 또 밀리니……. 장사는 깔쭉 없이 잘 되는데 그 원, 어째 그렇단 말씀유?"

하며, 영감은 혀를 찬다. 저편에서 만화를 보며 소근거리던 아이들은 교장이라던 이 늙은이가 본전이니 변리니 하는 소리에 눈들이 휘둥그레서 건너다본다.

"칠천오백 원입니다. 세 보십쇼. 그러니, 댁 한 군데야 말이죠. 제일 무거운 짐이 아시다시피 김옥임네 십만 원의 일 할 오 부, 일만오천 원이죠. 은행 조건 삼십만 원의 이자가 또 있죠. 기껏 벌어서 남 좋은 일 하는 거예요. 당신에게 이자 벌어드리고 앉았는 셈이죠."

영감은 옆에서 주인댁이 하는 말은 귀담아듣지도 않고 골똘히 돈을 세더니, 커다란 검정 헝겊 주머니를 허리춤에서 꺼내 놓는다. 옆에 섰는 정례는 그 돈이 아깝고 영감의 푸둥푸둥한 손까지 밉기도 하여 가만히 내려다보고 있으려니까,

"그래, 이달치는 또 언제쯤 들르리까? 급히 내가 쓸 데가 있으니까 아무래도 본전까지 해 주어야 하겠는데……."

하고, 아까와는 딴판으로 퉁명스럽게 볼멘소리를 하였다. 만화를 들여다보던 아이들은 또 한 번 이편을 건너다본다.

보얗고 점잖게 생긴 신수가 딴은 교장 선생 같고, 거기다가 양복이나 입고 운동장의 교단에 올라서면 저희들도 움찔하려니 싶은 생각이 드는데, 이잣돈을 받아들고 나서도 또 조르고 투덜대는 소리를 들으니, 설마 저런 교장이 있으랴 싶어 저희들끼리 또 눈짓을 하였다.

"되는 대로 갖다드리죠. 하지만, 본전은 조금만 더 참아주십쇼. 선생님 같은 어른이 돈 오만 원쯤에 무얼 그렇게 시급히 구십니까?"

정례 어머니는 본전을 해내라는 데에 얼레발을 치며 설설 기는 수작을 한다.

"아니, 이자 안 물구 어서 갚는 게 수가 아니겠나요?"

"선생님두 속 시원하신 말씀두 하십니다."

정례 어머니는 기가 막혀 웃어 보인다.

"참, 그런데 김옥임 여사가 무어라지 않습니까?"

그만 일어설 줄 알았던 교장은 담배를 붙여 새판으로 말을 꺼낸다.

"왜 무어라구 해요?"

정례 모녀는 무슨 말이 나오려는지 벌써 알아차리고 입이 삐죽하여졌다.

"글쎄, 그 이십만 원 조건을 대지루구 날더러 예서 받아가려니, 그래 어떻게들 이야기가 귀정이 났나요?"

영감의 말이 떨어지기가 무섭게 정례는 잔뜩 벼르고 있었던 듯이 모친의 앞장을 서서 가로 탄한다.

"교장 선생님! 그따위 경위 없는 말이 어디 있어요? 그건 요나마 우리 가게를 판들어 먹게 하구 말겠단 말이지 뭐예요?"

"응? 교장이라니? 교장은 별안간 무슨 교장? ……허허허."

영감은 허청 나오는 웃음을 터뜨리며 저편 아이들을 잠깐 거들떠보고 나서,

"글쎄, 그러니 빤히 사정을 아는 터에 이럴 수도 없고 저럴 수도 없고……."

하며, 말끝을 어물어물해 버린다. 이 영감이 해방 전까지는 어느 시골에선지 오랫동안 보통학교 교장 노릇을 하였다는 말을 옥임에게서 들었기에 이 집에서는 이름은 자세히 모르고 하여 교장, 교장 하고 불러 왔던 것이 입버릇으로 급히 튀어나온 말이나, 고리 대금업의 패를 차고 나선 지금에 그것을 내세우기도 싫고, 더구나 저런 소학교 아이들 앞에서는 창피한 생각도 드는 눈치였다.

"교장 선생님이 이럴 수두 없고 저럴 수두 없으실 게 뭐예요? 그 아주머니한테 받으실 건 그 아주머니한테 받으십쇼그려."

정례는 또 모친이 입을 벌릴 새도 없이 퐁퐁 쏘아준다.

"너 왜 이러니?"

모친은 딸을 나무래 놓고,

"그렇게는 못 하겠다구 벌써 끝낸 말인데, 또 왜 그럴꾸?"

하며, 말을 잘라버린다.

"아, 그런데 김씨 편에서는 댁에서 승낙한 듯이 말하던데요?"

영감의 말눈치는 김옥임이 편을 들어서 이십만 원 조건인가를 여기서 받아내려는 생각인 모양이다.

"딴소리, 내가 아무리 어수룩하기루 제 사패만 봐주고 제 춤에만 놀까요!"

정례 어머니는 코웃음을 쳤다.

김옥임이의 이십만 원 조건이라는 것이 요사이 이 두 모녀의 자나깨나의 큰 걱정거리요, 그것을 생각하면 밥맛이 다 떨어질 지경이지만, 자초自初는 정례 모녀가 이 상점을 벌이고 나자 장사가 잘 될 성싶으니까, 김옥임이가 저도 한몫 끼우고자 자청을 하여 십만 원을 들여놓고 들어왔던 것이다. 그리고는, 그 가지고 들어온 동사同事 밑천 십만 원의 두 곱을 빼가고도, 또 새끼를 쳐서 오늘에 와서는 이십이만 원까지 달라는 것이다.

2

정례 모친은 남편을 졸라서 집문서를 은행에 넣고 천신만고하여 삼십만 원을 얻어 가지고 부벼 쓰고, 당장 급한 것 가리고 한 나머지 이십이삼만 원을 들고 이 가게를 벌였던 것이다. 팔천 원 월세에 보증금 팔만 원은 그만두고라도 점방 꾸미고, 탁자 들이고, 진열대 세 채 들여 놓고 하기에만도 육칠만 원 들었으니, 갖다 놓은 물건이라야 십만 원어치도 못 되는 것이었다. 그러나, 학생 아이들이 차츰 꼬이게 될수록 찾는 것은 많아 가고, 점심때에 찾는 빵이며 과자라도 벌여 놓고 싶고, 수繡실이니 수틀이니 여학교의 수예手藝 재료들도 갖추갖추 가져다 놓고는 싶은데, 매일 시나브로 팔리는 것을 가지고는 미처 무더깃돈을 둘러 빼내는 수도 없는데, 짤금짤금 들어오는 그 돈 중에서 조금씩 뜯어서 당장 그날그날 살아가야는 하겠으니, 자연 쫄리는 판에 김옥임이가 한 다리 걸치자고 덤비니, 동사란 애초에 재미없는 일이거니와, 요 조그만 구멍가게를 동사로 해서 뜯어먹을 것이 무에 있겠느냐는 생각도 없지는 않았으나, 당장에 아쉬우니 오만 원씩 두 번에 질러서 십만 원 밑천을 받아들였던 것이다. 그러나, 말이 동사지 이 할二割 너머의 고리高利로 십만 원 돈을 쓴 거나 다름이 없었다. 빚놀이에 눈이 벌게 다니는 제 벌이가 바빠서도 그렇겠지만 하루 한 번이고, 이틀에 한 번, 저녁 때 슬쩍 들러서 물건 판 치부책이나 떠들어 보고 가는 것밖에는 별로 거드는 일이 없었다. 실상은 그것이 쌩이질이나 하고 불아귀같이 덤비는 것보다는 정례 모녀에게는 편하기도 하였던 것이다. 하여튼, 그러면서도 월말이 되면 이익의 삼 분지 일가량은 되는 이만 원 돈을 꼬박꼬박 따가곤 하였다. 담보물이 있으면 일 할, 신용 대부로 일 할 오푼 변邊인데, 동사란 말만 걸고 이 할—이 할이 안 될 때도 있었지만은—셈속 좋을 때면 이 할 이상의 배당도 차례에 오니, 옥임이 생각에는 사실에 있어서는 이익이 좀 되려니 하는 의심도 없지 않았으나 그래도 별로 힘 드는 일을 하는 것도 아니요, 가만히 앉아서 이 할이면 허구한 날 뻴뻴거리고 싸지르면서 긁어 들이는 변릿돈보다는 나은 셈이라고 생각하였던 것이다. 하여간, 올 들어서 밑천을 빼가겠다고 하기까지 아홉 달 동안에 이십만 원 가까운 돈을 벌어갔던 것이다.

그러나, 정례 부친이 매일 요 구멍가게에서 용돈을 얻어다 쓰는 것만도 못할 일이라고 작년 겨울에 들어서 마지막 남은 땅뙈기를, 그야 예전과는 달라서 삼칠제三七制인 데다가 세금이니 비료니 하고 부담에 얽매이니까 그렇겠지마는—하여간 아버지 전장소유하는 논밭으로 물려받은 것의 마지막으로 남은 것을 팔아 가지고, 전래에 없는 눈(降雪)이라고 하여 서울 시내에서 전차가 사흘을 못 통할 동안에 택시를 부리면 땅 짚고 기기라 하여, 하이어를 한 대 사들여 놓고 택시를 부려 보았던 것이지만, 이것이 사흘들이로 말썽을 부려 고장이요, 수선이요 하고 나중에는 이 상점의 돈까지 하루만 돌려라, 이틀만 참아라 하고 만 원, 이만 원 빼내 가고는 시치미를 딱 떼기 시작하니, 점방의 타격은 의외로 큰 것이었다. 이 꼴을 본 옥임이는 에그머니나 하는 생각이 들었던지, 올 들어서며부터 제 밑천을 빼내어 가겠다는 것이었다. 사실 잘못하다가는 자동차가 이 저자터까지 들어먹을 판인데, 별안간 옥임이가 빠져 나간다니 한편으로는 시원하나 십만 원을 모아 빼내 주는 도리가 없었다.

"이렇게 거덜거덜할 바에야 집어치우지."

겨울방학 때라, 더구나 팔리는 것은 없고 쓸쓸하기도 하였지만, 옥임이는 날마다 십만 원 재촉을 하러 와서는 이런 소리도 하는 것이었다. 남은 집문서를 잡혀서 이거나마 시작해 놓고, 다섯 식구의 입을 매달고 있는 터인데 제 발만 쑥 빼놓았다고 이런 야멸찬 소리를 할 제, 정례 모녀는 얼굴을 빤히 쳐다보곤 하였다.

"세전 보증금이나 빼내구 눠게 넘겨 버리지. 설비한 것하구 물건 남은 것 얼러서 한 십만 원을 받을까? 그렇다면 내 누구 하나 지시해 줄까?"

이렇게 권하기도 하는 것이었다. 눠게 넘기게 해서라도 자기의 십만 원 어서 뽑아 가려는 말이겠지마는, 어떻게 들으면 십만 원에 이 점방을 자기가 맡아 잡겠다는 말눈치인 듯싶었다.

"내가 바쁘지만 않으면 통틀어 맡아 가지고 훨씬 확장을 해 놓으면 이 꼴은 안 되겠지만, 어디 내가 틈이 있는 몸이어야지."

이렇게 운자를 떼는 것을 들으면 한 발 들여 놓고 한 발 내놓는 수작 같기도 하였다. 자동차 동티로 밑천을 홀딱 집어 먹힐까 보아서 발을 뺀다는 수작이다.

한편으로는 이렇게 한참을 꿀리고, 학교들은 방학을 하여 흥정이 없는 이판에, 번연히 나올 구멍이 없는 십만 원을 해 달라고 못살게 굴면, 성이 가시니 상점을 맡아 가라는 말이 나오고 말리라는 배짱같이 보이는 것이었다. 모녀는 그것이 더 분하였다.

"저의 자수로는 엄두두 안 나구 남이 해놓으니까 된 듯싶어서, 솔개미가 까치집 채어들 듯이 이거나마 뺏어 가지구 저의 판을 만들어 보겠다는 것이지만, 첫째 이런 좋은 좌처를 왜 내놓을라구!"

누구보다도 정례가 바르르 떨었다.

"매사가 그렇지, 될성부르니까 뺏어 차구 앉았지. 거덜거덜하면 누가 눈이나 떠본다든!"

정례 모친은 코웃음을 치기만 하였다.

하여간, 이렇게 쫄리기를 반달쯤이나 하다가 급기야 팔만 원 보증금의 영수증을 옥임이에게 담보로 내주고, 출자금 십만 원은 일 할 오 푼 변의 빚으로 돌라매고 말았다. 옥임이로서는 매삭 이 할 배당의 맛도 잊을 수 없었으나, 이왕 상점을 제 손으로 못 휘두를 바에는 이편이 든든은 하였던 것이다.

그리고는 정례 모친은, 옥임이가 가끔 함께 들러서 알게 된 교장 선생님의 돈 오만 원을 얻어 가지고, 개학 초부터 찌부러져 가던 상점의 만회책挽回策을 다시 세웠던 것이다. 그러나, 땅뙈기는 자동차 바람에 날려 보내고, 자동차는 수선비로 녹여 버리고 나니, 상점에서 흘러나간 칠팔만 원이라는 돈을 고스란히 떼 버렸고, 그 보충으로 짊어진 것이 교장의 빚 오만 원이었다. 점점 더 심해 가는 물가에, 뜯어 먹고 살아야는 하겠고, 내남없이 종이 한 장, 연필 한 자루라도 덜 사겠지 더 팔리지는 않으니, 매삭 두 자국 세 자국의 변리만 꺼 가기도 극난이었다. 그러고 보니, 자연 좋지 못한 감정으로 헤어진 옥임이한테 보낼 변리가 한 달, 두 달 밀리기 시작했던 것이다. 팔만 원 증서가 집문서만큼 믿음직하지 못하다고 기어이 일할 오 푼으로 떼를 써서 제멋대로 내놓은 것이 더 얄미워서, 어디 네가 그 이자를 긁어다가 먹나, 내가 안 내고 배기나 해 보자 하는 뱃심도 정례 모친에게는 없지 않았다. 옥임이는 역시 제가 좀 과하게 하였다고 뉘우치던지, 또 혹은 팔만 원 증서를 가졌느니만치 마음이 놓여서 그런지, 별로 들르지도 않으려니와, 들러서도

변리 재촉은 그리 하지 않았다. 도리어, 정례 모친 편에서 변리가 밀려 미안하다는 말을 꺼내고 그 끝에,

"이 여름방학이나 지내고 개학 초에 한몫 보면 모두 내리다마는 원체 일 할 오 부야 과한 것이요. 그때 형편에는 한 달 후면 자동차를 팔아서라두 곧 갚겠거니 해서 아무려나 해둔 것이지만, 벌써 이월서부터 여덟 달이나 됐으니 무슨 수로 그걸 다 내우. 일 할씩만 해두 팔만 원이구려, 어이구…… 한 번만 깍읍시다."

하고, 슬쩍 비쳐 보면 옥임이도 그럴싸한 듯이,

"아무려나 좋두룩 합시다그려."

하고, 웃어 버리곤 하였다. 그러던 것이 개학이 되자, 이 달 들어서 부쩍 재촉하면서 일 할 오 부 여덟 달치 변리 십이만 원, 아울러서 이십이만 원을 이 교장 영감에게 치뤄 달라는 것이다. 급한 사정으로 이 영감에게 이십만 원을 돌려 썼는데, 한 달 변리 일 할에 이만 원을 얹으면 꼭 이십이만 원 부리가 맞으니, 셈 치기도 좋고 마침 잘 되었다고 싱글싱글 웃어 가며 조르는 옥임이의 늙어 가는 얼굴이 더 모질어 보이고 얄밉상스러워 보였다. 마치 이십이만 원 부리를 채우느라고 그동안 여덟 달을 모른 척하고 내버려 두었던 것 같다. 정례 어머니는 기가 막혀서 말이 나오지를 않았다. 옥임이에게 속아 넘어간 것 같아서 분하였다. 그러나, 분한 것은 고사하고 이러다가는 이 구멍가게나마 들어먹고 집 한 채 남은 것마저 까부러지지 않을까 하는 생각을 곰곰 하면 가슴이 더럭 내려앉는 것이었다. 소학교 적부터 한 반에서 콧물을 흘리며 같이 자라났고, 동경 가서 여자대학을 다닐 때도 함께 고생하던 옥임이다. 더구나 제가 내놓는 십만 원은 한 푼 깔쭉도 안 내고 이십만 원 가까운 돈을 벌어 주었으니, 아무리 눈에 돈동록이 슬었기로 제가 설마 내게 일 할 오 푼 변을 다 받으려 들기야 하랴! 한 갑절 얹어서 십육만 원쯤 해 주면 되려니 하는 속셈만 치고 있던 자기가 어리석다고 혼자 어이가 없어 실소를 하고 말았다. 그런, 십오륙만 원이기로 한꺼번에 빼내는 수는 없으니, 이번에 변리

육만 원만 마감을 하고서 본전은 오만 원씩 두 번에 갚자는 요량이었다. 집안 식구는 조밥에 새우젓 꽁댕이로 우겨대더라도, 어떻든지 이 겨울방학이 돌아오기 전에 그 아니꼬운 옥임이 조건만이라도 끝을 내고야 말겠다고 이를 악무는 판인데 이렇게 둘러대고 보니, 살겠다고 기를 쓰고 기어 올라가는 놈의 발목을 아래에서 붙들고 늘어지는 것 같아서 맥이 풀리고, 사는 것이 귀찮게만 생각되는 것이었다. 평생에 빚이라고는 모르고 지냈는데, 편편히 노는 남편만 바라보고 있을 수가 없어서 시작한 노릇이라 은행에 삼십만 원이 그대로 있고, 옥임이에게 이십이만 원, 교장 영감에게 오만 원, 도합 오십칠만 원 빚을 어느덧 짊어지고 앉은 생각을 하면 밤에 잠이 아니 오고 앞이 캄캄하여 양잿물이라도 먹고 싶은 요사이의 정례 어머니이다.

"하여간 제게 십만 원 썼으면 썼지, 그걸 못 받을까 봐 선생님을 팔구 선생님더러 받아 오라는 것이지만, 내가 아무리 죽게 되두 제게 떼먹히지는 않을 거니 염려 말라구 하셔요."

정례 어머니는 화를 바락 내었다. 해방 덕에 빚놀이를 시작해 가지고 돈 백만 원이나 착실히 잡았고, 깔려 있는 것만도 백만 원 이상은 되리라는 소문인데 이 영감에게 이십만 원 빚을 쓰다니 말이 되는 소린가. 못 받을까 애도 쓰이겠지마는 십이만 원 변리를 본전으로 돌라매어 넣고 변리에 새끼 변리, 손주 변리까지 우려먹자는 수단인 것이 뻔한 노릇이었다. 십만 원에 일 할 오 푼이면 일만오천 원밖에 안 되나, 이십만 원으로 돌라매어 놓으면 일 할 변만 해도 매삭 이만이천 원이니, 칠천 원이 더 붙는 것이다.

"그야 내 돈 안 쓴 것을 썼다겠소? 깔려만 있고 회수가 안 되면 피차 돌려도 쓰는 것이지마는, 나 역시 한 자국에 이십만 원씩 모개 내놓고 오래 둘 수는 없으니까, 이렇게 하면 어떻겠소……?"

영감은 무척 생색을 내고 이편 사정은 보아서, 석 달 기한하고 자기 조카의 돈

이십만 원을 돌려주게 할 터이니, 다시 말하면 조카에게 이십만 원을 일 할로 얻어 줄 터이니, 우수리 이만 원만 현금으로 내놓고 표를 한 장 써 내라는 것이다. 옥임이는 이 영감에게 미루고, 영감은 또 조카의 돈을 돌려 쓴다고 표를 받겠다는 꼴이, 저희들끼리 무슨 꿍꿍이 속인지 알 수가 없으나, 요컨대 석 달 기한의 표를 받아 놓자는 것이요. 그 사품에 칠천 원 변리를 더 받겠다는 수작이다. 특별히 일 할 변인 대신에 석 달 기한이라는 조건을 붙이는 것도 무슨 계교 속인지 알 수가 없다. 석 달 동안에 이십만 원을 만드는 재주도 없지마는, 석 달 후면 마침 겨울방학이 될 때니, 차차 꿀려 들어가는 제일 어려운 고비일 것이다. 정례 모친은 이 연놈들이 무슨 원수를 졌다고 이렇게 짜고서들 못살게 구는 것인구? 하는 생각에 한바탕 들이대고 싶은 것을 꾹 참으며,

"선생님께 쓴 돈 아니니, 교장 선생님은 아랑곳 마세요. 옥임이더러 와서 조르든 이 상점을 떠메어 가든 마음대로 하라죠."

하고, 딱 잘라 말을 하여 쫓아 보냈다.

3

그 후 근 일주일은 옥임이의 그림자도 보이지 않았다. 정례 모녀는 맞닥뜨리면 말수도 부족하거니와, 아귀다툼하는 것이 싫어서 그날그날 소리 없이 넘어가는 것이 다행하나, 어느 때 달려들어서 또 무슨 조건을 내놓고 졸라댈지 불안은 한층 더하였다.

"응, 마침 잘 만났군. 그런데 그만하면 얘기는 끝났을 텐데, 웬 세도가 그리 좋아서 누구를 오너라 가거라 허구 아니꼽게 야단야……."

정례 모친이 황토현 정류장에서 차를 기다리며 열 틈에 끼어 섰으려니까, 이곳으로 향하여 오던 옥임이가 옆에 와서 딱 서며 시비를 건다.

"바쁘기야 하겠지만, 좀 못 들를 건 뭐구."

정례 모친은 옥임이의 기색이 좋지는 않아 보이나, 실없는 말이거니 하고 대꾸를 하며 열에서 빠져 나서려니까.

"그래, 그 돈은 갚는다는 거야, 안 갚을 작정야? 넌 세도 좋은 젊은 서방을 믿고, 고 텃세루 남의 돈을 무쪽같이 떼먹으려 드나부다마는, 김옥임이두 그렇게 호락호락하지는 않아……."

원체 예쁘장한 상판이지만, 눈을 곤두세우고 대는 폼이 어려서부터 삼십 년 동안이나 보던 옥임이는 아니다. 전부터 "네 영감은 어째서 점점 더 젊어가니? 거기다 대면 넌 어머니 같구나." 하고, 새롱새롱 놀리기도 하며, 육십이 넘은 아버지 같은 영감 밑에 쓸쓸히 사는 옥임이는 은근히 부러워도 하는 눈치였지마는, 밑도 끝도 없이 길바닥에서 젊은 서방을 들추어내는 것을 보고 정례 어머니는 어이가 없었다.

"늙은 영감에 넌더리가 나거든 젊은 서방 하나 또 얻으려무나."

하고, 정례 모친도 비꼬아 주고 싶었으나, 열을 지어 섰는 사람들이 쳐다보며 픽픽 웃는 통에,

"이거 미쳐나려나, 이건 무슨 객설야?"

하며, 달래며 나무라며 끌고 가려 하였다.

"그래, 내 돈을 곱게 먹겠는가 생각을 해 보렴. 매달린 식솔은 많구, 병들어 누운 늙은 영감의 약값이라두 뜯어 쓰랴구 이렇게 쩔쩔거리고 다니는, 이년의 돈을 먹겠다는 너 같은 의리가 없는 년은 욕을 좀 단단히 봐야 정신이 날 거다마는, 제 사정 보아서 싼 변리에 좋은 자국을 지시해 바친밖에! 그것두 마다니, 남의 돈 생으로 먹자는 도둑년 같은 배짱 아니구 뭐야?"

오고가는 사람이 우중우중 서며 구경났다고 바라보는데, 원체 히스테리 증이 있는 줄은 짐작하지만, 창피한 줄도 모르고 기가 나서 대든다. 히스테리는 고사하고, 이것도 빚쟁이의 돈 받는 상투 수단인가 싶었다.

"누가 안 갚는 데냐? 돈두 중하지만 이게 무슨 꼬락서니냐 말야."

정례 모친은 그래도 달래서 뒷골목으로 끌고 들어가려 하였다.

"난 돈밖에 몰라. 내일 모레면 거리로 나앉게 된 년이 체면은 뭐구, 우정은 다 뭐냐? 어쨌든 내 돈만 내놓으면 이러니저러니, 너 같은 장래 대신 부인께 나 같은 년야 감히 말이나 붙여 보려 들겠다든!"

하며, 허청 나오는 코웃음을 친다. 구경꾼은 자꾸 모여드는데, 정례 모친은 생전에 처음 당하는 이런 봉욕에 눈앞이 아찔해지고 가슴이 꼭 메어 올랐으나, 언제까지나 이러고 섰다가는 예서 더 무슨 창피한 꼴을 볼까 무서워서, 선뜻 몸을 빼어 옆 골목으로 줄달음질쳐 들어갔다. 뒤에서 발자국 소리가 없으니 옥임이는 제대로 간 모양이다.

정례 모친은 눈물이 핑 돌았다. 스물예닐곱까지 동경 바닥에서 신여성 운동이네, 연애네, 어쩌네 하고 멋대로 놀다가, 지금 영감의 후실로 들어앉아서 세상 고생을 알까, 아이를 한 번 낳아 보았을까, 사십 전의 젊은 한때를 도지사 대감의 실내마님으로 떠받들려 제멋대로 호강도 하여 본 옥임이다. 지금도 어디가 사십이 훨씬 넘은 중늙은이로 보이랴?

머리를 곱게 지지고 옯은 얼굴 단장에, 번들거리는 미국제 핸드백을 착 끼고 나선 맵시가 어느 댁 유한마담으로 알 것이지, 설마 일 할, 일 할 오 푼으로 아귀다툼을 하고, 어려운 예전 동무를 쫓아다니며 울리는 고리대금업자로야 그 누가 짐작이나 할까? 해방이 되자, 고리 대금이 전당국 대신으로 터놓고 하는 큰 생화장사가 되었지마는, 옥임이는 반민자反民者의 아내가 되리라는 것을 도리어 간판으로 내세우고 불아귀같이 덤빈 것이다. 증경曾經 도지사요, 전쟁 말기에는 무슨 군수품 회사의 취체역取締役인가 감사역을 지냈으니, 반민법이 국회에서 통과되는 날이면 중풍으로 삼 년째나 누웠는 영감이, 어서 돌아가 주기나 하기 전에야 으레 걸리고 말 것이요, 걸리는 날이면 떠메어다가 징역은 시키지 않을지 모르되, 지니고 있는 집칸이며 땅섬지기나마 몰수당할 것이니, 비록 자식은 없을망정 자기는 자기대로 살길을 찾아야 하겠다고 나선 길이 이 길이었다. 상하 식솔을 혼자 떠맡고 영감의 약값을 제 손으로 벌어야 될 가련한 신세같이 우는 소리를 하지마는, 그래야 남의 욕을 덜 먹는 발뺌이 되는 것이다.

옥임이는 정례 모친이 혼쭐이 나서 달아나는 꼴을 그것 보라는 듯이 곁눈으로 흘겨보고는, 입귀를 샐룩하며 비웃고 버젓이 사람 틈을 헤치고 종로 편으로 내려갔다. 의기양양할 것도 없지마는, 가슴 속이 후련하니, 머릿속이고 가슴 속이고 뭉치고 비비꼬이던 것이 확 풀어져 스러지고, 피가 제대로 도는 것같이 기분이 시원하다.

그러나, 그렇게 뭉치고 비비꼬인 것이라는 것이 반드시 정례 모친에게 대한 악감정은 아니었다. 옥임이가 그 오랜 동무에게 이렇다 할 감정이 있을 까닭은 없었다. 다만, 아무리 요새 돈이라도 이십여 만 원이라는 대금을 받아내려면, 한 번 혼을 단단히 내고 제독을 주어야 하겠다고 벼르기는 하였지만, 얼떨결에 나온다는 말이 젊은 서방을 둔 텃세냐, 무엇이냐고 한 것은 구석 없는 말이었고, 지금 생각하니 우스웠다. 그러나 자기보다도 훨씬 늙어 보이고 살림에 찌든 정례 모친에게는 과분한 남편이라는 생각을 늘 하던 옥임이기는 하였다. 남의 남편을 보고 부럽다거나, 샘이 나거나 하는 그런 몰상식한 옥임이도 아니지만, 자식도 없이 군식구들만 들썩거리는 집에 들어가서 몸도 제대로 가누지 못하는 늙은 영감의 방을 들여다보면 공연히 짜증이 나고, 정례 모친이 자식들을 공부시키느라고 어려운 살림에 얽매고 고생하나, 자기보다는 팔자가 좋다는 생각도 나는 것이었다.

내년이면 공과 대학을 나오는 맏아들에, 중학교에 다니는 어머니보다도 키가 큰 둘째 아들이 있고, 딸은 지금이라도 사위를 보게 다 길러 놓았고, 남편은 번둥번둥 놀며 마누라가 조리차를 하는 용돈이나 받아쓰고 자동차로 땅뙈기는 까불었을망정 신수가 멀쩡한 호남자가 무슨 정당이라나 하는 곳의 조직 부장이니 훈련

부장이니 하고 돌아다니니, 때를 만나면 아닌 게 아니라 장래 대신이 되지 말라는 법도 없을 것이다. 팔구 삭 동안 장사를 하느라고 매일 들러보면, 젊은 영감을 등이라도 두드리고 머리를 쓰다듬어 줄 듯이 지성으로 고이는 꼴이란 아닌 게 아니라 옆에서 보기에도 부러운 생각이 들 때가 없지 않았지마는, 결혼들을 처음 했을 예전 시절이나, 도지사道知事 관사에 들어서 드날릴 때야 어디 존재나 있던 위인들인가? 그것이 처지가 뒤바뀌어서 관 속에 한 발을 들여 놓은 영감이나마 반민자로 지목이 가다니, 이런 것 저런 것을 생각하면 쭉쭉 뽑아 놓은 자식들과, 한참 활동적인 허위대 좋은 남편에 둘러싸여 재미있고 기운차게 사는 양이 역시 부럽고, 저희만 잘 된다는 것에 시기도 나는 것이었다. 보기 좋게 이년 저년을 붙이며 한바탕 해대고 나서 속이 후련한 것도 그러한 은연중의 시기였고, 공연한 자기 화풀이였는지 모른다.

옥임이는 그 길로 교장 영감 집에 들러서,

"혼을 단단히 내주었으니까 이제는 딴 소리 안 할 거외다. 내일 가서 표라도 받아다 주슈."

하고 일러 놓았다.

4

"오늘은 아퀴를 지어 주시렵니까? 언제 갚으나 갚고 말 것인데 그걸루 의 상할 거야 있나요?"

이튿날 교장이 슬쩍 들러서 매우 점잖은 수작을 하는 것이었다.

"이렇게 말씀드리면 교장 선생님부터가 어떻게 들으실 줄 모르나, 김옥임이가 그렇게 되다니 불쌍해 못 견디겠어요. 예전에 셰익스피어의 원서를 끼구 다니구, 《인형의 집》에 신이 나구, 엘렌 케이의 숭배자요 하던 그런 옥임이가 동냥자루 같은 돈 전대를 차구 나서면 세상이 모두 돈닢으로 보이는지, 어린애 코 묻은 돈 바라고 이런 구멍가게에 나와 앉았는 나두 불쌍한 신세이지마는, 난 옥임이가 가엾어서 어제 울었습니다. 난 살림이나 파산 지경이지 옥임이는 성격 파산인가 보더군요……."

정례 모친은 분하다 할지, 딱하다 할지 속에 맺히고 서린 불쾌한 감정을 스스로 풀어 버리려는 듯이 웃으며 하소연을 하는 것이었다.

"그런 말씀을 하시니 나두 듣기에 좀 괴란쩍습니다마는, 모두 어려운 세상에 살자니까 그런 거죠, 별 수 있나요, 그래도, 제 돈 내놓고 싸든 비싸든 이자利子라고 명토 있는 돈을 어엿이 받아먹는 것은 아직도 양심이 있는 생활입니다. 입만 가지고 속여 먹고, 등쳐먹고, 알로 먹고, 꿩으로 먹는 허울 좋은 불한당 아니고는 밥알이 올곧게 들어가지 못하는 지금 세상 아닙니까, 허허허."

하고, 교장은 자기변명인지 옥임이 역성인지를 하는 것이었다.

이날 정례 어머니는 딸이 옆에서 한사코 말리며,

"그 따위 돈은 안 갚아도 좋으니, 정장을 하든 어쩌든 마음대로 하라고 내버려 두세요."

하며 팔팔 뛰는 것을 모른 척하고, 이십만 원 표에 이만 원 현금을 얹어서 옥임이에게 갖다 주라고 내놓았다.

정례 모친은 그 후 두 달 걸려서 교장 영감의 오만 원 돈은 갚았으나, 석 달째 가서는 이 상점 주인이 바뀌어 들고야 말았다. 정말 교장 영감의 조카가 나서는가 하였더니, 교장의 딸 내외가 들어앉았다. 상점을 내놓고 만 바에는 자질구레한 셈속을 따진대야 죽은 아이 귀 만져 보기지 별 수 없지만, 하여튼 이십만 원의 석 달 변리 육만 원이 또 늘어서 이십육 만원인데, 정례 모녀가 사글세의 보증금 팔만 원마저 못 찾고 두 손 털고 나선 것을 보면, 그 팔만 원을 아끼고 남은 십팔만 원이 점방의 설비와 남은 물건 값을 치룬 것이었다. 물론 옥임이가 뒤에 앉아 맡은 것이나, 권리 값으로 오만 원 더 얹어서 교장 영감에게 팔아넘긴 것이었다. 옥임이는 좀 더 남겨 먹었을 것이로되, 교장 영감이 그 돈 받아내는 데에 공로가 있었기 때문에 오만 원 얹어 먹고 말았고, 또 교장은 이북에서 내려온 딸 내외에게는 꼭 알맞은 장사라는 생각이 들어서 애초부터 침을 삼키고 눈독을 들이던 것이라, 이 상점을 손에 넣으려고 애도 썼지마는, 매득하였다고 좋아하였다.

정례 모녀는 일 년 반 동안이나 죽도록 벌어서 죽 쑤어 개 좋은 일한 셈이라고 절통을 하였으나, 그보다도 정례 모친은 오래간만에 몸이 편해져서 그렇기도 하였겠으나, 몸살감기에 울화가 터져서 그만 몸져누운 것이 반달이나 끌었다.

"마누라, 염려 말아요. 김옥임이 돈쯤 먹자고만 들면 삼사십만 원쯤 금시 녹여내지, 가만있어요."

정례 부친은 앓는 마누라 옆에 앉아서 이렇게 위로하였다.

"옥임이 돈을 먹자는 것두 아니지만, 무슨 재주루?"

마누라는 말리는 것도 아니요, 부채질하는 것도 아닌 소리를 하였다.

"김옥임이도 요사이 자동차를 놀려 보구 싶어 한다는데, 마침 어수룩한 자동차 한 대가 나섰단 말이지. 조금만 참아요. 우리 집문서는 아무래두 김옥임 여사의 집으로 찾아가고 말 것이니……."

하며, 정례 부친은 앓는 아내를 위하여 뱃속 유하게 껄껄 웃었다.

줄거리

해방이 되자, 정례 어머니는 별 수입도 없이 정치를 하겠다며 돌아다니는 남편을 믿고만 있을 수 없었다. 그래서 남편을 설득해 집문서를 담보로 은행에서 빚을 얻어 초등학교 앞에 문방구를 차린다. 그러나 자금이 부족해 물건을 제대로 갖출 수 없자 동창인 김옥임에게 10만원, 교장 선생님이라고 불리는 노인에게 5만원의 빚을 진다.

그러나 남편의 자동차 사업이 실패해 이자마저도 제대로 갚지 못할 형편이 됐다. 이런 상황에서 오히려 동창인 옥임이는 돈놀이에 몰두해 성격 파산가가 되면서 경제적으로 파산한 정례 어머니를 길거리에서 망신을 준다.

동경 유학생으로 문학을 사랑하고 여성 해방 운동을 찬양하면서 꿈 많던 처녀 시절을 보낸 옥임이는 도지사 대감의 후실이 되었지만, 남편이 중풍을 앓을 뿐 아니라 과거의 친일 행위로 반민자反民者로 몰려 있는 상태다. 그러자 옥임은 고리대금에서 삶의 재미를 찾게 되었고, 정례 어머니는 이런 옥임이의 모습에 분개했다.

반면, 옥임이는 정례 어머니에게 망신 준 일을 통쾌하게 여기면서, 그것이 젊고 잘생긴 남편과 장성한 자녀를 둔 친구에 대한 질투에서 나온 화풀이임을 자인한다.

옥임은 교장 선생님에게 빚이 있었다. 어느 날 교장 선생님이 정례 어머니를 찾아와 이자 돈을 챙기면서 옥임의 빚을 대납하라고 말했다. 옥임이 그렇게 하라고 했다는 것이다. 정례 어머니는 친구에게 배신감이 들었지만, 어찌해 볼 도리가 없어 문방구를 교장 선생님에게 넘긴 뒤 허탈감에 앓아눕는다. 남편은 자동차를 사기 위해 알아보고 다니는 옥임에게 고장 난 자동차를 빚 대신 떠넘겨 골탕 먹일 궁리를 하면서 병석에 있는 아내를 위로한다.

감상 포인트

이 작품은 해방 직후 가치관의 혼란을 겪던 우리 사회를 배경으로 정신적 가치와 물질적 가치의 대립 및 갈등을 다루고 있는 일종의 세태 소설이다.

해방 직후 서울 황토현 부근에서 살아가는 서로 대비되는 두 중년 여인인 정례 어머니와 김옥임의 경제적, 정신적 파산 과정이 주요 내용이다. 즉, 작가는 해방 직후 모든 가치관이 혼란한 상황에서 정례 집안이 금전적으로 파산해 가는 과정과 김옥임이 정신적으로 파산해 가는 과정을 통해 근대 사회의 정신적 가치와 물질적 가치의 대립 및 갈등에 대해 말하고 있다.

그러나 작가는 두 가치관 가운데 어느 한 쪽을 굳이 선택하지 않는다. 객관적이고 중립적인 입장을 고집하면서 단지 세태를 관찰하는 것에 만족하는 작가는 정례 어머니의 심리와 함께 옥임의 심리도 상세하게 밝힘으로써 그들 모두 현실을 살아가는 개성적인 인물이자, 각기 다른 모습의 피해자일 뿐이라는 사실을 말하고 있다.

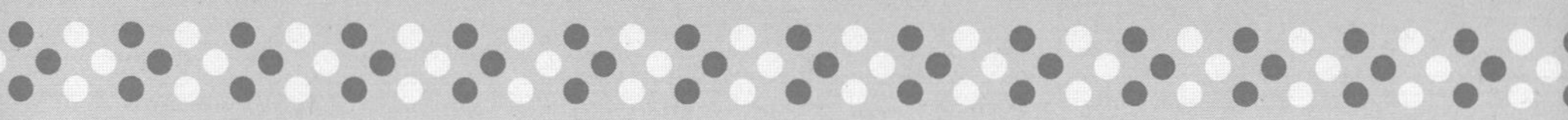

한마디로, 《두 파산》은 목소리를 높여 현실을 비판한 이념적 작품이 아니라, 차분히 세상살이의 단면을 그려냄으로써 객관적 리얼리티를 확보하는 데 어느 정도 성공한 단편 소설이라고 할 수 있다.

등장인물

- **정례 모친 :** 일본 유학파인 인텔리이자, 매사 섬세하고 건강하게 살아가는 여성으로, 호남형의 남편과 아들 둘, 딸 하나가 있다. 생활에 쪼들리자 국민학교 앞에 문방구를 차려 생계를 유지하지만 여의치 않아 빚을 내어 운영하다가 친구 옥임과 교장 선생의 수에 넘어가 문방구를 교장 선생에게 넘기고 마는 경제적 파산자이다.
- **김옥임 :** 문학과 예술을 사랑하던 젊은 시절과 달리, 일제강점기 증경 도지사의 후처로 들어갔다. 하지만 친일파인 남편이 중풍에 걸리자 젊은 남편과 자식들이 있는 정례 어머니에게 질투를 느낀다. 그리고 오직 돈을 최고의 가치로 삼고 돈놀이에 매달려 친구인 정례 어머니까지도 저버리는 정신적 파산자이다.
- **정례 부친 :** 해방 후 혼란기에 정치를 한다며 왔다 갔다 하지만, 경제력도 없이 무위도식하는 호남형으로 무척 낙천적인 성격이다. 상태가 좋지 않은 자동차로 옥임에게 사기 칠 궁리를 한다.
- **옥임의 남편 :** 친일파 고위 관리로 지금은 중풍에 걸려 누워 있다.
- **교장 선생님 :** 전에는 교편을 잡았지만, 지금은 돈놀이를 하면서 옥임과 함께 정례 어머니의 문방구를 인수하려고 한다. 겉으로는 점잔을 빼지만 전형적인 속물근성을 보이는 지식인의 모습을 대변한다.

기법상의 특징

시간적, 순차적 구성에 간혹 과거 회상이 삽입되어 있다. 그리고 대화와 심리 묘사로 정례 어머니의 경제적 파산과 옥임의 정신적 파산을 구조적으로 대비하고 있다. 이런 기법을 성격의 병행 대조 기법이라고 한다. 이 기법으로 작가는 은연중에 정신적 가치를 선택할 수 있는 여지를 남겨 놓고 있다. 그러나 한편으로는 돈에 모든 가치를 두고 친구와의 우정도 쉽게 저버릴 수 있는 옥임을 근대적 성격의 개성적 인물로 부각시키고 있다.

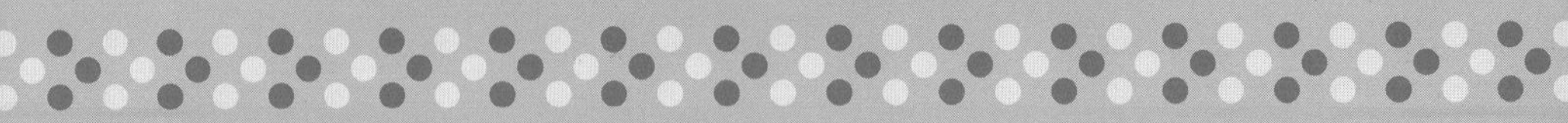

작품의 특징

① 자연주의적 인생관과 사실주의적 창작 태도가 흐르고 있다.
② 객관적인 표현양식을 사용했다.
③ 빠른 사건의 진행보다 현실의 느린 전개가 돋보인다.
④ 현실을 살아가는 서민의 심리와 태도를 실감나게 묘사했다.
⑤ 경기 지역 방언을 적절히 사용함으로써 현실감이 돋보인다.
⑥ 정례 어머니의 경제적 파탄과 옥임의 정신적 파탄을 대조적으로 보여 주고 있다.
⑦ 현실을 살아가는 인물의 태도와 심리를 실감나게 그렸다.
⑧ 긍정적 인물도 어수룩한 모습으로 보여 줌으로써 부정과 풍자의 효과를 얻고 있다.

핵심정리

- **갈래** : 단편 소설, 세태 소설
- **시점** : 전지적 작가 시점
- **배경** : 해방 직후(1940년대 후반), 서울 황토현 부근
- **성격** : 사실적, 비판적
- **문체** : 치밀한 묘사적 문체, 만연체
- **주제** : 물질적, 정신적으로 인간을 파산시키는 해방 후의 혼란한 사회상

오상원

1930~1983년

총살을 앞둔 국군 포로의 의식을 세밀하고 비정하게 그린 단편 《유예》로 화려하게 등단했다. 불문학을 전공하면서 프랑스의 행동주의 문학과 실존주의 문학을 접했으며, 이데올로기의 갈등으로 빚어진 인간문제를 집요하게 파헤치는 소설을 쓴, 한국의 전후작가로 손꼽힌다.

장용학과 함께 전후 실존주의 소설가로 꼽히는 오상원은 허무와 냉정 속에서도 삶에 대한 애착을 잃지 않고 있으며, 죽음이라는 절박한 상황을 정면으로 응시하는 실존주의적 분위기가 넘치는 작품 세계를 선보였다.

1960년대 초반까지 왕성한 작품 활동을 했지만 1970년대 후반 절필했으며, 〈동아일보〉 기자와 논설위원을 지냈다. 1970년대에는 우화형식의 시사풍자류를 자주 발표했으며 《늙은 여우》, 《임금님의 어금니》, 《토끼의 눈》 등 정치와 사회에 대한 우화를 모아 《오상원 우화》를 간행했다. 1980년대에는 《산》, 《겹친 과거》 등 회고적 성격의 단편 소설을 발표했으며, 대표작으로는 《모반》과 장편 소설 《백지의 기록》 등이 있다.

1 유예

몸을 웅크리고 가마니 속에 쓰러져 있었다. 한 시간 후면 모든 것은 끝나는 것이다. 손과 발이 돌덩어리처럼 차다. 허옇게 흙벽마다 서리가 앉은 깊은 움 속, 서너 길 높이에 통나무로 막은 문 틈 사이로 차가이 하늘이 엿보인다.

퀴퀴한 냄새가 코를 찌른다. 냄새로 짐작하여 그리 오래된 것 같지는 않다. '누가 며칠 전까지 있었던 모양이군, 그놈이나 매한가지지' 하고 사닥다리를 내려서자마자 조그만 구멍으로 다시 끌어올리며 서로 주고받던 그자들의 대화가 아직도 귀에 익다.

그놈이라고 불린 사람이 바로 총살 직전에 내가 목격하고 필사적으로 놈들의 사수射手를 향하여 방아쇠를 당겼던 그 사람이었을까……. 만일 그 사람이 아니었다면 또 어떤 사람이었을까……. 몸이 떨린다. 뼈 속까지 얼음이 박힌 것 같다.

소속 사단은? 학벌은? 고향은? 군인에 나온 동기는? 공산주의를 어떻게 생각하시오? 미국에 대한 감정은? 그럼…… 동무의 말은 하나도 이치에 당치 않소. 동무는 아직도 계급의식이 그대로 남아 있소. 출신 계급을 탓하지는 않소. 오해하지 마시오. 그 근성이 나쁘다는 것뿐이오. 다시 한 번 생각할 여유를 주겠소. 한 시간 후 동무의 답변이 모든 것을 결정지을 거요.

몽롱한 의식 속에 갓 지나간 대화가 오고간다. 한 시간 후면 모든 것은 끝나는 것이다. 사박사박, 걸음을 옮길 때마다 발밑에 부서지는 눈, 그리고 따발총구를 등 뒤에 느끼며 앞장 서 가는 인민군 병사를 따라 무너진 초가집 뒷담을 끼고 이 움 속 감방으로 오던 자신이 마음속에 삼삼히 아른거린다. 한 시간 후면 나는 그들에게 끌려 예정대로의 둑길을 걸어가고 있을 것이다. 몇 마디 주고받은 다음, 대장은 말할 테지. 좋소. 뒤를 돌아다보지 말고 똑바로 걸어가시오. 발자국마다 사박사박 눈 부서지는 소리가 날 것이다.

아니, 어쩌면 놈들은 내 옷이 탐이 나서 홀랑 빨가벗겨서 걷게 할지도 모른다(찢어지기는 하였지만 아직 색깔이 제 빛인 미美 전투복이니까……). 나는 빨가벗은 채 추위에 살이 빨가니 얼어서 흰 둑길을 걸어간다. 수발의 총성. 나는 그대로 털썩 눈 위에 쓰러진다. 이윽고 붉은 피가 하얀 눈을 호젓이 물들여 간다. 그 순간 모든 것은 끝나는 것이다. 놈들은 멋쩍게 총을 다시 거꾸로 둘러메고 본대로 돌아들 간다. 발의 눈을 털고 추위에 손을 비벼 가며 방 안으로 들어들 갈 테지. 몇 분 후면 그들은 화롯불에 손을 녹이며 아무 일도 없었던 듯 담배들을 말아 피우고 기지개를 할 것이다.

누가 죽었건 지나가고 나면 아무것도 아니다. 그들에겐 모두가 평범한 일들이다. 나만이 피를 흘리며 흰 눈을 움켜쥔 채 신음하다 영원히 묵살되어 묻혀 갈 뿐이다. 전 근육이 경련을 일으킨다. 추위 탓인가……. 퀴퀴한 냄새가 또 코에 스민다. 나만이 아니라 전에도 꼭 같이 이렇게 반복된 것이다.

싸우다 끝내는 죽는 것, 그것뿐이다. 그 이외는 아무것도 없다. 무엇을 위한다는 것, 그것도 아니다. 인간이 태어난 본연의 그대로 싸우다 죽는 것, 그것뿐이라고 생각하였다.

북으로 북으로 쏜살같이 진격은 계속되었다. 수차의 전투가 일어났다. 그가 인솔한 수색대는 적의 배후 깊숙이 파고 들어갔다. 자주 본대와의 연락이 끊어지기 시작하였다.

초조한 소대원의 얼굴은 무전사에게로만 쏠렸다. 후퇴다! 이미 길은 모두 적에 의하여 차단되었다. 적의 어느 면을 뚫고 남하할 것인가? 자주 소전투가 벌어졌다. 한 명 두 명 쓰러지기 시작하였다. 될 수 있는 한 적과의 근접을 피하면서 산으로 타고 올랐다. 기아와 피로. 점점 낙오되고 줄어 가는 소대원. 첩첩이 쌓인 눈과 추위, 그리고 알 수 없는 방향을 더듬으며 온갖 자연의 악조건과 싸우지 않으면 안 되었다. 연이어 계속되는 눈보라 속에 무릎까지 덮이는 눈 속을 헤매다 방향을 잃은 그들은 악전고투 끝에 산 밑을 더듬어 내려와서 가까운 그 어느 마을로 파고 들어갔다. 텅 빈 마을 집집마다 스산히 흩어진 채 눈 속에 호젓이 파묻혀 있다. 적이 들어온 흔적도, 지나간 흔적도 없다. 되었다. 소대원들은 뿔뿔이 헤쳐져서 먹을 것을 샅샅이 뒤졌다. 아무것도 없다. 겨우 얼어빠진 감자 한 자루뿐, 이빨에 서벅서벅 얼음이 마주치는 감자 알맹이를 씹었다. 모두 기운에 지쳐 쓰러졌다. 일시에 피곤과 허기가 납鉛 덩어리처럼 내린다. 발가락마다 얼음이 박혔다. 눈보라는 더욱 세차게 몰아치고 밤이 다가왔다. 산속의 밤은 급히 내린다. 선임 하사만이 피로를 씹어 가며 문지방에 기대어 앉아 있었다.

밖은 휘몰아치는 눈보라뿐, 선임 하사도 잠시 눈을 붙였다. 마치 기습이라도 있을 듯한 밤이다.

그러나 아무 일없이 아침이 왔다.

또 눈과 기아와 추위와의 싸움이 계속되었다. 한 사람, 두 사람 이 자연과의 싸움에 쓰러지기 시작하였다. 소대장님, 하고 마지막 한마디를 외치고 눈 속에서 머리를 박고 쓰러지는 부하들을 볼 때마다 그는 그 곁에 무릎을 꿇고 그 싸늘한 마지막 시선을 지켰다. 포켓을 찾아 소지품을 더듬는 그의 손은 항시 죽어 간 부하의 시체보다도 더 차가웠다. 소대장님, 우러러 쳐다보는 마지막 부하의 그 눈빛, 적막을 더듬어 가며 죽음을 재는 그 눈은 얼음장보다도 더 차가운 그 무엇이 있었다.

"소대장님…… 북한 출신입니다. 홀몸입니다. 남한에는…… 누구도 없습니다. 이것이 이북 제 고향 주소입니다."

꾸겨진 기슭마다 닳아져서 떨어졌다. 그것을 받아들던 그의 손, 부하의 손을 꼭 쥐어 주었다.

그 이상 더 무엇을 할 수 있었으랴…….

인제 남은 것은 그를 포함하여 여섯 명뿐.

눈 속에 쓰러져 넘어진 그들을 그대로 남겨 놓은 채 그들은 다시 눈 속을 헤쳤다. 그의 머릿속에 점점 불안이 다가왔다. 이윽고 ××지점까지 왔을 때다. 산줄기는 급격히 부드러워져 이윽고 쑥 평지로 빠졌다. 대로大路다.

지형地形과 적정敵情을 탐지하러 내려갔던 선임 하사가 급히 달려 왔다. 노상에는 무수히 말굽 자리와 마차의 수레바퀴 그리고 발자국 자리가 있다는 것이다. 선임 하사의 손에는 말똥이 하나 쥐어져 있었다. 능히 그것은 손힘으로 부스러뜨릴 수 있었다. 그들이 지나간 것이 그리 오래되지 않았다는 증좌다. 밤을 기다릴 수밖에 없다. 그리하여 어둠을 이용하여 도로를 횡단하고 다시 앞에 바라보이는 산줄기를 타고 오를 수밖에 없다.

밤이 왔다. 행동을 개시하였다. 그들은 될 수 있는 한, 낮은 지대를 선택하고 대로에 연한 개천 둑을 이용하였다. 무난히 대로를 횡단하였다. 논두렁에 내려서자 재빠르게 은폐물을 이용해 가며 걸음을 다그었다. 인제 앞산 밑까지는 불과 이백 미터밖에 안 된다. 그들은 약간의 안도감을 느끼고 걸음을 늦추었다.

그때다. 돌연 일 발의 총성과 더불어 한마디 비명을 남기고 누가 쓰러졌다. 모두 콱 눈 속에 엎드렸다.

일순간이 지났다. 도대체 총알은 어디서부터 날아온 것인가? 그 방향을 종잡을 수가 없다. 그가 적정을 살피려고 고개를 드는 순간 또 총알이 날아왔다. 측면에서부터다. 모두 응전 자세를 취하기 위하여 대로 쪽으로 각도를 돌렸다.

그러나 절대적으로 불리하다. 놈들은 우리의 위치를 알고 있지만 우리는 적 쪽의 위치를 잡을 수가 없다. 그렇다고 이대로 언제껏 있을 수도 없다. 아무리 밤이라 할지라도 흰 눈 위다. 그들은 산기슭까지 필사적으로 포복을 단행하였다. 동시에 총알은 비 오듯 집중된다. 비명과 더불어 소대장님, 하고 외치는 소리, 그는 눈을 꾹 감았다. 땀이 비 오듯 흐른다. 그는 눈을 꽉 감은 채 포복을 계속하였다. 의식이 다자꾸 흐린다. 산기슭 흰 눈 속에 덮인 관목 숲이 눈앞에서 뿌여니 흩어진다. 총성은 약간 잦아졌다. 산기슭으로 타고 오르는 순간 선임 하사가 쓰러졌다. 그는 선임 하사를 부축하고 끌며 산속으로 산속으로 들어갔다.

얼마나 산속 깊이 들어왔는지도 모른다. 정신을 잃고 쓰러져 누웠을 때는 이미 새벽이 가까워서였다.

몹시 춥다. 몸을 약간 꿈틀거려 본다. 전 근육이 추위에 마비되어 감각을 잃은 것만 같다. 인제 모든 것이 끝나는 것이다. 퀴퀴한 냄새가 코를 찌른다. 어렴풋이 눈 속에 부서지는 구두 발자국 소리가 들려온다. 점점 가까워진다. 시간이 된 모양이다. 몸을 일으키려고 움직거려 본다. 잠시 몽롱한 시각이 흐른다. 발자국 소리가 점점 멀어지기 시작하였다. 아무것도 아니다. 아무것도 아닌 것이다. 몹시 춥다. 왜 오다가 다시 돌아가는 것일까……. 몽롱하게 정신이 흩어진다.

'전공과목은? 왜 동무는 법과를 선택했었소? 어렸을 때부터 동무는 출신 계급적인 인습 관념에 젖어 있었소. 그것을 버리시오. 나는 동무와 같은 인물을 아끼고 싶소. 나는 동무를 어느 때라도 맞아들일 마음의 준비를 가지고 있소.'

문지방으로 스며오는 가는 실바람에 스칠 때마다 화롯불이 붉게 번져 갔다.

'나는 동무를 훌륭한 청년으로 보고 있소. 자, 담배를 태우시오.'

꾸부러진 부젓가락으로 재위를 헤칠 때마다 더욱 붉게 불꽃이 번진다.

'그렇다면 동무처럼 불쌍한 청년은 또 이 세상에 없을 거요. 나는 심히 유감스럽소. 동무의 그 태도가 참으로 유감이오(인제 모든 것은 끝나는 것이다). 왜 동무는 내 얼굴을 그렇게 차갑게 쳐다보고만 있소? 한마디 대답도 없이 입을 다문 채……. 알겠소. 나는 동무가 지키고 있는 그 침묵으로 동무가 말하고 있는 그 모든 것을 이해할 수 있소. 유감이오.'

주고받던 대화, 조그만 방 안, 깨어진 질화로가 어렴풋이 머릿속을 스친다. 그는 무겁게 몸을 뒤틀었다. 희미하게 또 과거가 이어온다.

그들이 정신을 잃고 쓰러졌을 때는 이미 새벽이 가까워서였다. 산속의 아침은 아름답다. 눈 속에 덮인 산속의 새벽은 더욱 그렇다. 나뭇가지마다 소복이 쌓인 눈이 햇볕에 반짝인다. 해가 적이 높아졌을 때 그는 겨우 몸을 일으켰다. 선임 하사는 피에 붉게 젖은 한쪽 다리를 꽉 움켜쥔 채 의식을 잃고 쓰러져 있다. 검붉은 피가 오른편 어깻죽지와 등에 짙게 얼룩져 있다. 그는 급히 선임 하사를 부축하여 일으켰다.

조용히 눈을 뜬다. 그리고 소대장을 보자 씁쓸히 입가에 웃음을 지었다. 그 순간 그는 선임 하사를 꼭 끌어안고 뺨을 비벼 대었다. 단 둘뿐! 이제는 단 둘이 남았을 뿐이었다.

"소대장님, 인제는 제 차례가 된 모양입니다."

그는 조용히 선임 하사의 얼굴을 지켰다. 슬픈 빛이라고는 조금도 없다. 오랜 군대 생활에 이겨 온 굳은 의지가 엿보일 뿐이다.

선임 하사, 그는 이차대전시 일본군에 소집되어 남양전투에 종군하다 북지北支로 이동, 일본의 항복과 더불어 포로 생활 이 개월을 거치고 팔로군八路軍, 국부군, 시조時潮가 변전變轉되는 대로 이역異域을 표류하다 고국으로 돌아와 다시 군문으로 들어선 것이었다. 군대 생활이 무엇보다도 재미있다는 그, 전투가 자기 생활 속에서 제일 신이 나는 순간이라는 그였다.

"사람은 서로 죽이게끔 마련이오. 역사란 인간이 인간을 학살해 온 기록이니까요. 그렇게 생각지 않으시오? 난 전투가 제일 재미있소. 전투가 일어나면 호흡이

벅차고 내가 겨눈 총구에 적의 심장이 아른거릴 때마다 나는 희열을 느낍니다. 나는 그 순간 역사가 조각되고 있는 것같이 느껴지거든요. 사람이란 별 게 아니라 곧 싸우는 것을 의미하고, 싸우다 쓰러지는 것을 의미하는 겁니다."

이것이 지금껏 살아온 태도였다. 이것뿐이다. 인제 그는 총에 맞았다. 자기 차례가 된 것을 알 뿐이다. 어렴풋이 희미한 기억을 타고 선임 하사의 음성이 떠오른다. 그는 몸을 조금 일으키려고 꿈지럭거리다가 그대로 펄썩 쓰러졌다. 바른편 팔위에 경련이 일어난 것이다. 혓바닥을 깨물고 고통의 일순을 넘겼다. 인제 모든 것은 끝나는 것이다. 선임 하사의 생각이 이어 온다.

"소대장님, 제 위치는 결정되었습니다. 안심하십시오."

분명히 말을 끝낸 선임 하사는 햇볕이 조용히 깃드는 양지쪽으로 기어가서 늙은 떡갈나무에 등을 기대고 앉았다.

햇볕을 받아 가며 조용히 내리감은 눈. 비애도, 슬픔도, 고독도, 그 어느 하나도 없다. 다만 눈 속에 덮인 산속의 적막, 이것이 그의 얼굴 위에 내릴 뿐이다. 의식을 잃은 듯 몸이 점점 비스듬히 허물어지다가 털썩 쓰러졌다. 그는 급히 다가서서 선임 하사를 일으키려 하였다. 그 순간 눈을 가늘게 떴다. 입가에 미소가 가벼이 흐른다. 햇볕이 따스로이 그 입가의 미소를 지킨다.

"이대로……."

눈을 감았다. 잠시 가는 숨결이 중단되며 이어갔다.

무릎까지 파묻히는 눈 속을 헤치며 남쪽으로 남쪽으로 걸었다. 몇 번이고 의식을 잃고 그대로 쓰러졌다. 때로는 눈보라와 종일 싸워야 했고 알 길 없는 방향을 더듬으며 헤매어야 했다. 발이 얼어 감각이 없다. 불안과 절망이 그를 엄습하기 시작하였다. 내가 잡은 이 방향이 정확한 것인가? 나의 지금 이 위치는? 상의할 아무도 없다. 나 하나뿐. 그렇다고 이대로 서 있을 수도 없다. 그는 한 걸음 한 걸음 눈 속을 헤치며 걸었다. 어디까지 이렇게 걸어야 하는 것인가? 언제껏 이렇게 걸어야 하는 것인가? 밤이면 눈 속에 묻혀서 잤다. 해가 뜨면 또 걸어야 한다. 계곡, 비탈, 눈이 쌓인 관목 숲, 깎아 세운 듯 강파르게 솟은 산마루. 그는 몇 번이고 굴러 떨어졌다. 무릎이 깨어지고 옷이 찢어졌다. 피로와 기아. 밤이면 추위와 더불어 고독이 엄습한다. 악몽, 다시 뒤덮이는 악몽. 신음 끝에 눈을 뜨면 적막과 어둠뿐. 자주 흩어지는 의식은 적막 속에 영원히 파묻혀만 간다. 나는 이대로 영원히 눈 속에 묻혀 사라져 버리는 것이 아닌가? 그러나 밤은 지새고 또 새벽은 온다. 그는 일어났다. 눈 속을 또 헤쳐야 한다. 산세는 더욱 험악하여만 가고 비탈은 더욱 모질다. 그는 서너 길이나 되는 비탈길에서 감각을 잃은 발길의 헛갈림으로 굴러 떨어졌다. 잠시 의식을 잃었다가 다시 본정신이 돌기 시작하였을 때 그는 어떤 강한 충격으로 입술을 꽉 깨물었다. 전신이 쿡쿡 쑤신다. 그는 기다시피하여 일어섰다. 부르쥔 주먹이 푸들푸들 떨고 있다. 세 길…… 네 길…… 까마득하다. 그러나 올라가야만 한다. 그는 입을 악물고 기어오르기 시작하였다. 정신이 자꾸 흐려진다. 하늘이 빙그르르 돈다. 그는 눈을 꽉 감고 나무뿌리를 움켜쥔 채 잠시 정신을 가다듬는다. 또 기어오른다. 나무뿌리가 흔들릴 때마다 눈덩어리와 흙덩어리가 부서져 내린다. 악전 끝에 그는 비탈에 도달하였다. 도달하던 순간, 그는 의식을 잃고 그대로 쓰러졌다.

밤이 온다.

또 새벽이 온다. 그는 모든 것을 잊었다. 한 발자국, 눈을 헤치며 발걸음을 옮기는 이것이 그에게 남은 전부였다. 총을 둘러멜 기운도 없어 허리에다 붙들어 매었다. 그는 다자꾸 흩어지는 의식을 가다듬어 가며 발을 옮겼다.

한 주일째 되던 저녁, 어슴푸레하게 저녁이 깃들 무렵 그는 이 험한 준령을 정복하고야 말았다.

다음 날, 해가 어언간 높아졌을 무렵에 그는 눈을 떴다. 그는 순간 놀라지 않을 수 없었다.

바로 눈앞 C자 형으로 산줄기가 돌아 나간 그 움푹 파인 복판에 집들이 점점이 산재하여 있는 것이 아닌가! 이것을 모르고 눈 속에서 밤을 보냈다니……. 소복이 집들이 둘러앉은 마을! 가슴이 뭉클하고 눈물이 핑 돌았다. 그는 눈물을 머금으며 마을로, 마을로 내려갔다. 마을 어귀에 다다랐다. 집 문들이 제멋대로 열어 제쳐진 채 황량하다. 눈이 마을 하나 가득히 쌓인 채 발자국 하나 없다. 돼지우리, 소 헛간, 아! 사람들이 사는 곳! 그는 방 안으로 들어갔다. 열어 제친 장롱…… 방바닥 하나 가득히 먼지 속에 흩어진 물건들…… 옷! 찢어진 낡은 옷들! 그는 그 옷들을 주워서 꽉 움켜쥐었다. 사람 냄새…… 땟국에 젖은 사람 냄새…… 방 안을 둘러본다. 너무도 황량하다. 사람이 사는 곳이 이렇게 황량해질 수는 없는 것만 같이 느껴진다. 아무리 몇 번이고 보아 온 그것이었다 할지라도…….

그 순간 그는 이상한 발자국 소리를 듣고 한쪽 벽으로 몸을 피했다. 흙이 부서진 벽 구멍으로 밖의 동정을 살폈다. 아무 일도 없는 것 같다. 스산한 내 정신의 탓인가? 그러나 다음 순간 그는 확실히 사람들의 음성을 들은 것 같았다. 기대와 긴장이 동시에 서린다. 그는 담 구멍을 통하여 사방을 유심히 살폈다. 약 오십 미터쯤 떨어진 맞은편 초가집 뒤 언덕을 타고 한 떼가 몰려가고 있다. 그들은 얼마 안 가 멈추었다.

멀리서 보기에도 확실히 군인임엔 틀림없다. 미군 전투 복장도 끼여 있는 듯하다. 벌써 아군 선내에 들어와 있는 것인가? 그러면……? 그는 숨죽여 이 광경을 지키고 있었다. 그러나 좀 수상쩍은 데가 있다. 누비옷을 입은 군인의 그 누비옷의 형식이 문제다. 그는 좀 더 자세히 이 정체를 파악하기 위하여 맞은편 초가집으로 옮겨가지 않으면 안 되었다. 그는 담벽을 따라 교묘히 소 헛간과 짚 나뭇가지 등 은폐물을 이용하여, 그 집 뒷마당까지 갈 수 있었다. 뒤 담장에 몸을 숨기고 무너진 담 구멍으로 그들의 일거일동을 지켰다. 눈앞의 그림자처럼 아른거린다. 그들이 주고받는 말소리가 간간이 들려온다.

동무……. 총살, 이 두 마디가 그의 머릿속에 못 박혔다. 눈앞이 아찔했다. 그는 더욱 정신을 가다듬고 그들의 일거일동을 살폈다. 머리가 텁수룩하고, 야윈 얼굴에 내의 바람의 한 청년이 양손을 등 뒤로 묶인 채 맨발로 서 있는 것이 눈에 띄었다.

"동무는 우리 인민의 처사에 대하여 이의가 있소?"

그 위엄으로 보아 대장인가 싶다.

"생명체와 도구와는 다른 것이오. 내 이상 더 무엇을 말하고 싶겠소? 나는 포로가 되었을 때 비로소 내가 확실히 호흡하고 있는 인간이라는 것을 알았을 뿐이오. 나는 기쁘오. 내가 한 개의 기계나 도구가 아니었다는 것, 하나의 생명체인 인간으로서 살아 있었다는 것, 그리고 인간으로서 죽어 간다는 것, 이것이 한없이 기쁠 뿐입니다."

명확하고 차가운 음성이었다.

"좋소."

경멸적인 조소가 입술에 어렸다.

"이 둑길을 따라 똑바로 걸어가시오. 남쪽으로 내닫는 길이오. 그처럼 가고 싶어 하던 길이니 유감은 없을 것이오."

피해자는 돌아섰다. 한 발자국, 한 발자국 걷기 시작하였다. 뒤에서 두 놈이 총을 재었다.

바야흐로 불길을 뿜으려는 총구를 등 뒤에 받으며, 주저 없이 정확한 걸음걸이로 피해자는 눈 길을 맨발로 헤쳐 가고 있다. 인제 몇 발의 총성과 더불어 그는 무참히 쓰러지고 말 것이다. 똑바로 정면으로 눈을 준 채 조금도 흩어질 줄 모르는 그의 침착한 걸음걸이…….

눈앞이 빙빙 돈다. 그는 마치 저 언덕길을 걸어가고 있는 것이 자기인 것만 같았다. 순간, 그는 총을 꽉 움켜쥐었다. 내일을 위해 오늘의 싸움을 피한다는 것은 비겁한 수단이다. 지금 저 눈 길을 걸어가고 있는 피해자는 그가 아니라 나 자신이다. 내가 지금 피살당하러 가고 있는 것이다. 쏴야 한다. 그는 사수를 겨누었다. 숨죽이는 순간 이미 그의 두 총구에서는 빗발같이 총알이 쏟아져 나갔다. 쓰러진다. 분명히 두 놈이 쓰러졌다. 그는 다음 다음 연달아 쏘았다. 일순간이 지나자 응수가 왔다. 이마에서 줄곧 땀이 흐른다. 눈앞이 돈다. 전신의 근육이 개머리판의 진동에 따라 약동한다. 의식이 자주 흐려진다. 그는 푹 고개를 묻고 쓰러졌다. 위기일발, 다시 겨눈다. 또 어깨 위에 급격한 진동이 지나간다. 다자꾸 흩어지는 의식. 놈들의 사격이 뚝 그쳤다. 적은 전후 좌우방으로 흩어져서 육박하여 오고 있다. 의식을 잃은 난사. 그는 벌떡 일어섰다.

그 순간 푹 쓰러졌다. 의식이 깜박 사라진다. 갓 지나간 격렬한 총성의 여음이 귓가에서 감돈다. 몸 어느 한 구석이 쿡쿡 찔리고, 끈적끈적한 액체가 흘러내리고 있는 것 같다. 소리가 난다. 무엇이 다가오고 있다. 머리를 쾅 하고 내리친다. 그는 순간 의식을 잃었다.

오른편 팔위에 격통이 일어난다. 그는 간신히 왼편 손으로 오른편 팔을 얹쓸어 더듬었다. 손끝에 오는 감촉이 끈적끈적하다. 손을 떼었다.

눈앞으로 가져갔다. 그 손끝과 손가락 사이에는 피, 검붉은 피가 흠뻑 젖어 있다. 어디선가 두런두런 말소리가 들린다. 담배 연기가 자욱하다. 먼지와 거미줄이 뽀야니 눌어붙은 찢어진 천장 구멍으로 사라져 간다. 방 안이다. 방 안에 눕혀져 있는 것이다. 이따금 흰 눈을 밟고 지나가는 발자국 소리가 희미한 의식 속에 떠오른다. 점점 멀어져 가는 발자국 소리를 따라서 그의 의식도 희미해진다.

그 후 몇 번이고 심문이 지나갔다. 모든 것은 결정되었다.

인제 모든 것은 끝나는 것이다. 얼음장처럼 밑이 차다. 아무 생각도 없다. 전신의 근육이 감각을 잃은 채 이따금 경련을 일으킨다. 발자국 소리가 난다. 말소리도. 시간이 되었나 보다. 문이 삐그덕거리며 열리고 급기야 어둠을 헤치고 흘러

들어오는 광선을 타고 사닥다리가 내려올 것이다. 숨죽인 채 기다린다. 일순간이 지났다. 조용하다. 아무런 동정도 없다. 어쩐 일인가?…… 몽롱한 의식의 착오 탓인가. 확실히 구둣발 소리다. 점점 가까워 오는…… 정확한…… 그는 몸을 일으키려 애썼다. 고개를 들었다. 맑은 광선이 눈부시게 흘러 들어온다. 사닥다리다.

"뭐 하고 있어! 빨리 나와!"

착각이 아니었다.

그들은 벌써부터 빨리 나오라고 고함을 지르며 독촉하고 있었다. 한 단 한 단 정신을 가다듬고 감각을 잃은 무릎을 힘껏 괴어 짚으며 기어올랐다. 입구에 다다르자 억센 손아귀가 뒷덜미를 움켜쥐고 끌어당겼다. 몸이 밖으로 나가는 순간 눈속에서 그대로 머리를 박고 쓰러졌다. 찬 눈이 얼굴 위에 스치자 정신이 돌아왔다. 일어서야만 한다. 그리고 정확히 걸음을 옮겨야 한다. 모든 것은 인제 끝나는 것이다. 끝나는 그 순간까지 정확히 나를 끝맺어야 한다.

그는 눈을 다섯 손가락으로 꽉 움켜쥐고 떨리는 다리를 바로 잡아 가며 일어섰다. 그리고 한 걸음 한 걸음 정확히 걸음을 옮겼다. 눈은 의지적인 신념으로 차가이 빛나고 있었다.

본부에서 몇 마디 주고받은 다음, 준비 완료 보고와 집행 명령이 뒤이어 떨어졌다.

눈이 함빡 쌓인 흰 둑길이다. 오! 이 둑길……. 몇 사람이나 이 둑길을 걸었을 거냐……. 훤칠히 트인 벌판 너머로 마주 선 언덕, 흰 눈이다. 가슴이 탁 트이는 것 같다. 똑바로 걸어가시오. 남쪽으로 내닫는 길이오. 그처럼 가고 싶어 하던 길이니 유감은 없을 거요. 걸음마다 흰 눈 위에 발자국이 따른다. 한 걸음, 두 걸음 정확히 걸어야 한다. 사수射手 준비! 총탄 재는 소리가 바람처럼 차갑다. 눈앞엔 흰 눈 뿐, 아무것도 없다. 인제 모든 것은 끝난다. 끝나는 그 순간까지 정확히 끝을 맺어야 한다. 끝나는 일초 일각까지 나를, 자기를 잊어서는 안 된다.

걸음걸이는 그의 의지처럼 또한 정확했다. 아무리 한 걸음 한 걸음 다가가는 걸음걸이가 죽음에 접근하여 가는 마지막 길일지라도 결코 허투른, 불안한, 절망적인 것일 수는 없었다. 흰 눈, 그 속을 걷고 있다. 훤칠히 트인 벌판 너머로 마주선 언덕, 흰 눈이다. 연발하는 총성. 마치 외부 세계의 잡음만 같다. 아니 아무것도 아닌 것이다. 그는 흰 속을 그대로 한 걸음 한 걸음 정확히 걸어가고 있었다. 눈 속에 부서지는 발자국 소리가 어렴풋이 들려온다. 두런두런 이야기 소리가 난다. 누가 뒤통수를 잡아 일으키는 것 같다. 뒤 허리에 충격을 느꼈다. 아니 아무것도 아니다. 아무것도 아닌 것이다.

흰 눈이 회색빛으로 흩어지다가 점점 어두워 간다. 모든 것은 끝난 것이다. 놈들은 멋쩍게 총을 다시 거꾸로 둘러메고 본부로 돌아들 갈 테지. 눈을 털고 추위에 손을 비벼 가며 방 안으로 들어들 갈 것이다. 몇 분 후면 화롯불에 손을 녹이며 아무 일도 없었던 듯 담배들을 말아 피우고 기지개를 할 것이다. 누가 죽었건 지나가고 나면 아무것도 아니다. 모두 평범한 일인 것이다. 의식이 점점 그로부터 어두워 갔다. 흰 눈 위다. 햇볕이 따스히 눈 위에 부서진다.

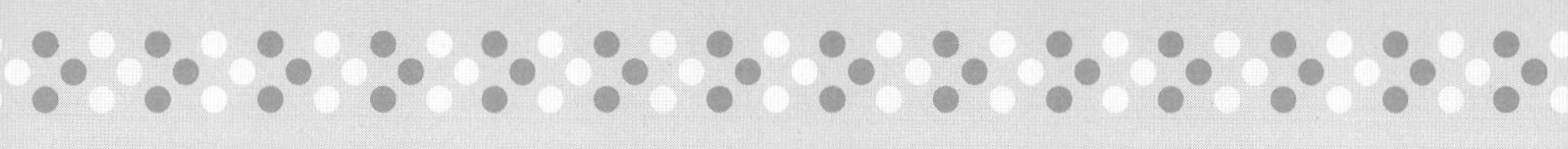

줄거리

'그'가 인솔한 수색대는 북으로 진격하다가 적의 배후에 너무 깊이 들어갔고, 몇 번의 전투 끝에 선임 하사를 포함한 여섯 명만 남게 된다. 그리고 후퇴 전 마지막 전투에서 선임 하사가 입가에 미소를 머금은 채 죽음을 맞이한다. 이제 홀로 남겨진 '그'는 무릎까지 파묻히는 눈 속을 헤치면서 남쪽으로 걷다가 몇 번이나 정신을 잃었다. 불안과 절망, 피로와 굶주림, 추위와 고독 속에서 험한 준령을 넘었다.

인적 없이 황량한 마을에 도착한 '그'는 인민군들이 한 청년을 죽음의 둑길로 내몬 뒤 총을 겨누고 있는 모습을 보고 인민군을 향해 총을 난사했다. 곧이어 인민군의 반격을 받은 '그'는 의식을 잃는다. 이후 몇 번의 심문이 있었고, 이제 움 속 감방에 앉아 모든 것이 끝날 한 시간 뒤를 기다리고 있다. 적의 심문관은 사형 집행의 처분을 내렸고, '그'는 눈 덮인 둑길을 걸으며 죽는다는 것은 아무것도 아니라고 생각하면서 적의 총탄을 받은 뒤 흰 눈 위에서 서서히 죽어간다.

등장인물

- **그** : 전쟁에 패해 도주하는 낙오병들의 소대장. 내면 의식이 깊어질 때 서술 시점이 '나'로 이동한다.
- **선임 하사** : '그'의 부하. 극한 상황에서 의연하게 죽음을 맞이한다.

감상 포인트

6·25전쟁 당시 수색대 소대장으로 싸우다 인민군의 포로가 되어 총살을 앞둔 주인공 '그(나)'가 삶의 '유예' 기간인 한 시간 동안 느끼는 심리적 갈등을 그린 작품이다.

작가는 전쟁 중 폐허가 된 어느 마을의 움막과 눈 덮인 대지를 배경으로 하되, 전쟁 자체의 비극성을 그리는 대신 한 인간이 겪는 경험과 그 속에서 명멸하는 생각들을 의식의 흐름 수법으로 서술해 나가고 있다. 특히 주인공의 내면세계와 독백을 중심으로 이야기가 진행되면서 1인칭(나)과 3인칭(그) 시점이 교차하고 있는 것이 특징이다.

주인공의 내면세계를 중점적으로 다루고 있는 만큼, 시간의 순차성은 무시되고 있다. 또한 전쟁 자체의 비극성을 다루는 내용이 아닌 만큼, 현실의 반영을 목표로 하는 장편 소설이나 스타일 내지 플롯을 강조하는 단편 소설의 일반적 경향과도 큰 차이를 보인다.

이 작품에서 '나(그)'는 전쟁의 의미를 막연하게나마 이해하고 전쟁의 참혹성에 절망함으로써 전쟁 속에서 삶에 회의를 느끼는 인물이다. 이는 전후 세대의 공통된 인식이자 심리적 갈

등이라고 할 수 있다. 이런 양상은 장용학의 《요한 시집》, 이범선의 《오발탄》, 선우휘의 《불꽃》 등에서도 나타난다.

특히 이 작품은 일상에서의 죽음은 슬프고 고통스러운 것이지만, 전쟁 같은 비인간적인 상황에서의 죽음은 흔하고 자연스러운 것이 되어 버린다는 점을 말하고 있다. 그만큼 이 작품은 직접적으로 전쟁의 참혹성에 대해 말하지 않아도 '전쟁의 인간성 파괴에 대한 고발'이라는 효과를 얻고 있는 것이다.

서술 방법의 특징

① **1인칭 화자의 독백 형식** : 이 작품은 1인칭 화자의 독백 형식을 취하고 있다. 1인칭 시점의 경우 과거 회상의 형식을 취하는 것이 일반적이지만, 이 작품에서는 일관되게 현재 상황을 진술하고 있다. 이러한 현재형 진술은 사건 전개 과정에서 박진감과 현장감을 전달하기 때문에 종말의 비극성을 더욱 강조하는 효과가 있다.

② **'의식의 흐름' 수법** : 이 작품은 현재 상황을 진술하는 서술 형식을 취하고 있으며, 화자와 주변 인물의 대화는 화자의 의식 속에서 재편성되고 간접화법으로 진행된다. 묘사 부분 역시 화자가 바라본 세계로, 그의 의식 속에서 의미가 재편성되어 객관적이지 않다. 즉, 전쟁 상황 속에서 한 인물이 겪는 경험과 그 속에서 명멸하는 생각들을 현실과 상상을 오가며 서술해 나가는 '의식의 흐름' 수법을 취하고 있는 것이다. 이러한 수법은 전쟁 속에서의 인간 의식을 그대로 드러냄으로써 전쟁의 비극적 의미를 강조하는 효과를 지닌다.

《유예》에서 '의식의 흐름' 수법

① **내적 독백과 현재형** : 죽음의 체험을 독자들에게 생생하게 전달할 수 있다.

② **따옴표 없는 직접 인용** : 화자의 비극적인 체험에 독자들이 몰입할 수 있도록 하는 한 방법으로, 의식의 흐름 수법과 관계가 있다.

흰 눈의 이미지

'흰 눈'은 총살당해 흐르는 붉은 피와 시각적으로 대조를 이루면서 전쟁으로 인한 죽음이라는 비극성을 강조한다. 즉, 흰 눈의 차갑고도 하얀 이미지는 전쟁으로 인해 인간 생명이 무의미해지는 차디찬 무관심의 세계를 상징하는 것으로, 작품 속 화자가 겪는 총살 직전의 절망적 상황을 부각시키고 있다.

한마디로, 이 작품에서 흰 눈은 인간이 하나의 도구가 되어 버린 전쟁의 비극성을 강조하는 데 효과적으로 기여한다.

핵심정리

- **갈래** : 단편 소설, 심리 소설, 전후 소설
- **배경** : 시간 – 겨울, 한 시간이라는 삶의 유예 기간인 현재에서 출발해 과거와 미래를 거쳐 총살 직전의 현재
  공간 – 전쟁으로 폐허가 된 이느 마을의 움막과 눈 덮인 대지
- **사상** : 실존주의
- **시점** : 전지적 작가 시점(주인공의 자의식이 깊어질 때 1인칭 주인공 시점으로 바뀐다)
- **표현** : 의식의 흐름 수법
- **주제** : 전쟁이라는 극한 상황 속에서의 인간의 고뇌와 그에 맞서는 의지

33

김동리_역마, 무녀도, 화랑의 후예

김동인_감자, 배따라기, 광화사

김유정_동백꽃, 만무방, 봄봄

김정한_사하촌, 모래톱 이야기

나도향_물레방아

오상원_유예

염상섭_표본실의 청개구리, 두파산

유진오_김 강사와 T 교수

윤흥길_장마

이 상_날개

이청준_눈길

이효석_메밀꽃 필 무렵, 산

전광용_꺼삐딴 리

최서해_탈출기, 홍염

채만식_논 이야기, 치숙(痴叔), 미스터 방

하근찬_수난 이대

현진건_운수 좋은 날, 고향

황순원_학, 별, 목넘이 마을의 개

유진오

1906~1987년

법학자, 정치가이자 문인이었다. 1929년 경성제국대학을 졸업하고, 보성 전문학교 법학교수가 되었다. 1927년경부터 소설을 쓰기 시작해 프롤레타리아문학 전성기에 동반작가로 활동했다. 1948년 정부 수립을 위한 제헌헌법을 기초하고, 초대 법제처장을 역임하는 등의 활동을 벌였으며, 1967년 제7대 국회의원에 당선됐다.

저서로는 《헌법해의憲法解義》, 《창랑정기滄浪亭記》 등과 문학작품으로 《유진오(俞鎭午) 단편집》, 《김강사金講師와 T 교수》 등이 있다.

김 강사와 T 교수

1

김만필金萬弼을 태운 택시는 웃고 떠들고 하며 기운 좋게 교문을 들어가는 학생들 옆을 지나 교정校庭을 가로질러 기운차게 큰 커브를 그려 육중한 본관 현관 앞에 우뚝 섰다. 그의 가슴은 벌써 아까부터 두근거리기 시작하였다. 오늘은 그가 일 년 반 동안의 룸펜생활을 겨우 벗어나서 이 S전문학교의 독일어 교사로 득의의 취임식에 나가는 날인 것이다. 어른이 다된 학생들의 모양을 보기만 해도 젊은 김 강사의 가슴은 두근두근한다. 저렇게 큰 학생들을 앞에 놓고 내일부터 강의를 시작하는 것이로구나 하고 생각하니 근심과 기쁨에 뒤섞여 가만히 있을 수 없는 것이었다.

세물 내온 모닝의 옷깃을 가다듬고 넥타이를 바로잡아 위의를 갖춘 후에 그는 자동차를 내렸다. 초가을 교외의 아침 신선한 공기와 함께 그윽한 나후다링의 값싼 냄새가 코밑에 끼친다. 그는 운전사에게 준 돈을 거스를 필요 없다는 의미로 손짓을 하고 무거운 정문을 열고 안으로 들어갔다. 수부受付에서 교장실을 묻고 복도를 오른편으로 꺾어 둘째 번 도어 앞에 섰다.

교장은 넓은 방 한가운데다 커다란 테이블을 놓고 듬직한 회전의자 위에 가슴을 내밀고 앉아 있었다. 그 일부러 꾸민 태도는 확실히 김만필을 기다리고 있던 것에 틀림없었다. 그 전에도 김만필은 대여섯 번이나 교장을 관사로 찾아간 일이 있기는 했지만 그때는 교장의 태도는 몹시 친절한 데다가 두 볼이 푹 팬 얼굴이 위엄이 없어서 제법 만만하게 이야기를 할 수 있었다. 그러나 지금 이렇게 교장실에서 대하는 그는 아주 다른 사람같이 느껴졌다. 교장은 눈을 반짝반짝 날카롭게 빛내며 조그만 머리를 뒤로 젖히고 두 팔을 버틴 품이 금방에 덤벼라도 들 것같이 보였다. 그 너무나 굳은 과장된 표정은 자기 깐에는 교장으로서의 위엄을 차린 것이겠지만 오랫 동안 속료생활을 해온 그의 경력을 말하는 것임에 틀림없었다.

"어—어서 오시오. 자 이리로……."

교장은 테이블 앞에 있는 의자를 가리키며 말했다. 그러면서도 두 볼에 깊이 팬 주름살 하나도 움직이지 않는다. 김만필은 온몸이 오그라지는 것을 느끼며 황송해 의자에 앉았다.

교장은 조금 목소리를 부드럽게 해,

"우리 학교는 처음이죠? 이왕에 오신 일이 있던가요?"

"아뇨, 처음입니다."

"어때요. 누추한 곳이라서. 도무지 예산이 넉넉지 못하니까."

"천만에요. 대단히 훌륭합니다."

김만필은 교장실 창의 반쯤 열어놓은 호화스런 자주빛 커튼으로 눈을 옮기며 대답하였다. 사실 S전문학교의 당당한 철근 콘크리트 삼층 교사는 그 주위의 돼지우리같이 더러운 올망졸망한 집들을 발밑에 짓밟고 있는 것같이 솟아 있는 것이다. 교장실 사치한 품도 김만필의 동경유학시대에는 별로 보지 못한 것만이었다.

교장은 테이블 위에 놓인 종을 서너 번 울렸다. 옆방으로 통하는 문이 열리며 모닝을 입은 뚱뚱한 친구가 허리를 굽실굽실하며 들어왔다.

"여보게, 그것 가져오게."

"핫."

뚱뚱한 친구는 흘낏 김만필을 보고 체수에 맞지 않게 가볍게 허리를 굽실하고 도로 나갔다. 잠깐 있다가 그는 무슨 종이를 들고 들어와 공손하게 교장에게 내밀었다.

"이것이 당신 사령서입니다."

하고 교장은 그 종이를 받아 김만필에게로 내밀었다.

김만필은 뚱뚱한 친구의 눈짓에 재촉되어 당황해 일어나서 사령서를 받아들고 허리를 굽혔다.

사령서를 전한 교장은,

"인젠 자네도……."

하고 말을 잠깐 끊었다가,

"우리 학교 직원의 한 사람이니까 우리 학교의 특수한 중대 사명을 위해 전력을 다해 주어야 되네."

"네."

하고 김만필은 다시 한 번 머리를 숙였으나 속으로는 기가 막혔다. 더군다나 '자네' 라고 특별히 힘을 주어 귀에 거슬렸다. 스무 살가량이나 나이가 위이고 또 교장으로 앉은 사람에게 '자네' 소리를 듣는 것은 그리 이상할 것이 없지만 금방 아까까지도 일부러 '당신' 이라고 하던 끝이기 때문에 그 표변하는 품이 너무나 부자연한 것이었다.

교장은 훈시를 계속하였다.

"그리고 특별히 자네한테 주의를 주는 것은 다름 아니라 우리 학교로서는 조선 사람을 교원으로 쓰는 것은 자네가 처음이니까 여러 가지로 주의를 해야 한단 말일세. 학생들도 내선인이 섞여 있을 뿐 아니라 여러 가지 복잡한 문제도 있고 또 당국으로서의 일정한 교육방침이라는 것도 있으니까, 이런 여러 가지 사정을 특별히 주의해 달라는 것일세. 알아듣겠지."

"네."

김만필은 또 한 번 고개를 꿉벅했다. 그러나 마음속으로는 별별 생각을 다 하고 있었다. 교장의 말은 으레 할 소리에 틀림없지만 그것이 자기한테 하는 말이라고 생각하니 우스웠다. 동시에 그는 지금 자기가 처해 있는 환경이 어떤 것이라는 것을 처음으로 조금 깨달은 것같이도 생각되었다.

"그리고 저…… 김군. 이 사람을 소개하지. 이 분은 교무주임의 T군……."

교장은 아까부터 옆에 양수거지하고 섰는 뚱뚱한 친구를 소개하였다.

"T 올시다. 앞으로 많이 사랑해 주십시오."

T 교수는 거리의 장사치같이 허리를 굽히며 김만필에게 절을 했다. 김만필은 그제서야 약간 숨을 내들이고 금방 아까까지 경멸을 느끼던 이 T 교수에게 도리어 호감을 느끼며 자기도 공손하게 마주 예를 했다.

"자, 그러면 우리 저 방으로 가십시다. 곧 식이 시작될 테니까. 교련의 A 소좌도 와 계십니다."

T 교수는 앞서서 김 강사를 그 옆방 교수실로 안내했다. T 교수의 설명에 의하면 A 소좌는 먼저 있던 M 소좌의 뒤에 이번에 새로 S전문학교로 배속이 되었기 때문에 오늘 김과 함께 취임식에 나간다는 것이었다. 김만필은 A 소좌와 나란히 앉아 자기의 환경 변화가 너무나 심해 어째 꿈나라에나 온 것같이 생각되었다. 그의 과거는 그만 두더라도 아까 그가 아침을 먹고 나온 하숙집 풍경, 그 더러운 뒷골목 속에 허덕거리고 있는 함께 있는 사람들, 하숙료를 못 내고 담배 값에 쩔쩔매는 영화감독, 일 년 열두 달 감시를 못 벗어나는 요시찰인, 잡지기자, 아침부터 밤중까지 경상도 사투리로 푸성귀장수, 밥값 못 낸 손님들을 붙들고 꽥꽥 소리를 지르는 하숙집 마나님…… 이런 모든 것과 이 당당한 건물, 가슴에 훈장을 빛낸 장교, 모닝의 교수들 새에는 대체 어떠한 연락의 줄이 있는 것일까. 김 강사는 이 두 가지 연락 없는 풍경의 중간에서 기적과 같이 연락을 붙여 놓고 있는 자기 자

신이 아무리 해도 현실의 것으로는 생각되지 않는 것이었다.

김 강사와 A 소좌의 취임식은 제이학기 개학식에 이어 거행되었다. 식장은 엄숙하다 못해 살기가 뻗친 것 같았다. 교장은 김만필을 동경제대를 졸업한 보기 드문 수재라고 소개하고 이어 이번에 새로 교련을 맡아보게 된 A 소좌를 맞이하게 된 것은 실로 분수에 넘치는 영광이라고 말했다. 교장이 단을 내려오자 T 교수에게 재촉되어 김만필이 먼저 단위로 올라가고 다음에 A 소좌가 따랐다. 단위에 선 김 강사는 몹시 흥분되어 얼굴이 창백하였다. 검붉은 햇볕에 탄 얼굴과 강철 같은 체격에 나이도 김만필의 존장뻘이나 됨직한 A 소좌가 그 옆에 와 나란히 섰다.

"게—렛—!"

깜짝 놀랄 만큼 큰 소리로 체조선생이 호령을 불렀다. 동시에 검은 머리가 일제히 아래로 숙였다.

S전문학교의 신임교원 취임식이 엄숙할 것쯤이야 미리부터 짐작 못한 배 아니었지만 막상 눈앞에 대하고 보니 김만필은 갈피를 잡을 수 없었다. 그러나 학생들이 경례를 하고 있는 동안에, 그것은 짧은 동안이었지만 그는 이상하게도 정신이 찬물같이 맑아지며 끝없이 얼크러진 모순에 찬 자기의 과거와 현재를 분석하고 비판해 보는 것이었다. 대학시대에 문화비판회라는 학생단체의 한 멤버이었던 일, 졸업하자 그때까지 속으로 멸시하고 있던 N 교수를 찾아 취직을 부탁하던 일, N 교수로부터 경성 어떤 관청의 H 과장의 소개장을 받던 일, 서울서는 H 과장 집에 자주 드나들면서도 일변으로는 신문 잡지 등속에 독일 좌익문학운동의 소개 또는 평론 같은 것을 쓰던 일, H 과장의 소개로 작년 가을 처음으로 이 S전문학교 교장을 찾아갔던 일—이 모든 것은 하나도 모순의 감정 없이는 한꺼번에 생각할 수 없는 것이었다. 하지만 인생이란 도대체 모순 그것이 아닌가 하고 그는 생각해 보았다. 그중에도 지식계급이라는 것은 이 사회에서는 이중 삼중 사중 아니 칠중 팔중 구중의 중첩된 인격을 갖도록 강제되고 있는 것이다. 그 많은 중에

서 어떤 것이 정말 자기의 인격인가는 남 모르게 저 혼자만 알고 있으면 그만인 것이다. 어떤 사람은 사실 똑똑하게 이것을 의식하고 경우를 따라 인격을 변한다. 그러나 어떤 자는 자기 자신의 그 수많은 인격에 황홀해 끝끝내는 어떤 것이 정말 자기의 인격인지도 모르게 되는 것이다…….

아—더러운 노릇이다, 싫은 노릇이다, 라고 김만필은 생각하였다. 그러면 지금 자기는 어떤가? 그 대답은 마음 깊은 속에는 벌써 똑똑하게 나와 있는 것같이 생각되었으나 그것까지는 지금 분석해 보기가 싫었다. 그에게는 그 단위에 올라 서 있는 짧은 동안이 지긋지긋하게 지루하게 생각되었다. 어째 눈이 핑핑 돌고 다리가 후둘후둘 떨리는 것 같았다.

식이 끝나고 강당을 나올 때 T 교수는 김만필—아니 김 강사의 옆으로 오며,

"긴상, 몹시 몸이 약하시구먼. 얼굴빛이 대단 좋지 않은데요. 어디 괴로우십니까?"

하고 물었다.

"아뇨. 별로 몸에 고장은 없습니다마는……."

김 강사는 등에 식은땀이 흐른 것을 느끼며 대답했다.

2

김만필은 생전 처음 서는 교단이라 실수를 하지 않으려고 그날 밤은 늦도록 공부를 했다. 전에 있던 선생이 병으로 일학기를 거의 전부 빼먹었기 때문에 학생들의 독일어는 아—베—체—부터 가르치는 것이나 다름없는 것이었지만 그래도 무슨 실수가 있을까봐 아—베—체—, 아— 베—체—하고 알파벳 발음연습까지 해 보았다. 그의 수업시간은 바로 개학식 다음 날에 끼여 있는 것이었다.

이튿날 아침, 김 강사는 전날의 취임식 광경 같은 것을 생각해 가며 그래도 얼마쯤 마음 가볍게 학교를 갔다. 교원실에 들어가니까 먼저 와 있던 교수가 두서너

사람 떠들고 있다가 잠깐 말을 멈추고 김만필의 인사에 대답하고 도로 떠들기 시작하였다. 시간강사인 김만필에게는 아직 책상이 돌아오지 않았으므로 그는 하는 수 없이 창 앞으로 가서 담뱃불을 붙였다. 교수들은 김만필이 있는 것을 잊어버린 듯이 자기들끼리만 떠들고 있는데 이야기는 아마도 엊저녁의 여자에 관한 것인 듯싶었다. 교수가 하나 늘고 둘 더 옴에 따라 교원실의 소동도 점점 더 커갔다. 그들은 그 여름이 몹시 더웠던 이야기, 비리야드, 해수욕, 등산, 갑자원, 야구, 긴부라(은좌 통신보) 스텍기 걸 등등 갖은 종류의 무의미한 화제에 대해 시골 공직자같이 굵은 소리를 내서 한없이 떠들어대었다.

이러한 교원실의 공기는 김 강사에게는 극단으로 천하게 생각되었다. 전문학교의 교수라고 하면 좀 더 학자적 근신과 학문적 향기를 가져야 할 것이다. 그런데 마치 보험회사 외교원이나 길거리의 약장수같이 떠드는 것은 무슨 꼴인가. 그러다가 생각하니 그 떠들고 있는 여러 사람 중에 김 강사와 이야기를 하려고 하는 사람은 하나도 없는 것이었다. 김 강사는 자기가 일부러 돌림뱅이가 된 것 같아서 몹시 고독을 느꼈다. 그러나 그렇지도 않다. 다른 사람들은 김 강사의 존재를 무시하는 태도를 취함으로써 그를 모욕하는 것이다. 허지만 아니다, 이것은 자기가 '신출' 이기 때문이다, 용기를 내서 그들 틈에 한몫 끼어 보리라고 돌이켜 생각도 해 본다. 그러나 무어니 무어니 해도 그는 아직 책상물림이라 그렇게 뻔뻔한 배짱은 없었다.

김 강사는 이내 교원실을 나와, 옆에 있는 신문실로 들어갔다. 신문실에는 외국서 온 신문 잡지 등속이 겉봉도 뜯지 않은 채로 책상 위에 흩어져 있었다. 새로 온 독일의 그림신문을 펴들고 있노라니 문이 열리더니 T 교수의 벙글벙글하는 친절한 얼굴이 나타났다.

"어—이런 데 와 계셨습니까. 신진 학자는 다르시군."

김 강사는 의미 없이 얼굴을 붉히며 일어나 아침인사를 했다. T 교수는 어슬렁

어슬렁 옆으로 오며,

“바로 이번 첫째시간이 당신 시간이지요?”

“네.”

“그거 대단 잘 됐습니다. 처녀강의를 새 학기 첫 시간에 하시게 됐으니.”

“네, 무어.”

T 교수는 빙글빙글 웃으며 걸상에 앉아서,

“허…… 무어, 어련허실 것은 아니지만 교장도 걱정을 하고 계시기에 또 말씀하는 것입니다만” 하고는,

“그건 다름 아니라 당신은 교단에 서시는 것이 처음이시라니까 학생 조정술 같은 데 대해 안즉 생각해 보신 일이 없으실 줄 아는데요. 어쨌든 이 선생장사라는 것은 남이 보기에는 신성한지 몰라도 결국은 말하자면 일종 인기장사니까요. 선생이 오면 학생놈들의 버릇이 으레 찧고 까불고 괴롭게 굽니다. 말하사변 이것도 시험이라 할까요. 이 시험에 급제를 하면 관계찮지만 만일 떨어지는 날이면 탈이 납니다. 나도 그 전에는 이 시험을 당했습니다. 허…… 그리고 또 이건 당신과 나 사이니까 말씀하는 것이지만.”

하고 T 교수는 목소리를 낮추어,

“어제 교장선생도 잠깐 말씀하셨지만 여기는 내선공학 아닙니까. 그러니까 당신한테 대해서도 내지인 학생들이 어떤 태도를 가질는지 이것이 걱정이 됩니다. 쓸데없는 일로 학생들 새에 무슨 재미없는 일이 있더라도 안 됐고……. 허기는 다 어련하시겠습니까마는 허.”

T 교수의 말을 듣고 있는 동안에 김 강사는 그의 말을 깊이 생각해 볼 여유도 없이 그저 그에게 감사하는 생각뿐이었다. 금방 아까까지 그는 고독을 느끼고 있던 끝이라 상관이며 또 경험 많은 선배인 T 교수로부터 이런 솔직한 의견을 듣는 것은 정말 고맙게 생각되었다.

T 교수는 몇 마디 잡담을 더하고 일어나 나갔다. 뚱뚱한 몸을 흔들흔들하며 나가는 뒷모양이 김 강사에게는 몹시 믿음직해 보였다. 사실을 말하면 김 강사는 N 교수—H 과장—S 교장—이렇게 학벌 동향관계 등의 썩어진 인연을 더듬어 이것을 교묘하게 이용해 차례로 그들을 꼼짝 못할 곤경으로 몰아 넣어가지고 억지로 이 S전문학교에 비비고 들어온 것이므로—거기다가 자기는 조선 사람이라는 자격지심도 있었고—이곳의 교원들에게 이상스런 눈초리로 뵈어지는 것을 처음부터 염려했던 것이다.

그 염려가 어째 헛것이 아니었던 것같이 생각되어 가는 이때에 T 교수가 나타난 것이다. 그만큼 그의 친절한 말은 그야말로 빈 골짜기의 발자국 소리같이 생각되는 것이었다.

그러나 첫째시간의 처녀강의는 의외로 평온하게 지났다. 그를 괴롭게 하기는커녕 학생들은 도리어 이 새로 온 색다른 선생의 말을 흥미 있게 듣고들 있었다. 김 강사는 T 교수의 주의도 있고 해서 머리를 길게 늘인 국수파 방카라 학생들에게 특별히 경계를 하였으나 그들도 의외로 얌전하게 그의 강의를 듣고 있었다. 단 위에 올라서서 말하는 동안에 차차로 마음이 가라앉아서 어깨를 으쓱하고 눈살을 찌푸리고 앉은 그들 방카라 학생들의 꼴이 도리어 어리게도 보였다.

시간을 끝내고 교원실에서 담배를 피우고 있노라니 T 교수가 또 와서 처음 교단에 선 감상이 어떠냐고 빙글빙글 웃으며 물었다.

"아무 감상도 없었습니다마는 생각던이보다도 학생들은 얌전하더구만요."

김 강사는 약간 득의의 어조로 대답하였다.

"그렇습니까. 그것 잘 됐습니다. 허지만요, 아직 방심해선 안 됩니다. 학생들 중에는 별별 고약한 놈이 다 있으니까요. 예 별놈이 다 있습니다."

하고 T 교수는 학교 수첩—학생들이 엠마빠라고 부르는 것—을 꺼내면서,

"당신은 아직 처음이시라 모르실 테니까 미리 말씀해 드립니다마는(하고 수첩

을 펴 연필 끝으로 죽 훑어 내려가면서) 우선 이 스스끼란 놈만 해도 웬 고약한 놈입니다. 학교는 결석만 하면서 어쩌다 나오면 선생한테 시비걸기가 일쑤고, 이런 놈은 졸업은 안 시킬 텝니다. 그리고 또 이 야마다라는 놈, 이놈도 건방진 놈입니다. 그리고 이 김홍규란 놈, 또 가도오란 놈, 그리고 주형식, 이누이 다까하시, 최, 박, 마쓰모도…… 나쁜 놈들뿐입니다. 바보 같은 놈들. 도대체 이 반은 급장부터가 건방져서……."

T 교수의 목소리는 열을 띠어 오며 증오의 가시로 듣는 사람의 신경을 쿡쿡 찌르는 듯이 울렸다. 김 강사는 너무나 의외의 광경에 놀랐다. 웬일일까, 이 온후해 보이던 T 교수가. 대체 교육자의 태도라는 것이 이래도 좋은 것인가.

"허지만……."

하고 김 강사는 T 교수의 안색을 들여다보며 말을 끼웠다.

"이편에서 성심으로 전력을 다해도 안 될까요."

"허……."

T 교수는 조금 체면이 안 된 듯이,

"그야 물론 그렇지요. 학생들이야 어쨌든 이편만 잘하면 그만이지요. 허지만 그것도 저편에서 이편 뜻을 알어줄 때라야지 않겠습니까. 당신도 인제 좀 치어다보시면 차차 생각이 달라지십니다. 학생이라는 것은 요컨대 선생의 ×입니다. 이편에 조금만 틈이 있으면 그저 용서 없이 달려드는 겝니다."

마침 그때 급사가 찾으러 왔으므로 T 교수는 말을 끊고 교무과로 가 버렸다. 그러나 그가 간 뒤 김 강사는 몹시 우울하였다. 교육이라는 것의 발가벗은 꼴을 눈앞에 본 것 같았다. 그러나 또 그것보다도 그는 오직 하나의 지기로 생각하는 T 교수를 삽시간에 잃은 것이 아까왔다. 아—무서운 사람이다, 라고 그는 생각하였다.

둘째시간 종이 울렸으나 김 강사는 멍하니 듣고 앉았을 뿐이다.

3

며칠 지난 후 토요일 밤이었다. 김만필은 오래 찾아보지도 못한 H 과장에게 치하의 인사도 할 겸 하숙을 나섰다. H 과장은 솔직하고 평민적인 호감을 주는 인물이었다.

H 과장의 집은 북악산 밑 관사촌의 북쪽 끝에 있었다. 저녁 후의 고요한 관사촌은 김만필의 발자국 소리에 놀라 셰파드인지 무서운 개들의 짖는 소리로 몹시 요란스러웠다. H 과장의 집으로 들어가는 골목을 돌려는 순간 바로 등 뒤에서 분주하게 걸어오는 발자국 소리가 들렸다. 고개를 돌리자 바로 등 뒤에까지 온 그 사람의 얼굴과 마주칠 뻔하였다.

"어—."

"어—."

두 사람은 거의 동시에 입을 열었다. 뒤에 온 것은 T 교수였다. 그는 무엇인지 네모진 보퉁이를 끼고 있었다. T 교수는 의외로 김 강사와 마주쳤기 때문에 잠깐 머뭇머뭇하더니 별안간,

"얏데루나(할 짓은 다 하는구먼)."

하면서 김만필의 어깨를 툭 치며 더러운 비밀을 쥐고 있는 사람끼리만이 주고받는 비열한 미소를 띠었다. 그 미소의 의미는 김만필도 단번에 알 수 있었다.

"별로 그런 것도 아닙니다."

김만필은 좀 좋지 않아 말했다.

"천만에. 흥, 당신도 나는 책상물림으로만 알았더니 상당하구먼."

T 교수는 여전히 그 미소를 띠고 있었다.

"아니, 정말 무슨 별 짓을 하는 것은 아닙니다. 당신도 아시겠지만 나는 H 과장의 힘으로 이번에 취직이 된 것이니까요."

김은 변명에 힘을 들였다.

"그건 나도 잘 압니다. 그러기에 당신도 상당하단 말이지. 나는 H 과장하고는 고향이 같다우."

"네—그러세요."

김만필은 더 할 말이 없었다.

T 교수는 잠깐 무슨 생각을 하더니,

"잠깐만 거기서 기둘러 주시오."

하고 저벅저벅 골목 속으로 들어갔다. 그러더니 또 무슨 생각을 했는지 도로 나와서 김만필의 어깨를 또 한 번 툭 치며,

"허…… 왜 그렇게 멍하고 계슈. 세상이란 다 이런 게 아니우."

하고 들었던 보퉁이를 김만필의 눈앞에 번쩍 들어 보이고 다시 골목 속으로 들어가 H 과장집 부엌 쪽으로 사라졌다.

하녀하곤지 컴컴한 속에서 잠깐 쑤군쑤군하더니 T 교수는 곧 나왔다. 이번에는 아까와는 달리 평상 때의 침착한 태도를 회복하고 성낸 것 같은 표정을 짓고 있었다.

"자, 들어갑시다."

그리고 그는 잠자코 H 과장 집 정면 현관의 초인종을 눌렀다.

두 사람이 H 과장 집을 나온 때는 아직 초저녁이었다. T 교수는 어디로 잠깐 차라도 마시러 가자고 졸랐다. 김만필은 그에 대해 차차로 말할 수 없는 불쾌를 느끼고는 있었으나 어쨌든 같이 가기로 했다.

두 사람이 간 곳은 '세르팡' 이라는 술집이었다. 쑥 빠진 동경여자라는 모던 여성이 카운터에서 있는 깨끗한 집이었다. 여자는 둘이 들어서자,

"아라 T상."

하고 환영하였으나 T 교수는 쉬—하고 입술에 손가락을 대 침묵을 명하고 구석 테이블로 가서 자리를 잡았다.

"자주 오십니까, 이 집에?"

김만필은 캉캉하게 생긴 여자와 뚱뚱한 T 교수를 번갈아보며 물었다.

"네, 가끔 옵니다. 당신은?"

"나도 두세 번 온 일은 있습니다만."

T 교수는 여급에게 레몬 티 두 잔을 주문하고,

"긴상 어떠시우, 이건?"

하고 왼손으로 술 먹는 시늉을 해 보였다.

"아주 못 먹습니다."

"이거 왜 이러슈. 난 벌써 소문 다 듣고 앉았는데, 허허허……."

하고 너털웃음을 웃고나서,

"긴상, 긴상 일은 무엇이든지 내 다 잘 알고 있답니다."

하고 이번에는 음침하게 눈을 가늘게 했다.

"긴상은 모르시겠지만 당신 일로 H 과장과 우리 학교 교장 새에서 연락을 붙인 것은 사실은 이 나랍니다."

T 교수의 말은 김만필로서는 처음 듣는 소리였다. 그러나 생각해 보면 T 교수의 지금 지위로 보아서 당연히 믿음직도 한 노릇이다.

"그럼, 교장하구두 한 고향이십니까?"

"그렇구말구요. 안 그렇습니까."

T 교수는 뜨거운 차를 후—후 불며 대답했다. 차를 단번에 마시고나서 이번에는 위스키를 주문했다. 위스키를 연달아 두서너 잔 먹고 나서 T 교수는 싱글벙글 웃으면서 말을 꺼냈다.

"실상은 나는 전부터 당신을 알고 있었답니다. 우리 학교로 오시기 전부터."

T 교수의 싱글싱글 웃는 얼굴에는 네 비밀은 내가 환하게 알고 앉았다는 의미의 표정이 나타나 있었다. 김만필은 슬그머니 겁이 났으나 잠자코 있노라니 T 교

수는 기운이 나서 떠들었다.

"나는 작년부터 조선말을 배우기 시작했는데요. 그 때문에 언문 신문을 조선 학생에게 통역해 달라며 읽고 있었는데(김만필은 가슴이 뜨끔했다) 그런 관계로 작년 가을이던가 당신이 쓰신 '독일 좌익작가군상' 이라는 논문을 읽었에요. 그 논문에는 정말 탄복했습니다. 독일문학에 대해 당신만큼 연구가 깊은 이는 내지에도 적을 것입니다. 참 탄복했습니다. 그래 나는 H 과장한테 맨 처음 당신 말씀을 들었을 때 그런 이는 우리 편에서 초빙해도 좋다고, 이래봬도 나도 힘을 썼답니다. 조선 사람 중에도 차차 당신같이 훌륭한 사람이 나오게 됐다는 것은 참 좋은 일입니다. 앞으로도 많이 힘써 주십시오."

T 교수는 웅변이 되어 김만필을 칭찬하였으나 김만필은 상처나 다친 듯이 속이 뜨끔하였다. 대체 T 교수는 어째서 이런 말을 꺼내는 것인지 그 내심을 알 수가 없었다. '독일 좌익작가군상' 이라는 논문은 작년 가을에 몇 푼 안 되는 원고료를 목표로 총총히 쓴 것에 지나지 않았으며 더구나 그 내용은 S전문학교의 직원의 한 사람인 김만필로서는 절대로 비밀에 붙여야 할 것이었다. 김만필은 그것을 익명으로 하지 않았던 경솔을 새삼스레 후회했다. 그러고보니 그는 익명으로 쓴 그 외의 몇 가지 논문이 생각났다. 그것들은 제법 좌익평론가인 체하고 꽤 흰소리를 뽑은 것이기 때문에 만일 그런 것이 탄로가 나면 모든 것은 다 낭패가 되는 것이다. T 교수는 그것들까지도 알고 있는 것일까. 김만필은 의심을 품은 눈초리로 T 교수의 얼굴을 더듬었으나 그는 여전히 싱글싱글 웃고 있을 뿐이었다. 김 강사는 눈에 보이지 않는 무서운 압박을 느꼈다.

'세르팡' 을 나오자 김만필은 잠시라도 빨리 T 교수의 옆을 떠나고 싶었으나, T 교수는 김만필의 양복소매를 잔뜩 붙들고 '바하트 암 라인' 을 콧노래로 부르며 요리집 등속이 늘어선 A정으로 끌고 갔다. 그들이 간 곳은 어느 골목 속 조그만 오뎅집으로 삼십 살가량 되어 보이는 예기 출신인 듯한 여자가 오뎅냄비 뒤에 서 있었다.

T 교수는 이곳서도 단골손님인 듯 여자와 농담을 주고받고 하며 술을 먹었다.

두 사람이 오뎅집을 나왔을 때에는 자정이 지나 있었다. 이번에는 김만필도 상당히 취했으나 정신은 도리어 똑똑했다. 삼월백화점 앞에 와서 T 교수는 단장을 들어 지나가는 택시를 불렀다. 김만필이 사양하니까, 전차도 끊어졌는데 걸어갈 수는 없지 않은가, 우리 집에 갈려면 어차피 자네 집 앞을 지나니까 같이 타자고 억지로 태웠다.

"우리 집을 아십니까?"

김만필은 자동차가 움직이자 물었다. T 교수의 훌륭한 문화주택이 김 강사의 하숙 근처에 있는 것은 자기도 잘 알고 있었지만 뒷골목 속 더러운 그의 하숙을 T 교수가 알고 있는 것은 정말 의외였다.

"아다마다. 문간에 명함 붙여놓지 않었나. 잘 아네."

"네—."

김만필은 기가 막혔다.

"우리 집도 잘 알지? C상집 바로 옆이야. 인제 가끔 놀러오게."

"네, 가지요."

하고 김만필은 대답했으나 마음속으로는 안 가리라, 절대로 안 가리라고 생각하였다. 무엇 때문에 이 자는 탐정견 모양으로 모르는 게 없단 말인가. 하숙까지 알다니……. 김만필은 으시시 추웠다. 그러다가는 나중에 무슨 소리가 튀어나올지 모르는 것이었다.

자동차가 박석고개를 넘어갈 때 T 교수는 김만필의 귀에다 대고,

"인제 차차 김군도 알겠지만 우리 학교 안에도 여러 가지 암류가 있으니 주의하는 게 좋네. 더군다나 S군한테는 주의해야 되네."

하고 수수께끼 같은 말을 속삭였다. S라는 사람은 전해 봄에 만주 공과대학 학

예과로부터 S전문학교로 옮겨온 사람으로 이 봄에 교수가 될 것인데 어떤 사정으로—그 이면에는 T 교수 일파의 책동이 있었다—교수가 못 되어 그것에 불평을 품고 있는 사람이었다. 그런 사정은 김 강사는 모르고 있었기 때문에 자기 자신에 무슨 관계가 있나 하고 생각해 보았으나 아무것도 알 수 없었다.

김만필이 잠자코 있노라니까 T 교수는 껄껄 웃고,

"아니, 무어 별로 마음에 새겨들을 것은 없어. 그저 그렇단 말이지. 원체가 놈팽이는 교수될 자격이 없어."

그리고 김만필의 귀에다 입을 대고,

"허지만 사실을 말하면 그자는 자네 시간을 욕심내고 있다네. 그 네 시간만 얻었으면 이번 가을부터 교수가 될 걸, 그랬거든. 어쨌든 음흉한 놈이니 주의하게."

김만필은 무슨 무서운 악몽에 붙들린 것 같았다. 그러자 T 교수가 스톱! 하고 소리를 질러 자동차는 삐—하고 급정거를 했다. 김만필의 하숙으로 들어가는 골목 앞이었다.

4

김만필은 S전문학교에 나가게 된 후로 갑자기 마음이 우울해져서 아무도 찾아가고 싶지도 않았다. 교장은 생각만 해도 싫었다. 취임식 날 아침의 그의 경박한 인상이 일상 머리에서 사라지지 않는 것이었다. 한편 교장 측에서도 김만필의 호감을 사려고 노력할 리는 물론 없으며, 두 사람은 어쩌다 복도에서 만나도 형식적인 인사를 주고받을 뿐이었다. T 교수는 여전히 친절한 체하였지만 그는 친절하게 굴면 굴수록 점점 더 싫어서 김만필 편에서 경원하였다. 교원실 공기도 참을 수 없었다. 교수들 중에 김 강사에게 먼저 말을 건네는 사람은 하나도 없었다. 그들은 시간 파하는 종이 울리면 앞을 다투어 교원실로 돌아와서는 더러운 물건이나 내버리듯이 백묵갑을 테이블 위에 탁 던지고 웅성웅성 쓸데없는 이야기를 시작하는 것이었으나 김 강사에게는 너따위 놈은 우리들은 도대체 문제도 삼지 않는다는 듯한 태도를 일부러 지어 보였다.

그중에도 언젠가 T 교수에게 귓속말을 들은 일 있는 S 강사는 한층 심했다. 그는 김 강사의 얼굴만 보면 불쾌한 빛을 겉에까지 내면서 인사도 잘 하지 않았다. 김 강사는 시간을 끝내고 교원실에 돌아오면 뜰에 핀 코스모스꽃을 넋 없이 바라보는 것이 버릇이 되었다. 때로는 그의 마음속에도 교만한 동료들에 대한 반항의 마음이 버럭버럭 치밀어오를 적도 있었다. 놈들! 너깐 놈들이 친절하게 해 준댔자 나는 조금도 기쁠 것 없다. 그러나 그런 생각을 한 후면 이번에는 자기 자신의 천박한 심정이 도리어 후회되는 것이었다.

그러나 이런 직원 새의 공기와는 반대로 김 강사에 대한 학생들의 평판은 나쁘지 않았다. 내지인 학생들도 그를 괴롭히기는커녕 얌전하기 짝이 없었다. 김 강사는 가끔 독일 신흥문학 이야기 같은 것을 꺼내 보았으나 학생들은 도리어 흥미 있어 하는 듯하였다. 학생이라는 것은—하고 김 강사는 생각하였다—아무 데를 가도 매일반이다. 이것에 기운을 얻어 그는 차츰차츰 일반적인 새로운 문학운동 이야기를 해보았다. 언젠가 T 교수가 주의를 시켜 주던 스스끼니 가도오니 하는 학생들에게는 그래도 안심이 안 되었으나 그들도 예습은 꼭꼭 해오고 별로 건방지게 구는 법도 없었다.

시월 하순의 어느 일요일, 아침밥을 먹고 새로 도착한 '룬드 샤우'를 드러눈 채로 펴들고 있는데 마당에서 게다소리가 들렸다. 문을 열고 보니 그것은 의외에도 무슨 책을 옆에 낀 스스끼였다. 스스끼가! 하고 김 강사는 잠깐 뜨끔했으나 도리어 일종의 흥미가 생겨서 곧 방으로 불러들였다.

스스끼라는 학생은 키가 크고 광대뼈가 내밀고 아래턱이 큰 것이 마주앉아 보면 조선 사람 같은 인상을 주었다. 이 얼굴이 T 교수의 마음에 안 드는 것인가 하고 김 강사는 생각해 보았다. 스스끼는 처음에는 머뭇머뭇하고 있더니 이야기가 독일문학으로 돌아가자 기운이 나서 떠들기 시작하였다. 될 수만 있으면 S전문학교 따위는 집어치우고 동경으로 가서 독일문학을 전공하고 싶다는 것이 그의 희망이었다. 스스끼의 어학 힘으로는 아직 독일어 같은 것은 잘 알지 못할 터인데 그는 독일문학, 그중에서도 독일 현대문학에 대해 몹시 자세히 알고 있었다. 그해 봄에 히틀러가 정권을 잡은 뒤의 일은 김 강사보다도 도리어 잘 알고 있었다.

"에른스트 톨러, 게오르그 카이서, 렌 레마르크, 심지어 토마스 만 형제까지도 예술원을 쫓겨났다지요?"

"그랬지요."

김만필은 작년 이래로는 취직운동에 쪼들려 독일문단의 최근 사정을 알아볼 여유가 없었던이만큼 스스끼의 지식에는 감복했지만 그와의 이야기에는 별로 흥을 낼 수 없었다. 그것은 스스끼가 불량학생이라는 T 교수의 귀띔이 있었기 때문뿐 아니라 다른 본능적인 경계심도 있었기 때문이다. 그래도 두 사람의 이야기는 나치스 독일에서의 문학자 박해로부터 그것의 정치조직에 대한 공격으로 옮겨갔다. 스스끼는 열을 띠어 히틀러의 문화유린을 욕하였다. 그러는 동안에 김만필은 차차로 스스끼에 대해 부정을 느끼게 되어 이번 가을 후로 감추기에 애써 오던 그의 보다 진실한 반면—그가 지금 어떠한 생활을 하고 있든 간에 그 감추어진 반면이야말로 정말 자기라고 남몰래 생각하고 있는 그 반면을 하마터면 토설해서 동경 유학시대 이후로 울적했던 기분을 풀 뻔했으나 마음을 다시 고쳐먹고 스스끼의 얼굴을 경계하는 눈으로 들여다보는 것이었다.

화제는 독일서 일본으로 돌아오고 다시 S전문학교로 옮겨갔다. 스스끼는 S전문학교 학생들이 대부분은 사회적 문화적인 것에는 조금도 흥미를 갖지 않고 학교의 노트만 기가 나서 외우고 있다고 분개하며, 이것은 요컨대 조선이라는 특수한 환경과 학교당국의 가혹한 취체 때문이라고 떠들어댔다.

"동경 같으면 그렇지 않겠지요?"

"글쎄."

하고 김만필이 막연한 대답을 한즉 스스끼는 별안간,

"선생님이 문화비판회서 일하고 계실 때는 어땠습니까?"

하고 김만필의 얼굴을 치어다보며 물었다.

"네? 문화비판회?"

김만필은 깜짝 놀랐다. 스스끼의 질문은 그에게는 청천의 벽력이나 다름없었다. 김만필은 경성 와서 취직운동을 시작한 후로는 그의 과거 경력은 같은 조선 사람 옛날 친구들한테도 이야기하지 않았었고 더군다나 S전문학교에 취직한 후로는 이 과거의 비밀이 탄로될 것을 무엇보다도 무서워하고 있던 것이다.

"문화비판회라니?"

김만필은 시치미를 떼고 되물었다. 스스끼는 싱글싱글 웃으며,

"선생님이 그 회원으로 굉장하게 활동하신 것은 학생들이 모두들 압니다."

"아뇨, 그런 일은 없소. 그건 무슨 잘못이겠죠."

김만필은 당장에 고개를 좌우로 흔들며 그 말을 부정했다. 가슴속에서는 그의 조그만 지위와 양심이 저울에 걸려 있는 것을 느끼면서,

"그러세요."

스스끼는 의아하는 표정을 하면서,

"그 회가 해산될 때 선생님이 굉장한 열변을 토하셨다는 말까지 있는데요?"

"아니, 그런 일은 없소."

김만필은 그래도 부정했다. 그러나 그의 기억에는 그날의 감격에 찬 광경이 분노에 불타서 말은 더듬거릴망정 그야말로 소리와 눈물을 한꺼번에 내쏟는 열변을 토한 것이었다. 그 고운 기억은 그가 아무리 비열한 인간이 되어 버리는 날이 있을지라도 결코 잊어버릴 수 없는 것인 것이다. 김만필은 그것까지도 터놓고 이야기할 수 없는 자기의 현재의 지위에 대해 잠깐 스스로 책망하는 생각에 잠겼었다.

그러나 곧 그는 공세로 옮겨갔다. 이런 소리까지 냄새를 맡아가지고 학생 새에 펴 놓은 그 근원은 대체 어느 곳에 있는 것인가.

"그런 소문은 대체 어디서 들었소?"

스스끼는 김 강사의 심상치 않은 태도에 당황해서 얼굴을 붉히며,

"요전에 다까하시 군에게 들었습니다."

"다까하시는?"

"T 선생이 그러시드래요."

"T 선생?"

"네. 김 선생님은 굉장한 수재시고 동경제대서도 문화비판회의 중요한 회원이 시었다구요."

"흠—."

김만필은 말없이 생각하였다. 이것은 예사로 넘길 일이 아니다. 무슨 깊은 책략이 있는 것이라고 생각하였다. 그러나 그렇기로 T 교수는 대체 어디서 또 그런 소리를 냄새 맡아 왔을까. 정말 셰퍼드 같은 작자다. 이놈 이번에는 제 본색을 나타냈구나 하고 분개했다. 그러고보니 지금 그의 앞에 앉았는 스스끼까지도 의심스러웠다. 스스끼는 오늘 처음으로 찾아왔으면서 다른 선생한테 가서 철없이 떠들면 단번에 학교를 쫓겨날 만한 소리를 지지하게 늘어놓았으니, 그렇게까지 자기를 신용할 근거가 어디 있는가. 어쩌면 이 스스끼놈도 T 교수와 한통이어서 일부러 김만필의 본심을 떠 보려 온 것이나 아닐까. 이렇게 의심하기를 시작하니까 다음 모든 것이 의심이 되었다. 대체 취임식 다음 날 T 교수가 난데없이 스스끼 욕을 자기에게 들려주던 것부터 이상스러웠다. 그것은 일부러 자기를 속일 전제가 아니었던가……. 스스끼는 김 강사의 눈치가 험해 가는 것을 보고 어쩔 줄을 몰라 멈칫거렸으나 스스끼가 그러면 그럴수록 김 강사는 이놈 시치미를 떼는구나 하고 점점 더 스스끼가 밉게 생각되는 것이었다.

스스끼는 흥미 깨진 듯이 한참 앉았더니,

"너무 실례가 많었습니다. 공연히 쓸데없는 소리를 지껄여서."

하고 모자를 들고 일어섰다. 그러나 곧 나가려 하지 않고 잠깐 머뭇머뭇하더니,

"사실은 선생님께 청이 있어 왔는데요."

하고 김만필의 얼굴을 잠깐 쳐다보고,

"저희 반에 맘 맞는 동무 몇이 모여서 독일문학 연구의 그룹을 만들었는데 선생님께서 지도를 좀 해 주십소사고……."

스스끼는 언외에 뜻을 품게 하여 김 강사를 자기들 그룹으로 이끌었다. 사실은 그는 야마다, 김, 가도오들과 함께 학교 안에 조그만 단체를 만들어 가지고 독일문학 연구를 하는 한편 좀 더 널리 사회사정을 연구할려는 것이었다. 그럴려면 누구든지 지도자가 한 사람 있어야 할 터인데 김 강사의 강의든가 우연히 들은 그의 과거 경력이든가를 보아 그 일을 김 강사에게 청하려고 오늘 찾아온 것이었다. 그러나 생각이 없는 경솔한 말 때문에 김 강사를 의외로 오해로 몰아넣은 것이다. 김 강사는 스스끼의 그런 사정을 알 리가 없고 스스끼가 진실한 표정을 하면 할수록 도리어 의심을 깊게 할 뿐이었다.

"바빠서 난 참가 못하겠소."

그는 스스끼의 청을 단번에 거절했다.

"선생님 틈 계신 대로라도……."

"몹시 바쁘니까. 난 참가 못하겠소."

김 강사는 다시 한 번 거절했다. 스스끼는 그래도 선 채로 잠깐 머뭇머뭇하더니,

"그러면 실례합니다. 오늘은 여러 가지로 미안했습니다."

하고 모자를 손끝으로 빙글빙글 돌리며 대문을 나갔다.

5

스스끼가 찾아왔다 간 후 김만필의 생활은 더욱 더욱 우울해 갔다. 강박관념에 쪼들리는 신경쇠약 환자같이 그는 항상 무엇엔가 마음의 위협을 느끼고 있었다. 공연히 쭈볏쭈볏하고 아무것을 해도 열심이 안 났다. 그러면 T 교수나 H 과장을 찾아가서 자기의 약점을 전부 고백하면 좋을 듯도 싶었으나 그의 우울에는 그 이상의 무슨 깊은 뿌리가 있는 듯싶었다. 뿐 아니라 그곳에는 그의 힘없는 양심의 최후의 문지기가 서 있었다. 공연히 마음만 안타까울 뿐이었다.

학교에를 가도 그는 점점 더 말을 하지 않았다. T 교수가 말을 걸든지 하면 겉으로는 공손하게 대답했지만 속으로는 섬찌근하며 이 자가 또 무슨 흉계를 꾸미는 것인가 하고 미워했다. 생각해 보면 그는 S전문학교에 온 뒤로 아직 아무하고도 말다툼 한 번 한 일 없건만 모든 사람과 마음속으로 미워하고 서로 멸시하고 두고 보아라는 듯이 으르렁거리는 것 같은 형세가 되고 만 것이다. 그러나 이것은 당초부터 정해진 운명이었는지도 모른다. 그래 그는 억지로 S전문학교에 빼기고 들어간 것을 별로 후회하지도 않았다. 될 대로 되어라는 일종의 자포자기 같은 마음이 드는 것이었다.

그런 중에도 날이 지남을 따라 S전문학교 직원 새의 공기는 외톨배기 김 강사에게도 차차로 짐작되었다. 한편에는 T 교수를 중심으로 하는 일파가 교장을 둘러싸고 학교 안의 세력을 쥐고 있고, 한편에는 U 교수, S 강사들이 '정의파'로 그와 대항하고 있는 듯하였다. S 강사는 교장과 특별한 관계가 있는 사람으로 교장의 초빙으로 만주 공과대학 예과의 자리를 일부러 팽개치고 온 사람인데 T 교수의 맹렬한 이간질로 교장과의 사이가 틀어져서 지금까지 교수도 못 되고 U 교수의 정의파로 붙은 모양이었다. 김 강사는 그런 무의미한 세력다툼에는 한몫 낄 자격도 없거니와 생각도 없었으나 마음속으로는 역시 U 교수와 S 강사들 편으로 동정이 갔다. 만일 S 강사가 김 강사에게 이유 없는 멸시와 적의만 보이지 않았으면 그들의 정의파에 가담했을는지 모르는 것이다.

겨울방학이 가까워 왔다. 으스스하게 흐린 날이 계속되고 때로는 가루 같은 뽀숭뽀숭한 눈발이 날리기도 했다.

어느 날, 김 강사는 교실로 들어가는 도중에서 T 교수와 마주쳤다.

"대단 치워졌습니다."

언제나같이 T 교수가 먼저 인사를 했다.

"대단 춥습니다."

김 강사도 같은 소리로 대답하고 지나가려는데 참, 잠깐만 하고 T 교수가 불렀다. T 교수는 빙글빙글 웃으면서,

"긴상, 그날 밤 일 아즉 기억하고 계시죠. H 과장댁 앞에서 우리가 맞닥뜨리던 날 밤……."

김 강사가 의미 없는 웃음을 지었더니,

"……기억하고 계시죠. 내가 과자상자를 들고 갔던 것 보셨죠."

김 강사는 웃으며 고개를 끄덕였다.

"세상이란 다 그런 겝니다. 난들 그런 것을 하기가 좋아서 하겠소. 어쨌든 지금 연말도 되구 했으니 교장한테 무어 과자라도 한 상자 사가지구 찾어가 두시란 말이오."

말해 던지고 T 교수는 그대로 가버렸다.

교실에 들어가 강의를 하면서도 김 강사는 T 교수의 말을 잊어버릴 수가 없었다. 씹어 생각해 보면 T 교수의 말은 그럴 듯도 싶었다. 그러나 다시 생각해 보면 지금 와서 과자상자를 사들고 추적추적 교장을 찾아가도 소용이 없을 뿐 아니라 도리어 업신여김을 받을 것 같았다. 뿐 아니라 T 교수의 성격이라든지 그 외 모든 것을 생각해 보면 그가 진정으로 김 강사를 위해 무슨 말을 해 줄 이유는 하나도 없는 것이다. 만일 그렇다면 T 교수의 말은 실상은 책상물림 주제에다 어딘가 만

만치 않은 구석이 있는 김 강사를 조롱한 것에 지나지 않는 것이다. 그러나 또다시 돌려 생각하면 T 교수의 말은 좀 더 의미가 깊은 것으로 '교장은 너를 미워하고 있다. 너도 미리 생각을 돌리지 않으면 목이 잘라진다' 라는 협박같이도 생각되었다.

그러나 어쨌든 그날 밤 김 강사는 명치옥에 가서 서양과자를 한 상자 샀다. 웃뚜껑에 '조품' 이라 두 자를 쓰고 그 밑에 자기의 명함을 붙였다. 그러나 그러는 동안에도 그의 마음속에서는 종시 두 가지 의사가 싸우고 있었다. 암만 무얼 해도 이 짓만은 하기 싫다. 자기가 이것을 가지고 가면 교장은 이놈 인제두, 하고 빙그레 웃고 T 교수는 등 뒤에서 그 능글능글한 웃음을 띠우고 나의 어리석음을 조소할 것이다. 어차피 S전문학교에 다니는 것도 길지는 않을 것이니 이런 짓까지 하면 그만치 나는 밑질 뿐 아닌가. 그러나 바로 그 다음에는 다른 생각이 드는 것이었다. 아니 T 교수의 말대로 세상이란 다 이런 것이다. 내가 지금 암만 뽐 내본댔자 배 속을 짜개면 S전문학교를 나가고 싶지 않은 것이 본심이 아닌가. 물에 빠지는 자는 지푸라기라도 잡는다 한다. 이론이 다 무엇이냐. 내가 이런 짓을 하는 것이 더럽다 하면 나에게 이런 짓을 하게 하는 자들은 더 더러운 것이다. 이런 것으로 더럽히는 내 양심이다. 나는 요런 조그만 미끼를 물고 좋아하는 놈들의 그 천박한 꼴을 조소하면 그뿐인 것이다…….

김 강사는 악마의 마음을 먹은 심 잡고 과자상자를 들고 서대문행 전차를 탔다. 그러나 그의 결심은 오래 계속되지 못했다. 그는 광화문 정류장에서 전차를 내려 효자동 가는 전차를 타지 않고 천천히 종로로 갔다. 본정통의 번잡한 데 비해 이곳은 몹시 잠잠했다. 일루미네이션만 헛되이 빛나고 세모 대매출의 붉은 깃발이 쓸쓸한 섣달 대목거리의 먼지에 펴덕이고 있었다. 한참이나 거리를 어슬렁거리다가 욕심쟁이로 일가 간에 돌림뱅이가 된 아주머니를 생각한 그는 걸음을 빨리해 파고다공원 뒷골목으로 들어갔다.

6

동기방학이 되고 해가 바뀌었으나 김 강사는 하숙에 꼭 들어앉아 있었다. 연하장 한 장도 내지 않았다. 그의 마음은 점점 더 비틀려 갔으나 속에는 일종의 깨달음 같은 것이 생기고 있었다. 그에게는 막다른 골목까지 온 것 같은 지금의 생활을 타개해 나갈 의사 같은 것은 물론 없고, 차츰차츰 숨이 가빠 들어와도 그대로 누워 죽음을 기다리는 수밖에 없다고 생각되었다. 책상 위에는 먼지가 쌓이고, 외국서 온 신문 잡지는 겉봉도 뜯기 싫었다. 그는 늦잠을 자는 버릇이 생겼다. 점심때나 되어 일어나서는 밥을 한술 떠 넣고 바람 부는 거리를 거니는 것이 일과가 되었다. 새해라 해도 종로거리에는 장식 하나 없고 살을 에는 매운바람이 먼지를 불어 올릴 뿐이었다.

피곤하면 뒷골목에 갑자기 많아진 찻집을 찾아 들어가 정신 나간 사람같이 앉아 있었다. 찻집에는 아무 데를 가도 일상 김 강사와 같은 젊은 사내들이 그득하였다. 그들은 대개는 김만필과 비슷한 경우에 처해 있는 사람들이었다. 학교는 졸업했으나 갈 곳은 없고 학문이나 예술상의 기적적인 사업이 하룻밤 되는 것도 아니고, 그렇다고 현상타파의 마음을 굳게 해서 강철이나 불길을 사양치 않을 만한 용기를 제마다 갖고 있는 것도 아니고 보니, 차를 사 먹을 잔돈푼이 안즉 있는 동안에 이렇게 찻집에 와서는 웅덩이에 고인 물 같은 시간을 보내고 있는 것이다. 여기에서는 활발한 토론의 꽃이 피는 법도 없으며 불길 같은 사랑의 피가 타오르는 일도 없고 오직 죽음과 같은 침묵의 시간이 계속될 뿐이었다.

날이 감을 따라 김만필은 점점 자기의 힘으로는 이길 수 없는 정신의 피로를 느끼기 시작하였다. 어떻게든지 해야겠다 하는 초조한 마음은 점점 없어지고 축 늘어진 채 의미 없는 시간을 맞고 보내고 하는 것이었다. 벌써 칠팔 년 전에 대학 불란서말 코스에서 우연히 눈에 띈 도데의 소설 속의 짧은 구절이 머리에 떠서 지워지지 않았다.

'그에게 피곤이 왔다'는 이 짧은 구절이 무슨 깊고 또 깊은 의미를 가진 것같이 생각이 되는 것이다. 이야기는 철사에 붙들려 매서 날마다 평화한 목장의 풀을 먹고 있던 어린 양이 드디어 생활에 권태를 느끼고 어느 날 이 철사를 끊고 숲속으로 달아나서 거기서 기다리고 있던 이리한테 잡혀 먹혔다는 것이다. 김만필은 하숙 온돌에 드러누워 빈대 피 터진 벽을 바라보며 그 잡혀 먹힌 어린 양의 행복을 걱정해 보기도 했다.

휴가가 끝난 뒤에 교원실에 나타난 T 교수는 그 전보다도 한층 기운이 있었다. 이번 겨울은 특별히 추워 영하 이십 도라는 엄한이 여러 날 계속되었건만 그는 잠뱅이 하나로 지내 왔다고 교원실이 가득하도록 떠들었다. 얼굴에는 붉은 핏기가 가득 차 있다. 별안간 그는 이번 겨울방학 동안에 조선의 민속民俗에 대해 많이 연구했다고 말을 꺼냈다.

"마침 무당을 하나 붙들었기에 여러 가지 조선의 신앙, 미신, 관혼상제의 습관, 풍속 같은 것을 조사해 봤는데 썩 흥미가 있데나. 한 민족을 철저하게 이해할려면 역시 이 방면부터 조사해 가는 것이 제일 첩경이야. 미친 것을 고치려면 신장 내린 무당이 동쪽으로 뻗친 복사나무 가지로 병자를 실컷 때려 주면 멀쩡하게 나버린다네, 허……. 이것은 아주 합리적이거든. 난 조선 여자들이 살결이 왜 고운가 했더니 그 비밀을 이번에 처음으로 알었어. 밤에 잘 적에 오줌으로 세수를 헌데나 그려. 인제 우리 여편네한테두 오줌세수를 시켜볼까. 허…… 어허……."

T 교수의 호걸 같은 웃음에 따라 다른 교수들도 일제히 깔깔거려 웃었다. 그러나 김만필은 가만히 있을 수 없었다. T 교수의 뺨이라도 힘껏 후려갈기고 싶었으나 참는 수밖에 없어서,

"그런 풍속이 어데 있단 말씀이오. 나는 듣도 보도 못했소."

김 강사는 겨우 이 말만 했다. T 교수를 비롯해 모든 사람들은 비로소 김 강사가 있는 것을 깨달은 듯이 그의 얼굴을 바라보고, 교원실의 공기는 별안간 싸늘해

졌다. T 교수는,

"아니, 당신은 이런 것은 이리저리 생각하실 것 없지요. 무식한 무당한테 들은 소리니까."

하고 그로서는 처음 보는 미안한 얼굴을 지었다.

"어쨌든 미신이라는 것은 어떤 문명국에라도 있는 것이니까."

김 강사는 한 마디 더 말하고 싶었다. 그러나 마침 종이 울렸으므로 그는 백묵 상자를 들고 썩 교원실을 나와 버렸다.

이번 겨울은 이상스레도 흐린 날이 계속되었다. 그 일기도 김 강사의 비위에 맞지 않았다. S전문학교에 가는 도중에 전차 창으로 내다보이는 교외의 풍경은 한결같이 회색빛깔로 물칠되었었다. 앞에는 더러운 빠락집들이 톱니빨같이 불규칙하게 늘어서고, 그 지붕 위를 수력전기의 송전탑이 까맣게 멀리 숲 편으로 달아나는 것이다. 잿빛하늘 저편에는 시커먼 북한산이 잠잠히 서 있고…… 김만필은 그 옛날을 생각해 본다. 아즉 중학생 때 겨울이 되면 흔히 스케이트를 둘러메고 이 근처로 얼음을 타러 다녔다. 그때에는 이 더러운 빠락들도 무서운 송전탑도 물론 없었고 수양버들 늘어진 큰길이 멀리멀리 논밭 가운데로 구불거려 있었다. 하늘은 일상 샛푸르게 개었었다. 펀한 논벌판 저편에는 능陵 소나무 숲이 보이고 그 저편 쪽 하늘에는 눈을 인 북한산의 야윈 봉우리가 굳세게 높게 솟아 있는 것이었다. 논에는 물이 가득해 그것이 유리쪽같이 얼고 그 얼음 위를 바람을 차고 중학생 김만필은 마음껏 뛰어 돌아다니던 것이었다…….

이월도 그믐께 가까운 어느 날, 첫째 시간을 끝내고 일상 하듯이 김만필은 신문실에서 멍하고 있노라니 T 교수가 나타나 오늘 잠깐 할 말이 있으니 교수가 끝나거든 교무과로 와 달라 하였다.

시간을 마치고 교무과로 갔더니 T 교수는 대략 다음과 같은 이야기를 하였다.

"오늘은 잠깐 당신께 꼭 해야 할 말씀이 있습니다. 다름 아니라 엊저녁에 오래간만에 H 과장 집에 놀러갔더니 H 과장은 무슨 까닭인지 당신한테 관해 무슨 이상스런 소문을 듣고 대단 기색이 좋지 못한 모양입디다. 어떤 말을 듣고 그러는지는 나도 모르겠소마는, 그래 내가 지금 당신께 할려는 말씀은 사실은 우리 학교 교장 말인데 교장은 원체 성미가 그런 사람인 데다가, 무엇인지 당신이 교장 비위를 몹시 거슬러 놓지 않었나 싶습니다. 실례의 말씀이지만 당신은 아직 세상이라는 것을 모르고 계시다고 나는 봅니다. 세상이라는 것은 어쨌든 이론대로 되는 것이 아니니까요. 웃사람한테 대해서는 철을 찾어 무슨 선사는 안 한다 하드래도 가끔 찾어가 보는 것쯤은 해두는 것이 좋단 말이오. 들으니까 H 과장도 그때 이후 찾어가지 않었다지요. H 과장이 그럽디다. 당신은 나와 달러서 처음부터 H 과장 소개로 들어왔겠다, 당신만 잘 하면 앞으로는 시간도 차차 더 얻을 수 있을 것인데……."

"그러면 저……."

"아니, 무어 자세한 이야기를 들은 것은 아니니까, 어쨌든 내 생각에는 오늘 저녁에라도 우선 H 과장 집에라도 한 번 찾어가 보시는 것이 좋을 듯합니다만……."

"네……."

김 강사는 분명치 않은 대답을 했으나 T 교수의 이야기를 듣고 있는 동안에 오랫동안 숨을 죽이고 있던 마음속의 불똥이 이상스레 끓어오르는 것을 느꼈다. 나쁜 놈들! 내가 비겁한 짓을 하고 쩔쩔매고 있으니까 제멋대로 건방지게 구는구나. 나는 너희들 앞에 말라빠진 이 몸을 내던지고 짓밟든지 차든지 너희들 할 대로 하라고 참아 오지 않았느냐. 이 이상 무엇을 더 어떻게 하라는 것이냐. 김 강사는 보이지 않는 소리로 H 과장, 교장들을 욕하고 남을 극도로 멸시하는 소리를 뻔뻔스레 친절한 귀띔 모양으로 들려주는 T 교수의 얼굴에다 마음속으로는 힘껏 침을 뱉아 주었다.

그러나 집에 돌아온즉 불안한 마음에 암만 해도 가만히 있을 수 없었다. T 교수의 말치로 보아서는 자기의 운명도 이미 결정된 듯싶었으나, 그렇게 되고 보니까 또 전부터 정해 온 배짱이 흔들흔들하기 시작하는 것이었다. 김 강사는 끝까지 현실에 연연하는 자기의 약한 성격에 스스로 싫증과 미움까지 났으나 그렇다고 그것을 어떻게 처치할 수는 없었다. 드디어 그는 이번 한 번만 더 T 교수의 말대로 해보기로 마음을 정했다. 그리고 이번에야말로 언젠가 그가 권하듯이 과자상자를 사가지고 가는 것이라고 자기 자신에게 일러 들렸다.

H 과장 집 현관에는 먼저 온 손님이 있는지 구두 한 켤레가 놓여 있었다. 그러나 응접실에 들어가니까 손님은 방금 간 모양으로 하녀가 나와서 테이블 위의 찻종과 과자접시 등속을 치우고 있었다. H 과장은 혼자서 걸상에 앉았는데 웬일인지 노기가 등등한 얼굴이었다.

"무얼 하러 왔나."

하고 쏘아붙였다. 김만필은 너무나 의외의 인사에 깜짝 놀라 H 과장의 얼굴을 치어다보고 도로 머리를 숙였다. 다 글렀다! 하는 생각만이 머리에 가득 차서 오는 길에 생각해 둔 갖가지 변명이 하나도 안 남고 날아가 버렸다.

"너무 오래 찾어뵙지도 못했기에……."

김만필은 겨우 입을 떼었다.

"이 남의 은혜를 모르는!"

또 한 번 정신이 번쩍 들어 김만필은 얼굴을 들고 H 과장을 보았다. H 과장은,

"대체 자네는 왜 남의 얼굴에 똥칠을 해놓는 겐가."

라고 또 소리쳤다.

창졸간에 무엇이라 대답해야 할는지를 몰라 김만필은 머리를 숙이고 덮어 놓고 사과를 했다. 그러나 H 과장은 여전히 되풀이하는 것이다.

"왜 나를 창피한 꼴을 보이는 거야."

"네, 제가 과장님께 무슨 창피를…… 제가."

H 과장에게 창피한 꼴을 보여준 적은 없는 것이다.

"그래두 자네는 나를 속일 작정인가."

"과장님을 속인 일은 저는 없습니다."

"없어?"

H 과장은 금방 덤벼들 듯이,

"그럼 내 입으로 말해 줄까. 자네는 대학시대에 ××주의 단체에 들었었지. 이리로 온 후도 좌익 문학운동에 관계했지."

"하지만 그것은……."

하고 김만필은 대답하려 하였으나 이번에는 H 과장은 부들부들 떨리는 목소리가 되어,

"왜 자네는 그것을 내한테 말하지 않고 감추었단 말인가, 응. 그래두 상관없다고 생각했단 말인가. 그래 놓고 자네는 뻔뻔스레 학교 선생이 되어 시치미를 뚝 떼고 있지만 자네를 추천해 논 이 내 얼굴은 어찌 된단 말인가. 나는 자네만은 염려 없다고 학교당국의 강경한 반대를 무릅쓰고 억지로 자네를 집어넣은 것이야. 허기는 경솔하게 자네를 신용한 내가 잘못이지. 섣불리 동정심을 낸 것이 잘못이야. 이 은혜를 모르는, 제 욕심만 채우는……."

H 과장이 떠들어대는 동안 김만필은 올 것이 온 것이다라고 생각하였다. 그러나 막상 이렇게 되고 보니 도리어 별로 겁날 것이 없었다. 생각하면 작년 가을 이후로 날마다 밤마다 자기를 괴롭게 하고 눈앞에 얼씬거리던 검은 그림자의 정체는 겨우 요것이던가, 그렇게 생각하니 도리어 무거운 짐을 내려논 것 같았다. 그러나 사정만은 똑똑히 해 두어야 된다고 그는 생각하였다. 과거에 있어서 그는 제법 정말 무슨 주의자였던 일은 없는 것이다.

"그건 무슨 오해십니다. 저는 지금까지 ××주의자였던 적은 없습니다."

"무엇야! 그래도 나를 속이려나!"

H 과장은 다시 격노해 소리를 버럭 지르고 의자와 테이블을 와당탕거리며 벌떡 일어났다.

그때 이웃 방으로 통하는 문이 열리며 H 과장 부인이 차를 가지고 들어왔다. 이어 부인의 등 뒤에는 언제나 일반으로 봄 물결이 늠실늠실하듯 온 얼굴에 벙글벙글 미소를 띠운 T 교수가 응접실로 따라 들어왔다.

줄거리

김만필은 동경제국대학 독문학과를 우수한 성적으로 졸업하고 H 과장의 소개로 S전문 학교의 독일어 시간강사로 취직한다. 그리고 그곳에서 T 교수라는 사람을 만나고, 그에게서 스스끼라는 학생을 조심하라는 조언을 듣는다. 김 강사는 그의 조언이 내심 고마웠으며, 조금 긴장되긴 했어도 첫 강의를 무사히 마친다.

며칠 후 김 강사는 H 과장에게 고맙다는 인사를 하러 갔다가 그의 집 대문 앞에서 T 교수와 마주친다. H 과장 집에서 나온 T 교수는 김 강사를 데리고 찻집으로 간 뒤 자신이 김 강사를 교장에게 추천했고, 작년에 김 강사가 쓴 '독일 신흥 작가 군상'이라는 글을 읽었다고 말했다. 그런데 이 글은 좌익 작가들을 다룬 것으로 학교에서 알면 좋을 리 없었다. 그 이후 김 강사는 T 교수에게 두려움과 추악함을 느끼게 된다.

어느 날, 독일문학에 아주 박식한 스스끼라는 학생이 김 강사를 찾아온다. 독일문학에 무척 박식한 스스끼는 김만필에게 독일문학 연구 그룹에 참석해 달라고 청한다. 하지만 김만필은 자신의 과거를 숨기고 싶었으며, 자신에 대해 자세히 알고 있는 스스끼가 T 교수의 스파이가 아닐까라는 의심에 일언지하에 거절한다.

새해가 되자 T 교수는 김 강사에게 H 과장을 한 번 찾아가 보라고 권한다. 편치 않은 마음으로 김 강사는 H 과장을 찾아갔지만 과장은 김 강사의 과거를 들춰내며 남의 얼굴에 똥칠을 해도 되는 것이냐고 욕을 한다. 김 강사는 자신은 결백하다고 항변한다. 이때 T 교수가 윗방에서 나오며 김 강사를 보고 비열한 웃음을 짓는다.

감상 포인트

이 작품은 일제강점기 현실에 적응하려다 결국 실패하고 마는 지식인의 참담한 모습을 담고 있다. 즉, 일제강점기의 물질 만능주의에 의해 파멸되어 가는 지식인의 단면과 우민정책의 앞잡이인 일본 지식인들의 위선적인 모습을 선명하게 보여 주고 있는 작품이다.

당시 지식인 문제를 다룬 소설들은 대부분 실직 문제가 주류를 이루었지만, 이 작품은 여기에서 한 걸음 나아가 지식인의 이상과 현실 사이의 괴리를 사실적으로 그렸다. 즉, 지식인이 어떻게 지식인답지 못한 모습으로 처세하는지를 보여 주는 동시에 얼마나 무력하게 사회 현실에 휘말려 가는지를 부각시키고 있는 것이다.

김 강사는 사회주의 운동에 가담한 경험이 있으면서도, 사회의 구조적 모순을 개혁하려 들기보다 오히려 여러 겹의 가면을 쓴 채 살아가려고 한다. 이렇듯 이 작품은 모순된 현실 상황을 헤쳐 나가는 지식인들의 모습을 형상화하는 대신 인물의 성격을 부각하는 데 초점을 맞추고 있다.

일제강점기의 지식인들은 뚜렷한 자기 정체성을 일관되게 견지하면서 살아가는 것이 불가능했다. 현실에 얼마간 아첨하면서까지 생활을 꾸려 나가야 했기 때문에 내적 갈등도 크고 그로 인해 무기력한 모습도 많이 보였다. 즉, 양심을 지키는 것만으로는 자기를 세울 수 없었던 불행한 시대의 지식인들은 이 작품 속 김 강사의 경우처럼 양심과 현실 사이에서 끝없이 갈등하고 스스로 양면성을 지닌 채 살 수밖에 없었다.

등장인물

- 김만필(김 강사) : 동경제대를 졸업한 수재이다. 진보적 운동 단체인 문화비판회의 구성원으로 활동한 바 있으며, 일 년 반 동안 룸펜 생활을 하다가 S전문학교의 시간강사로 부임한다. 지식인으로서의 사명과 생활인으로서의 현실 사이에서 고민하며 불안과 우울증에 시달린다.
- T 교수 : 일본인 교수로, 교무 일을 맡아서 처리하는 인물이다. 약삭빠르고 비굴한 인물의 전형이다.

1930년대 중반 지식인이 실업자가 된 상황을 그린 작품들

① 채만식의 《레디메이드 인생》

② 이상의 《날개》

③ 유진오의 《김 강사와 T 교수》

세 작품 모두 일제강점기의 왜곡된 식민지 교육정책으로 인한 피해를 그리고 있다.

핵심정리

- **갈래** : 단편 소설, 지식인 소설
- **배경** : 일제강점기, 일본인 교사가 중심인 S전문학교
- **시점** : 전지적 작가 시점
- **성격** : 사실주의
- **갈등** : 위선과 진실 사이의 갈등
- **주제** : 일제강점기의 왜곡된 현실과 거기에 적응하려는 지식인의 실패한 모습

1968년 〈한국일보〉 신춘문예에 소설 《회색 면류관의 계절》이 당선되어 문단에 데뷔했다. 1977년 《아홉 켤레의 구두로 남은 사내》로 제4회 한국문학 작가상, 1983년 《꿈꾸는 자의 나성》으로 제15회 한국창작문학상을 수상했다.

작품 속에서 독특한 리얼리즘 기법과 절도 있는 문체로 시대의 모순을 드러낼 뿐 아니라, 한국 현대사에 대한 예리한 통찰도 보여 주고 있다. 아울러 산업화와 인간소외의 문제에 대한 비판적 시각도 갖고 있다. 한마디로, 모순된 현실 사회에 대한 관심과 그것을 바라보는 따뜻한 시선이 윤흥길 작품 세계의 특징이다.

주요 작품으로는 《황혼의 집》, 《아홉 켤레의 구두로 남은 사내》, 《묵시의 바다》 《환상의 날개》, 《무지개는 언제 뜨는가》, 《순은의 넋》, 《장마》, 《내일의 경이》, 《에미》, 《완장》, 《백치의 달》 등이 있다.

1 장마

1

밭에서 완두를 거두어들이고 난 바로 그 이튿날부터 시작된 비가 며칠이고 계속해서 내렸다. 비는 분말처럼 몽근 알갱이가 되고, 때로는 금방 보꾹이라도 뚫고 쏟아져 내릴 듯한 두려움의 결정체들이 되어 수시로 변덕을 부리면서 칠흑의 밤을 온통 물걸레처럼 질펀히 적시고 있었다.

동구 밖 어디쯤이 될까. 아마 상여를 넣어두는 빈 집이 있는 둑길 근처일 것이다. 어쩐지 거기라면 개도 여우만큼 길고 음산한 울음을 충분히 낼 수 있을 것 같은 생각이 들었다. 그러나 실제로는 그보다 훨씬 더 먼 곳일지도 모른다. 잠시 꺼끔해지는 빗소리를 대신하여 멀리서 개 짖는 소리가 짬을 메우고 있었다. 그것이 저희들끼리의 무슨 군호나 되는 듯이 난리통에 몇 마리 남지 않은 동네 개들이 차례로 짖기 시작했다. 그날 밤따라 개들의 극성이 몹시도 유난했다. 그때 우리는 외할머니가 거처하는 건넌방에 모여 있었다. 외할머니의 심중에 뭔가 큰 변화가 생겨 우리는 그분을 위로하고 안심시켜 드리지 않으면 안 되었기 때문이다. 그런데 어머니와 작은이모는 개들이 사납게 짖기 시작하면서부터 갑자기 입을 다물어 버렸다. 서로 외할머니의 눈치만 슬금슬금 살펴가며 모기장베가 붙어 있는 방문 쪽으로, 얼멍얼멍한 모기장베가 가린 둥 만 둥 막고 있는 어둠 저쪽으로 자꾸 눈길을 돌렸다. 나방이인지 하늘밥도둑인지 모를 날벌레 한 마리가 아까부터 날개를 발발 떨면서 방문에 붙어 끊임없이 오르내리고 있었다.

"내 말이 틀리능가 봐라. 인제 쪼매만 있으면 모다 알게 될 것이다. 어디 내 말이 맞능가 틀리능가 봐라."

외할머니가 낮게 중얼거렸다. 외할머니는 아침밥에 섞어 먹을 완두를 까고 있었다. 아름이나 되어 보이는 축축한 완두 줄거리를 치마폭에 잔뜩 꾸리고 앉아서 외할머니는 꼬투리를 뚝 떼어 별로 서두르는 기색도 없이, 그러나 몸에 밴 익숙한 손놀림으로 속을 우볐다. 연둣빛 얼룩이 진 길쯤한 자실이 한옆으로 비어져 나오면 그걸 손바닥에 받아 무릎맡의 대바구니에 담고 빈 깍지는 도로 치마폭 안에 떨어뜨렸다. 외할머니의 말에 뭐라고 대꾸 할 기회를 놓쳐 버린 어머니와 작은이모는 서로 어색한 눈짓을 나누었다. 밖에서는 다시 거세어지는 빗소리가 들리고, 거기에 질세라 개들이 더욱 더 사납게 짖어대었다.

빗소리가 차차로 고비에 이르더니 뒤란 장독대 쪽에서 양철이 떨어져 곤두박질하는 소리가 났다. 벽에 걸어놓았던 두레박일 것이었다. 방문을 흔들며 갑자기 한 무더기의 비바람이 쏟아져 들어와 그렇잖아도 위태롭게 까물거리던 호롱불을 아예 죽여 버렸다. 방 안은 졸지에 밀어닥친 어둠과 끈끈한 공기 속에 잠기고 하늘밥도둑인지 나방이인지 모를 날벌레도 날갯소리를 멈추었다. 서너 집 건너에서 개가 짖기 시작했다. 잠자코 있던 우리 집 워리란 놈도 그 미련한 주둥이를 벌려 처음으로 웅얼거리는 소리를 했다.

사납게 짖어대는 소리가 마을 초입에서부터 우리가 사는 가운뎃말을 향하여 점점 다가오고 있었다.

"불을 키거라." 하고 외할머니가 말했다.

"야가 어서 불을 키래도."

어둠 속에서 외할머니가 부스럭거렸다.

"무신 놈으 날씨가 이 모냥인지, 원."

내가 방구석을 더듬어 성냥을 찾아서 호롱에 불을 댕겼다. 그러자 어머니가 심지를 돋우었다. 꼬불꼬불 그을음이 피어오르면서 천장에 둥근 무늬의 그림자를 만들었다.

"해마다 이맘때가 되면 날이 궂었어라우." 하고 어머니가 말참견을 했다.

"모든 게 날씨 탓이지요. 어머님이 그렇게 괜한 걱정을 하시는 것도 날씨 탓이에요."

작은이모도 한마디 거들었다. 시골 우리 집으로 피난 내려오기 전, 외가가 서울에 있을 때, 작은이모는 그곳에서 여학교를 나왔다.

"아니다. 느덜이 모르고 허는 소리다. 이 나이 먹드락 내 꿈이 틀린 적이 어디 한 번이나 있디야?"

외할머니는 고개를 설설 흔들었다. 그렇게 고개를 흔들면서도 완두 까는 손놀림은 멈추지 않았다.

"저는 꿈같은 거 절대로 안 믿어요. 길준이한테서 몸 성히 잘 있다고 편지 온 게 바로 엊그젠데……."

"그러문요. 요새는 전투도 없고 혀서 심심허다고 편지 끄터머리다 쓴 걸 어머님도 직접 보셨잖아요."

"다아 소용없는 소리다. 느이 애비가 죽을 때만 혀도 나는 사날 전에 벌써 알어채렸다. 이빨이 아니라 그때는 손구락이었지만. 꿈에 엄지손구락이 옴싹 빠져서 도망가 버리드라."

또 그놈의 꿈 얘기. 물리지도 않나 보다. 새벽잠에서 깨면서부터 줄곧 외할머니는 그놈의 꿈 얘기만 늘어놓고 있었다. 점심때가 지나고 해질녘이 되어도 외할머니는 여전히 잠에서 덜 깬 듯이 흐리멍덩한 상태로 중얼거리고 있었다. 이가 거의 빠져 합죽해진 입두덩을 끊임없이 달싹이면서 자기 신변으로 몰려오는 어떤 불길한 기운이 있음을 거듭거듭 예언하는 것이었다. 위아래를 통틀어 겨우 일곱 개밖에 남지 않았는데, 난데없이 무쇠로 만든 커다란 족집게가 입 안으로 쑥 들어오더니 기중 실하게 붙어 있던 이빨 하나를 우지끈 잦뜨려 놓고 달아나는 꿈을 꾸었다는 것이다. 악몽에서 깨어 정신을 수습한 다음 외할머니가 맨 처음 한 일은 손으로 더듬어 이를 낱낱이 점검해 보는 그것이었다. 그러고 나서 작은이모더러 거울을 가져 오래서 눈으로 다시 한 번 개수를 확인했다. 그래도 미심쩍었던지 나중에는 나를 얼굴 가까이 불러 다짐을 거푸 받았다. 딱하게도 아무리 들여다봐야 이는 일곱 개 그대로였다. 더구나 어금니 대용으로 외할머니가 애지중지해 온 아래쪽 송곳니는 온전히 제자리에 박혀 있었다. 그러나 외할머니는 아무도 믿으려 하지 않았다. 송곳니가 제자리에 남아 있다는 사실이 아무래도 믿어지지 않는 모양이었다. 그분의 생각은 이미 현실을 떠나 꿈 쪽에만 머물고 있었다. 딸들도 사위도 못 미더워했고, 바늘귀를 잘 맨대서 이따금 칭찬해 주던 외손자의 시력에도 이젠 의심을 품었다. 거울 같은 건 말할 나위도 없고, 심지어는 입 안에까지 직접 들어가 개수를 확인해 보고 나온 당신의 손가락마저도 신용하지 않았다.

이런 상태로 그놈의 꿈 얘기만 늘어놓으며 외할머니는 긴 여름 나절을 보냈던 것이다. 참으로 답답한 노릇이었다. 그 답답함을 견디지 못하고 먼저 외삼촌을 들먹인 사람은 어머니였다. 부주의하게도 어머니의 입에서 육군 소위를 달고 일선 소대장으로 나가 있는 외삼촌 이름이 불쑥 튀어나오자 외할머니는 갑자기 축 늘어진 양쪽 볼에 심한 경련을 일으켰다. 작은이모가 조심성이 없는 어머니를 나무라는 표정을 지었다. 외할머니는 어머니의 말을 못 들은 척하고 그냥 넘겨 버렸다. 노인양반을 안심시키기 위해서는 별 수 없다고 생각을 바꾸었는지 작은이모도 오래지 않아 외삼촌 얘기를 꺼냈다. 그러나 외할머니는 하나뿐인 아들 이름을 끝내 입 밖에 내지 않았다. 그러면서도 그놈의 꿈 얘기는 여전했다.

날이 어두워지면서부터는 입장들이 뒤바뀌어 위로하는 사람과 위로받는 사람을 거의 구별할 수 없게 되었다. 시간이 지날수록 외할머니의 말씨는 주술에라도 걸린 듯이 더욱 암시적이 되고, 어딘지 모르게 자신만만한 표정을 띠기조차 했다. 반면에 어머니와 이모는 까닭 없이 안절부절못하면서 일껏 까려고 가져다 놓은 완두 줄거리를 우두커니 내려다보기만 했다. 결국 일감은 외할머니 앞으로 떠넘겨지고, 어머니와 이모는 심란스럽게 앉아 언제 끝날지 모르는 중얼거림에 어쩔 수 없이 귀를 기울이고 있었다.

주룩주룩 쏟아지는 비가 온 세상을 물걸레처럼 질펀히 적시고 있었다. 난리를 겪고도 용케 살아남은 동네 개들이 일제히 들고 일어나 극성맞은 그 포효로 마을을 휩싼 어둠의 장막을 갈기갈기 찢어발기고 있었다. 외할머니는 몸에 익은 손놀림으로 완두 꼬투리를 후벼서 자실은 대바구니에, 그리고 빈 깍지는 치마폭 안에 정확히 갈라놓았다. 우리 집 지천꾸러기 워리란 놈이 전에 없이 사납고 우렁찬 소리로 짖어대기 시작했다. 그때 우리는 발소리를 저벅거리며 이웃집 담 모퉁이를 돌아 나오는 인기척을 들을 수 있었다. 한 사람뿐이 아니었다. 적어도 두셋은 될 것이었다. 물구덩에라도 잘못 디뎠는지 흙탕을 튀기는 소리가 나고, 이어서 날씨를 심하게 탓하며 투덜거리는 소리까지 똑똑히 들렸다. 도대체 누구일까, 이 밤중에 억수로 내리는 비를 맞아 가며 마을을 활보하는 사람들은 전쟁이 북으로 물러나갔다고는 하지만 아직도 빨치산들이 읍내 경찰서를 습격하고 불을 지를 만큼 어수선한 때였다. 예의를 좀 아는 사람이라면 웬만큼 긴한 용무가 아니고는 해가 진 뒤에 남의 집을 방문하는 법이 거의 없었다. 그런데 저 사람들은 지금 누구네 집을 찾아가고 있을까. 대관절 무슨 짓을 하려고 밤길을 떼 뭉쳐 다니는 것일까. 어머니가 작은이모의 손을 덥석 움켜잡았다. 이모는 어머니한테 손을 내맡긴 채 모기장베가 엉성히 가리고 있는 어둠 속 저쪽을 뚫어지게 쏘아보고 있었다. 안방 마루 밑에서 워리란 놈이 숨넘어가는 소리로 짖어대고 있었다. 귀가 약간 어두운 외할머니까지도 우세두세 하던 인기척이 바로 우리 집 사립짝 앞에 머물러 한동안이나 주춤거리고 있음을 이미 깨닫고 있었다.

"기연시 왔구나, 기연시 왔어."

외할머니가 바짝 마른 소리로 중얼거렸다.

"순구." 하고 사립 밖에서 어떤 사람이 우리 아버지 이름을 불렀다.

"순구 집에 있능가?"

안방에서 할머니가 콩콩 밭은기침을 했다. 아버지가 밖으로 나가려 하는 기척이 들렸다. 그러자 어머니가 깜짝 놀라며 안방 쪽에 대고 속삭였다.

"내가 살째기 나가볼팅게 당신은 암말도 말고 죽은디끼 있어라우."

그러자 아버지는 방문을 열고 벌써 마루에 나가 있었다. 신발을 찾아 신으면서 아버지는 방금 어머니가 했던 것과 꼭 같은 말을 했다. 우리는 아버지로부터 꼼짝도 말고 방 안에 가만히 앉아 있으라는 주의를 받았다. 아버지가 어디를 어떻게 했는지 미친 듯이 짖어대며 날뛰던 워리 녀석이 별안간 깨갱 소리를 마지막으로 주둥이를 꾹 닫아 버렸다. 마당을 가로질러 가면서 아버지가 조심스럽게 물었다.

"누구요?"

"나, 이 동네 구장일세."

"아니 자네가 이 밤중에 어떻게……."

사립에 매달린 워낭이 딸랑딸랑 흔들렸다. 어른들이 몇 마디 서로 주고받는 소리가 들렸다. 그런 다음 바깥은 다시 조용해지고 줄기차게 내리는 빗소리만이 귀를 가득 채웠다. 방 안을 서성거리던 어머니가 더 참지를 못하고 방문을 활짝 열어젖혔다. 급히 밖으로 나서는 어머니를 작은이모가 허둥지둥 뒤따랐다. 안방에서는 우리 친할머니가 천천히 별로 서두르는 기색도 없이 완두를 까는 일에 아주 열중해 있었다. 완두 꼬투리를 손톱으로 우비면서 외할머니는 이렇게 중얼거렸다.

"나사 뭐 암시랑토 않다. 오널 아니면 니알 중으로 틀림없이 무신 기별이 올 종 알고 있었으니께, 진즉부터 알고 있었으니께, 나사 뭐 암시랑토 않다."

좀이 쑤셔서 곱게 앉아 견딜 수가 없었다. 나는 마침내 외할머니를 혼자 놔두고 슬그머니 건넌방을 빠져 나왔다. 외할머니의 바짝 메마른 음성은 토방에까지도 들렸다.

"……나사 뭐 암시랑토 않다……."

안에서 생각했던 것보다 밖은 더 껌껌했다. 걸음을 옮길 적마다 누린내 풍기는 축축한 털북숭이가 양쪽 가랑이 사이로 척척 감겨 들었다. 워리 녀석이 자꾸만 낑낑거리며 뜨뜻한 혀로 손바닥을 핥았다. 안에서 생각했던 것보다도 빗방울이 더 굵었다. 비는 얼굴을 뒤덮고 베잠방이를 적셔 단박에 내 몸뚱이를 물독에 빠진 새앙쥐 꼴로 만들어놓았다. 워리가 더 이상 따라오질 못하고 뒷전을 돌면서 잔뜩 겁을 먹은 소리로 으르렁거렸다. 어른들 모습은 사립짝께로 바투 다가갔을 때에야 비로소 어렴풋하게 드러났다. 이미 이야기가 다 끝난 뒤인 듯했다. 쏟아지는 빗줄기 속에서 어른들은 그저 잠자코 있기만 했다.

군용 방수포를 머리 위로 뒤집어쓴 두 사내와 이쪽을 향하고 선 구장 어른의 낯익은 얼굴이 희미하게 보였다. 아버지와 작은이모는 금방 땅바닥으로 주저앉을 듯이 흐늘거리는 어머니를 양쪽에서 단단히 부축하고 있었다. 한참만에야 구장 어른이 입을 열었다.

"들어가걸랑 빙모님께 말씀이나 잘 디려 주게."

그러자 방수포를 쓴 어느 한쪽 사내가 뒤를 이었다. 그는 매우 내키지 않는 얘기인 듯 머뭇거려서 목소리가 굉장히 수줍게 들렸다.

"뭐라고 말씀드려야 좋을지 모르겠습니다만……, 괴롭기는 저희들도 매일반입니다. 어쩌다가 이런 일을 맡아 가지고 참……, 그럼 저희들은 이만 물러가 보겠습니다."

"살펴 가시오."라고 아버지가 인사를 했다.

그들은 회중전등으로 길을 더듬으며 사립을 빠져나갔다. 어머니의 입에서 흐느낌이 새어나왔다. 작은이모가 어머니한테 핀잔을 주었다. 그러나 어머니는 조금 더 큰 소리로 울기 시작했다. 아버지는 아무 말도 않고 앞장서 집 안으로 들어갔다. 어머니를 부축하고 걸으면서 작은이모가 자꾸 소곤거렸다.

"제발 이러지 좀 말아요. 언니가 이러면 어머님은 어떻게 되겠어요. 어머님을 생각해야지, 어머님을……."

어머니가 입 안을 주먹으로 틀어막았다. 그래서 방 안에 들어설 때는 가까스로 울음을 그칠 수 있었다.

먼저 들어온 아버지가 외할머니 앞에 앉아 죄라도 지은 사람처럼 거북살스런 자세로 뭔가를 만지작거리고 있었다. 구장 어른이 주고 갔음에 틀림없는 젖은 종이쪽이었다. 아버지는 일부러 쥐어 짜내듯이 온몸에서 물방울을 뚝뚝 떨어뜨렸다. 아버지뿐이 아니라 밖에 나갔다 온 사람은 나까지 넣어 모두 몸에서 흘러내리는 물방울로 방바닥을 흥건히 적시고 있었다. 옷을 얇게 입은 어머니와 작은이모는 적삼과 치마가 몸에 찰싹 눌어붙어 거의 벗은 거나 다름없을 정도로 속살이 들여다보였다. 외할머니는 아무도 쳐다보려 하지 않았다.

"거봐라." 하면서 외할머니는 또 혼잣말처럼 중얼거렸다.

"거봐."

외할머니의 거동을 아까부터 나는 안타까운 마음으로 지켜보고 있었다. 나는 외할머니의 끊임없이 달싹거리는 합죽한 입보다는 완두를 까는 작업에 더 관심을 모았다. 언제부터인지 모르게 외할머니의 손놀림에 변화가 생겼음을 깨달은 것이다. 같이들 방 안에 있으면서도 그걸 눈치 챈 사람은 나 혼자뿐이었다. 시선을 떨군 채 일에 열중해 있는 그 모습은 여전했으나 우리가 밖에 나갔다 온 뒤부터 줄곧 외할머니는 강마른 두 팔을 가늘게 떨고 있었다. 그리고 일껏 까낸 연둣빛 싱싱한 자실을 빈 깍지가 수북이 담긴 치마폭 속에 아무렇지도 않게 떨어뜨리는 것이었다. 외할머니가 실수를 계속할까 봐서 내 마음은 몹시도 조마조마했다. 가능하다면 잘못을 깨우쳐 주고 싶어 나는 몇 번이나 기회를 벼르고 벼르다가 방 안을 억누르는 무거운 분위기에 주눅이 들어 차마 입을 열지 못하고 말았다. 말려서 아궁이에 넣을 빈 깍지가 당연하다는 듯이 이제 곧 대바구니 속으로 들어갈 줄을 번연히 알면서도 속수무책으로 주름살이 두껍게 밀리는 우리 외할머니의 떨리는 손끝만을 지켜보는 도리밖에 없었다.

"내가 내둥 뭐라고 그러다. 오널 중으로 틀림없이 무신 기별이 온다고 안 그러댜?"

창백하던 낯빛이 순간적으로 홍조를 띠어 갑자기 십 년은 젊어진 외할머니가 몇 마디 또 중얼거렸다. 줄거리에 붙은 새로운 꼬투리를 뚝 따내어 속을 우비면서 외할머니는 다시 죽은 사람처럼 창백한 얼굴이 되더니 앉은 자리에서 단숨에 열 살은 더 먹어 버렸다. 외할머니는 무척 흥분해 있었다. 말의 마디와 마디 짬에서 감추고 있던 거친 숨결이 불거져 나오고 목젖이 울릴 정도로 자주 마른침을 넘기는 것으로 보아 그걸 느낄 수 있었다.

"느이 애비가 죽을 임시에도 나는 사날 전버텀 알고 있었다. 늙은이가 밥 먹고 헐일 없응게 앉어서 요사시런 소리나 씨월거린다고 느덜은 이 에미를 야속허게 생각혔을 것이다. 그런디 지내 놓고 보니께 어쩌드냐. 뭐라고 말허능가 보게 어디 느덜 쇠견이나 한 번 시연이 들어봤으면 씨겄다. 어쩌냐, 시방도 에미 말이 그렇게 시덥잖게 들리냐? 그러면 못쓰느니라, 못써. 눈 어둡고 귀 어둡다고 에미까장 우숩게 알면 못쓴다. 할망구라고 혀서 허는 소리마동 다 비싼 밥 먹고 맥없이 씨워리는 소리로만 들으면 큰 잘못이다. 이날 입때까장 내 꿈은 틀린 적이 없었니라. 무신 일이 생길 적마동 이 에미가 꾸는 꿈은 단 한 번도 틀린 적이 없었니라."

머리를 뒤로 젖혀 한껏 고자세를 하고 앉아서 외할머니는 자기 선견지명을 그제까지 몰라 준 두 딸에게 잠시 면박을 주었다. 얼굴이 다시 벌겋게 달아 있었다. 딸들을 바라보는 충혈된 두 눈에 가득 담긴 것은 희열 바로 그것이었다. 자기 예감이 적중된 것을 누구한테나 자랑하고 싶어 어쩔 줄 모르는 기색이 역력했다. 우스꽝스러울 정도로 의기양양해하고 있는 그 표정을 오래 보고 있자니까 주술에 가까운 어떤 강렬한 기운이 가슴속에 뜨겁게 전달되어 와서 외할머니란 사람이 내게는 별안간 무섭게 느껴지기 시작했다. 그리고 비극이 덮쳐올 때마다 매번 그것을 점쟁이처럼 신통하게 알아맞혔다는 외할머니의 주장을 곧이곧대로 믿지 않을 수 없게 되었다. 말하자면 그때 우리 외할머니는 크다면 크고 작다면 작은 하나의 싸움에서 마침내 승리를 거둔 셈인데, 그러고도 모자라서 우리들마저 못살게 굴 만큼 아직도 노인다운 끈기와 옹고집에 충분한 여력이 있는 듯이 보였고, 그것이 외손자인 내게는 감히 누구도 범접 못할 불가사의한 힘으로 느껴져 오래도록 기억에 남을 강렬한 감동을 주었다.

어머니는 알게 모르게 울음소리를 점차로 높이고 있었다. 처음에는 방 안에 있는 다른 사람들이 거의 눈치 채지 못할 정도로 아주 가늘디가늘게 시작되었다. 그런데 웬만큼 소리를 높여 봐도 역시 상관하는 사람이 없으니까 나중에는 아예 마음 놓고 큰 소리로 울기 시작했다. 모기 한 마리가 이모의 백짓장처럼 하얀 목덜미에 붙어 피를 빨고 있었다. 모기란 놈이 앵두알처럼 통통하게 배를 불리며 피를 빨아먹는데도 이모는 꼼짝을 않고 우두커니 앉아만 있었다. 방문이 활짝 열려진 채로였다. 열린 문으로 모기떼들이 꾸역꾸역 몰려드는데도 누구 하나 닫으려는 사람이 없었다. 곳곳에서 사납게 짖어대는 개들의 소리로 군용 방수포를 둘러쓴 사람들이 마을 어디쯤을 가고 있는가를 가만히 앉아서도 빤히 어림할 수 있었다. 그들이 들어올 때와는 정반대로 개 짖는 소리가 마을 안쪽에서 바깥쪽을 향하여 점점 멀어지고 작아지고 차츰 뜸해지더니 이윽고는 아주 잠잠해져 버렸다. 어느 틈에 들어왔는지 한 마리의 까만 날벌레가 방 안을 이리저리 날아다니며 아까부터 소란을 피우고 있었다. 하마터면 호롱불까지 끌 뻔해 가면서 온 방 안을 몇 바퀴씩이나 휘젓고 다니던 끝에 그것은 내 손에 붙잡혔다. 하늘밥도둑이었다. 나의 엄지와 검지 사이에 끼여 그것은 자꾸만 꼼지락거렸다. 흙을 헤집을 때 삽으로 쓰는 튼튼한 앞발을 힘차게 버둥거리며 한사코 내 손아귀에서 도망치려 했다. 하지만 그까짓 저항이 내게 무슨 상관이냐, 그것이 죽고 사는 것은 내 마음먹기 하나에 달려 있었다. 나는 그것을 얼마든지 죽일 수 있고 또 얼마든지 살릴 수도 있었다. 나는 하늘밥도둑을 쥔 두 개의 손가락에 지그시 압력을 가하기 시작했다. 이때 외할머니의 중얼거림이 들렸다.

"나사 뭐 암시랑토 않다. 진작서부텀 이럴 종 알고 있었응게 나사 뭐 암시랑토 않다."

그러자 어머니의 울음이 별안간 절정에 이르러 방 안이 온통 뼛속까지 갉는 듯한 아픈 소리로 가득 차 버렸다.

불싸앙헌 우리이 준이이 아이고 우리 기일준이가아 아하이고 아이고오 따른 집 자석들은 기피도 잘 허동마안 워쩌자고 우리이 준이느은 허지 말라는 소대장인가 그 웬수녀르 밥티긴가를 달어 가지이고 이 지경이 되었느은고 아이고 아하이고 이 일을 어쩌다아냐아…….

방 안을 가득 채우고도 남아도는 어머니의 진한 핏빛 울음은 어느덧 두루마기 멍석이 되어 어둠에 잠긴 마당 쪽으로 끝없이 풀려 나가고, 그 위로 꺼끔해졌다 되거세어지는 장맛비가 소리를 지르면서 두텁디 두텁게 깔리고 또 깔렸다.

2

작은 언덕과 작은 언덕, 그리고 낮은 산과 낮은 산들을 앞에 주욱 거느린 채 그 세모꼴의 머리로 하늘을 떠받치고 선 건지산은 언제 보아도 모습이 의젓했다. 하기야 늘 의젓이만 보아온 그 건지산이 갑자기 그럴 줄 몰랐다고 느껴지던 우스꽝스런 한 때도 있긴 있었다. 밤이면 어른들이 거기 모여 불장난을 한다. 어떤 때는 훤한 대낮에도 산봉우리에서 몽개몽개 연기가 피어오르는 걸 볼 수 있다. 밤마다 그들은 얼마나 많은 오줌을 지리는 것일까. 어머니의 강압에 못 이겨 키를 쓰고 동네를 한 바퀴 돈 경험이 있는 나로서는 건지산에서부터 흘러내리는 마을 앞 시냇물을 일단 의심의 눈으로 바라보지 않을 수 없었다. 도대체 이제까지 점잖은 촌 노인처럼 그저 묵중히만 서 있던 산이 갑자기 연기와 불길을 내뿜는 것부터가 장난 같았다. 어른들 놀이치고는 너무 유치하고 어리석고 그러면서도 어떻게 보면 아주 평화스럽게 보이는 장난이었다. 봉화불과 무수한 살상과의 상관관계를 나는 미처 깨닫지 못했다. 왜 건지산에서 불길이 오르고 난 다음이면 꼭 읍내에서 시가전이 벌어지고 꼭 어느 고을 어떤 동네가 쑥대밭이 되어야만 하는가를 이해할 수가 없었다. 그러나 설사 그런 문제를 일찍이 이해해 버렸다 해도 결과는 매마찬가지였을 것이다. 난생 처음 봉홧불을 구경하던 당시의 망측스런 상상에도 불구하고 내 의식 속에서의 건지산은 어느 틈에 그 의젓한 모습을 되찾고 날이 지남에 따라 더욱 더 친근하게 느껴지기 시작했다.

그런데, 아침에 일어나서 보니 그 건지산 허리 윗부분이 검은 구름으로 친친 감겨 있었다. 비는 그쳐 있었으나 건지산이 있는 동쪽 하늘자락을 완전히 덮고 있는 시커먼 구름을 보면 그것이 여태 것보다 더 많은 양의 비를 새롭게 장만하고 있음을 얼른 알 수 있었다. 이따금씩 하늘 어두운 구석에서 번개가 튀어나와 그 언젠가 마을 앞 둑길에서 어떤 사내가 어떤 사내의 가슴에 쑤셔 박던 그때의 그 죽창처럼 건지산 아니면 그 근처 어딘가를 무섭게 찔러댔다. 그리고 그럴 적마다 찔린 산이 지르는 비명과도 같은 천둥소리가 지축을 흔들었다. 그만한 덩치에 그만큼 아픈 찔림을 당한다면 내 입에서도 그 정도의 비명쯤 당연히 나오겠다 싶은 처참한 소리를 지르곤 했다. 이른 아침부터 건지산이 하늘에 부대끼는 모양을 멀리서도 똑똑히 볼 수 있었다.

눈을 감고 있어도 외할머니의 발소리는 다른 사람과 확연히 구별되었다. 무게가 전혀 없는 사람처럼 겨우 치맛자락 스치는 소리만 내면서 가볍고 조심스럽게 걸었다. 그처럼 용의주도하게 다가와서는 갑자기 묘한 냄새를 풍겼다. 오래된 장롱이나 무슨 골동품 따위, 또는 흘러 들어오기만 했지 빠져나갈 데라곤 없는 깊은 방죽 같은 데서나 맡을 수 있는 참으로 이상한 냄새였다. 먼먼 옛날로부터 오늘을 향해 부는 바람에 묻어 오는 냄새와 치마 스치는 소리로 구별되는 할머니, 우리 외할머니가 조심조심 다가오고 있음을 나는 어렴풋이 깨달았다. 나는 건넌방에 누워서 잠든 시늉을 하고 있었다. 외할머니란 사람이 전에 없이 두렵게 느껴지기 시작한 뒤부터 내게는 자주 잠든 시늉을 하는 버릇이 생겼다. 낮잠 자는 외손자를 깨우지 않을 양으로 외할머니는 다른 날보다 더 조심하는 것 같았다. 그러나 나는 이마에 와 닿는 외할머니의 미지근한 숨결 속에서 독특한 그 냄새를 이미 싫도록 맡았고, 이제 곧 외할머니가 하려는 일이 무엇인가를 충분히 짐작해 버렸다. 아니나 다를까, 외할머니의 강마른 손이 내 아랫도리를 벗기기 시작했다. 어디 이놈 잠지 좀 만져 보자. 다른 때 같으면 이런 말을 했을 것이다. 또 이렇게도 말했을 것이다. 즈이 오삼촌 타겨서 붕알도 꼭 왜솔방울맹키로 생겼지. 그런데 외할머니는 아무 얘기도 하지 않았다. 그저 잠자코 손만 놀리면서 언제까지고 내 샅을 주무르는 것이었다. 외가가 우리 집으로 피난 오면서부터 시작된 그것은 내겐 크나큰 고역이요 굉장히 모욕적인 장난이기도 했다. 잠방이 속으로 들어오는 외할머니의 손을 단 한 번이라도 좋은 기분으로 받아들인 적이 있다면 나는 내 입을 찢어도 아무 말 않겠다. 국민학교 삼학년 나이에 아직도 코흘리개로 취급받기를 바라는 애들이 얼마나 될는지는 모르지만 이만하면 철이 들 대로 든 셈이며 다 큰 거나 마찬가지라고 자부하던 나로서는 무척이나 자존심이 상하는 일이었다. 뿌리치면 외할머니가 대단히 섭섭해하기 때문에 울며 겨자 먹기로 그 수모를 모두 참아내는 도리밖에 없긴 했지만서도.

긴 한숨과 함께 외할머니의 손이 샅을 빠져나갔다. 손을 거두고 나서도 외할머니는 한참이나 더 내 얼굴을 내려다보는 눈치였다.

"불쌍헌 것……."

혼잣말을 남기면서 외할머니는 내 곁을 떠났다. 구겨진 무명 치맛자락을 소리 없이 끌면서 마루로 나서는 외할머니의 뒷모습을 나는 실눈을 뜨고 바라보았다. 방금 그 중얼거림이 누구를 가리키는 것인지는 모른다. 불쌍한 사람은 내 주위에 너무 많았다. 우선 일선에서 전사한 외삼촌이 그렇고, 사실은 나 역시도 몹시 불쌍한 처지에 있었다. 형사한테서 양과자를 얻어먹은 사건 이후로 나는 근 달소수 간이나 줄곧 울 안에만 틀어 박혀 근신하면서 근신할 것을 명령한 아버지와 용서할 권한을 가진 할머니의 눈치를 살피는 신세였다. 그러나 가장 불쌍한 사람은 바로 외할머니 자신이었을지도 모른다. 마루 끝에 앉아서 구름에 덮인 건지산 근방을 바라보는 외할머니의 모습은 몹시도 허전해 보였다. 전사통지서를 받던 날 저녁에 본 강하고 두렵던 모습은 도무지 찾아볼 수 없었다. 이젠 시들 대로 시들어 먼산바라기로 오두마니 앉아 있는 초라한 할멈 하나가 있을 뿐이었다. 고역에서 해방된 기분은 그 측은한 모습으로 하여 금세 지워지고 말았다.

외삼촌의 죽음이 알려지고 나서 며칠 동안은 집안 꼴이 엉망이었다. 누구나 다 그랬지만 그중에서도 어머니가 제일 심했다. 어머니는 학교 운동회 때 우리가 그랬듯이 흰 헝겊을 머리에 질끈 동이고서 방바닥을 쳐 가며 한 차례씩 서럽게 울고 나서는 자리에 누워 버렸다. 그러다 끼니때만 되면 슬그머니 일어나 이모가 들어다 주는 꽁보리밥 한 그릇을 다급하게 비우고는 숟갈을 놓자마자 밥상머리에서 또 한 차례 서럽게 운 다음 다시 자리에 눕는 것이었다. 누워서 한다는 소리가 늘, 누구를 양자로 데려다가 끊어진 대를 이어야 되지 않겠냐는 것이었다. 거기에 비해 이모는 무척 대조적이었다. 처음부터 그랬지만 이모는 끝내 눈물 한 방울 비치지 않았다. 누구하고 말 한 마디 나누는 법도 없고, 아무것도 입에 대지 않았다. 그러면서 전에 어머니가 하던 일을 도맡아 혼자 밥도 짓고 설거지도 하고 빨래도 했다.

사흘째 되는 날, 울 안 샘에서 물동이를 들다가 벌렁 나자빠지는 걸 볼 때까지 나는 이모가 뒤란 대밭 속이나 침침한 부엌 안에서 우리 몰래 뭔가를 먹는 줄로만 알았다. 독하고 엉큼스런 구석이 있는 이모가 설마 사흘을 내리 굶지야 않겠지, 생각하고 안심했었다.

어머니와 이모는 그래도 괜찮은 편이었다. 무엇보다 우려되는 건 할머니와 외할머니의 간의 불화였다. 외삼촌과 이모를 공부시키기 위해 살림을 정리해서 서울로 떠났던 외가가 어느 날 보퉁이를 꾸려 들고 느닷없이 우리들 눈앞에 나타났을 때, 사랑채를 비우고 같이 지내기를 먼저 권한 사람은 할머니였다. 난리가 끝나는 날까지 늙은이들끼리 서로 의지하며 살자는 말을 여러 번 들을 수 있었고, 얼마 전까지만 해도 두 사돈댁은 사실 말다툼 한 번 없이 의좋게 지내 왔었다. 수복이 되어 완장을 두르고 설치던 삼촌이 인민군을 따라 어디론지 쫓겨 가 버리고 그때까지 대밭 속에 굴을 파고 숨어 의용군을 피하던 외삼촌이 국군에 입대하게 되어 양쪽에 다 각기 입장을 달리하는 근심거리가 생긴 뒤로도 겉에 두드러진 변화는 없었다. 그러던 두 분 사이에 얼추 금이 가기 시작한 것은 저 사건—내가 낯모르는 사람의 꼬임에 빠져 과자를 얻어먹은 일로 할머니의 분노를 사면서부터였다. 할머니의 말을 옮기자면, 나는 짐승만도 못한, 과자 한 조각에 제 삼촌을 팔아먹은, 천하에 무지막지한 사람 백정이었다. 외할머니가 유일한 내 편이 되어 궁지에 몰린 외손자를 감싸고 역성드는 바람에 할머니는 그때 단단히 비위가 상했던 것이다. 다음으로 두 분을 아주 갈라서게 만든 결정적인 계기는 전사통지서를 받은 그 이튿날에 왔다. 먼저 복장을 지른 쪽은 외할머니였다. 그날 오후도 장대 같은 벼락불이 건지산 날망으로 푹푹 꽂히는 험한 날씨였는데, 마루 끝에 서서 그 광경을 지켜보던 외할머니가 별안간 무서운 저주의 말을 퍼붓기 시작한 것이다.

"더 쏟아져라! 어서 한 번 더 쏟아져서 바웃새에 숨은 빨갱이 마자 다 씰어 가그라! 한 번 더, 한 번 더, 옳지! 하늘님 고오맙습니다!"

소리를 듣고 식구들이 마루로 몰려들었으나 모두들 어리둥절해서 외할머니를 말리는 사람이 없었다. 벼락에 맞아 죽어 넘어지는 하나하나의 모습이 눈에 선히 보인다는 듯이 외할머니는 더욱 기가 나서 빨치산이 득실거린다는 건지산에 대고 자꾸 저주를 쏟았다.

"저 늙다리 예펜네가 뒤질라고 환장을 혔댜?"

그러자 안방 문이 우당탕 열리면서 악의를 그득 담은 할머니의 얼굴이 불쑥 나타났다. 외할머니를 능히 필적할 만한 인물이 그제까지 집 안 한쪽에 도사리고 있었음을 나는 뒤늦게 깨닫고 긴장했다.

"여그가 시방 누 집인 종 알고 저 지랄이랴, 지랄이?"

옆에서 흔들어 깨우는 바람에 갑자기 잠꼬대를 그친 사람처럼 외할머니는 멍멍한 눈길로 주위를 잠깐 둘러보았다.

"보자 보자 허니께 참말로 눈꼴시어서 볼 수가 없네. 은혜를 웬수로 갚는다드니 그 말이 거그를 두고 허는 말이고만. 올디 갈디 없는 신세 하도 불쌍혀서 들어앉혀 놓게로 인자는 아도 으런도 몰라보고 갖인 야냥개를 다 부리네그랴. 미쳐도 곱게 미쳐야지, 그렇게 숭악시런 맘을 먹으면은 벱대로 거그한티 날베락이 내리는 벱여."

당장 메어꽂을 듯한 기세로 상대방의 서슬을 다잡고 나더니 할머니는 사뭇 훈계조가 되었다.

"아아니, 거그가 그런다고 죽은 자석이 살어나고 산 사람이 그렇게 쉽게 죽을 성부른가? 어림 반푼도 없는 소리 빛감도 말어. 인명은 재천이랬다고, 다아 저 타고난 명대로 살다가 가는 게여. 그러고 자석이 부모보담 먼처 가는 것은 부모 죄여. 부모들이 전생에 죄가 많었기 땜시 자석놈을 앞시워 놓고는 뒤에 남어서 그 고통을 다아 감당허게 맹근 게여. 애시당초 자기 팔자소관이 그런 걸 가지고 누구를 탓허고 마잘 것이 없어. 낫살이 저만치 예순줄에 앉어 있음시나 조께 부끄런

종도 알어야지.”

“그려. 나는 전생에 죄가 많어서 아덜놈 먼첨 보냈다 치자. 그럼 누구는 복을 휘여지게 짊어지고 나와서 아덜 농사를 그따우로 지었다냐?” 하고 외할머니도 앙칼지게 쏘아붙였다.

“저놈으 예펜네 말하는 것 점 보소이. 참말로 죽을라고 환장혔능개비. 내 아덜이 왜 어디가 어쩌간디 그려?”

“생각혀 보면 알 것이구만.”

“저 죽은 댐이 지사 지내 줄 놈 한나 없응게 남덜도 모다 그런종 아는가 분디…….”

“고만덜 혀둬요!”

“우리 순철이는 끈덕도 없다, 끈덕도 없어. 무신 일이 생겨야만 배알이 시연헐티지만 순철이 갸는 쏘내기 새도 요리조리 뚫고 댕길 아여.”

“어따 구만덜 허라니께요!” 하고 아버지가 한 번 더 짜증을 부렸다.

아까부터 어머니는 외할머니의 허벅지를 자꾸만 집어 뜯고 있었다.

“느그 시엄씨 허는 소리 들었냐? 명색이 그리도 사분인디, 나보고 시상에 지사 지내 줄 놈 한나 없는 년이란다. 자석 한나 있는 것 나라에다 바친 것만도 분하고 원통헌디, 명색이 자기 사분한티 헌다는 소리가 그 모냥이구나. 자석 잃고 쇡이 뒤집힌 에미가 무신 소린들 못 허겄냐. 그런디 말 한 마디 어덕 잡어 가지고 불쌍한 늙은이 앞에서 똑 아덜 자식 여럿 둔 위세를 혀야만 쓰겄냐? 너도 입이 있으면 어디 말 좀 혀봐라, 야야.”

외할머니는 어머니를 돌아보며 통사정을 하고, 어머니는 울상이 되어 한쪽 눈을 연방 쫑긋거려 가며 외할머니의 다리를 꼬집었다. 할머니는 할머니대로 아버지를 붙들고 늘어졌다.

“야, 애비야. 니 동상 어서 죽으라고 고사 지내는 예펜네를 내가 조께 혼내 줬기로 너까지 한 통속이 되어 목 매달 게 뭐냐. 너한티는 장몬지 뭣인지 모르지만 나는 죽었으면 죽었지 그런 꼴 못 본다. 당장 어떻게 하지 않으면 내가 이 집을 나갈랑게 알어서 혀라."

"나갈란다! 그러잖아도 드럽고 챙피시러서 나갈란다! 차라리 길가티서 굶어죽는 게 낫지 이런 집서는 더 있으라도 안 있을란다! 이런 빨갱이집……."

외할머니의 격한 음성이 갑자기 뚝 멎었다. 외할머니는 천천히 고개를 들어 맞은편의 아버지를 멀거니 건너다보았다. "빨갱이집서는……." 하고 하다 만 말의 뒤끝을, 그러나 매우 자신 없는 어조로 간신히 흘리면서 이번에는 어머니 쪽을 바라보았다. 마지막으로 나를 한참 동안 눈여겨보고 나서 머리를 설레설레 흔들었다. 그러더니 갑자기 시선을 떨구는 것이었다. 쏟아져 내리는 그 시선이 대바구니 속에 무겁게 담겼다. 그 대바구니를 잠자코 무릎마디로 끌어당겨 그림자처럼 조용한 놈놀림으로 한 개의 완두 줄거리를 집어 올렸다. 외할머니의 얼굴은 어제나 그제 죽은 사람 모양으로 완전한 잿빛이었다.

외할머니의 말 한 마디가 집안에 던진 파문은 의외로 심각했다. 외할머니의 입에서 '빨갱이'란 말이 엉겁결에 튀어나왔을 때 식구들은 도무지 믿을 수 없다는 듯이 넋을 잃은 표정들이었다. 너무도 놀란 나머지 숨소리조차 제대로 못 내면서 오직 느릿느릿 변화하는 외할머니의 동작만을 시종일관 주목할 따름이었다. 여태까지 삼촌 때문에 동네에서 손가락질을 받고 치안대와 경찰로부터 시달림을 당해오면서 가족들 간에 절대로 써서는 안 될 말로 묵계가 되어 있었다. 그리고 이 금기는 연주창에 새우젓을 가리듯이 아주 철저하게 지켜져 왔었다. 그런데 이토록 무서운 말을 함부로 입 밖에 쏟다니. 외할머니의 과오는 어떤 변명으로도 씻을 수 없는 치명적인 것이었고 그래서 가족들의 놀라움은 이루 형언할 수 없었던 것이다. 그러나 누구보다도 놀란 사람은 다름 아닌 발설 당자였다. 외할머니는 구태여 변명을 늘어놓지 않았다. 변명해 봤자 소용도 없는 일이긴 하지만 그보다는 오히려 할머니가 무슨 못 들을 소리를 해도 꾹 참고 견디는 것으로 자신의 실수를 솔직히 인정하고 있었다. 할머니의 분노를 어떻게 설명하면 좋을까. 길길이 뛰다가 거품을 물고 까무러칠 지경이었다. 그리고 외할머니와 이모를, 경우에 따라서는 어머니까지도 내보낼 것을 아버지한테 거듭 다짐받으려 했다.

"오널 중으로 내쫓아야 된다. 그러고 저것들이 삽짝을 나서기 전에 짐보텡이를 잘 조사혀라. 메칠 전에 내 은비네가 없어졌는디, 어떤 년 손버릇인지 다 알 만헌 소행이니께."

이모가 소리 없이 사랑채로 건너가 버렸다. 해댈 만큼 해대고 나서 할머니는 지쳐 드러눕고, 잠시 깃들인 정적을 어머니의 허겁스런 통곡이 또 물리쳐 버렸다. 그러자 아버지의 벽력같은 고함이 떨어졌다.

"그놈으 주둥빼기 안 오므릴래!"

정적은 차라리 소란보다 더 견딜 수 없는 고문이었다. 아버지는 씨엉씨엉 집을 나갔다. 외할머니는 밤늦도록 혼자 마루에 남아 파들파들 떨리는 앙상한 손으로 줄창 완두만 까대고 있었다. 아버지는 어디서 고주망태가 되어 입에서 감내를 펑펑 풍기며 새벽녘에야 집으로 돌아왔다.

먹구름에 덮인 건지산 날망으로 연거푸 시퍼런 벼락이 꽂히고 있었다. 전에는 거의 매일 밤 볼 수 있던 봉홧불이 장마가 시작되며부터는 숫제 자취를 감추었다. 이따금 건지산 쪽에 눈을 주면서 마루 끝에 앉아 있는 외할머니의 뒷모습은 너무도 허전해 보였다. 그때나 다름없이 떨어지는 벼락불을 보고도 외할머니는 아무 말도 하지 않았다. 안사돈끼리 한다래끼 단단히 벌인 뒤로 무슨 일에나 여간해서는 입을 열려 하지 않았다. 완두를 까는 것만이 죽는 날까지 자기가 맡은 유일한 일이라는 듯 대바구니를 앞에 하고 외할머니는 끊임없이 손을 놀리고 있었다.

3

이북에서 우리 마을로 피난 온 지 얼마 안 되는 아이 하나가 맥고자를 눌러쓴 어떤 사내와 함께 우리들 노는 장소에 나타났다. 온 얼굴이 버짐투성이인 그 아이는 한여름인데도 때가 까맣게 낀 장구통배를 득득 긁던 손을 들어 나를 가리키면서 사내에게 뭐라고 짤막한 말을 했다. 그러자 사내가 윗얼굴을 깊숙이 가린 넓은 챙 밑으로 나를 유심히 쏘아보았다. 이북아이는 사내가 호주머니에서 꺼내 주는 무엇인가를 받아 쥐고는 뒤도 돌아보지 않고 토끼처럼 달아나 버렸다. 맥고자의 키 큰 사내가 똑바로 나를 향하고 다가왔다. 검게 그을린 살갗, 날카롭게 굴리는 부리부리한 눈방울, 그리고 조금의 주저도 없이 곧장 목표물을 향하는 대담한 그 걸음걸이가 내게는 어쩐지 위압적이었다.

"녀석 참 귀엽게도 생겼다."

사내의 눈이 갑자기 가늘어지는가 했더니 뜻밖에도 첫인상과는 전혀 다른 상냥한 웃음이 얼굴 가득히 만들어졌다. 사내는 내 머리를 두어 번 쓰다듬어 내렸다.

"아저씨가 묻는 말에 잘만 대답하면 정말로 귀여울 텐데……."

사내의 태도는 나를 몹시 당황하게 만들었다. 나는 사내의 눈을 바로 쳐다볼 수가 없어 공연히 손바닥만 폈다 오므렸다 하면서 고개를 박고 서 있었다. 내 손아귀엔 할머니의 은비녀가 쥐어져 있었고, 그것은 돌확에다 갈아서 끝이 뾰족한 대못으로 개조했기 때문에 못치기 놀이를 할 때 동네 애들이 아무리 큰 못으로 쳐도 넘어지지 않았다.

"아버지 성함이 김순구 씨지?"

사내는 흰 남방셔츠의 단추를 끌렀다.

"그렇다면 김순철 씨는 네 삼촌이 되겠구나. 그렇지?"

사내는 맥고자를 벗어 들었다. 그때까지 한 마디도 대꾸하지 않았다. 그런데도 사내는 이렇게 엉너리를 치는 것이었다.

"역시 그렇구나. 착한 애라서 대답도 썩썩 잘 하는구나."

사내는 맥고자를 부채마냥 흔들어 남방 속으로 바람을 불어넣었다.

"아저씨는 삼촌 친구란다. 굉장히 친한 친군데 서로 떨어져서 오랫동안 만나질 못했다. 만나서 꼭 상의할 얘기가 있는데, 지금 네 삼촌 어디 있지?"

생전 처음 보는 그 사내는 우리 작은이모처럼 깨끗한 서울 말씨를 썼다.

"어이 더워! 여긴 굉장히 덥구나. 아저씨하구 저쪽 시원한 데로 가서 얘기 좀 할까?"

같이 놀던 애들은 따라오지 못하게 했다. 아이들이 안 보이는 마을 당산 위 나무그늘 밑에 이르자 사내는 걸음을 멈추고 호주머니를 뒤적였다.

"삼촌한테 꼭 전할 말이 있어서 그래. 삼촌이 어디 있는지 얘기만 하면 내 이걸 주지."

은딱지에 싼 다섯 개의 납작한 물건을 놓으면서 사내는 이렇게 말했다. 그리고 그중에서 하나를 껍질을 벗겨 내 코앞에 디밀었다.

"너 이런 거 먹어 본 적 있어?"

윤기 흐르는 흑갈색의 그것에서 먹음직스런 향기가 풍겼다.

"쪼꼴렛이다. 아저씨가 묻는 말에 대답만 잘 하면 이걸 너한테 몽땅 주겠다."

나는 될 수 있는 대로 그 이상한 과자 위에 시선이 머물지 않도록 신경을 많이 썼다. 그러나 나도 모르게 꿀꺽꿀꺽 넘어가는 침은 어쩔 수가 없었다.

"뭐 조금도 부끄러워할 것 없다. 착한 아이는 상을 받는 것이 당연하단다. 어떠냐, 대답하겠니? 네 대답 한 마디면 아저씨는 친구를 만나서 좋고, 너는 이 맛있는 쪼꼴렛을 먹을 수 있어서 좋고……."

무엇 때문에 내가 망설이고 있었는지 알 수 없다. 받아서 좋을 것인가, 아니면 절대로 받아서는 안 될 것인가를 결정짓지 못해서였으까. 혹은 그런 도덕적인 문제가 아니라 단순히 그 나이의 시골애답게 모르는 사람에 대한 낯가림 때문에 그랬을까. 확실한 것은 별로 기억에 없다. 아무튼 나는 꽤 오래 시간을 끌었던 것 같다.

"싫어?" 사내가 재촉했다.

"싫단 말이지?" 사내는 몹시 섭섭한 표정을 지었다.

"그렇다면 별 수 없구나. 착하게 굴면 이걸 꼭 너한테 주려고 했는데 이젠 하는 수 없다. 나한텐 필요 없는 물건야. 자, 봐라. 아깝지만 이렇게 내버리는 수밖에……."

실제로 사내는 그걸 아무렇지도 않다는 듯이, 땅바닥에 던졌다. 던졌을 뿐만이 아니고 구두 뒤축으로 싹싹 밟아 뭉개어 버렸다. 내 표정을 흘끗 읽고 나서 그는 또 한 개를 내던졌다.

"난 네가 굉장히 똑똑한 앤 줄 알았는데…… 참 안됐구나."

그는 또 한 개를 구둣발로 짓밟아 놓았다. 벌써 세 개째였다. 사내의 손 안엔 이제 두 개의 과자가 남아 있었다. 그리고 여태까지의 사내의 태도로 보아 나머지 두 개마저도 충분히 짓밟고 남을 사람이었다. 사내가 별안간 껄껄 웃었다.

"너 이 녀석 우는구나. 못난 녀석 같으니라구. 얘, 꼬마야, 이제라도 늦진 않아. 잘 생각해 봐. 삼촌이 집에 다녀갔었지? 그게 언제지?"

어른의 비상한 수완을 나로서는 도저히 당해 낼 재간이 없다는 생각이 든 것은 바로 그 순간이었다. 그리고, 이 아저씨는 진짜로 삼촌의 친구일는지도 모른다, 그렇게 생각하니 마음이 한결 가벼워졌다.

막 시작할 때의 첫 마디가 가장 힘들었다. 그러나 일단 얘기를 꺼낸 다음부터는 연자새에 감긴 실처럼 전날 밤의 기억들이 술술 풀려 나왔다.

유월 뙤약볕 속을 삼십 리 밖 산골에 사는 고모가 우리 집에 왔다. 시국이 어수선한 동안에도 예고 없이 찾아와서 하루나 이틀쯤 묵어간 적이 종종 있으므로 고모의 갑작스런 출현이 그날따라 부자연스럽게 보일 특별한 이유라곤 없었다. 그런데, 고모를 모시고 안방으로 들어갔던 어머니가 별안간 얼굴색이 노래져 뛰어나오면서부터 사정은 눈에 보이게 달라졌다. 나를 심부름시키지 않고 어머니는 당신이 직접 아버지를 부르러 달려 나갔다. 논에서 지심[김]을 매던 아버지가 흙탕에 젖은 옷차림 그대로 돌아와 우물도 거치지 않고 곧장 안방으로 향했다. 아버지 뒤를 바짝 쫓아 들어온 어머니가 멀쩡한 대낮에 사립문을 닫아걸었다. 모두들 온전한 정신이 아닌 듯했다. 나와 외갓집 식구들만 따돌려 놓은 안방에서는 해질 무렵이 되기까지 긴 쑥덕공론이 벌어지는 것이었다. 이윽고 날이 어두워지자 따돌림을 받던 내가 숟갈을 놓을 때쯤 되어 아버지는 옷을 갈아입었다. 나는 어둠이 깔린 사립 밖으로 나서는 아버지의 뒷모습을 의혹에 찬 눈으로 바라보았다.

"오널은 일찍 자거라."

할머니 앉은 자리 바로 옆에다 요를 펴면서 어머니가 말했다. 아직 초저녁인데 모두 나를 어거지로라도 재울 작정들이었다.

"웃방에다 재우지 그러라우?"

나를 턱으로 가리키며 고모가 어머니한테 말했다.

"아매 괭기찮을 것이다."라고 할머니가 말했다.

"쟈는 눈만 깜었다 하면 누가 띠며 가도 모르는 아다."

"쬠일 노니라고 대간헐 틴디 어서어서 자거라. 니알 아적까장 눈도 뜨지 말고 죽은디끼 자빠져 자야 된다. 알겄냐?"

어머니가 내게 단단히 일렀다.

누구네 집에 밤마을을 간 것도 아니다. 틀림없이 어떤 긴한 용무를 띠고 나간 것이다. 나는 아버지가 돌아올 때까지 가능한 한 말똥말똥한 정신으로 있고 싶었다. 어른들이 도대체 무슨 꿍꿍이를 꾸미는 것인지 기어이 밝혀낼 심산이었다. 그러기 위해서는 빨리 자라는 분부에 싫어도 따르는 척할 필요가 있었다. 눈을 감자

마자 걷잡을 수 없이 덮쳐 오는 졸음과 싸워 가며 나는 방 안 동정에 귀를 곤두세웠다. 그러나 어른들 입에서는 단서가 될 만한 말이 전연 나오지 않았다. 그리고 정작 눈을 떴어야 될 중요한 시간에 이미 나는 깊은 잠에 빠져 있었다.

방바닥에 부딪는 둔중한 어떤 소리가 잠든 나를 얼핏 깨웠다.

"아구메나! 그게 폭발탄 아니냐?"

나는 그 순간 겁에 질린 할머니의 음성을 들었다. 양쪽에서 내 시야를 답답하게 가로막고 앉은 사람들은 어머니와 아버지였다. 두 덩치의 커다란 몸체 사이로 호롱불이 침침하게 비쳐 들었다.

"괴춤에 찬 것도 마자 끌러라."

아버지가 방 안의 누군가를 향해 명령조의 말을 했다. 잠시 머뭇머뭇하는 기색이더니 아버지의 맞은쪽에서 부스럭거리는 소리가 났다.

"곤총을 두 자루썩이나……."

"숭칙도 혀라!"

어머니와 할머니가 동시에 중얼거렸다. 잠은 벌써 천리만리나 도망가 버렸고, 선뜩한 기운이 움직이는 뱀처럼 등줄기를 타고 내렸다. 관심의 대상에서 내가 일단 벗어나 있다 해도 안심할 수 없는 일이기 때문에 한 치 시선을 옮기는 데 여간만 수고스러운 게 아니었다. 나는 옹색한 시야 안에서 벌어지는 변화에 온 신경을 모았다. 그러자 굵직한 남자 목소리가 들렸다.

"동만이는 내가 온다는 걸 모르고 잠들었는가요?"

아버지가 옆으로 약간 돌아앉으려는 낌새여서 나는 얼른 눈을 감았다. 내 얼굴을 가리고 있던 그늘이 확 물러나면서 눈뚜껑 위로 불빛이 따갑게 쏟아져 내렸다.

"부러 귀뜸을 안 혔어라우." 하고 어머니가 그것이 무슨 자랑이나 되는 것처럼 얘기했다.

"염려할 거 없다. 저 녀석은 눈만 붙였다 허면 시상 모르게 자는 아다."라고 할머니도 말을 거들었다.

방 안이 잠시 조용해졌다. 아무도 섣불리 입을 열 수 없는 삭막한 분위기 같았다. 그러는 동안에도 내 귓속엔 권총과 수류탄을 찬 채 밤중 몰래 숨어 들어온 사람의 그 굵은 음성이 아직 쟁쟁했다. 바로 그가 몇 달 전에 집을 나간 후 소식을 몰라 식구 모두가 애타하던 삼촌임에 틀림없다면, 유감이지만 삼촌의 목소리는 내가 첫귀에 거의 못 알아들을 만큼 무섭게 변모해 있었다. 자갈 바탕에 함부로 굴린 질항아리처럼 그렇게 거칠 수가 없고, 어떤 일에도 신명이 안 난다는 투의 그런 무심한 음색이었다. 내가 기억하는 바 우리 삼촌은 아무 자리에나 끼여 버릇없이 너털웃음을 잘 웃고 자기와는 전혀 이해 상관이 없는 남의 일에도 곧잘 뛰어들어 판세를 될수록 시끌짝하게 유도하면서 까닭 없이 흥분하고 쉽게 감동해 버리는 사람이었다. 하지만 아무리 생각해 봐도 조금 전의 그 소리는 어김없는 삼촌의 음성이었다. 소리의 변모만큼이나 험상궂어 있을 삼촌의 얼굴 모양을 상상해 보았다. 그러자 별안간 오금이 가려워 오기 시작했다. 이 가려움증은 삽시에 전신으로 번져 꼭 개미집이 많은 풀밭에 누웠기나 한 듯이 등 복판이나 겨드랑 밑 아니면 발가락 사이 같은, 하필 누운 채로 어른들에게 들키지 않고 손을 뻗어 용이하게 긁을 수 없는 부위들만 심하게 물것을 타는 것처럼 스물거리는 것이었다. 거기에 설상가상으로 기침까지 나오려고 목줄띠가 근질거리고 자꾸만 입 안에 침이 괴었다.

산에서의 생활이 제일 궁금한 모양이었다. 그간 어떻게 지냈는가를 할머니는 요모조모로 따지고 캐물었다. '예' 아니면 '아니요' 정도로 삼촌은 대답을 극히 간단히 끝맺곤 했는데, 그만한 대화를 꾸리는데도 때로는 약간 짜증스런 기색이었다. 그러나 할머니는 아무 눈치도 없이 밤이 이슥하도록 질문을 혼자 도맡고 있었다.

"니 말로는 사람이 많다고는 혀드라만, 혀봤자 맨나 남정네들뿐일 틴디 끄니때마동 밥이라 국이랑은 누가 끼리냐?"

"즈이들이죠, 뭐."

"짐치나 너물 같은 겅건이도?"

"예."

"시상에나! 이 에미가 저티 있었드라면 지때 간이라도 맞춰 주고 헐 것인디……."

"……."

"그래 입에 맞기나 허디야?"

"괜찮어요."

"남정네 손으로 맹근 것이 오직허겄냐만 들을시록 시장시러서 그런다."

"괜찮다니께요."

"이리저리 처소를 욍겨 댕기느라면 끄니를 걸르고 헐 때는 없냐?"

"아니요."

"아무리 급혀도 너 쌩쌀을 집어 먹어서는 못쓴다. 그러다 곽란이라도 나는 날이면 큰일이다. 산중으로 의원을 부르겄냐, 약한 첩이들 대리겄냐, 에미 말 명심혀야 된다."

"염려 마세요."

"그리고 산말랭이라니께 말이 하절이지 밤중에는 엄동이나 진배없을 틴디 아랫두리 개릴 이불 한 쪽이나 지대로 천신허냐?"

"그럼요."

"소캐도 들을 만큼 들고?"

"……."

"치운 디서 너무 오래 있지 마라. 그러고 얼음 백힌 디는 까짓대가 질이다. 까짓대를 푹 삶아서 그 물에다가 한참썩 수족을 정구고 나면 고닥 풀리느니라. 에미가 저티 있으면 조석으로…….”

“글씨, 염려 마시랑게요!”

“니 손발을 보닝게 이 에미 가슴이 찢어지는 것 같어서 그런다. 아무리 시상이 험하다고는 혀도 그래도 귀동으로 키운 자석인디 손이 그게 뭐냐.”

“에이 참 어머니도!”

그 이상 참을 수 없다는 듯이 삼촌이 길게 한숨을 쉬었다.

“인자 구만 좀 혀두세요.”

기회를 봐서 아버지도 한 마디 했다.

“손구락이 얼어 터져서 떨어져 나가도 에미 보고 걱정허지 말란 말이냐?”

할머니가 발끈해서 소리쳤다. 당신 딴엔 여전히 심각하고 절실한 어조였다. 그러자 아버지 역시 못지않게 언성을 높였다.

“조매만 있으면 날이 샐 참인디 한가허게 앉어서 그런 소리나 혀야만 똑 쓰겄소? 사람이 사느냐 죽느냐 허는 판국에 시방 짐치 걱정 이불 걱정 허게 생겼냔 말요!”

할머니는 아무 소리도 못했다. 물론 할 얘기야 얼마든지 더 있었을 것이다. 하지만 아버지의 말대꾸 속에 담긴 어쩐지 예사롭지 않은 구석이 극성스런 노인양반을 그처럼 몬존하도록 만들었으리라.

“앞으로 어떻게 할 작정이냐?”

한동안 뜸을 들인 후에 아버지는 이렇게 물었다. 삼촌을 향해서였다.

“뭘 말이유?”

“산에서 끝까지 버틸 작정이냐?”

대답이 없자 아버지는 또, 자수할 생각이 없느냐고 물었다. 오래 두고 별러 온 말인 듯 아버지는 천천히 이야기를 털어놓기 시작했다. 아버지는 늘 쫓기기만 하는 생활의 비참함을 거듭 강조했다. 그리고 자수를 해서 고향에 돌아와 다시 농사를 지으며 편히 산다는 아무아무개를 예로 들면서 삼촌도 그렇게 하라고 간곡히 권하는 것이었다. 아버지는 '개죽음'이란 말을 자주 들먹였다. 개죽음, 개죽음, 개죽음, 개죽음…….

"성님은 어찌서 자꼬 그것이 개죽음이라고 그러시오?"

삼촌이 갑자기 볼멘소리를 했다. 멀지 않아 인민군이 다시 내려오기로 되어 있다고 삼촌은 장담을 했다. 그날까지 그저 악착같이 버티는 거라고 말하면서, 세상이 다시 뒤바뀌는 날 화를 당하지 않도록 모든 일을 알아서 조처하라고 오히려 아버지한테 되씌우기조차 했다. 얘기를 들으면서 삼촌의 변모를 또 한 번 실감할 수가 있었다. 말이 아주 청산유수였다. 옛날의 삼촌한테서 그처럼 차분한 설교조의 말씨를 기대한다는 건 어림도 없는 얘기였다. 자기주장을 상대방에게 조리 있게 전달할 재간이 없어 걸핏하면 우격다짐을 벌이던 사람이었다. 날이 밝기 전에 산을 타야 된다면서 삼촌은 주섬주섬 뭘 챙기기 시작했다. 총과 수류탄일 것이었다. 여러 사람이 한꺼번에 움직이는 소리가 났다.

"일단 집 안에 돌아온 이상 니 맘대로는 못 나간다!"

마침내 나는 눈을 떴다. 갑작스럽게 벌어진 소동 속에서 내가 천천히 몸을 일으켜 앉는 걸 부자연스럽게 보는 사람은 아무도 없었다. 삼촌은 얼굴이 온통 수염투성이였다. 아랫목에 벽을 등대고 앉은 삼촌을 아버지와 고모 둘이서 껴안다시피 붙잡고 있었다. 고모가 붙잡고 있던 한쪽 팔을 빼앗아 흔들면서 할머니가 말했다.

"야 말만 듣고 나는 니가 어디 가서 펜안히 지내는 종만 알었다. 작년 그때맹키로 면사무소 의자에 버티고 앉어서 밀주 단속반이나 잡어다가 족치고 그러는 종 알었다. 그런디 오널사 알고 보니께 그게 아니구나. 사정을 죄다 알었응게 인자는 죽었으면 죽었지 너를 그 험헌 디로는 안 보낼란다."

삼촌의 손을 연방 자기 뺨에 대고 비비면서 할머니는 느껴 울었다.

"에미가 따러가서 끄니랑 잠자리랑 일일이 수발을 하면 행결 맘이 뇌겄지만 그럴 순 없다니 너를 인자는 저티다 꼭 붙들어 앉혀 놓고 내 눈으로 지켜볼란다. 집에 있음서 농새나 짓고 그러다가 장개를 가서 이 에미한티 니 속에서 난 새끼들도 조깨 안어 보게 허고 그러면 얼매나 좋겄냐?"

오랜만에 고모도 입을 열어 가정을 가진 사람만이 갖는 재미를 이야기하고, 어머니도 은근히 맞장구를 놓았다. 아버지가 재차 타이르기 시작했다. 전세가 어떻게 돌아가고 있는가를 자세히 설명하면서 인민군의 헛약속에 속고 있음을 깨우치려 애를 썼다. 경찰에 아는 사람이 더러 있으니까 줄을 대면 몸을 상하지 않고도 빠져나올 방법이 있을 거라고 얘기했다. 그러나 삼촌은 끝내,

"성님마자 날 쐭이기유?"

아버지의 손을 홱 뿌리쳐 버렸다.

"쐭이다니?"

"들어서 다아 알고 있어요."

삐라를 주워 읽고 귀순하러 내려간 사람을 경찰이 마구잡이로 죽였다는 것이다. 과거를 무조건 용서하고 자유를 준다는 건 다 새빨간 거짓말이요 속임수라는 것이다.

"그런디 성님마자도 날더러 자수를 허라니……."

"뭐여?"

이때 아버지의 팔이 위로 번쩍 들렸다. 그리고 삼촌의 귀싸대기에서 철썩 소리가 났다. 숨을 헉헉 몰아쉬면서 아버지는 삼촌을 무섭게 째려보았다.

"내가 그럼 이놈아, 너를 이놈아, 죽을 구뎅이로 몰아는단 말이냐? 하나배끼 없는 동상놈을 못 쥑여서 환장이라도 했단 말이냐, 이놈아?"

"야가 불쌍헌 아를 패고 야단이냐!"

가슴으로 삼촌을 감싸안으면서 할머니가 소리 내어 울었다. 아버지가 담배통을 앞으로 끄집어 다렸다. 풋초를 말아 쥐는 두 손이 발발 떨렸다. 삼촌이 고개를 떨

구었다.

닭이 첫 홰를 치는 소리가 들렸다. 장닭의 긴 울음을 듣고 삼촌은 깜짝 놀라는 표정으로 식구들을 둘러보았다. 짧은 여름밤이 이제 곧 새려 하고 있었다.

"사람을 죽였어요."

무거운 짐을 부리고는 주저앉는 사람처럼 허탈한 소리로 이렇게 중얼거렸다.

"그것도 아주 많이……."

이렇게 해서 삼촌은 결국 자수를 하기로 결심했다. 그것은 참으로 긴긴 설득이었고 삼촌이 마음을 돌리기까지 아버지가 보인 인내심은 내 보기에 정말 놀라운 것이었다. 모든 일이 아버지가 처음 계획했던 대로 잘 이루어진 셈이며, 그래도 뭔가 못 미더워하는 삼촌을 안심시키기 위해서 아버지는 확실한 보장을 받을 때까지 한 이틀 여유를 두고 동정을 살피기로 이야기가 되었다. 그동안 삼촌은 전에 외삼촌이 그랬던 것처럼 대밭 속에서 숨어 지낼 참이었다.

이야기는 다 끝났고, 이제 남은 일이란 날이 완전히 밝기까지 눈이라도 잠깐 붙여 두는 것뿐이었다.

그런데 이때였다. 웃옷을 벗으려던 삼촌이 느닷없이 몸을 엎드리면서 방바닥에 귀를 대는 것이었다. 할머니가 질겁을 했다.

"무신 일이냐?"

"쉬잇!"

삼촌이 손가락을 세워 입술에 대고는 눈으로 방문 쪽을 가리켰다. 대번에 얼굴색들이 달라지면서 덩달아 바깥쪽으로 귀를 모았다.

"소리가 났어요."

그러나 내 귀엔 아무 소리도 잡히지 않았다. 멀리서 우는 풀벌레 소리라면 몰라도 인기척 같은 건 전혀 없었다. 그런데도 삼촌은 방바닥에 잔뜩 귀를 붙인 채 일어날 생각을 아니했다. 숨 막힐 듯한 긴장 속에서 쿵쿵 울리는 심장의 고동만 듣고 있던 나도 마침내 삼촌이 얘기하는 어떤 소리를 붙들었다. 심장의 고동과는 확연히 구별되는 그 소리는 매우 느린 간격으로 땅을 살금살금 밟고 있었다. 너무도 꼼꼼하고 신중해서 가까이 오고 있는지 점점 멀어져 가는 중인지조차 구분하기 어려웠다.

"밖에 거 누구요!"

아버지가 소리는 작으나 엄하게 꾸짖는 말투로 이렇게 물었다. 그러자 움직이는 소리가 뚝 그쳤다.

불현듯 그것이 어디선가 많이 귀에 익은, 어쩌면 내가 잘 아는 사람의 발소리일지도 모른다는 생각이 들었다. 나는 그게 누구일까고 다급히 생각해 보았다. 발소리가 다시 들렸다. 이번에는 전보다 조금 빨리 움직이는 듯했다. 삼촌이 몸을 벌떡 일으켰다. 그리고 눈 깜짝할 사이에 시커먼 몸뚱이가 내 앉은키를 훌쩍 뛰어넘어 버렸다. 뒷문이 부서지는 소리를 내며 떨어져 나가고 삼촌의 커다란 뒷모습이 어둠 속으로 곤두박질을 했다. 어느새 삼촌은 대밭 속을 빠져 나가고 있었다. 어찌나 동작이 날렵하던지 누가 붙잡고 말 한 마디 건넬 여가도 없었다. 삼촌이 망가뜨리고 간 뒷문을 통해서 나는 밖으로 나갔다. 부엌 옆을 돌아 안마당으로 달렸다. 혼자였지만 조금도 무섭지 않았다. 마당에서부터 텃밭을 지나 대문간까지 울바자 안에 있는 모든 것들을 한눈에 살폈으나 아무것도 안 보였다. 그러나 불이 꺼진 사랑채에 시선이 머물자 그곳에서 나는 절반쯤 열려 있던 방문이 희부연 여명을 밀어내며 소리 없이 닫히는 걸 보았다. 이 발견으로 하여 나는 크나큰 희열을 맛볼 수가 있었다. 그렇다, 역시 그것은 내가 잘 아는 사람의 귀에 익은 발소리였다.

"일이 이렇게 될 종 알었드라면 진작에 다 챙겨 놀 것인디……. 먹을 것 한나 입을 것 한나 못 쥐여 보내고……. 누가 알었어야지……. 뜨뜻한 밥 한 그럭 지대로 못 멕여 보내다니…… 누가 알었어야지……."

가슴을 뜯으며 흐느끼는 할머니 옆에서 고모가 내 손목을 꼬옥 잡아 한쪽으로 끝었다. 이어서 고모는 뜨거운 입김을 내 귓속에 불어넣었다.

"삼촌이 집에 댕겨 갔다는 얘기 누구한티도 혀서는 안 되야. 알겄냐? 그런 얘기는 함부로 하다가는 왼 집안이 큰일난다. 잽혀가, 알었냐? 알었냐?"

동네 사람들이 우리 집 대문 앞을 여러 겹으로 에워싸고 있었다. 그렇게들 모여 서서 웅성거리며 대문 안을 넘어다보려고 열심이었다. 당산 근처까지 들리던 여인네들의 통곡은 바로 우리 집에서 흘러나오는 소리였다. 내가 다가가자 사람들의 시선이 일제히 내게로 쏠렸다. 나를 턱으로 가리키면서 자기들끼리 서로 의미심장한 눈짓을 나누고는 또 쑤군거렸다. 사람들이 이내 좌우로 갈라지면서 가운데로 길이 뚫렸다. 낯선 사내가 앞장서 걸어 나오고 바로 뒤를 이어 아버지가 따라 나왔다. 그리고 한 걸음 떨어져 맥고자의 사내가 보였다. 그는 아버지의 팔을 뒤로 결박한 오라의 한쪽을 손에 감아쥐고 있었다. 나를 보더니 그는 헤벌쑥 웃으며 한 눈을 찡긋해 보였다. 내 앞에서 아버지가 우뚝 걸음을 멈추었다. 아버지는 몹시 안타까워하는 눈초리로 나를 내려다보며 한참이나 무슨 말을 할 듯 할 듯하다가는 잠자코 도로 발을 떼기 시작했다. 대문간에서는 어머니와 고모 그리고 할머니들이 한 덩어리가 되어 자빠지고 고부라져 가며 통곡을 터뜨리고 있었다. 그제야 비로소 내게도 어떤 고통의 감정이 서서히 살아나기 시작했다. 날이 어둑해질 때까지 맥고자한테 나를 일러준 그 이북 아이를 찾아 동네 안팎을 무작정 뒤지고 다니는 동안, 그것은 일종의 배신감과 어울려 갈수록 무서운 분노로 변했고, 때로는 감당 못할 큰 슬픔이 되어 눈을 후비고 가슴을 찌르기도 했다. 맥고자의 그 사내는 나한테 그런 얘길 들었다는 걸 누구한테도 알리지 않겠다고 단단히 약속한 바 있었다. 그것은 그때 나이의 내겐 어른들에 의해서 기록된 최초의 치명적인 배신이었다.

그날 밤부터 나는 온전한 외할머니 차지가 되었던 것이다. 나와 외할머니 사이엔 자기도 의식하지 못하는 사이에 잘못을 저지른 자들끼리 갖는 공통의 비밀이 있었다. 그것은 우리로 하여금 온갖 구박 속에서도 서로 등을 기대고 견딜 수 있는 귀중한 힘을 주었는지도 모르겠다. 아무튼 우리 할머니는 성깔이 대단한 사람이었다. 어쩌다 집 안에서 얼굴이라도 마주치는 날이면 뱀이나 밟은 듯이 질색을 했고, 이야기는 물론 나하고 한 방에서 밥 먹는 것조차 완강히 거부해 버렸다.

아버지는 꼬박 일주일 만에야 풀려 나왔다. 먹을 걸 차입하느라고 그간 읍내를 뻔질나게 들락거렸던 어머니가 대문턱을 넘어서는 아버지 머리 위로 연방 소금을 뿌리면서 눈물을 질금거리고 있었다. 끌려가기 전과는 딴판으로 아버지는 얼굴이 영 말씀이 아니었다. 눈자위는 우묵 꺼지고 그 대신 광대뼈만 눈에 띄게 솟아 마치 갓 마름질한 옥양목처럼 희푸른 낯빛이 말할 수 없이 초췌해 보였다. 나를 더구나 외면하게 만든 것은 걸음을 옮길 적마다 오른쪽 다리를 절름거리며 짓는 몹시 괴로운 표정이었다. 집에 돌아온 첫 저녁, 아버지는 당시 마을에서 구하기 힘든 두부를 한꺼번에 세 모나 날것으로 먹어 치웠다. 본디 입이 무거운 양반인 줄은 알지만 그날따라 아버지는 더욱 말이 없었다. 가끔 내 얼굴을 멀거니 내려다보며 금방 무슨 말을 꺼낼 듯하다가도 도로 시선을 거두어 버리곤 했다. 아버지가 만약 매를 든다면 죽는 한이 있어도 달아나지 않기로 이미 각오가 되어 있었다. 그리고 아버지가 손만 뻗으면 넉넉히 잡을 만한 거리에 목침이 있고 등경걸이가 있었다. 뭔가 속 시원한 꼴을 보지 않고는 너무 찜찜해서 아버지 앞을 도저히 물러날 수가 없을 것 같았다. 정중히 무릎을 꿇고 앉아 이제나저제나 하며 나는 기다렸다. 그러나 지나간 일에 대해서 아버지는 끝끝내 입을 다물어 버렸다. 다만 잠들기 전에 이런 말 한 마디를 남기는 건 잊지 않았다.

"동만이 너 니알부터 내 허가 없이 밖으로 나댕겼다가는 다리몽생이가 분질러질 팅게 그리 알어라!"

아아, 그때 우리 아버지가 미친 듯이 매를 휘둘러 줬더라면 마지막 말을 남기며 나는 얼마나 행복한 마음으로 눈을 감을 수 있었을 것인가. 아버님, 제가 잘못했어요, 라고.

계속해서 비는 내렸다. 어쩌다 한나절씩 빗발을 긋는 것으로 하늘은 잠시 선심을 쓰는 척했고, 그러면서도 찌무룩한 상태는 여전하여 낮게 뜬 그 철회색 구름으로 억누르는 손의 무게를 더 한층 단도리하는 것이었고, 그러다가도 갑자기 하마터면 잊을 뻔했다는 듯이 악의에 찬 빗줄기를 주룩주룩 흘리곤 했다. 아무 데나 손가락으로 그저 꾹 찌르기만 하면 대꾸라도 하는 양 선명한 물기가 배어 나왔다. 토방이 그랬고 방바닥이 그랬고 벽이 그랬다. 세상이 온통 물바다요 수렁 속이었다. 쉬임 없이 붓는 물로 우물은 거의 구정물이나 마찬가지여서 팔팔 끓이지 않고는 한 모금도 목으로 넘길 수가 없고, 밤새 아궁이 밑바닥엔 물이 흥건해 괴어 불을 지필 적마다 어머니가 울상을 지으며 봇도랑을 푸듯 양재기질을 하지 않으면 안 되었다. 세상이 하도 빗소리 천지여서 심지어는 아버지가 뀌는 방귀마저도 그놈의 빗소리로 들릴 지경이라는 객쩍은 농담 끝에 어머니가 딱 한 차례 웃는 걸 본 적이 있다.

우중인데도 읍내에서는 야음을 틈탄 또 한 차례의 습격이 있었다. 읍내와는 짱짱한 이십 리 상거인 우리 동네에까지도 콩 볶듯 어둠을 두드리는 총성이 또렷이 들릴 정도였다. 비를 무릅써 가며 당산 위에 올라섰다 돌아온 아버지 말에 의하면, 밤하늘로 치솟는 시뻘건 불길을 멀리 볼 수 있었다고 한다. 습격 사건에 관한 소식은 하루도 채 못 되어 마을에 소상하게 전해졌다.

동생네의 안부가 걱정되어 새벽같이 읍내를 다녀온 동네 사람 하나가 이웃집 진구네 아버지와 함께 일부러 아버지를 만나러 왔다. 마루에 걸터앉자마자 그는 할머니가 큰방에서 듣는 줄도 모르고 신이야 넋이야 눈치 없이 따벌리기 시작했다. 경찰서 부근 인가들이 많이 상했고, 먼저 공격한 빨치산 쪽이 되레 혼구멍이 나게 당해서 목숨을 살려 산으로 도망친 숫자가 불과 몇 명밖에 안 될 거라는 얘기였다. 그가 전하는 내용 가운데 특히 인상적인 것은 읍내 곳곳에 널린 빨치산 시체들을 묘사하는 대목이었다. 거적때기에 덮인 끔찍한 모습 하나하나를 설명해 보이는 것이었다. 그는 한 가지 예로 사지가 제각기 흩어져 뒹구는 주검을 들었다. 최고로 많이 맞은 것이 세어 보니 열여섯 방인가 열일곱 방인가 되더라고도 했다. 허리 위아래가 완전히 두 겹으로 포개져 시궁창에 박혀 있었다는 시체에 흥미가 쏠렸다. 사람 몸뚱이가 마치 주머니칼이 반절로 접혀지듯 그렇게 등 쪽으로 두 겹이 될 수 있다는 게 내게는 커다란 의문이었다. 정말 그렇게 되리라고는 아무래도 믿어지지가 않았다. 마지막으로 그는, 시체들을 모아 경찰서 뒤뜰에 전시해 놓았다가 연고자가 나타나면 인도해 준다더라는 소문까지 암냥해서 전했다. 그가 아버지를 만나러 온 목적이 바로 이것이었다. 그러니까 빨리 가 보는 게 좋을 거라고 넌지시 권했다. 같이 온 진구네 아버지도, 두 말 말고 어서 그렇게 하라고 채근을 했다. 이야기를 들으면서 아버지는 내내 참담한 표정이었다. 그리고 두 사람의 권고에 몹시 망설이는 기색을 노골적으로 나타내고 있었다. 그러나 죽마고우인 구장 어른이 뒤늦게 찾아와 자기가 정 무엇하면 함께 따라가 주겠다고 제안하자 그제서야 아버지 얼굴에 결심의 빛이 떠올랐다.

행장을 차려 삿갓 위에 유지로 된 갈모를 받쳐 쓰고 빗속을 나서는 아버지 등 뒤에서 할머니는 가소로워 죽겠다는 내색을 구태여 감추려 하지 않았다. 아버지의 읍내 행을 할머니는 처음부터 억척스럽게 반대하고 나섰다. 그런 수고가 절대로 필요 없다는 주장이었다. 나중에는 하늘이 정해 놓은 일을 아직도 곧이곧대로 신용하지 않는 아들의 어리석음에 불같이 화를 내는 것이었다. 할머니의 주장은 아주 단순했다. 읍내에서 어떤 일이 벌어졌든 삼촌하고는 아무런 상관도 없는 일이다. 아무리 기구한 처지에 빠진들 삼촌만은 죽지 않고 멀쩡히 살아남도록 되어 있는 것이고, 아무 날 아무 시만 되면 할머니 앞에 버젓이 나타나게시리 하늘이 알아서 진즉에 다 수습해 놓았다. 그런데 동생을 찾으러 시체 구덩이를 휘젓고 다니다니, 도무지 말도 안 되는 소리였다. 다른 사람은 다 몰라도 할머니 혼자만은 그걸 철저히 믿고 있었다. 믿다뿐이냐, 그날에 대비하여 사소한 일에 이르기까지 하나하나 신경을 써 준비를 게을리하지 않으며 속새로 목이 길어나게 기다리고 있는 판이었다. 할머니에겐 꼭 그럴 만한 사유가 있었다.

작은아들을 창황 중에 떠나보낸 사건이 있는 후로 할머니가 지낸 나날은 그야말로 죽지 못해 사는 세상이었다. 밤잠을 못 자고 한술 밥이 안 넘어갈 정도로 한시도 안정을 못하면서 아들의 뒷소식이 궁금해 간장을 말리는 것이었다. 그때 마침 친정에 다니러 온 고모가 자기 이웃 마을에 산다는 점쟁이 이야기를 꺼냈다. 일이 이렇게 되어 할머니는 어느 하루로 날을 받아 쌀말이나 머리에 얹고 기가 막히게 용하다는 그 소경 점쟁이를 찾아 나섰던 것이다. 늦은 저녁이 되어 할머니는 갈 때와는 사람이 다르게 희색이 만면해 가지고 돌아와서는 식구 전부를 모은 자리에서 소경의 혜안을 극구 칭송한 다음 그를 대리하여 놀라운 신탁을 전했던 것이다. 그런데 그로부터 손가락을 꼽아가며 고대하던 그날이, 삼촌이 집에 다시 돌아오기로 되어 있다는 그 '아무 날 아무 시'가 인제는 당장 며칠 눈앞의 일로 우리에게 다가오고 있는 중이었다.

아버지와 구장 어른은 빈손으로 돌아왔다. 아버지가 헛걸음을 한 것이 우리에겐 삼촌이 실제로 돌아온 거나 다름없는 경사였다. 그런데도 아버지는 여느 때와 매일반으로 별로 말이 없는 게 이상했다. 아버지 얼굴에는 성질이 전혀 다른 두 개의 표정이 복잡하게 얽혀 있었다. 적이 안심이 되는 한편 더욱 더 착잡해지기도 하는 듯한 두 개의 얼굴이 수시로 변덕을 부리며 엇갈리고 있었다. 경찰서 뒤뜰에서 시체를 못 봤다는 사실이 결과적으로 삼촌의 생존을 의미하는 것임에 틀림없다 해도 그가 겪게 될 앞날의 고초가 두고두고 마음에 걸리는 모양이었다. 하지만 할머니는 그게 아니었다. 대번에 기고만장해 가지고, 그러면 그렇지 그것 보라고, 내가 뭐라고 그러다냐고, 우리 순철이는 보통사람과 다르다고, 거지 반 고함을 지르듯 말하는 것이었다. 이윽고 할머니는 어린애처럼 엉엉 소리 내어 울면서, 합장한 두 손바닥을 불이 나게 비비대면서 샘솟듯 흘러내리는 눈물로 뒤범벅이 된 늙고 추한 얼굴을 들어 꾸벅꾸벅 수없이 큰절을 해 가면서, 하늘에 감사하고 땅에 감사하고 부처님께 감사하고 신령님께 감사하고 조상님네들께 감사하고 터줏귀신에게 감사하면서, 번갈아 방바닥과 천장과 사면 벽을 향하여 이리 돌고 저리 돌고 뺑뺑이질을 치면서 미쳐 돌아가는 것이었다. 할머니가 가진 소박한 신앙과 모성애가 우리 모두의 가슴 구석구석을 뜨겁게 적시는 감동의 순간이었다. 우리는 모두 믿기로 했다. 같이 믿어 주지 않고서야 어떻게 할머니를 진정시킬 수 있단 말인가. 결국 우리 식구들은 하나같이 어떤 엄숙한 종교적 분위기에 싸여 예배 의식의 한 절차처럼 서로 '아무 날 아무 시'란 주문을 나직이 외워 가며 불사신 우리 삼촌의 무사 귀환을 신심 깊게 확인하기를 끝없이 되풀이했고, 그러다가 그날에 우리가 맞게 될 행복스런 꿈의 크기를 저마다 재기 위하여 새벽이 방문 밖에까지 와 있음을 피부로 느끼며 늦은 잠자리에 다난했던 하루를 고이 눕혔다. 그토록 벅찬 하루를 우리는 살았다.

외할머니가 거처하는 사랑방에 누워 줄창 내리는 방문 저쪽의 빗소리를 어렴풋이 가늠하고 있었다. 끊어졌다가는 이어지고 그러다가 슬그머니 되끊어지고 때로는 커졌다 작아졌다 하는 빗소리가 마치 귓밥을 살살 긁어내는 귀이개의 연약한 끝 부리처럼 내 귀를 대고 간지럽혔다. 간밤에 얻은 피로가 미처 덜 풀려 밀어닥치는 졸음과 힘겹게 겨루면서 듣는 그 빗소리는 꼭 꿈속에서처럼 먼 세계의 일로 아련하게 들렸다. 어차피 바깥출입을 못하도록 발이 묶여 있는 나한테 지루한 장마의 계속이 그래도 불행 중 다행으로 느껴질 경우가 어쩌다 있었다. 울 밖 들판과 언덕을 태우는 쨍쨍한 햇볕이 있고 정자나무를 흔드는 바람과 거기에서 하루를 특별한 놀이나 재미도 없이 꼬빡 집 안에만 갇혀 지내야 할 내게는 아마 온 세상의 빛과 소리가 한층 더 저주스럽게 여겨졌을 것이다. 어쩐 일로 잠깐씩 비가 걷히는 오후 같은 때면 그 짬을 놓칠세라 재빨리 패거리를 꾸며 우리 집 대문 앞 골목길을 질주하는 동네 아이들의 북새를 방 안에 앉아서도 환히 들을 수 있었다. 앞강 언저리 우북한 물푸렁이 밑이나 층계 논물목마다 훑고 다니며 히히거리는 아이들과 그들이 제각기 건져 올리는 소쿠리나 통발 안에서 은빛 비늘을 번득이는 낱낱이 살찐 붕어들이 세차게 앙탈하는 꼴을 연상할 적마다 버림받은 자의 슬픔이 울컥 되살아나곤 했다. 그들 또래 사이에서 나라는 존재가 어느덧 까맣게 잊혀져 가고 있었다. 단, 한 번 빈말로라도 나를 부르러 우리 집 삽짝 앞에 선 때가 없었다. 세상 전부가 그들 차지인 부러움의 시각에 나는 울바자 앞 늙은 감나무 밑에 서서 다 줍고 나면 금방 두엄간에 던져 버릴, 장마통에 우수수 떨어진 썩은 감꽃이나 하릴없이 주워 가며 일찌감치 체념이란 걸 익혔다. 내가 바라는 건 오로지 개학뿐이었다. 이제 얼마 안 있으면 문을 닫았던 학교가 다시 열릴 것이고, 그렇게만 될 양이면 아버지의 금족령도 자연 흐지부지되어 악몽 같은 세월에도 결국은 끝장이 올 것이었다.

완두를 까던 일손을 멈추고 외할머니가 허리를 쭈욱 폈다. 죽치고 들어앉아 진종일 누구와 말 한 마디 건네는 법 없이 손만 놀리는 외할머니 덕분에 거둬 들인 완두는 대충 다 처분이 되었다. 그런데 헛간 구석에 아직도 남아 있는 약간의 줄거리 더미에서 탈이 생겼다. 꼬투리 속에 든 채로 습기를 잔뜩 머금은 자실에서 샛노란 싹이 포식한 구더기처럼 길게 돋아 나오고 있었다. 그것이 더 길어나기 전에 서둘러서 마저 다 까놓아야 하는 일 또한 전적으로 외할머니 책임이었다. 어찌된 영문인지 완두에 관한 일이라면 식구들은 무조건 외할머니 혼자 떠맡은 것으로 치부해 버렸다. 그리고 외할머니 자신도 응당 그래야만 된다는 듯 눈곱만치도 싫은 내색 않고 그 깨끗잖은 일감을 자기 유일의 소일거리로 삼았다. 아니다. 남이 행여 손을 댈까봐 당신 혼자 한시도 쉬지 않고 오직 그것만 붙잡고 늘어지기 때문에 모두들 양보를 해 버린 선의의 결과라고 해야 이야기가 더 정확해지겠다. 어쨌든 우리 외할머니는 완두만 한 번 붙잡으면 시간 가는 줄도 모르고 그저 묵묵히 손을 놀리는 것이었다. 그리고 연둣빛 무늬의 길쯤한 자실과 함께 대바구니 속에다 흘러나오는 긴 한숨을 가끔 담곤 했다. 그렇게 열심이자니 생김새와는 다르게 참을성이나 강단이 놀라운 외할머니도 가끔씩은 허리나 옆구리 같은 데가 결리는 때도 있는 모양이었다. 대바구니를 옆으로 밀어놓은 다음 치마 앞자락을 툭툭 떨었다. 치마폭에 손을 문질러 닦고 나서 내 곁으로 바싹 다가앉았다. 이마에와 닿는 미지근한 숨결 속에서 나는 외할머니의 그 독특한 체취를 맡았다. 아니나 다를까, 섬뜩할 만큼 차가운 손이 잠방이 속으로 슬금슬금 기어들기 시작했다. 사타귀를 주무르는 외할머니의 앙상한 손을 나는 단 한 번이라도 좋은 기분으로 받아들인 적이 없다.

"즈이 오삼춘 타겨서 붕알도 꼭 왜솔방울맹키로 생겼지……."

이모가 슬며시 홑이불을 머리 위로 뒤집어쓰는 걸 눈으로 안 보아도 옆에서 느낄 수 있었다. 얼마 전부터 이모는 기관지가 갑작스럽게 나빠져 늘 사랑방 아랫목에 누워서 나날을 보내고 있었다. 외삼촌 얘기가 나오면 이모는 으레 그렇게 이불을 둘러써 버렸다.

"오삼춘이 존냐, 친삼춘이 존냐?"

외할머니가 던지는 뚱딴지같은 질문이었다. 그런 질문만 받으면 나는 어찌할 바를 몰랐다. 우선 질문 자체가 일방적인 대답을 강요하다시피 하고 있었다. 묻는 순서부터가 매번 외삼촌 쪽이 먼저였다. 그리고 내 처지로서는 도저히 누구는 좋고 누구는 싫다고 얘기할 입장이 못 되었다. 사실대로 얘기하려면 둘 다 좋다고 해야 된다. 그런데 외할머니의 요구는 둘 가운데서 똑 부러지게 하나만을 가려내라는 것이다.

"오삼춘이 존냐, 친삼춘이 존냐?"

그러자 나는 알고 있었다. 거듭되는 물음이나 대답 자체가 중요한 건 결코 아니었다. 대화를 이끌어 나가려는 열정도 별다른 감정도 개입시킴이 없이 그저 무심히 흘리는 듯한 그 질문이 실은 자기 자신의 긴 이야기를 꺼내기 위한 막연한 서두임을 나는 벌써부터 깨닫고 있었다. 그래서 당황하는 것도 처음 두어 차례뿐, 이젠 잠자코 누워서 제법 능청도 떨 줄 알게 되었다. 그러면 외할머니는 못내 섭섭하다는 표정을 지어 보였다.

"그럴 티지, 언지든지 팔은 안으로만 휘는 벱이니께……."

그러나 섭섭한 표정도 잠시뿐, 외할머니는 곧 아무렇지도 않은 얼굴이 되어 다른 이야기를 시작하는 것이었다.

"니가 참말로 우리 권오문이 생질 노릇을 똑똑히 헐라면은 위선 느이 오삼춘이 어떤 사람였능가부터 알어야 된다. 그러지 않고서는 어디 가서 감히 권오문이가 우리 오삼춘이라고 말헐 자격이 없지 암, 없다마다."

외할머니가 얘기하는 동안 외삼촌은 항상 축구선수 복장을 하고 있었다. 그리고 그는 내 머릿속에 급조된 끝없이 넓은 상상의 운동장을 한 필의 준마처럼 종횡으로 치닫고 있었다. 멋진 폼으로 푸른 하늘을 향하여 공을 뻥뻥 차올리고 있었다. 공부도 공부지만 운동에는 아주 '귀신' 이었다. 특히 축구를 잘해서 '중핵교' 부터 '대핵교' 까지 늘 선수로 뽑혀 다녔다. 외할머니가 '축구 차는' 아들에 비로소 자랑을 느끼기 시작한 건 그가 중학교 5학년 되던 해 가을 난생 처음으로 공설 운동장에 나가 정규 시합을 관람하고서였다. 그때까지 하나뿐인 아들을 운동선수로 키우고 싶지 않았던 외할머니는 시합이 끝나자 생판 모르는 '여학상' 들이 떼로 찾아와 마치 며느리가 시어머니 받들 듯 허물없이 어머님이라고 부르는 데 질려 버렸다. 더구나 제 남편이라도 추듯 당신 아들 자랑에 자지러지는 꼴들이 하기가 막혀 '호말만헌 츠녀들이 이게 다 어디서 배워 먹은 버리장머리냐' 고 알아

듣게 혼을 내어 쫓아 보내긴 했지만, 그게 노상 싫은 것만은 아니었다. 그 후부터 시합이 열릴 때마다 극성스럽게 뒤쫓아 다니며 귀찮게 구는 여학생들을 '눈물이 쏙 빠지게' 혼을 내어 돌려보내는 것이 일이었다.

"그때 니가 그걸 꼭 봤어야만 되는 건디……. 느이 오삼춘이 내질른 꽁을 안고 서나 저쪽 문지기가 뒤로 벌렁 나자빠지는 꼴을 봐뒀드라면 아매 대답허기가 수월혔을 것이다. 오삼춘이 더 좋다고 말이다."

평소에는 그토록 말수가 적다가도 일단 아들 이야기만 시작되면 끝을 모르는 사람이었다. 아들의 자랑스러운 면면을 내 마음 가운데 더욱 인상 깊게 심어 주려고 외할머니는 최선을 다했다. 혹시 내가 외삼촌의 얼굴을 영영 잊어버리기라도 할까 봐서 어떻게 생겼는지 말해 보라고 꼬치꼬치 그 특징을 캐물어 새삼스럽게 기억을 일깨워 주기도 했다. 그것은 사실이었다. 외할머니의 뇌리에서 묵은 추억들이 자연스럽게 과장되고 더러는 필요 이상으로 미화되어 나타날 가능성을 충분히 참작한다 해도 그가 남달리 축구에 뛰어났다는 점, 그리고 주위 사람들로부터 많은 떠받듦을 당했다는 것 등은 모두 어김없는 사실들이었다.

한마디로, 그는 멋쟁이였다. 볕에 장시간 내맡겨도 그을지 않을 사기처럼 하얀 얼굴 바탕에 지나치리만큼 오뚝한 콧날과 짙은 눈썹이 유난했다. 알이 총총 들어박힌 옥수수를 연상케 하는 가지런한 이를 내보이며 웃는 모습과 다리가 길고 상체는 알맞게 균형이 잡힌 해사한 몸집에서 어딘지 모르게 도회인들이 갖는 귀공자다운 면모를 풍기는 사람이었다. 어렸을 때, 그가 우리 집에 들러 하루나 이틀가량 묵었다 가는 걸 몇 차례 본 적이 있다. 한 번은 그가 배낭을 멘 친구들을 여럿 데리고 왔다. 지리산을 가는 길에 들렀다면서 사랑채에 짐을 푼 그들은 밤새껏 하모니카를 불고 기타를 퉁겼다. 그날 밤 외삼촌 친구 중 하나가 일곱 살 난 내게 여자와 입 맞추는 법을 가르쳐 준다며 까칠까칠한 턱을 마구 비비대는 바람에 비명을 지르고 뛰어나온 일이 기억에 남는다. 그리고 또 한 번은 어떤 이쁜 여자와 함께였다. 난리가 나기 전해인데, 그때도 먼저의 친구들이 여러 명 같이 와서 전에 없이 닷새를 놀고먹어 우리 할머니의 눈총을 샀고, 어머니 입장이 그 때문에 한때 난처했다. 그들은 외삼촌과 여자를 늘 상전처럼 공손히 모시면서 두 사람의 말이라면 죽는 시늉까지고 서슴지 않았다. 외삼촌 일행은 방문을 걸어 닫고 한 나절씩이나 들어앉아서 자주 무엇인가를 의논하느라고 밀담을 나누었다. 나중에 어머니한테 들은 얘기지만 그때 그들은 한참 쫓고 쫓기는 중이었다. 좌익 학생들과의 오랜 싸움 끝에 뭔가 일을 저지르고 잠시 쉬러 내려왔다는 거다. 난리가 나 대밭 땅굴 속에서 숨어 지내던 한 달 남짓을 제외하고는 그런 일들이 내가 외삼촌과 접촉한 전말의 대부분인 셈이다. 짧은 기간의 접촉을 가지면서 내가 그에게 품은 건 한 사람의 피붙이로서 느끼는 친근한 정이기보다 차라리 존경심 쪽이었다. 어린 나의 존경심을 불러일으킬 만한 요소들이 확실히 그에게는 있었다. 단정한 용모나 말씨에서 풍기는 섬세한 감각과 교양은 얼핏 여성적인 면이고, 무한한 기력을 배경으로 한 민첩한 동작과 차가운 결단은 과시 사내 중의 사내였다. 그만한 나이에 벌써 조직을 이끌고 활동할 수 있었다는 점 또한 그의 비범한 면을 결정적으로 장식하는 후광과도 같은 구실을 했다. 한 인간의 내부에 공존하는 갖가지 이질적인 능력의 신기한 배합이 내게는 언제나 수수께끼였다.

삼촌은 외삼촌보다 세 살 위였다. 나이는 많아도 하는 짓들이 어떻게 보면 영락없는 어린애였다. 그가 사변 전에 밀주나 밀도살을 심하게 단속해서 마을의 원성을 산 적이 있는 사람을 용케 잡아다가 족친 이야기는 인근에서 한때 유명했다. 마을 남녀노소가 모두 모인 정자 마당에서 그는 무릎을 꿇린 단속반원에게 맹물을 한정 없이 들이켜는 희한한 벌을 주었다. 그동안 술 단속을 철저히 한 데 대한 상이라는 것이다. 뒤통수를 겨눈 총부리 앞에서 삼촌의 가련한 그 포로는 똥물을 켜는 오뉴월 장마 개구리 꼴이 되어 한 바께쓰는 실히 넘을 거창한 양의 맹물을 꿀컥꿀컥 정신없이 퍼마셨다. 그런 다음 장구통 같은 배를 내놓고 손바닥으로 철썩철썩 박자를 맞춰 두들겨가며 "나는 누룩이 손자요! 나는 짐승새끼요! 우리 아버지는 소요! 돼지가 우리 어머니요!"라는 구호를 정확히 백 번 외쳤다. 그래도 성이 안 차는지 여흥으로 노래란 노래는 아무거나 죄 부르게 했는데, 목이 쉴 대로 쉬어 진짜 소새끼의 울음처럼 꺽꺽 막히는 소리가 너무도 처량하니까 그때까지 배꼽을 쥐어 가며 재미있어 하던 동네 사람들도 끝판에는 아예 웃지를 않았다. 모든 일이 그런 식이었다. 이웃 마을 용상리의 소지주 최 주사를 끌어내어 혼낸 이야기도 그와 비슷했다. 그는 마을의 유명한 알건달 하나를 주례자로 내세워 이미 애어멈이 된 최 주사의 고명딸과 그야말로 엉터리 결혼식을 올렸다. 역시 정자 마당에서였고, 그 무렵의 시골에선 아주 보기 드문 하이칼라 신식 결혼이었다. 그리고 최 주사와 최 주사의 진짜 사위가 멀쩡히 보는 앞에서였다. 결혼식이 끝나자마자 그는 주례를 본 건달에게 신부를 양보해 버리고 곧장 최 주사 쪽으로 달라붙었다. 그날 최 주사는 많이 혼났다. 입으로는 깍듯이 장인어른이라고 존대하는 불한당한테 넙치가 되도록 얻어맞고 기절해 버렸다. 최 주사네 딸을 열렬히 짝사랑하던 나머지 어느 달이 밝은 밤 술김에 담을 넘었다가 최 주사 어른에게 붙잡혀 그 집 머슴들로부터 초죽음을 당한 쓰라린 기억이 있었던 것이다.

두 사람의 성격은 아주 대조적이었다. 성격뿐만 아니라 모든 면이 다 그랬다. 삼촌의 부역 행위가 술김에 최 주사네 담을 넘는 거와 한 가지 경우로 어떤 외부적 자극이 타고난 맹목성을 부채질하여 자기도 모르게 휩쓸려 들어간 시간의 소용돌이 속에서 마냥 흥청거려 본 것이라면, 외삼촌의 우익 활동이나 그 후의 장교 후보생 자원은 움직일 수 없는 주의주장 밑에 치밀한 계산과 검토를 거쳐 이루어진 결과였다. 자주 만난 건 아니지만 그래도 두 사람은 사이가 괜찮은 편이었다. 괜찮지 않고서는 그토록 서슬이 퍼런 인공 치하에서 한 달 이상의 피신 생활이란 도저히 불가능했으리라. 붉은 완장을 차는 건 못 배우고 가난하게 큰 자기 같은 사람이나 할 짓이라고 말하면서 삼촌은 세 살이나 아래인 외삼촌을 존경하고 대우했다. 배운 사람에 대한 선망의 감정이 그런 식으로 나타난 것인지는 몰라도 하여튼 삼촌은 숨어 지내는 젊은 사돈에 대한 존경심을 이따금 굴속으로 들여보내는 친절과 배려 속에 표시했다. 그러는 자기감정을 "동만이 저 녀석을 생각혀서도 그러고…… 성님이나 아짐씨 체면으로 봐서도 그러고…….."라는 말로 어머니 앞에서 표현하기도 했다. 그러나 외삼촌은 달랐다. 아무 꾸밈새 없는 활달한 그 성품에 은근히 호감은 가지면서도 겉으로는 철딱서니 없이 덤벙거리며 돌아가는 사돈에게 늘 싸늘한 시선을 던지는 것 같았다. 결국 외삼촌의 예감은 적중했다. 그렇게나 정이 두터운 것 같던 삼촌도 끝내는 인공 치하가 물러가던 저 광란의 날 새벽에 사람들을 시켜 땅굴을 덮치게 했다. 저녁밥을 든든히 먹고 나서 식구들 아무한테도 행방을 알리지 않은 채 외삼촌이 슬그머니 잠적해 버린 몇 시간 후의 일이었다.

이모의 기침 소리가 들렸다. 홑이불을 들쓰고 아랫목에 반듯이 누운 채 이모는 기관지를 옥죄이는 통증을 자꾸만 기침으로 배얕고 있었다. 외할머니가 뭐라고 뭐라고 중얼거리는 소리도 들렸다. 그리고 커졌다 작아졌다 하는 그놈의 빗소리도 여전히 들렸다.

"갸는 에릴 적부텀 구질털털헌 걸 원판 싫어허는 아라 죽을 때도 아매 곱게 죽었을 거여. 총알도 한 방배끼 안 맞고, 딱 심장이나 머리 같은 디를 맞어서 어디가 아프고 어쩌고 헐 저를도 없이 아조 단박에……."

전날 동네 사람이 찾아와 무책임하게 지껄이고 간 이야기들이 커다란 충격을 준 모양이었다. 읍내 곳곳에 나뒹굴던 시체들의 갖가지 형태가 밤새도록 우리 집 사랑채를 넘나들며 한 불행한 노파의 꿈자리를 실컷 어지럽히고 갔는지도 모른다. 얼마든지 가능한 일이었다. 외할머니는 아들이 기왕이면 잠자듯 곱게 누워 그지없이 평안한 자세로 전사했기를 기원하고 있었다. 악마의 총탄이 제발 급소를 건드려 조금도 고통을 안 느끼고 순간적으로 저 세상 사람이 되었기를, 육신의 고통은 물론 홀어미를 남겨둔 채 먼저 떠나는 자식 된 도리의 아픔도 일체 없었기를 간절히 희망했다. 죽은 후에도 시신이 온전해서 옛날이야기에 나오는 원귀들처럼 흩어진 제 몸 조각은 찾아 언제까지고 산천을 방황하며 이승에 머무는, 두 번 죽는 거나 다름이 없는 불행한 신세가 되지는 않았을 거라고, 절대로 그럴 리가 없다고 고집스럽게 중얼거렸다. 그러나 목소리에서 점차로 힘이 풀리고 있었다. 이모의 기침이 자꾸만 잦은 가락으로 변하는 것과 정반대였다. 외할머니의 중얼거림은 방문 저쪽으로부터 끊임없이 건너오는 빗소리의 사이사이에 옹색하게 끼여 점점 맥을 못 추고 있었다.

소경 점쟁이가 예언했다는 그날이 뽀작뽀작 다가오고 있었다. 날은 여전히 궂었고, 사람들은 모두 지쳤다. 할머니 혼자만은 예외로 하고 인제는 모두가 정말 지쳐 버렸다. 아주 지칠 대로 지쳐 버렸다. 기다리는 것에도, 계속되는 장맛비에도.

우리 마을과 강 건너 마을을 연결하는 징검다리가 물에 잠긴 지는 이미 오래전이었다. 그 후 양편 둑에 맨 굵은 동아줄에 간신히 의지하여 어른들은 혼자 힘으로, 아이들은 어른들 어깨 위에 목말을 타고 허리까지 잠기는 빠른 물살 속을 곡예를 하듯 위태롭게 건너곤 했는데, 계속 불어나는 강물로 수심이 어른의 키를 훨씬 넘어 버려 이젠 그것마저도 불가능해졌다고 한다. 읍내 쪽과는 교통이 두절된 셈이었다. 상류 쪽에서 떠내려 오는 물건 중에 돼지도 있고 황소도 있고 뿌리째 뽑힌 소나무도 있다는 얘기가 나돌았는데 아버지는 그럴 리가 없다고 소문을 일축해 버렸다. 마을 자체가 섬진강의 상류에 속해 있기 때문에 웬만큼 심한 홍수가 아니고는 삶은 호박에 이빨도 안 들어갈 거짓말이라는 것이었다. 그러나 외부와의 교통이 끊어질 만큼 장마가 심한 것만은 부인 못할 사실이어서 우리 할머니한테 색다른 근심한 가지를 더 안겨 주었다.

"야가 틀림없이 읍내 쪽으로 올 챔인디 강이 저 모냥이니 야단이다."

내가 그렇게 귀찮게 구는데도 달아나지 않고 며칠 동안을 내리 우리 집 토방에서 머무는 두꺼비 한 마리를 볼 수 있었다. 장마통에 집을 잃고 깜냥엔 비를 피해 오길 잘 했다고 안심하는 성싶었다. 하지만 마루 밑으로 토방으로 그 미련하게 생긴 몸뚱이를 괜히 어정어정 밀고 다니는 꼬락서니가 보기에 딱했다. 사흘째 되는 날, 허연 뱃가죽이 하늘을 향하도록 발랑 뒤집고는 똥구멍에 보릿대를 끼워 고무공만큼이나 빵빵하게 바람주사를 놓아 주었더니 어디로 갔는지 한나절쯤 눈에 안 띄었다. 그러나 이튿날 아침이 되니까 어느 틈에 되돌아와 자리를 지키고 있었다. 섬돌 위에 대뚝 올라앉아 퉁방울눈으로 처마에서 떨어지는 낙숫물을 우두커니 내려다보고 있었다.

이 무렵, 광 속에서는 변고가 생겼다. 하루아침에 생긴 게 아니라 전부터 어두컴컴한 구석에서 은밀한 가운데 진행되어 나온 변인데, 그걸 아무도 눈치 채지 못했기 때문에 알고 나서의 놀라움이 더욱 컸다. 훑은 그대로 척척 쟁여 놓은 겉보리 가마가 썩기 시작한 두엄더미처럼 모락모락 김을 피워 올렸던 것이다. 전에 완두가 그랬듯 엿기름으로 쓴다면 꼭 알맞게시리 애써 수확해 놓은 곡식에서 노랗게 싹이 길어나고 있었다. 아버지가 마침 쥐덫을 놓으려고 광 속에 들어갔다가 요행히 발견했기 망정이지 하마터면 우리는 가을걷이까지 앉아서 굶을 뻔했다. 갑자기 온 집안이 일손이 한창 달릴 무렵의 농번기를 시잡이로 맞이한 것처럼 부산스럽게 돌아가기 시작했다. 뒤늦게나마 보릿가마를 안전하게 건사하는 일이 여간 큰 문제가 아니었다. 당장 광의 구조를 고쳐 바닥과 가마 사이가 뜨도록 통나무를 밑에 질러 두어 뼘 정도의 공간을 만들고 훈김을 피우는 가마니를 모조리 끌어내다가 편편한 장소를 골라 깔아 널고 말리는 등으로 법석을 떨었다. 방바닥이고 부뚜막이고 어이 가릴 것 없이 집 안 구석구석에서 걸리적거리는 게 그놈의 까끌까끌한 겉보리였다. 입짓이 까다로운 편이어서 소화도 잘 안 될뿐더러 보리는 원래 내 성미에 안 맞았다. 그리고 퉁퉁한 알맹이 한가운데 일자로 팬 홈 자국을 볼 때마다 언젠가 할머니한테서 들은 이야기가 떠올라 기분이 좋질 않았다. 옛날 어떤 고을에 한 소년이 살았는데, 어느 날 아비가 불치의 난병에 걸려 유명한 의원을 찾게 되었더란다. 의원의 처방에 따라 아무나 닥치는 대로 세 사람—선비, 중, 미치광이—을 죽이고 생간을 꺼내어 달여 먹였더니 병이 깨끗이 낫더란다. 그래서 시체를 묻어 장사를 후히 지내 주었는데, 이듬해 보니까 무덤 위에 이상한 열매가 맺히더란다. 그것이 오늘날의 보리이며 거기에 팬 홈은 소년이 배를 가를 때 생긴 칼자국이라는 것이다. 그런데 그 기분 나쁜 열매가 집 안을 온통 차지해 버려 마음 놓고 움직일 수조차 없게 사람들을 구박하는 판이었다. 그러나 할머니만은 역시 대단한 양반이었다. 이와 같은 북새통 속에서도 할머니는 아랑곳없이 꼬박꼬박 자기 할 일을 다 했다. 우선 어머니를 시켜 장롱 속에서 꺼낸 비장의 옷감으로 한복을 마르게 했다. 집 안에서 입기로는 한복만큼 의젓하고 편한 옷이 없다는 얘기였다. 삼촌이 전에 즐겨 먹었다는 호박전을, 그렇게 터무니없이 많이 장만해 놓으면 이틀 후에는 몽땅 쉬어 터져 한 개도 못 먹게 된다는 어머니의 만류에도 불구하고 한 광주리나 되게 부치게 했다. 손수 고사리나물을 무치면서, 세상이 하도 험하니까 이젠 나물마저 쓸 만한 게 별로 없더라고 억지스런 푸념을 늘어놓기도 했다. 상하기 쉬운 음식은 소금에 절이고 콩기름으로 튀겨 단단히 갈무리해 두었다. 준비는 대강 끝난 셈이었다. 없는 집 시골 살림으로 그만한 준비라면 웬만한 잔치쯤은 치르고도 남을 것이었다. 부엌을 둘러보는 할머니의 얼굴에서 장한 일을 끝낸 사람의 긍지가 오래도록 남아 떠나지 않고 있었다. 아직도 할머니한테 남은 근심거리가 있다면 그것은 딱 한 가지뿐이었다.

"야가 틀림없이 읍내 쪽으서 올 챔인디, 강이 저 모냥이니 야단이다, 야단!"

"어머님은 별 걱정도 다 허시우. 강물이 좀 짚다고 틀림없이 올 아가 못 오겄소? 장마철이면 질이 맥힌다는 걸 저도 알티닝게 석교다리로 돌아서라도 때가 되면 어련히 오겄지요."

할머니를 안심시키려고 아버지가 대수롭잖다는 듯이 말을 받았다. 그러나 할머니는 고개를 설레설레 흔들어 보였다.

"돌아서라도 오기야 오겠지. 오겠지만서도 거그를 돌라면 시오 리는 휘낀 더 걷는 심 아니냐? 입으로야 쉽지만 이 우중에 시오 리 길을 더 돈다는 게 얼매나 그역시런 노릇이나, 더군다나 얼음이 백혀서 성치도 않은 발을 가지고."

고모는 하루 전에 왔다. 와서 찬장도 열어 보고 살강 위 광주리도 둘러보며 한참 수선을 떨고 나서는 할머니와 어머니에게 수고를 칭찬했다. 모든 준비가 마음에 썩 드는 눈치였다. 고모는 할머니 못지않게 삼촌의 귀환을 철석같이 믿고 있었다. 애당초 점쟁이를 소개한 사람이 고모였다. 할머니로 하여금 점쟁이의 예언을 하늘같이 받들게 만든 것도 고모였으니 그 믿음이 오죽하랴만, 모녀간에 어쩌면 그리도 손발이 척척 맞아 들어가는지 모르겠다고 사랑채에 건너온 어머니가 은근히 험담을 할 정도였다. 그렇다고 어머니가 삼촌이 살아서 돌아오기를 바라지 않는 건 아니었다. 항상 말이 없는 이모나 한때 빨치산을 저주한 적이 있는 외할머니까지도 기왕이면 사돈네 집안 일이 그렇게 되기를 은연중에 바라면서 음식 장만하는 과정을 조용히 지켜보아 왔었다. 그러나 바란다는 것과 믿는다는 건 전혀 별개의 문제였다. 나 역시 삼촌이 돌아온다면 얼마나 좋을까, 하고 그날이 억세게 기다려졌다. 하지만 아무리 어린 소견에도 그런 일이 달이 지고 해가 뜨듯 그렇게 간단히 이루어질 것 같지 않았다. 삼촌이 온다면 도대체 어떤 상태에서 어디로 온단 말인가. 부엌에서 아버지가 어머니한테 이야기하는 걸 우연히 엿들은 적이 있었다. 도대체 가망이 없다는 것이었다. 할머니의 신앙이—그것은 완벽한 하나의 신앙이었다. 그리고 신앙도 아주 이만저만한 신앙이 아니었다—우리에게 남긴 뜨거운 감동에서 벗어나 한 발짝만 물러서서 생각해 보면 거울 앞에 선 듯 사정이 너무도 명백해지는 것이어서 할머니와 한 가지로 낙관적이 될 수 없는 현실이 그저 안타깝기만 했다. 궁여지책으로 아버지는 어디 가서 삼촌이 이미 자수를 했을 경우를 이야기했다. 그러나 그것마저도 곧 자기 입으로 부인해 버렸다. 만약의 경우 정말로 그랬다면 사전에 한 번쯤 경찰로부터 무슨 연락이 있었을 것 아니냐면서. 우리 집이 항상 감시를 받고 있다는 사실을 아버지는 누구보다도 잘 알았다. 문전을 오락가락하면서 울바자 너머로 수상쩍은 눈길을 던지는 어떤 낯선 사내를 종종 볼 수가 있었고, 그가 쳐 놓은 투명한 그물에 의하여 우리는 제 발로 걸을 수는 있되 실은 빠져 나갈 구멍이 없는 물고기 신세나 마찬가지였다. 그 사내가 바로 이웃인 진구네 집에 들러 우리 집 형편을 샅샅이 염탐하고 가거나 드물게는 아버지를 살그머니 불러내어 주막에 가서 같이 술을 마시는 때도 있다는 걸 나는 진작부터 알고 있었다. 사내의 모습이 눈에 띌 때마다 소스라치게 놀라는 사람은 나였다. 그의 출현이 나한테는 매우 중대한 의미를 지니고 있었다. 그것은 일껏 사그라지려던 죄책감에 대한 무서운 채찍질이면서 새로운 일깨움이었다. 과자 한 조각에 제 삼촌을 팔아먹는 사람 백정이라고 소리소리 외치던 할머니의 저주가 당시 그대로의 형태로 또렷이 되살아나는 것이었다. 아버지가 던지는 목침덩이에 맞아 코피를 흘리면서 나는 그날 저녁에 벌써 죽었어야 옳은 몸이었다. 사내를 만나고 돌아온 날 밤에 짓는 아버지의 우울한 표정을 읽는 일이 내게는 죽는 것 이상으로 괴로웠다. 할머니의 저주에 대항하는 유일한 방법이란 마지막 숨을 거두며 눈을 감는 자신의 처량한 모습을 상상을 통하여 보는 길뿐이었다. 오직 그것만이 나에게 감미로운 위안을 가져다주었다. 나는 어린 주검을 앞에 놓고 모든 식구들이, 그 가운데서도 특히 할머니가 남보다 서러운 소리로 많이 울어 주기를 바랐다. 할머니의 후회가 크면 클수록 나는 당연하게도 더욱 더 감미로운 기분에 젖을 수 있었다. 그러나 상상에서 깨어 보면 나는 여전히 피둥피둥하게 살아 있었고, 그래서 돌아온 삼촌의 얼굴을 다시 대할 일이 점점 꿈만 같아지는 것이었다. 내가 삼촌이 돌아오기를 누구보다도 더 기다리면서 한편으로는 어처구니없이 독한 마음을 품는 건, 이를테면 사람들 눈에 띄지 않을 어느 으슥한 산골짜기 같은 데서 이미 오래 전에 싸늘한 시체로 굳어져 내 눈앞에 다시 나타나는 날이 영영 없기를 바라는 건 순전히 그 때문이었다. 정말이지 나는 하루 앞으로 닥쳐온 그 '아무 날 아무 시'가 견딜 수 없이 두려웠다. 너무도 두려워 세상 끝 날까지 오늘만이 한없이 계속되기를 어느 앞에나 빌고 싶은 심정이었다. 그러나 제아무리 그렇다고는 해도 아버지가 겪는 고통에 비기면 역시 내 괴로움 따위는 아무것도 아니었으리라. 부엌에서 이야기할 때 할머니의 지나친 처사에 불 먹은 소리를 하는 어머니를 애잔한 말씨로 타이르고 있었다.

"낸들 왜 몰라서 그러겄나. 임자 말자꾸로 아매 안 오기가 쉬울 게여. 그러고 천행으로 온다 혀도 어머님이 맘 잡숫는 대로 일이 그렇게는 안 될 게여. 내가 그건 자네보담 더 잘 알어. 허지만 자식 된 도리로 어쩌겄나. 허라는 대로 안 혔다가 무신 꼴을 또 당헐지 누가 아냔 말여. 시방 조깨 몸살을 앓어 두는 것이 낭중에 더 험헌 일을 치르는 것보담은 낫지. 안 그런가?"

동생의 귀환이 거의 불가능하리란 것 빤히 알면서도 노인 양반의 주장에 감히 거역할 수 없는 괴로움, 그러면서도 울며 겨자 먹기로 열심히 따르는 척해야만 되는 괴로움, 아버지는 그걸 말하고 있었다.

할머니의 신앙과 모성애가 한때 우리를 감동시켜 점쟁이의 예언에 다소간 기대를 걸어 보도록 충동한 게 사실이라고는 해도 결코 그것을 액면 그대로 믿어서가 아니었다. 거기에는 노인 양반을 절대로 실망시키지 않겠다는 조심스런 배려가 들어 있었다. 아버지는 기대 뒤에 올 절망을, 그리고 절망 뒤에 올 무서운 결말을 일찍부터 예감하고 있었다. 최선을 다하면서 그저 가는 데까지 무작정 가볼 따름이었다. 그렇다면 용하기로 소문난 소경 점쟁이가 어디로 어떻게 온다는 얘기까지 일러 주지 않은 것은 크나큰 실책이 아닐 수 없었다.

어느덧 밤이었다. 어둠이 깔리면서부터 점차로 약해지기 시작한 빗밑이 이젠 완연히 알아보게 성글어졌다. 사립문 기둥에 달아 놓은 장명등이 뿌옇게 밝히는 빛무리의 둥그런 허공 속으로 장마도 기진했다는 듯 몽근 빗방울을 쉬엄쉬엄 떨어뜨리고 있었다. 난리를 치르는 동안 자연스럽게 익힌 습성으로 누가 등화관제를 명령하지 않더라도 저녁밥만 먹고 나면 집집마다 불을 꺼 버리는 우리 마을에서 유독 우리 집 한 채만이 전에 없이 장명등을 내달아 외로운 파수병처럼 밤을 밝히고 있었다. 역시 할머니의 성화에 못 이겨서였다. 누가 아냐는 것이었다. 내일 진시, 그러니까 대략 오전 열 시경에 오는 것으로 되어는 있지만, 사정이 갑자기 바뀌어 오밤중에 문을 두드리게 될지도 모른다는 것이었다. 아무런 채비도 없이 불시에 맞이하여 모처럼 어려운 걸음을 한 아들을 처음부터 섭섭하게 만든다는 건 결코 할머니의 원하는 바가 아니었다.

"다아 요런 때 쓸라고 비싼 셱우지름 애껴 놓았지."

대문만이 아니라 처마 밑에도 장명등 하나를 더 달고 각 방마다 밤새도록 불이 꺼지지 않게 분부하면서 할머니는 여느 날과 달리 집 안 전체를 대낮처럼 밝혀야 하는 이유를 매우 간단한 말로 설명했다.

"어디서 보드라도, 시오리 배까티서 보드라도, 아, 저그 불이 훤헌 디가 바로 우리 집이고나, 우리 엄니가 잠 한소곰 안 자고 날 지달리는구나, 험서 허우단심 뛰박질허게 맹글어야 된다."

밤이 깊었다. 밤이 깊었으나 아무도 자려 하지 않았다. 노인 양반이 그렇게 설치고 다니는 판인데, 그걸 모르는 척하고 드러누울 만한 배포를 가진 사람이 우리 집엔 없었다. 날씨마저 할머니의 비위를 맞추는 듯했다. 가랑비로 바뀌던 빗밑마저 슬금슬금 자취를 감추는 기색이더니 밤이 이슥해지자 처마 아래 울리던 낙숫물 소리도 아예 들을 수 없게 되었다. 그리고 습기를 옮겨 나르는 서늘한 바람이 불기 시작했다. 하기야 쏟을 만큼 쏟았으니 인제는 장마가 물러갈 때도 되긴 했다. 그런데 할머니는 날씨의 변화를 재빨리 내일의 경사에 결부시켜 퍽도 유리하게 해석해 버렸다.

아마 자정은 훨씬 지났을 것이다. 나는 안채에서 사랑채로 돌아와 외할머니 곁에 누워 있었다. 이모도 외할머니도 여태 안 자고 있었다. 잠을 이룰 수가 없었을 것이다. 이모는 얼굴이 천장을 향하게 반듯이 누워 있었고, 외할머니는 아랫목 벽에다 등을 붙인 채 비스듬한 앉음새로 방문 쪽을 향하고 있었다. 내 눈은 호롱불이 까불거리며 천장에 그리는 그을음 무늬의 움직임을 쫓고 있었다. 내 귀는 방문 저편 어둠 속으로 활짝 열려 풀밭 어디쯤에서 열심히 밤을 노래하는 소리를 듣고 있었다. 사위가 너무나 조용했다. 식구들이 모두 깨어 있는데도 그렇게 집 안이 조용할 수가 없었다. 너무도 조용해서 그 조용함이 오히려 어둠의 소리를 듣는 일에 방해가 될 지경이었다. 사위를 짓누르는 적막의 우세한 힘 앞에 청각의 기능이 꼭 마비당하는 듯한 기분이었다. 그래서 내 귀에 들리는 저 소리들이 실제로는 세상에 존재하지도 않는 것들이며 나는 지금 무엇에 홀려 가짜를 진짜처럼 착각하고 있는지도 모른다는 의구심마저 들었다. 그러나 정신을 차리고는 다시 들어보면 마치 거대한 적막의 한 귀퉁이를 가냘프면서도 날카로운 줄칼로 참을성 좋게 썸질하는 것같이 들리는 그 소리는 나 이외의 다른 생명체가 분명히 또 있어 어둠 속에서 내처 잠들지 못하고 있음을 알리는 신호였다. 들깨 주머니에서 참깨를 가리듯 혹은 참깨 주머니에서 들깨를 가리듯 나뭇가지를 스치는 바람 소리 속에서 여치의 울음과 귀뚜라미의 울음을 따로따로 구분하여 그 소리들이 풍기는 백반처럼 시디신 맛을 나는 오래도록 음미하고 있었다. 그러나 난데없는 소리가 중간에 뛰어들었고, 생전 처음 듣는 듯한 그 이상스런 소리는 갑자기 나를 긴장 속으로 몰아넣었다. 그러나 한 차례 울리고 나서 그 소리는 뚝 그쳤다. 소리의 뒤끝을 겨우 붙잡았다고 느끼는 순간에 벌써 달아나 버렸으므로, 내가 또 무엇인가에 홀려 잘못 듣고 있을지도 모른다는 암담한 기분이 들었다. 잠시 후에 그 소리는 다시 들렸다. 이번에는 윤곽이 아주 뚜렷했다. 결코 크다고는 할 수 없어도 잡다한 밤의 소리 속에서 그것은 가려내기가 비교적 수월했다. 병 주둥이를 입에 대고 아이들이 흔히 장난으로 부는 소리를 듣고 있는 기분이라고나 할까, 먼 바다에서 울리는 뱃고동처럼 그것은 매우 은은하게 들렸다. 그리고 그것은 매우 애매한 소리여서 출처가 어디쯤인지 도무지 짐작조차 할 수 없었다. 어떻게 생각하면 방문 바로 건너 우리 집 텃밭 속이 분명했다. 밤의 고요 속을 뚫고 은은히 건너오는 이상한 소리. 그 소리에 나는 정말로 홀림을 당하고 있었다. 도깨비불에 넋을 덜미 잡혀 밤새껏 공동묘지를 헤맸다는 어떤 아이처럼 은은하면서도 왠지 모르게 소름이 돋을 만큼 음산함이 풍겨지는 그 소리의 신비스런 가락에 이끌려 내 마음은 어느새 강 언덕으로 줄달음치고 있었다.

"구렝이 우는 소리다."

외할머니가 말했다. 앞을 떡 가로막고 서는 시커먼 그림자와도 같이 외할머니의 그 말이 별안간 귓전에서 울리는 바람에 나는 하마터면 소리를 지를 뻔했다.

"구렝이가 비암들을 모으는 소리여."

외할머니의 입에서 흘러나오는 말 그 자체가 바로 구렁이였고, 혓바닥을 날름거리는 그것이 내 몸뚱이를 눈 깜짝할 사이에 친친 휘감아 버려 나는 숨도 제대로 쉴 수가 없었다. 대번에 식은땀이 배었다. 내 몸에 와 닿는 선뜩한 기운을 물리쳐 준 사람은 고맙게도 이모였다. 나는 혼자가 아니었다. 그리고 그 소리를 들은 사람도 나 혼자만이 아닌 것이 얼마나 다행한 일인지 몰랐다. 언제 일어나 앉았는지 이모가 내 곁에서 방문 쪽을 노려보고 있었다. 무슨 말을 더하려고 외할머니가 입을 달싹거렸다. 그러자 이모가 내 어깨 위에 손을 얹으면서 눈을 흘겼다.

"그만두세요."

그러자 외할머니는 자꾸만 입을 달싹거리고 있었다. 이모한테서 더 핀잔을 먹지 않았더라면 외할머니는 기어코 무슨 말인가를 하고야 말았을 것이다.

"제발 좀 그만두시라니까요!"

이모가 나를 홑이불 속으로 끌어들였다. 나는 이모의 겨드랑이 사이에 묻혀 잠시 후에 울리는 그 소리가 다시 들을 수 있었다. 먼 바다에서 울리는 뱃고동 같은 그 소리가 또 한바탕 선뜩한 기운을 방 안에 잔뜩 부려 놓고 갔다. 이번 역시 강 언덕 근처인지 텃밭 속인지 분간 못할 애매한 소리였다. 그러고는 시간이 많이 흘렀다. 세 번째를 마지막으로 구렁이 우는 소리는 다시 들리지 않았다. 그러나 소리의 여운이 늦게까지 방 안에 남아 아무도 입을 열지 못하도록 사람들을 위협하고 있는 성싶었다. 특히 외할머니의 경우가 가장 심해서 방문 쪽을 향해 상체를 기울인 꾸부정한 자세를 풀지 않은 채 아직도 거북살스럽게 앉아 있었다. 얼굴 표정이 몹시 동요하고 있었다. 머리라도 되게 얻어맞은 듯이 멍한 표정을 짓다가도 느닷없이 한꺼번에 많은 것들을 생각해 내려는 사람처럼 한껏 찡그린 눈으로 문밖을 내다보곤 했다. 마침내 외할머니가 이쪽으로 고개를 돌렸다.

"동만아." 외할머니가 나를 불렀다.

"악아, 동만아."

나하고 시선이 마주치자 외할머니는 슬며시 외면을 했다. 잠시 망설이는 기색을 보이고 나서 천천히 입을 열었다.

"너도 그렇게 생각하고 있냐?"

밑도 끝도 없는 질문을 던진 다음 외할머니는 한참을 망설였다.

"이 외할매 땜시 느그 삼촌이 그렇게 되었다고 생각허냐?"

나는 대답을 하기로 마음먹었다. 외할머니의 절실한 어조에 끌려 무슨 말이든 꼭 대답을 해주지 않으면 안 된다고 생각했다. 그러나 곧 그럴 필요가 없음을 깨달았다. 외할머니는 나를 쳐다보지도 않았고, 사실상 나에겐 아무런 관심도 두지 않았고, 오직 자기 외골수 생각에만 골몰해 있는 상태였다. 설령 내가 대답을 했다손쳐도 전혀 알아듣지 못했을 것이다.

"아니다. 그날 저녁 일은 절대로 그런 것이 아니다. 누구를 해꼬지헐라고 그런 것이 아니라 소피를 보러 나갔다가 안채에 불이 훤허고 밤중에 두런두런 얘깃소리가 들리걸래 대처나 무슨 일인가 싶어서 찌꼼 구다본 것뿐이다. 일판이 그렇게 꼴종 누가 알었냐. 내가 미쳤다고 그런 자리에 갔겄냐. 허기사 늙은이가 눈치코치도 없이 사둔네 일에 해자를 논 게 잘못은 잘못이지. 잘 헌 일은 아니여. 잘 헌 일은 아니지만서도, 그런다고 이 외할매만을 탓혀서는 못쓴다. 그날 저녁에 내가 아녔드라도 느네 삼춘은 오던 질을 되짚어서 도로 떠날 사람이었어. 팔자를 그렇게 타고난 거여."

이모가 나를 가슴으로 꽉 끌어안았다. 나는 이모의 젖 둔덕 사이에 얼굴을 파묻고는 매우 아늑한 기분으로 외할머니의 중얼거림을 들었다. 그러자 매를 흠씬 얻어맞고 한바탕 섧게 울고 난 뒤끝인 듯 온몸이 나른한 가운데 걷잡을 수 없는 졸음이 밀려들기 시작했고, 노곤한 꿈결 속에서도 이 담에 크면 꼭 이모한테 장가를 들겠다고 생각하면서 나는 외할머니의 중얼거림에 어렴풋이 귀를 기울이고 있었다.

할머니가 대문간에 서서 호통을 치는 바람에 혼곤한 잠에서 깨었다. 날은 부옇게 밝았으나 아직도 꼭두새벽이었다. 가뜩이나 짧은 여름밤인데 그런 정도는 자나마나였다. 잠을 설친 탓으로 머릿속이 띠잉 울리고 눈꺼풀은 슬슬 감겼다. 그러나 나는 아무렇지도 않은 편이었다. 여러 날 겹치는 피로와 긴장 때문에 얼굴 모양들이 모두 말이 아니었다. 아버지는 부황이 든 사람처럼 얼굴이 누렇게 떠 부석부석했고, 어머니는 숫제 강마른 대꼬챙이였다. 외가 식구들이라 해서 특별히 나은 사람도 없었다. 그런데 우리 할머니만이 청청해 가지고 첫새벽부터 기진맥진한 사람들을 게으른 소 잡도리하듯 했다. 아버지와 어머니를 대문간에 나란히 불러 놓고 무섭게 닦아 세우는 중이었다. 장명등이 꺼져 있었다. 기름이 아직 반나마 들어 있는데도 어느 바람이 언제 끄고 갔는지 유리갓에 물기가 촉촉했다. 장명등 일로 할머니는 몹시 심정이 상해 버렸다. 하느님이 간밤에 몰래 들어와서 아버지와 어머니의 정성을 시험하고 간 증거로 삼아 버렸다. 할머니의 노여움은 거기에서 그치지 않았다. 그것 한 가지만으로도 하나밖에 없는 동생 시동생을 끝까지 돌봐 줄 의사가 있는지 없는지 알 수 있다면서 정성의 기미가 보일 때까지 광과 장롱의 열쇠를 당신이 직접 맡아 관리하겠다고 선언해 버렸다.

"경사시런 날 아적부텀 예펜네가 집 안에서 큰소리를 하면 될 일도 안 되는 벱이니께 이만침 혀두고 참는다만, 후사는 느덜이 알아서들 혀라. 나는 손구락 하나 깐닥 않고 뒷전에서 귀경만 허고 있을란다."

말을 마치고 돌아서면서 할머니는 거듭 혀를 찼다.

"큰자석이라고 있다는 것이 저 모양이니 원, 쯧쯧."

할머니는 양쪽 팔을 홰홰 내저으며 부리나케 안채로 향했다.

"지지리 복도 못 타고난 년이지. 나만침 아덜 메누릿복이 없는 년도 드물 것이여."

사랑채 앞을 지나면서 또 혼잣말을 했다. 말이 혼잣말이지 실상은 이웃에까지 들릴 고함에 가까운 소리였다.

할머니는 정말로 손가락 한 개도 까딱하지 않았다. 방 문을 꽝 닫고 들어앉은 후로 밖에서 일어나는 일은 죽이 끓든 밥이 끓든 일체 상관하지 않았다. 그런 대신 봉창에 달린 작은 유리 너머로 늘 마당을 감시하면서 일일이 못마땅한 표정을 지어 보였다. 우리는 수대로 하나씩 빗자루나 연장 같은 걸 들고 나와 감시의 눈초리를 뒤통수에 느껴 가면서 마당도 쓸고 마루도 닦고 집 안팎의 거미줄도 걷었다. 고모도 나오고 이모까지 합세하여 모두들 바삐 움직인 보람이 있어 장마로 어지럽혀진 집 안이 말끔히 청소되었다. 이모와 고모는 어머니를 도우러 부엌으로 들어가고 나는 아버지와 함께 대문에서 마당에 이르는 소롯길과 텃밭 사이에 깊은 도랑을 내어 물기를 빼느라고 식전부터 구슬땀을 흘렸다.

하늘은 아직도 흐렸다. 오랜만에 햇빛을 볼 수 있을지 모른다고 기대했던 날씨가 아무래도 신통치 않았다. 그러나 서녘 하늘 한 귀퉁이가 빠금히 열려 있었고, 구름을 몰아가는 서늘한 바람이 불었다. 다시 비가 내릴 기미 같은 건 어디에도 안 보였다. 그것만도 우리에겐 참으로 다행스런 일이었다. 우리뿐만 아니라 모든 사람이 다 그러했다. 이른 아침부터 우리 집에 찾아오는 동네 사람들이 내미는 첫 마디가 한결같이 날씨에 관한 얘기였다. 그리고 그 다음 차례가 삼촌 얘기였다. 그들은 날씨부터 시작해 가지고 아주 자연스럽게 아버지한테 접근했으며 아낙네들은 부엌을 무시로 드나들었다. 우리 집은 완전히 잔칫집답게 동네 사람들로 북적거렸고, 저마다 연줄을 찾아 말을 걸어 보려는 사람들 때문에 식구들은 도무지 정신을 못 차릴 정도였다. 그들이 가장 궁금해하는 것은, 우리 식구들이 어느 정도 미신을 믿고 있는가였다. 물론 그들은 미신이란 말은 입 밖에 비치지도 않았다. 점쟁이의 말 한 마디가 이만큼 일을 크게 벌여 놓을 수 있었던 데 대해 놀라움을 표시하면서도 속셈이 빤히 보일 만큼 노골적이지는 않았다. 이야기 끝에 그들은, 가족들 정성에 끌려서라도 삼촌이 틀림없이 돌아올 거라는 격려의 말을 잊지 않았다. 아버지는 그저 웃고만 있었다. 그런 말을 하는 몇 사람의 태도에서 아버지는 그들이 우리 일을 가지고 자기네 나름으로 한창 즐기고 있다는 사실을 충분히 눈치 챘을 것이다. 마치 죽어가는 환자 앞에서 금방 나을 병이니 아무 염려 말라고 위로하는 의사와 흡사한 태도를 취하는 사람이 더러 있었기 때문이다. 시간이 진시에 점점 가까워질수록 사람이 늘어 우리 집은 더욱 더 붐볐다. 마을 안에서 성한 발을 가진 사람은 하나도 안 빠지고 다 모인 성싶었다. 혼자 진구네 집 마루에 앉아 담배를 피우는 낯선 사내의 모습도 보였다. 장터처럼 북적거리는 속에서 우리는 아직 아침밥도 먹지 못했다. 삼촌이 오면 같이 먹는다고 할머니가 상을 못 차리게 했던 것이다. 아주 굶는 건 아니니까 진득이 참는 도리밖에 없지만, 그러자니 배가 굉장히 고팠다.

마침내 진시였다. 진시가 시작되는 여덟 시였다. 모두들 흥분에 싸여 초조하게 기다리는 가운데 자꾸만 시간이 흘렀다. 아홉 시가 지나고 어느덧 열 시가 다 되었다. 그런데도 우리 집엔 아무 일도 일어나지 않았다.

사람들이 죄다 흩어진 다음에야 비로소 우리는 점심이나 다름없는 아침을 먹을 수 있었다. 구장 어른과 진구네 식구들만이 나중까지 남아 실의에 잠긴 우리 일가의 말동무가 되어 주었다. 안방에 혼자 남은 할머니를 제외하고 모두들 침통한 표정으로 건넌방에 차려진 상머리에 둘러앉았다. 뜨적뜨적 수저를 놀리는 심란한 얼굴들에 비해 반찬만은 명절날만큼이나 걸었다. 기왕 해놓은 밥이니까 먼저들 들라고 말하면서도 할머니 자신은 한사코 조반상을 거부해 버렸다. 진시가 벌써 지났는데도 할머니는 여전히 태평이었다. 적어도 겉으로는 그렇게 보였다. 애당초 말이 났을 때부터 자기는 시간 같은 건 그리 염두에 두지 않았다는 것이었다. 중요한 것은 '아무 날' 이지 그까짓 '아무 시' 따위는 별 게 아니라는 것이었다. 하늘이 주관하는 일에도 간혹 실수가 있는 법인데 하물며 사람이 하는 일이야 따져 무얼 하겠냐는 것이었다. 아무리 점쟁이가 용하다고는 해도 시간만큼은 이쪽에서 너그럽게 받아들여야 된다는 주장이었다. 할머니한테는 아직도 그날 하루가 창창히 남아 있었던 것이다. 어느 때 와도 기필코 올 사람이니까 그때까지 더 두고 기다렸다가 모처럼 한 번 모자 겸상을 받겠다면서 할머니는 추호도 지친 기색을 나타내지 않았다.

마루 위에 발돋움을 하고 자꾸만 입맛을 다시면서 근천을 떨던 워리란 놈이 갑자기 토방으로 내려섰다. 우리는 워리가 대문 쪽을 향해 으르렁거리는 소리를 들었다. 그리고 이내 함성을 들었다. 수저질을 하던 아버지의 손이 허공에서 정지하는 걸 계기로 우리는 일시에 모든 동작을 멈추었다. 아이들이 일제히 올리는 함성이 매우 빠른 속도로 가까이 오는 중이었다. 숟가락을 아무 데나 팽개치면서 나는 밖으로 뛰어나갔다. 우리 집 대문간이 왁자지껄하는 소리로 금방 소란해졌다. 마당 한복판에서 나는 다시 기세를 올리는 아이들의 아우성과 정면으로 맞닥뜨렸다. 우선 눈에 뜨이는 것이 저마다 입을 크게 벌리고 있는 한 떼의 조무래기패였다. 그들의 손엔 돌멩이 아니면 기다란 나뭇개비 같은 것들이 골고루 들려 있었다. 우리 집 대문 안으로 짓쳐 들어오는 걸 잠시 망설이는 동안 아이들은 무기를 든 손을 흔들면서 거푸 기세만 올렸다. 그중의 한 아이가 힘껏 돌팔매질을 했다. 돌멩이가 날아와 푹 꽂히는 땅바닥에서 나는 끝내 못 볼 것을 보고야 말았다. 꿈틀꿈틀 기어오는 기다란 것이 거기에 있었다. 눈어림으로만도 사람 키보다 훨씬 큰 한 마리의 구렁이였다. 꿈틀거림에 따라 누런 비늘가죽이 이러 저리 번들거리는 그 끔찍스런 몸뚱어리를 보고는 순간, 그것의 울음소리를 듣던 간밤의 기억이 얼핏 되살아나면서 오금쟁이가 대번에 뻣뻣이 굳어져 버렸다. 그러나 나는 고함을 지르며 돌팔매질을 해대는 패거리들과 조금도 다를 바 없는 하나의 어린애로 재빨리 되돌아왔다. 모든 꿈틀거리는 것들에 대해서 소년들이 거의 본능적으로 품는 적의와 파괴욕을 주체할 수가 없었다. 나는 잽싸게 헛간으로 달려갔다. 지게 작대기를 양손으로 힘껏 거머쥐었다. 내 쪽으로 가까이 오기만 하면 단매에 요절을 낼 요량으로 작대기를 쥔 양쪽 팔을 높이 들었다. 그러자 억센 힘으로 내 팔을 움켜잡는 누군가의 손이 있었다. 돌아다보니 외할머니였다. 동시에 째지는 듯한 비명이 등 뒤에서 들렸다.

"아악!"

외마디 비명을 지르면서 마치 헌 옷가지가 구겨져 흘러내리듯 그렇게 마루 위로 고꾸라지는 할머니의 모습을 나는 목격했다. 외할머니가 내 손에서 작대기를 빼앗아 버렸다. 말은 없어도 외할머니의 부릅뜬 두 눈이 나한테 엄한 꾸지람을 던지고 있었다.

난데없는 구렁이의 출현으로 말미암아 우리 집은 삽시에 엉망진창이 되어 버렸다. 무엇보다 큰 걱정이 할머니의 졸도였다. 식구들이 모두 안방에만 매달려 수족을 주무르고 얼굴에 찬물을 뿜어대는 등 야단법석을 떨어 가며 할머니가 어서 깨어나기를 빌었다. 그 바람에 일단 물러갔던 동네 사람들이 재차 모여 들기 시작했고, 제멋대로 떼 뭉쳐 서서 떠들어대는 소리 때문에 혼란은 더욱 가중되었다. 모두가 제정신이 아닌 그 북새 속에서도 끝까지 냉정을 잃지 않는 사람은 애오라지 외할머니 혼자뿐이었다. 미리 정해 놓은 순서라도 밟듯 외할머니는 놀라우리만큼 침착한 태도로 하나씩하나씩 혼란을 수습해 나갔다. 맨 먼저 사람들을 몰아내는 일부터 서둘러 했다. 외할머니는 구장 어른과 진구네 아버지 등의 도움을 받아 집안에 들어온 사람들을 모조리 밖으로 내쫓은 다음 대문을 단단히 걸어 잠갔다. 대문 밖에 내쫓긴 아이들과 어른들이 감나무가 있는 울바자 쪽으로 우르르 몰려갔다. 고비에 다다른 혼란의 사이를 틈탄 구렁이는 아욱과 상추가 자라고 있는 텃밭이랑을 지나 어느새 감나무에 올라앉아 있었다. 감나무 가지에 누런 몸뚱이를 둘둘 감고서는 철사처럼 가늘고 긴 혓바닥을 내고 날름거렸다. 무엇에 되알지게 얻어맞아 꼬리 부분이 거지 반동강 날 정도로 상해서 몸뚱이의 움직임과는 겉놀고 있었다. 아이들의 극성이 감나무에까지 따라와 아직도 돌멩이나 나뭇개비들이 날아들고 있었다.

"돌멩이를 땡기는 게 어떤 놈이냐!"

외할머니 고함은 서릿발 같았다. 팔매질이 뚝 멎었다. 그러자 외할머니는 천천히 감나무 아래로 걸어가기 시작했다. 외할머니의 몸이 구렁이가 친친 감긴 늙은 감나무 바로 밑에 똑바로 서 있는데도 아무 일도 일어나지 않자, 그때까지 숨을 죽여 가며 지켜보던 많은 사람들 입에서 저절로 한숨이 새어 나왔다. 바로 머리 위에서 불티처럼 박힌 앙증스런 눈깔을 요모조모로 빛내면서 자꾸 대가리를 숙여 꺼뜩꺼뜩 위협을 주는 커다란 구렁이를 보고도 외할머니는 조금도 두려워하지 않았다. 외할머니는 두 손을 천천히 가슴 앞으로 모아 합장했다.

"에구 이 사람아, 집안일이 못 잊어서 이렇게 먼 질을 찾어왔능가?"

꼭 울어 보채는 아이한테 자장가라도 불러주는 투로 조용히 속삭이는 그 말을 듣고 누군가가 큰 소리로 웃는 사람이 있었다. 그러자 외할머니는 눈이 단박에 세모꼴로 변했다.

"어떤 창사구 빠진 잡놈이 그렇게 히득거리고 섰냐. 누구냐, 어서 이리 썩 나오니라. 주리댈 놈!"

외할머니의 대갈호령에 사람들은 쥐 죽은 소리도 못했다. 외할머니는 몸을 돌려 다시 구렁이를 상대했다.

"자네 보다시피 노친께서는 기력이 여전허시고 따른 식구덜도 모다덜 잘 지내고 있네. 그러니께 집안일일랑 아모 염려 말고 어서어서 자네 가야 헐 디로 가소."

구렁이는 움쩍도 하지 않았다. 철사 도막 같은 혓바닥을 날름거리면서 대가리만 두어 번 들었다 놓았다 했다.

"가야 헐 디가 보통 먼 질이 아닌디 여그서 이러고 충그리고만 있어서야 되겄능가. 자꼬 이러면은 못쓰네, 못써. 자네 심정은 내 짐작을 허겄네만 집안 식구덜 생각도 혀야지. 자네 노친 양반께서 자네가 이러고 있는 꼴을 보면 얼매나 가슴이 미어지겄능가."

외할머니는 꼭 산 사람을 대하듯 위를 올려다보면서 조용조용히 말을 건네고 있었다. 하지만 아무리 간곡한 말씨로 거듭 타일러 봐도 구렁이는 좀처럼 움직일 기척을 안 보였다. 이때 울바자 너머에서 어떤 아낙네가 뱀을 쫓는 묘방을 일러주었다. 모습은 안 보이고 목소리만 들리는 그 여자는 머리카락을 태워 냄새를 피우면 된다고 소리쳤다. 외할머니의 지시에 따라 나는 할머니의 머리카락을 얻으러 안방으로 달려갔다.

할머니는 거의 시체나 다름이 없는 뻣뻣한 자세로 자리에 누워 있었다. 숨은 겨우 쉬고 있다 해도 아직도 의식을 되찾지 못한 채였다. 할머니의 주변을 둘러싸고 속수무책으로 앉아서 사색이 다 되어 그저 의원이 도착하기만을 기다리는 식구들을 향해 나는 다급한 소리로 용건을 말했다. 누구에게랄 것 없이 아무한테나 던진 내 말이 무척 엉뚱한 소리로 들렸던 모양이다. 할머니의 머리카락이 이런 때 도대체 어디에 소용될 것인지를 이해가 가도록 설명하기엔 꽤 시간이 걸렸다. 그리고 고모가 인사불성이 된 할머니의 머리를 참빗으로 빗기는 덴 더 많은 시간이 걸렸다. 빗질을 여러 차례 거듭해서 얻어진 한 줌의 흰 머리카락이 내 손에 쥐어졌다. 언제 그렇게 준비를 해왔는지 외할머니는 도래소반 위에다 간단한 음식 몇 가지를 차리는 중이었다. 호박전과 고사리나물이 보이고 대접에 그득 담긴 냉수도 있었다. 내가 건네주는 머리카락을 받아 땅에 내려놓은 다음 외할머니는 천천히 고개를 들어 늙은 감나무를 올려다보았다.

"자네 오면 줄라고 노친께서 여러 날 들여 장만헌 것일세. 먹지는 못헐 망정 눈요구라도 허고 가소. 다아 자네 노친 정성 아닌가. 내가 자네를 쫓을라고 이러는 건 아니네. 그것만은 자네도 알어야 되네. 냄새가 나드라도 너무 섭섭타 생각 말고, 집안일일랑 아모 걱정 말고 머언 걸음 부데 펜안히 가소."

이야기를 다 마치고 외할머니는 불씨가 담긴 그릇을 헤집었다. 그 위에 할머니의 흰머리를 올려놓자 지글지글 끓는 소리를 내면서 타오르기 시작했다. 단백질을 태우는 노린내가 멀리까지 진동했다. 그러자 눈앞에서 벌어지는 그야말로 희한한 광경에 놀라 사람들은 저마다 탄성을 올렸다. 외할머니가 아무리 타일러도 그때까지 움쩍도 하지 않고 그토록 오랜 시간을 버티던 그것이 서서히 움직이기 시작한 것이다. 감나무 가지를 친친 감았던 몸뚱이가 스르르 풀리면서 구렁이는 땅바닥으로 툭 떨어졌다. 떨어진 자리에서 잠시 머뭇거린 다음 구렁이는 꿈틀꿈틀 기어 외할머니 앞으로 다가왔다. 외할머니가 한쪽으로 비켜서면서 길을 터주었다. 이리저리 움직이는 대로 뒤를 따라가며 외할머니는 연신 소리를 질렀다. 새막에서 참새떼를 쫓을 때처럼 "쉬이! 쉬이!" 하고 소리를 지르면서 손뼉까지 쳤다. 누런 비늘가죽을 번들번들 뒤틀면서 그것은 소리 없이 땅바닥을 기었다. 안방에 있던 식구들도 마루로 몰려나와 마당 한복판을 가로질러 오는 기다란 그것을 모두 질린 표정으로 내려다보고 있었다. 꼬리를 잔뜩 사려 가랑이 사이에 감춘 워리란 놈이 그래도 꼴값을 하느라고 마루 밑에서 다 죽어가는 소리로 짖어대고 있었다. 몸뚱이의 움직임과는 여전히 따로 노는 꼬리 부분을 왼쪽으로 삐딱하게 흔들거리면서 그것은 방향을 바꾸어 헛간과 부엌 사이 공지를 천천히 지나갔다.

"쉬이! 쉬어이!"

외할머니의 쉰 목청을 뒤로 받으며 그것은 우물곁을 거쳐 넓은 뒤란을 어느덧 완전히 통과했다. 다음은 숲이 우거진 대밭이었다.

"고맙네, 이 사람! 집안일은 죄다 성님한티 맽기고 자네 혼잣 몸띵이나 지발 성혀서 먼 길음 펜안히 가소. 뒷일은 아모 염려 말고 그저 펜안히 가소. 증말 고맙네, 이 사람아."

장마철에 무성히 돋아난 죽순과 대나무 사이로 모습을 완전히 감추기까지 외할머니는 우물곁에 서서 마지막 당부의 말로 구렁이를 배웅하고 있었다.

이웃 마을 용상리까지 가서 진구네 아버지가 의원을 모시고 왔다. 졸도한 지 서너 시간 만에야 겨우 할머니는 의식을 회복할 수 있었다. 그 서너 시간이 무의식의 세계에서는 서너 달에 해당되는 먼 여행이었던 듯 할머니는 방 안을 휘이 둘러보면서 정말 오래간만에 집에 돌아온 사람 같은 표정을 지었다.

"갔냐?"

이것이 맑은 정신을 되찾고 나서 맨 처음 할머니가 꺼낸 말이었다. 고모가 말뜻을 재빨리 알아듣고 고개를 끄덕거렸다. 인제는 안심했다는 듯이 할머니는 눈을 지그시 내리깔았다. 할머니가 까무러친 후에 일어났던 일들을 고모가 조용히 설명해 주었다. 할머니의 머리카락을 태워 감나무에서 내려오게 한 이야기, 대밭 속으로 사라질 때까지 시종일관 행동을 같이하면서 바래다 준 이야기……. 간혹 가다 한 대목씩 빠지거나 약간 모자란다 싶은 이야기는 어머니가 옆에서 상세히 설명을 보충해 놓았다. 할머니는 소리 없이 울고 있었다. 두 눈에서 하염없이 솟는 눈물방울이 홀쭉한 볼고랑을 타고 베갯잇으로 줄줄 흘러내렸다. 이야기를 다 듣고 나서 할머니는 사돈을 큰방으로 모셔 오도록 아버지한테 분부했다. 사랑채에서 쉬고 있던 외할머니가 아버지 뒤를 따라 큰방으로 건너왔다. 외할머니로서는 벌써 오래전에 할머니하고 한 다래끼 단단히 벌인 이후로 처음 있는 큰방 출입이었다.

“고맙소.”

정기가 꺼진 우묵한 눈을 치켜 간신히 외할머니를 올려다보면서 할머니는 목이 꽉 메었다.

“사분도 별시런 말씀을 다…….”

외할머니도 말끝을 마무르지 못했다.

“야한티서 이애기는 다 들었소. 내가 당혀야 헐 일을 사분이 대신 맡었구랴. 그 험헌 일을 다 치르노라고 얼매나 수고시렀으꼬.”

“인자는 다 지나간 일이닝게 그런 말씀 고만두시고 어서어서 맘이나 잘 추시리기라우.”

“고맙소, 참말로 고맙구랴.”

할머니가 손을 내밀었다. 외할머니가 그 손을 잡았다. 손을 맞잡은 채 두 할머니는 한동안 말을 잇지 못했다. 그러다가 할머니 쪽에서 먼저 입을 열어 아직도 남아 있는 근심을 털어놓았다.

“탈 없이 잘 가기나 혔는지 몰라라우.”

“염려 마시랑게요. 지금쯤 어디 가서 펜안히 거처험시나 사분댁 터주 노릇을

히 하고 있을 것이요.” 퇵

퇵그만한 이야기를 나누는 데도 대번에 기운이 까라져 할머니는 가쁜 숨을 몰아쉬었다. 가까스로 할머니가 잠들기를 기다려 구완을 맡은 고모만을 남기고 모두들 큰방을 물러나왔다.

그날 저녁에 할머니는 또 까무러쳤다. 의식이 없는 중에도 댓숟갈 흘려 넣은 미음과 탕약을 입 밖으로 죄다 토해 버렸다. 그리고 이튿날부터는 마치 육체의 운동장에서 정신이란 이름의 장난꾸러기가 들어왔다 나갔다 숨바꼭질하기를 수없이

되풀이하는 것 같은 고통의 시간의 연속이었다. 대소변을 일일이 받아내는 고역을 치러 가면서 할머니는 꼬박 한 주일을 더 버티었다. 안에 있는 아들보다 밖에 아들을 언제나 더 생각했던 할머니는 마지막 날 밤에 다 타버린 촛불이 스러지듯 그렇게 눈을 감았다. 할머니의 긴 일생 가운데서, 어떻게 생각하면, 잠도 안 자고 먹지도 않고 그러고도 놀라운 기력으로 며칠 동안이나 식구들을 들볶아대면서 삼촌을 기다리던 그 짤막한 기간이 사실은 꺼지기 직전에 마지막 한순간을 확 타오르는 촛불의 찬란함과 맞먹는, 할머니에겐 가장 자랑스럽고 행복에 넘치던 시간이었나 보다. 임종의 자리에서 할머니는 내 손을 잡고 내 지난날을 모두 용서해 주었다. 나도 마음속으로 할머니의 모든 걸 용서했다.

정말 지루한 장마였다.

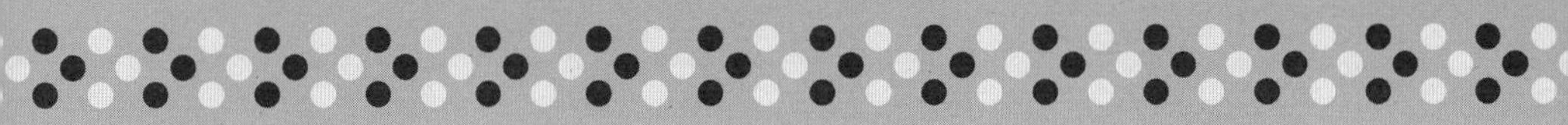

줄거리

지루한 장마가 계속되던 어느 날 밤, 생활이 어려워져 이모와 함께 '나'의 집에 들어와 살고 있는 외할머니는 국군 소위로 전쟁터에 나간 아들이 전사했다는 통지를 받는다. 이후 외할머니는 하나밖에 없는 잘생기고 똑똑한 아들이 빨갱이 때문에 죽었다며 그들을 향해 저주를 퍼붓는다. 그런데 이 집의 주인인 친할머니가 이 말을 듣고 노발대발한다. 막내아들이 빨치산이라, 이 말은 곧 자기 아들 보고 죽으라는 것과 같다고 생각했기 때문이다.

이날 이후 그전까지 사이가 좋았던 두 분은 쳐다보지도 않는 사이가 되었다. 게다가 나 역시 어떤 남자가 초콜릿으로 유혹하는 바람에 삼촌이 잠시 집에 들렀다는 말을 하고 만다. 나의 생각 없는 발언으로 아버지는 서에 끌려가 일주일 동안 고생을 했고, 할머니는 몹시 화가 나서 나를 쳐다보지도 않았다.

빨치산이 대부분 소탕되고 있던 터라 가족들은 삼촌이 곧 죽을 것이라고 믿었지만, 할머니는 '아무 날 아무 시'에 아무 탈 없이 돌아오게 된다는 어느 무술인의 말을 믿고 아들 맞을 준비를 하기 시작했다. 그날이 다가올수록 우리 집은 장마철임에도 할머니의 성화 때문에 모두들 몹시 바빴다.

하지만 '아무 날 아무 시'에 삼촌은 돌아오지 않았고 할머니는 그래도 희망의 끈을 놓지 않았다. 그런데 그때 난데없이 구렁이 한 마리가 애들의 돌팔매에 쫓기어 집 안으로 들어왔다. 이 모습을 본 할머니는 기절했고, 집 안은 온통 쑥대밭이 됐다. 외할머니는 아이들과 외부인들을 쫓아 보낸 뒤 감나무에 올라앉은 구렁이에게 다가가 마치 그 구렁이가 삼촌인 양 집안일은 걱정하지 말고 이제 맘 편히 가라고 말한다. 그래도 꿈쩍하지 않자 방에 누워 있던 할머니의 머리카락을 가져와서 불에 태웠다. 그 냄새에 구렁이는 땅으로 내려와 대밭으로 사라졌다.

정신을 차린 뒤 이 이야기를 전해들은 할머니는 외할머니와 화해했고, 일주일 동안 시름시름 앓더니 저 세상으로 가셨다. 그리고 장마도 끝났다.

감상 포인트

이 작품은 한마디로 이념 대립이 몰고 온 한 가족의 불안정한 생활이 민족 고유의 정서적 유대를 통해, 그리고 인간애를 통해 극복되는 과정을 그리고 있다.

아들을 각각 인민군과 국군에 보낸 친할머니와 외할머니는 서로 대립하고 반목하다가 결국 무속신앙과 샤머니즘을 통해 화해를 하게 된다. 특히 이 작품에서는 갈등 해소와 화해를 위한 도구로 우리 민족의 전통적 정서가 사용되고 있다. 즉, '뱀(구렁이)'으로 상징된 샤머니즘을

통해 그동안의 갈등이 해결되는 결말은 이데올로기의 대립을 치유하는 데 있어 우리 민족의 보편적 정서가 중요하다는 점을 강조하고 있는 것이다. 이는 작가 의식과도 관계가 있는 것으로, 작가는 남북 대립도 정치적 대안이 아닌 민족의 동질성 회복을 통해 해소할 수 있다고 말한다.

또한 작품 속 서술자인 '나'는 초등학교 3학년의 소년이지만, 사용하는 어휘나 사태를 파악하는 판단력으로 미뤄 볼 때 어린아이가 아니다. 그 이유는 서술자가 성장한 뒤 그때 일을 회상하면서 서술했기 때문이다. 따라서 이 작품 속의 서술 내용들은 이중의 시각을 통해 이루어지고 있다. 이러한 이중의 시각이 이 작품의 치열한 비극성을 객관화하는 동시에 감미로운 서정성까지 느끼게 한다.

등장인물

- **나 :** 초등학교 3학년 때의 사건을 회상하는 관찰자이자 이 소설의 서술자. 어린 '나'의 시각과 어른 '나'의 시각이 교차되어 사건이 서술되고 있다. 어린 '나'는 겉으로는 우리 가족을 걱정하고 있지만, 속으로는 미신을 믿고 그에 따라 움직이는 집안 분위기를 다소 호기심 어린 눈으로 바라본다. 그리고 이념 따위에는 관심 없다는 듯 거리를 유지하고 있다.
- **친할머니 :** '나'의 친삼촌인 막내아들이 빨치산으로 가 있어 늘 걱정이다. 무속신앙을 철저히 믿는, 다소 외고집에 정적인 인물이다.
- **외할머니 :** '나'의 외삼촌인 아들이 국군 소위였으나 빨치산과의 전투에서 전사해 빨갱이에 대한 감정이 좋지 않다. 꿈의 예언적 기능을 철저히 믿는 정적인 인물이다.
- **아버지 :** 일을 차분하고 냉정하게 처리하는 정적인 인물이다.
- **어머니 :** 다정다감한 한국의 전형적인 어머니로 아버지처럼 정적인 인물이다.

'장마'라는 계절적 배경의 의미

'온 세상을 물걸레처럼 질펀히 적시는' 장마는 우리 민족에게 닥쳐온 전쟁이라는 불행한 사건을 상징한다. 장마 초기에 이야기가 시작된 이 작품은 장마가 끝날 무렵에 그동안 반목하던 두 할머니가 화해하는 것으로 끝을 맺는다. 이는 전쟁의 상처를 회복하고 남북한이 화해해야 한다는 것을 암시한다.

어린아이를 서술자로 내세운 효과

어린아이의 눈을 통해 세상을 바라보는 서술 방식은 순수함을 강조하기 위한 하나의 소설적 장치라고 할 수 있다. 《장마》도 초등학교 3학년인 어린 소년을 서술자로 내세움으로써 공산주의자인 친삼촌은 물론, 국군인 외삼촌과도 동일한 거리를 유지하고 있다. 즉, 어린아이이기 때문에 이념이나 행동이 전혀 다른 둘 사람 모두에게 공감을 표시하고, 또한 두 사람 모두에게 어느 정도 비판의 눈길을 보내는 것이 전혀 어색하지 않다.

또한 이 작품은 성장 소설이기도 하다. 성장 소설이란 주인공의 육체적, 정신적 성장 과정을 형상화한 소설을 말한다. 《장마》는 6 · 25전쟁과 그것에 관련된 사건이 중심을 이루지만, 일련의 사건을 겪으면서 많은 내적 변화를 겪는 어린아이가 서술자로 등장한다. 초콜릿 때문에 삼촌의 행방을 알려 주는 철부지가 죽음에 다다른 할머니를 마음으로 용서하기까지의 성장 과정을 보여 주고 있는 만큼 성장 소설이라고 할 수 있다.

핵심정리

- **갈래** : 중편 소설, 분담 문학
- **배경** : 6 · 25전쟁 중 어느 농촌
- **성격** : 샤머니즘적 성격
- **시점** : 1인칭 관찰자 시점
- **어조** : ① 어렸을 때의 경험을 회상하는 서술 방식
  ② 회상적 어조에 의한 서정적 감미로움
- **표현** : 사투리의 사용으로 사실성 확보
- **특징** : 토속 신앙의 대상인 구렁이라는 상징적 장치로 민족 분단의 문제를 해결
- **주제** : 이념의 대립으로 인한 가족 간의 갈등과 화해

33

김동리_역마, 무녀도, 화랑의 후예

김동인_감자, 배따라기, 광화사

김유정_동백꽃, 만무방, 봄봄

김정한_사하촌, 모래톱 이야기

나도향_물레방아

오상원_유예

염상섭_표본실의 청개구리, 두파산

유진오_김 강사와 T 교수

윤흥길_장마

이 상_날개

이청준_눈길

이효석_메밀꽃 필 무렵, 산

전광용_꺼삐딴 리

최서해_탈출기, 홍염

채만식_논 이야기, 치숙(痴叔), 미스터 방

하근찬_수난 이대

현진건_운수 좋은 날, 고향

황순원_학, 별, 목넘이 마을의 개

본명은 김해경. 난해한 작품들을 많이 발표한 시인이자 소설가로, 경성고공 건축과를 나와 총독부의 건축기수로 일하기도 했다. 1933년 3월 객혈로 건축기수 자리를 사임하고 요양을 떠났으며, 이때부터 그는 폐병에서 오는 절망을 이기기 위해 본격적으로 문학 활동을 시작했다. 이상이라는 이름은 공사장 인부들이 그의 이름을 잘 모르고 '리상李씨'이라고 부른 데서 유래했다는 말이 있다.

《오감도烏瞰圖》 같은 실험정신이 강한 시를 써오다가 1936년 소설 《날개》를 발표하면서 시에서 시도했던 자의식을 소설로 승화시켰다. 1934년 김기림, 이태준, 박태원 등과 '구인회九人會'에 가입했으며, 1936년 구인회의 동인지 〈시와 소설〉을 편집했다. 1936년 9월 일본 도쿄로 건너갔다가 1937년 2월 불령선인不逞鮮人으로 일본 경찰에 체포 · 감금되었다. 이로 인해 건강이 더욱 악화되어 1937년 4월 17일 도쿄제국대학 부속병원에서 사망했다. 그의 문학사적 뜻을 기리기 위해 문학사상사에서 1977년 '이상문학상'을 제정해 지금까지 시상하고 있다.

주요 작품으로는 소설 《지주회시》, 《환시기》, 《실화》 등이 있으며 시에는 《이런 시詩》, 《거울》, 《지비》, 《정식》, 《명경》, 수필에는 《산촌여정》, 《조춘점묘》, 《권태》 등이 있다.

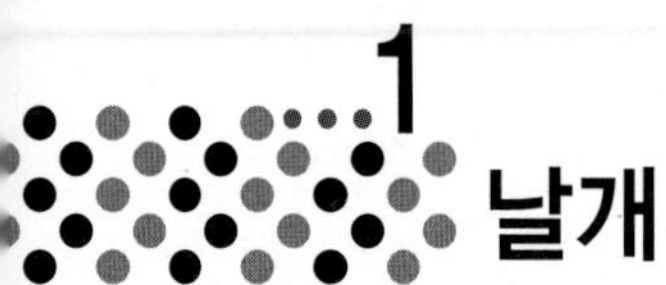

1 날개

'박제가 되어 버린 천재'를 아시오? 나는 유쾌하오. 이런 때 연애까지가 유쾌하오.

육신이 흐느적흐느적하도록 피로했을 때만 정신이 은화처럼 맑소. 니코틴이 내 횟배 앓는 배 속으로 스미면 머릿속에 으레 백지가 준비되는 법이오. 그 위에다 나는 위트와 파라독스(패러독스)를 바둑 포석처럼 늘어놓소. 가증할 상식의 병이오.

나는 또 여인과 생활을 설계하오. 연애기법에마저 서먹서먹해진 지성의 극치를 흘깃 좀 들여다본 일이 있는, 말하자면 일종의 정신분일자 말이오. 이런 여인의 반—그것은 온갖 것의 반이오—만을 영수하는 생활을 설계한다는 말이오. 그런 생활 속에 한 발만 들여놓고 흡사 두 개의 태양처럼 마주 쳐다보면서 낄낄거리는 것이오. 나는 아마 어지간히 인생의 제행이 싱거워서 견딜 수가 없게끔 되고 그만 둔 모양이오. 굿바이.

굿바이. 그대는 이따금 그대가 제일 싫어하는 음식을 탐식하는 아이로니(아이러니)를 실천해 보는 것도 좋을 것 같소. 위트와 파라독스와…….

그대 자신을 위조하는 것도 할 만한 일이오. 그대의 작품은 한 번도 본 일이 없는 기성품에 의하여 차라리 경편하고 고매하리다.

19세기는 될 수 있거든 봉쇄하여 버리오. 도스토예프스키 정신이란 자칫하면 낭비일 것 같소. 위고를 불란서의 빵 한 조각이라고는 누가 그랬는지 지언인 듯 싶소. 그러나 인생 혹은 그 모형에 있어서 '디테일' 때문에 속는다거나 해서야 되겠소?

화를 보지 마오. 부디 그대께 고하는 것이니……

"테이프가 끊어지면 피가 나오. 상채기도 머지 않아 완치될 줄 믿소. 굿바이."

감정은 어떤 '포우즈'. 그 '포우즈'의 원소만을 지적하는 것이 아닌지 나도 모르겠소. 그 포우즈가 부동자세에까지 고도화할 때 감정은 딱 공급을 정지합네다.

나는 내 비범한 발육을 회고하여 세상을 보는 안목을 규정하였소.

여왕봉과 미망인—세상의 하고 많은 여인이 본질적으로 이미 미망인이 아닌 이가 있으리까? 아니, 여인의 전부가 그 일상에 있어서 개개 '미망인'이라는 내 논리가 뜻밖에도 여성에 대한 모험이 되오? 굿바이.

그 33번지라는 것이 구조가 흡사 유곽이라는 느낌이 없지 않다.

한 번지에 18가구가 죽 어깨를 맞대고 늘어서서 창호가 똑같고 아궁이 모양이 똑같다. 게다가 각 가구에 사는 사람들이 송이송이 꽃과 같이 젊다.

해가 들지 않는다. 해가 드는 것을 그들이 모른 체하는 까닭이다. 턱살밑에다 철줄을 매고 얼룩 진 이부자리를 널어 말린다는 핑계로 미닫이에 해가 드는 것을 막아 버린다. 침침한 방 안에서 낮잠들을 잔다. 그들은 밤에는 잠을 자지 않나? 알 수 없다. 나는 밤이나 낮이나 잠만 자느라고 그런 것을 알 길이 없다. 33번지 18가구의 낮은 참 조용하다.

조용한 것은 낮뿐이다. 어둑어둑하면 그들은 이부자리를 걷어 들인다. 전등불이 켜진 뒤의 18가구는 낮보다 훨씬 화려하다. 저물도록 미닫이 여닫는 소리가 잦다. 바빠진다. 여러 가지 냄새가 나기 시작한다. 비웃 굽는 내, 탕고도오랑내, 뜨물내, 비눗내.

그러나 이런 것들보다도 그들의 문패가 제일로 고개를 끄덕이게 하는 것이다.

이 18가구를 대표하는 대문이라는 것이 일각이 져서 외따로 떨어지기는 했으나, 있다. 그러나 그것은 한 번도 닫힌 일이 없는, 한길이나 마찬가지 대문인 것이다. 온갖 장사치들은 하루 가운데 어느 시간에라도 이 대문을 통하여 드나들 수 있는 것이다. 이네들은 문간에서 두부를 사는 것이 아니라, 미닫이를 열고 방에서 두부를 사는 것이다. 이렇게 생긴 33번지 대문에 그들 18가구의 문패를 몰아다 붙이는 것은 의미가 없다. 그들은 어느 사이엔가 각 미닫이 위 백인당이니 길상당이니 써 붙인 한 곁에다 문패를 붙이는 풍속을 가져 버렸다.

내 방 미닫이 위 한 곁에 칼표 딱지를 넷에다 낸 것만한 내—아니! 내 아내의 명함이 붙어 있는 것도 이 풍속을 좇은 것이 아닐 수 없다.

나는 그러나 그들의 아무와도 놀지 않는다. 놀지 않을 뿐만 아니라 인사도 않는다. 나는 내 아내와 인사하는 외에 누구와도 인사하고 싶지 않았다. 내 아내 외의 다른 사람과 인사를 하거나 놀거나 하는 것은 내 아내 낯을 보아 좋지 않은 일인 것만 같이 생각이 되었기 때문이다. 나는 이만큼까지 내 아내를 소중히 생각한 것이다. 내가 이렇게까지 내 아내를 소중히 생각한 까닭은 이 33번지 18가구 속에서 내 아내가 내 아내의 명함처럼 제일 작고 제일 아름다운 것을 안 까닭이다. 18가구에 각기 빌어 들은 송이송이 꽃들 가운데서도 내 아내가 특히 아름다운 한 떨기의 꽃으로 이 함석지붕 밑 볕 안 드는 지역에서 어디까지든지 찬란하였다. 따라서 그런 한 떨기 꽃을 지키고—아니 그 꽃에 매달려 사는 나라는 존재가 도무지 형언할 수 없는 거북살스러운 존재가 아닐 수 없었던 것은 물론이다.

나는 어디까지든지 내 방이—집이 아니다. 집은 없다—마음에 들었다. 방 안의 기온은 내 체온을 위하여 쾌적하였고, 방 안의 침침한 정도가 또한 내 안력을 위하여 쾌적하였다. 나는 내 방 이상의 서늘한 방도 또 따뜻한 방도 희망하지 않았다. 이 이상으로 밝거나 이 이상으로 아늑한 방은 원하지 않았다. 내 방은 나 하나를 위하여 요만한 정도를 꾸준히 지키는 것 같아 늘 내 방에 감사하였고, 나는 또 이런 방을 위하여 이 세상에 태어난 것만 같아서 즐거웠다.

그러나 이것은 행복이라든가 불행이라든가 하는 것을 계산하는 것은 아니었다. 말하자면 나는 내가 행복되다고도 생각할 필요가 없었고, 그렇다고 불행하다고도 생각할 필요가 없었다. 그냥 그날을 그저 까닭 없이 펀둥펀둥 게으르고만 있으면 만사는 그만이었던 것이다.

내 몸과 마음에 옷처럼 잘 맞는 방 속에서 뒹굴면서, 축 처져 있는 것은 행복이니 불행이니 하는 그런 세속적인 계산을 떠난, 가장 편리하고 안일한 말하자면 절대적인 상태인 것이다. 나는 이런 상태가 좋았다.

이 절대적인 내 방은 대문간에서 세어서 똑 일곱째 칸이다. 럭키 세븐의 뜻이 없지 않다. 나는 이 일곱이라는 숫자를 훈장처럼 사랑하였다. 이런 이 방이 가운데 장지로 말미암아 두 칸으로 나뉘어 있었다는 그것이 내 운명의 상징이었던 것을 누가 알랴? 아랫방은 그래도 해가 든다. 아침결에 책보만한 해가 들었다가 오후에 손수건만 해지면서 나가 버린다. 해가 영영 들지 않는 윗방이 즉 내 방인 것은 말할 것도 없다. 이렇게 볕드는 방이 아내 방이요, 볕 안 드는 방이 내 방이요 하고 아내와 나 둘 중에 누가 정했는지 나는 기억하지 못한다.

그러나 나에게는 불평이 없다.

아내가 외출만 하면 나는 얼른 아랫방으로 와서 그 동쪽으로 난 들창을 열어 놓고 열어 놓으면 들이비치는 햇살이 아내의 화장대를 비춰 가지각색 병들이 아롱이지면서 찬란하게 빛나고, 이렇게 빛나는 것을 보는 것은 다시없는 내 오락이다. 나는 조그만 돋보기를 꺼내 가지고 아내만이 사용하는 지리가미를 꺼내 가지고 그을려 가면서 불장난을 하고 논다. 평행광선을 굴절시켜서 한 초점에 모아 가지고 그 초점이 따근따근해지다가, 마지막에는 종이를 그을리기 시작하고, 가느다란 연기를 내면서 드디어 구멍을 뚫어 놓는 데까지 이르는, 고 얼마 안 되는 동안의 초조한 맛이 죽고 싶을 만큼 내게는 재미있었다.

이 장난이 싫증이 나면 나는 또 아내의 손잡이 거울을 가지고 여러 가지로 논다. 거울이란 제 얼굴을 비칠 때만 실용품이다. 그 외의 경우에는 도무지 장난감인 것이다. 이 장난도 곧 싫증이 난다.

나의 유희심은 육체적인 데서 정신적인 데로 비약한다. 나는 거울을 내던지고 아내의 화장대 앞으로 가까이 가서 나란히 늘어 놓인 그 가지각색의 화장품 병들을 들여다본다. 고것들은 세상의 무엇보다도 매력적이다. 나는 그중의 하나만을 골라서 가만히 마개를 빼고 병 구멍을 내 코에 가져다 대고 숨죽이듯이 가벼운 호흡을 하여 본다. 이국적인 센슈얼한 향기가 폐로 스며들면 나는 저절로 스르르 감기는 내 눈을 느낀다. 확실히 아내의 체취의 파편이다.

나는 도로 병마개를 막고 생각해 본다. 아내의 어느 부분에서 요 냄새가 났던가를……. 그러나 그것은 분명하지 않다. 왜? 아내의 체취는 여기 늘어섰는 가지각색 향기의 합계일 것이니까.

아내의 방은 늘 화려하였다. 내 방이 벽에 못 한 개 꽂히지 않은 소박한 것인 반대로, 아내 방에는 천장 밑으로 쫙 돌려 못이 박히고, 못마다 화려한 아내의 치마와 저고리가 걸렸다. 여러 가지 무늬가 보기 좋다. 나는 그 여러 조각의 치마에서 늘 아내의 동체와, 그 동체가 될 수 있는 여러 가지 포우즈를 연상하고 연상하면서 내 마음은 늘 점잖지 못하다.

그렇건만 나에게는 옷이 없었다. 아내는 내게 옷을 주지 않았다. 입고 있는 골덴(코르덴) 양복 한 벌이 내 자리옷이었고 통상복과 나들이옷을 겸한 것이었다. 그리고 하이넥의 스웨터가 한 조각 사철을 통한 내 내의다. 그것들은 하나같이 다 빛이 검다. 그것은 내 짐작 같아서는 즉 빨래를 될 수 있는 데까지 하지 않아도 보기 싫지 않게 하기 위한 것이 아닌가 한다. 나는 허리와 두 가랑이 세 군데 다—고무밴드가

끼어 있는 부드러운 사루마다를 입고 그리고 아무 소리 없이 잘 놀았다.

어느덧 손수건만해졌던 볕이 나갔는데 아내는 외출에서 돌아오지 않는다. 나는 요만 일에도 좀 피곤하였고 또 아내가 돌아오기 전에 내 방으로 가 있어야 될 것을 생각하고 그만 내 방으로 건너간다. 내 방은 침침하다. 나는 이불을 뒤집어쓰고 낮잠을 잔다. 한 번도 걷은 일이 없는 내 이부자리는 내 몸뚱이의 일부분처럼 내게는 참 반갑다. 잠은 잘 오는 적도 있다. 그러나 또 전신이 까칫까칫하면서 영 잠이 오지 않는 적도 있다. 그런 때는 아무 제목으로나 제목을 하나 골라서 연구하였다. 나는 내 좀 축축한 이불 속에서 참 여러 가지 발명도 하였고 논문도 많이 썼다. 시도 많이 지었다. 그러나 그것들은 내가 잠이 드는 것과 동시에 내 방에 담겨서 철철 넘치는 그 흐늑흐늑한 공기에 다 비누처럼 풀어져서 온데간데없고, 한잠 자고 깨인 나는 속이 무명헝겊이나 메밀껍질로 띵띵 찬 한 덩어리 베개와도 같은 한 벌 신경이었을 뿐이고 뿐이고 하였다.

그러기에 나는 빈대가 무엇보다도 싫었다. 그러나 내 방에서는 겨울에도 몇 마리의 빈대가 끊이지 않고 나왔다. 내게 근심이 있었다면 오직 이 빈대를 미워하는 근심일 것이다. 나는 빈대에게 물려서 가려운 자리를 피가 나도록 긁었다. 쓰라리다. 그것은 그윽한 쾌감에 틀림없었다. 나는 혼곤히 잠이 든다.

나는 그러나 그런 이불 속의 사색 생활에서도 적극적인 것을 궁리하는 법이 없다. 내게는 그럴 필요가 대체 없었다. 만일 내가 그런 좀 적극적인 것을 궁리해내었을 경우에 나는 반드시 내 아내와 의논하여야 할 것이고, 그러면 반드시 나는 아내에게 꾸지람을 들을 것이고—나는 꾸지람이 무서웠다느니보다는 성가셨다. 내가 제법 한 사람의 사회인의 자격으로 일을 해보는 것도 아내에게 사설 듣는 것도 나는 가장 게으른 동물처럼 게으른 것이 좋았다. 될 수만 있으면 이 무의미한 인간의 탈을 벗어 버리고도 싶었다.

나에게는 인간 사회가 스스러웠다. 생활이 스스러웠다. 모두가 서먹서먹할 뿐이었다.

아내는 하루에 두 번 세수를 한다.

나는 하루 한 번도 세수를 하지 않는다.

나는 밤중 세 시나 네 시쯤 해서 변소에 갔다.

달이 밝은 밤에는 한참씩 마당에 우두커니 섰다가 들어오곤 한다. 그러니까 나는 이 18가구의 아무와도 얼굴이 마주치는 일이 거의 없다. 그러면서도 나는 이 18가구의 젊은 여인네 얼굴들을 거반 다 기억하고 있었다. 그들은 하나 같이 내 아내만 못하였다.

열한 시쯤 해서 하는 아내의 첫 번 세수는 좀 간단하다. 그러나 저녁 일곱 시쯤 해서 하는 두 번째 세수는 손이 많이 간다. 아내는 낮에보다도 밤에 더 좋고 깨끗한 옷을 입는다. 그리고 낮에도 외출하고 밤에도 외출하였다.

아내에게 직업이 있었던가? 나는 아내의 직업이 무엇인지 알 수 없다. 만일 아내에게 직업이 없었다면 같이 직업이 없는 나처럼 외출할 필요가 생기지 않을 것인데—아내는 외출한다. 외출할 뿐만 아니라 내객이 많다. 아내에게 내객이 많은 날은 나는 온종일 내 방에서 이불을 쓰고 누워 있어야만 된다.

불장난도 못한다. 화장품 냄새도 못 맡는다. 그런 날은 나는 의식적으로 우울해하였다. 그러면 아내는 나에게 돈을 준다. 오십 전짜리 은화다. 나는 그것이 좋았다.

그러나 그것을 무엇에 써야 옳을지 몰라서 늘 머리맡에 던져두고 두고 한 것이 어느 결에 모여서 꽤 많아졌다 어느 날 이것을 본 아내는 금고처럼 생긴 벙어리를 사다 준다.

나는 한 푼씩 한 푼씩 그 속에 넣고 열쇠는 아내가 가져갔다. 그 후에도 나는 더러 은화를 그 벙어리에 넣은 것을 기억한다. 그리고 나는 게을렀다. 얼마 후 아내의 머리 쪽에 보지 못하던 누깔잠이 하나 여드름처럼 돋았던 것은 바로 그 금고형 벙어리의 무게가 가벼워졌다는 증거일까. 그러나 나는 드디어 머리맡에 놓았던 그 벙어리에 손을 대지 않고 말았다. 내 게으름은 그런 것에 내 주의를 환기시키기도 싫었다.

아내에게 내객이 있는 날은 이불 속으로 암만 깊이 들어가도 비오는 날만큼 잠이 잘 오지 않았다. 나는 그런 때 나에게 왜 늘 돈이 있나 왜 돈이 많은가를 연구했다. 내객들은 장지 저쪽에 내가 있는 것을 모르나 보다. 내 아내와 나도 좀 하기 어려운 농을 아주 서슴지 않고 쉽게 해 던지는 것이다. 그러나 내 아내를 찾은 서너 사람의 내객들은 늘 비교적 점잖았다고 볼 수 있는 것이, 자정이 좀 지나면 으레 돌아들 갔다.

그들 가운데에는 퍽 교양이 얕은 자도 있는 듯싶었는데, 그런 자는 보통 음식을 사다 먹고 논다.

그래서 보충을 하고 대체로 무사하였다. 나는 우선 아내의 직업이 무엇인가를 연구하기에 착수하였으나 좁은 시야와 부족한 지식으로는 이것을 알아내기 힘이 든다. 나는 끝끝내 내 아내의 직업이 무엇인가를 모르고 말려나 보다.

아내는 늘 진솔 버선만 신었다. 아내는 밥도 지었다. 아내가 밥을 짓는 것을 나는 한 번도 구경한 일은 없으나 언제든지 끼니때면 내 방으로 내 조석밥을 날라다 주는 것이다. 우리 집에는 나와 내 아내 외의 다른 사람은 아무도 없다. 이 밥은 분명 아내가 손수 지었음에 틀림없다.

그러나 아내는 한 번도 나를 자기 방으로 부른 일은 없다. 나는 늘 웃방에서나 혼자서 밥을 먹고 잠을 잤다.

밥은 너무 맛이 없었다. 반찬이 너무 엉성하였다. 나는 닭이나 강아지처럼 말없이 주는 모이를 넙적넙적 받아먹기는 했으나 내심 야속하게 생각한 적도 더러 없지 않다.

나는 안색이 여지없이 창백해 가면서 말라 들어갔다. 나날이 눈에 보이듯이 기운이 줄어들었다. 영양 부족으로 하여 몸뚱이 곳곳의 뼈가 불쑥불쑥 내어 밀었다. 하룻밤 사이에도 수십 차를 돌쳐 눕지 않고는 여기저기가 배겨서 나는 배겨낼 수가 없었다.

그렇기 때문에 나는 내 이불 속에서 아내가 늘 흔히 쓸 수 있는 저 돈의 출처를 탐색해 내는 일변 장지 틈으로 새어나오는 아랫방의 음성은 무엇일까를 간단히 연구하였다.

나는 잠이 잘 안 왔다.

깨달았다. 아내가 쓰는 그 돈은 내게는 다만 실없는 사람들로밖에 보이지 않는 까닭 모를 내객들이 놓고 가는 것이 틀림없으리라는 것을 깨달았다.

그러나 왜 그들 내객은 돈을 놓고 가나? 왜 내 아내는 그 돈을 받아야 되나? 하는 예의 관념이 내게는 도무지 알 수 없는 것이었다.

그것은 그저 예의에 지나지 않는 것일까? 그렇지 않으면 혹 무슨 대가일까? 보수일까? 내 아내가 그들의 눈에는 동정을 받아야만 할 한 가엾은 인물로 보였던가? 이런 것들을 생각하노라면 으레 내 머리는 그냥 혼란하여 버리고 버리고 하였다. 잠들기 전에 획득했다는 결론이 오직 불쾌하다는 것뿐이었으면서도 나는 그런 것을 아내에게 물어보거나 한 일이 참 한 번도 없다. 그것은 대체 귀찮기도 하려니와 한잠 자고 일어나는 나는 사뭇 딴 사람처럼 이것도 저것도 다 깨끗이 잊어버리고 그만두는 까닭이다.

내객들이 돌아가고, 혹 외출에서 돌아오고 하면 아내는 간편한 것으로 옷을 바꾸어 입고 내 방으로 나를 찾아온다. 그리고 이불을 들치고 내 귀에는 영 생동생동한 몇 마디 말로 나를 위로하려 든다. 나는 조소도 고소도 홍소도 아닌 웃음을 얼굴에 띠고 아내의 아름다운 얼굴을 쳐다본다. 아내는 방그레 웃는다. 그러나 그 얼굴에 떠도는 일말의 애수를 나는 놓치지 않는다.

아내는 능히 내가 배고파 하는 것을 눈치 챌 것이다. 그러나 아랫방에서 먹고 남은 음식을 나에게 주려 들지는 않는다. 그것은 어디까지든지 나를 존경하는 마음일 것임에 틀림없다. 나는 배가 고프면서도 적이 마음이 든든한 것을 좋아했다. 아내가 무엇이라고 지껄이고 갔는지 귀에 남아 있을 리가 없다. 다만 내 머리맡에 아내가 놓고 간 은화가 전등불에 흐릿하게 빛나고 있을 뿐이다.

고 금고형 벙어리 속에 은화가 얼마만큼이나 모였을까? 나는 그러나 그것을 쳐들어 보지 않았다. 그저 아무런 의욕도 기원도 없이 그 단춧구멍처럼 생긴 틈바구니로 은화를 떨어뜨려 둘 뿐이었다.

왜 아내의 내객들이 아내에게 돈을 놓고 가나 하는 것이 풀 수 없는 의문인 것 같이, 왜 아내는 나에게 돈을 놓고 가나 하는 것도 역시 나에게는 똑같이 풀 수 없는 의문이었다.

내 비록 아내가 내게 돈을 놓고 가는 것이 싫지 않았다 하더라도 그것은 다만 고것이 내 손가락 닿는 순간에서부터 고 벙어리 주둥이에서 자취를 감추기까지의 하잘 것 없는 짧은 촉각이 좋았달 뿐이지 그 이상 아무 기쁨도 없다.

어느 날 나는 고 벙어리를 변소에 갖다 넣어 버렸다. 그때 벙어리 속에는 몇 푼이나 되는지 모르겠으나 고 은화들이 꽤 들어 있었다.

나는 내가 지구 위에 살며 내가 이렇게 살고 있는 지구가 질풍신뢰의 속력으로 광대무변의 공간을 달리고 있다는 것을 생각했을 때 참 허망하였다. 나는 이렇게 부지런한 지구 위에서는 현기증도 날 것 같고 해서 한시 바삐 내려 버리고 싶었다.

이불 속에서 이런 생각을 하고 난 뒤에는 나는 고 은화를 고 벙어리에 넣고 넣고 하는 것조차 귀찮아졌다. 나는 아내가 손수 벙어리를 사용하였으면 하고 생각하였다.

벙어리도 돈도 사실은 아내에게만 필요한 것이지 내게는 애초부터 의미가 전연 없는 것이었으니까 될 수만 있으면 그 벙어리를 아내는 아내 방으로 가져갔으면 하고 기다렸다.

그러나 아내는 가져가지 않는다. 나는 내가 아내 방으로 가져다 둘까 하고 생각하여 보았으나 그 즈음에는 아내의 내객이 워낙 많아서 내가 아내 방에 가 볼 기회가 도무지 없었다. 그래서 나는 하는 수 없이 변소에 갖다 집어넣어 버리고 만 것이다.

나는 서글픈 마음으로 아내의 꾸지람을 기다렸다. 그러나 아내는 끝내 아무 말도 하지 않았다.

않았을 뿐 아니라 여전히 돈은 돈대로 머리맡에 놓고 가지 않나! 내 머리맡에는 어느덧 은화가 꽤 많이 모였다.

내객이 아내에게 돈을 놓고 가는 것이나 아내가 내게 돈을 놓고 가는 것이나 일종의 쾌감—그 외의 다른 아무런 이유도 없는 것이 아닐까 하는 것을 나는 또 이불 속에서 연구하기 시작하였다.

쾌감이라면 어떤 종류의 쾌감일까를 계속하여 연구하였다. 그러나 그것은 이불 속의 연구로는 알 길이 없었다. 쾌감, 쾌감, 하고 나는 뜻밖에도 이 문제에 대해서만 흥미를 느꼈다.

아내는 물론 나를 늘 감금하여 두다시피 하여 왔다. 내게 불평이 있을 리 없다. 그런 중에도 나는 그 쾌감이라는 것의 유무를 체험하고 싶었다.

나는 아내의 밤 외출 틈을 타서 밖으로 나왔다. 나는 거리에서 잊어버리지 않고 가지고 나온 은화를 지폐로 바꾼다. 오 원이나 된다. 그것을 주머니에 넣고 나는 목적지를 잃어버리기 위하여 얼마든지 거리를 쏘다녔다. 오래간만에 보는 거리는 거의 경이에 가까울 만큼 내 신경을 흥분시키지 않고는 마지않았다. 나는 금시에 피곤하여 버렸다.

그러나 나는 참았다. 그리고 밤이 이슥하도록 까닭을 잃어버린 채 이 거리 저 거리로 지향 없이 헤매었다. 돈은 물론 한 푼도 쓰지 않았다. 돈을 쓸 아무 엄두도 나서지 않았다. 나는 벌써 돈을 쓰는 기능을 완전히 상실한 것 같았다.

나는 과연 피로를 이 이상 견디기가 어려웠다. 나는 가까스로 내 집을 찾았다. 나는 내 방을 가려면 아내 방을 통과하지 않으면 안 될 것을 알고, 아내에게 내객이 있나 없나를 걱정하면서 미닫이 앞에서 좀 거북살스럽게 기침을 한 번 했더니, 이것은 참 또 너무도 암상스럽게 미닫이가 열리면서 아내의 얼굴과 그 등 뒤에 낯설은 남자의 얼굴이 이쪽을 내다보는 것이다. 나는 별안간 내어 쏟아지는 불빛에 눈이 부셔서 좀 머뭇머뭇했다.

나는 아내의 눈초리를 못 본 것은 아니다. 그러나 나는 모른 체하는 수밖에 없었다.

왜? 나는 어쨌든 아내의 방을 통과하지 아니하면 안 되니까…….

나는 이불을 뒤집어썼다. 무엇보다도 다리가 아파서 견딜 수가 없었다.

이불 속에서는 가슴이 울렁거리면서 암만해도 까무러칠 것만 같았다. 걸을 때는 몰랐더니 숨이 차다. 등에 식은땀이 쭉 내배인다. 나는 외출한 것을 후회하였다. 이런 피로를 잊고 어서 잠이 들었으면 좋았다. 한잠 잘 자고 싶었다.

얼마 동안이나 비스듬히 엎드려 있었더니 차츰차츰 뚝딱 거리는 가슴 동계가 가라앉는다. 그만해도 우선 살 것 같았다. 나는 몸을 들쳐 반듯이 천장을 향하여 눕고 쭈욱 다리를 뻗었다.

그러나 나는 또다시 가슴의 동계를 피할 수 없게 되었다. 아랫방에서 아내와 그 남자의 내 귀에도 들리지 않을 만큼 낮은 목소리로 소곤거리는 기척이 장지 틈으로 전하여 왔던 것이다. 청각을 더 예민하게 하기 위하여 나는 눈을 떴다. 그리고 숨을 죽였다.

그러나 그때는 벌써 아내와 남자는 앉았던 자리를 툭툭 털고 일어섰고 일어서면서 옷과 모자 쓰는 기척이 나는 듯하더니 이어 미닫이가 열리고 구두 뒤축 소리가 나고 그리고 뜰에 내려서는 소리가 쿵 하고 나면서 뒤를 따르는 아내의 고무신 소리가 두어 발짝 찍찍 나고 사뿐사뿐 나나 하는 사이에 두 사람의 발소리가 대문 쪽으로 사라졌다.

나는 아내의 이런 태도를 본 일이 없다. 아내는 어떤 사람과도 결코 소곤거리는 법이 없다. 나는 웃방에서 이불을 쓰고 누웠는 동안에도 혹 술이 취해서 혀가 잘 돌아가지 않는 내객들의 담화는 더러 놓치는 수가 있어도 아내의 높지도 낮지도 않은 말소리는 일찍이 한 마디도 놓쳐 본 일이 없다.

더러 내 귀에 거슬리는 소리가 있어도 나는 그것이 태연한 목소리로 내 귀에 들렸다는 이유로 충분히 안심이 되었다.

그렇던 아내의 이런 태도는 필시 그 속에 여간하지 않은 사정이 있는 듯싶이 생각이 되고 내 마음은 좀 서운했으나 그보다도 나는 좀 너무 피로해서 오늘만은 이불 속에서 아무것도 연구하지 않기로 굳게 결심하고 잠을 기다렸다. 낮잠은 좀처럼 오지 않았다. 대문간에 나간 아내도 좀처럼 들어오지 않았다. 그러는 동안에 흐지부지 나는 잠이 들어 버렸다. 꿈이 얼쑹덜쑹 종을 잡을 수 없는 거리의 풍경을 여전히 헤매었다.

나는 몹시 흔들렸다. 내객을 보내고 들어온 아내가 잠든 나를 잡아 흔드는 것이다. 나는 눈을 번쩍 뜨고 아내의 얼굴을 쳐다보았다. 아내의 얼굴에는 웃음이 없다. 나는 좀 눈을 비비고 아내의 얼굴을 자세히 보았다. 노기가 눈초리에 떠서 얇은 입술이 바르르 떨린다. 좀처럼 이 노기가 풀리기는 어려울 것 같았다. 나는 그대로 눈을 감아 버렸다. 벼락이 내리기를 기다린 것이다. 그러나 쌔근 하는 숨소리가 나면서 부스스 아내의 치맛자락 소리가 나고 장지가 여닫히며 아내는 아내 방으로 돌아갔다.

나는 다시 몸을 돌쳐 이불을 뒤집어쓰고는 개구리처럼 엎드리고 엎드려서 배가 고픈 가운데도 오늘밤의 외출을 또 한 번 후회하였다.

나는 이불 속에서 아내에게 사죄하였다. 그것은 네 오해라고…… 나는 사실 밤이 퍽으나 이슥한 줄만 알았던 것이다. 그것이 네 말마따나 자정 전인지는 정말이지 꿈에도 몰랐다. 나는 너무 피곤하였다. 오래간만에 나는 너무 많이 걸은 것이 잘못이다.

내 잘못이라면 잘못은 그것밖에 없다. 외출은 왜 하였더냐고? 나는 그 머리맡에 저절로 모인 오 원 돈을 아무에게라도 좋으니 주어 보고 싶었던 것이다. 그뿐이다. 그러나 그것도 내 잘못이라면 나는 그렇게 알겠다. 나는 후회하고 있지 않나? 내가 그 오 원 돈을 써 버릴 수가 있었던들 나는 자정 안에 집에 돌아올 수 없었을 것이다. 그러나 거리는 너무 복잡하였고 사람은 너무도 들끓었다. 나는 어느 사람을 붙들고 그 오 원 돈을 내어 주어야 할지 갈피를 잡을 수가 없었다. 그러는 동안에 나는 여지없이 피곤해 버리고 말았던 것이다.

나는 무엇보다도 좀 쉬고 싶었다. 눕고 싶었다. 그래서 나는 하는 수 없이 집으로 돌아온 것이다. 내 짐작 같아서는 밤이 어지간히 늦은 줄만 알았는데, 그것이 불행히도 자정 전이었다는 것은 참 안된 일이다. 미안한 일이다. 나는 얼마든지 사죄하여도 좋다. 그러나 종시 아내의 오해를 풀지 못하였다 하면 내가 이렇게까지 사죄하는 보람은 그럼 어디 있나? 한심하였다.

한 시간 동안을 나는 이렇게 초조하게 굴지 않으면 안 되었다. 나는 이불을 홱 젖혀 버리고 일어나서 장지를 열고 아내 방으로 비칠비칠 달려갔던 것이다. 내게는 거의 의식이라는 것이 없었다.

나는 아내 이불 위에 엎드러지면서 바지 포켓 속에서 그 돈 오 원을 꺼내 아내 손에 쥐어 준 것을 간신히 기억할 뿐이다.

이튿날 잠이 깨었을 때 나는 내 아내 방 아내 이불 속에 있었다. 이것이 이 33번지에서 살기 시작한 이래 내가 아내 방에서 잔 맨 처음이었다.

해가 들창에 훨씬 높았는데 아내는 이미 외출하고 벌써 내 곁에 있지는 않다. 아니! 아내는 엊저녁 내가 의식을 잃은 동안에 외출한 것인지도 모른다. 그러나 나는 그런 것을 조사하고 싶지 않았다. 다만 전신이 찌뿌드드한 것이 손가락 하나 꼼짝할 힘조차 없었다. 책보보다 좀 작은 면적의 볕이 눈이 부시다. 그 속에서 수없이 먼지가 흡사 미생물처럼 난무한다. 코가 콱 막히는 것 같다. 나는 다시 눈을 감고 이불을 푹 뒤집어쓰고 낮잠을 자기에 착수하였다. 그러나 코를 스치는 아내의 체취는 꽤 도발적이었다. 나는 몸을 여러 번 여러 번 비비 꼬면서 아내의 화장대에 늘어선 고 가지각색 화장품 병들의 마개를 뽑았을 때 풍기는 냄새를 더듬느라고 좀처럼 잠은 들지 않는 것을 나는 어찌하는 수도 없었다.

견디다 못하여 나는 그만 이불을 걷어차고 벌떡 일어나서 내 방으로 갔다. 내 방에는 다 식어 빠진 내 끼니가 가지런히 놓여 있는 것이다. 아내는 내 모이를 여기다 두고 나간 것이다. 나는 우선 배가 고팠다. 한 숟갈을 입에 떠 넣었을 때 그 촉감은 참 너무도 냉회와 같이 써늘하였다. 나는 숟갈을 놓고 내 이불 속으로 들어갔다. 하룻밤을 비었던 내 이부자리는 여전히 반갑게 나를 맞아 준다. 나는 내 이불을 뒤집어쓰고 이번에는 참 늘어지게 한잠 잤다. 잘…….

내가 잠을 깬 것은 전등이 켜진 뒤다. 그러나 아내는 아직도 돌아오지 않았나 보다.

아니! 돌아왔다 또 나갔는지 알 수 없다. 그러나 그런 것을 상고하여 무엇 하나? 정신이 한결 난다. 나는 밤일을 생각해 보았다. 그 돈 오 원을 아내 손에 쥐어 주고 넘어졌을 때에 느낄 수 있었던 쾌감을 나는 무엇이라고 설명할 수가 없었다. 그러나 내객들이 내 아내에게 돈 놓고 가는 심리며 내 아내가 내게 돈 놓고 가는 심리의 비밀을 나는 알아낸 것 같아서 여간 즐거운 것이 아니다.

나는 속으로 빙그레 웃어 보았다.

이런 것을 모르고 오늘까지 지내온 내 자신이 어떻게 우스꽝스럽게 보이는지 몰랐다.

따라서 나는 또 오늘 밤에도 외출하고 싶었다. 그러나 돈이 없다. 나는 또 엊저녁에 그 돈 오 원을 한꺼번에 아내에게 주어 버린 것을 후회하였다. 또 고 벙어리를 변소에 갖다 처넣어 버린 것도 후회하였다. 나는 실없이 실망하면서 습관처럼 그 돈 오 원이 들어 있던 내 바지 포켓에 손을 넣어 한 번 휘둘러 보았다. 뜻밖에도 내 손에 쥐어지는 것이 있었다. 이 원밖에 없다. 그러나 많아야 맛은 아니다. 얼마간이고 있으면 된다. 나는 그만한 것이 여간 고마운 것이 아니었다.

나는 기운을 얻었다. 나는 그 단벌 다 떨어진 골덴 양복을 걸치고 배고픈 것도 주제 사나운 것도 다 잊어버리고 활갯짓을 하면서 또 거리로 나섰다. 나서면서 나는 제발 시간이 화살 단 듯해서 자정이 어서 홱 지나 버렸으면 하고 조바심을 태웠다. 아내에게 돈을 주고 아내 방에서 자 보는 것은 어디까지든지 좋았지만 만일 잘못해서 자정 전에 집에 들어갔다가 아내의 눈총을 맞는 것은 그것은 여간 무서운 일이 아니었다.

나는 저물도록 길가 시계를 들여다보고 들여다보고 하면서 또 지향 없이 거리를 방황하였다. 그러나 이날은 좀처럼 피곤하지는 않았다. 다만 시간이 좀 너무 더디게 가는 것만 같아서 안타까웠다.

경성역京城驛 시계가 확실히 자정을 지난 것을 본 뒤에 나는 집을 향하였다. 그날은 그 일각대문에서 아내와 아내의 남자가 이야기하고 섰는 것을 만났다. 나는 모른 체하고 두 사람 곁을 지나서 내 방으로 들어갔다. 뒤이어 아내도 들어왔다. 와서는 이 밤중에 평생 안 하던 쓰레질을 하는 것이었다. 조금 있다가 아내가 눕는 기척을 엿보자마자 나는 또 장지를 열고 아내 방으로 가서 그 돈 이 원을 아내 손에 덥석 쥐어 주고 그리고—하여간 그 이 원을 오늘 밤에도 쓰지 않고 도로 가져온 것이 참 이상하다는 듯이 아내는 내 얼굴을 몇 번이고 엿보고—아내는 드디어 아무 말도 없이 나를 자기 방에 재워 주었다. 나는 이 기쁨을 세상의 무엇과도 바꾸고 싶지는 않았다.

나는 편히 잘 잤다.

이튿날도 내가 잠이 깨었을 때는 아내는 보이지 않았다. 나는 또 내 방으로 가서 피곤한 몸이 낮잠을 잤다. 내가 아내에게 흔들려 깨었을 때는 역시 불이 들어온 뒤였다. 아내는 자기 방으로 나를 오라는 것이다. 이런 일은 또 처음이다. 아내는 끊임없이 얼굴에 미소를 띠고 내 팔을 이끄는 것이다. 나는 이런 아내의 태도 이면에 엔간치 않은 음모가 숨어 있지나 않은가 하고 적이 불안을 느끼지 않을 수 없었다.

나는 아내의 하자는 대로 아내의 방으로 끌려갔다. 아내 방에는 저녁 밥상이 조촐하게 차려져 있는 것이다. 생각하여 보면 나는 이틀을 굶었다. 나는 지금 배고픈 것까지도 긴가 민가 잊어버리고 어름어름하던 차다.

나는 생각하였다. 이 최후의 만찬을 먹고 나자마자 벼락이 내려도 나는 차라리 후회하지 않을 것을. 사실 나는 인간 세상이 너무나 심심해서 못 견디겠던 차다. 모든 것이 성가시고 귀찮았으나 그러나 불의의 재난이라는 것은 즐겁다.

나는 마음을 턱 놓고 조용히 아내와 마주 이 해괴한 저녁밥을 먹었다.

우리 부부는 이야기하는 법이 없었다. 밥을 먹은 뒤에도 나는 말이 없이 부스스 일어나서 내 방으로 건너가 버렸다. 아내는 나를 붙잡지 않았다. 나는 벽에 기대어 앉아서 담배를 한 대 피워 물고 그리고 벼락이 떨어질 테거든 어서 떨어져라 하고 기다렸다.

오 분! 십 분!

그러나 벼락은 내리지 않았다. 긴장이 차츰 풀어지기 시작한다. 나는 어느덧 오늘 밤에도 외출할 것을 생각하고 있었다. 돈이 있었으면 하고 생각하고 있었다.

그러나 돈은 확실히 없다. 오늘은 외출하여도 나중에 올 무슨 기쁨이 있나? 내 앞이 그저 아뜩하였다. 나는 화가 나서 이불을 뒤집어쓰고 이리 뒹굴 저리 뒹굴 굴렀다. 금시 먹은 밥이 목으로 자꾸 치밀어 올라온다. 메스꺼웠다.

하늘에서 얼마라도 좋으니 왜 지폐가 소낙비처럼 퍼붓지 않나? 그것이 그저 한없이 야속하고 슬펐다.

나는 이렇게 밖에 돈을 구하는 아무런 방법도 알지는 못했다. 나는 이불 속에서 좀 울었나 보다.

왜 없느냐면서…….

그랬더니 아내가 또 내 방에를 왔다. 나는 깜짝 놀라 아마 이제서야 벼락이 내리려나보다 하고 숨을 죽이고 두꺼비 모양으로 엎드려 있었다. 그러나 떨어진 입을 새어나오는 아내의 말소리는 참 부드러웠다. 정다웠다. 아내는 내가 왜 우는지를 안다는 것이다. 돈이 없어서 그러는 게 아니란다.

나는 실없이 깜짝 놀랐다. 어떻게 사람의 속을 환하게 들여다보는고 해서 나는 한편으로 슬그머니 겁도 안 나는 것은 아니었으나 저렇게 말하는 것을 보면 아마 내게 돈을 줄 생각이 있나 보다, 만일 그렇다면 오죽이나 좋은 일일까. 나는 이불 속에 뚤뚤 말린 채 고개도 들지 않고 아내의 다음 거동을 기다리고 있으니까 '옜소' 하고 내 머리맡에 내려뜨리는 것은 그 가뿐한 음향으로 보아 지폐에 틀림없었다. 그리고 내 귀에다 대고 오늘을랑 어제보다도 늦게 돌아와도 좋다고 속삭이는 것이다.

그것은 어렵지 않다. 우선 그 돈이 무엇보다도 고맙고 반가웠다.

어쨌든 나섰다. 나는 좀 야맹증이다. 그래서 될 수 있는 대로 밝은 거리로 돌아다니기로 했다.

그리고는 경성역 일이등 대합실 한 곁 티이루움에를 들렀다. 그것은 내게는 큰 발견이었다. 거기는 우선 아무도 아는 사람이 안 온다. 설사 왔다가도 곧 돌아가니까 좋다. 나는 날마다 여기 와서 시간을 보내리라 속으로 생각하여 두었다. 제일 여기 시계가 어느 시계보다도 정확하리라는 것이 좋았다. 섣불리 서투른 시계를 보고 그것을 믿고 시간 전에 집에 돌아갔다가 큰 코를 다쳐서는 안 된다.

나는 한 복스에 아무것도 없는 것과 마주 앉아서 잘 끓은 커피를 마셨다. 총총한 가운데 여객들은 그래도 한 잔 커피가 즐거운가 보다. 얼른얼른 마시고 무얼 좀 생각하는 것같이 담벼락도 좀 쳐다보고 하다가 곧 나가 버린다. 서글프다. 그러나 내게는 이 서글픈 분위기가 거리의 티이루움들의 그 거추장스러운 분위기보다는 절실하고 마음에 들었다. 이따금 들리는 날카로운 혹은 우렁찬 기적 소리가 모오짜르트보다도 더 가깝다.

나는 메뉴에 적힌 몇 가지 안 되는 음식 이름을 치읽고 내리읽고 여러 번 읽었다. 그것들은 아물아물하는 것이 어딘가 내 어렸을 때 동무들 이름과 비슷한 데가 있었다.

거기서 얼마나 내가 오래 앉았는지 정신이 오락가락하는 중에 객이 슬며시 뜸해지면서 이 구석 저 구석 걷어치우기 시작하는 것을 보면 아마 닫는 시간이 된 모양이다. 열한 시가 좀 지났구나, 여기도 결코 내 안주의 곳은 아니구나, 어디 가서 자정을 넘길까? 두루 걱정을 하면서 나는 밖으로 나섰다. 비가 온다.

빗발이 제법 굵은 것이 우비도 우산도 없는 나를 고생을 시킬 작정이다. 그렇다고 이런 괴이한 풍모를 차리고 이 홀에서 어물어물하는 수도 없고 에이 비를 맞으면 맞았지 하고 그냥 나서 버렸다.

대단히 선선해서 견딜 수가 없다. 골덴 옷이 젖기 시작하더니 나중에는 속속들이 스며들면서 추근거린다. 비를 맞아 가면서라도 견딜 수 있는 데까지 거리를 돌아다녀서 시간을 보내려 하였으나, 인제는 선선해서 이 이상은 더 견딜 수가 없다. 오한이 자꾸 일어나면서 이가 딱딱 맞부딪는다. 나는 걸음을 늦추면서 생각하였다. 오늘 같은 궂은 날도 아내에게 내객이 있을라구? 없겠지, 하는 생각이 드는 것이다.

집으로 가야겠다. 아내에게 불행히 내객이 있거든 내 사정을 하리라. 사정을 하면 이렇게 비가 오는 것을 눈으로 보고 알아주겠지.

부리나케 와 보니까 그러나 아내에게는 내객이 있었다. 나는 너무 춥고 척척해서 얼떨결에 노크하는 것을 잊었다. 그래서 나는 보면 아내가 덜 좋아할 것을 그만 보았다.

나는 감발자국 같은 발자국을 내면서 덤벙덤벙 아내 방을 디디고 내 방으로 가서 쭉 빠진 옷을 활활 벗어 버리고 이불을 뒤썼다. 덜덜덜덜 떨린다. 오한이 점점 더 심해 들어온다. 여전 땅이 꺼져 들어가는 것만 같았다. 나는 그만 의식을 잃어버리고 말았다.

이튿날 내가 눈을 떴을 때 아내는 내 머리맡에 앉아서 제법 근심스러운 얼굴이다.

나는 감기가 들었다. 여전히 으스스 춥고 또 골치가 아프고 입에 군침이 도는 것이 씁쓸하면서 다리팔이 척 늘어져서 노곤하다. 아내는 내 머리를 쓱 짚어 보더니 약을 먹어야지 한다. 아내 손이 이마에 선뜻한 것을 보면 신열이 어지간한 모양인데 약을 먹는다면 해열제를 먹어야지 하고 속생각을 하자니까 아내는 따뜻한 물에 하얀 정제약 네 개를 준다. 이것을 먹고 한잠 푹 자고 나면 괜찮다는 것이다. 나는 널름 받아먹었다. 쌉싸름한 것이 짐작 같아서는 아마 아스피린인가 싶다.

나는 다시 이불을 쓰고 단번에 그냥 죽은 것처럼 잠이 들어 버렸다.

나는 콧물을 훌쩍훌쩍 하면서 여러 날을 앓았다. 앓는 동안에 끊이지 않고 그 정제약을 먹었다.

그러는 동안에 감기도 나았다. 그러나 입맛은 여전히 소태처럼 썼다.

나는 차츰 또 외출하고 싶은 생각이 났다. 그러나 아내는 나더러 외출하지 말라고 이르는 것이다. 이 약을 날마다 먹고 그리고 가만히 누워 있으라는 것이다. 공연히 외출을 하다가 이렇게 감기가 들어서 저를 고생시키는 게 아니란다. 그도 그렇다. 그럼 외출을 하지 않겠다고 맹세하고 그 약을 연복하여 몸을 좀 보해 보리라고 나는 생각하였다.

나는 날마다 이불을 뒤집어쓰고 밤이나 낮이나 잤다. 유난스럽게 밤이나 낮이나 졸려서 견딜 수가 없는 것이다. 나는 이렇게 잠이 자꾸만 오는 것은 내가 몸이 훨씬 튼튼해진 증거라고 굳게 믿었다.

나는 아마 한 달이나 이렇게 지냈나 보다. 내 머리와 수염이 좀 너무 자라서 후텁해서 견딜 수가 없어서 내 거울을 좀 보리라고 아내가 외출한 틈을 타서 나는 아내 방으로 가서 아내의 화장대 앞에 앉아 보았다. 상당하다. 수염과 머리가 참 상당하였다.

오늘은 이발을 좀 하리라고 생각하고 겸사겸사 고 화장품 병들 마개를 뽑고 이것저것 맡아 보았다. 한동안 잊어버렸던 향기 가운데서는 몸이 배배 꼬일 것 같은 체취가 전해 나왔다. 나는 아내의 이름을 속으로만 한 번 불러 보았다. "연심이……" 하고……. 오래간만에 돋보기 장난도 하였다. 거울 장난도 하였다. 창에 든 볕이 여간 따뜻한 것이 아니었다. 생각하면 오월이 아니냐.

나는 커다랗게 기지개를 한 번 켜 보고 아내 베개를 내려 베고 벌떡 자빠져서는 이렇게도 편안하고 즐거운 세월을 하느님께 흠씬 자랑하여 주고 싶었다. 나는 참 세상의 아무것과도 교섭을 가지지 않는다. 하느님도 아마 나를 칭찬할 수도 처벌할 수도 없는 것 같다.

그러나 다음 순간 실로 세상에도 이상스러운 것이 눈에 띄었다. 그것은 최면약 아달린갑이었다.

나는 그것을 아내의 화장대 밑에서 발견하고 그것이 흡사 아스피린처럼 생겼다고 느꼈다. 나는 그것을 열어 보았다. 꼭 네 개가 비었다.

나는 오늘 아침에 네 개의 아스피린을 먹은 것을 기억하고 있었다. 나는 잤다. 어제도 그제도 그끄제도…… 나는 졸려서 견딜 수가 없었다. 나는 감기가 다 나았는데도…… 아내는 내게 아스피린을 주었다. 내가 잠이 든 동안에 이웃에 불이 난 일이 있다. 그때에도 나는 자느라고 몰랐다. 이렇게 나는 잤다. 나는 아스피린으로 알고 그럼 한 달 동안을 두고 아달린을 먹어 온 것이다. 이것은 좀 너무 심하다.

별안간 아뜩하더니 하마터면 나는 까무러칠 뻔하였다. 나는 그 아달린을 주머니에 넣고 집을 나섰다. 그리고 산을 찾아 올라갔다.

인간 세상의 아무것도 보기가 싫었던 것이다. 걸으면서 나는 아무쪼록 아내에 관계되는 일은 일체 생각하지 않도록 노력하였다. 길에서 까무러치기 쉬우니까 다. 나는 어디라도 양지가 바른 자리를 하나 골라 자리를 잡아 가지고 서서히 아내에 관하여서 연구할 작정이었다. 나는 길가의 돌 장판, 구경도 못한 진개나리꽃, 종달새, 돌멩이도 새끼를 까는 이야기, 이런 것만 생각하였다. 다행히 길가에서 나는 졸도하지 않았다.

거기는 벤치가 있었다. 나는 거기 정좌하고 그리고 그 아스피린과 아달린에 관하여 연구하였다.

그러나 머리가 도무지 혼란하여 생각이 체계를 이루지 않는다. 단 오 분이 못 가서 나는 그만 귀찮은 생각이 번쩍 들면서 심술이 났다. 나는 주머니에서 가지고 온 아달린을 꺼내 남은 여섯 개를 한꺼번에 질겅질겅 씹어 먹어 버렸다. 맛이 익살맞다. 그러고나서 나는 그 벤치 위에 가로 기다랗게 누웠다. 무슨 생각으로 내가 그 따위 짓을 했나, 알 수가 없다. 그저 그러고 싶었다. 나는 게서 그냥 깊이 잠이 들었다. 잠결에도 바위틈으로 흐르는 물소리가 졸졸 하고 언제까지나 귀에 어렴풋이 들려왔다.

내가 잠을 깨었을 때는 날이 환히 밝은 뒤다. 나는 거기서 일주야를 잔 것이다. 풍경이 그냥 노오랗게 보인다. 그 속에서도 나는 번개처럼 아스피린과 아달린이 생각났다.

아스피린, 아달린, 아스피린, 아달린, 마르크, 말사스, 마도로스, 아스피린, 아달린…… 아내는 한 달 동안 아달린을 아스피린이라고 속이고 내게 먹였다.

그것은 아내 방에서 이 아달린갑이 발견된 것으로 미루어 증거가 너무나 확실하다.

무슨 목적으로 아내는 나를 밤이나 낮이나 재웠어야 됐나? 나를 밤이나 낮이나 재워 놓고, 그리고 아내는 내가 자는 동안에 무슨 짓을 했나? 나를 조금씩 조금씩 죽이려던 것일까? 그러나 또 생각하여 보면 내가 한 달을 두고 먹어 온 것이 아스피린이었는지도 모른다. 아내는 무슨 근심되는 일이 있어서 밤이면 잠이 잘 오지 않아서 정작 아내가 아달린을 사용한 것이나 아닌지? 그렇다면 나는 참 미안하다. 나는 아내에게 이렇게 큰 의혹을 가졌다는 것이 참 안 됐다.

나는 그래서 부리나케 거기서 내려왔다. 아랫도리가 홰홰 내어 저이면서 어찔어찔한 것을 나는 겨우 집을 향하여 걸었다. 여덟 시 가까이였다.

나는 내 잘못된 생각을 죄다 일러바치고 아내에게 사죄하려는 것이다. 나는 너무 급해서 그만 또 말을 잊어버렸다. 그랬더니 이건 참 큰일났다. 나는 내 눈으로 절대로 보아서 안 될 것을 그만 딱 보아 버리고 만 것이다.

나는 얼떨결에 그만 냉큼 미닫이를 닫고 그리고 현기증이 나는 것을 진정시키느라고 잠깐 고개를 숙이고 눈을 감고 기둥을 짚고 섰자니까, 일 초 여유도 없이 홱 미닫이가 다시 열리더니 매무새를 풀어헤친 아내가 불쑥 내밀면서 내 멱살을 잡는 것이다. 나는 그만 어지러워서 게서 나둥그러졌다.

그랬더니 아내는 넘어진 내 위에 덮치면서 내 살을 함부로 물어뜯는 것이다. 아파 죽겠다. 나는 사실 반항할 의사도 힘도 없어서 그냥 넙적 엎드려 있으면서 어떻게 되나 보고 있자니까, 뒤이어 남자가 나오는 것 같더니 아내를 한 아름에 덥석 안아 가지고 방으로 들어가는 것이다. 아내는 아무 말 없이 다소곳이 그렇게 안겨 들어가는 것이 내 눈에 여간 미운 것이 아니다. 밉다.

아내는 너 밤새워 가면서 도둑질하러 다니느냐, 계집질하러 다니느냐고 발악이다. 이것은 참 너무 억울하다. 나는 어안이 벙벙하여 도무지 입이 떨어지지를 않았다. 너는 그야말로 나를 살해하려던 것이 아니냐고 소리를 한 번 꽥 질러 보고도 싶었으나, 그런 긴가민가한 소리를 섣불리 입 밖에 내었다가는 무슨 화를 볼는지 알 수 없다. 차라리 억울하지만 잠자코 있는 것이 우선 상책인 듯시피 생각이 들길래, 나는 이것은 또 무슨 생각으로 그랬는지 모르지만 툭툭 떨고 일어나서 내 바지 포켓 속에 남은 돈 몇 원 몇십 전을 가만히 꺼내서는 몰래 미닫이를 열고 살며시 문지방 밑에다 놓고 나서는, 나는 그냥 줄달음박질을 쳐서 나와 버렸다.

여러 번 자동차에 치일 뻔하면서 나는 그래도 경성역으로 찾아갔다. 빈자리와 마주 앉아서 이 쓰디쓴 입맛을 거두기 위하여 무엇으로나 입가심을 하고 싶었다.

커피! 좋다. 그러나 경성역 홀에 한 걸음 들여놓았을 때 나는 내 주머니에는 돈이 한 푼도 없는 것을 그것을 깜박 잊었던 것을 깨달았다. 또 아뜩하였다. 나는 어디선가 그저 맥없이 머뭇머뭇하면서 어쩔 줄을 모를 뿐이었다. 얼빠진 사람처럼 그저 이리 갔다 저리 갔다 하면서…….

나는 어디로 어디로 들입다 쏘다녔는지 하나도 모른다. 다만 몇 시간 후에 내가 미쓰꼬시 옥상에 있는 것을 깨달았을 때는 거의 대낮이었다.

나는 거기 아무 데나 주저앉아서 내 자라 온 스물여섯 해를 회고하여 보았다. 몽롱한 기억 속에서는 이렇다는 아무 제목도 불거져 나오지 않았다.

나는 또 내 자신에게 물어보았다. 너는 인생에 무슨 욕심이 있느냐고, 그러나 있다고도 없다고도 그런 대답은 하기가 싫었다. 나는 거의 나 자신의 존재를 인식하기조차도 어려웠다.

허리를 굽혀서 나는 그저 금붕어를 들여다보고 있었다. 금붕어는 참 잘들도 생겼다. 작은놈은 작은놈대로 큰놈은 큰놈대로 다 싱싱하니 보기 좋았다. 내려 비치는 오월 햇살에 금붕어들은 그릇 바탕에 그림자를 내려뜨렸다. 지느러미는 하늘하늘 손수건을 흔드는 흉내를 낸다. 나는 이 지느러미 수효를 헤어 보기도 하면서 굽힌 허리를 좀처럼 펴지 않았다. 등이 따뜻하다.

나는 또 오탁의 거리를 내려다보았다. 거기서는 피곤한 생활이 똑 금붕어 지느러미처럼 흐늑흐늑 허우적거렸다. 눈에 보이지 않는 끈적끈적한 줄에 엉켜서 헤어나지들을 못한다. 나는 피로와 공복 때문에 무너져 들어가는 몸뚱이를 끌고 그 오탁의 거리 속으로 섞여 가지 않는 수도 없다 생각하였다.

나서서 나는 또 문득 생각하여 보았다. 이 발길이 지금 어디로 향하여 가는 것인가를…… 그때 내 눈앞에는 아내의 모가지가 벼락처럼 내려 떨어졌다. 아스피린과 아달린.

우리들은 서로 오해하고 있느니라. 설마 아내가 아스피린 대신에 아달린의 정량을 나에게 먹여 왔을까? 나는 그것을 믿을 수는 없다. 아내가 대체 그럴 까닭이 없을 것이니, 그러면 나는 날밤을 새면서 도둑질을 계집질을 하였나? 정말이지 아니다.

우리 부부는 숙명적으로 발이 맞지 않는 절름발이인 것이다. 내나 아내나 제 거동에 로직을 붙일 필요는 없다. 변해할 필요도 없다. 사실은 사실대로 오해는 오해대로 그저 끝없이 발을 절뚝거리면서 세상을 걸어가면 되는 것이다. 그렇지 않을까?

그러나 나는 이 발길이 아내에게로 돌아가야 옳은가 이것만은 분간하기가 좀 어려웠다. 가야 하나? 그럼 어디로 가나?

이때 뚜우 하고 정오 사이렌이 울었다. 사람들은 모두 네 활개를 펴고 닭처럼 푸드덕거리는 것 같고 온갖 유리와 강철과 대리석과 지폐와 잉크가 부글부글 끓고 수선을 떨고 하는 것 같은 찰나! 그야말로 현란을 극한 정오다.

나는 불현듯 겨드랑이가 가렵다. 아하, 그것은 내 인공의 날개가 돋았던 자국이다. 오늘은 없는 이 날개. 머릿속에서는 희망과 야심이 말소된 페이지가 딕셔너리 넘어가듯 번뜩였다.

나는 걷던 걸음을 멈추고 그리고 일어나 한 번 이렇게 외쳐 보고 싶었다.

날개야 다시 돋아라.

날자. 날자. 한 번만 더 날자꾸나.

한 번만 더 날아 보자꾸나.

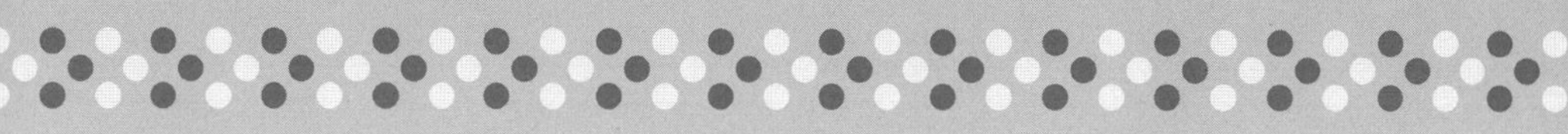

줄거리

나는 구조가 마치 유곽과 같은 33번지 집에서 놀거나 밤낮 없이 잠을 자면서 아내가 벌어다 주는 돈으로 살아가고 있다. 한마디로 나는 사회에서 완전히 격리된 채 현실 감각 없이 아내에게 사육당하는 존재다. 아내가 외출을 하면 밝고 화려한 아내의 방에서 장난을 치며 아내에 대한 욕구를 대신한다. 반면, 아내에게 손님이 찾아오는 날이면 어둡고 침침한 내 방에 틀어박혀 있다가 아내가 돈을 주면 그것을 저금통에 넣으면서 하루하루를 살아간다. 예쁜 아내가 차려 주는 밥은 이상하게 맛이 없다. 그래서인지 나는 점점 더 말라간다. 어느 날은 자신에게 별 의미가 없는 저금통을 그냥 변소에 넣어 버렸다. 그날 나는 아내의 눈치만 살피며 이불 속에서 떨고 있었지만, 아내는 전혀 화를 내지 않았다.

그러던 어느 날 나는 외출을 시작했고, 아내에게 받은 돈을 다시 되돌려 주면서 아내의 방에서 잠을 잤다. 아내가 자기에게 돈을 줄 때의 쾌감을 느낀 나는 시간이 날 때마다 외출했다가 돌아와 아내에게 돈을 주고 아내의 방에서 잠을 청했다.

비가 몹시 오는 날, 자정이 넘어서 들어오라는 아내의 말이 있었지만, 비를 너무 많이 맞은 탓에 집에 일찍 들어온 나는 손님과 함께 있는 아내를 보았다. 나는 곧바로 나의 방 이불 속으로 들어가 누웠다.

나는 아내가 주는 아스피린을 먹으며 회복되어 갔다. 그런데 웬일인지 한 달 내내 잠만 잤다. 한 달 만에 이불 속에서 나온 나는 아내의 방 거울을 보며 자신의 까칠한 모습에 놀랐다. 그런데 아내의 화장대 밑에서 약통을 하나 발견했다. 그것은 자기가 지난 한 달 동안 먹었던 약으로, 아스피린이 아닌 수면제였다.

서운함을 느낀 나는 그것을 들고 산으로 갔고, 그 약을 먹은 뒤 잠이 들고 말았다. 일주일 정도 뒤에 집에 돌아온 나는 아내의 방을 지나는 중에 기어코 못 볼 것을 보고 말았다. 아내는 나의 멱살을 쥐고 덮치면서 나를 물어뜯었다. 나는 거리로 나왔고, 미쓰코시 백화점 옥상에서 스물여섯 해를 회고했다.

이때 정오 사이렌이 울렸다. 나는 불현듯 겨드랑이가 가려움을 느꼈다. "날개야 다시 돋아라. 한 번만 더 날자 보자꾸나." 나는 이렇게 외쳤다.

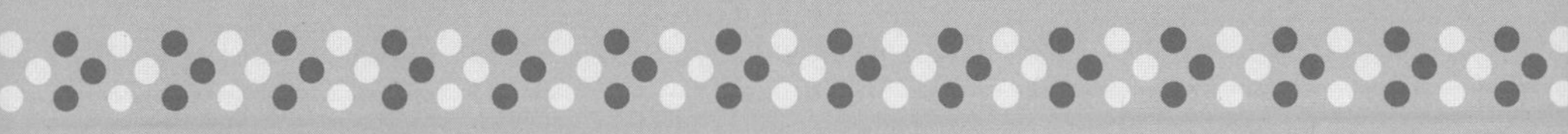

감상 포인트

이 작품의 서술자인 '나'는 '나는 그들의 아무와도 놀지 않는다. 놀지 않을 뿐 아니라, 인사도 않는다'라는 구절에서도 알 수 있듯, 외부세계 또는 다른 사람과 어떤 관계도 맺지 않는다. 그에게는 이름이 없고(작품 속에서는 알 수 없다), 개인사가 없으며, 직업이 없고, 생활도 없다. 그를 외부와 연결시켜 주는 유일한 존재는 아내이다. 그래서 나는 아내를 무서워하고, 또 믿으려 하며, 아내가 시키는 대로 따르고자 한다. 이렇게 고립되고 소외된 개인은 공동체적 의식이 소멸된 근대 도시사회 특유의 인간형이라고 할 수 있다.

하지만 '나'의 유일한 삶의 지반이었던 아내로부터의 배반감이 그를 막다른 골목으로 몰아넣는다. 마지막 "날자, 날자, 한 번만 더 날아 보자꾸나."라는 그의 외침은 그가 취할 수 있는 최후의 탈출 의지라고 할 수 있다. 하지만 박제剝製된 천재는 무기력한 탈출 의지로 실패감만 맛보게 된다. 즉, '날자!'로 압축되는 이 소설의 결말은 잘못된 믿음, 오해를 산 가치, 반복적 일상에서 한 단계 도약함으로써 좀 더 진실한 가치를 추구할 수 있다고 말한다. 그것이 이 작품의 상징적 의미다.

등장인물

- 나 : 경제적인 생활력이 전혀 없는, 사회 활동을 전혀 하지 않는 무기력한 남편이다. 아내의 부정과 자아의식 사이에서 갈등을 일으켜 극히 불안한 심리적 자의식을 보인다. '나'와 아내는 '닭이나 강아지처럼'이란 동물적 비유가 의미하듯 종속적 관계이다.
- 아내 : '외출, 내객來客, 돈'으로 알 수 있듯 직업이 창녀이다. 남편보다 우월한 존재로, 종속적 관계에 있는 남편의 위에 군림하는 가학적인 여성이다.

	생활력	집안에서의 위치	거처	의복	힘의 우열
나(남성)	무직(없음)	주변적 존재	어두운 방	초라함	구타당함
아내(여성)	유직(있음)	중심적 존재	밝은 방	화려함	구타함

이처럼 남녀의 위상이 뒤바뀐 설정은 근대에 들어 나타난 현상으로, 기존의 가치 질서를 정면으로 거부하는 태도가 함축되어 있다. 또한 불합리한 사회 구조에 대한 거부감을 은유적으로 제시한 것이라고도 볼 수 있다.

의식의 흐름 기법

인간의 의식이 마치 강물처럼 시시각각으로 변하면서 연속적으로 흐르고 있음을 의미하는 것으로, 현대 소설에서 두드러지게 나타나는 서술 기법 가운데 하나다.

전통적인 소설은 구성의 입체성이나 사건의 진전, 인물의 형상화 같은 서술 기법을 주로 활용했다. 반면, 의식의 흐름 기법을 사용한 현대 소설의 경우에는 논리적 인과관계가 없는 기억의 단편, 현재의 지각 내용, 예측되는 사건들이 뒤섞여 나타나는 것이 특징이다. 즉, 일관된 줄거리나 구성 대신 의도되지 않은 개인의 의식세계를 통해 인간 존재와 의식의 본질에 접근하고자 하는 것이다.

이를 정리하면 다음과 같다.

① 주인공의 의식 속에 흐르는 여러 단편적 생각들을 서술한다. 즉, 주인공 자신에 대한 생각이나 타인에 대한 생각, 상황 등을 객관적으로 서술하는 것이 아니라, 주인공의 생각 속에 잠재된 주관적인 의식을 그대로 드러내는 것이다.

② 1인칭 서술자의 내면적 독백을 담는다.

③ 서술 시점이 과거, 현재, 미래가 공존하는 초현실세계로 공시성을 지닌다.

④ 이상의 《날개》, 오상원의 《유예》가 대표적이다.

작품의 특징

① 억압된 자아의식을 '방'이라는 밀폐된 구조로 표현했다.

② 서두에 도입부가 제시되어 주인공 '나'의 역설적 논리를 엿볼 수 있다.

③ '나'의 분열된 내면세계를 의식의 흐름 기법으로 그려냈다.

④ '나'의 자폐적 세계를 역설적인 독백체로 표현했다.

핵심정리

- **갈래** : 단편 소설, 심리주의 소설
- **배경** : 일제강점기, 18가구가 살고 있는 서울 거리 33번지 유곽
- **시점** : 1인칭 주인공 시점
- **성격** : 고백적, 상징적
- **표현** : 기성 문법에 반역하는 충격적 문체
  ① 자동기술법 ② 인간 의식의 심층부를 그리고 있음
- **주제** : 전도된 삶과 자아 분열의 의식 속에서 본래적 자아를 지향하는 인간의 내면 의지

김동리_역마, 무녀도, 화랑의 후예

김동인_감자, 배따라기, 광화사

김유정_동백꽃, 만무방, 봄봄

김정한_사하촌, 모래톱 이야기

나도향_물레방아

오상원_유예

염상섭_표본실의 청개구리, 두파산

유진오_김 강사와 T 교수

윤흥길_장마

이 상_날개

이청준_눈길

이효석_메밀꽃 필 무렵, 산

전광용_꺼삐딴 리

최서해_탈출기, 홍염

채만식_논 이야기, 치숙(痴叔), 미스터 방

하근찬_수난 이대

현진건_운수 좋은 날, 고향

황순원_학, 별, 목넘이 마을의 개

이청준

1939~2008년

주로 정치적 · 사회적 메커니즘과 그 횡포에 대한 인간 정신의 대결 관계를 형상화한 작가이다. 특히 언어의 진실과 말의 자유에 대한 그의 집착은 언어사회학적 관심으로 심화되기도 했다.

글쓰기와 종교에 유독 관심이 깊었던 그의 소설적 주제는 '진실한 삶'에 대한 문제였다. 이 문제를 중심으로 그의 작품세계는 진실한 삶을 가로막는 억압의 실체를 탐구하거나, 진실한 삶에 대한 동경과 추구를 그리고 있다. 전자의 작품에는 《병신과 머저리》, 《소문의 벽》 등이 있으며, 후자의 작품에는 《이어도》, 《당신들의 천국》, 《잔인한 도시》 등이 있다.

그는 경험적 현실을 관념적으로 해석하고 상징적으로 표현하는 경향이 강했는데, 이러한 진지한 작가의식이 때로는 자의식의 과잉으로 나타나거나 지적 우월감으로 비춰지기도 한다.

1972년 단편 소설 《석화촌石花村》이 영화화되어 청룡영화제 최우수작품상을 받았다. 그밖에 《서편제》와 《축제》는 임권택 감독에 의해 영화화되고, 《벌레이야기》는 2007년 이창동 감독이 《밀양》으로 영화화해 2007년 칸영화제에서 여우주연상을 수상하기도 했다. 사후 금관문화훈장이 추서되었다.

1 눈길

1

"내일 아침 올라가야겠어요."

점심상을 물러나 앉으면서 나는 마침내 입 속에서 별러 오던 소리를 내뱉어 버렸다.

노인과 아내가 동시에 밥숟가락을 멈추며 나의 얼굴을 멀거니 건너다본다.

"내일 아침 올라가다니. 이참에도 또 그렇게 쉽게?"

노인은 결국 숟가락을 상 위로 내려놓으며 믿기지 않는다는 듯 되묻고 있었다.

나는 이제 내친걸음이었다. 어차피 일이 그렇게 될 바엔 말이 나온 김에 매듭을 분명히 지어 두지 않으면 안 되었다.

"예, 내일 아침에 올라가겠어요. 방학을 얻어 온 학생 팔자도 아닌데, 남들 일할 때 저라고 이렇게 한가할 수가 있나요. 급하게 맡아 놓은 일도 한두 가지가 아니고요."

"그래도 한 며칠 쉬어 가지 않고……. 난 해필 이런 더운 때를 골라 왔길래 이참에는 며칠 좀 쉬어 갈 줄 알았더니……."

"제가 무슨 더운 때 추운 때를 가려 살 여유나 있습니까."

"그래도 그 먼 길을 이렇게 단걸음에 되돌아가기야 하겄냐. 넌 항상 한 동자로

만 왔다가 선걸음에 새벽길을 나서곤 하더라마는…… 이번에는 너 혼자도 아니고……. 하룻밤이나 차분히 좀 쉬어 가도록 하거라."

"오늘 하루는 쉬었지 않아요. 하루를 쉬어도 제 일은 사흘을 버리는 걸요. 찻길이 훨씬 나아졌다곤 하지만 여기선 아직도 서울이 천리 길이라 오는 데 하루 가는 데 하루……."

"급한 일은 우선 좀 마무리를 지어 놓고 오지 않구선……."

노인 대신 이번에는 아내 쪽에서 나를 원망스럽게 건너다보았다.

그건 물론 나의 주변머리를 탓하고 있는 게 아니었다. 내게 그처럼 급한 일이 없다는 걸 그녀는 알고 있었다.

서울을 떠나올 때 급한 일들은 미리 다 처리해 둔 것을 그녀에게는 내가 말을 해 줬으니까.

그리고 이번에는 좀 홀가분한 기분으로 여름 여행을 겸해 며칠 동안이라도 노인을 찾아보자고 내 편에서 먼저 제의를 했었으니까. 그녀는 나의 참을성 없는 심경의 변화를 나무라고 있는 것이었다.

그리고 그 매정스런 결단을 원망하고 있는 것이었다. 까닭 없는 연민과 애원기 같은 것이 서려 있는 그녀의 눈길이 그것을 더욱 분명히 하고 있었다.

"그래, 일이 그리 바쁘다면 가 봐야 하기는 하겠구나. 바쁜 일을 받아 놓고 온 사람을 붙잡는다고 들을 일이겠나."

한동안 입을 다물고 앉아 있던 노인이 마침내 체념을 한 듯 다시 입을 열었다.

"항상 그렇게 바쁜 사람인 줄은 안다마는, 에미라고 이렇게 먼 길을 찾아와도 편한 잠자리 하나 못 마련해 주는 내 맘이 아쉬워 그랬던 것 같구나."

말을 끝내고 무연스런 표정으로 장죽 끝에 풍년초를 꾹꾹 눌러 담기 시작한다.

너무도 간단한 체념이었다.

담배통에 풍년초를 눌러 담고 있는 그 노인의 얼굴에는 아내에게서와 같은 어떤 원망기 같은 것도 찾아볼 수 없었다. 당신 곁을 조급히 떠나고 싶어 하는 그 매정스런 아들에 대한 아쉬움 같은 것도 엿볼 수가 없었다.

성냥불도 붙이려 하지 않고 언제까지나 그 풍년초 담배만 꾹꾹 눌러 채우고 앉아 있는 눈길은 차라리 무표정에 가까운 것이었다.

나는 그 너무도 간단한 노인의 체념에 오히려 불쑥 짜증이 치솟았다.

나는 마침내 자리를 일어섰다. 그리고는 그 노인의 무표정에 밀려나기라도 하듯 방문을 나왔다.

장지문 밖 마당가에 작은 치자나무 한 그루가 한낮의 땡볕을 견디고 서 있었다.

2

지열이 후끈거리는 뒤곁 콩밭 한가운데에 오리나무 무성한 묘지가 하나 있었다. 그 오리나무 그늘에 숨어 앉아 콩밭 아래로 내려다보니 집이라고 생긴 게 꼭 습지에 돋아 오른 여름 버섯 형상을 닮아 있었다.

나는 금세 어디서 묵은 빚 문서라도 불쑥 불거져 나올 것 같은 조마조마한 기분이었다.

애초의 허물은 그 빌어먹을 비좁고 음습한 단칸 오두막 때문이었다. 묵은 빚이 불거져 나올 것 같은 불편스런 기분이 들게 해 오는 것도 그랬고, 처음 예정을 뒤바꿔 하루 만에 다시 길을 되돌아 갈 작정을 내리게 한 것 역시 그러했다. 하지만 내게 빚은 없었다. 노인에 대해선 처음부터 빚이 있을 수 없는 떳떳한 처지였다.

노인도 물론 그 점에 대해선 나를 완전히 신용하고 있었다.

"내 나이 일흔이 다 됐는디, 이제 또 남은 세상이 있으면 얼마나 길라더냐."

이가 완전히 삭아 없어져서 음식 섭생이 몹시 불편스러워진 노인을 보고 언젠가 내가 지나가는 말처럼 권해 본 일이 있었다. 싸구려 가치라도 해 끼우는 게 어떻겠느냐는 나의 말 선심에 애초부터 그래 줄 가망이 없어 보여 그랬던지 노인은 단자리에서 사양을 해 버리는 것이었다.

"이럭저럭 지내다 이대로 가면 그만일 육신, 이제 와 늘그막에 웬 딴 세상을 보겄다고……."

한 번은 또 치질기가 몹시 심해져서 배변이 무척 힘들어하시는 걸 보고 수술 같은 걸 권해 본 일도 있었다.

노인은 그때도 역시 비슷한 대답이었다.

"나이를 먹어도 아녀자는 아녀자다. 어떻게 남의 눈에 궂은 데를 보이겄더냐. 그냥저냥 참다 갈란다."

남은 세상이 얼마 길지 못하리라는 체념 때문에도 그랬겠지만, 그보다 노인은 아무것도 아들에겐 주장하거나 돌려받을 것이 없는 당신의 처지를 감득하고 있는 탓에도 그리 된 것이었다.

고등학교 1학년 때 형의 주벽으로 가계가 파산을 겪은 뒤부터, 그리고 마침내 그 형이 세 조카아이와 그 아이들의 홀어머니까지를 포함한 모든 장남의 책임을 내게 떠맡기고 세상을 떠난 뒤부터 일은 줄곧 그렇게만 되어 온 셈이었다.

고등학교와 대학교와 군영 3년을 치러 내는 동안 노인은 내게 아무것도 낳아 기르는 사람의 몫을 못 했고, 나는 또 나대로 그 고등학교와 대학과 군영의 의무를 치르고 나와서도 자식놈의 도리는 엄두를 못 냈다. 노인이 내게 베푼 바가 없어서가 아니라 그럴 처지가 못 되었기 때문이다. 나는 나대로 형이 내게 떠맡기고 간 장남의 책임을 감당하기를 사양치 않을 수가 없었기 때문이었다.

노인과 나는 결국 그런 식으로 서로 주고받을 것이 없는 처지였다. 노인은 누구보다 그것을 잘 알고 있었다. 그렇기 때문에 내게 대해선 소망도 원망도 있을 수 없었다.

그런 노인이었다. 한데 이번에는 웬일인지 노인의 눈치가 이상했다. 글쎄 그 가치나 수술마저 한사코 사양을 해 온 노인이, 나이 여든에서 겨우 두 해가 모자란 늘그막에 와서야 새삼스레 다시 딴 세상 희망이 생긴 것일까.

노인은 아무래도 엉뚱한 꿈을 꾸고 있는 것 같았다. 그것은 너무나 엄청난 꿈이었다.

지붕 개량 사업이 애초의 허물이었다.

"집집마다 모두 도단 아니면 기와들을 얹는단다."

노인은 처음 남의 말을 하듯이 집 이야기를 꺼냈었다. 어제 저녁 때 노인과 셋이서 잠자리를 들기 전이었다. 밤이 이슥해서 형수는 뒤늦게 조카들을 데리고 이웃집으로 잠자리를 얻어 나가 버리고, 우리는 노인과 셋이서 그 비좁은 오두막 단칸방에다 잠자리를 함께 폈다.

어기영차! 어기영…… 그때 어디선가 밤일을 하는 남정들의 합창 소리가 왁자하게 부풀어 올랐다. 귀를 기울이고 듣고 있다가 무슨 소리냐니까 노인이 문득 생각난 듯이 귀띔을 해 왔다.

"동네가 너도나도 집들을 고쳐 짓느라 밤잠을 안 자고 저 야단들이구나."

농어촌 지붕 개량 사업이라는 것이었다. 통일벼가 보급된 후로는 집집마다 그 초가지붕 개초가 어렵게 되었단다. 초봄부터 시작된 지붕 개량 사업은 그래저래 제격이었다. 지붕을 개량하면 정부 보조금 5만원을 얻는다는 것이었다. 모심기가 시작되기 전 봄철 한때 하고 모심기가 끝난 초여름께부터 지금까지 마을 집들 거의가 일을 끝냈단다.

나는 처음 그런 노인의 이야기를 들었을 때 무턱대고 가슴부터 덜렁 내려앉고 있었다. 노인에 대한 빚 생각이 처음으로 머릿속에 떠오른 순간이었다. 이 노인이 쓸데없는 소망을 지니면 어쩌나. 하지만 나는 곧 마음을 가라앉혔다. 무엇보다도 나는 노인에 대해서 빚이란 게 없었다. 노인이 그걸 잊었을 리 없었다. 그리고 그런 아들에게 섣부른 주문을 내색할 리 없었다. 전부터도 그 점만은 안심을 할 만한 노인의 성깔이었다. 한데다가 그 노인이 설령 어떤 어울리잖을 소망을 지닌다 해도 이번에는 그 집 꼴이 문제 밖이었다. 도대체가 기와고 도단이고 지붕을 가꿀

만한 집 꼴이 못 되었다. 그래저래 노인도 소망을 지녀 볼 엄두를 못 낸 모양이었다. 이야기하는 말투가 영락없이 남의 일이었다.

하지만 사실은 그게 오해였다. 노인의 속마음은 그게 아니었다.

"관에서 하는 일이라면 이 집에도 몇 번 이야기가 있었겠군요?"

사태를 너무 낙관한 나머지 위로 겸해 한마디 실없는 소리를 내놓은 것이 나의 실수였다.

노인은 다시 자리를 일어나 앉았다. 그리고 머리맡에 놓아 둔 장죽 끝에다 풍년초 한 줌을 쏘아 박기 시작했다.

"왜 우리 집이라 말썽이 없었더라냐."

노인은 여전히 남의 말을 옮기듯 덤덤히 말했다.

"이장이 쫓아와 뜸을 들이고, 면에서 나와서 으름장을 놓고 가고…… 그런 일이 한두 번뿐이었으면야……. 나중엔 숫제 자기들 쪽에서 사정 조로 나오더라."

"그래 어머닌 뭐라고 우겼어요?"

나는 아직도 노인의 진심을 모르고 있었다.

"우길 것도 뭣도 없는 일 아니겄냐. 지놈들도 눈깔이 제대로 박힌 인간들인 것인디……. 사정을 해 오면 나도 똑같이 사정을 했더니라. 늙은이도 사람인디 나라고 어디 좋은 집 살고 싶은 맘이 없겄소. 맘으로야 천 번 만 번 우리도 남들같이 기와도 입히고 기둥도 갈아내고 하고는 싶지만 이 집 꼴을 좀 들여다보시오들, 이 오막살이 흙집 꼴에다 어디 기와를 얹고 말 것이 있겄소……."

"그랬더니요?"

"그랬더니 몇 번 더 발길을 스쳐 가더니 그 담엔 흐지부지 말이 없더라. 지놈들도 이 집 꼴을 보면 사정을 모를 청맹과니들이라더냐?"

노인은 그 거칠고 굵은 엄지손가락 끝으로 뜨거운 장죽 끝을 눌러대고 있었다.

"그 친구들 아마 이 동네를 백 퍼센트 지붕 개량으로 모범 마을을 만들고 싶어 그랬던 모양이군요."

나는 왠지 기분이 씁쓸하여 그런 식으로 그만 이야기를 얼버무려 넘기려고 하였다.

그런데 그게 오히려 결정적인 실수였다.

"하기사 그 사람들도 그런 소리들을 하더라. 오늘 밤일을 하고 있는 저 집을 끝내고 나면 이제 이 동네에서 지붕 개량을 안 한 집은 우리하고 저 아랫동네 순심이네 두 집밖엔 안 남는다니까 말이다."

"그래도 동네 듣기 좋은 모범 마을 만들자고 이런 집에까지 꼭 기와를 얹으라 하겠어요."

"그래 말이다. 차라리 지붕에 기와나 도난만 얹으랬으면 우리도 두 눈 딱 감고 한 번 저질러 보고 싶기도 하더라마는, 이런 집은 아예 터부터 성주를 다시 할 집이라 그렇제……."

모범 마을이 꼬투리가 되어서 이야기가 다시 엉뚱한 곳으로 번지고 있었다. 나는 비로소 다시 가슴이 섬짓해 왔다. 하지만 이미 때가 너무 늦고 말았다.

"하기사 말이 쉬운 지붕 개량이제 알속은 실상 새 성주를 하는 집도 여러 집 된단다."

한 번 이야기를 꺼낸 노인이 거기서부터는 새삼 마을 사정을 소상하게 털어놓기 시작했다.

그 지붕 개량 사업이라는 것은 알고 보니 사실 융통성이 꽤나 많은 일이었다. 원칙은 그저 초가지붕을 벗기고 기와나 도단을 얹은 것이었지만, 기와의 하중을 견뎌 내기 위해선 기둥을 몇 개쯤 성한 것으로 갈아 넣어야 할 집들이 허다했다. 그걸 구실로 대부분의 사람들은 성주를 새로 하듯 집들을 터부터 고쳐 지어 버렸다. 노인에게도 물론 그런 권유가 여러 번 들어왔다. 기둥이 허술해서 기와를 못 얹는다는 건 구실일 뿐이었다. 허술한 기둥을 구실로 끝끝내 기와 얹기를 미뤄 온 집이 세 가구가 있었는데 이 날 밤에 또 한 집이 새 성주를 위해서 밤일을 벌이고 있다는 것이었다. 노인이 기와 얹기를 단념한 것은 집 기둥이 너무 허약해서가 아니었다. 노인은 새 성주가 겁이 나 일을 단념할 수밖에 없었던 것이다. 허술한 기둥만 믿을 수가 없었다.

일은 아직도 낙관할 수 없었다. 나는 불시에 다시 그 노인에 대한 나의 빚만을 생각하고 있었다.

노인도 거기서 한동안은 그저 꺼져 가는 장죽불에만 신경을 쏟고 있었다. 하더니 이윽고는 더 이상 소망을 숨기기가 어려운 듯 가는 한숨을 삼키는 것이었다. 그러고는 그 한숨 끝에다 무심결인 듯 덧붙이고 있었다.

"이참에 웬만하면 우리도 여기다 방 한 칸쯤이나 더 늘여 내고 지붕도 도단으로 얹어 버리면 싶긴 하더라만……."

마침내 노인이 당신의 소망을 내비친 것이었다.

"오늘 당할지 내일 당할지 모를 일이기는 하다만, 날짐승만도 못한 목숨이 이리 모질기만 하다 보니 별의별 생각이 다 드는구나. 저런 옷궤 하나도 간수할 곳이 없어 이리 밀치고 저리 밀치다 보면 어떤 땐 그저 일을 저질러 버리고 싶은 생각이 꿀떡 같아지기도 하고……."

노인은 결국 그런 식으로 당신의 소망을 분명히 해 버리고 만 셈이었다. 지금은 아니더라도 적어도 그런 소망을 지녔던 것만은 분명히 한 것이다.

나는 이제 할 말이 없었다. 눈을 감은 채 듣고만 있었다. 노인에 대해선 빚이 없음을 골백번 속으로 다짐하고 있었다.

"이번에는 면에서도 그냥 흐지부지 지나가 주더라만 내년엔 또 이번처럼 어떻게 잠잠해 주기나 할는지. 하기사 면 사람들 무서워 집을 고친다고 할 수도 없는 노릇이제. 늙은이 냄새가 싫어 그런지 그래도 한데서 등짝 붙이고 누울 만한 방 놔두고 밤마다 남의 집으로 잠자릴 얻어 다니는 저것들 에미 꼴도 모른 체하지는 못할 일이니라."

내가 아예 대꾸를 않으니까 노인은 이제 혼잣말 비슷이 푸념을 계속했다. 듣다 보니 그 노인의 머릿속엔 이미 꽤 구체적인 계획표까지 마련되어 있었던 것 같았다.

"나라에서 보조금을 5만원이나 내주겠다. 일을 일단 저지르고 들었더라면 큰돈이야 얼마나 더 들 일이 있었을라더냐……. 남정네가 없어 남들처럼 일손을 구하기가 쉽진 못했겠지만 네 형수가 여름 한철만 밭을 매 주기로 했으면 건넛집 용석이 아배라도 그냥 모른 체하지는 않았을 것이다……."

흙일을 돌볼 사람은 그 용석이 아버지에게 부탁을 하고 기둥을 갈아 낼 나무 가대는 이장네 산에서 헐값으로 몇 개를 부탁해 볼 수가 있었다는 것이다.

노인의 장죽 끝에는 이제 불기가 꺼져 식어 있었다.

노인은 연신 그 불이 꺼진 장죽을 빨아 대면서, 한사코 그 보조금 5만원과 이웃의 도움이 아까워서라도 일을 단념하기가 아쉬웠다는 투였다.

하지만 노인은 그러면서도 끝끝내 내게 대한 주장이나 원망의 빛을 보이진 않았다. 이야기의 형식은 어디까지나 과거의 일로서 그런 생각을 해 봤을 뿐이고, 그럴 뻔했다는 말일 뿐이었다. 그리고 그런 식으로 나에 대해선 어떤 형식으로도 직접적인 부담감을 느끼게 하지 않으려는 식이었다. 말하는 목소리도 끝끝내 그 체념기가 짙은 특유의 침착성을 잃지 않은 채였다.

"하지만 다 소용없는 일이다. 세상일이 그렇게만 같이만 된다면야 나이 먹고 늙은 걸 설워 안 할 사람이 있을라더냐. 나이를 먹으면 애기가 된다더니 이게 다 나이 먹고 늙어 가는 노망기 한 가지제."

종당에는 그 당신의 은밀스런 소망조차도 당신 자신의 실없는 노망기 탓으로 돌리고 있었다.

하지만 나는 이제 노인의 내심을 못 알아볼 리 없었다. 한 마디 말참견도 없이 눈을 감고 잠인 든 체 잠잠히 누워만 있던 아내까지도 그것을 분명히 눈치 채고 있었다.

"당신, 어젯밤 어머니 말씀에 그렇게밖에 응대해 드릴 방법이 없었어요?"

오늘 아침 아내는 마당가로 세숫물을 떠 들고 나왔다가 낮은 소리로 추궁을 해 왔다. 그때 나는 아내에게 그저 쓸데없는 참견 말라는 듯 눈매를 잔뜩 깎아 떠 보였었다. 아내는 그러는 나를 차라리 경멸조로 나무랐다.

"당신은 참 엉뚱한데서 독해요. 늙은 노인네가 가엾지도 않으세요. 말씀이라도 좀 더 따뜻하게 위로를 드릴 수 있었을 텐데 말예요."

아내도 분명 노인의 말뜻을 알아듣고 있었다. 그리고 나보다도 노인의 일을 걱정하고 있었다. 노인에 대한 나의 속마음도 속속들이 모두 읽고 있는 게 당연했다. 내일 아침으로 서둘러 서울로 되돌아가겠노라는 나의 결정에 아내가 은근히 분개하고 나선 것도 그런 사연을 모두 알고 있었기 때문이었다. 한다고 그녀인들 무슨 뾰족한 수가 있을 수가 있는가.

어쨌든 노인이 이제라도 그 집을 새로 짓고 싶어 하고 있는 건 분명했다. 아무래도 알 수가 없는 일이었다. 아닌 게 아니라 나이를 먹으면 노인들은 모두 어린애가 되어 가는 것일까. 노인은 정말로 내게 빚이 없다는 사실을 잊어버리고 만 것일까. 노인의 말처럼 그건 일테면 노망기가 분명했다. 그런 염치도 못 가릴 정도로 노인은 그렇게 늙어 버린 것이었다. 하지만 나는 굳이 노인의 그런 노망기를 원망할 필요도 없었다. 문제는 서로 간의 빚의 문제였다. 노인에 대해 빚이 없다는 사실만이 내게는 중요했다. 염치가 없어져서건 노망을 해서건 노인에 대해 내가 갚아야 할 빚만 없으면 그만인 것이다.

—빚이 있을 리 없지. 절대로! 글쎄 노인도 그걸 알고 있으니까 정면으로는 말을 꺼내지 못하질 않던가 말이다.

어디선가 계속 무덥고 게으른 매미 울음소리가 들려왔다.

나는 비로소 자신을 굳힌 듯 오리나무 그늘에서 몸을 힘차게 일으켜 세웠다. 콩밭 아래로 흘러 뻗은 마을이 눈앞으로 멀리 펼쳐져 나갔다. 거기 과연 아직 초가 지붕을 이고 있는 건 노인네의 그 버섯 모양의 오두막과 아랫동네의 다른 한 채가 전부였다.

—빌어먹을! 그 지붕 개량 사업인지 뭔지 하필 이런 때 법석들이지?

아무래도 심기가 편할 수는 없었다. 나는 공연히 그 지붕 개량 사업 쪽에다 애꿎은 저주를 보내고 있었다.

3

해가 훨씬 기운 다음에야 콩밭을 가로질러 노인의 집 뒤꼍으로 뜰을 들어서려다 보니, 아내는 결국 반갑지 않은 화제를 벌여 놓고 있었다.

"이 나이에 내가 살면 얼마나 더 좋은 세상을 살겄다고 속없이 새 방 들이고 기와지붕을 덮자겄냐……. 집 욕심 때문이 아니라 나 간 뒷일이 안 놓여 그런다……."

뒤꼍에서 안뜰로 발길을 돌아 나서려는데, 장지문을 반쯤 열어젖힌 안방에서 노인의 말소리가 도란도란 흘러나오고 있었다.

"날씨가 선선한 봄가을 철이나, 하다못해 마당에 채일(차일)이라도 치고들 지내는 여름철만 되더라도 걱정이 덜하겄다마는, 한겨울 추위 속에서나 운 사납게 숨이 딸깍 끊어져 봐라. 단칸방 아랫목에다 내 시신 하나 가득 늘여 놓으면 그 일을 어쩔 것이냐."

이번에도 또 그 집에 관한 이야기였다. 노인을 어떻게 위로한다는 것일까. 아니면 아내는 노인의 소망을 더 이상 어떻게 외면할 수가 없도록 노골화시켜 버리고 싶은 것일까.

답답하게 눈치만 보고 도는 나에 대한 아내의 원망은 그토록 뿌리가 깊고 지혜로웠더란 말인가. 노인의 이야기는 아내가 거기까지 유도해 내고 있었던 게 분명했다. 노인은 이제 그 아내 앞에 당신의 집에 대한 소망을 분명한 목소리로 털어 놓고 있었다.

그리고 이젠 당신의 소망에 대한 솔직한 사연을 말하고 있었다. 노인의 그 오랜 체념이 습관과 염치를 방패삼아 어물어물 고비를 지나가려던 내 앞에 노인의 소망이 마침내 노골적인 모습을 드러내 온 것이었다. 노인의 소망은 이미 짐작하고 있었지만, 설마하면 그렇게 분명한 대목까지는 만나게 될 줄을 몰랐던 일이었다. 나는 마치 마지막 희망이 무너진 느낌이었다. 하지만 그 노인의 설명에는 나에게는 마침내 분명해진 것이 있었다. 노인이 갑자기 그 집에 대한 엉뚱한 소망을 지니게 된 당신의 내력이었다. 노인은 아직도 당신의 삶을 위해서는 새삼스런 소망을 지니지 않고 있었다. 노인의 소망은 당신의 사후에 내력이 있었다.

"떠돌아 들어 살아오긴 했어도, 난 이 동네 사람들한테 못할 일은 한 번도 안 해 보고 살아온 늙은이다. 궂은 밥 먹고 궂은 옷 입고 궂은 잠자리 속에 말년을 보냈어도 난 이웃이나 이 동네 사람들한테 궂은소리는 안 듣고 늙어 왔다. 이 소리가 무슨 소린고 하니 나 죽고 나면 그래도 이 동네 사람들, 이 늙은이 주검 위에 흙 한 삽, 뗏장 한 장씩은 덮어 주러 올 거란 말이다. 늙거나 젊거나 그렇게 내 혼백 들여다봐 주러 오는 사람들을 어찌할 것이냐. 사람은 죽어 이웃이 없는 것보다 더 고단한 것도 없는 법인디, 오는 사람 마다할 수 없고 가난하게 간 늙은이가 죽어서라도 날 들여다봐 주러 오는 사람들한테 쓴 소주 한 잔 대접해 보내고 싶은 게 죄가 될 거나. 그래서 그저 혼자서 궁리해 본 일이란다. 숨 끊어지는 날 바로 못 내다 묻으면 주검하고 산 사람들이 방 하나뿐 아니냐. 먼 데서 온 느그들도 그렇고……. 그래서 꼭 찬바람이나 막고 궁둥이 붙여 앉을 방 한 칸만 어떻게 늘여 봤으면 했더니라마는……. 그게 어디 맘 같은 일이더냐. 이도 저도 다 늙고 속없는 늙은이 노망길 테이제……."

노인의 소망은 바로 그 당신의 죽음에 대한 대비에서 비롯된 것이었다.

알 만한 노릇이었다. 살림이 망쪼나고 옛 살던 동네를 나와 떠돌기 시작하면서부터 언제나 당신의 죽음에 대한 대비를 게을리해 오지 않던 노인이었다. 동네 뒷산 양지바른 언덕 아래다 마을 영감 한 분에게 당신의 집터(노인은 당신의 무덤자리를 늘 그렇게 말했다)를 미리 얻어 놓고 겨울철에도 날씨가 좋으면 그곳을 찾아가 햇볕 바래기를 하다가 내려온다던 노인이었다. 노인은 이제 당신의 죽음에 마지막 준비를 서두르고 있는 것이었다. 나는 더 노인의 이야기를 엿듣고 있을 수가 없었다. 발길을 움직여 소리 없이 자리를 피해 버리고 싶었다.

한데 그때였다. 쓸데없는 일에 공연히 감동을 잘 하는 아내가 아무래도 견딜 수가 없어진 모양이었다.

"전에 사시던 집은 터도 넓고 칸 수도 많았다면서요?"

아내가 느닷없이 화제를 바꾸고 나섰다. 별달리 노인을 달랠 말이 없으니까, 지나간 일이나마 그렇게 넓게 살던 옛집의 기억을 상기시켜서라도 노인을 위로하고 싶어진 것이리라. 그것은 노인도 한 때 번듯한 집 살림을 해 온 기억을 되돌이키게 해서 기분을 바꿔 드리고 싶어서이기도 했겠지만, 그 외에도 그것은 또 언제나 가난한 살림만을 보고 가게 하는 부끄러운 며느리 앞에 당신의 자존심을 얼마간이나마 되살려내게 할 가외의 효과도 있을 수 있었다. 어쨌거나 나는 당분간 다시 자리를 피할 필요가 없어지고 있었다.

"옛날 살던 집이야, 크고 넓었제. 다섯 칸 겹집에다 앞뒤 터가 운동장이었더니라……. 하지만 이제 와서 그게 다 무슨 소용이냐. 남의 집 된 지가 20년이 다 된 것을……."

"그래도 어머님은 한때 그런 좋은 집도 살아 보셨으니 추억은 즐거운 편이 아니시겠어요? 이 집이 답답하고 짜증나실 땐 그런 기억이라도 되살려 보세요."

"기억이나 되살려서 어디다 쓰게야. 새록새록 옛날 생각이 되살아나다 보면 그렇지 않아도 심사가 어지러운 것을."

"하긴 그것도 그러실 거예요. 그렇게 넓은 집에 사셨던 생각을 하시면 지금 사시는 형편이 더 짜증스러워지기도 하시겠죠. 뭐니 뭐니 해도 지금 형편이 이렇게 비좁은 단칸방 신세가 되고 마셨으니 말씀예요……."

노인과 아내는 잠시 그렇게 위론지 넋두린지 분간이 가지 않는 소리들을 주고받고 있었다. 한동안 그렇게 오가는 이야기를 듣다 보니, 나는 그 아내의 동기가 다시 조금씩 의심스러워지고 있었다. 아내의 말투는 그저 노인을 위로하기 위해서가 아니었다. 노인을 위로해 드리기는커녕 심기만 점점 더 불편스럽게 하고 있었다. 노인에게 옛집을 상기시켜 드리는 것은 당신의 불편스런 심기를 주저앉히기보다 오늘을 더욱 더 비참스럽게 느끼게 만들고 있었다. 집을 고쳐 짓고 싶은 그 은밀스런 소망을 자꾸만 밖으로 후벼 대고 있었다. 아내의 목적은 차라리 그쪽에 있었던 것 같았다.

아내에 대한 나의 판단은 과연 크게 빗나가지 않았다.

"방이 이렇게 비좁은데 그럼 어머니, 이 옷장이라도 어디 다른 데로 좀 내놓을 수 없으세요? 이 옷장을 들여놓으니까 좁은 방이 더 비좁지 않아요."

아내는 마침내 내가 가장 거북스럽게 시선을 피해 오던 곳으로 화제를 끌어들이고 있었다.

바로 그 옷궤 이야기였다. 17, 8년 전, 고등학교 일 학년 때였다. 술버릇이 점점 사나와져 가던 형이 전답을 팔고 선산을 팔고, 마침내는 그 아버지 때부터 살아온 집까지 마지막으로 팔아 넘겼다는 소식이 들려왔다. K시에서 겨울방학을 보내고 있던 나는 도대체 일이 어떻게 되어 가는지 알아보고 싶어 옛 살던 마을을 찾아가 보았다. 집을 팔아 버렸으니 식구들을 만나게 될 기대는 없었지만, 그래도 달리 소식을 알아 볼 곳이 없었기 때문이었다. 어스름을 기다려 살던 집골목을 들어서니 사정은 역시 K시에서 듣고 온 대로였다. 집은 텅텅 비어진 채였고 식구들은 어디론지 간 곳이 없었다. 나는 다시 골목 앞에 살고 있던 먼 친척 간 누님을 찾아갔다. 그런데 그 누님의 말을 들으니, 노인이 뜻밖에 아직 나를 기다리고 있다는 것이었다.

"여기가 어디냐. 네가 누군디 내 집 앞 골목을 이렇게 서성대고 있어야 하더란 말이냐."

한참 뒤에 어디선가 누님의 소식을 듣고 달려온 노인이 문간 앞에서 어정어정 망설이고 있는 나를 보고 다짜고짜 나무랐다. 행여나 싶은 마음으로 노인을 따라 문간을 들어섰으나 집이 팔린 것은 분명해 보였다.

그날 밤 노인은 옛날과 똑같이 저녁을 지어 내왔고, 거기서 하룻밤을 함께 지냈다. 그리고 이튿날 새벽 일찍 K시로 나를 다시 되돌려 보냈다. 나중에야 안 일이지만 노인은 거기서 마지막으로 내게 저녁밥 한 끼를 지어 먹이고 당신과 하룻밤을 재워 보내고 싶어, 새 주인의 양해를 얻어 그렇게 혼자서 나를 기다리고 있었다는 것이었다. 언젠가 내가 다녀갈 때까지는 내게 하룻밤만이라도 옛집의 모습과 옛날의 분위기 속에 자고 가게 해 주고 싶어서였는지 모른다. 하지만 문간을 들어설 때부터 집 안 분위기는 이사를 나간 빈집이 분명했었다.

한데도 노인은 그때까지 매일같이 그 빈집을 드나들며 먼지를 털고 걸레질을 해 온 것이었다. 그리고 그때 노인은 아직 집을 지켜 온 흔적으로 안방 한쪽에다 이불 한 채와 옷궤 하나를 예대로 그냥 남겨 두고 있었다.

이튿날 새벽 K시로 다시 길을 나설 때서야 비로소 집이 팔린 사실을 시인해 온 노인의 심정으로는 그날 밤 그 옷궤 한 가지나마 옛집 살림살이의 흔적으로 남겨서 나의 괴로운 잠자리를 위로하고 싶었음이 분명했던 것이다. 그러한 내력이 숨겨져 온 옷궤였다.

떠돌이 살림에 다른 가재도구가 없어서도 그랬겠지만, 이 20년 가까이를 노인이 한사코 함께 간직해 온 옷궤였다. 그만큼 또 나를 언제나 불편스럽게 만들어 온 물건이었다. 노인에게 빚이 없음을 몇 번씩 스스로 다짐하고 있다가도 그 옷궤만 보면 무슨 액면가 없는 빚 문서를 만난 듯 기분이 새삼 꺼림칙스러워지곤 하던 물건이었다.

이번에도 물론 마찬가지였다. 노인의 방을 들어선 순간에 벌써 기분을 불편스럽게 해 오던 옷궤였다. 그리고 끝내는 이틀 밤을 못 넘기고 길을 다시 되돌아갈 작정을 내리게 한 것도 알고 보면 바로 그 옷궤의 허물이 컸을지 모른다.

아내도 물론 그 옷궤에 관한 내력을 내게서 들을 만큼 듣고 있었다. 아내가 옷궤의 내력을 알고 있는 여자라면, 그 옷궤에 관한 나의 기분도 짐작을 못할 그녀가 아니었다. 더욱이 내가 바깥에서 두 사람의 이야기를 엿듣고 잇는 걸 알고서 그랬을 수도 있었다.

나는 어느새 그 콧속을 후비는 못된 버릇이 되살아날 만큼 긴장을 하고 있었다. 생각지도 않았던 곳에서 갑자기 묵은 빚 문서가 튀어나올 것 같은 조마조마한 기분이었다. 노인이 치사하게 그 묵은 빚 문서로 나를 궁지에 몰아넣으려 덤빌 수도 있었다.

—그래 보라지. 누가 뭐래도 내겐 절대로 빚진 게 없으니까. 그래 본들 없는 빚이 생길 리가 있을라구.

나는 거의 기구를 드리듯 눈을 감고 기다렸다.

하지만 다행스러운 것은 아직도 그 무심스러워 보이기만 한 노인의 대꾸였다.

"옷궤를 내놓으면 몸에 걸칠 옷가지는 다 어디다 간수하고야? 어디다 따로 내놓을 데가 있는 것도 아니지만, 그걸 어디다 내놓을 데가 생긴다고 해도 그것 말고는 옷가지 나부랑일 간수해 둘 데는 있어얄 것 아니냐."

알고 그러는지 모르고 그러는지 노인은 그리 그 옷궤 쪽에는 신경을 쓰고 있지 않은 것 같았다.

"옷이야 어떻게 못을 박아 걸더라도, 사람이 우선 좀 발이라도 뻗고 누울 자리가 있어야잖아요. 이건 뭐 사람보다도 옷장을 모시는 꼴이지 뭐예요."

아내는 거의 억지를 부리고 있었다.

옷궤에 대한 노인의 집착심을 시험에 보기 위한 수작임이 분명했다.

하지만 노인의 반응은 여전히 의연했다.

"그건 네가 모르는 소리다. 그 옷궤라도 하나 없으면 이 집을 누가 사람 사는 집이라 할 수 있겄냐. 사람 사는 집 흔적으로 해서라도 그건 집 안에 지녀야 할 물건이다."

"어머님은 아마 저 옷장에 그럴 만한 사연이 있으신가 보군요. 시집오실 때 해오신 건가요?"

노인의 나이가 너무 높다 보니 아내는 때로 그 노인 앞에 손주딸처럼 버릇이 없어지기도 했지만, 이번에는 숫제 장난기 한가지였다.

"내력은 무슨……."

노인은 이제 그것으로 그만 입을 다물어 버리고 말았다. 옷궤 이야기는 더 이상 들추고 싶지가 않은 모양이었다.

하지만 아내도 이젠 그쯤에서 호락호락 물러설 여자가 아니었다. 노인이 입을 다물어 버리자 아내도 그만 거기서 할 말을 잃은 듯 잠시 침묵을 지키고 있더니 이윽고는 다시 공세를 펴기 시작했다.

"하긴 어쨌거나 어머님 마음이 편하진 못하시겠어요. 뭐니 뭐니 해도 옛날에 사시던 집을 지켜 오시는 게 최선이었는데 말씀예요. 도대체 그 집은 어떻게 해서 팔리게 되었어요?"

다시 그 집 얘기였다. 그 역시 모르고 묻는 소리가 아니었다. 아내는 그 옷궤의 내력과 함께 집이 팔리게 된 사정에 대해서도 모두 알고 있었다 하면서도 그녀는 다시 노인에게 그것을 되풀이시키려 하고 있었다. 옷궤를 구실로 그 노인의 소망을 유인해 내려는 그녀 나름의 노력의 연장이었다.

하지만 노인의 태도도 아직은 아내에 못지않게 끈질긴 데가 있었다.

"집이 어떻게 팔리기는……. 안 팔아도 좋은 집을 장난삼아서 팔았을라더냐. 내 집 지니고 살 팔자가 못 돼 그리 된 거제……."

알고도 묻는 소릴 노인은 또 노인대로 내력을 얼버무려 넘기려고 하였다.

"그래도 사정은 있었을 게 아녜요? 그 집을 지을 때 돌아가신 아버님이 몹시 고생을 하셨다고 하던데요."

"집이야 참 어렵게 장만한 집이었지야. 남같이 한 번에 지어 올린 집이 아니고 몇 해에 걸쳐서 한 칸씩 두 간씩 살림 형편 좇아서 늘여 간 집이었더니라. 그렇게 마련한 집이 결국은 내 집이 못 되고……. 그런다고 이제 그런 소린 해서 다 뭣을 하겄냐. 어차피 내 집이 못 될 운수라 그리 된 일을 이런 소리 곱씹는다고 팔려 간 집 다시 내 집이 되어 돌아올 것도 아니고."

"하지만 그리 어렵게 장만한 집이라 애석한 생각이 더할 게 아녜요. 지금 형편도 그럴 수밖에 없고요. 어떻게 되어 그리 되고 말았는지 그때 사정이라도 좀 말씀해 보세요."

"그만둬라. 다 소용없는 일이다. 이제는 그럭저럭 세월이 흘러서 기억도 많이 희미해진 일이고……."

한사코 이야기를 피하려는 노인에게 아내는 마침내 마지막 수단을 동원하고 있었다.

"좋아요. 어머님께선 아마 지난 일로 저까지 공연히 속을 상하게 할까 봐 그러시는 모양인데요. 그래도 별로 소용이 없으세요. 저도 사실은 이야기를 대강 다 들어 알고 있단 말씀예요."

"이야기를 들어? 누구한테서?"

노인이 비로소 조금 놀라는 기미였다.

"그야 물론 저 사람한테지요."

노인의 물음에 아내가 대답했다. 눈에는 보이지 않았지만, 밖에서 엿듣고 있는 나를 지목한 말투가 분명했다. 짐작대로 그녀는 벌써부터 내가 밖에서 엿듣고 있는 낌새를 알아차리고 있었음이 분명했다.

"제가 알고 있는 건 그 집을 팔게 된 사정뿐만도 아니에요. 어머님께서 저 사람한테 그 팔려 간 집에서 마지막 밤을 지내게 해 주신 일도 모두 알고 있단 말씀예요. 모른 척하고 있기는 했지만 저 옷장 말씀예요. 그날 밤에도 어머님은 저 헌 옷장 하나를 집 안에다 아직 남겨 두고 계셨더라면서요. 아직도 저 사람한테 어머님이 거기서 살고 계신 것처럼 보이시려고 말씀이에요."

아내는 차츰 목소리가 떨려 나오고 있었다.

"그렇담 어머님, 이제 좀 속 시원히 말씀해 보세요. 혼자서 참아 넘기시려고만 하지 마시고 말씀이라도 하셔서 속을 후련히 털어놔 보시란 말씀이에요. 저흰 어머님 자식들 아닙니까. 자식들한테까지 어머님은 어째서 그렇게 말씀을 참아 넘기시려고만 하세요."

아내의 어조는 이제 거의 울먹임에 가까웠다.

노인도 이젠 어찌할 수가 없는지, 한동안 묵묵히 대꾸가 없었다.

나는 온통 입 안의 침이 다 마르고 있었다. 노인의 대꾸가 어떻게 나올지 숨도 못 쉰 채 당신의 다음 말만 기다리고 있었다.

하지만 그 아내나 나의 조바심하고는 아랑곳도 없이 노인은 끝내 내 심기를 흩뜨리지 않았다.

"그래 그 아그(아이)도 어떻게 아직 그날 밤 일을 잊지 않고 있더냐?"

"그래요. 그리고 그날 밤 어머님은 저 사람이 집을 못 들어가고 서성대고 있으니까 아직도 그 집이 안 팔린 것처럼 저 사람을 안으로 데려다가 저녁까지 한 끼 지어 먹이셨다면서요?"

"그럼 됐구나. 그렇게 죄다 알고 있는 일을 뭐 하러 한사코 나한테 되뇌게 하려느냐."

"저 사람은 벌써 잊어 가고 있거든요. 저 사람한테선 진짜 얘기를 들을 수도 없고요. 사람이 독해서 저 사람은 그런 일 일부러 잊어요. 그래 이번엔 어머님한테서 진짜 이야길 듣고 싶은 거예요. 저 사람 얘기 말고 어머님의 그날 밤 진짜 심경을 말씀이에요."

"심정이나마나 저하고 별다른 대목이 있었을라더냐. 사세 부득해서 팔았다곤 하지만 아직은 그래도 내 발길이 끊이지 않은 집인데, 그 집을 놔두고 그 아그가 그래 발길을 주춤주춤 어정대고 서 있더구나……."

아내의 성화를 견디다 못해 노인은 결국, 마지못한 어조로 그날 밤 일을 돌이키고 있었다. 어조에는 아직도 그날 밤의 심사가 조금도 실려 있지 않은 체였다.

"그래 저를 나무래서 냉큼 집 안으로 데리고 들어갔더니라. 그리고 더운 밥 지어 먹여서 그 집에서 하룻밤을 재워 가지고 동도 트기 전에 길을 되돌려 떠나보냈더니라."

"그래 그때 어머님 마음이 어떠셨어요?"

"마음이 어떻기는야. 팔린 집이나마 거기서 하룻밤 저 아그를 재워 보내고 싶어 싫은 골목 드나들며 마당도 쓸고 걸레질도 훔치며 기다려 온 에미였는디, 더운 밥 해 먹이고 하룻밤을 재우고 나니 그만만 해도 한 소원은 우선 풀린 것 같더구나."

"그래 어머님은 흡족한 기분으로 아들을 떠나 보내셨다는 그런 말씀이시겠군요. 하지만 정말로 그게 그렇게 될 수가 있었을까요? 어머님은 정말로 그렇게 흡족한 마음으로 아들을 떠나보내실 수 있으셨을까 말씀이에요. 아들은 다시 학교로 돌아가는 길이었다 하더라도 어머님 자신은 그때 변변한 거처 하나 마련해 두시질 못하셨을 처지에 말씀이에요."

"나더러 또 무슨 이야길 더하라는 것이냐."

"그때 아들을 떠나보내실 때 어머님 심경을 듣고 싶어요. 객지 공부 가는 어린 아들을 그런 식으로 떠나보내시면서 어머님 자신도 거처가 없이 떠도셔야 했던 그때 처지에서 어머님이 겪으신 심경을 말씀예요."

"그만두거라. 다 쓸데없는 노릇이니라. 이야기를 한들 그때 마음이야 네가 어찌 다 알아들을 수가 있겠냐."

노인은 다시 이야기를 사양했다.

그러나 그 체념기가 완연한 노인의 어조에는 아직도 혼자 당신의 맘속으로만 지녀 온 어떤 이야기가 남아 있을 거 같았다.

나는 이제 더 이상 기다리고 있을 수가 없었다. 아내는 그런 나의 기미를 눈치채고 있었다 하더라도 노인만은 아직 그걸 알지 못하고 있었다. 노인의 말을 그쯤에서 그만 중단시켜야 했다. 아내가 어떻게 나온다 하더라도 내게까지 그것을 알게 하고 싶지는 않을 노인이었다. 내 앞에선 더 이상 노인의 이야기가 계속될 수가 없었다.

나는 이윽고 헛기침을 한 번 하고서 그 노인의 눈길이 닿고 있는 장지문 앞으로 모습을 불쑥 드러내고 나섰다.

4

위험한 고비는 그럭저럭 모두 지나가고 있었다.

저녁상을 들일 때 노인은 언제나처럼 막걸리 한 되를 가져오게 하였다. 형의 술버릇 때문에 집안 꼴이 그 지경이 되었는데도 노인은 웬일로 내게 술 걱정을 그리 하지 않았다. 집에만 가면 당신이 손수 막걸리 한 되씩을 미리 마련해다 주곤 하였다.

—한잔 마시고 잠이나 자거라.

그러면서 언제나 잠을 자기를 권하는 것이었다.

이날 저녁도 마찬가지였다.

"그래, 정 내일 아침으로 길을 나설라냐?"

저녁상이 들어왔을 때 노인은 그렇게 조심스런 목소리로 나의 내심을 한 번 더 떠왔을 뿐이었다.

"가야 할 일이 있으니까 가겠다는 거 아니겠어요."

나는 노인에게 공연히 짜증기가 치민 목소리로 퉁명스럽게 대꾸했다.

노인은 그것으로 그만이었다.

"그래 알았다. 저녁하고 술이나 한잔하고 일찍 쉬거라."

아침부터 먼 길을 나서려면 잠이라도 일찍 자 두라는 것이었다. 나는 말없이 노인을 따랐다. 저녁 겸해서 술 한 되를 비우고 그리고 술기를 못 견디는 사람처럼 일찌감치 잠자리를 펴고 누었다.

형수님이 조카들을 데리고 잠자리를 찾아 나가자 이날 밤도 우리는 세 사람 합숙이었다.

어쨌거나 이제 위태로운 고비는 그럭저럭 거의 다 넘겨 가는 셈이었다. 눈을 붙였다. 깨고 나면 그것으로 모든 건 끝나는 것이었다. 지붕이고 옷궤고 더 이상 신경을 쓸 일이 없어진다. 노인에게 숨겨진 빚 문서가 있을까. 하지만 이날 밤만 무사히 넘기고 나면 노인의 어떤 빚 문서도 그것으로 영영 휴지가 되는 것이다.

—잠이나 자자. 빚이고 뭐고 잠들면 그만이다. 노인에게 빚은 내가 무슨 빚이 있단 말인가…….

나는 제법 홀가분한 기분으로 눈을 감고 잠을 청했다. 술기 탓인지 알알한 잠기운이 이내 눈꺼풀을 덮어 왔다.

그러게 얼마쯤 아늑한 졸음기 속을 헤매고 난 때였을까. 나는 웬일인지 문득 잠기가 서서히 엷어져 가고 있었다. 그리고 아직도 그 어렴풋한 선잠기 속에 도란도란 조심스런 노인의 말소리가 들려오고 있었다.

"그날 밤사말로 갑자기 웬 눈이 그리도 많이 내렸던지 잠을 잤으면 얼마나 잤겠느냐마는 그래도 잠시 눈을 붙였다가 새벽녘에 일어나 보니 바깥이 왼통 환한 눈

천지더구나……. 눈이 왔더라도 어쩔 수가 있더냐. 서둘러 밥 한술씩을 끓여다가 속을 덥히고 그 눈길을 서둘러 나섰더니라…….”

나는 다시 정신이 번쩍 들고 말았다. 어찌된 일인지 노인이 마침내 그날 밤 이야기를 아내에게 가닥가닥 털어놓고 있는 중이었다.

“처지가 떳떳했으면 날이라도 좀 밝은 다음에 길을 나설 수 있었으련만, 그땐 어찌 그리 처지가 부끄럽고 저주스럽기만 했던지……. 그래 할 수 없이 새벽 눈길을 둘이서 나섰지만, 사오 리나 되는 장처 차부까지 산길이 멀기는 또 얼마나 멀더라냐.”

기억을 차근차근 더듬어 나가고 있는 노인의 몽롱한 목소리는 마치 어린 손주 아이에게 옛 얘기라도 들려주고 있는 할머니의 그것처럼 아늑한 느낌마저 깃들고 있었다.

아내가 결국엔 노인을 거기까지 유도해냈음이 분명했다.

—이야기를 한들 네가 어찌 다 알아들을 수가 있겠냐…….

낮결에 노인이 말꼬리를 한 가닥 깔고 넘은 기미를 아내가 무심히 들어 넘겼을 리 없었다.

그날 밤—아니 그날 새벽—아내에겐 한 번도 들려준 일이 없는 그날 새벽의 서글픈 동행을, 나 자신도 한사코 기억의 피안으로 사라져가 주기를 바라 오던 그 새벽의 눈 길의 기억을 노인은 이제 받아낼 길이 없는 묵은 빚 문서를 들추듯 허무한 목소리로 되씹고 있었다.

“날은 아직 어둡고 산길은 험하고, 미끄러지고 넘어지면서도 차부까지는 그래도 어떻게 시간을 대어 갈 수가 있었구나…….”

이야기를 듣고 있는 나의 머릿속에도 마침내 그날의 정경이 손에 닿을 듯 역력히 떠올랐다. 어린 자식놈의 처지가 너무도 딱해서였을까. 아니 어쩌면 노인 자신의 처지까지도 그 밖엔 달리 도리가 없었을 노릇이었는지 모른다. 동구 밖까지만 바래다주겠다던 노인은 다시 마을 뒷산의 잿길까지만 나를 좀 더 바래주마 우겼고, 그 잿길을 올라선 다음에는 새 신작로가 나설 때까지만 산길을 함께 넘어가자 우겼다. 그럴 때마다 한 차례씩 애시린 실랑이를 치르고 나면 노인과 나는 더 이상 할 말이 있을 수가 없었다. 아닌 게 아니라 날이라도 좀 밝은 다음이었으면 좋았겠는데, 날이 밝기를 기다려 동네를 나서는 건 노인이나 나나 생각을 않았다. 그나마 그 어둠을 타고 마을을 나서는 것이 노인이나 나나 마음이 편했다. 노인의 말마따나 미끄러지고 넘어지면서, 내가 미끄러지면 노인이 나를 부축해 일으키고, 노인이 넘어지면 내가 당신을 부축해 가면서, 그렇게 말없이 신작로까지 나섰다. 그러고도 아직 그 면소 차부까지는 길이 한참이나 남아 있었다. 나는 결국 그 면소 차부까지도 노인과 함께 신작로를 걸었다.

아직도 날이 밝기 전이었다.

하지만 그러고 우리는 어찌 되었던가.

나는 차를 타고 떠나가 버렸고, 노인은 다시 그 어둠 속의 눈길을 되돌아선 것이다.

내가 알고 있는 건 거기까지 뿐이었다.

노인이 그 후 어떻게 길을 되돌아갔는지는 나로서도 아직 들은 바가 없었다. 노인을 길가에 혼자 남겨 두고 차로 올라서 버린 그 순간부터 나는 차마 그 노인을 생각하기 싫었고, 노인도 오늘까지 그날의 뒷얘기는 들려준 일이 없었다. 한데 노인은 웬일로 오늘에사 그날의 기억을 끝까지 돌이키고 있었다.

"어떻게 어떻게 장터거리로 들어서서 차부가 저만큼 보일 만한 데까지 가니까 그때 마침 차가 미리 불을 켜고 차부를 나오는구나. 급한 김에 내가 손을 휘저어 그 차를 세웠더니, 그래 그 운전수란 사람들은 어찌 그리 길이 급하고 매정하기만 한 사람들이더냐. 차를 미처 세우지도 덜하고 덜크렁덜크렁 눈 깜짝할 사이에 저 아그를 훌쩍 실어 담고 가 버리는구나."

"그래서 어머님은 그때 어떻게 하셨어요?"

잠잠히 입을 다문 채 듣고만 있던 아내가 모처럼 한 마디를 끼어들고 있었다.

나는 갑자기 다시 노인의 이야기가 두려워지고 있었다. 자리를 차고 일어나 다음 이야기를 가로막고 싶었다. 하지만 나는 이미 그럴 수가 없었다. 사지가 말을 들어주지 않았다. 온몸이 마치 물을 먹은 솜처럼 무겁게 가라앉아 있었다. 몸을 어떻게 움직여 볼 수가 없었다. 형언하기 어려운 어떤 달콤한 슬픔, 달콤한 피곤기 같은 것이 나를 아늑히 감싸 오고 있었다.

"어떻게 하기는야. 넋이 나간 사람마냥 어둠 속에 한참이나 찻길만 바라보고 서 있을 수밖에야……. 그 허망한 마음을 어떻게 다 말할 수가 있을 거나……."

노인은 여전히 옛 얘기를 하듯 하는 그 차분하고 아득한 음성으로 그날의 기억을 더듬어 나갔다.

"한참 그러고 서 있다 보니 찬바람에 정신이 좀 되돌아오더구나. 정신이 들어 보니 갈 길이 새삼 허망스럽지 않았겄냐. 지금까진 그래도 저하고 나하고 둘이서 함께 헤쳐 온 길인데 이참에는 그 길을 늙은 것 혼자서 되돌아서려니……. 거기다 아직도 날은 어둡지야……. 그대로는 암만해도 길을 되돌아설 수가 없어 차부를 찾아 들어갔더니라. 한 식경이나 차부 안 나무 걸상에 웅크리고 앉아 있으려니 그 제사 동녘 하늘이 훤해져 오더구나……. 그래서 또 혼자 서두를 것도 없는 길을 서둘러 나섰는디, 그때 일만은 언제까지도 잊혀질 수가 없을 것 같구나."

"길을 혼자 돌아가시던 그때 일을 말씀이세요?"

"눈 길을 혼자 돌아가다 보니 그 길엔 아직도 우리 둘 말고는 아무도 지나간 사람이 없지 않았겄냐. 눈발이 그친 신작로 눈 위에 저하고 나하고 둘이 걸어온 발자국만 나란히 이어져 있구나."

"그래서 어머님은 그 발자국 때문에 아들 생각이 더 간절하셨겠네요."

"간절하다뿐이었겄냐. 신작로를 지나고 산길을 들어서도 굽이굽이 돌아온 그 몹쓸 발자국들에 아직도 도란도란 저 아그의 목소리나 따뜻한 온기가 남아 있는 듯만 싶었제. 산비둘기만 푸르륵 날아올라도 저 아그 넋이 새가 되어 다시 되돌아오는 듯 놀라지고, 나무들이 눈을 쓰고 서 있는 것만 보아도 뒤에서 금세 저 아그 모습이 뛰어나올 것만 싶었지야. 하다 보니 나는 굽이굽이 외지기만 한 그 산길을 저 아그 발자국만 따라 밟고 왔더니라. 내 자석아, 내 자석아, 너하고 둘이 온 길을 이제는 이 몹쓸 늙은 것 혼자서 너를 보내고 돌아가고 있구나!"

"어머님 그때 우시지 않았어요?"

"울기만 했겄냐. 오목오목 디뎌 논 그 아그 발자국마다 한도 없는 눈물을 뿌리며 돌아왔제. 내 자석아, 내 자석아, 부디 몸이나 성히 지내거라. 부디부디 너라도 좋은 운 타서 복 받고 살거라……. 눈앞이 가리도록 눈물을 떨구면서 눈물로 저 아그 앞길만 빌고 왔제……."

노인의 이야기는 이제 거의 끝이 나 가고 있는 것 같았다. 아내는 이제 할 말을 잊은 듯 입을 조용히 다물고 있었다.

"그런디 그 서두를 것도 없는 길이라 그렁저렁 시름없이 걸어온 발걸음이 그래도 어느 참에 동네 뒷산을 당도해 있었구나. 하지만 나는 그 길로는 차마 동네를 바로 들어설 수가 없어 잿등 위에 눈을 쓸고 아직도 한참이나 시간을 기다리고 앉아 있었더니라……."

"어머님도 이젠 돌아가실 거처가 없으셨던 거지요."

한동안 조용히 입을 다물고 있던 아내가 이제 더 이상 참을 수가 없어진 듯 갑자기 노인을 추궁하고 나섰다. 그녀의 목소리는 이제 울먹임 때문에 떨리고 있었다.

나 역시도 이젠 더 이상 노인을 참을 수가 없었다. 이제나마 노인을 가로막고 싶었다. 아내의 추궁에 대한 그 노인의 대꾸가 너무도 두려웠다. 노인의 대답을 들을 수가 없었다. 하지만 그 역시도 불가능한 일이었다.

나는 아직도 눈을 뜰 수가 없었다. 불빛 아래 눈을 뜨고 일어날 수가 없었다. 사지가 마비된 듯 가라앉아 있는 때문만이 아니었다. 졸음기가 아직 아쉬워서도 아니었다. 눈꺼풀 밑으로 뜨겁게 차오르는 것을 아내와 노인 앞에 보일 수가 없었다. 그것이 너무도 부끄러웠기 때문이었다. 아내는 이번에도 그러는 나를 알고 있었던 것 같았다.

"여보, 이젠 좀 일어나 보세요. 일어나서 당신도 말을 좀 해 보세요."

그녀가 느닷없이 나를 세차게 흔들어 깨웠다. 그녀의 음성은 이제 거의 울부짖음에 가까웠다. 그래도 나는 일어날 수가 없었다. 뜨거운 것을 숨기기 위해 눈꺼풀을 꾹꾹 눌러 참으면서 내처 잠이 든 척 버틸 수밖에 없었다.

음성이 아직 흐트러지지 않고 있는 건 오히려 그 노인뿐이었다.

"가만 두거나. 아침 길 나서기도 피곤할 것인디 곤하게 자고 있는 사람 뭣 하러 그러냐."

노인은 일단 아내의 행동을 말려 두고 나서 아직도 그 옛 얘기를 하는 듯한 아득하고 차분한 음성으로 당신의 남은 이야기를 끝맺어 가고 있었다.

"그런디 이것만은 네가 잘못 안 것 같구나. 그때 내가 뒷산 잿등에서 동네를 바로 들어가지 못하고 있었던 일 말이다. 그건 내가 갈 데가 없어 그랬던 건 아니란다. 산 사람 목숨인데 설마 그때라고 누구네 문간방 한 칸이라도 산 몸뚱이 깃들일 데 마련이 안 됐겠냐. 갈 데가 없어서가 아니라 아침 햇살이 활짝 퍼져 들어 있는디, 눈에 덮인 그 우리 집 지붕까지도 햇살 때문에 볼 수가 없더구나. 더구나 동네에선 아침 짓는 연기가 한참인디 그렇게 시린 눈을 해 갖고는 그 햇살이 부끄러워 차마 어떻게 동네 골목을 들어설 수가 있더냐. 그놈의 말간 햇살이 부끄러워서 그럴 엄두가 안 생겨나더구나. 시린 눈이라도 좀 가라앉히고자 그래 그러고 앉아 있었더니라……."

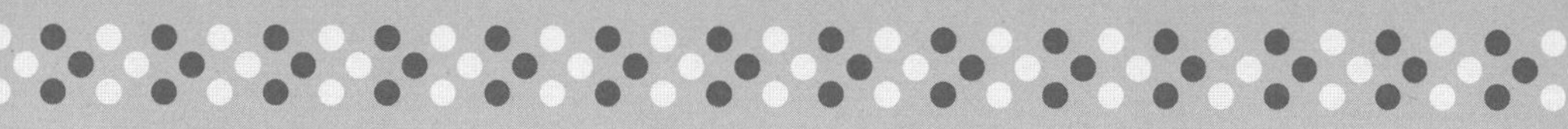

줄거리

모처럼 휴가를 얻은 '나'는 아내와 함께 시골에 계신 늙은 어머니를 찾아간다. 형의 주벽으로 잘살았던 집이 남에게 넘어간 지 이미 오래고 어머니와 형수, 조카들만이 조그만 집에서 살고 있다. 형이 죽은 뒤 나는 부모에게 아무런 도움도 받지 않고 자수성가했다고 생각하기에 어머니의 사랑과 관심을 애써 외면했다. 그래서 어머니가 집의 지붕을 고쳤으면 한다는 말도 무시한 채 내일 아침 일찍 올라가겠다고 말한다.

그런데 아내는 나의 이런 태도가 못마땅했는지, 어머니에게 자꾸 옛날이야기를 캐내 물었다. 어머니의 회상에 따르면, 학창 시절 타지에서 학교를 다니던 나는 형의 주벽으로 집이 남에게 넘어갔다는 소식을 듣고 사실 확인을 위해 고향을 찾았다. 어머니는 이미 남의 집이 되어 버린 시골집에서 내가 오기만을 기다렸다. 그리고 나에게 밥을 차려 준 뒤 편히 쉬어 갈 수 있도록 해 주었다. 다음 날 이른 새벽 하얗게 쌓인 눈 길을 따라 나를 면소 차부까지 배웅한 뒤 홀로 쓸쓸한 마음을 이끌고 아들이 남긴 발자국을 거꾸로 되밟아가며 아들의 행복을 빌었다는 어머니.

이 이야기를 들은 아내는 울먹였고, 이야기를 하는 내내 이불 속에서 자는 척하고 있던 나도 울음을 참느라 애썼다. 어머니의 사랑을 깨달은 순간이었다.

감상 포인트

이청준 문학의 밑바닥에는 늘 '가난'과 '부끄러움'에 대한 의식이 깔려 있다. 이 작품에서도 가난한 부모 때문에 자수성가했다고 믿는 나, 그리고 집안의 불행이나 재앙이 모두 자신의 덕 없음과 박복에 의한 것이라고 믿으며 부끄러워하는 어머니가 등장해 '가난'과 '부끄러움'이라는 자신들의 내면적 상처를 보여 주고 있다.

이 작품은 주인공인 '나'가 자신의 고향을 찾아가 체험한 사건들을 독자에게 전달하는 '귀향형 소설'의 구조를 취하고 있다. 귀향형 소설은 일반적으로 '도시를 떠나 귀향 → 고향에서의 체험 → 도시 현실로의 복귀'의 구조를 취한다. 이 작품 또한 '나'가 아내와 함께 어머니가 살고 계신 고향에 내려가 경험하게 되는 이야기를 중심으로 서술되고 있는 만큼 귀향형 소설이라고 할 수 있다.

한마디로, 이 작품은 외형적으로 눈에 보이는 현실을 추구하기보다 눈에 보이지 않는 감추어진 세계를 끊임없이 추구하는 이청준의 작품 세계를 잘 드러내고 있다. 특히 이 작품에서 가장 중요한 부분은 잠자리에서 어머니와 아내가 나누는 이야기로, 이를 통해 그동안 외면했던 어머니의 사랑을 뒤늦게 깨닫게 되면서 심정적으로 화해하게 된다는 주제 의식을 표출하고 있다.

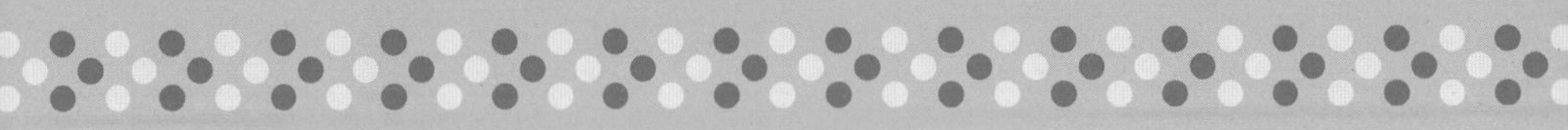

등장인물

- 어머니 : 자식에 대한 사랑은 지극하지만, 집안의 영광을 지키지 못한 것과 자식 뒷바라지를 제대로 못한 것에 대한 자책감으로 자식에게 말 한마디 속 시원하게 하지 못하는 인물이다. 가난하고 고달픈 삶을 살아오면서도 자식에 대한 한결같은 사랑을 간직하고 있다.
- 나 : 부모가 자신에게 물질적 도움을 주지 못해 자수성가했다고 믿는다. 자식 뒷바라지를 못한 어머니나 자식 노릇을 안 하는 자신이나 마찬가지라는 생각을 가진 이기적인 인물이다.
- 아내 : 이야기 전개에 있어서 중요한 인물로, 시어머니와 남편 사이의 교량 구실을 한다.

'옷궤'의 상징적 의미

'상징'이란 문학적 표현의 중요한 방법 가운데 하나로, 인간의 내적 경험, 감정, 사상 등의 추상적인 내용을 감각할 수 있는 구체적 대상으로 나타내는 방법이다.

- **어머니에게 옷궤의 의미** : 아들에 대한 사랑을 상징하는 소재이다. 즉, 아들에게 사랑을 베풀 수 있었던 옛집에서의 마지막 밤을 화사하게 장식해 준 매개체인 동시에 어머니와 함께 집을 지키고 있는 어머니의 마지막 남은 자존심이기도 하다.
- **나에게 옷궤의 의미** : 방 한가득 차지하고 있어 답답해 보이는 옷궤는 나에게 파산한 집안을 떠올리게 하는 매개체이자, 늙은 어머니에 대한 부채감을 끊임없이 느끼게 하는 소재이다.

'눈 길'의 상징적 의미

작품의 결말 부분에서 어머니와 아들의 기억 속에 교차되며 떠오르는 '눈길'은 작품의 서사적 의미의 핵심으로, 어머니와 나에게 다른 의미로 다가온다.

- 어머니에게 눈 길의 의미 : 자식에 대한 사랑을 스스로 확인하는 상징인 동시에, 혼자서 받아들일 수밖에 없는 인고의 생애와 혹독한 시련을 의미한다.
- 나에게 눈 길의 의미 : 기억하고 싶지 않은 과거의 쓰라린 기억과 파산한 집안, 그리고 자수성가할 수밖에 없는 운명을 상징한다.

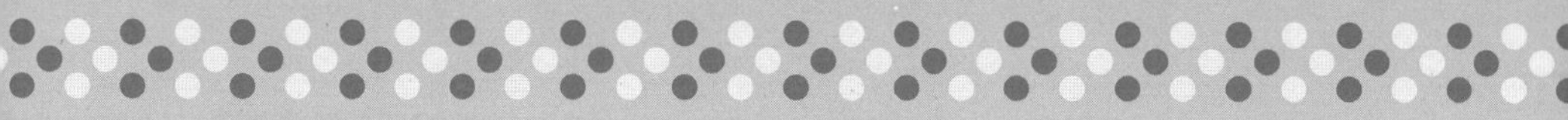

표현과 구성상의 특징

① 사건이 주로 대화를 통해 전개되고 있다.

② 상징적 표현을 통해 대상의 함축적 의미를 보여 준다.

③ 역설적 표현과 공감각적 표현을 사용해 소설을 시적으로 형상화했다.

④ 외부 이야기는 '나'의 이야기, 내부 이야기는 '어머니'의 이야기로 된 액자식 구성이다.

핵심정리

- **갈래 :** 단편 소설, 귀향 소설, 순수 소설
- **성격 :** 회상적, 서정적, 상징적
- **제재 :** 눈길
- **시점 :** 1인칭 주인공 시점
- **배경 :** 시간 – 한여름(현재), 어느 해 겨울(과거 회상)
  공간 – 시골 고향집
- **주제 :** 어머니의 무한한 사랑에 대한 깨달음과 인간적 화해

33

김동리_역마, 무녀도, 화랑의 후예

김동인_감자, 배따라기, 광화사

김유정_동백꽃, 만무방, 봄봄

김정한_사하촌, 모래톱 이야기

나도향_물레방아

오상원_유예

염상섭_표본실의 청개구리, 두파산

유진오_김 강사와 T 교수

윤흥길_장마

이 상_날개

이청준_눈길

이효석_메밀꽃 필 무렵, 산

전광용_꺼삐딴 리

최서해_탈출기, 홍염

채만식_논 이야기, 치숙(痴叔), 미스터 방

하근찬_수난 이대

현진건_운수 좋은 날, 고향

황순원_학, 별, 목넘이 마을의 개

이효석

1907~1942년

장편 소설보다 단편 소설에서 탁월한 능력을 보여준 작가로, 단편문학의 전형적인 수작秀作이라고 할 수 있는 《메밀꽃 필 무렵》을 집필했다.

고향에 대한 그리움과 이국에 대한 동경을 주로 소설화한 그는 서구적인 분위기를 풍기는 《장미 병들다》, 장편 소설 《화분花粉》 등을 발표한 이후 성性 본능과 개방을 추구한 새로운 작품 경향으로 주목받기도 했다. 당시 이태준, 박태원 등과 함께 대표적인 단편작가로 평가받았다.

1933년 '구인회'에 가입했고, 1934년 평양숭실전문학교 교수가 되었다. 1940년 아내를 잃은 시름을 잊고자 중국 등지를 여행하고 이듬해 귀국했으며, 1942년 뇌막염으로 언어불능과 의식불명 상태에서 사망했다.

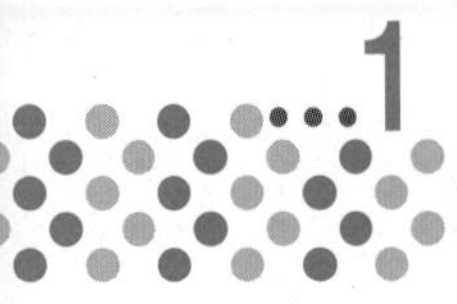

메밀꽃 필 무렵

여름장이란 애시당초에 글러서, 해는 아직 중천에 있건만 장판은 벌써 쓸쓸하고 더운 햇발이 벌여 놓은 전 휘장 밑으로 등줄기를 훅훅 볶는다. 마을 사람들은 거의 돌아간 뒤요, 팔리지 못한 나무꾼패가 길거리에 궁깃거리고들 있으나, 석유병이나 받고 고깃마리나 사면 족할 이 축들을 바라고 언제까지든지 버티고 있을 법은 없다. 칩칩스럽게 날아드는 파리떼도, 장난꾼 각다귀들도 귀찮다. 얽음뱅이요 왼손잡이인 드팀전의 허 생원은 기어이 동업의 조 선달을 나꾸어 보았다.

"그만 거둘까?"

"잘 생각했네. 봉평장에서 한 번이나 흐뭇하게 사본 일이 있었을까? 내일 대화장에서나 한몫 벌어야겠네. "

"오늘 밤은 밤을 새워서 걸어야 될 걸."

"달이 뜨렷다."

절렁절렁 소리를 내며 조 선달이 그날 산 돈을 따지는 것을 보고 허 생원은 말뚝에서 넓은 휘장을 걷고 벌여 놓았던 물건을 거두기 시작하였다. 무명필과 주단바리가 두 고리짝에 꼭 찼다. 멍석 위에는 천조각이 어수선하게 남았다.

다른 축들도 벌써 거의 전들을 걷고 있었다. 약바르게 떠나는 패도 있었다. 어물장수도, 땜장이도, 엿장수도, 생강장수도 꼴들이 보이지 않았다. 내일은 진부와 대화에 장이 선다. 축들은 그 어느 쪽으로든지 밤을 새우며 육칠십 리 밤길을 타박거리지 않으면 안 된다. 장판은 잔치 뒷마당같이 어수선하게 벌어지고, 술집에서는 싸움이 터져 있었다. 주정꾼 욕지거리에 섞여 계집의 앙칼진 목소리가 찢어졌다. 장날 저녁은 정해 놓고 계집의 고함 소리로 시작되는 것이다.

"생원, 시침을 떼두 다 아네……. 충줏집 말야."

계집 목소리로 문득 생각난 듯이 조 선달은 비죽이 웃는다.

"화중지병이지. 연소패들을 적수로 하구야 대거리가 돼야 말이지."

"그렇지두 않을걸. 축들이 사족을 못쓰는 것두 사실은 사실이나, 아무리 그렇다군 해두 왜 그 동이 말일세. 감쪽같이 충줏집을 후린 눈치거든."

"무어, 그 애숭이가? 물건 가지구 낚았나 부지. 착실한 녀석인 줄 알았더니."

"그 길만은 알 수 있나……. 궁리 말구 가보세나그려. 내 한 턱 씀세."

그다지 마음이 당기지 않는 것을 쫓아갔다. 허 생원은 계집과는 연분이 멀었다. 얽음뱅이 상판을 쳐들고 대어설 숫기도 없었으나, 계집 편에서 정을 보낸 적도 없었고, 쓸쓸하고 뒤틀린 반생이었다. 충줏집을 생각만 하여도 철없이 얼굴이 붉어지고 발밑이 떨리고 그 자리에 소스라쳐 버린다. 충줏집 문을 들어서 술좌석에서 짜장 동이를 만났을 때에는 어찌된 서슬엔지 발끈 화가 나버렸다. 상 위에 붉은 얼굴을 쳐들고 제법 계집과 농탕치는 것을 보고서야 견딜 수 없었던 것이다. 녀석이 제법 난질꾼인데, 꼴사납다. 머리에 피도 안 마른 녀석이 낮부터 술 처먹고 계집과 농탕이야. 장돌뱅이 망신만 시키고 돌아다니누나. 그 꼴에 우리들과 한몫 보자는 셈이지. 동이 앞에 막아서면서부터 책망이었다. 걱정두 팔자요 하는 듯이 빤히 쳐다보는 상기된 눈망울에 부딪힐 때, 얼결김에 따귀를 하나 갈겨 주지 않고는 배길 수 없었다. 동이도 화를 쓰고 팩 하고 일어서기는 하였으나, 허 생원은 조금도 동색하는 법 없이 마음먹은 대로는 다 지껄였다.—어디서 주워 먹은 선머슴인지는 모르겠으나 네게도 아비 어미 있겠지? 그 사나운 꼴 보면 맘 좋겠다. 장사란 탐탁하게 해야 되지, 계집이 다 무어야. 나가거라, 냉큼 꼴 치워.

그러나 한 마디도 대거리하지 않고 하염없이 나가는 꼴을 보려니, 도리어 측은히 여겨졌다. 아직두 서름서름한 사인데 너무 과하지 않았을까 하고 마음이 섬뻑해졌다. 주제도 넘지, 같은 술손님이면서도 아무리 젊다고 자식 낳게 된 것을 붙들고 치고 닦아 셀 것은 무어야 원. 충줏집은 입술을 쭝긋하고 술 붓는 솜씨도 거칠었으나, 젊은 애들한테는 그것이 약이 된다고 하고 그 자리는 조 선달이 얼버무려 넘겼다.

너 녀석한테 반했지? 애숭이를 빨면 죄 된다. 한참 법석을 친 후이다. 담도 생긴 데다가 웬일인지 흠뻑 취해 보고 싶은 생각도 있어서 허 생원은 주는 술잔이면 거의 다 들이켰다. 거나해짐을 따라 계집 생각보다도 동이의 뒷일이 한결같이 궁금해졌다. 내 꼴에 계집을 가로채서는 어떡할 작정이었누 하고, 어리석은 꼬락서니를 모질게 책망하는 마음도 한편에 있었다. 그렇기 때문에 얼마나 지난 뒤인지 동이가 헐레벌떡거리며 황급히 부르러 왔을 때에는, 마시던 잔을 그 자리에 던지고 정신없이 허덕이며 충줏집을 뛰어나간 것이었다.

“생원 당나귀가 바를 끊구 야단이에요.”

“각다귀들 장난이지 필연코.”

짐승도 짐승이려니와 동이의 마음씨가 가슴을 울렸다. 뒤를 따라 장판을 달음질하려니 거슴츠레한 눈이 뜨거워질 것 같다.

“부락스런 녀석들이라 어쩌는 수 있어야죠.”

“나귀를 몹시 구는 녀석들은 그냥 두지는 않을걸.”

반평생을 같이 지내온 짐승이었다. 같은 주막에서 잠자고 같은 달빛에 젖으면서 장에서 장으로 걸어 다니는 동안에 이십 년의 세월이 사람과 짐승을 함께 늙게 하였다. 까스러진 목뒤털은 주인의 머리털과도 같이 바스러지고, 개진개진 젖은 눈은 주인의 눈과 같이 눈곱을 흘렸다. 몽당비처럼 짧게 슬리운 꼬리는 파리를 쫓으려고 기껏 휘저어 보아야 벌써 다리까지는 닿지 않았다. 닳아 없어진 굽을 몇 번이나 도려내고 새 철을 신겼는지 모른다. 굽은 벌써 더 자라나기는 틀렸고 닳아 버린 철 사이로는 피가 빼짓이 흘렀다. 냄새만 맡고도 주인을 분간하였다. 호소하는 목소리로 야단스럽게 울며 반겨 한다.

어린아이를 달래듯이 목덜미를 어루만져 주니 나귀는 코를 벌름거리고 입을 투르르거렸다. 콧물이 튀었다. 허 생원은 짐승 때문에 속도 무던히는 썩었다. 아이들의 장난이 심한 눈치여서, 땀 밴 몸뚱어리가 부들부들 떨리고 좀체 흥분이 식지 않는 모양이었다. 굴레가 벗어지고 안장도 떨어졌다. 요 몹쓸 자식들, 하고 허 생원은 호령을 하였으나, 패들은 벌써 줄행랑을 논 뒤요 몇 남지 않은 아이들이 호령에 놀래 비슬비슬 멀어졌다.

"우리들 장난이 아니우. 암놈을 보고 저 혼자 발광이지."

코흘리개 한 녀석이 멀리서 소리를 쳤다.

"고 녀석 말투가……."

"김첨지 당나귀가 가버리니까 온통 흙을 차고 거품을 흘리면서 미친 소같이 날뛰는 걸. 꼴이 우스워 우리는 보고만 있었다우. 배를 좀 보지."

아이는 앙돌아진 투로 소리를 치며 깔깔 웃었다. 허 생원은 모르는 결에 낯이 뜨거워졌다. 뭇 시선을 막으려고 그는 짐승의 배 앞을 가리워 서지 않으면 안 되었다.

"늙은 주제에 암샘을 내는 셈야. 저놈의 짐승이."

아이의 웃음소리에 허 생원은 주춤하면서 기어이 견딜 수 없어 채찍을 들더니 아이를 쫓았다.

"쫓으려거든 쫓아 보지. 왼손잡이가 사람을 때려."

줄달음에 달아나는 각다귀에는 당하는 재주가 없었다. 왼손잡이는 아이 하나도 후릴 수 없다. 그만 채찍을 던졌다. 술기도 돌아 몸이 유난스럽게 화끈거렸다.

"그만 떠나세. 녀석들과 어울리다가는 한이 없어. 장판의 각다귀들이란 어른보다도 더 무서운 것들인 걸."

조 선달과 동이는 각각 제 나귀에 안장을 얹고 짐을 싣기 시작하였다. 해가 꽤 많이 기울어진 모양이었다.

드팀전 장돌이를 시작한 지 이십 년이나 되어도 허 생원은 봉평장을 빼논 적은 드물었다. 충주 제천 등의 이웃 군에도 가고, 멀리 영남 지방도 헤매기는 하였으나 강릉쯤에 물건 하러 가는 외에는 처음부터 끝까지 군내를 돌아다녔다. 닷새만큼씩의 장날에는 달보다도 확실하게 면에서 면으로 건너간다. 고향이 청주라고 자랑삼아 말하였으나 고향에 돌보러 간 일도 있는 것 같지는 않았다. 장에서 장으로 가는 길의 아름다운 강산이 그대로 그에게는 그리운 고향이었다. 반날 동안이나 뚜벅뚜벅 걷고 장터 있는 마을에 거의 가까왔을 때, 거친 나귀가 한바탕 우렁차게 울면—더구나 그것이 저녁녘이어서 등불들이 어둠 속에 깜박거릴 무렵이면 늘 당하는 것이건만 허 생원은 변치 않고 언제든지 가슴이 뛰놀았다.

젊은 시절에는 알뜰하게 벌어 돈푼이나 모아 본 적도 있기는 있었으나, 읍내에 백중이 열린 해 호탕스럽게 놀고 투전을 하고 하여 사흘 동안에 다 털어 버렸다. 나귀까지 팔게 된 판이었으나 애끓는 정분에 그것만은 이를 물고 단념하였다. 결국 도로아미타불로 장돌이를 다시 시작할 수밖에 없었다. 짐승을 데리고 읍내를 도망해 나왔을 때에는 너를 팔지 않기 다행이었다고 길가에서 울면서 짐승의 등을 어루만졌던 것이었다. 빚을 지기 시작하니 재산을 모을 염은 당초에 틀리고 간신히 입에 풀칠을 하러 장에서 장으로 돌아다니게 되었다.

호탕스럽게 놀았다고는 하여도 계집 하나 후려 보지는 못하였다. 계집이란 쌀쌀하고 매정한 것이었다. 평생 인연이 없는 것이라고 신세가 서글퍼졌다. 일신에 가까운 것이라고는 언제나 변함없는 한 필의 당나귀였다.

그렇다고는 하여도 꼭 한 번의 첫 일을 잊을 수는 없었다. 뒤에도 처음에도 없는 단 한 번의 괴이한 인연! 봉평에 다니기 시작한 젊은 시절의 일이었으나 그것을 생각할 적만은 그도 산 보람을 느꼈다.

"달밤이었으나 어떻게 해서 그렇게 됐는지 지금 생각해두 도무지 알 수 없어."

허 생원은 오늘밤도 또 그 이야기를 끄집어내려는 것이다. 조 선달은 친구가 된 이래 귀에 못이 박히도록 들어왔다. 그렇다고 싫증을 낼 수도 없었으나 허 생원은 시치미를 떼고 되풀이할 대로는 되풀이하고야 말았다.

"달밤에는 그런 이야기가 격에 맞거든."

조 선달 편을 바라는 보았으나 물론 미안해서가 아니라 달빛에 감동하여서였다. 이지러는 졌으나 보름을 갓 지난 달은 부드러운 빛을 흐뭇이 흘리고 있다. 대화까지는 팔십 리의 밤길, 고개를 둘이나 넘고 개울을 하나 건너고 벌판과 산길을 걸어야 된다. 길은 지금 긴 산허리에 걸려 있다. 밤중을 지난 무렵인지 죽은 듯이 고요한 속에서 짐승 같은 달의 숨소리가 손에 잡힐 듯이 들리며, 콩포기와 옥수수 잎새가 한층 달에 푸르게 젖었다. 산허리는 온통 메밀밭이어서 피기 시작한 꽃이 소금을 뿌린 듯이 흐뭇한 달빛에 숨이 막힐 지경이다. 붉은 대궁이 향기같이 애잔하고 나귀들의 걸음도 시원하다. 길이 좁은 까닭에 세 사람은 나귀를 타고 외줄로 늘어섰다. 방울소리가 시원스럽게 딸랑딸랑 메밀밭께로 흘러간다. 앞장 선 허 생원의 이야기 소리는 꽁무니에 선 동이에게는 확적히는 안 들렸으나, 그는 그대로 개운한 제멋에 적적하지는 않았다.

"장선 꼭 이런 날 밤이었네. 객줏집 토방이란 무더워서 잠이 들어야지. 밤중은 돼서 혼자 일어나 개울가에 목욕하러 나갔지. 봉평은 지금이나 그제나 마찬가지지, 보이는 곳마다 메밀밭이어서 개울가가 어디 없이 하얀 꽃이야. 돌밭에 벗어도 좋을 것을, 달이 너무나 밝은 까닭에 옷을 벗으러 물방앗간으로 들어가지 않았나. 이상한 일도 많지. 거기서 난데없는 성서방네 처녀와 마주쳤단 말이네. 봉평서야 제일가는 일색이었지…….”

“팔자에 있었나 부지.”

아무렴, 하고 응답하면서 말머리를 아끼는 듯이 한참이나 담배를 빨 뿐이었다. 구수한 자줏빛 연기가 밤기운 속에 흘러서는 녹았다.

“날 기다린 것은 아니었으나 그렇다고 달리 기다리는 놈팽이가 있는 것두 아니었네. 처녀는 울고 있단 말야. 짐작은 대고 있으나 성서방네는 한창 어려워서 들고날 판인 때였지. 한 집안 일이니 딸에겐들 걱정이 없을 리 있겠나? 좋은 데만 있으면 시집도 보내련만 시집은 죽어도 싫다지……. 그러나 처녀란 울 때같이 정을 끄는 때가 있을까! 처음에는 놀라기도 한 눈치였으나 걱정 있을 때는 누그러지기도 쉬운 듯해서 이럭저럭 이야기가 되었네……. 생각하면 무섭고도 기막힌 밤이었어.”

“제천인지로 줄행랑을 놓은 건 그 다음 날이렷지.”

“다음 장도막에는 벌써 온 집안이 사라진 뒤였네. 장판은 소문에 발끈 뒤집혀 오죽해야 술집에 팔려 가기가 상수라고 처녀의 뒷공론이 자자들 하단 말이야. 제천 장판을 몇 번이나 뒤졌겠나. 허나 처녀의 꼴은 꿩 궈 먹은 자리야. 첫날밤이 마지막 밤이었지. 그때부터 봉평이 마음에 든 것이 반평생을 두고 다니게 되었네. 반평생인들 잊을 수 있겠나.”

“수 좋았지. 그렇게 신통한 일이란 쉽지 않어. 항용 못난 것 얻어 새끼 낳고 걱정 늘고, 생각만 해두 진저리가 나지……. 그러나 늙으막바지까지 장돌뱅이로 지내기도 힘드는 노릇 아닌가. 난 가을까지만 하구 이 생계와두 하직하려네. 대화쯤에 조그만 전방이나 하나 벌이구 식구들을 부르겠어. 사시장천 뚜벅뚜벅 걷기란 여간이래야지.”

“옛 처녀나 만나면 같이나 살까……. 난 거꾸러질 때까지 이 길 걷고 저 달 볼 테야.”

산길을 벗어나니 큰 길로 틔어졌다. 꽁무니의 동이도 앞으로 나서 나귀들은 가로 늘어섰다.

"총각두 젊겠다, 지금이 한창시절이렷다. 충줏집에서는 그만 실수를 해서 그 꼴이 되었으나 설게 생각 말게."

"처, 천만에요. 되려 부끄러워요. 계집이란 지금 웬 제격인가요. 자나 깨나 어머니 생각뿐인데요."

허 생원의 이야기로 실심해한 끝이라 동이의 어조는 한풀 수그러진 것이었다.

"아비 어미란 말에 가슴이 터지는 것도 같았으나 제겐 아버지가 없어요. 피붙이라고는 어머니 하나뿐인 걸요."

"돌아가셨나?"

"당초부터 없어요."

"그런 법이 세상에……."

생원과 선달이 야단스럽게 껄껄들 웃으니 동이는 정색하고 우길 수밖에는 없었다.

"부끄러워서 말하지 않으려 했으나 정말예요. 제천 촌에서 달도 차지 않은 아이를 낳고 어머니는 집을 쫓겨났죠. 우스운 이야기나, 그러기 때문에 지금까지 아버지 얼굴도 본 적 없고, 있는 고장도 모르고 지내 와요."

고개가 앞에 놓인 까닭에 세 사람은 나귀를 내렸다. 둔덕은 험하고 입을 벌리기도 대근하여 이야기는 한동안 끊겼다. 나귀는 건듯하면 미끄러졌다. 허 생원은 숨이 차 몇 번이고 다리를 쉬지 않으면 안 되었다. 고개를 넘을 때마다 나이가 알렸다. 동이 같은 젊은 축이 끝이 없이 부러웠다. 땀이 등을 한바탕 쭉 씻어 내렸다.

고개 너머는 바로 개울이었다. 장마에 흘겨 버린 널다리가 아직도 걸리지 않은 채로 있는 까닭에 벗고 건너야 되었다. 고의를 벗어 띠로 등에 얽어매고 반 벌거숭이의 우스꽝스런 꼴로 물속에 뛰어들었다. 금방 땀을 흘린 뒤였으나 밤 물은 뼈를 찔렀다.

"그래 대체 기르긴 누가 기르구?"

"어머니는 하는 수 없이 의부를 얻어 가서 술장사를 시작했죠. 술이 고주래서 의부라고 전 망나니예요. 철들어서부터 맞기 시작한 것이 하룬들 편한 날 있었을까? 어머니는 말리다가 채이고 맞고 칼부림을 당하고 하니 집 꼴이 무어겠소. 열여덟 살 때 집을 뛰쳐나서부터 이 짓이죠."

"총각 낫세론 동이 무던하다고 생각했더니 듣고 보니 딱한 신세로군."

물은 깊어 허리까지 찼다. 속 물살도 어지간히 센 데다가 발에 채이는 돌멩이도 미끄러워 금시에 훌칠 듯하였다. 나귀와 조 선달은 재빨리 거의 건넜으나 동이는 허 생원을 붙드느라고 두 사람은 훨씬 떨어졌다.

"모친의 친정은 원래부터 제천이었던가?"

"웬걸요. 시원스리 말은 안 해 주나 봉평이라는 것만은 들었죠."

"봉평? 그래 그 아비 성은 무엇이구?"

"알 수 있나요. 도무지 듣지를 못했으니까."

"그, 그렇겠지."

하고 중얼거리며 흐려지는 눈을 까물까물하다가 허 생원은 경망하게도 발을 빗디뎠다. 앞으로 꼬꾸라지기가 바쁘게 몸째 풍덩 빠져 버렸다. 허위적거릴수록 몸을 건잡을 수 없어 동이가 소리를 치며 가까이 왔을 때에는 벌써 퍽으나 흘렀었다. 옷째 쫄딱 젖으니 물에 젖은 개보다도 참혹한 꼴이었다. 동이는 물속에서 어른을 해깝게 업을 수 있었다. 젖었다고는 하여도 여윈 몸이라 장정 등에는 오히려 가벼웠다.

"이렇게까지 해서 안 됐네. 내 오늘은 정신이 빠진 모양이야."

"염려하실 것 없어요."

"그래 모친은 아비를 찾지는 않는 눈치지?"

"늘 한 번 만나고 싶다고는 하는데요."

"지금 어디 계신가?"

"의부와도 갈라져서 제천에 있죠. 가을에는 봉평에 모셔 오려고 생각 중인데요. 이를 물고 벌면 이럭저럭 살아갈 수 있겠죠."

"아무렴, 기특한 생각이야. 가을이랬다?"

동이의 탐탁한 등어리가 뼈에 사무쳐 따뜻하다. 물을 다 건넜을 때에는 도리어 서글픈 생각에 좀 더 업혔으면도 하였다.

"진종일 실수만 하니 웬일이요? 생원."

조 선달은 바라보며 기어코 웃음이 터졌다.

"나귀야, 나귀 생각 하다 실족을 했어. 말 안 했던가? 저 꼴에 제법 새끼를 얻었단 말이지. 읍내 강릉집 피마에게 말일세. 귀를 쫑긋 세우고 달랑달랑 뛰는 것이 나귀새끼같이 귀여운 것이 있을까? 그것 보러 나는 일부러 읍내를 도는 때가 있다네."

"사람을 물에 빠치울 제 딴은 대단한 나귀새끼군!"

허 생원은 젖은 옷을 웬만큼 짜서 입었다. 이가 덜덜 갈리고 가슴이 떨리며 몹시도 추웠으나 마음은 알 수 없이 둥실둥실 가벼웠다.

"주막까지 부지런히들 가세나. 뜰에 불을 피우고 훗훗이 쉬어. 나귀에겐 더운 물을 끓여 주고, 내일 대화장 보고는 제천이다."

"생원도 제천으로……?"

"오래간만에 가보고 싶어. 동행하려나, 동이?"

나귀가 걷기 시작하였을 때 동이의 채찍은 왼손에 있었다. 오랫동안 아둑신이같이 눈이 어둡던 허 생원도 요번만은 동이의 왼손잡이가 눈에 띄지 않을 수 없었다.

걸음도 해깝고 방울소리가 밤 벌판에 한층 청청하게 울렸다.

달이 어지간히 기울어졌다.

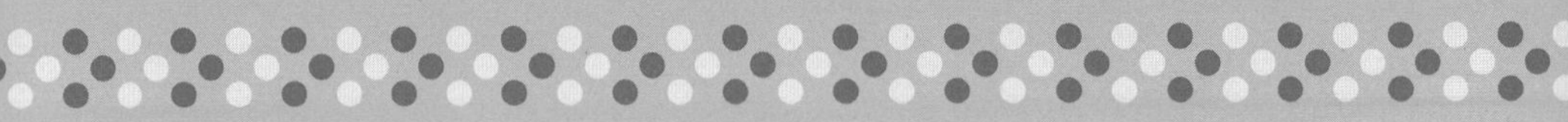

줄거리

봉평의 어느 여름 장날. 여름장이라 일찍 파한 허 생원과 조 선달은 짐을 챙겨 충줏집으로 간다. 허 생원은 그곳에서 여자들과 농지거리를 하는 동이를 보고 까닭 모를 화가 치밀어 따귀를 갈긴다. 그런데 충줏집에서 나간 동이가 동네 각다귀들의 장난에 허 생원의 나귀가 놀라 날뛴다며 달려와 알려주었다.

세 사람은 대화장을 향해 길을 떠난다. 허 생원은 봉평장을 빠뜨린 적이 한 번도 없다. 장에서 장으로 가는 아름다운 자연은 장돌뱅이 허 생원에게는 고향이나 다름없었다. 특히 여자와의 인연이 먼 그였지만, 허 생원은 달밤의 분위기에 젖어 몇 번이나 말했던 자신의 과거 이야기를 또 시작한다. 달빛이 흐드러진 밤 허 생원이 목욕을 하기 위해 옷을 벗으러 물레방앗간에 들어갔다가 성 서방네 처녀와 마주쳤고, 둘은 하룻밤을 함께 보냈으며, 이후 두 번 다시 만나지 못했다는 이야기였다.

길을 가면서 동이는 어머니가 달도 차기 전에 자신을 낳고 집에서 쫓겨나 아버지의 얼굴도 모르고 자랐다고 말했다. 그 이후 어머니는 술집을 하면서 의부와 함께 살았지만 의부가 폭력을 쓰는 탓에 자기는 집을 나와 이렇게 장을 떠돈다고 했다. 게다가 동이 어머니의 고향도 봉평이었다.

허 생원이 개울을 건너다 물에 빠지자 동이가 업어서 건네 준다. 이들 세 명은 다시 길을 떠난다. 허 생원은 내일 대화장을 보고 동이의 어머니가 있다는 제천으로 가겠다고 말한다. 왼손잡이인 허 생원은 동이의 왼손에 채찍이 들려져 있는 것을 보고 깜짝 놀란다.

감상 포인트

이 작품은 남녀 간의 만남과 헤어짐, 그리고 친자 확인이라는 두 가지 이야기가 기본 줄기를 이룬다. 그리고 인간 심리의 순수한 자연성을 허 생원과 나귀를 통해 표출하고 있는 낭만주의 소설이기도 하다.

이 소설의 두드러진 묘미는 인간과 동물의 본능적 애욕을 교묘하게 병치시킨 구성 방식에 있다. 허 생원과 나귀는 가스러진 갈기, 개진개진한 눈 같은 외모나 행동이 많이 유사할 뿐 아니라, 과거 내력이나 초월적 운명에 있어서도 공통점을 지닌다. 즉, 허 생원이 술집에 들어가 충줏집을 탐내고 있을 때 당나귀는 암놈을 보고 발정을 한다. 또한 메밀꽃이 하얗게 핀 달밤에 허 생원이 성 서방네 처녀와 꼭 한 번 정을 통해 처녀가 잉태를 하는 것처럼, 당나귀는 읍네 강릉집 피마에게 새끼를 얻었다. 이러한 공통점은 단순한 묘사에 머물지 않고, '떠돌이 삶의 애환 속에 펼쳐지는 인간 본연의 애정' 이라는 주제와 결합한다.

이 작품은 서정주의적 경향이 강하며 암시와 추리를 통해 주제를 간접적으로 부각시키고 있다. 대화 형식으로 플롯이 진행되고 있으며, 지명地名을 반복적으로 사용함으로써 의식과 감정을 고조시키고 있다.

특히 이 작품은 이효석의 세련된 언어와 시적 분위기를 가득 담고 있다. '궁싯거리다', '칩칩스럽다', '농탕치다' 등의 다채로운 어휘와 함께, 허 생원 일행이 달밤에 걸어가는 장면은 언어 예술의 한 진경眞境을 이루고 있다. 그런 까닭에 소설가 김동리는 이효석을 두고 '소설을 배반한 소설가'라고 평했다. 그렇다고 해서 전적으로 낭만적인 경향만을 고수하는 것은 아니다. 파장 무렵 시골 장터의 모습, 허 생원을 닮은 나귀의 모습, 메밀꽃이 하얗게 핀 산길 등에 대한 묘사에서는 사실성이 두드러진다.

등장인물

- **허 생원 :** 중심인물로, 떠돌이 인생을 살고 있으며 과거의 추억 속에서 외로움을 느끼는 장돌뱅이다. 성 서방네 처녀를 다시 만나기 전에는 죽을 때까지 장터에 남겠다는 낭만주의적 성향의 소심한 인물이다.
- **조 선달 :** 삶의 현실적 측면을 상기시켜 낭만적 분위기를 깨뜨리는 합리적, 적극적인 보조 인물로, 원만한 성격이다.
- **동이 :** 의부의 행패로 가출한 청년 장사꾼으로, 솔직하고 순박하다. 어머니에 대한 과거 이야기와 행동으로 허 생원의 친자식임을 암시한다.

소재의 암시성

- 메밀꽃 핀 달밤 : 향토적 서정성과 분위기를 조성하는 결정적 구실을 하는 소재로, 꿈같은 환상의 세계인 동시에 현실 세계를 암시한다.
- 나귀 : 주인인 허 생원을 닮아 외모가 초라할 뿐 아니라, 허 생원이 성 서방네 처녀에게서 동이를 얻은 것과 마찬가지로 강릉집 피마에게 암샘을 하고 새끼를 얻는다. 허 생원의 길동무인 동시에 분신과도 같은 존재로, 허 생원의 삶을 암시한다.
- 왼손잡이 : 허 생원과 동이가 부자지간이라는 사실을 암시한다.

구성상의 특징

이 작품에서는 두 개의 플롯이 교차하고 있다.

① 플롯 1 : 시간적 추이 – 유랑의 삶을 살고 있는 허 생원의 평생 내력을 보여 준다.

② 플롯 2 : 공간적 이동 – 봉평장에서 대화장으로 이동하면서 자연스럽고 신비로운 혈육의 정을 부각시키고 있다.

작품의 특징

① 세련된 언어와 시적 분위기 속에서 낭만적 정서의 세계를 보여 준다.

② 암시와 여운을 주는 결말이다.

③ 과거를 인물 간의 대화로 처리하는 방법을 사용했다.

핵심정리

- **갈래** : 단편 소설, 유미주의 소설
- **배경** : 시간 – 여름 낮부터 밤중까지
  공간 – 봉평장터에서 대화장으로 가는 산길
- **성격** : 낭만적
- **시점** : 3인칭 전지적 작가 시점
- **문체** : 시적 분위기 연출, 사실적 묘사
- **제재** : 장돌뱅이의 삶
- **표현** : 대화 중심, 암시와 추리 기법의 동원, 서정적 필치
- **주제** : 떠돌이 삶의 애환 속에 펼쳐지는 인간 본연의 애정

2 산

가

나무 하던 손을 쉬고 중실은 발밑의 깨금나무 포기를 들쳤다. 지천으로 떨어지는 깨금알이 손 안에 오르르 들었다. 익을 대로 익은 제철의 열매가 어금니 사이에서 오도독 두 쪽으로 갈라졌다.

돌을 집어던지면 깨금알같이 오도독 깨어질 듯한 맑은 하늘, 물고기 등같이 푸르다. 높게 뜬 조각구름 떼가 해변에 뿌려진 조개껍질같이 유난스럽게도 한편에 옹졸봉졸 몰려들 있다. 높은 산등이라 하늘이 가까우련만 마을에서 볼 때와 일반으로 멀다. 구만 리일까 십만 리일까. 골짜기에서의 생각으로는 산기슭에만 오르면 만져질 듯하던 것이 산허리에 나서면 단번에 구만 리를 내빼는 가을 하늘.

산속의 아침나절은 졸고 있는 짐승같이 막막은 하나 숨결이 은근하다. 휘엿한 산등은 누워 있는 황소의 등어리요, 바람결도 없는데, 쉴 새 없이 파르르 나부끼는 사시나무 잎새는 산의 숨소리다. 첫눈에 띄는 하아얗게 분장한 자작나무는 산속의 일색. 아무리 단장한 대야 사람의 살결이 그렇게 흴 수 있을까. 수북 들어선 나무는 마을의 인총보다도 많고 사람의 성보다도 종자가 흔하다. 고요하게 무럭무럭 걱정 없이 잘들 자란다. 산오리나무, 물오리나무, 가락나무, 참나무, 졸참나무, 박달나무, 사스레나무, 떡갈나무, 무치나무, 물가리나무, 싸리나무, 고로쇠나무. 골짜기에는 신나무, 아그배나무, 갈매나무, 개옻나무, 엄나무. 산등에 간간이 섞여 어느 때나 푸르고 향기로운 소나무, 잣나무, 전나무, 노간주나무—걱정 없이 무럭무럭 잘들 자라는—산속은 고요하나 웅성한 아름다운 세상이다. 과실같이 싱싱한 기운과 향기, 나무 향기, 흙냄새, 하늘 향기, 마을에서는 찾아볼 수 없는 향기다.

낙엽 속에 파묻혀 앉아 깨금을 알뜰이 바수는 중실은, 이제 새삼스럽게 그 향기를 생각하고 나무를 살피고 하늘을 바라보는 것이 아니었다. 그런 것은 한데 합쳐 몸에 함빡 젖어들어 전신을 가지고 모르는 결에 그것을 느낄 뿐이다. 산과 몸이 빈틈없이 한데 얼린 것이다. 눈에는 어느 결엔지 푸른 하늘이 물들었고 피부에는 산 냄새가 배었다. 바심할 때의 짚북더기보다도 부드러운 나뭇잎—여러 자 깊이로 쌓이고 쌓인 깨금잎, 가락잎, 떡갈잎의 부드러운 보료—속에 몸을 파묻고 있으면 몸뚱어리가 마치 땅에서 솟아난 한 포기의 나무와도 같은 느낌이다. 소나무, 참나무, 총중의 한 대의 나무다. 두 발은 뿌리요 두 팔은 가지다. 살을 베면 피 대신에 나뭇진의 흐를 듯하다. 잠자코 섰는 나무들의 주고받은 은근한 말을, 나뭇가지의 고갯짓하는 뜻을, 나뭇잎의 소곤거리는 속심을 총중의 한 포기로서 넉넉히 짐작할 수 있다. 해가 뜰 때에 즐거하고, 바람 불 때에 농탕치고, 날 흐릴 때 얼굴을 찡그리는 나무들의 풍속과 비밀을 역력히 번역해 낼 수 있다. 몸은 한 포기의 나무다. 별안간 부드득 솟아오르는 힘을 느끼고 중실은 벌떡 뛰어 일어났다. 쭉 펴는 네 활개에 힘이 뻗쳐 금시에 그대로 하늘에라도 오를 듯싶었다. 넘치는 힘을 보낼 곳 없어 할 수 없이 입을 크게 벌리고 하늘이 울려라 고함을 쳤다. 땅에서 솟는 산 정기의 힘찬 단순한 목소리다. 산이 대답하고 나뭇가지가 고갯짓한다. 또 하나 그 소리에 대답한 것은 맞은편 산허리에서 불시에 푸드득 날아 뜨는 한 자웅의 꿩이었다. 살찐 까투리의 꽁지를 물고 나는 장끼의 오색 날개가 맑은 하늘에 찬란하게 빛났다.

살찐 꿩을 보고 중실은 문득 배가 허출함을 깨달았다. 아래편 골짜기 개울 옆에 간직하여 둔 노루 고기와 가랑잎 새에 싸 둔 개꿀이 있음을 생각하고 다시 낫을 집어 들었다. 첫 참 때까지에는 한 짐은 채워 놓아야 파장되기 전에 읍내에 다다르겠고, 팔아 가지고는 어둡기 전에 다시 산으로 돌아와야 할 것이다. 한참 쉰 뒤라 팔에는 기운이 남았다. 버스럭거리는 나뭇잎 소리가 품안에 요란하고 맑은 기운이 몸을 한바탕 멱 감긴 것 같다. 산은 마을보다 몇 곱절 살기가 좋은가. 산에 들어오기를 잘 했다고 중실은 생각하였다.

나

세상에 머슴살이같이 잇속 적은 생업은 없다.

싸울래 싸운 것이 아니라 김 영감 편에서 투정을 건 셈이다. 지금 와 보면 처음부터 쫓아낼 의사였던 것이 확실하다. 중실은 머슴산 지 칠 년에 아무것도 쥔 것 없이 맨주먹으로 살던 집을 쫓겨났다. 원통은 하였으나 애통하지는 않았다.

해마다 사경을 또박또박 받아 본 일 없다. 옷 한 벌 버젓하게 얻어 입은 적 없다. 명절에는 놀이할 돈도 푼푼이 없이 늘 개보름 쇠듯 하였다. 장가들이고 집 사고 살림을 내준다는 것도 헛소리였다. 첩을 건드렸다는 생뚱 같은 다짐이었으나, 그것은 처음부터 계책한 억지요 졸색의 등글개 따위에는 손댈 염도 없었던 것이다. 빨래하러 갔던 첩과 동구 밖에서 마주쳐 나뭇짐을 지고 앞서고 뒤서서 돌아왔다고 의심받을 법은 없다. 첩과 수상한 놈팡이는 도리어 다른 곳에 있는 것을, 애매한 중실에게 엉뚱한 분풀이가 돌아온 셈이었다. 가살스런 첩의 행실을 휘어잡지 못하고 늘그막 판에 속 태우는 영감의 신세가 하기는 가엾기는 하다. 더욱 엉클어질 앞일을 생각하고 중실은 차라리 하직하고 나온 것이었다. 넓은 하늘 밑에서도 갈 곳이 없다. 제일 친한 곳이 늘 나무하러 가던 산이었다. 짚북더기보다도 부드러운 두툼한 나뭇잎의 맛이 생각났다. 그 넓은 세상은 사람을 배반할 것 같지는 않았다. 빈 지게만을 걸머지고 산으로 들어갔다. 그 속에서 얼마 동안이나 견딜 수 있을까가 한 시험도 되었다.

박중골에서도 오 리나 들어간, 마을과 사람과는 인연이 먼 산협이다. 산등이 펑퍼짐하고 양지쪽에 해가 잘 쬐고, 골짜기에 개울이 흐르고, 개울가에 나무열매가 지천으로 열려 있는 곳이다. 양지쪽에서는 나무하러 왔다 낮잠을 잔 적도 여러 번이었다. 개울가에 불을 피우고 밭에서 뜯어온 옥수수 이삭을 구웠다. 수풀 속에서 찾은 으름과 나뭇가지에 익어 시든 아그배와 산사로 배가 불렀다. 나뭇잎을 모아 그 속에 푹 파고 든 잠자리도 그다지 춥지는 않았다.

이튿날 산을 헤매다가 공교롭게도 주영나무 가지에 야트막하게 달린 벌집을 찾아냈다. 담배 연기를 피워 벌떼를 이지러뜨리고 감쪽같이 집을 들어냈다. 속에는 맑은 꿀이 차 있었다. 사람은 살라고 마련인 듯싶다. 꿀은 조금으로도 요기가 되었다. 개와 함께 여러 날 양식이 되었다.

꿀이 다 떨어지지도 않은 그저께 밤에는 맞은편 심산에 산불이 보였다. 백일홍같이 새빨간 불꽃이 어둠 속에 가깝게 솟아올랐다. 낮부터 타기 시작한 것이 밤에 들어가서 겨우 알려진 것이다. 누에에게 먹히는 뽕잎같이 아물아물 헤어지는 것 같으나, 기실은 한 자리에서 아롱아롱 타는 것이었다. 아귀의 혀끝같이 널름거리는 불꽃이 세상에도 아름다왔다. 울밑의 꽃보다도, 비단결보다도, 무지개보다도 맨드라미보다도 곱고 장하다. 중실은 알 수 없이 신이 나서 몽둥이를 들고 산등을 따라 오르고 골짜기를 건너 불붙는 곳으로 끌려 들어갔다. 가깝게 보이던 것과는 딴판으로 꽤 멀었다. 불은 산등에서 산등으로 둘러붙어 골짜기로 타 내려갔다. 화기가 확확 튀어 가까이 갈 수 없었다. 후끈후끈 무더웠다. 나무뿌리가 탁탁 튀며 땅이 쨍쨍 울렸다. 민출한 자작나무는 가지가지에 불이 피어올라 한 포기의 산호수 같은 불나무로 변하였다. 헛되이 타는 모두가 아까왔다. 중실은 어쩌는 수 없이 몸둥이를 쓸데없이 휘두르며 불 테두리를 빙빙 돌 뿐이었다. 불은 힘에 부치는 것이었다. 확실히 간 보람은 있었다. 그을린 노루 한 마리를 얻은 것이었다. 불 테두리를 뚫고 나오지 못한 노루는 산골짜기에서 뱅뱅 돌아 결국 불벼락을 맞은 것이다. 물론 그것을 얻을 때는 불도 거의 다 탄 새벽이었으나, 외로운 짐승이 몹시 가엾었다. 그러나 이미 죽은 후의 고기라 중실은 그것을 짊어지고 산으로 돌아갔다. 사람을 살리자는 신의 뜻이라고 비위 좋게 생각하면 그만이었다. 여러 날 동안의 흐뭇한 양식이 되었다. 다만 한 가지 그리운 것이 있었다. 짠맛—소금이었다. 사람은 그립지 않으나 소금이 그리웠다. 그것을 얻자는 생각으로만 마을이 그리웠다.

다

힘 자라는 데까지 지었다.

이십 리 길을 부지런히 걸으려니 잔등에 땀이 내배었다. 걸음을 따라 나뭇짐이 휘청휘청 앞으로 휘었다.

간신히 파장 전에 대었다.

나무를 판 때의 마음이 이날같이 즐거운 적은 없었다.

물건을 산 때의 마음도 이날같이 즐거운 적은 없었다.

그것은 짜장 필요한 물건이기 때문이다.

나무 판 돈으로 중실은 감자 말과 좁쌀 되와 소금과 냄비를 샀다.

산속의 호젓한 살림에는 이것으로써 족하리라고 생각되었다.

목숨을 이어 가는 데 해어쯤이 없으면 어떨까도 생각되었다.

올 때보다 짐이 단출하여 지게가 가벼웠다.

술집 골방에서 왁자지껄하고 싸우는 것도 전과 다름없다.

이상스러운 것은 그런 거리의 살림살이가 도무지 마음을 당기지 않는 것이다. 앙상한 사람들의 얼굴이 그다지 그리운 것이 아니었다.

무슨 까닭으로 산이 이렇게도 그리울까. 편벽된 마음을 의심도 하여 보았다. 그러나 별로 이치도 없었다. 덮어 놓고 양지 쪽이 좋고, 자작나무가 눈에 들고, 떡갈잎이 마음을 끄는 것이다. 평생 산에서 살도록 태어났는지도 모른다.

김 영감의 그 후의 소식은 물어 낼 필요도 없었으나, 거리에서 만난 박 서방 입에서 우연히 한 구절 얻어 듣게 되었다.

병든 등글개 첩은 기어코 김 영감의 눈을 감춰 최 서기와 줄행랑을 놓았다. 종적을 수색 중이나 아직도 오리무중이라 한다.

사랑방에서 고시렁고시렁 잠을 못 이룰 육십 노인의 꼴이 측은하게 눈에 떠올랐다. 애매한 머슴을 내쫓았음을 뉘우치리라고 생각되었다. 그러나 중실에게는 물론 다시 살러 들어갈 뜻도, 노인을 위로하고 싶은 친절도 가지기 싫었다.

다만 거리의 살림이라는 것이 더 한층 어수선하게 여겨질 뿐이었다.

산으로 향하는 저녁길이 한결 개운하다.

라

개울가에 남비를 걸고 서투른 솜씨로 지은 저녁을 마쳤을 때에는 밤이 적이 어두웠다.

깊은 하늘에 별이 총총 돋고 초생달이 나뭇가지를 올가미 지웠다.

새들도 깃들이고 바람도 자고 개울물만이 쫄쫄쫄쫄 숨쉰다. 검은 산등은 잠든 황소다.

등걸불이 탁탁 튄다. 나뭇잎 타는 냄새가 몸을 휩싸며 구수하다. 불을 쬐며 담배를 피우니 몸이 훈훈하다. 더 바랄 것 없이 마음이 만족스럽다.

한 가지 욕심이 솟아올랐다.

밥 짓는 일이란 머슴애 할 일이 못 된다. 사내자식은 역시 밭 갈고 나무하는 것이 옳은 것이다. 장가를 들려면 이웃집 용녀만한 색시는 없다. 용녀를 데려다 밥일을 맡길 수밖에는 없다고 생각하였다.

용녀를 생각만 하여도 즐겁다. 궁리가 차례차례로 솔솔 풀렸다.

굵은 나무를 베어다 껍질째 토막을 내 양지 쪽에 쌓아 올려 단간의 조촐한 오두막을 짓겠다. 펑퍼짐한 산허리를 일궈 밭을 만들고 봄부터 감자와 귀리를 갈 작정이다. 오랍 뜰에 우리를 세우고 염소와 돼지와 닭을 칠 터. 산에서 노루를 산 채로 붙들면 우리 속에 같이 기르고 용녀가 집일을 하는 동안에 밭을 가꾸고 나무를 할 것이며, 아이를 낳으면 소같이 산같이 튼튼하게 자라렸다. 용녀가 만약 말을 안 들으면 밤중에 내려가 가만히 업어 올 걸.

한 번 산에만 들어오면 별 수 없지.

불이 거의 거의 아스러지고 물소리가 더 한층 맑다.

별들이 어지럽게 깜박거린다.

달이 다른 나뭇가지에 걸렸다.

나머지 등걸불을 발로 비벼 끄니 골짜기는 더 한층 막막하다.

어느만 때인지 산속에서는 때도 분별할 수 없다.

자기가 이른지 늦은지도 모르면서 나무 및 잠자리로 향하였다.

낟가리같이 두두룩하게 쌓인 낙엽 속에 몸을 송두리째 파묻고 얼굴만을 빠끔히 내놓았다.

몸이 차차 푸근하여 온다.

하늘의 별이 와르르 얼굴 위에 쏟아질 듯싶게 가까웠다 멀어졌다 한다.

별 하나 나 하나, 별 둘 나 둘, 별 셋 나 셋…….

세는 동안에 중실은 제 몸이 스스로 별이 됨을 느꼈다.

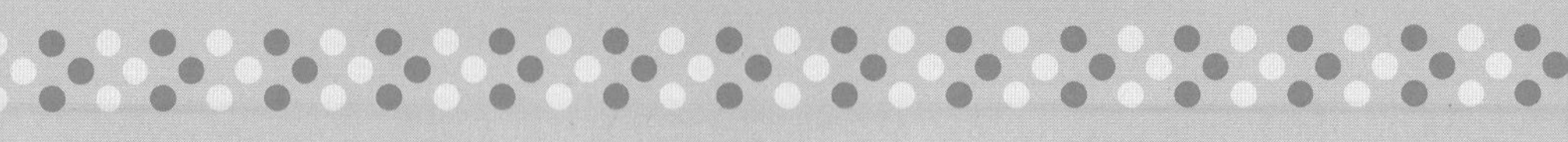

줄거리

중실은 머슴살이 7년 만에 아무것도 쥔 것 없이 빈손으로 쫓겨났다. 김 영감의 첩 '등글개'를 건드렸다는 오해를 받았던 것이다. 그는 갈 곳도 없었지만, 마을 사람들이 귀찮아져서 빈 지개를 걸머지고 산으로 들어갔다. 넓은 산은 사람을 배반할 것 같지 않았기 때문이다.

그는 산에서 벌집을 찾아내어 담배 연기로 꿀을 얻고, 산불로 타 죽은 노루를 여러 날 양식으로 먹었다. 그리고 장작을 해서 장에 내다팔아 생활을 꾸려 나갔다.

어느 날 그는 마을 장에 내려가 장작을 판 돈으로 감자, 좁쌀, 소금, 냄비를 샀다. 그리고 김 영감의 첩이 면 서기 최씨와 줄행랑을 쳤다는 소식을 들었다. 지금쯤 머슴을 내쫓고 뉘우치고 있을 김 영감을 위로하고 싶었지만, 그는 물건들을 지게에 지고 다시 산으로 올라갔다.

그는 이웃집 용녀를 생각하면서 그녀와 오두막집을 짓고 감자밭을 일구며 염소, 돼지, 닭을 치면서 살면 어떨까 상상한다. 그리고 낙엽을 잠자리로 삼아 별을 헤면서 잠을 청한다. 하늘의 별이 와르르 얼굴 위에 쏟아질 듯싶게 가까웠다 멀어졌다 한다. 별을 세는 동안 중실은 제 몸이 스스로 별이 됨을 느낀다.

감상 포인트

'자연에의 동화' 라는 이효석의 문학적 특징을 잘 보여 주는 작품으로, 자연과의 교감을 통해 행복을 느끼고 그 생활에 자족自足하는 인간형을 서정적인 문체로 묘사하고 있다.

어떤 면에서 이 작품의 진정한 등장인물은 '나무' 이다. 산오리나무, 물오리나무, 가락나무, 참나무, 줄참나무, 박달나무, 사수레나무, 떡갈나무 등 이루 헤아릴 수 없이 많은 나무가 등장하기 때문이다. 이 작품의 주인공 중실은 나무들을 한 가족처럼 인식하며, 그 안에서 편안함을 느낀다.

그러나 이효석의 자연, 즉 중실의 자연은 인간이 돌아가 의지해야 할 가치적 대상이기보다 일시적 위안이나 망각의 뒤안길에 불과하다. 별을 하나둘 세는 사이에 제 몸이 스스로 별이 됨을 느낀다는 마지막 대목은 인간과 자연의 문제가 아니라, 자연만 있고 인간은 배제된 몽환夢幻의 세계라고 할 수 있다.

결국 작가는 중실이라는 등장인물을 통해 서정성을 잠시 객관화했을 뿐이다. 그래서 소설의 세계가 지니는 현실감이나 서사성과는 다소 거리가 먼 작품이라고 볼 수 있다.

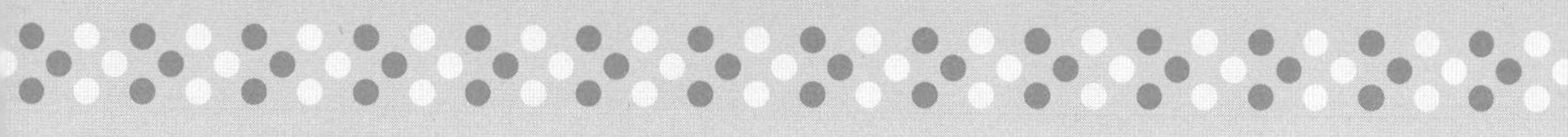

등장인물

- **중실** : 이 작품의 주인공으로, 김 영감이 중실과 첩의 사이를 오해해 빈손으로 집에서 쫓겨 나온 뒤 산에서 살고 있다. 산에서 자연과 교감하며 행복을 느끼는 인물이다.
- **김 영감** : 중실이 머슴살이를 했던 집의 주인으로, 작품에는 직접 등장하지 않는다.
- **용녀** : 중실이 좋아하는 이웃집 여인으로, 작품에는 직접 등장하지 않는다.
- **등글래** : 김 영감의 첩으로 서기와 눈이 맞아 집을 나간다. 작품에는 직접 등장하지 않는다.

작품의 특징

① 등장인물이 '중실' 한 명이다.

② 이효석 문체의 특징인 감칠맛 나는 언어 표현과 풍부한 묘사가 돋보인다.

이효석의 언어적, 문체적 특징

① 주어가 없는 문장 : 주어가 없는 경우 문장에서 부드러운 인상을 받게 된다. 또한 단락이 나뉠 때까지 종지부에 관계없이 동일한 정서와 분위기 속에서 같은 호흡으로 읽어 내려갈 수 있다. 이러한 특징은 시의 정신에서 기인한 것이다.

② 참신하고 세련된 비유 : '길은 지금 산허리에 걸려 있다', '짐승 같은 달의 숨소리', '소금을 뿌린 듯 흐뭇한 달' 등의 참신한 비유에 의해 생생하고 선명하며, 섬세하고 미묘한 색조를 띤다.

③ 현저한 개인어 사용 : '개진개진 젖은 눈', '아이는 앙돌아진' 등 심미적 효과를 고려한 개인어를 많이 사용한다.

④ 유창성과 음악성 : 문장과 단락의 연결 및 이동이 유창하며, 3 · 4음 위주의 음수율, 배열과 두운을 포함한 동일 또는 유사 음운의 반복은 음악성을 느끼게 한다.

핵심정리

- **갈래** : 단편 소설, 서정 소설
- **시점** : 전지적 작가 시점
- **배경** : 시간 – 가을, 공간 – 산
- **성격** : 낭만적, 묘사적, 서정적
- **주제** : 자연과의 동화에서 찾는 삶의 보람

33

김동리_역마, 무녀도, 화랑의 후예

김동인_감자, 배따라기, 광화사

김유정_동백꽃, 만무방, 봄봄

김정한_사하촌, 모래톱 이야기

나도향_물레방아

오상원_유예

염상섭_표본실의 청개구리, 두파산

유진오_김 강사와 T 교수

윤흥길_장마

이 상_날개

이청준_눈길

이효석_메밀꽃 필 무렵, 산

전광용_꺼삐딴 리

최서해_탈출기, 홍염

채만식_논 이야기, 치숙(痴叔), 미스터 방

하근찬_수난 이대

현진건_운수 좋은 날, 고향

황순원_학, 별, 목넘이 마을의 개

전광용

1919~1988년

서울대 국문과 교수 등 학자로서 큰 구실을 한 소설가 겸 국문학자로, 압축된 구성력과 간결한 문체를 사용했으며 신소설 연구에도 힘썼다. 현실에 아부하지 않는 건실한 작품들을 쓴 그는 1962년 세속적 출세주의자를 풍자한 단편 소설 《꺼삐딴 리》로 동인문학상東仁文學賞을 수상했다. 이어 장편 소설 《태백산맥》, 《나신裸身》, 《창과 벽》과 단편 소설 《세끼미》 등을 발표했다. 그의 작품들은 사회현실에 만연한 부정적 요소를 강하게 고발하고 인간심리를 섬세하게 표현한 것이 대부분이다.

그는 또한 국문학자로서 신소설에 대한 본격적이고 체계적인 연구를 시도했으며, 이를 통해 근현대문학사에 신소설의 위치를 확고히 자리매김했다. 특히 그의 〈신소설 연구〉는 신소설연구사의 선구자적 업적이라고 할 만하다. 이외에 〈설중매雪中梅 연구〉, 〈이인직李人稙 연구〉 등은 물론, 〈한국어문장의 시대적 변천〉 등 평론과 논문을 다수 발표해 한국문학사에 큰 업적을 남겼다.

1984년 이후 서울대학교 명예교수, 세종대학교 초빙교수를 지냈다. 대한민국 문학예술상, 국민훈장 동백장을 받았으며, 주요 작품에는 《모르모트의 반응》, 《G.M.C.》, 《편지의 미학》 등이 있다.

…1
꺼삐딴 리

수술실에서 나온 이인국李仁國 박사는 응접실 소파에 파묻히듯이 깊숙이 기대어 앉았다.

그는 백금 무테안경을 벗어 들고 이마의 땀을 닦았다. 등골에 축축이 밴 땀이 잦아 들어감에 따라 피로가 스며 왔다. 두 시간 이십 분의 집도. 위장 속의 균종菌腫 적출. 환자는 아직 혼수상태에서 깨지 못하고 있다.

수술을 끝낸 찰나 스쳐 가는 육감, 그것은 성공 여부의 적중률을 암시하는 계시 같은 것이다. 그러나 오늘은 웬일인지 뒷맛이 꺼림칙하다.

그는 항생질 의약품이 그다지 발달하지 않았던 일제시대부터 개복 수술에 최단 시간의 기록을 세웠던 것을 회상해 본다.

맹장염이나 포경 수술, 그 정도의 것은 약과다. 젊은 의사들에게 맡겨 버리면 그만이다. 대수술의 경우에는 그렇게 방임할 수만은 없다. 환자 측에서도 대개 원장의 직접 집도를 조건부로 입원시킨다. 그는 그것을 자랑으로 삼아 왔고 스스로 집도하는 쾌감을 느꼈었다.

그의 병원 부근은 거의 한 집 건너 병원이랄 수 있을 정도로 밀집한 지대다. 이름 없는 신설 병원 같은 것은 숫제 비 장날 시골 전방처럼 한산한 속에 찾아오는 손님을 기다리고 있는 형편이다.

그러나 이인국 박사는 일류 대학 병원에까지 손을 쓰지 못하여 밀려오는 급환자들 틈에 끼여 환자의 감별에는 각별한 신경을 쓰고 있다.

그것은 마치 여관 보이가 현관으로 들어서는 손님의 옷차림을 훑어보고 그 등급에 맞는 방을 순간적으로 결정하거나 즉석에서 서슴지 않고 거절하는 경우와 흡사한 것이라고나 할까.

이인국 박사의 병원은 두 가지의 전통적인 특징을 가지고 있다.

병원 안이 먼지 하나도 없이 정결하다는 것과, 치료비가 여느 병원의 갑절이나 비싸다는 점이다.

그는 새로운 환자의 초진初診에서는 병에 앞서 우선 그 부담 능력을 감정하는 데서부터 시작한다. 신통하지 않다고 느껴지는 경우에는 무슨 핑계를 대든가, 그것도 자기가 직접 나서는 것이 아니라 간호원더러 따돌리게 하는 것이다.

그렇게 중환자가 아닌 한 대부분의 경우, 예진豫診은 젊은 의사들이 했다. 원장은 다만 기록된 진찰 카드에 따라 환자의 증세와 아울러 경제 제도를 판정하는 최종 진단을 내리면 된다.

상대가 지기知己나 거물급이 아닌 한 외상이라는 명목은 붙을 수가 없었다. 설령, 있다 해도 이 양면 진단은 한 푼의 미수未收나 결손도 없게 한, 그의 인생을 통한 의술 생활의 신조요 비결이었다.

그러기에 그의 고객은, 왜정 시대는 주로 일본인이었고, 현재는 권력층이 아니면 재벌의 셈속에 드는 축이어야만 했다.

그의 일과는 아침에 진찰실에 나오자 손가락 끝으로 창틀이나 탁자 위를 훑어 무테안경 속 움푹한 눈으로 응시하는 일에서 출발한다.

이때 손가락 끝에 먼지만 묻으면 불호령이 터지고, 간호원은 하루 종일 원장의 신경질에 부대껴야만 한다.

아무튼 그의 단골 고객들은 그의 정결한 결벽성에 감탄과 경의를 표해 마지않는다.

1 · 4후퇴 시 청진기가 든 손가방 하나를 들고 월남한 이인국 박사다. 그는 수복되자 재빨리 셋방 하나를 얻어 병원을 차렸다. 그러나 이제는 평당 50만 환을 호가하는 도심지에 타일을 바른 2층 양옥을 소유하게 되었다. 그는 자기 전문인 외과 외에 내과, 소아과, 산부인과 등 개인 병원을 집결시켰다. 운영은 각자의 호주머니 셈속이었지만, 종합 병원의 원장 자리는 의젓이 자기가 차지하고 있다.

이인국 박사는 양복 조끼 호주머니에서 십팔금 회중시계를 꺼내어 시간을 보았다.

2시 40분!

미국 대사관 브라운 씨와의 약속 시간은 이십 분밖에 남지 않았다. 이 시계에도 몇 가닥의 유서 깊은 이야기가 숨어 있다. 이인국 박사는 시계를 볼 때마다 참말 '기적' 임에 틀림없었던 사태를 연상하게 된다.

왕진 가방과 38선을 넘어온 피난 유물의 하나인 시계, 가방은 미군 의사에게서 얻은 새것으로 갈아 매어 흔적도 없게 된 지금, 시계는 목숨을 걸고 삶의 도피행을 같이 한 유일품이요, 어찌 보면 인생의 반려伴侶이기도 한 것이다.

밤에 잘 때에도 그는 시계를 머리맡에 풀어 놓거나 호주머니에 넣은 채로 버려두지 않는다. 반드시 풀어서 등기 서류, 저금통장 등이 들어 있는 비상용 캐비닛 속에 넣고야 잠자리에 드는 것이었다. 거기에는 또 그럴 만한 연유가 있었다. 이 시계는 제국대학을 졸업할 때 받은 영예로운 수상품이다. 뒤쪽에는 자기 이름이 새겨져 있다.

그 후 삼십여 년, 자기 주변의 모든 것이 변하여 갔지만 시계만은 옛 모습 그대로다. 주변뿐만 아니라 자기 자신은 얼마나 변한 것인가. 이십대 홍안을 자랑하던 젊음은 어디로 사라진 것인지 머리카락도 반백이 넘었고 이마의 주름은 깊어만 간다. 일제시대, 소련국 점령하의 감옥 생활, 6 · 25사변, 삼팔선, 미군 부대, 그

동안 몇 차례의 아슬아슬한 죽음의 고비를 넘긴 것인가.

'월삼 17석.'

우여곡절 많은 세월 속에서 아직도 제 시간을 유지하는 것만도 신기하다. 시간을 보고는 습성처럼 째각째각 소리에 귀 기울이는 때의 그의 가느다란 눈매에는 흘러간 인생의 축도가 서리는 것이었다. 그 속에서도 각모角帽와 쓰메에리 학생복을 벗어 버리고 신사복으로 갈아입던 그날의 감회를 더욱 새롭게 해주는 충동을 금할 길 없는 것이었다.

이인국 박사는 수술 직전에 서랍에 집어넣었던 편지에 생각이 미쳤다.

미국에 가 있는 딸 나미. 본래의 이름은 일본식의 나미코다. 해방 후 그것이 거슬린다기에 나미로 불렀고 새로 기류계에 올릴 때에는 코子를 완전히 떼어 버렸다.

나미창! 딸의 모습은 단란하던 지난날의 추억과 더불어 떠올랐다.

온 집안의 재롱동이였던 나미, 그도 이젠 성숙했다. 그마저 자기 옆에서 떠난 지금, 새로운 정에서 산다고는 하지만 이인국 박사는 가끔 물 밀어 오는 허전한 감을 금할 길이 없었다.

아내는 거제도 수용소에 있을 때 죽었고, 아들의 생사는 지금껏 알 길이 없다.

서울에서 다시 만나 후처로 들어온 혜숙惠淑, 이십 년의 연령차에서 오는 세대의 거리감을 그는 억지로 부인해 본다. 그러나 혜숙의 피둥피둥한 탄력에 윤기가 더해 가는 살결에 비해 자기의 주름 잡힌 까칠한 피부는 육체적 위축함마저 느끼게 하는 때가 없지 않았다.

그들 사이에서 난 돌 지난 어린것, 앞날이 아득한 이 핏덩이만이 지금의 이인국 박사의 곁을 지켜 주는 유일한 피붙이다.

이인국 박사는 기대와 호기에 가득 찬 심정으로 항공 우편의 피봉을 뜯었다.

전번 편지에서 가타부타 단안은 내리지 않고 잘 생각해서 결정하라고 한 그 후의 경과다.

'결국은 그렇게 되고야 마는 건가…….'

그는 편지를 탁자 위에 밀어 놓았다. 어쩌면 이러한 결말은 딸의 출국 이전에서부터 이미 싹튼 것인지도 모른다는 생각이 들었다.

대학에서 영문과를 택한 딸, 개인 지도를 하여 준 외인 교수, 스칼라십을 얻어 준 것도 그고, 유학 절차의 재정 보증인을 알선해 준 것도 그가 아닌가. 우연한 일은 아니다.

그러한 시류에 따라 미국 유학을 해야만 한다고 주장한 것은 오히려 아버지 자기가 아닌가.

동양학을 연구하고 있는 외인 교수. 이왕이면 한국 여성과 결혼했으면 좋겠다던 솔직한 고백에, 자기의 학문을 위한 탁월한 견해라고 무심코 찬의를 표한 것도 자기가 아니던가. 그것도 지금 생각하면 하나의 암시였음이 분명하지 않은가.

이인국 박사는 상아로 된 오존 파이프를 앞니에 힘을 주어 지그시 깨물며 눈을 감았다.

꼭 풀 쑤어 개 좋은 일을 한 것만 같은 몸서리가 느껴졌다.

'더러운 년 같으니, 기어코…….'

그는 큰기침을 내뱉었다.

그의 생각은 왜정 시대 내선 일체內鮮一體의 혼인론이 떠돌던 이야기에 꼬리를 물었다. 그때는 그것을 비방하거나 굴욕처럼 느끼지는 않았다. 오히려 당연한 것으로 해석했고 어찌 보면 우월한 것으로 생각하지 않았던가. 그런데 이 경우는…….

그는 딸의 편지 구절을 곱씹었다.

'애정에 국경이 있어요?'

이것은 벌써 진부하다. 아비도 학창 시절에 그런 풍조는 다 마스터했다. 건방지게, 이게 새삼스레 아비에게 설교조로…… 좀 더 솔직하지 못하고…….

그러니 외딸인 제가 그런 국제결혼의 시금석이 되겠단 말인가.

'아무튼 아버지께서 쉬 한 번 오신다니 최종 결정은 아버지의 의향에 따라 결정할 예정입니다만…….'

그래 아버지가 안 가면 그대로 정하겠단 말인가.

이인국 박사는 일대 잡종一大雜種의 유전 법칙이 떠오르자 머리를 내저었다.

'흰둥이 손자 생각만 해도 징그럽다.'

그는 내던졌던 사진을 다시 집어 들었다.

대학 캠퍼스 같은 석조전의 거대한 건물, 그 앞의 정원, 뒤쪽에 짝을 지어 걸어가는 남녀 학생, 이 배경 속에 딸과 그 외인 교수가 나란히 어깨를 짚고 서서 웃음을 짓고 있다.

'흥, 놀기는 잘들 논다…….'

응, 신음소리를 치며 그는 자리에서 일어섰다. 아무튼 미스터 브라운을 만나 이왕 가는 길이면 좀 더 서둘러야겠다. 그 가장 대우가 좋다는 국무성 초청 케이스의 확정 여부를 빨리 확인해야겠다는 생각이 조바심을 쳤다.

그는 아내 혜숙이 있는 살림방 쪽으로 건너갔다.

"여보, 나미가 기어코 결혼하겠다는구려."

"그래요……."

아내의 어조에는 별다른 감동이나 의아도 없음을 이인국 박사는 직감했다.

그는 가능한 한 혜숙이 앞에서 전실 소생의 애들 이야기를 하는 것을 삼가왔다.

어떻게 보면 나미의 미국 유학을 간접적으로 자극한 것은 가정 분위기의 소치라는 자격지심이 없지 않기도 했다.

나미는 물론 혜숙을 단 한 번도 어머니라고 불러 준 일이 없었다.

혜숙이 또한 나미 앞에서 어머니라고 버젓이 행세한 일도 없었다.

지난날의 간호원과 오늘의 어머니, 그 사이에는 따져서 표현할 수 없는 미묘한 감정들이 복제되어 있었다.

"선생님의 일이라면 무엇이든지 돕겠어요."

서울에서 이인국 박사를 다시 만났을 때 마음속 그대로 털어 놓은 혜숙의 첫마디였다.

처음에는 혜숙이도 부인의 별세를 몰랐고, 이인국 박사도 혜숙이의 혼인 여부를 참견하지 않았다.

혜숙은 곧 대학 병원을 그만두고 이리로 옮겨 왔다.

나미는 옛정이 다시 살아 혜숙을 언니처럼 따랐다.

이들의 혼인이 익어 갈 때 이인국 박사는 목에 걸리는 딸의 의향을 우선 듣기로 했다.

딸도 아버지의 외로움을 동정하고 있었다. 자기 자신 아버지의 시중이 힘에 겨웠고 또 그 사이 실지의 아버지 뒤치다꺼리를 혜숙이 해왔으므로 딸은 즉석에서 진심으로 찬의를 표했다.

그러나 시간이 흐를수록 혜숙과 나미의 간격은 벌어졌고, 혜숙은 남편과의 정상적인 가정생활에서 나미가 장애물이 되는 것 같은 느낌을 차츰 가지게 되었다.

혜숙 자신도 처음에는 마음 놓고 이인국 박사를 남편이랍시고 일대일로 부르진 못했다.

나미의 출발, 그 후 어린애의 해산, 이러한 몇 고개를 넘는 사이에 이제 겨우 아내답게 늠름히 남편을 대할 수 있고 이인국 박사 또한 제대로의 남편의 체모로 아내에게 농을 걸 수 있게끔 되었다.

"기어코 그 외인 교수와 가까워지는 모양인데."

이인국 박사는 아내의 얼굴을 직시하지는 못하고 마치 독백하듯이 뇌까렸다.

"할 수 있어요. 제 좋다는 대로 해야지요."

마치 남의 이야기를 하는 것처럼 이인국 박사에게는 들려왔다.

"글쎄, 하기는 그렇지만……."

그는 입맛만 다시며 더 이상 계속하지 못했다.

잠을 깨어 울고 있는 어린것에게 젖을 물리고 있는 아내의 젊은 육체에서 자극을 느끼면서 이인국 박사는 자기 자신이 죄를 지은 것만 같은 나미에 대한 강박관념을 금할 길이 없었다.

저 어린것이 자라서 아들 원식元植이나 또 나미 정도의 말상대가 될래도 아직 이십여 년의 세월이 흘러야 한다.

그때 자기는 칠십이 넘는 할아버지다.

현대 의학이 인간의 평균 수명을 연장하고, 암 같은 고질이 아닌 한 불의의 죽음은 없다 하지만, 자기 자신이 의사이면서 스스로의 생명 하나를 보장할 수 없다.

'마누라는 눈앞에서 나는 새 놓치듯이 죽이지 않았던가.'

아무리 해도 조놈이 대학을 나올 때까지는 살아야 한다. 아무렴, 때가 때인 만큼 미국 유학까지는 내 생전에 시켜 주어야지.

하기야 그런 의미에서도 일찌감치 미국 혼반을 맺어 두는 것도 그리 해로울 건 없지 않나. 아무렴 우리보다는 낫게 사는 사람들인데. 남 좀 보기 체면이 안 서서 그렇지.

그는 자위인지 체념인지 모를 푸념을 곱씹었다.

"여보, 저걸 좀 꾸려요."

이인국 박사의 말씨는 점잖게 가라앉았다.

"뭐 말이에요?"

아내는 젖꼭지를 물린 채 고개만을 돌려 되묻는다.

"저 병 말이오."

그는 화장대 위에 놓은 골동품을 가리켰다.

"어디 가져 가셔요?"

"저 미 대사관 브라운 씨 말이야. 늘 신세만 졌는데……."

아내가 꼼꼼히 싸놓은 포장물을 들고 이인국 박사는 천천히 현관을 나섰다. 벌써 석간신문이 배달되었다.

아무리 생각해도 그것은 분명 기적임에 틀림없는 일이었다. 간헐적으로 반복되어 공포와 감격을 함께 휘몰아치는 착잡한 추억. 늘 어제 일마냥 생생하기만 하다.

1945년 8월 하순.

아직 해방의 감격이 온 누리를 뒤덮어 소용돌이칠 때였다.

말복末伏도 지난 날씨건만 여전히 무더웠다. 이인국 박사는 이 며칠 동안 불안과 초조에 휘둘려 잠도 제대로 자지 못했다. 무엇인가 닥쳐올 사태를 오들오들 떨면서 대기하는 상태였다.

그렇게 붐비던 환자도 얼씬하지 않고 쉴 사이 없던 전화도 뜸하여졌다. 입원실은 최후의 복막염 환자였던 도청의 일본인 과장이 끌려간 후 텅 비었다.

조수와 약제사는 궁금증이 나서 고향에 다녀오겠다고 떠나갔고 서울 태생인 간호원 혜숙만이 남아 빈집 같은 병원을 지키고 있었다.

이층 십조 다다미방에 혼도 씨와 유카다 바람에 뒹굴고 있던 이인국 박사는 견디다 못해 부채를 내던지고 일어났다.

그는 목욕탕으로 갔다. 찬물을 펴서 대야째로 머리에서부터 몇 번이고 내리부었다. 등줄기가 시리고 몸이 가벼워졌다.

그러나 수건으로 몸을 닦으면서도 무엇인가 짓눌려 있는 것 같은 가슴속의 갑갑증을 가셔 낼 수는 없었다.

그는 창문으로 기웃이 한 길가를 내려다보았다. 우글거리는 군중들은 아직도 소음 속으로 밀려가고 있다.

굳게 닫혀 있는 은행 철문에 붙은 벽보가 한길을 건너 하얀 윤곽만이 두드러져 보인다.

아니 그곳에 씌어 있는 구절.

'친일파, 민족 반역자를 타도하자.'

옆에 붙은 동그라미를 두 겹으로 친 글자가 그대로 눈앞에 선명하게 보이는 것만 같다.

어제 저물녘에 그것을 처음 보았을 때의 전율이 되살아왔다.

순간 이인국 박사는 방 쪽으로 머리를 홱 돌렸다.

'나야 괜찮겠지…….'

혼자 뇌까리면서 그는 다시 부채를 들었다. 그러나 벽보를 들여다보고 있을 때 자기와 눈이 마주치는 순간, 일그러지는 얼굴에 경멸인지 통쾌인지 모를 웃음을 비죽이 흘리면서 아래위로 훑어보던 그 춘석이 녀석의 모습이 자꾸만 머릿속으로 엄습하여 어두운 밤에 거미줄을 뒤집어쓴 것처럼 께름텁텁하기만 했다.

그깐 놈 하고 머리에서 씻어 버리려 해도 거머리처럼 자꾸만 감아 붙는 것만 같았다.

벌써 육 개월 전의 일이다.

형무소에서 병보석으로 가출옥되었다는 중환자가 업혀서 왔다.

휑뎅그런 눈에 앙상하게 뼈만 남은 몸을 제대로 가누지도 못하는 환자. 그는 간호원의 부축으로 겨우 진찰을 받았다.

청진기의 상아 꼭지를 환자의 가슴에서 등으로 옮겨 두 줄기의 고무줄에서 감득되는 숨소리를 감별하면서도, 이인국 박사의 머릿속은 최후 판정의 분기점을 방황하고 있었다.

입원시킬 것인가, 거절할 것인가…….

환자의 몰골이나 업고 온 사람의 옷매무새로 보아 경제 정도는 뻔한 일이라 생각되었다.

그러나 그것보다도 더 마음에 켕기는 것이 있었다. 일본인 간부급들이 자기 집처럼 들락날락하는 이 병원에 이런 사상범을 입원시킨다는 것은 관선 시의원이라는 체면에서도 떳떳치 못할뿐더러, 자타가 공인하는 모범적인 황국 신민皇國新民의 공든 탑이 하루아침에 무너지는 결과를 가져오는 것이라는 생각이 들었다.

순간 그는 이런 경우의 가부 결정에 일도양단하는 자기 식으로 찰나적인 단안을 내렸다.

그는 응급 치료만 하여 주고 입원실이 없다는 가장 떳떳하고도 정당한 구실로 애걸하는 환자를 돌려보냈다.

환자의 집이 병원에서 멀지 않은 건너편 골목 안에 있다는 것은 후에 간호원에게서 들었다. 그러나 그쯤은 예사로운 일이었기에 그는 그대로 아무렇지도 않게 흘려 버렸다.

그런데 며칠 전 시민대회 끝에 있는 해방 경축 시가행진을 자기도 흥분에 차 구경하느라고 혜숙이와 함께 대문 앞에 나갔다가, 자위대 완장을 두르고 대열에 끼인 젊은이와 눈이 마주쳤다.

이쪽을 노려보는 청년의 눈에서 불똥이 튀는 것 같은 살기를 느꼈다.

무슨 영문인지 모르고 어리벙벙하던 이인국 박사는, 그것이 언젠가 입원을 거절당한 사상범 환자 춘석이라는 것을 혜숙에게서 듣고야 슬금슬금 주위의 눈치를 살피며 집으로 기어 들어왔다.

그 후 그는 될 수 있는 대로 거리로 나가는 것을 피하였지마는 공교롭게도 어제 저녁에 그 벽보 앞에서 마주쳤었다.

갑자기 밖이 왁자지껄 떠들어대었다. 머리에 깍지를 끼고 비스듬히 누워서 갈피를 잡을 수 없는 생각에 골몰하던 이인국 박사는 일어나 앉아 한길 쪽에 귀를 기울였다. 들끓는 소리는 더 커갔다. 궁금증에 견디다 못해 그는 엉거주춤 꾸부린 자세로 밖을 내다보았다. 포도에 뒤끓는 사람들은 손에 손에 태극기와 적기赤旗를 들고 환성을 울리고 있었다.

'무엇일까?'

그는 고개를 갸웃하며 다시 자리에 주저앉았다.

계단을 구르며 급히 올라오는 발자국 소리가 들려왔다. 혜숙이다.

"아마 소련군이 들어오나 봐요. 모두들 야단법석이에요……."

숨을 헐떡이며 이야기하는 혜숙이의 말에 이인국 박사는 아무 대꾸도 없이 눈만 껌벅이며 도로 앉았다. 여러 날에 라디오에서 오늘 입성 예정이라고 했으니 인제 정말 오는가 보다 싶었다.

혜숙이 내려간 뒤에도 이인국 박사는 한참 동안 아무 거동도 못하고 바깥쪽을 내다보고만 있었다.

무엇을 생각했던지 그는 움찔 자리에서 일어났다. 그러고는 벽장문을 열었다. 안쪽에 손을 뻗쳐 액자들을 끄집어내었다.

'국어상용國語常用의 가家.'

해방되던 날 떼어서 집어넣어 둔 것을 그동안 깜박 잊고 있었다.

그는 액자의 뒤를 열어 음식점 면허장 같은 두터운 모조지를 빼내어 글자 한 자도 제대로 남지 않게 손끝에 힘을 주어 꼼꼼히 찢었다.

이 종잇장 하나만 해도 일본인과의 교제에 있어서 얼마나 떳떳한 구실을 할 수 있었던 것인가. 야릇한 미련 같은 것이 섬광처럼 머릿속을 스쳐갔다.

환자도 일본말 모르는 축은 거의 오는 일이 없었지만 대외 관계는 물론 집 안에서도 일체 일본말만을 써왔다. 해방 뒤 부득이 써 오는 제 나라 말이 오히려 의사 표현에 어색함을 느낄 만큼 그에게는 거리가 먼 것이었다.

마누라의 솔선수범하는 내조지공도 컸지만 애들까지도 곧잘 지켜 주었기에 이 종잇장을 탄 것이 아니던가. 그것을 탄 날은 온 집안이 무슨 경사나 난 것처럼 기뻐들 했다.

"잠꼬대까지 국어로 할 정도가 아니면 이 영예로운 기회야 얻을 수 있겠소."

하던 국민 총력 연맹 지부장의 웃음 띤 치하 소리가 떠올랐다.

그 순간, 자기 자신은 아이들을 소학교로부터 일본 학교에 보낸 것을 얼마나 다행으로 여겼던 것인가.

그는 후 한숨을 내뿜었다. 그리고는 지금 통장의 잔액을 깡그리 내주던 은행 지점장의 호의에 새삼 고마움을 느끼는 것이었다.

그것마저 없었더라면……. 등골에 오싹하는 한기가 느껴 왔다.

무슨 정치가 오든 그것만 있으면 시내 사람의 절반 이상이 굶어 죽기 전에야 우리 집 차례는 아니겠지. 그는 손금고가 들어 있는 안방 단스를 생각하면서 혼자 중얼거렸다.

이인국 박사는 무슨 일이 일어나도 꼭 자기만은 살아남을 것 같은 막연한 기대를 곱씹고 있다.

주위가 어두워 왔다.

지축이 흔들리는 것 같은 동요와 소름이 가까워졌다. 군중들의 환호성이 터져 나왔다. 만세 소리가 연방 계속되었다.

세상 형편을 알아보려고 거리에 나갔던 아내가 돌아왔다.

"여보, 당꾸 부대가 들어왔어요. 거리는 온통 사람들 사태가 났는데 집 안에 처박혀 뭘 하구 있어요……."

어둠 속에서 아내의 음성은 격했으나 감격인지 당황인지 알 길이 없었다.

'계집이란 저렇게 우둔하구두 대담한 것일까…….'

이인국 박사는 엷은 어둠 속에서 마누라 쪽을 주시하면서 입맛을 다셨다.

"불두 엽 때 안 켜구."

마누라가 전등 스위치를 틀었다. 이인국 박사는 백촉전등이 너무 환한 것이 못마땅했다.

"불은 왜 켜는 거요?"

"그럼 켜지 않구 캄캄한데……. 자 어서 나가 봅시다."

마누라가 이끄는 데 따라 이인국 박사는 마지못하면서 시침을 떼고 따라 나섰다.

헤드라이트의 눈부신 광선. 탱크 부대의 진주는 끝을 알 수 없이 계속되고 있다.

이인국 박사는 부신 불빛을 피하면서 가로수에 기대어 섰다. 박수와 환호성, 만세 소리가 그칠 줄 모르는 양안兩岸을 끼고 탱크는 물밀듯 서서히 흘러간다. 위 뚜껑을 열고 반신을 내민 중대가리의 병정은 간간이 '우라아' 하면서 손을 내흔들고 있다.

이인국 박사는 자기와는 아무 관련도 없는 이방 부대라는 환각을 느끼면서 박수도 환성도 안 나가는 멋쩍은 속에서 멍하니 쳐다보고만 있다. 그는 자기의 거동을 주시하지나 않나 해서 주위를 두리번거렸다.

그러나 아무도 그에게는 관심을 두는 일없이 탱크를 향하여 목청이 터지도록 거듭 만세만 부르고 있지 않은가.

'어떻게 되겠지…….'

그는 밑도 끝도 없는 한마디를 뇌이면서 유유히 집으로 들어왔다.

민요 뒤에 계속 되던 행진곡이 그치고 주둔군 사령관의 포고문이 방송되고 있다.

이인국 박사는 라디오 앞에 다가앉아 귀를 기울였다.

시민의 생명 재산은 절대 보장한다. 각자는 안심하고 자기의 직장을 수호하라. 총기, 일본도 등 일체의 무기 소지는 금하니 즉시 반납하라는 등의 요지였다.

그는 문득 단스 속에 넣어 둔 엽총에 생각이 미치었다. 그러면 저거도 바쳐야 하는 것일까. 영국제 쌍발, 손때 묻은 애완물같이 느껴져 누구에게 단 한 번 빌려주지 않았던 최신형 특제품이었다.

이인국 박사는 다이얼을 돌렸다. 대체 서울에서는 어떻게들 하고 있는 것일까.

거기도 마찬가지다. 민요가 아니면 행진곡이 나오고 그러다가는 건국 준비 위원회의 누구인가의 연설이 계속된다.

대체 앞으로 어떻게 될 것인가 궁금증을 해결할 방법이 없다.

해방 직후 이삼 일 동안은 자기도 태연하였지만 뻔질나게 드나들던 몇몇 친구들도 소련군 입성이 보도된 이후부터는 거의 나타나질 않는다. 그렇다고 자기 자신이 뛰어다니며 물을 경황은 더욱 없다.

밤이 이슥해서야 중학교와 국민학교를 다니는 아들딸이 굉장한 구경이나 한 것처럼 탱크와 로스케의 이야기를 늘어놓으며 돌아왔다.

그들은 아버지의 심중은 아랑곳없다는 듯이 어머니, 혜숙이와 함께 저희들 이야기에만 꽃을 피우고 있었다.

앞일은 대체 어떻게 전개될 것인지 뛰어넘을 수가 없는 큰 바다가 가로놓인 것만 같았다. 풀어낼 수 있는 실마리가 전연 다듬어지지 않는 뒤헝클어진 상념 속에서 그래도 이인국 박사는 꺼지려는 짚불을 불어 일으키는 심정으로 막연한 한 가닥의 기대만을 끝내 포기하지 않은 채 천장을 멍청히 쳐다보고만 있었다.

지난 일에 대한 뉘우침이나 가책 같은 건 아예 있을 수 없었다.

자동차 속에서 이인국 박사는 들고 나온 석간을 펼쳤다.

일면의 제목을 대강 훑고 난 그는 신문을 뒤집어 꺾어 삼면으로 눈을 옮겼다

'북한 소련 유학생 서독으로 탈출.'

바둑돌 같은 굵은 활자의 제목. 왼편 전단을 차지한 외신 기사. 손바닥만한 사진까지 곁들여 있다.

그는 코허리에 내려온 안경을 올리면서 눈을 부릅떴다.

그의 시각은 활자 속을 헤치고 머릿속에는 아들의 환상이 뒤엉켜 들이차 왔다. 아들을 모스크바로 유학시킨 것은 자기의 억지에서였던 것만 같았다.

출신 계급, 성분, 어디 하나나 부합될 조건이 있었단 말인가. 고급 중학을 졸업하고 의과 대학에 입학된 바로 그 해다.

이인국 박사는 그때나 지금이나 자기의 처세 방법에 대하여 절대적인 자신을 가지고 있다.

"얘, 너 그 노어 공부를 열심히 해라."

"왜요?"

아들은 갑자기 튀어나오는 아버지의 말에 의아를 느끼면서 반문했다.

"야 원식아, 별 수 없다. 왜정 때는 그래도 일본말이 출세를 하게 했고 이제는 노어가 또 판을 치지 않니. 고기가 물을 떠나서 살 수 없는 바에야 그 물속에서 살 방도를 궁리해야지. 아무튼 그 노서아 말 꾸준히 해라."

아들은 아버지 말에 새삼스러이 자극을 받는 것 같진 않았다.

"내 나이로도 인제 이만큼 뜨내기 회화쯤은 할 수 있는데, 새파란 너희 낫세로야 그걸 못 하겠니?"

"염려 마세요, 아버지……."

아들의 대답이 그에게는 믿음직스럽게 여겨졌다.

이인국 박사는 심각한 표정으로 말을 이었다.

"어디 코 큰 놈이라구 별 것이겠니, 말 잘해서 진정이 통하기만 하면 그것들두 다 그렇지……."

이인국 박사는 끝내 스텐코프 소좌의 배경으로 요직에 있는 당 간부의 추천을 받아 아들의 소련 유학을 결정짓고야 말았다.

"여보, 보통으로 삽시다. 거저 표 나지 않게 사는 것이 이런 세상에선 가장 편안할 것 같아요, 이제 겨우 죽을 고비를 면했는데 또 재까지 그 높이 드는 복판에 휘몰아 넣으면 어쩔라구……."

“가만있어요, 호랑이두 굴에 가야 잡는 법이오. 무슨 세상이 되든 할 대로 해 봅시다.”

“그래도 저 어린것을 어떻게 노서아까지 보낸단 말이오.”

“아니, 중학교 야들도 가지 못해 골들을 싸매는데, 대학생이 못 가 견딜라구.”

“그래도 어디 앞일을 알겠소…….”

“괜한 소리, 재가 소련 바람을 쏘이구 와야 내게 허튼소리 하는 놈들도 찍소리를 못할 거요. 어디 보란 듯이 다시 한 번 살아 봅시다.”

아들의 출발을 앞두고, 걱정하는 마누라를 우격다짐으로 무마시키고 그는 아들의 유학을 관철하였다.

‘흥, 혁명 유가족두 가기 힘든 구멍을 이인국의 아들이 뚫었으니 어디 두구 보자…….’

그는 만장의 기염을 토하며 혼자 중얼거리고는 희망에 찬 미소를 풍겼다.

그 다음해에 사변이 터졌다.

잘 있노라는 서신이 계속하여 왔지만 동란 후 후퇴할 때까지 소식은 두절된 대로였다.

마누라의 죽음은 외아들을 사지로 보낸 것 같은 수심에도 그 원인이 있었다고 그는 생각하고 있다.

이인국 박사는 신문 다치키리 속에 채워진 글자를 하나도 빼지 않고 다 훑어 내려갔다.

그러나 아들의 이름에 연관되는 사연은 한마디도 없었다.

‘이 자식은 무얼 꾸물꾸물하느라고 이런 축에도 끼지 못한담……. 사태를 판별하고 임기응변의 선수를 쓸 줄 알아야지, 멍추같이…….’

그는 신문을 포개어 되는대로 말아 쥐었다.

‘개천에서 용마가 난다는데, 이건 제 애비만도 못한 자식이야.’

그는 혀를 찍찍 갈겼다.

'어쩌면 가족이 월남한 것조차 모르고 주저하고 있는 것이나 아닐까. 아니 이제는 그쪽에도 소식이 가서 제게도 무언중의 압력이 퍼져 갈 터인데……. 역시 고지식한 놈이 아무래도 모자라…….'

그는 자동차에서 내리자 건가래침을 내뱉었다.

'독또오루 리, 내가 책임지고 보장하겠소. 아들을 우리 조국 소련에 유학시키시오.'

스텐코프의 목소리가 고막에 와 부딪는 것만 같았다.

자위대가 치안대로 바뀐 다음 날이다. 이인국 박사는 치안대에 연행되었다.

시멘트 바닥에 무릎을 꿇고 앉은 그는 입술이 파랗게 질려 있었다. 하반신이 저려 오고 옆구리가 쑤신다. 이것만으로도 자기의 생애를 통한 가장 큰 고역이라고 그는 생각하고 있다. 그러나 그것보다는 앞으로 닥쳐올 예기할 수 없는 사태가 공포 속에 그를 휘몰았다.

지나가고 지나오는 구둣발 소리와 목덜미에 퍼부어지는 욕설을 들으면서 꺾이듯이 축 늘어진 그의 머리는 들릴 줄을 몰랐다.

시간만이 흘러가고 있었다.

그의 머릿속에는 짓눌렸던 생각들이 하나씩 꼬리를 치켜들기 시작했다.

'이럴 줄 알았더라면 어디든지 가 숨거나, 진작으로 남으로라도 도피했을걸……. 그러나 이 판국에 나를 감싸 줄 사람이 어디 있담. 의지할 곳은 다 나와 같은 코스를 밟았거나 조만간에 밟을 사람들이 아닌가. 일본인! 가장 믿었던 성벽이 다 무너지고 난 지금 누구를…….'

'그래도 어떻게 되겠지…….'

이 막연한 기대는 절박한 이 순간에도 그에게서 완전히 떠나 버리지는 않았다.

'다행이다. 인민재판의 첫 코에 걸리지 않은 것만 해도. 끌려간 사람들의 행방은 전혀 알 길이 없다. 즉결 처형을 당했다는 소문도 떠돈다. 사흘의 여유만 더 있었더라면 나는 이미 이곳을 떴을지도 모른다. 다 운명이다. 아니 그래도 무슨 수가 있겠지…….'

"쪽발이 끄나풀, 야 이 새끼야."

고함 소리에 놀라 이인국 박사는 흠칫 머리를 들었다.

때도 묻지 않은 일본 병사 군복에 완장을 찬 젊은이가 쏘아보고 있다. 춘석이다.

이인국 박사는 다시 쳐다볼 힘도 없었다. 모든 사태는 짐작되었다.

이제는 죽는구나, 그는 입 속으로 뇌까렸다.

"왜놈의 밑바시, 이 개새끼야."

일본 군용화가 그의 옆구리를 들이찬다.

"이 새끼, 어디 죽어 봐라."

구둣발은 앞뒤를 가리지 않고 전신을 내지른다.

등골 척수에 다급한 충격을 받자 이인국 박사는 비명을 지르고 꼬꾸라졌다.

그는 현기증을 일으켰다. 어깻죽지를 끌어 바로 앉혀도 몸을 가누지 못하고 한쪽으로 쓰러졌다.

"민족과 조국을 팔아먹은 이 개돼지 같은 놈아, 너는 총살이야, 총살……."

어렴풋이 꿈속에서처럼 들려왔다. 그러나 그에게는 그 말도 아무런 반항을 일으키지 못했다.

시간이 얼마나 흘렀을까. 자기 앞자락에서 부스럭거리는 감촉과 금속성의 부스럭거리는 소리를 듣고 어렴풋이 정신을 차렸다.

노란 털이 엉성한 손목이 시곗줄을 끄르고 있다. 그는 반사적으로 앞자락의 시계 주머니를 부둥켜 쥐면서 손의 임자를 힐끔 쳐다보았다. 눈동자가 파란 중대가리 소련 병사가 시곗 줄을 거머쥔 채 이빨을 드러내고 히죽이 웃고 있다.

그는 두 손으로 있는 힘을 다해 양복 안주머니를 감싸 쥐었다.

"흥…… 야뽄스키……."

병사의 눈동자는 점점 노기를 띠어 갔다.

"아니, 이것만은!"

그들의 대화는 서로 통하지 않는 대로 손아귀와 눈동자의 대결은 그대로 지속되고 있었다.

병사는 됫박만한 손으로 이인국 박사의 손가락 끝에서 시계를 채어 냈다. 시곗줄은 끊어져 고리가 달린 끝머리가 이인국 박사의 손가락 끝에서 달랑거렸다.

병사는 밖으로 나가 버렸다.

"죽음과 시계……."

이인국 박사는 토막 난 푸념을 되풀이하고 있다.

양쪽 팔목에 팔뚝시계를 둘씩이나 차고도 만족이 안 가 자기의 회중시계까지 앗아 가는 그 병정의 모습을 머릿속에 똑똑히 되새겨 갈 뿐이다.

감방 속은 빼곡히 찼다.

그러나 고참자와 신입자의 서열은 분명했다. 달포가 지나는 사이에 맨 안쪽 똥통 위에 자리 잡았던 이인국 박사는 삼분지 이의 지점으로 점차 승격되었다.

그는 하루 종일 말이 없었다. 범인 속에 섞여 있던 감방 밀정이 출감된 다음 날부터 불평만을 늘어놓던 축들이 불려 나가 반송장이 되어 들어왔지만, 또 하루 이틀이 지나자 감방 속의 분위기는 여전히 불평과 음식 이야기로 소일되었다.

이인국 박사는 자기의 죄상이라는 것을 폭로하기도 싫었지만 예전에 고등계 형사들에게서 실컷 얻어들은 지식이 약이 되어 함구령이 지산 명령이라는 신념을 일관하고 있었다.

그는 간밤에 출감한 학생이 내던지고 간 노어 회화책을 첫 장부터 꼼꼼히 뒤지고 있을 뿐이다.

등골이 쏘고 옆구리가 결려 온다. 이것으로 고질이 되는가 하는 생각이 없지 않다. 아침저녁으로 기온이 사뭇 내려가고 있다. 아무리 체념한다면서도 초조감을 막을 길 없다.

노어 책을 읽으면서도 그의 청각은 늘 감방 속의 이야기를 놓치지 않고 있다.

그들이 예측하는 식대로의 중형으로 치른다면 자기의 죄상은 너무도 어마어마하다. 양곡 조합의 쌀을 몰래 팔아먹은 것이 칠 년, 양민을 강제로 보국대에 동원했다는 것이 십 년, 감정적인 즉결이 아니라 법에 의한 처단이라고 내대지만 이 난리 판국에 법이고 뭣이고 있을까. 마음에만 거슬리면 총살일 판인데…….

'친일파, 민족 반역자, 반일 투사 치료 거부, 일제의 간첩 행위…….'

이건 너무도 어마어마한 죄상이다. 취조할 때 나열하던 그대로 한다면 고작해야 무기 징역, 사형감인지도 모른다.

그는 방 안을 둘러보며 후 큰 숨을 내쉬었다.

처마 밑에 바싹 달라붙은 환기창에서 들이비치던 손수건만한 햇살이 참 대 자처럼 길어졌다가 실오리만큼 가늘게 떨리며 사라졌다. 그 창살을 거쳐 아득히 보이는 가을 하늘이 잊었던 지난 일을 한 덩어리로 얽어 휘몰아 오곤 했다. 가슴이 짜릿했다.

밖의 세계와는 영원한 단절이다.

그는 눈을 감았다. 마누라, 아들, 딸, 혜숙이, 누구누구…… 그러다가 외과계의 원로 이인국 박사에 이르자, 목구멍이 타는 것같이 꽉 막혔다.

그는 헛기침을 하고 침을 삼켰다.

'그럼, 어쩐단 말이야, 식민지 백성이 별 수 있었어. 날구 뛴들 소용이 있었느냐 말이야, 어느 놈은 일본 놈한테 아첨을 안 했어. 주는 떡을 안 먹은 놈이 바보지. 흥, 다 그놈이 그놈이었지.'

이인국 박사는 자기변명을 합리화시키고 나면 가슴이 좀 후련해 왔다.

거기다 어저께의 최종 취조 장면에서 얻은 소련 고문관의 표정은 그에게 일루의 희망을 던져 주는 것이 있었다. 물론 그것이 억지의 자위일지도 모른다고 생각되었지만.

아마 스텐코프 소좌라고 했지. 그 혹부리 장교, 직업이 의사라고 했을 때, 독또오루 독또오루 하고 고개를 기웃거리던 순간의 표정, 그것이 무슨 기적의 예감 같기만 했다.

이인국 박사는 신음소리에 놀라 눈을 떴다.

복도에 켜져 있는 엷은 전등 불빛이 쇠창살을 거쳐 방 안에 줄무늬를 놓으며 비쳐 들어왔다. 그는 환기창 쪽을 올려다보았다. 아직도 동도 트지 않은 깜깜한 밤이다.

생똥 냄새가 코를 찌른다. 바짓가랑이 한쪽이 축축하다. 만져 본 손을 코에 갔다 댔다. 구역질이 난다. 역시 똥 냄새다.

옆에 누운 청년의 앓는 소리는 계속되고 있다. 찬찬히 눈여겨보았다. 청년 궁둥이도 젖어 있다.

'설산가 보다.'

그는 살창문을 흔들며 교화 소원을 고함쳐 불렀다.

"뭐야!"

자다가 깬 듯한 흐린 소리가 들려왔다.

"환자가…… 이거, 봐요."

창살 사이로 들여다보는 소원의 얼굴은 역광 속에서 챙 붙은 모자 밑의 둥그스름한 윤곽밖에 알려지지 않는다.

이인국 박사는 청년의 궁둥이께를 손가락으로 가리키며 들여다보고 있다.

"이거, 피로군, 피야."

그는 그제서야 붉은 빛을 발견하곤 놀란 소리를 쳤다.

"적리야, 이질……."

그는 직업의식에서 떠오르는 대로 큰 소리를 질렀다.

"뭐, 적리?"

바깥 소리는 확실히 납득이 안 간 음성이다.

"피똥 쌌소, 피똥을…… 이것 봐요."

그는 언성을 더욱 높였다.

"응, 피똥……."

아우성 소리에 감방 안의 사람들은 하나둘 눈을 뜨며 저마다 놀란 소리를 쳤다.

"적리, 이건 전염병이오, 전염병."

"뭐, 전염병……."

그제서야 교화 소원이 문을 열고 들어왔다.

얼마 후 환자는 격리되었고 남은 사람들은 똥을 닦느라고 한참 법석을 치고 다시 잠을 불러일으키질 못했다.

이튿날 미결감 다른 감방에서 또 같은 증세의 환자가 두셋 발생했다. 날이 갈수록 환자는 늘기만 했다.

이 판국에 병만 나면 열의 아홉은 죽는 길밖에 없다고 생각한 이인국 박사는 새로운 위험에 사로잡히기 시작했다.

저녁 후 이인국 박사는 고문관실로 불려 나갔다.

"동무는 당분간 환자의 응급 치료실에서 일하시오."

이게 무슨 청천벽력 같은 기적일까, 그는 통역의 말을 의심했다.

소련 장교와 통역관을 번갈아 쳐다보고 있는 그의 눈동자는 생기를 띠어 갔다.

"알겠소 엥……."

"네."

다짐에 따라 이인국 박사는 기쁨을 억지로 감추며 평범한 어조로 대답했다.

'글쎄 하늘이 무너져도 솟아날 구멍은 있다니까.'

그는 아무 표정도 나타내지 않으려고 이를 악물었다.

죽어 넘어진 송장이 개 치우듯 꾸려져 나가는 것을 보고 이인국 박사는 꼭 자기 일같이만 느껴졌다.

'의사, 이것은 나의 천직이다.'

그는 몇 번이고 감격에 차 중얼거렸다. 그는 있는 힘을 다해 자기 담당의 환자를 치료했다. 이러한 일은 그의 실력이 혹부리 고문관의 유다른 관심을 끌게 한 계기를 만들어 주었다.

사상범을 옥사시키는 경우는 책임자에게 큰 문책이 온다는 것은 훨씬 후에야 그가 안 일이다.

소련 군의관에게 기술이 인정된 이인국 박사는 계속 병원에서 근무하게 되었다. 그러나 죄상 처벌의 결말에 대해서는 알 길이 없었다.

그는 이 절호의 기회를 최대한으로 활용하고 싶었다. 이제는 죽어도 여한이 없을 것만 같았다.

이렇게 하여 이 보이지 않는 구속에서까지 완전히 벗어날 수는 없을까.

그는 환자의 치료를 하면서도 늘 스텐코프의 왼쪽 뺨에 붙은 오리알만한 혹을 생각하고 있었다.

불구라면 불구로 볼 수 있는 그 혹을 가지고 고급 장교에까지 승진했다는 것은, 소위 말하는 당성黨性이 강하거나 그렇지 않으면 전공戰功이 특별했음에 틀림없다는 생각이 들었다.

그것 하나만 물고 늘어지면 무엇인가 완전히 살아날 틈새기가 생길 것만 같았다.

이인국 박사의 뜨내기 노어도 가끔 순시하는 스텐코프와 인사말을 주고받을 수 있을 정도로 진전되었다.

이 안에서의 모든 독서는 금지되었지만 노어 교본과 당사黨史만은 허용되었다.

이인국 박사는 마치 생명의 열쇠나 되는 듯이 초보 노어 책을 거의 암송하다시

피 했다.

크리스마스를 전후하여 장교들의 주연이 베풀어지는 기회가 거듭되었다.

얼근히 주기를 띤 스텐코프가 순시를 돌았다.

이인국 박사는 오늘의 이 기회를 놓치지 않겠다고 마음먹었다.

수일 전 소군 장교 한 사람이 급성 맹장염이 터져 복막염으로 번졌다.

그 환자의 실을 뽑는 옆에 온 스텐코프에게 이인국 박사는 말 절반 손짓 절반으로 혹을 수술하겠다는 의사를 표명했다.

스텐코프는 '하라쇼' 를 연발했다.

그 후 몇 번 통역을 사이에 두고 수술 계획에 대한 자세한 의사를 진술할 기회가 생겼다.

이인국 박사는 일본인 시장의 혹을 수술하던 일을 회상하면서 자신 있는 설복을 했다.

'동경 경응대학병원에서도 못하겠다는 것을 내가 거뜬히 해치우지 않았던가.'

그는 혼자 머릿속에서 자문자답하면서 이번 일에 도박 같은 심정으로 생명을 걸었다.

소련 군의관을 입회시키고 몇 차례의 예비 진단이 치러졌다.

수술일은 왔다.

이인국 박사는 손에 익은 자기 병원의 의료 기재를 전부 운반하여 오게 했다.

군의관 세 사람이 보조하기로 했지만 집도는 이인국 박사 자신이 했다. 야전 병원의 젊은 군의관들이란 그에게 있어선 한갓 풋내기로밖에 보이지 않았다.

그는 수술을 진행하는 동안 그들 군의관들을 자기 집 조수 부리듯 했다. 집도 이후의 수술대는 완전히 자기 진단하의 왕국이라고 생각되었다.

그러나 아까 수술 직전에 사인한, 실패되는 경우에는 총살에 처한다는 서약서가 통일된 정신을 순간순간 흐려 놓곤 했다.

수술대에 누운 스텐코프의 침착하면서도 긴장에 찼던 얼굴, 그것도 전신 마취가 끝난 후 삼 분이 못 갔다.

간호부는 가제로 이인국 박사의 이마에 맺힌 땀방울을 연방 찍어내고 있다.

기구가 부딪는 금속성과 서로의 숨소리만이 고촉의 반사등이 내리비치는 방 안의 질식할 것 같은 침묵을 헤살 짓고 있다.

일을 방해함

수술은 예상 이상의 단시간으로 끝났다.

위생복을 벗은 이인국 박사의 전신은 땀으로 흠뻑 젖었다.

완치되어 퇴원하는 날 스텐코프는 이인국 박사의 손은 부서져라 쥐면서 외쳤다.

"꺼비딴 리, 스바씨보."

이인국 박사는 입을 헤벌리고 웃기만 했다. 마음의 감옥에서 해방된 것만 같았다.

"아진, 아진…… 오첸 하라쇼."

스텐코프는 엄지손가락을 높이 들면서 네가 첫째라는 듯이 이인국 박사의 어깨를 치며 칭찬했다.

다음 날 스텐코프는 이인국 박사를 자기 방으로 불렀다.

그가 이인국 박사에게 스스로 손을 내밀어 예절적인 악수를 청한 것은 이것이 처음이었다.

'적과 적이 맞부딪치면서 이렇게 백팔십 도로 전환될 수가 있을까. 노랑대가리도 역시 본심에서는 하나의 인간임에는 틀림없는 것이 아닌가.'

"내일부터는 집에서 통근해도 좋소."

이인국 박사는 막혔던 둑이 터지는 것 같은 큰 숨을 삼켜 가면서 내쉬었다.

이번에는 이인국 박사가 스텐코프의 손을 잡았다.

"스바씨보, 스바씨보."

"혹, 나한테 무슨 부탁이 없소?"

이인국 박사는 문득 시계가 머리에 떠올랐다.

그러면서도 곧이어 이 마당에 그런 이야기를 꺼낸다는 것은 오히려 꾀죄죄하게 보이지 않을까 하는 생각이 뒤따랐다. 그러나 아무래도 그 미련이 가셔지지 않았다.

이인국 박사는 비록 찾지 못하는 경우가 있더라도 솔직히 심중을 털어놓으리라고 마음먹었다.

그는 통역의 보조를 받아 가며 시간과 장소를 정확히 회상하면서 시계를 약탈당한 경위를 상세히 설명했다.

스텐코프는 혹이 붙었던 뺨을 쓰다듬으면서 긴장된 모습으로 듣고 있었다.

"염려 없소, 독또우루 리. 위대한 붉은 군대가 그럴 리가 없소. 만약 있었다 하더라도 그것은 무슨 착각이었을 것이오. 내가 책임지고 찾도록 하겠소."

스텐코프의 얼굴에 결의를 띤 심각한 표정이 스쳐 가는 것을 이인국 박사는 똑바로 쳐다보았다.

'공연한 말을 끄집어내어 일껏 잘 되어 가는 일이 부스럼을 만드는 것은 아닐까.'

그는 솟구치는 불안과 후회를 짓눌렀다.

"안심하시오, 독또우리 리, 하하하."

스텐코프는 큰 웃음으로 넌지시 말끝을 막았다.

이인국 박사는 죽음의 직전에서 풀려나 집으로 향했다.

어느 사이 저렇게 노어로 의사 표시를 할 수 있게 되었느냐고 스텐코프가 감탄하더라는 통역의 말을 되뇌면서…….

차가 브라운 씨의 관사 앞에 닿았다.

성조기를 보면서 이인국 박사는 그날의 적기赤旗와 돌려온 시계를 생각하고 있었다.

응접실에 안내된 이인국 박사는 주인이 나오기를 기다리면서 방 안을 둘러보았다. 대사관으로는 여러 번 찾아갔지만 집으로 찾아온 것은 이번이 처음이다.

삼 년 전 딸이 미국으로 갈 때부터 신세진 사람이다.

벽 쪽 책꽂이에는 《조선왕조실록朝鮮王朝實錄》《대동야승大東野乘》 등 한적漢籍이 빼곡히 차 있고 한쪽에는 고서의 질책帙册이 가지런히 쌓여져 있다.

맞은편 책상 위에는 작은 금동 불상 곁에 몇 개의 골동품이 진열되어 있다. 십이 폭 예서隷書 병풍 앞 탁자 위에 놓인 재떨이도 세월의 때 묻은 백자기다.

저것들도 다 누군가가 가져다 준 것이 아닐까 하는 데 생각이 미치자 이인국 박사는 얼굴이 화끈해졌다.

그는 자기가 들고 온 상감진사象嵌辰砂 고려청자 화병에 눈길을 돌렸다. 사실 그것을 내놓는 데는 얼마간의 아쉬움이 없지 않았다. 국외로 내어 보낸다는 자책감 같은 것은 아예 생각해 본 일이 없는 그였다.

차라리 이인국 박사에게는 저렇게 많으니 무엇이 그리 소중하고 달갑게 여겨지겠느냐는 망설임이 더 앞섰다.

브라운 씨가 나오자 이인국 박사는 웃으며 선물을 내어놓았다. 포장을 풀고 난 브라운 씨는 만면에 미소를 띠며 기쁨을 참지 못하는 듯 탱큐를 거듭 부르짖었다.

"참 이거 귀중한 것입니다."

"뭐 대단한 것이 아닙니다만, 그저 제 성의입니다."

이인국 박사는 안도감에 잇닿은 만족을 느끼면서 브라운 씨의 기쁨에 맞장구를 쳤다.

브라운 씨가 영어 반 한국말 반으로 섞어 하는 이야기를 들으면서 이인국 박사는 흐뭇한 기분에 젖었다.

"닥터 리는 영어를 어디서 배웠습니까?"

“일제시대에 일본말 식으로 배웠지요. 예를 들면 ‘잣도 이즈 아 갸도’ 식으루요.”

“그런데 지금 발음은 좋은데요. 문법이 아주 정확한 스탠더드 잉글리시입니다.”

그는 이 말을 들을 때 문득 스텐코프의 말이 연상됐다. 그러고 보면 영국에 조상을 가진다는 브라운 씨는 알R 발음을 그렇게 나타내지 않는 것 같게 여겨졌다.

“얼마 전부터 개인 교수를 받고 있습니다.”

“아, 그렇습니까?”

이인국 박사는 자기의 어학적 재질에 은근히 자긍을 느꼈다.

브라운 씨가 부엌 쪽으로 갔다 오더니 양주 몇 병이 놓인 쟁반이 따라 나왔다.

“아무 거라도 마음에 드는 것으로 하십시오.”

이인국 박사는 워드카 한 잔을 신통한 안주도 없이 억지로라도 단숨에 들이켜야 속이 시원해하던 스텐코프를 브라운 씨 얼굴에 겹쳐 보고 있다.

그는 혈압 때문에 술을 조절해야 하는 자기 체질에 알맞게 스카치 한 잔을 핥듯이 조금씩 목을 축이면서 브라운 씨의 이야기를 들었다.

“그거, 국무실에서 통지 왔습니다.”

이인국 박사는 뛸 듯이 기뻤으나 솟구치는 흥분을 억제하면서 천천히 손을 내밀어 악수를 청했다.

“탱큐, 탱큐.”

어쩌면 이것은 수술 후의 스텐코프가 자기에게 하던 방식 그대로인지도 모른다는 생각이 들었다.

이인국 박사는 지성이면 감천이라고, 나의 처세법은 유에스에이에도 통하는구나 하는 기고만장한 기분이었다.

청자병을 몇 번이고 쓰다듬으면서 술잔을 거듭하는 브라운 씨도 몹시 즐거운 표정이었다.

"미국에 가서의 모든 일도 잘 부탁합니다."

"네, 염려 마십시오. 떠나실 때 소개장을 써드리지요."

"감사합니다."

"역사는 짧지만, 미국은 지상의 낙토입니다. 양국의 우호와 친선에 도움이 되기를 바랍니다……."

"탱큐……."

다음날 휴전선 지대로 같이 수렵하러 가기로 약속하고 이인국 박사는 브라운 씨 대문을 나섰다.

이번 새로 장만한 영국제 쌍발 엽총의 총신을 머리에 그리면서 그의 몸은 날기라도 할 듯이 두둥실 가벼웠다. 이인국 박사는 아까 수술한 환자의 경과가 궁금했으나 그것은 곧 씻겨져 갔다.

그의 마음속에는 새로운 포부와 희망이 부풀어 올랐다.

신체검사는 이미 끝난 것이고 외무부 출국 수속도 국무성 통지만 오면 즉일될 수 있게 담당 책임자에게 교섭이 되어 있지 않은가? 빠르면 일주일 내에 떠나게 될지도 모른다는 브라운 씨의 말이 떠올랐다.

대학을 갓 나와 임상 경험도 신통치 않은 것들이 미국에만 갔다 오면 별이라도 딴 듯이 날치는 꼴이 사나왔다.

'어디 나두 댕겨 오구나면 보자!'

문득 딸 나미와 아들 원식의 얼굴이 한꺼번에 망막으로 휘몰아 왔다. 그는 두 주먹을 불끈 쥐며 얼굴에 경련을 일으키듯 긴장을 띠다가 어색한 미소를 흘려보냈다.

'흥, 그 사마귀 같은 일본 놈들 틈에서도 살았고, 닥싸귀 같은 로스케 속에서 살아났는데, 양키라고 다를까……. 혁명이 일겠으면 일구, 나라가 바뀌겠으면 바

뀌구, 아직 이 이인국의 살 구멍은 막히지 않았다. 나보다 얼마든지 날뛰던 놈들도 있는데, 나쯤이야…….'

그는 허공을 향하여 마음껏 소리치고 싶었다.

'그러면 우선 비행기회사에 들러 형편이나 알아볼까…….'

이인국 박사는 캘리포니아 특산 시가를 비스듬히 문 채 지나가는 택시를 불러 세웠다.

그는 스프링이 튈 듯이 부스에 털썩 주저앉았다.

"반도 호텔로……."

차창을 거쳐 보이는 맑은 가을 하늘이 이인국 박사에게는 더욱 푸르고 드높게만 느껴졌다.

줄거리

외과 의사이면서 종합병원 원장인 이인국은 일제강점기에는 집 안에서도 일본어를 사용하고, 일본 고위 관료와 부유층만 전문으로 치료할 정도로 친일파였다. 하지만 해방 후에는 친일 행적이 알려지면서 소련 주둔군에 잡혀 감옥에 들어가게 된다. 고문을 받은 그는 죽음이 얼마 안 남았다고 체념하고 있었지만, 때마침 감옥에 이질이 돌고 유명한 의사인 그는 감옥 진료소에서 환자를 돌보게 됐다. 그 와중에 열심히 소련말을 익히고, 자신의 의료 기술로 소련 장교인 스텐코프의 얼굴에 있는 혹을 제거해 줌으로써 감옥에서 나올 수 있었다. 하지만 아내는 사망한 뒤였고, 소련으로 유학 보낸 하나밖에 없는 대학생 아들은 어찌된 영문인지 연락이 두절된 상태로 생사조차 확인할 수 없었다.

1 · 4후퇴 때 월남한 이후에는 미국인들에게 접근해 자기만의 영달을 꾀하는 카멜레온 같은 면모를 보인다. 스무 살이나 어린 후처와의 사이에 갓 돌이 지난 자식이 있지만, 영문학을 전공하고 유학을 가 있는 딸이 외국인 교수와 결혼하겠다는 편지를 보내와 이만저만 고민이 아니다. 사람들에게 내세울 수 있는 사위 자리가 아니었기 때문이다. 하지만 딸이 자기 승낙 없이도 결혼하리라는 사실을 알기 때문에 포기하는 심정이 되고 만다.

그는 월남 이후 미국의 영향력을 체감하고 영어로 처세술을 바꾼 뒤 미국에 가기로 결심했다. 그리고 자신의 뒤를 봐 준 미국 대사관 직원 브라운의 집에 찾아가 청자를 선물로 바치고 국무부의 초청장을 받는 데 성공했다. 그는 자신이 미국에 가서도 반드시 성공하리라는 자신감을 가지고 귀갓길의 택시에 올랐다.

감상 포인트

'꺼삐딴'은 영어의 '캡틴, 대장, 우두머리'라는 말과 같은 뜻의 러시아어다. 소련군이 북한에 주둔하면서 사용된 '까삐딴'이라는 말이 와전되어 '꺼삐딴'으로 통용된 것이다.

작가는 '꺼삐딴 리'라는 제목을 통해 주인공 이인국이 출세와 영달에 눈먼 기회주의자인 동시에 한국 사회의 지도층임을 암시하고 있다. 하지만 이렇게 반민족적인 인물을 내세우면서도 흥분하거나 매도하는 일 없이 전지적 작가 시점을 일관되게 유지하면서 주인공의 심리를 철저히 객관적으로만 묘사하고 있다. 이 점이 바로 풍자 문학의 가능성을 보이는 부분으로, 상황의 변화에 따라 본질을 잊고 늘 변신하는 처세술과 속문 근성을 풍자하고 있다고 볼 수 있다.

또한 대표적인 인물 소설이기도 한 이 작품은 민족 수난기를 배경으로 한 외과 의사의 이야기를 다루고 있다. 독자들은 작품의 서두와 결말을 제외한 나머지 부분에서 이인국의 과거 삶을 확인함으로써 그것을 현재의 삶과 관련짓고 평가하게 된다. 다시 말해, 과거의 행적이 그러했기에 현재의 삶도 그러하다는 인과적 접속인 것이다. 작가는 이런 이인국을 통해 일제 강점기에는 철저한 황국 신민으로, 광복 직후에는 친소파, 1·4후퇴 이후에는 친미파로 변절하면서 살아가는 카멜레온 같은 인간형을 비판하는 동시에, 힘없고 가엾은 민족의 자화상을 간접적으로 보여 주고 있다.

이 작품은 10개의 장절 가운데 첫째와 마지막이 현재이고, 가운데 8개 장절 가운데 7개는 회상 부분이며, 다섯 번째 장절에 현재가 잠시 나타난다. 따라서 이 소설은 시대적으로 구분된 장절을 모아서 엮은 '타임 몽타주time montage' 기법으로 구성되어 있다.

등장인물

- 이인국 : 외과 의사, 인술보다 돈과 권력에 따라 살아가는 기회주의자이며 시대의 변화에 민감하게 적응하는 평면적 인물이다. 지조나 신념, 공동체 의식이 희박한 변절적 순응주의자이기도 하다. 작가는 이런 이인국으로 대표되는 일부 사회 지도층 인사들의 정신 자세를 꾸짖는 비판 의식을 주제로 삼고 있다.
- 나미(일본 이름은 나미꼬) : 미국에 가 있는 이인국의 딸로 영문학을 전공했다. 동양학을 가르치는 외국인 교수와 결혼하겠다며, 아버지에게 미국에 오라고 편지를 보내온다.
- 원식 : 이인국의 대학생 아들로 해방 후 스텐코프 소좌의 도움을 받아 소련 유학을 갔으나 생사를 알 수 없다.
- 혜숙 : 이인국의 후처로 스무 살 어리며, 둘 사이에 이제 갓 돌 지난 아이가 있다.
- 스텐코프 : 이인국이 왼쪽 뺨에 있는 혹을 제거해 준 소련군 장교로, 이인국이 감옥에서 나올 수 있도록 힘이 되어 준 인물이다.
- 브라운 : 미국 대사관에 근무하며 이인국이 미국에 갈 수 있도록 도와 주는 인물이다.

작품의 풍자성

① 역사적 전환기마다 카멜레온처럼 살아온 기회주의적인 인간에 대한 풍자
② 한국 현대사가 비극으로 흐른 정신적 원인을 풍자로 암시

작품의 서술 형식

서술 기법	특징
역순행적 구성	월남 이후 이인국 박사의 현재 삶에서 시작해 일제강점기, 해방 직후, 6·25전쟁 직후의 과거에 대한 회상이 이어지고, 다시 현재로 돌아온다.
타임 몽타주	이인국 박사의 과거 회상은 늘 현재 시점에서 이루어지기 때문에 액자식 구성과는 다르다. 이렇게 현재 시점에서 과거와 현재의 상황이 교차되는 서술 형식을 '타임 몽타주 기법'이라고 한다.
서술의 효과	회상의 기법을 일반적인 1인칭 시점이 아닌, 3인칭 시점으로 형상화함으로써 부정적 인물에 대한 비판적 거리를 유지하고 있다.

핵심정리

- 갈래 : 단편 소설, 인물 소설, 풍자 소설
- 시점 : 전지적 작가 시점
- 배경 : 시간 – 해방과 6·25전쟁을 전후한 시기
  공간 – 북한과 남한
- 성격 : 풍자적, 냉소적, 비판적
- 구성 : 역순행적 구성, 타임 몽타주 구성
- 주제 : 시류에 따라 변절적으로 순응해 가는 기회주의적 인간에 대한 비판

33

김동리_역마, 무녀도, 화랑의 후예

김동인_감자, 배따라기, 광화사

김유정_동백꽃, 만무방, 봄봄

김정한_사하촌, 모래톱 이야기

나도향_물레방아

오상원_유예

염상섭_표본실의 청개구리, 두파산

유진오_김 강사와 T 교수

윤흥길_장마

이 상_날개

이청준_눈길

이효석_메밀꽃 필 무렵, 산

전광용_꺼삐딴 리

최서해_탈출기, 홍염

채만식_논 이야기, 치숙(痴叔), 미스터 방

하근찬_수난 이대

현진건_운수 좋은 날, 고향

황순원_학, 별, 목넘이 마을의 개

채만식

1902~1950년

일제강점기의 불안한 사회를 배경으로 지식인의 불우한 삶을 풍자한 《레디메이드 인생》, 《탁류》, 《태평천하》 같은 소설과 희곡을 썼다. 《치숙痴叔》, 《소망少妄》, 《예수나 믿었더면》, 《지배자의 무덤》 등의 단편 소설에서도 풍자성이 짙게 묻어난다.

〈동아일보〉와 〈조선일보〉 기자를 역임했지만, 가난에서 벗어나지 못해 폐결핵을 앓았으며 이것 때문에 더욱 비참하고 가난한 생활을 했다. 그러나 육체적 고통에도 창작 의욕은 대단해 이때 많은 작품을 썼다. 1950년 폐결핵으로 사망했으며, 전라북도 옥구군 임피면 계남리 선산에 안장되었다.

그의 작품의 특징을 정리한다면, 식민지 교육의 모순과 식민지 궁핍화 현상에 대한 예리한 풍자를 보여 주고 있다는 점이다. 오늘날 비평가들은 채만식을 문학의 본질에 대한 신뢰를 버리지 않고 작가로서의 생명을 지킨 사람으로 인정하는 동시에, 한국의 지식인이 무엇을 괴로워해야 하는지를 보여 주었다고 평가하고 있다.

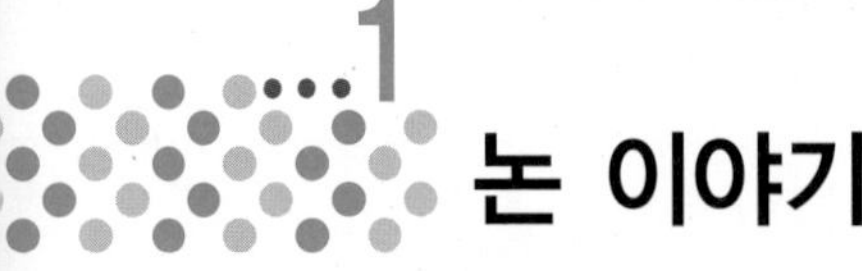

논 이야기

1

일인들이 토지와 그 밖에 재산을 죄다 그대로 내어놓고 보따리 하나에 몸만 쫓기어 가게 되었다는 이야기를 듣는 한 생원은 어깨가 우쭐하였다.

"거 보슈 송 생원. 인전들 내 생각나시지?"

한 생원은 허연 텁석부리에 묻힌 쪼글쪼글한 얼굴이 위아래 다섯 대밖에 안 남은 누런 이빨과 함께 흐물흐물 웃는다.

"그러면 그렇지, 글쎄 놈들이 제아무리 영악하기로소니 논에다 네 귀탱이 말뚝 박구섬 인독개비처럼 어여차 어여차 땅을 떠 가지구 갈 재주야 있을 이치가 있나요?"

한 생원은 참으로 일본이 항복을 하였고, 조선은 독립이 되었다는 그날—팔월 십오일 적보다도 신이 나는 소식이었다. 자기가 한 말豫言이 꿈결같이도 이렇게 와 들어맞다니……. 그러고 자기가 한 말 대로 자기가 일인에게 팔아넘긴 땅이 꿈결같이도 도로 자기의 것이 되게 되었으니……. 이런 세상에 신기하고 희한할 도리라고는 없었다.

조선이 독립이 되었다는 팔월 십오일 그때는 한 생원은 섬뻑 만세를 부르고 싶은 생각이 나지 않았어도 이번에는 저절로 만세 소리가 나와지려고 하였다.

팔월 십오일 적에 마을에서는 젊은 사람들이 설도를 하여 태극기를 만들고 닭을 추렴하고 술을 사고 하여 놓고 조촐히 만세를 불렀다.

한 생원은 그 자리에 참례를 하지 아니하였다. 남들이 가서 같이 만세를 부르자고 하였으나 한 생원은 조선이 독립이 되었다는 것이 벼랑 반가운 줄을 모르겠었다. 그저 덤덤할 뿐이었었다.

물론 일본이 항복을 하였으니 전쟁은 끝이 난 것이요, 전쟁이 끝이 났으니 벼 공출을 비롯하여 솔뿌리 공출이야 마초 공출이야 채소 공출이야 가지가지의 그 억울하고 성가신 공출이 없어지고 말 것이었다.

또 열여덟 살배기 손자놈 용길이가 징용에 뽑혀 나갈 염려가 없을 터이었다. 얼마나 한 생원은 일찍이 애비를 여의고 늙은 손으로 여지껏 길러 온 외톨 손자놈 용길이가 징용에 뽑히지 말게 하려고 구장과 면의 노무계 직원과 부락 담당 직원에게 굽은 허리를 굽실거리며 건사를 물고 하였던고. 굶는 끼니를 더 굶어가면서 그들에게 쌀을 보내어 주기, 그들이 마을에 얼씬하면 부랴부랴 청해다 씨암탉 잡고 술대접하기, 한참 농사일이 몰릴 때라도 내 농사는 늦어도 용길이를 시켜 그들의 논에 모심고 김매어 주고 하기, 이 노릇에 흰머리가 도로 검어질 지경이요 빚은 고패가 넘도록 지고 하였다.

하던 것이 인제는 전쟁이 끝이 났으니 징용 이자는 싹 씻은 듯 없어질 것, 마음 턱 놓고 두 발 쭉 뻗고 잠을 자도 좋았다.

이런 일을 생각하면 한 생원도 미상불 다행스럽지 아니한 것은 아니었다. 그러나 오직 그뿐이었다.

독립?

신통할 것이 없었다.

독립이 되기로서니 가난뱅이 농투산이가 별안간 나으리 주사될 리 만무하였다. 가난뱅이 농투산이가 남의 세토[소작] 얻어 비지땀 흘려 가면서 일 년 농사 지어 절반도 넘는 도지[소작료] 물고 나머지로 굶으며 먹으며 언명이나 하여 가기는 독립이 되거나 말거나 매양 일반일 터이었다.

공출이야 징용이야 하여서 살기가 더럭 어려워지기는 전쟁이 나면서부터였었다. 전쟁이 나기 전에는 일 년 농사 지어 작정한 도지 실수 않고 물면 모자라나 아모 시비와 성가심 없이 내 것 삼아 놓고 먹을 수가 있었다.

징용도 전쟁이 나기 전에는 없던 풍토였었다. 마음 놓고 일을 하였고 그것으로써 그만이었지 달리는 근심 걱정될 것이 없었다.

전쟁 사품에 생겨난 공출이니 징용이니 하는 것이 전쟁이 끝이 남으로써 없어진 다음에야 독립이 되기 전 일본 정치 밑에서도 남의 세트 얻어 도지 물고 나머지나 천신하는 가난뱅이 농투산이……. 독립이 되어서도 보나마나 남의 세토 얻어 도지 물고 나머지나 천신하는 가난뱅이 농투산이에서 벗어날 것이 없어진대, 한갓 전쟁이 끝이 나서 공출과 징용이 없어질 것이 다행일 따름이지 독립이 되었다고 만세를 부르며 날뛰고 할 흥이 한 생원으로는 나는 것이 없었다.

일인에게 빼앗겼던 나라를 도로 찾고, 그래서 우리도 다시 나라가 있게 되었다는, 이 잔주도 역시 한 생원에게는 시뿌둥한 것이었다. 한 생원은 나라를 도로 찾는다는 것은 구한국 시절로 다시 돌아가는 것으로밖에는 달리는 생각할 수가 없었다.

한 생원네는 한 생원의 아버지의 부지런으로 장만한 열서 마지기와 일곱 마지기의 두 자리 논이 있었다. 선대의 유업도 아니요, 공문서[公文書=無登記] 땅을 거저주운 것도 아니요, 빼젓이 값을 내고 산 것이었다. 허되 그 돈은 체계나 돈놀이[고리대금]로 모은 돈이 아니요, 품삯 받아 푼푼이 모으고 악의악식하면서 모은 돈이었다. 피와 땀이 어린 땅이었다.

그 피땀 어린 논 두 자리에서 열서 마지기를 한 생원네는 산 지 겨우 오 년 만에 고을 원[군수]에게 빼앗겨 버렸다.

지금으로부터 오십 년 전 갑오 을미 병신 하는 병신년 한 생원의 나이 스물한 살 적이었다. 그 안 해 을미년 늦은 가을에 김아모金某라는 원이 동학란에 도망 뺀 원 대신으로 새로이 도임을 해 와서 동학의 잔당을 비질하듯 잡아 죽였다.

피비린내 나는 살육이 이듬해 병신년 봄까지 계속되었고 그리고 여름……. 인제는 다 지났거니 하여 겨우 안도를 한 참인데 한태수(한 생원의 아버지)가 원두막에서 동헌으로 붙잡혀 가 옥에 갇혔다. 혐의는 동학에 가담하였다는 것이었다.

한태수는 전혀 동학에 가담한 일이 없었다. 그의 말대로 하면 동학 근처에도 가보지 아니한 사람이었다.

옥에 가두어 놓고는 매일 끌어내다 실토를 하고 동류의 성명을 불라고 주리를 틀면서 문초를 하였다. 육십이 넘은 늙은 정강이가 살이 으깨어지고 뼈가 아스러졌다.

나중 가서야 어찌 될갑세 당장의 아픔을 견디다 못하여 동학에 가담하였노라고 자복을 하였다. 입에서 나오는 대로 아는 사람의 이름을 불렀다.

불린 일곱 사람이 잡혀 들어 같은 문초를 받았다. 처음에는 들 내뻗었으나 원체 아픔을 이기지 못하여 자복을 하였다.

남은 것도 처형을 하는 것뿐이었다.

하루는 이방이 한태수의 아내와 아들(한 생원)을 조용히 불렀다.

이방은 모자더러 좌우간 살려낼 도리를 하여야 않느냐고 하였다.

모자는 엎드려 빌면서 '제발 이방님 덕택에 목숨만 살려지이다' 고 하였다.

"꼭 한 가지 묘책이 있기는 있는데……. 그럼 내가 시키는 대로 할 테냐?"

"불 속이라도 뛰어 들어가겠습니다"

"논 문서를 가져오너라. 사또께다 바쳐라."

"논 문서를요?"

"아까우냐?"

"……."

"가장이나 애비의 목숨보담 논이 더 소중하냐?"

"그 땅이 다른 땅과도 달라서……"

"정히 그렇게 아깝거든 고만두는 것이고."

"……."

"논 문서만 가져다 바치면 정녕 모면을 할까요?"

"아니 될 노릇을 시킬까?"

"그럼 이 길로 나가서 가지고 오겠습니다."

"밤에 조용히 내아(관사)로 오도록 하여라. 나도 와서 있을 테니. 그리고 네 논이 두 자리가 있겠다?"

"네."

"열서 마지기와 일곱 마지기?"

"네."

"그 열서 마지기를 가지고 오너라."

"열서 마지기를요?"

"아까우냐?"

"……."

"아깝거들랑 고만두려므나."

"그걸 바치고 나면 소인네는 논 겨우 일곱 마지기를 가기고 수다한 권솔에 살아갈 방도가……."

"당장 가장이나 애비의 목숨은 어데로 갔던지?"

"……."

"땅이야 다시 장만도 할 수가 있는 것이 아니냐?"

모자는 서로 돌아보면서 말하였다.

"바칩시다."

"바치자."

사흘 만에 한태수는 놓여나왔다.

다른 일곱 명도 이방이 각기 사이에 들어 각기 얼마씩의 땅을 바치고 놓여나왔다.

그 뒤 경술庚戌년에 일본이 조선을 합방하여 나라는 망하였다.

사람들이 나라 망한 것을 원통히 여길 때 한 생원은 "그깐 놈의 나라 시원히 잘 망했지." 하였다. 한 생원 같은 사람으로는 나라란 백성에게 고통이지 하나도 고마운 것이 아니었다. 또 꼭 있어야 할 요긴한 것도 아니었다.

그런 나라라는 것을 도로 찾았다고 하여 섬뻑 감격이 일지 아니한 것도 일변 의당한 노릇이라 할 것이었다.

논 스무 마지기에서 열서 마지기를 빼앗기고 나니 원통한 것도 원통한 것이지만 앞으로 일이 딱하였다. 논이나 겨우 일곱 마지기를 가지고는 어림도 없었다.

하릴없이 남의 세토를 얻어 그 보충을 하여야 하였다. 그러나 남의 세토는 도지를 물어야 하는 것이라 힘은 내 논을 지을 때와 마찬가지로 들면서도 가을에 가서 차지를 하기는 절반이 못 되는 것이었었다. 그렇지만 그렇다고 남의 세토를 소작 아니 할 수는 없었다.

이리하여 한 생원네는 나라 명색이 망하지 않고 내 나라로 있을 적부터 가난한 소작농이었다.

경술년 나라이 망하고 삼십육 년 동안 일본의 다스림 밑에서도 같은 가난한 소작농이었다.

그리고 속담에 남의 불에 게 잡기로, 남의 덕에 나라를 도로 찾기는 하였다지만, 한국 말년의 나라만을 여겨 그 나라가 오죽할 리 없고 여전히 남의 세토나 지어 먹는 가난한 소작농이기는 일반일 것이라고 한 생원은 생각하던 것이었었다.

일본이 항복을 하던 바로 전의 삼사 년이 공출이야, 징용이야 하여서 별안간 군색함과 불안이 생겼던 것이지, 그 밖에는 나라가 망하여 없어지고서 일본의 속국 백성으로 사는 것이, 경술년 이전 나라가 있어 가지고 조선 백성으로 살 적보다 벼랑 못할 것이 한 생원에게는 없었다. 여전히 남의 세토를 지어 절반 이상이나 도지를 물고 그 남자를 천신하는 가난한 소작인이요, 순사나 일인이나 면서기들의 교만과 압박이, 원이나 아전이나 토반들의 교만과 압박보다 못할 것도 없거니와 더할 것도 없었다.

독립이 된 이 앞으로도 그것이 천지개벽이 아닌 이상 가난한 농투산이가 느닷없이 부자 장자 될 이치가 없는 것이요, 원 · 아전 · 토반이나 일본 놈 대신에 만만하고 가난한 농투산이를 핍박하는 '권세 있는 양반들'이 생겨날 것이요 할 것이매, 빼앗겼던 나라를 도로 찾아 다시금 조선 백성이 되었다는 것이 조금도 신통하거나 반가울 것이 없었다.

원과 토반과 아전이 있어 토색질이나 하고 붙잡아다 때리기나 하고 교만이나 피우고 허되 세미稅米는 국가의 이름으로 꼬박꼬박 받아 가면서 백성은 죽어야 모른 체를 하고 하는 나라의 백성으로도 살아 보았다.

천하 오랑캐, 애비와 자식이 맞담배질을 하고 남매간에 혼인을 하고 뱀을 먹고 하는 왜인들이 저희가 주인이랍시고서 교만을 부리고 순사와 헌병은 칼바람에 조선 사람을 개 도야지 대접을 하고 공출을 내어라 징용을 나가거라 야미를 하지 마라 하면서 볶아대고 또 일본이 우리나라다, 나는 일본 백성이다, 이런 도무지 그럴 마음이 우러나지를 않는 억지춘향이 노릇을 시키고 하는 나라의 백성으로도 살아 보았다.

결국 그러고 보니 나라라고 하는 것은 내 나라였건 남의 나라였건, 있었댔자 백성에게 고통이나 주자는 것이지 유익하고 고마울 것은 조금도 없는 물건이었다. 따라서 앞으로도 새 나라는 말고 더한 것이라도, 있어서 요긴할 것도, 없어서 아쉬울 일도 없을 것이었었다.

2

신해辛亥년……, 경술합방 바로 이듬해였다. 한 생원—때의 젊은 한덕문—은 빼앗기고 남은 논 일곱 마지기를 불가불 팔아야 할 형편에 이르렀다.

칠팔 명이나 되는 권솔인데 내 논 일곱 마지기에다 남의 논이나 몇 마지기를 소작하여 가지고는 여간한 규모와 악의악식이 아니고서는 도저히 현상유지를 하기가 어려웠다.

한덕문은 그 부친과는 달라, 살림 규모가 없었다. 사람이 좀 허황하고 헤픈 편이었다.

부친 한태수가 죽고 대신 당가산當家産을 한 지 불과 오륙 년에 한덕문은 힘에 넘치는 빚을 졌다.

이 빚은 단순히 살림에 보태느라고만 진 빚은 아니었다.

한덕문은 허황하고 헤픈 값을 하느라고 술과 노름을 쏠쏠히 좋아하였다.

일 년 농사를 지어야 일 년 가계가 번연히 모자라는데, 거기다 술을 먹고, 노름을 하니 늘어 가느니 빚밖에는 있을 것이 없었다.

빚은 갚아야 되었다.

팔 것이라고는 논 일곱 마지기 그것뿐이었다.

한덕문이 빚을 이리 틀어막고 저리 틀어막고, 오늘로 밀고 내일로 밀고 하여 오던 끝에, 마침내는 더 꼼짝을 할 도리가 없어 논을 팔기로 작정을 대었을 무렵에, 그러자 용말龍田 사는 일인 길천吉川이가 요새로 바싹 땅을 많이 사들인다는 소문이 들리었다. 그리고 값으로 말하여도 썩 좋은 상답이면 한 마지기이백 평에 스무 냥으로 스물닷 냥이십 냥 이상 이십오 냥=사 원 이상 오 원까지 내고, 아주 박토라도 열 냥이 원 안짝은 없다고 하였다.

땅마지기나 가진 인근의 다른 농민들도 다들 그러하였지만 한덕문은 그중에서도 귀가 반짝 뜨였다.

시세의 갑절이었다.

고래실 논으로 개똥배미 상지상답이라야 한 마지기에 열 냥으로 열두어 냥[이 원~이 원 사오십 전]이요, 땅 나쁜 것은 기지개 써야 닷 냥이었다.

'팔자!'

한덕문은 작정을 하였다.

일곱 마지기 논이 상지상답은 못 되어도 상답은 되니 잘 하면 열 냥[이 원]은 받을 것. 열 냥이면 이칠십사 일백마흔 냥[이십팔 원].

빚이 이럭저럭 한 오십 냥[십 원] 되니 그것을 갚고 나면 아흔 냥[팔십 원]이 남아.

아흔 냥을 가지고 도로 논을 장만해. 판 일곱 마지기만한 토라의 논을 사더라도 아홉 마지기를 살 수가 있어.

결국 논 한 번 팔고 사고 하는 노름에, 빚 오십 냥 거저 갚고도 논은 두 마지기가 늘어 아홉 마지기가 생기는 판이 아니냐.

이런 어수룩한 노름을 아니하잘 머리가 없는 것이었었다.

양친은 이미 다 없는 때요, 한덕문 그가 대주[大主]였으므로 혼자서 일을 결단하여도 간섭을 받을 일은 없었다.

곡우[穀雨]머리의 어느 날 한덕문은 맨발 짚신 풀상투에 삿갓 쓰고 곰방대 물고 마을에서 십 리 상거의 용말[龍田] 출입을 나갔다. 일인 길천이가 적실히 그렇게 후한 값으로 논을 사는지 진가를 알아보자 함이었다.

금강[錦江] 어구의 항구 군산[群山]에서 시작되어 동북간방[東北間方]으로 임피읍[臨陂邑]을 지나 용말로 나온 행길이 용말 동쪽 변두리에서 솜리[裡里]로 가는 길과 황등[黃登]장터로 가는 길의 두 갈래 길로 갈리는 그 샅에가 전주집이라는 주모가 업을 하고 있는 주막이 오독하니 호올로 놓여 있었다.

한덕문은 전주집과는 생소치 아니한 사이였다.

마당이자 바로 행길인 그 마당 앞에 섰는 한 그루의 실버들이 한창 푸르른 전주집네 주막, 살진 봄볕이 드리운 마루에 나란히 걸터앉아 세상 물정 이야기, 피차간 살아가는 이야기, 훨씬 한담을 하던 끝에 한덕문이 지난 말처럼 넌지시 묻는다.

"참 저 일인 길천이가 요새 땅을 많이 산다구?"

"많을께 아니라 그 녀석이 아마 이 근처 일판을 땅이라구 생긴 건 깡그리 쓸어 사자는 배폰가 봅디다!"

"헷소문은 아니루구먼?"

"달리 큰 배포가 있던지, 그렇잖으면 그녀석이 상성[발광]을 했던지."

"?"

"한 서방으런두 속내 아는 배, 이 근처 논이 물 걱정 가뭄 걱정 없구 한 마지기에 넉 섬은 먹는 논이라야 열 냥[이 원]이 상값 아니우? 그런 걸 글쎄 녀석은 스무 냥 스물댓 냥을 펴주구 사는구랴. 제마석두 못 먹는 자갈바탕의 박토라두 논 명색이면 열 냥 안짝 잽히는 건 없구"

"허긴 값이나 그렇게 월등히 많이 내야 일인한테 논을 팔지 그렇잖구서야 누가."

"제엔장, 나두 진작에 논이나 시늉만 생긴 거라두 몇 섬지기 장만해 두었더라면 이런 판에 큰 횡잴 했지."

"그래 많이들 와 파나?"

"대가릴 싸구 덤벼든답디다. 한 서방으런두 논 좀 파시구랴? 이런 때 안 팔구 언제 팔우?"

"팔 논이 있나!"

이유와 조건의 어떠함을 물론하고 농민이 논을 판다는 것은 남의 앞에 심히 떳떳스럽지 못한 일이었다. 번연히 내일모레면 다 알게 될 값이라도 되도록 그런 기색을 숨기려고 드는 것이 통성이었다.

뚜벅뚜벅 말굽 소리가 나더니 말 탄 길천이가 주막 앞을 지난다. 언제나 그러하듯이 깜장 됫박모자[중산모자]에 깜장 복장[양복=쓰메에리]을 입고 깜장 목 깊은 구두를 신고 허리에는 육혈포를 차고 하였다.

한덕문은 길에서 몇 차례 본 적이 있어 그가 길천인 줄을 안다.

"어디 갔다 와요."

전주집이 웃으면서 알은 체를 하는 것을 길천은 웃지도 않으면서

"웅 조—기. 우리 나쁜 사레미 자바리 갔소 왔소."

길천의 차인꾼이요 통역꾼이요 한 백남술이가 밧줄로 결박을 지은 촌 젊은 사람 하나를 앞참 세우고 뒤미처 나타났다.

죄수(?)는 상투가 풀어지고 발기발기 찢기운 옷과 면상으로 피가 묻고 한 것으로 보아 한바탕 눅신 두들겨 맞은 것이 역력하였다.

"어듸 갔다 오시우?"

전주집이 이번에는 백남술더러 인사로 묻는다.

백남술은 분연히,

"남의 돈 집어 먹구 도망 댕기는 놈은 죽어 싸지."

하면서 죄수에게 잔뜩 눈을 흘긴다.

그리고 나서 전주집더러

"댕겨 오께시니 닭이나 한 마리 잡구 해 놓게나. 놈을 붙잡느라구 한 승강했더니 목이 컬컬허이."

그러느라고 잠깐 한눈을 파는 순간이었다. 죄수가 밧줄 한끝 붙잡힌 것을 홱 뿌리치면서 몸을 날려 쏜살같이 오던 길로 내뺀다.

"엇!"

백남술이 병신처럼 놀라다, 이내 죄수의 뒤를 쫓는다.

길천의 탄 말이 두 앞발을 번쩍 들어 머리를 돌리면서 땅을 차고 달린다. 그러면서 길천의 손에서 육혈포가 땅! 풀씬 연기가 나면서 재우쳐 땅!

죄수는 그러나 첫 한 방에 그대로 길바닥에가 동그라진다. 같은 순간 버선발로 뛰어 내려간 전주집이 에구머니 비명을 지른다.

죄수는 백남술에게 박승 한끝을 다시 붙잡히어 일어난다. 길천은 피스톨 사격의 명인名人은 아니었었다. 그보다도 엄포의 사격이었기가 쉬웠을 것이다.

일인에게 빚을 쓰는 것을 왜채倭債라고 하고, 이 젊은 친구는 왜채를 쓰고서 갚지 아니하고 몸을 피해 다니다가 붙잡힌 사람이었다.

길천은 백남술이가,

"이 사람은 논이 몇 마지기가 있소."

하고 조사보고를 하면 서슴지 아니하고 왜채를 주곤 한다. 이자도 항용 체계나 장리변보다 헐하였다.

빚을 주는 데는 무른 것 같아도 받는 데는 무서웠다.

기한이 지나기를 기다려 채무자를 제 집으로 데려다 감금을 하고 사형私形으로써 빚 채근을 하였다.

부형이나 처자가 돈을 가지고 와서 빚을 갚는 날까지 감금과 사형을 느꾸지 아니하였다.

논문서를 가지고 오는 자리는 '우대'를 하였다. 이자를 탕감하고 본전만 쳐서 논으로 받는 것이었었다. 논이 있는 사람은 돈을 두어 두고도 즐기어 논으로 갚고 하였다.

한덕문은 다시 끌려가고 있는 죄수의 뒷모양을 우두커니 바라보면서,

'제엔장 양반 호랑이도 지질한데 우환 중에 왜놈 호랑이까지 들어와서 이 등쌀이니 갈수록 죽어나는 건 만만한 백성뿐이로구나.'

'쯧 번연히 알면서 왜채를 쓰는 사람이 잘못이지 누구를 원망하나.'

'참새가 방앗간을 거저 지날까. 이왕 외상술이라도 한 잔 먹고 일어설까, 어떡헐까?'

이런 생각을 하고 앉았는 차에 생각지 않은 외가 편으로 아저씨뻘 되는 윤첨지가 푸뜩 거기에 당도하였다. 윤첨지는 황등장터에서 제 논지기나 지니고 탁신히 사는 농민이었다.

아저씨 웬일이시냐고. 조카 잘 있었느냐고. 황용 하는 인사가 끝난 후에 이 동네 사는 길천이라는 일인이 값을 후히 내고 땅을 사들인다는 소문이 있으니 적실하냐고 아까 한덕문이 전주집더러 묻던 말을 윤첨지가 한덕문더러 묻는다.

그렇단다는 한덕문의 대답에 윤첨지는 이윽히 생각을 하고 있더니 혼잣말같이

"그럼 나두 이왕 궐厥한테나 팔아야 하겠군."

하다가 한덕문더러

"황등까지 가서두 살까? 예서 이십 리나 되는데."

하고 묻는다.

"글쎄요……. 건데 논은 어째 파실령으루?"

"허 그거 온 참……. 저어 공주 한밭대전서 무안 목포木浦루 철로鐵路가 새루 나는데 그것이 계룡산鷄龍山 앞을 지나 연산 · 팥거리連山 · 豆溪루 해서 논데 · 강경論山 · 江景으루 나와 가지구 황등장터를 지나게 된다네 그려."

"그런데요?"

"그런데 철로가 난다치면 그 십 리 안짝은 논을 죄 버리게 된다는 거야."

"어째서요?"

"차가 댕기는 바람에 땅이 울려 가지고 모를 심어두 뿌릴 제대루 잡지 못하구 해서 벼가 자라질 못한다네 그려!"

"무슨 그럴 리가……."

"건 조카가 속을 몰라 하는 소리지, 속을 몰라 하는 소린 것이 나두 작년 정월에 공주 한밭엘 갔다 그놈 차가 철로 위로 달리는 걸 구경했지만, 아 그 쇳덩이루 만든 집채더미 같은 시꺼먼 수레가 찻길 위루 벼락 치듯 달리는데 땅바닥이 사뭇

움죽움죽 하더라니깐! 여승 지동地震이야……. 그러니 땅이 그렇게 지동하듯 사철 드리 울리니 원체 논의 모가 뿌리를 잡을 것이며 자라기를 할 것인가?"

"……."

듣고 보니 미상불 근리한 말이었다.

"몰랐으면이어니와 알구두 그대루 있겠던가? 그래 좀 덜 받더래두 팔아 넘길령으루 하구 있는데, 소문을 들으니 길천이라는 손이 요새 값을 시새보담 갑절씩이나 내구 논을 산다데 그려. 정녕 그렇다면 철로 조간이 아니라두 팔아 가지구 딴데루 가서 판 논 갑절되는 논을 장만함직두 한 노릇인데, 항차……."

"철로가 그렇게 난다는 건 아주 적실한가요?"

"말끔 다 칙량을 하구 말뚝을 박아 놓구 한 걸……. 황등장터 그 일판은 그래 논들을 못 팔아 난리가 났다니까."

3

일인 길천이에게 일곱 마지기 논을 일백마흔 냥이십팔 원에 판 것과, 그중 쉬흔 냥십 원은 빚을 갚은 것 이것까지 다 한덕문의 예산대로 되었었다.

그러나 나머지 아흔냥십팔 원으로 판 논 일곱 마지기보다 토리가 못하지 아니한 논으로 두 마지기가 더한 아홉 마지기를 삼으로써 빚 쉬흔 냥은 공으로 갚고 그러고도 논이 두 마지기가 불게 된다던 것은 완전히 허사가 되고 말았다.

아무도 한덕문에게 상답 한 마지기를 열 냥씩에 팔려는 사람은 없었다. 이왕 일인 길천이에게 팔면 그 갑절 스무냥씩을 받는 고로 말이었다.

필경 돈 아흔 냥은 한덕문의 수중에서 한 반년 동안 구르는 동안 스실사실 다 없어지고 말았다.

이리하여 한덕문은 논 일곱 마지기로 겨우 빚 쉬흔 냥을 갚고는 아무것도 남은 것이 없이 손 싹싹 털고 나선 세음이었다.

친구가 있어 한덕문을 책하면서 물었다.

"어떡허자구 논을 판단 말인가?"

"무얼 두구 보아? 일인들이 다 쫓겨 가면 그 땅 도로 내 것 되지, 갈 데 있겠나?"

"쫓겨 갈 놈이 논을 사겠나?"

"저이 놈들이 천지운수를 안다든가?"

"자네는 아나?"

"두구 보래두 그래."

한덕문은 혼자 속으로는 어뿔싸, 논이라야 단지 그것뿐인 것을 팔고서 인제는 송곳 꽂을 땅도 없으니 이 노릇을 어찌한단 말이냐고 심히 후회하여 마지아니하였다.

그러면서도 남더러는 그렇게 배포 있이 장담을 탕탕 하였다.

한덕문은 장차에 일인들이 쫓기어 가리라는 것을 확언할 아무런 근거도 가진 것이 없었다. 따라서 자신도 없었다. 오직 그는 논을 판 명예롭지 못함과 어리석음을 싸기 위하여 그런 희떠운 소리를 한 것일 따름이었다.

한덕문이 일인들이 다 쫓기어 가면 그 논이 도로 제 것이 될 터이래서 논을 팔았다고 한다더라, 이 소문이 한 입 두 입 퍼지자 듣는 사람마다 그의 희떠움을 혹은 실없음을 웃었다.

하는 양을 보느라고 위정,

"자네 논 팔았다면서?"

한다 치면,

"팔았지."

"어째서?"

"돈이 좀 아쉬워서."

"돈이 아쉽다구 논은 팔구서 어떡허자구?"

"일인들이 쫓겨 간다든가?"

"그럼 백 년 살까?"

또 누구는 수작을 바꾸어,

"일인들이 쫓겨 간다지?"

한다치면,

"그럼!"

"언제쯤 쫓겨 가는구?"

"건 쫓겨 가는 때 보아야 알지."

"에구 요 맹추야. 요 허풍선이야. 우리나라 상감님을 쫓아내구 저이가 왕 노릇을 하는데 쫓겨 가?"

"자넨 그럼 일인들이 안 쫓겨 가구 영영 그대루 있으면 좋을 껀 무언가?"

"좋기루 한 말이야 일러 무얼 하겠나만 우리 좋구푼 대루 세상 일이 돼 준다던가?"

"그래두 인제 내 말을 이를 때가 오너니."

"괜—히 논 팔구섬 할 말 없거들랑 구구루 잠잣구 가마니나 있어요."

"체에 내 논 내가 팔아먹는데 죄 될 일 있나?"

"걸 누가 죄라나?"

"길천이한테 논 팔아먹은 놈이 한덕문이 하나뿐인감?"

"누가 논 판 걸 나무래? 희떤 장담을 하니깐 그러는 거지."

"희떤 장담인지 아닌지 두구 보잔 말야."

일로부터 한덕문은 그 말로 인하여 마을과 인근에서 아주 호가 났고 어느 겨를인지 그것이 한 속담俗談까지 되었다.

가령 어떤 엉뚱한 계획을 세운다든지 허랑한 일을 시작하여 놓고서는 천연스럽

게 성공을 자신한다든지 결과를 기다린다든지 하는 사람이 있은다치면

"흥, 한덕문이 길천이게다 논 팔아먹던 대 났구나."

하고 비웃곤 하는 것이었었다.

그 후, 그 속담은 삼십오 년을 두고 전하여 내려왔다. 전하여 내려올 뿐만이 아니었다.

일본제국주의의 조선에 있어서의 지반이 해가 갈수록 완구한 것이 되어 감을 따라 더욱이 만주사변 때부터 시작하여 지나전쟁을 거쳐 태평양전쟁으로 일이 거창하게 벌어진 결과 전쟁 수단으로써 조선의 가치는 안으로 밖으로 적극적으로 소극적으로 나날이 더 커 감을 좇아 일본이 조선에다 박은 뿌리는 더욱 깊이 뻗어 들어가고 가지와 잎은 더욱 무성하여서 일본이 조선으로부터 물러간다는 것은, 독립과 한 가지로 나날이 더 잠꼬대 같은 생각이던 것처럼 되어 버려 감을 따라, 그래서 한덕문의 장담하던,

'일인들이 다 쫓겨 가면…….'

이, 해가 가고 날이 갈수록 속절없이 무색하여 감을 따라, 그와 반비례하여 그 말의 속담으로서의 가치와 효과만이 변하지 않고 찬란히 빛을 내었다.

바로 팔월 십사일까지도 그러하였다. 팔월 십사일까지도,

"흥, 한덕문이 길천이한테 논 팔아먹던 대 났구나"

는 당당히 행세를 하였었다.

그랬던 것이 팔월 십오일에 일본이 항복을 하고 조선은 독립(실상은 우선 해방)이 되고 하였다. 그리고 며칠 아니하여 '일인들이 토지와 그 밖에 온갖 재산을 죄다 그대로 내어놓고 보따리 하나에 몸만 쫓기어 가게 되었다' 는 데까지 이르렀다.

한 생원의 '일인들이 다 쫓겨 가면……' 은 이리하여 부득불 빛이 화안하여지고 반대로 '한덕문이 길천이한테 논 팔아먹던 대 났구나' 는 그만 얼굴이 벌개서 납작하고 말 수밖에 없었다.

4

"여보슈 송 생원."

한 생원이 허연 탑삭부리에 묻힌 쪼글쪼글한 얼굴이 위아래 다섯 대밖에 안 남은 누런 이빨과 함께 흐물흐물 자꼬만 웃어지는 웃음을 언제까지고 거두지 못하면서 그러다 별안간 송 생원의 팔을 잡아 흔들면서 아주 긴하게,

"우리 독립만세 한 번 부르실까?"

"남 다아 부르고 난 댐에 건 불러 무얼 허우?"

송 생원은 한 생원과 달라 길천이한테 팔아먹은 논도 없으려니와 따라서 일인들이 쫓기어 가더라도 도로 찾을 논도 없었다.

"송 생원 접때 마을에서 만세를 부를 제 나가 부르셨던가?"

"난 그날 허리가 아파 꼼짝 못하구 누었었는걸."

"나두 그날 고만 못 불렀어."

"아따 못 불렀으면 못 불렀지, 늙은 것들이 만세 좀 아니 블렀기루 귀양살이 보내겠수?"

"난 그래두 좀 섭섭해 그랬지요……. 그럼 송 생원 우리 술 한 잔 자실까?"

"술이나 한 잔 사 주신다면."

"주막으루 나갑시다."

두 늙은이가 지팡이를 짚고 마을에 단 한 집밖에 없는 주막으로 나갔다.

"에구머니 독립두 되구 볼 꺼야, 영감님들이 술을 다 자시러 오시구."

이십 년이나 여기서 주막을 하느라고 이제는 중늙은이가 된 주모 판쇠네가 손님을 환영이라기보다 다뿍 걱정스러워 한다.

"미리서 외상인 줄이나 알구 술 좀 주게나."

한 생원이 그러면서 술청으로 들어가 앉는 것을 송 생원도 따라 들어가 앉으면서 주모더러,

"외상 두둑이 드리게. 수가 나섰다네."

"독립되는 운 덕에 어느 고을 원님이나 한자리 해 가시는감?"

"원님을 걸 누가 성가시게, 흐흐……."

한 생원은 그러다 다시,

"거 안주가 무어 좀 있나?"

"안주두 벤벤찮구. 술두 막걸린 없구 소주뿐인걸, 노인네들이 소주 잡숫구 어떡하시게."

젊었을 적에는 동이술을 사양치 아니하던 영감들이었다. 그러나 둘이가 다 내일모레가 칠십. 더구나 자조 자조는 술을 입에 대이지 않던 차에 싱겁다고는 하지만 소주를 칠팔 잔씩이나 하였으니 과음일 수밖에 없었다.

송 생원은 그대로 술청에 쓰러져 과연 소변을 지리기까지 하였다.

한 생원은 송 생원보다는 아직 기운이 조금은 좋은 덕에 정신을 놓거나 몸을 가누지 못할 지경은 아니었다.

"우리 논을 좀 보러 가야지, 우리 논을. 설흔다섯 해만에 우리 논을 보러 간단 말야, 흐흐흐."

비틀거리면서 한 생원은 술청으로부터 나왔다.

주모 판쇠네가 성화가 나서,

"방으루 들어가 누섰다 술 깨신 댐에 가세요. 노인네들 술 드렸다구 날 또 욕허게 됐구면."

"논 보러가, 논. 길천이게다 판 우리 논. 흐흐흐, 설흔다섯 해만에 도루 찾은 우리 일곱 마지기 논, 흐흐."

"글쎄 논은 이 댐에 보러 가시면 어디루 가요?"

"날 희떤 소리 한다구들 웃었지. 미친 놈이라구 웃었지 들. 흐흐. 설흔다섯 해만에 내 말이 들어맞일 줄 들 누가 알았어? 흐흐흐."

말은 혀 꼬부라진 소리로, 몸은 위태로이 비틀거리면서 한 생원은 지팡이를 휘젓고 밖으로 나간다.

나가다 동네 젊은 사람과 마주쳤다.

"아 한 생원 웬일이세요?"

"논 보러 간다, 논. 흐흐흐. 너두 이 녀석 한덕문이 길천이한테 논 팔아먹던 대 났구나, 그런 소리 더러 했었지? 인제두 그런 소리가 나오까?"

"취하였군요."

"나 외상술 먹었지. 논 찾았은깐 또 팔아서 술값 갚으면 고만이지. 그럼 한 설흔댓 해 만에 또 내 것 되겠지, 흐흐흐. 그렇지만 인전 안 팔지 안 팔아. 우리 용길이놈 물려 줘야지, 우리 용길이놈."

"참 용길이 요새 있죠?"

"있지, 길천이한테 팔아먹었을까?"

"저…… 읍내 사는 영남이가 산판山坂 하날 나서 벌목伐木을 하는데, 이 동네 사람들더러 와 남구 비어 주구 그 대신 우죽枝葉 가져가라구 하니, 용길이두 며칠 보내서 땔나무나 좀 장만하시죠."

"걸 누가……. 논을 도루 찾았는데."

"논만 찾으면 땔나문 없어두 사시나요?"

"논두 없이두 설흔다섯 해나 살지 않었느냐?"

"허허 참. 그러지 마시구 며칠 보내세요. 어서서 다 비어 버려야 할 텐데 도무지 사람을 뭇 구해 그러니 절더러 부디 그렇거두룩 서둘러 달라구, 영남이가 여간만 부탁을 해싸여죠. 아바루 동네서 가찹겠다. 져 나르기 수월하구……. 요 위 가재꼴 있는 길천농장 메같이래요."

"무어?"

한 생원은 별안간 정신이 번쩍나 하면서 대어든다.

"가재꼴 있는 길천농장 메갈이라구?"

"네."

"네……라니? 그 메갈이……, 가마안 있자. 아……니 그 메갈이 뉘 메갈이길래?"

"길천농장 메갈이 아녜요? 걸 영남이가 일인들이 이번에 거들이 나는 바람에 농장 산림 감독하던 장 서방한테 샀대요."

"하 이런 도적놈들. 이런 천하 불한당 놈들. 그래 지금두 벌목을 하구 있드냐?"

"오늘버틈 시작했다나 봐요."

"하 이런 천하 날불한당 놈들이."

한 생원은 천방지축으로 가재꼴을 향하여 비틀걸음을 친다.

솔은 잘 자라지 않고, 개간하여 밭을 만들자 하니 힘이 부치고 하여, 이름만 메갈이지 있으나마나 한 메갈 한자리가 있었다. 한 삼천 평 될까 말까, 그다지 크지도 못한 것이었었다.

이 메갈을 한 생원은 길천이에게다 논을 팔던 이듬핸지 그 이듬핸지, 돈은 아쉽고 한 판에 또한 어수룩히 비싼 값으로 팔아 넘겼었다.

길천은 그 메갈에다 낙엽송을 심어 삼십여 년이 지난 지금 와서는 아주 헌다헌 산림이 되었었다.

늙은이의 총기요, 논을 도로 찾게 되었다는 것에만 정신이 팔려, 깜빡 메갈 생각은 미처 아직 못하였던 모양이었다.

마침 전신주 감의 쪽쪽 곧은 낙엽송이 총총들이 섰다. 베이기에 아까워 보이는 나무였다.

한 서넛이 나가 한편에서부터 깡그리 베어 눕히고 일변 우죽을 치고 한다.

"이놈, 이 불한당 놈들. 이 메갈 벌목한다는 놈이 어떤 놈이냐?"

비틀거리면서 고함을 치고 쫓아오는 한 생원을 사람들은 영문을 몰라 일하던 손을 멈추고 빠언히 바라다보고 섰다.

"이놈 너루구나?"

한 생원은 영남이라는 읍내사람 벌목 주인 앞으로 달려들면서 한대 갈길 듯기 지팡이를 들러 멘다.

명색이 읍내 사람이라서 촌 농투산이에게 무단히 해거를 당하면서 공수하거나 늙은이 대접을 하려고는 않는다.

"아……니 이 늙은이가 환장을 했나? 왜 그러는 거야, 왜."

"이놈 너 어째 이 메갈을 손을 대느냐?"

"뉘 메같이길래."

"내 메같이다. 한덕문이 메같이다, 이놈아."

"허허 내 별꼴 다 보니. 괜시리 술잔 든절렀거들랑 고히 삭히진 아녀구서, 나이 께 먹은 것이 왜 남 일하는데 와서 이 행악야 행악이. 늙은인 다리뼉다구 부러지지 말란 법 있나?"

"오……냐 이놈 날 죽여라. 너구 나구 죽자."

"대체 내력을 말을 해요. 무엇 때문에 이 야론지 내력을 말을 해요."

"이 메같이 그새까진 길천이 것이라두 조선이 독립됐은깐 인전 내 것이란 말야 이놈아."

"조선이 독립이 됐는데 어째 길천이 메같이 한덕문이 것이 되는구?"

"길천인, 일인들은, 땅을 죄다 내놓구 간깐 그전 임자가 도루 차지하는 게 옳지 무슨 말이냐?"

"오오, 이녁이 이 메같을 전에 길천이한테나 팔았다?"

"그래서."

"그랬으니깐 일인들이 땅을 다 내놓구 가니깐, 이녁은 팔았던 땅을 공짜루 도루 차지하겠다?"

"그래서."

"그 개 같은 소리 인전 엔간치 해두구 어서 없어져 버려요. 난 뻐젓이 길천농장 산림관리인 강태식이한테 시퍼런 돈 이천 환 주구서 계약서 받구 샀어요. 강태식인 길천이가 해 준 위임장 가지구 있구. 돈 내구 산 사람이 임자지, 저…… 옛날, 돈 받구 팔아먹은 사람이 임잘까?"

팔일오 직후 낡은 법이 없어지고 새로운 영이 서기 전 혼란한 틈을 타서 잇속에 눈이 밝은 무리들이 일본인 농장이나 회사의 관리자와 부동이 되어 가지고 일인의 재산을 부당히 처분하여 배를 불린 일이 허다하였다. 이 산판사건도 그런 것의 하나였다.

그 뒤 훨씬 지나서.

5

일인의 재산을 조선 사람에게 판다. 이런 소문이 들렸다. 사실이라고 한다면 한 생원은 그는 일곱 마지기를 돈을 내고 사지 않고서는 도로 차지할 수가 없을 판이었다. 물론 한 생원에게는 그런 재력이 없거니와 도대체 전의 임자가 있는데 그것을 아모나에게 판다는 것이 한 생원으로 보기에는 불합리한 처사였다.

한 생원은 분이 나서 두 주먹을 쥐고 구장에게로 쫓아갔다.

"그래 일인들이 죄다 내놓구 가는 것을 백성들더러 돈을 내구 사라구 마련을 했다면서?"

"아직 자세힌 모르겠어두 아마 그렇게 되기가 쉬우리라구들 하드군요."

팔일오 후에 새로 난 구장의 대답이었다.

"그런 놈의 법이 어딧단 말인가? 그래 누가 그렇게 마련을 했는구?"

"나라에서 그랬을 테죠."

"나라?"

"우리 조선 나라요."

"나라가 다 무어 말라비틀어진 거야? 나라 명색이 내게 무얼 해 준 게 있길래 이번엔 일인이 내놓구 가는 내 땅을 저이가 팔아먹으려구 들어? 그게 나라야?"

"일인의 재산이 우리 조선 나라 재산이 되는 거야 당연한 일이죠."

"당연?"

"그렇죠."

"흥 가만 둬두면 저절루 백성의 것이 될 걸 나라 명색은 가만히 앉았다 어디서 툭 튀어나와 가지구 걸 뺏어서 팔아먹어? 그따위 행사가 어딧다든가?"

"한 생원은 그 논이랑 메갈이랑 길천이한테 돈을 받구 파셨으니깐 임자로 말하면 길천이지 한 생원인가요."

"암만 팔았어두 길천이가 내놓구 쫓겨 갔은깐 도루 내 것이 돼야 옳지 무슨 말야. 걸 무슨 탁에 나라가 뺏으령으루 들어?"

"한 생원한테 뺏는 게 아니라 길천이한테 뺏는 거랍니다."

"흥 돌려다 대긴 잘들 허이. 공동묘지 가 보게나 핑계 없는 무덤 있던가? 저…… 병신년에 원놈[군수] 김가가 우리 논 열두 마지기 뺏을 제두 핑곈 다 있었드라네."

"좌우간 아직 그렇게 지레 염렬 하실 게 아니라 기대리구 있느라면 나라에서 다 억울치 않두룩 처단을 하겠죠."

"일 없네. 난 오늘버틈 도루 나라 없는 백성이네. 제길 삼십육 년두 나라 없이 살아왔을려드냐. 아……니 글쎄 나라가 있으면 백성한테 무얼 좀 고마운 노릇을 해 주어야 백성두 나라를 믿구 나라에다 마음을 붙이구 살지. 독립이 됐다면서 고작 그래 백성이 차지한 땅 뺏어서 팔아먹는 게 나라 명색야?"

그러고는 털고 일어서면서 혼잣말로,

"독립됐다구 했을 제 만세 안 부르기 잘 했지."

줄거리

한일합방 이전에 한태수(한 생원의 아버지)는 동학운동과 관련해 무고하게 옥에 갇히게 되고, 고을 원님에게 강제로 아홉 마지기의 논을 바치고서야 석방됐다. 하지만 한 생원은 남은 일곱 마지기의 논마저 술과 노름, 그리고 살림으로 진 빚을 갚기 위해 일본인에게 팔아넘기지 않을 수 없었다.

일본이 전쟁에서 패하자 그동안 일본인들이 거둬들이고 사들인 조선 땅과 재산을 모두 두고 내지로 들어간다는 소식이 들렸다. 이에 그동안 가난한 데다 동네 사람들의 놀림거리까지 되어 왔던 한 생원은 우쭐해졌다. 일본인에게 자신의 논을 모조리 팔아 버리고 남의 땅을 빌려 근근이 살아오던 한 생원은 드디어 자기 논을 되찾을 수 있으리라 믿었던 것이다. 식구들이 먹고살아야 할 논을 팔았다는 이유로 동네 사람들에게 손가락질당하고 욕을 먹을 때마다 일본인이 쫓겨 가면 다시 논을 되찾을 수 있다고 큰소리쳐 왔던 그였다.

기분이 좋은 한 생원은 외상술을 한 잔 걸치고 자기 땅을 보러 간다. 그러나 그곳에서 일본인 소유주가 그 땅을 다른 사람에게 넘겼고, 논마저 나라에서 관리해 되찾을 수 없다는 사실을 알게 되었다. 허탈감에 빠진 허 생원은 자신은 나라 없는 백성이라면서 해방되던 날 만세를 안 부르길 잘했다며 혼잣말을 한다.

감상 포인트

해방이 되었어도 일본인들이 차지했던 땅을 원래의 땅 주인에게 돌려주지 않고 나라가 차지해 버린 해방 직후의 사회 혼란상을 주인공 '한 생원'을 통해 "차라리 나라 없는 백성이 낫다"는 식의 냉소적 태도로 묘사함으로써 독특한 풍자의 세계를 구축한 작품이다. 여기에 나라에 대한 피해 의식과 개인 이익에 보탬이 되지 않으면 나라조차 필요 없다는 소시민의 한계도 함께 드러내고 있다.

이 작품은 두 개의 중심 사건이 기둥을 이루고 있는데, 지식인으로서 당대 농민의 참상을 객관적으로 폭로한 것이 하나이고, 농민을 수탈하는 사회제도에 대한 날카로운 비판과 개혁 의지를 냉소적인 태도로 묘사한 것이 또 다른 하나이다. 이 두 기둥이 작품 속에서 독특한 풍자적 세계를 구축하고 있으며, 이러한 형식적 특성이 이 작품에 문학성을 부여한다.

등장인물

- **한태수** : 성실하고 부지런한 농부이다. 하지만 21세 때 동학운동에 가담했다는 누명을 쓰고 옥에 갇혔다가 고을 수령에게 열세 마지기의 논을 주고 풀려났다. 자신에게 아무런 이익도 주지 않는 나라에 대해 지독히 냉소적이다.

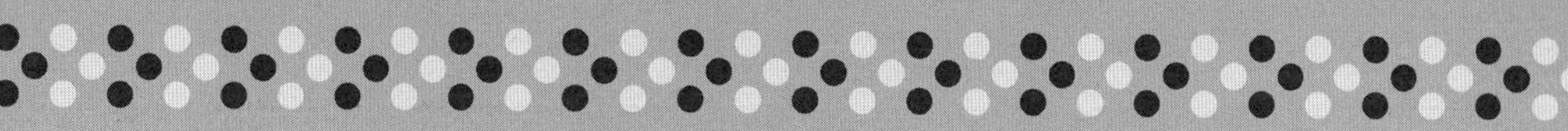

• **한 생원 :** 이름은 '덕문'으로 한태수의 아들이다. 노름빚과 술값을 갚기 위해 남은 일곱 마지기의 논을 일본인 길천에게 팔아먹고, 일본이 망한 틈에 그것을 되찾으려다가 나라에서 회수해 가는 바람에 허탈감에 빠진다. 갑자기 찾아온 해방과 그 직후의 사회적 혼란 속에서 자신의 권리만을 찾겠다고 우겨대는, 자기 이득에 부합하지 않으면 나라도 필요 없다고 생각하는 이기주의자이다.

작품의 특징

① 냉소적인 어조를 통해 풍자성을 드러내고 있다.
② 역전적, 입체적으로 구성되어 있다.
③ 국가의 토지 정책은 물론, 개인의 이익에 도움이 되지 않는다면 나라도 필요 없다는 소시민적 의식의 한계도 비판하고 있다.

채만식의 작품 세계

채만식은 풍자 소설로 유명한 작가로, 특히 당시의 현실을 반영하고 비판하는 작품들을 많이 남겼다. 즉, 일제강점기 농민의 가난, 지식인의 고뇌, 도시 하층민의 몰락, 광복 후의 혼란상 등을 생생하게 보여 주는 동시에 그 근본 원인이라고 할 수 있는 역사적, 사회적 상황도 신랄하게 비판하고 있는 것이다. 특히 해방 공간의 사회 현실을 바라보는 채만식의 시각은 매우 암담하고 절망적이어서, 그의 소설 어디에서도 광복의 감격이나 새로운 국가 건설에 대한 희망 따위는 보이지 않는다. 그가 택한 소설의 소재는 다양한 등장인물들이 시대와 어떠한 관련을 맺고 어떻게 변모해 가는지, 그리고 시대의 정의가 무엇인지 하는 것이었다. 그런 점에서 채만식은 일제강점기의 작가 가운데 가장 투철한 사회의식을 가진 사실주의 작가로 평가된다.

핵심정리

• 갈래 : 단편 소설, 풍자 소설, 농민 소설, 사회 소설
• 배경 : 시간 – 동학농민운동, 일제강점기, 8 · 15광복 직후
공간 – 군산 부근의 농촌
• 시점 : 전지적 작가 시점
• 성격 : 풍자적, 설명적, 구체적
• 주제 : 농민이 농토를 온당하게 지닐 수 없는 현실과 농민의 우직한 기대감의 풍자

2
치숙 痴叔

우리 아저씨 말이지요, 아따 저 거시키, 한참 당년에 무엇이냐 그놈의 것, 사회주의라더냐, 막걸리라더냐 그걸 하다, 징역 살고 나와서 폐병으로 시방 앓고 누웠는 우리 오촌 고모부 그 양반…….

머, 말두 마시오. 대체 사람이 어쩌면 글쎄……, 내 원!

신세 간 데 없지요.

자, 십 년 적공, 대학교까지 공부한 것 풀어 먹지도 못했지요, 좋은 청춘 어영부영 다 보냈지요, 신분에는 전과자라는 붉은 도장 찍혔지요, 몸에는 몹쓸 병까지 들었지요, 이 신세를 해가지굴랑은 굴속 같은 오두막집 단간 셋방 구석에서 사시장철 밤이나 낮이나 눈 따악 감고 드러누웠군요.

재산이 어디 집 터전인들 있을 턱이 있나요. 서발 막대 내저어야 짚검불 하나 걸리는 것 없는 철빈鐵貧인데.

우리 아주머니가, 그래도 그 아주머니가, 어질고 얌전해서 그 알뜰한 남편양반 받드느라 삯바느질이야, 남의 집 품빨래야, 화장품 장사야, 그 칙살스런 벌이를 해다가 겨우겨우 목구멍에 풀칠을 하지요.

어디루 대나 그 양반은 죽는 게 두루 좋은 일인데 죽지도 아니해요.

우리 아주머니가 불쌍해요. 아, 진작 한 나이라도 젊어서 팔자를 고치는 게 아니라, 무슨 놈의 수난 후분을 바라고 있다가 고생을 하는지.

근 이십 년 소박을 당했지요.

이십 년을 쉶은 청춘 한숨으로 보내고서 다아 늦게야 송장 여대치게 생긴 그 양반을 그래도 남편이라고 모셔다가는 병 수종 들으랴, 먹고 살랴, 애가 진하고 다니는 걸 보면 참말 가엾어요.

그게 무슨 죄다짐이람? 팔자, 팔자 하지만 왜 팔자를 고치지를 못하고서 그래요. 죄선朝鮮 구식 부인네들은 다아 문명을 못하고 깨지를 못해서 그러지.

그 양반이 한시바삐 죽기나 했으면 우리 아주머니는 차라리 신세 편하리다.

심덕 좋겠다, 솜씨 얌전하겠다 하니 어디 가선들 제가 일신 몸 가누고 편안히 못 지내요?

가만있자, 열여섯 살에 아저씨네 집으로 시집을 갔다니깐 그게 내가 세 살 적이니 꼬박 열여덟 해로군. 열여덟 해면 이십 년 아니요.

그때 우리 아저씨 양반은 나이 어리기도 했지만 공부를 한답시고 서울로, 동경으로 십여 년이나 돌아다녔고 조끔 자라서 색시 재미를 알 만하니까는 누가 예쁘달까 봐 이혼하자고 아주머니를 친정으로 쫓고는 통히 불고를 하고…….

공부를 다 마치고 오더니만 그 담에는 그놈의 짓에 디립다 발광해 다니면서 명색 학생 출신이라는 딴 여편네를 얻어 살았지요. 그 여편네는 나도 몇 번 보았지만 쌍판대기라고 별반 출 수도 없이 생겼습디다. 그 인물로 남의 첩이야? 일색 소박은 있어도 박색 소박은 없다더니, 사실 소박맞은 우리 아주머니가 그 여편네께다 대면 월등 예뻤다우.

그래 그 뒤에, 그 양반은 필경 붙들려 가서 오 년이나 전중이를 살았지요. 그동안에 아주머니는 시집이고 친정이고 모두 폭 망해서 의지가지없이 됐지요.

그러니 어떻게 해요? 자칫하면 굶어 죽을 판인데.

할 수 없이 얻어먹고 살기도 해야 하려니와 또 아저씨 나오는 것도 기다려야 한다고 나를 발련 삼아 서울로 올라왔더군요. 그게 그러니까 아저씨가 나오던 전 해로군.

그때 내가 나이는 어려도 두루 날뛴 보람이 있어서 이내 구라다상네 식모로 들어갔지요.

그 무렵에 참 내가 아주머니더러 여러 번 권면을 했지요. 그러지 말고 개가改嫁를 가라고. 글쎄 어린 소견에도 보기에 퍽 딱하고 민망합디다.

계제에 마침 또 좋은 자리가 있었고요. 미네상이라고 미쓰꼬시 앞에서 바나나 다다끼우리투매를 하는 인데 사람이 퍽 좋아요.

우리 집 다이쇼주인도 잘 알고 허는데, 그이가 늘 날더러 죄선 오깜상하구 살았으면 좋겠다고, 중매 서 달라고 그래쌌어요.

돈은 모아 둔 게 없어도 다아 벌어먹고 살 만하니까 그런 사람 만나서 살면 아주머니도 신세 편할 게 아니냐구요.

그런 걸 글쎄 몇 번 말해도 숭헌 소리 말라고 듣덜 않는 걸 어떡허나요.

아뭏든 그런 것 말고라도 참, 흰말이 아니라 이날 이때까지 내가 그 아주머니 뒤도 많이 보아주었다우. 또 나도 그럴 만한 은공이 없잖아 있구요.

내가 일곱 살에 부모를 잃었지요. 그리고 나서 의탁할 곳이 없이 됐는데 그때 마침 소박을 맞고 친정살이를 하는 그 아주머니가 나를 데려다가 길러 주었지요.

그때만 해도 그 집이 그다지 군색하게 지내든 안 했으니깐요. 아주머니도 아주머니지만 종조할머니며 할아버지도 슬하에 딴 자손이 없어서 나를 퍽 귀여워하셨지요.

열두 살까지 그 집에서 자랐군요.

사 년이나마 보통학교도 다녔고.

아마 모르면 몰라도 그 집안이 그렇게 치패致敗하지만 안 했으면 나도 그냥 붙어 있어서 시방쯤은 전문학교까지는 다녔으리다.

이런 은공이 있으니까 나도 그걸 저바리지 않고 그래서 내 깜냥에는 갚을 만치

갚느라고 갚은 셈이지요.

허기야 요새도 간혹 아주머니가 찾아와서 양식 없다는 사정을 더러 하군 하는데 실로 정말이지 좀 성가시기는 해요.

그러는 족족 그 수응을 하자면 내 일을 못하겠는걸. 그래 대개 잘라 떼기는 하지요.

그렇지만 그밖에 가령 양 명절 때면 고깃근이라도 사 보낸다든지, 또 오면 가면이 애기낱이라도 한다든지 그런 걸 결단코 범연히 하든 않으니까요.

아뭏든 그래서, 아주머니는 꼬박 일 년 동안 구라다상네 집 오마니로 있으면서 월급 오 원씩 받는 걸 그래도 고스란히 저금을 하고, 또 틈틈이 삯바느질을 맡아다가 조끔씩 벌어 보태고 또 나올 무렵에 구라다상네 양주가 퍽 기특하다고 돈 칠 원을 상급賞給으로 주고 그런 게 이럭저럭 돈 백 원이나 존존히 됐지요.

그 돈으로 방 한 간 얻고 살림 나부랭이도 조금 장만하고, 그래 놓고서 마침 그 알량꼴량한 서방님이 뇌여 나오니까 그리루 모셔 들였지요.

뇌여 나는 날 나도 가서 보았지만 가막소 문 앞에 막 나서자 아주머니가 기다리고 있으니까 그래도 눈물이 핑! 돌던데요.

전에 그렇게도 죽을 둥 살 둥 모르고 좋아하던 첩년은 꼴도 안 뵈구요. 남의 첩년이라 껀 다아 그런 거지요 뭐.

우리 아저씨 양반은 혹시 그 여편네가 오지 않았나 하고 사방을 휘휘 둘러보던데요. 속이 그렇게 없다니까. 여편네는커녕 아주머니하구 나하구 그 외는 어리친 개새끼 한 마리 없드라.

그래 마악 자동차에 올라타려다가 피를 토했지요. 나중에 들었지만 가막소 안에서 달포 전부터 토혈을 했다나 봐요.

그래 다아 죽어 가는 반송장을 업어 오다시피 해다가 뉘어 놓고, 그날부터 아주머니는 불철주야로 할 짓 못할 짓 다해 가면서 부시대고 날뛴 덕에 병도 차차로 차도

가 있고 그러더니 인제는 완구히 살아는났지요. 뭐 참 시방은 용꼴인 걸요, 용꼴.

부인네 정성이 무서운 겝디다.

꼬박 삼 년이군. 나 같으면 돌아가신 부모가 살아오신대도 그짓 못해요.

자, 그러니 말이지요. 우리 아저씨라는 양반이 작히나 양심이 있고 다아 그럴 양이면, 어—허 내가 어서 바삐 몸이 충실해져서 어서 바삐 돈을 벌어다가 저 아내를 편안히 거느리고 이 은공과 전날의 죄를 갚아야 하겠구나……. 이런 맘을 먹어야 할 게 아니나요?

아주머니의 은공을 갚자면 발에 흙이 묻을세라 업고 다녀도 참 못 다 갚지요.

그러고저러고 간에 자기도 인제는 속 차려야지요. 허기야 속을 차려서 무얼 하재도 전과자니까 관리나 또 회사 같은 데는 들어가지 못하겠지만 그야 자기가 저지른 일인 걸 누구를 원망할 일도 아니고, 그러니 막 벗어 붙이고 노동이라도 해야지요.

대학교 출신이 막벌이 노동이라께 꼴 가관이지만 그래도 할 수 없지, 머.

그런 걸 보고 가만히 나를 생각하면, 만약 우리 종조할아버지네 집안이 그렇게 치패를 안 해서 나도 전문학교나 대학교를 졸업을 했으면 혹시 우리 아저씨 모양이 됐을지도 모를 테니 차라리 공부 많이 않고서 이 길로 들어선 게 다행이다…… 이런 생각이 들어요.

사실 우리 아저씨 양반은 대학교까지 졸업하고도 인제는 기껏 해먹을 게란 막벌이 노동밖에 없는데, 요 보통학교 사 년 겨우 다니고서도 시방 앞길이 환히 트인 내게다 대면 고쓰까이소사만도 못하지요.

아, 그런데 글쎄 막벌이 노동을 하고 어쩌고 하기는커녕 조금 바시시 살아날 만하니까 이 주책꾸러기 양반이 무슨 맘보를 먹는고 하니, 내 참 기가 막혀!

아—니, 그놈의 것하구는 무슨 대천지 원수가 졌단 말인지, 어쨌다고 그걸 끝끝내 하지 못해서 그 발광인고?

그러나마 그게 밥이 생기는 노릇이란 말이지? 명예를 얻는 노릇이란 말이지, 필경은 붙잡혀 가서 징역 사는 놀음?

아마 그놈의 것이 아편하구 꼭같은가 봐요. 그렇길래 한 번 맛을 들이면 끊지를 못하지요.

그렇지만 실상 알고 보면 그게 그다지 재미가 난다거나 맛이 있다거나 그런 것도 아니드군 그래요. 부랑당패든데요. 하릴없이 부랑당팹니다.

저어 서양 어디선가, 일하기 싫어하는 게름뱅이 몇 놈이 양지짝에 모여 앉아서 놀고먹을 궁리를 했더라나요. 우리 집 다이쇼가 다아 자상하게 이야기를 해 줍디다.

게—그 녀석들이 서루 구논을 하기를, 자, 이 세상에는 부자가 있고 가난한 사람이 있고 하니 그건 도무지 공평한 일이 아니다. 사람이란 건 이목구비하며 사지육신을 꼭같이 타고났는데 누구는 부자로 잘살고 누구는 가난하다니 그게 될 말이냐. 그러니 부자가 가진 것을 우리 가난한 사람들하구 다같이 고르게 나눠 먹어야 경우가 옳다.

야—그거 옳은 말이다. 야! 그 말 좋다. 자 나눠 먹자.

아, 이렇게 설도를 해 가지고 우—하니 들고 일어났다는군요.

아—니, 그러니 그게 생날부랑당놈의 짓이 아니고 무어요?

사람이란 것은 제가끔 분지복이 있어서 기수氣數를 잘 타고나든지 부지런하면 부자가 되는 법이요, 복록을 못 타고나든지 게으른 놈은 가난하게 사는 법이요. 다아 이렇게 마련인데 그거야 말루 공평한 천리인 것을, 됩다 불공평하다께 될 말이요? 그리구서 억지로 남의 것을 뺏아 먹자고 들다니 그놈들이 부랑당이지 무어요.

짓이 부랑당 짓일 뿐만 아니라, 또 만약에 그러기로 들면 게으른 놈은 점점 더 게으름만 부리고 쫓아다니면서 부자 사람네가 가진 것만 뺏아 먹을 테니 이 세상은 통으로 도적놈의 판이 될 게 아니요? 그나마, 부자 사람네가 모아둔 걸 다아 뺏기고 더는 못 먹어 내는 날이면 그때는 이 세상 망하는 날이 아니요?

제마다 남이 농사 지어 놓으면 그걸 뺏아 먹으려고 일 않고 번둥번둥 놀 것이고 남이 옷감 짜놓으면 그걸 뺏아다가 입으려고 번둥번둥 놀 것이고 그럴 테니 대체 곡식이며 옷감이며 그런 것이 다아 어디서 나올 데가 있어야지요. 세상 망할밖에!

글쎄 그놈의 짓이 그렇게 세상 망쳐 놀 장본인 줄은 모르고서 가난한 놈들—그중에도 일하기 싫은 게으름뱅이들이 위선 당장 부자 집 사람네 것을 뺏아 먹는다니까 거기 혹해 가지굴랑 너두 나두 와—하니 참섭을 했다는구료.

바루 저 '아라사' 가 그랬대요.

그래서 아니나 다를까 농군들이 곡식을 안 만들기 때문에 사람이 수만 명씩 굶어 죽는다는구료. 빠안한 이치지 뭐.

위선 먹기는 곶감이 달다고 그 지랄들을 했다가 잘코사니야!

아 그런데 그 못된 놈의 풍습이 삽시간에 동서양 각국 안 간 데 없이 퍼져 가지굴랑 한동안 내지에도 마구 굉장히 드세게 돌아다녔고 내지가 그러니까 멋도 모르는 죄선 영감상들도 덩달아서 그 숭내를 냈다나요. 그렇지만 시방은 그새 나라에서 엄하게 밝히고 금하고 한 덕에 많이 머츰해졌고 그런 마음먹는 사람은 별반 없다나 봐요.

그럴 게지 글쎄. 아, 해서 좋으량이면야 나라에선들 왜 금하며 무슨 원수가 졌다고 붙잡아다가 징역을 살리나요.

좋고 유익한 것이면 나라에서 도리어 장려하고 잘 할라치면 상급도 주고 그러잖아요.

활동사진이며 스모며 만자이며 또 왓쇼왓쇼랄지 세이레이 낭아시랄지 라디오 체조랄지 이런 건 다아 유익한 것이니까 나라에서 설도도 하고 그리잖아요.

나라라는 게 무언데? 그런 걸 다아 잘 분간해서 이럴 건 이러고 저럴 건 저러라고 지시하고 그 덕에 백성들을 제가끔 제 분수대루 편안히 살두룩 애써 주는 게 나라 아니요?

그놈의 것 사회주의만 하더라도 나라에서 금하들 않고 저희가 하는 대루 두어 두었어 보아? 시방쯤 세상이 무엇이 됐을지…….

다른 사람들도 낭패 본 사람이 많았겠지만 위선 나만 하더라도 글쎄 어쩔 뻔했어! 아무 일도 다 틀리고 뒤죽박죽이지.

내 이상과 계획은 이렇거든요.

우리 집 다이쇼가 나를 자별히 귀여워하고 신용을 하니깐 인제 한 십 년만 더 있으면 한밑천 들여서 따루 장사를 시켜 줄 눈치거든요.

그러거들랑 그것을 언덕삼아 가지고 나는 삼십 년 동안 예순 살 환갑까지만 장사를 해서 꼭 십만 원을 모을 작정이지요. 십만 원이면 죄선 부자로 쳐도 천석군이니 머, 떵떵거리고 살 게 아니라구요.

그리고 우리 다이쇼도 한 말이 있고 하니까 나는 내지인 규수한테로 장가를 들래요. 다이쇼가 다아 알아서 얌전한 자리를 골라 중매까지 서 준다고 그랬어요. 내지 여자가 참 좋지요.

나는 죄선 여자는 거저 주어도 싫어요.

구식 여자는 얌전은 해도 무식해서 내지인하구 교제하는 데 안 됐고, 신식 여자는 식자가 들었다는 게 건방져서 못쓰고 도무지 그래서 죄선 여자는 신식이고 구식이고 다아 제에발이야요.

내지 여자가 참 좋지 머. 인물이 개개 일짜로 예쁘겠다, 얌전하겠다, 상냥하겠다, 지식이 있어도 건방지지 않겠다, 조음이나 좋아!

그리고 내지 여자한테 장가만 드는 게 아니라 성명도 내지인 성명으로 갈고, 집도 내지인 집에서 살고, 옷도 내지 옷을 입고 밥도 내지 식으로 먹고, 아이들도 내지인 이름을 지어서 내지인 학교에 보내고…….

내지인 학교래야지 죄선 학교는 너절해서 아이를 버려 놓기나 꼭 알맞지요.

그리고 나도 죄선말은 싹 걷어치우고 국어만 쓰고요.

이렇게 다아 생활 법식부텀도 내지인처럼 해야만 돈도 내지인처럼 잘 모으게 되거든요.

내 이상이며 계획은 이래서 이십만 원짜리 큰 부자가 바루 내다뵈고 그리루 난 길이 환하게 트이고 해서 나는 시방 열심으로 길을 가고 있는데 글쎄 그 미쳐 살기 든 놈들이 세상 망쳐 버릴 사회주의를 하려 드니 내가 소름이 끼칠 게 아니라구요? 말만 들어도 끔찍하지!

세상이 망해서 뒤집히면 그래 나는 어쩌란 말인구? 아무것도 다아 허사가 될 테니 그런 억울할 데가 있드람?

머 참 우리 집 다이쇼 말이 일일이 지당해요. 여느 절도나 강도나 사기나 그런 죄는 도적이면 도적을 해 가는 그 당장, 그 돈만 축을 내니까 오히려 죄가 가볍지만, 그놈의 것 사회주의인지 지랄인지는 온 세상을 뒤죽박죽을 만들어 놓고 나라를 통째로 소란하게 하니까 도저히 용서할 수가 없대요.

용서라니! 나 같으면 그런 놈들은 모주리 쓸어다가 마구 그저 그냥…….

그런 일을 생각하면 털어 놓고 말이지 우리 아저씬가 그 양반도 여간 불측스리 뵈들 않아요. 사실 아주머니만 아니면 내가 무슨 천주학이라고, 나쁜 병까지 앓는 그 양반을 찾아다니나요. 죽는데도 코도 안 풀어 붙일걸.

그러나마 전자의 죄상을 다아 회개를 하고 못된 마음은 씻어 바렸을 제 말이지, 머 흰 개꼬리 삼 년이라더냐, 종시 그 모양인 걸요.

그러니깐 그가 밉살머리스러워서, 더러 들렀다가 혹시 마주앉아도 위정 뼈끝 저린 소리나 내쏘아 주고 말을 따잡아 가지굴랑 꼼짝 못하게시리 몰아 세주군 하지요.

저번에도 한 번 혼을 단단히 내주었지요. 아, 그랬더니 아주머니더러 한다는 소리가, 그 녀석 사람 버렸더라고, 아무짝에고 못쓰게 길이 들었더라고 그러더라나요.

내 원, 그 소리 듣고 하두 어처구니가 없어서!

대체 사람도 유만부동이지 그 아저씨가 날더러 사람 버렸느니 아무짝에도 못

쓰게 길이 들었느니 하더라니, 원 입이 몇 개나 되면 그런 소리가 나오는 구멍도 있누?

죄선 벙어리가 다아 말을 해도 나 같으면 할 말 없겠더구먼서두, 하면 다아 말인 줄 아나 봐?

이를테면 그게 명색 훈계 비슷한 거렸다? 내게다가 맞대 놓고 그런 소리를 하다가는 되잽혀서 혼이 날 테니까 슬며시 아주머니더러 일르란 요량이던 게지?

기가 막혀서……. 하느님이 사람의 콧구멍 두 개로 마련하기 참 다행이야.

글쎄 아무려면 내가 자기처럼 다아 공부는 못하고 남의 집 고조 노릇으로 반또번두 노릇으로 이렇게 굴러먹을 갑시, 이래 보여도 표창을 두 번이나 받은 모범 점원이요, 남들이 똑똑하고 재주 있고 얌전하다고 칭찬이 놀랍고 앞길이 환히 트인 유망한 청년인데 그래 자기 눈에는 내가 버린 놈이고 아무짝에도 못쓰게 길이 든 놈으로 보였단 말이지?

하하, 오옳지! 거 참 그렇겠군. 자기는 자기 하는 짓이 옳으니까 나의 하는 짓은 다아 글렀단 말이렷다.

그러니까 나도 자기처럼 그놈의 것 사회주의인지 급살 맞을 것인지나 하다가 징역이나 살고 전과자나 되고 폐병이나 앓고 다아 그랬더라면 사람 버리지도 않고 아무짝에도 못쓰게 길든 놈도 아니고 그럴 뻔했군 그래!

흥! 참…….

제 밑 구린 줄 모르고서 남더러 어쩌구 저쩌구 한다는 게 꼭 우리 아저씨 그 양반을 두고 일른 말인가 봐.

그날도 실상 이랬더라우. 혼을 내주었더니 아주머니더러 그런 소리를 하더란 그날 말이요.

그날이 마침 내가 쉬는 날이길래 아주머니더러 할 이야기도 있고 해서 아침결에 좀 들렸더니 아주머니는 남의 혼인집으로 바느질을 해 주러 갔다고 없고, 아저씨 양반만 여전히 아랫목에 가서 드러누웠어요.

그런데 보니깐 어디서 모두 뒤져냈는지 머리맡에다가 헌 언문 잡지를 수북이 싸 놓고는 그걸 뒤져요.

그래 나도 심심삼아 한 권 집어 들고 떠들어 보았더니 머 읽을 맛이 나야지요.

대체 죄선 사람들은 잡지 하나를 해도 어찌 모두 그 꼬락서니로 해 놓는지.

사진도 없지요, 망가[만화]도 없지요.

그리구는 맨판 까달스런 한문 글자로다가 처박아 놓으니 그걸 누구더러 보란 말인고?

더구나 우리 같은 놈은 언문도 그런 대루 뜯어 보기는 보아도 읽기에 여간만 페롭지가 않아요.

그러니 어려운 언문하고 까다로운 한문하고를 섞어서 쓴 글을 뜻을 몰라 못 보지요. 언문으로만 쓴 것은 소설 나부랭인데 읽기가 힘이 들 뿐 아니라 또 죄선 사람이 쓴 소설이란 건 재미가 있어야죠. 나는 죄선 신문이나 죄선 잡지하구는 담 쌓고 남 된 지 오랜 걸요.

잡지야 머 '킹구' 나 '쇼넹구라부' 덮어 먹을 잡지가 있나요. 참 좋아요.

한문 글자마다 가나를 달아 놓았으니 어떤 대문을 척 펴 들어도 술술 내리읽고 뜻을 횅하니 알 수가 있지요.

그리고 어떤 대문을 읽어도 유익한 교훈이나 재미나는 소설이지요.

소설 참 재미있어요. 그중에도 기꾸지 깡[菊池寬] 소설…… 어쩌면 그렇게도 아기자기하고도 달콤하고도 재미가 있는지. 그리고 요시가와 에이지[吉川英治], 그의 소설은 진찐바라바라하는 지다이모노[時代物]인데 마구 어깻바람이 나구요.

소설이 모두 그렇게 재미가 있지요, 망가가 많지요, 사진이 많지요, 그리구도 값은 조음 헐하나요. 십오 전이면 바루 고 전달치를 사볼 수 있고 보고 나서는 오 전에 도루 파는데요.

잡지도 기왕 할려거든 그렇게나 해야지 죄선 사람들은 제엔장 큰소리는 곧잘 하더구만서두 잡지 하나 반반한 거 못 맨들어내니!

그날도 글쎄 잡지가 그 꼴이라 애여 글을 볼 멋도 없고 해서 혹시 망가나 사진이라도 있을까 하고 책장을 후루루 넹기느라니깐 마침 아저씨 이름이 있겠다요! 하두 신통해서 쓰윽 펴 들고 보았더니 제목이 첫줄은, 경제 · 사회…… 무엇 어쩌구 잔 주를 달아 놨겠지요.

그것만 보아도 벌써 그럴듯해요. 경제는 아저씨가 대학교에서 경제를 배웠다니까 경제 속은 잘 알 것이고 또 사회는, 그것 역시 사회주의를 했으니까, 그 속도 잘 알 것이고, 그러니까 경제하고 사회주의하고 어떻게 서루 관계가 되는 것이며 어느 편이 옳다는 것이며 그런 소리를 썼을 게 분명해요.

머, 보나 안 보나 빠안하지요. 대학교까지 가설랑 경제를 배우고도 돈 모을 생각은 않고서 사회주의만 하고 다닌 양반이라 경제가 그르고 사회주의가 옳다고 우겨댔을 게니깐요.

아무렇든 아저씨가 쓴 글이라는 게 신기해서 좀 보아 볼 양으로 쓰윽 훑어봤지요. 그러나 웬걸 읽어 먹을 재주가 있나요.

글자는 아주 어려운 자만 아니면 대강 알기는 알겠는데 붙여 보아야 대체 무슨 뜻인지를 알 수가 있어야지요.

속이 상하길래 읽어 보자던 건 작파하고서 아저씨를 좀 따잡고 몰아셀 양으로 그 대목을 차악 펴놨지요.

"아저씨?"

"왜 그러니?"

"아저씨가 여기다가 경제 무어라구 쓰구 또, 사회 무어라구 썼는데, 그러면 그게 경제를 하란 뜻이요, 사회주의를 하라는 뜻이요?"

"뭐?"

못 알아듣고 뚜렷뚜렷해요. 자기가 쓰고도 오래 돼서 다아 잊어버렸거나 혹시 내가 말을 너무 까다롭게 내기 때문에 섬뻑 대답이 안 나왔거나 그랬겠지요. 그래 다시 조곤조곤 따졌지요.

"아저씨! 경제라 껏은 돈 모아서 부자 되라는 거 아니요? 그런데 사회주의라 껏은 모아둔 부자 사람의 돈을 뺏아 쓰는 거 아니요?"

"이 애가 시방!"

"아—니, 들어보세요."

"너, 그런 경제학, 그런 사회주의 어디서 배웠니?"

"배우나마나, 경제라 껀 돈 많이 벌어서 애껴 쓰구 나머지 모아 두는 게 경제 아니요?"

"그건 보통, 경제한다는 뜻으로 쓰는 경제고, 경제학이니 경제적이니 하는 건 또 다르다."

"다른 게 무어요? 경제는, 돈 모으는 것이고 그러니까 경제학이면 돈 모으는 학문이지요."

"아니란다. 혹시 이재학理財學이라면 돈 모으는 학문이라고 해도 근리近理할지 모르지만 경제학은 그런 게 아니란다."

"아—니 그렇다면 아저씨 대학교 잘못 다녔소. 경제 못하는 경제학 공부를 오 년이나 했으니 그거 무어란 말이요? 아저씨가 대학교까지 다니면서 경제 공부를 하구두 왜 돈을 못 모으나 했더니 인제 보니깐 공부를 잘못해서 그랬군요!"

"공부를 잘못했다? 허허. 그랬을는지도 모르겠다. 옳다 네 말이 옳아!"

이거 봐요 글쎄. 담박 꼼짝 못하잖나. 암만 대학교를 다니고, 속에는 육조를 배포했어도 그렇다니깐 글쎄…….

"아저씨?"

"왜 그러니?"

"그러면 아저씨는 대학교를 다니면서 돈 모아 부자 되는 경제 공부를 한 게 아니라 모아 둔 부자사람네 돈 뺏아 쓰는 사회주의 공부를 했으니 말이지요……."

"너는 사회주의가 무얼루 알구서 그러냐?"

"내가 그까짓 걸 몰라요?"

한바탕 주욱 설명을 했지요.

내 얼굴만 물끄러미 올려다보고 누웠더니 피쓱 한 번 웃어요. 그리고는 그 양반이 하는 소리겠다요.

"그게 사회주의냐? 불한당이지."

"아—니, 그럼 아저씨두 사회주의가 부란당인 줄은 아시는구려?"

"내가 어째 사회주의가 불한당이랬니?"

"방금 그리잖았어요?"

"글쎄, 그건 사회주의가 아니라 불한당이란 그 말이다."

"거보시우! 사회주의란 것은 그렇게 날부랑당이어요. 아저씨두 그렇다구 하면서 아니시래요?"

"이 애가 시방 입심 겨름을 하재나!"

이거 봐요. 또 꼼짝 못하지요? 다아 이래요 글쎄…….

"아저씨?"

"왜 그러니?"

"아저씨두 맘 달리 잡수시요."

"건 어떻게 하는 말이야?"

"걱정 안 되시우?"

"날 같은 사람이 걱정이 무슨 걱정이냐? 나는 네가 걱정이더라."

"나는 머 버젓하게 요량이 있는 걸요."

"어떻게?"

"이만저만 한가요!"

또 한바탕 주욱 설명을 했지요. 이 얘기를 다아 듣더니 그 양반 한다는 소리 좀 보아요.

"너두 딱한 사람이다!"

"왜요?"

"……."

"아—니, 어째서 딱하다구 그러시우?"

"……."

"네? 아저씨."

"……."

"아저씨?"

"왜 그래?"

"내가 딱하다구 그리셨지요?"

"아니다. 나 혼자 한 말이다."

"그래두……"

"이애!"

"네?"

"사람이란 것은 누구를 물론허구 말이다, 아첨하는 것같이 더러운 게 없느니라."

"아첨이요?"

"저…… 위로는 제왕, 밑으로는 걸인, 그 모든 사람이 위선 시방 이 제도의 이 세상에서 말이다, 제가끔 제 분수대루 살아가는 데 있어서 말이다, 제 개성을 속여 가면서꺼정 생활에다가 아첨하는 것같이 더러운 것이 없고, 그런 사람같이 가련한 사람은 없느니라. 사람이라 껀 밥 두 그릇이 하필 밥 한 그릇보다 더 배가 부른 건 아니니까."

"그건 무슨 뜻인데요."

"네가 일본인 여자와 결혼을 해서 성명까지 갈고 모든 생활법도를 일본화하겠다는 것이 말이다."

"네, 그게 좋잖아요?"

"그것이 말이다. 진실로 깊은 교양이나 어진 지혜의 판단에서 우러나온 것이라면 그도 모를 노릇이겠지. 그렇지만 나는 보매 네가 그런다는 것은 다른 뜻으로 그러는 것 같다."

"다른 뜻이라니요?"

"네 주인의 비위를 맞추고 이웃의 비위를 맞추고 하자고……."

"그야 물론이지요! 다이쇼의 신용을 받아야 하고 이웃 내지인들하구두 좋게 지내야지요. 그래야 할 게 아니겠어요?"

"……."

"아저씨는 아직두 세상물정을 모르시요. 나이는 나보담 많구 대학교 공부까지 했어도 일찌감치 고생살이를 한 나만큼 세상물정은 모릅니다. 시방이 어느 세상인데 그러시우?"

"이애!"

"네?"

"네가 방금 세상물정이랬지?"

"네."

"앞길이 환하니 틔었다구 그랬지?"

"네."

"환갑까지 십만 원 모은다구 그랬지?"

"네."

"네가 말하려는 세상물정하구 내가 말하려는 세상물정하구 내용이 다르기도 하지만 세상물정이란 건 그야말로 그리 만만한 게 아니다."

"네?"

"사람이라 껀 제아무리 날구 뛰어도 이 세상에 형적 없이 그러나 세차게 주욱 흘러가는 힘—그게 말하자면 세상물정이겠는데—결국 그것의 지배하에서 그것을 따라가지, 별 수가 없는 거다."

"네?"

"쉽게 말하면 계획이나 기회를 아무리 억지루 만들어 놓아도 결과가 뜻대루는 안 된단 말이다."

"젠장, 아저씨두…… 요전 '킹구' 라는 잡지에두 보니까, 나폴레옹이라는 서양 영웅이 그랬답디다. 기회는 제가 만든다구, 그리고 불가능이란 말은 바보의 사전에서나 찾을 글자라구요. 아, 자꾸자꾸 계획하구 기회를 만들구 해서 분투노력해 나가면 이 세상 일 안 되는 일이 어디 있나요? 한 번 실패하거든 갑절 용기를 내가지구 다시 일어서지요. 칠전팔기 모르시요?"

"나폴레옹도 세상물정에 순응할 때는 성공했어도 그것에 거슬리다가 실패를 했더란다. 너는 칠전팔기해서 성공한 몇 사람만 보았지, 여덟 번 일어섰다가 아홉 번째 가서 영영 쓰러지구는 다시 일지 못한 숱한 사람이 있는 건 모르는구나?"

"그래두 인제 두구 보시우. 나는 천하 없어두 성공하구 말 테니……. 아저씨는 그래서 더구나 못써요. 일해 보기두 전에 안 될 줄로 낙심 먼저 하구……."

"하늘은 꼭 올라가 보구래야만 높은 줄 아니?"

원 마지막 가서는 할 소리가 없으니깐 동에도 닿지 않는 비유를 가져다 둘러대는 걸 보아요. 그게 어디 당한 말인구? 안 올라가 보면 머 하늘 높은 줄 모를 천하 멍텅구리도 있을까?

그만해 두려다가 심심하길래 또 말을 시켰지요.

"아저씨?"

"왜 그래?"

"아저씨는 인제 몸 다아 충실해지면 어떡허실려우?"

"무얼?"

"장차……."

"장차?"

"어떡허실 작정이세요?"

"작정이 새삼스럽게 무슨 작정이냐?"

"그럼 아저씨는 아무 작정 없이 살아가시우?"

"없기는?"

"있어요?"

"있잖구."

"무언데요?"

"그새 지내 오던 대루……."

"그러면 저 거시키, 무엇이냐 도루 또 그걸……?"

"그렇겠지."

"아저씨?"

"……."

"아저씨?"

"왜 그래?"

"인제 그만두시우."

"그만두라구?"

"네."

"누가 심심 소일루 그리는 줄 아느냐?"

"그러잖구요?"

"……."

"아저씨?"

"……."

"아저씨?"

"왜 그래?"

"아저씨 올에 몇이지요?"

"서른 셋."

"그러니 인제는 그만큼 해 두고 맘 잡아서 집안일 할 나이두 아니요?"

"집안일을 해서 무얼 하나?"

"그러기루 들면 그 짓은 해서 또 무얼 하나요?"

"무얼 하려구 하는 게 아니란다."

"그럼, 아무 희망이나 목적이 없으면서 그래요?"

"목적? 희망?"

"네."

"개인의 목적이나 희망은 문제가 다르니까……. 문제가 안 되니까……."

"원, 그런 법도 있나요?"

"법?"

"그럼요!"

"법이라!……."

"아저씨?"

"……."

"아저씨"

"왜 그래?"

"아주머니가 고맙잖습디까?"

"고맙지."

"불쌍하지요?"

"불쌍? 그렇지, 불쌍하다면 불쌍한 사람이지!"

"그런 줄은 아시누만?"

"알지."

"알면서 그러시우?"

"고생을 낙으로, 그 쓰라린 맛을 씹고 씹고 하면서 그것에서 단맛을 알아내는 사람도 있느니라. 사람도 있는 게 아니라 사람마다 무슨 일에고 진정과 정신을 꼬박 거기다가만 쓰면 그렇게 되는 법이니라. 그러니까 그쯤 되면 그때는 고생이 낙이지. 너희 아주머니만 두고 보더라도 고생이 고생이면서도 고생이 아니고 고생하는 게 낙이란다."

"그렇다고 아저씨는 그걸 다행히만 여기시우?"

"아—니."

"그렇거들랑 아저씨두 아주머니한테 그 은공을 더러는 갚아야 옳을 게 아니요?"

"글쎄, 은공을 모르는 건 아니지만……."

"그러니 인제 병이나 확실히 다아 나신 뒤엘라컨……."

"바빠서 원……."

글쎄 이 한다는 소리 좀 보지요? 시치미 뚜욱 떼고 누워서 바쁘다는군요!

사람 속 차릴 여망 없어요. 그저 어디루 대나 손톱만치도 쓸모는 없고 남한테 사폐만 끼치고 세상에 해독만 끼칠 사람이니, 머 하루바삐 죽어야 해요. 죽어야 하고 또 죽어서 마땅해요. 그런데 글쎄 죽지를 않고 꼼지락꼼지락 도루 살아나니 성화라구는, 내…….

줄거리

보통학교도 4학년까지만 다닌, 일본인 상점에서 점원으로 일하는 '나'가 보기에 '아저씨(치숙)'는 일본에서 대학도 다녔고 나이가 서른셋이나 됐지만 도무지 철이 들지 않았다. 착한 아주머니를 친가로 쫓아 보내고 대학에 다닌답시고 왔다 갔다 하면서 신교육을 받았다는 여자와 살림을 차렸다. 그러더니 무슨 사회주의 운동인지를 하다가 감옥살이 5년 만에 풀려났고, 지금은 피를 토하는 폐병 환자가 된다. 식모살이로 돈 100원을 모아 이제 좀 편해질 만해진 아주머니는 그 아무짝에도 쓸모없는 아저씨를 데려다 정성껏 돌보았다. 이제 어지간히 병도 나았으니 노동벌이라도 해서 돈을 벌어야 할 텐데, 정작 아저씨는 몸이 완쾌되면 또 사회주의 운동을 하겠다고 말한다.

'나'는 아저씨에게 경제학을 공부했으니 이제는 정신을 차리고 돈을 벌어서 아주머니에게 은혜를 갚을 생각은 않고, 남의 재산 뺏어다 나누어 먹자는 불한당짓을 또 하려고 하냐며 따져 물었다. 아주머니를 생각해서라도 정신을 차리라고 당부했지만 아저씨는 막무가내였다. 오히려 아저씨는 일본인 주인의 눈에 들어 일본 여자와 결혼해 잘살겠다는 '나'를 딱하다고 말했다. 이러니 '나'가 보기에 '아저씨'는 도통 세상물정을 모르는, 참 한심한 사람이 아닐 수 없다.

감상 포인트

《치숙》은 작가 채만식의 자전적 소설인 《레디메이드 인생》과 함께 일제강점기에 무능할 수밖에 없었던 인텔리의 비극을 그린 작품이다. 일본인 상점에서 점원으로 일하고 있는 무지하고 세속적인 인물인 조카 '나'가 사회주의 운동을 한 후 생활고에 빠진 '아저씨'의 비현실적인 사고방식을 넋두리 형식으로 비난하는 내용이다.

그런데 이 작품은 부정적 인간이 긍정적 인간을 조롱하고 비판한다는 점에서 이중二重의 풍자성을 지닌다. 즉, 풍자하는 주체와 풍자되는 대상을 함께 조롱하고 있는 것이다. 표면상으로는 긍정적인 인물로 '나'를 내세우고 있으면서도, 사실은 현실에 야합하는 '나'를 부정하고 있다. 하지만 '나'의 논리를 명쾌하게 반박하지 못하는 '아저씨'의 한계도 지적하고 있다.

작가는 결말 부분에서 '나'에 대한 칭찬과 '아저씨'를 향한 비난을 상호 역전시키는 방식으로 자신의 세계관을 드러내고 있다. 그러나 사회주의자인 '아저씨'를 적극적으로 긍정하고 있지도 않다. 즉, 사회주의 이상을 철저히 추구하지 못하는 '아저씨'와 한 소년을 철저히 우민화愚民化시키는 일본을 동시에 부정함으로써 결국 모든 것을 부정하는 결말에 이른다. 결국 최종적인 판단은 독자의 몫이 되는 것이다.

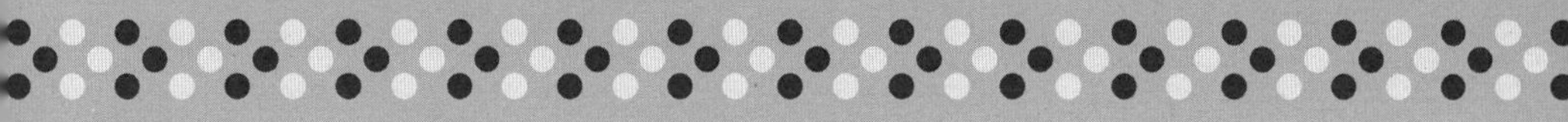

등장인물

• **나** : 보통학교 4학년을 마치고 일본인 상점에서 점원으로 일하고 있는 소년. 일제의 식민지 상황을 전적으로 긍정하고 기꺼이 일제에 동화되어 가겠다는 인물이다.

• **아저씨** : 대학 졸업 후 사회주의 운동을 하다가 5년 동안 감옥살이를 했고, 이제는 폐병 환자가 되어 폐인과도 같은 삶을 사는 지식인이다. 그나마 아내가 돌보아 주어 건강을 회복해 가고 있으며, 완쾌되면 다시 사회주의 운동을 하겠다고 말한다.

이 작품에서 '아저씨'는 현실을 추악하게 보고 개인적 파멸을 감수하면서까지 현실에 대항하는 인물이다. 반면, 조카인 '나'는 현실을 아름답게 보고 만족해하며 사는 인물이다. 시대 상황에 대한 유식층과 무식층의 반응을 표현한 것이다.

작품의 특징

《치숙》에서는 비중이 동일한 사건이나 어구가 반복되고, 비어와 속어가 편향적으로 사용됨으로써 작가 채만식의 풍자 및 반어 효과를 극대화하고 있다. 또한 아이러니를 이용한 풍자 수법으로 대상의 실상을 그렸다는 점에서 당대 한국 문학의 한 수준을 이루었다고 평가할 수 있다.

① 속어나 비어 등을 많이 사용해 사실성을 높이고 있다.
② 대화적 문체로 나와 아저씨 사이에 존재하는 의식의 괴리를 극명하게 드러냈다.
③ 주인공인 '나'(소년)가 혼자 지껄이는 넋두리 형식으로 일관한다.
④ 풍자의 심층화를 통해 식민지 사회의 병리적 현상들을 역설적으로 드러내고 있다.
⑤ 칭찬—비난의 역전 기법을 사용하고 있다.

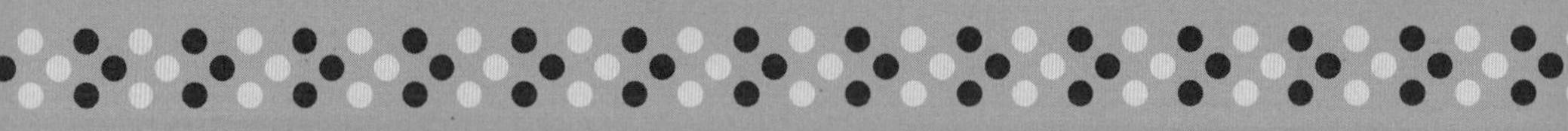

칭찬-비난의 역전 기법

이 작품은 표면상으로, 현실에 순응하면서 더 많은 것을 추구하는 나의 생활방식을 칭찬하고, 아저씨의 비현실적인 사고방식을 비난하는 듯하다. 그러나 실상은 나의 생활방식을 비판하면서 아저씨의 삶에 대해서는 긍정적으로 평가하고 있다.

작가는 이렇듯 칭찬과 비난을 상호 역전시키는 방법으로 자신의 세계관을 피력하고 있다. 즉, 칭찬과 비난의 역전이라는 아이러니를 통해 풍자의 실상을 구체적으로 보여 주고 있는 것이다.

핵심정리

- **갈래** : 단편 소설, 풍자 소설
- **배경** : 일제강점기, 군산과 서울
- **문체** : 반어적 대화체, 독백체
- **시점** : 1인칭 관찰자 시점
- **어조** : 풍자적 어조, 칭찬-비난의 역전 기법
- **주제** : 일제강점기에 일제에 순응하려는 '나'와 사회주의 사상을 가진 아저씨의 갈등

3 미스터 방

주인과 나그네가 한가지로 술이 거나하니 취하였다. 주인은 미스터 방方, 나그네는 주인의 고향 사람 백白 주사.

주인 미스터 방은 술이 거나하여 감을 따라, 그러지 않아도 이즈음 의기 자못 양양한 참인데 거기다 술까지 들어간 판이고 보니, 가뜩이나 기운이 불끈불끈 솟고 하늘이 바로 돈짝만한 것 같은 모양이었다.

"내 참, 뭐, 흰말이 아니라 참, 거칠 것 없어, 거칠 것. 흥, 어느 눔이 아, 어느 눔이 날 뭐라구 허며, 날 괄시헐 눔이 어딨어, 지끔 이 천지에. 흥 참, 어림없지, 어림없어."

누가 옆에서 저를 무어라고를 하며 괄시를 한단 말인지, 공연히 연방 그 툭 나온 눈방울을 부리부리, 왼편으로 삼십 도는 넉넉 삐뚤어진 코를 벌씸벌씸 해 가면서 그래 쌓는 것이었었다.

"내 참, 이래 뵈두, 응, 동양 삼국 물 다 먹어 본 방삼方三복이우. 청얼淸語 뭇 허나, 일얼 뭇 허나, 영어야 뭐 말할 것두 없구……."

하다가, 생각난 듯이 맥주 컵을 들어 벌컥벌컥 단숨에 다 마신다. 그리고는 시꺼먼 손등으로 입술을 쓱, 손가락으로 김치 쪽을 늘름 한 점, 그러던 버릇이 미스터 방이요, 신사요, 방 선생으로도 불리어지는 시방도, 무심중 절로 나와 손등으로 입술의 맥주 거품을 쓱 씻고, 손가락으로 나조기 한 점을 집어다 우둑우둑 씹는다.

"술은 참, 맥주가 술입넨다……."

어느 놈이 만일 무어라고 시비를 하거나 괄시를 한다면 당장 그 나조기를 씹듯이 우둑우둑 잡아 씹기라도 할 듯이 괄괄하던 결기가, 그러다 별안간 어디로 가고서 이번엔 맥주 추앙이 나오던 것이다.

"술두 미국 사람네가 문명했죠. 죄선 사람은 안직두 멀었어."

"멀구 말구. 아직두 멀었지."

쥐 상호의 대추씨만한 얼굴에 앙상한 노랑 수염 백 주사가, 병을 들어 주인의 빈 컵에다 따르면서 그렇게 맞장구를 쳐 보비위를 한다.

"아, 백상두 좀 드슈."

"난 과해."

"괜히 그리셔. 백상 주량을 다아 아는데. 만난 진 오랐어두."

"다아 젊었을 적 말이지, 지금은……."

"올에 참 몇이시지?"

"갑술생 마흔여덟 아닌가!"

"그럼 나버담 열한 살 위시군. 그래두 백상은 안 늙으신 심야. 허허허허."

"안 늙는 게 다 무언가. 머리 신 걸 보게!"

"건 조백이시지."

백 주사는 흔연히 수작을 하면서 내색은 아니 하나, 어심엔 미스터 방이 괘씸하기 짝이 없었다.

향리의 예법으로, 십 년 장이면 절하고 뵈어야 한다. 무릎 꿇고 앉아야 하고, 말은 깍듯이 공대를 해야 한다. 그 앞에서 주초酒草가 당치 않고, 막부득이한 경우면 모로 앉아 잔을 마셔야 한다. 그런 것을, 마치 제 연갑 친구나 타관 나그네게나 하는 것처럼 백상이니, 술 드슈, 조백이시지 하고 말버릇이 고약해 발 개키고 앉아서 정면하고 술을 먹어, 담배 뻐끔뻐끔 피워, 이런 괘씸할 도리가 없었다.

또 나이도 나이려니와 문벌이나 지체를 가지고 논한다면, 이건 도저히 용서할 수 없는 일이었다.

이래 보여도 나는 삼대조가 진사를 하였고(그 첩지가 시방도 버젓이 있다) 오대조가 호조판서를 지냈고(족보에 그렇게 분명히 올라 있다) 칠대조가 영의정을 지냈고(역시 족보에 그렇게 분명히 올라 있다) 이런 명문거족의 집안이었다. 또 내 십이촌이 ××군수요, 그 십이촌의 아들이 만주국 ××현 ××촌 촌장이요 하였다. 또 그리고, 시방은 원수의 독립인지 막덕인지 때문에 다 그렇게 되었다지만, 아무튼 두 달 전까지도 어느 놈 그 앞에서 기침 한 번 크게 못 하던 백 부장—훈팔[八]등에 ××경찰서 경제계 주임이던 백 부장의 어르신네 이 백 주사가 아닌가. 두 달 전 그때만 같았어도,

'이놈!'

하고 호통을 하여 당장 물고를 내련만, 그 좋은 세상이 어디로 가고 이 지경이란 말인지 몰랐다.

하여튼 그만치나 혼란스런 백 주사에다 대면 미스터 방의 근지야 아주 보잘 것이 없었다.

미스터 방의 증조가 타관에서 떠들어 온 명색 없는 사람이었다. 그 조부가 고을의 아전을 다녔다. 그 아비가 짚신장수였다. 칠십에 고로롱고로롱 아직도 살아 있지만, 시방도 짚신 곱게 삼기로 고을에서 첫째가는 방 첨지가 바로 그였다. 그리고 이 방삼복이는…….

먹고 자고 꿍꿍 일하고, 자식새끼 만들고 할 줄밖에는 모르는 상일꾼[농부]였었다. 그러나마 삼십을 바라보도록 남의 집 머슴살이로, 이집 저집 살고 다니는 코삐뚤이 삼복이었다. 물론 낫 놓고 기역자도 못 그리는 판무식이었다.

상일꾼일 바엔 남의 세토[소작] 마지기라도 얻어 제 농사를 짓는 것이 아니라, 삼십을 바라보도록 남의 집 머슴살이만 하고 다니던 코삐뚤이 삼복이가 하루아침 무슨 생각이 났던지, 돈벌이를 간답시고, 조석이 간 데 없는 부모에게다 처자식 떠맡기고는 훌쩍 일본으로 떠나 버렸다. 그것이 열두 해 전.

떠난 지 칠팔 년을 별반 신통한 벌이도 못 하는지, 돈 한 푼 보내는 싹도 없더니, 하루는 느닷없이 중국 상해에 와 있노라 기별이 전해져 왔다. 그리고는 감감 소식이 없다가, 삼 년 만에 푸뜩 고향엘 돌아왔다. 십여 년을, 저의 말따나 동양 삼국 물 골고루 먹고 다녔으면서, 별로이 때가 벗은 것도 없어 보이고, 행색은 해어진 양복 누더기에 볼 꿰어진 구두짝을 꿰고 들어서는 모양이, 군데군데 김질은 하였으나 빨아 다린 무명 고의적삼을 입고 고향을 떠날 적보다 차라리 초라한 것 같았다.

늙은 어미 아비와, 젊은 가속이 삯품으로 버는 것을 얻어먹으며 굶으며 하면서 한 일 년 빈둥거리고 놀더니, 적이 회심이 들었는지, 이번엔 처자식 데리고 서울로 올라왔다.

서울로 올라와서는 현저동 비탈의 다 찌부러진 행랑방을 얻어 살면서, 처음 일 년은 용산 있는 연합군 포로수용소엘 다니며 입에 풀칠을 하였고—이 동안 그는 상해에서 귀로 익힌 토막영어가 조금 더 진보되었고.

다시 일 년이나는, 그것 역시 상해에서 익힌 것을 밑천삼아 구두 직공으로 구둣방엘 다니며 그럭저럭 살았고. 그러다 일본이 싸움에 지느라고, 구두를 너무 해트려 가죽이 동이 나서, 구둣방이 너나없이 문을 닫는 바람에, 할 수 없이 이번엔 궤짝 한 개 짊어지고 신기료장수로 나서고 말았다.

골목골목 돌아다니며, 혹은 종로 복판의 행길에 가 앉아 신기료장수를 하자니, 자연 서울 온 고향 사람의 눈에 종종 뜨일밖에. 소식이 고향에 퍼지자, 누구 한 사람 칭찬은 없고 저마다 빈정거리는 소리뿐이었다.

"일본으로, 청국으로, 십여 년 타국 바람 쏘이고 온 놈이 겨우 고거야?"

"부전자전이로구먼. 아범은 짚신장수, 자식은 구두 깁는 장수."

"아마 신발 명당에다 무덤을 썼든감."

이렇, 근지는 미천하고, 속에 든 것 없고, 가랑이가 찢어지게 가난하고, 생화生貨라는 것이 고작 거리에 앉아 오는 사람 가는 사람 해어지고 고린내 나는 구두짝 꿰매어 주고 징 박아 주고 닦아 주고 하는 천업이고 하던, 그 코삐뚤이 삼복이었었다.

'흥, 개구리가 올챙이 적을 못 생각한다더니, 발칙한 놈, 고얀 놈.'

백 주사는 생각하자니 속으로 이렇게 분개스럽지 않을 수가 없었다.

그러나 일변으로는, 그러던 코삐뚤이 삼복이가 그야말로 선영이 명당엘 들었단 말인지, 무슨 조화를 지녔단 말인지, 불과 몇 달지간에 이렇게 훌륭히 되고, 부자가 되고, 미스터 방인지 구리다 방인지가 되고 하여 가지고는, 갖은 호강 다하며 천하에 무설 것이 없고 기광이 나서 막 이러니, 한편 생각하면 신기하기도 하고 부럽기도 하고 또한 안타깝기도 하였다.

'사람의 운수란 참 모를 일이야.'

백 주사는 속으로 절절히 이렇게 탄복도 아니치 못하였다.

코삐뚤이 삼복의 이 눈부신 발신은, 그러나 백 주사가 희한히 여기는 것처럼 무슨 명당 바람이 났다거나 조화를 지녔다거나 그런 신기한 곡절이 있는 바가 아니요, 지극히 간단하고도 수월한 것이었었다. 다못 몸에 지닌 재주 가운데 총기가 좀 좋아서 일찍이 영어 마디나 익힌 것을 잊어버리지 아니하였다는, 일종의 특수조건이 없던 바는 아니지만.

1945년 8월 15일, 역사적인 날.

이날도 신기료장수 방삼복은 종로의 공원 건너편 응달에 앉아서 구두 징을 박으면서, 해방의 날을 맞이하였다. 그러나 삼복은 감격한 줄도 기쁜 줄도 모르겠었다. 지나가는 행인이, 서로 모르던 사람끼리면서 덤쑥 서로 껴안고 기뻐하고 눈물을 흘리고 하는 것이, 삼복은 속을 모르겠고 차라리 쑥스러 보일 따름이었다. 몰려 닫는 군중이 오히려 성가시고, 만세 소리가 귀가 아파 이맛살이 지푸려질 지경이었다.

몰려다니고 만세를 부르고 하기에 미쳐 날뛰느라고 정신이 없어, 손님이 없어, 손님이 부쩍 줄었다.

"우랄질! 독립이 배부른가?"

이렇게 그는 두런거리면서 반감이 솟았다.

이삼 일 지나면서부터야 삼복에게도 삼복에게다운 해방의 혜택이 나누어졌다.

십 전이나 십오 전에 박아 주던 징을, 오십 전을 받아도 눈을 부라리는 순사를 볼 수가 없었다. 순사가 없어졌다면야, 활개를 쳐가면서 무슨 짓을 하여도 상관이 없고 무서울 것이 없던 것이었었다.

"옳아, 그렇다면 독립도 할 만한 건가 보다."

삼복은 징 열 개를 박아 주고 오 원을 받아 넣으면서 이렇게 속으로 중얼거리기까지 하였다.

그러나 며칠이 못 가서 삼복은 다시금 해방을 저주하여야 하였다. 삼복이 저 혼자만 돈을 더 받으며, 더 받아 상관이 없는 것이 아니라, 첫째 도가都家들이 제 맘대로 재료값을 올리던 것이었었다. 징, 가죽, 고무, 실 모두가 오 곱 십 곱 비싸졌다. 그러니 신기료장수는 손님한테 아무리 비싸게 받는댔자 재료를 비싼 값으로 사야 하니, 결국 도가만 살찌울 뿐이지 소득은 전과 크게 다를 것이 없었다.

"이런 옘병헐! 그놈에 경제곈 다 어디루 가 뒈졌어. 독립은 우라진다구 독립을 헌담."

석양 때 신기료 궤짝 어깨에 멘 채 홧김에 막걸리청으로 들어가, 서너 사발 들이켜고는 그는 이렇게 게걸거렸다.

그럭저럭 구월도 열흘이 되고, 서울 거리에는 미국 병정이 꼬마차와 함께 그득히 퍼졌다.

그 미국 병정들이, 거리를 구경하면서 혹은 물건을 사려면서, 말이 서로 통하지를 못하여 답답해하는 양을 보고 삼복은 무릎을 탁 쳤다.

그러나 슬플진저, 땟국과 땀에 찌든 이 누더기를 걸치고는 가망이 없을 말이었다.

'무슨 도리가 없을까?'

반일을 궁리를 하다가 정오 때에야 한 줄기 서광을 얻었다.

총총히 집으로 돌아가, 마누라를 시켜 구두 고치는 연장 일습과 재료 남은 것에다 이불이며 헌옷가지 해서 한 짐을 동네 아는 가게에다 맡기고는 한 달 기한으로 돈 백 원을 서푼 변으로 취해 오게 하였다.

그 돈 백 원을 가지고 삼복은 흔한 넝마전으로 가서 백 원 돈이 꼭 차는 한도까지에 양복이란 명색 한 벌과 모자를 샀다. 신발은 부득이 안방 사람의 병정구두사 신은 것을 이 다음 창갈이 거저 해 주겠다는 조건으로, 닷새만 제 것과 바꾸어 신기로 하였다.

이튿날 아침 느지감치, 새로 장만한 헌 양복 헌 모자에 헌 구두로써 궤짝 멘 신기료장수보다는 제법 말쑥하여진 차림을 차리고 마악 나서려는데, 간밤부터 통통 부어 가지고는 시중도 말대꾸도 잘 아니 하던 애꾸쟁이 마누라가 와락 양복 뒷자락을 움켜쥐고 늘어진다.

"바른 대루 대요."

"이게 별안간 미쳤나?"

"요 망난아, 반해 가지군 이럭허구 찾아가는 고년이 어떤 년야? 응?"

"속을 모르거든 밥값을 내지 말랬어, 요 맹추야."

"날 죽이구 가지, 거전 못 가."

"이년아, 너 이랬단 내 인제 둔 벌문 증말 첩 얻는다."

"오냐 잘 한다. 날 죽여라, 날……."

"아, 이 우라 주리땔 앵길 년이……."

한주먹 보기 좋게 갈겨 넘어뜨리고는, 찌부러진 오두막집을 나서 종로로 향을 잡았다.

노예도 노예 이전이면 상전을 선택할 자유를 가지는 수도 있다고.

삼복은 종로서 전차를 내려 동쪽으로 천천히 걸으면서 물색을 하였다. 생김새가 맘씨 좋아 보이고, 여느 병정이 아니라 장교쯤 가는 이라야 할 것이었다.

청년회관 앞에서 담뱃대를 사고 있는 하나가, 몸집이 부대하고, 여느 병정은 아닌 듯하고, 얼굴이 사뭇 선량하여 보이는 게 선뜻 마음에 들었다. 구경하는 체하고 넌지시 그 옆으로 가 섰다.

미국 장교는 담뱃대를 집어 들고 기물스러하면서 연방 들여다보다가 값이 얼마냐고,

"하우 머치? 하우 머치?"

하고 묻는다.

담뱃대장수 영감은, 삼십 원이라고 소래기만 지른다.

알아들을 턱이 없어 고개를 깨웃거리면서 다시금 하우 머치만 찾는 것을 기회 좋을씨고라고 삼복이가 나직이,

"더티 원."

하여 주었다.

홱 돌려다보더니,

"오, 캔 유 스피크?"

하면서 사뭇 그러안을 듯이 반가워하는 양이라니. 아스러지도록 손을 잡고 흔드는 데는 질색할 뻔하였다.

직업이 있느냐고 물었다. 방금 실직하였노라고 대답하였다.

그럼, 내 통역이 되어 주겠느냐고 물었다. 그러겠노라고 대답하였다.

이 자리에서 신기료장수 코삐뚤이 삼복이 미스터 방으로 승차를 하여, S라는 미국 주둔군 소위의 통역이 되었다. 주급 십오 불이백사십 원가량의.

거진 매일같이 미스터 방은 S 소위를 낮에는 거리의 구경으로, 밤이면 계집 있는 술집으로 인도하였다.

한 번은 탑골공원의 사리탑을 구경하면서, 얼마나 오랜 것이냐고 S 소위가 물었다. 미스터 방은 언젠가, 수천 년 된 것이란 말을 들었기 때문에, 투사우전드 이얼스라고 대답하였다.

또 한 번은, 경회루를 구경하면서 무엇 하던 건물이냐고 물었다. 미스터 방은 서슴지 않고,

"킹 드링크 와인 앤드 댄스 앤드 싱, 위드 댄서."

라고 대답하였다. 임금이 기생 데리고 술 마시고, 춤추고 노래 부르고 하던 집이란 뜻이었었다.

내가 보기엔, 조선 여자의 옷이 퍽 아름답고 점잖스럽던데, 어째서 양장들을 하는지 모르겠다고 S 소위가 물었다. 미스터 방은, 여자들이 서양 사람한테로 시집을 가고파서 그런다고 대답하였다.

서울역을 비롯하여 거리에 분뇨가 범람한 것을 보고, 혹시 조선 가옥에는 변소가 없느냐고 S 소위가 물었다. 미스터 방은, 있기야 집집마다 다 있느니라고 대답하였다.

썩 좋은 조선 그림을 한 장 사고 싶다고 하여서, 문지방 위에다 흔히들 붙이는, 사슴이 불로초를 물고 신선이 앉았고 한 것을 오 원에 한 장 사주었다.

제일 재미있고 유명한 소설이 무엇이냐고 물어서 《추월색》이라고 대답하였고, 그럼 그것을 한 권 사고 싶다고 하여서, 여러 날 사러 다니다 못해 동네 노마네 집

에 치를 이 원에 사주었다. 이 밖에도 미스터 방은 S 소위에게 조선을 소개한 공로가 여러 가지로 많으나, 대강은 그러하였다.

그 공로에 정비례해서, 미스터 방은 나날이 훌륭하여져 갔다. 8 · 15 이전에 어떤 은행의 중역의 사택이라던 지금의 이 집으로, 현저동 그 집에서 옮아 오기는 S 소위의 통역이 되는 사흘 후였었다. 위아래 층을 다, 양식 절반 일본식 절반으로 꾸민 호화스런 저택이었다. 정원엔 때마침 단풍과 가을 화초가 아름다웠고, 연못에선 잉어가 뛰놀고 하였다.

시방 주객이 앉아 술을 마시는 방은, 앞은 노대가 딸리고 햇볕 잘 들고 밝아서 여러 방 가운데 제일 좋은 방이었다. 그러나 방 안에는 벽에 그림 한 장 붙어 있는 바 아니요, 방에 알맞은 가구 한 벌 놓여 있는 바 아니요, 단지 방일 따름이어서, 싱겁게 넓기만 하였다. 그렇지만 미스터 방은 실내의 장식 같은 것쯤 그다지 관심할 줄을 아직은 몰랐다.

처음엔 식모를 두었다. 그 다음엔 침모를 두었다. 그 다음엔 손심부름할 계집아이를 두었다.

하루에도 방 선생을 찾는 이가 여러 패씩 있었다. 그들의 대개는 자동차를 타고 오고, 인력거짜리도 흔치 않았다. 그렇게 찾아오는 그들은 결단코 빈손으로 오는 법이 드물었다. 좋은 양과자 상자 밑바닥에는 으레 따로이 뿌듯한 봉투가 들었곤 하였다.

미스터 방의, 신기료장수 코삐뚤이 삼복이로부터의 발신 경로란 이렇듯 심히 간단하고 순조로운 것이었었다.

주인 미스터 방이 백 주사의 컵에다 술을 따르려고 병을 집어 들다가,

"오이, 기미코."

하고 아래층으로 대고 부른다.

"심부럼 갔어요."

애꾸쟁이 마누라의 꼬챙이 같은 대답.

"안주 어떻게 됐어?"

"글쎄, 안주 시키러 갔어요."

"증종 있지?"

"……."

층계 밟는 소리가 나더니 퍼머넌트한 머리가 나오고, 좁디좁은 이마에 이어서 애꾸눈이 나오고, 분 바른 얼굴이 나오고, 원피스 입은 커다란 젖통의 가슴이 나오고, 마지막 비단 양말 신은 두리기둥 같은 두 다리가 나오고 한다.

"서 주사가 이거 두구 갑디다."

들고 올라온 각봉투 한 장을 남편에게 건네어 준다.

"어디?"

그러면서 받아 봉을 뜯는다. 소절수 한 장이 나온다. 액면 만 원짜리다.

미스터 방은 성을 벌컥 내면서,

"겨우 둔 만 원야?"

하고 소절수를 다다미 바닥에다 홱 내던진다.

"내가 알우?"

"우랄질 자식, 어디 보자. 그래 전, 걸 십만 원에 불하 맡아다 백만 원 하난 냉겨 먹을 테문서, 그래 겨우 둔 만 원야? 엠병헐 자식, 내가 엠피MP헌테 말 한 마디문, 전 어느 지경 갈지 모를 줄 모르구서."

"정종으루 가져와요?"

"내 말 한 마디에 죽을 눔이 살아나구, 살 눔이 죽구 허는 줄을 모르구서. 흥, 이 자식 경 좀 쳐 봐라……. 증종 따근허 게 데와. 날두 산산허구 허니."

새로이 안주가 오고, 따끈한 정종으로 술이 몇 잔 더 오락가락하고 나서였다.

백 주사는 마침내, 진작부터 벼르던 이야기를 꺼내었다.

백 주사의 아들 백선봉은, 순사 임명장을 받아 쥐면서부터 시작하여 8 · 15 그 전날까지 칠 년 동안, 세 곳 주재소와 두 곳 경찰서를 전근하여 다니면서, 이백 석 추수의 토지와 만 원짜리 저금통장과 만 원어치가 넘는 옷이며 비단과, 역시 만 원 어치가 넘는 여편네의 패물과를 장만하였다.

남들은 주린 창자를 졸라맬 때 그의 광에는 옥 같은 정백미가 몇 가마니씩 쌓였고, 반년 일 년을 남들은 구경도 못 하는 고기와 생선이 끼니마다 상에 오르지 않는 날이 없었다.

××경찰서의 경제계 주임으로 있던 마지막 이 년 동안은 더욱 더 호화판이었었다. 8 · 15 그날 밤, 군중이 그의 집을 습격하였을 때에 쏟아져 나온 물건이 쌀 말고도,

광목 여섯 통

고무신 스물세 켤레

지카다비 여덟 켤레

빨랫비누 세 궤짝

양말 오십 타

정종 열세 병

설탕 한 부대

이렇게 있었더란다. 만 원어치 여편네의 패물과, 만 원어치의 옷감이며 비단과 만 원짜리 저금통장은 그만두고 말이었다.

물건 하나 없이 죄다 빼앗기고, 집과 세간은 조각도 못 쓰게 산산 다 부시고, 백선봉은 팔이 부러지고, 첩은 머리가 절반이나 뽑히고, 겨우겨우 목숨만 살아 본집으로 도망해 왔다.

일변 고을에서는 백 주사가 자식이 그런 짓을 해서 산 토지를 가지고 동네 사람

한테 거만히 굴고, 작인들한테 팔 할 가까운 도지를 받고, 고리대금을 하고 하였대서, 백선봉이 도망해 와 눕는 그날 밤, 그의 본집인 백 주사의 집을 습격하였다.

집과 세간 죄다 부수고, 백선봉이 보낸 통제배급물자 숱한 것 죄다 빼앗기고, 가족들은 죽을 매를 맞고 백선봉은 처가로, 백 주사는 서울로 각기 피신하여 목숨만 우선 보전하였다.

백 주사는 비싼 여관밥을 사먹으면서, 울적히 거리를 오락가락, 어떻게 하면 이 분풀이를 할까, 어떻게 하면 빼앗긴 돈과 물건을 도로 다 찾을까 하고 궁리를 하던 것이나, 아무런 묘책도 없었다.

그러자 오늘은 우연히 이 미스터 방을 만났다. 종로를 지향 없이 거니는데, 지나가던 자동차가 스르르 멈추면서, 서양 사람과 같이 탔던 신사양반 하나가 내려서더니, 어쩌다 눈이 마주치자,

"아, 백 주사 아니신가요?"

하고 반기는 것이었었다.

자세히 보니, 무어 길바닥에서 신기료장수를 한다던 코삐뚤이 삼복이가 분명하였다.

"자네가, 저, 저, 방, 방……."

"네, 삼복입니다."

"아, 건데, 자네가……."

"허, 살 때가 됐답니다."

그리고는 내 집으루 갑시다, 하고 잡아끄는 대로 끌리어 온 것이었었다.

의표하며, 집하며, 식모에 침모에 계집하인까지 부리면서 사는 것하며, 신수가 훤히 트여 가지고 말도 제법 의젓하여진 것 같은 것이며, 진소위 개천에서 용이 났다고 할 것인지.

옛날의 영화가 꿈이 되고, 일보에 몰락하여 가뜩이나 초상집 개처럼 초라한 자

기가 또 한 번 어깨가 옴츠러듦을 느끼지 아니치 못하였다. 그런데다 이 녀석이, 언제 적 저라고 무엄스럽게 굴어 심히 불쾌하였고, 그래서 엔간히 자리를 털고 일어설 생각이 몇 번이나 나지 아니한 것도 아니었었다. 그러나 참았다.

보아 하니 큰 세도를 부리는 것이 분명하였다. 잘만 하면 그 힘을 빌려, 분풀이와 빼앗긴 재물을 도로 찾을 여망이 있을 듯싶었다. 분풀이를 하고, 더구나 재물을 도로 찾고 하는 것이라면야 코삐뚤이 삼복이는 말고, 그보다 더한 놈한테라도 머리 숙이는 것쯤 상관할 바 아니었다.

"그러니, 여보게 미씨다 방……."

있는 말 없는 말 보태 가며 일장 경과 설명을 한 후에 백 주사는 끝을 맺기를,

"어쨌든지 그놈들을 말이네, 그놈들을 한 놈 냉기지 말구섬 죄다 붙잡아다가 말이네, 괴수놈들일랑 목을 썰어 죽이구, 다른 놈들일랑 뼉다구가 부러지두룩 두들겨 주구. 꿇어앉히구 항복 받구. 그리구 빼앗긴 것 일일이 도루 다 찾구. 집허구 세간 쳐부신 것 말끔 다 물리구…… 그렇게만 해준다면, 내, 내, 재산 절반 노나 주문세, 절반. 응, 여보게 미씨다 방."

"염려 마슈."

미스터 방은 선뜻 쾌한 대답이었다.

"진정인가?"

"머, 지금 당장이래두, 내 입 한 번만 떨어진다 치면, 기관총 들멘 엠피가 백 명이구 천 명이구 들끓어 내려가서, 들이 쑥밭을 만들어 놉니다, 쑥밭을."

"고마우이!"

백 주사는 복수하여지는 광경을 서언히 연상하면서, 미스터 방의 손목을 덤쑥 잡는다.

"백골난망이겠네."

"놈들을 깡그리 죽여 놀 테니, 보슈."

"자네라면야 어련하겠나."

"흰말이 아니라 참 이승만 박사두 내 말 한 마디면 고만 다 제바리유."

미스터 방은 그리고는 냉수 그릇을 집어 한 모금 물고 꿀쩍꿀쩍 양치를 한다. 웬 버릇인지, 하여간 그는 미스터 방이 된 뒤로 술을 먹으면서 양치하는 버릇이 생겼었다.

양치한 물을 처치하려고 휘휘 둘러보다, 일어서서 노대로 성큼성큼 나간다. 노대는 현관 정통 위였었다.

미스터 방이 그 걸쭉한 양칫물을 노대 아래로 아낌없이 좍 배앝는 바로 그 순간이었다. 그 순간이 공교롭게도, 마침 그를 찾으러 온 S 소위가 현관으로 일단 들어서려다 말고(미스터 방이 노대로 나오는 기척이 들렸기 때문에) 뒤로 서너 걸음 도로 물러나,

"헬로."

부르면서 웃는 얼굴을 쳐드는 순간과 그만 일치가 되었었다.

"에구머니!"

놀라 질겁을 하였으나 이미 배앝아진 양칫물은 퀴퀴한 냄새와 더불어 백절폭포로 내려 쏟혀, 웃으면서 쳐드는 S 소위의 얼굴 정통에 가 좌르르.

"유 데블!"

이 기급할 자식이라고, S 소위는 주먹질을 하면서 고함을 질렀고 그 주먹이 쳐든 채 그대로 있다가 일변 허둥지둥 버선발로 뛰쳐나와 손바닥을 싹싹 비비는 미스터 방의 턱을,

"상놈의 자식!"

하면서 철컥, 어퍼컷으로 한 대 갈겼더라고.

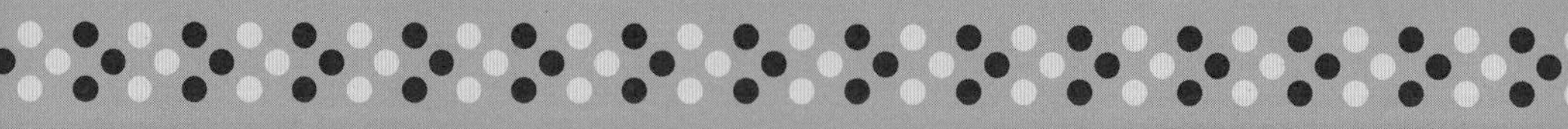

줄거리

짚신장수의 아들 방삼복은 농사를 짓다 돈벌이를 한답시고 부모에게 가족을 떠넘긴 채 일본으로 떠났다. 중국으로 건너갔다는 소문만 있던 그가 10년 만에 더 초라해진 형색으로 고향에 돌아왔다. 그 후 서울로 올라와 신기료장수를 하던 방삼복은 10년간 일본, 중국 등 여러 나라를 돌아다닌 덕에 영어를 조금 할 줄 알았고, 해방 후 거리에 넘쳐나는 미군을 상대로 돈벌이를 하기로 마음먹었다.

그는 종로에서 물건을 흥정하고 있던 미군의 S 소위를 돕고, 그 덕에 그의 통역원(미스터 방)으로 일하게 된다. 방삼복은 S 소위의 주선으로 호화 주택을 얻어 살면서 그에게 갖은 청탁을 하러 오는 사람들에게 뇌물을 받는다.

방삼복과 같은 고향사람인 백 주사는 아들 백봉선이 일제강점기에 경찰이었던 탓에 지주로 떵떵거리고 살았지만, 해방 후 군중의 습격을 받아 집안 모두 서울로 피신을 왔다. 그러던 중 우연히 거리에서 방삼복을 만났고, 방삼복의 집에서 술을 한 잔 하게 되었다.

백 주사는 자기와 격 자체가 다른 방삼복이 미스터 방이 되어 거들먹대는 모습을 보는 것이 마땅치 않았다. 하지만 체면을 다 구기고 방삼복에게 자기 집안의 재산을 빼앗고 가족들을 해코지한 사람들에게 복수를 해달라고 부탁한다. 이에 방상복은 걱정하지 말라며, 자기의 말 한마디면 그들은 모두 죽은 목숨이라고 호언장담한다. 그리고 술을 한 잔 마신 뒤 물로 입안을 헹구고는 노대 바깥으로 뱉는데, 하필 S 소위가 올라오면서 그를 보며 손을 흔들다가 그 양칫물을 얼굴에 맞고 말았다. 부리나케 뛰어 내려간 방삼복은 그에게 싹싹 빌었고, 소위는 욕을 하면서 방삼복에게 주먹질을 해댔다.

감상 포인트

이 작품은 해방 직후의 사회를 배경으로 방삼복이라는 자가 '미스터 방'이 되는 과정을 해학적이면서도 사실적으로 그리고 있다. 이 작품에서 풍자의 대상이 되는 인물은 주인공 미스터 방(방삼복)과 그에게 개인적인 복수를 청탁하기 위해 찾아온 백 주사다.

작가는 이 두 인물을 통해 외세 미국에 빌붙어 출세를 도모하는 방삼복 같은 모리배, 그리고 일제에 아부했다가 다시 새로운 외세에 빌붙어 자신의 부를 유지하고자 하는 백 주사 같은 친일파들을 비판하고 있다. 더 나아가 주인공에게 찾아와 뇌물로 청탁하는 상류층들, 그러한 부조리를 용인하는 미군정 등이 이 작품의 풍자 및 비판의 대상이 되고 있다.

특히 일제강점기에 친일 행위로 재산을 모은 백 주사가 해방 이후 상황이 역전되어 신기료장수였던 방삼복에게 머리를 숙이고 부탁하는 상황은 시대 변화에 따라 박쥐처럼 변하는 인간의 모습의 잘 보여준다.

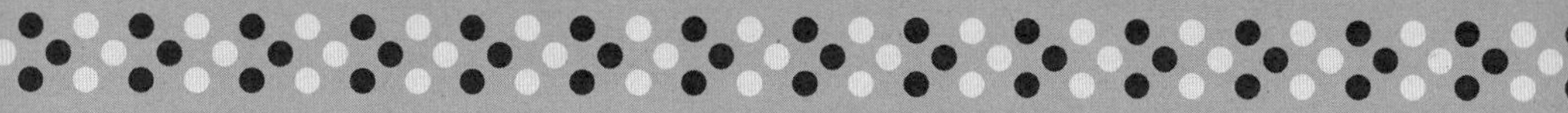

한마디로 작가는 해방 이후 우리 사회의 바람직한 사회상과 인간상을 역설적으로 제시하고 있는 것이다.

등장인물

- **방삼복(미스터 방)** : 주인공으로, 신기료장수를 하는 보잘것없는 처지였다. 하지만 해방 후 영어를 조금 할 줄 안다는 이유로 미군 장교의 통역원으로 취직, 출세길에 오른다.
- **백 주사** : 전형적인 친일파로, 해방 후 군중에게 봉변을 당하고 재산을 빼앗긴 뒤 피신해 있다가 방삼복을 우연히 만나게 된다. 일제강점기에 누렸던 부귀영화를 회복하고 싶은 그는 방삼복에게 미군의 도움을 받아 군중에게 복수할 수 있도록 해달라고 부탁한다.

제목 '미스터 방'의 의미

작품 속 주인공인 방삼복의 품격에는 전혀 맞지 않는 호칭이다. 이는 반어를 통한 희화화로, 판소리 문체와 어우러져 부정적 인물이 득세하는 당대 사회적 모순에 대한 고발은 물론, 풍자성도 극대화하고 있다.

독자의 상상에 맡긴 미완의 결말

한 순간의 실수로 방삼복의 꿈이 물거품이 될 수 있음을 암시하는 결말이다. 이러한 반전을 통해 작가는 방삼복이 하루아침에 얻은 부와 행복이 얼마나 허망하게 사라질 수 있는지를 냉소적으로 보여 주고 있다. 또한 방삼복의 허위와 위선을 폭로해 상황을 역전시킴으로써 독자의 웃음을 유발하고 있다.

핵심정리

- **갈래** : 단편 소설, 풍자 소설
- **성격** : 풍자적, 현실 비판적, 해학적
- **구성** : 시간의 역전적 구성
- **시점** : 전지적 작가 시점
- **배경** : 해방 직후, 서울
- **제재** : 해방 직후의 사회 변화에 발 빠르게 적응해 가는 인물의 삶
- **주제** : 권력을 좇아 자신의 이익을 추구하는 당시의 세태와 인간상 비판

33

김동리_역마, 무녀도, 화랑의 후예

김동인_감자, 배따라기, 광화사

김유정_동백꽃, 만무방, 봄봄

김정한_사하촌, 모래톱 이야기

나도향_물레방아

오상원_유예

염상섭_표본실의 청개구리, 두파산

유진오_김 강사와 T 교수

윤흥길_장마

이 상_날개

이청준_눈길

이효석_메밀꽃 필 무렵, 산

전광용_꺼삐딴 리

최서해_탈출기, 홍염

채만식_논 이야기, 치숙(痴叔), 미스터 방

하근찬_수난 이대

현진건_운수 좋은 날, 고향

황순원_학, 별, 목넘이 마을의 개

최서해

1901~1932년

본명은 학송이며 서해는 호이다. 불우한 집안에서 태어나 어려서부터 각지를 전전하며 품팔이, 나무장수, 두부장수 등을 한 인생 체험이 그의 문학의 바탕을 이루고 있다.

1924년 단편 소설 《고국故國》이 〈조선문단〉에 추천되면서 문단에 데뷔하고 이어서 《탈출기》, 《기아와 살육》을 발표하면서 신경향파의 대표적 작가가 됐다. 특히 《탈출기》는 살길을 찾아 간도로 이주한 가난한 부부와 노모의 눈물겨운 참상을 박진감 있게 그리고 있어 신경향파 문학의 대표작으로 평가받는다.

그의 작품은 '빈궁貧窮 문학'이라고 할 수 있는데, 이는 어디까지나 자신의 빈곤 체험을 토대로 한 것으로, 그 묘사가 간결하고 문체는 직선적이다. 그래서 한층 호소력이 짙지만, 예술적 형상화는 조금 부족해 작품 활동 초기에는 인기를 얻지 못했다. 그래서 불우한 삶을 살다가 31세의 나이에 사망했다.

대표작으로는 《십삼원拾參圓》, 《금붕어》, 《박돌朴乭의 죽음》, 《살려는 사람들》, 《큰물 진 뒤》, 《폭군》, 《홍염紅焰》, 《혈흔血痕》 등이 있다.

1 탈출기

1

김군! 수삼 차 편지는 반갑게 받았다. 그러나 나는 한 번도 회답하지 못하였다. 물론 군의 충정에는 나도 감사를 드리지만 그 충정을 나는 받을 수 없다.

—박군! 나는 군의 탈가脫家를 찬성할 수 없다. 음험한 이역에 늙은 어머니와 어린 처자를 버리고 나선 군의 행동을 나는 찬성할 수 없다.

박군! 돌아가라. 어서 집으로 돌아가라. 군의 부모와 처자가 이역 노두에서 방황하는 것을 나는 눈앞에 보는 듯싶다. 그네들이 의지할 곳은 오직 군의 품밖에 없다. 군은 그네들을 구하여야 할 것이다.

군은 군의 가정에서 동량(기둥)이다. 동량이 없는 집이 어디 있으랴? 조그마한 고통으로 집을 버리고 나선다는 것이 의지가 굳다는 박군으로서는 너무도 박약한 소위이다.

군은 ××단에 몸을 던져 ×선에 섰다는 말을 일전 황군에게서 듣기는 하였으나 그렇다 하여도 나는 그것을 시인할 수 없다. 가족을 못 살리는 힘으로 어찌 사회를 건지랴.

박군! 나는 군이 돌아가기를 충정으로 바란다. 군의 가족이 사람들 발아래서 짓밟히는 것을 생각할 때! 군의 가슴인들 어찌 편하랴.

김군! 군은 이러한 말을 편지마다 썼지? 나는 군의 뜻을 잘 알았다. 내 사랑하는 나의 가족을 위하여 동정하여 주는 군에게 내 어찌 감사치 않으랴? 정다운 벗의 충고에 나는 늘 울었다. 그러나 그 충고를 들을 수 없다. 듣지 않는 것이 군에게는 고통이 될는지? 분노가 될는지? 나에게 있어서는 행복일지도 알 수 없는 까닭이다.

김군! 나도 사람이다 정애情愛가 있는 사람이다. 나의 목숨 같은 내 가족이 유린받는 것을 내 어찌 생각지 않으랴? 나의 고통을 제삼자로서는 만분의 일이라도 느낄 수 없을 것이다.

나는 이제 나의 탈가한 이유를 군에게 말하고자 한다. 여기에 대하여 동정과 비난은 군의 자유이다. 나는 다만 이러하다는 것을 군에게 알릴 뿐이다. 나는 이것을 군이 아니면 다른 사람에게라도 알리지 않고는 견딜 수 없는 충동을 받는 까닭이다.

그러나 나는 단언한다. 군도 사람이어니 나의 말하는 것을 부인치는 못하리라.

2

김군! 내가 고향을 떠난 것은 오 년 전이다. 이것은 군도 아는 사실이다. 나는 그때에 어머니와 아내를 데리고 떠났다. 내가 고향을 떠나 간도로 간 것은 너무도 절박한 생물에 시들은 몸이, 새 힘을 얻을까 하여 새 희망을 품고 새 세계를 동경하여 떠난 것도 군이 아는 사실이다.

간도는 천부금탕(하늘이 준 좋은 땅)이다. 기름진 땅이 흔하여 어디를 가든지 농사를 지을 수 있고 농사를 잘 지으면 쌀도 흔할 것이다. 삼림이 많으니 나무 걱정도 될 것이 없다.

농사를 지어서 배불리 먹고 뜨뜻이 지내자. 그리고 깨끗한 초가나 지어 놓고 글도 읽고 무지한 농민들을 가르쳐서 이상촌을 건설하리라. 이렇게 하면 간도의 황무지를 개척할 수도 있다.

이것이 간도 갈 때의 내 머릿속에 그리었던 이상이었다. 이때에 나는 얼마나 기뻤으랴! 두만강을 건너고 오랑캐령을 넘어서 망망한 평야와 산천을 바라볼 때 청춘의 내 가슴은 이상의 불길에 탔다. 구수한 내 소리와 헌헌한 내 행동에 어머니와 아내도 기뻐하였다.

오랑캐령을 올라서니 서북으로 쏠려 오는 봄 세찬 바람이 어떻게 뺨을 갈기는지,

"에그 춥구나! 여기는 아직도 겨울이로구나."

어머니는 수레 위에서 이불을 뒤집어썼다.

"무얼요, 이 바람을 많이 맞아야 성공이 올 것입니다."

나는 가장 씩씩하게 말하였다. 이처럼 나는 기쁘고 활기로웠다.

김군! 그러나 나의 이상은 물거품으로 돌아갔다. 간도에 들어서서 한 달이 못 되어서부터 거친 물결은 우리 세 생령生靈의 앞에 기탄없이 몰려왔다.

나는 농사를 지으려고 밭을 구하였다. 빈 땅은 없었다. 돈을 주고 사기 전에는 일 평의 땅이나마 손에 넣을 수 없었다. 그렇지 않으면 지나인(중국인)의 밭을 도조나 타조로 얻어야 된다. 일 년 내 중국 사람에게서 양식을 꾸어 먹고 도조나 타조를 지으면 가을 추수는 빚으로 다 들어가고 또 처음 꼴이 된다. 그러나 농사라고 못 지어 본 내가 도조나 타조를 얻는 데야 일 년 양식 빚도 못 될 것이고 또 나 같은 시로도(아마추어)에게도 밭을 주지 않았다.

생소한 산천이요, 생소란 사람들이니, 어디가 어쩌면 좋을는지? 의논할 사람도 없었다. H라는 촌 거리에 셋방을 얻어 가지고 어름어름하는 새에 보름이 지나고 한 달이 넘었다. 그새에 몇 푼 남았던 돈은 다 불려 먹고 밭은 고사하고 일자리도 못 얻었다.

나는 팔을 걷고 나섰다. 이리저리 돌아다니면서 구들도 고쳐 주고 가마도 붙여 주었다. 이리하여 호구하게 되었다. 이때 H장에서는 나를 온돌장이라고 불렀다. 갈아입을 의복이 없는 나는 늘 숯검정이 꺼멓게 묻은 의복을 벗을 새가 없었다.

H장은 좁은 곳이다. 구들 고치는 일도 늘 있지 않았다. 그것으로 밥 먹기는 어려웠다. 나는 여름 불볕에 삯김도 매고 꼴도 베어 팔았다. 그리고 어머니와 아내는 삯방아 찧고 강가에 나가서 부스러진 나뭇개비를 주워서 겨우 연명하였다.

김군! 나는 이때부터 비로소 무서운 인간고人間苦를 느꼈다. 아아, 인생이란 과연 이렇게도 괴로운 것인가? 하는 것을 나는 생각하게 되었다. 나는 나에게 닥치는 풍파 때문에 눈물 흘린 일은 이때까지 없었다. 그러나 어머니가 나무를 줍고 아내가 삯방아를 찧을 때! 나의 피는 끓었으며 나의 눈은 눈물에 흐려졌다.

"에구, 차라리 내가 드러누워 앓고 있지, 네 괴로워하는 꼴은 차마 못 보겠다."

이것은 언제 내가 병들어 신음할 때에 어머니가 울면서 하신 말씀이다. 이것을 무심히 들었던 나는 이때에야 이 말의 참뜻을 느꼈다.

"아아, 차라리 나의 고기가 찢어지고 뼈가 부서지는 것은 참을 수 있으나, 내 눈앞에서 사랑하는 늙은 어머니와 아내가 배를 주리고 남의 멸시를 받는 것은 참으로 견디기 어렵구나!"

나는 이렇게 여러 번 가슴을 쳤다. 나는 밤이나 낮이나, 비 오나 바람이 치나 헤아리지 않고 삯 김, 삯 심부름, 삯 나무, 무엇이든지 가리지 않았다.

"오늘도 배고프겠구나, 아침도 변변히 못 먹고……. 나는 너 배 주리잖는 것을 보았으면 죽어도 눈을 감겠다."

내가 삯일을 하다가 늦게 돌아오면 어머니는 우실 듯이 말씀하셨다. 그러나 나는 흔연하게,

"배는 무슨 배가 고파요."

대답하였다.

내 아내는 늘 별 말이 없었다. 무슨 일이든지 시키는 대로 소곳하고 아무 소리 없이 순종하였다. 나는 그것이 더욱 불쌍하게 생각되었다. 나는 어머니보다는 아내 보기가 퍽 부끄러웠다.

"경제의 자립도 못 되는 내가 왜 장가를 들었누?"

이것이 부모의 한 일이지만 나는 이렇게도 탄식하였다. 그럴수록 아내에게 대하여 황공하였고 존경하였다.

어떻게 하면 살 수 있을까?…… 이러한 생각은 이때 내 머리를 몹시 때렸다. 이때 나에게는 부지런한 자에게 복이 온다 하는 말이 거짓말로 생각되었다. 그 말을 지상의 격언으로 굳게 믿어 온 나는 그 말에 도리어 일종의 의심을 품게 되었고 나중은 부인까지 하게 되었다.

부지런하다면 이때 우리처럼 부지런함이 어디 있으며 정직하다면 이때 우리 식구같이 정직함이 어디 있으랴? 그런 빈곤은 날로 심하였다. 이틀 사흘 굶은 적도 한두 번이 아니었다. 한 번은 이틀이나 굶고 일자리를 찾다가 집으로 들어가니 부엌 앞에서 아내가(아내는 이때 아이를 배어서 배가 남산만 하였다) 무엇을 먹다가 깜짝 놀란다. 그리고 손에 쥐었던 것을 얼른 아궁이에 집어넣는다. 이때 불쾌한 감정이 내 가슴에 떠올랐다.

'……무얼 먹을까? 어디서 무엇을 얻었을까? 무엇이기에 어머니와 나 몰래 먹누? 아! 여편네란 그런 것이로구나! 아니 그러나 설마…… 그래도 무엇을 먹던데…….'

나는 이렇게 아내를 의심도 하고 원망도 하고 밉게도 생각하였다. 아내는 아무 말 없이 어색하게 머리를 숙이고 앉아서 씩씩하다가 밖으로 나간다. 그 얼굴은 좀 붉었다.

아내가 나간 뒤에 나는 아내가 먹다가 던진 것을 찾으려고 아궁이를 뒤지었다. 싸늘하게 식은 재를 막대기에 뒤져내니 벌건 것이 눈에 띄었다. 나는 그것을 집었다. 그것은 귤껍질이다. 거기엔 베먹은 잇자국이 났다. 귤껍질을 쥔 나의 손은 떨리고 잇자국을 보는 내 눈에는 눈물이 괴었다.

김군! 이때 나의 감정을 어떻게 표현하면 적당할까?

'오죽 먹고 싶었으면 오죽 배고팠으면, 길바닥에 내던진 귤껍질을 주워 먹을까! 더욱 몸 비잖은 그가! 아아, 나는 사람이 아니다. 그러한 아내를 나는 의심하였구나! 이놈이 어찌하여 그러한 아내에게 불평을 품었는가? 나 같은 간악한 놈이 어디 있으랴. 내가 양심이 부끄러워서 무슨 면목으로 아내를 볼까?…….'

이렇게 생각하면서 나는 느껴 가며 눈물을 흘렸다. 귤껍질을 쥔 채로 이를 악물고 울었다.

"야, 어째 우느냐? 일어나거라. 우리도 살 때 있겠지, 늘 이렇겠느냐."

하면서 누가 어깨를 친다. 나는 그것이 어머니인 것을 알았다. 나는,

"아이구 어머니, 나는 불효외다."

하면서 어머니의 발을 안고 자꾸자꾸 울고 싶었다. 그러나 나는 아무 소리 없이 가슴을 부둥켜안고 밖으로 나왔다.

'내가 왜 우누? 울기만 하면 무엇 하나? 살자! 살자! 어떻게든지 살아 보자! 내 어머니와 내 아내도 살아야 하겠다. 이 목숨이 있는 때까지는 벌어 보자!'

나는 이를 갈고 주먹을 쥐었다. 그러나 눈물은 여전히 흘렀다. 아내는 말없이 울고 서 있는 내 곁에 와서 손으로 치마끈을 만지작거리며 눈물을 떨어뜨린다. 농삿집에서 길러난 아내는 지금도 어찌 수줍은지 내가 울면 같이 울기는 하여도 어떻게 말로 위로할 줄은 모른다.

3

김군! 세월은 우리를 위하여 여름을 항상 주지 않았다.

서풍이 불고 서리가 내리기 시작하였다. 찬 기운은 헐벗은 우리를 위협하였다.

가을부터 나는 대구어大口魚 장사를 하였다. 삼 원을 주고 대구 열 마리를 사서 등에 지고 산골로 다니면서 콩太豆과 바꾸었다. 그러나 대구 열 마리는 등에 질 수 있었으나, 대구 열 마리를 주고받은 콩 열 말은 질 수 없었다. 나는 하는 수 없이

삼사십 리나 되는 곳에서 두 말씩 두 말씩 사흘 동안이나 져왔다. 우리는 열 말 되는 콩을 자본삼아 두부 장사를 시작하였다.

아내와 나는 진종일 맷돌질을 하였다. 무거운 맷돌을 돌리고 나면 팔이 뚝 떨어지는 듯하였다. 내가 이렇게 괴로울 적에 해산한 지 며칠 안 되는 아내의 괴로움이야 어떠하였으랴? 그는 날낯이 부석부석하였다. 그래도 나는 무슨 불평이 있는 때면 아내를 욕하였다. 그러나 욕한 뒤에는 곧 후회하였다.

콧구멍만한 부엌방에 가마를 걸고 맷돌을 놓고 나무를 들이고 의복가지를 걸고 하면 사람은 겨우 비비고 들어앉게 된다. 뜬 김에 문창은 떨어지고 벽은 눅눅하다. 모든 것이 후줄근하여 의복을 입은 채 미지근한 물속에 들어앉은 듯하였다. 어떤 때는 애써 갈아 놓은 비지가 이 뜬 김 속에서 쉬어 버렸다. 두붓물이 가마에서 몹시 끓어 번질 때에 우윳빛 같은 두붓물 위에 버터 빛 같은 노란 기름이 엉기면(그것은 두부가 잘 될 징조다) 우리는 안심한다. 그러나 두붓물이 휘멀끔해지고 기름기가 돌지 않으면 거기에만 시선을 쏘고 있는 아내의 낯빛부터 글러 가기 시작한다. 초를 쳐 보아서 두붓발이 서지 않고 매캐지근하게 풀려질 때에는 우리의 가슴은 덜컥한다.

"또 쉰 게로구나! 저를 어쩌누?"

젖을 달라고 빽빽 우는 어린아이를 안고 서서 두붓물만 들여다보시던 어머니는 목 메인 말씀을 하시면서 우신다. 이렇게 되면 온 집 안은 신산하여 말할 수 없는 울음, 비통, 처참, 소조한 분위기에 싸인다.

"너 고생한 게 애달프구나! 팔이 부러지게 갈아서……. 그거 팔아서 장을 보려고 태산같이 바랐더니……."

어머니는 그저 가슴을 뜯으면서 운다. 아내도 울듯 울듯이 머리를 숙인다. 그 두부를 판대야 큰돈은 못 된다. 기껏 남는대야 이십 전이나 삼십 전이다. 그것을 우리는 호구를 한다. 이십 전이나 삼십 전에 어머니는 운다. 아내도 기운이 준다.

나까지 가슴이 바짝바짝 조인다.

그날은 하는 수 없이 쉰 두붓물로 때를 메우고 지낸다. 아이는 젓을 달라고 밤새껏 빽빽거린다. 우리의 살림에는 어린것도 귀찮았다.

4

울면서 겨자 먹기로 괴로운 대로 또 두부를 하지 않으면 안 된다. 그러나 이번에는 땔나무가 없다. 나는 낫을 들고 떠난다. 내가 낫을 들고 떠나면 산후 여독으로 신음하는 아내도 낫을 들고 말없이 나를 따라 나선다. 어머니와 나는 굳이 만류하나 아내는 듣지 않는다.

내 손으로 하는 나무이건만 마음 놓고는 못 한다. 산 임자에게 들키면 여간한 경을 치지 않는다. 그러므로 우리는 황혼이면 산에 가서 도적나무를 하여 지고 밤이 깊어서 돌아온다. 아내는 이고 나는 지고 캄캄한 밤에 산비탈로 내려오다가 발이 미끄러지거나 돌에 채면 곤두박질을 하여 나뭇짐 속에 든다. 아내는 소리 없이 이었던 나무를 내려놓고 나뭇짐에 눌려서 버둥거리는 나를 겨우 끄집어 일으킨다. 그러나 내가 나뭇짐을 지고 일어나면 아내는 혼자 나뭇짐을 이지 못한다. 또 내가 나뭇짐을 벗고 아내에게 이워 주면 나는 추어 주는 이 없이는 나뭇짐을 질 수 없다. 하는 수 없이 나는 어떤 높은 바위에 벗어 놓고(후에 지기 편하도록) 아내에게 이워 준다. 이리하여 산비탈을 내려오면, 언제 왔는지 어머니는 애를 업고 우들우들 떨면서 산 아래서 기다리시다가도,

"인제 오니? 나는 너 또 붙들리지나 않는가 하여 혼이 났다." 하신다.

이때마다 내 가슴은 저렸다. 나는 이렇게 나무 도적질을 하다가 중국 경찰서에까지 잡혀 가서 여러 번 맞았다.

이때 이웃에서는 우리를 조소하고 경찰에서는 우리를 의심하였다.

"흥, 신수가 멀쩡한 연놈들이 그 꼴이야 어디 가 일자리도 구하지 않구, 그 눈

이 누래서 두부 장사 하는 꼬락서니는 참 더러워서 못 보겠네. 불알을 달고 나서 그렇게야 살리?……"

이것은 이웃 남녀가 비웃는 소리였다. 그리고 어떤 산 임자가 나무 잃은 고발을 하면 경찰서에서는 불문곡직하고 우리 집부터 수색하고 질문하면서 나를 때린다. 그러나 나는 호소할 곳이 없었다.

5

김군! 이러구러 겨울은 점점 깊어 가고 기한은 점점 박두하였다. 일자리는 없고……, 그렇다고 손을 털고 앉아 있을 수는 없었다. 모든 식구가 퍼러퍼래서 굶고 앉은 꼴을 나는 그저 볼 수 없었다. 시퍼런 칼이라도 들고 하루라도 괴로운 생을 모면하도록 그네들을 쿡쿡 찔러 없애고 나까지 없어지든지, 그렇지 않으면 칼을 들고 나서서 강도질이라도 하여서 기한을 면하든지 하는 수밖에는 더 도리가 없게 절박하였다. 나는 일이 없으면 없느니만치, 고통이 닥치면 닥치느니만치 내 번민은 컸다. 나는 어떤 날은 거의 얼빠진 사람처럼 눈을 감고 깊은 생각에 잠긴 일이 있었다.

이때 내 머릿속에서는 머리를 움실움실 드는 사상이 있었다(오늘날에 생각하면 그것은 나의 전 운명을 결정할 사상이었다). 그 생각은 누구의 가르침에 일어난 것도 아니려니와 일부러 일으키려고 애써서 일어난 것도 아니다. 봄 풀싹같이 내 머릿속에서 점점 머리를 들었다.

나는 여태까지 세상에 대하여 충실하였다. 어디까지든지 충실하려고 하였다. 내 어머니, 내 아내까지도 뼈가 부서지고 고기가 찢기더라도 충실한 노력으로 살려고 하였다. 그러나 세상은 우리를 속였다. 우리의 충실을 받지 않았다. 도리어 충실한 우리를 모욕하고 멸시하고 학대하였다. 우리는 여태까지 속아 살았다. 포악하고 허위스럽고 요사한 무리를 용납하고 옹호하는 세상인 것을 참으로 몰랐다. 우리뿐 아니라 세상의 모든 사람들도 그것을 의식하지 못하였을 것이다. 그네들은 그러한 세상의 분위기에 취하였었다. 나도 이때까지 취하였었다. 우리는 우리로서 살아온 것이 아니라 어떤 험악한 제도의 희생자로서 살아왔었다.

김군! 나는 사람들을 원망치 않는다. 그러나 마주魔酒에 취하여 자기의 피를 짜바치면서도 깨지 못하는 사람을 그저 볼 수 없다. 허위와 요사와 표독과 게으른 자를 옹호하고 용납하는 이 제도는 더욱 그저 둘 수 없다.

이 분위기 속에서는 아무리 노력하여도, 충실하여도, 우리는 우리의 생生의 만족을 느낄 날이 없을 것이다. 어찌하여 겨우 연명을 한다 하더라도 죽지 못하는 삶이 될 것이요, 그 영향은 자식에게까지 미칠 것이다. 나는 어미 품속에서 빽빽하는 어린것의 장래를 생각할 때면 애잡짤한 감정과 분함을 금할 수 없다. 내가 늘 이 상태면(그것은 거의 정힌 이치다) 그에게는 상당한 교양은 고사하고, 다리 밑이나 남의 집 문간에 버리게 될 터이니, 아! 삶을 받은 한 생령을 죄 없이 찌그러지게 하는 것이 어지 애닯잖으며 분치 않으랴? 그렇다 하면 그것을 나의 죄라 할까?

김군! 나는 더 참을 수 없었다. 나는 나부터 살리려고 한다. 이때까지는 최면술에 걸린 송장이었다. 제가 죽은 송장으로 남(식구들)을 어찌 살리랴? 그러려면 나는 나에게 최면술을 걸려는 무리를, 험악한 이 공기의 원류를 쳐부수고 하는 것이다.

나는 이것을 인간의 생의 충동이며 확충이라고 본다. 나는 여기서 무상의 법열을 느끼려고 한다. 아니 벌써부터 느껴진다. 이 사상은 드디어 나로 하여금 집을 탈출케 하였으며, ××단에 가입하게 하였으며, 비바람 밤낮을 헤아리지 않고 벼랑 끝보다 더 험한 ×선에 서게 한 것이다.

김군! 거듭 말한다. 나도 사람이다. 양심을 가진 사람이다. 애정을 가진 사람이다. 내가 떠나는 날부터 식구들은 더욱 곤경에 들 줄도 아는 알았다. 자칫하면 눈 속이나 어느 구렁에서 죽는 줄도 모르게 굶어 죽을 줄도 나는 잘 안다. 그러므로 나는 이곳에서도 남의 집 행랑 어멈이나 아범이며, 노두에 방황하는 거지를 무심히 보지 않는다. 아! 나의 식구도 그럴 것을 생각할 때면 자연히 흐르는 눈물과 뿌직뿌직 찢기는 가슴을 덮쳐 잡는다. 그러나 나는 이를 갈고 주먹을 쥔다. 눈물을 아니 흘리려고 하며 비애에 상하지 않으려고 한다. 울기에는 너무도 때가 늦었으며 비애에 상하는 것은 우리의 박약을 너무도 표시하는 듯싶다. 어떠한 고통이든지 참고 분투하려고 한다.

김군! 이것이 나의 탈가한 이유를 대략 적은 것이다. 나는 나의 목적을 이루기 전에는 내 식구에게 편지도 하지 않으려고 한다. 그네가 죽어도, 내가 또 죽어도…….

나는 이러다가 성공 없이 죽는다 하더라도 원한이 없겠다. 이 시대, 이 민중의 의무를 이행한 까닭이다.

아아, 김군아! 말을 다하였으나 정은 그저 가슴에 넘치누나!

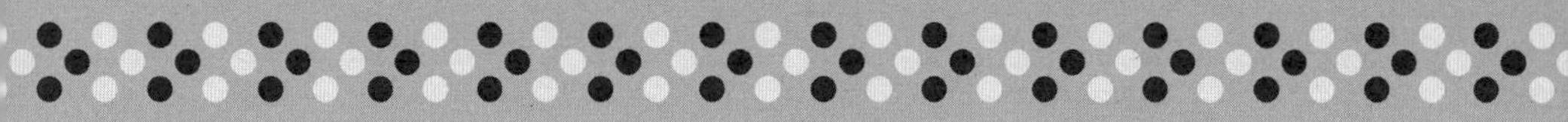

줄거리

'나(박군)'는 자신이 가정을 탈출한 이유에 대해 친구인 김군에게 편지로 말하고 있다.

5년 전 '나'는 어머니와 아내를 데리고 땅이 기름져 사람들에게 삶의 터전이 되고 있다는 간도 땅으로 옮겨 갔다. 하지만 빈 땅은 없었고, 중국인의 소작인 노릇을 해도 빚을 갚기는커녕 먹고 살기조차 힘들어 날품팔이를 전전했다. 그래도 나의 가족은 하루하루를 굶주림 속에서 보내야 했다.

가족이 며칠을 굶은 어느 날, 일거리를 찾지 못해 탈진한 채 집에 돌아온 나는 임신한 아내가 부엌 구석에서 무언가를 먹고 있는 모습을 보았다. 모두가 굶는 마당이라 이런 아내가 무척 원망스러웠다. 아내가 부엌을 황급히 빠져나간 뒤 살펴보니 임신한 아내가 먹은 것은 거리에서 주운 귤껍질이었다. 아내에 대한 미안함과 함께 나의 눈에는 눈물이 고였다.

생선 장사도 하고, 두부 장사도 했지만 두부는 쉬기 일쑤였고, 가족은 쉰 두붓물로 연명했다. 갓난아기는 젖 달라며 울고, 겨울은 다가오고……. 두부 장사를 하려면 땔감이 있어야 했기 때문에 산에서 몰래 나무를 하다가 경찰에 잡혀 심하게 매를 맞기도 했다. 그리고 이웃들도 우리를 곱지 않은 시선으로 바라보았다.

온갖 궂은일을 해도 가난에서 벗어날 수 없게 되자 '나'는 최면술을 걸려는 무리들, 험악한 공기의 원류를 바로잡기 위해 어머니와 아내와 자식을 희생하면서까지 어떤 집단에 가입하게 됐다.

감상 포인트

신경향파 문학이라고 불리는 이 작품은 작가의 자전적 요소가 강하게 나타나 있는 서간체(편지글) 형식의 글이다. 신경향파 문학의 특징은 '빈궁의 문학, 저항적 태도, 개인과 사회의 관계 인식'에 있다. 이러한 문학적 특징이 작가의 체험과 결합해 사실성을 높이고 있는 것이다. 단, 신경향파 문학들이 전형적으로 살인, 방화 등의 결말을 보이는 반면, 이 작품에서는 조직적인 사회운동에 뛰어들기 위해 ××단에 가입하는 것으로 끝나고 있어 좀 더 현실적인 작가 의식을 느낄 수 있다.

이 작품은 체험 문학, 빈궁 문학으로 분류되기도 한다. 젊은 시절, 온갖 궂은일을 다하며 근근이 살아야 했던 작가처럼, 주인공 '나' 역시 머슴살이, 나무장수, 노동판 십장什長으로 전전하면서 삶의 어려움에 부딪힌다. 성실하고 근면하면 잘살 수 있겠지라는 믿음조차도 거부당한 채 죽음까지 생각한 '나'는 근면과 정직이 외면당하는 사회에 대한 저항으로 ××단에 가입하게 된다. 즉, 아무리 노력해도 벗어날 수 없는 가난, 그리고 노력하면서 살고 있는 우리

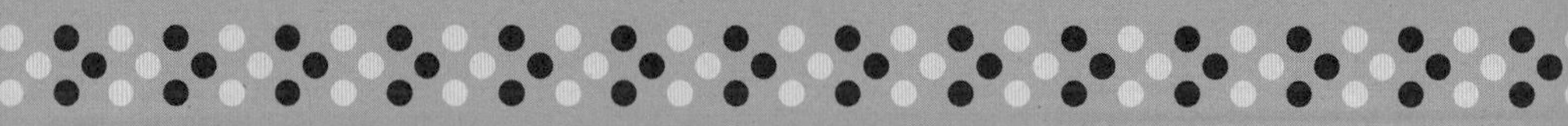

가족을 모역하고 멸시하고 학대하는 세상을 바로잡기 위해 가정을 버리면서까지 어떤 집단에 가담하게 되었다는 것이다.

사실(체험)과 허구의 양면을 갖춘 것이 소설이고, 그중에서도 허구성이 더 강조된다고 하지만, 이처럼 체험의 밀도가 높은 작품에서는 허구보다 사실성에 주안점이 가지 않을 수 없다. 이런 이유로 《탈출기》를 통해 최서해는 빈궁 문학, 즉 신경향파 문학의 대표적 작가로 군림하게 되었다.

등장인물

- **나**(박군) : 작품 속에서 이야기를 하는, 가난에 찌든 한 집안의 가장이다. 성실하게 살고자 노력하지만 빈궁한 현실, 허위와 표독으로 가득 찬 제도 때문에 저항적인 성격을 지니게 된 유동적 인물이다. 처음에는 간도에서 온갖 고난과 고초를 겪으면서도 열심히 살아보려 했지만 견디다 못해 결국 집을 탈출, ××단에 가입해 ×선에 서게 된다.
- **아내** : 순박하고 수줍음을 잘 타며 생활력이 강한 시골 여인이다.
- **어머니** : 궁핍한 생활 속에서도 아들의 고통을 대신하고자 하는 전형적인 어머니상이다.
- **김군** : 나의 편지를 받는 나의 친구다. 가정을 버린 채 뛰쳐 나온 나를 반대한다.

간도 정착 전후 '나'의 인식 변화

간도에 가기 전 '나'의 인식과 간도에 정착한 후 '나'의 인식이 뚜렷한 차이를 보이고 있다.

	간도 정착 전	간도 정착 후
간도'의 의미	① 농사를 지을 수 있는 비옥한 땅 ② 농민의 희망이 서린 곳	① 척박한 황무지 ② 농민의 빈곤을 심화시키는 곳
'나'의 인식	관념적이고 이상주의적인 사고방식	현실에 대한 올바른 인식을 통해 적극적인 행동이 필요하다는 것을 인식

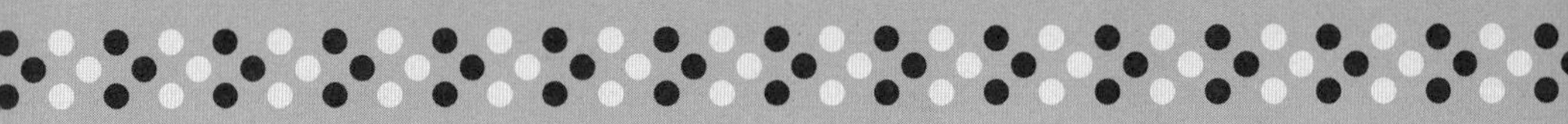

작품의 특징

① 서간체 형식으로 사실성을 높였다.
② '나'의 인식 변화가 주제를 명시적으로 제시하고 있다.

서간체 문학

서간체 문학이란 편지글 형식의 작품으로, 상대와의 친근감을 드러내는 동시에 화자의 내면 심리를 설득력 있게 전달할 수 있다는 장점을 지닌다. 또한 작가는 소설의 허구성보다 편지글이 가지는 사실성에 중점을 두어 주제를 강조하게 된다.

특히 1인칭 주인공 시점을 통해 사건의 생생한 전달은 물론, 주인공의 내면 심리와 심리 변화를 뚜렷하게 전달할 수 있다는 이점이 있다.

핵심정리

- **갈래** : 단편 소설, 서간체 소설
- **배경** : 일제강점기, 만주의 간도 지방
- **경향** : 신경향파 문학
- **성격** : 사실적, 자전적, 고백적, 저항적
- **시점** : 1인칭 주인공 시점
- **주제** : 가난한 삶의 고발과 부조리한 현실에 대한 저항

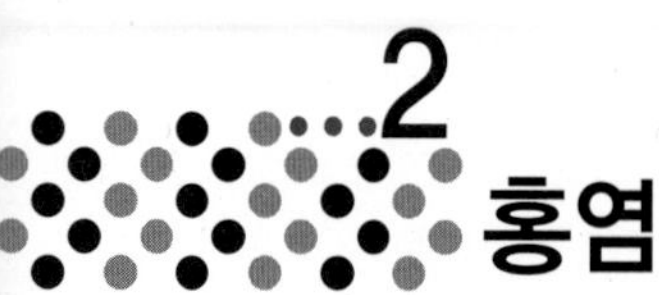

2 홍염

1

겨울은 이 가난한—백두산 서북편 서간도 한 귀퉁이에 있는 이 가난한 촌락 빼허(백하)에도 찾아들었다. 겨울이 찾아들면 조그만 강을 앞에 끼고 큰 산을 등진 빼허는 쓸쓸히 눈 속에 묻히어서 차디찬 좁은 하늘을 치어다보게 된다.

눈보라는 북국의 특색이다. 빼허의 겨울에도 그러한 특색이 있다. 이것이 빼허의 생령生靈들을 괴롭게 하는 것이다.

오늘도 눈보라가 친다.

북극의 얼음 세계나 거쳐 오는 듯한 차디찬 바람이 우하고 몰려오는 때면 산봉우리와 엉성한 가지 끝에 쌓였던 눈들이 한꺼번에 휘날려서 이 좁은 산골은 뿌연 눈안개 속에 들게 된다. 어떤 때는 강골 바람에 빙판에 덮였던 눈이 산봉우리로 불리게 된다. 이렇게 교대적으로 산봉우리의 눈이 들로 내리고 빙판의 눈이 산봉우리로 올리달려서 서로 엇바뀌는 때면 그런대로 관계치 않으나, 하늬(북풍)와 강바람이 한꺼번에 불어서 강으로부터 올리다른 눈과 봉우리로부터 내리다른 눈이 서로 부딪치고 어우러지게 되면 눈보라와 바람 소리에 빼허의 좁은 골짜기는 터질 듯한 동요를 받는다.

등진 산과 앞으로 낀 강 사이에 게딱지처럼 끼어 있는 것이 이 빼허의 촌락이다.

통틀어서 다섯 호밖에 되지 않는 집이나마 밭을 따라서 이리저리 흩어져 있다. 모두 커다란 나무를 찍어다가 우물 정井자로 틀을 짜 지은 집인데 여기 사람들은 이것을 '귀틀집' 이라 한다. 지붕은 대개 좃짚이요, 혹은 나무껍질로도 이었다. 그 꼴은 마치 우리 내지의 기름집과 같다. 심하게 말하는 이는 도야지굴과 같다고 한다.

이것이 남부여대로 서간도 산골을 찾아 들어서 사는 조선 사람의 집들이다. 빼허의 집들은 그러한 좋은 표본이다.

험악한 강산 세찬 바람과 뿌연 눈보라 속에 게딱지처럼 붙어서 위태롭게 침묵을 지키고 있는 이 모든 집에도 어느 때든—공도가 위대한 공도가 어그러지지 않으면, 언제든지 꼭 한때는 따뜻한 봄볕이 지내리라. 그러나 이렇게 눈발이 날리고 바람이 우짖으면 그 어설 궂은 집 속에 의지 없이 들어백인 사람들은 자기네로도 알 수 없는 공포에 몸을 부르르 떨게 된다.

이렇게 몹시 춥고 두려운 날 아침에 문 서방은 집을 나섰다. 산산이 흐트러진 머리카락을 뿌연 상투에 휘휘 거둬 감고 수건으로 이마를 질끈 동인 위에 까맣게 그으른 대패밥 모자를 끈 달아 썼다. 부대처럼 툭툭한 토수래(배실을 삶아서 짠 것이다) 바지저고리는 언제 입은 것인지 뚫어지고 흙투성이 되었는데 바람에 무겁게 흩날린다.

"문 서병이 발써 갔소?"

문 서방은 짚신에 들막을 단단히 하고 마당에 내려서려다가 부르는 소리에 머리를 돌렸다. 펄쩍 문을 열면서 때가 찌덕찌덕한 늙은 얼굴을 내미는 것은 한 관청이었다.

"왜 그러시우?"

경기 말씨가 그저 남아 있는 문 서방은 한 발로 마당을 밟고 한 발로 흙마루를 밟은 채 한 관청을 보았다.

"엑, 바름두…… 저, 엑 흑……."

한 관청은 몰아치는 바람이 아츠러운지 연방 흑흑 느끼면서,

"저, 일절 욕을 마오! 그게…… 엑, 워쩐 바름이 이런구. 그게 되놈인데, 부모두 모르는 되놈胡人인데……."

하는 양은 경험 있는 늙은 사람의 말을 깊이 들으라는 어조이다.

"나는 또 무슨 말씀이라구! 아 그늠이 이번두 그러면 그저 둔단 말이요?"

문 서방의 소리는 좀 분개하였다.

눈을 몰아치는 바람은 또 몹시 마당으로 몰아들었다. 그 판에 문 서방은 바름을 등지고 돌아서고 한 관청의 머리는 창틀 안으로 자라목처럼 움츠러들었다.

"글세 이 늙은 거 말을 듣소! 그 늠이 제 가새비[장인]를 잘 알겠소? 흥……."

한 관청은 함경도 사투리로 뇌이면서 다시 머리를 내밀었다.

"염려 마슈! 좋게 하죠."

문 서방은 더 들을 말 없다는 듯이 바람을 안고 휙 돌아섰다.

"그새 무슨 일이나 없을까?"

밭 가운데로 눈을 헤치면서 나가던 문 서방은 주춤하고 돌아다보면서 혼자 뇌였다.

눈보라 때문에 눈도 뜰 수 없거니와 지척을 분간할 수 없이 되어서 집은커녕 산도 보이지 않았다.

"그세 무슨 일이 날라구!"

그는 또 이렇게 혼자 뇌이고 저고리 섶을 단단히 여미면서 강가로 내려가다가 발을 돌려서 언덕길로 올라섰다. 강 얼음을 타고 가는 것이 빠르지만 바람이 심하면 빙판에서 걷기가 거북하여 언덕길을 취하였다. 하도 다니던 길이니 짐작으로 걷지 눈에 묻히어서 길이 보이지 않았다.

언덕길에 올라서니 바람은 더욱 심하였다. 우와—하고 가슴을 쳐서 뒤로 휘딱 자빠질 것은 고사하고 눈발에 아츠럽게 낯을 치어서 눈도 뜰 수 없고 숨도 바로

쉴 수 없었다. 뻣뻣하여 가는 사지에 억지로 힘을 주어 가면서 이를 악물고 두 마루턱이나 넘어서 '달리소' 강가에 이르니 가슴에서는 잔나비가 뛰노는 것 같고 등골에는 땀이 흘렀다. 그는 서리가 뿌연 수염을 씻으면서 빙판을 건너갔다. 빙판에는 개가죽 모자 개가죽 바지에 커단 울레(신)를 신은 중국 파리꾼(썰매)들이 기다란 채쭉을 휘휘 두르면서,

"뚜……어, 뚜……어, 딱딱."

하고 말을 몰아간다.

"꺼울리 날취(저 조선 거지 어디 가나)?"

중국 파리꾼들은 문 서방을 보면서 욕을 하였으나 문 서방은 허둥허둥 빙판을 걸어서 높다란 바위 모퉁이를 지나 언덕에 올라섰다.

여기가 문 서방이 목적하고 온 달리소라는 땅이다. 이 땅 주인은 인가라는 중국 사람인데 그 인가는 문 서방의 사위이다. 저편 밭 가운데 굵은 나무로 울타리를 한 것이 인가의 집이다. 그 밖으로 오륙 호나 되는 게딱지같은 귀틀집은 지팡살이(소작인)하는 조선 사람들의 집이다. 문 서방은 바위 모퉁이를 돌아 언덕에 오르니 산이 서북을 가리어서 바람이 좀 잠즉하여 좀 푸근한 느낌을 받았으나, 점점 인가—사위의 집 용마루가 보이고 울타리가 보이고 그 좌우의 같은 조선 사람의 집이 보이니 스스로 다리가 움츠러지면서 걸음이 떠지었다.

"엑 더러운 놈! 되놈에게 딸 팔아먹는 놈!"

그것은 자기 스스로 한 일은 아니지만 어디선지 이런 소리가 귀청을 징징 치는 것 같은 동시에 개기름이 번지르르 하여 핏발이 올올한 눈을 흉악하게 굴리는 인가—사위의 꼴이 언뜻 눈앞에 떠올라서 그는 발끝을 돌릴까 말까 하고 주저하였다. 그러다가도,

"여보 용녜가 왔소? 용녜 좀 데려다 주구려."

하고 죽어 가는 아내의 애원하던 소리가 귓가에 울려서 다시 앞을 향하였다.

"이게 문 서뱅이! 또 딸집을 찾아 가옵느마?"

머리를 수긋하고 걷던 문 서방은 불의의 모욕이나 받는 듯이 어깨를 툭 떨어뜨리면서 머리를 들었다. 그것은 옆에서 도야지 우리를 치던 지팡살이꾼의 한 사람이었다.

"네! 아아니……."

문 서방은 대답도 아니요 변명도 아닌 이러한 말을 하고는 얼른얼른 인가의 집으로 향하였다. 온 동리가 모두 나서서 자기의 뒤를 비웃는 듯해서 곁눈질도 못하였다.

여기는 서북이 가리어서 빼허처럼 바람이 심하지 않았다. 흐릿하나마 별도 엷게 흘렀다.

2

"여보! 저 인가가 또 오는구려!"

가을볕이 쨍쨍한 마당에서 깨를 떨던 아니는 남편 문 서방을 보면서 근심스럽게 말하였다.

"오면 어쩌누? 와도 하는 수 없지!"

뒤줏간 앞에서 옥수수 껍질을 바르던 문 서방은 기탄없이 말하였다.

"엑, 그 단련을 또 어찌 받겠소?"

아내의 찌푸린 낯은 스스로 흐리었다.

"참 되놈이란 오랑캐……."

"여보 여기 왔소."

문 서방의 높은 수리를 주의시키던 아내는 뒤줏간 저편을 보면서,

"아, 오셨소?"

하고 어색한 웃음을 웃었다.

"예 왔소? 장구재 있소?"

지주 인가는 어설픈 웃음을 지으면서 마당에 들어서다가 뒤줏간 앞에 앉은 문 서방을 보더니,

"응 저기 있소!"

하고 손가락질을 하면서 그 앞에 가 수캐처럼 쭈그리고 앉았다.

서천에 기운 태양은 인가의 이마에 번지르르 흘렀다.

"어디 갔다 오슈?"

문 서방은 의연히 옥수수를 바르면서 하기 싫은 말처럼 힘없이 끄집어내었다.

"문 서방! 그래 오레두 비들 못 가프겠소?"

인가는 문 서방 말과는 딴전을 치면서 담뱃대를 쌈지에 넣는다.

"허허 어제도 말했지만 글쎄 곡식이 안 된 거 어떡하오?"

"안 돼! 안 돼! 곡시기 자르 되고 모 되구 내가 아르오? 오늘은 받아 가지구야 가겠소!"

인가는 담배를 피우면서 버티려는 수작인지 땅에 펑덩 들어앉았다.

"내년에는 꼭 갚아 들리께 올만 참아 주오! 장구재도 알지만 흉년이 되어서 되지두 않은 이것을 모두 드리면 우리는 어떻게 겨울을 나라구 응?…… 자 내년에는 꼭, 하하……."

인가를 보면서 넋 없는 웃음을 치는 문 서방의 눈에는 애원하는 빛이 흘렀다.

"안 되우! 안 돼! 퉁퉁 디 주! 우리두 많이 부족이오."

"부족이 되두 하는 수 없지. 글쎄 뻔히 보시면서 어떡하란 말이요? 후……."

"어째 어부소? 응 니디 어째 어부소! 응 니디 어째 어부소! 마리해! 울리 쌀리디, 울리 소금이디, 울 리 강냉이디……. 니디 입이(그는 입을 가리키면서) 다 안 먹어? 어째 어부소, 응?"

인가는 낯빛이 거무락푸르락해서 소리를 고래고래 질렀다. 문 서방은 더 말이

나오지 않았다.

언제가 이놈의 소작인 노릇을 면하여 볼까? 경기도에서도 소작인 생활 십 년에 겨죽만 먹다가 그것도 자유롭지 못하여 남부여대로 딸 하나 앞세우고 이 서간도로 찾아들었더니 여기서도 그네를 맞아 주는 것은 지팡살이였다. 이름만 달랐지 역시 소작인이다. 들어오던 해는 풍년이었으나 늦게 들어와서 얼마 심지 못하였고 그 이듬해에는 흉년으로 말미암아 일 년 내 꾸어 먹은 것도 있거니와 소작료도 못 갚아서 인가에서 매까지 맞고 금년으로 미뤘더니 금년에도 흉년이 졌다. 다른 사람들도 빚을 지지 않은 바가 아니로되 유독이 문 서방을 조르는 것은 음흉한 인 서방의 가슴속에 문 서방의 용례(금년 열일곱)가 걸린 까닭이었다. 문 서방은 벌써 그 눈치를 알아채었으나 차마 양심이 허락지 않았다. 인가의 욕심만 채우면 밭맥이나 단단히 생겨 한평생 기탄없을 것을 모르지는 않지만 무남독녀로 고이 기른 딸을 되놈에게 주기는 머리에 벼락이 내릴 것 같아서 죽으면 그저 굶어죽었지 차마 할 수 없었다. 그는 그런 것 저런 것 생각할 때마다 도리어 내지—쪼들려도 나서 자란 자기 고향에서 쪼들리던 옛날이—삼 년 전의 그 옛날이 그리웠다. 그러나 그것도 한 꿈이었다. 그 꿈이 실현되기에는 그네의 경제적인 기초가 너무나도 없었다. 빈 마음만 흐르는 구름에 부쳐서 내지로 보낼 뿐이었다.

1맥은 10일경=1일경은 약 천 평

"어째서 대답이 어부소, 응? 그래 울리 비디디 안 가파? 창우…… 빠피야(이놈 껍질 벗긴다)."

인가는 담뱃대를 꽁무니에 찌르면서 일어나 앉더니 팔을 걷는다. 그것을 본 문 서방의 아내는 낯빛이 파랗게 질려서 부들부들 떨면서 이편만 본다. 문 서방도 낯빛이 까맣게 죽었다.

"자, 그러면 금년 농사는 온통 드리지요."

문 서방의 목소리는 힘없이 떨렸다. 마치 종아리채를 든 초학 훈장의 앞에 엎드린 어린애의 소리처럼…….

"부요우(싫어)…… 퉁퉁디…… 모모 모두 우리 가져가두 보미[옥수수] 쓰단[4석], 쌔옌[소금] 얼씨진[20근], 쑈미[좁쌀] 디 빠단[8석] 디유아(있다)…… 니디 자리 알라 있소! 그거 안 줘?"

검붉은 인가의 뺨은 성난 두꺼비 배처럼 불떡불떡 하였다.

"나머지는 내년에 갚지요."

문 서방은 머리를 뚝 떨어뜨렸다.

"슴마(무엇)? 창우니 빠피야!"

인가의 억센 손이 문 서방을 잡았다. 문 서방은 가만히 받았다. 정신이 아찔하였다.

"에구, 장구재…… 흑흑…… 장구재…… 제발 살려 줍쇼! 제발 살려 주시면 뼈를 팔아서라두 갚겠습니다. 장구재 제발!"

문 서방의 아내는 부들부들 떨면서 인가의 팔에 매달렸다. 그의 애걸하는 소리는 벌써 울음에 떨렸다.

"내 보미 워디 소금이 낼라! 아니 줬소? 아니 줬소? 어 어째니 줬소?"

인가의 주먹은 문 서방의 귓벽을 울렸다.

"아이구!"

문 서방은 땅에 쓰러졌다.

"엑 에구…… 응응응…… 에구 장구재! 제발 제제…… 흑 제발 살려 줍소……. 응."

쓰러지는 문 서방을 붙잡던 아내는 인가를 보면서 땅에 엎드려서 손을 비빈다.

"이 상느므샛지(상놈의 자식)…… 니디 도포[아내] 워디[내가] 가져 가!"

하고 인가는 문 서방을 차더니 엎디어서 손이야 발이야 비는 문 서방 아내의 손목을 잡아끌었다.

"니디 울리 집이 가! 오늘리부터 니디 울리 에미네[아내]!"

"장구재…… 제발…… 아이구 응……."

"에구 엠마."

집 안에서 바느질하던 용례가 내달았다. 인가는 문 서방의 아내를 사정없이 끌고 자기 집으로 향한다.

"나를 잡아가라! 나를……."

쓰러졌던 문 서방은 인가의 팔을 잡았다.

"타마나(상소리)!"

하는 소리와 함께 인가의 발길에 문 서방은 거꾸러졌다.

"아이구 어머니! 왜 울 어머니를 잡아가요? 응응…… 흑."

용례는 어머니의 팔목을 잡은 중국인의 손을 물어뜯었다. 용례를 본 인가는 문 서방의 아내는 놓고 문 서방의 딸 용례를 잡았다.

"이 개새끼야! 이것 놔라…… 응응 흑…… 아이구 아버지…… 엄마!"

억센 장정 인가에게 티끌같이 연연한 처녀는 몸부림을 하면서 발악을 하였다.

"용례야! 아이구 우리 용례야!"

"에이구 응…… 너를 이 땅에 데리구 와서 개 같은 놈에게……."

문 서방의 내외는 허둥지둥 달려갔다.

낯빛이 파랗게 질린 흰 옷 입은 사람들은 쭉 나와서 썼건마는 모두 시체같이 서 있을 뿐이었다. 여편네 몇몇은 치맛자락으로 눈물을 씻었다.

의연히 제 걸음을 재촉하는 볕은 서산에 뉘엿뉘엿하였다. 앞강으로 올라오는 찬바람은 스르르 스쳐 가는데 석양에 돌아가는 까마귀 울음은 의지 없는 사람의 넋을 호소하는 듯 처량하였다.

"에구 용례야! 부모를 못 만나서 네 몸을 망지는구나! 에구 이놈의 돈이 우리를 죽이는구나!"

문 서방 내외는 그 밤을 인가의 집 울타리에서 새웠다. 누구 하나 들여다보지도 않는데 인가의 집에서 내놓은 개들은 두 내외를 잡아먹을 듯이 짖으며 덤벼들었다.

이리하여 용례는 영영 인가의 손에 들어갔다. 며칠 후에 인가는 지금 문 서방이 있는 빼허에 땅날갈이나 있는 것을 문 서방에게 주어서 그리로 이사시켰다.

문 서방은 별별 욕과 애원을 하였으나 나중에 인가는 자기 집 일꾼들을 불러서 억지로 몰아내었다. 이리하여 문 서방은 차마 생목숨을 끊기 어려워서 원수가 주는 땅을 파먹게 되었다. 그것이 작년 가을이었다. 그 뒤로 인가는 절대로 용례를 밖으로 내보지 않을 뿐만 아니라 그 어버이 되는 문 서방 내외에게도 보이지 않았다.

'용례는 매일 밥도 안 먹고 어머니 아버지만 부르고 운다.'

하는 희미한 소식을 인가의 집에 가까이 드나드는 중국인들에게서 들을 때마다 문 서방은 가슴을 치고 그 아내는 피를 토하였다.

이리하여 문 서방의 아내는 늦은 여름부터 아주 병석에 드러누웠다. 그는 병석에서 매일 용례만 부르고 용례만 보여 달라고 졸랐다. 그래서 문 서방은 벌써 세 번이나 인가를 찾아가서 말했으나 효과가 없었다.

이번까지 가면 네 번째다. 이번은 어떻게 성사가 되겠지? (간도에 있는 중국인들은 조선 여자를 빼앗아가든지 좋게 사가더라도 밖에 내보내지도 않고 그 부모에게까지 흔히 면회를 거절한다. 중국인은 의심이 많아서 그런다고 한다.)

3

문 서방은 울긋불긋한 채필로 관운장과 장비를 무섭게 그려 붙인 집 대문 앞에 섰다. 문밖에서 뼈다귀를 핥던 얼룩 개 한 마리가 윙윙 짖으면서 달려들더니 이 구석 저 구석에서 개무리가 우하고 덤벼들었다. 어떤 놈은 으르렁으르고, 어떤 놈은 뒷다리 사이에 바싹 끼면서 금방 물듯이 송곳 같은 이빨을 악물었고, 어떤 놈은 대들었다가는 뒷걸음치고 뒷걸음을 쳤다가는 대어들면서 산천이 무너지게 짖고, 어떤 놈은 소리도 없이 코만 실룩실룩하면서 달려들었다. 그 여러 놈들이 문

서방을 가운데 넣고 죽 돌아서서 각각 제 재주대로 날뛴다. 그렇지 않아도 지금 개 때문에 대문 밖에서 기웃거리던 문 서방은 이 사면초가를 어떻게 막으면 좋을지 몰랐다. 이러는 판에 한 마리가 휙 들어와서 문 서방의 바짓가랑이를 물었다.

"으악…… 꺼우디(개를)!"

문 서방이 소리를 치면서 돌멩이를 찾느라고 엎드리는 것을 보더니 개들은 일시에 뒤로 물러났으나 또다시 덤벼들었다.

"창우니 타마나가비(상소리다)!"

안에서 개가죽 모자를 쓰고 뛰어나오는 일꾼은 기단 호밋루를 다루면서 개를 쫓았다. 개들은 몰려가면서도 몹시 짖었다.

문 서방은 수수깡이가 지저분하게 널려 있는 방문으로 들어갔다. 누릿하고 퀴퀴한 더운 기운이 후끈 낯을 스칠 때 얼었던 두 눈은 뿌연 더운 안개에 스르르 흐리어서 어디가 어디인지 잘 분간할 수 없었다.

"윈따야 랠라마(문 영감 오셨소)?"

캉구들에서 지껄이는 중국인 중에서 누군지 첫인사를 붙였다.

"에헤 랠라 장구재(주인) 유(있소)?"

문 서방은 어색한 웃음을 지었다. 얼었던 몸은 차차 녹고 흐리었던 눈앞도 점점 밝아졌다.

"짱캉바(구들로 올라오시오)!"

구들 위에서 나는 틱틱한 소리는 인가였다. 그는 일꾼들과 무슨 의논을 하던 판인가? 지껄이는 일꾼들은 고요히 앉아서 담배를 피우면서 호기심에 번득이는 눈을 인가와 문 서방에게 보내었다. 어느 천 년에 지은 집인지, 거미줄이 얽히설키 서린 천장과 벽은 아궁이 속같이 까만데 벽에 붙여 놓은 삼국풍진도三國風塵圖며 춘야도리원도春夜桃李園圖는 이리 저리 찢기고 그을었다. 그을음과 담배 연기에 싸여서 눈만 반짝반짝하는 무리들은 아귀도를 생각케 한다. 문 서방은 무시무시한 기분에 몸을 부르르 떨었다.

"추엔바(담배 잡수시오)?"

인가는 웬일인지 서투른 대로 곧잘 하던 조선말을 하지 않고 알아도 못 듣는 중국말을 쓰면서 담뱃대를 문 서방 앞에 내밀었다.

"여보 장구재! 우리 로포(아내)가 딸을 못 봐서 죽겠으니 좀 보여 주응?……."

문 서방은 담뱃대를 받으면서 또 전처럼 애걸하였다. 인가는 이마를 찡그리면서 볼을 불렸다.

"저게 마지막 죽어 가는데 철천지한이나 풀어야 하잖겠소, 응? 한 번만 보여 주! 어서 그러우! 내가 용례를 만나면 꼬일까 봐…… 그럴 리 있소! 이렇게 된 바에야…… 한 번만…… 낯이나…… 저 죽어 가는 제 에미 낯이나 한 번 보게 해 주! 네? 제발!……."

"안 되우! 보내지 모하겠소. 우리 지비 문바께 로포 나갔소. 재미어부소."

배짱을 부리는 인가의 모양은 마치 전당포 주인과 같은 점이 있었다. 문 서방의 가슴은 죄였다. 아쉽고 안타깝고 슬픔이 어우러지더니 분한 생각이 났다. 부뚜막에 놓은 낫을 들어서 인가의 배를 왁 긁어 놓고 싶었으나 아직도 행여나 하는 바람과 삶에 애착심이 분을 제어하였다.

"그러지 말고 제발 보여 주오! 그러면 내 아내를 데리구 올까? 아니 바람을 쏘여서는…… 엑 죽어도 원이나 끄고 죽게 내가 데리고 올게, 낯만 슬쩍 보여 주오, 네? 흑…… 끅…… 제발……."

이십 년 가까이 손끝에서 자기 힘으로 기른 자기 딸을 억지로 빼앗긴 것도 원통하거든 그나마 자유로 볼 수도 없이 되는 것을 생각하니! 더구나 그 우악한 인가에게 가슴과 배를 사정없이 눌리는 연연한 딸의 버둥거리는 그림자가 눈앞에 언득하여, 가슴이 꽉 막히고 사지가 부르르 떨리면서 주먹이 쥐어졌다. 그러나 뒤따라 병석의 아내가 떠오를 때 그의 주먹은 풀리고 머리는 숙였다.

"넬리 또 왔소 이 얘기하오! 오늘리디 울리디 일이디 푸푸디! 많이 있소!"

인가는 문 서방을 어서 가라는 듯이 자기 먼저 캉에서 내려섰다.

"제발 그러지 말구! 으흑 흑…… 제제 제발 단 한 번만이라도 낯만…… 으흑흑 응!"

문 서방은 인가를 따라 밖으로 나오면서 울었다. 등 뒤에서는 웃음소리가 들렸다. 그러니 그 웃음소리는 이때의 문 서방에게는 아무러한 자극도 주지 못하였다.

"자—이거 적지만……."

마당에 한참이나 서서 무엇을 생각하던 인가는 백조百弔짜리 관체官帖 석 장을 문 서방의 손에 쥐였다. 문 서방은 받지 않으려고 했다. 더러운 놈의 더러운 돈을 받지 않으려 하였다. 그러나 지금 붙여 먹는 밭도 인가의 밭이다. 잠깐 사이 분과 설움에 어리어서 튀기던 돈을…… 돈 힘은 굶고 헐벗은 문 서방을 누르지 않을 수 없었다. 그는 못 이기는 것처럼 삼백 조를 받아 넣고 힘없이 나오다가,

'저 속에는 용례가 있으려니!'

생각하면서 바른편에 놓인 조그마한 집을 바라볼 때 자기도 모르게 발길이 도로 돌아섰다. 마치 거기서는 용례가 울면서 자기를 부르는 것 같았다. 그러나 인가는 문 서방을 문 밖에 내보내고 문을 닫아 잠갔다.

문밖에 나서니 천지가 아득하였다. 발길이 돌아서지 않았다. 사생을 다투는 아내를 생각하면 아니 가든 못 할 일이고 이 울타리 속에는 용례가 있거니 생각하면 눈길이 다시금 울타리로 갔다.

그가 바위 모퉁이 빙판에 올 때까지 개들은 쫓아 나와 짖었다. 그는 제 분김에 한 마리 때려잡는다고 얼른 돌멩이를 집어 들었다가, 작년 가을에 어떤 조선 사람이 어떤 중국 사람의 개를 때려죽이고 그 사람이 주인에게 총 맞아 죽은 일이 생각나서 들었던 돌멩이를 홋뿌렸다.

돌아 떨어지는 겨울 해는 어느새 강 건너 봉우리 엉성한 가지 끝에 걸렸다. 바람은

좀 자고 날씨는 맑으나 의연히 추워서 수염에는 우물가처럼 어름 보쿠지가 졌다.

4

눈옷 입은 산봉우리 나뭇가지 끝에 붉은 석양볕이 스르르 자취를 감추고 먼 동쪽 하늘가에 차디찬 연자주 빛이 싸르르 돌더니 그마저 스러지고 쌀쌀한 하늘에 찬 별들이 내려다보게 되면서부터 어둑한 황혼 빛이 빼허의 좁은 골에 흘러들어서 게딱지같은 집 속까지 흐리기 시작하였다.

까만 서까래가 드러난 수수깡 천정에는 그을은 거미줄이 흐늘흐늘 수없이 드리우고, 빈대 죽인 자리는 수목으로 댓잎竹葉을 그린 듯이 흙벽에 빈틈이 없는데 먼지가 수북한 구들에는 그름깔개를 깔아 놓았다. 가마 저편 바탕(부억)에는 장작개비가 흩어져 있고 아궁이에서는 뻘건 불이 훨훨 붙는다.

뜨끈뜨끈한 부뚜막에는 문 서방의 아내가 누덕이불에 싸여 누웠고 문 앞과 윗목에는 이웃집 사람들이 모여 앉았는데 지금 막 달리소 인가의 집에서 돌아온 문 서방은 신음하는 아내의 가슴에 손을 얹고 앉았다. 등잔걸이에 켜놓은 등불은 환하게 이 실내의 모든 사람을 비췄다.

"용녜야! 용녜야! 용녜야!"

고요히 누웠던 문 서방의 아내는 마지막 소리를 좀 크게 질렀다. 문 서방은 아내의 가슴을 지그시 눌렀다.

"에구, 우리 용녜! 우리 용녜를 데려다 주구려!"

그는 눈을 번쩍 뜨면서 몸을 흔들었다.

"여보 왜 이러우. 용녜가 지금 와요. 금방 올 걸!"

어린애를 어르듯 하면서 땀내가 께저분한 아내의 얼굴을 내려다보는 문 서방의 눈은 흐렸다.

"에구, 몹쓸 놈두! 저런 거 모르는 체하는가? 음!"

윗목에 앉은 늙은 부인은 함경도 사투리로 구슬피 뇌었다.

"허 그러게 되놈이라지! 그놈들께 인륜人倫이 있소?"

문 앞에 앉았던 한 관청은 받아쳤다.

"용녜! 용녜! 흥 저기 저기 용녜가 오네!"

문 서방의 아내는 쑥 꺼진 두 눈을 모들떠서 천정을 뚫어지게 보면서 보기에 아츠러운 웃음을 웃었다.

"어디? 아직은 아 오. 여보, 왜 이러우? 응?"

문 서방의 목소리는 떨렸다.

"저기 엑…… 용 용녜……."

그는 눈을 더 크게 뜨고 두 뺨의 근육을 경련적으로 움직이면서 번쩍 일어났다. 문 서방은 아내의 허리를 안았다. 그는 또 정신에 착오를 일으켰는지, 창문을 바라보고 뛰어나가려고 하면서,

"용녜야! 용녜 용녜…… 저 저기 저기 용녜가 있네! 용녜…… 야! 어디 가느냐, 응?"

고함을 치고 눈물 없는 울음을 우는 그의 눈에서는 파란 불빛이 번쩍하였다. 좌중은 모진 짐승의 앞에나 앉은 듯이 모두 숨을 죽이고 손을 틀었다. 문 서방은 전신의 힘을 내어서 아내의 허리를 안았다.

"하하하(그는 이상한 소리를 내어 웃다가 다시 성을 잔뜩 내면서)…… 용녜, 용녜가 저리로 가는구나! 으응…… 저놈이 저놈이 웬 놈이냐?"

하면서 한참 이를 악물고 창문을 노려보더니,

"저 저…… 이놈아! 우리 용녜를 놓아라! 저 뇌놈이, 저 되놈이 용녜를 잡아가네! 이놈 놔라! 이놈 모가지를 빼놓을 이 이……."

그의 앞에는 용례를 인가에게 빼앗기던 그때가 떠올랐는지, 이를 뿍 갈면서 몸을 번쩍 일으켜 창문을 향하고 내달았다.

"여보 정신을 차리오! 여보 왜 이러우? 아이구 응……."

쫓아나가면서 아내의 허리를 안아서 뒤로 끌어들이는 문 서방의 소리는 눈물에 젖었다.

"이놈아! 이게 웬 놈이 남을 붙잡니? 응? 으윽."

그는 두 손으로 남편의 가슴을 밀다가도 달려들어서 남편의 어깨를 물어뜯으면서,

"이것 놔라! 에그 용녜야, 저게 웬 놈이…… 에구구…… 저놈이…… 에구구…… 저놈이 용녜를 깔고 앉네!"

하고 몸부림을 탕탕하는 그의 눈에는 핏발이 서고 낯빛은 파랗게 질렸다.

이때 한 관청 곁에 앉았던 젊은 사람은 얼른 일어나서 문 서방을 조력하였다. 끌어들이려거니 뛰어나가려거니 하여 밀치고 당기는 판에 등잔걸이가 넘어져서 등불이 펄렁 죽어 버렸다. 방 안이 갑자기 깜깜하여지자 창문만 히슥하였다.

"조심들 하라니! 엑 불두!"

한 관청은 등을 화로에 대이고 푸푸 불면서 툭덕툭덕하는 사람들께 주의를 시켰다. 불은 번쩍하고 켜졌다.

"우우 쏴—스르르륵."

문을 치는 바람 소리가 요란하였다.

"엑 또 바람이 나는 게로군! 날쎄두 페릅다."
괴상하다

한 관청은 이렇게 노이면서 등잔걸이에 등을 꽂고 몸부림하는 문 서방 내외와 젊은 사람을 피하여 앉았다.

"이것 놓아 주오! 아이구, 우리 용녜가 죽소! 저 흉한 되놈에게 깔려서……엑 저저…… 저것 보라! 이놈, 네 이놈아! 에이구 용녜야! 용녜야! 사람 살려 주오! (소리를 더욱 높여서) 우리 용녜를 살려 주! 응 으윽 에엑끅……."

그는 마지막으로 오장육부가 쏟아지게 소리를 지르다가 검붉은 핏덩이를 왈칵 토하면서 앞으로 거꾸러졌다.

"으윽!"

"응 끔직두 한 게!"

하면서 여러 사람들은 거꾸러진 문 서방의 아내 앞에 모여들었다.

"여보! 여보소! 아이구 정신 좀……."

달려 나오는 문 서방의 소리는 절반이나 울음으로 변하였다.

거불거불하는 등불 속에 검붉은 피를 한 말이나 토하고 쓰러진 그는 낯이 파랗게 되어서 숨결이 없었다.

"허 잡신이 붙었는가?"

"으흠 응! 으흠 흥! 각황제방 심미기, 두우열로 구슬벽……."

여러 사람들과 같이 문 서방의 아내를 부뚜막에 고요히 뉘어 놓고 한 관청은 귀신을 쫓는 경문이라고 발음도 바로 못하는 이십팔 수를 줄줄줄 읽었다.

"으응응…… 흑흑…… 여 여보!"

문 서방의 목 메인 울음을 받는 그 아내는 한 관청의 서투른 경문 소리를 듣는지 마는지, 손발은 점점 식어가고 낯은 파랗게 질렸는데, 무엇을 보려고 애쓰던 눈만은 멀거니 뜨고 그저 무엇인지 노리고 있다. 경문을 읽던 한 관청은,

"엑 인제는 늙어 가는 사람이 울기는? 우지 마오! 살아날 꺼!"

하고 문 서방을 나무라면서 문 서방의 아내 앞에 다가앉더니 주머니에서 은동침(어느 때에 얻어 둔 것인지?)을 꺼내 문 서방 아내의 인중人中을 꾹 찔렀다. 그러나 점점 식어가는 그는 이마도 찡기지 않았다. 다시 콧구멍에 손을 대어 보았으나 숨결은 없었다.

바람은 우우 쏴…… 하고 문에 눈을 들이켰다. 여러 사람은 약속이나 한 듯이 두려운 빛을 띤 눈으로 창을 바라보았다.

"으응 에이구! 여보! 끝끝내 용녜를 못 보고 죽었구려…… 잉잉…… 흑."

문 서방은 울기 시작하였다. 그 울음소리는 고요한 방 안 불빛 속에 바람 소리

와 함께 처량하게 흘렀다.

"에구 못된 놈도 있는게!"

"에구 참 불쌍하게두!"

"흥 우리두 다 그 신세지!"

무시무시한 기분에 싸여서 낯빛이 푸르러 가는 여러 사람들은 각각 한 마디씩 뇌었다. 그 소리는 모두 갈 데 없는 신세를 호소하는 듯하게 구슬프고 힘없었다.

5

문 서방의 아내가 죽은 그 이튿날 밤이었다. 그날 밤에도 바람이 몹시 불었다. 그 바람은 강바람이어서 서북에 둘리인 산 때문에 좀한 바람은 움쩍도 못하던 달리소까지 범하였다. 서북으로 산을 등지고 앞으로 강 건너 높은 절벽을 대하여 강골밖에 터진 데 없는 달리소는 강바람이 들어차면 빠질 데는 없고 바람과 바람이 부딪쳐서 흔히 회오리바람이 일게 된다. 이날 밤에도 그 모양으로, 달리소에는 회오리바람이 일어서 낟가리가 날리고 지붕이 날리고 산천이 울려서 혼돈이 배판할 때 빙세계나 트는 듯한 판이라 사람은커녕 개와 도야지도 굴속에서 꿈쩍 못하였다.

밤이 퍽 깊어서였다.

차디찬 별들이 총총한 하늘 아래, 우렁찬 바람에 휘날리는 눈발을 무릅쓰고 달리소 앞강 빙판을 건너서 달리소 언덕으로 올라가는 그림자가 있다. 모진 바람이 스치는 때마다 혹은 엎드리고 혹은 우뚝 서기도 하면서 바삐 바삐 가던 그림자는 게딱지같은 지팡살이집 근처에서부터 무엇을 꺼리는지 좌우를 슬몃슬몃 보면서 자취를 숨기고 걸음을 느리게 하여 저편으로 돌아가 인가의 집 높은 울타리 뒤로 돌아갔다.

"으르릉 웡웡."

하자 어느 구석에서인지 개가 한 마리, 두 마리, 세 마리 뒤이어 나와서 짖으면서 그 그림자를 쫓아간다. 그 개소리는 처량한 바람 소리 속에 싸여 흘러서 건너편 산을 즈르렁즈르렁 울렸다.

"광! 꽝꽝."

인가의 집에서는 개 짖음에 홍우재(마적)나 돌아오는가 믿었던지 헛총질을 너댓 방이나 하였다. 그 소리도 산천을 울렸다. 그 바람에 슬근슬근 가던 그림자는 휙 돌아서서 손에 들었던 보자기를 개 앞에 던졌다. 보자기는 터지면서 둥글둥글한 것이 우루루 쏟아졌다. 짖으면서 달려오던 개들은 짖기를 그치고 거기 모여들어서 서로 물고 뜯고 빼앗아 먹는다. 그러는 사이에 그림자는 인가의 울타리 뒤에 산같이 쌓아 놓은 보릿짚더미에 가서 성냥을 쭉 긋더니 뒷산으로 올리닫는다.

처음에는 바람 속에서 판득판득하던 불이 삽시간에 그 산 같은 보릿짚더미에 붙었다.

"훠쓰(불이야)!"

하고 고함과 함께 사람의 소리는 요란하였다. 모진 바람에 하늘하늘 일어서는 불길은 어느새 보릿짚더미를 살라 버리고 울타리를 살라 버리고 울타리 안에 있는 집에 옮았다.

"푸우 우루루루 쏴아……."

동풍이 몹시 일면은 불기둥은 서편으로 서풍이 몹시 부는대면 불기둥은 동으로 쏠려서 모진 소리를 치고 검은 연기를 뿜다가도 동서풍이 어울치면 축늉의 붉은 혓발은 하늘하늘 염염이 타올라서 차디찬 별—억만 년 변함이 없을 듯하던 별까지 녹아내릴 것같이 검은 연기는 하늘을 덮고 붉은 빛은 깜깜하던 골짜기에 차 흘러서 어둠을 기회로 모아들었던 온갖 요귀妖鬼를 몰아내는 것 같다. 불을 질러 놓고 뒷 숲속에 앉아서 내려다보는 그 그림자…… 딸과 아내를 잃은 문 서방은,

"하하하……."

시원스럽게 웃고 가슴을 만지면서 한 손으로 꽁무니에 찼던 도끼를 만져 보았다.

일 동리 사람들과 인가의 집 일꾼들은 불붙는 데 모여들었으나 모두 어쩔 줄을 모르고 떠들고 덤비면서 달려가고 달려올 뿐이었다.

그러는 사이에 울타리는 물론 울타리 속에 엉큼히 서 있던 큰 집 두 채도 반이나 타서 쓰러졌다.

이런 불 속으로부터 여러 사람이 오고 가는 밭 가운데로 뛰어나가는 두 그림자가 있었다. 하나는 커단 장정이요, 하나는 작은 여자이다. 뒷간 숲에서 이것을 본 문 서방은 그 두 그림자를 향하여 내리뛰었다. 그는 천방지방 내리뛰었다. 독살이 잔득 올라서 불빛에 번쩍이는 그의 눈에는 이 두 그림자밖에는 아무것도 보이지 않았다.

"으윽 끅."

문 서방이 여러 사람을 헤치고 두 그림자 앞에 가 섰을 때 앞에 섰던 장정의 그림자는 땅에 거꾸러졌다. 그때는 벌써 문 서방의 손에 쥐었던 도끼가 장정 인가의 머리에 박혔다. 도끼를 놓은 문 서방의 품에는 어린 여자의 그림자가 안겼다. 용례가…….

그 바람에 모여 섰던 사람들은 혹은 허둥지둥 뛰어 버리고 혹은 뒤로 자빠져서 부르르 떨었다. 용례도 거꾸러지는 것을 안았다.

"용례야! 놀라지 마라! 나다! 아버지다! 용례야!"

문 서방은 딸을 품에 안으니 이때까지 악만 찼던 가슴이 스르르 풀리면서 독살이 올랐던 눈에서 뜨거운 눈물이 떨어졌다. 이렇게 슬픈 중에도 그의 마음은 기쁘고 시원하였다. 하늘과 땅을 주어도 그 기쁨을 바꿀 것 같지 않았다.

그 기쁨! 그 기쁨은 딸을 안은 기쁨만이 아니었다. 적다고 믿었던 자기의 힘이 철통같은 성벽을 무너뜨리고 자기의 요구를 채울 때 사람은 무한한 기쁨과 충동을 받는다.

불길은—그 붉은 불길은 의연히 모든 것을 태워 버릴 것처럼 하늘하늘 올랐다.

줄거리

서간도 한 귀퉁이에 있는 가난한 촌락 바이허白河. 문 서방은 중국인 인가殷哥가 사는 달리소로 향한다. 죽어 가는 아내가 인가에게 빼앗긴 딸 '용례'를 데려다 달라고 애원했기 때문이다.

문 서방은 경기도 어느 지역의 소작인이었다. 10여 년 소작인 생활에 지친 그는 아내, 딸과 함께 서간도 바이허로 이주해 왔다. 그러나 여기서의 생활도 나아진 것이 없었다. 중국인 지주 인가의 소작인이 된 것이다. 게다가 흉년까지 겹쳐 인가에게 소작료를 내지 못하게 되자, 지독한 인가는 그 빌미로 딸 '용례'를 끌고 가 버렸다. 빚을 갚지 못해 외동딸을 빼앗긴 문 서방 내외는 절망에 빠졌고, 화병으로 몸져누운 아내는 죽기 전에 용례를 한 번이라도 만나보기를 원했다.

한겨울, 죽어가는 아내의 소원을 들어주고자 문 서방은 지금 인가의 집을 찾아가는 길이다. 그러나 인가는 용례를 보여 주지도 않았고, 돈 몇 푼을 쥐어주며 야박하게 내쫓았다. 결국 아내는 문 서방과 마을 사람 몇 명이 지켜보는 가운데 용례를 부르다가 피를 토하며 죽었다.

아내가 죽은 이튿날 밤, 세찬 바람과 추위도 아랑곳하지 않고, 인가의 집 근처에 문 서방이 나타난다. 그는 달려드는 개들을 먹이로 달래 놓고 인가의 집 뒤에 쌓아 놓은 보릿짚 더미에 불을 지른다. 치솟아 오르는 '홍염'을 바라보며 문 서방은 쾌감을 느낀다. 그리고 이어 불붙은 집에서 뛰쳐나온 인가를 도끼로 찍어 죽이고, 딸을 품에 안는다.

감상 포인트

프로 문학의 성격을 잘 드러내고 있는, 최서해의 대표적 작품이다. 간도에서의 조선인 소작인과 중국인 지주 사이의 갈등이 주요 내용으로, 계급의식에 입각한 인물 설정, 지주에 대한 소작인의 계급적 투쟁, 그리고 방화와 살인에 의한 결말 처리 등 프로 문학적 창작 기법을 충실히 따르고 있다. 즉, '빈곤 → 빚의 대가로 딸을 빼앗김 → 그로 인한 아내의 죽음 → 반항적 폭력으로서의 방화와 살인의 선택'이 그것이다.

'작다고 믿었던 자기의 힘이 철통같은 성벽을 무너뜨리고, 자기의 요구를 채울 때 사람은 무한한 기쁨과 충동을 받는다.'라는 이 작품의 결론 부분은 사건 이후의 어떠한 희망도 제시하지 않고 있다. 이는 근대소설의 한 특징이며, 최서해 문학의 특징이기도 하다. 신경향파 소설의 전형적인 결말 형태인 살인과 방화로 사건의 갈등을 해결하고 있는 것이다.

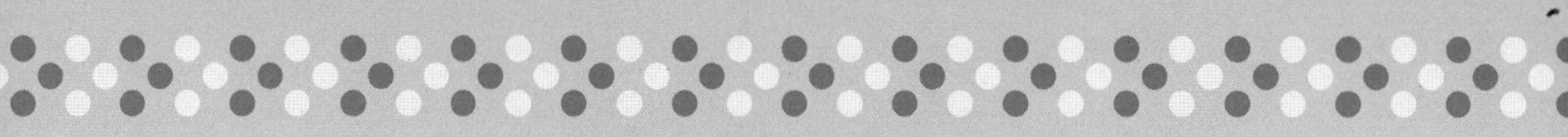

물론 살인과 방화라는 대응방식은 극적이긴 하지만, 현실의 구조적 모순을 극복하는 바람직한 대안이 아닌 자포자기 상태에서의 충동적 행위에 가깝다고 할 수 있다. 이것이 바로 신경향파 문학이 지닌 한계이기도 하다.

등장인물

- **문 서방 :** 경기도에서 소작인 생활을 하다가 아내, 딸과 함께 간도로 이주해 온 조선인 소작인이다. 빚을 갚지 못해 중국인 지주 인가에게 딸을 빼앗기고 아내까지 죽고 마는 불행한 인간으로, 아내가 죽자 인가의 집에 불을 지른 뒤 인가를 살해한다.
- **문서방의 아내 :** 용례를 인가에게 빼앗긴 뒤 화병으로 죽고 만다.
- **인가 :** 빚 대신 문 서방의 딸 용례를 자기 집으로 끌고 가서 아내로 삼은 악독하고 탐욕스러운 중국인 지주이다. 결국 문 서방에게 죽임을 당한다.

제목 '홍염'의 의미

홍염紅焰은 '붉은 불꽃'이라는 뜻이다. 이 작품에서는 표면적으로 문 서방이 중국인 인가의 집에 놓은 불을 지칭하지만, 내면적으로는 악독한 지주의 착취와 억압으로 비참한 삶을 영위해야 했던 민중의 가슴속 분노와 저항을 상징한다.

문 서방은 가난하다는 이유로 온갖 수탈과 멸시를 당하면서도 인내하며 살아왔다. 그런데 그 가난 때문에 외동딸까지 빼앗기는 처참한 상황에 이르고, 그로 인해 아내까지 죽게 되자 내면의 각성을 하게 된다. 이는 사회적 자아의 발견이며, 적극적 항거의 태도이기도 하다. 홧김에 불을 지르는 낭만적 대응이 아니라, 끓어오르는 분노와 누적된 울분이 폭발해 '불꽃 홍염'으로 상징화한 것이다.

신경향파 문학의 특징

① 소재를 궁핍한 데서 찾는다.
② 지주 대 소작인, 또는 공장주 대 노동자의 대립을 중심 플롯으로 한다.
③ 결말이 살인과 방화로 끝난다.

《홍염》은 신경향파 문학의 특징이 집약된 작품으로, '빈곤 → 빚의 대가로 딸을 빼앗김 → 그로 인한 아내의 죽음 → 반항적 폭력으로서의 방화와 살인의 선택'이라는 도식이 그대로 반영되어 있다.

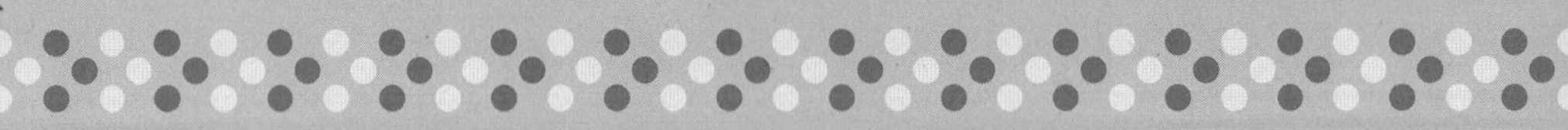

최서해는 극심한 빈곤과 기아가 인간의 감정 및 행동에 어떤 영향을 미치는지를 작품 속에서 구체적으로 제시하고 있다. 그의 소설에 자주 등장하는 눈물과 울음, 증오와 폭력, 방화와 살인 등은 모두 빈곤과 기아에서 비롯되는 반응들이다. 이런 경향이 그를 '경향 작가'로 각광받게 했다.

핵심정리

- **갈래** : 단편 소설, 신경향파 소설, 빈궁 소설
- **배경** : 1920년대, 서간도 바이허白河의 조선인 이주민 마을
- **경향** : 신경향파 문학
- **시점** : 전지적 작가 시점
- **문체** : 속도감과 강렬한 인상을 주는 간결체
- **주제** : 서간도 조선 이주민의 비참한 생활과 악독한 지주에 대한 소작인의 저항

하근찬

1931~2007년

가난한 농촌을 무대로 서민의 애환과 민족적 비극을 그려내면서도 해학미를 잃지 않은 작품을 많이 썼다.

1948년 전주사범학교를 중퇴한 뒤 몇 년간 교사 생활을 했고, 군복무를 마친 뒤 교육자료사, 대한교육연합회 등에서 일했다. 1957년, 일제강점기의 세계대전과 6·25전쟁이라는 양대 전란을 바탕으로 민족적 수난을 집약한 단편 소설 《수난 이대受難二代》가 〈한국일보〉에 당선되어 등단했다.

그가 그리는 농촌은 사회적 변화에서 유리된 공간이 아닌, 역사적 수난과 고통을 가장 절실하게 축적해 온 삶의 현장이다. 그의 작품들은 대부분 농촌의 삶과 현실이 역사적 상황 의식에 대응해 문제성을 드러내고 있으며, 대표적인 작품이 《수난 이대》이다.

대한민국문학상 등을 수상한 그의 주요 작품으로는 《낙뢰落雷》, 《산중고발山中告發》, 《나룻배 이야기》, 《붉은 언덕》, 《삼각의 집》, 《흰 종이수염》, 《화가 남궁씨의 수염》, 《은장도 이야기》 등이 있다.

1
수난 이대

진수가 돌아온다. 진수가 살아서 돌아온다. 아무개는 전사했다는 통지가 왔고, 아무개는 죽었는지 살았는지 통 소식이 없는데, 우리 진수는 살아서 오늘 돌아오는 것이다. 생각할수록 어깻바람이 날 일이다. 그래 그런지 몰라도 박만도는 여느 때 같으면 아무래도 한두 군데 앉아 쉬어야 넘어설 수 있는 용머리재를 단숨에 올라채고 만 것이다. 가슴이 펄럭거리고 허벅지가 뻐근했다. 그러나 그는 고갯마루에서도 쉴 생각을 하지 않았다. 들 건너 멀리 바라보이는 정거장에서 연기가 물씬물씬 피어오르며 삐익 기적 소리가 들려왔기 때문이다. 아들이 타고 내려올 기차는 점심때가 가까워 도착한다는 것을 모르는 바 아니다. 해가 이제 겨우 산등성이 위로 한 뼘 가량 떠올랐으니, 오정이 되려면 아직 차례 멀은 것이다. 그러나 그는 공연히 마음 바빴다. 까짓것, 잠시 앉아 쉬면 뭐할 기고.

손가락으로 한쪽 콧구멍을 누르면서 팽! 마른 코를 풀어 던졌다. 그리고 휘청휘청 고갯길을 내려가는 것이다.

내리막은 오르막에 비하면 아무것도 아니었다. 대고 팔을 흔들라치면 절로 굴러 내려가는 것이다. 만도는 오른쪽 팔만을 앞뒤로 흔들고 있었다. 왼쪽 팔은 조끼 주머니에 아무렇게나 쑤셔 넣고 있는 것이다. 삼대독자가 죽다니 말이 되나. 살아서 돌아와야 일이 옳고 말고. 그런데 병원에서 나온다 하니 어디를 좀 다치기는 다친 모양이지만, 설마 나같이 이렇게사 되지 않았겠지. 만도는 왼쪽 조끼 주머니에 꽂힌 소맷자락을 내려다보았다. 그 소맷자락 속에는 아무것도 든 것이 없었다. 그저 소맷자락만이 어깨 밑으로 덜렁 처져 있는 것이다. 그래서 노상 그쪽은 조끼 주머니 속에 꽂혀 있는 것이다. 볼기짝이나 장딴지 같은 데를 총알이 약간 스쳐 갔을 따름이겠지. 나처럼 팔뚝 하나가 몽땅 달아날 지경이었다면 그 엄살스런 놈이 견뎌 냈을 턱이 없고 말고, 슬며시 걱정이 되기도 하는 듯 그는 속으로 이런 소리를 주워섬겼다.

내리막길은 빨랐다. 벌써 고갯마루가 저만큼 높이 쳐다보이는 것이다. 산모퉁이를 돌아서면 이제 들판이다. 내리막길을 쏘아 내려온 기운 그대로, 만도는 들길을 잰걸음 쳐 나가다가 개천 둑에 이르러서야 걸음을 멈추었다. 외나무다리가 놓여 있는 조그마한 시냇물이었다. 한여름 장마철에는 잠길 듯 말 듯한 물인 것이다. 가을이 깊어지면서부터 물은 밑바닥이 환히 들여다보일 만큼 맑아져 갔다. 소리도 없이 미끄러져 내려가는 물을 가만히 내려다보고 있으면 절로 이촉이 시려온다.

만도는 물기슭에 내려가서 쭈그리고 앉아 한 손으로 고의춤을 뜯어 헤쳤다. 오줌을 찌익 갈기는 것이다. 거울 면처럼 맑은 물위에 오줌이 가서 부글부글 끓어오르며 뿌우연 거품을 이루니 여기저기서 물기기 떼가 모여든다. 제법 엄지손가락 만씩한 피리[피라미]도 여러 마리다. 한 바가지 잡아서 회쳐 놓고 한잔 쭈욱 들이켰으면……. 군침이 목구멍에서 꿀꺽했다. 고기 떼를 향해서 마른 코를 팽팽 풀어 던지고, 그는 외나무다리를 조심히 디뎠다.

길이가 얼마 되지 않는 다리었으나 아래로 몸을 내려다보면 제법 아찔했다. 그는 이 외나무다리를 퍽 조심한다.

언젠가 한 번, 읍에서 술이 꽤 되어 가지고 흥청거리며 돌아오다가, 물에 굴러 떨어진 일이 있었던 것이다. 지나치는 사람이 없었기에 망정이지, 누가 보았더라면 큰 웃음거리가 될 뻔했었다. 발목 하나를 약간 접쳤을 뿐, 크게 다친 데는 없었다. 이른 가을철이었기 때문에 옷을 벗어 둑에 널어놓고 말릴 수는 있었으나 여간 창피스러운 것이 아니었다. 옷이 말짱 젖었다거나 옷이 마를 때까지 발가벗고 기다려야 한다거나 해서가 아니었다. 팔뚝 하나가 몽땅 잘라져 나간 흉측한 몸뚱이를 하늘 앞에 드러내 놓고 있어야 했기 때문이었다. 지나치는 사람이 있을라치면, 하는 수없이 물속으로 뛰어 들어가서 얼굴만 내놓고 앉아 있었다. 물이 선뜩해서 아래턱이 덜덜거렸으나, 오그라 붙는 사타구니를 한 손으로 꽉 움켜쥐고 버티는 수밖에 없었다.

"흐흐흐……."

그대 일을 생각하면 지금도 곧 웃음이 터져 나오는 것이다. 하늘로 쳐들린 콧구멍을 연방 벌름거렸다.

개천을 건너서 논두렁길을 한참 부지런히 걸어가노라면 읍으로 들어가는 한길이 나선다. 도로변에 먼지를 부옇게 덮어 쓰고 도사리고 앉아 있는 초가집은 주막이다. 만도가 읍네 나올 때마다 한 번씩 들르곤 하는 단골집인 것이다. 이 집 눈썹이 짙은 여편네와는 예사로 농을 주고받는 사이다.

술방 문턱을 들어서며 만도가,

"서방님 들어가신다."

하면, 여편네는,

"아이 문둥아 어서 오느라."

하는 것이 인사처럼 되어 있었다. 만도는 여간 언짢은 일이 있어도 이 여편네의 궁둥이 곁에 가서 앉으면 속이 절로 쑥 내려가는 것이었다.

주막 앞을 지나치면서 만도는 술방 문을 열어 볼까 했으나, 방문 앞에 신이 여러 켤레 널려 있고, 방 안에서 웃음소리가 요란하기 때문에 돌아오는 길에 들르기로 했다. 신작로에 나서면 금시 읍이었다. 만도는 읍들머리에서 잠시 망설이다가, 정거장 쪽과는 반대되는 방향으로 걸음을 옮겼다. 장거리를 찾아가는 것이었다.

진수가 돌아오는데 고등어나 한손 사가지고 가야 될 거 아닌가, 싶어서였다. 장날은 아니었으나, 고깃전에는 없는 고기가 없었다. 이것을 살까 하면 저것이 좋아 보이고 그것을 사러 가면 또 그 옆의 것이 먹음직해 보이고 그것을 사러 가면 또 그 옆의 것이 먹음직해 보였다. 한참 이리저리 서성거리다가 결국은 고등어 한 손이었다. 그것을 달랑달랑 들고 정거장을 향해 가는데, 겨드랑 밑이 간질간질해 왔다. 그러나 한쪽밖에 없는 손에 고등어를 들었으니 참 딱했다. 어깻죽지를 연방 위아래로 움직거리는 수밖에 없었다. 정거장 대합실에 들어선 만도는 먼저 벽에 걸린 시계부터 바라보았다. 두시 이십분이었다. 벌써 두시 이십분이니 내가 잘못 보나? 아무리 두 눈을 씻고 보아도 시계는 틀림없는 두시 이십분이었다. 한쪽 걸상에 가서 궁둥이를 붙이면서도 곧장 미심쩍어 했다. 두시 이십분이라니, 그럼 벌써 점심때가 겨웠단 말인가? 말도 아닌 것이다. 자세히 보니 시계는 유리가 깨어졌고 먼지가 꺼멓게 앉아 있었다. 그러면 그렇지. 엉터리였다.

벌써 그렇게 되었을 리가 없는 것이다.

"여보이소 지금 몇 싱교?"

맞은편에 앉은 양복장이한테 물어보았다.

"열시 사십분이오."

"예. 그렇교."

만도는 고개를 굽실하고는 두 눈을 연방 껌벅거렸다. 열시 사십분이라, 보자 그럼 아직도 한 시간이나 넘어 남았구나. 그는 안심이 되는 듯 후유 숨을 내쉬었다. 궐련을 한 개물고 불을 댕겼다. 정거장 대합실에 와서 이렇게 도사리고 앉아 있노라면, 만도는 곧잘 생각나는 일이 한 가지 있었다. 그 일이 머리에 떠오르면 등골을 찬 기운이 좍 스쳐 내려가는 것이었다. 손가락이 시퍼렇게 굳어진 이끼 낀 나무토막 같은 팔뚝이 지금도 저만큼 눈앞에 보이는 듯했다.

바로 이 정거장 마당에 백 명 남짓한 사람들이 모여 웅성거리고 있었다. 그중에는 만도도 섞여 있었다. 기차를 기다리고 있는 것이었으나, 그들은 모두 자기네들이 어디로 가는 것인지 알지를 못했다. 그저 차를 타라면 탈 사람들이었다. 그러니까, 지금으로부터 십이삼 년 옛날의 이야기인 것이다.

북해도 탄광으로 갈 것이라는 사람도 있었고 틀림없이 남양 군도로 간다는 사람도 있었다. 더러는 만주로 가면 좋겠다고 하기도 했다. 만도는 북해도가 아니면 남양 군도일 것이고, 거기도 아니면 만주겠지, 설마 저희들이 하늘 밖으로사 끌고 가겠느냐고 아무렇지도 않은 듯이 그 들창코로 담배 연기를 푹푹 내뿜고 있었다. 그러나 마음이 좀 덜 좋은 것은 마누라가 저쪽 변소 모퉁이 벚나무 밑에 우두커니 서서 한눈도 안 팔고 이쪽만을 바라보고 있는 때문이었다. 그래서 그는 주머니 속에 성냥을 두고도 옆 사람에게 불을 빌리자고 하며 슬며시 돌아서 버리곤 했다. 플랫폼으로 나가면서 뒤를 돌아보니 마누라는 울 밖에 서서 수건으로 코를 눌러대고 있는 것이었다. 만도는 코허리가 찡했다. 기차가 꽥꽥 소리를 지르면서 덜커덩! 하고 움직이기 시작했을 때는 정말 덜 좋았다. 눈앞이 뿌우옇게 흐려지는 것을 어쩌지 못했다. 그러나 정거장이 까맣게 멀어져 가고 차창 밖으로 새로운 풍경이 휙휙 날라들자, 그만 아무렇지도 않아지는 것이었다. 오히려 기분이 유쾌해지는 것 같기도 했다.

바라들 본 것도 처음이고, 그처럼 큰 배에 몸을 실어 본 것은 더구나 처음이었다. 배 밑창에 엎드려서 꽥꽥 게워 내는 사람들이 많았으나, 만도는 그저 골이 좀 띵했을 뿐 아무렇지도 않았다. 더러는 하루에 두 개씩 주는 뭉치 밥을 남기기도 했으나, 그는 한꺼번에 하루 것을 뚝딱해도 시원찮았다. 모두 내릴 준비를 하라는 명령이 떨어진 것은 사흘째 되는 날 황혼 때였다. 제가끔 봇짐을 챙기기에 바빴다. 만도도 호박덩이만한 보따리를 옆구리에 덜렁 찼다. 갑판 위에 올라가 보니 하늘은 활활 타오르고 있고, 바닷물은 불에 녹은 쇠처럼 벌겋게 출렁거리고 있었다. 지금 막 태양이 물위로 뚝딱 떨어져 가는 것이었다. 햇덩어리가 어쩌면 그렇게 크고 붉은지 정말 처음이었다. 그리고 바다 위에 주황빛으로 번쩍거리는 커다란 산이 둥둥 떠 있는 것이었다. 무시무시하도록 황홀한 광경에 모두들 딱 벌어진 입을 다물 줄 몰랐다. 만도는 어깨마루를 번쩍 들어 올리면서, 히야 고함을 질러댔다. 그러나 섬에서 그들을 기다리고 있는 것은 숨 막히는 더위와 강제 노동과 그리고, 잠자리만씩이나 한 모기떼……. 그런 것뿐이었다.

섬에다가 비행장을 닦는 것이었다. 모기에게 물려 혹이 된 자리를 벅벅 긁으며, 비 오듯 쏟아지는 땀을 무릅쓰고, 아침부터 해가 떨어질 때까지 산을 허물어 내고, 흙을 나르고 하기란, 고향에서 농사일에 뼈가 굳어진 몸에도 이만저만 고역이 아니었다. 물도 입에 맞지 않았고, 음식도 이내 변하곤 해서 도저히 견디어 낼 것 같지가 않았다. 게다가 병까지 돌았다. 일을 하다가도 벌떡 자빠지기가 예사였다. 그러나 만도는 아침저녁으로 약간씩 설사를 했을 뿐, 넘어지지는 않았다. 물도 차차 입에 맞아갔고, 고된 일도 날이 감에 따라 몸에 배어드는 것이었다. 밤에 날개를 차며 몰려드는 모기떼만 아니면 그냥저냥 배겨 내겠는데, 정말 그놈의 모기들만은 질색이었다.

사람의 일이란 무서운 것이었다. 그처럼 험난하던 산과 산 틈바구니에 비행장을 다듬어 내고야 말았던 것이다. 허나 일은 그것으로는 끝나는 것이 아니고, 오히려 더 벅찬 일이 닥치는 것이었다. 연합군의 비행기가 날아들면서부터 일은 밤중까지 계속되었다. 산허리에 굴을 파들어 가는 것이었다. 비행기를 집어넣을 굴이었다. 그리고 모든 시설을 다 굴속으로 옮겨야 하는 것이었다.

여기저기 다이너마이트 튀는 소리가 산을 흔들어댔다. 앵앵앵 하고 공습경보가 나면 일을 하던 손을 놓고 모두가 굴 바닥에 납작납작 엎으려 있어야 했다. 비행기가 돌아갈 때까지 그러고 있는 것이었다, 어떤 때는 근 한 시간 가까이나 엎드려 있어야 하는 때도 있었는데 차라리 그것이 얼마나 편하지 몰랐다. 그래서 더러는 공습이 있기를 은근히 기다리기도 했다. 때로는 공습경보의 사이렌을 듣지 못하고 그냥 일을 계속하는 수도 있었다.

그럴 때는 모두 큰 손해를 보았다고 야단들이었다. 어떻게 된 셈인지 사이렌이 미처 불기 전에 비행기가 산등성이를 넘어 달려드는 수도 있었다. 그럴 때는 정말 질겁을 하는 것이었다. 가장 많은 손해를 입는 것도 그런 경우였다. 만도가 한쪽 팔뚝을 잃어버린 것도 바로 그런 때의 일이었다.

여느 날과 다름없이 굴속에서 바위를 허물어 내고 있었다. 바위 틈서리에 구멍을 뚫어서 다이너마이트를 장치하는 것이었다. 장치가 다 되면 모두 바깥으로 나가고, 한 사람만 남아서 불을 댕기는 것이다. 그리고 그것이 터지기 전에 얼른 밖으로 뛰어나와야 되었다. 만도가 불을 댕기는 차례였다. 모두 바깥으로 나가 버린 다음 그는 성냥을 꺼냈다. 그런데 웬 영문인지 기분이 께름칙했다. 모기에게 물린 자리가 자꾸 쑥쑥 쑤시는 것이다. 걱즉걱즉 긁어댔으나 도무지 시원한 맛이 없었다. 그는 이맛살을 찌푸리면서 성냥을 득 그었다. 그래 그런지 몰라도, 불은 이내 픽 하고 꺼져 버렸다. 성냥 알맹이 네 개째에서 겨우 심지에 불이 당겨졌다. 심지에 불이 붙는 것을 보자 그는 얼른 몸을 굴 밖으로 날렸다. 바깥으로 막 나서려는 때였다. 산이 무너지는 소리와 함께 사나운 바람이 귓전을 후려갈기는 것이었다. 만도는 정신이 아질했다. 공습이었던 것이다. 산등성이를 넘어 달려든 비행기가 머리 위로 아슬아슬하게 지나가는 것이었다. 미처 정신을 차리기도 전에 또 한 대가 뒤따라 날라드는 것이 아닌가. 만도는 그만 넋을 잃고 굴 안으로 도로 달려들었다. 달려 들어가서 굴 바닥에 아무렇게나 팍 엎드러져 버리고 말았다. 그 순간이었다. 꽝! 굴 안이 미어지는 듯하면서 다이너마이트가 터졌다. 만도의 두 눈에서 불이 번쩍 났다.

만도가 어렴풋이 눈을 떠 보니, 바로 거기 눈앞에 누구의 것인지 모를 팔뚝이 하나 놓여있었다. 손가락이 시퍼렇게 굳어져서, 마치 이끼 낀 나무토막처럼 보이는 것이었다. 만도는 그것이 자기의 어깨에 붙어 있던 것인 줄을 알자, 그만 으아! 하고 정신을 잃어버렸다. 재차 눈을 떴을 때는 그는 푹삭한 담요 속에 누워 있었고, 한쪽 어깻죽지가 못 견디게 쿡쿡 쑤셔댔다. 절단수술切斷手術은 이미 끝난 뒤였다.

꽤액…… 기차 소리였다. 멀리 산모퉁이를 돌아오는가 보았다. 만도는 앉았던 자리를 털고 벌떡 일어서며, 옆에 놓아두었던 고등어를 집어 들었다. 기적 소리가 가까워질수록 그의 가슴은 울렁거렸다. 대합실 밖으로 뛰어나가 홈이 잘 보이는 울타리 쪽으로 가서 발돋움을 하였다. 째랑째랑 하고 종이 울자, 한참 만에 차는 소리를 지르면서 달려들었다. 기관차의 옆구리에서는 김이 픽픽 풍겨 나왔다. 만도의 얼굴은 바짝 긴장되었다. 시꺼먼 열차 속에서 꾸역꾸역 사람들이 밀려 나왔다. 꽤 많은 손님이 쏟아져 내리는 것이었다. 만도의 두 눈은 곧장 이리저리 굴렀다. 그러나 아들의 모습은 쉽사리 눈에 띄지 않았다. 저쪽 출찰구로 밀려가는 사람의 물결 속에, 두 개의 지팡이를 의지하고 절룩거리며 걸어 나가는 상이군인이 있었으나, 만도는 그 사람에게 주의를 기울이지는 않았다. 기차에서 내릴 사람은 모두 내렸는가 보다. 이제 미처 차에 오르지 못한 사람들이 플랫폼을 이리저리 서성거리고 있을 뿐인 것이다. 그 놈이 거짓으로 편지를 띄웠을 리는 없을 건데……. 만도는 자꾸 가슴이 떨렸다. 이상한 일이다, 하고 있을 때였다. 분명히 뒤에서.

"아부지!"

부르는 소리가 들렸다. 만도는 깜짝 놀라며, 얼른 뒤를 돌아보았다. 그 순간, 만도의 두 눈은 무섭도록 크게 떠지고 입은 딱 벌어졌다. 틀림없는 아들이었으나, 옛날과 같은 진수는 아니었다. 양쪽 겨드랑이에 지팡이를 끼고 서 있는데, 스쳐가는 바람결에 한쪽 바짓가랑이가 펄럭거리는 것이 아닌가. 만도는 눈앞이 노오래지는 것을 어쩌지 못했다. 한참동안 그저 멍멍하기만 하다가, 코허리가 찡해지면서 두 눈에 뜨거운 것이 핑 도는 것이었다.

"에라이 이놈아!"

만도의 입술에서 모지게 뛰어나온 첫마디였다. 떨리는 목소리였다. 고등어를 든 손이 불끈 주먹을 쥐고 있었다.

“이기 무슨 꼴이고, 이기.”

“아부지!”

“이놈아, 이놈아…….”

만도의 들창코가 크게 벌름거리다가 훌쩍 물코를 들이마셨다. 진수의 두 눈에서는 어느 결에 눈물이 꾀죄죄하게 흘러내리고 있었다. 만도는 모든 게 진수의 잘못이기나 한 듯 험한 얼굴로,

“가자, 어서.”

무뚝뚝한 한 마디를 내던지고는 성큼성큼 앞장을 서 가는 것이었다. 진수는 입술에 내려와 묻는 짭짤한 것을 혀끝으로 날름 핥아 버리면서, 절름절름 아버지의 뒤를 따랐다. 앞장 서 가는 만도는 뒤따라오는 진수를 한 번도 돌아보지 않았다. 한눈을 파는 법도 없었다. 무겁디무거운 짐을 진 사람처럼 땅바닥만을 내려다보며, 이따금 끙끙거리면서 부지런히 걸어만 가는 것이다. 지팡이에 몸을 의지하고 걷는 진수가 성한 사람의, 게다가 부지런히 걷는 걸음을 당해 낼 수는 도저히 없었다. 한 걸음 두 걸음씩 뒤지기 시작한 것이, 그만 작은 소리로 불러서는 들리지 않을 만큼 떨어져 버리고 말았다. 진수는 목구멍을 왈칵 넘어오려는 뜨거운 기운을 꾹 참노라고 어금니를 야물게 깨물어 보기도 하였다. 그리고 두 개의 지팡이와 한 개의 다리를 열심히 움직여대는 것이었다. 앞서 간 만도는 주막집 앞에 이르자, 비로소 한 번 뒤를 돌아보았다. 진수는 오다가 나무 밑에 서서 오줌을 누고 있었다. 지팡이는 땅바닥에 던져 놓고, 한쪽 손으로는 볼일을 보고, 한쪽 손으로는 나무 둥치를 감싸 안고 있는 모양이 을씨년스럽기 이를 데 없는 꼬락서니였다. 만도는 눈살을 찌푸리며, 으음! 하고 신음소리 비슷한 무거운 소리를 내었다. 그리고 술방 앞으로 가서 방문을 왈칵 잡아당겼다.

기역자판 안에 도사리고 앉아서 속옷을 뒤집어 까고 이를 잡고 있던 여편네가 킥하고 웃으며 후닥닥 옷섶을 여몄다. 그러나 만도는 웃지를 않았다. 아마 이처럼 뚝뚝한 얼굴을 하고 이 술방에 들어서기란 처음일 것이다. 여편네가 멋도 모르고,

"오늘은 서방님 아닌가배."

하고 킬킬 웃었으나, 만도는 으음! 또 무거운 신음소리를 했을 뿐 도시 기분을 내지 않았다. 기역자판 앞에 가서 쭈그리고 앉기가 빠쁘게,

"빨리 빨리."

재촉을 하였다.

"핫다나, 어지간히도 바쁜가배."

"빨리 꼬빼기로 한 사발 달라니까구마."

"오늘은 와 이카노?"

여편네가 쳐주는 술사발을 받아 들며, 만도는 휴우…… 하고 숨을 크게 내쉬었다. 그리고 입을 얼른 사발로 가져갔다. 꿀꿀꿀, 잘도 넘어가는 것이다. 그 큰 사발을 단품에 말려 버리고는, 도로 여편네 눈앞으로 불숙 내밀었다. 그렇게 거들빼기로 석 잔을 해치우고사 으으윽! 하고 게트림을 하였다. 여편네가 눈을 휘둥그레 가지고 혀를 내둘렀다. 빈속에 술을 그처럼 때려 마시고 보니, 금세 눈두덩이 확확 달아오르고, 귀부리가 발갛게 익어 갔다. 술기가 얼큰하게 돌자, 이제 좀 속이 풀리는 성싶어 방문을 열고 바깥을 내다보았다. 진수는 이마에 땀을 척척 흘리면서 다 와 가고 있었다.

"진수야!"

버럭 소리를 질렀다.

"이리 들어와 보래."

"……."

진수는 아무런 대꾸도 없이 어기적어기적 다가왔다. 다가와서 방문턱에 걸터앉

으니까, 여편네가 보고,

"방으로 좀 들어오이소."

하였다.

"여기 좋심더."

그는 수세미 같은 손수건으로 이마와 코언저리를 싹싹 닦아냈다.

"마 아무데서나 묵어라. 저…… 국수 한 그릇 말아 주소."

"야."

"꼬빼기로 잘 좀……. 참기름도 치소, 알았능교?"

"야아."

여편네는 코로 히죽 웃으면서 만도의 옆구리를 살짝 꼬집고는, 소쿠리에서 삶은 국수 두 뭉텅이를 집어 들었다.

진수가 국수를 훌훌 끌어 넣고 있을 때, 여편네는 만도의 귓전으로 얼굴을 갖다 댔다.

"아들이가?"

만도는 고개를 약간 앞뒤로 끄덕거렸을 뿐, 좋은 기색을 하지 않았다. 진수가 국물을 훌쩍 들이마시고 나자 만도는,

"한 그릇 더 묵을래?"

하였다.

"아니예."

"한 긋 더 묵지 와."

"고만 묵을랍니더."

진수는 입술을 싹 닦으며 푸시시 자리에서 일어났다.

주막을 나선 그들 부자는 논두렁길로 접어들었다. 아까와 같이 만도가 앞장을 서는 것이 아니라, 이번에는 진수를 앞세웠다. 지팡이를 짚고 찌긋둥찌긋동 앞서

가는 아들의 뒷모습을 바라보며, 팔뚝이 하나밖에 없는 아버지가 느릿느릿 따라가는 것이다. 손에 매달린 고등어가 대구 달랑달랑 춤을 추었다. 너무 급하게 들이마셔서 그런지, 만도의 뱃속에서는 우글우글 술이 끓고, 다리가 휘청거렸다. 콧구멍으로 더운 숨을 훅훅 내불어 보니 정신이 아른해서 역시 좋았다.

"진수야!"

"예."

"니 우째다가 그래 됐노?"

"전쟁하다가 이래 안 됐심니꼬. 수류탄 쪼가리에 맞았심더."

"수류탄 쪼가리에?"

"예."

"음."

"얼른 낫지 않고 막 썩어 들어가기 땜에 군의관이 짤라 버립디더. 병원에서예. 아부지!"

"와?"

"이래 가지고 우째 살까 싶습니더."

"우째 살긴 뭘 우째 살아? 목숨만 붙어 있으면 다 사는 기다. 그런 소리 하지 말아."

"……."

"나 봐라. 팔뚝이 하나 없어도 잘만 안 사나. 남 봄에 좀 덜 좋아서 그렇지. 살기사 왜 못 살아."

"차라리 아부지같이 팔이 아나 없는 편이 낫겠어예. 다리가 없어 놓니, 첫째 걸어댕기기에 불편해서 똑 죽겠심더."

"야야. 안 그렇다. 걸어댕기기만 하면 뭐 하노, 손을 지대로 놀려야 일이 뜻대로 되지."

"그러까예?"

"그렇다니, 그러니까 집에 앉아서 할 일은 니가 하고, 나댕기메 할 일은 내가 하고, 그라면 안 대겠나, 그제?"

"예."

진수는 아버지를 돌아보며 대답했다. 만도는 돌아보는 아들의 얼굴을 향해 지긋이 웃어 주었다. 술을 마시고 나면 이내 오줌이 마려워지는 것이다. 만도는 길가에 아무데라 쭈그리고 앉아서 고기 묶음을 입에 물려고 하였다. 그것을 본 진수는,

"아부지, 그 고등어 이리 주소."

하였다. 팔이 하나밖에 없는 몸으로 물건을 손에 든 채 소변을 볼 수는 없는 것이다. 아버지가 볼일을 마칠 때까지, 진수는 저만큼 떨어져 서서 지팡이를 한쪽 손에 모아 쥐고, 다른 손으로 고등어를 들고 있었다. 볼일을 다 본 만도는 얼른 가서 아들의 손에서 고등어를 다시 받아든다.

개천 둑에 이르렀다. 외나무다리가 놓여 있는 그 시냇물이다. 진수는 슬그머니 걱정이 되었다. 물은 그렇게 깊은 것 같지 않지만, 밑바닥이 모래흙이어서 지팡이를 짚고 건너가기가 만만할 것 같지 않기 때문이다. 외나무다리는 도저히 건너갈 재주가 없고……. 진수는 하는 수 없이 둑에 퍼지고 앉아서 바짓가랑이를 걷어 올리기 시작했다. 만도는 잠시 멀뚱히 서서 아들의 하는 양을 내려다보고 있다가,

"진수야, 그만두고, 자아 업자."

하는 것이었다.

"업고 건너면 일이 다 되는 거 아니가. 자아, 이거 받아라."

고등어 묶음을 진수 앞으로 민다.

"……."

진수는 퍽 난처해하면서, 못 이기는 듯이 그것을 받아들었다. 만도는 등허리를 아들 앞에 갖다 대고 하나밖에 없는 팔을 뒤로 버쩍 내밀며,

"자아, 어서!"

진수는 지팡이와 고등어를 각각 한 손에 쥐고, 아버지의 등허리로 가서 슬그머니 업혔다. 만도는 팔뚝을 뒤로 돌리면서, 아들의 하나뿐인 다리를 꼭 안았다. 그리고,

"팔로 내 목을 감아야 될 끼다."

했다. 진수는 무척 황송한 듯 한쪽 눈을 찍 감으면서, 고등어와 지팡이를 든 두 팔로 아버지의 굵은 목덜미를 부둥켜안았다. 만도는 아랫배에 힘을 주며 '끙!' 하고 일어났다. 아랫도리가 약간 후들거렸으나 걸어갈 만은 했다. 외나무다리 위로 조심조심 발을 내디디며 만도는 속으로, 이제 새파랗게 젊은 놈이 벌써 이게 무슨 꼴이고. 세상들 잘못 만나서 진수 니 신세도 참 똥이다, 똥. 이런 소리를 주워 섬겼고, 아버지의 등에 업힌 진수는 곧장 미안스러운 얼굴을 하며, '나꺼정 이렇게 되다니, 아부지도 참 복도 더럽게 없지, 차라리 내가 죽어 버렸더라면 나았을 낀데…….' 하고 중얼거렸다.

만도는 아직 술기가 약간 있었으나, 용케 몸을 가누며 아들을 업고 외나무다리를 조심조심 건너가는 것이었다. 눈앞에 우뚝 솟은 용머리재가 이 광경을 가만히 내려다보고 있었다.

줄거리

박만도는 삼대독자인 아들 진수가 돌아온다는 통지를 받고 마음이 들떠서 일찌감치 기차역으로 향한다. 그런데 진수가 병원에서 퇴원하는 길이라는 소식에 많이 다친 것은 아닌가 싶어 마음이 좀 불안하다.

박만도에게는 왼쪽 팔이 없다. 그래서 그는 왼쪽 소맷자락을 주머니에 꽂은 채 오른팔을 휘저으면서 걷는다. 일제강점기에 강제 징용되어 남양의 한 섬에서 비행장 만드는 일을 했는데, 그때 굴을 파려고 산허리에 다이너마이트를 설치했다가 미처 대피하지 못해 팔을 잃었던 것이다.

그는 자주 가는 주막을 지나쳐 진수를 위해 장에서 고등어 두 마리를 사들고 기차역에 도착했다. 기차가 도착하고 사람들이 내리기 시작하는데 진수의 모습은 보이지 않았다. 그때 진수가 "아부지" 하고 부르는 소리에 뒤를 돌아선 만도는 다리를 하나 잃은 채 목발을 짚고 서 있는 아들을 보고 눈앞이 아찔해졌다. 만도는 분노를 씹으며 뒤도 돌아보지 않은 채 아들을 앞서 걸어 먼저 주막에 도착한 뒤 술을 마셨다. 뒤늦게 도착한 진수가 국수 한 그릇을 다 먹은 뒤 두 사람은 집으로 향했고, 그 길에 수류탄 파편에 맞아 다리가 썩는 바람에 어떨 수 없이 절단 수술을 할 수밖에 없었다는 진수의 설명을 듣게 된다. 다리가 없어서 어떻게 살아야 할지 모르겠다는 진수의 말에 만도는 팔이 하나 없는 것보다는 낫다며, 서로 의지하면 아무렇지도 않다고 위로한다.

외나무다리에 이르러 만도는 머뭇거리는 진수에게 등에 업히라고 말한다. 진수는 목발과 고등어를 각각 한 손에 들고 아버지의 등에 슬그머니 업힌다. 만도는 술기운에도 용케 몸을 가누며 조심조심 걸었다. 눈앞에 우뚝 솟은 용머리재가 이 광경을 가만히 내려다보고 있었다.

감상 포인트

일제강점기에 강제 징용에 동원됐다가 한쪽 팔을 잃은 박만도가 6 · 25전쟁에서 다리를 잃고 돌아온 아들 진수를 업고 집으로 돌아오는 이 작품은 민족적 수난의 집대성이라고 할 수 있다. 즉, 일제강점기의 고통과 6 · 25전쟁의 참극을 겪어 나가는 두 세대의 아픔을 동시에 포착하면서 민족적 수난의 역사적 반복성을 의미 있게 함축하고 있다.

작가는 이 작품에서 만도와 진수라는 부자를 통해 수난의 역사가 어떻게 한 개인이나 가족에게 상처를 주었는지 대해 이야기하고 있다. 당시 전쟁을 다룬 상당수의 작가들과 달리 제2

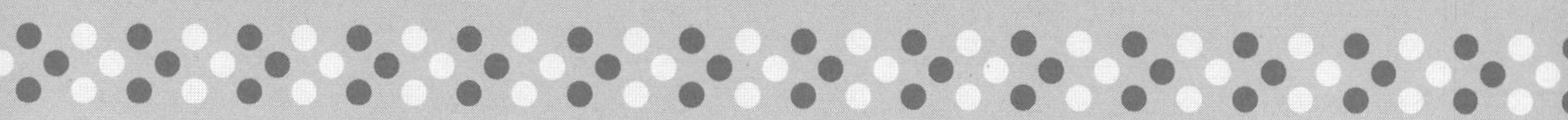

차 세계대전과 6 · 25전쟁을 결합한 점에서 높은 평가를 받았다. 게다가 이런 비극을 부자 2대의 수난사와 연결함으로써 한순간의 일회적인 비극이 아니라 민족의 공통적인 문제임을 역설하고 있다.

하지만 이 작품이 약간 우의적으로 느껴지는 이유는 상처 입은 당사자가 상처를 준 역사의 의미를 전혀 파악하지 못한 채 단지 운명으로만 받아들이고 있기 때문이다. 6 · 25전쟁을 소재로 한 최인훈의 《광장》, 황순원의 《나무들 비탈에 서다》, 박경리의 《시장과 전장》에 나오는 주인공은 전쟁이란 무엇이고 왜 있어야 하며, 역사는 무엇인가에 대해 질문하면서 실존의 문제로 몸부림치는 반면, 《수난 이대》의 부자는 기껏해야 운명론에 빠지거나 팔자타령을 하고 있을 뿐이다. 더욱이 아버지는 팔, 아들은 다리를 잃었다는 단선적 대비, 그리고 아버지가 아들을 업고 외나무다리를 건너는 장면에서는 설화성이 첨가됨으로써 우의적인 성격을 심화하고 있다.

등장인물

- **박만도 :** 아버지. 일제강점기에 징용으로 끌려가 한쪽 팔을 잃었다. 수난의 아픔을 극복하려는 의지를 지닌 긍정적, 낙천적 인물이다.
- **박진수 :** 아들. 6 · 25전쟁에 참전해 상이군인이 되어 귀향했다. 비록 고난을 겪었지만 살아가려는 의지를 가진 인물이다.

'외나무다리'의 상징성

이 작품에서 외나무다리는 두 번 등장한다. 첫 번째는 아들을 만나기 위해 읍내로 나갈 때이며, 두 번째는 아들을 업고 다리를 건너 집으로 돌아올 때이다.

첫 장면에서 아버지는 아들을 만나게 되리라는 기대에 부풀어 있지만, 첫 번째 외나무다리는 아들이 한쪽 다리를 잃고 나타나리라는 것을 암시한다.

두 번째로 아버지는 목발을 짚은 아들과 함께 돌아오는 길에 슬픔과 절망감을 느끼지만, 외나무다리에서 협동으로 어려움을 극복할 수 있다는 점을 깨닫는다. 즉, 아버지는 업고, 아들은 물건을 손에 든 채 외나무다리를 건넘으로써 부자가 서로 힘을 합치면 외나무다리 같은 시련을 극복할 수 있음을 깨닫는 것이다. 한마디로, 이 작품에서 외나무다리는 비극적 역사의 상징인 동시에 극복의 가능성을 암시한다.

시점의 특징

이 작품의 시점은 복합적이다. 어떤 경우에는 전지적 작가 시점, 또 어떤 경우에는 작가 관찰자 시점이 사용되고 있다.

작가 관찰자 시점은 박만도의 성격이 말과 행동으로 제시되어 독자에게 선명하게 전달된 데서 파악할 수 있고, 전지적 작가 시점은 작중 화자가 인물의 내면 심리세계까지 서술의 범위를 넓힌 데서 찾을 수 있다.

이렇게 시점을 복합적으로 사용한 이유는 관찰자 시점만으로는 단조롭고 평면적인 서술밖에 할 수 없기 때문에 전지적 시점을 병용함으로써 주체 표출의 어려움을 극복하기 위해서다.

작품의 특징

① 요약적 장면 제시를 적절히 배합하고 있다.
② 토착어가 효과적으로 사용되고 있다.
③ 비극적 감정을 해학적으로 처리하고 있다.
④ 현재와 과거의 두 에피소드를 대비시키고 있다.

핵심정리

- **갈래** : 단편 소설, 전후 소설
- **배경** : 6 · 25전쟁 직후, 경상도의 작은 마을
- **시점** : 전지적 작가 시점(부분적으로 작가 관찰자 시점과 1인칭 관찰자 시점이 보임)
- **성격** : 토속적, 의지적, 사실적, 상징적
- **문체** : 간결하고 명료한 문장, 사투리의 사용
- **구성** : 분석적 구성(과거와 현재의 상호 교차)
- **주제** : 민족의 수난과 이를 극복하려는 의지

현진건

1900~1943년

염상섭과 함께 한국 문학의 사실주의 개척자, 김동인과 함께 한국 근대 단편 소설의 선구자로 불리는 작가이다. 일본 도쿄 독일어학교를 졸업하고 중국 상하이 외국어학교에서 수학했다. 1920년 〈개벽〉에 단편 소설 《희생자》가 당선되어 등단했으며, 1922년에 발표한 《빈처貧妻》로 인정받기 시작했다.

작가 생활과 기자 생활을 병행하던 현진건은 1936년 일장기 말소 사건으로 일본 경찰에 구속되어 옥고를 겪었다. 당시 〈동아일보〉 사회부장으로 있던 그는 신문에 베를린 올림픽 마라톤 경기에서 우승한 손기정의 사진을 게재할 때 손기정의 운동복 가슴에 새겨진 일장기를 지웠다. 이 사건으로 사진부 기자와 함께 구속되었던 것이다. 이후 장편 소설 창작에 매진했으나 과음과 울화로 건강이 나빠져 결국 1943년 결핵으로 사망했다.

대표작으로는 《술 권하는 사회》, 《할머니의 죽음》, 《백조》, 《타락자》, 《운수 좋은 날》, 《불》, 《B사감과 러브레터》, 《사립 정신병원장》 등의 단편 소설이 있고 《적도赤道》, 《무영탑無影塔》, 《흑치상지黑齒常之》(未完) 등의 장편 소설도 있다.

1 운수 좋은 날

새침하게 흐린 품이 눈이 올 듯하더니, 눈은 아니 오고 얼다가 만 비가 추적추적 내리었다.

이날이야말로 동소문 안에서 인력거꾼 노릇을 하는 김 첨지에게는 오래간만에도 닥친 운수 좋은 날이었다. 문 안에(거기도 문 밖은 아니지만) 들어간답시는 앞집 마나님을 전찻길까지 모셔다 드린 것을 비롯하여 행여나 손님이 있을까 하고 정류장에서 어정어정하며 내리는 사람 하나하나에게 거의 비는 듯한 눈길을 보내고 있다가, 마침내 교원인 듯한 양복장이를 동광학교東光學校까지 태워다 주기로 되었다.

첫 번에 삼십 전, 둘째 번에 오십 전—아침 댓바람에 그리 흉하지 않은 일이었다. 그야말로 재수가 옴 붙어서 근 열흘 동안 돈 구경도 못한 김 첨지는 십 전짜리 백통화 서 푼, 또는 다섯 푼이 찰깍하고 손바닥에 떨어질 제 거의 눈물을 흘릴 만큼 기뻤었다. 더구나 이날 이때에 이 팔십 전이라는 돈이 그에게 얼마나 유용한지 몰랐다. 컬컬한 목에 모주 한 잔도 적실 수 있거니와, 그보다도 앓는 아내에게 설렁탕 한 그릇도 사다 줄 수 있음이다.

그의 아내가 기침으로 쿨룩거리기는 벌써 달포가 넘었다. 조밥도 굶기를 먹다시피 하는 형편이니 물론 약 한 첩 써 본 일이 없다. 구태여 쓰려면 못쓸 바도 아니로되, 그는 병이란 놈에게 약을 주어 보내면 재미를 붙여서 자꾸 온다는 자기의 신조信條에 어디까지 충실하였다. 따라서 의사에게 보인 적이 없으니 무슨 병인지는 알 수 없으나, 반듯이 누워 가지고 일어나기는커녕 새로 모로도 못 눕는 걸 보면 중증은 중증인 듯. 병이 이대도록 심해지기는 열흘 전에 조밥을 먹고 체한 때문이다. 그때도 김 첨지가 오래간만에 돈을 얻어서 좁쌀 한 되와 십 전짜리 나무 한 단을 사다 주었더니 김 첨지의 말에 의하면, 오라질년이 천방지축天方地軸으로 남비(냄비)에 대고 끓였다. 마음은 급하고 불길은 닿지 않아 채 익지도 않은 것을 그 오라질년이 숟가락은 고만두고 손으로 움켜서 두 뺨에 주먹덩이 같은 혹이 불거지도록 누가 빼앗을 듯이 처박질 하더니만 그날 저녁부터 가슴이 땅긴다, 배가 켕긴다 하고 눈을 홉뜨고 지랄을 하였다. 그때 김 첨지는 열화와 같이 성을 내며,

"에이, 오라질년, 조랑복은 할 수가 없어, 못 먹어 병, 먹어서 병, 어쩌란 말이야! 왜 눈을 바루 뜨지 못해!"

하고 앓는 이의 뺨을 한 번 후려 갈겼다. 홉뜬 눈은 조금 바루어졌건만 이슬이 맺히었다. 김 첨지의 눈시울도 뜨끈뜨끈하였다.

이 환자가 그러고도 먹는 데는 물리지 않았다. 사흘 전부터 설렁탕 국물이 마시고 싶다고 남편을 졸랐다.

"이런 오라질년! 조밥도 못 먹는 년이 설렁탕은. 또 처먹고 지랄병을 하게."

라고 야단을 쳐보았건만, 못 사 주는 마음이 시원치는 않았다.

인제 설렁탕을 사 줄 수도 있다. 앓는 어미 곁에서 배고파 보채는 개똥이(세살먹이)에게 죽을 사 줄 수도 있다.—팔십 전을 손에 쥔 김첨지의 마음은 푼푼하였다.

그러나, 그의 행운은 그걸로 그치지 않았다. 땀과 빗물이 섞여 흐르는 목덜미를 기름 주머니가 다 된 왜목 수건으로 닦으며, 그 학교 문을 돌아 나올 때였다. 뒤에서 "인력거!" 하고 부르는 소리가 났다. 자기를 불러 멈춘 사람이 그 학교 학생인 줄 김 첨지는 한 번 보고 짐작할 수 있었다. 그 학생은 다짜고짜로,

"남대문 정거장까지 얼마요?"

라고 물었다. 아마도 그 학교 기숙사에 있는 이로 동기 방학을 이용하여 귀향하려 함이로다. 오늘 가기로 작정은 하였건만, 비는 오고 짐은 있고 해서 어찌 할 줄 모르다가 마침 김 첨지를 보고 뛰어나왔음이리라. 그렇지 않다면 왜 구두를 채 신지 못해서 질질 끌고, 비록 '고꾸라' 양복일망정 노박이로 비를 맞으며 김 첨지를 뒤쫓아 나왔으랴.

"남대문 정거장까지 말씀입니까?"

하고, 김 첨지는 잠깐 주저하였다. 그는 이 우중에 우장도 없이 그 먼 곳을 철벅거리고 가기가 싫었음일까? 처음 것, 둘째 것으로 고만 만족하였음일까? 아니다. 결코 아니다. 이상하게도 꼬리를 맞물고 덤비는 이 행운 앞에 조금 겁이 났음이다. 그리고 집을 나올 제 아내의 부탁이 마음에 켕기었다. 앞집 마나님한테서 부르러 왔을 제 병인은 그 뼈만 남은 얼굴에 유월의 샘물 같은 유달리 크고 움푹한 눈에다 애걸하는 빛을 띄우며,

"오늘은 나가지 말아요. 제발 덕분에 집에 붙어 있어요. 내가 이렇게 아픈데……."

하고 모기 소리같이 중얼거리며 숨을 걸그렁걸그렁하였다. 그래도 김 첨지는 대수롭지 않은 듯이,

"압다, 젠장맞을년. 빌어먹을 소리를 다 하네. 맞붙들고 앉았으면 누가 먹여 살릴 줄 알아."

하고 훌쩍 뛰어나오려니까 환자는 붙잡을 듯이 팔을 내저으며,

"나가지 말라도 그래, 그러면 일찍이 들어와요."

하고 목 메인 소리가 뒤를 따랐다.

정거장까지 가잔 말을 들은 순간에 경련적으로 떠는 손, 유달리 큼직한 눈, 울 듯 한 아내의 얼굴이 김 첨지의 눈앞에 어른어른하였다.

"그래, 남대문 정거장까지 얼마란 말이요?"

하고 학생은 초조한 듯이 인력거꾼의 얼굴을 바라보며 혼잣말같이,

"인천 차가 열한 점에 있고, 그 다음에는 새로 두 점이던가."

라고 중얼거린다.

"일 원 오십 전만 줍시요."

이 말이 저도 모를 사이에 불쑥 김첨지의 입에서 떨어졌다. 제 입으로 부르고도 스스로 그 엄청난 돈 액수에 놀래었다. 한꺼번에 이런 금액을 불러라도 본 지가 그 얼마만인가! 그러자, 그 돈 벌 용기가 병자에 대한 염려를 사르고 말았다. 설마 오늘 안으로 어떠랴 싶었다. 무슨 일이 있더라도 제일 제이의 행운을 곱친 것보다도 오히려 갑절이 많은 이 행운을 놓칠 수 없다 하였다.

"일 원 오십 전은 너무 과한데."

이런 말을 하며 학생은 고개를 기웃하였다.

"아니올시다. 잇수로 치면 여기서 거기가 시오 리가 넘는답니다. 또 이런 진날에는 좀 더 주셔야지요."

하고 빙글빙글 웃는 차부의 얼굴에는 숨길 수 없는 기쁨이 넘쳐흘렀다.

"그러면 달라는 대로 줄 터이니 빨리 가요."

관대한 어린 손님은 그런 말을 남기고 총총히 옷도 입고 짐도 챙기러 갈 데로 갔다.

그 학생을 태우고 나선 김 첨지의 다리는 이상하게 가뿐하였다. 달음질을 한다느니보다 거의 나는 듯하였다. 바퀴도 어떻게 속히 도는지, 군다느니보다 마치 얼음을 지쳐나가는 스케이트 모양으로 미끄러져 가는 듯하였다. 언 땅에 비가 내려 미끄럽기도 하였다.

이윽고 끄는 이의 다리는 무거워졌다. 자기 집 가까이 다다른 까닭이다. 새삼스러운 염려가 그의 가슴을 눌렀다.

"오늘은 나가지 말아요. 내가 이렇게 아픈데."

이런 말이 잉잉 그의 귀에 울렸다. 그리고 병자의 움쑥 들어간 눈이 원망하는 듯이 자기를 노려보는 듯하였다. 그러자 엉엉 하고 우는 개똥이의 곡성도 들은 듯싶다. 딸국딸국하고 숨 모으는 소리도 나는 듯싶다.

"왜 이러우? 기차 놓치겠구먼."

하고, 탄 이의 초조한 부르짖음이 간신히 그의 귀에 들려왔다. 언뜻 깨달으니 김 첨지는 인력거 채를 쥔 채 길 한복판에 엉거주춤 멈춰 있지 않은가.

"예, 예."

하고 김 첨지는 또다시 달음질하였다. 집이 차차 멀어갈수록 김 첨지의 걸음에는 다시금 신이 나기 시작하였다. 다리를 재게 놀려야만 쉴 새 없이 자기의 머리에 떠오르는 모든 근심과 걱정을 잊을 듯이…….

정거장까지 끌어다 주고 그 깜짝 놀란 일 원 오십 전을 정말 제 손에 쥠에 말마따나 십 리나 되는 길을 비를 맞아 가며 질퍽거리고 온 생각은 아니하고, 거저 얻은 듯이 고마웠다. 졸부나 된 듯이 기뻤다. 제 자식뻘밖에 안 되는 어린 손님에게 몇 번 허리를 굽히며,

"안녕히 다녀옵시요."

라고 깎듯이 재우쳤다.

그러나 빈 인력거를 털털거리며 이 우중에 돌아갈 일이 꿈밖이었다. 노동으로 하여 흐른 땀이 식어지자 굶주린 창자에서 물 흐르는 옷에서 어슬어슬 한기가 솟아나기 비롯하매 일 원 오십 전이란 돈이 얼마나 괜찮고 괴로운 것인 줄 절실히 느끼었다. 정거장을 떠나는 그의 발길은 힘 하나 없었다. 온몸이 옹송그려지며 당장 그 자리에 엎어져 못 일어날 것 같았다.

"젠장맞을 것! 이 비를 맞으며 빈 인력거를 털털거리고 돌아를 간담. 이런 빌어먹을, 제 할미를 붙을 비가 왜 남의 상판을 딱딱 때려!"

그는 몹시 홧증을 내며 누구에게 반항이나 하는 듯이 게걸거렸다. 그럴 즈음에 그의 머리엔 또 새로운 광명이 비쳤나니, 그것은 '이러구 갈 게 아니라 이 근처를 빙빙 돌며 차오기를 기다리면 또 손님을 태우게 될는지도 몰라.'란 생각이었다. 오늘 운수가 괴상하게도 좋으니까 그런 요행이 또 한 번 없으리라고 누가 보증하랴. 꼬리를 굴리는 행운이 꼭 자기를 기다리고 있다는 내기를 해도 좋을 만한 믿음을 얻게 되었다. 그렇지만 정거장 인력거꾼의 등살이 무서워 정거장 앞에 섰을 수가 없었다. 그래 그는 이전에도 여러 번 해 본 일이라 바로 정거장에서 조금 떨어져서 사람 다니는 길과 전찻길 틈에 인력거를 세워 놓고, 자기는 그 근처를 빙빙 돌며 형세를 관망하기로 하였다. 얼마 만에 기차는 왔고 수십 명이나 되는 손이 정류장으로 쏟아져 나왔다. 그중에서 손님을 물색하던 김 첨지의 눈에 양머리에 뒤축 높은 구두를 신고 망토까지 두른 기생퇴물인 듯, 난봉 여학생인 듯한 여편네의 모양이 띄었다. 그는 슬근슬근 그 여자의 곁으로 다가들었다.

"아씨, 인력거 아니 타시랍시요?"

그 여학생인지 뭔지가 한참은 매우 때깔을 빼며 입술을 꼭 다문 채 김 첨지를 거들떠보지도 않았다. 김 첨지는 구경하는 거지나 무엇같이 연해연방 그의 기색을 살피며,

"아씨 정거장 애들보담 아주 싸게 모셔다 드리겠습니다. 댁이 어디신가요?"

하고 추근추근하게도 그 여자의 들고 있는 일본식 버들고리짝에 제 손을 대었다.

"왜 이래? 남 귀찮게."

소리를 벽력같이 지르고는 돌아선다. 김 첨지는 어랍시요 하고 물러섰다.

전차가 왔다. 김 첨지는 원망스럽게 전차 타는 이를 노리고 있었다. 그러나 그의 예감은 틀리지 않았다. 전차가 빡빡하게 사람을 싣고 움직이기 시작하였을 제 타고 남은 손 하나가 있었다. 굉장하게 큰 가방을 들고 있는 걸 보면 아마 붐비는 차 안에 짐이 크다 하여 차장에게 밀려 내려온 눈치였다. 김 첨지는 대어 섰다.

"인력거를 타시랍시요."

한동안 값으로 실랑이를 하다가 육십 전에 인사동까지 태워다 주기로 하였다. 인력거가 무거워지매 그의 몸은 이상하게도 가벼워졌고 그리고 또 인력거가 가벼워져서 몸은 다시금 무거워졌는데, 이번에는 마음조차 초조해 온다. 집의 광경이 자꾸 눈앞에 어른거리어 이젠 요행을 바랄 여유도 없었다. 나무 등걸이나 무엇만 같고 제 것 같지도 않은 다리를 연해 꾸짖으며 갈팡질팡 뛰는 수밖에 없었다. 저 놈의 인력거꾼이 저렇게 술이 취해 가지고 이 진 땅에 어찌 가노 하고, 길가는 사람이 걱정을 하리만큼 그의 걸음은 황급하였다. 흐리고 비오는 하늘은 어둠침침한 게 벌써 황혼에 가까운 듯하다. 창경원 앞까지 다다라서야 그는 턱에 닿는 숨을 돌리고 걸음도 늦추잡았다. 한 걸음 두 걸음 집이 가까워 올수록 그의 마음은 괴상하게 누그러졌다. 그런데 이 누그러짐은 안심에서 오는 게 아니요, 자기를 덮친 무서운 불행이 박두한 것을 두려워하는 마음에서 오는 것이다.

그는 불행이 닥치기 전 시간을 얼마쯤이라도 늘리려고 버르적거렸다. 기적에 가까운 벌이를 하였다는 기쁨을 할 수 있으면 오래 지니고 싶었다. 그는 두리번두리번 사면을 살피었다. 그 모양은 마치 자기 집, 곧 불행을 향하고 달려가는 제 다리를 제 힘으로는 도저히 어찌할 수 없으니 누구든지 나를 좀 잡아다고, 구해다고 하는 듯하였다.

그럴 즈음에 마침 길가 선술집에서 친구 치삼이가 나온다. 그의 우글우글 살진 얼굴은 주홍이 오른 듯, 온 턱과 뺨을 시커멓게 구레나룻이 덮고, 노르탱탱한 얼굴이 바짝 말라서 여기저기 고랑이 파이고 수염도 있대야 턱밑에만, 마치 솔잎 송이를 거꾸로 붙여 놓은 듯한 김 첨지의 풍채하고는 기이한 대상을 짓고 있었다.

"여보게 김 첨지, 자네 문 안 들어갔다 오는 모양일세 그려, 돈 많이 벌었을 테니 한 잔 빨리게."

뚱뚱보는 말라깽이를 보는 말 맡에 부르짖었다. 그 목소리는 몸짓과 딴판으로 연하고 싹싹하였다. 김 첨지는 이 친구를 만난 게 어떻게 반가운지 몰랐다. 자기를 살려 준 은인이나 무엇같이 고맙기도 하였다.

"자네는 벌써 한 잔 한 모양일세 그려. 자네도 재미가 좋아 보이."

하고 김 첨지는 얼굴을 펴서 웃었다.

"압다. 재미 안 좋다고 술 못 먹을 낸가. 그런데 여보게, 자네 웬 몸이 어째 물독에 빠진 새앙쥐 같은가? 어서 이리 들어와 말리게."

선술집은 훈훈하고 뜨뜻하였다. 추어탕을 끓이는 솥뚜껑을 열 적마다 뭉게뭉게 떠오르는 흰 김, 석쇠에서 빠지짓 빠지짓 구워지는 너비아니 구이며, 제육이며, 간이며, 콩팥이며, 북어며, 빈대떡……. 이 너저분하게 늘어놓은 안주 탁자에 김 첨지는 갑자기 속이 쓰려서 견딜 수 없었다. 마음대로 할 양이면 거기 있는 모든 먹음 먹이를 모조리 깡그리 집어 삼켜도 시원치 않았다. 하되, 배고픈 이는 우선 분량 많은 빈대떡 두 개를 쪼이기로 하고 추어탕을 한 그릇 청하였다. 주린 창자는 음식 맛을 보더니 더욱 더욱 비어지며 자꾸자꾸 들이라 들이라 하였다. 순식간에 두부와 미꾸리 든 국 한 그릇을 그냥 물같이 들이켜고 말았다. 첫째 그릇을 받아들었을 제 데우던 막걸리 곱빼기 두 잔이 더 왔다. 치삼이와 같이 마시자 원원이 비었던 속이라 찌르르 하고 창자에 퍼지며 얼굴이 화끈하였다. 눌러 곱빼기 한 잔을 또 마셨다.

김 첨지의 눈은 벌써 개개 풀리기 시작하였다. 석쇠에 얹힌 떡 두개를 숭덩숭덩 썰어서 볼을 볼록거리며 또 곱빼기 두 잔을 부어라 하였다.

치삼은 의아한 듯이 김 첨지를 보며,

"여보게 또 붓다니, 벌써 우리가 넉 잔씩 먹었네. 돈이 사십 전일세."

"아따 이놈아, 사십 전이 그리 끔찍하냐? 오늘 내가 돈을 막 벌었어. 참 오늘 운수가 좋았느니."

"그래 얼마를 벌었단 말인가?"

"삼십 원을 벌었어, 삼십 원을! 이런 젠장맞을, 술을 왜 안 부어……. 괜찮다, 괜찮아. 막 먹어도 상관이 없어. 오늘 돈 산더미같이 벌었는데."

"어, 이 사람 취했군, 그만두세."

"이놈아, 이걸 먹고 취할 내냐? 어서 더 먹어."

하고는 치삼의 귀를 잡아 치며 취한 이는 부르짖었다. 그리고, 술을 붓는 열다섯 살 됨직한 중대가리에게로 달려들며

"이놈, 오라질놈, 왜 술을 붓지 않아."

라고 야단을 쳤다. 중대가리는 희희 웃고 치삼이를 보며 문의하는 듯이 눈짓을 하였다. 주정꾼이 이 눈치를 알아보고 화를 버럭 내며,

"에미를 붙을 이 오라질놈들 같으니, 이놈 내가 돈이 없을 줄 알고?"

하자마자 허리춤을 훔척훔척하더니 일 원짜리 한 장을 꺼내어 중대가리 앞에 펄쩍 집어던졌다. 그 사품에 몇 푼 은전이 잘그랑 하며 떨어진다.

"여보게 돈 떨어졌네, 왜 돈을 막 끼얹나."

이런 말을 하며 일변 돈을 줍는다. 김 첨지는 취한 중에도 돈의 거처를 살피는 듯이 눈을 크게 떠서 땅을 내려다보다가 불시에 제 하는 짓이 너무 더럽다는 듯이 고개를 소스라치자 더욱 성을 내며,

"봐라 봐! 이 더러운 놈들아, 내가 돈이 없나, 다리 뼉다구를 꺾어 놓을 놈들 같으니."

하고 치삼이 주워 주는 돈을 받아,

"이 원수엣 돈! 이 육시를 할 돈!"

하면서 팔매질을 친다. 벽에 맞아 떨어진 돈은 다시 술 끓이는 양푼에 떨어지며 정당한 매를 맞는다는 듯이 쨍하고 울었다.

곱빼기 두 잔은 또 부어질 겨를도 없이 말려 가고 말았다. 김 첨지는 입술과 수염에 붙은 술을 빨아들이고 나서 매우 만족한 듯이 그 솔잎 송이 수염을 쓰다듬

으며,

"또 부어, 또 부어."

라고 외쳤다.

또 한 잔 먹고 나서 김 첨지는 치삼의 어깨를 치며 문득 껄껄 웃는다. 그 웃음소리가 어찌나 컸던지 술집에 있는 이의 눈이 모두 김 첨지에게로 몰리었다. 웃는 이는 더욱 웃으며,

"여보게 치삼이, 내 우스운 이야기 하나 할까? 오늘 손을 태우고 정거장에까지 가지 않았겠나."

"그래서?"

"갔다가 그저 오기가 안 됐데 그려. 그래 전차 정류장에서 어름어름하며 손님 하나를 태울 궁리를 하지 않았나. 거기 마침 마나님이신지 여학생이신지, 요새야 어디 논다니와 아가씨를 구별할 수가 있던가. 망토를 잡수시고 비를 맞고 서 있겠지. 슬근슬근 가까이 가서 인력거를 타시랍시요 하고 손가방을 받으랴니까 내 손을 탁 뿌리치고 핵 돌아서더니만 '왜 남을 이렇게 귀찮게 굴어!' 그 소리야말로 꾀꼬리 소리지, 허허!"

김 첨지는 교묘하게도 정말 꾀꼬리 같은 소리를 내었다. 모든 사람은 일시에 웃었다.

"빌어먹을 깍쟁이 같은 년, 누가 저를 어쩌나, '왜 남을 귀찮게 굴어!' 어이구 소리가 체신도 없지, 허허."

웃음소리들은 높아졌다. 그런 그 웃음소리들이 사라지기 전에 김 첨지는 훌쩍 훌쩍 울기 시작하였다.

치삼은 어이없이 주정뱅이를 바라보며,

"금방 웃고 지랄을 하더니 우는 건 무슨 일인가?"

김 첨지는 연해 코를 들여 마시며,

"우리 마누라가 죽었다네."

"뭐, 마누라가 죽다니, 언제."

"이놈아 언제는. 오늘이지."

"예끼 미친놈, 거짓말 말아."

"거짓말은 왜, 참말로 죽었어……. 참말로. 마누라 시체를 집에 뻐들쳐 놓고 내가 술을 먹다니, 내가 죽일 놈이야 죽일 놈이야."

하고 김 첨지는 엉엉 소리 내어 운다.

치삼은 흥이 조금 깨어지는 얼굴로,

"원 이 사람아 참말을 하나, 거짓말을 하나. 그러면 집으로 가세, 가."

하고 우는 이의 팔을 잡아당기었다.

치삼의 끄는 손을 뿌리치더니 김 첨지는 눈물이 글썽글썽한 눈으로 싱그레 웃는다.

"죽기는 누가 죽어."

하고 득의 양양.

"죽기는 왜 죽어, 생떼같이 살아만 있단다. 그 오라질년이 밥을 죽이지. 인제 나한테 속았다."

하고 어린애 모양으로 손뼉을 치며 웃는다.

"이 사람이 정말 미쳤단 말인가. 나도 아주먼네가 앓는단 말은 들었었는데."

하고 치삼이도 어떤 불안을 느끼는 듯이 김 첨지에게 또 돌아가라고 권하였다.

"안 죽었어, 안 죽었데도 그래."

김 첨지는 홧증을 내며 확신 있게 소리를 질렀으되 그 소리엔 안 죽은 것을 믿으려고 애쓰는 가락이 있었다. 기어이 일 원어치를 채워서 곱빼기를 한 잔씩 더 먹고 나왔다. 궂은비는 의연히 추적추적 내린다.

김 첨지는 취중에도 설렁탕을 사 가지고 집에 다다랐다. 집이라 해도 물론 셋집이요, 또 집 전체를 세든 게 아니라 안과 뚝 떨어진 행랑방 한 간을 빌어든 것인데 물을 길어대고 한 달에 일 원씩 내는 터이다. 만일 김 첨지가 주기를 띠지 않았던들 한 발을 대문에 들여놓았을 제 그곳을 지배하는 무시무시한 정적靜寂—폭풍우가 지나간 뒤의 바다 같은 정적에 다리가 떨렸으리라. 쿨룩거리는 기침소리도 들을 수 없다. 그르렁거리는 숨소리조차 들을 수 없다. 다만 이 무덤 같은 침묵을 깨뜨리는, 깨뜨린다느니보다 한층 더 침묵을 깊게 하고 불길하게 하는 빡빡거리 그윽한 소리, 어린애의 젖 빠는 소리가 날 뿐이다. 만일 청각이 예민한 이 같으면, 그 빡빡 소리는 빨 따름이요, 꿀떡꿀떡하고 젖 넘어가는 소리가 없으니, 빈 젖을 빤다는 것도 짐작할는지 모르리라.

혹은 김 첨지도 이 불길한 침묵을 짐작했는지도 모른다. 그렇지 않으면 대문에 들어서자마자 전에 없이,

"이 난장 맞을년, 남편이 들어오는데 나와 보지도 않아. 이 오라질년."

이라고 고함을 친 게 수상하다. 이 고함이야말로 제 몸을 엄습해 오는 무시무시한 증을 쫓아 버리려는 허장성세虛張聲勢인 까닭이다.

하여간 김 첨지는 방문을 왈칵 열었다. 구역을 나게 하는 추기—떨어진 삿자리 밑에서 나온 먼지내, 빨지 않은 지저귀에서 나는 똥내와 오줌내, 가지각색 때가 켜켜이 앉은 옷내, 병인의 땀 섞은 내가 섞인 추기가 무딘 김 첨지의 코를 찔렀다.

방 안에 들어서며 설렁탕을 한구석에 놓을 사이도 없이 주정꾼은 목청을 있는 대로 다 내어 호통을 쳤다.

"이 오라질년, 주야장천晝夜長川 누워만 있으면 제일이야! 남편이 와도 일어나지를 못해."

라는 소리와 함께 발길로 누운 이의 다리를 몹시 찼다. 그러나 발길에 채이는 건 사람의 살이 아니고 나무등걸과 같은 느낌이 있었다. 이때에 빽빽 소리가 응아 소리로 변하였다. 개똥이가 물었던 젖을 빼어 놓고 운다. 운대도 온 얼굴을 찡그려

붙어서 운다는 표정을 할 뿐이다. 응아 소리도 입에서 나는 게 아니고, 마치 배 속에서 나는 듯하였다. 울다가 울다가 목도 잠겼고 또 울 기운조차 시진한 것 같다.

발로 차도 그 보람이 없는 걸 보자 남편은 아내의 머리맡으로 달려들어 그야말로 까치집 같은 환자의 머리를 껴들어 흔들며,

"이년아, 말을 해, 말을! 입이 붙었어, 이 오라질년!"

"……."

"으응, 이것 봐, 아무 말이 없네."

"……."

"이년아, 죽었단 말이냐, 왜 말이 없어?"

"……."

"으응, 또 대답이 없네, 정말 죽었나 보이."

이러다가 누운 이의 흰 창이 검은 창을 덮은, 위로 치뜬 눈을 알아보자마자,

"이 눈깔! 이 눈깔! 왜 나를 바루 보지 못하고 천장만 바라보느냐, 응."

하는 말끝엔 목이 메이었다. 그러자 산 사람의 눈에서 떨어진 닭똥 같은 눈물이 죽은 이의 뻣뻣한 얼굴을 어룽어룽 적시었다. 문득 김 첨지는 미친 듯이 제 얼굴을 죽은 이의 얼굴에 한데 비벼대며 중얼거렸다.

"설렁탕을 사다 놓았는데 왜 먹지를 못하니, 왜 먹지를 못하니……. 괴상하게도 오늘은 운수가 좋더니만……."

줄거리

동소문에서 인력거를 끄는 김 첨지는 근 열흘 동안 돈벌이를 못했다. 게다가 아내도 요란한 기침소리를 내며 아파서 누워 있었다. 비가 추적추적 내리는 날, 김 첨지는 첫 손님으로 문 안에 들어가는 마나님을 전찻길까지 태우고, 학생 손님까지 만나 기차역까지 태워다 준 뒤 1원 50전을 벌었다. 정말 운수 좋은 날이었다. 돌아오는 길에도 또 손님을 맞아 총 3원을 벌었다. 집에서 나올 때 아내가 몹시 아프다는 말을 했던 것이 마음에 걸리긴 했지만, 왠지 집에 일찍 들어가는 것이 꺼림칙해 길에서 우연히 만난 치삼과 선술집에서 실컷 술을 마셨다.

얼큰히 취한 김 첨지는 아내에 대한 불길한 생각을 떨쳐 버리려 술주정을 하면서 미친 듯이 울고 웃었다. 그러다가 아내가 먹고 싶다던 설렁탕을 사 들고 집에 돌아왔다. 그런데 대문을 열어도 아내의 기침소리가 들리지 않았다. 세 살배기의 힘없는 울음소리만 들릴 뿐이었다. 김 첨지는 소리를 버럭 지르며 방 안으로 들어가 누워 있는 아내를 발로 걷어찼다. 반응이 없자 달려들어 머리를 흔들며 소리도 질렀다. 그러다가 흰 창이 검은 창을 덮은 눈을 보자, 닭똥 같은 눈물이 흘렀다. 김 첨지는 미친 듯이 제 얼굴을 죽은 아내의 얼굴에 비비대며 오늘은 왠지 운수가 좋았다며 흐느꼈다.

감상 포인트

현진건의 작품 가운데 사회의식과 극적 효과가 가장 잘 결합된, 1920년대 사실주의 단편소설의 대표작이다. 김 첨지라는 인력거꾼의 하루 일과와 그 아내의 비참한 죽음을 통해 일제강점기 하층 노동자의 궁핍한 생활상 및 기구한 운명을 집약적으로 보여 주고 있다. 특히 끝부분의 반전, 내용을 염두에 둔 반어적 제목 등으로 비극적 효과를 극대화했을 뿐 아니라 사회적 주제도 뚜렷이 드러내고 있다.

등장인물

- **김 첨지 :** 동소문 안의 가난한 인력거꾼으로, 비극의 주인공이다. 하층민을 대표하는 전형적인 인물로 겉으로는 욕지거리를 잘 하고 야성적, 반항적 모습을 보이지만, 속으로는 아내를 걱정할 정도로 다정다감한 면을 갖고 있다.
- **아내 :** 굶기를 밥 먹듯 하는 인력거꾼의 아내로, 병까지 들어 몸조차 추스르지 못하는 실정이다. 설렁탕 한 그릇 먹는 것이 소원이지만, 끝내 이루지 못하고 죽음을 맞는다. 작품 속에서 행복과 불행을 결정짓는 인물이다.

작품에서 두드러지는 '아이러니'

이 작품의 구조적 특징은 전체가 '아이러니(반어)'로 이루어져 있다는 점이다. 전반부 김 첨지의 운수 좋은 하루가 후반부에서는 아내의 죽음이라는 비극적 결말로 이어지는 극적 반전을 통해, 인간의 운명적 반어(상황의 아이러니)에 대한 공감대를 형성하고, 이 작품의 사회적 주제를 선명히 부각시키는 효과도 거두고 있다.

제목 '운수 좋은 날'도 가장 참혹하고 비통한 날에 대한 반어적 표현이다. 사실과 달리 운수 좋은 날로 표상한 이 아이러니는 그 간극만큼이나 비극성을 강화하고 있다. 즉, 돈을 벌게 되어 '운수 좋은 날'이라고 생각한 바로 그날이 가장 운수 사나운 날이 되고 마는 처절한 삶의 실상을 아이러니를 통해 표현하고 있는 것이다.

'설렁탕'의 의미

김 첨지는 술에 취한 와중에도 아내가 그렇게 먹고 싶다던 설렁탕을 사들고 집으로 향한다. 그런 점에서 설렁탕은 아내에 대한 김 첨지의 사랑을 드러내는 소재이다. 그런데 아내는 설렁탕을 먹지 못한 채 죽는다. 이는 설렁탕이 비극적 상황을 심화하는 매개체로 쓰였음을 암시한다.

사실주의 경향의 작품들이 가지는 특징

① 속어를 유감없이 구사해 현실감이 돋보인다.
② 극적인 구성으로 생동감을 안겨 준다.
③ 등장인물들은 한결같이 일제강점기에 학대받는 민중이다.
④ 반어, 상황의 아이러니가 펼쳐진다.

핵심정리

- **갈래** : 단편 소설, 빈궁 소설, 사실주의 소설(현실 고발적)
- **배경** : 일제강점기, 어느 비 오는 겨울날의 서울(하루 종일 내리는 '비'는 인물의 비극적 결말을 암시)
- **경향** : 사실주의
- **시점** : 전지적 작가 시점
- **주제** : 일제강점기 하층민의 비참한 삶(비극적 인생)

2 고향

대구에서 서울로 올라오는 차중에서 생긴 일이다. 나는 나와 마주 앉은 그를 매우 흥미 있게 바라보고 또 바라보았다. 두루마기 격으로 기모노를 둘렀고, 그 안에서 옥양목 저고리가 내어 보이며 아랫도리엔 중국식 바지를 입었다. 그것은 그네들이 흔히 입는 유지 모양으로 번질번질한 암갈색 피륙으로 지은 것이었다. 그리고 발은 감발을 하였는데 짚신을 신었고, 고무가리로 깎은 머리엔 모자도 쓰지 않았다. 우연히 이따금 기묘한 모임을 꾸미는 것이다. 우리가 자리를 잡은 찻간에는 공교롭게 세 나라 사람이 다 모였으니, 내 옆에는 중국 사람이 기대었다. 그의 옆에는 일본 사람이 앉아 있었다. 그는 동양 삼국 옷을 한 몸에 감은 보람이 있어 일본말도 곧잘 철철 대이거니와 중국말에도 그리 서툴지 않은 모양이었다.

"고꼬마데 오이데 데스까?(어디까지 가십니까?)" 하고 첫마디를 걸더니만, 도꼬가 어떠니, 오사까가 어떠니, 조선 사람은 고추를 끔찍이 많이 먹는다는 둥, 일본 음식은 너무 싱거워서 처음에는 속이 뉘엿걸다는 둥, 횡설수설 지껄이다가 일본 사람이 엄지와 검지손가락으로 짧게 끊은 꼿꼿한 윗수염을 비비면서 마지못해 까땍까땍하는 고개와 함께 "소데스까(그렇습니까)."란 한 마디로 코대답을 할 따름이요, 잘 받아 주지 않으매, 그는 또 중국인을 붙들고서 실랑이를 하였다. "니상나열취……." "니싱섬마." 하고 덤벼 보았으나 중국인 또한 그 기름 낀 뚜우한 얼굴에 수수께끼 같은 웃음을 띨 뿐이요 별로 대구를 하지 않았건만, 그래도 무어라고 연해 웅얼거리면서 나를 보고 웃어 보였다.

그것은 마치 짐승을 놀리는 요술장이가 구경꾼을 바라볼 때처럼 훌륭한 재주를 갈채해 달라는 웃음이었다. 나는 쌀쌀하게 그의 시선을 피해 버렸다. 그 주적대는 꼴이 어줍지 않고 밉살스러웠다. 그는 잠깐 입을 닫치고 무료한 듯이 머리를 덕억덕억 긁기도 하며, 손톱을 이로 물어뜯기도 하고, 멀거니 창밖을 내다보기도 하다가, 암만 해도 중절대지 않고는 못 참겠던지 문득 나에게로 향하며, "어디꺼정 가는 기오?"라고 경상도 사투리로 말을 붙인다.

"서울까지 가요."

"그런기오. 참 반갑구마. 나도 서울꺼정 가는데. 그러면 우리 동행이 되겠구마."

나는 이 지나치게 반가와하는 말씨에 대하여 무어라고 대답할 말도 없고, 또 굳이 대답하기도 싫기에 덤덤히 입을 닫쳐 버렸다.

"서울에 오래 살았는기요?"

그는 또 물었다.

"육칠 년이나 됩니다."

조금 성가시다 싶었으되, 대꾸 않을 수도 없었다.

"에이구, 오래 살았구마, 나는 처음 길인데 우리 같은 막벌이군이 차를 내려서 어디로 찾아가야 되겠는기요? 일본으로 말하면 기전야도 같은 것이 있는기오?"

하고 그는 답답한 제 신세를 생각했던지 찡그려 보았다. 그때 나는 그의 얼굴이 웃기보다 찡그리기에 가장 적당한 얼굴임을 발견하였다. 군데군데 찢어진 경성드뭇한 눈썹이 올올이 일어서며, 아래로 축 처지는 서슬에 양미간에는 여러 가닥 주름이 잡히고, 광대뼈 위로 뺨살이 실룩실룩 보이자 두 볼은 쪽 빨아든다. 입은 소태나 먹은 것처럼 왼편으로 삐뚤어지게 찢어 올라가고, 죄던 눈엔 눈물이 괸 듯

삼십 세밖에 안 되어 보이는 그 얼굴이 10년가량은 늙어진 듯하였다. 나는 그 신산스러운 표정에 얼마쯤 감동이 되어서 그에게 대한 반감이 풀려지는 듯하였다.

"글쎄요, 아마 노동 숙박소란 것이 있지요."

노동 숙박소에 대해서 미주알고주알 묻고 나서,

"시방 가면 무슨 일자리를 구하겠는기오?"

라고 그는 매달리는 듯이 또 꽤쳤다.

"글쎄요, 무슨 일자리를 구할 수 있을는지요."

나는 내 대답이 너무 냉랭하고 불친절한 것이 죄송스러웠다. 그러나 일자리에 대하여 아무 지식이 없는 나로서는 이외에 더 좋은 대답을 해 줄 수가 없었던 것이다. 그 대신 나는 은근하게 물었다.

"어디서 오시는 길입니까?"

"흠, 고향에서 오누마."

하고 그는 휘 한숨을 쉬었다. 그러자, 그의 신세타령의 실마리는 풀려 나왔다.

그의 고향은 대구에서 멀지 않은 K군 H란 외따른 동리였다. 한 백호 남짓한 그곳 주님은 전부가 역둔토를 파먹고 살았는데, 역둔토로 말하면 사삿집 땅을 부치는 것보다 떨어지는 것이 후하였다. 그러므로 넉넉지는 못할망정 평화로운 농촌으로 남부럽지 않게 지낼 수 있었다. 그러나 세상이 뒤바뀌자 그 땅은 전부가 동양척식회사의 소유에 들어가고 말았다. 직접으로 회사에 소작료를 바치게 되었으면 그래도 나으련만 소위 중간 소작인이란 것이 생겨나서 저는 손에 흙 한 번 만져 보지도 않고 동척엔 소작인 노릇을 하며, 실지인에게는 지주 행세를 하게 되었다. 동척에 소작료를 물고 나서 또 중간 소작료인에게 긁히고 보니, 실작인의 손에는 소출이 3할도 떨어지지 않았다. 그후로 '죽겠다, 못 살겠다' 하는 소리는 중이 염불하듯 그들의 입길에서 오르내리게 되었다. 남부여대하고 타처로 유리하는 사람만 늘고 동리는 점점 쇠진해 갔다.

지금으로부터 9년 전, 그가 열일곱 살 되던 해 봄에(그의 나이는 실상 스물여섯이었다. 가난과 고생이 얼마나 사람을 늙히는가?) 그의 집안은 살기 좋다는 바람에 서간도로 이사를 갔었다. 쫓겨 가는 운명이거든 어디를 간들 신신하랴. 그곳의 비옥한 전야도 그들을 위하여 열려질 리 없었다. 조금 좋은 땅은 먼저 간 이가 모조리 차지하였고 황무지는 비록 많다 하나 그곳 당도하던 날부터 아침거리 저녁거리 걱정이랴. 무슨 행세로 적어도 1년이란 장구한 세월을 먹고 입어 가며 거친 땅을 풀 수가 있으랴. 남의 밑천을 얻어서 농사를 짓고 보니, 가을이 되어 얻는 것은 빈주먹뿐이었다. 이태 동안을 사는 것이 아니라 억지로 버티어 갈 제, 그의 아버지는 망연히 병을 얻어 타국의 외로운 혼이 되고 말았다. 열아홉 살밖에 안 된 그가 홀어머니를 보시고 악으로 악으로 모진 목숨을 이어가는 중 4년이 못 되어 영양 부족한 몸이 심한 노동에 지친 탓으로 그의 어머니 또한 죽고 말았다.

"모친까장 돌아갔구마."

"돌아가실 때 흰죽 한 모금도 못 자셨구마."

하고 이야기하던 이는 문득 말을 뚝 끊는다. 나는 무엇이라고 위로할 말을 몰랐다. 한동안 머뭇머뭇이 있다가 나는 차를 탈 때에 친구들이 사준 정종병 마개를 빼었다. 찻잔에 부어서 그도 마시고 나도 마셨다. 악착한 운명이 던져 준 깊은 슬픔을 술로 녹이려는 듯이 연거푸 다섯 잔을 마시는 그는 다시 말을 계속하였다.

그 후 그는 부모 잃은 땅에 오래 머물기 싫었다. 신의주로, 안동현으로 품을 팔다가 일본으로 또 벌이를 찾아가게 되었다. 규슈 탄광에 있어도 보고, 오사카 철공장에도 몸을 담아 보았다. 벌이는 조금 나았으나 외롭고 젊은 몸은 자연히 방탕해졌다. 돈을 모으려야 모을 수 없고 이따금 울화만 치받치기 때문에 한 곳에 주접을 하고 있을 수 없었다. 화도 나고 고국산천이 그립기도 하여서 훌쩍 뛰어나왔다가 오래간만에 고향을 둘러보고 벌이를 구할 겸 서울로 올라가는 길이라 했다.

"고향에 가시니 반가워하는 사람이 있습디까?"

나는 탄식하였다.

"반가워하는 사람이 다 뭔기오, 고향이 통 없어졌더마."

"그렇겠지요. 9년 동안이나 퍽 변했겠지요."

"변하고 뭐고 간에 아무것도 없더마. 집도 없고, 사람도 없고, 개 한 마리도 얼씬을 않더마."

"그러면, 아주 폐농이 되었단 말씀이오?"

"흥, 그렇구마. 무너지다 만 담만 즐비하게 남았드마. 우리 살던 집도 터야 안 남았는기오, 암만 찾아도 못 찾겠더마. 사람 살던 동리가 그렇게 된 것을 혹 구경했는기오?"

하고 그의 짜는 듯한 목은 높아졌다.

"썩어 넘어진 서까래, 뚤뚤 구르는 주추는 꼭 무덤을 파서 해골을 헐어 젖혀 놓은 것 같더마. 세상에 이런 일도 있는기오? 백여 호 살던 동리가 10년이 못 되어 통 없어지는 수도 있는기오, 후!"

하고 그는 한숨을 쉬며, 그때의 광경을 눈앞에 그리는 듯이 멀거니 먼 산을 보다가 내가 따라 준 술을 꿀꺽 들이켜고,

"참! 가슴이 터지더마, 가슴이 터져"

하자마자 굵직한 눈물 둬 방울이 뚝뚝 떨어진다.

나는 그 눈물 가운데 음산하고 비참한 조선의 얼굴을 똑똑히 본 듯싶었다.

이윽고 나는 이런 말을 물었다.

"그래, 이번 길에 고향 사람은 하나도 못 만났습니까?"

"하나 만났구마, 단지 하나."

"친척 되는 분이던가요?"

"아니구마, 한 이웃에 살던 사람이구마."

하고 그의 얼굴은 더욱 침울했다.

"여간 반갑지 않으셨지어요."

"반갑다마다. 죽은 사람을 만난 것 같더마. 더구나 그 사람은 나와 까닭도 좀 있던 사람인데……."

"까닭이라니?"

"나와 혼인 말이 있던 여자구마."

"하아!"

나는 놀란 듯이 벌린 입이 닫혀지지 않았다.

"그 신세도 내 신세만 하구마."

하고 그는 또 이야기를 계속하였다. 그 여자는 자기보다 나이 두 살 위였는데, 한 이웃에 사는 탓으로 같이 놀기도 하고 싸우기도 하며 자라났다. 그가 열네 살 적부터 그들 부모들 사이에 혼인 말이 있었고 그도 어린 마음에 매우 탐탁하게 생각하였었다. 그런데 그 처녀가 열일곱 살 된 겨울에 별안간 간 곳을 모르게 되었다. 알고 보니, 그 아버지 되는 자가 20원을 받고 대구 유곽에 팔아먹은 것이었다. 그 소문이 퍼지자 그 처녀 가족은 그 동리에서 못 살고 멀리 이사를 갔는데 그 후로는 물론 피차에 한 번 만나 보지도 못하였다. 이번에야 빈터만 남은 고향을 구경하고 돌아오는 길에 읍내에서 그 아내 될 뻔한 댁과 마주치게 되었다.

처녀는 어떤 일본 사람 집에서 아이를 보고 있었다. 궐녀는 20원 몸값을 10년을 두고 갚았건만 그래도 주인에게 빚이 60원이나 남았었는데, 몸에 몹쓸 병이 들어 나이 늙어져서 산송장이 되니까, 주인 되는 자가 특별히 빚을 탕감해 주고, 작년 가을에야 놓아 준 것이었다.

궐녀도 자기와 같이 10년 동안이나 그리던 고향에 찾아오니까 거기에는 집도 없고, 부모도 없고 쓸쓸한 돌무더기만 눈물을 자아낼 뿐이었다. 하루 해를 울어 보내고 읍내로 들어와서 돌아다니다가, 10년 동안에 한 마디 두 마디 배워 두었던 일본말 덕택으로 그 일본 집에 있게 되었던 것이다.

"암만 사람이 변하기로 어째 그렇게도 변하는기오? 그 숱 많던 머리가 훌렁 다 벗을졌두마. 눈을 푹 들어가고 그 이들이들하던 얼굴빛도 마치 유산을 끼얹은 듯 하더마."

"서로 붙잡고 많이 우셨겠지요."

"눈물도 안 나오더마. 일본 우동집에 들어가서 둘이서 정종만 열 병 때려 뉘고 헤어졌구마."

하고 가슴을 짜는 듯한 괴로운 한숨을 쉬더니만 그는 지난 슬픔을 새록새록 자아내어 마음을 새기기에 지쳤음이더라.

"이야기를 다 하면 뭐 하는기오."

하고 쓸쓸하게 입을 다문다.

나 또한 너무도 참혹한 사람살이를 듣기에 쓴물이 났다.

"자, 우리 술이나 마자 먹읍시다."

하고 우리는 주거니 받거니 한 되 병을 다 말리고 말았다. 그는 취흥에 겨워서 우리가 어릴 때 멋모르고 부르던 노래를 읊조렸다.

볏섬이나 나는 전토는
신작로가 되고요—
말마디나 하는 친구는
감옥소로 가고요—
담뱃대나 떠는 노인은
공동묘지 가고요—
인물이나 좋은 계집은
유곽으로 가고요—

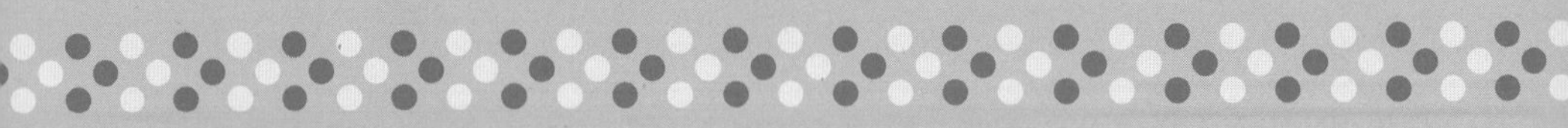

줄거리

나는 대구에서 서울로 가는 기차 안에서 어떤 기묘한 남자와 동석하게 된다. 일본 옷을 마치 두루마기처럼 둘렀고, 그 안에 옥양목 저고리를 입었으며, 아랫도리엔 중국식 바지를 입은데다 옆에 앉은 중국인과 일본인에게 서툰 중국말과 일본말로 대화를 시도하는 것이었다.

나는 처음에는 그런 그를 경멸했지만, 그의 찌든 모습에 동정심이 생겼고 호기심도 느껴 그의 과거 이야기를 듣게 된다. 그는 고향에서 남부럽지 않게 살았으나 9년 전 일제의 착취로 농토를 빼앗기고, 핍박과 수탈에 못 이겨 서간도로 이주했다. 그러나 거기서도 비참한 생활 끝에 부모를 잃었다.

나는 그를 위로할 겸, 정종을 권하면서 계속 그의 이야기를 들었다. 고생만 하다가 일본으로 건너가 탄광과 철공소에서도 돈벌이를 해 봤지만, 여전히 가난에서 벗어나지 못한 채 귀국했고 그는 잠시 고향에 들렀다. 고향은 이미 폐농이 되어 있었다. 고향을 둘러보고 나오던 그는 한때 혼담이 오갔던 여자를 우연히 만났는데, 그녀는 17세 때 아버지에 의해 유곽(창녀촌)으로 팔려갔다가 몸값 20원을 10년간이나 갚고도 빚이 60원이나 남은 상태였다고 한다. 하지만 병들고 산송장이나 다름없게 되자 겨우 유곽에서 풀려나 지금은 고향의 일본인 집에서 식모살이를 하고 있었다. 그는 자신의 신세와 마찬가지인 여자와 술을 마신 뒤 헤어졌다.

나는 더 이상 그런 이야기를 듣기 싫어서 술을 마셨고, 그는 노래를 부르기 시작했다.

감상 포인트

사실주의의 일반적 특성인 '현실 폭로'에 주안점을 둔 작품이다. 일제의 수탈로 모든 것을 잃은 두 남녀의 모습에서 우리는 조선의 실제 얼굴을 사실적으로 볼 수 있고, 마지막 결미의 노래에서는 민족의 고뇌를 함축한 풍자도 느낄 수 있다. 즉, 일제강점기인 1920년대 중반, 일제 수탈로 황폐해진 농촌의 실상을 1인칭 서술로 실감나게 전달하고 있는 것이다.

한마디로, 이 작품은 특별한 흥미를 주는 극적인 사건이나 특징적 인물은 나오지 않지만, 일제강점기 한국 농민의 비참한 생활상을 극명하게 보여 주고 있다. 사실주의 작가인 현진건은 '그'라는 인물을 통해 황폐화된 농촌 모습과 수탈당하는 농민의 생활상을 고발하고 있으며, '그'의 옛 애인을 통해서는 식민지 여성의 수난상을 보여 줌과 동시에 일제의 식민 정책에 강한 저항 의식을 드러내고 있다.

이 작품은 액자식 구성을 취하고 있다. 실제 이야기를 나누는 현재 시간, 사건이 일어난 과거 시간, 다시 이야기를 나누는 현재 시간 등의 3단으로 구성되어 있어 입체적인 느낌이 든다. 또한 상징법과 외모에 대한 구체적인 묘사, 어조 변화 등에 의한 점층적 성격 표출, 대화를 통한 효과적인 사건 서술, 주제의 집약적 표현을 위한 노래 사용 등은 광범위한 제재를 단편이라는 형식 안에 수용, 형상화하는 데 성공하도록 만들었다.

등장인물

- **나 :** '그'와 한 열차에 동승해 '그'를 관찰하고 '그'의 이야기를 전달하는 작품 속 관찰자이자 화자. 지식인으로, 초반에는 애써 현실을 외면하려 하지만 '그'의 과거 이야기를 듣고 조선의 현실을 재인식하면서 '그'와 공감대를 형성하게 된다.
- **그 :** 외관상 다소 천박해 보이는 이 소설의 주인공. 초반부에서는 현실 순응적 태도를 보이지만 후반부에서는 현실에 대한 비판의식과 저항성을 드러낸다.
- **그녀 :** '그'와 혼담이 있었지만, 농촌의 황폐화로 아버지에 의해 20원에 창녀촌에 팔려간 여성. 당대 한국 여성의 비참한 삶의 모습을 명확하게 드러내는 정적인 인물이다.

'그'에 대한 '나'의 태도 변화

경멸감('그'의 잘난 척하는 태도) → 호기심('그'와의 대화를 통해 새로운 점을 발견) → 동정심(고난에 찬 '그'의 과거 내력을 듣게 됨) → 동질감('그'와 '나가' 같은 조선 민중임을 깨달음).

작품의 구조

서울행 기차 안에서 '나'가 '그'의 과거 이야기를 듣는 액자식 구조로 되어 있다. 따라서 시간적 배경도 서울행 기차에서 '나'와 '그'가 만나는 현재 시간 → '그'의 인생역정이 펼쳐지는 과거 시간 → 서울행 기차의 현재 시간으로 나뉜다.

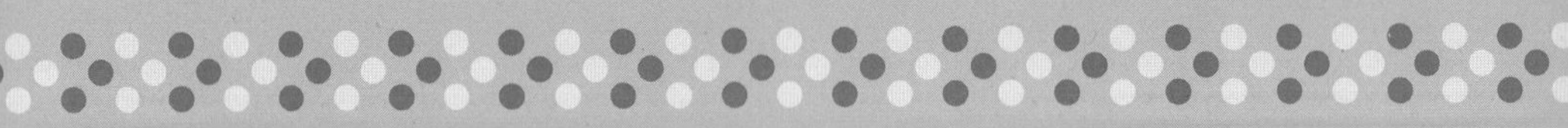

작품의 특징

① 치밀한 묘사와 대화로 내용을 서술하고 있다.
② 영탄조의 서술이 돋보인다. 즉, 그에 대한 '나'가 갖는 동정의 태도는 서술자로서의 객관성을 유지하지 못한 채 '그'에 대한 논평자, 해석자의 위치로 변화한다.
③ 사투리를 통한 사실적 표현이 생생함을 더한다. 즉, '그'의 사투리는 극심한 고생으로 무디어진 감정을 드러내는 효과가 있을 뿐 아니라, 인물의 신분이나 현장감을 살리는 수단이 되기도 한다.

핵심정리

- **갈래** : 단편 소설, 사실주의 소설
- **경향** : 사실주의
- **구성** : 액자식 구성
- **시점** : 1인칭 관찰자 시점과 3인칭 시점의 혼재
- **배경** : 일제강점기인 1920년대, 서울행 기차 안
- **문체** : 객관적이고 사실적인 문체, 사투리의 효과적인 사용
- **주제** : 일제강점기 한민족의 비참한 생활상의 폭로와 일제에 대한 저항

황순원

1915~2000년

시인으로 등단해 단편 소설가로, 다시 장편 소설가로 거듭 변신하면서 문학세계를 넓힌 작가다. 특히 서정적 아름다움과 소설 문학이 추구할 수 있는 예술적 성과의 한 극치를 시현한 소설가로 평가받는다.

1930년부터 동요와 시를 신문에 발표하기 시작, 이듬해 시 《나의 꿈》을 〈동광〉에 발표하면서 등단했으며, 1933년 시 《1933년 수레바퀴》 등 다수의 작품을 내놓았다.

1937년부터 소설 창작에도 관심을 가지면서 〈단층斷層〉의 동인으로 주로 모더니즘 계열의 시를 발표하다가, 첫 단편집 《늪》의 발간을 계기로 소설에 치중하기 시작했다. 이후 《별》, 《그늘》 등의 환상적이며 심리적 경향이 짙은 단편 소설들을 발표했다.

아시아자유문학상, 예술원상, 3 · 1문학상, 대한민국 문학상 등을 수상했다. 대표 작품으로는 《술》, 《목넘이 마을의 개》, 《카인의 후예》, 《병든 나비》, 《애》, 《황노인》, 《노새》, 《맹산할머니》, 《독 짓는 늙은이》 등의 단편 소설과 시 《그날》, 장편 소설 《별과 같이 살다》, 《카인의 후예》, 《인간접목》, 《나무들 비탈에 서다》, 《일월》, 《움직이는 성》, 《신들의 주사위》 등이 있다.

학

삼팔 접경의 이 북쪽 마을은 드높이 개인 가을하늘 아래 한껏 고즈넉했다.

주인 없는 집 봉당에 흰 박통만이 흰 박통만을 의지하고 굴러 있었다.

어쩌다 만나는 늙은이는 담뱃대부터 뒤로 돌렸다. 아이들은 또 아이들대로 멀찌감치서 미리 길을 비켰다. 모두 겁에 질린 얼굴들이었다.

동네 전체로는 이번 동란에 깨어진 자국이라곤 별로 없었다. 그러나 어쩐지 자기가 어려서 자란 옛 마을은 아닌 성싶었다.

뒷산 밤나무 기슭에서 성삼이는 발걸음을 멈추었다. 거기 한 나무에 기어올랐다. 귓속 멀리서, 요놈의 자식들이 또 남의 밤나무에 올라가는구나, 하는 혹부리할아버지의 고함소리가 들려왔다.

그 혹부리할아버지도 그새 세상을 떠났는가, 몇 사람 만난 동네 늙은이 가운데 뵈지 않았다. 성삼이는 밤나무를 안은 채 잠시 푸른 가을하늘을 치어다보았다. 흔들지도 않은 밤 나뭇가지에서 남은 밤송이가 저 혼자 아람이 벌어져 떨어져 내렸다.

임시 치안대 사무소로 쓰고 있는 집 앞에 이르니, 웬 청년 하나가 포승에 묶이어 있다.

이 마을에서 처음 보다시피 하는 젊은이라, 가까이 가 얼굴을 들여다보았다. 깜짝 놀랐다. 바로 어려서 단짝 동무였던 덕재가 아니냐.

천태에서 같이 온 치안대원에게 어찌된 일이냐고 물었다. 농민동맹 부위원장을 지낸 놈인데 지금 자기 집에 잠복해 있는 걸 붙들어 왔다는 것이다. 성삼이는 거기 봉당 위에 앉아 담배를 피워 물었다.

덕재를 청단까지 호송하기로 되었다. 치안 대원 청년 하나가 데리고 가기로 했다.

성삼이가 다 탄 담배꼬투리에서 새로 담뱃불을 댕겨 가지고 일어섰다.

"이 자식은 내가 데리고 가지요."

덕재는 한결같이 외면한 채 성삼이 쪽은 보려고도 하지 않았다.

동구 밖을 벗어났다.

성삼이는 연거푸 담배만 피웠다. 담배 맛은 몰랐다. 그저 연기만 기껏 빨았다 내뿜곤 했다. 그러다가 문득 이 덕재 녀석도 담배 생각이 나려니 하는 생각이 들었다. 어려서 어른들 몰래 담 모퉁이에서 호박잎 담배를 나눠 피우던 생각이 났다. 그러나 오늘 이놈에게 담배를 권하다니 될 말이냐.

한 번은 어려서 덕재와 같이 혹부리할아버지네 밤을 훔치러 간 일이 있었다. 성삼이가 나무에 올라갈 차례였다. 별안간 혹부리할아버지의 고함소리가 들려왔다. 나무에서 미끄러져 떨어졌다. 엉덩이에 밤송이가 찔렸다. 그러나 그냥 달렸다. 혹부리할아버지가 못 따라올 만큼 멀리 가서야 절로 눈물이 질끔거려졌다. 덕재가 불쑥 자기 밤을 한 줌 꺼내어 성심이 호주머니에 넣어 주었다…….

성삼이는 새로 불을 댕겨 문 담배를 내던졌다. 그리고는 이 덕재 자식을 데리고 가는 동안 다시 담배는 붙여 물지 않으리라 마음먹는다.

고갯길에 다다랐다. 이 고개는 해방 전전에 성삼이가 삼팔 이남 천태 부근으로 이사 가기까지 덕재와 더불어 늘 꼴 베러 넘나들던 고개다.

성삼이는 와락 저도 모를 화가 치밀어 고함을 질렀다.

"이 자식아, 그동안 사람을 몇이나 죽였냐?"

그제야 덕재가 힐끗 이쪽을 바라다보더니 다시 고개를 거둔다.

"이 자식아, 사람 몇이나 죽였어?"

덕재가 다시 고개를 이리로 돌린다. 그리고는 성삼이를 쏘아본다. 그 눈이 점점 빛을 더해 가며 제법 수염발 잡힌 입언저리가 실쭉거리더니,

"그래 너는 사람을 그렇게 죽여 봤니?"

이 자식이! 그러면서도 성삼이의 가슴 한복판이 환해짐을 느낀다. 막혔던 무엇이 풀려 내리는 것만 같은. 그러나,

"농민동맹 부위원장쯤 지낸 놈이 왜 피하지 않구 있었어? 필시 무슨 사명을 마구 잠복해 있는 거지?"

덕재는 말이 없다.

"바른 대루 말해라. 무슨 사명을 띠구 숨어 있었냐?"

그냥 덕재는 잠잠히 걷기만 한다. 역시 이 자식 속이 꿀리는 모양이구나. 이런 때 한 번 낯짝을 봤으면 좋겠는데 외면한 채 다시는 고개를 돌리지 않는다.

성삼이는 허리에 찬 권총을 잡으며,

"변명은 할려구두 않는다. 내가 제일 빈농의 자식인 데다가 근농꾼이라구 해서 농민동맹 부위원장 됐든 게 죽을죄라면 하는 수 없는 거구, 나는 예나 이제나 땅 파먹는 재주밖에 없는 사람이다."

그리고 잠시 사이를 두어,

"지금 집에 아버지가 앓아누웠다. 벌써 한 반년 된다."

덕재 아버지는 홀아비로 덕재 하나만 데리고 늙어 오는 빈농꾼이었다.

칠 년 전에 벌써 허리가 굽고 검버섯이 돋은 얼굴이었다.

"장간 안 들었냐?"

잠시 후에,

"들었다."

"누와?"

"꼬맹이와."

아니 꼬맹이와? 거 재미있다. 하늘 높은 줄 모르고 땅 높은 줄만 알아, 키는 작고 똥똥하기만 한 꼬맹이. 무던히 새침데기였다. 그것이 얄미워서 덕재와 자기는 번번이 놀려서 울려 주곤 했다. 그 꼬맹이한테 덕재가 장가를 들었다는 것이다.

"그래 애가 몇이나 되나?"

"이 가을에 첫애를 낳는대나."

성삼이는 그만 저도 모르게 터져 나오려는 웃음을 겨우 참았다. 제 입으로 애가 몇이나 되느냐 묻고서도 이 가을에 첫애를 낳게 됐다는 말을 듣고는 우스워 못 견디겠는 것이다. 그러지 않아도 작은 몸에 곧 배를 한 아름 안고 있을 꼬맹이. 그러나 이런 때 그런 일로 웃거나 농담을 할 처지가 아니라는 걸 깨달으며,

"하여튼 네가 피하지 않구 남아 있는 건 수상하지 않어?"

"나두 피하려구 했었어. 이번에 이남서 쳐들어 오믄 사내란 사낸 모주리 잡아 죽인다구 열일곱에서 마흔 살까지의 남자는 강제루 북으로 이동하게 됐었어. 할 수 없이 나두 아버질 업구라두 피난 갈까 했지. 그랬드니 아버지가 안 된다는 거야. 농사꾼이 다 지어 놓은 농살 내버려 두구 어딜 간단 말이냐구. 그래 나만 믿구 농사일루 늙으신 아버지의 마지막 눈이나마 내 손으루 감겨 드려야겠구, 사실 우리 같이 땅이나 파먹는 것이 피난 간댔자 별수 있는 것두 아니구……."

지난 유월달에는 성삼이 편에서 피난을 갔었다. 밤에 몰래 아버지더러 피난 갈 이야기를 했다. 그때 성삼이 아버지도 같은 말을 했다. 농사꾼이 농사일을 늘어 놓구 어디루 피난 간단 말이냐. 성삼이 혼자서 피난을 갔다. 남쪽 어느 낯 설은 거리와 촌락을 헤매 다니면서 언제나 머리에서 떠나지 않는 건 늙은 부모와 어린 처자에게 맡기고 나온 농사일이었다. 다행히 그때나 이제나 자기네 식구들은 몸 성

히들 있다.

고갯마루를 넘었다. 어느 새 이번에는 성삼이 편에서 외면을 하고 걷고 있었다. 가을 햇볕이 자꾸 이마에 따가웠다. 참 오늘 같은 날은 타작하기에 꼭 알맞은 날씨라고 생각했다.

고개를 다 내려온 곳에서 성삼이는 주춤 발걸음을 멈추었다.

저쪽 벌 한가운데 흰옷을 입은 사람들이 허리를 굽히고 섰는 것 같은 것은 틀림없는 학 떼였다. 소위 삼팔선 완충지대가 되었던 이곳. 사람이 살고 있지 않은 그 동안에도 이들 학들만은 전 대로 살고 있은 것이었다.

지난날 성삼이와 덕재가 아직 열두어 살쯤 났을 때 일이었다. 어른들 몰래 둘이서 올가미를 놓아 여기 학 한 마리를 잡은 일이 있었다. 단정학이었다. 새끼로 날개까지 얽어매 놓고는 매일같이 둘이서 나와 학의 목을 쓸어안는다, 등에 올라탄다, 야단을 했다. 그러한 어느 날이었다. 동네 어른들의 수군거리는 소리를 들었다. 서울서 누가 학을 쏘러 왔다는 것이다. 무슨 표본인가를 만들기 위해서 총독부의 허가까지 맡아 가지고 왔다는 것이다. 그 길로 둘이는 벌로 내달렸다. 이제는 어른들한테 들켜 꾸지람 듣는 것 같은 건 문제가 아니었다. 그저 자기네의 학이 죽어서는 안 된다는 생각뿐이었다. 숨 돌릴 겨를도 없이 잡풀 새를 기어 학 발목의 올가미를 풀고 날개의 새끼를 끌렀다. 그런데 학은 잘 걷지도 못하는 것이다. 그동안 얽매여 시달렸던 탓이리라. 둘이서 학을 마주 안아 공중에 투쳤다. 별안간 총소리가 들렸다. 학이 두서너 번 날갯짓을 하다가 그대로 내려왔다. 맞았구나. 그러나 다음 순간, 바로 옆 풀숲에서 펄럭 단정학 한 마리가 날개를 펴자 땅에 내려앉았던 자기네 학도 긴 목을 뽑아 한 번 울음을 울더니 그대로 공중에 날아올라, 두 소년의 머리 위에 동그라미를 그리며 저쪽 멀리로 날아가 버리는 것이었다. 두 소년은 언제까지나 자기네 학이 사라진 푸른 하늘에서 눈을 뗄 줄을 몰랐다…….

"얘, 우리 학사냥이나 한 번 하구 가자."

성삼이가 불쑥 이런 말을 했다.

덕재는 무슨 영문인지 몰라 어리둥절해 있는데,

"내 이걸루 올가밀 만들어 놀께 너 학을 몰아오너라."

포승줄을 풀어 쥐더니, 어느 새 잡풀 새로 기는 걸음을 쳤다.

대번 덕재의 얼굴에서 핏기가 걷혔다. 좀 전에, 너는 총살감이라던 말이 퍼뜩 머리를 스치고 지나갔다. 이제 성삼이가 기어가는 쪽 어디서 총알이 날아오리라.

저만치서 성삼이가 홱 고개를 돌렸다.

"어이, 왜 멍추같이 서 있는 게야? 어서 학이나 몰아 오너라."

그제서야 덕재도 무엇을 깨달은 듯 잡풀 새를 기기 시작했다.

때마침 단정학 두세 마리가 높푸른 가을하늘에 곧 날개를 펴고 유유히 날고 있었다.

줄거리

마을의 치안대원인 성삼은 단짝동무였던 덕재가 이념 문제로 체포되어 온 모습을 보고 청단까지의 호송을 자청한다. 호송 도중, 성삼은 유년 시절에 호박잎 담배를 나눠 피우던 일과 혹부리 할아버지 집에 밤 서리를 갔다가 들켜서 혼이 났던 일 등을 떠올리며 내적 갈등을 느낀다.

농민동맹 부위원장까지 지낸 덕재에게 심한 적대감을 품기도 했지만, 대화를 하면서 적대감은 점차 누그러지고 덕재에게는 어떤 정치 이념도 없다는 사실을 알게 된다. 즉, 덕재는 공산주의 이념에 동조한 것이 아니라 가난한 농부라는 이유 하나만으로 이용당했을 뿐이며, 농사꾼이 땅을 버릴 수 없다는 아버지의 고집에 피난을 가지 않고 마을에 남았던 것이다. 성삼은 자신이 피난 가던 때를 회상하면서 농사 걱정 때문에 피난을 끝까지 거부하던 아버지를 떠올렸고, 덕재의 처지가 어느 정도 이해됐다.

어느덧 덕재에 대한 증오심이 우정으로 바뀌면서 두 사람은 고갯마루를 넘었다. 성삼은 고갯길을 내려오면서 전처럼 변함없이 살고 있는 학떼를 발견하고는 옛일을 회상한다. 어린 시절, 학을 잡아 얽어매 놓고 괴롭히다가 사냥꾼이 학을 잡으러 왔다는 소문을 듣고 놀라서 학 발목의 올가미를 풀어준 추억이 있었던 것이다.

성삼은 그날의 일을 떠올리며 덕재에게 학 사냥을 하자고 한다. 그러면서 학을 몰아 오라고 말한다. 순간 덕재는 두려움을 느꼈지만, 이내 성삼의 의도를 파악하고 학을 몰기 위해 잡풀 속으로 마구 뛰어 들어갔다.

감상 포인트

동족상잔의 민족적 비극에서도 영원히 변하지 않는 순수한 우정을 통해 이념을 초월한 인간애를 서정적으로 승화시킨 작품이다. 6·25전쟁으로 살벌하게 변해 버린 삼팔선 접경의 북쪽 마을을 배경으로, '치안대 사무소 앞 → 동구 밖 → 고갯길 → 풀숲'으로 이어지는 공간에서 순수한 인간의 본성과 진정한 의미의 인간다운 삶이 무엇인지를 깊이 생각하도록 하고 있다. 즉, 6·25전쟁이라는 민족적 비극에 의해 서로 반대편으로 갈리는 상처를 입지만, 결국 변하지 않는 인간미가 성삼과 덕재라는 두 주인공의 동질성을 회복시키고 있는 것이다.

이 작품은 맨 끝 장면에서 성삼과 덕재가 우정을 회복함으로써 6·25전쟁을 다루는 일반 소설들이 빠지기 쉬운 극단적 이분법에서 벗어나 있다. 즉, 6·25전쟁을 다루는 일부 작품들이 인간에 대한 불신에서 벗어나지 못하는 반면, 《학》은 불신과 단절의 벽을 우정으로 극복하고 있는 것이다. 바로 이러한 점이 이 작품에 의미를 더한다.

이 작품에서 '학'은 갈등 해소의 매개체 구실을 한다. 일제강점기에서 6 · 25전쟁으로 이어지는 시간의 흐름 속에서 그 상징적 의미와 구실은 더 심화되고 있다.

등장인물

- **성삼** : 이데올로기의 영향을 받지 않은 농민으로, 어렸을 때부터 덕재와 한 마을에서 자란 친구다. 6 · 25전쟁을 계기로 잠시 피난을 갔다가 치안대원이 되어 돌아왔다.
- **덕재** : 6 · 25전쟁 발발 후 어떠한 이데올로기에도 동조하지 않았지만, 빈농이라는 이유 하나만으로 농민동맹 부위원장이 됐다. 순박하고 착한 마음을 가진 농민이다.

작품에 등장하는 소재

- **담배** : 성삼이 덕재를 호송하는 과정에서 계속 피워 대는 담배는 착잡하고 초조한 성삼의 심리를 형상화하고 있다. 어린 시절 호박잎 담배에 대한 추억과 더불어, 새로 불을 댕긴 담배를 내던진 뒤 호송 내내 다시 피우지 않겠다고 다짐하는 것은 덕재에 대한 우정을 표현한 것이다.
- **포승줄** : 구속에서 벗어나 해방이라는 질적 변화를 가능하게 하는 소재이다.
- **학** : '흰옷을 입은 사람들'로 비유된 학은 우리 민족을 상징한다. 학은 정치적 현실과 상관없이 삼팔선 완충지대에서 그때나 이제나 한결같은 모습으로 살고 있다. 성삼과 덕재는 학에 대한 공동의 추억을 갖고 있으며, 이를 계기로 이념을 초월한 우정을 회복하게 된다.

작품의 특징

① 소재를 상징적으로 사용하고 있다.
② 불필요한 대화나 작가의 직접적인 개입을 자제했다.
③ 생략과 암시로 등장인물의 심리 변화를 나타내고 있다.
④ 과거 회상을 삽화적으로 삽입했다.

황순원의 작품세계

간결하고 세련된 문체, 소설 미학의 전범을 보여 주는 듯한 다양한 기법적 장치들, 소박하면서도 치열한 휴머니즘 정신, 한국인의 전통적 삶에 대한 애정 등을 고루 갖춤으로써 황순원의 작품들은 한국 현대소설의 전범으로 평가받고 있다.

특히 그의 문체는 사실적이라기보다 인상파적인 선명성을 지니고 있으며, 서정시적인 분위기도 느끼게 한다. 이런 분위기는 치밀하고 지적인 절제로 더욱 신비롭게 다가온다.

소설 문학이 서정적 아름다움을 추구할 경우 자칫 역사적 차원에 대한 관심이 결여될 수 있다. 하지만 황순원의 문학은 이러한 위험도 잘 극복했다. 즉, 그의 여러 장편 소설들을 보면, 서정적 아름다움을 충실하게 살리면서도 일제강점기에서부터 근대화 초기까지의 우리 정신사에 대한 조명이 적절하게 이루어지고 있음을 확인할 수 있다.

핵심정리

- **갈래** : 단편 소설, 전후 소설
- **배경** : 1950년 6 · 25전쟁 당시의 가을, 삼팔선 접경의 북쪽 마을
- **시점** : 전지적 작가 시점에 부분적으로 관찰자 시점, 선택적 전지적 시점이 복합됨
- **경향** : 휴머니즘
- **표현** : 암시와 상징을 통한 주제 유도
- **주제** : 사상과 이념을 초월한 인간애의 실현

2 별

동네 애들과 노는 아이를 한동네 과수 노파가 보고, 같이 저자에라도 다녀오는 듯한 젊은 여인에게 무심코, 쟈 동복 누이가 꼭 죽은 쟈 오마니 닮았디 왜, 한 말을 얼김에 듣자 아이는 동무들과 놀던 것도 잊어버리고 일어섰다. 아이는 얼핏 누이의 얼굴을 생각해 내려 하였으나 암만 해도 떠오르지 않았다. 집으로 뛰면서 아이는 저도 모르게, 오마니 오마니, 수없이 외었다. 집 뜰에서 이복동생을 업고 있는 누이를 발견하고 달려가 얼굴부터 들여다보았다. 너무나 엷은 입술이 지나치게 큰 데 비겨 눈은 짭짭하니 작고, 그 눈이 또 늘 몽롱히 흐려 있는 누이의 얼굴. 아홉 살 난 아이의 눈은 벌써 누이의 그런 얼굴 속에서 기억에는 없으나 마음속으로 그렇게 그려 오던 돌아간 어머니의 모습을 더듬으며 떨리는 속으로 찬찬히 누이를 바라보았다. 참으로 오마니는 이 누이의 얼굴과 같았을까. 그러자 제법 어른처럼 갓난 이복동생을 업고 있던 열한 살잡이 누이는 전에 없이 별나게 자기를 자세히 들여다보는 동복 남동생에게 마치 어머니다운 애정이 끓어오르기나 한 듯이 미소를 지어 보였을 때, 아이는 누이의 지나치게 큰 입 새로 드러난 검은 잇몸을 바라보며 누이에게서 돌아간 어머니의 그림자를 찾던 마음은 온전히 사라지고, 어머니가 누이처럼 미워서는 안 된다고 머리를 옆으로 저었다. 우리 오마니는 지금 눈앞에 있는 누이로서는 흉내도 못 내게스레 무척 이뻤으리라. 그냥 남동생이 귀엽다는 듯이 미소를 짓고 있는 누이에게 아이는 처음으로 눈을 흘기며 무서운 상을 해 보였다. 미운 누이의 얼굴이 놀라 한층 밉게 찌그러질 만큼. 생각다 못해 종내 아이는 누이가 꼭 어머니 같다고 한 동네 과수 노파를 찾아 자기 집에서 왼편쪽으로 마주난 골목 막다른 집으로 갔다. 마침 노파는 새로 지은 저고리 동정에 인두질을 하고 있었다. 늘 남에게 삯바느질을 시켜 말쑥한 옷만 입고 다녀 동네에서 이름난 과수 노파가 제 손으로 인두질을 하다니 웬일일까. 그러나 아이를 보자 과수 노파는 아이보다도 더 의아스러운 듯한 눈치를 하면서 인두를 화로에 꽂는다. 아이는 곧 노파에게, 아니 우리 오마니하구 우리 뉘하구 같이 생겠단 말은 거짓말이디요? 했다. 노파는 더욱 수상하다는 듯이 아이를 바라보다가 그러나 남의 일에는 흥미 없다는 얼굴로, 왜 닮았디, 했다. 아이는 떨리는 입술로 다시, 아니 우리 오마니 입하구 뉘 입하구 다르게 생기디 않았이요? 하고 열심히 물었다. 노파는 이번에는 화로에 꽂았던 인두를 뽑아 자기 입술 가까이 갖다 대어 보고 나서, 반만큼 세운 왼쪽 무릎 치마에 문대고는 일감을 잡으며 그저, 그러구 보믄 다르든 것 같기두 하군, 했다. 아이는 인두질하는 과수 노파의 손 가까이로 다가서며 퍼뜩 과수 노파의 손이 나이보다는 젊고 고와 보인다는 생각을 하면서, 우리 오마니 잇몸은 우리 뉘 잇몸터럼 검디 않구 이뻤디요? 했다. 과수 노파는 아이가 가까이 다가와 어둡다는 듯이 갑자기 인두 든 손으로 아이를 물러나라고 손짓하고 나서 한결같이 흥 없이, 그래앤, 했다. 그러나 아이만은 여기서 만족하여 과수 노파의 집을 나서 그 달음으로 자기 집까지 뛰어오면서, 그러면 그렇지 우리 오마니가 뉘처럼 미워서야 될 말이냐고 속으로 수없이 되뇌었다. 안뜰에 들어서자 누이가 안 보임을 다행으로 여기며 방 안으로 들어갔다. 그리고 책상 앞으로 가 란도셀 속에서 산수책을 꺼내다가 그 속에 인형을 발견하고 주춤 손을 거두었다. 누이가 비단 색헝겊을 모아 만들어 준 낭자를 튼 예쁜 각시인형이었다. 그리고 아이가 언제나 란도셀 속에 넣어 가지고 다니는 인형이었다. 과목은 요일을 따라 바뀌었으나 항상 란도셀 속에 이 인형만은 변함없이 들어 있었다. 아이는 인형을 꺼내 들었다. 그러나 지금 아이는 이 인형의 여태까지 그렇게 이쁘던 얼굴이 누이의 얼굴이나처럼 미워짐을 어쩔 수 없었다. 곧 아이는 인형을 내다 버려야 한다는 걸 느꼈다. 그걸 품에 품고 밖으로 나섰다. 저녁 그늘이 내린 과수 노파가 사는 골목을 얼마 들어가다 아이는 주위에 사람 없는 것을 살피고 나서 주머니에서 칼을 꺼냈다. 칼끝으로 땅을 파 가지고 거기에다 품속의 인형을 묻었다. 그리고는 그곳을 떠났다. 인형인가 누이인가 분간 못할 서로 얽힌 손들이 매달리는 것 같음을 아이는 느꼈다. 그러나 아이는 어머니와 다른 그 손들을 쉽사리 뿌리칠 수 있었다. 골목을 다 나온 곳에서 달구지를 벗은 당나귀가 아이의 아랫도리를 찼다. 아이는 굴러 나가동그라졌다. 분하다. 일어난 아이는 당나귀 고삐를 쥐고 달구지채로 해서 당나귀 등에 올라탔다. 당나귀가 제 꼬리를 물려는 듯이 돌다가 날뛰기 시작했다. 아이는, 그럼 우리 오마니가 뉘터럼 생겠단 말이가? 뉘터럼 생겠단 말이가? 하고 당나귀가 알아나 듣는 것처럼 소리를 질렀다. 당나귀가 더 날뛰었다. 아이의, 뉘터럼 생겠단 말이가 하는 소리가 더 커갔다. 그러다가 별안간 뒤에서 누이의 데련! 하는 부르짖음 소리를 듣고 당나귀 등에서 떨어지고 말았다. 땅에 떨어진 아이는 다리 하나를 약간 삔 채로 나자빠져 있었다. 누이가 분주히 달려왔다. 그러나 아이는 누이가 위에서 굽어 보며 붙들어 일으키려는 것을 무지스럽게 손으로 뿌리치고는 혼자 벌떡 일어나, 삔 다리를 예사롭게 놀려 집으로 돌아왔다.

갓난 이복동생을 업어 주는 것이 학교 다녀온 뒤의 나날의 일과가 되어 있는 누이가, 하루는 아이의 거동에서 자기를 꺼리고 있다는 것을 눈치 채고는 그런 동생을 기쁘게 해 주려는 듯이, 업은 애의 볼기짝을 돌려 대더니 꼬집기 시작했다. 물론 누이의 손은 힘껏 꼬집는 시늉만 했고, 그럴 적마다 그 작은 눈을 힘주는 듯이 끔쩍끔쩍하였지만, 결국은 애가 울지 않을 정도로 조심하면서 꼬집어 대는 것이었다. 사실 줄곧 누이에게만 애를 업히는 의붓어머니에게 슬그머니 불평 같은 것이 가고 누이에게는 동정이 가던 아이었다. 그러나 이날 아이는 자기를 기껍게나 해 주려는 듯이 이복동생의 볼기짝을 힘껏 꼬집는 시늉을 하는 누이에게 재미있다는 생각이 일기는커녕 도리어 밉고, 실눈을 끔쩍일 적마다 흉하게만 여겨졌다. 아이는 문득 누이를 혼내어 줄 계교가 생각났다. 그는 날렵하게 달려가 이복동생의 볼기짝을 진짜로 꼬집어 댔다. 그리고 업힌 애가 울음을 터뜨리는 걸 보고야 꼬집기를 멈추고 골목으로 뛰어가 숨었다. 이제 턱이 밭은 의붓어머니가 달려 나와, 왜 애를 그렇게 갑자기 울리느냐고 누이를 꾸짖으리라. 아이는 골목에서 몰래 의붓어머니가 나오기만 기다렸다. 사실 곧 의붓어머니는 나왔다. 그리고 또 어김없이 누이를 내려다보면서, 앨 왜 그렇게 갑자기 울리니, 했다. 아이는 재미나 하는 장난스런 미소를 떠올렸다 그러나 다음 순간 아이는 누이의 대답이 어떨까 하는 생각이 들면서, 이번에는 저도 모르게 미소가 걷히고 귀가 기울어졌다. 그렇게 자기들에게 몹쓸게 굴지는 않는다고 생각되면서도 어딘가 어렵고 두렵게만 여겨지는 의붓어머니에게 겁난 누이가 그만 자기가 꼬집어서 운다고 바로 이르기나 하면 어쩌나. 그러나 누이는 의붓어머니가 어렵고 힘들고 두렵게 생각키우지도 않는지 대담스레 고개를 들고, 아마 내 등을 빨다가 울 젠 배가 고파 그런가 봐요, 하지 않는가. 아, 기묘한 거짓말을 잘 돌려댄다. 그러나 지금 대담하게 의붓어머니에게 거짓말을 하여 자기를 감싸 주는 누이에게서 어머니의 애정 같은 것이 풍기어 오는 듯함을 느끼자 아이는, 우리 오마니가 뉘 같지는 않았다고 속으로 부르짖으며 숨었던 골목에서 나와 의붓어머니에게로 걸어갔다. 그리고는, 난 또 애 업구 어디 넘어디디나 않았나 했군, 하면서 누이의 등에서 어린애를 풀어내고 있는 의붓어머니에게 아이도 이번에는 겁내지 않고, 이자 내가 애 엉뎅일 꼬집었이요, 했다.

아이는 옥수수를 좋아했다. 옥수수를 줄줄이 다음다음 뜯어 먹는 게 참 재미있었다. 알이 배고 곧은 자루면 엄지손가락 쪽의 손바닥으로 되도록 여러 알을 한꺼번에 눌러 밀어 얼마나 많이 붙은 쌍동이를 떼낼 수 있나 누이와 내기하기도 했었다. 물론 아이는 이 내기에서 누이한테 늘 졌다. 누이는 줄이 곧지 않은 옥수수를 가지고도 꽤는 잘 여러 알 붙은 쌍동이를 떼내곤 했다. 그렇게 떼낸 쌍동이를 누이가 손바닥에 놓아 내밀어 아이는 맛있게 그걸 집어 먹기도 했었다. 그러나 이날 아이는 누이가, 우리 누가 많이 쌍동이를 만드나 내기할까? 하는 것을 단박에, 싫어! 해 버렸다. 누이는 혼자 아이로서는 엄두도 못 낼 긴 쌍동이를 떼냈다. 아이는 일부러 줄이 곧게 생긴 옥수수자루인데도 쌍동이를 떼내지 않고 알알이 뜯어 먹고만 있었다. 누이는 금방 뜯어낸 쌍동이를 아이에게 내주었다. 그러나 아이는 거칠게, 싫어! 하고 머리를 도리질하고 말았다. 누이가 새로 더 긴 쌍동이를 뜯어내서는 다시 아이에게 내밀었다. 그러나 누이가 마치 어머니나처럼 굴 적마다 도리어 돌아간 어머니가 누이와 같지 않다는 생각으로 해서 더 누이에게 냉정할 수 있는 아이는, 내민 누이의 손을 쳐 쌍동이를 떨궈 버리고 말았다. 그러던 어떤 날 저녁, 어둑어둑한 속에서 아이가 하늘의 별을 세며 별은 흡사 땅 위의 이슬과 같다고 생각하고 있는데, 누이가 조심스레 걸어오더니 어둑한 속에서도 분명한 옥수수 한 자루를 치마폭 밑에서 꺼내어 아이에게 쥐어 주었다. 그러나 아이는 그것을 먹어 볼 생각도 않고 그냥 뜨물항아리 있는 데로 가 그 속에 떨구듯 넣어 버렸다.

아이는 또 땅바닥에 갖가지 지도 같은 금을 그으며 놀기를 잘했다. 바다를 모르는 아이는 바다 아닌 대동강을 여러 개 그리고, 산으로는 모란봉을 몇 개고 그리곤 했다. 그러다가 동무가 있으면 땅따먹기도 했다. 상대편의 말을 맞히고 뼘을 재어 구름이 피어오르는 듯한 땅과 무성한 나무 같은 땅을 만드는 게 재미있었다. 그날도 아이는 옆집 애와 길가에서 땅따먹기를 하고 있었다. 옆집 애의 땅한테 아이의 땅이 거의 잠식당하고 있었다. 한쪽 금에 붙어 꼭 반달처럼 생긴 땅과 거기에 붙은 한 뼘 남짓한 땅이 남았을 뿐이었다. 그것마저 옆집 애가 새로 말을 맞히고 한 뼘 재먹은 뒤에는 반달에 붙은 땅이 또 줄었다. 이번에는 아이가 칠 차례였다. 옆집 애가 말을 놓았다. 그것은 아이의 반달땅 끝에서 한껏 먼 곳이었다. 그러나 아이는 기어코 반달 끝에다 자기의 말을 놓았다. 옆집 애는 아이의 반달땅에 달린 다른 나머지 땅에서가 자기의 말이 제일 가까운데 왜 하필 반달 끝에서 치려는지 이상히 여기는 눈치였다. 사실 아이의 어디까지나 반달 끝에다 한 뼘 맘껏 둘러 재어 동그라미를 그어 놓았으면 얼마나 아름다울지 모르겠다는 계획을 옆집 애는 알 턱 없었다. 아이는 반달 끝에서 옆집 애의 말까지의 길을 닦았다. 이번에는 꼭 맞혀 이 반달 위에 무지개 같은 동그라미를 그어 놓으리라. 아이의 입은 꼭 다물어지고 눈은 빛났다. 뒤이어 아이는 옆집 애의 말을 겨누어 엄지손가락에 버텼던 장가락을 퉁기었다. 그러나 아이의 장가락 손톱에 맞은 말은 옆집 애의 말에서 꽤 먼 거리를 두고 빗지나갔다. 옆집 애가 됐다는 듯이 곧 자기의 말을 집어 들며 아이가 아무리 먼 곳에 말을 놓더라도 대번에 맞혀 버리겠다는 득의의 미소를 떠올렸다. 그러면서 아이의 말 놓기를 기다리다가 흐려지지도 않은 경계선을 사금파리 말을 세워 그었다. 아이의 반달 끝이 이지러지게 그어졌다. 아이가, 이건 왜 이르캐? 하고 고함쳤다. 옆집 애는 곧 다시 고쳐 금을 그었다. 옆집 애는 아이가 자기의 땅을 줄게 그어서 그러는 줄로 알았는지, 이번에는 반달의 등이 약간 살찌게 그어 놓았다. 아이는 그래도, 것두 아냐! 했다. 그러는데 어느 새 왔었는지 누이가 등 뒤에서 옆집 애의 말을 빼앗아서는 동생을 도와 반달의 배가 부르게 긋기 시작했다. 그러나 아이는 누이가 채 다 긋기도 전에 손바닥으로 막 지워 버리면서, 이건 더 아냐! 이건 더 아냐! 하고 소리 질렀다.

하루는 아이가 뜰 안에서 혼자 땅바닥에다 지도 같은 금을 그으며 놀고 있는데, 바깥에서 누이가 뒷집 계집애와 싸우는 소리가 들려, 마침 안의 어른들이 듣지 못하고 있는 것을 다행으로 열린 대문 새로 내다보았다. 아이가 늘 이쁘다고 생각해 오던 뒷집 계집애의 내민 역시 이쁜 얼굴에서, 그래 안 맞았단 말이가? 하는 말소리가 빠른 속도로 계속 되는 대로, 또 누이의 내민 밉게 찌그러진 얼굴에서는, 안 맞디 않구, 하는 소리가 같은 속도로 계속되고 있었다. 땅따먹기 하다가 말이 맞았거니 안 맞았거니 해서 난 싸움이 분명했다. 어느 편이 하나 물러나는 법 없이 점점 더 다가들면서 내민 입으로 자기의 말소리를 좀 더 이악스레 빠르게들 하고 있는데, 저쪽에서 뒷집 계집애의 남동생이 달려오더니 다짜고짜로 누이에게 흙을 움켜 뿌리는 것이 아닌가. 그러자 뒷집 계집애의 이쁜 얼굴이 더 내밀어지며, 그래 안 맞았단 말이가? 하는 소리가 더 날카롭게 빠르게 계속되는 한편, 누이는 먼저 한 걸음 물러나며, 안 맞디 않구 하는 소리도 떠져 갔다. 뒷집 계집애의 남동생이 또 흙을 움켜 뿌렸다. 뒷집 계집애의 남동생이 흙을 움켜 뿌릴 적마다 이쪽 누이는 흠칫흠칫 물러나며 말소리가 줄고, 뒷집 계집애의 말소리는 더욱 잦아갔다. 그러자 아이는 저도 깨닫지 못하고 대문을 나서 그리로 걸어갔다. 아이를 보자 뒷집 계집애의 남동생이 우선 흙 뿌리기를 멈추고, 다음에 뒷집 계집애가 다가오기를 멈추고, 다음에 계집애의 말소리가 늦추어지고, 다음에 누이가 뒷걸음치던 걸음을 멈추었다. 그리고 누이는 뒷집 계집애의 남동생처럼 자기의 남동생도 역성을 들러 오는 것으로만 안 모양이어서 차차 기운을 내어 다가 나가며, 안 맞디 않구, 안 맞디 않구, 하는 소리를 점점 빠르게 회복하고 있었다. 거기 따라 뒷집 계집애는 도로 물러나며 점차, 그래 안 맞았단 말이가? 하는 소리를 늦추고 있고, 뒷집 계집애의 남동생도 한 옆으로 아이를 피하고 있었다. 그러나 아이는 싸움터로 가까이 가자 누이의 흥분된 얼굴이 전에 없이 더 흉하게 느껴지면서, 어디 어머니가 저래서야 될 말이냐는 생각에, 냉연하게 그곳을 지나쳐 버리고 말았다. 그리고 등 뒤로 도로 빨라 가는 뒷집 계집애의 말소리와 급작스레 떠가는 누이의 말소리를 들으면서도 아이는 누이보다 이쁜 뒷집 계집애가 싸움에 이기는 게 옳다고 생각하며 저만큼 골목 어귀에서 여물을 먹고 있는 당나귀에게로 걸어갔다.

열네 살의 소년이 된 아이는 뒷집 계집애보다 더 이쁜 소녀와 알게 되었다. 검고 맑고 깊은 눈하며, 깨끗하고 건강한 볼, 그리고 약간 노란 듯한 머리카락에서 풍기는 숫한 향기. 아이는 소녀와 함께 있으면서 그 맑은 눈과 건강한 볼과 머리카락 향기에 온전히 홀린 마음으로 그네를 바라보기만 하면 그만이었다. 그러나 소녀 편에서는 차차 말없이 자기를 쳐다보기만 하는 아이에게 마음 한구석으로 어떤 부족감을 느끼는 듯했다. 하루는 아이와 소녀는 모란봉 뒤 한 언덕에 대동강을 등지고 나란히 앉아 있었다. 언덕 앞 연보랏빛 하늘에는 희고 산뜻한 구름이 빛나며 떠가고 있었다. 아이가 구름에 주었던 눈을 소녀에게로 돌렸다. 그리고는 소녀의 얼굴을 언제까지나 들여다보기 시작했다. 소녀의 맑은 눈에도 연보랏빛 하늘이 가득 차 있었다. 이제 구름도 피어나리라. 그러나 이때 소녀는 또 자기만 말끄러미 바라보고 있는 아이에게 느껴지는 어떤 부족감을 못 참겠다는 듯한 기색을 떠올렸는가 하면, 아이의 어깨를 끌어당기면서 어느 새 자기의 입술을 아이의 입에다 갖다 대고 비비었다. 아이는 저도 모르게 피하는 자세를 취하였으나 서로 입술을 비비고 난 뒤에야 소녀에게서 물러났다. 벌떡 일어났다. 그리고 아이는, 거친 숨을 쉬면서 상기돼 있는 소녀를 내려다보았다. 이미 소녀는 아이에게 결코 아름다운 소녀는 아니었다. 얼마나 추잡스러운 눈인가. 이 소녀도 어머니가 아니라는 생각이 불현듯 떠올랐다. 아이는 소녀에게서 돌아섰다. 소녀는 실망과 멸시로 찬 아이의 기색을 느끼며 아이를 붙들려 했으나 아이는 쉽게 그네를 뿌리치고 무성한 여름의 언덕길을 뛰어내릴 수 있었다.

하늘에 별이 별나게 많은 첫가을 밤이었다. 아이는 전에 땅 위의 이슬같이만 느껴지던 별이 오늘 밤엔 그 어느 하나가 꼭 어머니일 것 같은 생각이 들어, 수많은 별을 뒤지고 있었다. 그러나 아이는 곧 안에서 누구를 꾸짖는 듯한 아버지의 음성에 정신을 깨치고 말았다. 아이는 다시 하늘로 눈을 부었으나 다시는 어느 별 하나가 어머니라는 환상을 붙들 수는 없었다. 아쉬웠다. 다시 아버지의 누구를 꾸짖는 듯한 음성이 들려 나왔다. 아이는 아쉬운 마음으로 아버지의 음성이 들려오는 창 가까이로 갔다. 안에서는 아버지가 두 번 다시 그런 눈치만 뵀단 봐라, 죽여 없애구 말 테니, 꼭대기 피두 안 마른 년이 누굴 망신 시킬려구, 하는 품이 누이 때문에 여간 노한 게 아닌 것 같았다. 좀 한 일에는 노하는 일이 없는 아버지가 이렇도록 노함에는 심상치 않은 일이 일어났음에 틀림없었다. 의붓어머니의 조심스런 음성으로, 좌우간 그편 집안을 알아보시구레, 하는 말이 들려 나왔다. 이어서 여전히 아버지의, 알아보긴 쥐뿔을 알아봐! 하는 노기찬 음성이 뒤따랐다. 이번엔 누이의 나직이 떨리는 음성이 한 번, 동무의 오래비야요, 했다. 이젠 학교두 고만둬라, 하는 아버지의 고함에, 누이 아닌 아이가 등골이 서늘해짐을 느꼈다. 그러면서 얼마 전에 누이가 호리호리한 키에 흰 얼굴을 한 청년과 과수 노파가 살고 있는 골목 안에 마주 서 있는 것을 본 일이 생각났다. 그때 누이는 청년이 한 반 동무의 오빠인데 심부름을 왔었다고 변명하듯 말했고, 아이는 아이대로 그저 모른 체하고 있었으나, 속으로는 누이 같은 여자와 좋아하는 청년의 마음을 정말 모르겠다고 생각했었다. 그 청년과 누이가 만나는 것을 집안에서도 알았음에 틀림없었다. 지금 안에서 의붓어머니의 낮으나 힘이 든 음성으로, 애 넌 또 웬 성냥 장난이가! 하는 것만은 이제는 유치원에 다니게 된 이복동생을 꾸짖는 소리리라. 요사이 차차 의붓어머니가 어렵고 두렵기만 한 게 아니고 진정으로 자기네를 골고루 위해 주고 있다는 것을 깨닫게 된 아이는, 동복인 누이의 일로 의붓어머니를 걱정시키는 것이 아버지에게보다 더 안 됐다고 생각됐다. 다시 의붓어머니의 조심성 있고 은근한 음성으로, 넌두 생각이 있갔디만 이제 네게 잘못이라두 생기믄 땅 속에 있는 너의 어머니한테 어떻게 내가 낯을 들겠니, 자 이젠 네 방으루 건너가그라, 함에 아이는 이번에는 의붓어머니의 애정에 얼굴이 달아오르면서, 정말 누이가 돌아간 어머니까지 들추어내게 하는 일을 저질렀다가는 용서 않는다고 절로 주먹이 쥐어졌다. 어디서 스며오듯 누이의 흐느끼는 소리가 들려왔다. 두 번 다시 그런 일만 있었단 봐라, 초매루(치마) 묶어서 강물에 집어넣구 말디 않나, 하는 아버지의 약간 노염은 풀렸으나 아직 엄한 음성에, 아이는 이번에는 또 밤바람과 함께 온몸을 한 번 부르르 떨었다.

꽤 쌀쌀한 어떤 날 밤이었다. 의붓어머니가 아버지에게 애걸하다시피 하여 학교만은 그냥 다니게 된 누이 보고 아이가, 우리 산보가, 했다. 누이는 먼저 뜻하지 않았던 일에 놀란 듯 흐린 눈을 크게 떠 보이고 나서 곧 아이를 따라 나섰다. 밖은 조각달이 달려 있었다. 그리고 수많은 별들이 빛나고 있었다. 싸늘한 바람이 불어왔다. 바람이 불어올 적마다 별들은 빛난다기보다 떨고 있는 것만 같았다. 아이는 앞서 대동강 쪽으로 난 길을 접어들었다. 누이는 그저 아이를 따랐다. 어둑한 속에서도 이제 누이를 놀래어 주리라는 계교 때문에 아이의 얼굴은 미소가 떠올라 있었다. 강둑을 거슬러 오르니까 더 써느러웠다. 전에 없이 남동생이 자기를 밖으로 이끌어 낸 것을 의아하게 여기는 눈치로, 그러나 즐거운 듯이 누이가 아이에게, 춥디 않니? 했다. 아이는 거칠게 머리를 옆으로 저었다. 젓고 나서 어둠으로 해서 누이가 자기의 머리 저음을 분간치 못했으리라고 깨달았으나 아이는 그냥 잠자코 말았다. 누이가 돌연 혼잣말처럼, 사실 나 혼자였다믄 벌써 죽구 말았어, 죽구 말디 않구, 살믄 멀하노…… 그래두 네가 있어 그렇디, 둘이 있다 하나가 죽으믄 남는 게 더 불쌍할 것 같애서…… 난 정말 그래, 하며 바람 때문인지 약간 느끼는 듯했다. 아이는 혹시 집에서 누이의 연애 사건을 알게 된 것이 자기가 아버지나 의붓어머니에게 고자질한 것으로 잘못 알고 있지나 않나 하는 생각이 들자, 누이를 씉어안고 변명이나 할 듯이 홱 돌아섰다. 누이도 섰다. 그러나 아이는 계획해 온 일을 실현할 좋은 계기를 바로 붙잡았음을 기뻐하며 누이에게, 초매 벗어라! 하고 고함을 치고 말았다. 뜻밖에 당하는 일로 잠시 어쩔 줄 모르고 섰다가 겨우 깨달은 듯이 누이는 어둠 속에서 조용히 저고리를 벗고 어깨치마를 머리 위로 벗어 냈다. 아이가 치마를 빼앗아 땅에 길게 폈다. 그리고 아이는 아버지처럼 엄하게 가루 눠라! 했다. 누이는 또 곧 순순히 하라는 대로 했다. 그러나 아이는 치마로 누이를 묶어 강물에 집어넣는 차례에 이르러서는 자기의 하는 일이면 누이가 죽는 한이 있더라도 아무 항거 없이 도리어 어머니다운 애정으로 따라할 것만 같은 생각이 들며, 누이가 돌아간 어머니와 같은 애정을 베풀어서는 안 된다고 치마 위에 이미 죽은 듯이 누워 있는 누이를 그대로 남겨 둔 채 돌아서 그곳을 떠나고 말았다.

누이는 시내 어떤 실업가의 막내아들이라는 작달막한 키에 얼굴이 검푸른, 누이의 한 반 동무의 오빠라는 청년과는 비슷도 안 한 남자와 아무 불평 없이 혼약을 맺었다. 그리고 나서 얼마 안 되어 결혼하는 날, 누이는 가마 앞에서 의붓어머니의 팔을 붙잡고는 무던히나 슬프게 울었다. 아이는 골목에 몸을 숨기고 있었다. 누이는 동네 아낙네들이 떼어 놓는 대로 가마에 오르기 전에 젖은 얼굴을 들었다. 자기를 찾고 있음에 틀림없다고 생각하면서도, 아이는 그냥 몸을 숨기고 있었다. 그리고 누이가 시집간 지 또 얼마 안 되는 어느 날, 별나게 빨간 놀이 진 늦저녁때 아이네는 누이의 부고를 받았다. 아이는 언뜻 누이의 얼굴을 생각해 내려 하였으나 도무지 떠오르지가 않았다. 슬프지도 않았다. 그러다가 아이는 지난날 누이가 자기에게 만들어 주었던, 뒤에 과수 노파가 사는 골목 안에 묻어 버린 인형의 얼굴이 떠오를 듯함을 느꼈다. 아이는 골목으로 뛰어갔다. 거기서 아이는 인형 묻었던 자리라고 생각키우는 곳을 손으로 팠다. 흙이 단단했다. 손가락을 세워 힘껏 힘껏 파 댔다. 없었다. 짐작되는 곳을 또 파 보았으나 없었다. 벌써 썩어 흙과 분간치 못하게 된 지가 오래리라. 도로 골목을 나오는데 전처럼 당나귀가 매어 있는 게 눈에 띄었다. 그러나 전처럼 당나귀가 아이를 차지는 않았다. 아이는 달구지채에 올라서지도 않고 전보다 쉽사리 당나귀 등에 올라탔다. 당나귀가 전처럼 제 꼬리를 물려는 듯이 돌다가 날뛰기 시작했다. 그리고 아이는 당나귀에게 나처럼, 우리 뉠 왜 쥑엔! 왜 쥑엔! 하고 소리 질렀다. 당나귀가 더 날뛰었다. 당나귀가 더 날뛸수록 아이의, 왜 쥑엔! 왜 쥑엔! 하는 지름소리가 더 커 갔다. 그러다가 아이는 문득 골목 밖에서 누이의, 데런! 하는 부르짖음을 들은 거로 착각하면서, 부러 당나귀 등에서 떨어져 굴렀다. 이번에는 어느 쪽 다리도 삐지 않았다. 그러나 아이의 눈에는 그제야 눈물이 괴었다. 어느 새 어두워지는 하늘에 별이 돋아났다가 눈물 괸 아이의 눈에 내려왔다. 아이는 지금 자기의 오른쪽 눈에 내려온 별이 돌아간 어머니라고 느끼면서, 그럼 왼쪽 눈에 내려온 별은 죽은 누이가 아니냐는 생각에 미치자 아무래도 누이는 어머니와 같은 아름다운 별이 되어서는 안 된다고 머리를 옆으로 저으며 눈을 감아 눈 속의 별을 내몰았다.

줄거리

사내아이는 어머니에 대한 그리움에 가득 차 있다. 누이가 죽은 어머니를 닮았다는 과수 노파의 말을 듣고 집으로 간 소년은 잇몸이 검은 누이가 어머니를 닮았다는 사실에 몸서리를 쳤다. 그래서 누이가 준 각시 인형을 들고 나와 땅에 묻어 버렸다. 누이는 자신을 피하는 소년의 행동을 눈치 챘지만, 소년은 갈수록 누나를 다 소외시켜 갔다.

소년은 열네 살이 되었고, 별이 유난히도 많은 가을밤에 별을 하나하나 뒤지다가 누이를 꾸짖는 아버지의 음성을 듣고 환상에서 깨어났다. 아버지는 같은 반 친구의 오빠와 사귄다는 누이에게 두 번 다시 그런 일이 있으면 죽이겠다고 하면서 학교도 그만두라고 고함을 쳤다. 그러나 의붓어머니는 진정으로 누이를 위해 주었다. 소년은 누이를 불러내 치마로 싼 뒤 대동강물에 던져넣으려 했지만 그냥 돌아왔다.

누이는 시내 어떤 사업가의 막내아들과 아무 불평 없이 혼약을 했다. 결혼식 날 가마 앞에서 의붓어머니의 팔을 붙들고 무던히도 슬프게 울면서 자신을 찾던 누이를 소년은 끝내 무시해 버렸다. 하지만 결혼한 지 얼마 안 되어 누이가 죽었다는 소식이 전해졌다.

소년은 누이가 준 인형을 생각해 내고 파묻은 곳을 뒤졌지만 인형은 보이지 않았다. 누가 누이를 죽였느냐며 울부짖었다. 소년은 눈물 고인 눈으로 어머니를 닮은 별을 보면서 그 옆의 별은 누이 별이 아니겠느냐고 생각하다가 고개를 저었다. 아무래도 누이는 어머니 같은 아름다운 별이 되어서는 안 된다고 생각하며 눈물을 떨어뜨렸다.

감상 포인트

이 작품은 사내아이의 성장 과정에서 나타나는 구체적인 사건을 형상화한 일종의 성장 소설로, 한 소년이 어머니에 대해 지니고 있는 절대적 그리움과 누이에 대한 애증의 심리 상태를 극적으로 대비시켜 보여 주고 있다. 특히 결말에서 누이의 죽음을 통해 삶과 죽음, 사랑과 미움에 대해 새롭게 인식하는 의식의 변화가 눈에 띈다. 즉, 미움의 대상이었던 누이의 죽음을 계기로 자신에 대한 누이의 참사랑을 인식함으로써 의식의 성장을 보이고 있는 것이다.

이 작품은 외면적으로 드러나는 사건보다 주인공인 사내아이의 내면 심리에 초점이 맞춰져 있다. 죽은 어머니에 대한 동경심과 못생겨 보이는 누이에 대한 혐오감이 대조적으로 제시됨으로써 작품을 이끌어가는 긴장감이 형성되고 있는 것이다.

외면적으로 나타나는 사건은 '누이가 어머니를 닮았다는 말을 듣고 누이를 미워함 → 누이가 만들어 준 인형을 묻어 버림 → 누이를 죽이고 싶은 충동을 느낌 → 누이가 시집을 가서 죽음 → 누이가 준 인형을 찾으려 함'으로 요약된다. 이 외면적 사건들은 소년의 내면 심리가 원인이 되어 나타나는 결과이며, 또 그것을 바탕으로 할 때 비로소 의미를 갖게 된다.

등장인물

- **사내아이** : 죽은 어머니의 대한 그리움이 너무 커서 못생긴 누이가 어머니와 닮았다는 말을 듣고 누이를 미워하기 시작한다. 그러다가 누이가 죽고 난 뒤 그 사랑을 깨닫고 자신의 행동을 후회하면서 누가 누이를 죽였느냐고 절규하는 동적 인물이다. 하지만 마지막에 별을 내몰음으로써 다시 한 번 누이는 죽은 어머니와 같은 아름다움은 아니라고 강조한다.
- **누이** : 동생이 자기를 미워해 소외시켜도 사랑과 넓은 마음으로 이해하고 변함없이 동생 곁을 지킨다. 하지만 사랑하지 않는 남자와 결혼한 뒤 자살하고 마는 비극의 인물이다. 한마디로 누이의 죽음은 그녀 자신과 아버지와 남편이 빚은 비극적 사건이다.
- **아버지** : 화를 잘 내지 않지만, 딸의 연애에 대해서는 크게 노하는 엄격한 성격이다.
- **의붓어머니** : 엄하긴 해도 전처 자식들에 대한 애정이 깊은 편이다.

성장 소설

영어로는 '이니시에이션 스토리(Initiation Story)', 다른 말로는 '통과제의적 소설'이라고 한다. 이니시에이션은 원래 '신참'이라는 뜻으로 인류학에서의 개념이다. 더 자세히 설명하면, 미개 사회에서 청년 남녀에게 부족의 성원이 될 수 있는 자격을 부여하기 위해 행하는 공공 행사나 훈련을 말하며, 때로는 엄격한 고행과 시련 등이 따르기도 한다.

따라서 성장 소설은 젊은 주인공이 인간적, 문화적 환경의 영향을 받고, 또 그 환경과 싸우면서 자기를 완성해 나가는 과정을 그리게 된다. 주인공은 노력과 방황을 통해 작자, 혹은 그 시대의 이상상에 적합한 어떤 완성에 도달함으로써 성장을 경험하게 되는 것이다.

작품의 특징

① 작가가 등장인물의 내면세계에 깊이 관여해 사내아이의 심리를 생략과 암시로 묘사하고 있다.
② 별, 강, 당나귀 등 자연물에 감정이입을 한 점이 돋보인다.
③ 성장과 찾음의 이니시에이션 소설이다.
④ 평안도 사투리의 사용으로 토속적 분위를 내고 있다.

핵심정리

- **갈래** : 단편 소설, 성장 소설
- **배경** : 가을, 대동강변의 어느 마을
- **경향** : 사내아이의 내적 체험을 심리주의적 수법으로 묘사
- **시점** : 전지적 작가 시점
- **주제** : 죽은 어머니를 신성시하는 사내아이가 누이의 죽음을 통해 겪는 성장 과정

3
목넘이 마을의 개

어디를 가려도 목을 넘어야 했다. 남쪽만은 꽤 길게 굽이돈 골짜기를 이루고 있지만, 결국 동서남북 모두 산으로 둘러싸여 어디를 가려도 산목을 넘어야만 했다. 그래 이름 지어 목넘이 마을이라 불렀다. 이 목넘이 마을에 한 시절 이른 봄으로부터 늦가을까지 적잖은 서북간도 이사꾼이 들러 지나갔다. 남쪽 산목을 넘어오는 이들 이사꾼들은 이 마을에 들어서서는 으레 서쪽 산 밑 오막살이 앞에 있는 우물가에서 피곤한 다리를 쉬어 가는 것이었다.

대개가 단출한 식구라고는 없는 듯했다. 간혹 가다 아직 나이 젊은 내외인 듯한 남녀가 보이기도 했으나, 거의가 다 수다한(많은) 가족이 줄레줄레 남쪽 산목을 넘어 와 닿는 것이었다. 젊은이들은 누더기가 그냥 내뵈는 보따리를 짊어지고, 늙은이들은 쩔룩거리는 다리를 질질 끌면서도 애들의 손목을 잡고 있었다. 여인들은 애를 업고도 머리에다 무어든 이고 있고. 이들은 우물가에 이르자 능수버들 그늘 아래서 먼첨 목을 축였다. 쭉 한 차례 돌아가며 마시고는 다시 또 한 차례 마시는 것이었는데, 보채는 애, 아직 젖도 떨어지지 않은 어린것에게도 물을 먹이는 것이었다. 나지도 않는 젖을 물리느니보다 이것이 나을 성싶은 모양이었다.

다음에는 부르트고 단 발바닥에 냉수를 끼얹었다. 이것도 몇 차례나 돌아가며 끼얹는 것이었다. 어른들이 다 끝난 다음에도 애들은 제 손으로 우물물을 길어 얼마든지 발에다 끼얹곤 했다. 그러나 떠날 때에는 여전히 다리를 쩔룩이며 북녘 산목을 넘어 사라지는 것이었다. 저녁녘에 와 닿는 패는 마을서 하룻밤을 묵는 수도 있었다. 그럴 때에는 또 으레 서산 밑에 있는 낡은 방앗간을 찾아 들었다. 방앗간에 자리 잡자 곧 여인들은 자기네가 차고 가는 바가지를 내들고 밥 동냥을 나섰다. 먼저 찾아가는 것이 게서 마주 쳐다보이는 동쪽 산기슭에 있는 집 두 채의 기와집이었다. 그리고 바가지 든 여인의 옆에는 대개 애들이 붙어 따랐다. 그러다가 동냥밥이 바가지에 떨어지기가 무섭게 집어 삼키는 것이었다. 바가지 든 여인들은 이따 어른들과 입놀림을 해 봐야지 않느냐고 타이르는 것이었으나, 두 기와집을 돌아 나오고 나면 벌써 바가지 밑이 비는 수가 많았다. 이런 나그네들이 다음날 새벽 동이 트기 퍽 전인 아직 어두운 밤 속을, 북녘으로 북녘으로 흘러 사라지는 것이었다.

어느 해 봄철이었다. 이 목넘이 마을 서쪽 산 밑 간난이네 집 옆 방앗간에 웬 개 한 마리가 언제 방아를 찧어 보았는지 모르게, 겨 아닌 뽀얀 먼지만이 앉은 풍구 밑을 혓바닥으로 핥고 있었다. 작지 않은 중암캐였다. 그리고 본시는 꽤 고운 흰 털이었을 것 같은, 지금은 황톳물이 들어 누르칙하게 더러워진 이 개는, 몹시 배가 고파 있는 듯했다. 뒷다리께로 달라붙은 배는 숨 쉴 때마다 할딱할딱 뛰었다. 무슨 먼 길을 걸어온 것도 같았다. 그러고 보면 목에 무슨 긴 끈 같은 것을 맸던 자리가 나 있었다. 이렇게 끈에 목을 매여 가지고 머나먼 길을 왔다는 듯이.

전에도 간혹 서북간도 이사꾼이 이런 개의 목에다 끈을 매 가지고 데리고 지나간 일이 있은 것처럼, 이 개의 주인도 이런 서북간도 나그네의 하나가 아닐까. 원래 변변치 않은 가구 중에서나마 먼 길을 갖고 가지 못할 것은 팔아서 노자로 보태고, 그래도 짐이라고 꾸려 가지고 나설 때 식구의 하나인 양 따라 나서는 개를 데리고 떠난 것이리라. 애가 있어 개를 기어코 자기네가 가는 곳까지 데리고 가자고 졸라 대어 데리고 나섰대도 그만이다. 그래 이런 신둥이 개를 데리고 나서기는 했지만, 전라도면 전라도, 경상도면 경상도 같은 데서 이 평안도까지 오는 새에, 해 가지고 떠나온 기울떡 같은 것도 다 떨어져, 오는 길에서 빌어먹으며 굶으며 하는 동안, 이 신둥이에게까지 먹일 것은 없어, 생각다 못해 길가 나무 같은 데 매 놓았었는지도 모른다. 누가 먹일 수 있는 사람은 풀어다가 잘 기르도록 바라서. 그래 신둥이는 주인을 찾아 울 대로 울고, 있는 힘대로 버두룩거리고 하여 미처 누구에게 주워지기 전에 목에 맸던 끈이 끊어져 나갔는지도 모른다. 이래서 주인을 찾아 헤매다가 이 목넘이 마을로 흘러 들어왔는지도. 혹은 서북간도 나그네가 예까지 오는 동안 자기네가 가는 목적지까지 데리고 갈 수 없음을 깨닫고 어느 동네를 지나다 팔아 버렸는지도 모른다. 혹은 또 끼니를 얻어먹은 집의 신세 갚음으로 잘 기르라고 주고 갔는지도. 그것을 신둥이가 옛 주인을 못 잊어 따라 나섰다가 이 마을로 흘러 들어왔는지도. 그러고 보면 또 신둥이 몸에 든 황톳물도 어쩐지 평안도 땅의 황토와는 다른 빛깔 같았다.

그리고 지금 방앗간 풍구 밑을 아무리 핥아도 먼지뿐인 것을 안 듯 연자맷돌께로 코를 끌며 걸어가는 뒷다리 하나가 사실 먼 길을 걸어온 듯 쩔룩거렸다. 신둥이는 연자맷돌도 짤짤 핥아 보았으나 거기에도 덮여 있는 건 뽀얀 먼지뿐이었다. 그래도 신둥이는 그냥 한참이나 그것을 핥고 나서야 핥기를 그만두고, 다시 코를 끌고 다리를 쩔룩이며, 어쩌면 서북간도 나그네인 자기 주인이 어지러운 꿈과 함께 하룻밤을 머물고 갔을지도 모르는, 그러니까 어쩌면 이 방앗간에서들 자기네의 가련한 신세와 더불어 길가에 버려두고 온 이 신둥이의 일을 걱정했을지도 모르는, 이 방앗간 안을 이리저리 다 돌고 나서 그곳을 나오는 것이었다.

방앗간을 나온 신둥이는 바로 옆인 간난이네 집 수수깡 바잣문 틈으로 들어갔다. 토방 밑에 엎디어 있던 간난이네 누렁이가 고개를 들고 일어서더니 낯설다는 눈치로 마주 나왔다. 신둥이는 저를 물려고 나오는 줄로 안 듯 꼬리를 찰싹 올라붙은 배 밑으로 껴 넣고는 쩔룩거리는 걸음으로 달아 나오고 말았다.

게딱지같은 오막살이들이 끝난 곳에는 채전이었다. 신둥이는 채전(채소밭) 옆을 지나면서 누렁이가 뒤따라오지 않는다는 것을 안 다음에도 그냥 쩔룩거리는 반 뜀걸음으로 달렸다. 채전이 끝난 곳은 판이 고르지 못한 조각뙈기 밭이었다. 조각뙈기 밭들이 끝난 곳은, 가물에는 물 한 방울 남지 않고 조약돌이 그냥 드러나는, 지금은 군데군데 끊긴 물이 괴어 있는 도랑이었다. 신둥이는 여기서 괴어 있는 물을 찰딱찰딱 핥아먹었다.

도랑 건너편이 바로 비스듬한 언덕이었다. 이 언덕 위 안쪽에 목넘이 마을 주인인 동장네 형제의 기와집이 좀 새를 두고 앉아 있었다. 이 두 기와집 한 중간에 이 두 집에서만 전용하는 방앗간이 하나 있었다. 신둥이는 이 방앗간으로 걸어갔다. 그냥 쩔뚝이는 걸음으로. 그래도 여기에는 먼지와 함께 쌀겨가 앉아 있었다. 신둥이는 풍구 밑을 분주히 핥으며 돌아갔다. 이러는 신둥이의 달라붙은 배는 한층 더 바삐 할딱이었다.

신둥이가 풍구 밑을 한창 핥고 있는데 저편에서 큰 동장네 검둥이가 보고 달려왔다. 이 검둥이가 방앗간 밖에서 잠깐 걸음을 멈추고 이쪽을 향해 그 윤택한 털을 거슬러 세우면서 이빨을 시리 물고 으르렁댔을 때, 신둥이는 벌써 이미 한 군데 물어뜯기우기나 한 듯이 깽 소리와 함께 꼬리를 뒷다리 새에 끼면서도 핥는 것만은 멈추지 않았다. 그러자 검둥이는 이내 신둥이가 자기와 적대할 상대가 안 된다는 것을 알아챈 듯이 슬금슬금 신둥이의 곁으로 와 코를 대 보는 것이었다.

신둥이가 암캐인 것을 안 검둥이는 아주 안심된 듯이 곁에 서서 꼬리까지 저었다. 신둥이는 이런 검둥이 옆에서 또 자꾸만 온몸을 후들후들 떨었다. 그러나 핥는 것만은 여전히 멈추지 않았다. 신둥이는 풍구 밑이며 연자맷돌이며를 핥고 나서 두 집 뒷간에도 들렀다 와서는 풍구 밑에 와 엎디어 버렸다. 그리고는 절로 눈이 감기는 듯 눈을 끔벅이기 시작했다. 점점 끔벅이는 도수가 잦아져 가다가 아주 감아 버리는 것이었다. 검둥이가 저만큼 떨어져 앉아서 이편을 지키고 있었다.

그날 저녁때였다. 큰 동장네 집에서 여인의 목소리로, 워어리워어리 하고 개 부르는 소리가 들려 나왔다. 검둥이가 집을 향해 달려갔다. 신둥이도 일어났다. 그리고 아까번에 핥아먹은 자리를 되핥기 시작했다. 그러다 신둥이는 무엇을 눈치챈 듯 큰 동장네 집으로 쩔뚝쩔뚝 걸어가는 것이었다.

사실 대문에서 들여다뵈는 부엌문 밖 개 구유에는 검둥이가 붙어 서서 첩첩첩첩 밥을 먹고 있었다. 신둥이는 저도 모르게 꼬리를 뒷다리 새에 끼고 후들후들 떨면서 그리고 가까이 갔다. 그러나 신둥이가 채 구유 가까이까지 가기도 전에 검둥이는 그 윤택한 털을 거슬러 세우며 흰 이빨을 시리 물고 으르렁대기 시작하는 것이었다. 신둥이는 걸음을 멈추고 구유 쪽만 바라보다가 기다리려는 듯이 거기 앉아 버렸다.

구유: 마소의 먹이를 담아 주는 나무 그릇

좀만에야 검둥이는 다 먹었다는 듯이 그 길쭉한 혀를 여러 가지 모양의 길이로 빼내 가지고 주둥이를 핥으며 구유를 물러났다. 신둥이는 곧 일어나 그냥 떨리는 몸으로 구유로 가 주둥이부터 갖다 댔다. 그래도 밑바닥에 밥이 남아 있었고, 구유 언저리에도 꽤 많은 밥알이 붙어 있었다. 신둥이는 부리나케 핥았다. 그러는 신둥이의 몸은 점점 더 떨리었다. 몇 차례 되핥고 나서 더 핥을 나위가 없이 된 뒤에야 구유를 떠나, 자기편을 지키고 앉았는 검둥이 옆을 지나 그 집을 나왔다.

신둥이가 다시 방앗간을 찾아가는 데 개 한 마리가 앞을 막아섰다. 작은 동장네 바둑이였다. 신둥이는 또 겁먹은 몸을 움츠릴밖에 없었다. 바둑이는 신둥이 몸에 코를 갖다 대었다. 그러자 이번에는 신둥이 편에서 무슨 냄새를 맡아 낸 듯 코를 들었다. 그리고는 바둑이의, 금방 밥을 먹고 나온 주둥이에 붙은 물기를 핥기 시작하는 것이었다. 바둑이가 귀찮다는 듯이 자기 집 쪽으로 걸어갔다. 신둥이는 그 뒤를 바싹 따랐다. 바둑이는 자기 집 안뜰로 들어가더니 한가운데 자리를 잡고 앉아 버렸다. 신둥이는 곧장 부엌문 앞 구유로 갔다.

구유 바닥에는 큰 동장네 구유 밑처럼 밥이 남아 있었고, 언저리로 돌아가며 밥알이 꽤 많이 붙어 있었다. 신둥이는 급히 그것을 짤짤 핥아먹고 나서야 그곳을 나와 방앗간 풍구 밑으로 갔다.

밤중에 궂은비가 내리기 시작했다. 이튿날도 그냥 구질게 비가 내렸다. 신둥이는 날이 밝자부터 빗속을 떨며, 어제보다는 좀 나았으나 그냥 저는 걸음걸이로, 몇 번이고 큰 동장과 작은 동장네 개구멍을 드나들었는지 몰랐다. 처음에는 몇 번을 왔다 갔다 해도 구유 속은 궂은비에 젖어 있을 뿐, 좀처럼 아침먹이가 나오지 않는 것이었다. 그러는 동안에 밥이 나왔으나 이번에는 주인 개가 구유에서 물러나기를 기다려야 했다. 이렇게 해서 주인 개들이 먹고 남은 구유를 핥아먹고, 그리고 뒷간에를 들러 방앗간 풍구 밑으로 가서는 다시 누워 버렸다.

낮쯤 해서 신둥이는 그곳을 기어 나와 빗물을 핥아먹고 되돌아가 누웠다.

저녁때가 돼서야 비가 멎었다. 신둥이는 또 미리부터 두 기와집 새를 여러 번 왔다 갔다 해서 구유에 남은 밥을 얻어먹을 수 있었다. 이 날 저녁은 작은 동장네 바둑이가 입맛을 잃었는지 퍽이나 많은 밥을 남기고 있었다.

다음 날은 아주 깨끗이 개인 봄날이었다. 이날도 신둥이는, 꼭두새벽부터 두 집 새를 오고 가고 해서야 구유에 남은 밥을 얻어먹을 수 있었는데, 이날 신둥이의 걸음은 거의 절룩거리지 않았다. 방앗간으로 돌아가자 볕 잘 드는 곳에 엎디어 해바라기를 시작했다.

늦은 조반 때쯤 해서 이쪽으로 오는 인기척 소리가 나더니, 두 동장네 절가(머슴)가 볏섬을 지고 나타났다. 절가가 지고 온 볏섬을 방앗간 안에다 쿵 내려놓고 온 길을 되돌아서는데, 절가와 어기어 키를 든 간난이 할머니와 망판을 인 간난이 어머니가 방앗간으로 들어섰다. 간난이 할아버지가 전에 동장네 절가 살이를 산 일이 있어 뒤에 절가 살이를 나와 가지고도 이렇게 두 동장네 크고 작은 일을 제 일 제쳐 놓고 봐 주는 터였다.

간난이 어머니가 비로 한참 연자맷돌을 쓸어내는데 절가가 다시 볏섬을 지고 돌아왔다. 한 손에는 소고삐를 쥐고. 풀어헤치는 볏섬 속에서는 먼저 구들널기한 냄새가 풍겨 나왔다. 신둥이가 무슨 밥내나 맡은 듯이 섬께로 갔다. 그러자 절가가 개편을 눈여겨보지도 않고 그저, 남 이제 한창 바쁠 판인데 개새끼 같은 게 와서 거추장스럽다고 발을 들어 신둥이의 허리를 밀어 찼다. 그다지 힘 줘 찬 것도 아니건만 꿋꿋하고 억센 다리라 신둥이는 그만 깽 소리를 지르며 옆으로 나가 쓰러졌다. 신둥이는 다시 해바라기하던 자리로 가 눕고 말았다.

첫 확을 거의 다 찧었을 즈음, 작은 동장이 왔다. 작달막한 키에 머리를 빡빡 깎았다. 얼굴의 혈색이 좋아 마흔 가까운 나이가 도무지 그렇게 뵈지 않는 작은 동장은 방앗간 안으로 들어서며 다부진 몸집처럼 야무진 목소리로,

"잘 말랐디?"

했으나 그것은 무어 누구에게 물어 보는 말은 아니었던 듯 누구의 대답도 기다리지 않고,

"깨디디 않두룩 찧게."

했다. 소 뒤를 따르던 간난이 할머니가 연자의 쌀을 한 움큼 쥐어 눈 가까이 갖다 대고 찧어지는 형편을 살피고 나서 말없이 도로 놓았다. 잘 찧어진다는 듯.

작은 동장이 돌아서다가 신둥이를 발견했다.

"이게 누구네 가이야?"

절가와 간난이 할머니와 간난이 어머니가 이쪽으로 고개를 돌릴 새도 없이, [머슴] 작은 동장의 발길이 신둥이의 허리 중동을 와 찼다. 신둥이는 뜻 않았던 발길에 깽 비명을 지르며 달아날밖에 없었다. 얼마를 와서 그래도 이 방앗간을 떠나지 못하겠다는 듯이 뒤돌아보았을 때에는 벌써 절가와 간난이 할머니와 간난이 어머니는 그게 누구네 개건 내 아랑곳 아니라는 듯이 자기네 일에만 열중해 있었는데, 다만 작은 동장만이 이쪽을 지키고 섰다가 돌멩이라도 쥐려는 듯 허리를 굽히는 게 보여 신둥이는 다시 있는 힘을 다해 달아나야 했다. 비스듬한 언덕길을 내리기 시작

하는데 과연 돌멩이 하나가 날아와 옆에 떨어졌다.

신둥이는 어제 비에 제법 물이 흐르는 도랑을 건너, 김 선달이 일하는 조각뙈기 밭 새를 지나기까지 그냥 뛰었다. 이런 신둥이는 요행 다리만은 절룩이지 않았다. 서쪽 산 밑 간난이네 집 옆 방앗간으로 온 신둥이는 또 먼지만 내려앉은 풍구 밑으로 가 누웠다.

그러나 얼마 뒤에 신둥이는, 그곳을 나와 다시 동장네 방앗간을 찾아가는 것이었다. 비스듬한 언덕을 올라 방앗간 쪽을 바라보는 신둥이는 그곳에 작은 동장의 모양이 뵈지 않음에 적이 안심된 듯 그 쪽으로 발을 옮기기 시작했으나, 문득 지금 한창 풍구를 두르고 있는 것을 보매, 우악스러울 것만 같은 절가에게 눈이 가자 주춤 걸음을 멈추고 그 편을 한참 지켜보다가 그만 돌아서 온 길을 되걷는 것이었다. 낮이 기울어서야 간난이 할머니와 간난이 어머니가 앞집 수수깡 바자 울타리를 끼고 이리로 오는 것이 보였다. 간난이 할머니와 간난이 어머니는 자기네 집으로 들어가기 전에 이쪽을 바라보았다. 신둥이는 이들이 자기를 어쩌지나 않을까 싶어 일어나 피하려는 눈치를 보였으나 두 여인은 물론 신둥이를 어쩌는 일 없이 자기네 집으로 들어가 버렸다.

신둥이는 그 길로 동장네 방앗간으로 갔다. 방앗간은 비로 한 번 쓸었으나, 그래도 여기저기 꽤 많은 쌀겨가 앉아 있었고, 기둥 같은 데도 꽤 두툼하게 겨가 붙어 있었다. 신둥이는 풍구 밑부터 들어가 마구 핥았다.

그날 초저녁이었다. 신둥이가 큰 동장네 대문 안에 서서 지금 거의 다 먹어 가는 검둥이의 구유 쪽을 바라보고 섰는데, 방문이 열리며 큰 동장이 나왔다. 역시 작은 동장처럼 작달막한 키에 머리를 빡빡 깎았다. 또한 혈색이 좋아 아주 젊어 뵈었다. 얼른 보매 작은 동장과 쌍둥이나 아닌가 싶게 그렇게 모습이 같았다. 그러지 않아도 처음 보는 사람은 이 두 사람을 서로 바꿔 보는 수가 많았다. 이 큰 동장이 뜰로 내려서면서 지금 구유 쪽에만 정신이 팔려 있는 신둥이를 발견하자

보지 못하던 개임에, 이놈의 가이새끼, 하고 발을 굴렀다. 목소리마저 작은 동장처럼 야무졌다. 신둥이는 깜짝 놀라 개구멍을 빠져 달아나고 말았다.

큰 동장이 대문을 나서는데, 마침 저녁을 먹고 이리로 나오던 작은 동장이 신둥이를 보고, 이 개가 오늘 아침에 자기가 방앗간에서 쫓은 개라는 것과 지금 또 이 개가 형한테 쫓겨 달아나는 사실에 미루어, 언뜻 보지 못했던 이놈의 개새끼가 혹시 미친개가 아닌가 하는 생각이 든 듯, 갑자기 야무진 목청으로, 미친가이 잡아라! 하고 고함을 지르는 것이었다. 그러자 큰 동장 편에서도 지금 꼬리를 뒷다리 새로 끼고 달아나는, 뒷배가 찰딱 올라붙은 저놈의 낯선 개새끼가 정말 미친갠지도 모른다는 생각이 든 듯, 데 놈의 미친가이 잡아라 소리를 따라 질렀는가 하자, 대문 안으로 몸을 날려 손에 알맞는 몽둥이 하나를 집어 들고 나오더니, 신둥이의 뒤를 쫓으며 연방 미친가이 잡아라 소리를 질렀다.

동장네 형제가 비스듬한 언덕까지 이르렀을 때 신둥이는 벌써 조각뙈기 밭 새를 질러 달아나고 있었는데, 마침 늦도록 밭에 남아 있던 김 선달이 동장네 형제의 미친개 잡으라는 고함 소리를 듣고 두리번거리던 참이라, 이놈의 개새끼가 미친개로구나 하고 삽을 들고 신둥이의 뒤를 쫓아가기 시작했다. 동장네 형제는 게서 더 신둥이의 뒤를 쫓을 염은 않고, 두 형제가 서로 번갈아 미친가이 잡아라 소리만 질렀다. 그것은 마치 자기네의 목소리를 듣고 김 선달이 한층 더 기운을 내어 쫓아가 그 삽날로 미친개의 허리 중동을 내리찍도록 하라는 듯한, 그리고 자기네의 목소리를 듣고 어서 저쪽 서산 밑 사람들도 뭐든 들고 나와 미친개를 때려잡으라는 듯한 그런 부르짖음이었다. 이 부르짖음은 신둥이가 서쪽 산 밑 오막살이 새로 사라져 뵈지 않게 되고, 사이를 두어 김 선달의 그 특징 있는, 뜀질할 때의 웃몸을 뒤로 젖힌 뒷모양이 뵈지 않게 된 뒤에도 그냥 몇 번 계속되었다.

동장 형제의 목고대(목청)를 돋운 부르짖음이 그치자, 아까보다도 별나게 고즈넉해진 것만 같은 이른 저녁 속에 서쪽 산 밑 사람들의 웅성거리는 소리가 바로 손에 잡히게 솟아오르더니, 좀 사이를 두어 엷은 안개가 어리기 시작하는 속을 몇몇 동네 사람들을 뒤로 하고 김 선달이 나타났다. 첫눈에 미친개를 못 잡은 것만은 분명했다. 그래도 김 선달이 채전을 지나 조각뙈기 밭 새로 들어서기 전에 작은 동장이 그 쪽을 향해 소리를 질렀다.

"어떻게 됐노오?"

그것은 제가 질러 놓고도 고즈넉한 저녁 속에서는 너무 지나치게 큰 소리를 질렀다고 생각되리 만큼 큰 고함소리가 되어 퍼져 나갔다. 대답이 없다. 그것이 답답한 듯 이번에는 큰 동장이 같이 크게 울리는 고함소리로, "어떻게 됐어, 응?" 했다.

"파투웨다(실패했어). 그놈의 가이새끼 날래기가 한덩이 있어야지요. 뒷산으루 올라가구 말았어요."

이것이 무슨 조화일까. 김 선달의 말소리가 바로 발밑에서 하는 말소리 같으면서도 또 한껏 먼 데서 들려오는 말소리 같음은? 그만큼 고즈넉한 산골짜기의 이른 저녁이었다.

"그래 아무리 빠르믄 따라가다 놔 뿌리구 말아? 무서워서 채 따라가딜 못한 게로군. 그까짓 가이새낄 하나 무서워서……."

큰 동장의 말이었다. 김 선달은 노상 무섭지 않은 것도 아니라는 듯, 그렇게 곧잘 누구나 웃기는 익살꾼답지 않게, 큰 동장의 말에는 아무 대꾸도 없이 안개 속을 좀 전에 일하던 밭으로 들어가 호미랑 찾아 드는 것이었다.

이날 어두운 뒤, 서쪽 산 밑 사람들은 아직 마당에들 모여 앉기에는 좀 철 이른 때여서, 몇 사람 안 되는 사람들이 차손이네 마당귀에 쭈그리고 앉아 금년 농사 이야기며 햇보리 나기까지의 양식 걱정 같은 것을 하던 끝에, 오늘의 미친개 이야기가 나왔다. 그러자 김 선달이, 바로 그젯밤에 소를 빌리러 남촌에를 갔다 늦어서야 산목을 넘어오는데 꽤 먼 뒤에서 이상한 개 울음소리가 들려와 혼났다는 이야기를 꺼냈다. 흡사 병든 개가 앓는 듯한 소린가 하면, 누구에게 목이 매여 끌리면서 지르는 듯한 소리기도 하더라는 것이었다. 그런데 이상한 것은 누가 목을 잡아매어 끄는 것치고는 한자리에서 그냥 지르는 소리더라는 것이었다. 그래 지금 와서 생각하니 그놈이 아까의 미친개였는지도 모르겠다는 것이었다.

쩍하면 남을 잘 웃기는 꾸밈말질을 잘해, 벌써부터 동네에서뿐 아니라 근동에서들까지 현세의 봉이 김 선달이라 하여 김 선달이란 별호로 불리는 사람의 말이라, 어디까지가 정말이고 어디서부터가 꾸밈말인지를 분간하기 어렵다고 동네 사람들은 생각하는 것이었으나, 차손이 아버지가 김 선달의 말 가운데 누가 개목을 매 끌 때 지르는 것 같은, 그러면서도 한자리에서 그냥 지르는 개 울음이더라는 대목에 무언가 생각키우는 바가 있는 듯 담배 침을 퉤 뱉더니, 혹시 그것이 며칠 전 이곳을 지나간 서북간도 이사꾼의 개인지도 모른다는 말을 했다. 그 서북간도 나그네가 어느 나무에다 매 논 것이 그만 발광을 해 가지고 목에 맨 줄을 끊고 이렇게 동네로 들어온 것인지도 모른다는 것이었다. 그리고 짐승이란 오랫동안 굶으면 발광을 하는 법이라고 하며, 기실 김 선달이 들은 개 울음소리는 이렇게 발광한 개가 목에 맨 끈을 끊으려고 지른 소리였음에 틀림없다는 것이었다.

그러나 거기 한자리에 앉았던 간난이 할머니는 차손이 아버지의 말도 그럴듯하다고는 생각했지만, 좀 전에 마누라에게서 들은 아침에 동장네 방앗간에서 보았을 때나, 방아를 다 찧고 돌아오는 길에 이쪽 방앗간에서 보았을 때나, 그 신둥이 개가 미친개로는 뵈지 않더라는 말이 떠올라, 좌우간 그 개가 참말 미쳤는지 어쨌는지 자기가 직접 보지 않고는 알 수 없는 일이라고 했다. 그 개가 미쳤건 안 미쳤건 이제 다시 동네로 내려올 것도 분명하니, 차손이 아버지도 그놈의 미친개가 이제 틀림없이 또 내려올 테니 모두 주의해야겠다고 했다.

그런데 이때 벌써 신둥이는 어둠 속에 묻혀 서쪽 산을 내려와 조각뙈기 밭 새를 지나 반 뛈걸음으로 동장네 집들을 찾아가고 있었다. 어둠 속에서도 주의성 있는 걸음걸이였다. 언덕길을 올라서서는 멈칫 걸음을 멈추고 방앗간 쪽이며, 두 동장네 집 쪽을 살펴보는 것이었다.

그리고 나서야 아주 조심성 있는 반 뛴 걸음으로 큰 동장네 집 가까이로 갔다. 개구멍을 들어서니 검둥이는 이제는 신둥이와는 낯이 익다는 듯이 아무 으르렁댐 없이 맞아 주었다. 신둥이는 곧장 구유부터 가서 핥기 시작했다. 작은 동장네 바둑이도 이제는 신둥이와는 낯이 익다는 듯이 맞아 주었다. 여기서도 신둥이는 곧장 구유부터 가서 핥았다. 작은 동장네 집을 나온 신둥이는 동장네 방앗간으로 가 낮에 한 물 핥아먹은 자리며 남은 자리를 또 핥았다. 그러나 거기서 잘 생각은 없는 듯 그곳을 나와 다시 서쪽 산 밑을 향하는 것이었다.

이튿날 아침, 일찍 일어나기로 유명한 간난이 할아버지가 수수깡 바자문을 열고 나오다가 방앗간 풍구 밑에 엎디어 있는 신둥이를 발견하고 되들어가 지게 작대기를 뒤에 감추어 가지고 나왔다. 미친개기만 하면 단매에 죽여 버리리라. 신둥이 편에서도 인기척 소리에 놀라 일어났다. 그러면서 어느새 신둥이는 꼬리를 뒷다리 새로 끼고 있었다. 저렇게 꼬리를 뒷다리 새로 끼는 게 재미쩍다. 간난이 할아버지는 한 자리에 선 채 신둥이 편을 노려보았다. 뒤로 감춘 작대기 잡은 손에 부드득 힘을 주며.

그래도 주둥이에 거품을 물었다든가 군침을 흘린다든가 하지 않는 걸 보면, 이 개가 미쳤대도 아직 그다 심한 고비엔 이르지 않은 것 같았다. 눈을 봤다. 신둥이 편에서도 이 사람이 자기를 해치려는 사람인가 어떤가를 알아보기나 하려는 것처럼 마주 쳐다보았다. 미친개라면 눈알이 붉게 충혈되거나 동자에 푸른 홰를 세우는 법인데 도무지 그렇지가 않았다. 그저 눈곱이 끼어 있는 겁먹은 눈이었다. 이런 신둥이의 눈은 또, 보매 키가 장대하고 검은 얼굴에 온통 희끗희끗 세어 가는 수염이 덮여 험상궂게만 생긴 간난이 할아버지의 역시 눈곱이 낀, 그리고 눈꼬리에 부챗살 같은 굵은 주름살이 가득 잡힌, 노리는 눈이긴 했으나 그래도 이 눈이 아무렇게 보아도 자기를 해치려는 사람의 눈이 아님을 알아챈 듯이 뒷다리 새로 껴 넣었던 꼬리를 약간 들기 시작하는 것이었다. 미친개가 아니다. 적어도 아직까지는 미치지는 않은 개다. 간난이 할아버지는 뒤로 감추었던 작대기 든 손을 늘어뜨리고 말았다. 그러자 간난이 할아버지의 손에 쥐인 작대기를 본 신둥이는 깜짝 놀라 허리를 까부라뜨렸는가 하자, 쑥 간난이 할아버지의 옆을 빠져 달아나는 것이었다. 이런 신둥이의 뒤를 또 안뜰에 있던 누렁이가 어느새 보고 나왔는지 쫓기 시작했다. 간난이 할아버지는 언뜻 그래도 저 개가 미친개여서 누렁이를 물지나 않을까 하는 생각이 들어, 워어리워어리 누렁이를 불렀다. 그러나 그때는 벌써 누렁이가 신둥이를 다 따라 막아섰을 때였다. 신둥이는 뒷다리 새에 꼈던 꼬리를 더 끼는 듯했으나, 누렁이가 낯이 익다는 듯 저쪽의 코에다 이쪽 코를 갖다 대었을 때에는 신둥이 편에서도 코를 마주 내밀며 꼬리를 쳐들기 시작했다. 간난이 할아버지는 다시 한 번 미친개는 아니라고 생각했다.

이날 언덕을 올라선 신둥이는 그 길로 동장네 뒷산으로 올라가는 것이었다. 거기서 신둥이는 큰 동장과 작은 동장이 집에서 나가기를 기다리려는 듯이.

조반 뒤에 큰 동장과 작은 동장은 그즈음 아랫골 천둥지기 논 작답하는 데로 나갔다. 차손이네가 부치는 큰 동장네 높디높은 다락배미 논을 낮추어, 간난이네가 부치는 작은 동장네 깊은 우물배미 논에다 메워 두 논 다 논다운 논을 만들려는 것이었다. 차손이네와 간난이네는 벌써 해토 무렵부터 온 가족이 나서다시피 해서 이 작답 부역을 해 오고 있었다.

큰 동장, 작은 동장이 작답 감독을 나간 뒤에도 한참만에야 신둥이는 조심스레 산을 내려와 두 집의 구유를 핥았다. 방앗간으로 가 새로 앉은 먼지와 함께 겨도 핥았다. 뒷간에도 들렀다. 그리고는 그 길로 다시 동장네 뒷산으로 올라가 어느 나무 밑에 엎디어 버리는 것이었다. 그래 낮이 기울고, 저녁때가 지나 밤이 되어 아주 어두워진 뒤에야, 또 산을 내려와 두 집에를 들렀다가 서쪽 산 밑 방앗간으로 돌아오는 것이었다. 돌아오는 길에 도랑에 고인 물을 핥아먹고서.

아침마다 간난이 할아버지가 수수깡 바자문을 나서면 신둥이가 마치 간난이 할아버지보다 먼저 일어나기로 마음이라도 먹은 듯이 이미 방앗간을 나와 저쪽 조각뙈기 밭 샛길을 걸어가는 뒷모양이 보이곤 했다.

이러한 어떤 날 밤, 신둥이가 큰 동장네 구유를 한창 핥고 있는데 방문이 열리며 동장이 나왔다. 큰 동장은 발소리를 죽여 광문 앞에서 몽둥이 하나를 집어 들고 살금살금 신둥이 뒤로 다가왔다. 그제야 신둥이는 진작부터 큰 동장의 행동을 모르는 바 아니었으나 차마 구유에서 혓바닥을 뗄 수가 없어 그냥 있었다는 듯이 홱 돌아서 대문 쪽으로 달아나는 순간, 큰 동장은 신둥이의 눈이 있을 위치에 이상히 빛나는 푸른빛을 보았다. 정말 미친개다, 하는 생각이 퍼뜩 큰 동장의 머릿속을 스쳤으나 웬일인지 고함을 지를 수가 없었다.

신둥이가 대문 옆 개구멍을 빠져 나갈 때에야 큰 동장은, 데놈의 미친가이 잡아라 소리를 지르며 뒤를 쫓았다. 어둠 속에서도 신둥이가 뒷산 쪽으로 꺼불꺼불 달아나는 것을 알 수 있었다. 큰 동장은, 데놈의 미친가이 잡아라 소리를 연방 지르며 신둥이의 뒤를 그냥 쫓아갔다. 그러나 바싹 따라서 몽둥이질할 염은 못 냈다. 자꾸 신둥이와 가까워지기가 무서워지는 것이었다. 그 대신 이번에는 큰 동장의 입에서 미친가이 잡아라 소리가 점점 더 그악스럽게 커 가는 것이었다. 신둥이가 뒷산으로 올라가 뵈지 않게 되고 거기서 몇 번 더, 데놈의 미친가이 잡아라 소리를 지른 다음, 지금 이 큰 동장의 고함 소리를 듣고 이리로 달려오는 작은 동장이며, 집안사람들 쪽으로 내려오면서 큰 동장은, 일전에 김 선달보고 그까짓 미친개 한 마리쯤 따라가다 무서워서 채 못 따라갔느냐고 나무라던 일이 생각나, 정말 지금 안뜰에서 단번에 그놈의 허리 중동을 부러뜨리지 못한 것도 분하지만 밖에 나와서도 기운껏 따라가면 따를 수도 있을 듯한 걸, 무서워서 따라가지 못한 자신에게 부쩍 골이 치밀던 차라, 이리로 몰려오는 집안사람들을 향해, 너희들은 뭣들

하고 있느냐고, 버럭 소리를 지르는 것이었다.

다음 날 아침, 큰 동장은 작답 감독 나가기 전에 서산 밑 동네로 와서 만나는 사람마다, 그놈의 미친개가 아주 진통으로 미쳤더라고, 어젯밤 눈알에 새파란 홰를 세워 가지고 달겨 드는 걸 겨우 몽둥이로 쫓아버렸다고, 그러니 이번에는 눈에 띄기만 하면 어떻게 해서든지 즉살을 시켜야지 큰일나겠더라는 말을 했다. 동네 사람들은, 벌써 어젯밤 이쪽 산 밑에서 빤히 들린 큰 동장의 그악스런 고함소리로 또 미친개가 나타났었다는 걸 알고 있었으나, 그 미친개가 눈에다 새파란 홰까지 세워 가지고 사람에게 달겨들게 됐으면 이만저만하게 미친 게 아니라는 불안과 함께, 정말 눈에 띄기만 하면 처치해 버려야겠다는 맘들을 먹는 것이었다.

그런데 신둥이 편에서는 신둥이대로 더욱 조심이나 하는 듯, 큰 동장 작은 동장에게는 물론, 크고 작은 동장네 식구 어느 한 사람에게도, 그리고 서쪽 산 밑 누구한테도, 눈에 띄지 않는 것이었다.

그러한 어떤 날 밤, 뒷간에 나갔던 간난이 할머니가 뛰어 들어오더니, 지금 막 뒷간에 미친개가 푸른 홰를 세워 가지고 와 있다는 말을 했다. 언젠가 신둥이가 처음 이 마을에서 미친개로 몰리었을 때 자기 보기에는 그렇지 않더라던 간난이 할머니도, 눈에 홰를 세운 신둥이를 보고는 정말 아주 미친개로 말하는 것이었는데, 이 간난이 할머니의 말을 듣고도 그냥 간난이 할아버지는 사람이나 개나 할 것 없이 굶거나 독이 오르면 눈에 홰가 켜지는 법이라는 말로, 그 개도 뭐 반드시 미쳐서 그런 건 아닐 거라는 말을 했다. 그러니 뭐 와서 다닌다고 그렇게 무서워할 건 없다고 했다. 그러다가 간난이 할아버지는 문득 신둥이가 자기네 뒷간에 와 있다는 것은 다름 아닌 자기네 귀중한 거름을 먹기 위함일 거라는 데 생각이 미치자 다짜고짜 밖으로 나가 지게 작대기를 들고 뒷간으로 갔다. 과연 뒷간 인분이 떨어지는 바로 그 자리에 번뜩 푸른 홰가 보였다. 이놈의 가이새끼! 소리와 함께 간난이 할아버지의 작대기가 뒷간 기둥을 딱 후려갈겼다. 푸른 홰가 획 돌더니 저편 바자 틈으로 희끄무레한 것이 빠져 나가는 게 보였다.

이런 일이 있은 후부터 신둥이의 그림자는 통 누구의 눈에도 띄지 않았다. 그러다가 그 해 첫여름 두 동장네 새로 작답한 논에 때마침 온 비로 모를 내고 난 어느 날, 마을에 소문이 하나 났다. 김 선달이 조각뙈기 밭에서 김을 매다가 쉴 참에 담배를 한 대 피우고 있노라니까, 저쪽 큰 동장네 뒷산 나무 새로 무언가 어른거리는 것이 있어 눈여겨보았더니, 그게 다름 아닌 미친개더라는 것이다. 그런데 이 미친개는 혼자가 아니고 뒤에 다른 개들을 데리고 있더라는 것이다. 그것은 큰 동장네 검둥이요, 작은 동장네 바둑이요, 또 누구네 개인지는 분명치 않으나 한 마리 더 끼어 있더라는 것이다. 사실 이 선달의 입에서 나온 말대로 큰 동장네 검둥이며 작은 동장네 바둑이가 이틀씩이나 집에 들어오지 않았다. 크고 작은 두 동장은 그놈의 미친개가 종시 자기네 개들을 미치게 해 가지고 데려갔다고 분해하고 한편 겁나 했다. 그런데 이때 동네에서는 간난이 할아버지가 집안사람들보고 아예 그런 말은 내지 못하게 해서 모르고 있었지만, 간난이네 개도 나가서 이틀씩이나 들어오지 않는 것이었다.

그러는 동안 동네에서는 어제 오늘 동장네 뒷산에서 으르렁대는 개소리를 들었다는 사람이 적지 않았다. 낮뿐 아니라 밤중에도 그런 소리를 들었다는 사람들이 있었다. 크고 작은 동장은 그놈의 미친개를 몰이해서 쳐 죽이지 않은 게 잘못이라고 분해했다. 사흘 만에 크고 작은 동장네 개들은 전후해서 들어왔다. 간난이네 개도 들어왔다. 개들은 집에 들어오자마자 그늘을 찾아 엎디더니 침이 질질 흐르는 혀를 빼 가지고 헐떡이다가 눈을 감고 잠이 들어 버리는 것이었다. 이틀 새에 한결 파리해진 것 같았다.

크고 작은 동장은 그날도 새로 작답한 논의 모낸 구경을 나갔다가 일부러 알리러 나온 절가와 간난이 할아버지를 앞세우고 들어왔다. 간난이 할아버지가 맨손으로 검둥이께로 갔다. 큰 동장이랑 보고 있던 사람들은, 저 늙은이가 저러다 큰

일날려고! 하는 마음으로 멀찌감치 떨어져 서서 바라보고 있었다. 간난이 할아버지는 검둥이의 머리를 쓰다듬어 주었다. 검둥이가 졸린 듯 눈을 다시 감으며 반갑다는 표시로 꼬리를 움직여 비마냥 땅을 몇 번 쓸었다.

간난이 할아버지가, 무엇이 이 개가 미쳤다고 그러느냐고 큰 동장 편으로 돌아섰다. 그러나 큰 동장은 아직 미쳐 나가게 되지 않은 것만은 다행이라고 하면서, 눈을 못 뜨고 침을 흘리는 것만 봐도 미쳐 가는 게 분명하니 아주 미쳐 나가기 전에 잡아 치우자고 했다.

절가가 미친개는 밥을 안 먹는다는데 어디 한 번 주어 보자고 부엌으로 들어가 밥을 물에다 말아 가지고 나왔다. 그러나 검둥이는 자기 앞에 놔 주는 밥을 무슨 냄새나 맡듯이 주둥이를 갖다 댔는가 하자 곧 도로 눈을 감아 버리는 것이었다. 큰 동장은, 자 보라고 했다.

간난이 할아버지는 지금 검둥이가 저러는 것은 며칠 동안 수캐 구실을 하고 돌아온 탓이라고 했다. 그랬더니 큰 동장은 펄쩍 뛰며, 그 미친가이하구? 그럼 더구나 안 된다고 어서 올가미를 씌우라는 것이었다. 그러면서 큰 동장은 혼잣말처럼, 마침 초복날이 며칠 남지 않았으니 복놀이 겸 잘됐다고 했다.

간난이 할아버지는 하는 수 없었다. 이미 개목에 끼울 올가미까지 만들어 가지고 섰는 절가의 손에서 밧줄을 받아 가지고 그것을 검둥이의 목에 씌우고 말았다. 밧줄 한 끝은 절가가 잡고 있었다. 절가는 재빠르게 목을 뀐 검둥이를 대문께로 끌고 가더니 밧줄을 대문턱 밑으로 뽑아 가지고 잡아 죄었다. 뜻 않았던 일을 당한 검둥이는 아무리 깨갱 소리를 지르며 버두룩거려도 쓸 데 없었다. 검둥이의 깨갱 소리를 듣고 작은 동장네 바둑이는 바라다 뵈는 곳까지 와서, 서쪽 산 밑 개들은 한길까지 나와서 짖어 댔다. 그러는 동안 검둥이의 눈에 파란 불이 일고 발톱은 소용없이 땅바닥이며 대문턱을 마지막으로 할퀴고 있었다. 큰 동장은 개 잡을 적마다 늘 보는 일이건만 오늘 검둥이의 눈에 켜진 불은 별나게 파랗다고 하며 아무래도 미쳐 가는 개가 분명하다고 다시 한 번 생각하는 것이었다. 검둥이는 똥을 갈기고 그리고는 온몸에 마지막 경련을 일으키며 축 늘어지고 말았다.

작은 동장네 집으로 갔다. 바둑이는 벌써 자기가 당할 일을 알아차린 듯 안뜰로 피해 들어가 슬슬 뒷걸음질만 치고 있었다. 그래 목에 올가미를 씌우는 데도 손이 걸렸다. 그리고 절가는 더 날쌔게 밧줄을 잡아당겨야 했다. 이렇게 해서 바둑이도 죽고 말았다. 뒤곁 밤나무 밑에다 큰 동장네 큰 가마솥을 내다걸었다. 개 튀길 물을 끓여야 했다. 그러는데 큰 동장과 작은 동장이 무슨 의논을 하는 듯하더니 절가더러, 북쪽 목 너머에 있는 괸돌 마을의 동장과 박 초시를 모셔 오라는 것이었다.

두 마리의 개가 토장국 속에서 끓어날 즈음, 오른 골을 포마드로 진득이 재워 붙인 괸돌 동장과 잠자리 날개같이 모시 고의적삼에 감투를 쓴 똥똥이 박 초시가, 이곳 동장네 절가 어깨에다 소주 두 되를 지워 가지고 왔다. 곧 술좌석이 벌어졌다. 먼저 익었을 내장부터 꺼내 술안주를 했다. 술이 두어 순배 돌자 큰 동장이 먼저 저고리를 벗어젖히며,

"자 웃통들 벗읍세, 그리구 우리 놀민놀민 한 번 해 보세."

했다. 큰 동장이나 작은 동장은 지금 자기네가 먹는 개고기가 미쳐 가는 개의 고기란 걸 말 않기로 했다. 그런 말을 해서 상대편의 식욕을 덜든지 하면 재미없는 일이니.

"초복 놀이 미리 잘 하눈."

하고 괸돌 동장이 웃통을 벗었다. 작은 동장도 따라 벗었다. 박 초시만은 모시 적삼을 입은 채였다. 여태까지 아무런 술좌석에서도 웃통을 벗지 않을 뿐 아니라, 오늘처럼 아무리 가까운 곳이라 해도 출입할 때 두루마기를 입지 않고 온 건만 해도 예의에 어그러졌다고 생각하는 박 초시인지라, 그보고는 누가 더 웃통을 벗으라는 말을 하지 않았다.

"복날엔 우리 동리서 한 번 해 보디?"

하며 괸돌 동장이, 그 는 한몫 얼려야 하네 하는 뜻인 듯 박 초시를 쳐다보니 박 초시도 좋다는 듯이 고개를 한 번 끄덕여 보였다. 괸돌 동장이 그냥 박 초시를 쳐다보며,

"왜 길손이네 가이 있디 않아? 걸 팔갔다데, 요새 길손이 채독 땜에 한창 돈이 몰리는 판이라 눅게 살 수 있을 거야, 개가 먹을 걸 먹디 못해 되기 말랐디만 그 대신 틀이 커서 괜티않아."

했다. 박 초시는 괸돌 동장의 말이 다 옳다는 듯이 다시 한 번 감투 쓴 고개를 끄덕여 보였다.

개 앞다리의 살이 상에 올랐다. 뒷다리의 살이 상에 올랐다. 간난이 할아버지는 술안주를 당해 내느라 분주히 고기를 뜯어야 했다. 그러는 새 저녁이 빠른 이곳에 어느덧 기나긴 첫여름 날의 저녁 그늘이 깃들기 시작하였고, 술좌석에서는 한 되의 술이 아가리를 벌리고 자빠지자 이어 새 병이 들어와 앉았다. 모두 웬만큼씩 취했다.

큰 동장도 이제는 취한 기분에 오늘 잡은 개는 사실은 미친개였다는 말과 미친개 고기는 보약이 되는 것이니 마음 놓고들 먹으라는 말쯤 하게 됐다. 그러면 괸돌 동장은 또 맞받아, 보약이 되답뿐인가, 이 가이고기가 별나게 맛이 있다 했더니 그래서 그랬군, 우리 배꼽이 한 번 새빨개디두룩 먹어 보세, 하고 이런 때의 한 버릇인 허리띠를 풀어 배꼽을 드러내 놓기까지 하는 것이었다.

작은 동장이 또 버릇인 자기 까까머리를 자꾸 뒤로 쓸어 넘기며 괸돌 동장과 박 초시에게, 개새끼 하나 얻어 달라는 말을 했다. 괸돌 동장이 먼저 받아, 마침 절골에 사는 자기 사돈집에 이즘 새끼 낳게 된 개가 있으니 염려 말라는 말로, 개종자도 참 좋다는 말을 했다. 여기서 작은 동장은, 그거 꼭 한 마리 얻어 달라고, 그래 길러서 또 잡아먹자고 했다.

박 초시는 그저 좋은 말들이라고 가만한 웃음을 띠운 채 고개만 끄덕였다. 그러는 박 초시의 등에는 땀이 배어 흰 모시적삼을 먹어 들어가고 있었다. 다른 세 사람의 벗은 등과 가슴에서는 개기름 땀이 번질거렸으나 모두 차차 저녁 그늘 속에 묻히어 들어가고 있었다.

절가가 남포등을 내다 밤나무 가지에 걸었다. 남포 불빛 아래서 개기름 땀과 괸돌 동장의 포마드 바른 머리가 살아나 번질거렸다. 그리고 겔겔이 풀어진 눈들을 하고 둘러앉아 잔을 돌리고 고기를 뜯고 그러다가 모기라도 와 물면 각각 제 목덜미며 가슴패기를 철썩철썩 때리는 것이란, 흡사 무슨 짐승들이 모여 앉았는 것 같기도 했다. 괸돌 동장이 소리를 한 번 하자고 하며, 제가 먼저 혀 굳은 소리로 노랫가락을 꺼냈다. 작은 동장이 그래도 꽤 온전한 목소리로 받았다. 박 초시는 그저 혼자 조용히 무릎장단만 쳤다. 첫여름 밤 희미한 남폿불 밑에서 이러는 것이 또 흡사 무슨 짐승들이 한데 모여 앉아 울부짖는 것과도 같았다.

그러지 않아도 서쪽 산 밑 차손이네 마당귀에 모여 앉았던 사람들 가운데, 김 선달은 전부터 개고기를 먹고 하는 소리란 에누리 없이 그때 잡아먹는 개가 살아서 짖던 청으로 나온다는 말을 해 모두 웃겨 오던 터인데, 이날 밤도 괸돌 동장과 작은 동장의 주고받는 소리를 두고, 저것은 검둥이 목소리, 저것은 바둑이 목소리 하여 사람들을 웃기는 것이었다. 그리고는 웃긴 김 선달이나 웃는 동네 사람들이나 모두 한결같이, 그까짓 건 어찌 됐던 언제 대보았는지 모르는 비린 것을 한 번 입에 대보았으면 하는 생각뿐이었다. 이날 밤 큰 동장네 뒤꼍 밤 나뭇가지에는 밤 깊도록 남포등이 또한 무슨 짐승의 눈알이나처럼 매달려 있었다.

다음 날 크고 작은 동장은 서쪽 산 밑으로 와서 자기네 개 외에 다른 개도 한 마리 미친개를 따라다니는 걸 보았다니, 대체 누구네 개인지 하루바삐 처치해 버리라고 했다. 그리고 만일 자기네 개가 미친개 따라갔던 걸 알면서도 감추어 두었다가 이후에 드러나는 날이면, 그 사람은 이 동네에서 다 사는 날인 줄 알라는 말까지 하는 것이었다.

물론 간난이 할아버지는 누렁이를 그냥 두었다. 닷새가 지나고 열흘이 지나도 미쳐 나가지 않았다. 그새 서산 밑 사람들은 오래간만에 방앗간 먼지를 쓸고 보리 방아를 찧었다. 신둥이는 밤에 틈을 타 가지고 와서는 방앗간 주인이 다 쓸어 가지고 간 나머지 겨를 핥곤 했다. 이런 데 비기면 이제 와서는 바구미 생기는 철이라고 동장네 두 집이, 조금씩 자주자주 찧어 가는 방앗간의 쌀겨란 말할 수 없이 훌륭한 것이었다.

두 달이 지나도 누렁이는 미쳐 나가지 않았다. 서쪽 산 밑 사람들은 오조(일찍 익는 조) 갈(추수)을 해들였다. 방아를 찧었다. 가난한 사람들은 일 년 중에 이 오조밥 해먹는 일이 큰 즐거움의 하나였다. 어떻게 그렇게 밥맛이 고소하고 단 것일까. 그리고 가난한 사람들은 이런 오조밥을 먹으면서, 옛 말에 오조밥에 열무김치를 먹으면 처녀가 젖이 난다는 말이 있는 것도 딴은 그럴 만하다고 늘 생각하는 것이었다.

이즈음 신둥이는 밤 틈을 타서 먹을 것을 찾아 먹고는 이 서산 밑 방앗간에 와 자곤 했다. 그동안 누구한테도 눈에 띄지 않아 얼만큼 마음이 놓이는 모양이었다. 그러나 다음 날은 사뭇 일찍이 그곳을 나와 산으로 올라가는 것을 잊지 않았다. 간난이나 할아버지의 눈에도 띄지 않게스레. 이러한 어떤 날, 동네에는 이전의 그 미친개가 서산 밑 방앗간에 와 잔다는 소문이 났다. 차손이 아버지가 보았다는 것이다. 아직 어두운 새벽에 달구지 걸댓감을 하나 꺾으러 서산에를 가는 길에 방앗간에서 무엇이 나와 달아나기에, 유심히 보니 그게 이전의 미친개더라는 것이다. 그리고 이 미친개는 어두운 속에서도 홀몸이 아니더라는 것이다. 밤눈이 밝은 차손이 아버지의 말이라 모두 곧이들었다.

언덕 위 크고 작은 동장이 이 말을 듣고 서산 밑 동네로 내려왔다. 오늘밤에 그 산개(새끼를 밴 개)—지금에 와서는 크고 작은 동장도 그 개를 미친개라고는 하지 않았다. 그것은 그 개가 정말 미친개였더라면, 벌써 아무것도 먹지 못하고 나중에 제가 제 다리를 물어뜯고 죽었을 것이라는 걸 알기 때문에—를 지켰다가 때려잡자는 것이었다. 홀몸이 아니고 새끼를 뱄다면 그게 승냥이와 붙어 된 것일 테니 그렇다면 그 이상 없는 보양제라고 하며, 때려 잡아가 지고는 새끼만 자기네가 차지하고 다른 고길랑 전부 동네에서 나눠 먹으라는 것이었다.

밤이 되기를 기다려 크고 작은 동장은 서쪽 산 밑 동네로 와, 차손이네 마당에 사람들을 모아 가지고 제각기 몽둥이 하나씩을 장만해 들게 했다. 그 속에 간난이 할아버지도 끼어 있었다. 간난이 할아버지는 물론 그 신둥이 개가 전과 달라졌다고는 생각지 않았으나 이 개가 그동안도 자기네 집 옆 방앗간에 와 자곤 했으면 으레 자기네 귀한 뒷간의 거름을 축냈을 것만은 틀림없는 일이니, 그대로 내버려 둘 수는 없다는 생각으로 이 기회에 때려잡아 버리리라는 마음을 먹은 것이었다. 한편 동네 사람 누구나가 그렇듯이 이런 때 비린 것이라도 좀 입에 대어 보리라는 생각도 없지 않아서.

밤이 퍽이나 깊어 망을 보러 갔던 차손이 아버지가 지금 막 산개가 방앗간으로 들어갔다는 걸 알렸다. 동네 사람들은 벌써 제각기 입 안에 비린내 맛까지 느끼며 발소리를 죽여 방앗간으로 갔다. 크고 작은 동장은 이 동네 사람들과는 꽤 먼 사이를 두고 떨어져 서서 방앗간 쪽을 지켜보고 있었다.

동네 사람들이 방앗간의 터진 두 면을 둘러쌌다. 그리고 방앗간 속을 들여다보았다. 과연 어둠 속에 움직이는 게 있었다. 그리고 그게 어둠 속에서도 흰 짐승이라는 걸 알 수 있었다. 분명히 그놈의 신둥이 개다. 동네 사람들은 한 걸음 한 걸음 죄어들었다. 점점 뒤로 움직여 쫓기는 짐승의 어느 한 부분에 불이 켜졌다. 저게 산개의 눈이다. 동네 사람들은 몽둥이 잡은 손에 힘을 주었다. 이 속에서 간난이 할아버지도 몽둥이 잡은 손에 힘을 주었다. 한 걸음 더 죄어들었다. 눈앞의 새파란 불이 빠져 나갈 틈을 엿보듯이 휙 한 바퀴 돌았다. 별나게 새파란 불이었다. 문득 간난이 할아버지는 이런 새파란 불이란 눈앞에 있는 신둥이 개 한 마리의 몸에서 나오는 것이 아니고 여럿의 몸에서 나오는 것이 합쳐진 것이라는 생각이 들었다. 말하자면 지금 이 신둥이 개의 배 속에 든 새끼의 몫까지 합쳐진 것이라는. 그러자 간난이 할아버지의 가슴속을 흘러 지나가는 게 있었다. 짐승이라도 새끼 밴 것을 차마?

이때에 누구의 입에선가, 때레라! 하는 고함소리가 나왔다. 다음 순간 간난이 할아버지의 양 옆 사람들이 욱 개를 향해 달려들며 몽둥이를 내리쳤다. 그와 동시에 간난이 할아버지는 푸른 불꽃이 자기 다리 곁을 빠져 나가는 것을 느꼈다. 뒤이어 누구의 입에선가, 누가 빈틈을 냈어? 하는 흥분에 찬 목소리가 들렸다. 그리고 저마다, 거 누구야? 거 누구야? 하고 못마땅해하는 말소리 속에 간난이 할아버지의 턱밑으로 디미는 얼굴이 있어,

"아주반이웨다레(아주버님이시군요)."

하는 것은 동장네 절가였다. 그러자 저편 어둠 속에서 궁금한 듯 큰 동장의,

"어떻게들 됐노?"

하는 소리가 들렸다.

"파투웨다."

절가의 말에 크고 작은 동장이 한꺼번에 지르는 목소리로,

"파투라니?"

하는 소리에 이어 큰 동장이 이리로 걸어오는 목소리로,

"틈새를 낸 놈이 누구야?"

하는 결난 소리가 들려왔다. 간난이 할아버지는 옆의 자기 집으로 들어갔다.

좀 뒤에 역시 큰 동장의 결난 목소리로,

"늙은 것은 뒈데야 해, 뒈데야 해."

하는 소리가 집 안까지 들려왔다.

이런 일이 있은 지 한 달쯤 뒤, 가을도 다 끝나고 이제 곧 겨울나무 준비로 바쁜

어느 날, 간난이 할아버지는 서산 너머의 옛날부터 험한 곳이라고 해서 좀처럼 나무꾼들이 드나들지 않는, 따라서 거기만 가면 쉽게 나무 한 짐을 해 올 수 있는 여웃골로 나무를 하러 갔다. 손쉽게 나무 한 짐을 해 가지고 돌아오는 길에, 무심코 길 한 옆에 눈을 준 간난이 할아버지는 거기 웬 짐승의 새끼가 몽켜 있는 걸 보았다. 이게 범의 새끼나 아닌가 하고 놀라 자세히 보니, 그것은 다른 것 아닌 잠든 강아지들이었다. 그리고 저만큼에 바로 신둥이 개가 이쪽을 지키고 서 있는 것이었다. 앙상하니 뼈만 남아 가지고. 간난이 할아버지가 강아지께로 가까이 갔다. 다섯 마린가 되는 강아지는 벌써 한 스무 날은 넉넉히 됐을 성싶었다. 그러자 간난이 할아버지는 다시 한 번 속으로 놀라고 말았다. 잠이 들어 있는 다섯 마리 강아지 속에는 틀림없는 누렁이가, 검둥이가, 바둑이가 섞여 있는 게 아닌가.

그러나 다음 순간, 이건 놀랄 일이 아니라 응당 그럴 일이라고, 그 일견 험상궂어 뵈는 반백의 텁석부리 속에 저절로 미소가 지어지는 것이었다. 좀 만에 그곳을 떠나는 간난이 할아버지는 오늘 예서 본 일은 아무한테나, 집안사람한테도 이야길 말리라 마음먹었다.

이것은 내 중학 이삼 년 시절, 여름방학 때 내 외가가 있는 목넘이 마을에 가서 들은 이야기로, 그때 간난이 할아버지와 김 선달과 차손이 아버지가 서산 앞 우물가 능수버들 아래에 일손을 쉬며 와 앉아, 이런 이야기 저런 이야기 끝에 한 이야기다. 간난이 할아버지가 주가 되어 이야기를 해 나가는 도중 벌써 수삼 년 전 일이라, 이야기의 앞뒤가 바뀐다든가 착오가 있으면 서로 바로잡고 빠지는 대목은 서로 보태 가며 하는 것이었다.

간난이 할아버지는 여웃골에서 강아지를 본 뒤로부터는 한층 조심해서, 누가 눈치 채지 못하게 나무 하러 가서는 이 강아지들을 보는 게 한 재미였다. 사람이 먹기에도 부족한 보리범벅이었으나, 그 부스러기를 집안사람 몰래 가져다 주기도 했다. 아주 강아지가 밥을 먹게쯤 됐을 때, 간난이 할아버지는 집안사람들 보고 아무 곳 아무개한테서 얻어 오는 것이라 하며 강아지 한 마리를 안고 내려왔다. 한동네 곱단이네도 어디서 얻어 준다고 하고 한 마리 안아다 주었다. 그리고 여웃골에서 그냥 갈 수 있는 절골 사는 아무개네도 한 마리, 서젯골 사는 아무개네도 한 마리, 이렇게 한 마리씩 다섯 마리를 다 안아다 주었다.

이런 이야기 끝에, 간난이 할아버지는 지금 자기네 집에 기르는 개가 그 신둥이의 증손녀라는 말과 원체 종자가 좋아서 지금 목넘이 마을에서 기르는 개란 개는 거의 다 이 신둥이의 증손이 아니면 고손이라고 했다. 크고 작은 동장네 두 집에서까지도 요새 자기네 개가 낳은 신둥이 개의 고손자를 얻어 갔다는 말도 했다. 이런 말을 하는 간난이 할아버지는 이제는 아주 흰서릿발이 된 텁석부리 속에서 미소를 띠는 것이었다.

내가, 그 신둥이 개는 그 뒤에 어떻게 됐느냐고 물었더니, 간난이 할아버지는 금세 미소를 거두며, 그 해 첫겨울 어느 사냥꾼의 총에 맞아 죽었다는 소문이 있었는데, 사실 그 후로는 통 보지를 못했다는 것이었다. 나는 공연한 것을 물어 보았구나 했다.

줄거리

어느 지역을 가든 꼭 지나쳐야 하는 목넘이 마을에는 서북간도로 유랑 가는 이사꾼들이 들러 물을 마시고 발도 씻는 곳이다. 그런데 어느 날, 이 마을에 황토에 물들어 누렇게 되다시피 한 데다 다리까지 저는 '신둥이(흰둥이)' 한 마리가 들어왔다. 신둥이는 마을 방앗간과 동장네 집을 오가며 주인집 개가 먹다 남긴 밥으로 연명했다. 마을 사람들은 이 개를 미친개라고 단정 짓고 잡으려고 하지만, 간난이 할아버지만은 신둥이가 굶주리긴 했어도 미친개는 아니라고 확신한다. 미친개의 행동을 전혀 보이지 않았기 때문이다.

어느 날, 동네 개들이 신둥이와 함께 며칠을 지내다 왔다는 이유로 동장 형제는 읍네 유력자들을 초대해 개들을 잡아서 대접한다. 사람들은 난잡하게 웃고 떠드는 그들을 바라보면서 잡아먹힌 개의 영혼이 씌었다며 비웃었다.

잠시 자취를 감췄던 신둥이가 다시 마을에 나타나자 사람들은 신둥이를 빙 둘러싼 채 잡으려고 들었다. 그런데 그때 간난이 할아버지는 신둥이가 새끼를 뱄다는 사실을 눈치 채고 차마 죽일 수 없다는 생각에 자기 다리 사이로 빠져 나가도록 돕는다.

얼마 후, 간난이 할아버지는 산에 나무를 하러 갔다가 신둥이의 새끼들을 발견한다. 그 새끼들은 거짓말처럼 일전에 잡아먹힌 개들을 닮아 있었다. 간난이 할아버지는 산을 오가며 새끼들을 위해 먹이를 가져다 주고 보살펴 주엇다. 새끼들이 어느 정도 자라자 동네와 인근 마을 사람들에게 다른 곳에서 얻어 온 것이라며 나눠 주었다. 그래서 인근 마을의 개들도 신둥이의 피를 이어받게 됐다.

이것은 '나'가 중학생 시절 외가가 있는 목넘이 마을에 가서 그 간난이 할아버지에게 직접 들은 이야기이다.

감상 포인트

일종의 우화 소설인 이 작품은 신둥이라는 개의 이야기를 통해 강인한 생명력을 표현하고 있다. 그리고 작품 전체에서 휴머니즘이 주조를 이루며, 당대의 혼란한 사회를 극복할 수 있는 방법도 어느 정도 제시하고 있다. 즉, 일제강점기의 비참한 삶 속에서도 같은 민족으로서의 동질성을 신둥이라는 개를 통해 확인하고 있다는 점은 이념적 갈등이 가져온 민족의 비극을 치유하기 위해 작가가 보여 준 하나의 비전이라고 할 수 있다.

이 작품은 우화적이긴 해도, 서술은 결코 우화적 방식을 따르지 않고 있다. 즉, 서술자는 철저히 관찰자의 입장을 취하고 있고, 개의 행태와 몸짓에 대한 묘사를 통해 개의 내면에 접근한다. 그러면서 작가의 주제 의식을 강조하기 위해 이 소설이 중학생 때 직접 들은 이야기라는 말로 마무리 짓는다. 이따금 등장하는 비사실적인 서술에 대한 책임을 그 '이야기'에 전가시켜 버린 것이다.

형식적 특징도 두드러진데, 앞부분에는 배경을 제시하는 프롤로그가 나오고, 역사적 사실과 결부시켜 사실성을 더하고 있다. 또한 끝부분에는 '나'가 직접 들은 이야기임을 밝힘으로써 진실성을 강조하고 있다. 이러한 구성 방식은 이야기의 신뢰성을 확보하려는 문학적 고려라고 할 수 있다.

등장인물

- **신둥이 :** 주인을 잃고 목넘이 마을에 흘러 들어와 모진 박해를 받는 흰색 개. 하지만 그런 와중에도 자신의 몸을 보호하고 종족까지 번식시켜 강인한 생명력과 외경감을 보여 주는 존재이다.
- **간난이 할아버지 :** 신둥이를 이해하는 유일한 인물로, 생명에 대한 외경감을 보여 주는 휴머니스트이다.
- **큰 동장, 작은 동장 :** 신둥이를 핍박하고 죽이려는 마을 주민으로, 권력을 쥔 폭압적 존재를 상징한다.
- **나 :** 간난이 할아버지에게 직접 이야기를 듣고 그것을 전해 주는 서술자이다(액자 외부의 화자).

'신둥이'의 상징성

신둥이는 '백의민족의 강인한 생명력'을 상징한다. 미친개로 오해받고, 죽을 고비를 몇 번씩 넘긴 신둥이는 마침내 새끼를 낳음으로써 승리하게 된다. 게다가 동네 개인 검둥이, 누렁이, 바둑이를 다 닮은 새끼를 낳음으로써 모든 것을 포용하는 동시에 생명과 후손을 더욱 확산시켜 나가고 있다.

이는 우리 민족이 비록 시련을 겪고 생명의 위협을 받으며 고난의 길을 걸어왔지만, 강인한 생명력으로 새 삶을 개척하고 있다는 기쁨의 표현이자, 새로운 희망의 메시지이기도 하다.

작품의 구조

- **도입부**(prologue) : 프롤로그로, 배경을 설명하고 있다.
- **액자부** : 주제와 관련된 중심 이야기가 펼쳐진다.
- **종결부** : 중학교 2, 3학년 여름방학 때 외가가 있는 목넘이 마을에 가서 들은 이야기라는 점과 마을에 구비 전승되어 온 이야기를 소설화했다는 점을 밝히는 에필로그 부분이다.

작품의 특징

황순원의 문체가 그러하듯이, 이 작품 역시 섬세한 묘사나 직접적 대화를 최대한 절제한 채 서술적 진술로 이야기를 이끌고 있다. 여기에 액자식 구성과 담화적 문체가 어우러져 설화적 분위기가 느껴진다.

① 묘사와 대화를 최대한 절제해서 사용하고 있다.

② 사실의 전달을 충실히 하고 있다.

핵심정리

- **갈래** : 단편 소설, 액자 소설
- **배경** : 일제강점기, 평안도 목넘이 마을
- **시점** : 안 이야기 – 전지적 작가 시점,
  종결 부분의 바깥 이야기 – 1인칭 관찰자 시점
- **문체** : 간결체, 담화체
- **구성** : 액자식 구성
- **주제** : 한민족의 강인한 생명력

중 · 고생 필독서

한국 단편소설

쿨~하게 끝내기

초판 1쇄 인쇄 2009년 7월 24일
초판 4쇄 발행 2012년 6월 20일

지은이 | 김동리 외
엮은이 | 더불어국어사랑교사모임
펴낸이 | 양봉숙
디자인 | 김선희
편 집 | 유현희
마케팅 | 이주철

펴 낸 곳 | 예스북
출판등록 | 2005년 3월 21일 제320-2005-25호
주 소 | 서울시 마포구 서강로 131 신촌아이스페이스 1107호
전 화 | (02) 337-3054
팩 스 | 0504-190-1001
E-mail | yesbooks@naver.com
홈페이지 | www.e-yesbook.co.kr

ISBN 978-89-92197-41-0 43810

값 18,000원

중·고생 필독서

한국 단편소설

쿨~하게 끝내기

33

김동리_역마, 무녀도, 화랑의 후예

김동인_감자, 배따라기, 광화사

김유정_동백꽃, 만무방, 봄봄

김정한_사하촌, 모래톱 이야기

나도향_물레방아

오상원_유예

염상섭_표본실의 청개구리, 두파산

유진오_김 강사와 T 교수

윤흥길_장마

이 상_날개

이청준_눈길

이효석_메밀꽃 필 무렵, 산

전광용_꺼삐딴 리

최서해_탈출기, 홍염

채만식_논 이야기, 치숙(痴叔), 미스터 방

하근찬_수난 이대

현진건_운수 좋은 날, 고향

황순원_학, 별, 목넘이 마을의 개

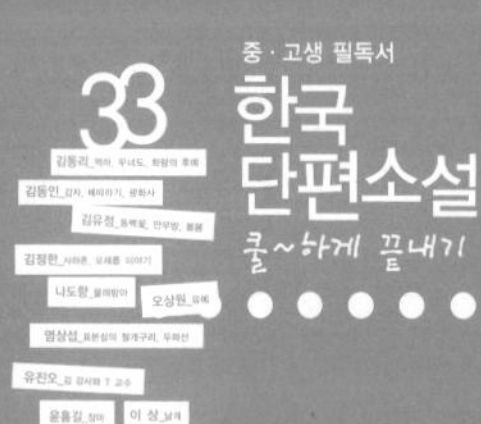

중·고생 필독서

한국 단편소설

쿨~하게 끝내기